John Lennon the life

没有人和我一样叛逆，所以我不是疯子就是天才。

我不介意我死的时候大家说我是世界的小丑。我不需要墓志铭。

——约翰·列侬

约翰·列侬 传

〔英〕菲利普·诺曼 —— 著
吴冬月 梁冠男 张晓意 —— 译

人民文学出版社

JOHN LENNON

Philip Norman
JOHN LENNON：THE LIFE
Copyright © Philip Norman 2008
Simplified Chinese Translation Copyright
© 2021 by People's Literature Publishing House，Beijing

图书在版编目（CIP）数据

约翰·列侬传/（英）菲利普·诺曼著；吴冬月，梁冠男，张晓意译．—北京：人民文学出版社，2022
ISBN 978-7-02-016188-1

Ⅰ.①约… Ⅱ.①菲…②吴…③梁…④张… Ⅲ.①列侬（Lennon，John 1940-1980）—传记 Ⅳ.①K837.125.76

中国版本图书馆 CIP 数据核字（2020）第 063262 号

责任编辑	欧阳韬
装帧设计	刘　静
责任印制	王重艺

出版发行	人民文学出版社
社　　址	北京市朝内大街 166 号
邮政编码	100705
印　　刷	河北新华第一印刷有限责任公司
经　　销	全国新华书店等
字　　数	659 千字
开　　本	680 毫米×960 毫米　1/16
印　　张	38　插页 1
印　　数	1—6000
版　　次	2012 年 6 月北京第 1 版
印　　次	2022 年 1 月第 1 次印刷
书　　号	978-7-02-016188-1
定　　价	99.00 元

如有印装质量问题，请与本社图书销售中心调换。电话：010-65233595

目 录

第一部 乡村男孩
1. 战时婴儿　　　　　　　　　　3
2. 北部联盟　　　　　　　　　　18
3. 匪帮　　　　　　　　　　　　31
4. 近视眼约翰·温普尔·列侬　　　45
5. 佳乐通冠军吉他　　　　　　　61
6. 兄弟　　　　　　　　　　　　79

第二部 登上最流行音乐的最顶点
7. 我的妈咪死了　　　　　　　　99
8. 嫉妒的家伙　　　　　　　　　118
9. "紫薇花"下　　　　　　　　　132
10. 做秀　　　　　　　　　　　　151
11. 歌唱风暴　　　　　　　　　　172
12. 阴影之地　　　　　　　　　　195
13. 幸运之星　　　　　　　　　　220

第三部 底层冒出来的天才
14. 钢喉皮嗓　　　　　　　　　　251
15. 全球狂热　　　　　　　　　　269
16. 巅峰　　　　　　　　　　　　293
17. 迷幻生活　　　　　　　　　　314
18. 宗教卫士　　　　　　　　　　335

第四部　禅宗　轻歌舞剧

19. 呼吸　　　　　　　　　　　　　　357
20. 魔法、冥想和痛苦　　　　　　　　380
21. 一位好好的小古鲁　　　　　　　　398
22. 回归处子　　　　　　　　　　　　412
23. 一片混乱　　　　　　　　　　　　436
24. 脱瘾症状　　　　　　　　　　　　462

第五部　比萨饼与童话

25. 披头士的黄昏　　　　　　　　　　487
26. 摇摆异皮士　　　　　　　　　　　509
27. 痛苦地快乐着　　　　　　　　　　532
28. 漂亮男孩　　　　　　　　　　　　553
29. 居家男人　　　　　　　　　　　　568
30. 重新开始　　　　　　　　　　　　582

跋：肖恩回忆　　　　　　　　　　　　599

# 第一部　乡村男孩
PART I　THE COUNTRY BOY

吴冬月　译

1. 战时婴儿

我的父母压根儿不想要我。

约翰·列侬生来具有一种音乐和喜剧天赋，凭借这点他远离了自己的草根命运，结果甚至超出了他自己的梦想。他还是一个年轻人时，大西洋彼岸似乎无限的风光和机遇就诱使他离开了英伦三岛。他取得了罕见的成功业绩，作为一位英国人，他给美国人带来美式的音乐，演奏起来毫不逊色于任何一位土生土长的演奏家，甚至有过之而无不及。几年间他的团队在全美国进行了巡回演出，凭着他们花里胡哨的服装、滑稽可笑的发型以及颇具感染力的快乐笑容，娱乐了一个又一个城市的观众。

这一位当然不是披头士约翰·列侬，而是他与之同名的祖父，一般被叫做杰克，出生在1855年。列侬是一个爱尔兰的姓——源于欧利奈或者欧洛奈——杰克习惯说自己的出生地是都柏林，尽管有证据显示他的家族早已有段时间穿过爱尔兰海并成为利物浦庞大的爱尔兰社区的一员了。他刚开始参加工作时是一位办公室职员，不过在1880年跟随心血来潮的同胞们移民到了纽约。这个城市使其他的爱尔兰移民变成劳工或者警察，杰克则最终成为安德鲁·罗伯顿的肯塔基有色人种歌剧吟游歌手中的一员。

不管这段经历是长是短，它都使他成为推动跨大西洋流行音乐的一颗螺丝钉。在美国吟游歌唱团里，白人涂黑脸孔，套上超大的衣领，穿上条纹裤子，唱着感伤的歌曲，内容大抵是有关斯旺尼河、"黑人""黑鬼"的；他们作为热门歌曲的创作者兼演唱者，在十九世纪后期受到了巨大的欢迎。1897年罗伯顿的有色人种团队在爱尔兰巡回演出时，《林姆里克记事报》评价他们是"世界公认的高雅吟唱大师"，而《都柏林记事报》则认为他们是它见识过的最优秀的吟唱歌手。据现代的一本小手册记载，这个团队大约三十人，除了大部分化装成黑人的歌手，也确实存在几位真正的黑人艺术家；而它也将要在途经的每一个城镇的街道上进行游行,作为一项特别的节目。

对这位约翰·列侬来说,音乐没有像他未曾谋面的孙子一样,给他带来世界性的声誉。它只是一段别具异国风情的插曲,大部分细节不为他的后代所知。世纪交替之际,他从这条路上永远退了下来,回到利物浦干起了办公室职员的老本行,不过这一次他供职于布斯航运公司。和他一起回来的还有他的女儿玛丽,她是他的第一次婚姻结出的唯一硕果,因为他暂时沉迷于黑色的妆容、班卓琴音乐以及掌声之中,这次婚姻触礁了。

当玛丽离开他从事家政工作时,杰克似乎很可能面临着独自终老的命运。他的对策就是迎娶了他的管家,一位利物浦的年轻爱尔兰女人,她的名字恰好是玛丽·马奎尔。尽管她比他年轻二十岁,而且还大字不识一个,玛丽——大家都叫她波丽,却证明是一个典型的维多利亚时期的主妇——非常现实,勤劳,而且无私。他们住在托斯德区科波菲尔街上的一个小排屋里,这个区有一个"狄更斯家园"的昵称,因为有很多街道都是用狄更斯笔下的人物的名字命名的。杰克也正像《大卫·科波菲尔》里的米考白先生一样,不时念叨着重操旧业,当一个吟游歌手,挣大笔钱足够他的小妻子过活,用他的话说,"对着丝绸放屁"。不过从此往后,他的音乐表演也就仅限于当地的小酒吧和他自己的家庭圈子了。

杰克与波丽的婚姻为他建立了第二个家庭,生下了八个孩子。两个婴儿时期就夭折了,迷信的波丽把这归结于他们受的是天主教洗礼的缘故。所以接下来的六个孩子都是受的新教的洗礼,而且都存活下来了:五个男孩分别是乔治、赫伯特、锡德尼、阿尔弗雷德、查尔斯,以及一个女孩伊迪丝。波丽非常了不起,凭着杰克微薄的工资养活了他们所有人。可是他们主要吃面包、人造黄油、浓茶,以及炖菜——一种肉和饼干的炖菜,利物浦人因此得到了一个与炖菜相关的昵称,饮食中长期缺乏必要的营养成分。这对第四个男孩的影响尤其恶劣,出生于1912年的阿尔弗雷德还在蹒跚学步时就得了佝偻病,阻碍了他的双腿的正常生长。当时儿科医学的唯一疗法就是把双腿禁锢在铁质的支撑架里,以期沉重的附加重量会促进生长和力量的发展。尽管长年累月地负担着支撑架的重量,阿尔夫(阿尔弗雷德的简称)的双腿却仍是疲软短小,而他本人撑死也只长到了5英尺4英寸高。即使如此,他仍是一个相貌俊秀的孩子:一头浓密的乌发,一双闪烁着快乐光芒的眼睛,一只列侬家族标志性的薄削鹰钩鼻(笔直而下,鼻孔的曲线也棱角分明)。

杰克的音乐才能不同程度地遗传给他的孩子们。乔治、赫伯特、锡德尼、查尔斯和伊迪丝都有一副过得去的歌喉,男孩子们还吹口琴,这是处于他们那种境地的年轻人能够负担得起的唯一一种乐器。然而,阿尔夫却总体表现出更高水平的才能,而且具备他的弟弟查理(生于1918年)称做的"表现欲"。他会唱所有音乐厅以及轻歌剧的歌曲,这些歌曲全是第一次世界大战热点游行的构成曲目;他还会背诵抒情诗、讲笑话、模仿别人。他最拿手的模仿对象是查理·卓别林,这个无法无天、身材矮小的流浪汉出演的喜剧电影制造了由一个世界闻名的电影人掀起的一场前所未有的浪潮。家庭聚会时,阿尔夫会坐在他父亲的膝盖上,双腿套在他的小提姆铁腿架上,两人会合唱起《圣母颂》这首歌,脸上都不约而同地落下感伤的泪水。

杰克于1921年死于肝病,可能是酗酒导致的。波丽没法靠国家发给寡妇的每个孩子5先令的补贴过活,只能接起洗衣活儿。这就意味着从凌晨四点一直到黄昏都要干这件让人弯腰折背、烫手伤手的苦差事儿:先要在一块搓衣板上搓洗其他人的肮脏的衣服,然后在笨重的铁轧干机上挤出湿漉漉的卷成麻花的衣服里的水来。即便如此,如她的孙女乔伊斯·列侬回忆的那样,这个拥挤不堪的小屋子总是保持着一尘不染的状态,"地板都能当饭盘使",厨房的火炉每周一早晨都要用石墨清洁一遍,作为宗教的一种仪式;门前的台阶几乎刷成了白色,然后用一小块沙石把边缘勾成红色。波丽管教自己的五个儿子活似《远大前程》里的乔太太,即使他们快要长大成人了,用皮鞭抽起他们来也毫不心慈手软。和许多头脑现实的人一样,她身上还有截然相反的神秘的一面,她相信自己可以通灵,能够从摊开的扑克牌或者空杯里的茶叶的形状读出未来的走向。

尽管波丽拼死干活,但要承担养活六个孩子的重担,她还是心有余而力不足。幸亏她找到了一个门路,把阿尔夫和伊迪丝脱手,这样一来,既不会使家庭支离破碎,又不会损害她强烈的自尊心。他们获得了由利物浦蓝衣医院(一所慈善学校)提供的寄宿名额,这所学校位于韦弗特里区的教堂路上,离当时名不见经传的彭尼巷只有一箭之地。蓝衣医院成立于1714年,当时仍要求在校的男生穿一套十八世纪的制服;包括钉有金色纽扣的燕尾服、马裤、长筒袜以及领结。它拥有较高的教育水平,不算苛刻的管理制度,任何被录取的孩子都被认为是幸运儿。尽管如此,阿尔夫和伊迪丝觉得离开他们位于科波菲尔街上散发着肥皂清香的舒适的小家,不能待在他们崇拜的母亲身边,是一件极为痛苦的事情。两个人当中,天性乐观的阿尔夫更好地适应了制度化的生活:他的功课优秀,还成为了足球队的吉祥人物,过去他常常为家人和邻居表演歌舞和模仿查理·卓别林,现在他用同样的节目娱乐他同宿舍的舍友。

打小起,他唯一的梦想就是追随他父亲的脚印,进入演艺界。这个梦想在他十四岁的一个晚上几乎就要实现了,他的哥哥锡德尼当晚带他去莱姆街的帝国剧院观看一个称做"威尔·默里帮"的剧团的演出,里面的一伙青少年载歌载舞。演出结束后,阿尔夫说服别人允许自己进入后台,在帮里的领班威尔·默里面前进行了一场即兴试演,后者当下就给了他一份工作。他的哥哥赫伯特和乔治如今长兄如父,反对这个念头,阿尔夫于是从蓝衣医院逃跑,加入到这个帮的队伍赶往格拉斯哥,进行下一场演出。不过蓝衣医院的老师尾随其后,把他领了回来,让他丢了脸,并且在全校学生面前照规矩羞辱了他一番。

一年后,蓝衣医院送他进入社会,他得到了优秀的教育,并获赠两套长裤西装,以资证明他步入成年。他当了几周办公室职员,感到很不痛快,之后他突然意识到正有一份让他中意得多的工作——这个工作确实几乎可以和上台表演相媲美了——在他眼皮子底下搁着呢。因为现在正是跨大西洋游轮旅行的黄金时期,是利物浦和南安普敦为成为英国最繁荣的客运码头一争高下的时候。每天竖立着多个烟囱的巨轮小心翼翼地循着默西河逆流而上,和来自伦敦的装饰一新的海陆联运火车接头,火车上满载着富人以及他们携带的毛皮衣物与行李箱。在拉内拉夫广场刚刚建起首屈一指的阿德尔菲酒店,让旅客可以舒适地从岸边过渡到海上的生活,宾馆配备了"泰坦尼克"号规模的棕榈阁、议事厅大小的卧室、水平线以下的游泳池,美发师与按摩师也一应俱全。

阿尔夫于是出海在"S.S.蒙特罗斯"号上当了一名男侍者。他很快就发现,他似乎生来就应该过这样的生活。他友好快乐的天性使他受到游客和上司的热烈欢迎,和船上管理餐饮部的一群活泼快乐的船员抱成一团。"列尼"——他在船上的昵称——很快就赢得了升职的机会,成为了往返于利物浦和地中海的游轮上的饭店侍应生。不当值的时候,他会在狭窄拥挤、散发着腐臭味儿的集体船舱里,或在每条船上统一称做"猪仔和口哨"的船员酒吧里,表演唱歌和模仿秀娱乐和他共事的船员。他的特长(他的父亲杰克特别欣赏这一点)是用鞋油把脸涂黑,然后模仿阿尔·乔尔森表演;阿尔·乔尔森是著名的吟游歌手,他演唱的《致妈咪》和《致南部》两首颂歌在二十世纪二十年代至三十年代初期卖出了上百万张唱片。

他总是能够想像自己成为聚光灯汇聚的焦点,不管是身着闪亮的白色餐厅制服,戴着手套把昂贵的食物送到"大阔佬"的面前时,还是蹲下一膝,两手紧握,柔声低唱乔尔森的《小宝贝》,给同船那些喝得醉醺醺的船员找乐时,抑或是满载着沉甸甸的走私船运来的奢侈食品,回到科波菲尔街的家中时(这些东西是每位服务生天赐的额外好处)。出航的间隙,他总能在码头边的某个雅座酒吧里或者其他什么地方,找到一群急于听故事大饱耳福的听众,故事内容无外乎他见过的异国风土和人情,以及一个年轻的单身男侍者在船上的花花生活。

虽然他有的是让人惊叹的水手轶事,但在他眼里,似乎从来只有一个女人。1928年某一天,他当时离开蓝衣医院不久,到塞夫顿公园里闲逛,穿着刚发的两套西装中的一套,显得颇为光鲜体面,头上戴着一顶过大的圆顶高帽,嘴里像花花公子似的抽着一根套在烟嘴上的廉价的野忍冬香烟。在装饰性的湖岸边,一张长凳上,独自坐着一个女孩儿,她留着一头蓬松的红褐色的秀发,脸庞的轮廓肖似年轻的玛琳·迪特里希。阿尔夫凑上前去和她搭讪,不料迎接他的却是一连串嘲讽的爆笑声。他意识到都是自己硕大无朋的圆顶礼帽惹的祸,便立即把它从头上摘下来,随手嗖一声扔到了湖里。由此便展开了他和朱莉娅·斯坦利矛盾重重的漫长恋情。

命运将阿尔夫和朱莉娅——大家又叫她朱丽叶、朱迪,或者朱——凑成一对,她对魅力的追求和对表演的欲望,几乎和他不分伯仲。朱莉娅同样拥有一副高于常人的好歌喉,而且跟阿尔夫不同的是,她是一个受过训练的乐器演奏者。她祖父虽是利物浦的一名办公室职员,但却同样醉心于舞台表演,曾教她弹过班卓琴,她的手风琴和尤克莱利琴也拿得出手。

朱莉娅的音乐才能、个性以及迷人的外表,使她成为进军职业舞台的突出人选。但是,从事舞台演艺事业则意味着要付出艰辛的努力,她吃不了这个苦。她十五岁离开学校,仅仅为了在一家印刷厂争得一份单调的职员工作。她很快就放弃了这个工作,转而在利物浦最豪华的电影院——位于坎登街的"特罗卡德洛"——当起了引座员。和阿尔夫海上的工作角色一样,这份代理工作同样诱惑不小:她身着紧身的罗里塔尼亚制服,即一件交叉系着纽扣的短上衣,头上戴着一顶药丸盒子似的帽子,穿行在长毛地毯上,浑身沐浴在柔和的灯光之中。

她的外貌为她赢来了不少追求者,甚至连"特罗卡德洛"的经理——一位仪表堂堂的名士,成天穿着晚礼服——也试图追求他手下长得最漂亮的引座员,周期性地往她的衣物柜里偷塞长筒袜或者巧克力充当礼物。跟这么一个迷人的情敌一比,戴着奇罗·马克思帽、腿肢短小的阿尔夫显得失色得多。可是他们无忧无虑的天性以及荒谬可笑的幽默感,却极为合拍。他们还对跳舞热情高涨——在那个时代,跳舞要遵循舞厅"节拍严格"的各种舞蹈花样。他们相拥着跳起华尔兹或者快步舞,想像自己成为电影银幕上最闻名遐迩的一对舞者:红发的朱莉娅摇身变成了金杰·罗杰斯,而阿尔夫则化身为弗雷德·阿斯泰尔。

表面上看,阿尔夫和朱莉娅似乎可能来自大体相似的家庭背景。两人都是大家庭的一员——她的姊妹多,正如他的兄弟多——两人还都是从事船运行业的人的子女。然而,和英国社会的其他每个阶层一样,当时的航海业同样等级森严壁垒分明。在严格规定的商船等级中,朱莉娅的父亲——乔治·斯坦利,家人都叫他鲍伯——碰巧在职位上比阿尔夫高了好几级。在不久前,停靠进利物浦的许多船只仍然依赖帆布作为蒸汽的补充力量,他当时接受培训当了一名制帆员。他在海上为英国白星航运公司效力多年后,又进入了伦敦-利物浦-格拉斯哥拖轮打捞公司,在默西河口和北威尔士海岸之间极为凶险的深海地带,帮忙打捞经常因风暴或者人为失误导致沉船的船只。

  鲍伯·斯坦利因此与船长及领航员——即海上贵族们——打成一片。他其余的四个女儿尽管活泼好动,颇有主见,但在行为举止上都符合这种显赫的社会身份,结交的异性也不外乎是注定要成为领航员或者轮船机械师的青年才俊。只有朱莉娅一个人,总是在拖家族的后腿,和阿尔夫·列侬这样一个"区区服务生"出去约会。鲍伯感到非常不快,并找到了最有力的同盟——他的大女儿玛丽,大家都叫她咪咪。"我从来就没弄明白她怎么就看上了(阿尔夫这个家伙)。"咪咪直到临死前还这样埋怨道。"我一直没法相信她最后会和一个水手搞在一起。他完全是个绣花枕头……每个码头都有情人的主儿。我曾说他绝对靠不住。"

  阿尔夫自身不幸既有敏锐的机智,却又同时直率得令人难堪,这两种品质将会遗传给未来的儿子,成为儿子最鲜明的个性特征。虽然他每天的航海生活都和真正的海上贵族打交道,但他却觉得斯坦利一家人的态度愚蠢可笑,而且对此直言不讳。每当朱莉娅试图把他介绍给自己的家人时,总免不了会发生一些不愉快——不是和鲍伯就是和咪咪——结果要么是他主动甩手离开,要么就是被直接赶出来。如果放任这一对不管,朱莉娅没准儿会厌倦阿尔夫,找一个家人认为和她更相配的男人嫁了。可是,她是个性情中人:他越是被家人挑三拣四冷落怠慢,她就越是坚定对他不离不弃的决心。

  他们的恋爱关系于是一直延续到二十世纪三十年代,不谈结果,保持新鲜,否则阿尔夫定期漫长的出海很可能使这段关系变了质。他逐渐变得通情达理,和朱莉娅的姐姐伊丽莎白、安妮以及哈丽雅特亲近起来,他还喜欢上了她的母亲安妮(出生时取名米尔沃德),她是一个善良温和的女人,有时看到有孩子光着脚丫在街上乱跑,都会给他们买鞋子穿。鲍伯(甚至连咪咪都说他"霸道")却总是保持着强烈的敌对情绪。跟那个时代大多数年轻人谈恋爱一样,他们的约会地点局限在酒吧、家里的前厅以及公园的长凳上,所以阿尔夫和朱莉娅一直到二十岁出头,彼此除了亲吻爱抚之外,没有体验过身体上的任何亲密接触。朱莉娅私下里怀疑他"在每个码头都有一个情人",阿尔夫却总是赌咒发誓自己在旅途上总是为朱莉娅"守身如玉",而且一有机会就给她写信。斯坦利一家人批评阿尔夫懒惰怠工——用海上的俚语说,就是"要退休了"。然而,在举步维艰的大萧条时期,他却仍然保住了饭碗,这一点似乎比利物浦的许多人要厉害。在他的行业官方海员雇佣记录上,列出了他在履行一趟趟出航任务时,必须遵守的工作及个人行为准则。朱莉娅的家人一度曾做出极为不光彩的举动,为他在一只捕鲸船上找到了一个空缺,这样就可以让他离开大概两年的时光,他们就皆大欢喜了。阿尔夫却拒绝考虑这个主意,被鲍伯·斯坦利再次赶了出去。

阿尔夫和朱莉娅最终于1938年12月结婚了,当时前者二十六岁,后者二十四岁。就在几周前,首相内维尔·张伯伦从慕尼黑回到国内,大肆宣扬签订的一纸协议,以牺牲捷克斯洛伐克的利益,任其遭受侵略和种族屠杀为代价,"确保"和希特勒统治的德国维持和平局面。举国亢奋的情绪弥散不去,造成了结婚率陡然大幅提升,许多年轻人认为他们的未来会因此更加得到保障。阿尔夫和朱莉娅也终于完成了他们姗姗来迟的婚礼,不过两人倒是一贯对未来没有多做什么考虑。根据阿尔夫的说法,有一天晚上,在一个酒吧里,她问他敢不敢结婚,而他这个人从来就不拒绝挑战。

双方的家人事先都不知晓他们做出的决定。12月3日,朱莉娅离开家,似乎只是开始一个新的工作日而已,中午她和阿尔夫在结婚登记处碰面,地点位于阿德尔菲酒店后面的博尔顿大街上。婚礼的见证人只有阿尔夫的哥哥锡德尼(他到最后一刻才从弟弟嘴里得知这个秘密)以及朱莉娅的一个引座员女同事。婚礼结束后,锡德尼邀请新鲜出炉的列侬夫妇喝喜酒吃烤鸡,宴席就摆在这条街上一家名叫"大房子"的酒吧里;夫妇两人接着在电影院里消磨了晚上的时光,看了一部米奇·鲁尼主演的电影(影片恰巧讲述的是一个孤儿院的故事);然后分开各自回家度过了他们的初夜。咪咪永远也忘不了那个让人心碎的时刻:当时朱莉娅走进来,把她的结婚证甩到桌上,说:"看,我做到了!我嫁给他了!"

鲍伯·斯坦利的最初反应是恐惧和厌恶情绪的爆发。但是在妻子安妮的柔情感染下,他接受了无法挽回的事实——而且,身为一个尽职尽责的父亲,他必须尽己所能,让这对新人开始体面的新生活。鲍伯把情绪咽进肚里,主动提出搬离一家人在伯克利街居住的公寓,去租一个更加宽敞的住所,这样阿尔夫和朱莉娅就能搬来与安妮和他自己住在一起。选中的住处位于纽卡斯尔路9号,是一栋凸窗的排房,离彭尼巷以及阿尔夫的母校蓝衣医院只有几分钟的步行路程。

四个人相对和平共度了1939年,当时与德国的战事日益逼近,整个英国陷入发放防毒面具、疏散孩童、预防空袭的混乱之中。特别对鲍伯·斯坦利而言,这是一个多事之年。六月,一艘簇新的皇家海军潜水艇——"西蒂斯"号——在利物浦海湾进行试航时突然沉没了。鲍伯参加了这次大规模的营救行动,一开始可以看到潜艇的尾部从水里垂直上升。营救人员用缆绳从艇下穿过把它拉向水面,全体艇员都以为自己不会有什么大危险了,于是在钢质的艇体上向营救人员敲打出欢快的摩尔斯信息。可是就在千钧一发之际,缆绳却突然拉断了,潜水艇永远地消失在海底,随之葬身的还有71位艇员。

阿尔夫又出海了,搭的是"约克郡S.S.公爵夫人"号,不过他及时回来,赶上了第二次世界大战的第一个圣诞节。他和朱莉娅的唯一一个孩子是在1940年1月的某一天怀上的,地点在纽卡斯尔路9号的那栋房子里。当时,他们颇为意外地发现可以在屋里独处上几个小时,于是干脆就在厨房的地板上做了爱。他们一直没有试着要一个孩子,朱莉娅随之而来的怀孕让两人都很沮丧。"(我这一代)有百分之九十的人都是周六晚上的一瓶威士忌酒喝出来的,不是因为父母想要才出生的。"这个孩子将来有一天会这样苦涩地说道,"父母从来都没有真正想要我。"

朱莉娅怀孕时正赶上欧洲历史上最为悲惨的几个月。希特勒的机械化部队横扫比利时和法国,被打垮的英国远征军的残余部队从敦克尔克撤退出来,英国皇家空军的战斗机像是发疯的蚋蠓一样,呼啸着围绕德国空军蜂拥而来的重型轰炸机打转。这个国家孤立无援,随时准备应对敌人的入侵,支撑着它坚持下去的似乎只剩下温斯顿·丘吉尔的声音,他那斗牛犬似的风采以及令人热血沸腾的演讲天赋,让那些令人最为绝望的时刻也显出了几分壮烈的光彩。

八月,阿尔夫再次乘"加拿大S.S.女王"号出航。伦敦城也笼罩在炮火侵袭之下,英国的防线似乎也陷于瘫痪,此时英国皇家空军却出其不意地偷袭了柏林——而德国空军的总指挥赫尔曼·戈林此前曾夸下海口此事绝不可能发生。愤怒的希特勒发誓要铲平英国的其他几个主要城市作为报复。利物浦作为重要的港口城市,拥有关乎国家命脉的大西洋粮运船队,它为最坏的情况做好了准备。

朱莉娅的姐姐咪咪往后会经常提起婴儿出生的那一天——10月9日,那天晚上,德军的袭击异常猛烈,显得颇不寻常。据咪咪讲述,当朱莉娅产下重达7.5磅男婴的消息传到时,空袭警报正鸣啦呜啦地鸣叫不休,所有的公交系统照例停止运行。她按捺不住激动的心绪,从她父母家里出来,一口气跑了两英里路,到达牛津街的妇产医院,对周遭的轰炸机以及它们用降落伞降下的地雷毫不在意。跟这件天大的喜事比起来,希特勒能做的最大破坏似乎根本不值一提。

这一周对利物浦而言无疑是黑色的一周。利物浦监察委员会的记录显示:10月7日至8日这一夜,市中心的斯坦利路、大默西街以及韦弗特里区的利奇菲尔德路和格兰特利路,遭到了烈性炸弹的空降袭击,不计其数的房屋被摧毁,连威尔士教堂都被夷为平地。接下来的一晚,前后一共来了两次空袭,第一次袭击了埃弗顿谷、诺蒂阿什、莫斯利希尔以及米尔街,第二次地点锁定在安菲尔德地区。10月11日至12日的晚上,又来了两次空袭,把成吨的烈性炸药空投在城市和北部码头的上方,紧接着轮到亚历山大和兰顿码头,给港务长的办公地点、棚屋、火车轨道、海军部储备以及四艘船只带来了严重的损坏。

但是10月9日至10日的那个晚上,不知出于何种缘故,德国空军没有来犯。咪咪赶往牛津路的时候,一路上肯定看到了之前轰炸后留下的残骸,遍地都是碎砖和玻璃片,还有那些戴着白色头盔的反辐射弹监察员。咪咪后来几次去看望朱莉娅,情形都与她记忆中的第一晚的情况相似:地雷正好掉落到医院旁边,新生的婴儿裹在粗陋的毯子里,安放在他母亲的床位下面确保安全。10月9日,咪咪首要关心的是她妹妹的安危,心里同时又夹杂着阵阵喜悦的情绪,阴盛阳衰的斯坦利家族终于迎来了一个小子。也许正是当她第一次抱起外甥时感受到的激动心绪,才使她记忆中的那一幕增添了一层灾难性的色彩。

E.M.福斯特曾经写过这样一句话:"每个婴儿都会引发一场战争。"围绕利物浦的这个特别的婴儿,展开的战争要比大多数激烈得多——不是表现出他自己逐渐认为的"他没有人要",而是太多人太想要他了。短时间内也搞不清楚谁才是赢家。

至于他的姓名倒没有产生什么争议。朱莉娅决定叫他约翰,纪念他的祖父,这合了阿尔夫的心意——他的祖父曾经是肯塔基州的吟游歌手,同时又是典型的中产阶级,具有斯坦利一家最为推崇的特质——坦率、正直、稳定、规矩、简单。而随着战时强烈的爱国热情到处高涨,双方家庭都不能反对他母亲给他取了温斯顿的中间名字纪念首相。

阿尔夫长时间不归家,以后会使他在儿子眼里成为不负责任、自私自利、冷酷无情的父亲,但是应该谨记:他作为商船的船员,在英国的战事努力中,干着最为重要和危险的工作之一。其他上千位利物浦人都坚守着自己的岗位,面临着来自德国潜艇的相同的危险——要么溺死在冰洋里,要么变成浑身浸满汽油的人体火炬——而远在后方的家里,他们几乎不知道存在的孩子们被一群女人们一手抚养长大。尽管危险重重，但是出海无疑也使阿尔夫得以逃离单调的日常生活和责任的束缚，化身成为一个名叫"列尼"的表演者，实现自己的种种幻想（现在他的绝活除了模仿乔尔森和埃迪·坎特，又新添了讽刺阿道夫·希特勒的冲锋队的幽默短剧）。他之所以没有在海滨城市找一份更为安全的工作，另一个原因就是他的事业正处于上升期。1942年9月，他升职成为一名雅座酒吧服务员，在船上这个职位相当于领班。

此时，他妻子这边对他最为敌视的亲属似乎对他船上的职位也无可挑剔了，尤其是他回家的时候，总是拎着从船上的食品储藏室搜刮来的沉甸甸的"战利品"——肉类、黄油、新鲜水果，这些好东西是战时分配中无法得到的，他却大方地和他们一起分享。出海的时候，他会把自己在船上开的演唱会录制成节目，寄给朱莉娅放给约翰看，后来好几年约翰都会把父亲的名字和一首叫做"开跳，比根舞"的神秘乐曲联系在一起。

从1942年9月26日到1943年2月2日，阿尔夫一直在"S.S.莫立顿海湾"号上当雅座酒吧的服务员。虽然1941年恐怖的"五月突袭"事件发生之后，对利物浦的空袭减少了很多，市中心仍然被认为是一个危险区域。为了给约翰营造一个更为安全和清洁的环境，咪咪说服朱莉娅从纽卡斯尔路9号搬出来，到她跟丈夫乔治·史密斯新近搬到的伍尔顿郊区居住。接连几个月，母子两人窝在艾勒顿路上一个名叫"村舍"的小屋里，走不多远就是咪咪家。就是在这里，约翰对朱莉娅有了最初的确切印象，记得她晚上唱催眠曲哄自己入睡时的场景。"她过去常常哼唱一首小曲……是迪斯尼电影里的插曲。"他会回忆说。"'想要知道一个秘密吗？保证不要说出去。你正站在一堵许愿墙边……'"

他们的婚姻本来就不是建立在成熟或者信任的基础之上，这次搬动将使他们的关系首次变得紧张起来。阿尔夫拿到"莫立顿海湾"号发放的工资后，休了一段假期，由于为期不短，便申请在利物浦各个码头执行监视火情的职责。他本以为伍尔顿会成为朱莉娅安静的修养场所，结果却发现事与愿违，她逐渐习惯于光顾当地的酒吧喝得半醉，然后和单身男人调情，把约翰甩手扔给咪咪和一个名叫多利·希普肖的邻居照顾。有一天，阿尔夫应门打开一看，发现门口闹哄哄地站着一堆朱莉娅新结识的朋友，他们压根儿不知道朱莉娅已婚的身份。一场激烈的争吵随之展开，朱莉娅泼了阿尔夫一头脸滚烫的咖啡。他反捆一掌，甩在她的脸上，使她的鼻子流血了。

约翰的外婆——那位天性纯良的安妮·斯坦利——还没来得及在他的心里留下哪怕最为模糊的印记，就早先于1943年过世了。鲍伯·斯坦利不愿意一个人继续住在纽卡斯尔9号,决定把房子交给朱莉娅和阿尔夫,自己则搬去和亲戚们住。这个凸窗的无名小屋,淹没在周围街道外形雷同、数以千计的房屋汪洋之中,却成了约翰"记事的第一个地方……红砖建筑……前屋从来没用过,窗帘总是拉着……墙上挂着一幅描绘一匹马拉着的马车图。楼上只有三间卧室,一间当街,一间居后,当中还有一个小间……"。他已经具备了敏锐的观察力,这一点阿尔夫上一年圣诞节的时候就觉察到了,当时利物浦中心地区每一家百货商店都在各自宣传圣诞老人的栖身巢穴。约翰就问:"到底有几个圣诞老人啊?"

1943年9月,阿尔夫到纽约的"自由船队"工作,这些是美国批量生产的预制装配式商船,用以补充英国被打得落花流水的大西洋舰队。他将消失十六个月进行一次离奇之旅,周游大半个世界,见识两种监狱的内幕,目睹自己工作证上的职位发生不祥的变化——VG变成D(降职的表示),此外,还使他的婚姻加速了瓦解的进程。就是她儿子将来体验到的"迷失的周末",和这一比也是小巫见大巫。

阿尔夫后来把自己描述成无辜的受害者,情势逼迫之下,上级给出了糟糕的建议,自己又轻信别人——当然了,除了自己犯下的罪行或者过失,战争自身歇斯底里的氛围以及不妙的突发事件,同样不可饶恕。他滞留在纽约等待分配工作,结果一等就是很长时间,于是便先在梅西百货商场找到一份临时工作,设法办了一张社保卡,喝酒唱歌玩遍了百老汇最著名的几家酒吧。最后他接到命令到巴尔的摩的一艘自由船上报到,结果却发现自己被降职成了一名助理服务生。他的一位同事建议他,要想保持住自己的体面"地位",唯一的希望就是待在船上一直到它停靠的第一个港口纽约,然后跳船向英国领事陈情。阿尔夫天真地采取了这个策略,然后很快以逃跑罪遭到逮捕,在埃利斯岛关了两个星期。

释放之后,他接受命令到一艘开往远东的"萨姆麦克斯"号上当助理服务员。"萨姆麦克斯"号在阿尔及利亚的波恩靠岸时,阿尔夫又因为被查出一瓶威士忌被指控"盗窃罪"遭逮捕。根据他的讲述,他宁愿自己背黑锅,也不愿意供出真正犯罪的朋友。他在一个恐怖的军事监狱待了九天,干着冲洗茅坑的脏活,还要受到生命的威胁:要是他胆敢把自己见到的透露出去,就离死期不远了。他被释放到这个城市危险重重的旧城区,在那里遇见了一位神秘的荷兰人,人称汉斯,他不仅救他逃离被抢劫甚至可能被谋杀的厄运,而且帮他教训了他认为要为自己的监禁负部分责任的英国官员。

最后,在1944年10月,他终于在费尽九牛二虎之力后,作为一名DBS(潦倒的英国海员),搭上"百慕大君主"运兵船回到英国;此时他筋疲力尽,饿得半死不活的，口袋里只剩下零丁的几美元和一张美国社保卡。与此同时，利物浦的船运公司已经停止给朱莉娅支付他的工资了，因此她不知道他是死是活。他一回到家，她就告诉他自己怀了另外一个男人的孩子。她口口声声说自己不是故意出轨的，而是受到了强暴。她甚至向阿尔夫说出了那个她认为要负责任的男人的姓名，对方是一名驻扎在威勒尔半岛的士兵。放在现在会立刻叫来警察；但在那个时代，得体的解决途径是阿尔夫与那个被指控的强奸犯当面对峙，要求对方为自己的行为作出解释。

幸运的是阿尔夫的弟弟查利①现在任职于皇家炮兵部队，方便提供精神支持。查利后来重新讲述起这个插曲时，措辞颇像在军事法庭上朗读书面证词："（阿尔夫）告诉我，他回到家发现（朱莉娅）消失了六个星期不露面。她声称自己被一名士兵强暴了，并给出了一个名字。我们去了那个士兵驻扎的威勒尔半岛……阿尔夫没有暴力倾向。只是脾气急躁，却并不暴力。他对那个人说：'我想你和我的妻子发生了关系，她指控你强暴了她。'那个士兵却回答：没有这样的事儿。不是强暴——是你情我愿。

"结果心肠极软的阿尔夫却对这个来自威尔士的年轻士兵塔菲·威廉姆斯有了好感，满怀同情地倾听他为自己做的申辩：他爱朱莉娅，想要娶她，在他父亲的农场上把她肚里的孩子抚养长大（不足之处是，约翰被完全排除在这幅蓝图之外）。阿尔夫认为自己别无选择，只能让步——朱莉娅干出这样的丑事，他做出这样的决定也许算不上艰难。他说服威廉姆斯跟他回到纽卡斯尔路9号，三人围坐在一起喝茶调解，他告诉朱莉娅自己愿意放她走。然而，他对当下情况的解读，却错得不能再离谱了。'我才不要跟你呢，你这个笨蛋。'她一脸鄙夷地对前男友说，叫他喝完茶赶紧'消失'。"

值得称赞的是，阿尔夫表示愿意把朱莉娅带回来，并把孩子当作亲生的抚养。鲍伯·斯坦利却担心这样不可避免会曝光丢脸，坚持要求孩子让人领养。1945年6月19日，战争结束五周后，朱莉娅在埃尔姆斯伍德——位于北莫斯利希尔路的救世军妇产医院产下一名女婴。朱莉娅给她取名叫维多利亚·伊丽莎白，这个孩子被来自挪威的佩德森夫妇领养了，他们为她另取名叫英格里德·玛丽亚，并把她带到挪威，从她生母的生命中永远退出。

斯坦利家族这一段时间的危机和动荡，使得约翰在四岁时第一次被托付给列侬家族的亲友照顾。朱莉娅怀孕期间，他被送走和阿尔夫的哥哥锡德尼生活

---

① 查尔斯的简称。

在一起,锡德尼受人尊敬,力求自我完善,就连咪咪也逐渐承认这一点。锡德尼和他的妻子玛琪以及他们八岁的女儿乔伊斯,都欢迎约翰来到他们安顿在梅格赫尔的家里,那是位于利物浦和绍斯波特之间的一个村庄。他和锡德尼夫妇一起生活了大约八个月。他们给他提供了一个安稳踏实、爱意弥漫的生活,随着时间的流逝,他们猜想自己可以得到许可正式领养他。他们非常有信心得到这个结果,于是为他在当地的一所小学报了名,准备秋季入学。接着一天晚上,阿尔夫毫无预示地出现了,宣布要带走约翰。尽管锡德尼阻挠说时间太晚了,他仍然坚持要立即离开。失去了约翰让锡德尼全家伤心不已,玛琪尤其如此。之后不久,她就领养了一个六周大的男婴,填补他留下的空缺。

如果阿尔夫认为自己在维多利亚·伊丽莎白的问题上表现得宽宏大量,足以挽救自己的婚姻,那就注定要大失所望了。1946 年他又一次出航归来,结果却发现朱莉娅和酒店里一个油头粉脸的服务生约翰——又叫鲍比·迪金斯——公然搞到了一起。这一次,戴了绿帽子的丈夫可不准备忍气吞声。一天晚上,一场战况激烈的争吵在纽卡斯尔 9 号的房子里爆发,当事人有阿尔夫、朱莉娅、她的新相好以及鲍伯·斯坦利,导火索源于朱莉娅宣布要和迪金斯重组家庭,还要求把约翰带走。约翰被愤怒的叫嚷声吵醒,走到楼梯顶头,刚好看到自己的妈妈正发出一阵歇斯底里的尖叫,而阿尔夫则粗暴地把迪金斯推搡出前门。阿尔夫第二天一醒来,发现约翰已经被鲍伯·斯坦利偷偷带走了,朱莉娅正忙着搬家具,一个女邻居在打帮手。阿尔夫过去帮忙,嘴里夸张地哼唱着一首自艾自怜的乡村兼西部歌谣,让朱莉娅好歹给他留"一张破椅子"坐坐。

海洋,像是抚慰他的老朋友,一如既往地向他招手,充满了无限诱惑力;1946 年 4 月,他找到了一份夜间服务员的空缺职位,搭上了丘纳德公司往返于利物浦和绍斯波特的"玛丽女王"号旗舰。轮船一小时之内就要启航了,这时他突然接到他的妻姐咪咪·史密斯的电话,催他马上回利物浦一趟。

咪咪打这个电话并不容易,这无疑让天性不怎么记仇的阿尔夫有些暗生得意:因为斯坦利家族对朱莉娅的新男友鲍比·迪金斯表现出来的敌意,与当初自己遭受的恶毒待遇有过之而无不及。据咪咪讲述,朱莉娅和约翰又搬回纽卡斯尔 9 号了,迪金斯现在也住在那里,让约翰每天暴露在母亲——用公认的词汇说——"生活在罪恶中"的场景里。最为紧要的是,约翰似乎也不喜欢他的"新爸爸",独自一人从纽卡斯尔路步行两英里路程,出现在位于伍尔顿的咪咪家门前的台阶上。她虽然对阿尔夫充满敌对情绪,却也不得不承认约翰想念并需要自己的生父。阿尔夫然后和约翰通话,约翰兴奋地问他什么时候回家。他回答说自己不能离船当逃兵"破坏制度",不过却保证一等"玛丽女王"号两周后抵达绍斯波特,他就赶回来。

他没有食言,一路北上赶回来,于一天晚上深夜时分来到咪咪家,当时约翰已经上床睡觉了。这个回家的水手没有吃上一顿饭,只得到一杯茶的招待,咪咪一边给他倒茶,一边气愤地控诉朱莉娅和鲍比·迪金斯的种种不端行为。她还递给阿尔夫一张账单,解释说自从约翰来了,她就得为他添置各种各样的必需用品。幸亏尼龙袜和其他走私物品的黑市交易有利可图,阿尔夫身上带着足够的现钱。他付给咪咪 20 美元,——他后来声称——就在这个时候,自己别无选择,只能第二天把约翰拐走。正如他后来写道:"我最后决定带(约翰)去布莱克浦,借口说要带他去购物,或者去看他的奶奶。"

阿尔夫待在咪咪家过了一夜,第二天被在他胸膛上兴高采烈、活蹦乱跳的约翰吵醒了。他提议他们爷儿俩应该一起出去玩上一天,得到了约翰异常兴奋的支持。咪咪没有反对,以为他们出门就为了给约翰买几件新衣服。父子两人于是乘有轨电车到利物浦,在这里他把自己的秘密打算透露给锡德尼,并让他发誓保守秘密。虽然阿尔夫后来声称自己从未认真考虑过锡德尼领养约翰的提议,锡德尼还是重申了领养的意愿。

布莱克浦是阿尔夫选择的目的地,不仅因为它是西北部有名的海滨度假胜地,据说对孩子有莫大的吸引力,还因为它是他的船员同事兼做黑市交易的同伙比利·霍尔的家乡。他和约翰藏在这里待了大概三周的时间,与比利的父母做伴,大把挥霍充足的闲钱,满足小男孩可能想要实现的每一个愿望,让他坐嘉年华游乐车,给他吃黏糊糊的大餐。善良的霍尔一家人发现自己也被列入了约翰未来监护人的候选名单中。阿尔夫最初的念头是等自己的钱花光了,要回到海洋上去时,就把约翰托付给霍尔一家人待在布莱克浦。当他得知他们将要卖掉住房移民到新西兰时,一个更为复杂的计划随之形成:霍尔夫妇将先以约翰祖父母的身份带他一起离开;随后,阿尔夫、比利·霍尔以及比利的兄弟将报名免费搭乘某艘开往澳大利亚的油轮,等抵达威灵顿时再跳船,这样就能以他们自己的方式到达新西兰了。

这个计划还没有进一步酝酿成熟就泡汤了。朱莉娅现在已经摸清了阿尔夫的踪迹,六月的一个晴天,她在鲍比·迪金斯的陪同下一起出现在霍尔家门前,要求把约翰带走。一开始她的要求没有任何实际力量的支撑。接着阿尔夫简要地描述了新西兰计划,她赞同这可能对约翰而言是美好新生活的开始,表示愿意放他走,只要求见他最后一面。等约翰被带到房里,在和阿尔夫连日共同分享了乐趣和亲密之后,他的第一反应是爬到阿尔夫的大腿上。可是,当朱莉娅认输转身离开时,他却跳下来追上去,把脸埋进她的裙子里,求她不要走。为了打破这种僵局,阿尔夫恳求她再给他们的婚姻一次机会,朱莉娅却置之不理。

阿尔夫接着告诉约翰,他必须做出选择,要么跟妈咪离开,要么跟爹爹留下。如果你想把一个小孩一分为二,没有比这更好的办法了。约翰走到阿尔夫身边握住他的手;接着,朱莉娅再次转身离开,他吓坏了又追了上去,嘴里大叫着让她等等,又叫他的父亲跟上来。但是阿尔夫再次为自怜自艾的宿命般的情绪击中,像生了根似的坐在椅子里一动也不动。朱莉娅和约翰于是离开了这所房子,消失在度假的人潮中。

那天晚上,为了振作阿尔夫的精神,好心的霍尔夫妇把他带到一家名叫"樱桃树"的酒吧里,劝他为相聚一起的顾客表演模仿阿尔·乔尔森的固定节目。他做了一个保守的选择,唱了乔尔森的一首特别应景的歌曲《小宝贝》,这首颂歌描绘了一幅动人的场景:天使般的小宝贝安睡在柔和安全的育婴室里,而他那虔诚的父亲正在一旁一脸宠溺地看着他。阿尔夫把每句歌词里的"小宝贝"唱成"小约翰",这使他的眼泪哗哗地从脸颊上滚落下来,不过——他还是保持专业精神——坚持把歌唱完了,赢得了一片雷鸣般的掌声和嗖哨声。不像他刚刚放弃的那个小宝贝,阿尔夫·列侬从来都不会觉得观众让他感到压抑,他们的掌声也从不会令他厌倦。

2. 北部联盟

我也可以叫你佩特吗?

从"二战"中走出的英国看上去更像是一个战败国而非战胜国。国家财政遭受严重削弱,到处是轰炸过后的废墟,国家陷入危机和贫困的窘境中,复苏的劲头远远滞后于欧洲其他国家——甚至包括德国在内。肉类、黄油以及糖,仍然按照灰棕色配给簿的分配券规定的极少分量进行分配。服装单调乏味,缺乏样式,也缺少个性,和他们取代的制服没有什么两样。一筹莫展的社会主义新政府似乎每天都带来新的短缺、限制以及牺牲和节约的呼吁。在破烂、不便、冻疮、黏糊糊的绿色烟雾构成的环境笼罩下,年轻人和老年人几乎都区分不开,好像青春和任何形式的轻松、率直和快乐都一并掐断了。

尽管所谓的艰难时代冰封不去,日子仍然要过下去。阶级体系依然像封建时期那样运转,皇家依然至尊神圣,贵族依然享受景仰。权威依然受到不加质疑的信任和尊重,不管展现者是政客、医生、律师、牧师、军队,还是警察。报纸自发压制任何可能扰乱现状的声音。英国人一面迅速瓦解他们的殖民帝国,一面继续把自己视为世界的主宰,瞧不起一切外国人,认为所有肤色比他们深的种族都是生来下等,用起诸如"黑人"和"黑鬼"(更不用说犹太小子和犹太佬)的称谓来没有丝毫良心不安。阶级虚荣无论是自上而下还是自下而上都普遍存在。甚至连社会最底层的多数人都竭力把话说得比实际"好听"些,把皇家、首相、莎士比亚剧的男演员以及BBC的播音员们急促干脆的发音当做范本模仿。

和北部所有的大城市一样,利物浦长时间到处是一片废墟,上面野草疯长,弃置不用的窝棚和巨大的字母SWS(停止供水)周遭也生出了野花。伊林电影公司制作的一部名为《磁铁》的影片就在这里拍摄完成,并于1950年上映,反映了欧洲如何在胜利五年后,码头周边的全部区域仍然是炸弹坑和瓦砾堆——后者现在成了孩子们不正式的游乐场——覆盖的情形。

海港城市往往天生会成为具备个性特色的地方，与无商船的内陆地区相比，这里的日子过得更加艰难、更加自由，也更加离奇。即使在英国个性张扬的众多海港中，利物浦也总是独树一帜。它独特性格的彰显要追溯到十八世纪和十九世纪初期。当时利物浦商人是海运业的特立独行者，他们依靠臭名昭著的三角航线，把黑奴从非洲贩运到美洲，然后装着棉花、蔗糖以及烟草这些交易品满载而归，积累起巨额财富。美国内战时，英国其他地方都心神不宁地保持中立，只有利物浦坚定不移地和美国蓄奴的南方站在一条阵线上，给它提供地盘建立大使馆（该大使馆至今没有被正式关闭），还为它建造了最著名的"亚拉巴马"号战舰。确实，这场冲突的最后纷争压根不是在美国本土终结，而是在这块遥远的叛乱者和分裂分子逍遥的天堂。眼看"星条旗"的失利不可避免，另一艘南部联邦的战船"谢南多厄"号出现在默西河上。船长没有把战船交接给胜利的北方佬，而是穿越大西洋向利物浦的市长大人俯首称臣。

这就是利物浦将一直延续至二十世纪的态度——背对英国其他地区，双眼注视美国，流露出欣赏、渴望，尤其是会意的眼神。美国人乘坐着诸如"玛丽女王"号和"毛里塔尼亚"号的跨大西洋油轮每天往来不绝，利物浦的船员对他们的社交能力称赞不绝，这些船员轻而易举就对那些富有传奇色彩的遥远城市如数家珍，这为他们赢得了一个"丘纳德美国佬"的昵称。甚至连船只驶进默西河时，迎接它们的空中轮廓线都肖似纽约。轮廓线由岸边的一个地域开阔的露天广场码头顶、三栋巍峨的石头建筑构成的卫城组成，这三栋建筑美其名曰为"美惠三女神"，分属于码头与港口理事会总部、丘纳德公司、皇家利物（发音为"利-物"）保险公司。最后一栋建筑前后装饰以对称的绿色穹顶，穹顶上各自立着一只振翅欲飞的石头"利物鸟"，想要赶走四周盘旋的海鸥似的。

利物浦对"新世界"的偏爱虽然不可救药，但它同样也是一个典型的北部城市，市中心坐落着一片以圣乔治殿堂（约翰·班吉明称赞它是"英格兰最美的世俗殿堂"）为首的仿雅典公共建筑群，点缀着女王陛下及其配偶艾伯特王子的骑马塑像，这些充分展现出维多利亚时期城市独有的骄傲。撇去轰炸地点不谈，一切依然看似十九世纪九十年代阿特金森·格里姆肖著名的水滨场景——拥有"绿色女神"美称的有轨电车庄重堂皇，酒店、剧院、多功能大厅尖顶高耸，镀金的药店橱窗里陈列着盛着蓝色液体的巨大球体，杂货店里摆设着镶着"保卫尔牛肉汁"或者"锡兰茶"字样的珐琅招牌。

对于南部人来说，它是一个有些乌烟瘴气、危机四伏的地方，其声名大噪的莱姆街是民谣里妓女玛琪·梅的活动地带，而其人种的多元化杂糅——包括威尔士人、爱尔兰人、中国人以及西印度群岛人——暗示北非冰冷的海岸地区潜伏着不知名的危险和邪恶。另一个坏名声源于它据说是滋生极端左翼政治和极端工会垄断的温床,不仅出现在码头上,而且蔓延到工厂和汽车制造厂里,造成默西塞德郡无序的工业扩张。许多年来它最耀眼夺目的名人是贝西·布拉多克,她是代表利物浦交易区的工党议员,也是一位女中豪杰,她那粗鲁生硬的雄辩言辞似乎不仅充分反映了家乡城市的严肃阴郁,而且表达了她所代表的政府的一腔热情,尽可能想搞得人人都不安于境地悲惨。

然而,在远离码头、仓库以及码头边人潮喧嚣的酒吧世界之外,还存在着另外一个迥然不同的利物浦。海运业雇用了拥有庞大队伍的白领阶层,包括执行官、经理、文职人员,他们和资产阶级其他任何阶层一样执着于实现自身的社会抱负。在肮脏不堪的城市中心以外,柴郡境内默西河的对岸,坐落着井井有条、文明有礼的社区,那里几乎听不到利物浦口音——毕竟是自成体系的中产阶级社区,被亲和的政府治理得秩序井然,还配备有齐全的设施,诸如高档商店、绿树成荫的公园、高尔夫球场以及品质一流的学校。

先前提到了伊林的影片《磁铁》,它讲述的是一个小男孩的种种历险经历,他就来自这样的一个郊区,谈吐文雅,却和利物浦环境恶劣的市中心的一些喜欢闹事的街头小子混在一起。回头看看,这部影片颇有几分先见之明。

后来会经常提到咪咪·史密斯独自承担抚养六岁外甥约翰·列侬的重任,这个故事其实再简单不过,却也最为温暖人心。咪咪是上面几代人叫做"好人"或者"踏实人"的那种人,是现代版的贝特西·特罗特伍德,粗鲁的外表之下,掩藏着一颗至纯的金子般的心灵。约翰的亲生父母证明都不胜任时,她就挺身而出填补两人空出的位置,一心一意地给自己设立了一个使命,即,要为他创造,用她自己的话说,"每个孩子都有权得到的东西——一个安稳幸福的家庭生活"。

这就是约翰始终坚信的事情的来龙去脉。"我的父母不管我了",他将会对数不清的采访者说这样或者类似的话。"所以我就被送去和一个姨妈一起生活……"接下来的若干年,什么都分散不了咪咪对他的全心照料和自我奉献。可是背后的情况却比他们俩记得的或者费心记得的要复杂得多。

出生于1906年的咪咪是那种似乎从未体会过何为青春激情、何为轻率鲁莽的人,与狄更斯笔下的贝特西·特罗特伍德以及其他身体强健的女性形象非常相仿。她绝顶聪明、能言善道、博览群书,本应该一路读到大学,无论是当律师、医生,还是老师,都可能干得相当出色。然而,她总是被期许担当四个妹妹的额外父母的角色,也总被希望能够视家庭和家人的价值高于一切。她还是小姑娘的时候，表现出的活泼务实的一面似乎预示她不仅仅能成为一名学者。十九岁时，她作为一名学生护士进入伍尔顿疗养医院，在取得合格并最终当上看护之后，继续留在那里工作。二十世纪三十年代初期，她和一位来自沃林顿的年轻医生订了婚，他们是在病房里相识的，可是他们还没来得及订下结婚计划，未婚夫就从他自己的一位病人那里感染上病毒撒手离世了。

她的早年生活也并非没有特别的时光。在疗养院时，她负责的病人里有几位以前的雇主，其中一位名叫林顿·维克斯的富有工业家，他仍然尽责关心他们的健康状况，定期过来看望他们。这位富有爱心的财阀和这位外貌轮廓分明的年轻看护之间，滋生出对彼此的尊重和爱意。她接受维克斯的邀请休假，从护士的工作中摆脱出来，充当他的秘书，住在他位于北威尔士的贝特斯科德的哥特式豪宅里。

这样的消遣终止于1939年她和乔治·史密斯的成婚，当时她已经是三十三岁的成熟年龄。史密斯家族是伍尔顿牛奶场场主，这个地方当时拥有露天草场以及林荫小道，与其说是大城市的郊区，不如说更像是一个乡下村庄。乔治起初认识咪咪，得益于她工作的疗养院刚好是他早晨送奶路段的一站。这个牛奶场场主的满腔爱慕不久就升华为结婚的考虑，而咪咪证明更为小心谨慎，宣称自己不愿意"和煤气炉与洗涤池拴在一起"，把乔治只不过看成是"当我饿了或者困在镇上时"可以依靠的备用人选。即使相对于那个保守的时空而言，他们的感情也极度缺乏浪漫的情调。咪咪最后确实同意订婚时，他们确定关系的方式也不是亲吻，而是公事公办的握手。"乔治和我不一样……就像是粉笔和奶酪一样天南地北，"她这样回忆说，"我总叽里呱啦念叨个不停，而他却是个爱静的主儿。有点儿我行我素，不过心肠倒是很好。"她还回忆说，乔治温和的个性使他很容易被掌控，用不着"念多少经"。"我常常给他脸色看，他就非常清楚是不是惹我生气了。只要给他脸色，他就心领神会。"

也许鉴于她们专制的父亲，除了朱莉娅以外，斯坦利家的所有姊妹都嫁给了性格沉静优柔的男人，他们在家里的唯一作用就是养家糊口，家庭的管理或者复杂的内部事务则很少或者根本插不上手。老二伊丽莎白，大家都叫她梅特，先是嫁给了一个名叫查尔斯·莫利纽克斯·帕克斯的海洋勘测员；帕克斯1944年去世后，她又改嫁给一个苏格兰牙医罗伯特（"伯特"）·萨瑟兰。老三安妮，人称南妮，嫁给了一位名叫锡德尼·卡德瓦拉德的劳动部官员。人称哈里的哈丽雅特在五个姊妹中排行老四，在四朵姊妹花（朱莉娅除外）中，也是最富有冒险精神的，先是嫁给了一个名叫阿里·哈维的学工程的埃及学生，并和他一起移民到开罗。就在战争前夕,哈维在一次常规拔牙后死于败血症,哈里便带着女儿利拉回到利物浦。哈里已经放弃了英国国籍,所以被划归为外国人,必须定期向当局报告。她做出一个明智的选择,和供职于皇家军队的诺曼·伯奇再婚,重获英国护照。

咪咪、梅特、南妮以及哈里可以认出来是亲生姊妹。她们虽然没有哪个长得像朱莉娅那样明丽耀眼,但各个身材修长,皮肤呈现晒后的蜜色,流露出一股优雅的风韵——不是玛琳·迪特里希那种类型,倒是更有几分凯瑟琳·赫本的味道。她们衣着齐整,出门前总要戴上帽子手套,穿上搭配的鞋子,挽上手袋;她们还注重家居整洁,总之,个顶个地精明能干、能说会道、幽默风趣,颇有女强人的风范。约翰后来谈到自己仿照约翰·高尔斯华绥的《福尔赛世家》的情节脉络写了一个故事,主人公是一群在家庭中占主导地位的"坚强、聪明、美丽的女人。我过去总是和女人待在一起,听她们谈论男人、谈论生活。她们总是对当下的情况了如指掌,而男人却永远也搞不明白"。她们的丈夫被归为,甚至被公开说成是外人——这个标签同样会贴到这个家族里每个孩子未来另一半的身上。

可是,四个姐妹当中,只有咪咪一直没有孩子。她的解释是自己已经不得不给还是姑娘时的妹妹们当妈了,现在可不想再遭一次罪了。事实上,她被认为不太喜欢小孩子,更喜欢大一点的孩子,可以参与机智的谈话,谈论她感兴趣的话题,如读书和音乐。

从温厚的乔治·史密斯那里,咪咪在一个半是乡村的宜居郊区,收获了农场主妻子的社会地位,还得到了一栋远远超出她的苛刻要求的家宅。这所房子名叫门迪普斯,位于伍尔顿梅洛弗大道251号,夫妻二人于1942年入住进去。即使在一个对阶级的细微差别不是很熟悉的人看来,这个住宅也从多个方面彰显了它的高人一等:例如,它是半独立结构,而非带露台的构造;外层不是简单的砖墙,而是镶上了一层疙瘩状的灰色鹅卵石;而且它坐落在大道上,比只是什么街什么路听起来要上档次得多;更重要的是,它不仅仅是邮递员挨家送信路上的一个号码,它还有一个浮华的名字,附庸遥远的萨摩赛特山脉。

门迪普斯的内部设计颇像伊丽莎白时代的豪宅。入口的大厅有一半是木质墙面,低些的横梁用作博物架,陈列着咪咪的皇家伍斯特和煤港瓷器的宝贝收藏。一眼望去,楼梯富丽堂皇,向上延伸,经过一面巨大的彩色玻璃窗,上面镶嵌着都铎王朝的玫瑰图案。其余的窗户都装有彩色玻璃的边框,装饰以新艺术的花卉图案。一楼除了起居室和餐厅,还有一间带有乡间大宅特色的晨间起居室,只不过没有听起来那么张扬,紧挨在厨房边上。这栋房子1933年建起来的时候,第一任房主八成会聘请一位身着制服的女佣,而不只是雇一位偶尔来打扫的清洁女工了事。至今在晨间起居室的房门上方还挂着一块板子,上面镶着一排五根板条,显示这些电铃当初如何各司其职,把用人分别召唤到餐厅、起居室、前门、前居室或后居室的。是的,未来一位自称是工人阶级英雄的家伙,正是在这样一栋装着使唤佣人的电铃的房子里长大的。

咪咪总是讲自己领养约翰纯粹出于对家庭的责任——她自幼时起就养成根深蒂固的习惯,专门给妹妹处理麻烦。她会说,"朱莉娅遇上了一个人,和他在一起她有可能幸福。""可是没有哪个男人想要另外一个男人的孩子……"事实上,朱莉娅和侍者领班鲍比·迪金斯之间的关系不管如何,都没有把约翰剔除出去。迪金斯完全没有对"另外一个男人的孩子"心存芥蒂,而是做好准备把约翰当做自己的孩子养大。他对此非常认真,还说服朱莉娅和约翰搬出纽卡斯尔路9号,住到位于盖塔克的一所租来的小公寓里,这样来自她的亲戚方面的压力就减少了,说不定期盼中的家庭就可以建立起来了。

可是,在咪咪看来,她的妹妹如此明目张胆地和迪金斯"活在罪恶中",会使朱莉娅成为大家愤慨中伤的目标,厉害的程度甚至是阿尔夫·列侬在极为体面的斯坦利家里未曾遭遇过的。朱莉娅也许足够成熟,可以过属于自己的日子了,但小约翰却不应当被迫生活在道德沦丧的氛围中。

咪咪还有其他诸多动机,自己无可厚非的坚定的道德立场是一个方面,还因为她不愿意或者没有能力通过正常渠道得到孩子;此外,还源于约翰对她的吸引力,这种近乎神秘的力量从见到出生不久的他躺在妈妈怀里的第一眼,就扎下了根。"她决定要他,"她的侄女利拉·哈维说,"谁又能责怪她呢,毕竟他是你见过的最招人疼的小家伙。"

咪咪于是拉拢来自己的父亲,齐心反对朱莉娅和迪金斯,这种行为放在现在也许会被认定成骚扰。一天,她和鲍伯·斯坦利两人事先没打招呼,就出现在盖塔克的公寓门前,宣称这里不适合约翰居住,要求把他带走。不过,朱莉娅在迪金斯的支持下拒绝放弃他。咪咪于是寻求利物浦市政当局的一位儿童福利官员的介入,后者拜访了公寓,并对约翰和朱莉娅以及迪金斯挤在一个房间睡觉的状况表示担心。即使根据二十世纪四十年代有关福利的清教主义信条,这个理由也不够充分到让他和母亲分开。只有朱莉娅有权做出这样的决定。

斯坦利一家人给迪金斯取了一个贬损的外号"二流子"(战争时期对拙劣小人的俚称),他其实大体上还算是一个和善的文明人。不过,一旦酒喝多了,这个文质彬彬的侍者领班就迅速变成一个"掉链子"的典型利物浦男人,对朱莉娅破口大骂,有时还会打她。在紧急关头,大姐一向是她求助的第一站。一天,约翰正和咪咪待在门迪普斯,他的母亲突然进来了,他后来回忆道,"母亲穿着一件黑色的外套,脸上流着血。"她告诉他自己刚刚出了事故,他却疑心发生了什么更为凶险的事情。"我走出去进了花园。"他回忆道,"我爱她,可我不想搅和进去。我想自己当时是个道德上的胆小鬼。我想隐藏起所有的感情。"

结果,姐妹之间爆发了一场激烈的争执,咪咪后来做了讲述,争吵当中还提起了朱莉娅战时和威尔士士兵的韵事,以及那个女婴维多利亚·伊丽莎白。"(朱莉娅)当时想要寻求同情,但在我看来,她自作自受,还对她说'你不配做母亲'。她当时的反应就好像被甩了一耳光似的。我只说,我认为自己应该抚养约翰……(这样)似乎才合乎情理。乔治非常喜欢他。我们的房子在许多方面都比约翰住过的地方宁静得多,而且我们可以给他提供安稳。他长到这么大,够颠沛流离的了。"

按照咪咪的讲述,朱莉娅此时已经准备答应了,不但心甘情愿,而且感激涕零。但是约翰的堂姐利拉当时也在房间里,却看到这一场漫长的"夺子大战"以不同的结局收场。"我记得咪咪站在约翰跟前,对朱莉娅说,'你别想得到他。'"

咪咪一旦赢得了约翰,就全身心投入到照料他的琐事当中。她和乔治过去常常享受的一点社交生活,她也心甘情愿地放弃了;以后,她会自豪地宣称"我十年以来(约翰晚上上床睡觉之后)从来没有跨出过门槛半步"。她总是细心地在约翰的房间外面亮上一盏灯,不防身后传来严厉的一声"咪咪……不要浪费电!"时才作罢。

咪咪赋予约翰一个井然有序的生活结构,这是他和随性的朱莉娅一起生活时从未见识过的——饭点非常准时,每天晚上的就寝时间也雷打不动(很早),洗头洗澡定期进行,地点就在房子唯一的一间浴室里,内铺黑白格子的油地毡,搁置着一只底足呈爪状的独立式浴缸。吃饭之前——通常在晨间起居室用餐,有时会在光线相当黯淡的后餐厅——他会被要求做感恩祷告。饭前没有洗手,他不被允许上桌;同理,没有先问,"我可以下去吗?"也是不准离席的。

咪咪尤其下定决心,要让约翰谈吐像是一个中产阶级的好孩子,而不是说话粗俗刺耳的"坏胚子"。在她的指导下,约翰的嗓音很快就剔除了利物浦内城一丝一毫的口音。"我对(他)期望很高,也知道如果你说话像个流氓,是不会有什么大出息的。我记得有一次他乘公车从市里回来,听到了那些利物浦人彼此说话的措辞——你知道,就是利物浦方言——他感到非常震惊,不理解他们在说些什么……我对他说,他应该避开那种人……他是一个乡下男孩……是不会遇到(他们)的,除非有人来家里修理东西。那个世界离他太远。"

然而,咪咪的照料尽管一丝不苟,却缺乏母亲的温柔。她本质上还是医院的护士,操持家务,料理房客,拿出往日看护病房时的轻快和效率。有一次,约翰问她既然朱莉娅在他的生活中退居二线了,为什么他还要叫朱莉娅"妈咪"而叫她"咪咪"。"这个嘛,你不可能同时有两个妈咪,对吗?"咪咪的回答带着成人滴水不漏的逻辑。当时,小孩子得到允许对一个大人——也许保姆或者其他家仆除外——直呼其名,是相当少见的现象。在咪咪和约翰之间,这不是亲密的表现,反而说明他们之间存在一定的距离。

与此相反,约翰却和他高大强壮、和善快乐的乔治姨父发展出一段也许是他一生中最为轻松友爱的关系。乔治把他当做自己渴望和咪咪生育的亲生儿子对待。战争初期,奶牛场还在积极运转的时候,他会把约翰装在送奶车里,带他在伍尔顿到处转悠,顺便向顾客炫耀炫耀,那股子自豪劲活像是他自己儿子似的。约翰喜欢跟着他去挤奶厅,或者去黛西——拉车的马——闲暇时待着的草场。等他晚上回到家,他会张开双臂,约翰就会飞扑进他的怀里,咪咪记得,"他们就像是两辆火车在门口相撞"。他们总是互相亲吻,约翰管这个仪式叫"做香"。

乔治牧场主(他的名片上这样显示)的身份,在他三十八岁大龄收到入伍通知单时宣告终结。在他随部队驻扎在法国期间,他的兄弟弗兰克对奶场经营不善,大片牧场被一个生产熊牌尼龙袜的工厂兼并。乔治曾经一度尝试当个赌注登记经纪人,就在门迪普斯办公,却违反了当时的赌博法,法律只允许有执照的人员在赛马场上下赌注。他很快就放弃了这次商业冒险,一来怕被警察起诉,二来咪咪对那些因为生意在她家里晃悠的人很不喜欢。之后他能找到的唯一工作就是在熊牌厂当一个夜间保安,在曾经属于他的家族的地产上干最卑微的工作。

这就意味着他成天待在家里陪他的小外甥玩儿,软化或者减轻妻子严格的管理。约翰喜欢电影,咪咪却对"片子"抱着强烈的怀疑态度,可能是因为朱莉娅原先曾在一部影片里当过演员。因此约翰受到限制,只能看合适的题材,比如迪斯尼周期放映的银幕叙事诗《小鹿斑比》或者《白雪公主》,以及利物浦帝国剧院上演的圣诞哑剧。糖果仍然凭着分配簿里的"配给券"领取,这种情况一直持续到1953年:约翰每天晚上就寝的时候,会得到唯一的一颗补充营养的麦芽糖。

不过乔治也会无视妻子控制他的脸色,带约翰去伍尔顿的小电影院,或者熄灯之后,把糖果或者巧克力偷渡到楼上给他。每当咪咪看到他们两个在后花园玩纸飞机或者彼此拥抱着开怀大笑时,咪咪几乎都感到妒火中烧——尽管她自

25

己是不可能承认的。约翰爱说瞎话的倾向,也从来没有让他们明媚的友谊笼上乌云。"告诉你吧,"乔治会含笑对咪咪说,"他永远不会成为牧师的。"

约翰和之前的朱莉娅一样,很快发现了咪咪的弱点:幽默感。夏天她坐在后花园的折叠躺椅上,他会偷偷打开楼上的一扇窗户,然后把小水滴技巧地不规则轻洒到她的头顶上,她就会一直以为雨滴落下却不怎么确定。她的脾气虽然一点就着,可他做错事时,她却不会打他;他们不像是姨甥俩,反而会像是一对好斗的兄妹那样吵得不可开交。最后,咪咪弄得精疲力竭,快要抓狂了,便会转移到晨间室窗户旁边的一张安乐椅上,重重地坐下去。约翰随即会猫着腰,蹑手蹑脚地从边上绕过来,然后突然直起身子,透过玻璃像妖怪似的冲她大吼大叫。"不管我多么生气,结果却总是被逗得哈哈大笑,"咪咪回忆道,"他总能逗我开心,和朱莉娅一模一样。"

他的教育情况同样四平八稳地上了路子,使咪咪对他的未来抱有期望。1945年11月,他过完五岁生日后,他的爸爸就把他送到伍尔顿的莫斯彼兹巷幼儿园。可是他只在那里待了五个月,就在1946年春季学期结束时离开了。后来的解释是动荡的家庭生活导致他的行为出现严重的问题,他被莫斯彼兹巷幼儿园开除的原因是欺负其他孩子。然而,学校的日志上却没有任何开除的记载,给出他过早离开的唯一理由是"左区"。

咪咪一年后担起责任,把他送到多夫戴尔小学,位于彭尼巷的环形交叉路口附近。开始几次,他们一起坐公车上学,后来约翰就坚持自己去。"他认为我在让他出丑(让他看上去傻不拉叽的)。"咪咪回忆说,"想想这是什么话!所以我过去常常先放他出门,然后跟在后面,确保他没有淘气捣蛋。"多夫戴尔小学证明是最好的选择。仅仅六个月后,他已经可以非常自信地阅读和写作了。"那个男孩子聪明绝顶。"班主任博尔特先生对咪咪说。"只要他想做,能够做好任何事情。"乔治姨父也起了促进作用,他每天晚上都会把约翰抱坐到自己的一只膝盖上,给他念《利物浦回声》报,因而养成了他一生爱读报纸的习惯。

他一直喜欢画画,央求大人给他买铅笔、颜料盒、纸张,却不要玩具。他在多夫戴尔赢得了好几个艺术奖项,奖品包括一本名为《如何画马》的书籍,他会把它珍藏上好几年。他选择的主题有时会让老师大吃一惊,他们已经习惯了一般的孩子画猫咪或者"我的妈咪"。值得一提的一个例子是他曾经画的一幅耶稣基督像——留着长长的头发,蓄着山羊胡子,就好像他通灵预见了自己未来二十年后的模样似的。不过他的大部分作品都是漫画,选择的对象是同学和老师,画像扭曲得厉害,却又能立即辨识出来,逗得它们的模特——不管是大人小孩——

全都哈哈大笑。他擅长跑步和游泳,却在团体项目上稍逊一筹,例如足球和板球运动,因为不喜欢——不久却证明他其实不能——让眼睛盯住球。他遗传了母亲度数极深的近视,七岁时就被宣判要戴眼镜。根据新的《国民保健制度》,眼镜可以免费配。但是约翰非常讨厌标准的样式——金属丝的圆形框架,搭配粉色的鼻梁架。咪咪答应给他买他喜欢的任何类型的眼镜。她带他去了一家私人眼镜行,准许他挑选了一副价格不菲的眼镜,塑料的镜框戴起来更加舒服。可他甚至无法忍受戴上这副眼镜,只要有可能,就把它摘了。

结果,他看到的世界大体上纯粹都是近视处理过的——寻常的人和物在近视者看来都呈现出古怪的新样子,印刷的文字一旦误读就有了疯狂的超现实主义意义。此外,他身上还恰恰具备了利物浦人的共性,对语言非常着迷,无法抗拒玩弄文字游戏的冲动。如果说他的眼睛没有故意读错某个字,就是他的那颗机灵的脑袋故意为之,不错过任何使用双关语或者首音误置的机会;无论是口头还是笔头上,他都是一个天生的漫画家。他突然出了水痘——小时候生的一场大病——却戏称它是"鸡皮疙瘩"。他出去度假,零花钱不够用了,就给咪咪寄了一张明信片,上面写道:"快乐廉价"。

小男孩戴上眼镜往往显得文弱好欺。可是约翰的情况恰恰相反。同样在多夫戴尔有一个男孩,名叫吉米·塔布克,虽然不同班,却和他一样注定有一天会使利物浦声名远扬。"只要学校操场上发生打架事件,约翰很可能掺和其中。"塔布克说。"我一直记得他看人的样子。他的眼镜镜片很厚,就像是我们说的酒瓶底。你要是找哪个孩子的麻烦,你会说'你这是在看我吗?'。我们上学的时候就是这个规矩。不过约翰的镜片太厚了,你永远也说不清楚他在不在看你。"

与此同时,朱莉娅·迪金斯在艾勒顿的斯普林伍德市属住宅区安顿下来,离梅洛弗大道只有几英里远。迪金斯在咪咪眼里纵有千般不是,至少算得上是一个勤奋工作、节约俭省的男人。他现在阿德尔菲酒店豪华的法国餐厅里当侍者领班,这是一份很有声望的工作。而且,虽然朱莉娅先前两个孩子的经历都很糟糕,他还是说服她再次成为母亲。他们将会有两个女儿:生于1947年的朱莉娅以及生于1949年的杰奎琳·格特鲁德,可是阿尔夫·列侬却迟迟不办离婚手续,他们便一直成不了正式的夫妻。

咪咪一开始不愿意朱莉娅跟约翰见面过于频繁,担心她也许会扰乱他在门迪普斯养成的健康新习惯。不过,随着时间的推移,霜冻逐渐消解了。迪金斯虽然没有得到许可,无望加入这个家族最底层温驯的男性同胞的行列,两个女儿却完全被咪咪——以及其他姊妹——接纳了,约翰也可以和朱莉娅不受时间限制地待在一起了。

要想扭转这样的局面非常困难,姊妹几个拧成一股绳共同行动,不仅互相扶持,坦诚相见,而且互相帮忙操持家务,看顾彼此的家人。因此,约翰除了门迪普斯,还有三个可供选择的家,各个都一样欢迎他,一样快乐安全。他的哈里姨妈住在只有几步远的"村舍",那里是史密斯过去牛奶场的农舍,朱莉娅和阿尔夫·列侬战争期间曾在那里短暂居住过。他的梅特姨妈住在柴郡"河那边"的石头渡口,住宅的格局有些混乱,外带一个大花园。等梅特嫁给伯特·萨瑟兰并和他一起搬到他的家乡苏格兰时,房子便被她的妹妹南妮接手。

在定期举行的家族聚会上,约翰的玩伴都是他的堂兄妹:包括南妮姨妈和哈里姨妈的两个蹒跚学步的儿子迈克尔和大卫,以及梅特和查尔斯·帕克斯的独生子斯坦利,他比约翰大七岁。姊妹几个有这些古怪的昵称,全拜斯坦利所赐,他先是把玛丽误读成"咪咪",然后又把战争时期照顾过他的安妮叫成"南妮",等他离家上寄宿学校开始学习拉丁语,又给自己的母亲取了一个"梅特"的绰号,倒是非常契合她对优雅吹毛求疵的程度。约翰有样学样,称呼他的乔治姨父"佩特"。对那次兆头不妙的布莱克浦逃亡之旅,阿尔夫·列侬印象最为深刻持久的事情,是一个说话"像个绅士"的小男孩一脸严肃地问他,"我可以叫你佩特吗?"

他尤其喜欢他的堂姐利拉,她是哈里姨妈与埃及人的第一次婚姻的结晶,长得异常漂亮,笑容可以让一张四十年的深褐色照片焕发光彩。利拉只比约翰大三岁半,所以成为了他在家族内部的固定玩伴和同盟。在利拉的记忆中,有一个天性阳光、充满爱心的小男孩毫无顾忌地拥抱亲吻自己。"想想看,约翰甚至没到二十一岁就写出了那么多关于爱的歌。"她说。"要是他自己的生命中没有那么多的爱,又怎么可能做到呢?"

他似乎对加诸自己身上的战争,或者自己像包袱一样,在想要当他父母的争夺者之间来回转手的事情,没有多少印象。咪咪没有主动提供什么信息,对他的问题一律只报以最简明扼要、无关痛痒的回答。"(她)对我说,我的父母不再相爱了。"他后来回忆道。"她从来没有说直接诋毁我父母的话。我不久就忘记了父亲,好像他不在人世了似的。"可是阿尔夫却活得好好的,至少仍然会对咪咪的监护人的身份构成真实的威胁。她还没有正式领养约翰,以后也不会这么做;阿尔夫跟朱莉娅还是夫妻关系,在法律上占据道义的优势地位。他可以随时穿过前门要求把儿子归还给他。

这个危险很快就解除了,主要还是阿尔夫自己倒霉。他和约翰在利物浦分手以后,再次出海疗伤,签名登上了皇家蒸汽游轮"安第斯"号,踏上它开往阿根廷的处女航。在布宜诺斯艾利斯又发生了另外一起灾难性的不幸事件,这种事情似乎专门找到他的头上。他和其他几位英国海员在警察的一次例行检查中被带走,之后又被单独关押了两天。给出的缘由说逮捕他的人看到他的一页护照上面,紧挨在签名"阿列侬"的前面,只写了一个"约翰"代表他的第一直系亲属的姓名。因此他就被认为名叫"约翰·阿列侬"。当时阿根廷的一个臭名昭著的杀人犯也叫这个名字。警察就误把阿尔夫当成是他。等他重获自由回到英国,就重操旧业,在"多米尼加君主"号上工作,职位却一降再降,先是当助理擦靴工(擦鞋工),然后当银器掌管人(饭店银质餐具的保管员)。

根据他后来的描述,他依然满怀赢回约翰的希望,执行他们在布莱克浦移民新西兰的计划。1949年12月"安第斯君主"号回到蒂尔博里,他决定从伦敦坐火车到利物浦,再次和朱莉娅摊牌。然而,在他去尤斯顿火车站的路上,他被几位同船的船员拉去了苏活区的一家酒吧玩乐。这一闹就到了第二天一大早,阿尔夫喝得醉醺醺的,变得极不安分,砸碎了西区一家商店的展示窗,要和里面的人体模特跳华尔兹。他被拉到地方法官面前接受审判,法官毫不留情地判处他到沃姆伍德斯拉布斯服刑六个月。

阿尔夫的困境正中利物浦那些非正式法官的下怀。据他的弟弟查理讲述,他在狱中的时候收到咪咪写给他的一封信,威胁说一旦他试图跟约翰联系,她就告诉约翰他的父亲是个"囚犯"。犯罪的记录成了污点,直接结束了阿尔夫的海上职业生涯。灰心沮丧之余,他找了一份卑微的体力活干着,在一家宾馆的厨房洗盘子,似乎完全放弃了再和约翰联系的念头。

不仅他的父亲,整个列侬这边的家人,现在也彻底从他的心底抹掉了。他这一辈子都不知道他的这些同姓人是一群多么体面、勇敢、忠诚的人儿。他的祖母——性格坚强的波丽——战争期间自始至终都拒绝离开她的家园,哪怕托斯德是利物浦被轰炸得最严重的区域之一。约翰只有和父亲或者伯父伯母锡德尼与玛琪待在一起时,才常常去科波菲尔街串门。他和阿尔夫分开之后,就再也没去过了。波丽1949年因患胃癌病逝时,已经大概有三年没有看到他了。"从来没有人提起约翰那边的亲戚。"他的堂姐利拉回忆说。"我们小时候压根不知道他们的存在。"

即使姨妈和堂兄妹们碰巧都不来,门迪普斯也照样不显冷清,反而来客不少。为了添补乔治微薄的工资,咪咪招来一拨又一拨的房客——二十世纪五十年代他们被称为"掏钱的客人"——她不仅包管一日三餐,还腾挪出凸窗的前居室,充当公寓提供住宿。这些房客清一色都是男性,他们通常都是利物浦大学的学生,往往都会融入到这个家庭中,帮忙打点花园啦,陪乔治在当地的酒吧喝酒啦,还和约翰一起做游戏啦。这个家里还养了三只动物:一只黑白相间的大猫,名叫塞缪尔·佩皮斯,总是在乔治的大腿上窝着;一只波斯混种猫,名叫迪奇;还有一只爱心泛滥的混种母狗,名叫萨利。

约翰和咪咪以及乔治一样宠爱猫。一个下雪的晚上,约翰抱着一只黄褐相间、浑身湿漉漉的波斯小猫回到家,解释说自己不能把它赶走。他恳求得到允许抚养这只猫咪,可是咪咪却坚持说,既然猫咪明显身价不菲,就得先在《利物浦回声》报上登载寻主启事。结果主人没有出现,这只猫咪就待了下来,取名叫蒂姆。"我们养蒂姆养了二十年。"咪咪回忆说。"约翰不管身在世界何方,都想要了解蒂姆的情况。"

伍尔顿除了拥有乡间村舍和艺术装饰的住宅,还有许多古老有趣的房子,位于林区或者隐藏在森严的石墙后面,它们都是用利物浦当地的砂岩雕刻而成,还装饰以童话里城堡的塔楼和滴水嘴。约翰最为熟悉的是一个阴森的哥特式建筑,离门迪普斯只有几步之遥,它有一个怪异的名字,叫"草莓地"。建筑占地广阔,然而却不长草莓,即使在建筑内部,估计也没人尝过什么草莓,它现在成了救世军开设的女孤儿庇护所,这些孤儿分散到当地的各所学校上学,不过她们都穿着显眼的制服——身穿蓝白条纹相间的连衣裙,头戴一顶镶着红色花边的夏季草帽。

每当约翰和咪咪或者乔治姨父散步的时候,他总是喜欢在"草莓地"外面转悠,要么透过沉重的铁门往里窥探,要么高昂着头看着窗户,觉得和住在里面的更为不幸的孩子心有灵犀似的。每年夏天,孤儿院都会举办一次募捐的花园游乐会,他从来都不会错过到场的机会,游乐会上摆设着小摊,上面陈列着家里自制的蛋糕,另外还设计了各种游戏,提供的奖品有石膏的苏格兰狗、薄荷味道的彩色棒棒糖,抑或是孤零零的金鱼,没精打采地悬浮在盛满水的果酱罐子里。

"我会给他六美分,让他买小摊的吃食。"咪咪回忆说。"他一听到救世军的乐队吹吹打打的声音,就会使劲拉我,嘴里直嚷嚷,'快点儿,咪咪!我们快要迟到了!'"

3. 匪　帮

> 我得说我有一个幸福的童年……
> 我总是笑口常开。

多亏他当吟游歌手的祖父和想要继承衣钵的父亲,当然他两边的其他许多亲戚也发挥了作用,可以毫不夸张地说,约翰生来血液里就流淌着音乐的因子。然而在他早年成为音乐人的可能性似乎不大,更遑论他最终会成就的那个自己。

二十世纪五十年代的英国,音乐并不是多数人不可或缺的东西。在家里听音乐,需要的设备包括一台电唱机,手摇曲柄转动转盘,外加一张打了蜡的厚厚的唱片,汽车轮毂盖大小,每分钟七十八圈的转速,用普通的棕色纸包装,一掉下来就碎了。收藏唱片的人家,要是哪家的收藏超过六张都是这种深褐包装、吸附灰尘的怪物,那也绝对是凤毛麟角。

那时候,人们听不到商店、办公楼、机场、火车站大厅、医生的诊所或者电梯里不停播放的音乐,听不到新闻快报的背景音乐以及电话听筒里传来的乐音。便携式收音机使用电池,又大又重,设计得像是一个小行李箱。供私人使用的磁带录音机还几乎不为人所知。声音只能是单声道而不环绕。在公园或者海滨这种公共场所,唯一的噪音就是嘈杂的人声。大多数住宅区也是在同样未被打破的寂静中,消磨掉日日夜夜。电视机仍然是价格异常昂贵的新鲜物件。只有几千个家庭能够享有,而且也只有一个BBC频道每天中午和晚间早些时候播放少得可怜的节目。广播同样被BBC垄断,人们更习惯叫它无线电,它播放音乐主要出于公共职责,让工厂维持运转,使排队买食物的队伍保持安静。该公司非常担心自己的轻松节目让观众的情绪过分激动,于是禁止播放任何哪怕引起极轻微的性冲动的唱片,还禁止播音员串联节目时使用诸如火热爵士乐这样的煽动性的词汇。职业音乐人为数极少,只有经年的学习才能掌握复杂的技巧,他们的表演毫无个性,而且创造的总体氛围带有浮躁的异国气息,更符合中年人的口味。

对咪咪而言,对阿尔夫·列侬的世界最清楚的定义,就是一群人在他们的前厅或者——更糟糕的是——在利物浦内城的无数个街道角落四处开花的酒吧里,陶醉在粗哑刺耳的歌声中,幸好她把约翰从那个世界拯救出来了。咪咪心仪的音乐只有古典音乐,譬如利物浦爱乐乐团、曼彻斯特备受尊崇的哈雷以及BBC广播的如教堂般庄重的第三套节目(播音员即使只被播音室的工作人员看到,仍然穿着宴会的晚礼服)演奏或者播放的音乐。这个时代的古典音乐与流行音乐之间没有任何交叉点。流行音乐爱好者视古典音乐艰涩难懂、骄傲自大到无以复加的地步,而古典音乐爱好者则视流行音乐为可怕至极的噪音。

在约翰如今的家庭成员中,只有一个人具有音乐才能。他的母亲朱莉娅虽然在其他方面缺乏持之以恒的精神,但却仍然没有抛开当姑娘时学会的班卓琴和手风琴。她是一个天生的艺人,别人稍加鼓励,她就会来一场即兴表演。"朱迪(孩子们都这么叫她)弹得一手的好班卓琴和手风琴。"她的侄女利拉回忆道。"她有一副好歌喉,我只能拿薇拉·琳恩跟她相媲美。跟她在一起时,她非常风趣,很能逗人开心。她可以连续表演好几个小时,又是唱歌,又是讲笑话,还做各种模仿秀,你却从来不会感到厌烦。"

约翰打小就对音乐有发自肺腑的灵敏反应。1946年他的六岁生日前夕,BBC轻松节目开播了一档十五分钟的夜间节目,讲述一个名叫迪克·巴顿的特工——"艰难时期"詹姆斯·邦德的前身——的历险故事,节目的前奏采用的是一首名叫"魔鬼飞奔"的主题曲,颇有几分戏剧张力。咪咪记得每天晚上六点四十五分,当那疯狂的旋律在房子里回荡时,约翰的脸色总是唰地瞬间变成死一般的苍白。

约翰生活在斯坦利姐妹互相帮扶的体系之下,每年夏天都会去苏格兰,和梅特姨妈以及伯特姨父共度一个漫长的假期。度假期间,最大的亮点就是爱丁堡军队表演,这是一场以该城市中世纪的城堡为戏剧背景、由一个阵容豪华的军事乐队演奏的演出。这些穿着红色外套的方阵演奏着《安妮·劳里》或者《勇敢的苏格兰》的曲目,有时中间会穿插一个颇似格伦·米勒风格的美国空军乐队——正如约翰之后回忆的——"演奏得一塌糊涂"。他永远忘不了乐队例行演奏结束曲时自己内心的感受,此时所有的灯光全都熄灭了,只有风笛的乐音在呼哧呼哧、如泣如诉地唱响又一年的告别曲。

门迪普斯当然买不起像电视机这样新潮花哨的东西。唯一的一台无线电放置在晨间起居室的餐具柜上:那是一个气派堂皇的物件儿,装在一个上了亮漆的木头匣子里,上有金色的球形把手,外加一个旋钮,理论上可以收到像里摩日和希尔弗瑟姆这样的欧洲电台。乔治姨父格外好心,用电线把它接到约翰房间里的一个扩音器上,这样他躺在床上也可以听广播。不过,这主要是为了收听熄灯之后播出的喜剧节目,诸如《从这儿拿》《综艺盒》《深陷沼泽》和《轻松站立》。他最喜欢的节目要属《与里昂一家生活》,这是一个情景喜剧,讲述的是一个住在伦敦的美国家庭,演员是三十年代的电影明星比伯·丹尼尔斯和本·里昂,以及他们现实生活中的孩子芭芭拉和理查德。

他七岁的时候吹起了口琴,就像他的父母——更不必提他的几位伯伯叔叔——大概在相似的年纪做过的一样。机缘巧合,在门迪普斯住宿的一个医学生偶然随意从口袋里掏出一只长方形的银色小巧物件儿,并吹了几个音,当即就把约翰迷住了。这个学生承诺给约翰买一只属于他的口琴,前提是他必须到第二天早上学会用这只口琴吹一首曲子。约翰拿着它一溜烟不见了,没费多少工夫就学会吹了两首。

口琴充分展示他生就一双对音乐格外敏感的耳朵,就像他的父母以及大部分他不认识的列侬叔叔伯伯一样。他很快就不满足于自己的第一个不值钱的小乐器,过渡到吹奏半音阶的口琴——上面有一个滑动的长条改变音调——他还买了一本名为《吹奏半音阶口琴的正确方法》的自学用书,作者是詹姆斯·赖利船长。在赖利船长的帮助下,他学会了几十首曲子,曲目从像《绿袖》这样古老的英格兰小调,跨越到像《红磨坊》主题曲这样的电影音乐。他从利物浦乘坐里布尔公司的公车,去爱丁堡的梅特姨妈家,一共六个小时的路程,他有时候几乎会吹上一路。有一次,在路上,司机要送给他一只以前的乘客落在车上的口琴,只不过需要他第二天到爱丁堡公共汽车库来取。约翰在堂哥斯坦利的陪同下如约而至,收到了他应得的一只外表华贵、品质最佳的半音阶霍纳牌口琴。"我确信他在唱片里吹的就是这只口琴。"斯坦利说。

他很快进展到在碰见的任何一架钢琴上摆弄一番。结果发现,不论是在学校还是在朋友家里,他的手指和嘴唇一样具有快速学习的天赋。但是,咪咪虽然在其他方面非常纵容,却拒绝他在门迪普斯拥有属于自己的钢琴的请求。"我不肯买,"她回忆道,"我对他说,'约翰,我们不会走上那条路,''这里绝不允许有那种平庸的靡靡之音。'"

正对着门迪普斯后花园,有一栋房子,里面住着伊凡·沃恩,他是约翰在多夫戴尔小学的同班同学,约翰马上给他取了一个绰号叫伊维。两个人通气的方式有两种,要么打唿哨,要么写在小纸条上塞进罐头里,然后拴在一根从约翰的树屋上吊下来的绳子上,你来我往地荡过来荡过去。沿着威尔路,跟伊凡家隔几户住着奈杰尔·沃利,他是乐天热情的男孩儿,是约翰在莫斯彼兹巷幼儿园上学的短暂期间遇到的。奈杰尔同样成了他的跟班,得到了一个绰号叫沃洛格斯。

当地的小孩子最喜欢光顾一个大家叫做"尖儿"的土场,战前是一处人工湖泊,正是在这里,约翰与一个七岁的小家伙首次狭路相逢,这个小家伙脸蛋红扑扑的,顶着一头沙色的鬈发,发色显得特别的浅淡,几乎要以为他得了白化病似的。他的名字叫皮特·肖顿。

皮特以前一直把伊凡和奈杰尔看作是自己的喽啰,因此对这个来自梅洛弗大道、似乎把他们接手了的孩子生出几分敌意。他发现约翰中间的名字叫温斯顿,于是开始叫唤着"维尼!维尼!维尼!"嘲笑他。结果一场扭打在所难免,打到最后,皮特仰躺在地上,约翰跪在他的肩膀上,把他的两只胳膊按压下去。到了这个份儿上,约翰愿意不再追究,只要他发誓再也不叫自己维尼。皮特发了誓才被放开——可是,一走到安全距离,他又变脸大叫起"维尼,维尼,维尼!"。约翰一开始气爆了,话都说不出来。接着,看到他这么没皮没脸的,约翰又绷不住呼哧一声咧嘴笑起来。就这样,他结交了第一个知心朋友。

那个时候,孩子们可以一连几个小时在户外自由溜达,家长一点也不会感到着急。伍尔顿和周边环境提供了许多吸引约翰和朋友们探险的地方。"尖儿"的对面是一块高低不平的露天场地,名叫福斯特牧场,生长着一丛丛黑莓灌木,还有一片池塘,他们在里面抓蝌蚪、蝾螈、青蛙,还在水面上用桨划木筏。此外还有草场,夏天草地上生长的白芷起了一层奶油般的泡沫,另有大片大片的林地,里面经常有布谷鸟和秧鸡出没。不用走多远,就到了考德斯通斯公园和雷诺公园,草莓场以及艾勒顿已经消失的豪华古宅涛瓦斯也在附近。梅洛弗大道上,门迪普斯的对面延伸着艾勒顿高尔夫球场的绿茵和沙坑。

不像现在的孩子喜欢待着出神,他们玩儿富有挑战性的虚拟游戏,耍得热火朝天。他们最喜欢玩牛仔和印第安人的游戏,根据好莱坞的错误解读,本土的美国人总是扮演坏蛋的角色,参战的双方互相射击,中枪者虽然没有感到丝毫疼痛,仍要倒地"身亡"。对此,约翰却有截然不同的理解。"他总是想当印第安人。"咪咪回忆说。"支持弱势群体,就是约翰的本色。"因为他是他所在的小组的头头,印第安人总是获胜。"他崇拜的英雄不是西方布法罗·比尔、王尔德·比尔·希科克之类的白人偶像,而是印第安苏族酋长斯汀·布尔。"咪咪会先在他的脸上抹上棕色的肉汁,然后再用口红涂上几道充当战争的油彩。她还从当地的肉店讨来雄山鸡的鸡毛，为他编了一顶酋长的头冠。"他非常喜欢，……戴上了就不肯摘下来。我现在还记得他把皮特·肖顿绑在我们花园的一棵树上，戴着头冠绕着他手舞足蹈的样子。"

伍尔顿村社会和精神的中心，是为纪念圣彼得而建的英国圣公会教堂，它是一栋沙石建筑，附带一座罗马风格的方正钟塔。约翰在教堂大厅里上礼拜日学校，同来的有皮特、伊维、沃洛格斯，另外还有一个来自国王大道的男孩，名叫罗德·戴维斯，以及一个显得早熟的漂亮小女孩，名叫芭芭拉·贝克。每周日吃过午饭出门时，大人们会给他们每人几便士，让他们放到为巴纳多医生的收容所募款的募捐盘里，或者投到外形像小屋的钱箱里。在约翰的怂恿下，他们会把钱花掉买口香糖嚼，在学习《圣经》的几个小时里，故意显摆地从头嚼到尾。

他拥有一副纯粹的高音歌喉，很快为他在教堂的合唱团里赢得了一席之地，奈杰尔·沃利也在里面。一开始，他们颇为享受地穿上白色罩袍亮相表演的一套流程，每个礼拜日两次，礼拜六举行婚礼时也得到席，唱诗班的每位歌手将得到半克朗（即12.5便士）的报酬。他还会鬼使神差地走到圣彼得教堂的墓地（他自己称它为"白骨园"），里面苔痕遍布，墓碑历经风吹雨打，将伍尔顿村的家族史追溯到两个多世纪之前。他会不厌其烦地反复阅读蚀刻在上面的碑文，透过字里行间以及死亡的委婉称谓，读到熟悉的当地人的姓名以及他们被人遗忘的悲剧：

埃莉诺·里格比

托马斯·伍兹的爱妻

埃莉诺·里格比的孙女

卒于1939年10月10日，享年44岁

长眠于此

咪咪后来记得，因为埃莉诺·里格比的墓志铭上的一句话"她不是永远离开……只是睡着了而已"，约翰显得大获安慰的样子。

圣彼得教堂的教区牧师是一位来自威尔士的中年单身汉，名叫莫里斯·普赖斯·琼斯，年纪轻些的教民都称呼他普莱西。普莱西不是那种典型的一脸严肃的牧师，他的性情温和大度，能够容忍男孩一定限度内的调皮。不过，对付约翰·列侬这样顽劣的捣蛋鬼，他就完全没辙了。有一个礼拜日，布道进行得尤其艰难，约翰在唱诗班的一个同伴大卫·阿什顿开始偷偷摸摸地看起了书，书名叫《一个童子军的袖珍日记》，里面写着一条行为准则："童子军务必要勤俭节约"。

约翰弄出一支笔，把它改成了"童子军务必达到五十周岁"，一下子把周围的伙伴都逗得"前仰后合"——利物浦人这么形容不受控制的大笑声，好像全身受一条无形的细绳牵引似的。结果，两个孩子都被扣发了下一次婚礼的报酬。

礼拜日学校有一位老师，名叫玛·戴维斯，她曾在课堂上与约翰发生口角，当时讲到耶稣与经学家和法利赛人的会面。约翰听完这个故事非常气愤，断言迫害基督的人"肯定都是法西斯"。玛·戴维斯告诉他法西斯可比经学家或者法利赛人坏多了，约翰却拒绝相信。这位老师本来可以因为约翰为救世主打抱不平表扬他一番，结果反而怪他"制造麻烦"，狠狠训了他一通，命令他和同盟大卫·阿什顿去向普莱西汇报情况接受惩罚。

这位牧区教师觉得仅仅批评一顿不起什么作用，决定采用鞭笞这一罕见的处分。不巧他能够找到的最类似藤条的东西是一把雨伞，雨伞的主人是唱诗班的一位女歌手，名叫伯莎·拉德利，是教堂墓地里那位被缅怀的埃莉诺·里格比的亲戚。她的雨伞外观花里胡哨，外罩一层鳄鱼皮，手柄的形状颇像一只鳄鱼头。"约翰先挨的打，每只手打了一下。"阿什顿回忆说。"等普莱西打我时，手柄断了。我到现在都记得伯莎惊叫一声'哦，我可怜的鳄鱼！'时搞笑的样子。"

在他累累的不端行为和叛逆事件中，最妙的要属丰收节日里的合宜行径。伍尔顿村仍然保持农业的耕作，收割时节意义重大；连圣彼得教堂都要行动起来，用麦穗以及从当地的温室和菜园采摘的水果蔬菜，将神坛装点得格外丰盛。等普莱西从祭衣室出来，准备领唱像"我们耕地播种"这样的收获圣歌时，突然发现神坛上的水果少了不少，活像遭到一群捕食的乌鸦哄抢了似的。他只是朝发出咯咯笑声的唱诗班席位依次扫一眼，就立即锁定了小偷。约翰被踢出了唱诗班，他和皮特·肖顿两人还被禁止进出教堂。

咪咪催他去恳求回到唱诗班，他却听不进去。"我对他说'约翰，这是你教育的一部分'，他却回嘴嚷嚷什么'一派胡言，一派胡言！'。他总是生造一些傻不拉叽的词汇。他以前常常模仿唱诗班的指挥——脸上换上一副滑稽的表情，乱七八糟地瞎指挥一通。"

他的卧室正好位于前面门廊的上方，是一个颇为狭长的小空间，一张单人床几乎就把它塞满了，床顶罩着蓝绿色的顶罩，紧靠右手边的墙壁摆放着。屋内剩余的家具就仅仅是窗户旁边的一只矮小的衣柜、一张桌子、一把椅子了。约翰总是喜欢把自己定义成"宅男"，正是在这里，他独自度过童年的许多美好时光，当然他和伙伴们在野外时也不乏无数快乐时光。每当此时，整个屋子变得一片寂静,让咪咪以为他出去了。等她推开他的卧室房门,才发现他拿着一本书躺在床上,姿势甭提显得多么别扭难受。他平躺在床上,身子扭曲着,双脚抬放在墙壁上。他这一辈子要是事先不把自己折腾成发卡的别扭姿势,就甭想全身心地享受阅读的乐趣。

他继承了咪咪读书的爱好——虽然对约翰来说,读书更像是出于一种无法满足的生理上的饥渴。若干年后,他的姨妈将模仿他过去常常有些气势汹汹地从书架上卷起一本书扭头就走的样子,其实两眼却已经像是一对食人鲳似的如饥似渴地粘在书页上。五十年代初期的儿童文学与后来涌现的作品——A.A.米尔恩的《维尼熊》、肯尼斯·格雷厄姆的《柳林风声》、阿瑟·兰森的《燕子和鹦鹉》、休·洛夫廷的《杜利特尔医生历险记》——相比,可供选择的实在有限。这一题材为伊尼德·布莱顿垄断,她著有多部有关"名五和密七"的历险故事,另有对女子寄宿学校马洛里涛瓦斯和圣克雷尔的大事记。约翰躺在他的红色床单上,双脚高高跷过头顶,把它们全都读完了。

他童年时期最喜欢的两部杰作分别是刘易斯·卡罗尔的《爱丽丝梦游仙境记》和《爱丽丝穿镜奇遇记》。他欣赏它们维多利亚时代循规蹈矩的外衣下面隐藏的混乱状态,喜爱其中用个没完的双关语和首音互置以及疯狂的逻辑(却是用准确的句法和完美的韵律表达出来);还有那些歌曲,副歌部分简单得催人欲睡("你愿意,难道不愿意,愿意,难道不愿意,愿意跳舞吗?……"),不需要加上任何配乐。如果他能够感知,会发现卡罗尔的奇妙的动物寓言中,出现了他未来的若干个化身——过分好动的疯帽匠、昏昏欲睡的睡鼠、洋洋自得地抽着水烟的毛毛虫、龇牙咧嘴地嘲笑别人的柴郡猫、不断服用变身药片和药水的爱丽丝自己、在太阳从不下山的噩梦海滩上用甜言蜜语把一群小牡蛎说成冷盘的海象。然而,对这个把脚跷在墙上的男孩而言——最有影响力的却是一首题为《蛟龙杰伯沃基就诛记》的仿史诗,它就像给他上了一堂辅导课,让他体会到胡言乱语可以比理性的语言更具有无穷的表达力:

> 风怒兮阴霾满空,
> 滚滚兮布于四方,
> 雾霭笼罩兮翻腾,
> 怒号兮直达上苍……

《爱丽丝穿镜奇遇记》以如下乐段结尾:

> 在七月的黄昏,

夕阳映照着晚霞，
小船儿似梦般荡漾着前进……

爱丽丝的幻影依旧萦绕，
我虽然看不到，
但她仍在天空中跳动。

十五年后，将有一首歌问世，同样唱的是幽灵女孩，同样有"河上的船"和那"橘子酱似的天空"——让人联想到爱丽丝掉进白兔子的地洞时，见到的那罐橙色的橘子酱。

另一方面，他还在如饥似渴地阅读五十年代初期大量涌出的连环画杂志，从登载连载故事（通常是展示纳粹去"希玛尔！"以及"雷鸣和闪电！"的内容）的《流浪者》《巫师》《热刺》，到全是漫画的期刊《快活林》《花花公子》《广播娱乐》《电影娱乐》《一网打尽》，尽被他倾囊下肚。咪咪除了禁止他吃糖看电影，还禁止他看漫画杂志，大概只有趣味高雅的伊格尔（由一位牧师编辑）除外，不过他的乔治姨父却敢无视"脸色"，把一本本《快活林》或者《花花公子》偷送到楼上给他——而且，不管怎样，这些书在他朋友的家里可是任他予取予求。

他还会写自己的历险故事，就像《巫师》和《热刺》里的那些故事一样，只不过英雄变成了他自己；他还创造出了自己的连环漫画，肖似《快活林》和《一网打尽》里的内容。他年仅七岁就一手既写又画了一本名为《速度与体育》的杂志，J.W.列侬绘制插图，内有足球运动员跑动时的图片、连环漫画以及一个连载的历险故事的开头。第一期的结束语这样写道，"如果您喜欢此书，请于下周回来。内容将更加精彩。"不过，所有使他的想象力丰富起来——使他的性格定型——的这些或高雅或低俗的文化源泉中，什么也比不过威廉·布朗的影响力大。

威廉是里奇马尔·克朗普顿·兰伯恩（1890—1969）创造出的人物，作者曾是兰开夏郡的一位研究古希腊罗马文化的老师，她患了小儿麻痹症后，改用里奇马尔·克朗普顿的笔名写作。她塑造这位十一岁的主人公，原本面向的是成人读者，但是孩子们很快迷恋上了他，因此保证他得以在三十七本故事集中继续存在。在种种不端行径——蓄意破坏公共财物、行凶抢劫、偷开别人的车出去兜风、喝汽酒——充斥社会之前，威廉是那段纯真年代里典型的调皮小鬼。他咋咋呼呼，衣着不整，怎么也纠正不过来；口袋里鼓鼓囊囊的，装着弹弓、弹子、活青蛙；他是他的生活圈子里让人头疼的对象，他传统的父母、焦虑的哥哥姐姐以及每一位学校老师、牧师都为他劳神,连神经兮兮的老处女也不例外。他有三个同伙,分别是金杰、道格拉斯、亨利,他们三人组成一伙"匪帮",一起在乡村四处晃荡,什么勾当都干:擅闯别人领地、摸鸟蛋、扮演红色的印第安人、向他不共戴天的仇人休伯特·莱恩发动游击战、躲避迷恋他的追随者紫罗兰·伊丽莎白(她就是追星族的原型)。匪帮为了对抗专制自负的大人,结成了牢不可破的亲如兄弟的情谊;他们有自己私下的语言、秘密的标记、神圣的仪式、洞穴似的藏身之所兼剧院——老粮仓。

威廉是一个具有多重性格的人物:既是一个领袖,对属下拥有绝对的权威;一个幻想家,想像自己从事特别的工作,当猎取大猎物的猎手啊,干特工啊,或者当马戏团的小丑啊;一个极尽轻视嘲讽之能事的行家,一个富有创新精神的说谎精;又是一个艺人,喜欢穿着异域风情的服装,戴着精致的假山羊胡或者八字须,或者亮开最高的嗓门放声歌唱,或者吹奏最高音量的口琴或者小号;还是一个总想为新水枪或者板球筹款的骗子;一个心肠柔软的动物爱护者;一个新鲜事物的不倦追求者,一个新潮流时尚的紧密追随者;一个不屈不挠的作家,用自己的个性语言写作骇人听闻的故事、戏剧和诗歌;一个安排戏剧、演出、展览的组织者,地点就在自己的卧室或者老粮仓。他最大的快乐,就是逃离自己温文尔雅的环境,和一群"低俗不堪"的工人阶层的孩子们混在一起,拿自己光鲜亮丽的衣服换他们邋遢的衣裳穿,努力想要模仿他们散发魅力的粗俗语言。当他被发现混迹在这些不相宜的同伴中,重新被送回愤怒的家人怀抱时,他的情绪从来没有如此荡到谷底。

约翰囫囵吞枣地读完咪咪书架上的几本威廉系列的红色布面精装书,便开始收集这套丛书,跟随着书中的主人公一起经历二十年代、三十年代、第二次世界大战,一直来到太空时代的门槛前。他喜欢书中锋利尖刻的散文风格,不将就年轻读者的口味,随心所欲地运用情人、杜鹃这样的字眼;同时又总是和威廉站在同一条阵线上,反对一群大为滑稽可笑的成年人:暴躁易怒的退休上校、郊区牧师傻不拉叽的老婆、愚蠢不堪的警察、穿着凉鞋的素食主义者。而且,威廉生活的世界与约翰自己居住的环境有不可思议的相似度——同样是被农村包围的"村庄",同样是上流社会的家庭,装着使唤佣人的电铃。约翰完全认同威廉的叛逆、勇敢、幽默、异想天开,理解他总是既想当头头又想有伙伴的渴望,欣赏他与别人分享的慷慨,喜欢他时不时让人忍俊不禁的错拼或者误读,甚至连他喜欢红种印第安人胜过喜欢牛仔,以及他酷爱吹口琴的事实,都被约翰一一接受。同样是威廉,激发他创立了属于自己的第一个四人组合,对抗整个世界。

匪帮拥有一套不变的上下等级，威廉是最高领袖，他的"铁哥们"金杰充当左膀右臂，亨利和道格拉斯则构成次要的下级。约翰有样学样，伊维·沃恩和奈杰尔·"沃洛格斯"沃利对应亨利和道格拉斯的位置，而像得了白化病发色浅黄的皮特·肖顿自然就是金杰了，担当他的师爷和听众。

约翰领着他们，把放学后的时光、周末以及假期的时间，都消磨在要在伍尔顿重现威廉和匪帮的壮举上。他们搞了许多自以为残忍的恶作剧——标牌明明写着"请不要践踏草地！"，他们偏要在草地上踩一踩；哪里命令"禁止进入"或者"禁止出去"，他们偏要进入或者出去；水龙头上清楚标着"非饮用水"，他们偏要一喝为快；诸如此等行径——用他们在礼拜日学校的同学罗德·戴维斯的话来说——就是"跑进马克和斯宾塞家，却大嚷伍尔沃斯的家人"。其他时候，他们则藐视权威，做出危及生命和肢体的举动，让他们各自的家人勃然大怒。他们最喜欢玩的游戏之一，就是挂在梅洛弗大道上来回哐当哐当运行的有轨电车后面。另外一个就是爬上一棵长在交通繁忙的主道上的树木，然后等下面有双层公车通过时，玩儿一种类似胆量比试的游戏。具体而言，当公车开来时，他们当中一个人会把一条腿伸到前面的道儿上，坚持待着不动，竭尽可能坚持到冲撞发生前最后一刻。谁坚持得最久，谁就是赢家。要是哪个人的鞋子真的碰到了公车顶，就会额外加分。

大家不久就习惯称呼他们这一伙人是列侬帮，他们成了这一地区的灾星，要是没有他们，就是远离迫害和骚扰的福地了。他们擅自闯进艾勒顿的高尔夫球场，玩起了他们自己发明的各种闹腾的游戏，让在那里玩乐的一本正经的生意人大为光火。他们不买票偷偷从电影院后面的入口溜进去妨碍放映，最后被怒气腾腾的女引座员一脚踢出去。他们还从别人的院子里"偷摘"苹果，简直猖獗得无法无天，一个气急的果农甚至操起一杆猎枪，朝约翰逃之夭夭的背影连放两枪。

和威廉一样，他成为了一名童子军，加入艾勒顿第三部队，不过他也像威廉一样，无暇顾及童子军的尽责和恭敬准则。他在部队"獾"部的战友大卫·阿什顿记得他们穿着短裤、头戴灌木编的帽子，脖子围着领巾，一起大踏步迈进时，他怂恿大家唱改编的进行曲："我们是第三！疯子第三！我们来自艾勒顿，我们是疯子，疯子！"

威廉和他的匪帮经常活动的场合是夏天的义卖游乐会和花园聚会。他们在伍尔顿的门徒们当然也不例外，每当当地的某个教堂或者机构为了募款的单纯目的，布置起所有的必要摆设（包括酒椰叶纤维做成的小摊、摸奖以及小孩子的

40

化装舞会服装展示)时,都能发现他们的身影。他们会偷溜进帐篷里,里面陈列着家制的蛋糕、馅饼、悉心栽培的山莓,正等待着评委的检视呢,他们却毫不客气,眼馋什么顺走什么。一旦吃撑到嗓子眼了,他们就会拿那些为美好的事业努力募款的人们开涮,也不忘嘲笑那些蒙在鼓里自得其乐的家人,以此来作消遣找乐子。奈杰尔·沃利有一段快乐的回忆:有一次花园游乐会是由"修女包办的",他们瞄到一群僧侣坐在一张长凳上。"约翰不知从哪里弄来那种袍子,穿上装成僧侣。他混坐在其他僧侣中间和他们搭话,说的话逗死人了,我们都躲在帐篷下面笑得满地打滚。"

整个描绘主要有一点却与性格不符。威廉尽管干尽无法无天的勾当,却从来不作践自己故意行窃,约翰——总是在皮特的怂恿下——却成了一个在商店盗窃的惯犯。那个时候的糖果店通常会放心大胆地把糖果和巧克力摆放在柜台上,或者盛在敞口的盒子里,或者装在玻璃碟子里,下面垫上网眼纸垫。"我们会固定去一家一位小个子的老太太开的店,"奈杰尔·沃利回忆说,"约翰会一边指着说要架子上最顶一层上的东西,一边忙不迭地从柜台上往口袋里抓东西。伍尔顿的巴思斯家对面,有一家店卖丁克玩具,他在那里故伎重施。他会趁那个家伙往别处看的时候,把一辆拖拉机或者小汽车塞进口袋里。我们晚些时候又回到那家店,不过这一次约翰没戴眼镜。他搞不懂自己的手指怎么摸不到丁克车了。原来他没有看到那个家伙已经用一层玻璃把它们罩起来了。"

咪咪给零花钱非常大方,每个星期给约翰五先令的零用(威廉娇生惯养的死对手休伯特·莱恩得到的也是这个数目),前提是他必须要做一定的家务活,比如说修剪草坪。和威廉一样,只要他有的,都要和"死党们"分享。他发现自己不可能守得住钱财,他这一辈子都会如此;他也不愿意通过合法的途径挣来额外的收入。他唯一一次被咪咪体罚,是在她发现他从自己的钱包里偷钱之后。"我总是掏一点点钱去买像丁克玩具这样的小玩意儿,"他回忆说,"那天我肯定是拿得太多了。"

他虽然心肠不坏,心血来潮时颇为大方,但却表现出缺乏敏感和同情的细腻心思,这一点有时连利物浦寻欢作乐的小子们都觉得太过。这个时代还不用对那些身体和精神残疾的人士小心措辞,约翰似乎觉得各种形式的苦痛都可笑之极。他画的图画里充斥着或丑陋或畸形或肥胖或骨瘦如柴的形象,他们的手脚不是多长了就是少长了,身上遍布疣或者疮。无论是一个盲人拄着一根白棍子,嗒嗒地敲地摸索着走路;还是一只储钱罐,造型是一个拄着双拐的孩子,都能让他咯咯怪笑起来——许多人其实试图用笑声遮掩内心恐惧或者厌恶的情绪。

他经常会上演属下称呼的"瘸子秀"娱乐大家,他会像卡西莫多那样拖着脚走路、跳跃,脸上龇牙咧嘴地傻笑,两眼像白痴似的一片茫然,一只手还像爪子似的扭曲着。

即使在那时,他的日常生活虽然没有出现任何暗示的迹象,他却似乎已经预感到自己奇特的命运了,好像祖母波丽传说中的通灵的能力延续到了他的身上似的。他做的梦真实生动激动人心,让他期待躺到他铺着蓝色床单的床上睡觉,那股劲头不亚于迫切去看一场戏剧演出或者电影。他后来回忆,他总是梦到色彩亮丽的颜色和稀奇古怪的形状,以致他后来第一次接触萨尔瓦多·达利、希罗宁姆斯·博施这样的画家时,产生似曾相识的冲击感。

他做的最具有预言性的梦境不断地出现在他的梦里。有一个梦里,他坐在一架飞机上在利物浦上空盘旋,往下可以看到默西河、各处码头,塔上伫立的一对利物鸟,飞机每转一圈就飞得越高,直到整个城市从视野中消失不见。在另一个梦里,他淹没在半克朗堆成的海洋里,这种大块的银币属于采用十进币制以前的旧式货币,有铣过的边缘,过去价值 12.5 便士,相当于现在 5 英镑的购买力。还有一个梦里,他记得"在几个老房子里发现了好多钱——我能带走多少就有多少。我常常把钱塞进口袋里,握在手里,装进麻袋里,可我不管怎么装还是不满足"。

1951 年,利物浦大学的两位新生来到门迪普斯,一起住进约翰卧室隔壁的那间凸窗的房间。一位是生化专业的学生,十九岁的年纪,来自利兹,名叫迈克尔·菲什威克;另一位是医学生,名叫约翰·埃里森。菲什威克将会成为最受咪咪欢喜的掏钱房客——可是他们两人谁也没有想到这会最终演变成什么结局——他作为知情的内部人员,将参与到约翰童年时期发生的两次不幸事件中。

住宿人一共支付 3 英镑 5 先令——菲什威克记得,这个价格"有一点点贵"——包括住宿费和伙食费两大部分,饭菜都盛放在晨间起居室的折叠式桌子上,咪咪总是把他们和约翰、乔治的饭点错开。他记忆中的约翰是一个友好"温驯"的孩子,他在家里的举止让人很难想像他在外面的小阿飞形象,他大部分时间都用来读书或者画画,画的无非是"全身是疙的巨魔人"或者是新房客的漫画像。这个时候,两位学生似乎赢得了咪咪同等的欢心,他们的举止文雅礼貌,都对英式橄榄球有上档次的兴趣,还心甘情愿地帮忙打理园子,有时候约翰勉强来打打下手。两个人有时带他出去消磨掉一天的时光,目的地通常是位于柴郡威勒尔半岛的霍伊莱克,那里的船只包括张着白色船帆的优雅游艇,不像默西河上只有挖泥船和拖轮出没。

他的家庭状况使他与其他男孩子不同,不过,在那个时代,这一点似乎也成了一个额外的好处,而非权利的剥夺。约翰由咪咪亲手照顾,妈妈又近在咫尺,其他三位姨妈也是可以永远依靠的支撑,他生活在一种被女性欣赏关怀的氛围中,溺爱娇宠的程度甚至连他最小的堂兄妹都赶不上。他不知怎么就意识到咪咪对他的所有权只是最不正式、最不确定的权利;日子一天天过去,他变得格外老到地利用起她一直害怕失去他的心理。姨甥两人要是因为什么爆发一场特别剧烈的争吵,比如为了约翰房间的混乱问题,他就会噔噔噔地踏重步,走去艾勒顿的朱莉娅家过夜,有时一待就是整个周末,一边走还一边扭头朝后放狠话,说什么自己可能再也不回来的浑话。

朱莉娅和鲍比·迪金斯住在布洛姆菲尔德路 1 号的"半独立式"公有住房,与门迪普斯形成了极其鲜明的对比,因为朱莉娅不像她的老大姐一样讲究家居整洁、家务有序、家庭规范。在朱莉娅家,你用不着擦脚,也不用把外衣挂到适当的位置;吃饭没有固定的饭点,饭菜任何时候都可能出现在桌子上。"这并不是说她不是一个称职的家庭主妇。"她的姨甥女利拉回忆道。"炉灶上面总是放着一锅炖菜或者砂锅炖菜。如果我们正准备坐下吃饭,正好有人来了,自动就会腾出位置来。"

约翰同母异父的妹妹朱莉娅和杰基享受到母亲一周七天的关怀,他却似乎一点也不嫉妒她们;她们反过来也把他当做大哥哥,给他取了一个斯丁克的昵称,早晨他躺在床上的时候在他身上上蹿下跳,喜欢他讲给她们听的怪兽和默西河美人鱼的故事,以及他剪出来的会跳舞的骷髅纸人。"朱莉娅总是直白地表现自己多么喜欢他。"利拉说。"她的家里到处都是他的照片。"同样,他也每时每刻都清楚一个事实:她再也不真正属于他了。

朱莉娅是约翰的圈子当中第一批拥有电视的人之一,这是他去她家的另外一个重要的原因。那个时候,这么有福的人有义务把朋友和邻里都邀请到家里"看看"(当时流行这个说法),在客厅里多放上几个座位,然后把灯熄了,拉上百叶窗,制造一个类似电影院的暗室环境。早期的电视综艺节目有时采用歌厅时代或者吟游歌手时代年迈的幸存者为主角——唱《所有的好姑娘都爱一个水手》的赫蒂·金;莱斯利·哈钦森,又名哈奇,他首次使阿尔夫·列侬钟爱的"跳起比根舞"变成流行歌曲;在利物浦出生的"秘密喜剧演员"罗伯·威尔顿,他的颤音独角戏总是以"战争爆发的那一天……"开场。朱莉娅最喜欢乔治·丰比,他是天性快乐的兰开斯特人,一脸灿烂无比的笑容,一边弹奏着班卓琴,一边唱着包含纯洁双关语的歌曲,歌唱中国的洗衣店和窗户清洁工。"朱莉娅欣赏丰比,约翰也耳濡目染地喜欢上了。"利拉说。"我记得有一天他正在电视节目上,这时电表里的钱突然花光了,朱莉娅急得都要抓狂了。"

在朱莉娅家里,无线电总是开着,调频到轻松节目,播放咪咪无法忍受的刺耳舞曲。她还有一个电唱机,几乎每周回来都要带一张崭新的七十八转的单曲唱片,用单调的棕色纸包装着。多亏有了她,约翰才能对英国早期的流行音乐榜——称作前十二名金曲榜,后来改成前二十名歌曲榜——的动态都了如指掌,尤其是每当轻松占据榜首的美国歌手,如盖·米切尔、纳特·金·科尔,被诸如鲁比·默里或者迪基·瓦伦泰恩的某个本土新星暂时取代的时候。

五十年代初期,一个英国男孩很有可能听弗兰基·莱恩的歌曲而热血沸腾,他唱的是牛仔主题的亚歌剧咏叹调,比如《天空中的鬼魂骑士》和《OK 镇大决斗》。约翰喜欢莱恩和约翰尼·雷无人能及的表演才能,后者戴着助听器,在他大获成功的歌曲《哭泣》中突然煽情地痛哭流涕。不过,让人惊奇的是,伍尔顿的这位冷酷的匪徒竟然也喜欢伤感的情歌,即使是"老哼哼"宾·克罗斯比唱的也不例外。克罗斯比在一首歌里玩了一出文字游戏,立刻就让他上了心:"请……借你的双耳倾听我的请求吧……请把我紧拥入你的怀中……"

约翰来的时候,朱莉娅总是显得兴高采烈、无忧无虑、爱玩爱闹,被约翰视为自己的姐姐而非母亲。可是等他一走,她的女儿朱莉娅记得,她会在突然安静下来的客厅里坐下,打开电唱机,放上一张英国高音歌手大卫·怀特菲尔德演唱的唱片《我的儿子约翰》,因为显而易见的理由,她对这张唱片最情有独钟。歌曲高潮的结尾部分唱出了诡异的准确预言——"我的儿子约翰……有一天他将会飞走……有一天他将会娶妻……有一天生子……",她听着听着,双眼就会渐渐饱含泪水,仿佛冥冥之中她猜到自己将永远不会亲眼见到似的。

4.近视眼约翰·温普尔·列侬

我想,"我不是天才就是疯子。到底是哪一个呢?"

当时升学考试像交通灯一样,指挥着每一个孩子通过国家的教育体系奔向各自的前程,通过考试的孩子进入文法学校,其余的则上现代中学或者技术学校。约翰后来回忆说,他在多夫戴尔小学的最后几年,就一直被灌输这样一个观念:你如果通不过升学考试,一辈子就完了……"所以那是我通过的唯一一次考试,因为我被吓坏了。"

对那些为自己以及家人带来如此荣光的男孩子,传统的奖励是一辆崭新的自行车。乔治姨父毫不怀疑约翰会顺利通过考试,因此早在捷报到达门迪普斯之前,就为他挑选了一辆自行车。那是一辆翡翠绿的拉雷·伦顿牌自行车——几乎和他自己的姓重音——配备有奢侈的附件,如斯特尼弓箭手牌三个车速的变速挡、发动机支持的车前灯、一个相配的绿色皮革挂包。依据他们大家庭的精神,不能让约翰的堂姐利拉觉得自己被忽略了,所以咪咪和乔治同时为她买了一辆新自行车。

约翰的出色成绩让他可以在利物浦的中心城区和郊区地带的若干所卓越的文法学校中进行挑选。咪咪看中了位于哈特希尔路的采石河岸高中,从门迪普斯骑自行车经过考德斯通公园里的小路,很快就能到达。他于1952年的秋季学期伊始在那里就读,刚好快要过他的十二岁生日。

采石河岸命名为"高中"不是暗示与男女随意混校的美国高中有什么关联,而是微妙地提示该校比其他男子文法学校在周边环境上高出一筹。该校成立于1922年,得名于当地的若干个沙石采石场,该采石场孕育了利物浦众多的主要建筑,其中包括英国国教教堂。学校本身就是一栋装饰华美的新哥特式沙石豪宅,由一位名叫约翰·布兰德的富商于1867年修建起来。它虽然是一所免除学费的公立学校,却要效仿哈罗、温彻斯特这样的公学,设有校舍体制,老师要身着黑色长袍,到处弥漫着一种传统和古典的气息。

学校免了学杂费,却希望每位学生的家里能够自备一套必须要穿的统一制服,包括一件黑色的轻便夹克衫、一顶黑色的帽子外加一条黑金色的条纹领带。夹克衫尤为讲究,前胸兜上要佩戴校徽,校徽上印着金色雄鹿的鹿头,下面有一行拉丁格言 Ex Hoc Metallo Virtutem——"美德(香自)粗金来"。袖口装饰得像是初级海军军官的衣袖,上面隆起一条黑色的条纹,再镶以一只由金色的鹿头组成的圆环。本来从学校的官方服装店——位于史密斯丹路的瓦伦斯——购置夹克衫,就不便宜了。咪咪却偏要乔治姨父的裁缝为他量身定做,每件要付 35 英镑的重金,几乎和乔治买的自行车一样贵了。再也没有哪对亲生父母会像他们这样宝贝孩子,坚持让他享用最好的东西。

新学年伊始,伍尔顿的匪帮也分道扬镳各奔东西。伊维·沃恩有学习的天赋,又肯刻苦用功,升入利物浦学院,它是内城区最有名的一所文法学校。奈杰尔·沃利则要上位于彭尼巷附近的蓝衣学校,该校前身是阿尔夫·列侬三十年前就读的蓝衣医院。不过,对约翰来说,幸好他的铁哥们皮特·肖顿也进入了采石河岸。"我们就像是连体婴一样,形影不离地度过那段岁月。"皮特以后回忆说。"我们开始第一年还在上游,渐渐就滑到了垫底的份儿。"

约翰自己后来坚持说,他到文法学校的时候,还决心好好学习,为咪咪和乔治姨父的脸上增光。然而,所有美好的决心在他第一眼看到采石河岸的操场上扭打叫嚷的新同学时,全都化成了泡影。"我当时想,'天啊,我得在这帮人中间杀出一条血路来。'因为我在多夫戴尔时就是这么干的。那里有那么几个身强力壮的真正打手。我参加的第一场打斗就输了。等我真的受伤时,我害怕了。要是流点儿血,就得喊停了。从那往后,我要是觉得哪个家伙比我的拳头抢得重,我就说,'好吧,我们来摔跤吧。'……其实,我那么逞凶好斗是想受到大家的欢迎。我想当头头。那似乎比只当一个尖子生要有意思多了。我想要每个人都按我的吩咐行事,觉得我讲的笑话好笑,什么事情都让我说了算。"

采石河岸的校长 R.F.贝利,是一位杰出的教育工作者,他独具慧眼,能够看到那些不同寻常或者古怪的男孩身上的潜能。约翰入学五年前,他就退休了,把棒子交给一位不苟言笑的厄内斯特·R.泰勒,他是前任公务员,兼做卫理公会的非神职布道者。"欧尼"·泰勒时代的采石河岸学生的记忆中,他是一位遥不可及的人物,沿着走廊阔步前行,沉浸在校长高深莫测的思绪中,黑色的袍子在身后被风吹得猎猎作响。

和那个时代的多数男子学校一样,体罚是家常便饭。皮特·肖顿永远忘不了他和约翰第一次被叫到校长室挨鞭子的情形。他们一起在外面等待的当儿,约翰猜想校长说不定会从一只镶嵌珠宝、内衬天鹅绒的盒子里取出鞭子来,搞得像是皇家的什么特别物品似的,把紧张兮兮的皮特笑得够呛。他们分别被叫进去接受惩罚,约翰先进去。一会儿过后,门开了,约翰手脚并用地爬着出来,夸张地直哼哼。皮特没有意识到校长室和走廊之间隔着一间小厅室,所以欧尼并不太清楚还有这么一出戏。"我进去的时候正笑得要死要活呢,所以我挨的鞭子比约翰重。"

男生们入学时分编进五栋校舍,本意是为促进忠诚友爱的情谊,也为了使竞技活动更有竞争的优势。每栋校舍都以临近的一个郊区的名字命名,里面的学生相应地都是来自那一个社区,因此反而使他们之间存在的敌对情绪和社会虚荣心长久地延续下去。包括约翰和皮特在内的伍尔顿校舍,在这个社会缩影里居于中层,没有查尔德沃或者艾勒顿那么上等,但也绝对比韦弗特里和埃伯斯高出一筹。

采石河岸1952年的入学新生中还有罗德·戴维斯,以前曾是他们在圣彼得教堂礼拜日学校的同学。三个人都被划为A等生,A等生是被认为一届当中最聪明最有前途的学生。从此,罗德变得越来越优秀,而约翰和皮特则很快降成B等生,又马不停蹄地从B等生掉成C等生,才消停了,那也只不过是因为下面没有更低的等级可去了。"我从来就没真的搞懂怎么会变成这样。"罗德·戴维斯说。"约翰总是明显表现得和其他学生一样聪明,或者比他们更聪明一些。可是打从一开始,他显然就打算无论如何不买学校体制的账了。"

造成这种境况的一个重要因素是约翰的近视,再加上他固执地拒绝佩戴自己憎恶无比的眼镜。他不愿冒被嘲笑成"四眼神"或者"傻帽儿"的风险,宁愿像鼹鼠一样视线蒙眬地走来走去,为了看清公交站牌上的数字,只能顺着杆子爬到半截。不巧戴维斯的视力更弱,不过他通过观剧镜确保不错过写在黑板上的任何内容。约翰却满足于和皮特·肖顿躲在教室后面,任由那些语句、日期、数学方程式、化学分子式通通游离成不可译的模糊一片。

皮特把他们俩类比成连体婴,这个比喻也许比他以为的更能说明情况,因为约翰这个喜欢一次了事、极富独创力的家伙,从来都不喜欢孤军奋战。未来他会一次次地证明,要想使他最具个性的东西开花结果,他需要一个搭档——一个志同道合之士,与他这样特殊的人物完全合拍,既能当激励者又能当倾听者。每当学校的某项制度被公然破坏时,引发的强烈抗议都会把矛头指向"列侬和肖顿",约翰把它改成"肖侬和列顿",以此暗示他们二人合为一体目标一致(或者说是同样毫无目标)。他们两人活像是用锁链拴在一起的逃犯一样,无论谁做什么事情,另外一个都要不可救药地紧随其后。

接下来的几个学期,采石河岸的惩罚记录上充斥着肖侬和列顿所犯下的斑斑劣迹:"没有向学校办公室报告"……"傲慢无礼"……"把黑板抹布扔到窗外"……"未经准假擅自缺课"……"板球比赛中在学校操场上赌博"……有时候,他们的罪行甚至超出了采石河岸各种严酷惩罚的适用范围,厄尼·泰勒没有办法,只能打电话叫各自的家长过来。门迪普斯家里,咪咪变得害怕电话在约翰上学的时间内突然鸣响起来。"一个声音会说,'你好,史密斯太太,我是采石河岸的(校长)秘书……'我立即就会条件反射地想,'哦,天啊。''他这次又干什么好事了?'"

这一对二人组或多或少总是被罚放学后留校,要么写上几百句检讨,开头必是"我一定不……";要么在学校各处做类似部队里的杂役。正是在这样琐碎的工作中,他们才知道"恶有恶报"这句公理并不准确。皮特把垃圾清空倒进垃圾箱时,无意中发现了三个寄给校长的棕色信封。里面全是用过的饭票,学生要花钱买这种代金券,换取学校的午餐,每张面值一先令。用过的饭票和没有用过的没有什么区别,肖侬和列顿可以把这一堆藏匿的货物重新兜售出去,每张卖6便士,这是一桩便宜买卖,可以让购买者每天省下一半的午餐费,供自己随意支配。皮特记得,"我们在约翰的卧室里藏了1500张饭票。""它们价值75英镑,几乎相当于现在的1000英镑。我们发财了。有了这笔钱的支撑,我们甚至放弃到商店偷窃了。"

任何一位老师如果不表现出几分训练警官的铁面无情,就甭想肖侬和列顿对他手下留情。有一天下午,他们又回到校长室准备挨训,结果发现校长不在,坐在威严的桌子后面面对他们的是校长助理伊恩·加拉韦,他是个性格相当温和的小个子。加拉韦先生俯身向前仔细查阅他们的惩罚记录,约翰趁机轻挠这位校长助理的脑门上寥寥无几的几缕头发。他以为苍蝇停在上面,便头也没抬,心不在焉地伸手挥了挥。"约翰笑得小便都失禁了。"皮特·肖顿回忆道。"加拉韦便问,'地上那摊水是怎么回事?'约翰一本正经地回答,'先生,我想肯定是屋顶正在漏水。'"

古怪的是,这个从来不好好学习的顽固小子,一旦脱离了课堂及其令他痛恨的强制氛围,他就变成了一只书虫,对文学的兴趣远远超出了采石河岸的英语课程大纲规定的范畴。"如果让他自行支配,他会像是最认真刻苦的学生那样,一连几个小时读书、写作,或者画画。"

采石河岸的英语学科带头人兰斯洛特（"波基"）·伯罗斯，从未成为他在教室里攻击的对象，而且，伯罗斯确实认为他对其他学生起促进作用，没有分散他们的注意力。波基利用约翰的荒谬感对付他，比如说，波基发明了一种叫做放学留校吹口哨的惩罚方法：如果明令禁止约翰吹口哨，他仍然坚持要吹，就要求他放学后留下来吹，吹上十多分钟，看不把他累死！波基同样巧妙地通过约翰的艺术才能培养他对诗歌的兴趣。他在采石河岸一年级时的英语作业本——扉页用棕色纸妥帖包着，上书"我的选集"几个大字——显示出，一旦热情被唤起，他会付出多少努力。本子里抄录有经典诗歌的选段，如朗费罗的《海华沙之歌》、丁尼生的《亚瑟王之死》，诗歌四周画有水彩的漫画，展现出成熟非凡的线条美、入木三分的洞察力、不可错辨的憨傻的幽默。波基保存着这个本子，向后来一届又一届的学生展示他们应该力争达到的典范。

有两位喜剧家，一位英国人和一位美国人，将对约翰的风格产生深远的影响。他喜爱罗纳德·瑟尔错综复杂、不讲规则的技巧，他创作的新乌龙女校的施虐狂女学生以他作为日本人的战俘关在缅甸监狱时的看守为原型。受咪咪的影响，他成为詹姆斯·瑟伯的忠实追随者，既欣赏他为《纽约客》杂志撰写的稿子，又喜欢他创作的漫画，瑟伯自身的近视造就了他梦幻般摇摆的线条。约翰后来称自己大概从十五岁时起，就开始有意识地将自己的画作"瑟伯化"。

他收藏着一本特别的练习册，里面画的都是老师和同学的漫画像，结构编排的用心程度会让采石河岸除波基·伯罗斯之外的所有教职员工大吃一惊。皮特·肖顿（"毛发浓密的傻帽儿的皮特斯"）时不时地蹦出来，一头颜色浅淡的鬈发，脸颊红扑扑的，不是摇着婴儿玩的拨浪鼓，就是往垃圾桶里窥视。连艺术家本人也有自画像，戴着一副他痛恨的全民健康眼镜，下注一行自我贬损的文字"此人乃是长着痘痘的近视眼白痴约翰·温普尔·列侬"。其中的"温普尔"不是指修女的头巾，而是约翰最喜欢的电台节目之一《与李昂一家生活》里的一个人物的名字。

每次本子里有新人物加入，就会在约翰的死党之间互相传阅。有一次甚至允许哈里·古斯曼带回家中一晚给家人看看。约翰喜欢把它看作是对自己叛逆的宣传，一经发现，当权者的雷霆震怒就会直接打到他的头上。事实上，采石河岸的老师和这些小子们一样，迫切需要一些搞笑的调剂，要是不巧被他们看到自己的讽刺画像，他们十有八九一样会开怀大笑。有一次夏季学期，大家为学校的花园募捐游乐会做准备，他发现自己的叛逆竟然被利用来为官方利益服务。他半开玩笑地建议在方块纸片上画上老师的漫画像，然后把它们钉起来，让大家朝上面扔飞镖——可是让他大跌眼镜的是,这个想法居然被采纳了。这个游戏吸引来一大帮人,肖侬和列顿虽然从收入中抽走16英镑据为己有,后来却因为募集到比其他小摊更多的钱款而受到表扬。

即使在严肃古板的五十年代初期,英国历史悠久的一项特色都没有完全消亡——源自刘易斯·卡罗尔和爱德华·李尔,传至W.S.吉尔伯特和P.G.伍德豪斯——即,发挥全部聪明才智,达到令人无法置信的傻帽儿程度。长成少年之前,约翰就像是一个勘探员,筛淘由逻辑和常识组成的单调页岩,两者构成了他在采石河岸和门迪普斯的日常生活,寻觅寥寥的几颗闪亮的荒谬宝石。学校的图书馆介绍他认识了加拿大作者斯蒂芬·利科克,他写作的"荒诞小说"包括《超自然的通灵史》《超灵的痛苦》,亦称《玛丽·木谢侬回忆录》(译自梅辛内里的俄文原著)。早期的儿童电视节目偶尔让一位看上去一脸虔诚的"教授"斯坦利·昂温登台,给大家讲童话故事,比如《戈底洛普斯和三个比尔洛德斯》,措辞含沙射影,简直一派胡言。采石河岸的英文课上,杰弗里·乔叟的《坎特伯雷故事集》出人意料地用中世纪的英语朗诵出来("当四月甜美的雨水洒落……"),听起来很像是斯坦利·昂温回到十四世纪说话。

然而,这一切与《傻瓜秀》比起来都算不上什么了,《傻瓜秀》于1951年开始在BBC播出第一季,不过直到1953年,即女王加冕的那一年,才阔步向前迈进。剧本几乎完全由斯派克·米利根执笔,表面上追溯到"二战"时期(盟军囚犯戏称他们的德军看守是傻瓜),承袭柯南·道尔创造的间谍、阴谋、英勇构成的世界。但是,它在内容上却打破了传统的模式,呈现无政府的混乱无序的状态,各种疯癫的声音和疯狂的状况纷乱涌现,英国的听众从来没有享受过这样的听觉盛宴,尤其是从没在神圣的BBC电波中播出过。

米利根与当时鲜为人知的综艺喜剧演员彼得·塞勒斯合作,开创出一条人物画廊,他们似乎跟人类只有最平淡的点头之交——老朽不堪的布拉德诺克上校、嗓音颤抖的二人组亨利·克朗和明妮·班内斯特、愚蠢至极的埃克尔斯、八面玲珑的格里派勃·锡恩、喜欢抱怨的两性人布鲁波特。如同剥鲸脂的钩子一样,点缀在这一片疯狂景象中的是对以前不容侵犯的国家机构的嘲讽,诸如军队、教堂、外交部,甚至BBC自身(让人吃惊的是,该公司似乎从来没有注意到)。

《傻瓜秀》系列吸引的主要是中产阶级快要步入青春期的中小学男生,他们是太过严肃的战时婴儿一代,迄今为止一直坚信理性压抑的生活秩序会一直延续下去。对约翰而言,它们是1953至1955年间他的生活中最耀眼的闪光点。每当晚上播音员华莱士·格林斯莱德具有穿透力的嗓音响起时,什么都不能把他从无线电旁边拉走。那个声音预示着米利根的另一个天马行空的幻想作品即将播出,譬如《她》(滑稽模仿 H.赖德·哈格德的《她》);抑或是《威斯特敏斯特桥墩的沉没》,由明妮和亨利主演牡蛎配种人,伴以荷兰口琴吹奏家迈克斯·吉尔雷吹奏的激烈狂乱的音乐插曲。约翰能够模仿每个人物的声音和口头禅,既能学明妮发出老态的咯咯笑声,又能模仿布鲁波特惊骇地尖叫"我不喜欢这个游戏","邋遢的死猪!""你害死我了!"

学期一个个流逝,"未经准假擅自逃课"越发频繁地出现在采石河岸的惩罚记录上,成为对肖侬和列顿的指控。自行车本是作为他们学业优异的奖赏,如今反而让他们得以远远地逃离学校周边地区,同时杜绝了任何被发现的可能。三年级时,他们学会了抽烟,当时几乎只要是大人都习惯抽烟,也不存在什么健康警告。他们惯常会从某个毫无疑心的烟草零售商那里,偷出一包野忍冬或者普赖斯怀斯牌香烟,然后去往雷诺或者考德斯通公园,把自行车倒放在草地上,接着一口气抽光所有的十根"香烟",约翰一会儿用口琴吹奏礼炮齐鸣曲,一会儿模仿布拉德诺克或者布鲁波特的嗓音冲行人或者湖上的鸭子大嚷大叫。

他也不是非得和皮特·肖顿绑在一起。周末或者学校放假的时候,他有时会抛开皮特和他的拉雷·伦顿牌自行车,独自一人搭上公车开始漫长的旅程,绕过彭尼巷的环形交叉路口,穿过郊区顺势往下的路段,进入利物浦中心城区。他的目的地通常是位于白教堂区的卡多玛咖啡屋,那里沿着当街的窗户的壁架边,有一张他最喜欢的凳子。他会在那里一坐几个小时,在本子上或者布满蒸汽的窗户上画画素描,要么像他自己说的"只是看着世界擦身而过",咪咪为此给他取了一个昵称叫卡多玛小孩。

对咪咪而言,他绘画写诗只不过是在浪费时间,分散他学习的精力。他经常回到家发现她对自己的卧室进行了突袭,把找到的每一张纸片统统都扔进厨房的垃圾桶。接着将会爆发一场异常激烈的争执,甚至连他平时的盟友乔治姨父都不敢替他说话。"我过去常常(和咪咪)说'你把我的诗歌该死地都扔掉了。等我出名了,你会后悔的'。"约翰回忆道。"我一直都没有原谅她,她没有该死地把我当做天才对待。"

约翰十五岁以前,英国人把成长的过程看成是完全直截了当的事情。他们认为孩子一直就是孩子,直到青春期来临,紧接着几乎一夜之间,他们就全部变成了大人,穿着和父母一样的衣服,追求相同的价值,追逐一样的乐子。骚动的荷尔蒙对不成熟、易受影响的心灵会产生什么样的影响,还有待科学家们或者社会学家们做各种深入程度的研究。战时强制征兵的政策继续施行,征召所有年龄十八周岁、身体健全的青年男子,接受两年的军事训练,大都会给他们的人生留下永久的印迹。当时只有仅占青年人口百分之二的大学生,才能得到允许享受到一段自由放纵——甚至公然不服管教——的时光,然后再去承担起成人的各种包袱。

美国的电影让约翰和他的朋友们非常熟悉艳羡另一个截然相反的社会,它承认十三岁至二十岁这段时光是人生特殊的阶段,因此竭尽所有去迎合它。那似乎是一段格外开心的岁月,大学校园的大门朝所有人敞开,高中和采石河岸是那么迥然不同,男孩儿套着印上超大字母的运动衫,女孩儿扎着马尾,组成啦啦队为比赛助兴,吃的有汉堡包,喝的有可口可乐和啤酒花。早在约翰和它有任何个人关联之前,他就领悟出了文化的根本差异。"美国有少年人……而其他任何地方只有人。"

好莱坞塑造的美国青年人——当然是指白人青年——总是像孩子一样快乐无忧、心智健康,也许甚至比他们的英国同龄人都要更恭敬规矩。可是,自战争爆发以来,美国生活的基石开始出现不祥的裂痕。1951年J. D.塞林格的小说《麦田里的守望者》问世,以十七岁的男孩霍尔登·考尔菲尔德的口吻,通篇交替嘲讽漫骂他出生的乌托邦社会。1953年,电影《飞车党》上映,讲述的是一群皮衣装束的少年摩托车手(统称为"甲壳虫")把一个小镇闹得人心惶惶的故事。其中,有一个女性角色质问这一伙人的头头——年纪轻轻的马龙·白兰度:"你们到底在反叛什么?"他回答说:"你过的是什么日子?"

所有这些含糊不满的嘟囔,以及荷尔蒙的骚动作用,首先在詹姆斯·迪安的身上得到确切的展现,他是来自中西部的年轻演员,曾和白兰度一起学习技巧,后被好莱坞挑中。迪安形容憔悴,拥有忧郁气质,他是第一位凭借自己独特的魅力,吸引了新一代青年人——焦躁困惑、麻烦不断、性格多样——的男演员。他穿着他们到死都不换的行头——T恤衫加破烂的牛仔裤,和他们一样承受着不确定感和过分敏感带来的痛苦折磨,说话也一样含糊不清,要么粗鲁无比要么过于害羞。他们觉得被排斥在一个看似慷慨纵容的世界之外,这在1953年上映的影片《阿飞正传》中得到淋漓尽致的体现,它既是迪安的巅峰之作也是他的告别之作。同年,他驾驶着他的保时捷跑车丧身车祸从而成为不朽。

英国战后若干年,人们同样对他们仍然自以为是地称为"年轻一代"的孩子们,表现出越来越大的担忧。青少年犯罪案件越发频繁地占据报纸的新闻头条,譬如克雷格-本特利谋杀案(一位十六岁的少年杀死伦敦的一位警察,因为太过年轻才逃过死刑的必然判决),以及涌出的一批所谓的"棍棒小子",他们对先前安全的城区街道造成威胁。

但是年轻一代第一次普遍偏离常规的举动,却是发生在裁缝的试衣间里,再也找不到比这里更能预兆不祥的地方了。1955 年,一部分英国青年人拒绝穿几乎是法令规定的粗花呢短上衣和宽松肥大的灰色法兰绒裤,自行选择了一套出行的行头——长及膝盖的外套,搭配黑色的天鹅绒衣领、多褶边的衬衫、豹皮马甲、靴带结、紧裹脚踝的"水管"裤,荧光的橙色或者酸橙色袜子、两英寸高的海绵橡胶底皮马靴。这种穿衣风格让人联想到爱德华时期的服饰,它的追随者们被称为男阿飞,不过他们也颇受怀亚特·厄普、王尔德·比尔·希科克这样的纨绔子弟打扮的西部狂野英雄的影响。他们背离传统的最彻底的标志是他们的发型——不再把脑后和两鬓剪成军人式的短发,然后用发胶抹平;而是先用电吹风吹出柔软如丝的额发,再向后梳理,越过长长的鬓角,在脑后交错成 DA 形,即鸭腚形。

男阿飞清一色都是工人阶层的年轻子弟,理当作为国家逐渐富有的标志受到大家的欢迎。既然没有哪家服装店备有这样稀奇古怪的服饰,他们只能让裁缝定做,通常按照顾客自己的设计,费用当然也不菲。不幸的是,一些(绝对不是全部)时尚的先锋同时也极容易卷入街头斗殴中,使用棍棒、指节铜套、自行车链条之类的武器。结果,在未来十年英国人的心目中,不同寻常的服装和长发就和工人阶层的闹事和犯罪等同起来。

在伍尔顿,约翰和他的朋友圈子年纪还小——虽然也只差一点点而已——没有卷进痴迷詹姆斯·迪安的热潮中,或者加入第一波男阿飞的行列。对约翰而言,后者只不过是搞笑的奇事,为他的素描本提供素材罢了(活像是穿着"水管格呢褶裙"的苏格兰人)。利物浦的"男阿飞"以特别严肃的硬汉形象著称,极致的代表人物是约翰在多夫戴尔小学时的老同学吉米·塔布克,他现在长得人高马大体格强壮,开不起任何有关他的着装的玩笑。莱恩·加里记得,"我们都怕死塔布克了。""他只要说一句'你是在看我吗?'我们就会逃之夭夭……约翰溜得最快。"

伍尔顿也没有给那些想成为男阿飞的孩子提供多少便利。村子的两个理发店——阿舍罗夫特以及迪基·琼斯理发店——都只把它们的青少年顾客看作是待剪羊毛的一大群绵羊而已。约翰和他的朋友们更喜欢到比奥莱蒂那里理发,它夹杂在彭尼巷环岛附近的一小排店面中间。店主是唯一的理发师,他是一位上了年纪的意大利人,也曾为约翰的父亲理过发——约翰却不知道这一事实——当时(即二十世纪二十年代)阿尔夫·列侬在蓝衣医院上学。比奥莱蒂先生的双手出了名地抖个不行,不过他持着颤抖的剪刀,至少试图剪出更为时髦的发型。而且,正如未来有一天一首歌里缅怀的那样,在他店内的橱窗里,陈列着心满意足的顾客的头照,他们成功剪出了詹姆斯·迪安、托尼·柯蒂斯、杰夫·钱德勒风格的发型。

1955年6月的一个晴朗的夜晚,门迪普斯最为固定的房客迈克尔·菲什威克在晨间起居室吃晚饭,乔治姨父也理当在桌边属于他的位置上坐下来,然后去熊牌厂执行夜间看守人的职责。菲什威克回忆说,突然"楼梯上传来一声可怕的撞击声"。乔治下楼时,突然倒地不支,这位生化专业的学生判断出原因是内部大出血。他赶紧被送往史密斯丹路医院,入院不久就撒手人寰了;医院给出的解释是肝脏大出血。

约翰当时正在苏格兰和梅特姨妈以及伯特姨父待在一起,因此对此事一无所知。直到几天后,他回到家才知晓。咪咪后来回忆说,"他蹦蹦跳跳地进来了,还是平常容易激动的样子,他问乔治哪儿去了。我告诉他乔治死了,他(约翰)只是变得非常安静。他没有哭或者做类似这样的事情,只是上楼进了自己的房间。他要是想哭,也会一个人躲起来哭。他不想其他任何人看到他流泪的样子。"

大家认为在这样异常艰难的时刻,最适合给约翰做伴的家人是他的哈里姨妈的女儿利拉。她至今记得自己到了门迪普斯时,发现咪咪"坐在外面的煤仓上,一副失魂落魄的样子"。约翰一旦和自己信赖的童年玩伴单独待在卧室里,终于能够释放自己的情绪,不过不是通过哭泣的方式,而是不受控制地嘎嘎大笑。"我们两个都笑得歇斯底里。"他后来回忆道(利拉却不记得自己参与其中了)。"我们一直笑啊笑啊。事后,我才觉得非常内疚。"

乔治的死对咪咪造成了毁灭性的打击,也许当她回忆起乔治是多么宽容大度、天性纯良,永远那么值得信赖,而自己却几乎没有向他明显表示过感情作为回报,她的悔恨就更深了。"我们的世界永远变了。"她后来回忆说。"约翰勇敢地承受下来……不过再也不一样了。这个家显得空荡荡的,不过我们还要努力活下去。我的意思是说,你不会放弃的,对吗?"

乔治从来就不是一个很有生意头脑的人——这家人一直坚持认为——他的弟弟弗兰克在战争后期卖掉史密斯牛奶场图发展,剥夺了他对奶牛场理应享有的权益。咪咪因此发现可供自己支配的资金所剩无几,无力继续支付约翰的教育费用和抚养开支,也无法继续维持他习惯的舒适的家居环境。她没有和他讨论这些烦恼的金钱事务,他也从来没有想到,她每年至少有一次要倍加小心地去找史密斯丹路的一位当铺老板,典当自己的钻石订婚戒指。

那个时代往往五十岁刚出头成为寡妇的女人认为自己的人生终结了。尽管咪咪刚刚四十岁出头,她的心里从来没有闪过再婚——或者跟哪个男人发生任何其他关系——的念头。于是,她想自己从今往后活着的唯一目的,就是照料和守护约翰。

支撑她的主要是四个姐妹,她们的生活和家庭还和从前一样密不可分。颇具讽刺意味的是,她频繁地去寻求安慰的那个人是她的"小妹妹"朱莉娅,后者曾被她经常谴责过不可依靠。咪咪虽然还是不能勉强自己接受鲍比·迪金斯,但她和朱莉娅形成了她们打小以来最为亲密的关系;因此,很少有哪一天朱莉娅没有到门迪普斯串门,喝上一杯茶或者闲话家常。

单枪匹马地一个人对付十四岁的约翰是一项艰巨的任务,需要咪咪施展出过去在医院培养的强悍手腕,同时需要发扬自己取之不尽、鞠躬尽瘁的自我奉献精神。她发脾气的时候,他总是心生敬畏,因为她会拿起手边的任何东西,朝他扔过来,一点儿也不顾及后果。他不愿意因为忽略家庭作业或者结交不合适的朋友,激起她的怒火,宁愿只穿着袜子、踮着脚尖无声无息地溜出屋子;他这一辈子都保留了像猫一样无声无息地踮着脚走动的习惯。可是,经常就在他触到后门和自由的一瞬间,从上面突然传来一声严厉的呼唤,"约翰,是你吗?"

约翰甚至连最简单的家务活儿都不会干,更加彰显了这个家里缺少一个男人。他的两个小堂弟迈克尔和大卫来家里做客时,咪咪会分配给他们许多他干不了的被延误的小活计。"我现在都记得经常帮忙换约翰卧室里的灯泡,"迈克尔·卡德瓦拉德说,"他甚至连学都懒得学。"

咪咪窘迫的经济状况使她更加依赖住宿的学生。幸好迈克尔·菲什威克此时正在准备攻读生化专业的博士,因此这一年多数时候都需要住在这里,而不像一般的学生只住三个学期。咪咪把先前她和乔治的后卧室让给他住,自己搬进紧挨着约翰卧房的那间面积更大一些的凸窗房间。她把菲什威克当做老朋友,视他为连系乔治的纽带,因此开始向他倾诉心事,而她之前很少和直系亲属以外的任何人谈及私事。她要去找律师检验乔治遗嘱的合法性,叫上菲什威克陪同她去,还把她抚养约翰的来龙去脉讲给他听。有一次,她甚至把约翰的父亲阿尔夫从约翰寄来的一封信拿给他看,说这封信过了这么多年仍然"气得她鼻孔冒烟"。

家里失去乔治善解人意的男性温和的影响力,这个变故发生的时机不能更糟糕了：约翰正要跨进青春期的门槛，正嚷嚷着急需得到信息、建议和安慰。性教育不被列入采石河岸的课程大纲的范畴，而一旦询问咪咪，她对这些事情也只能用最概括理论的语言来回答。和他这一代的多数孩子一样，他只能通过黄色笑话以及公共男厕所墙壁上的示意图，零碎拼凑出生活的真相。

那时候人们几乎还普遍相信手淫同样会让上天降下雷霆震怒，就如《旧约》当中的俄南因为"让自己的种子落到地上"忍受上帝的怒火一样。男孩子手淫，给自己作手活，或者做诸如此类的事情，都冒着传说中双目失明、手掌长毛或者永远被关进精神病院的风险。约翰作为童子军读过巴登-鲍威尔的《男童子军》手册，受到了这些警告狂轰滥炸似的袭击，书中对处在发情交配期的雄鹿的比喻令人迷惑不解，建议呼吸新鲜空气做做运动，阻止任何想成为"野兽"的冲动。

他成了一个手淫惯犯，没有因为害怕上天的惩罚而退缩，当然一贯有他的死党皮特·肖顿奉陪到底。这是他们之间的亲密关系的进一步体现，不带任何同性恋的色彩；他们在一起手淫，为了彰显肖侬-列顿组合的叛逆不驯，同时也有彼此炫耀的成分。约翰证明自己拥有特别的能力和几乎无穷尽的持久力。有一次，他接受皮特的挑战，一天之内手淫十次，奖赏是可以无限制地到肖顿家看电视。结果他虽然没有达到这个目标，不过也只是差最后一次而已。

范围再广一点，约翰的跟班们也会社交似的在一起集体手淫，大声叫唤着诸如索菲亚·洛伦、吉娜·劳洛勃丽吉达之类的性感女神的名字，刺激自己和身边同伴的性欲。有时候，到了关键时刻，约翰会大叫一声"温斯顿·丘吉尔"或者"弗兰克·辛纳特拉"，搞得这群手淫的家伙偃旗息鼓，嘎嘎痴笑起来。

似乎还嫌1955年发生的事情不够多似的，这个国家的手淫者除了像《斯皮克》和《狂欢》这样的"波波"杂志之外，又多了一个让人神魂颠倒的新选择。二十一岁的碧姬·巴铎已经为法国的影迷熟知，她拍摄了自己的第一部英文电影《海上医生》，改变了大家对大银幕上性感二字的所有既定概念。传统的好莱坞艳星，如阿瓦·加德纳、莱娜·图纳，都是遥不可及的人物，而且奇怪的是，永远都不显老，而巴铎似乎只是一名初高中的女学生，长着一双雌鹿一般容易受惊的眼睛，下巴上生着一对酒窝，整个人像露珠一样纯洁无瑕，又有意显示自己的丰满性感。单是她"性感小猫"的昵称，几乎就足以让她狂热过头的年轻倾慕者们当下就达到性高潮。约翰也被她迷得七荤八素，从一本杂志上剪下她的照片，贴到头顶的天花板上。

他现在强烈地嗅出住在布洛姆菲尔德路的妈妈与"躁动"的迪金斯之间浓烈的性爱气息。他永远也忘不了自己有一次偶然走进他们的卧室时，朱莉娅正在与迪金斯口交,迪金斯的半边身子盖着床单。随着他的荷尔蒙开始骚动,他也越发意识到朱莉娅身体上的吸引力,特别是朱莉娅总是拿出打情骂俏的逗乐方式对待他,活像是一个爱闹着玩的年轻姨妈,他的感受就更加强烈了。有一天下午她正在歇午觉,他照例从采石河岸逃学出来,爬上她的床躺到她的身边。他永远忘不了她当时的穿着:"一件黑色的安哥拉羊毛衫,短袖圆领,没有那么毛茸茸的,也许是另外一种开司米毛线,反正是柔软的羊毛,我想,她还穿着一条深绿和黄色交杂的紧身裙。"他们并排躺在一起,他无意中碰到朱莉娅的一只乳房,"我当时想要不要干点别的什么。那一刻非常诡异,因为我当时欲火焚身,对象就像他们说的那样,是一个住在路对面的相当底层的女人。我现在总认为我当时应该有所行动。也许她还会让我得逞。"

那年初夏,伊维·沃恩叫他在利物浦学院的同学莱恩·加里来和约翰以及伍尔顿匪帮见面。莱恩是一个瘦瘦高高的幽默小子,他虽然答应了,却没有着急赴约:他还有几件更为紧急的社交事务必须处理,其中之一就是陪学院的另一位同学保罗·麦卡特尼去看电影。

莱恩最终从韦弗特里区的家里出发,骑着奖励他通过升学考试的自行车前来赴约。他在路上遇到伊维正沿着威尔路向梅洛弗大道行走,一起的还有一小群人,其中就有约翰。他回忆道:"约翰手里正拿着一张纸给别人看。伊凡给我们作了介绍,他没有多说什么,只朝我看了一眼。我觉得自己正被掂量斤两呢。"

这个新来客很快就证明自己货真价实。他是威廉系列丛书和《傻瓜秀》的忠实追随者,知道约翰尼·雷和弗兰基·莱恩的歌曲歌词,而且他还会模仿约翰尼·韦斯穆勒在影片里塑造的人猿泰山,发出声音拖长的可怕的丛林吼叫。没过多久,约翰就能和莱恩轻松相处了,便给他看其他人互相传阅、看得哈哈大笑的那张纸片。它不仅仅是一个画作,还是一张微型报纸,写作绘图全由约翰一人完成。报纸名为《咆哮日报》,内有八卦性质的文字段落、单一的漫画以及连环漫画,照例由作者利用课外时间花费心思亲自细致地完成书写、编排、上色一系列流程。内有一些关于名人的流传已久的笑话,譬如弗雷德·厄姆尼、斯坦利·昂温、电视上的秃头魔法师大卫·尼克森;还有对他自己的中间名字温斯顿的调侃;当然少不了对黑人和"瘸子"的戏谑;使用一些经过语音处理的词汇(如,"这斯一过"意为"这是一个"),以此表示一种语言障碍。每一期报纸都劳神费力,创办人却还是坚持让《咆哮日报》以每周几期的速度问世,与大家见面。

莱恩·加里加入了约翰带领的自行车车队,他们就像是一个中队的骑兵在伍尔顿安静的巷子里转悠,企图寻找女孩子搭讪。几乎没有例外的是,一群女性猎物也会推着自行车出来,同样穿着学校的制服,不过根据游戏不成文的规则,她们不骑车而是互相推搡着走路。在骑兵和格格发笑的步兵之间,一个信号迟早会从一方发出被另一方接收,接着不同颜色的校服和自行车就会汇聚到一起了。

约翰不是传统意义上的英俊小子,他的眼睛有些斜,鼻子是直削下来的鹰钩鼻。但无论是例行搭讪还是随后的约会阶段,他都证明自己最为成功。骑手们之后交流经验时,总是约翰描述把手伸进精心设计的胸罩里面抚摸一番的美妙感受,或者也是他炫耀地对利物浦人戏称为"手指派"的残留余香嗅个不停。每一个几乎要进入青春期的男孩都有这样的经历,看到先前一直忽略或者习以为常的小女孩突然一夜之间长成了一个君子好逑的窈窕淑女。对约翰而言,这种奇迹神奇地发生在芭芭拉·贝克的身上,从他们都是蹒跚学步的幼童时起,他就认识她了,她当时坐在克拉克太太举办的礼拜日学校的地板上。几年以来,他对芭芭拉不屑一顾,就像威廉·布朗总是那样对待小女孩一样,可是等她长到十五岁,突然摇身蜕变成一位身材优美的金发甜心女郎,有意效仿电影性感艳星的发型和服饰——而且神奇的是,连她姓名的首字母也是"波波"。有一天,在雷诺公园,她和女伴发现约翰和莱恩·加里有意跟在她们身后。这一次是莱恩先上去搭讪。"莱恩约我几天后陪他一起散步,我回答说'好的'。"她现在回忆道。"不过,我看到约翰一直盯着我瞧。"

她很快就甩掉莱恩,成了约翰的第一个"固定"女朋友,五十年代给这个身份冠上这么一个文雅的称谓。他们的关系在很多方面都是伊尼德·布莱顿的直接翻版:他们会一起骑自行车兜风,或者到利物浦中心城区的银色刀片溜冰场溜冰。芭芭拉逐渐认识了约翰的妈妈和咪咪姨妈,她经常被带到门迪普斯家里喝茶,和迈克尔·菲什威克以及前来做客的任何一位姨妈或者堂兄妹一起,围坐在摆放着丰盛食物的折叠桌边。她记忆中的约翰是一个天生具有骑士风度的浪漫男孩,递给她许多示爱的纸条和画作进行爱情攻势,他绝对不是一个男阿飞,而且多亏咪咪在谈吐上的严格管教,他还没有沾染上利物浦口音。

一般来说,谈恋爱不会受到大人们的干预。可是有一天,包括约翰、芭芭拉、大卫·阿什顿在内的一群人越过了一条界线,那天他们一伙人跑到圣彼得教堂的辖地——也就是说,几乎被奉为圣地的世界,恋人们借此机会互相亲热一阵。因为约翰和阿什顿还是艾勒顿第三童子军的成员,两个人被召唤到一个官方的童子军调查小组前,为他们的渎圣行为作出解释。"我的爸爸曾经是童子军总长,因此法庭设在我家。"阿什顿现在回忆说。"我预先回家,遇到了约翰。'我让你打该死的小报告',他说了一句,然后朝我的一只眼睛抢了一拳。之后几天我一直是乌鸡眼。"

莱恩·加里和约翰一样喜欢音乐——"流行音乐"直接面向的受众是他们父母这一代人——不过他们两人都没有把它当成狂热的爱好。他们骑车瞎逛时,会放声高歌,唱他们知道的当下热门的歌曲,努力要在曲目数量和模仿能力上压过对方。"我总是唱情歌技高一筹,"莱恩现在说,"不过约翰快歌更拿手。他特别喜欢米切尔·托洛克的一首歌《加勒比海》。我现在都记得,即使他顶着风骑车,双脚站立在踏板上,也总是能够刚好掌握好节奏。"

因此他们一开始对比尔·黑利现象不抱多少兴趣,该现象在那年夏天达到了数个高潮中的第一个高潮。出生在密歇根州的黑利一直是个默默无闻的乡村兼西部歌手,直到1951年他录制了一首名为《摇动关节》的歌曲,一改他一贯的牛仔真假音反复转换的唱法,采用了黑人的节奏布鲁斯的风格和唱腔。美国的种族状况一成不变,因此这张唱片要想发行,只有不对黑利做任何生平的细节说明。要不然,习惯乡村音乐的听众会惊骇于一个白人竟然唱"黑鬼的曲子",而黑人听众则没有哪个会把他的演唱当回事。

三年后,黑利成为"彗星"组合的领唱,录制了一首热情四溢的歌曲《昼夜摇滚》,歌曲已经问世一年了,歌词是关于钟表术的一堆胡言乱语,市场上还有一个不成功的版本,由黑人歌手桑尼·丹演唱。黑利的翻唱同样没有产生多少反响,直到它被加到电影《黑板丛林》的配乐中,该影片讲述的是纽约一所高中的青少年犯罪的故事,这是当时被关注的话题。背景内容一经改变,便产生了席卷美国的可怕影响力;每当黑利的嗓音伴随着"一,二,三点钟,四点钟……"清晰响起时,银幕上真实的故事情节便彻底淹没在观众的一片混乱反应之中。不管是男孩女孩,都疯狂得不知所以,像报丧女妖似的尖叫不止,撕扯着座位上的布料,摇晃着到过道里手舞足蹈或者打群架,需要几十个警察才能压制下来。

"摇"和"滚"这两个字眼总是分别出现在黑人音乐中,象征富有节奏的性爱律动。到底是谁第一个把两者组合起来,定义黑利和他的"彗星"组合哀鸣吹奏的萨克斯管以及大提琴手弹出的节拍,恐怕再也无从确定了。最有可能的是来自克里夫兰的电台流行音乐节目主持人艾伦·弗里德,他把自己在 WJW 电台的节目大肆渲染成"月狗摇滚盛会"。

一开始,英国的媒体认为摇滚只是美国另一个古怪的新奇事物,和吃馅饼竞赛、蹲杆、在游泳池底举行婚礼没有什么两样。可是,这种心境很快改变了,因为男阿飞——以及同样古怪地令人厌恶的女阿飞——明显改弦易帜成黑利的疯狂歌迷,而且似乎和他们的美国兄妹们一样,一心一意地毁坏许多电影院。影片《黑板丛林》遭到全面封杀不准上映,歌曲《昼夜摇滚》被禁止在广播和电视上播放,搭配的吉特巴舞蹈也从舞厅扫地出门。结果可想而知:黑利的唱片在1955年5月一跃成为前二十名榜单上的第一名,连续二十二周居于榜上。紧接着的10月,它再次荣登榜首,又继续在榜上待了十七周的时间。

事后看来,《昼夜摇滚》看起来像是一场假战争——热身而已,为即将到来的文化闪电战做铺垫。它煽动的热情在看到比尔·黑利本尊后基本上就冷却熄灭了,他都是奔三的人了,一脸天使般的笑容,过高的前额上垂下一缕问号形状的鬈发,看上去和那些对他大肆批评的家长没有什么区别。

借助《昼夜摇滚》唱片大卖的东风,一部名字相同的影片被迅速推出,主演黑利及"彗星"组合,其他的摇滚新星也参演其中,如弗雷迪·贝尔、"男侍者"组合、"派特斯"组合、"月狗"艾伦·弗里德。约翰跑去看了,希望得到一次能够改变生命的体验,结果却失望而归。"我非常惊讶,"他以后回忆说,"没有人尖叫,也没人在过道里跳舞,完全不像我读到的那样。我倒是时刻准备撕扯座位,可是没人加入我呀。"

似乎为了证明这股风潮没有造成什么严重的危害,约翰1955年夏季学期的成绩单倒不像往常那样惨不忍睹,事实上好看多了。英语:"该生能够好好学习而且学得相当不错……通晓多本书籍。"历史:"该生学习刻苦成绩优秀。"艺术:"颇为令人满意。"手工:"进步令人满意。"身体锻炼:"(身高5英尺6英寸半,体重9石①4磅)(相当)令人满意。地理:"学习无疑更加刻苦。"科学:"成绩令人欣慰。学习倒是令人满意,不过课堂表现就不总是尽如人意了。"完全一无是处的只有法语(喜欢"在课堂上哗众取宠","令人失望至极")和宗教知识("功课一直处在下游水平")。

"这是他长期以来最好的一份成绩报告单。"欧尼·泰勒惊讶万分地在校长意见栏里写道。"我希望这意味着他已经洗心革面准备重新做人。"

---

① 石,一种古重量单位,1石相当于14磅。

5.佳乐通冠军吉他

上帝啊,请赐我一把吉他吧。

他第一次听说埃尔维斯·普雷斯利,是从采石河岸的同学唐·比蒂那里,这位同学参加过"宴会入场券大诈取"活动。唐拥有一份《新音乐快递》杂志——当时在西北部相当少见——他向约翰指出一则报导,报导介绍美国最新轰动的摇滚歌手,以及他刚刚发行的新唱片《伤心旅馆》。

约翰开始还很谨慎,他还记得《昼夜摇滚》曾经多么让他感到失望。"所有的音乐报纸都说普雷斯利唱得多么多么棒,我起初以为他的风格类似佩里·科摩或者西纳特拉。《伤心旅馆》的歌名听起来很老套,他的名字当时也显得很奇怪。可是等我一听,我就彻底陷进去了……我记得自己拿着唱片一口气冲回家,一边嚷嚷着'他听起来像是弗兰基·莱恩、约翰尼·雷、田纳西州的厄尼·福特'。"

1956年夏天,普雷斯利一跃成为流行音乐和八卦留言的宠儿,可他绝不是第一位成为万人迷的艺人。二十世纪二十年代,无声的银幕偶像鲁道夫·瓦伦蒂诺以及低吟歌手的鼻祖鲁迪·瓦利,分别让女性观众着了魔——瓦利赢得了一个昵称叫"声音性感的家伙",瓦伦蒂诺甚至连葬礼都吸引来一万名尖叫不止的观众。二十年后,年轻的弗兰克·西纳特拉促使全新一代女性崇拜者的诞生,即"新潮少女",她们在音乐会上的癫狂表现最终要与歌手自身在新闻价值上一争高下。她们小便失禁,并不完全因为情绪过于激动:1947年西纳特拉在纽约大剧院表演被人津津乐道的开场秀之后,人们发现许多新潮少女没能控制住自己,直接就在自己坐的位置上小便了。

然而,这一切被一位来自田纳西州孟菲斯的二十一岁男孩推到了全新的水平,他当过卡车司机,染着一头黑发,脸上带着孩子目空一切的神情。普雷斯利不仅触发了女性的普遍幻想;而且释放了年轻人心中不断累积的躁动因子,毕竟再也没有全球性的冲突供他们把自己的睾丸素燃烧殆尽。他集各方专长于一人之身,拥有瓦伦蒂诺的一副嗓音,对年轻女孩子的膀胱拥有比西纳特拉更强大的影响力,特写镜头像是詹姆斯·迪安,甚至比好莱坞全力打造出来的偶像更加令人着迷——总之,他是一位摇滚巨星,从头到脚无处不像他的歌声一样光彩夺目引起骚动。假战争时期的格子呢短上衣、故作多情的笑容、垂在前额的一缕鬈发,都成为了历史:全面的轰炸终于拉开了序幕。

对多数英国人而言,普雷斯利即使是刚从火星发射来的,也不会比现在更加令人费解了。比尔·黑利至少还能认出是一个人名(碰巧和当时《泰晤士报》的编辑同名),而"埃尔维斯·普雷斯利"是迄今为止飘过大西洋传来的人名中最怪异的音节组合——比乔·迪马乔、小埃弗雷姆·津巴利斯特,甚至利布莱斯(一些报纸觉得不得不改成语音拼写"李-伯-拉-西"),都有过之而无不及。评论员们也被激发了好奇心,普雷斯利竟然能够在大跳旋转舞的同时弹奏——或者看似在弹奏——挂在脖子上的吉他。美国人非常熟悉吉他,它是乡村歌手及布鲁斯歌手稀松寻常的点缀;在英国,吉他也许是最默默无闻的乐器,往往会在后几排的舞蹈乐队中瞥见一眼就一闪而过,或者在西班牙弗拉门戈舞者身后留下阴暗的剪影。

约翰第一次听《伤心旅馆》时,媒体加诸给普雷斯利的所有流言和嘲笑都不攻自破了。他需要了解的全部都在歌曲恢宏的开场里体现出来——一声呐喊"哦,自从我的宝贝离我而去……"痛苦不堪余音了了,回应以高音电吉他的两声弹奏。它实际上不是摇滚,甚至称不上是情歌,而是以传统形式吼唱的布鲁斯音乐,罗伯特·约翰逊或者布兰德·列蒙·杰斐逊会一眼认出来。不过布鲁斯歌曲涉及的是成人主题,而《伤心旅馆》则直接将触角触及青春初期的感情、夸张的自怜情绪。有史以来第一次,满脸粉刺的年轻人不管因为什么缘故被自己的女朋友甩掉,现在都可以到这个比喻意义上专为"心碎的恋人"设立的避难所寻求慰藉,它就隐匿在"孤单街的街尾"。

普雷斯利完全不像他的批评者们说的那样散布空洞无聊的胡言乱语,歌词内容清楚明白别具匠心,足以拿到采石河岸的文字测验中作一番解析,旅馆的比喻与"不断流泪"的旅馆服务员以及"一身黑色装束的前台服务员"遥相呼应。歌曲的安排各部分简单明了,选在凌晨一两点钟现场演唱布鲁斯音乐,从发出跺脚重音的贝斯,转换到叮叮当当弹奏的钢琴,再切换到参差不齐的吉他半和弦音,彰显出三角洲布鲁斯歌者的瓶颈风格。那些重复演奏的乐段即使听过一万遍,如今听来同样威力不减;对1956年的一个少年人来说,他从来没有听过吉他被当做攻击性的武器演奏,这无疑会让他惊得目瞪口呆。这个声音前无古人后无来者,最为契合荷尔蒙过旺的少年人的口味。

那年五月,普雷斯利的第二首单曲《蓝色绒面革皮鞋》打入英国前二十名金曲榜单,与《伤心旅馆》并驾齐驱;八月推出第三首单曲《我想你,我要你,我爱你》,九月第四首《猎狗》问世。每一首把约翰朝这个让人心醉神迷的新世界推进一步,里面吉他像是胜利的编钟奏响,钢琴像是风钻叮咚敲弹,鼓声像是机关枪嗒嗒作响。每一个声音都比先前的乐音更愉快地宣告:生活不必是他或者战争婴儿一代人一直了解的那样灰暗无光空虚无聊。正如他自己说的:"只有摇滚是真实的,其他的一切都是虚幻。"

普雷斯利在美国电视上亮相的胶片剪辑现在也开始渗透进来,显出他的长相几乎好看到极致,尽管他阴暗的气质闷骚的风情,往往使他更像是一个女艳星。他也确实成了性向正常的男人迷恋的男性偶像,这在史上绝无仅有。和其他英国的皈依者一样,约翰着迷地一遍遍阅读报纸上有关普雷斯利的每一则报导;从杂志上剪下并保存好他的每一张照片;仔细研究他的发型、穿着以及阴郁异常的脸孔上的每一处细节,寻求任何也许能够揭示他的性格和生活方式的蛛丝马迹。他在门迪普斯没完没了地说他的新偶像,搞得咪咪厌烦至极,最终下了禁令。"他张嘴闭嘴都是埃尔维斯·普雷斯利、埃尔维斯·普雷斯利、埃尔维斯·普雷斯利。"她回忆说。"最后我说:'约翰,埃尔维斯·普雷斯利是很好,可我不想早饭、晚饭、喝茶的时候都甩不掉他。'"

和上千个其他先前从来没有关心过自己衣着或打扮的男孩一样,约翰开始模仿普雷斯利的发型、衣着、全部一切。他和采石河岸的许多男生一样,竭尽所能地"埃尔维斯化"自己的校服,上衣的三枚纽扣只扣最底下的一个,制造一种垂挂的效果,还把黑金两色交杂的校服领带尽可能拉成最贴近"瘦子"的样式。最大的问题是裤子,不论男人男孩都还穿着二十世纪二十年代以来盛行的宽松肥硕的款式。至今几乎还没有哪家男装店备有"水管裤"的成衣,所以唯一的途径就是把老式的裤子带到一个给衣服做改动的裁缝——在制衣界相当于在后街为人堕胎的家伙——那里,把裤脚的翻边从24英寸缩短成16或者(最为大胆的)14英寸。

二十世纪五十年代中期,再也没有什么比这个事件在英国家庭里引发更激烈的争议了。建立大英帝国的主要功臣们穿着紧窄的裤子无关紧要,这片土地上每座宫殿、豪华古宅、博物馆里随处可见的画像上,国王、公爵、首相、将军都身着紧窄的裤子,同样无可厚非。这个风格现在贴上了来自底层、无法无天的男阿飞的标签,知道得更多的人还把它和同性恋男人联系在一起——不过,颇为矛盾的是,一旦不当职的卫兵穿上浅黄褐色、斜纹布料的骑兵紧身裤,配上骑马的短上衣和花呢帽子,则被认为让人肃然起敬了。

在门迪普斯,约翰企图彻底改头换面成"普遍的"男阿飞,可以想见咪咪会因为外甥的行为,感到多么震惊和愤怒。她也许不能阻止他毁掉裁缝量身定做的校服的外形,也不能阻止他不扣衬衫最顶上的扣子,让它永远在被大加糟蹋的校服领带上方大敞着。之前她也许没有反对彭尼巷的比奥莱蒂先生给他一头波浪般的好头发重做头型,效果被她形容成"像是卫生间里的一把毛毛糙糙的刷子"。不过她在裤子的问题上绝不让步:绝对禁止约翰买"水管裤",也不准他把现有的任何一条裤子改窄。他的对策是把一些裤子偷偷送到愿意为他修改的裁缝那里,然后只在咪咪的视野之外穿上改好的成品。他会把它们寄放到奈杰尔·沃利或者皮特·肖顿家,在他们家换上裤子,或者离开门迪普斯时在紧身裤外面套上一条普通的裤子,一旦安全走出咪咪的视线,就赶紧把外皮脱掉。

至少有一个大人可以值得信赖,不会对摇滚大惊小怪,也不会对它歪着嘴唇的天王嗤之以鼻。约翰的母亲朱莉娅欣赏普雷斯利的唱片,觉得他看上去非常性感,而且庆幸他在种种方面让一代人感到不安,这一代人的价值观也总是压得她喘不过气来。同样是朱莉娅,敢冒触怒咪咪的风险,给约翰买了他第一套真正意义上的摇滚服装——一件彩色(不同于平淡的灰色或者白色)衬衫、一条黑色的紧身牛仔裤、一件"短款"垫肩雨衣。一只小猫咪被送给约翰的两个同母异父的小妹妹朱莉娅和杰基,他们的妈妈给它取名叫埃尔维斯。

1956年每过去一个星期,从大西洋彼岸都会传来数量翻倍、种类丰富的天堂般的乐音。从新奥尔良走出安托万"法兹"·多米诺,他是一名歌手兼钢琴演奏家,体型像是一条鲸鱼,脸孔像是一只温和的缅甸猫,他入行已久,自1949年起表演的东西就没怎么变过。圣路易斯出了一个名叫查尔斯"查克"·贝里的年轻人,四肢松软,蓄着闲散汉特有的八字须,他不仅在昂贵的汽车和不菲的高中——先前白人专属的王国——内自写自唱诙谐的颂歌,而且同时弹奏樱桃红的主奏吉他,把瘦削的膝盖弯成V字形,或者像一只鸭子似的大步蹦跳着跑过舞台。从佐治亚州的梅肯走出了理查德·彭尼曼,又名小理查德,他当过洗碗工,头发蓬乱,是一个拥有双重天赋的小妖精,既能够爆发出像火山喷发的吼叫,又能像整个贝都因人的部落全体哀悼时一样发出悲恸的哀号。

如果说黑人摇滚歌手的风格肖似喜剧表演(就像普雷斯利自身那样),那么理查德兴高采烈的胡言乱语("蜜饯百果哦-太棒了……啊喔波啪噜波啪喔浜卟!")则和刘易斯·卡罗尔根植于南方的"无聊废话"一脉相承。"最让人激动不已的时刻……是在他就要独唱之前的那声尖叫,"约翰后来回忆说,"它总是能让你听得毛骨悚然。我听到的时候,感觉棒极了,连话都说不出来。你知道当你被撕扯成碎片时,是一种什么样的感受。埃尔维斯当时在我的生命中分量重于宗教……我不想离开埃尔维斯。我们凝望着彼此,我却不想说任何不利埃尔维斯的话,连心里想都不能想。"

几乎伴随着美国每一个新观念的到来,英国会迅速涌出一批劣质笨拙难以服众的仿制品。搭着所向披靡的普雷斯利的东风,一位名叫拉里·帕里斯的年轻伦敦人捧出了联合王国的第一位本土摇滚歌手——来自伦敦东区的商船海员汤米·希克斯,现在改名为汤米·斯蒂尔。斯蒂尔有一头爆炸似的发型,一把普雷斯利式的吉他,以这些必不可少的装饰作为武器,他每在一处出现都能引来一大群尖叫不止的女孩儿,有几首歌还打入了前十名金曲的榜单成为热门歌曲。可是,推销他的整个手段都充分说明了一种错误观念,即,认为摇滚是一种风靡一时的潮流,或者是一场马上就要被揭穿的骗局。拉里·帕里斯采取的第一步行动之一,就是把他预约给伦敦的巴黎咖啡店,让他转向歌舞表演,步玛琳·迪特里希和诺埃尔·考沃德的后尘。不到一年,他作为青少年偶像的生涯便会在一部名为《汤米·斯蒂尔的故事》的隐喻电影中终结了。

斯蒂尔明显造不成什么危害,甚至这一点也不能减轻大人们对摇滚的憎恨和恐惧的情绪,以及他们要把它斩草除根的决心,即使不是通过正面攻击和嘲笑,也要和它打消耗战。BBC甚至连最有名的摇滚歌手的任何消息都密而不报,提到摇滚二字时,也总是撇唇表示不屑。摇滚主要公开播出的渠道除了唱片以外,还有新式蒸汽咖啡馆里的自动点唱机,这也说明了为何这种地方总是充满少年人的身影,大人们为何把它们看作是美国禁酒时期非法经营的酒店。在巡回的露天游乐场,旋转木马和碰碰车上会大声传出摇滚音乐,更加深了人们把它和下三滥、不诚实、暴力的事物联系在一起的成见。

摇滚最稳定的提供来源是远在神秘的欧洲大陆的某个卢森堡电台,它每天都会播出一档英语语言的音乐节目,播放最近所有热门的摇滚歌曲,主持人、广告、电台自身的风格都带有美国色彩。不过,卢森堡电台要到晚上八点才广播,英国的无线电接收起来又总是不规律。约翰和全国上下所有的少年人一样,总是深夜躲在被褥下面,听一只便携式收音机,把音量调低,防止咪咪听见。

他的血管如今日夜沸腾着摇滚的热血,即使是曾经在他看来特别享受的事情,现在也似乎虚假得让人厌烦。1956年学校放暑假,他照例去爱丁堡拜访梅特姨妈、伯特姨父、斯坦利堂哥,做客很长一段时间,随行的还有南妮姨妈、她九岁的儿子迈克尔、哈里姨妈九岁的儿子大卫。(丈夫很少掺和进姐妹之间的往来旅行。)他们部分时间在伯特姨父的小农场度过,农场位于萨瑟兰郡的德内斯,靠近苏格兰西北部最遥远的顶端愤怒角。这个农场经营状况良好,周围是成片成片广阔无垠、未遭破坏的高沼地和泥炭沼,间或有绵羊点缀其中。全家人因陋就简地生活,住在原始的农舍里,点的是油灯和蜡烛。梅特养了一只宠物鹦鹉,名叫哈里·帕里,不时发出刺耳的尖叫声,显得格外嘈杂。

伯特姨父除了经营小农场,还着手全面改善条件,分配给约翰和年幼的迈克尔、大卫一系列繁重的体力活,简直就是受罪。"我们总是在用长柄大镰刀割干草,用干燥的石头砌墙,用手推车搬运满满一车的沙子。"迈克尔·卡德瓦拉德如今回忆说。"约翰很快就厌烦了,跟两个九岁的小子做伴也让他振奋不起来。他明显迫不及待想走了。"

摇滚在英国遭遇到的最凶猛的敌人恐怕就是传统爵士乐的追随者了,他们或者不知道或者宁愿不记得两者其实是嫡表亲。爵士乐和布鲁斯、乡村音乐总有重叠之处,而正是后两者造就了埃尔维斯·普雷斯利。比较开明的传统爵士乐队的队长,如汉弗莱·利特尔顿,就承认这一点,把两者融合进他们的演唱曲目中,偶尔甚至会邀请来大比利·布伦齐这样的美国布鲁斯歌手当他们演唱会的嘉宾。然而,音乐界和其他所有领域一样,等级制度根深蒂固。大家坚持把摇滚爱好者和工人阶层更低等级中最没有品位的群体联系在一起,而爵士爱好者们则是典型的中产阶层学生仔,戴着学院风的条纹围巾,小口啜着半品脱的苹果酒。

在摇滚到来之前的时期,最注重档案资料的传统爵士乐队的队长是长号手克里斯·巴伯。早在普雷斯利席卷英国之前,巴伯的演出就特别突出,貌似狐狸的班卓琴弹奏手托尼(又称"朗尼")·多尼根,让他在很少的节奏乐器组的配合下弹奏吉他,风格是被大家遗忘的美国民谣的形式,称为噪音爵士乐。这个词(和爵士乐一样)是拟声词,追溯到三十年代一片凄惨的大萧条时期,那时候一贫如洗的白人买不起传统的乐器,便会用厨房的洗衣板、空盒子、垃圾桶盖临时代替,在上面敲打出变换的节奏。

1956年1月,多尼根和一个噪音爵士乐三人组合合作了一首《岩石岛铁路》,并意外取得了成功,这是一首有关火车的歌曲,和三十年代的布鲁斯巨星休迪·("莱德贝利")莱德贝特有关。歌名中出现的"岩石"[①]这个字眼(尽管纯

---

① Rock 一词在英语中既有岩石的含义,又有"摇"的意思。

粹是地理上的巧合)无疑起了推波助澜的作用,使它在英国榜单上升到第八位,并被允许贴着伦敦的商标在美国发行,到四月它已站在美国榜单上第十名的位置了。任何英国制作的唱片在美国大受欢迎已经很少见了;通过翻唱这样一个带有美国独特风格的作品而大获成功,更是前所未有。

英国的噪音爵士乐归根结底是男孩子的音乐,对像约翰这样的男孩而言,像是突然从天而降的礼物;他年纪还太小,参加不了摇滚第一波反叛的行列,同时又觉得自己与如今男阿飞垄断摇滚的强悍文化格格不入。噪音爵士乐是形式更加温和、更能为社会接受的摇滚形式,同时具有令人心醉神迷的美国风格,而且没有受到色情或者暴力内容的污染。在英国化的版本中,它吸收了各种音乐元素——布鲁斯、乡村音乐、民谣、爵士乐——尽管英国年轻的演奏者中很少有人知道它们之间的区别,更别提理解是什么样的社会状况激发了这些歌曲的创作,又是什么样的痛苦、愤怒、对社会不公的感受融合进了创作当中。重要的是紧凑轻击的节拍以及那些提及铁路、监狱、锁链囚徒的神奇歌词。

对英国的年轻男性而言,埃尔维斯·普雷斯利使吉他成为一个无法企及的标志,象征着四射的魅力和性感的诱惑;如今朗尼·多尼根又让它变得可以企及。因为噪音爵士乐采用的是传统的布鲁斯形式,十二小节四和弦,最简单的版本只需要动用一两根手指。任何人几乎都可以同时演奏它们。

噪音爵士乐成为 1956 至 1957 年间英国流行乐坛最轰动一时的音乐形式,甚至连普雷斯利和摇滚都得靠边站。朗尼·多尼根和他的噪音爵士乐组合开始打造出一系列进入前十名榜单的当红歌曲,这个成绩要到下个十年间才有人超越;歌曲采用了或真实或仿造的民谣歌名,如《迷失的约翰》《带一点水来,西尔维》《爹爹,哦,请不要摇晃我》《坎伯兰岬口》。唱片公司开始疯狂地寻找可以替代的噪音爵士乐歌星,范围集中在伦敦的苏活区,尤其是位于老康普顿街的 2I 咖啡馆,汤米·斯蒂尔早期曾在此做过一些现场演出。"帕洛风"唱片公司的一位唱片制作新人乔治·马丁找到了 2I,并签了一个名叫"毒蛇"的噪音爵士乐五人组合,从而将他的事业稍稍向前推进了一些。

最重要的是,噪音爵士乐使远离伦敦的普通年轻人欣喜若狂,他们从来没有认为自己有音乐天赋;让他们站起来在公开场合唱歌,他们一度宁愿剖腹自杀。全国各地纷纷涌现出大批噪音爵士乐组合,取的名字不负所望,能让人联想到美国开阔的大路——漫步者、游牧人、流线体、棉花采摘者。

厨房里的洗衣板和扫帚被洗劫一空;乐器店的橱窗内搁置多年蒙上了灰尘的吉他也在一夜之间消失不见。报纸马上就要登载全国吉他紧缺的消息,让人联想起没过去多久的"艰难时代"。

一些想成为噪音爵士乐歌手的男孩起步时不用从头学起，这多亏了他们的父亲、哥哥或者叔伯们是职业或者半职业的音乐人。不过，只有少数几个像约翰这样多亏他们的母亲，才比别人占优势；因为朱莉娅会弹奏班卓琴，这个乐器在一夜之间突然成为追捧的时尚，甚至比吉他更出人意料地走俏。早在噪音爵士乐到来之前，她就开始教约翰弹奏单弦版本的《善意的小谎言》或者《我梦中的女孩》，本着一个颠扑不破的信念：他要是会一种乐器，总会受到欢迎的。不过，现在班卓琴被抛到脑后了。"我过去常常读吉他的广告，"他后来回忆道，"想要一把吉他想得心都疼了。和其他所有人一样，为了这个我唯一想要拥有的东西，我求助了上帝：'上帝啊，请赐我一把吉他吧。'"

约翰的咪咪姨妈作为给他买来吉他的第一人，已被历史铭记，她将他推上了通向不朽的曲折道路。后来她无数次地讲述自己如何厌恶了他没完没了的请求和缠磨，终于带他搭公车去利物浦的中心城区，到白教堂区的赫西乐器店花费了17英镑，这笔钱当时自己极难负担。咪咪确实给约翰买来了一把吉他，而且是花了血本买的，却推动了他在要走的路上往前迈出了一两步。然而，他拥有的第一把吉他却是朱莉娅给他的，哪怕他的技巧超出了它的水平之后，很长一段时间他还一直继续在用。

这是否是他弹奏的第一把吉他，又是另一码事情了。约翰自己将会回忆他一开始从另一个男孩那里借来一把，在得到属于自己的吉他之前一直尝试着用它做练习，结果却不了了之。这也许就是所谓的过渡期，一方面妈妈承诺给自己买来心上的宝贝，一方面实实在在地把神奇的实物握在手里。朱莉娅几个星期在利物浦搜寻未果，最后终于通过邮购采用分期付款的方式，才好不容易搞到了一把。卖家的信息没有留下任何记载，最有可能的似乎是一家名为总部和总供应的邮购公司，位于伦敦 SE5 的冷港巷。约翰走运的这个节骨眼上，H&G 公司宣布得到了一批佳乐通冠军吉他，为数"仅有 1000"把，是从南非进口的批量生产的产品。吉他每把价值 10 英镑 19 先令 6 便士（10.95 英镑），或者可以预付款 10 先令（50 便士），以后每两周支付 18 先令 11 便士（90 便士）的费用，分十八次支付完成。这是一把原声吉他，西班牙弗拉门戈风格的款式，琴弦是钢弦而非肠线制成，弹奏时不直接动用手指，而要借助一只玳瑁拨子。声孔里面还贴着一个标签，上面标着：保证不会裂开。

1956 年的那个秋季学期，他不是采石河岸唯一一个可以炫耀这个身份象征的学生。伍尔顿校舍另外有一个男孩，名叫埃里克·格里菲思，他学习刻苦用功,思维科学理性,同样得到了一把西班牙风格的吉他,与约翰的那把在大小、外形、价廉上都颇为相似。两个孩子虽然从来没有特别要好,却同意一起去亨特十字路跟一位老师上吉他课。不过,这个老师想要他们学会读乐谱,两人都不想费那个功夫。朱莉娅提出了一条捷径:她来把他们的六弦吉他调成像是一把四弦班卓琴——也就是说,只使用吉他的四根最细的高音弦,忽略其他两根低音粗弦。这样,她自己就能教给他们需要学会的所有和弦,足够弹奏他们想弹的音乐了。

从此以后便一发不可收拾了。皮特·肖顿或者奈杰尔·沃利每次来门迪普斯,总会发现约翰坐在他的床头,把自己的左手努力伸展成C弦或者G弦的形状;一次次地重重压下拨片,使拨片都起了波纹,直到声音清晰准确地响起;完全忽略了钢弦切割指尖在上面留下凹槽的疼痛。"他会坐在那里拨弄琴弦,"奈杰尔如今回忆说,"想到什么就唱什么。几分钟内,他就能哼出一个调子来了。"

咪咪试图反对他忽视学校功课的做法,尤其是现在再过几个月就要考试了,约翰却充耳不闻;正如利物浦人所言,再也没有什么领域比这个更适合他"迷失"自己了。咪咪会从厨房或者起居室里,大喊一声劝告的话,这句话将来注定有一天会回敬给她,像是煞有介事地刻在一块匾额上以示谴责:"约翰,吉他是很好,可你永远不能靠它养活自己。"

据埃里克·格里菲思讲述,他和约翰没有想过成立自己的噪音爵士乐组合,直到有一天,采石河岸的另一个男生乔治·李在课间休息时提了出来。遗憾的是,他除了贡献这个极其绝妙的点子,自己却没有加入因此而成立的组合,也没有和它再发生任何纠葛。还要再过一年多,这个组合才会有一位名叫乔治的成员。

约翰照例不会考虑任何将他的匪帮兄弟皮特·肖顿排除在外的计划。这是噪音爵士乐,皮特哪怕连最小的音乐细胞也没有,都不成问题。他当上了洗衣板敲击手,只要拥有一块洗衣板就能胜任——它可不像表面上看似那么手到擒来,因为噪音爵士乐的热潮同时造成了全国范围的洗衣板紧缺。这个组合最初叫做"包革棍棒"组合,没过一周,皮特·肖顿提议重新取个名字,与噪音爵士乐有关流浪汉和锁链囚徒的主题更加契合。采石河岸的校歌中有一句歌词,学生自称是"采石工人,我们还未出生就已垂垂老矣……"采石场是用链条拴在一起的囚犯做苦工的地方,约翰和皮特毫无疑问视自己为被罚做重活的囚犯。于是,他们的噪音爵士乐组合被冠以"采石工"的名号。

他们很快从伍尔顿校舍最近的朋友圈中招收到另外两名乐队成员。(乔治·李属于敌对的埃伯斯校舍，这也许解释了他没有加入的原因。）一位是学习刻苦的罗德·戴维斯，他演奏班卓琴，琴是他父母刚刚在去威尔士的旅程中给他买来的。另外一位是约翰认识的——在他的漫画集里也占有一席之地——比尔·"臭子"·史密斯，弹奏只有一根弦的噪音爵士乐"低音"吉他，吉他由一根扫帚和一只空茶叶箱组成。为了让茶叶箱看起来不要那么粗陋，罗德的妈妈用棕色的墙纸把它包装起来，又在上面用白笔勾勒出若干个音符和一个特大的高音谱号的图案。

大部分噪音爵士乐组合没有打击乐器，只有吉他手弹奏吉他，洗衣板敲击手用指尖戴着顶针的手指哒哒地敲击板子。即使乐队阵容确实拥有鼓手，他们也只是在一个台子上敲打唯一的一只小军鼓而已。然而，"采石工"组合成立之初，便奢侈地拥有一名鼓手，而且鼓手自己拥有整个一套行头（同样不容易搞到手）。他不是采石河岸的学生，而是罗德和埃里克认识的人，名叫科林·汉顿，已经离开学校在斯皮克的盖伊·罗杰斯家具厂当了一名家居装饰学徒。他十八岁，比其他孩子大两岁，可是，他矮小的身形和天真无邪的面庞，使他看起来反而年纪更小——反差太大了，他不得不随身带着出生证明，向酒吧的老板证明自己已经到了法定喝酒的年龄。

严格说来，他不完全属于其他"采石工"的社会阶层；除了在家里跟着爵士乐唱片演奏，不具备任何表演的经历；他对打击乐器的兴趣也远远不及喝酒的嗜好，只要逮到机会就会一口气喝下几品脱的黑色天鹅绒酒（吉尼斯黑啤酒掺上苹果酒）。鉴于他带来了几乎全新的几只鼓，这些顾虑都轻易地被一笔勾销。而且，不管他是不是工人，他似乎非常乐意和一群闹哄哄的学生仔们混在一起，甚至还让一位当印刷工的朋友在他的低音鼓的边缘，用镂空模板刷上采石·工人几个字样（因为空间有限，将名字一分为二）。

正如汉顿如今回忆的，约翰从一开始就自然而然地担当起了队长的角色。"他是组合里唯一的歌手，并且由他决定我们表演的内容和次序。我们如果想要听起来演奏得不错，就得学会演奏他知道的歌曲。"

可以预见，"采石工"的队员阵容不久就会发生巨变。比尔·史密斯虽然显得非常热衷于弹奏茶叶箱做成的贝斯，但他参加排练的表现却很差劲，其他队员因此一致投票踢他出局。"臭子"怀恨在心，把茶叶箱扣押在自己家里作为报复；等所有归还原物的要求都被置之不理，约翰便领着大家夜探史密斯家，从车库里找回箱子。以后，贝斯手的角色便由奈杰尔·沃利、伊凡·沃恩，以及伊凡在利物浦学院的朋友莱恩·加里分担。

"采石工"的演奏曲目一开始主要由朗尼·多尼根的歌曲组成:《坎伯兰岬口》《迷失的约翰》《赌博者》《沃巴什炮弹》。除了《岩石岛铁路》,莱德贝利的布鲁斯作品还提供了另外两首容易演奏的四和弦歌曲:一首是欢快的《棉花田》,另一首是忧伤的《特别的午夜》。罗德·戴维斯是民间音乐的狂热歌迷,他推荐了波尔·伊维斯的几首歌,如《忧心之人的布鲁斯》;而约翰偶尔会演奏一首乡村歌曲,如汉克·威廉姆斯的《酒吧爵士乐》。事实上,远在普雷斯利到来之前,他就已经是威廉姆斯——歌手兼歌曲作者的先驱——的崇拜者;而且自孩提时期,他就意识到生活在默西塞德郡的爱尔兰人对乡村音乐有很深的情结。他记忆中见过的第一位吉他弹奏者,是"一个穿着一身牛仔服饰的家伙……头戴一顶牛仔帽,手握一把大感声吉他(自我扩音的金属吉他),又有星星来助兴……先有牛仔后有摇滚"。

他们演唱的民谣甚至还包括若干首英国传统的情歌,最著名的是《玛琪·梅》,它是为利物浦典型的"美人儿"或者妓女而作的安魂曲,她来自位于莱姆街和坎宁广场之间破败的红灯区。约翰一直隐约记得歌词,他的妈妈又给他上了一课,刷新了他的记忆;她拿着他的吉他坐在门迪普斯的起居室弹奏,观众还有咪咪以及她固定的房客迈克尔·菲什威克。朱莉娅知道全部带有黄色的歌词,大多数噪音爵士乐手都不敢唱,而且她像薇拉·琳恩一样吐字清晰甜美地唱出每一个歌词("她再也不会打劫水手,也不会被无数捕鲸人奸淫……")。幸亏大部分歌词她古板的姐姐都听得不知所云。

要不然,搁在那个磁带录音机少有并贵得让人咂舌的年代,要学会一首歌的歌词,可真是一件苦差事。每一张流行音乐唱片发行时,还会出版它的活页乐谱,封面上印着歌手的单色照片,里面给出的详细歌词却是歌剧歌词的风格("你只-只-只是一只猎-猎狗……"),而且有时代错的倾向,如"快板"或者"明快的节奏"。但是对约翰这样的学生来说,买一张唱片花六个先令已经是天价了。把它学会的唯一方法就是一遍遍地重复播放,每次又匆匆记下一个词组或者部分词组,又得到一个线索,知道哪个弦转换到哪个弦。既然咪咪反对在门迪普斯添置一台磁带录音机,约翰只能把他的唱片拿到朱莉娅家,通过她的录音机学唱歌曲。

如果他真的想做什么事情,就绝对不会放弃,这是他一贯的风格。等他最终把他的唱片《岩石岛铁路》卖给罗德·戴维斯时,唱片早已被他无数次动作粗鲁地扔回到电唱机上,被转盘的柄把正中的孔磨没了形。罗德第一次尝试播放时,唱片疯狂地摇晃不定,几乎都听不清歌曲了。

"采石工"的第一次表演在圣巴拿巴教堂大厅举行——大家喜欢叫它"巴尼"——它位于彭尼巷的环岛附近,约翰过去常在环岛下公车再去多夫戴尔小学。没有任何广告出现在当地的媒体上,所以我们只能大体上把他第一次在观众面前现场演出的时间定在 1956 年的九十月份。他的妈妈忠实地出面为他捧场,陪同前来的还有他固定的女朋友芭芭拉·贝克,除此以外对此事便一无所知了。

他们下一次重要的预约演出颇为不同寻常,地点定在盖塔克的李·帕克高尔夫俱乐部。李·帕克在二十年代是稀松寻常的组织,它是一个"仅限犹太人"的俱乐部,面向的会员因为自身的宗教信仰,被剥夺了在这一地区其他球场打球的权利。奈杰尔·沃利最近开始在那里工作,当了一名职业高尔夫球手练习生,他说服秘书预定"采石工"演出,作为周六晚上俱乐部舞会的额外节目。他们在场地中央演出,周围围坐着一群穿着正式的观众观看,其中大部分都是成年人。俱乐部不支付演出费,不过供应了一顿冷却的晚餐,之后还给了他们一笔捐款。

打从一开始,约翰就主导着舞台,似乎为舞台而生一样,一边重重弹拨着他邮购来的廉价小巧的吉他,一边唱歌,嗓音高昂、略显尖酸,他却一反常态,没有试图把它美国化。在通常没有麦克风的条件下,要想声音凌驾于五位队员疯狂演奏的噪音爵士乐之上,唯一的选择就是完全豁出去。在这样公开演出的场合,要他戴上痛恨入骨的眼镜更是想都不要想,哪怕缺了它,他几乎看不清舞台的边缘。结果他的站姿呈现出一种稍微驼背、两腿向外八字张开的样子,脸使劲朝前伸,眼睛眯成了缝,弄得观众们以为他这是寻衅挑战的表情,而其实却常常只是想要看清周遭的东西而已。尽管他从来没有明显地表现出自负,他的伙伴们却从来对谁是老大没有过疑问。"约翰过去常常把吉他弹得太狠了,经常就会弄断一根弦,"罗德·戴维斯如今回忆说,"一旦发生这样的状况,他就把吉他递给我,拿走我的班卓琴继续演奏,而我得给他换琴弦。"

约翰虽然全身心地演奏,噪音爵士乐却永远满足不了他。他真正想要演奏的是摇滚,不是过去莱德贝利和伍迪·格思里言之有物的宣言和抗议风格,而是演唱埃尔维斯·普雷斯利和小理查德热力四射的神奇的胡言乱语。而且,时间也越发紧迫。每天大人们都对摇滚乐手发出新一轮的诽谤攻击,做出似乎权威性的预言,说他们不久就会销声匿迹,活该如此下场。证据指向了普雷斯利身上,他似乎已经开始两边下注,少录煽动人心的摇滚歌曲多录情歌。1956 年 12 月"猫王"出演他的第一部好莱坞影片《温柔地爱我》,同名主题曲居于各榜单的榜首,与其说它是情歌,不如说是一首赞美诗。

于是约翰在初登舞台之际,便开始偷偷摸摸地把摇滚渗透进"采石工"噪音爵士乐的演奏曲目中,每次只渗透一点点,就好像加到橙汁里的少许伏特加一样。而且,他解读不出当红歌曲的真正歌词时,就会习惯自己造词往里填。所以,他会把摇滚歌曲当作噪音爵士乐演奏,这里那里偷偷塞进一些乡土气息的歌词,以此迎合正统人士的口味。他以前的伙伴总会举的一个例子是《和我同去》,它是1957年销售百万的歌曲,为"戴尔维京人"而作,歌曲采用多瓦普或者部分歌唱的形式,由一个无伴奏歌唱组合在城市的街角里创作而成。约翰"采石工"的版本——也许正是未来歌曲《让我带你下去》的歌词的种子——改写如下:

来吧　来吧　来吧　来吧
和我一起走
下　下　下　下　到
监狱

他的新热情带来了一个直接影响:他在采石河岸高中的形象略微得到了一点儿改善。1956年10月,严肃疏离的欧尼·泰勒从校长的位子上退下来,威廉·厄内斯特·宝米走马上任,他年仅三十五岁,是西北部最年轻的校长之一。宝米先生预先得到提醒,知道了肖侬和列顿的恶劣影响,到如今他们有时候做得太过,甚至都不能写到校方的惩罚日志上。"有人告诉我,有一些教职员工确实被列侬收拾过。"这位前任校长如今回忆说。"这个可怜的家伙感觉太丢脸了,恳求不通报这件事情。"

"大力水手"宝米虽然年轻,手腕温和得多,却绝对不是个软柿子。他到任不久,便觉得有必要用鞭子抽打约翰三下——这个经历帮助他坚信,应该从学校逐步完全废除体罚的施行。1957年年初,"大力水手"暂时不在,肖侬和列顿每人被校长代理伊恩·加拉韦勒令停学一周。

但是,总体而言,约翰的吉他使他更加融入到校园生活当中,这超出了他自己曾有过的希望或者期待。现在他去校长室,也许并不一定是去挨鞭子,而是毕恭毕敬地询问"采石工"是否可以在六年级的下一个舞会上演出。古老的哥特式校舍有一处角楼,里面的一间教室几乎不再使用,——在"大力水手"的默许下——约翰、皮特、埃里克·格里菲思会在课间休息或者放学后,来这里练习上一段时间。

要找到一个排练场所,能够容纳八个人的整个组合(三个轮流的低音演奏手也算在其内的话），可不这么简单了。在门迪普斯，约翰的卧室太小了，咪咪太过注重家居整洁，警惕得让他们待在那里总觉得不太舒服。他们也可以在埃里克家或者科林家会合，如果天气不错，就搬到罗德·戴维斯家的后花园里。隔壁住着未来奥运会赛跑运动员波拉·拉德克利夫的祖父母；约翰尝试演奏多尼根或者普雷斯利最新单曲的当儿，拉德克利夫夫妇就会开玩笑似的从花园篱笆上方给他扔来几个便士。

不过，多数时候，"采石工"会带上一盒野忍冬香烟以及报纸包裹的一包炸鱼加炸土豆条，跑到他们位于布洛姆菲尔德路非正路的匪窝老妈那里去。不管他们来多少人，都可以指望受到朱莉娅同样热情的欢迎；她会不断地给他们泡茶，分享他们的香烟，给他们最新的曲目提提意见，还满怀同情地倾听他们最近的奇遇和倒霉事。练习时段通常会在浴室进行，浴室地板上没有铺地毯，墙面上贴着瓷砖，可以使原声噪音爵士乐器的音量和回音最大化；为了获得最佳效果，约翰、埃里克以及罗德会一起站到浴缸里。这些音乐家到来时，朱莉娅如果碰巧在为约翰的两个同母异父的妹妹洗澡，那也没有关系：小女孩们会被清理出去，水会被放空，两个吉他手和班卓琴演奏手随后会脱掉鞋子，爬进清空的浴缸里。

噪音爵士乐组合只有成员中有富有的工作族，才负担得起私下的交通费用。罗德·戴维斯的父亲有一辆奥斯丁·赫里福特汽车，他偶尔会充当司机，护送"采石工"去参加演出。多数时候，他们不得不搭乘利物浦市政当局的绿色双层公车，车里总是人满为患，却值得信赖，还得想方设法地把茶叶箱和科林·汉顿的几只鼓塞进台阶下面的行李放置处。在这些旅途过程中，还必须总是留意警惕当地的两个打手罗德和维罗，这两个人不知为什么发誓要抓住他们，连约翰也毫不掩饰自己怕死他们了。一天晚上，"采石工"在伍尔顿村下车，罗德和维罗正在一边埋伏守株待兔。噪音爵士乐手们全部成功逃脱，代价却是丢弃了他们的茶叶箱贝斯，之后几天它一直待在被扔下的路段，被来往的车辆这样那样地擦边撞过。

约翰之后，这个组合性格最外向的成员——另外唯一一位拥有任何明星歌唱才能的人——是莱恩·加里。原来三个轮流的低音演奏手当中，莱恩一直表现得最为出色，不久便从伊凡·沃恩和奈杰尔·沃利手里揽去这个角色。书呆子伊凡有些如释重负，回归到学校的学习当中，而"沃洛格斯"摇身一变，成了组合的经纪人。他非常认真地扮演这个角色，给当地的舞会承办者郑重其事地用草书写信，甚至还说服伍尔顿的报刊经销人，在当街的橱窗里免费为"采石工"展示广告，这些经销人曾因为约翰在商店行窃的行为受害最深。同时他还分发

名片,上面的介绍正式复古,宣称可以演奏多种音乐形式,令人印象深刻:

  乡村——西部——摇滚——噪音爵士乐
  采石·工人(原文如此)
  欢迎预约

  他们的演出费根据表演时长3到5英镑不等,六个人平分,因为他们的经纪人享有同样的一份。

  约翰坚持即使不把摇滚印在第一位,也得在舞台上排在首位,这将给奈杰尔与承办方的洽谈带来许多麻烦,因为承办方只提供噪音爵士乐的演奏场地;同时也给他白天当职业高尔夫球手练习生的工作带来一些小尴尬。在李·帕克俱乐部,他和一位名叫西特勒的医生处得不错,这位医生的儿子艾伦即将要在利物浦中心城区开一家爵士乐俱乐部。地点定在马修街的一间老仓库的地下室,而且——为了有意与巴黎左岸爵士乐俱乐部形成呼应——它将被命名为"洞穴"。艾伦·西特勒同意预约"采石工"(给他们打出的广告是"采石·工人"),做一段噪音爵士乐表演,同台演出的还有当地的其他组合,包括德尔通组合、黑暗城镇噪音爵士乐组合、恶魔五人组合。

  但是"洞穴"的第一个化身证明是个敌对的地盘,来客都是传统爵士乐爱好者,最是认真计较,眼里容不下沙子。他们可以忍受噪音爵士乐,因为它源自布鲁斯和民谣;但是,他们对待摇滚,就像吸血鬼面对一串大蒜一样,会产生相同的反应。尽管如此,约翰还是投入到普雷斯利和法兹·多米诺曲目的演唱当中,完全忽略了每首歌都令观众反胃,全场陷入一片寂静的局面。"我试着跟他说理,"罗德·戴维斯如今回忆说,"倒不是因为我是个纯粹主义者,而是面对那样特殊的观众,这么干明显是在自杀。"约翰无视一切继续我行我素,完全"迷失"在表演中,当一张纸条从下面传上来给他时,他还以为是要点歌呢。不过,它却出自"洞穴"的经理之手,上面只有一句简练的指示:"去掉可恶的摇滚。"

  就和二十年前他的父亲阿尔夫一样,位于莱姆街的帝国剧院代表了约翰作为一个艺人的终极目标。"帝国"作为首屈一指的圆形音乐大厅,历史悠久,名副其实,现在它呈现全国所有的顶级噪音爵士乐和摇滚明星,他们往往排在传统的综艺节目单的首位,杂技和喜剧演员不得不努力压过少年人期待的尖叫声,让大家听见自己的声音。

  阿尔夫·列侬只到了"帝国"的后台,没能再进一步。他的儿子却很早得到机会踏上它神圣的木板,当时正是1957年6月,一档名叫"卡罗尔·刘易斯的发现之旅"的节目来到了镇上。刘易斯是个花言巧语的加拿大人,战后渴望诱惑、容易轻信的英国人称他是"明星缔造先生"。五十年代,他常常在外地的剧院巡回,为各类想要成为艺人的人举办才艺竞赛,从歌手、喜剧演员到鹦鹉训练师、乐锯表演者,不一而足。

"采石工"出现在"帝国"准备参加在周日举行的初赛时(罗德·戴维斯除外,他笃信宗教的父母不允许他参加),他们发现了其他好几个噪音爵士乐组合,同样渴望被明星缔造先生发现。他们觉得,主要的对手来自斯皮克的"阳光边缘"组合,其中有一位名叫尼基·卡夫的小个子,是茶叶箱贝斯手。"阳光边缘"的表演具有部分喜剧色彩:卡夫(在日常生活中,他是科林·汉顿的同事)会头戴一顶高帽子,身穿燕尾服,在舞台上跑来跑去,解释说自己找不到去阿德尔菲酒店的路了。他的另一个绝技,就是可以一边站在茶叶箱上,一边用力地拨弄唯一的一根琴弦。

不过,"采石工"表现得更好,晋级进入周三晚上的决赛,而"阳光边缘"组合搞笑的特点反而为他们扣了分。可是,到了星期三,获胜者完全由观众的掌声决定,约翰的团队发现他们对上了来自威尔士的一个组合,他们带来了一公车的支持者为他们声援加油。罗德·戴维斯至今记得这些威尔士的噪音爵士乐手是如何施展外放的表演技巧,在舞台上四处迅速移动,甚至平躺在舞台上,"而我们只是一动不动地站着,就像假正经似的"。尽管如此,衡量掌声的"掌声计"一开始显示双方打成平手,不过经过再次测量,结果宣布威尔士组合略胜一筹。于是,明星缔造先生——将来证明不止一次——错过了他这一生最伟大的发现。

摇滚继续与所有宣称它即将走向自我毁灭的预言对抗,好莱坞意料之外的支持借了它一臂之力。1956年底上映了一部喜剧电影《春风得意》,本来意在为胸部丰满的银幕女神简·曼斯菲尔德量身打造,通过次要情节对青少年和他们的音乐大加嘲弄。然而,对摇滚的讽刺不知怎的变成了对它的歌颂——时至今日,他仍然是电影刻画中最为有力的作品。

《春风得意》终于于1957年夏初传到利物浦,第一次向约翰展示了美国活生生的摇滚新星——当然埃尔维斯除外,不过另外几个他几乎同样崇拜的明星客串了几个角色,加上他几乎没有听说过的几个,全部身着性感的伊斯门彩色服装,出现在电影大银幕上。里面有小理查德,尖着嗓子高唱同名曲作为配乐,此时简·曼斯菲尔德正挺着雄伟的乳沟招摇过街,男人的眼镜当即在镜框中裂成碎片,牛奶从瓶子里喷射出来,就像过早射精似的。还有埃迪·科克伦,他是英俊健壮的年轻版埃尔维斯,一边唱着"二十飞行摇滚",一边把自己超炫的朱红色吉他当作汤姆森冲锋枪左右瞄准。另外新来了一位白人,名叫吉尼·文森特,他当过水手,身形瘦削,嗓音高亢带嗞嗞声,显得颇为怪异;他用哀号的腔调演唱了又一首胡言乱语的经典摇滚歌曲,歌名叫《哗-爆噗-啊-噜啦》。更让约翰着迷的是文森特的伴唱组合《蓝帽》:他们不仅仅是附带的背景,而是同道中人,和他们的领唱一样充满颓废威慑的气场,配合他的歌声发出动物似的大叫、吠叫,还有咯咯的叫声。

自动唱机和卢森堡电台传出的并不都是喧嚣混乱的音乐。六月初,榜单上首次出现"艾弗利兄弟",分别是堂唐和菲尔,他们曾是乡村音乐的童星,两者之间建立起几乎女性之间才有的亲密融洽的关系,起初有些让人把他们和英国本土的"贝弗莉姐妹"混为一谈。"艾弗利兄弟"排在第六位的歌曲《再见,我的爱》吸引了约翰爱听美妙旋律的柔软一面——更不用说和一个亲似兄弟的人一起唱歌的念头了——他开始四处物色一个搭档,准备组建一个艾弗利风格的二人组。既然他平常的铁杆兄弟皮特·肖顿连一个音都唱不出来,他便和莱恩·加里进行了几次试唱练习。不过,他几周之后注定要形成比艾弗利更为亲密的兄弟情谊,而当事人的名字绝不会叫做列侬和加里。

6月22日,利物浦举行庆祝活动,纪念约翰国王赐予它特许状七百五十周年。每逢这个节日,全城大小街道都要举办聚会,每条街道都要和附近的若干条街道比一比,看谁的装饰更华丽,谁的食物更丰盛,谁的户外娱乐更多彩。罗斯伯里街和其他几条街道一样,请来了一个噪音爵士乐组合,迎合更年轻化的元素,这次演出的是约翰和他的"采石工"。罗斯伯里街深入利物浦八区的中心地带,伍尔顿上文法学校的男生们自然不会愿意跑到这个区来溜达。不过,科林·汉顿的印刷工朋友查尔斯·罗伯茨就住在这里,他曾在前者的低音鼓上用镂空模板刷上"采石·工人"几个字样,所以他们觉得理当付出报酬。

"采石工"在一辆运煤卡车的后面演奏,下午表演一场,晚间早些时候再演一场。第二场的观众里包括无比自豪的朱莉娅,她从布洛姆菲尔德路搭公车远道而来,带上了约翰的两个同母异父的妹妹朱莉娅和杰基。两个小女孩坐在卡车的后挡板上,朱莉娅则从罗伯茨家的起居室里观看。

那天使用了许多照相机,其中一只碰巧拍到了约翰演奏时的第一张照片。照片里,他站在布满煤灰的舞台上,穿着朱莉娅在加斯顿露天市场为他买的彩色格子衬衫,专心致志地对着一只立式话筒演唱,话筒线危险地延伸出去,一直穿过后面房屋底层开着的窗户,接到能够到达的最近的电源。他的"采石工"伙伴们都聚在身后不远处,科林·汉顿除外,他穿着花哨的双色套衫,站在左边稍远的地方——他如今承认,因为喝了几品脱黑色天鹅绒酒,已经处于"半茫"的状态。背景是满是污垢的维多利亚时期的砖头建筑以及庆祝的旗帜,使它看上去不像是二十世纪中期,倒像是十九世纪晚期的场景。

在他们第二场的演出过程中,暮色逐渐降临,彩色小灯开始在头顶闪烁,科林坐在卡车相对孤立的位置上,结果证明是鬼使神差。就在他身后站着一群来自附近哈瑟利街的逞凶斗狠的小子,他碰巧听到他们正在合谋演出之后"逮到列侬"。"采石工"唱完他们最后一首歌,没有逗留等待掌声,抱着乐器就匆匆下了台,躲到查尔斯·罗伯茨家里,查尔斯的妈妈在那里准备了一顿丰盛的下午茶,让他们大饱口福。不过,哈瑟利的街头混混可没这么好打发,他们啪啪用力拍打窗户,叫嚣着让约翰出来,直到一位警察到来。当时警察是绝对权威的存在,问题才得以解决,他警告了闹事的家伙,驱散了他们,然后将"采石工人"安全护送到公交站台。

夏季例行的各种庆祝活动意味着前面还有更多繁忙的日子。7月6日,"采石工"得到预约,到他们郊区的教堂——伍尔顿的圣彼得教堂——一年一度的花园游乐会上演出。约翰最近干了一件让郊区牧师普莱西大吃一惊的事情:他自愿接受坚信礼,正式成为英国国教教徒——正如他后来自己承认,不是出于什么深层的宗教觉醒,而是冲着现金礼物去的,作为传统,只要是坚信礼申请人,就能从家人那里得到礼物。不管普莱西有没有意识到这一点,约翰都再次成为圣彼得教堂大受欢迎的人物;他的组合不仅要在游乐会上演出,而且要登上一辆机动的节日花车表演,这些花车事先要在伍尔顿村内游行一周。透过他的身形,可以看到他的祖父杰克的影子,那时安德鲁·罗伯顿肯塔基有色人种歌剧吟游歌手总是以凯旋者的姿态来到镇上,站在一辆装饰的四轮马车后面,叮叮咚咚地弹奏一气!

6.兄　弟

> 我的脑子闪过一个念头：
> 我要是让他加入，就得让他听话。

保罗·麦卡特尼在被仔细安排正式认识约翰之前，已有一段时间对约翰感到非常面熟了。对保罗来说，纯粹从外表判断，"约翰是当地的小阿飞。与其说你遇到他，不如说你看到他……这个小阿飞会搭上公车，我不敢太盯着他看，以防他揍我。"

两人倒是可以指望自然地结识相交，毕竟两家住得特别近，拥有共同的亲密朋友，而且都对摇滚十分着迷。主要的障碍是他们之间十八个月的年龄差距。约翰还有三个月就满十七岁，一般认为即将成年了，而保罗刚刚才满十五岁，还是个处在最后阶段的男孩。一旦他们彼此了解，这个差距压根不会成为问题，而且，随着一年年的流逝，会越来越被忽略掉；可是他们最初几次短暂的碰面都在艾勒顿-伍尔顿的公车上，让他们之间连互相点个头的交流都不可能。

保罗和约翰的两个死党伊凡·沃恩以及莱恩·加里一起上学，这个事实也没有为他们的相识提供便利。伊凡碰巧早就看中了保罗，认为他对"采石工"有潜在的价值，可是他不禁要猜测，这样一个锋芒毕露的新成员一旦放在约翰的眼前，他会作何反应。伊维于是静候时机的都来，这一等便等到了1957年7月6日周六这一天，这天"采石工"要去伍尔顿圣彼得教堂的游乐会演出。伊维事先把保罗推销给约翰，夸他是个"了不起的家伙"，然后极其随意地邀请保罗，保罗也随口答应从艾勒顿骑自行车过去，观看"采石工"的演出，之后再跟他们的队长打招呼。

在这个单纯的夏季午后，约翰将要遇见这个娃娃脸的十五岁男孩——这个男孩将成为超出合作者、搭档、兄弟的存在，注定在接下来的几乎整个十年中，参与进他的生活，并活在他的心中和歌声中——可是，无论从哪个方面，这个男孩似乎总是跟他形成天南地北的反差。虽然如此,两者的出生和家庭背景倒是惊人地相似。

保罗的父亲吉姆·麦卡特尼和约翰已故的外祖父乔治·斯坦利一样,拥有利物浦商界最受人尊重的职业。吉姆是汉奈公司的销售员,这是一家棉花经纪公司,他兢兢业业地为它服务了差不多三十个年头,除了中间的一段插曲,战时他必须要到一家军工厂工作。战后这个行业虽然迅速衰落,经营"棉花"却好像参与到"西蒂斯"号的营救行动一样,在利物浦高层工人阶级眼里仍然是名望的象征。吉姆·麦卡特尼穿上棕色的白条纹西服,配上衣领挺直的衬衫,和一双擦得锃亮的皮鞋,俨然成了一类人的代表:勤奋忠诚、品德高尚,而且似乎毫不贪婪、无情、自大——他们如今几乎在英国商界绝迹。

保罗在成长过程中和约翰都受到追求社会抱负的氛围的熏陶。他的母亲玛丽是一位训练有素的护士(和约翰的玛丽姨妈一样),她最终成了一名家庭助产士,受雇于当地的机构,看顾那些仍然选择在家分娩的众多妇女。这就意味着,保罗和弟弟迈克尔虽然在他妈妈工作的一系列市属住宅区长大,他们却总有稍许与他们有别的特殊感。玛丽·麦卡特尼是一个天生有修养的女人,鼓励自己的儿子们努力比住宅区的玩伴说话更"乖"一些。

保罗和约翰一样,拥有爱尔兰人的血统,这就意味着他具有抒情的特长和魅力,骨子里流淌着音乐的基因和演奏的冲动。二十世纪二十年代,吉姆·麦卡特尼还是个小伙子,他带领了一个业余的舞曲小乐队,演奏出用切分音修饰的节奏;约翰的父母阿尔夫和朱莉娅还是一对如胶似漆的夫妻时,极有可能随着这个节奏跳过查尔斯顿舞或者黑臀舞。吉姆带领乐队的日子早就一去不复返了,他却依然弹奏立式钢琴,是由他从沃尔顿路的北极乐器店(NEMS)分期付款买来的。保罗从父亲那里继承了对音乐天生敏感的听力,以及协调唱歌的能力,吉姆对此大加鼓励,基于同样一条社交真理,约翰从朱莉娅嘴里无数次听到:他如果能够唱首歌或者会什么乐器,他就总会成为聚会上的红人。

和约翰一样,保罗早年就显示出聪明伶俐的劲头,拥有艺术才华;他通过了升学考试,升入了城里一所著名的文法学校,即位于蒙特街的利物浦学院。他也和约翰一样,身穿别着拉丁箴言的黑色校服,他的箴言是 Non nobis solum sed toti mundo nati("我们生来不仅要为自己,还要为全世界而活");他英语成绩出众,热衷里奇马尔·克朗普顿的威廉系列丛书,显示出创作漫画和讽刺画的才能,这些方面都与约翰不谋而合。

保罗的生活已经遭受到一次悲剧的打击,它也很快将在约翰的身上重演。

1956年10月,玛丽·麦卡特尼死于乳癌。经过最初一段时间感情崩溃后,五十三岁的吉姆勇敢地重新振作起来,一面继续为汉奈公司旅行推销,一面还得自学为两个儿子做饭收拾屋子。三个人在玛丽的工作提供的最后一所市属公寓里过着独身生活,地址位于艾勒顿的福斯林路20号,乘公车很快就会到达梅洛弗大道。没有了玛丽的额外收入,用钱开始捉襟见肘,不过同样有这么一群好心的姨妈,帮忙照顾保罗和迈克尔,就像约翰总有几个姨妈这么做一样。吉姆虽然从没有受过高等教育,却和咪咪姨妈一样强调阅读和语言流畅:利物浦学院最近举行了一次拼写测验,结果显示保罗是他的班上唯一一个拼出"痰"这个词的男生。

不过,保罗虽然和约翰一样特立独行,却一点不像后者那样毫无顾忌地叛逆。他对任何公开的挑衅和对抗深恶痛绝,这一点最不像利物浦人;他更倾向于施展自己的魅力和手腕,使别人服从自己的意志,有时还要借助他那双超大的棕色眼睛,闪烁着天真的光芒欺人耳目。

早在摇滚席卷英国之前,保罗已经能够在家里的钢琴上弹奏曲子了,在吉姆的鼓励下,他还开始学习吹奏小号,它是到当时为止乐队演奏台上最光鲜夺目的乐器。他一听到埃尔维斯的歌声,看到朗尼·多尼根真人,就拿着小号跑到拉什沃思和雷普百货商店,用它换了一把价值15英镑的极点吉他,带有大提琴样式的f形声孔。因为他是个左撇子,他发现自己不得不反过来弹奏吉他,左手弹奏琴弦,右手则在音品板上形成和弦。

他现在已经是一名技巧异常娴熟的吉他手,而且拥有一副显而易见的歌喉,然而却没有被任何噪音爵士乐组合相中——他自己明显也无意于此。他像约翰一样,被亲密无间的"艾弗利兄弟"深深吸引,心里隐隐打算和一位名叫伊恩·詹姆斯的朋友,组成一个艾弗利风格的二人组(和约翰打莱恩·加里的主意一样),结果却没有下文了。他每天搭公车上学,路上逐渐和学院的另一位男生乔治·哈里森要好起来,他同样着迷于吉他和摇滚。他比保罗小九个月,两人却找到了共同的兴趣:画曲线优美的吉他图片、对比新的和弦,最后两人关系变得格外亲近,假期一起搭便车旅行。

7月6日那个炎热的星期六,对约翰来说不像是个吉日。早上,他穿着精心挑选的一身行头下楼:上身一件披挂着的短上衣,里面一件衬衫领口大敞,下身一条裹着脚踝的黑色牛仔裤,门迪普斯仿都铎王朝风格的门厅里再次回响起一场激烈的争吵。"咪咪……对我说我终于这么做了,成了一个真正的男阿飞。"他回忆说。"我好像让每个人都反感,不只是咪咪而已。"

下午的活动也没什么新鲜,村庄里上演动作缓慢的盛装游行,约翰曾在威廉的一则故事里读到过这样的记载。装饰一新的花车游行表演队伍一路经过艾勒顿路、国王大道、亨特十字大道，打头是铜管乐队"柴郡自由民"（"大英帝国勋章获得者，即中尉上校 C. G. V. 邱顿许可"），收尾的是一辆煤商的平板卡车，上面载着"采石工"。游行队伍前进的速度虽然慢得磨人，但要在这样一个不稳定的位置上有效地演奏，还是相当困难；约翰很快就放弃了，取下吉他，垂着两腿坐到后挡板上。没走多远，他就在人群中看到他的妈妈和两个同母异父的妹妹。年纪小一些的朱莉娅和杰基跟在卡车后面走，想要逗约翰发笑，约翰却认为自己还在严肃的演出当中，拒绝作出回应。

游乐会上，他的组合分得了两个简短的演出时段，分别在四点十五分和五点四十五分开始，中间隔着利物浦警察的一段耍狗表演。约翰自己陈述，那天下午他首次尝试在舞台上现场演唱吉尼·文森特的《哔-爆噗-啊-噜啦》。你闭上眼睛，几乎就可以听见他唱着只有这次没有必要添造的疯狂歌词（"噢-噢-噢，她是那个穿着红蓝两色牛仔裤的女人……"），歌声高低起伏，欲与周围各种嘈杂的声音一争高低，其中包括手工艺品和家制蛋糕的小摊上传来的声音，玩套环、掷环套桩、水桶掷币游戏的喧闹声，小孩的哭声，大人们无聊的交谈声，以及鸟叫声。保罗·麦卡特尼静静地站在人群边上看着他表演，现在还记得他演唱了一首被他改过歌词的歌曲《和我同去》。

有一张有名的照片展现他正在演唱的状态，这张照片被他采石河岸的一位校友杰夫·林德拍摄下来，拍摄的角度正对着低矮的露天舞台。他脱下了短上衣，头发乱蓬蓬的，可以看出被热蔫了，脸上现出一副眯着眼睛的挑衅表情；他如果不戴眼镜，总会出现这种表情。他的身后是一丛参差不齐的灌木树篱；右手边站着一群年纪小一点的男孩子，个个一脸挂着期待的神情，活像是总绕着威廉打转的村里的小孩，期盼他会炒热场子。据说中间他往下朝观众们瞧了一眼，正好和咪咪姨妈盯着他的惊恐眼神对了个正着。咪咪讲述，自己并不知道约翰那天下午正在演出，直到一声响亮的金属撞击声伴随着一个熟悉的沙哑嗓音传到了茶点帐篷，当时她正在里面静静地品尝一杯茶。她会描述约翰一见到她，就把正在演唱的歌词变成了佯装害怕的即兴评说："哦-哦，咪咪来了！咪咪从路上走来了……"然而，他的堂弟，当时年仅十岁的迈克尔·卡德瓦拉德，如今却记得自己跟着一大群家人也到了游乐会，除了朱莉娅和约翰的两个同母异父的妹妹，还包括另外两个姨妈南妮和哈里，以及他十岁的堂兄弟大卫。"我觉得我们是被打包过去的，"迈克尔现在说，"而咪咪可能是唯一一个被遗漏掉的。"

"采石工"还被预约在大舞会上演出，这个节目将给这一天的狂欢画上句号——也就是说,整晚主要由乔治·爱德华兹乐队演奏传统的快步曲和狐步舞曲,中间穿插一个时段让"采石工"再做一次简短的演出,让年轻人乐一乐。正当他们在非常熟悉的圣彼得教堂大厅内布置自己的设备时,伊凡·沃恩领来了他想让约翰认识的校友。甚至早在此时,保罗似乎就知道如何使自己的出场效果最大化。那个夏天走红的流行情歌是"一件白色运动衫(和一朵粉红康乃馨)",由美国的乡村音乐歌星马蒂·罗宾斯创作,在英国被一位名叫特里·迪恩的歌手翻唱,他酷似埃尔维斯,曾红极一时。面前这位就是伊维多次谈及的校友了,只穿了这么一件白色的运动上衣,便如此地赏心悦目——那是一件宽肩长领的诱人衣裳,上面缀着银色点点,几乎长及膝盖,被下身一条窄到极致的黑色紧身裤一衬,显得更是格外好看,虽然裤子是瞒过警惕的父亲偷穿出来的。

介绍的过程略显生硬;毕竟,一方是年纪轻轻的闯入者,而另一方是特别紧密团结的团队。保罗打破了僵局:他拿起"采石工"的一把吉他——具体是约翰的还是埃里克·格里菲思的,现在没人记得了——然后不做什么准备,就直接弹起了《二十飞行摇滚》,这首歌出现在影片《春风得意》中,由埃迪·科克伦弹奏,他几天前跟着唱片学会了。这首歌要想同时边弹边唱非常困难,不仅仅因为他是一个左撇子,要在一把适合右手弹奏的吉他上演奏,而且因为朱莉娅把它调得像是一把班卓琴,两根低音弦都松下来不能用。即使如此,他向后梳起的发型、一张娃娃脸、高亢却粗犷的嗓音,搭配白色的运动衫,整体魅力不可抵挡。

若干年后,保罗为约翰出版的第一本书撰写前言,他在其中满怀深情地回忆起那一天"采石工"的队长显得特别像是一个大人,浑身散发着一股颓废的气息。"我在伍尔顿的教堂游乐会上遇见他。我是一个胖乎乎的男生,他把一只胳膊搭到我的肩膀上,这时我才意识到他喝醉了……"一个极受推崇的版本总是作如此解释:因为和咪咪发生了争执,可能也为了反抗这个场合神圣压抑的氛围,约翰才喝了一堆啤酒,到了傍晚的时候,已经醉得不轻了。"采石工"的四位成员——戴维斯、汉顿、加里、格里菲思——对这个版本持有异议。"除了科林·汉顿,我们没有人有钱喝啤酒买醉。"罗德·戴维斯说。"约翰也许设法偷喝了半品脱苦啤酒,不过也就仅此而已。"

如今保罗自己倾向于修正约翰醉酒的程度,他说直到自己弹完《二十飞行摇滚》,才明显看出约翰喝醉了。"我还在后台的一架钢琴上弹奏了一首曲子,应该是杰里·李·(刘易斯)的《尽情摇摆》。我现在记得约翰是在那个时候弯身过来,伸出右手灵活地弹奏上个八度,呼吸中喷着一股啤酒味,把我惊了一下。我当时倒不是被吓着了,只是记住了这个特别的细节。"

接下来进行了更多漫无边际的闲谈;而来教堂帮忙的人们正在一边为大舞会完成布置,或者倒掉相连的厨房里茶桶内的渣滓;他们都不知道身边正在上演的一场会面,可以媲美吉尔伯特与苏里文或者罗杰和哈特的初次照面。保罗还使自己变得更加引人注目:他把约翰和埃里克的吉他调得就是吉他本身了,他们第一次拥有了六根琴弦的完整音高。他如今记得,那天晚上晚些时候,他们确实一起去了伍尔顿村的一家酒吧;他和约翰——除了身材矮小的科林·汉顿,其他所有人——都不得不谎报自己的年纪,才得到了招待。话头谈起加斯顿的一群男阿飞马上就要来搞突袭,还说起了发生在村子中心的一场斗殴,新来客越发感觉自己身边个个都是危险人物。"我当时在想,自己到底陷到什么人当中了。我本来只是下午过来瞧瞧,结果现在却到了黑手党的地盘上。"

据约翰回忆,他们第一次在圣彼得教堂见面时,他就叫保罗加入"采石工",保罗却没有把它当作正式的邀请,直到皮特·肖顿几周后再次正式发出邀请,他才接受了。约翰当时就意识到,这是重要的一步,至于有多重要他却不可能想像得到。"我当时半是对自己说,'他和我一样出色。'直到当时我都是当头头。我想'我要是把他收进来,会有什么后果呢?'……决定就在于是保住我强大的位置,还是让团队变得更加强大……我的脑子闪过一个念头:我要是让他加入,就得让他听话。不过,他很优秀,值得拥有。而且,他看上去像是埃尔维斯。我就把他收进来了。"

伍尔顿游乐会过后第十一天,约翰在采石河岸高中的最后一个学期也走到了尽头。他参加了七门课程的 O 等级考试,却一门也没有通过——虽然只差一点点,他稍微再用点功,就可以低空飞过了。即使是他最拿手的艺术课程,他也不能费点心思,争取达到轻而易举的 O 等级。"他们关注的就是卷面整洁,"他会回忆说,"可我从来就不整洁。我常常把各种颜色混在一起。(试卷上)有一个题目,要求我们作一幅'旅行'图。我画了一个驼背,身上长满了疣。"

达不到 O 级水平,就不可能升入采石河岸六年级。既然约翰不准备再次参加 O 等级考试,学校也没有这个意思,他别无选择只能离开。

他如果早出生几个月,离校后的时光会被充分打发掉。自 1939 年起,所有的青年男性都必须服两年的强制兵役;二十世纪五十年代,这些新兵要么在西德核前线与苏联对峙,要么在马来亚、肯尼亚或者塞浦路斯打击恐怖分子,要么仅仅是在诸如卡特里克、奥尔德肖特的某个总部进行毫无意义的操练。可是,1957年废除了兵役,于千钧一发之际免除了约翰"操练步伐"、当准尉副官的命运。他唯一一次穿上咔叽制服或者拿起一把枪,是在出演一部影片的时候。

他自己从来没有考虑过自己的职业,除了暗暗发誓决不成为咪咪姨妈希望他当的医生、药剂师或者兽医。"我当时总是在想,我会成为一位著名的艺术家,也许我得和一个老富婆或者老富翁结婚,让她(他)养我,我就专心搞我的艺术……我不是真的清楚自己想要当什么,只是确定一点,我最后会成为一个古里古怪的百万富翁。我必须成为一个百万富翁。如果通过正当的手段不能实现,那我也不介意反其道而行之。我准备好这么干——显然没有人会花钱买我的画——可我还是太胆小了。"

他父母两边都有亲人从事航海业,他自然也会把念头转向默西河岸依然繁荣的码头以及它们通向的异域风情。有一天,他把一个比他稍微大点的男孩子领回家,这个男孩子干着和阿尔夫·列侬一样的在船上当侍应生的工作,而且——对约翰来说,似乎——过着目眩神迷、光彩富足的生活。"他理着大家称作托尼·柯蒂斯的发型,两鬓用发油顺着捋下来。"咪咪回忆道。"'咪咪,'约翰在厨房跟我捣鬼,'这个小子挣了好多钱。他出海呢。'我问,'噢,他不是船长也不是工程师——那他是干什么的?''他当服务员。'约翰回答。'哈!'我说,'真是不错的追求!'"

之后不久,她意外发现约翰和奈杰尔·沃利之间的一个约定,两人要一起报名参加一个可以使他们变成初级侍应生的培训课程。"我们当时只是想,趁着还年轻,去看看世界的样子。"沃利如今回忆道。然而,等约翰试图登记报名时,却被告知以他的年纪,他需要得到一位家长或者监护人的同意。"我接到码头上某个地方的电话——像是某种海员雇用办公室,"咪咪回忆说,"'我们这里来了一个名叫约翰·列侬的年轻男孩,'他们说,'他要求登记报名……''你们想都不要想。'我对他们说。"

当时出海对年轻男性的主要诱惑,在于它意味着性爱不受限制。但是,这一点至少不构成约翰的任何动机。他是他的圈子里面唯一一个已知失去处男之身的人(对方是他固定的女朋友,曲线诱人的金发甜心芭芭拉·贝克);自那以后,又跟"采石工"的好几个追随者发生了关系,累计的次数增长惊人。过去常常用"处处留情"来形容这种行为,这个说法却难说是准确的。当时避孕的主要手段是戴套,那时还不叫避孕套,称为"安全套"或者"橡胶约翰尼",而且只在药店和理发店出售,买的时候偷偷摸摸,尴尬万分,简直像是在跳方丹舞,没有几个少年人愿意放胆一试。所以约翰和那些愿意和他发生关系的女孩儿在一起时,都会采取突然中断性爱的冒险方法。在利物浦,这被称作"在艾吉希尔下车",艾吉希尔是北上火车线路的最后一站,你可以在此站下车,随后便是重头戏,火车下山似的一头冲向莱姆街终点站。

既然他和芭芭拉都没有属于自己的地方，两个人只能选择在户外做爱，要么在林子里，要么在附近的某栋豪华古宅的地盘上，要么甚至在某个教堂墓地里，里面的墓碑至少可以使他们免受湿草之苦。几年后，他会一脸不好意思地回忆起"一天晚上，还是应该说是一个白天……我当时正在一块墓碑上和女朋友做爱，结果我的屁股上爬满了蚜虫。芭芭拉，你现在在哪儿？那次真是上了一课，知道了因果报应，而且（或者说）了解了园艺……"

1957年，芭芭拉怀孕了。他们长期发生肉体关系，约翰还有紧急中断性爱的危险习惯，但他却对此不负有责任。她厌倦了和"采石工"早期的狂热女歌迷们分享他，之前曾有一段时间把他甩掉，转而和他的一个朋友胡搞上，目的只是为了激怒他。这件丑事势必要给她的家族抹黑，为了避免这一点，她被送离利物浦生孩子，紧接着又决定把孩子送人领养。她如今说，约翰当时受伤的程度，简直好像他才是孩子的父亲似的。"他情绪完全失控了……他绕道跑到我们家来发疯……把一块篱笆板子踢了进来，一边大吼大叫……他当时说，'孩子应该是我的！应该是我的！'他说他会娶我。那就是典型的约翰。他过来看我，说我们如果结婚将会是最好的选择。他会在我身边支持我。"等芭芭拉回到家，他们又开始出去约会，不过一切都不一样了，这段关系渐渐黯淡下去。

随着约翰在采石河岸的最后一个学期走向终点，他是他的群党当中唯一一个仍然不知前途何在的人。罗德·戴维斯将升入六年级，学习A级水平的法语、西班牙语、历史以及拉丁语——并最终成为学生代表。埃里克·格里菲思将接受训练，成为船上的一名导航员。连约翰最亲密无间的犯罪搭档皮特·肖顿，也在梅特大道的警官培训学院取得当学员的资格，让他的老师们大为吃惊——更别提他从前一起在商店偷窃、倒卖餐券的同伙。

既然约翰似乎不能形成任何概念，他的未来只得由咪咪和采石河岸的校长宝米先生为他代为讨论。"宝米问我打算拿他怎么办。"咪咪回忆说。"我说，'您打算拿他怎么办呢？您跟他打了五年的交道了。'"他的校长能够看到的唯一一束模糊的希望之光，就是他不容置疑的绘画才能。如果他的姨妈同意，宝米先生将把约翰的名字提交给利物浦艺术学院，附寄一封特别的信件，请求他在这门学科没有达到O级水平的事实不会成为阻碍他的绊脚石。对咪咪而言，"这总比什么都没有强；至少他将要升入学院。我随后发现，我还得继续供他读完第一年；于是我想：如果我帮他付学费，他就会去那里学点什么东西了。"

作为推荐约翰去艺术学院的条件，宝米先生要求他的行为在最后一个学期剩余的日子里必须无可挑剔。只有等采石河岸确实让他毕业离校,老师们全都证实他的表现良好,发给学院的信件才会寄出。约翰于是耐着性子上完了剩余的课时,脸上装出一副唱诗班男孩的天真表情,竭力避免公开制造麻烦。然而,他的心里还盘桓着最后一个叛逆的念头,它很可能就让一切功亏一篑了。

夏季学期最神圣的仪式就是拍全校合照,全体师生二百余人集中到主建筑外面的草地上,拍一张黑白照片。要拍摄如此宽角度的照片,照相机必须支在一只三脚架上,镜头也需是特别的全景镜头,曝光的时间长达几秒,能够从人群的一头摇摄到另一头。学校有一个传说,说一个站在人群一边的男生很可能被镜头拍到,然后跑到人群的另一边再次被完成一周旋转的镜头摄到;如此便可以在照片上亮相两次。1957年采石河岸的全体师生身着黑色的校服,集中排成八列从下往上依次渐升的队列,准备拍摄合照;约翰决定把这个理论付诸实践。

不过他没有亲自实践,而是委派他的同学哈里·"傻鹅"古斯曼代为执行。"约翰听说那么做很有可能,不过他自己可不干,倒是把我说得激动不已,心里直痒痒。"古斯曼如今回忆说。"不管怎样,等你看到照片就知道发生什么好事了……照相机一开始缓慢移动,我就俯低身子,在一排人后面跑动,然后又在另一个位置冒出来。倒霉的是,……我动作太快了,所以你看,约翰身后我本该站立的位置成了空缺。然后呢,我试图动作快过照相机,跑到前方一只椅子或者长凳那里,可是没有空隙让我钻进去,所以你只能看到我的头有一点点从里面冒出来。有一些孩子不知道发生什么事情了,约翰却心知肚明。你只需要看看他的脸……还有他的群党们脸上的假笑。我记得等我们最后终于拿到照片时,他乐得哈哈大笑,他看到了他身后我应该站立的位置却空空如也。"

幸亏宝米先生从来没有注意到全校师生的一头开了个口,也没有留意到另一头冒出了一个模糊的人头。学期的最后一天,即 7 月 17 日,信件寄往利物浦艺术学院,推荐约翰入学,校长还提供了一封私人推荐信,对他积极的一面大加赞扬:"他在纪律方面多年来一直是个麻烦精,不过总算对自己的行为有所改进。需要'失业'的制裁威慑,才能使他不走弯路。不过,我相信他不是无可救药,而且真的会成长为一个富有责任心的大人,事业上可以走得很远。"

这并不是因为约翰做出的什么特别了不起的妙举。在英国五十年代后期随和的教育制度下,几乎任何一个人哪怕表现出最微弱的创造才能,都能在艺术学院占得一席之地,也能获得当地政府的大笔拨款完成学业。虽然招收的学生数量庞大,但是只有极少数一部分人最终会成为真正的艺术家,这一点也为大家默认接受。一些人会成为老师,少数几个人会转向平面造型设计,这是一块尚待开发的领域,仍然无趣地被称为商业艺术。对其余人而言,学习艺术只是他们向平淡无奇的经商生涯或者婚姻生活妥协之前的一段奇异的插曲,在这段时间内他们可以装模作样,还能学会书法。

艺术生的身份使约翰有机会接触到一部分他几乎一无所知的利物浦内城区。学院位于希望街,拥有维多利亚风格的灰色正面,周围有一片俗艳不堪的区域,内有咖啡馆、卖小摆设的商店,还有学生租房,它混迹于优雅的乔治式街道与曲线蔓延的排屋建筑(这些原先是为城市航海业的贵族阶层而建)之中。在圣詹姆斯山丘上,高高耸立着由贾尔斯·吉尔伯特·斯科特设计建造的英国国教大教堂,它是一个庞大的沙石建筑,于1904年动工修建——注定直到1978年才完全落成。附近就是英国最古老的西印度社区和唐人街,前者播放着卡利普索小调和钢鼓乐队演奏的音乐,显出一派欢欣喜悦的氛围;后者融合同化的程度非常高,一些酒吧打烊时使用广东话和英语两种语言。时代的富丽堂皇与随性的放荡不羁,这两者的糅合在爱乐乐团餐厅的身上体现到了极致——它与利物浦爱乐乐团的演奏大厅比邻而居——其木质镶板可以使跨大西洋大型油轮上任何顶级的大社交厅相形失色,男用便器更是用玫瑰色的大理石雕刻而成。

约翰将要修一个艺术设计的国家学位,这个全日制的专业将完全占用他接下来的四年时光。头两年,他将要选修一系列课程,包括制图、艺术历史、建筑、陶瓷工艺、文字,甚至还有基本的木工课。接着举行考试决定他是否达到充分的水准,可以在诸如绘画或者雕塑的某个专业领域内继续深造。既然他只有年满十八周岁才有资格获得拨款,他在经济上只得继续依赖咪咪;咪咪不仅在门迪普斯为他提供免费的住宿,而且每周给他30先令的零花钱,供他支付公车费和餐费。

他当艺术生的第一天,穿上了他最好的一套灰蓝色的男阿飞套装,配上一条"瘦子"领带,以及脚上的一双蓝色的绒面革鞋子——走的是埃尔维斯风格,鞋帮缝合而成,非常精巧——越发显得精神好看。他就像是来自摇滚无产者中的一个异类,空降到一群雄心勃勃的中产阶级爵士乐爱好者当中公然挑衅,他们跟在"洞穴"俱乐部中断"采石工"演出的那帮人是一丘之貉。一个名叫安·梅森的女孩也在那天开始上这个中级课程,她具有细致的观察力,至今记得他站在一群身着雪特兰针织衣和连帽粗呢风衣的学生当中,显得特别扎眼,让人看着难受;脸上还挂着一副下定决心毫不在意的固执表情。

他对学习艺术会带来什么几乎没有概念,除了受他的手淫圈子里的同伙的激发,心里怀有一个热切的希望,即总有一天会给裸体女人画素描。事实上,他作为中级学生每天的日程安排,证明和自以为已经逃离的学校生活极为相似,令人颇为沮丧。和在采石河岸时一样,每天早晨都要点到,然后便是在教室或者在阶梯陡峭上升的报告厅上课。课堂上,上了年纪的老头穿着一身粗花呢西服,浑身散发出一种战争老兵的味道,滔滔不绝地宣讲有关文艺复兴时期的画家以及山形墙的内容,他对学这些东西却一点儿兴趣也没有。在被允许给现实当中的真人作画之前,他必须一连几小时地进行人体解剖构造的基础练习,主要是临摹比例放大的石膏耳朵或者手臂,要么就是铰接起来的人体骨架的各个部分,骨架被学院编上号作为教学工具之一。

他最初发现的志趣相投的人当中,海伦·安德森要算上一个,她是来自法扎克利的漂亮女孩,年仅十六岁,之前在学院的初级艺术学校上学。海伦具有超凡的绘画才能,几个月前曾被国家的媒体做过报导,当时朗尼·多尼根——这位噪音爵士乐王者——亲自委托她为他画像,并邀请她在作画期间与他和他的家人待在一起。约翰当时读过这则报导,于是一到学院,就非要把她找出来,要求她讲第一手的故事。"他解释说,朗尼对他而言有点像是偶像的存在。"海伦如今回忆说。"他想要听到发生的整个经过。我只得一而再再而三地讲给他听。"

咪咪的如意算盘是,即使没有什么别的好处,艺术学院至少可能会减少多尼根和埃尔维斯对约翰的影响,促使他拥有更高的追求,而不只是背着一把墙纸包成的茶叶箱,搭公车到处瞎跑。那个夏天当然有充分的理由可以使"采石工"解体。他们的班卓琴演奏手罗德·戴维斯,感觉自己在不断增加的摇滚曲目中不再有什么用处了,便毫无怨言地逐渐脱离出去了——这就意味着组合现在的成员中,没有一个人与采石河岸高中有任何关联了。然而,约翰下定决心,不管组合与他新的学生身份多么不搭界,也要让它继续存在下去,不过他目前也提不起兴致想出一个替换的名字。

10月18日,保罗·麦卡特尼在接到加入"采石工"的邀请四个月之后,终于成为了组合的一员。早在八月,他曾参加了几次练习,但是由于有一段时间待在男童子军营地,又与父亲、弟弟一起去位于法利的巴特林斯度假营地参观,因此推迟了他的首次舞台演出。

他首次与"采石工"同台演出是在新俱乐部的旷野大厅,它是一个保守党俱乐部,位于利物浦的诺里斯格林郊区。预约人是一个名叫查尔斯·麦克贝恩的家伙,又名查尔斯·麦克,他是当地的经理人,以呈现节奏严明的交际舞而著称,他在媒体上的广告打出了"快乐永远"的口号。保罗被安排一个时段进行自己的乐器表演,用他的f形声孔的极点吉他弹奏阿瑟·史密斯的《吉他摇滚乐》。

89

可是,正如他如今回忆的,到了关键时刻,他突然"紧张不已,手指因为汗湿变得黏黏的。(那)是我最初的几次演出之一,我完全吓懵了"。查尔斯·麦克在奈杰尔·沃利发的一张名片上,匆匆写下"又好又坏"的批语,作为他对整个演出的评价,就好像他在给桑巴舞比赛做评委似的。

这个评语虽然模棱两可,"采石工"却开始在麦克贝恩举办的各种"韵律之夜"频频亮相,演出地点主要在威尔逊大厅,对面就是加斯顿公车站。他们虽然不再局限于教堂游乐会和年轻人的俱乐部,名声向上更进一步,前景却令人心生畏惧。加斯顿是利物浦码头以外最剽悍的男阿飞经常光顾的场所,因而臭名昭著——这些穿着棉绒衣领的精神变态帮派之间拼斗不断,使用的武器有些场合不会让西班牙宗教裁判所丢脸。一个准备夜间寻乐的加斯顿男阿飞,首先会在自己的手腕绕上一条粗皮带,皮带上镶嵌着工业用大小的垫圈,皮带的搭扣锉磨得可以媲美锋利的剃刀,增加它作为连枷的效力。一些人还把剃刀的刀刃缝到短上衣的翻领里,给任何想要抓住他们翻领的人一个"惊喜"。

唯一能够确保与这些凶神恶煞不起冲突的方法——可以说是从狮子掌上拔刺——就是给他们演奏他们喜欢的摇滚。在作此努力中,约翰如今有了一个帮手,他不仅模仿埃迪·科克伦和杰里·李·刘易斯有一手,而且模仿起摇滚噪音终极制造者小理查德的疯狂劲来也过得去。有一天晚上,在威尔逊大厅,"采石工"正在中场休息,一个五大三粗的阿飞爬上舞台,和保罗眼对眼地对视,带着利物浦"看着,老兄……"的经典风格。不过,他只是用加斯顿的说辞,相当礼貌地要求他唱一首《身材修长的萨利》。

保罗的出现立刻给"采石工"带来了影响,使本质仍然是一个嘻嘻哈哈的男生组合,总体上变得不再那么随便,更加专注于表演。但是,并不是他提出的每个改善意见,总能讨到所有人的欢心。其中有这样一条建议:奈杰尔·沃利作为经纪人,没有真正在舞台上亮相,因此不应该再拿到一份平摊的集体演出费。"沃洛格斯"却成功地驳斥了这个想法,他指出最近几场演出的层次有了明显提升,其中包括到斯坦利角斗场的一家社交俱乐部演出。保罗关注的另一个问题是,科林·汉顿的打鼓水平不够高。保罗除了会演奏吉他、钢琴、小号,还是个技艺高超的鼓手;据莱恩·加里如今回忆,他总是用手、棍子,甚至刀叉等餐具敲打桌面和椅子,似乎就为了彰显自己多么胜任这个角色。不过约翰却维护科林,主要是考虑到没有了他那一套鼓,该是多大的损失啊。

麦卡特尼激发的这场新职业化改造很快就有了具体的体现。"采石工"于1957年11月23日回到新俱乐部旷野大厅,为查尔斯·麦克再次演出,他们换掉了先前格子呢衬衫加条纹针织衫的随意搭配,上身着白色衬衫,下身穿上了黑色牛仔裤,打着西部风格的靴带结,整体装扮非常匹配。当晚摄下了一张具有历史意义的照片,上面约翰和保罗站在前面分享显要的位置,各自拥有一只立式麦克风。伴奏成员只穿着衬衫,他们却罩上一件披挂款式的短上衣,埃里克·格里菲思如今回忆说,上衣呈现一种奶油或者燕麦的色调。他们即使披上了那层伪牛仔的古怪装扮,也明显是仅有的两个举足轻重的人物。

约翰早期与保罗建立关系,其中一个关键因素是与此同时,皮特·肖顿逐渐退出了他的生活。由于"采石工"完全转向摇滚,皮特的噪音爵士乐搓衣板如今成了一个年代错置、令人尴尬的物事。不过他知道约翰太为他着想了,哪怕他变成多么无用的路人,也不会把他从组合里一脚踢开。这个问题最后终于在一天晚上得到了解决,双方都没有感到伤心或者尴尬,当时大家在史密斯丹路聚会,喝得酩酊大醉。约翰拿走搓衣板,把它砸到皮特的头上,中间的金属部分移了位,只剩下木头框架挂在他的脖子上,活像衣领似的。皮特自己如今回忆,当时他瘫坐到地板上,哈哈大笑,泪流满面,同时又如释重负。"我的演艺路走到头了,不过我不想这么说出口,约翰也不想。这样子我解脱了,约翰也解脱了。"保罗因此清爽扮演起皮特的角色,充当约翰不可或缺的搭档、私人听众以及出谋划策的"军师"。

地理位置的大巧合也促进了他们之间友谊的发展。约翰每天无精打采地坐车去上课的艺术学院,和保罗的学校利物浦学院实际上门靠门。两个学校共同占据了同一栋L形的大楼,大楼新古典风格的正面从希望街绕过街角一直延伸到蒙特街。各自的师生抬眼就能看到彼此,说话也能彼此听到;到了课间休息或者饭点时段,双方在外面铺着鹅卵石的街道上混为一体。约翰因此既可以自在地整个白天和保罗私下会面,晚上又可以因为"采石工"的演出碰面。

不过,1957年最后几个月迅速有力地推动两人走到一起的因素中,摇滚和吉他只发挥了部分作用。他们之间既有思想上也有音乐上的共鸣;两人的英国文学都学得顶呱呱,同时也是未来的埃尔维斯。约翰读过的书保罗即使没有全部读过,也读得八九不离十了;保罗能够引用乔叟和莎士比亚的诗句,还是利物浦平民剧院热情不减的常客。让他惊讶的是,他发现这个猛灌啤酒、自封为亡命之徒的家伙,虽然嘴上说自己痛恨学校所有的功课,私下里居然偷偷花好几个小时创作故事、诗歌,还有短剧,所有这一切都是通过打字机这一规范工具进行的。保罗虽然行事井然有序,却和约翰一样对历史上所有类型的荒谬胡说着迷不已,从刘易斯·卡罗尔到《傻瓜秀》,没有一个例外。列侬不断推进的作品中,出现的语汇又再次立即激起心灵的共鸣,例如"一杯牙齿""莫克姆早起的猫头鹰";列侬和麦卡特尼最初的合作形式,就包括两人闲坐着再想几个双关语让约翰打出来。

保罗一直意识到约翰来自比自己更高的社会阶层,尽管约翰竭力否认这一点。"我们(麦卡特尼一家人)住在一个高档区,但却是个有点公有出租房性质的高档区。约翰却确实生活在高档区里的一栋近乎高档的房子里……事实上,他曾经告诉我,他的家族过去拥有伍尔顿整个村庄的地盘。"同样让人印象深刻的是:保罗和弟弟有"姨",约翰却有更多正式、听来像是贵族的"姨妈",各自的绰号古里古怪的,叫什么梅特、哈里,而不叫像米利耶或者吉恩这样普通舒服的名字。对保罗而言,整个这种里奇马尔·克朗普顿风格,像是网球俱乐部的氛围,在咪咪的名字上得到了集中体现;他先前通过这个名字联想到二十世纪二十年代炫耀着长长烟嘴的轻佻女郎。

他尽管长相喜人、彬彬有礼、魅力四射,一开始却没有在门迪普斯受到十分亲切的招待。咪咪此时显然无法想像约翰会带回家任何不是"邋遢鬼"的人,这些"邋遢鬼"的目的只可能是把他往歧途上带得更远。保罗后来说,他发现她对待他的方式"非常居高临下……她是那种只需眼神一闪或者一个微笑就会让你感觉受到羞辱的女人——不管怎样,她都会怠慢你。"咪咪呢,总是疑心保罗每次喝茶时都选择坐到厨房一张凳子上的做法。她说,就好像"他总想要俯视你"似的。

约翰和他在重要的起步阶段,就开始避开其他"采石工"成员,单独安排时间进行吉他练习。他们试图并肩坐在约翰的床上弹奏,不过可利用的空间太小了,他们的吉他头部不断发生碰撞。大部分时候,他们会在上有罩顶的门廊里,经常是咪咪把约翰驱赶到那里——此处的砖结构会赋予他们走音的吉他额外的回音。保罗是个左撇子,因而使新和弦的分享变得复杂:这意味着各人在同伴的音品板上看到的是颠倒的指形,他必须接着自己把它改过来。"我们可以倒着读各自的和弦,"保罗如今回忆说,"不过这也意味着,我们当中哪个人如果遇到紧急情况,需要借来另一个人的吉他,就必须迫不得已把它'上下颠倒'地弹奏;这成了我们两人渐渐学会的小技巧之一。事实是我们都不愿意让对方给自己的吉他重新装弦。"

从麦卡特尼位于福斯林路的家里出发,只需步行几分钟,便到了斯普林伍德的地界,约翰在这里拥有他第二个截然不同的家。保罗不久便被介绍给朱莉娅认识,同时也被告知了约翰和他的咪咪姨妈一起生活的安排,尽管他和他的妈妈明显相亲相爱,之间也只隔着几英里远的路程。朱莉娅倾倒于保罗天使般的魅力,并对他几个月前承受的损失深表同情。"可怜的孩子,"她会对约翰说,现在看来似乎带着令人伤感的讽刺味道,"他失去了妈妈。我们得请他过来吃顿饭。"保罗反过来认为朱莉娅"出色极了",而且对她能够弹奏班卓琴的事实大为惊艳,这项才艺甚至连他音乐水平高超的父亲也没有具备。朱莉娅还总是推荐新的曲目让他们两个人学习——大部分都是像《拉蒙纳》《婚礼的钟声敲散了我的老伙计》之类的固定曲目,它们将会对那些还未创作的伟大歌曲产生影响,影响力不亚于埃尔维斯或者小理查德。

对约翰而言,保罗的生活中缺少了母亲的关怀,是一件颇为痛苦的事情;但是他和当棉花推销员的父亲、弟弟相依为命的那个朴实无华的公有出租房,却显得简单而不复杂,让人艳羡。结果,他和他的吉他待在福斯林路20号的时间越来越长,受到他父亲的欢迎起初也不比保罗在门迪普斯受到的热络多少。吉姆·麦卡特尼是一个非常现实的人,不会试图禁止约翰出入家门,但他给保罗的一个警告证明不是毫无根据:"儿子,他会给你惹来麻烦的。"

保罗在1997年委托巴里·迈尔斯写作的传记《今后多年》中,将会描述他们两个似乎截然相反的性格在各自音品板的和弦指形上就可见一斑,而且迥异的程度有过之而无不及:

> 约翰,由于他的成长经历以及动摇的家庭生活,不得不变得坚强风趣,随时准备伪装自己,随时准备回击,随时准备蹦出尖锐的俏皮话。与此相反,我的成长环境相对舒适,有许多家人和外人环绕左右,他们总会带着北方人的热情问:"亲爱的,来杯茶吗?"我面子上也逐渐变得格外随和……但是,如果只有那么一层外表,我们是不会忍受得了彼此的。我过去常常把他呼来喝去的,他肯定非常欣赏我内在强势的一面,要不然就完了;反过来,我也非常欣赏他内心柔软的一面。
>
> 约翰要防备许多事情,这形成了他的个性;他是一个非常谨慎戒备的人。我想我们在这个方面形成了平衡:约翰出于必要显得刻薄滑稽,等你了解他之后,会发现他内在是个相当温暖的人。我与他恰恰相反,表面上随和友好,没有必要变得尖酸刻薄刺人,可是一旦有需要,我也可以变得强悍……我们这一对竟然能够组合搭档,简直不可思议。我们两人都把彼此看到并了解的那部分特质埋藏起来。我们如果只有一面性格,(我们)就永远不会这么长时间站在彼此身边不离不弃。

在保罗家的练习时段一般都是在周一至周六的下午,两个参加者会从各自的学院偷溜出来"消极怠课"。一开始,他们只练习从唱片或者无线电里学会的或者还在努力学习中的歌曲。约翰那个时候特别喜欢纯乐器演奏的曲目;据保罗如今回忆,他把哈里·莱姆的主旋律改成了一个"糟糕透顶的版本",竭尽所能地把他的佳乐通冠军弹奏得像是一把维也纳齐特琴。

演奏的时段不时穿插以其他活动:听广播或者唱片、杜撰双关语、谈论性爱、嬉戏胡闹。麦卡特尼家刚刚装上了一部电话——这在1957年的公有出租房里可不是什么小事——保罗和约翰会装出滑稽的嗓音,用它打匿名的无聊电话,精挑细选出的受害者中包括约翰以前的校长宝米先生。有一次他们还尝试着一起写一个剧本,主人公是"一个名叫沙丁鱼的基督似的人物",他将始终令人费解地待在台下,就像塞缪尔·贝克特笔下的戈多一样。"我们想不通剧作家是怎么做到的,"保罗如今回忆说,"他们是先通盘理顺然后再章章推进呢,还是就像我们当时一样只是写下意识流呢?"他们不能解开这个难题,写了两页后便放弃了。

早在保罗遇到约翰之前,他心里就根植着一个念头:演奏自己的原创歌曲,而不只是翻唱别人的曲目。几乎从他得到一把吉他开始,他就尝试着写歌,既发挥了从他父亲那里继承来的精通旋律的天赋,又施展了他模仿带有美国口音的当红歌曲的才能。他完成的第一首歌曲《我失去了我的小女孩》,创作于1956年末,一方面帮他走出母亲去世带来的创伤,一方面也是感情受伤的宣泄。等他加入"采石工"的时候,他已经创作了其他大约十几首作品,大多数都是在家里的立式钢琴上谱写而成,其中包括最终会演变成《当我六十四岁时》的第一份手稿(当时他以为"可以将它随手拈来,当作音乐喜剧之类的什么演奏")。

对一个年仅十五岁的利物浦男生而言——事实上,对任何普通人而言——这都是惊人的狂妄放肆之举。在英国早期的摇滚时代,就像在这之前的一个世纪一样,歌曲写作被公认为是一项近乎魔术的神奇艺术。只有伦敦音乐界的一小撮业内人士才能(自然而然地)从事这项工作,他们往往人到中年,叫着像帕迪或者邦尼之类的名字,只有他们才懂得如何使"手臂"与"魅力""明月"与"六月"押韵的神圣魔力。

1957年11月,帕迪和邦尼之流首次感到厄运临头,当时"蟋蟀组合"的一首《就是那一天》荣登英国单曲排行榜的榜首。它仍然是吉他演奏的最为喧嚣躁动的摇滚歌曲,前奏和独唱部分的高音如风铃一般叮当清脆,又辅助以呼呼作响的沉闷低音作为铺垫。"蟋蟀组合"的队长是年仅二十一岁的巴迪·霍利,他在多个方面进行了创新:他是第一个为自己写歌的白人摇滚歌手,第一个自弹自唱主奏吉他,第一个把自己融入一个四人组合,组合还用了一个古怪离奇的集体名词充当名号。霍利的嗓音和普雷斯利一样与众不同,而且甚至可能更加富有变化,他能够发出疯狂的尖叫,又马上可以像失恋的人一样发出阵阵叹息,还可以像呃逆似的结巴不已,把一个像"噢"这样的单词,破裂成长达八个音节的发音。

对那些努力想从噪音爵士乐晋级到摇滚的英国男孩而言,霍利与其说是上帝,不如说是上帝的礼物。先前美国的大部分摇滚热歌,几乎包括埃尔维斯的所有曲目,对他们来说难度太大;他们尖细的小嗓子,再配上荒腔走调的乐器,根本无法唱出那种效果。霍利创作录制的歌曲,却建立在他们能够立马认出的和弦基础之上,有 E 弦、D 弦、B7 弦;他们熟悉的变化和顺序经过重新组合,创造出一种时尚的戏剧张力,这一点他们之前却似乎一点儿都不能做到。同样可以模仿的是伴奏,都是一连串模糊不清的哦哦哦、啊啊啊、吧吧吧,大家都(误)以为是霍利的三个"蟋蟀"伙伴发出的。有了这样基本的工具作武装,任何一个逐渐淡出流行的噪音爵士乐组合,都可以立即重新使自己时尚起来,成为一流的摇滚乐队。

霍利与现成的摇滚风格最大的叛离,在于他戴着一副超大的黑色角质镜框的眼镜。事有凑巧,当时从纽约和巴黎同时传来一股披头族的新文化,安东尼·珀金斯也在银幕上首次亮相,这些风潮引领许多年轻人扮起一种一丝不苟的学者气质。霍利的眼镜,配上他齐整的外表以及多种才艺,使他看上去像是一个明星学生,参加摇滚每一个领域的各项考试,结果都能体面通过。

因为巴迪登上了榜单,约翰再也不需要觉得他可怜的视力会使他自动沦为蠢货、讨厌鬼、废物、书呆子之流。咪咪几年来一直恳求他戴上眼镜,他全当作耳边风;现在咪咪却发现自己被他纠缠着买一副新眼镜,镜框要比他原有的扎眼得多。咪咪当然不知道巴迪·霍利是谁,也不明白他为什么竟然可以超过埃尔维斯,成为约翰早饭、晚饭、喝茶时间津津乐道的对象。她给他买了一副黑色角质镜框眼镜,因为她不能拒绝给他任何东西,希望他现在少像个半瞎似的到处溜达。

她原本可以省下这笔开支。即使巴迪·霍利风格的镜框,也不能使约翰克服恐惧,不怕被人看到自己戴眼镜的尊容。他只有在绝对需要的时候才戴上眼镜:要么是在学校对付作业,要么是在福斯林路和保罗一起练习演奏。你如果获得允许,看到他戴上眼镜的样子,这便标志着你们之间关系匪浅;这项特权仅仅局限于几位精挑细选出的男性,几乎没有女性享受得到。这些男性中包括保罗的弟弟迈克尔,他是一个热情不浅的业余摄影师,镜头有时候会捕捉到戴上角质镜框眼镜的约翰,他正像个图书管理员一样,一脸认真地研究他的吉他音品板。不过,还没等迈克尔再次"咔嚓"一声按下遮光器,他的角质镜框眼镜已经不翼而飞了。

1957年冬天,巴迪·霍利又推出了一系列歌曲——《哦,男孩》《好好想想》《也许吧,宝贝》——每一首歌都不同于上一首,却又同样像是孩子的积木似的可以拆开重组。约翰和保罗面对面地坐在扶手椅里,先是弹奏巴迪谱写的歌曲,然后尝试着创作他可以轻而易举写出的曲子,这是再自然不过的过渡。保罗后来会描述起,他们两个如何就坐在那里,一边仿照巴迪的顺序弹奏和弦,一边交流巴迪风格的打呃声——"啊-吼!啊-嗨!啊-嗨-嗨!"——直到灵感降临。

第二部　登上最流行音乐的最顶点
PART Ⅱ　TO THE TOPPERMOST
　　　　　 OF THE POPPERMOST

吴冬月　译

7. 我的妈咪死了

那是在我身上发生的最糟糕的事情。

到利物浦艺术学院的第二学期,约翰已经被公认为是任何年龄段、任何课程中最棘手的问题学生:即是麻烦制造者又是叛逆分子,不仅自己不干正事,还想方设法地分散同学的注意力,让他们也干不成正事。他的大多数老师很快认定他"孺子不可教也",几乎不要求或者干脆不要求他做作业,而且避免针对他的行为与他发生任何冲突。比如,他的雕塑老师菲利普·哈塔斯,就坦言被"这个似乎生来野得没边儿的家伙"吓住了。

注册当天那个一脸阴郁、衣着奇特的异类,已经转变得隐约看似一个艺术生了,尽管他不会完全抛弃想成为男阿飞的强势的一面。"我变得有点艺术的调调……但是我穿着紧身裤,依然像是个小阿飞。"他回忆说。"这一周我会围着学院风的围巾……下一周我就会穿着皮上衣和牛仔裤。"

如今和他一起待着的年轻人与他在采石河岸的老同学一比,吓人程度就小巫见大巫了。"操"这个词以及它的各种衍生词——在文明社会和所有的出版物上还是绝对的禁忌——却在学院上下普遍使用,随便的程度甚至让固执说脏话的伍尔顿匪帮一开始也惊奇不已。许多学生都有自己的公寓,因此只要他们乐意,就可以私下里舒服地做爱,而不必偷偷摸摸地在寒冷的户外匆忙完事。几乎每个人,不管是男生还是女生,都酗酒成灾而且成根成根地抽烟;有些人甚至还吸食非法毒品,大都是从附近的西印度社区搞到手——约翰在这个时期做梦也没想到世上还有这样的东西。

他也许表面看来总是一副大摇大摆、藐视一切的样子,内心却被自我怀疑的情绪吞噬着,他觉得自己完全是因为一时侥幸才进了学院,实际上并不具备任何天资做大家期望他干的事情。"我应该当个插画家,或者应该在绘画学院,"几年以后他抱怨说,"结果我却落到了文字专业。他们想让我在文字方面有所成就,倒不如干脆让我去跳伞得了。"(他再一次小看了自己:那本私人素描本里面包罗了他创作的漫画、歪诗、故事,从头到尾字迹都整洁无瑕。)

"我想他觉得灰心了,不过他永远不会承认这一点。"他起初的一位导师阿瑟·巴拉德回忆说。"他孤零零地一个人硬挺着,身边都是有一定艺术才能的人,我想他有点想多了。他会做出傻傻的举动,分散他们的注意力,也许就会把他搞艺术不如他们的事实带过去。他会瞎胡闹逗乐,但是,在那层外衣之下,我可以看出他其实是个思想者。"

约翰喜欢阿瑟·巴拉德,他平易近人、体格强壮,长着红色的络腮胡子,曾经是部队中量级拳击赛的冠军。但是,他起初在巴拉德的课上,和在其他课上一样,表现得平淡无奇。每周五按照规定,他所在的中级小组的十二名成员都要展示一幅正在进展中的油画或者绘画,由巴拉德作点评,并供大家讨论批评。约翰的画作总是远远低于其他人的作品水平;很多情况下,他都显得格外尴尬,压根不想展示任何东西。

巴拉德试图调动约翰的热情,有时便会带他到位于欢喜山的一家名叫"地下室"的俱乐部,它由画家扬克尔·费瑟当做副业经营。"巴拉德过去常常和这个看上去非常严肃的年轻孩子走进来,每次都和他谈上好几个小时。"费瑟如今回忆说,"甚至在那个时候,我就常常觉得他瞧上去有点像是半个日本人。我对他看我的眼神至今记忆犹新,好像想要和我比试一番,看看我到底几斤几两似的。

"我们过去在老酒窖后面有一架大钢琴,半数琴键都没了。约翰有时会走过去,弹奏查克·贝里的《永远的贝多芬》。有一次,他正乒乒乓乓地敲击琴键,我对他说:'你要是再不停下该死的噪音,我就把你扔出去!'我在俱乐部的前厅挂了一幅自创的大型半抽象画作;这一天约翰打它旁边经过,从口袋里掏出一把钥匙之类的物事,在画布上从头到尾划了一道,再附送一句'头儿,开心吧'。"

巴拉德逐渐开始感到灰心,不指望能启发约翰创作出任何有价值的作品了;突然有一天,他在一间空荡荡的教室里,无意中得到了一个笔记本,里面布满了学院教授和学生的漫画像、诗歌、讽刺评论,他认为"它是我这辈子见过的最诙谐风趣的作品"。本子里没有任何指明作者身份的线索,巴拉德只得做了一些调查,才发现是约翰的杰作。他一直等到下一次学生们用大头针把他们的作品钉起来以供讨论时,才透露自己发现笔记本的消息。"我拿出(他的)笔记本,然后我们讨论里面的作品,"巴拉德回忆说,"约翰从来没指望任何人看它,更别提会觉得它是了不起的滑稽作品。'小子,我谈到的艺术加工,也包括这种表现形式,'我对他说,'这正是我想让你做的事情。'"

然而,他的能力却远远不止于会画漫画,不过他只选择用昙花一现的方式展示这些才能,而且几乎从来不会有求必"现"。他们从学校放出去,到大教堂周边或者威廉森广场的家禽市场写生时,他当然不是他的组里作品差劲的一个。大家公认的方法是先轻轻勾勒出短线条,然后再费一番功夫描影、画交叉影线。约翰却能够毫不手软地一笔画下粗线条,准确抓住脸孔或者物体的轮廓,倒像他早期崇拜的艺术家亨利·马蒂斯常用的手法。他还令他的绘画老师——一位名叫查理·伯顿的精力旺盛的威尔士人——印象深刻。"我认为他有潜力成为一名优秀学生,"伯顿如今评价说,"但他确实不具备成为画家的必要脾性,画家必须能忍受长时间的独处。约翰总是要一群人围着他转——他还必须对他们拥有控制力。有一天,我给他的小组布置了要他们完成的作业,从教室出去了几分钟。等我回来的时候,约翰正把所有人逗得前仰后合地捧腹大笑。然后,他瞥了他们一眼,好像在说'真是一群绝对的蠢货',瞬间就把他们冻结到骨子里。"

正如他和他的一伙伍尔顿手淫者们幻想的一样,他的课程确实包括给一位裸体女人写生,中级学生终于不用再画希腊半身像和学院的骨架,晋升到了一个新的层次。不仅如此:通常为约翰的小组担当模特的琼·弗朗,是一位光彩照人的二十七岁女人,性感中透着庄重,这种调调在朦胧的"艺术"照中司空见惯。她的外表虽然别具异国风情,本人其实是个直言不讳的利物浦人,曾在伦敦主要的艺术院校当过模特,还与许多有名的画家交好,其中有弗朗西斯·培根、卢西恩·弗洛伊德、弗兰克·奥尔巴赫。

琼上写生课比任何导师都严格,她的眼神锐利,目光所到之处,能让男生中哪怕最小的骚动迹象都消弭于无形,制造出一种——用她自己的话说——"上临床教学课"时僵硬务实的氛围。她事先得到警告,知道约翰暴躁的脾气,等她看到他吊着脚坐在洗涤池(学生们在此洗画笔和调色板)上方的木架子上时,心里已经准备应付最坏的情况了。(架子太高了,人不可能舒舒服服地坐在上面,这一点反而格外吸引约翰。)

"不过,我跟他之间什么问题都没有发生,"琼如今回忆说,"我也从来没有听他说过一句脏话。他进来上课,便会把椅子径直拉到我跟前来,然后我们就一直聊啊,聊啊,聊啊——谈艺术,谈我在伦敦工作过的学院,谈我遇到的所有艺术家。虽然似乎没有人认为他的作品有多好,他身上却有一种特质不容忽略。我至今记得,我当时心想:'你这小子,……要么会一落千丈,要么就会一飞冲天。'"

琼虽然把气氛搞得很冷淡，她却讲述了有关奥古斯塔斯·约翰和阿莱德艺术学校让人听来入迷的逸闻趣事，而且还是约翰在碧姬·巴铎主演的影片或者《狂欢》杂志的页面之外，遇见过的最性感的女人。他有一次试图提出和她发生性关系，在他之前肯定有几百人做过相同的邀请，却被她一口回绝，倒没有给他的自尊带来严重的伤害。"我对他说：'约翰，你有多少钱？你要知道，我可不会在叶克拉克坐着喝上半瓶苦啤酒。我要去阿德尔菲。'"

和在学校时一样，到了学院他同样迫切需要一个同伙；拉塞尔·杰弗里·默罕默德很快就填补了这个空缺，充当金杰之于威廉、列顿之于肖侬的角色。杰夫·默罕默德住在曼彻斯特的迪兹伯里，出生背景却极为复杂——父亲是印度的丝绸商人；母亲是意大利人，出生在罗马梵蒂冈城神圣的周边地区。他二十七岁，比约翰大出整整十岁，充分体现出学院的门户开放政策；在决定学习艺术之前，他干过各种工作，还服过兵役，在马来亚当军警。

杰夫身材高挑，长相英俊，气度像王子一样尊贵，谈吐间流露出蛛丝马迹，显示他会多种语言的父母曾把他送进私立学校接受教育。他吹奏爵士单簧管，酷爱传统爵士乐，把现代爵士乐后来的入侵视作对他个人的侮辱。了不起的汉弗莱·利特尔顿暂时抛弃美国南方的风格，在唱片制作中加入了更多现代爵士乐的元素；杰夫一直耐心等到利特尔顿来曼彻斯特开演唱会，才和他当面对峙，指责他是个叛徒，最后还朝他的鼻子挥了一拳。

他遇到约翰的时候，他的种种古怪行迹已经成为同学之间的笑柄。他拿到政府的拨款资金，会把它全部换成半克朗的硬币，然后关上卧室的灯，把硬币往四下里撒得到处都是；这样以后几周等自己捉襟见肘的时候，总有希望从床底下或者衣柜顶上找到一枚失散的半克朗硬币。他最喜欢玩的一个恶作剧，就是选择一家酒吧或者手艺人的"小饭店"，里面的顾客无一例外都是白色脸皮，然后猛地推开它的门大喊一声，声音听来颇为权威："好吧！所有的外国人都出去！"

约翰和杰夫·默罕默德虽然年龄迥异，他们搭伴为伍却由不可避免的因素促成。他们分属不同的工作组，因此每天大部分时间都不在一起，不过两人一旦有了交际，约翰疯狂的笑声立刻有了生力军的加入。杰夫比约翰更为圆滑世故，经验更为丰富，这构成了他身上的部分魅力；两人却一直平等地对待对方。他们都同样喜欢书籍、诗歌以及语言；都对诸如灵应牌、手相术之类的带点神秘的事物感兴趣；总是能够准确无误地瞧出人类的古怪之处；而且永不疲倦地热衷于搞笑逗乐。甚至他们之间互相敌对的音乐爱好——传统爵士乐对上摇滚——也造不成多么严重的抵牾。杰夫从来没有成功说服约翰喜欢上"书包嘴"阿姆斯特朗或者娃娃欧瑞,正如他自己从来对埃尔维斯和巴迪·霍利无动于衷一样。不过,他收集了一大堆爵士乐唱片专辑,它们几乎是当时唯一一种封面采用现代设计和排版的类型。约翰很不情愿地承认,即使没有听头,也有看头。

两人最常在叶克拉克现身,这是一家仿都铎时代风格的古怪小酒吧,位于赖斯街,和学院只隔着几个街区,学生和老师可以民主自由地在那里聚会。艺术学院的顾客比较青睐后面大一些的吧台,吧台的墙壁上展示着两幅尺寸超大的刻版画——一幅刻的是布吕歇尔元帅在滑铁卢战役中迎接威灵顿公爵,另一幅反映的则是在特拉法尔加的霍雷肖·纳尔逊之死。约翰和杰夫最喜欢坐在纳尔逊场景图下面的长凳上,和镶板边上的英国水兵一起,注视着临终前最后时刻的海军上将。作品上每个人的脸上都是一副惊恐的神情,导致约翰重新给它命名为:谁放屁了?

这里是北方,啤酒都是论品脱喝,倒在笔直的玻璃杯里,而不用单柄大酒杯;如果使用后者,哪怕剩下再小的一滴酒,都会让人怀疑喝酒的人称不称得上是男子汉。军旅生活把杰夫锤炼成一个身经百战的酒虫,就算喝再多品脱的酒,也毫不丧失亲和的风度。而约翰,只需像谚语说的那样"在酒吧女招待的围裙上嗅一嗅",就醉得稀里糊涂了;他当时如此,以后也没长进。喝醉酒的约翰就会变成一个昏头昏脑的亡命之徒,随时准备侮辱攻击任何人,而且一贯如此。"我一喝酒就会变得有点暴力。"他会承认说。"(杰夫)就像是我的一个保镖。每当我陷入什么冲突当中,他都会小心翼翼地把我拉出来。"

他们偶尔和杰夫的女朋友安·梅森组成一个三人小组,梅森锐利的眼神注意到注册那天约翰着装上的每一处错误的细节;她——和他们课上的其他女生一样——对他既讨厌又敬畏,心里忐忑不安。安如今说:杰夫的恶作剧之下总隐藏着一层善意,而约翰藐视权威、欺负傻子笨蛋的冲动,却似乎辨别不出良心或者怜悯的界限。比如,每年的哑剧节,艺术学院和利物浦大学联手举行慈善募捐,他会拿着募捐罐串街走巷,然后就直接把罐里的钱款倒进自己的腰包里。他还沿袭小时候在商店行窃的习惯,虽然在利物浦中心城区可比在伍尔顿乡下冒的风险大得多了。他习惯偷窃的目标之一,是一家艺术用品店,店主是一对上了年纪的老太太,两人都近视得厉害,压根意识不到他正拿了她们多少画笔、铅笔,还有素描本。

有一天,约翰和安妮上课坐在一起,她出于无聊开始给他画素描。后来在一间绘画教室,她把素描加工成她有生以来完成的第一幅全身像——它也将是她唯一的一幅。约翰为她僵坐了好几个小时,耐心得令人称奇,虽然如她现在回忆的,"我不得不装作不在画他,他也装作不在摆姿势。"画像上,他坐在一把可以转动的木头椅子上,手臂交叉紧紧地别在椅背上,膝盖向两边分叉出去。他身着一件黑色的短上衣,脚上一双橄榄色的绒面革皮鞋(他和杰夫一起挥霍助学金时买的),还戴上了平时隐藏起来的巴迪·霍利式的眼睛。整体效果彰显出一种几乎按捺不住的能量:人物扭曲的身体似乎要弹跳起来,或者可能想要撒腿逃跑寻求庇护。

约翰也许从学院的老师那里几乎什么都没有学到,但这并不意味着他在学院一无所获。他和斯图亚特·萨克利夫之间建立的友谊,相当于修了一个仅限一人的学位课程,虽然课程主要是在学生公寓和烟雾缭绕的酒吧单间里进行的。在这些场合,任何获得奖学金的男生,哪怕通过了一系列O等级考试而且成绩漂亮,也不可能比约翰更加专心致志、从善如流,抑或如痴如醉。

斯图和约翰同龄,却比他早一年从普赖斯柯文法学校毕业来学院念书。他是这个地方最为才华横溢的学生,对于接触到的任何艺术技巧,如绘画、油画或者雕塑,拥有似乎轻而易举就能掌握精通的天赋。他还格外活力四射,往画布和素描本上挥洒作品,作品的成熟度令他的指导老师们都目眩神迷,几乎还没等他们用语言表达自己的赞美之情,他又马不停蹄地转向下一个作品。他身材矮小,拥有女性的阴柔之美,一头茂密的头发往后梳起,常常被人比作短命的银幕偶像詹姆斯·迪安——这个类比将证明再贴切不过,令人黯然神伤。事实上,他经常戴着的那副墨镜,让人联想到一位比较鲜为人知的偶像兹比格纽·齐布尔斯基,他由波兰电影导演安杰依·瓦依达一手提携,有时被誉为"波兰的詹姆斯·迪安"。

斯图活动的层次整体要比约翰的更加成人化。他的父母都是苏格兰人,属于中产阶级,他们也在利物浦居住,他却在珀西街有一套公寓,与他的密友罗德·默里同住。学院认可他有自己的课堂,也允许他在那里完成大部分作品。他的导师主要是阿瑟·巴拉德,巴拉德宽容大度,定期过来看看他,带上半瓶威士忌消遣提神,很少试图去约束他如江水一样怒吼奔腾的创造力。

约翰能和斯图见面,中间通过了比尔·哈里的介绍;比尔是约翰的另一位同学,注定将在他的后半生中发挥重要的作用。比尔实际上是一位工人阶层的典型奋斗者,通过努力打拼才进入学院深造;童年时期一贫如洗,在码头附近的议会街度过,那里仍然覆盖着战时轰炸后留下的碎砖烂瓦,一伙伙令人胆战心惊的乌合之众,叫着"锁链帮""花生帮"之类的名号,控制着社区的地盘。他着迷于读书、写作、画漫画、当组织者、当企业家,在学生当中除了斯图和罗德·默里,几乎没有找到其他志同道合的人士,他认为他们大多数都是虚度光阴的"半吊子"。

比尔发现约翰和自己一样喜欢写作,有一次在叶克拉克吃午饭的时候,便要求拜读一下他的一些作品。约翰一边不自信地嘴里嘟囔着什么"一首诗",一边从牛仔裤口袋里掏出两张残破不堪的纸条递给他。比尔本来预想会看到一首少年人仿照拜伦或者美国垮掉派诗人作的标准诗歌;哪晓得读到的却是模仿BBC农业剧《弓箭手》的作品,风格肖似《傻瓜秀》,逗得他哈哈大笑。

约翰碰巧也知道了斯图·萨克利夫的鼎鼎大名,比尔·哈里要在叶克拉克里的纳尔逊勋爵临死前涣散的眼神注视下,正式介绍他们认识,高兴不足以形容约翰激动澎湃的心情。"约翰要是觉得什么东西或者什么人真的很棒,"罗德·默里如今回忆说,"他就会完全变了一个人似的。更加安宁沉静,更加若有所思……随时准备就严肃的事情进行一番严肃的讨论。他认为斯图真的很棒。"

这种欣赏绝不是单方面的。斯图除了喜欢其他各种题材,还和比尔·哈里一样,爱画漫画。两人都对约翰画作的技法和幽默赞不绝口,把他和索尔·斯坦伯格相提并论;他们在学院的图书馆里,发现了斯坦伯格为《纽约客》杂志画的稀奇古怪、比例失调的封面图片,约翰为此受宠若惊。突然之间,约翰被他视野里最富有才华的艺术家另眼相看。

斯图的妹妹波琳——后来将成为一位颇受尊崇的治疗师——认为无论怎么高估这件事情的救赎效应都不为过。"约翰迫切需要一种扶持的力量。斯图亚特给予了无条件的扶持……他爱他。约翰感觉到斯图亚特对他抱有信心……他相信他不是一个只会带来破坏的疯狂的无政府主义者,而是一个有价值的人。斯图亚特解放了约翰的创造灵魂。"

约翰实际上在学院过着双重生活,折射出他身上截然不同的两种性格。每次和杰夫·默罕默德短暂醉酒闹事之后,他都将和斯图·萨克利夫进行一次长时间的严肃交谈,要么身边有比尔·哈里和罗德·默里作陪,要么只是两人面对面促膝谈心。斯图和仅有的少数几个视觉艺术家一样,可以用言辞表达他的目的和意图,并对自己领域之外的专业有钻研的好奇心。他遇见约翰的时候,个人的阅读书单上包括屠格涅夫、本韦努托·切利尼、赫伯特·里德、奥斯伯特·西特韦尔、詹姆斯·乔伊斯,他尤其崇拜十九世纪丹麦哲学家克尔凯郭尔,他首先提出一个观点:在非理性的世界里,真实只是个人的主观。"我们会一坐好几个小时,发出各种提问,'我们是谁?我们为什么在这里?我们活着是为了什么?'"比尔如今回忆说。正是从斯图口中,约翰第一次听说了达达主义,这个原则——将在他未来的第二任妻子身上得到淋漓尽致的体现——是指无论哪个题材,不管它多么令人惊讶不已或者荒诞不经,都配得上艺术之名。"没有斯图·萨克利夫,"阿瑟·巴拉德说,"约翰可不会从哪个蠢货嘴里得知达达主义。"

对约翰而言,这个身材矮小、精力旺盛的家伙身上,最令人吃惊、最令人诚服的一点,就是他和学院占主导地位的传统爵士乐爱好者们毫不相干,而且恰恰背道而驰,他从摇滚问世时起,就恋上了它。它那精神错乱的噪音、花里胡哨的绚丽,和文艺复兴时期或者法国印象派画家的任何元素一样,都能激起他熊熊燃烧的想象力。他早期的画作中,有一幅名为《埃尔维斯·普雷斯利》的抽象画,画风明显深受毕加索的《吉他弹奏者》的影响,画面选用的都是鲜艳夺目的自动点唱机的颜色,点缀着普雷斯利的歌曲名字:《(肯塔基)蓝月亮》《猎狗》以及《伤心旅馆》。

斯图、比尔、罗德,现在加上约翰四人还有一个具有先见之明的共同信念:他们属于的这个城市在英国——在整个世界——都是独一无二的,因此值得用艺术和文化的喉舌大加歌颂,就像以劳伦斯·费林盖蒂、格雷戈里·考斯为代表的美国垮掉派诗人把旧金山奉为圣地一样。他们定期参加利物浦大学的诗歌朗诵会,却对一个现象非常不满:几乎英国当代所有的年轻诗人都好像中了垮掉派诗人的魔咒似的,对他们顶礼膜拜。他们一致同意成立一个四人社团,取名叫"异议者"(与威廉·布朗的许多秘密社团相似),意在弘扬利物浦自身的本土表现风格,反对这些外来者的入侵。斯图和罗德将通过艺术入手,比尔通过写作,约翰则通过音乐。

"采石工"如今一岁多了,还是打着过时的名号得过且过,曲目中既有已经死寂的叮叮当当的噪音爵士乐、已经过期的摇滚经典歌曲,又有最新容易效仿的曲风,由巴迪·霍利从大西洋彼岸传来,大有助益。

1958年头几个月,组合的成员再次发生了若干变动。保罗一旦确定了自己的地位,就开始向约翰津津乐道地谈起利物浦学院的一位对吉他着迷的男生,麦卡特尼一家还住在斯皮克的时候,他经常每天和这位男生一起搭公车上学。定义摇滚乐队的关键标志,就是看它是否拥有主奏吉他手,他的作用在于共同弹奏之外,能够演奏出乐器的换音。保罗推荐他的同学乔治·哈里森,他也许适合这个角色。

针对约翰的社会阶层还有很多模棱两可的说法(保罗次之),可是乔治所属的社会地位却从来没有人质疑过。他的父亲哈里,是利物浦市政当局的公车司机,勤劳肯干值得敬重,对自己的地位完全心满意足。乔治出生于1943年2月,幼年时期在利物浦城区度过，咪咪十分庆幸自己把约翰从那里解救出来，这片区域的房子肩并肩背靠背地排列在一起，密集的程度让人觉得幽闭恐怖，之间由被称作吉杰的铺着圆石的小巷相连；厕所是户外的一个小棚，洗澡的唯一途径是在厨房炉火前的一只锌盆里解决。

乔治会转而喜欢摇滚令人讶异——他是一个严肃寡言的男孩，憎恶自己工人阶层的背景强加的种种人际亲密之处，还对"爱管闲事的邻居"有一种掺杂讨厌情绪的恐惧症。他天性较真，同时对时尚格外敏感，拒绝随大流，这一点上他虽然安静行事，却几乎与约翰殊途同归。其他噪音爵士乐男孩仅仅满足于弹奏A弦或者E弦，乔治却下苦功练习掌握单弦的独奏曲，这些曲子即使交给经验更为丰富的演奏手，他们也会自动承认自己水平远远不够。他还拥有一把品质上乘的吉他：一把大提琴造型的霍夫纳President系列，拥有商品目录描绘的"晒得深褐的光泽"，琴肩经过剖面，方便弹奏手能够触到音品板底部的高音阶。

保罗把乔治推销给约翰，可比当初保罗自己被伊凡·沃恩推销出去费了更大的周折。有一段时间，乔治只是"采石工"的另一位追随者，混在数目不太多的人群中，经常会在威尔逊大厅舞台附近看到他那张苍白严肃的脸庞，可每次还没等他有机会认真地欣赏音乐，就被把腰带甩得啪啪作响的小阿飞将氛围一扫而光。最后还是做了正式介绍——鼓手科林·汉顿如今这样回忆说——地点在一家名叫"太平间"的非法俱乐部，俱乐部位于奥克希尔公园里的一个老房子的地下室。乔治弹奏了一首《不修边幅》作为试演，它是用低音琴弦演奏的乐曲，由太阳唱片公司的制作人比尔·贾斯蒂斯制作的一首当红曲目。基于这个表现，再加上诸如"吉他节奏摇滚乐"的其他几首低音曲目的考验，更不用提他那把顶呱呱的霍夫纳President系列的吉他，"采石工"似乎没有任何理由不趁别的什么组合下手之前，把他拉拢进来。

唯一的阻碍在于乔治还不足十五周岁，尽管他小心翼翼地侍弄发型，着装也颇为前卫，却仍然看上去年幼得很，晚上不能单独出门。他和保罗之间九个月的年龄差距，就像保罗和约翰之间十八个月的差距一样，刚好差不多能够接受。不过，约翰比乔治几乎大了两岁半。在这个世故的艺术生眼里，那个一脸认真、耳朵招风的小阿飞，抱着他那把剖面大吉他，整体看来不可避免"就是个孩子"。

约翰决定接受乔治作为吉他手，但不把他当做同辈，最初更不当做朋友。"（乔治）实在是年纪太小了。我一开始都不想认识他。有一次，他绕道来（门迪普斯），叫我跟他一起去看电影，我却假装自己太忙了。"他必须忍受的不仅仅是来自约翰的冷落和小看。乔治初次登门拜访门迪普斯的时候，咪咪姨妈碰巧也在家。咪咪本来以为保罗·麦卡特尼一个来客,来自说话带利物浦口音的下流社会,已经够不受人待见的了。谁知道,小乔治不会装腔作势,老实交代父亲是公交车司机,家住斯皮克的公有出租房,自己周六给一家肉店当跑腿的——更要命的是,他具有利物浦人特有的不同寻常的低沉嗓音,好像患了腺样增殖症似的——如此种种加起来令她沮丧不已,乔治即使刚才大摇大摆地走进前厅,然后就开始挥舞着小斧头把里面陈设的皇家伍斯特和煤港瓷器砸得稀巴烂,也不可能让她比现在更加难受了。"他是个真正的坏胚子,不是吗?"等他一离开,她就尖刻地评价道。"你好像总喜欢下等人,不是吗,约翰?"

乔治咬牙吞下了所有这些轻视的言行——不过他可没把它们忘了——到了1958年3月,他已经满十五周岁了,成为了一名完全合格的"采石工"成员。那个月里,保罗给一位名叫迈克·罗宾斯的人写信,对方是他的伯特堂姐的丈夫,他在法利的巴特林斯假期营当娱乐经理。他拥有麦卡特尼家族名副其实的自负情绪,让"采石工"下一年整个暑期到他那里作常驻演出;不过,遗憾的是,承诺最后没有成功兑现。

乔治的到来,使"采石工"的吉他手增加到四人,这在只要快乐弹奏的噪音爵士乐组合里不是什么稀奇的补充,但是相对摇滚酷劲更足、设计更多的形象而言,人数就显得臃肿了。为了恢复平衡,只能让埃里克·格里菲思退出,约翰最初几位来自采石河岸高中的伴奏当中,他是唯一仅存的硕果。他不是一个特别出色的演奏手,而且从来没有和约翰特别要好,不会被约翰保下。

事有凑巧,组合同时还失去了莱恩·加里,他是另外唯一一个可能与约翰、保罗和乔治走向最终命运的人。1958年7月,莱恩在家里突然晕倒,陷入昏迷,被急送往塞夫顿总医院。他被查出患了脑膜炎,病情诱发的因素除了其他各种状况,还包括在像"洞穴"这样不像样的地下场所吸入了腐臭的空气。一旦脱离了危险,他就被移至法扎克利的康复医院,一直在那里待到1959年1月。

埃里克·格里菲思后来说,约翰向他提供了一个继续留在"采石工"的机会,他可以取代莱恩演奏低音,前提是他必须使用一把新型的电子贝斯,而不是过时的茶叶箱。等他回答说,这样一件技术创造的神奇宝贝,远非他能驾驭得了的;针对他的"阴谋"便迅速展开。他在组合里最好的朋友科林·汉顿受到了奈杰尔·沃利的来访,沃利告知他集体的意见,并成功说服他不要出于同情一起离开——即使不为科林的打鼓技术,他的那一套鼓的装备也仍然是至关重要的集体财产。组合确定时间进行下一次的排练,压根就没有通知格里菲思。接着,科林向他正式传达踢他出局的通知。

颇具讽刺意味的是,改头换面原本意在提升"采石工"的好运,谁知似乎反而起了截然相反的效果。加里和格里菲思离开后,组合接到的有偿演出的邀请几乎减至为零。接下来一年,随着严峻的变故一件件降临到约翰的头上,他的组合也将在濒临解散的边缘不断打转,不过却因为鬼使神差的作用,没有从上面坠跌下来。

在这漫长的演出干旱期,他和他的两位利物浦学院的年轻随从一起分享舞台,大部分场合却都与演出无关。利物浦学院和艺术学院虽然同在一栋综合大楼内,却没有任何形式的交集;自从它们十九世纪九十年代从过去的机械学院分离出去,就把内部所有相连的走廊全部封死了。不过,在外面有一条边道,从利物浦学院一直通到艺术学院场地的某个区域,附近有一扇门,通往学院的自助餐厅。每周好几次午饭时间,保罗和乔治都会想方设法覆盖校服的痕迹,一般就是把黑色雨衣的纽扣一直扣到脖子遮住领带。然后他们就会沿着这条通道,偷偷溜进学院的地盘,和约翰在自助餐厅碰面。

这种行径严重违反了双方学院的规章制度:一旦这两个入侵者被哪位当权者认出来,他们将被扫地出门并将向他们的校长报告。保罗如今回忆,约翰的这个午饭据点总是笼罩着刺激的危险氛围,那里供应的不是学校让人生厌的荤素菜,而是鸡蛋加炸薯条;还有漂亮迷人的美女和附庸风雅的年轻家伙妩媚调情;而且任何人只要想抽烟就可以抽。"你会看到保罗和乔治偷偷摸摸地溜进来,"安·梅森如今回忆说,"接着约翰会加入他们的行列,看上去非常紧张。自助餐厅有一个舞台,我们用来上演学院的剧目和演出。他们通常围坐在那里,因为那里靠门近,我猜是以防保罗和乔治有迅速撤退的需要。"

与此同时,约翰和保罗继续坐在麦卡特尼家起居室的扶手椅里,面对面地一起写歌。这些大部分非法的午后聚会大概持续了六个月后,他们已经收获了二十首左右的歌曲,双方一致认为值得保存——至于为了什么,他们两个还没有概念。保罗把它们誊写到学校的练习本上,字迹工整地列出了歌词和和弦次序,每一页的顶头都标上了"列侬-麦卡特尼的一首原创歌曲"或者"列侬-麦卡特尼的另一首原创歌曲"的字样。他们听说过的所有写歌搭档,都是一人谱写旋律,一人写作歌词。约翰和保罗却没有作此分工;两人都是既写词又填曲。他们合作的每一首歌曲不仅是他们如镜像一般相似度的体现,而且也是一场练习,看哪个的本事更胜一筹。他们会在壁炉的两头各据一边,像乒乓球比赛一样你来我往地击打新的想法和新的和弦变化,心里既希望这场拉锯赛会永远打下去,又希望对手可能错过接球的机会,让球不受控制地弹射到煤桶和火钳之间。

起初,他们使用流行音乐的传统词汇,如月亮、六月、真实、你;摇滚虽然看似反对传统,却没有明显从这些词汇的窠臼中跳离出来。"我看不见蓝色月亮/历史上从未出现",一句歌词这样写道,注定没有什么发展前途。有时,两位词曲作家会下意识地显现出自己在英国文学上相同的功底。比如,有一次,他们围绕G大调随意交手了一下乒乓球,就产生出"爱,爱我真的"的词组,这个短语直接来自刘易斯·卡罗尔时代("爱丽丝,别白日做梦了,真的! ……")。那个时期的磁带录音机还是笨重的盘式机器,价格高昂,这一对搭档就算把自己的全部家当都搭进去,都望尘莫及。结果,他们不清楚他们的和声听起来效果如何,没有任何办法保存以后也许值得修改润色的粗糙的原版歌曲。最后只得采用一个简单的经验法则:如果他们某一天突然想出了一支新曲子,第二天还能记起来,就说明曲子可用。

于是歌名的数量在保罗的练习本上与日俱增,一些是可以预计到的衍生物,其他则散发出一种不容错辨的新颖与幽默的气息:"总是回想那一天""似水流年""想到联系""镜子""温斯顿的小路"。对照他们作为音乐人的现实生活,这种练习毫无意义。"采石工"一旦获得演出机会,他们的观众除了噪音爵士乐的老歌以及翻唱美国的摇滚歌曲,其他什么都不想听。那些列侬-麦卡特尼的原创歌曲,似乎注定连在约翰的《咆哮日报》上有限的曝光机会都享受不到。

老噪音爵士乐界正在方方面面变得越发复杂。曾经各个组合会亲自参加演出的试唱,现在他们当中很多组合都倾向于把歌曲录在磁带上,供承办者和俱乐部的经理层之间互相传递。既然"采石工"没有磁带录音机,也没有途径接近一台,要想推销自己,便只剩下唯一的办法。在利物浦的肯辛顿地区有一个小录音室,业余表演者不用花太高的价钱,就可以把他们努力的成果录到一张真正的唱机唱片上,定格成神圣的记录。"采石工"们在内部凑足必要的现金,预约了一次机会,某种程度上作为走投无路之下的最后一搏。

这个录音室的主人是一位名叫珀西·菲利普斯的老人,他一手独自经营,地点设在他维多利亚风格的排屋靠后的一个房间。1958年的一天下午,就是在这里,约翰、保罗、乔治以及鼓手科林·汉顿齐聚一堂,另外多了一位保罗在学校的朋友达夫·洛,他幸运地拥有一项天赋,可以在钢琴上弹奏出杰里·李·刘易斯的琶音。

甚至在如此重要的时刻,列侬-麦卡特尼的原创曲目也被弃置不用。他们选择在A面演唱《就是那一天》,它是巴迪·霍利与"蟋蟀组合"合作、具有突破性意义的热门歌曲,于上一年九月发行。他们几个月来一直努力弹出霍利后空翻似的吉他引子,多亏了约翰,他们才能刚好成功地把音弹得毫无瑕疵。B面录制的是《尽管危险重重》,这是一首乡村兼西部的模仿歌曲——而且还仿得相当不赖——由保罗捉笔写就,乔治从旁协助,同时也解释了达夫·洛出现弹奏钢琴的因由。约翰在两首歌曲中都担任主唱,保罗和乔治则承担和声部分作为支持。

他们之前一直向朋友和家人炫耀自己要"出唱片",结果这次经历却证明几乎没有什么风光可言。他们每首歌只允许唱一次,然后就不得不干坐着等待,而菲利普斯先生则在一台有点像是工业车床的机器上裁剪唱盘。他要价5英镑,不过他对他们说,如果额外再付一英镑,他可以先把他们的录音转到磁带上,然后再帮他们做剪辑,最后上蜡。"我们刚好只凑够了5英镑,"科林·汉顿如今回忆说,"约翰说我们不可能另外再付1英镑。"

他们的家当为他们仅仅买来了唯一的一张虫胶唱盘,缩减成新型规格,转速45,上贴一张写着《就是那一天》的黄色标签,歌曲名和作曲者的姓名都由珀西·菲利普斯手写上去。奈杰尔·沃利尽责地把它在各家俱乐部和舞厅做口头推销,却没有取得显著的成效。默西塞德郡至今还没有建立当地的广播电台,说不定它会挑中唱片;也没有出现可能会把它介绍给现场观众的迪斯科舞厅。结果做了最有效宣传的竟然是科林当印刷工的朋友查尔斯·罗伯茨,他在里德伍兹邮购组织工作。罗伯茨设法通过有线广播系统,播放了约翰的《就是那一天》的翻唱版本,听众是里德伍兹雇佣的大多数女工。

这张唱盘成为制作者的共同财产,每人轮流分享监护权,每次持续一周。约翰保管一周后传给保罗,保罗接手一周后传给乔治,乔治一周后传给科林,科林一周后传给达夫·洛;达夫·洛在接下来的整整二十年里收藏着唱片,直到它升值成一笔巨大的财富。

约翰的生命中不断涌现出新人新事,这些因素促使他成了"瞎子和聋子",对就在他眼皮底下发生的一件不可思议的事情一无所知。咪咪姨妈正在搞地下恋情,对方是她的房客——生化专业的学生迈克尔·菲什威克。是的,正是咪咪,那个行事干练、住在郊外的贝特西·特罗特伍德,她似乎对正常女人敏感的感情嗤之以鼻——还对整个男性种族不屑一顾——现在却竟然有了一个情人,年纪小了她一半,只比她照顾的侄子大八岁。

从菲什威克1951年作为一名十九岁的本科生走进门迪普斯的那一刻起,她就喜欢上了他。这不仅仅是因为这个来自约克郡的少年超乎年纪地刻苦勤学,能够带来学术的刺激,咪咪在和乔治·史密斯平淡无奇的婚姻生活中一直渴望得到这一点。他身上还有一种特质,唤起了她对生命中唯一一位真爱的怀念,即那位来自沃林顿的年轻医生,他们还没赶上结婚,他就于1932年死于一种病毒。她以后会赠送菲什威克一对金色袖扣,她当初买来作为订婚礼物,准备送给那位注定早夭的未婚夫,后来一直秘密地珍藏着。

乔治死后,咪咪对迈克尔·菲什威克的依赖程度加深,使他几乎成了家里的代理家长,在对待约翰的问题上,也越发频繁地咨询他的意见。几个月后——他们自己都备感意外——友谊晋升为更亲密的关系。他二十四岁,而她五十岁,虽然她自称四十六岁。这段恋情的发展,最终使他们发生了性关系,揭示了可怜的乔治姨父传说中的"善良"的真实内幕。咪咪仍然是一个处女。

菲什威克回忆,他们的关系因为大学放假期间他的离开中断过若干次,其余时候几乎都在门迪普斯持续下去。他们偶尔会一起去看艺术展览——比如在利物浦举行的大型梵高作品展——或者在附近的某栋国民托管组织维持的豪华古宅周围溜达,他们总是小心翼翼,不做出什么不合时宜的举动,以防招来伍尔顿人乱嚼舌头,或者导致起居室的窗帘莫名其妙地颤动。有一次,咪咪和约翰一起到爱丁堡她的妹妹梅特家,她把他扔在那里,自己提前回家,就为了和菲什威克在房子里独处几天。

约翰一次都没有对眼皮底下的动作产生怀疑,哪怕恋情往往只隔着一层薄薄的石膏墙,在他卧室隔壁的卧房上演。咪咪也没有把这个秘密透露给三个妹妹知道,虽然她们有一个未诉诸于口的誓言,即:要分享一切。朱莉娅在姊妹当中对性爱的嗅觉最为灵敏,她最近注意到咪咪的变化——一种无法形容的容光焕发之态——并跟其他几个姐姐说,她觉得咪咪可能有了一个"情人",但却从没猜出他的身份。

1958年7月,菲什威克回到门迪普斯,一待又要很长时间。三个月前他应征入伍,加入最后几批被迫服兵役的年轻人的行列。他现在在马恩岛受训,准备成为英国皇家空军的军官,却申请准假回到门迪普斯,根据他的说法,意在检查他正让人在利物浦大学打出的博士论文。

咪咪为约翰在艺术学院毫无长进深感忧虑,不止如此:她把他的外衣送去干洗时,在一只口袋里发现了一盒杜蕾斯"橡胶约翰尼",无疑是因为先前芭芭拉·贝克的事故才采取了这个防护措施。她只给菲什威克一个人看了这只盒子:当时,她松开一只紧紧攥着的手,露出这个物事,问他,"我该怎么处理呢?"他的建议是不要大惊小怪——她显然听从了这个意见,他现在回忆,因为至少这一次,姨甥之间没有爆发任何激烈的争吵,约翰也没有甩门而出,去朱莉娅家避难。

7月15日是周日,默西塞德郡阳光温暖明媚,伍尔顿的树林、高尔夫绿地,以及齐整的树篱都展现出最为繁茂的生机。正值学院放假期间,约翰早上还在家周围转悠,菲什威克如今回忆,"后来就和一些朋友游荡走了"。咪咪的唯一访客是朱莉娅,她那天下午照例过来串门,喝上一杯茶,再闲话家常。直到深夜——已经过了九点半——她才离开,去赶公车回艾勒顿。一年中最长的白天仅仅过去了三个月,此时黄昏才刚刚开始降临。

朱莉娅的公车站设在梅洛弗大道,离门迪普斯的大门大约200码远,位于交通繁忙的双行道的另一边,附近没有任何人行横道——不过倒是有每小时30英里的限速要求。咪咪往常都会陪她走到车站,这天晚上却问她,自己不去送,她会不会介意。"没有关系,不用担心。"她高兴地回答说。"明天再见。"就在这时,奈杰尔·沃利出现在前门口,来找约翰。可是,约翰整个下午都没有回家——事实上,他正在布洛姆菲尔德路等他妈妈回来。朱莉娅向沃洛格斯做了解释,末了还轻佻地加了一句,"不要紧。你可以充当护花使者,送我去车站。"

咪咪站在前门边,目送他们一起漫步离开,朱莉娅不知道说了什么,逗得奈杰尔扑哧一笑。他们在与威尔路的交叉路口分手;奈杰尔往右拐朝家走,朱莉娅则穿过梅洛弗大道的南行车道,来到中央的分车道;这里过去曾经是有轨电车的轨道,约翰和他的"匪帮"过去常常在这里玩各种调皮捣蛋的游戏,如今这里遍地都是绿茵,还植起了一道树篱。朱莉娅从树篱当中穿过去,正走到北行车道的中间位置,突然从笼罩的暮色中赫然冲来一辆体积庞大的标准先锋汽车,车牌号码是LKF 630。奈杰尔听到一声刺耳的刹车声,紧接着"砰"的一声重物撞击的沉闷响声,他回头看时,恰好看到朱莉娅的身体被高高撞飞到空中的一幕。

动静闹得相当大,咪咪和迈克尔·菲什威克在门迪普斯的厨房里都能听见。"我们看着彼此,一句话也没说,"菲什威克如今回忆说,"我们只是发疯似的跑出去。"结果,他们发现朱莉娅横躺在马路上,身边跪着吓得目瞪口呆的奈杰尔。奈杰尔记得她脸上奇异的平静的表情,头上散开的一缕红褐色的头发在夏季的微风中轻轻拂动,这一幕将永远定格在他的记忆中挥之不去。撞击似乎没有留下任何印迹,菲什威克却可以看到鲜血从微红的鬓发中往外渗透出来;她还有一息尚存。"(可是)等我跑过街道看到她时,"咪咪回忆说,"我就明白没有希望了。"

几分钟内,开来了一辆救护车,把朱莉娅送往塞夫顿总医院。咪咪也上了救护车,脚上还套着着急出来时穿的拖鞋。菲什威克后来到医院陪她,给她带来了鞋子和她的手提包。她首要关心的是,他要打电话通知其他家人这个噩耗,这样他们当中哪一个就可以转告约翰。"她不想让约翰从出现在家门的警察嘴里得知事实。"

不幸事情就是这样发生了：一个警察戴着印有警徽图案的头盔，来到布洛姆菲尔德路1号敲响了前门，打着官腔局促地问约翰是不是朱莉娅的儿子。在这个无法用言语形容的时刻，陪在他身边的只有整个大家庭中他最不放在心上的成员：鲍比"抽风鬼"·迪金斯。"抽风鬼的反应比我还糟糕，"约翰会回忆说，"他竟然脱口而出'谁来照看孩子？'，我一听就恨死他了。彻头彻尾的自私鬼一个。我们搭出租车赶去塞夫顿总医院，她却已经死了，就躺在那里……我一路上歇斯底里地冲出租车司机大喊大叫，嘴里咒骂不止，谁都会这么干的。司机只是偶尔嘟囔几句。我拒绝进去看她。抽风鬼进去了，然后彻底崩溃。

"这是在我身上发生的最糟糕的事情。我和朱莉娅短短几年之内，关系就好得不行。我们可以交流。我们处得来。她太棒了。我想：'他妈的，他妈的，他妈的。这真把一切都毁了。我现在对谁都没有责任了。'"

迈克尔·菲什威克在医院见到咪咪，然后把她带到布洛姆菲尔德路，约翰的南妮、哈里姨妈以及她们的丈夫此时都已经集中到那里。咪咪一头扎进妹妹们的怀抱，菲什威克则从一位男士手里接过一大杯威士忌，这个家里的男人一向居于次要地位。等约翰最终离开房子时，他没有打算回家，而是去找过去的女朋友芭芭拉·贝克，告诉她这个噩耗。芭芭拉将来会回忆起，他们两人去了雷诺公园，"互相拥抱着站在那里，把眼睛都快哭瞎了"。那天晚上夜深时分，咪咪隔壁的邻居，一位布什内尔太太，无意中看到约翰在门迪普斯的前廊里他经常待着的地方弹吉他——这是他找到的唯一能够真正抚慰或者疗伤的方式。

朱莉娅的死讯在《利物浦回声报》的一则简短的讣告中得到记录，鲍比·迪金斯得以有机会称她为自己的妻子，虽然她从来没有正式成为过：

朱莉娅·迪金斯，于7月15日不幸丧身车祸，她是约翰·迪金斯的爱妻，约翰·温斯顿·列侬、朱莉娅·迪金斯，以及杰奎琳·迪金斯亲爱的母亲。生平住址：利物浦十九区布洛姆菲尔德路1号。

朱莉娅的葬礼于下个礼拜五，即7月20号，在艾勒顿公墓举行。她的姐姐们发现抽风鬼打算把她葬在一块由城市市政当局资助的贫民墓地，便和他发生了一场激烈的争吵。结果，四个女人集体出资，支付葬礼的所有费用。前来吊唁的人当中，有约翰的堂姐利拉，她既是他童年的伙伴，又是他青春期的暗恋对象。她现在是爱丁堡大学的一名医学生，接到从巴特林斯假期营发来的电报专门赶来，她暑期在这个假期营的度假小木屋打工当女佣。利拉记得那天约翰大部分时间一直躺着,把头枕在她的膝盖上,情绪麻木得话都说不出来,甚至连动也动不了。

撞了朱莉娅的司机是一位不当值的警察——二十四岁的埃里克·克莱格,他住在利物浦十八区拉米伊路43号。这个事件因此成为警察内部调查的对象,调查小组成员中包括约翰的朋友皮特·肖顿,他目前从培训学院毕业,隶属于英国刑事调查局。这个警察只是学习开车的新手,不应该单独一人开车上路。既然那个时期的警察在起诉同行的问题上都铁面无私,指控他危险驾车导致路人死亡,似乎极有可能。但是没有出现任何形式的刑事诉讼。四个月后展开死因审理,作为对整个事件的处理交代——不过,不同寻常的是,调查在陪审团面前进行,而且整个过程不对媒体公开。

克莱格说明自己开车的时候没有三心二意,而且在每小时30英里的限速地带,车速没有超过每小时28英里。奈杰尔·沃利是唯一的目击者,作证指出克莱格的车当时似乎正以不正常的速度行驶,而且在道路一段陡峭的拱面上转弯时似乎失了控,这时朱莉娅刚好从树篱中穿出来。虽说他是警司的儿子,他却感觉到法庭认为他年纪太小,不能把他的话当真。"法医似乎睁眼说瞎话,袒护这个害死朱莉娅的凶手。"朱莉娅回忆说。"事实相当明显,他开车速度太快了,不过你可以看出法庭真的有点像是男人的俱乐部。"这位年轻的警察被宣布无罪时,咪咪在愤怒中爆发了,挥舞着手杖威胁他。"我气疯了……那只猪……他要是落到我手里,肯定被我杀了。"

判决结果在《利物浦回声报》的另一则简短的新闻中作了报导:

撞车事件
判决利物浦女人意外致死

今日,利物浦对朱莉娅·列侬太太的死因进行了审理,陪审团做出了意外致死的判决。死者年纪44岁,家住利物浦布洛姆菲尔德路1号,于7月15日穿过梅洛弗大道时,被一辆汽车撞击后丧身。

法医(J. A. 布莱克伍德先生)告诉陪审团,一位目击证人陈述列侬太太踏进车道之前,似乎没有留意两边。接着她就看到了驶近的汽车,为了避开急冲了一下,谁知竟撞上了汽车。

朱莉娅的死使鲍比·迪金斯失魂落魄,心里充满负疚感,因为自己过去一喝醉酒便虐待她,如今痛哭流涕地发誓再也不沾酒了。即使过了这么多年,她的姐姐们也从来没有勉强自己喜欢或者接纳迪金斯；他们如今对他的观感更是落到谷底，因为——与他一开始向约翰发出那一声惊恐的叫喊相呼应——他竟然宣布自己一个人抚养不了与朱莉娅生养的两个年幼的女儿。姐妹之间相互帮扶的体系迅即启动，承担照顾十一岁的朱莉娅以及九岁的杰基的重任，就像十二年前照顾约翰一样。既然咪咪如今要做的事情太多了，就一致决定两个小姑娘和她们的梅特姨妈以及伯特姨父在爱丁堡生活。

为了缓和这个打击，大家告诉朱莉娅和杰基，她们的妈妈只是生病住院了，然后把她们打包送往爱丁堡，骗她们去和梅特及伯特一起度假。然而，没过多久，梅特就觉得自己咬下嚼不动的硬饼了；朱莉娅和杰基便被带回到伍尔顿，和哈里在"村舍"生活，此时还没有人告诉她们朱莉娅去世的事实。欺瞒好歹又辛苦维持了好几个星期，直到哈里的丈夫诺曼，再也忍受不了了，脱口而出一句，"你们的妈咪在天堂"。

没有了朱莉娅，迪金斯无法继续待在布洛姆菲尔德路1号，他搬到了伍尔顿郊区的一栋小一些的房子，并最终收获了一位女性新朋友以及一条狗。不过他和两个女儿一直保持联系，而且坚持支付哈里一笔不菲的抚养费。他还继续觉得对约翰要尽继父的义务，便给了他一把新房子的钥匙，鼓励他只要愿意就可以使用它。等迪金斯最终成为熊掌饭店接班的经理时，他为约翰在那里安排了一份暑期工作，并且保证他总能得到大份的小费。

《利物浦回声报》刊登的死因审查报导尽管疑点重重，但它至少给了朱莉娅恰当的姓氏。因为她与阿尔夫·列侬从来没有正式解除婚姻关系，正如咪咪从来没有得到正式批准，拥有对约翰的监护权。她在如此令人震惊的情况下丧身，本有指望可以使约翰和他长期消失的父亲再次建立联系，毕竟后者不管怎么说，还是他的法定监护人。可是家人即使想和阿尔夫取得联系，也束手无策。

自从离开商船，阿尔夫，照他自己浪漫的说法，成了"一位流浪绅士"，昔日那位整洁体面的社交厅男侍者，如今落魄成了半个无业游民，唯一的工作就是偶尔在旅馆和饭店的厨房里干粗活。正当他在一家名叫"索利哈尔谷仓"的饭店洗盘子时，他的哥哥锡德尼给他寄来一份《利物浦回声报》，上有报导朱莉娅死讯的简报。直到刚过了接下来的圣诞节，他才回到利物浦，之前几周他一直待在伦敦的一家救世军收容所，等待一条断腿康复。就是在这家收容所，一位利物浦的律师终于找到了他，并告诉他：作为朱莉娅法律上的第一直系亲属，他将继承她所有的小份遗产。阿尔夫适时回到北部，出现在这位律师的事务所，不过仅仅是为了放弃对朱莉娅为数不多的财产的继承权，并把它转让给约翰。可是，他却没有试图跟约翰见面或者交流,几天之后,他又踏上旅程消失不见了。他的逻辑是,咪咪这么多年对他进行了负面宣传,约翰只会把他看成是"囚犯"。

对于咪咪自身而言,打击远不止是失去妹妹和目睹约翰失去母亲。约翰既然逐渐步入成年,咪咪意识到她必须做好准备,应付他将不再需要她的时候。在她尽职尽责、自我牺牲的一生中,她第一次可以为自己着想——公开与迈克尔·菲什威克的关系。菲什威克获得了在新西兰从事三年研究的职位,咪咪母亲这边的家族当中碰巧有几个亲人移民到那里。乔治死后不久,那里的一位叔叔也去世了,留给她一份价值1万英镑的遗产。咪咪的计划没有向任何人透露,她打算跟随菲什威克,和他一起在她继承的那栋房子里生活。"要不是朱莉娅猝死,"菲什威克如今说,"她58年年底就已经离开了。"

现在世界上再也不会有什么东西,可以使她从约翰的身边离开。"我当时为(他)担心得要死。"她回忆说,"他会成为什么样的人……要是接下来轮到我走了,会有什么后果呢?"

尽管咪咪疑心重重,埃里克·克莱格警察却也并不是没有受到惩罚。他离职了一段时间,之后不久,退出了利物浦警察的行列,开始当起了邮递员。他后来分配到的运送路线之一途经艾勒顿的福斯林路,这真是可怕的巧合。约翰无数次下午坐在麦卡特尼家的起居室里,听到他家的邮包落在前门门垫上的声音,却压根儿想不到这位"邮递员先生"竟然是害死他母亲的凶手。

8. 嫉妒的家伙

我盲目愤怒了整整两年。
不是醉酒,就是打架。

五十年代后期的英国还没有我们今天如此倚重的各种救助手段,帮助大家应对个人的悲剧。既没有咨询师针对丧失亲人的不幸,帮助约翰学会接受他的损失;也不存在任何治疗师、互助协会、服务热线、知心阿姨、电视告白节目或者热线广播节目告诉他:最为私密的感情最好公开化处理,破碎的心灵只有坦露出来,才能更快地愈合。

1958年,所有社会阶层的英国人仍然遵循着维多利亚时期帝国的缔造者们坚忍刚毅的传统。流泪是只属于女人的特权,而且大多要在私下体面地进行;男人们则被期待无论如何不能流露任何感情。遭受不幸的家庭中,哪怕最亲密的家人之间,也鲜少互诉感情,更遑论会对陌生人表达。这种缄默不言的传统一直在北部最为根深蒂固,尤其是在北部那些长着女贞树篱、大厅为半木结构的地区。因此,朱莉娅的离世带来的震惊、痛苦、愤怒的情绪,才会通通淤积在约翰的心里,直到未来十多年后,才像怒吼咆哮的妖魔一样释放出来。

朱莉娅的四个姐姐当然都不会有流泪或者恸哭的表现,只有最为低调无声的迹象,才显示出她们的伤心。悲剧发生的第二天,她本应去石渡看望她的姐姐南妮。南妮期待她的来访,早早就把折叠躺椅搬到后花园摊开摆好。南妮给这把没有用上的椅子拍了张照片,并把它一直带在身边,直至自己1997年逝世。

从来没有人看到咪咪哭泣,不过南妮的儿子迈克尔·卡德瓦拉德,经常看到她的眼睛里饱含着无声的泪水。约翰会张开手臂抱住她说"别担心,咪咪……我爱你。"但是这样的时刻却从不会与外人分享。朱莉娅死后三天,迈克尔·菲什威克不得不回到他的英国皇家空军驻地报到,因而错过了葬礼,直到这年年末才回来。他虽然与咪咪关系亲密,咪咪却从来不和他提起7月15日发生的种种变故,她和约翰也从不在他面前谈论这些话题。在她痛苦万分的状态下,他们的私情再难维系下去;她和菲什威克心照不宣地回归到只是朋友的关系。他来访的次数越来越少,内心确认了一个事实,即,从今往后,咪咪的生命中将只有一个男人;他最终遇到了一位和他同龄的年轻女人,并于1960年与她成婚。

那些打小认识约翰的男孩子,同样都不知道该对他说什么才好。事故发生后,心烦意乱的沃利立即跑到皮特·肖顿家,皮特·肖顿第二天在伍尔顿遇见约翰时,也只能嘟囔一句"约翰,对你妈妈的事情很遗憾",便无话可说了。奈杰尔作为与朱莉娅对话的最后一个人,他将总会心怀驱之不散的内疚感。他觉得约翰怪他没有再多说几句话,也许就能在她去穿马路时把她耽搁下来。

事实上,却是一位大体上还没有经历考验的新朋友,最能对约翰的情况抱以同情。因为不到一年之前,保罗·麦卡特尼自己就失去了患乳癌离世的母亲。"我们都经历了这样的个人悲剧,因而在我们之间确实联结起一种友谊和理解的纽带。"他如今说。"我们在某种程度上能够谈论它,(而且)可以分享直到那时一直私密的想法……这些秘密的分享奠定了坚实的基础,使我们得以延续友谊,更加了解对方的性格……"他们甚至可以面对共同的窘境挤出一丝虚弱的微笑,当时他们碰巧遇到保罗的母亲玛丽的一位相识,对方刚好也认识朱莉娅,却不知道两人都不在人世了。这位相识先是失误地询问保罗母亲的近况,随后又转向约翰问了同样的问题。

他的多数艺术生同学直到学院秋季开学,朱莉娅去世两个月后才得知发生的不幸。"嗨,约翰,"一个不长脑子的女生在注册那天冲他喊道,"我听说你妈妈被汽车撞死了。"旁观者都觉得这个玩笑开得糟透了,谁知他竟然点头哼哼道,"是啊,没错。"唯一没有因为她的失言觉得受辱的人,反而似乎是约翰自己。"他没有过不去,"这个事件的目击者如今回忆说,"他没有任何表现,就好像有人说了一句'你昨天剪了头发'一样。"

他唯一不设防的对象是阿瑟·巴拉德,在这个前职业拳击手转为现任教授的身上,他似乎可以找到一些他挚爱的乔治姨父让人安心的影子。巴拉德将总会记得自己爬上学院的主楼梯,结果爬到一半,发现约翰红着双眼,悲惨地在窗户的大横档上四仰八叉地躺着。"我想他当时伏在阿瑟的肩头哭了。"写生模特琼·弗朗如今说。

他不能表达,更别提分享自己的感情,便转向在利物浦使用最多的方法——麻醉感情。大多数下午,他都和杰夫·默罕默德从叶克拉克跟跟跄跄地回到学院,醉得一塌糊涂,挖空心思地搞破坏恶作剧,无聊的程度变本加厉。有一天,阿瑟·巴拉德发现他正试图在电梯井里撒尿。他一直说话恶毒,即使对自己的朋友也不例外;而今,他觉察到他们的同情和困惑,话说得更加尖刻伤人不可预测了。"他拿我当实验品,"比尔·哈里如今说道,"可我就是从粗暴强悍的环境中摸爬滚打出来的,叫他滚他娘的蛋,就再也没有跟他发生任何摩擦。斯图·萨克利夫却不一样。约翰欣赏他的作品,私下里对待他却很恶劣。他会取笑斯图个头小……死死地揪住这点不放。斯图好像从来没有回过嘴。"

事实是斯图拥有超乎十八岁年龄的成熟和智慧。他意识到,要获得约翰的友谊,代价就是要忍受这些偶尔爆发的恶毒言辞;他觉得这个代价值得付出。"约翰逐渐对此产生了依赖,"斯图的妹妹波琳如今说,"他知道自己可以推搡斯图亚特,对方却永远不会被推开。"

斯图遇到的几乎每一个人结果都会成为他素描或者油画的素材,而他似乎觉得约翰作为素材,比大多数人更让人着迷。他们初次见面后不久,他就用铅笔画了一张素描,画面上约翰被一块看似噪音爵士乐手的搓衣板压蹲下——没有露脸,却仍然不容错辨。萨克利夫作了一幅油画,描绘学生在叶克拉克的群体百态,约翰在画面上占据前景的位置;只见他坐在一只酒吧高脚凳上,身上穿着一件棕褐色毛衣,脚上一双蓝色的(绒面革?)鞋子,手攥一品脱玻璃杯,双眼凝视着远处,沉浸在自己辛辣刺激的思绪中。

斯图对约翰逐步了解的经历,还促使他暂时抛开颜料和炭笔,转向了写作。1958年末,他开始动笔写一部小说,中心人物名叫约翰,显然取自生活的原型:"性格反复无常、无法捉摸、自私自利;同时却是……一位忠实的朋友。"这本小说似乎没有书名,而且斯图一丝不苟地用斜体手写了几百字后,就逐渐收尾了。存留下来的碎片读起来不像是小说,更像是对主人公的案例分析,以及叙述者与他见面九个月后降临到他头上的"一场可怕变故"。(正是斯图与真实的约翰初次会面大约九个月后,朱莉娅不幸遇害。)

即使是从不喜欢随便表扬人的姨妈,以后也会称斯图为约翰有过的最好最真诚的朋友。

他在学院的第一任固定女友通过海伦·安德森认识的塞尔玛·皮克尔斯,是一位魅力惊人的中级学生。塞尔玛和他一样都是典型的个人主义者,两人关系持续期间,经常冲突不断。"他有时会变得令人难以忍受。"她回忆说,"他从来不暴力……但他会说一些话伤害你。我现在觉得那是自卫,因为他有时会变得脆弱,(比如)当你谈起他的母亲的时候,他几乎会变得恍惚出神,异常安静。那是他的弱点……"她的舌头同样和约翰一般刺人,如果他胆敢试图把怒气和痛苦发泄到她身上,她就会毫不犹豫地反唇相讥。"不要仅仅因为你妈死了,"她有一次回敬道,"你就可以怪到我头上!"

塞尔玛所有可能的后继者中,辛西娅·鲍威尔似乎是最不可能的一个。她比约翰大一岁,戴着眼镜,不算有多漂亮,属于那种他戏称为"乖乖狗"的努力学习、循规蹈矩的类型。她在学院只是作为嘲弄的对象引起他的注意,因为她的洗礼名刚好和学校首席级长的名字相同,外加一个事实,即,她来自位于柴郡威勒尔半岛的霍伊莱克,据说那里是一处郊区堡垒,崇尚彬彬有礼、稳重端庄的风度。"别说黄色笑话了,辛西娅来了。"等她走近的时候,他会这样语带讥讽地告诫同伴,几乎每次都会让她的脸红到灰褐色的烫发发根。

她不在约翰的工作组,跟杰夫·默罕默德一个组,因此只有在上字体这样的几个通修课程时,才会和他同处一间教室。每周的"苦行"虽然可憎但却不可避免;他会无精打采地姗姗来迟,背后像游吟歌手似的背着一把吉他,然后不知怎么搞的,总会立即坐到她后面的座位上。他从来不带任何恰当的用具,因此不得不向她借仔细收好的铅笔和画笔,课后通常随身带走,也不再费事奉还了。

此时辛西娅的未来就像她桌上的材料一样,似乎被安排得井井有条。她有一个稳定的男朋友,名叫巴里,她打算先嫁给他,然后再追求自己选择的艺术老师的职业。她不需要物色任何新男友,尤其是那种行事激烈令人反感的家伙,与霍伊莱克崇尚的风格背道而驰。然而约翰对她却有一股强烈的吸引力,令她半生怯意。有几次,她注视着他坐在课桌上弹吉他,他平常苛刻嘲弄的脸孔换上了一副截然不同的表情,撩动了她的心弦。"脸色柔和下来……所有的挑衅都消失不见了。"她回忆说。"最后我终于理解了过去在他身上看到的一些东西。"

她的感情有一天在学院的报告厅变得明朗起来,当时她坐在和约翰隔着几个座位的位置,突然看到迷人的海伦·安德森开始抚摸他的头发。海伦和他之间倒没有什么,她只是叹息他那一头油腻腻的男阿飞的头发,催促他洗洗把它剪短了。尽管如此,辛西娅心里还是突然涌起一股失去理性的嫉妒情绪。

从那往后,她不再闪躲约翰的眼神,还开始主动吸引他的目光。她把头发留到齐肩的长度,做成放荡不羁的时尚波西米亚发型,然后脱下老式的羊毛衣和花呢裙子,换上白色的粗呢短上衣和黑色的天鹅绒宽松裤,学院里像塞尔玛·皮克尔斯这样的美女都青睐这身装扮。她还摘掉了眼镜,认为自己沦为约翰眼中的"书呆子"和"乖乖狗",它是罪魁祸首。既然她近视的程度非常严重,又买不起隐形眼镜——当时还是价格高昂的新鲜玩意儿——她的这一手段带来了问题:早上她要是不能及时认出艺术学院站,公车通常就会把她带出老远。

有一天她和约翰在一组学生中间,大家开始玩互测视力的游戏。辛西娅震惊地发现,他和自己一样近视,而且同样觉得戴眼镜难为情。他反过来发现,只在一年之前,辛西娅的父亲就死于肺癌,使她和现在的自己一样伤心绝望。这个害羞拘谨的霍伊莱克女孩,比周围所有视力清晰的人好多了,她了解他此时的感受。

1958年冬季学期结束,大家中午在一间教室举行聚会作为庆祝。唱机播放着音乐,在杰夫·默罕默德的怂恿下,约翰邀请辛西娅跳舞。辛西娅被他如此意外的举动弄懵了,脱口便说自己和霍伊莱克的一个人订婚了。"我没叫你他妈的嫁给我,不是吗?"约翰生气地冲了一句。聚会过后,大家到叶克拉克喝酒续摊,约翰把通常饮食节制的辛西娅说动了加入酒会。结果他们两人却单独待在斯图·萨克利夫和罗德·默里位于珀西街的公寓,消磨了整个下午的剩余时光。

他们的同学——至少是女同学——都毫不怀疑是谁捡了大便宜。"辛西娅和约翰很般配。"安·梅森如今说。"她可以得到她想要的任何人。她有一双可爱的眼睛,以及一身最美丽的透白皮肤。而且,她还是你遇到过的最甜美友好的人。"

她确实与那些迄今为止占据约翰生活的女性大不相同,她们往往非常有主见,说话尖刻伤人。而她呢,却柔顺、温和、文静(私下里却常会有阵阵情绪崩溃的倾向)。她还抱有男性至上的想法,五十年代后期许多年轻女人都有此观念,这可以为她们在艺伎馆里无条件地赢得一席之地。她在所有的事情上都遵从约翰,从不发问或者分辩,对他"泛滥"(她后来这样形容)的性要求,总是有求必应。正常情况下,他也许会很快厌倦这样一个情侣,然而,他当时处于朱莉娅死后带来的孤独心境中,辛西娅满足了他内心未诉诸于口的最深层次的需求。"我想(她)给了他一种母爱似的东西。"前女友塞尔玛·皮克尔斯如今说。"她太温暖随和了。她是那种任何人都足以自豪地当作母亲的人物。"

两人开始约会,约会的方式既反映了他们郊区出生的背景,又体现了他们放荡不羁的学生生活。既然两人都还住在家里,就没有地方供他们独处,除非斯图和罗德·默里都不着痕迹地从珀西街的公寓里溜走。他们的幽会因此大体仅限于看电影,或者成小时地坐在一家咖啡馆里,双手越过泡沫点点的玻璃杯交握在一起。在约翰的坚持下,辛西娅每晚都在城里尽可能地待到最晚的时候,然后搭上从莱姆街开往霍伊莱克的最后一班火车,身陷醉汉和流氓的包围之中,"(整整)煎熬了一生中最漫长的二十分钟",接着再独身一人穿过黑暗的街道赶回家。

他无论要什么,她都会毫不吝啬地给他。她拿出每天8先令(40便士)的生活费,供他喝咖啡、吃炸鱼加炸薯条、抽卡普斯登纯正香烟、买替换的吉他琴弦。每当他自己不想费心完成——或者开始——学院布置的作品时,她就会为他代劳;而只要他要求她的关注,她就会将自己的作业放在一边。为了取悦他,她还把自己的整个外表彻底颠覆:头发染成金黄色,穿上紧身裙,套上配有吊袜带的渔网袜,希望能够肖似他的终极梦想情人碧姬·巴铎。她穿着这一身行头,站在他们平常的约会地点——刘易斯百货商店外面——等待约翰时,心里总会打鼓,担心被人误以为是妓女。

坐公车的时候,他总会坐到一位谢顶的老人后面,动作轻柔地挠他头顶上松软的头发,每次受害者扭过头来,他早就缩回手,脸上装出一副无辜的茫然表情。辛西娅总被逗得直乐,这时他又看到人类某个比秃顶更值得同情的病痛——一位盲人乞丐或者智障儿童——便立即开始了似乎无情的夸张模仿:哈腰弓背,表情冻结成痴傻的呆视,两手倒置成爪状,将辛西娅的笑声扼杀在喉中。"约翰迫切希望吓到并且恶心到别人,这种时候总能吓到我。"她会回忆说。"当然如果他的伙伴在身边,他就模仿明星了。"

这层明显的无情外衣下,却隐藏着对疾病和痛苦的真正恐惧,这一点在一天下午表现出来;当时两人单独一起待在珀西街斯图·萨克利夫的卧房兼工作室里,突然辛西娅胃疼得厉害,倒在地上。约翰概念中温柔的关爱,就是把她赶紧送到莱姆街,送她上了火车,让她独身一人回家。诊断结果是阑尾阵痛,他不敢一个人去医院看她,便带上乔治·哈里森给自己打气。辛西娅苦等了数日,渴望和他独处,此时忍不住泪流满面,难得耍了一次脾气。两人之间的爱情还很新鲜,约翰把一头雾水的乔治匆匆推出病房,然后勤勤恳恳地给她做补偿才离开了。

随着"约会期"进入下一个阶段"稳定期",该是约翰把辛西娅介绍给咪咪的时候了。伍尔顿和霍伊莱克拥有极其相似的精神内涵,辛西娅所属的阶层也明显优于艺术学校的其他女生,他只管满心期待着得到全心全意的认同。当然了,辛西娅在门迪普斯受到的欢迎看似非常热情——照常体现在咪咪风格的丰盛下午茶上,不仅有鸡蛋加炸薯条,还有高高耸起的面包加黄油,摆设在晨间起居室的那张折叠桌上。不幸的是,那只好客倒茶的手却同样在辛西娅的身上贴上标签,她以后不管说什么或者做什么,都改变不了这个标签。在她身上,咪咪看到了争夺约翰感情的对手:她年纪如此轻轻,竟然就会不择手段,一心一意要把约翰永远拐走。

辛西娅守寡的母亲莉莲和咪咪截然相反:她是一个身材娇小、精力旺盛的女人,隔很长时间才打扫一次霍伊莱克的家里,大部分时间都花在当地的拍卖场上,购买二手家具和小摆设。如今她的两个儿子都长大成人离家生活,她的全部心神便都集中到辛西娅的身上,与咪咪对待约翰如出一辙;而且对什么样的年轻人适合辛西娅,什么样的不适合,她有清楚的认识。辛西娅第一次把约翰带回家喝茶时,非常担心妈妈可能把他和之前的来客——那么合格、那么有霍伊莱克味道的巴里——形成鲜明的对比。不过,约翰表现得彬彬有礼毕恭毕敬,只要他愿意,他就能做出样子来,情形要比辛西娅胆敢预期的要好多了。

根据稳定时期的规则,下一步就是让莉莲和咪咪见面。咪咪接受了去鲍威尔家喝茶的邀请,照例穿着外衣戴着帽子和手套,整洁体面地出现了。一段时间内一切进行得很顺当。接着,她的唐突劲一上来,开始向莉莲抱怨辛西娅分散了约翰艺术学习的经历。莉莲自然要袒护辛西娅,眨眼之间一场激烈的争吵在两个女人之间爆发。约翰有家庭纷争的恐惧症——无疑是他从小见过的所有景象留下的后遗症——干脆跳起来飞快逃出屋子。辛西娅找到他时,他正蹲在街尾,而且她后来说,"泪流满面"。

这点逆境的出现,使他们的关系步入辛西娅毫无准备的一个阶段。约翰变得对她着了迷,有时候在整封情书上写满了爱情的宣言,哀叹他们午夜要在莱姆街火车站分手告别,最后她终于同意甩掉身为霍伊莱克人的最后顾虑,和他一起在城里过夜。事有凑巧,斯图·萨克利夫和罗德·默里在珀西街9号的女房东,把整个一楼租给一位新房客,这位房客反过来把一楼宽大的后房间转租给罗德,导致罗德和斯图二楼的工作室兼公寓越发常被约翰和辛西娅利用,当作庇护所。她会对妈妈说,自己和学院的朋友菲利斯·麦肯齐待在一起,约翰则会告诉咪咪,表演的时刻太晚,结束后他就到"采石工"的一位成员家里过夜。

辛西娅对约翰只是一味地奉献,他却变得越来越有占有欲和不安全感。她只需以最随意友好的态度对另一个男生露出笑脸,就能让他陷入痛苦的幻想中,猜测这可能就是某种秘密的暗号,表示私情正在或者即将进行。他在学院举行的一次舞会上揍了一位同学,只因他邀请她跳舞。他们坐在一起的时候,他会紧紧地抓住她的一只手,似乎生怕她也许任何时候都会飞走似的。辛西娅后来说,他经常表现出神经崩溃的症状——约翰自己后来也同意这个诊断。"我要求她(值得)绝对的信任,因为我自己就不值得信任。我是个神经质,把所有的沮丧情绪都发泄到她的身上。"

在这个时期,任何类型的男人——尤其是北部的男人——如果一旦觉得必要,就会通过身体虐待的方式,使"他的女人"变乖,这在当时仍被视作相当正常的现象。"我少年时期看到的所有电影中,男人都打女人,"约翰回忆说,"场面暴力,理所当然,打她们的耳光,粗暴地对待她们,汉弗莱·鲍嘉特以及所有的那些胡言乱语……"辛西娅在1977年出版的自传《扭曲的列侬》中,没有提及受过他的身体虐待。大约二十年后,在BBC的一部纪录片中,她讲述了一件事情:有一天晚上,她没有和约翰碰面,而是和菲利斯·麦肯齐去了城外的一家俱乐部,之后搭上刚认识的两个男孩提供的便车回家。第二天在学院,她向约翰提起了这个无辜的插曲。菲利斯接着描述发现她一个人哭得好不悲惨,只因刚刚"挨了他一耳光"。

辛西娅在2005年出版的第二本自传中,叙述了另一则更为严酷的故事。一天晚上,在一个聚会上,有人告诉约翰她正在和斯图·萨克利夫跳舞,他"立马发疯了"。他们一看到他脸上的表情就停了下来,辛西娅急忙过去安抚他。然而,第二天他一直跟踪她来到学院地下室的女厕所。等她出来时,他重重地甩了她一个耳光,致使她的头撞到了墙上的一根暖气管道上;约翰随后一言不发地径自走开。结果她和他陷入冷战,分开了长达三个月的时间,最后约翰主动说服她重新接纳自己。根据这段刷新历史的描述,他之后也再没有对她施加身体暴力。

1959年夏天,学院举行多门功课的考试,中级学生必须通过才能升入他们选择的专业学习。约翰过去尽管在考试覆盖的几乎所有领域都表现得不尽如人意,但还是成功地低空飞过。好心人也罢,不安好心的人也罢,都集中力量帮他弥补过去五个学期欠下的种种不足。斯图·萨克利夫给他开了一个绘画基础技能的速成班,牺牲每晚的时间在一间空教室给他补习,而辛西娅则坐在相邻的课桌边耐心地等待。

除了参加考试,他还必须用油画或者素描提交课程作业。"问题是,他的作品数量不够。"安·梅森如今回忆说。"有一天,我正在和阿瑟·巴拉德清点我的作品,突然看到约翰站在那里,瞧着有点郁闷。于是,我便主动送给他我的一些素描画,考试的时候可以用得上。我纳闷自己会不会遭到他的毒舌攻击,谁知他只说了一句:'哦,好……太好了!'"辛西娅和塞尔玛·皮克尔斯以后也会双双回忆起给他的代表作选集做过类似的贡献。

学院刚刚组建了一个商业设计系,博学的比尔·哈里要进入该系学习。在巴拉德看来,它似乎显然是培养约翰漫画和讽刺才能的场所。但是,鉴于约翰制造麻烦的名声,系主任罗伊·夏普拒绝接受他。巴拉德气得暴跳如雷,回敬说夏普最好"去礼拜日学校教书"。

学院唯一的选择就是把约翰纳入绘画学院,和斯图·萨克利夫做伴,暗中希望在接下来的两年里,斯图的才能、热情以及奉献精神,也许证明具有某种传染的力量。

1958年3月,埃尔维斯·普雷斯利应征加入美国军队,他那一头波浪般炫目的漆黑头发被刨得露出头皮,蓝色的绒面革皮鞋换成了结实耐穿的靴子,不可复制的名字沦为仅有的一个编号,而他那炫耀胯部的冒犯动作则被背部僵硬的敬礼军姿取代。

"猫王"是摇滚几乎尚未建立起的万神殿里最大的损失,但绝不是唯一的损失。1959年2月,巴迪·霍利搭乘的包机在飞往美国冰雪覆盖的中西部时突然坠机,导致机毁人亡,使成千名英国男孩——包括约翰在内——痛失一位连他说话的声音都没有听过的朋友,他们同时还纳闷接下来该从谁那里学习如何演奏摇滚音乐呢。然而,就在他离世之前,霍利显然也决定走出摇滚;他最后录制的都是很有思想内涵的情歌,他的伴奏乐队"蟋蟀"组合也被弦乐团取代。

那些从天上劈下闪电、轰响雷鸣的神祇曾经从方方面面,都显得是那么不可摧毁,如今却似乎纷纷跌入尘世之中。小理查德在1957年的一次澳大利亚之行中,看到苏联的人造地球卫星划过夜空的闪亮轨迹,以为那是来自上帝对他的召唤,便把一枚价值不菲的钻石戒指扔进悉尼海港,象征性地作为表示,之后便放弃演唱"天哪,莫莉小姐",开始接受培训准备传教。杰里·李·刘易斯被赶出了英国,因为被曝光与自己十三岁的表妹迈拉·盖尔结婚,犯了重婚罪。查克·贝里则遭到逮捕,被一位未成年的女服务员指控道德败坏,他将最终为此度过两年的牢狱时光。

然而,在英国,摇滚却没有遭受如此令人晕眩的败落。诸如比尔·黑利、吉尼·文森特、埃迪·科克伦以及艾弗利兄弟二重唱的艺人,虽然在自己的祖国已经成了明日黄花,却继续在英国——以及整个欧洲——发行唱片开演唱会,并在这些地方受到一如既往的热烈欢迎。正当摇滚的美国范本土气大失时,英国的摇滚乐坛如今却羽翼渐丰,力量和信心也与日俱增。

特别是英国的一个城市,忘我地坚持让摇滚的火焰燃烧不灭。在利物浦,几十个昔日寒酸破烂的噪音爵士乐组合,摇身变成摇滚乐团,乐团的名字既体现了完全的美国崇拜,又糅合了本土的幽默和文字游戏:卡尔·特里和巡洋舰乐队、德利和高年级生乐队(对美国的文字游戏)、"卡斯和卡萨诺瓦"乐队、"雷里风暴"乐队、"超级泰勒和多米诺"乐队、格里和带头人乐队、"轮廓"组合、蓝鸟四人组合、蓝色基因组合。其中好几个组合已远非仅仅对巴迪·霍利的模仿,他们拥有钢琴和萨克斯管,就像小理查德和拉里·("骨感默洛尼")·威廉姆斯身后的"摇滚乐团"一样。

在这一对组合的底层,地位低得甚至没有几个人知道他们的存在,活动着约翰·列侬以及"采石工"。尽管保罗的到来带来了一系列形象的打造,事实上大家都怀疑他们能否撑到 1959 年。1 月 1 日,他们重登威尔逊大厅的舞台,为加斯顿公车库的社交俱乐部延期举行的圣诞聚会演出。预约人是乔治·哈里森当公车司机的父亲,他在业余时间当俱乐部娱乐活动的秘书和主持人。乔治·哈里森还说服了附近一家名叫"亭子"的电影院的经理顺路过来看看他们的表演,希望能给他们带来更多的演出机会。

"一开始,一切都进展顺利,"鼓手科林·汉顿回忆说,"我们甚至还被分配了一间化妆室,供我们排练和调音。演出效果非常棒——所有的公车司机和卖票的(售票员)真的都喜欢我们。我们第一场演出后,他们试图拉上舞台幕布,谁知机械装置却出了故障,幕布合不起来。约翰为此向观众开了个玩笑,逗得大家哄堂大笑,我们于是额外表演了一首歌曲,拖延时间让他们处理故障。我们走下舞台时,也对自己的表现十分满意,有人还对我们说'在酒吧里为你们几个小鬼每人准备了一品脱酒',结果我们不止喝了一品脱,所以到了第二场演出,除了乔治,我们所有人都醉得一塌糊涂——演出得糟糕透顶。"

事后,啤酒加上失败的影响,不可避免地导致他们在回家的公车上大吵了一顿。科林作为年纪稍长的工作人士,不喜欢让人听来不快的戏谑,当保罗用约翰"抽筋似的说话方式"——"这厮一过"等等之类开始乱开玩笑时,科林忍不住发怒了。他们激烈地发生口角后,他跳起来提前一站式早地拉铃,把他的鼓一股脑儿全从公车拾掇走,再也没有现身参加另一场演出。

约翰因此只剩下保罗和乔治这两个学生伴奏——放在当今,自是无与伦比的组合,可是远在英国摇滚的冰河世纪,这是彻头彻尾的灾难。因为如果没有鼓手,三个原声吉他手不管是多么水平低下还是足智多谋,都不能指望作为现场演出的组合被严肃对待。没有低音踏板、小军鼓以及手鼓的节拍打基础,他们的歌曲不能算作合格的摇滚,而只是一种升级版的噪音爵士乐或者民谣,要想在利物浦普遍喧嚣的大厅内被人听到,还必须厮杀一番。他们对此装作若无其事的样子,作为无打击乐器的三人组合,接近几位承办者寻求表演机会,却从每一位的口中都收到同样一句唐突的询问:"你们的节奏呢?"约翰总会回答说"节奏在吉他里",希望能让他们满意,谁知这往往成了一个信号,暗示全城的大门随之会被"啪"的一声用力甩上。

只有一扇门微微敞开一条缝,通向约翰原以为会是一座固若金汤的堡垒,里面充斥着反对摇滚的偏见。斯图·萨克利夫和比尔·哈里都是艺术学院学生会文艺部的成员,他们以绝对优势声势夺人地压下传统爵士乐狂热爱好者,为"采石工"争取到偶尔为学院舞会演出的预约机会。在斯图和比尔的推动下,文艺部还表决拨给资金买一个扩音器,表面上是给所有来院演出的艺人使用,实际上却是为了让约翰、保罗、乔治额外增加他们吉他节奏的听觉效果。

学院只提供偶尔的演出机会,演出费少得可以忽略不计,至少约翰没怎么当回事,把它当公开排练一样。有一天,海伦·安德森不得不把自己身上的一件缆索织法的亮黄色毛衣脱下给他,因为他嫌麻烦,没有为那天晚上的演出换上一套舞台服装。作为交换,他把自己的采石河岸的练习本给了她,上面有细心编排索引的漫画,诸如"近视眼约翰·温普尔·列侬""臭子史密斯"等等之类。

"采石工"的日子变得异常缓慢难熬,乔治·哈里森开始出现在其他小规模的组合中,尤其是一个名叫"莱斯·斯图尔特四重奏"的组合,它定期在低地咖啡馆演出,当它接到邀请到一家名叫"城堡"的俱乐部——不久将在利物浦西德比郊区开张——常驻演出时,乔治的倒戈看似终成定局。俱乐部的主人是一个名叫莫娜·贝斯特的女人,长着一双黑色的眼睛,别具魅力,她的丈夫约翰尼多年来一直是利物浦拳击运动的主要承办人。一开始,俱乐部没有被当作正经的生意经营,只是作为一个聚会的地点,供贝斯特太太的儿子罗里和皮特与他们的朋友相聚,地点设在他们位于海曼格林格局凌乱的维多利亚式房子的地下室。就在开张之夜的前夕,即8月28日,"四重奏"组合发生激烈的争执,随即破裂瓦解,贝斯特太太问乔治是否认识可以替代他们的乐手。他推荐了自己、约翰和保罗。

"城堡"的开业演出上,约翰终于淘汰掉他那把朱红色的佳乐通冠军吉他("保证不会断裂"),那是他母亲两年前为他购置的。八月,他说服咪咪为他添购了一把霍夫纳 Club 40 半固体吉他(即兼做原声和电子吉他两用),它拥有浅黄褐色的剖面体型、黑色的琴声护板以及一组醒目的旋钮,用以调控音质和音量。他们一起前去白教堂的赫西乐器行花了——对她来说——17英镑的天价,买下了它;这段经历将化为咪咪的神圣记忆,毕竟她为约翰买来了第一把吉他。事实上,17英镑还只是定金而已:Club 40 的零售价是28英镑7先令,分期付款的费用(约翰可能会面临)则加至30英镑9先令。

约翰、保罗和乔治每周六晚上在"城堡"演出,一直持续了七周,仍然打着"采石工"的名号作宣传,并新添了第四位吉他手肯·布朗,他是解散的莱斯·

斯图尔特四重奏的一名成员。俱乐部马上证明大受欢迎,吸引了大批的来客,贝斯特太太一个人在供应零食和软饮料的吧台后面忙得团团转,只得再雇一位门卫帮忙。西德比的周报刊登了一则报导,标题为《"城堡"(原文如此)对当地青少年的新意义》,附登一张约翰首次出现在媒体上的照片,照片上约翰正弹着那把 Club 40 的新吉他演出:他穿着白色的裤子,把剖面的吉他搁在一只膝盖上,显然以能够弹出音品板最顶上的音符为荣。

周六晚上固定的来客中,有一位多萝西(多特)·罗恩,她是一位来自查尔德沃的十六岁女孩,个头娇小,约翰逐渐习惯叫她"泡沫儿",虽然她的头发一点儿都不卷。多特第一眼见到他,就为他"粗犷的"外表倾倒,不过得知他已经有了一位稳定的女朋友后,便同意另与保罗·麦卡特尼约会。她虽然极其娇小可爱,性情却比辛西娅·鲍威尔还要温驯,毫无异议地服从保罗指定的规则,这些规则与约翰强加给辛西娅的如出一辙——绝对的崇拜、忠诚、随叫随到,并且要不断修正外貌和服装,竭尽可能看上去像是碧姬·巴铎。"大家总是以为保罗才是有魅力的那个人,不过约翰却更富有同情心,"她如今回忆说,"每当我和保罗吵架,约翰将常会叫他对我好点儿。"

莫娜·贝斯特的俱乐部也可充当俄尼·卜莱登笔下的秘密老巢,在这令人愉快的杂糅中,"采石工"似乎找到了一个理想的家园。贝斯特太太把他们当做自己的家人,经常邀请他们上楼在格局凌乱的房子里喝几杯茶或者吃饭,房子里堆满了异国风情的纪念品,作为她在印度长大的纪念。他们还和她的小儿子皮特相处得特别好,他是一个英气逼人的十八岁小伙子,他那矜持的仪态,清爽的发型,惹得大家拿他和电影明星杰夫·钱德勒作对比。

接着,10月10日这个周六晚上,一切突然变味了。"采石工"的第四位新成员肯·布朗患了重感冒,但却仍尽责前来报到。贝斯特太太以家长的姿态作出决定,说他身体不好,不能参加演出,并把他送上楼和她的老母亲在暖和的房间里待着。但是,晚上打烊的时候,她还要付给他"采石工"每人分的 3 英镑报酬。约翰、保罗以及乔治都表示不满:布朗既然没有参演,就不应该获得报酬;贝斯特太太却坚持要给,气得三个人甩门而出。

不论约翰可能如何宣传节奏"在吉他里",一个事实却明白得很:他的组合如果要想继续在艺术学院的地下室以外的任何场合演出,就必须找到一个鼓手替代科林·汉顿。这个任务却看来毫无实现的希望。周遭所有的优秀鼓手都已经在声名鹊起的组合中舒服安顿下来了,这些组合包括"卡斯和卡萨诺瓦"乐队、"雷里风暴"乐队;在这些组合中,鼓手们的个性以及打击乐器的表演才能,往往证明和歌手一样具有强烈的吸引力。"卡斯诺瓦"拥有家居装饰用品商约翰·哈钦森,又名约翰尼·哈奇,是有名的剽悍人物,传闻不管敲打的是鼓面还是人的下巴,都照样下狠手。"风暴"拥有里奇·斯塔基,他是一个眼神忧郁的男孩,来自最不太平的丁格尔区域,喜欢把手指装点得亮闪闪的,为此他给自己取了一个艺名,叫林戈·斯塔尔。

约翰、保罗、乔治也许在音乐上什么都不是,可是当卡罗尔·刘易斯又一轮"全国明星大搜索"竞赛的预赛在利物浦帝国剧院举行时,他们却有无所顾忌的勇气报名参加,与利物浦最为出色、拥有鼓手阵容的组合一决雌雄。为了掩盖鼓手问题,他们以三重唱组合的身份登台亮相,约翰站在中间,没有拿吉他,两手分别搭在保罗和乔治的肩上。这个主意如果奏效,是因为保罗和乔治分别用左手和右手弹奏,吉他的琴颈对称地指向相反的方向;同时又相当冒险,因为年轻男性之间的身体接触,不管在台上还是台下,都是禁忌。

他们还需要为卡罗尔·刘易斯带来点特别的东西,这个考虑导致他们最终废弃了那个被用得疲惫不堪的噪音爵士乐的古怪老名字"采石工"。比赛前几天,约翰和保罗绞尽脑汁,想要找到新名字,念起来既有美国抑扬顿挫的腔调,又还没被其他某个全国或者地方的组合采用。他们最后决定借鉴当前在美国走红的器乐表演组合约翰尼和风暴组合,以及摇滚奠基之父艾伦"月狗"·弗里德。等他们登上帝国舞台进行首轮预演时,叫出的名号是"约翰尼和月狗"乐队。

他们表演了巴迪·霍利的两首歌曲《好好想想》和《大声对我说》,轻松进入了地区半决赛,决赛将于11月15日在曼彻斯特的剧院举行。约翰先前跟卡罗尔·刘易斯打过交道,获胜者将在演出结束的终场角逐出来,每位竞赛者获得的掌声显示在刘易斯的掌声测量仪上。然而,倒霉的是,这个高潮在曼彻斯特上演的时刻比在利物浦迟得多。"约翰尼和月狗"乐队一贫如洗,住不起旅馆过夜,只得在终场之前离开,赶最末班次的公车和火车回家。三个人都觉得自己被骗了,失望难受至极,只有约翰积极表达了他对能够留下的竞赛者的憎恨之情。"那天晚上,"保罗如今回忆说,"(对手组合)哪个家伙的吉他被顺手牵羊了。"

既然没有找到鼓手的希望,想要加强节拍,比较容易、稍微便宜的做法就是增加一把电子贝斯,这种吉他如今在默西塞德郡的乐队演奏台上普遍使用。电子贝斯的琴颈上装有音品,相对容易弹奏,约翰就没有必要让另一个外人闯进来,直接可以邀请他在艺术学院的一个朋友,和保罗、乔治以及他自己形成一个四人组合。有一天深夜,大家又在珀西街进行即兴讨论,他把贝斯手的位置向斯图·萨克利夫和罗德·默里同时敞开——谁第一个搞到必备的乐器,谁就上位。

罗德开始着手打造自己的乐器,使用学院木工系的设备修出它的琴身和琴颈。他还在纳闷怎么给它上弦通电呢,就发现自己被赶下台来。

每隔两年,利物浦足球赌博的巨头约翰·莫尔斯出资,赞助利物浦著名的沃克艺术展览馆举办一次展览;邀请当地的绘画和雕塑人士提交作品。为了 1959 年 11 月约翰·莫尔斯赞助的这次展览,斯图打算奉上自己的一幅超大尺寸的抽象画作,画作由两块 8 英尺长 4 英尺宽的画板组成。在罗德·默里的帮助下,他把完成的第一快画板送往展品收集地点,之后在叶克拉克碰到约翰跟其他人,一打岔就不知怎么搞的没再抽出时间送去第二块了。评委们压根没有意识到自己看的是只有半幅的原作,把它纳入仅仅一小撮当地提交的作品中,悬挂在沃克展出。大人物约翰·莫尔斯十分喜欢斯图的技巧,出了 65 英镑的高价买下了唯一的一块画板。

这笔意外之财使斯图可以挥霍一把,买下一把夺人眼球的霍夫纳 President 贝斯,填补上约翰组合里的空缺。约翰安慰他,说他不久就会弹奏贝斯了,理由是他不用学"和弦和基础",只需要在四根而非六根琴弦上练习简单重复的手法。对手"轮廓"组合里有一位与他们交好的贝斯手,同意教授他基本技巧。

斯图的学院导师和他的几位朋友,都觉得他做了一个灾难性的错误选择。没有人会比比尔·哈里更支持约翰的音乐了——这一点终有一天将会得到证明。然而,他却感到迷惑不解,甚至感到失望:这样一个在视觉艺术上水平高超的能人,竟然愿意从摇滚的底层从头学起。"图像是比音乐更吸引斯图的东西。"哈里如今说,"他喜欢蕴含在其中的浪漫。另一个事实是,约翰想要他加入组合,而他只是无法对约翰说不。"

9. "紫薇花"下

我从来不叫——重申一遍,从来不叫——约翰尼·西尔弗。

就在圣诞节前,珀西街长期饱受折磨的房东普兰特太太,突击检查了自己的财产状况,结果被自己的发现吓懵了。地下室里贮藏的一批古董家具,原本准备重新修复,如今却被劈开用作柴火取暖,供以前的"采石工"在这里练习或者约翰和辛西娅在此过夜。斯图·萨克利夫工作室里的亚当壁炉则被拆除,制造一种现代露天火炉的效果,壁炉却从此不见了。("我们把零件丢得全城都是,"罗德·默里如今承认道,"就像是抛尸一样……")如此全面破坏公物的行为让普兰特太太气炸了,她给楼里的每位房客下达了搬离的通知。

一月初,罗德和斯图找到了新住所,位于希拉里大厦3号,名叫甘比亚排屋,它是一栋美观的乔治时代风格的大楼,从中可以眺望到还未建成的英国国教大教堂。为了分享二楼这所宽敞的公寓,他们招揽来其他三位学院的朋友:玛格丽特·莫里斯(大家都叫迪兹)、玛格丽特·达克斯伯里(大家都叫杜茨基)以及约翰。

他告诉咪咪姨妈搬出门迪普斯的决定,用的是一副典型的生硬口气。"他对我说,'咪咪,其他人都有自己的公寓……而且,我不喜欢你做的饭。'"她回忆说。"我在身边为他洗衣做饭,他就想当然地以为这些事情难不倒他。甚至还没等他走,我就知道他一个人应付不了。他连煤气灶怎么点火都不知道,还谈煮一罐豆子呢。他对我说他会吃'中国菜'过活。我心里暗想,'咱们走着瞧,约翰·列侬,咱们走着瞧。'"

公寓由三间卧室兼起居室、一间厨房、一间浴室构成,浴室里装有一台打火式的戈瑟热水器,有人要是试图打火,就会突然发出一声"嗡噗!"的威胁声。罗德作为租约的签约人,选择了前面最好的地盘,正对大教堂的美景,又装饰以精美的铁栏杆;约翰和斯图则住进后面一间谷仓似的房间。

对约翰而言,甘比亚排屋的公寓发挥两个同等重要的作用。它提供了一个场所,供他、保罗、乔治与他们的新贝斯手兼他的新室友一起排练。它还使他可以和辛西娅不受约束地一起过夜,虽然条件甚至要比珀西街更加粗陋凑合。他和斯图共住的房间同时也是其他房客的公共艺术工作室,所以里面总是到处扔着破烂的画架、挤了半条的颜料管、空瓶子、盗用的交通指示牌、炸鱼加炸薯条的旧包装纸、香烟头。"地板脏死了,"辛西娅回忆说,"所有东西都落着灰尘。"早上戈瑟如果不配合,他们就只得冲冷水澡,等到了学院,一个个"看上去活像是烟囱清扫工似的"。

不久就被咪咪猜中了,约翰自力更生的热情消退了,他开始怀念起自己一直认为理所当然的家庭的种种好处来。"大概有三个星期我没有得到他的消息。接着,有一天晚上,他回来了,出现在门口,看上去很抱歉的样子。我对他说,'我正在煮晚饭,你想吃点吗?'他的自尊心太强,不肯承认自己饿了,或者忍受不了住在外面。那天晚上他又走了,不过大概一周后,他又出现了。这一次我正在做牛排馅饼,也没多事问他要不要吃点。这可把他惹毛了。他可以闻到食物的香味,却偏偏固执骄傲得要死(这真是典型的约翰),不肯泄露自己饿惨了或者犯了错误的事实。

"最后香味变得越来越浓郁,他再也受不了了,冲到我跟前直嚷嚷,'女人,我得让你知道,我快饿死了!'他把食物狼吞虎咽下去,然后自顾自地决定,天色晚了,他想待在自己的房间过夜。这就是他回来找我的方式,自始至终没有承认自己离家做错了。"从此以后,他定期回家,让咪咪帮他洗衣服,做饭给他胡吃海塞。可是,她即使做出最鲜美多汁的牛排馅饼,也不能诱惑他永远搬回来,离开甘比亚排屋、罗德、迪兹、杜茨基和斯图。

原本的如意算盘是斯图会在一周左右的时间内掌握贝斯的演奏,然后就正式上岗,成为约翰舞台上的另外一个兄弟。然而事与愿违,事情没有这么简单,斯图的小手无论碰上油画素描还是雕塑,都显得那么灵敏笃定,可是一旦遇上他那崭新闪亮的霍夫纳 President,就一点儿也展现不出同样的灵巧劲儿了。即使是摇滚最基本的铺垫指法,他学起来也吃力,操作起来则麻烦重重。进步这么缓慢,让他既生气又灰心,要不是约翰和他在他们甘比亚排屋后面的大房间里一坐几个小时,一遍又一遍地在自己的 Club 40 的低音琴弦上演示指法,他一定会全盘放弃的。就像斯图曾使约翰相信自己是艺术家一样,他现在同样决心要让斯图坚信自己是个音乐人,哪怕证据可能会指向反面。

他因此坚持要让斯图加上保罗、乔治以及自己登上舞台,哪怕斯图明显还是一个最低层的初学者。主要的目的是为了炫耀霍夫纳 President：正如乔治后来回忆的，"有个不会演奏的贝斯手，总比连个贝斯手没有强。"为了隐藏自己的尴尬，斯图会利用自己长得像詹姆斯·迪安的外在形象，戴上墨镜，站立时背朝观众，似乎不是不会弹奏，而是沉浸在与音品板进行的某种神秘交流中。

除了让斯图的演奏上档次，最紧急的任务便是为全新的阵容寻找一个名字。"约翰尼和月狗"乐队只是情急之下为卡罗尔·刘易斯即兴准备的产物，现在太容易让人回想到失去的机会和过早打道回府的火车。斯图建议别套用时髦的公式，取"某某和某某"的名字，而应另用一个普通的集体名词，最理想的是和巴迪·霍利的"蟋蟀"组合的名号一样轻松活泼、不加矫饰。顺着这条昆虫学的思路，他们想出了"甲壳虫"，不知道霍利最初就选择了这个名字。（与传闻完全不同，它与马龙·白兰度在《飞车党》中的甲壳虫摩托车族毫不相干，因为约翰的圈子里没人看过这部影片。）为了避免造成令人恶心的黑色爬虫的形象，约翰把它改成"比倒士"——倒不是这个时期"节奏"音乐的双关语，而是意指打败所有的比赛。

如果有什么事务要处理，斯图还兼任他们的经纪人，他在三月份起草了一份措辞郑重、没有夸大事实的预约申请，对方是一位未具名的承办人或者俱乐部经理。"您的职责即是向贵地的常客呈现娱乐表演，我谨请您屈尊关注'采'（被划去）'比倒士'。这是一群前程无量的年轻音乐人，能够演奏各种风格的音乐，最为青睐摇滚……"不过，他们的演出场合大部分仍然局限在微不足道的层次，都是学生舞会和联谊会，他们在大家眼中通常也只是"学院乐队"。1959 年初，斯图的绘画导师奥斯丁·戴维斯，让他们到他举办的一次聚会上演出，地点在他位于哈钦森街的公寓里。这次活动大概持续了两天时间，喧嚣嘈杂至极，戴维斯的妻子，即未来的小说家兼大英帝国女爵士贝里尔·班布里奇，只得带着他们两个年幼的孩子从这里撤出去。（后来，此事甚至还被引用，作为这对夫妻离异的理由之一。）

约翰和斯图除了在酒吧，一般还会出现在斯莱特街的一家小咖啡馆里，位于中国城的边缘地带，名叫"紫薇花"。一到晚上，它的地下室就变成了俱乐部，从周边的黑人和亚洲人社区吸引来大量的来客，他们既可以随着一支西印度钢鼓乐队的演奏跳舞，又可以随意消费掺了烈酒的软饮料，以及一种如果有名字仍被唤作印度大麻的玩意儿。"紫薇花"也是当地重量级的组合——"雷里风暴"乐队、"超级泰勒和多米诺"乐队、"卡斯和卡萨诺瓦"乐队——经常光顾的地方。他们晚上的环城演出结束后，便会在这里碰面。

对约翰来说,这些人几乎是神一般的存在;他们把头发吹成波浪形,穿着相配的意大利套装,拥有耀眼的吉他和令人羡慕无比的鼓手。每一个组合都卖力弹奏着美国摇滚曲目,在表演中融入属于利物浦的古怪和夸张的特色。阿飞"超级"泰勒是一个高大强壮的肉贩学徒,穿着格子呢短上衣,前额垂着一缕鬈发,综合了所罗门·伯克和"大波普"两者的形象。"卡斯",又名布赖恩·卡瑟,和他的三个伴奏一起,统一穿着披巾式衣领的燕尾服,里面配上芝加哥帮派风格的黑衬衫白领带,还把自带的横幅挂在身后的舞台上。迄今为止,最放得开的要属罗里·斯多姆,又名艾伦·考德威尔,他一头金发,皮肤晒得黝黑,一直梦想成为登山运动员却未能如愿;他在表演当中会沿着舞台的前面一侧爬上去,中间停都不停,一直到他摇摇欲坠地攀在距离观众头上40英尺或者更高的高度为止。即使如此,他也不独霸观众的视线,总会固定分给他的鼓手林戈·斯塔尔一段特别的单独表演,美其名曰为斯塔尔时光。

明星组合的步卒往往证明比他们的长官更容易接近。在"紫薇花",约翰偶然相逢了一段友谊,对方是"卡萨诺瓦"的贝斯手——十九岁的约翰·古斯塔夫森,又名约翰尼·古斯。古斯塔夫森不仅大方分享贝斯弹奏的秘诀,还心甘情愿地成了约翰的帮凶,乐于展示让人倒尽胃口的幽默。"我们在城里闲逛时,"他如今回忆说,"就会假装是两个老瘸子,相互搀扶着过马路。"有一天,他和约翰、斯图一起回到甘比亚排屋的公寓,听约翰演奏列侬-麦卡特尼的最新作品《909之后那一个》。

友好的约翰尼·古斯与"卡萨诺瓦"的剽悍鼓手约翰尼·哈奇形成了鲜明的对比;后者甚至恐吓他自己组合的成员,公然视那些同时是艺术生或者文法学校学生的音乐人为"一群装腔作势之徒"。"约翰总是很怵约翰尼·哈奇。"古斯塔夫森如今说道。但这阻止不了约翰下去到"紫薇花"的地下室,此时"卡斯和卡萨诺瓦"乐队正在准备演出,他便要求加入他们,演奏几首曲子。"他弹了杜安·埃迪的器乐曲《春杆》,"古斯塔夫森如今回忆说,"还有雷·查尔斯的《哈里路亚,我是如此地爱她》,吉他独奏段和歌唱部分一样出色。我们不得不激赏他的胆量。"

"紫薇花"的主人艾伦·威廉姆斯,是在利物浦八区屈指可数的比较富有传奇色彩的人物之一。他是矮小敦壮的威尔士人,头发拳曲,蓄着海盗式的黑胡子,之前当过挨家推销的推销员,也做过人工珠宝制造商,后来和他的中国老婆贝里尔一起,仅凭100英镑的资金,开张了他的咖啡馆。二十九岁的威廉姆斯对少年人的音乐没有什么特别的兴趣,他更喜欢威尔士赞美诗和三十年代的歌谣,他对这些歌曲的高音演绎颇具戏剧张力,名声传遍了从坎宁广场到上议院街的所有酒吧。然而,少年人的音乐散发出一股越发强烈、唾手可得的金钱气息,把他和地方上其他许多创业人士吸引过来。

艾伦·威廉姆斯熟悉约翰是艺术学院"一群游手好闲之徒"的队长,他们闲坐在"紫薇花",慢慢啜饮着相同的泡沫咖啡,或者吃着5便士的烤面包加果酱,成小时地谈论克尔凯廓尔或者查克·贝里。然而,一开始,他那创业人的目光投向了斯图·萨克利夫的艺术,而不是约翰的音乐。斯图最近的作品中有一系列生动的抽象壁画,和罗德·默里一起设计绘成,其中一幅如今装饰着叶克拉克当街的窗户,另一幅则挂在位于诺里斯格林的一个英国地方自卫队的大厅内。威廉姆斯委托这两位作画装饰"紫薇花"当街的窗户以及地下室俱乐部的墙壁。他们受伏都教的启发,为俱乐部的地下室创造出一种花哨浮艳的设计,然后把约翰和另一位偶尔来住的寓友罗德·琼斯拉拢进来,帮助他们完成绘制。

1960年,英国只有一位全国知名的流行音乐经纪人。他就是拉里·帕里斯,来自伦敦的一位年轻人,一开始在服装行业混迹,后来在他的推动下,打造出全国第一位青少年偶像汤米·斯蒂尔。自从押对斯蒂尔这个宝后,帕里斯就巡游全国挖掘长相英俊的年轻人,并把他们训练成摇滚歌手,为他们取的艺名富有美国特色,既显得聪明伶俐,又别具联想意义:马蒂·王尔德、文斯·伊戈、达菲·鲍尔、迪基·普莱德。在所谓的"拉里·帕里斯的马厩"中,最有出息的是比利·弗里,他和罗恩·威彻利一样,之前在利物浦的一只拖船上当舵面水手——当然了,这一段不光彩的经历总会被宣传人员低调处理。

帕里斯除了制造本土的青少年偶像,还是美国摇滚明星的主要引进者,介绍给永远忠诚于他们的英国选区的选民。新十年的第一个春天,他从国外带来吉尼·文森特和埃迪·科克伦,让他们和本土的表演者同台巡回演出,宣传造势成"英美最佳旋风演出"。文森特本人证明是个让人心生不安的人物,虽然年仅二十五岁,却像只黄鼠狼似的形销骨立,一只腿还因为一次近乎致命的摩托车事故装了支架。科克伦曾激发保罗演唱"二十飞行摇滚",如今看上去还是那么英俊健美星光四射,谁知道私底下正遭受着恐惧症最残酷的折磨。一年前,他的好哥们巴迪·霍利过世,对他打击至深,他现在相信自己同样注定有类似的英年早逝的结局。

"英美最佳旋风演出"三月中旬来到利物浦帝国剧院,逗留一周举行演出,结果观众爆满,个个欣喜若狂,其中包括约翰、辛西娅、保罗·麦卡特尼——以及艾伦·威廉姆斯。保罗将会永远记得幕布拉开时,埃迪·科克伦赫然现身在舞台上,背朝大家站立,正若无其事地用梳子梳理头发,女生们顿时爆发出疯狂的尖叫声。当尖叫声淹没了科克伦对他那把极薄的红色吉他的精湛演奏时,约翰大为光火。

演出之后,威廉姆斯找上拉里·帕里斯献计:利物浦人显然对吉尼·文森特和埃迪·科克伦的喜爱深厚无比,也许可以通过某种方式再次加以利用。威廉姆斯的宏大设想是帕里斯和自己联手搞一场活动,荟聚美国明星、帕里斯的其他艺人以及默西塞德郡本土最优秀的摇滚精英同台演出。帕里斯吞下了这个饵,同意把文森特和科克伦带回来再次演出,另外调来其他全国知名的组合前来助阵,如"子爵""尼禄""角斗士";而威廉姆斯则汇集当地吸引人群的组合,如"雷里风暴"组合和"卡斯和卡萨诺瓦"组合。此次演出仅限一晚,地点设在交易车站后面的市拳击馆,时间定于 5 月 3 日。

由于辛西娅和斯图双重敌对的吸引力,保罗·麦卡特尼近来觉得自己在约翰心目中"有点儿靠后站"了。不过,1960 年的复活节假期,他们得以好好重续一下感情。两人打包好几件衣服和他们的吉他,免费搭便车南下 3200 英里,投奔保罗的亲戚迈克和贝特·罗宾斯,他们如今在伯克郡的卡弗沙姆经营着一家名叫"狐狸和猎狗"的酒吧。他们花了一周时间在酒吧帮忙,像孩子一般天真无邪地睡在楼上房间里的一张床上。

他们不遗余力地收拾瓶子洗玻璃杯,报酬便是获得允许在回家之前,整个周末为"狐狸和猎狗"的顾客表演。迈克·罗宾斯观看了他们的排练,提了几点演出的建议——比如说,他们不应该按照编排直接就闯进"哗-爆噗-啊-噜啦",而应该通过一首器乐曲——莱斯·保罗和玛丽·福特的《世界在等待日出》过渡一下。他们坐在酒吧的吧椅上演出,自封了一个带有《傻瓜秀》色彩的名号"傻瓜双胞胎"。

埃迪·科克伦和吉尼·文森特如今到了英格兰西部,4 月 16 日周六晚上在布里斯托尔音乐厅演出,入场票再次倾售一空。两人趁三周后回利物浦之前,都打算短期回祖国美国一趟。布里斯托尔的演出结束后,他们立即赶去希思罗机场搭飞机,路上他们租来的汽车失了控,撞上了一根混凝土灯柱。科克伦、文森特、科克伦的女朋友、歌曲作者沙伦·希利,全都多处严重受伤,被赶紧送去巴思的医院。两天后,科克伦逝世了,使自己的预言——他"不久就会与巴迪见面"——成为现实。

艾伦·威廉姆斯听说了他和拉里·帕里斯的合作活动的两位主角遭遇如此不幸,原以为演出不得不取消了,这是完全可以理解的。帕里斯却坚持演出按计划照常于5月3日举行,还坚持认为住院治疗的吉尼·文森特届时身体状况恢复得完全可以参演。为了弥补科克伦的空缺,帕里斯从他伦敦的名单中额外挑选出几位艺人,而威廉姆斯则聚拢来更多当地的组合,其中包括"格里和带头人"乐队、"鲍勃·埃文斯和五先令"组合、"康诺特组合"。

披头士甚至都没有试图争取演出,他们知道因为缺少鼓手会被自动取消资格。他们只能站在观众里面眼巴巴地看着"雷里风暴"组合、"卡斯和卡萨诺瓦"组合、"格里和带头人"乐队轮番上阵,使出浑身解数,企图给拉里·帕里斯留下印象。有一张照片,拍摄下台边区挤得水泄不通的观众,其中捕捉到了站在靠前位置的约翰,他的脸有一半被一群歇斯底里的女生遮住。即使隔着50多英尺的距离,你也可以清楚看出他眼中闪烁的嫉妒和渴望的光彩。

尽管这次活动组织上有不足之处,却还是很快为艾伦·威廉姆斯赢得了巨大的声誉,成为了拉里·帕里斯驻默西塞德郡的大使。甚至连约翰也被唬住了,忘记了平时对自己音乐的独立性的坚持,恳求这位貌似是奇迹制造人士的帮忙。音乐会过后几天,他在"紫薇花"的厨房门口拦住威廉姆斯,期期艾艾地请求他为披头士"做点什么"。

当地众多能人在拳击馆表演,帕里斯却仅仅从中挑选出一位有潜力的选手,加盟他的旗下。他邀请约翰·古斯塔夫森——"卡斯和卡萨诺瓦"组合的贝斯手,长相英俊,带有危险的黑暗气质——和他一起回到伦敦接受培训,凭着自己不可模仿的风格出道成名。

对其他人,帕里斯提供的就不是成为精心培育的良种马的机会了,而是让他们沦为了什么活都干的役马。他当前迫切需要音乐人支撑他的独唱歌手们,在英国境内进行大规模的巡演,这是他们最有利可图的市场。他的马厩当中头号种子选手比利·弗里,即将露面在全国进行一系列的演出,却至今还没有组合给他伴奏。对帕里斯来说,与其费钱把伴奏队员从伦敦一路北上运过来,倒不如在北部和苏格兰地区雇用当地的伴唱人员参加演出,后者更为划算,是个颇有诱惑力的方案。

他因此指派艾伦·威廉姆斯召集在拳击馆表现最优秀的选手,以及其他有资格的候选人,举行一场大型的试演兼才艺比赛。冠军将获得陪同比利·弗里巡演的机会,而亚军则被分配给帕里斯旗下较为次要的歌手,诸如达菲·鲍尔、迪基·普莱德之类。帕里斯将亲自主持试演,他将于一周后回来,把弗里带来帮忙选拔。迫于约翰施加的压力,威廉姆斯同意忽略披头士第二组的排名,破格让他们参加了。不过,有一个至关重要的前提条件。拉里·帕里斯旗下的歌星绝不可能登台演出的时候,后面配合的伴奏队员把节奏藏在"吉他里"。他们只有不足一周的时间解决这个困扰了他们一年多的问题,为他们自己找到一位鼓手。

他们向出现在"紫薇花"的组合一阵疯狂打听,结果只出现了一丝微乎其微的可能性。他们从"卡斯和卡萨诺瓦"组合的歌手布赖恩·卡瑟那里打听到一个人,名叫汤米·穆尔,他偶尔会到"卡萨诺瓦"专属的俱乐部——位于戴尔街坦普尔饭店的上面——参加打鼓。原来穆尔是加斯顿瓶厂的一位叉车司机,个头矮小、举止紧张兮兮的,尽管年仅三十六岁,在他们看来却几乎是个退休老头儿了。他好的一面却具有压倒性的优势:他拥有一整套自己的打鼓设备,也能敲打出合用的摇滚节拍,尤其是,他没有一听到加入他们的想法就控制不住地哈哈大笑。汤米·穆尔在甘比亚排屋的约翰和斯图的房间里以最为简短的形式试演了之后,便加入了他们的行列。

他们要解决的第二个迫在眉睫的需要就是寻找一个新名字。"比倒士"无论从视觉还是从听觉上都没有真正可行过,还招来了那些每晚在利物浦将他们一网打尽的乐手们的不少嘲笑。约翰和斯图再次讨论商量后,决定把名字定为"银色甲壳虫":现在再也不像二十世纪二十年代某个侦探故事里出现的装饰性的甲壳虫那样,是到处乱爬的活物了。作为竞争对手的音乐人,他们的反应仍然是纷纷往下竖起了大拇指。特别是潮流意识强烈的布赖恩·卡瑟,督促他们紧随着大众接受的套路——比如,把"银色"这个词和约翰的名字结合起来,制造一种《金银岛》的效应:"长约翰和银器管理人"组合、"银币"组合、"约翰尼·西尔弗和八便士"组合。但是这些"甲壳虫"已经做了决定,不愿意有丝毫动摇。

试演于5月10日在"飞龙"社交俱乐部举行,该俱乐部位于希尔街,已经破败不堪,艾伦·威廉姆斯准备把它改成一家名为"蓝色天使"的高档夜总会。"银色甲壳虫"在这里与实力雄厚的老对手狭路相逢,他们的名号个顶个地时髦响亮:"雷里风暴"乐队(主打林戈·斯塔尔的"斯塔尔 时光")、"德利和高年级生"乐队、"卡斯和卡萨诺瓦"乐队。"银色甲壳虫"被挑中做比利·弗里后备的希望渺茫,但至少可以见到明星本尊,这就足够刺激了;他和拉里·帕里斯同坐在一张桌边,活像是学校音乐节的裁判。他在任何方面都和他的名字形成了鲜明的对比:他是来自韦弗特里区的一个羞涩懂礼的孩子,总是画着橙色的妆容,爱他的宠物乌龟胜过爱女孩儿,而且已经有了心脏病,这个病最终会在他四十一岁时夺去他的生命。为了给他出身利物浦的事实做必要的遮掩,他讲话隐约带些美国口音,不过撇去这一点不谈,他不拿架子,让人感觉清新自然;他对待"银色甲壳虫"就像对待其他人一样,认为他们是有潜力的伴奏人员,值得信赖;当约翰代表其他人紧张地走到他跟前时,他爽快地签了名。

美好的开端很快就转变成噩梦。"银色甲壳虫"的新鼓手汤米·穆尔去戴尔街"卡萨诺瓦"的俱乐部房间取几样散落在那里的设备,然后理应赶来"飞龙"与他们会合。等轮到他们表演了,汤米还没有现身。为了填补他的空缺,艾伦·威廉姆斯让"卡斯和卡萨诺瓦"乐队的约翰尼·哈奇加入充数,正是这个强悍吓人的家伙,一直口口声声诽谤约翰和他的组合是"一群装腔作势之徒",其实"什么也不是"。"约翰尼痛恨自己不得不加入他们演出,"约翰·古斯塔夫森如今回忆说,"他只是看在艾伦的面子上才勉而为之。"

当地的一位自由职业摄影师在一边摄下了他们明显搞砸这一重大时刻的情景,种种细节让人看着颇为难受。他们难得一次穿上了统一的服装——黑色衬衫、相配的牛仔裤(牛仔裤上有白色边沿的古怪贴袋)、廉价的意大利式双色鞋(在昏暗的光线下,帕里斯把它们误认为是"网球鞋")。约翰和保罗觉得,要想抓住这个大人物的眼球,分散他对阵容瑕疵的注意力,就得像埃尔维斯一样以最亢奋的状态活蹦乱跳。跟这两个行动一致的狂欢者形成痛苦对比的是,乔治显得非常不自在,几乎没有挪动一步,而斯图则和往常一样,为自己可怜的贝斯演奏水平感到羞愧,连抬头面向前方的勇气都没有。在这幅不协调的组合画面之后,坐着他们临时的鼓手约翰尼·哈奇,他穿着平常上街穿的一身行头,毫无激情地打鼓,敷衍了事地击打铙钹,充分表达了他的感情。

试演和预料的一样,将默西塞德郡的重量级选手分成三六九等。支持比利·弗里的好差事落到"卡斯和卡萨诺瓦"组合的头上,德利和高年级生乐队则受雇服务弗里的同门伙伴达菲·鲍尔。"银色甲壳虫"尽管表现黯淡无光,他们身上却有某种特质吸引了拉里·帕里斯。帕里斯手下碰巧另有一位歌手,名叫约翰尼·金特尔,他被预约在苏格兰作巡回演出,时间从5月20日至28日,帕里斯也要为他寻找伴奏的乐手。他把这个工作交给了"银色甲壳虫",并付给他们每人18英镑的报酬,令他们大感意外。

演出的日期正好是学院学期的期中,但他们当中任何人都绝对不可能拒绝这次机会。乔治目前已经离开了利物浦学院,当了一名电工学徒;和汤米·穆尔一样,他可以把这段时间当做休假。保罗理论上正在为A等级考试拼命突击学习,他说服爸爸:自己如果到苏格兰转上一段时间,可以让自己的大脑好好休息一下。斯图和约翰干脆从学院缺课一周,这个决定让斯图的老师们——以及他的妈妈米利耶——吓坏了,因为他马上就要进行期末考试了。约翰没有告诉咪咪巡回演出的事情,他非常清楚一旦说出将会招来多大的反对风暴。一周是他能够从她的雷达显示屏上消失的最长期限,在这个期限内她都不会疑心他正在做什么勾当。

他们都觉得,作为帕里斯的雇员,不管多么初级和临时,他们都应该遵循他的百试不爽的方法另取舞台名。于是,保罗变成了保罗·雷蒙,他觉得这个名字具有探戈舞蹈的性感特质;乔治则变成了卡尔·哈里森,以此向"蓝色绒面革皮鞋"的词曲作者卡尔·珀金斯致敬;斯图则成为了斯图·斯塔尔,追随俄国抽象画家尼古拉斯·斯塔尔。约翰则会在以后几年间,有些着恼的否认自己最终确实听从了卡斯的建议,把名字改得与《金银岛》中那位装着假肢的海上厨师同名同姓。"我从来没有——强调一下,从来没有——叫约翰尼·西尔弗,"十多年之后,他给音乐记者罗伊·卡尔的一封信中写道,"我一直比较喜欢我自己的名字……只有在一次场合,一个家伙(卡斯?)介绍我们时称呼我们是'长约翰和银器管理人'乐队……那时候大家都不喜欢'甲壳虫'这个名字!!事实上,对于这一点,我非常严肃……它真要把我烦死了!"可是,据保罗讲述,"他在整个苏格兰之行中都叫长约翰……而且他本人相当高兴成为长约翰。"

约翰尼·金特尔事实上同样来自利物浦,之前是一名商船船员,名叫约翰·埃斯丘,他是在给与自己共事的船员和乘客唱歌的过程中,首次发现自己拥有一副好嗓子(当然了,没有人想知道这些事情)。他现在二十四岁,照例像从帕里斯的模板拓出来似的,拥有硬朗的英俊外表以及高蓬的发型。他作为弗里和鲍尔之外风格更为柔和的选择,虽然得到了广泛的宣传,迄今为止却仍没有能登上英国的唱片榜。

他一直没有和自己新的伴奏组合见面,直到他们在阿洛厄下了火车才见到。他们只有半个小时的排练时间,之后就要赶到附近马西尔的市政厅一起登台演出。第一次的巡回演出效果非常糟糕,帕里斯在苏格兰的共同承办人邓肯·麦金农(之前是饲养家禽的农民)几乎要让"银色甲壳虫"搭上下一班列车打道回利物浦去。金特尔却喜欢他们,并成功说服麦金农:他们多多练习就会改进的。

任何关于这次摇滚之行耀眼瑰丽的幻想消失得无影无踪,速度快过苏格兰薄雾的消散。剩下来的六场演出的地点不是在像格拉斯哥或者爱丁堡这样的大城市,而是分散在东北海岸线上、深入高地地区的偏远城镇:因弗内斯、弗雷泽堡、基思、福里斯、奈恩,还有彼得黑德。演出场所不是在舞厅就是在市政大楼或者农用大厅,金特尔领衔表演,参演成员险些就是当地的歌手和组合。他和他的五个伴奏外加所有的设备,一齐挤在一辆小货车里旅行,货车司机是麦金农雇来的,名叫格里·斯科特。"我们在小厅堂演出时,根本没有观众,"乔治如今回忆说,"一直等到酒吧打烊清人了,才有四五个苏格兰小阿飞进来观看。"

金特尔作为明星下榻在旅馆里,而伴奏人员只能凑合着合住在房间里,落脚点要么是苏格兰高地丑陋的寄宿住房,要么是供应住宿和早餐的旅馆;那里的墙壁上都糊着宣传加尔文教义的纸张,用电供暖则用硬币收费表计量。幸亏他们从帕里斯拿到了最低底线的费用,才能够吃得上饭,不过也只能在最便宜的劳工聚集的小饭馆和卖炸鱼薯条的小吃店而已。相比之下,约翰在他伯特姨父的农场(位于西部的德内斯)度过的寒冷却舒适的假期,就显得奢侈多了。

结果,甚至没有几个苏格兰男孩意识到,他们正在观看"长约翰"·列侬、保罗·雷蒙、卡尔·哈里森以及斯图·斯塔尔的演出——甚至连"银色甲壳虫"的名号也不知晓。媒体上打出的广告以及海报都干脆称呼他们是"约翰尼·金特尔和他的组合"。对于这个新名字,他们明显有些气愤不平:5月14日在莱索姆大厅的一次演唱会上,他们把名字缩减成"银色甲虫",而且据约翰尼·金特尔讲述,他们到达阿洛厄的时候,就已经重称自己是"甲壳虫"了。

万幸的是,这位明星是一位有过不少艰难经历的利物浦人,他在帕里斯的"马厩"里生活的时光没有让他变得有任何目中无人的倾向。约翰和保罗于是为了约翰尼全力以赴,认真地学习他演唱的里基·尼尔森的民谣曲目,同时还添加了埃尔维斯的几首更为轻快的歌曲,诸如"把我的戒指挂上你的脖子",试图为整体效果增光添彩。他则礼尚往来地尽自己所能,使他们看起来更像是一个服装统一的传统伴奏组合。"他们过来的时候没有任何一件像样的舞台服。"他如今回忆说。"乔治有一件黑色的衬衫,我也有一件,不过不再穿了。我就把它送给他们,之后我们还勉强凑足钱另买了一件,这样他们站在前面的三个人至少会大体上看起来一致。"

他们乘货车穿过苏格兰高地的旅途中,约翰打头询问金特尔当青春偶像过着什么样的生活,以及成为偶像的最快捷径。"他对什么事情都好奇……比利是什么样的人啊……马蒂是什么样的人啊……他和其他人应不应该闯进伦敦,努力被人发掘啊……他们会住在哪里呢?他正在各地巡演,当时就意识到这个问题。有一次在一个地方演出之后,一些女孩子围上来要我签名,把他和其他人挤到了一边,约翰大叫一声'约翰尼,总有一天会轮到我们的'。"

这期间他们不得不忍受不便和枯燥的漫长时光,这就额外助长了约翰挖苦的毒舌以及辱骂的冲动,一旦人性的弱点或者脆弱之处显现出来,他就毫不放过必要批评一顿。组合当中年纪稍长的鼓手汤米·穆尔,经常就成了列侬风格的恶作剧的对象——这些恶作剧往往显得残忍而且无聊,借此取乐的观众有时只有他自己而已。晚上等汤米躺到床上,约翰就会轻轻地打开他的房门,用一条毛巾套住他的床柱,然后一点一点地把床慢慢拉向房门。他对引诱汤米上钩这件事情乐此不疲,但汤米跟斯图·萨克利夫比起来,受开涮的程度还算是轻的。斯图站在舞台上时,脖子上挎着一把旭日形状的磨盘似的霍夫纳 President,这副尊容好像剥夺了斯图任何可以引起约翰敬佩甚至喜欢他的特质。其他人从约翰那里得到暗示,一个个都来嘲笑斯图的演奏水平和外在形象,还总是确保让他坐在火车最不舒服的位置上——后车轮上面的金属横档上。"我们的态度非常恶劣。"约翰以后会这样承认道。"我们会给他下命令,说他不能和我们坐在一起或者一起吃饭。我们会叫他走开,他就真的走开了。"

在因弗内斯,明星和他的组合难得一次在同一个地方过夜,住宿的房间还有一个额外的好处,可以欣赏到水上的美景。正是在这里,他们发现比利·弗里不是帕里斯旗下唯一一个自己写歌(这是一个鲜为人知的领域)的歌手。金特尔也已经模仿巴迪·霍利写了几首歌,他便利用这次修整的工夫,完成一首歌名为《我刚刚坠落下来》的半成品民谣。约翰在一边旁听并作了评点,说他有的部分写得不错,还提出歌曲的间奏——开头几句歌词之后转到副歌的部分——听起来不大得劲。他说自己另外想好了一个间奏,欢迎金特尔把它放进歌曲里面。

> 我们知道自己会挺过来
> 就等着瞧吧
> 就像歌曲告诉我们的那样
> 生命最美好的事物都是免费啊。

《我刚刚坠落下来》这首歌虽然永远不会登上排行榜,但等在它前面的命运还是颇为体面的。一年后,制作人约翰·巴里挑中它,作为英国当时最为成功的流行音乐歌星亚当·菲斯的专辑曲目。1962 年,金特尔自己把它录制成 B 面歌曲,收入自己的新名字达伦·扬的名下。那段简短的间奏小调——为此约翰既没有得到称赞也没有得到报酬——代表着约翰·列侬当时为止首次被专业录制的歌词和音乐。颇具讽刺意味的是,这两个版本都由"帕洛风"唱片公司发行,该家唱片公司不久将会像喷泉一样向外喷涌他的热门歌曲。

从因弗内斯去弗雷泽堡的路上,货车司机格里·斯科特觉得宿醉难受,便叫约翰尼·金特尔代开一段时间。在一个让人犯迷糊的交叉路口,金特尔转错了方向,和一辆驶近的轿车迎头撞上。撞击力使睡着的约翰从货车后面一下子被甩到前面来,连带使堆积起来的舞台设备一股脑儿全部向汤米·穆尔撞去,冲击力大得让他的两颗门牙都松动了。首先到达撞车事发地点的是附近一户人家的一对少女；她们认出了金特尔，便充分利用机会向他和他的五个表情恍惚的同伴索要签名。

幸好警察没有介入进来，不过汤米·穆尔因为脑震荡不得不被开车送往医院。他尽管身心严重受创，但绝不能以此为借口，逃脱担当自己在舞台上至关重要的角色。他还在急诊室接受治疗呢，约翰就在演出承办人的陪同下出现了，他们两个人几乎是挟持着他离开去履行职责。他服下了许多片止疼药，头上包扎着绷带上场，对那天晚上的演出只留下混沌不清的记忆。

此后，一切迅速走下滑坡。伴奏成员现在已经花完了拉里·帕里斯给他们的少得可怜的生活费，而且又看不到任何收到第二笔费用——他们本以为帕里斯会通过艾伦·威廉姆斯给他们寄过来——的迹象。巡回演出的最后几天，他们沦落成了半个乞丐，吃饭不付钱就从咖啡馆里匆忙逃出来，睡觉的地点也转到了货车里。约翰尼·金特尔倒不用受这些罪，不过他心肠好，主动提出代表他们给帕里斯打电话催要未付的款子。金特尔劝说的语气显得不够强烈，便被约翰一把夺去了听筒。"他不肯让步。说的话类似'我们在这里他妈的一毛钱都没有了。连撒泡尿的罐子都没有。拉里，我们需要钱！'"金特尔如今回忆说。"不管怎样，似乎奏效了，威廉姆斯真的给他们多寄来几英镑。"斯图的母亲也出了一份力，她帮他们付了回程的火车票的费用。

如果说苏格兰之行几乎没有改善"银色甲壳虫"的经济状况（汤米的女朋友只要一想到他要是把相同的时间花在加斯顿瓶厂里，该多挣多少钱时，就吓得心惊肉跳），它至少使他们再回到利物浦时，踏上的起点水平得到了重要的提升。约翰尼·金特尔在拉里·帕里斯面前为他们大说好话，称自己会非常高兴再次与他们合作巡回演出，并催着帕里斯把他们列入永久联络的名单。但是帕里斯手上有许多像迪基·普莱德这样的独唱歌手，他们即是所谓的"动乱祸首"，有酗酒、吸毒、偷汽车的倾向。帕里斯可不想冒着风险，把这样让人头疼的家伙增加五个。

不管怎样，"银色甲壳虫"如今有了一个管理人兼经纪人，即艾伦·威廉姆斯——虽然他会一直把这份职责看作是一个负担而不是美差。威廉姆斯开始以宽松的方式处理他们在默西塞德郡的预约事宜，就像对待他们曾经的偶像"雷里风暴"乐队以及"德利和高年级生"乐队一样。在此期间，他们还得到了在"紫薇花"的地下室替补驻唱的机会，每周一亮相登场，之前西印度钢鼓乐队刚刚结束了一晚的演出。

六月初,大学举办的一个艺术节请来了著名的年轻诗人罗伊斯顿·埃利斯,他打算在利物浦只作短暂逗留。十九岁的埃利斯是一位名副其实的垮掉派诗人,他想出了一个前所未有的尝试:将阳春白雪的诗歌朗诵出口,配合以通俗肤浅的——或者更确切地说,毫无品位的——现场摇滚乐。他是除了约翰·贝杰曼之外,唯一定期出现在电视黄金时段的英国诗人,他将朗诵他的作品,给他伴奏的人员中有克里夫·理查德的影子乐队,以及齐柏林飞艇乐队未来的吉他手吉米·佩奇。

埃利斯在利物浦大学演出之后,慕名来到了"紫薇花",在那里他偶然和"一个外表性感的男孩儿"交谈起来,这个男孩儿原来名叫乔治·哈里森。那天晚上晚些时候,乔治把他领到甘比亚排屋和约翰以及斯图见面。一伙人打得火热,结果他们央起埃利斯,劝他干脆不去莱姆街赶火车,就睡在地板上的一条毯子上过夜。在他逗留的期间,他向新朋友们展示了一种有用的玩意儿,能够帮助他们这些搞音乐和艺术的人惯常熬通宵时保持清醒。它是一种普通的鼻部吸入器,每家药店的柜台上都有销售,这种吸入器里面有纱布条,上面浸润有苯丙胺。你只要弄开塑料管子,然后把里面的纱布条送到嘴里咀嚼,就能像服下任何价格昂贵的兴奋剂一样管用。"我还告诉他们,根据数字统计,四个人当中就有一个人是同性恋。"他如今回忆说。"听到这个,约翰的眼睛都睁圆了。"

埃利斯手里富裕得很,而且又热衷于烹调,因此在他逗留期间,甘比亚排屋的饮食得到了巨大的改善。他在厨艺上最野心勃勃的作品——蘑菇鸡肉派——不幸在老旧的煤气炉里放置太长时间了,结果突然着了火,差点儿把整个厨房都烧着了。他如今回忆道,约翰深深着迷于将摇滚音乐与诗歌结合起来的想法,而且对一个人年纪轻轻竟然已经出版了一本诗集的事实深感敬畏。埃利斯回答说,自己真正的志向是为有利可图的大众市场写散文;正如他自己描述的,他想成为"一位平装书作家"。

为了给他的做客画上句号,他在"紫薇花"举办了一次诗歌朗诵会,背景音乐由约翰、保罗、乔治、斯图、汤米演奏。这次活动大获成功,埃利斯不禁怂恿他们抛开学院、学业,还有学校的种种义务,干脆直接去伦敦寻求成功,就像他自己三年前离开米德尔塞克斯郡的平纳一样。他如今宣称,自己的告别辞将会结束他们在"银色甲壳虫"与"比倒士"之间摇摆不定的状态,最终让双关语恰到好处地落实下来。他对约翰说,名字应该是披头士,既暗指垮掉派诗歌也指示节奏音乐。

也许再也没有哪个名号的版权比这个更遭到激烈的非议了。不过埃利斯待在甘比亚排屋与这个称呼最终无可转圜地确定下来,无疑纯属巧合。六月初带来了两个固定的水上预约演出,地点都在柴郡,赞助人也都是莱斯·多德:一个在沃拉西里斯卡德的格罗夫纳舞厅,另一个设在威勒尔半岛的内斯顿学院。对于前者,沃拉西的报纸称呼他们是"银色甲壳虫",声称他们是"摇摆乐和摇滚乐的专家";几天后当地的一则新闻在报导他们在内斯顿的首场演出时,称他们是披头士。第二则报导里同时还列出了匿名:保罗·雷蒙、卡尔·哈里森以及斯图·斯塔尔,不过"他们的队长"的姓名却再次老实给出来了,就是约翰·列侬。

苏格兰之行让汤米觉得自己遭的罪超过了打鼓的设备,更不用提自己手头严重缺钱了;他还厌烦了约翰为攻击斯图不断精心编排的讽刺和毁谤,而且——作为一个勤勤恳恳的工人——被约翰惊世骇俗的人生观吓到。"列侬曾经对我说,他宁愿自杀,也不愿意找一份传统的工作干。'宁死不工作'——这是他的原话。他的女朋友辛西娅当时就坐在货车前面的座位上。"6月11日,汤米没有和他的伙伴们在"紫薇花"会齐,准备那天晚上在格罗夫纳舞厅登场亮相。他经不住来自他的女朋友的压力,决定回到加斯顿瓶厂,重操铲车上那份更有油水的旧业,所以他就成了唯一一位从"甲壳虫"退出的成员。

这个空缺暂时由一位名叫诺曼·查普曼的人代替,他的专职工作是给图片装框,业余时间是一位颇有才艺的鼓手,有一天晚上深夜时分,他一个人在"紫薇花"附近的一栋写字楼练习打鼓,碰巧被他们听到了。查普曼证明愿意加入他们的团队,并且完全胜任这个角色,不过他只能抽出时间在格罗夫纳演出三场——其中包括和约翰尼·金特尔同台即兴演出——之后他就偷偷消失了,成了服兵役的最后一批受害人中的一员。披头士再次没戏唱了。

既然外界没有赞助商愿意预定他们,默西河边那个炎热的仲夏里,他们拥有的几乎唯一一份工作就是在艾伦·威廉姆斯的一直不断壮大的娱乐帝国里。威廉姆斯最近在金伯利街开了一家脱衣舞夜总会,就在上议院街附近,取了一个冠冕堂皇的名字,叫新卡巴莱艺术家俱乐部,合伙人是一位来自西印度的卡利普索音乐家,大家都叫他伍德拜先生。整个七月披头士几乎没有什么演出机会,他们就在这里每天下午登台一次,给一位名叫珍妮丝的脱衣舞女当伴奏乐团,鼓手的位置由保罗·麦卡特尼担当。它色情的程度远没有约翰在学院上的写生课那么重,特别是珍妮丝希望她的乐手演奏活页乐谱上适宜的抒情歌曲,例如《吉普赛火舞》。

这月中旬,艾伦·威廉姆斯在叶克拉克喝酒,无意中和几个外地来的记者闲聊起来。他们自称来自《帝国新闻》,这是英国最无聊的低档周日报纸,他们正为一则专题报导做调研,内容是关于大学生如何凭借国家助学金获得成功的事迹。威廉姆斯于是滔滔不绝地渲染利物浦的艺术生是如何如何的贫困(对于自己乘机雇用他们当油漆匠和脱衣舞夜总会乐手的事实,则略过不提)。他接着把这些记者领到约翰和斯图的甘比亚排屋的公寓,介绍他们认识里面的房客,并全程陪伴他们进行采访拍照。

不过,威廉姆斯却被误导了。这些人不是《帝国新闻》的记者,而是来自同一个东家的另外一家拥有庞大发行量、热衷丑闻的报纸《人民报》。这篇报导也不是关于学生助学金,而是探究美国的披头族运动在英国年轻一代中不断增长的影响。在美国,大家认为披头族最坏也就是有些搞笑罢了,因为他们爱好民乐,总戴着角质框架眼镜,还孜孜不倦地阅读加缪和萨特的书籍。在英国——或者,至少对英国的小报而言——他们已经取代了男阿飞和女阿飞,成了少年犯的代名词。

《披头族恐怖来袭》赫然登载在7月24日周日版的《人民报》上,整整占用了两个版面。这则据称是全国性的调查详尽地列出了"这个不入流的风潮"的种种让人难受的细节,此风潮据说(没有任何证据显示)已经使美国成千位年轻人"吸毒贩毒,堕落成纵欲之徒……以及彻头彻尾的流氓痞子。"报导还细致入微地描写了位于"利物浦中心地带腐朽中的甘比亚排屋"里的一间三室的公寓,作为范例说明"这些受到良好教育的年轻人周遭令人不敢置信的脏乱景况"。附带的照片里有几位里面的房客,拍摄的地点说是在起居室,实际上却是约翰和斯图的卧室。所有脏乱的细节都被列举下来,从几张断胳膊断腿的扶手椅到铺满食物残骸的桌子,再到垃圾遍布的地板,一处也没有漏掉,"地上的垃圾五花八门,有报纸、牛奶瓶、啤酒瓶、烈酒瓶,还有几块橘子皮,几根颜料管,以及若干块巴黎水泥和石膏"。

照片上显示的几个人当中,只能凭借明显的黑色胡须辨认出艾伦·威廉姆斯来——他的几位记者朋友努力为他澄清,说他只是一个访客,偶然来到垮了的一代的"地狱""听听爵士乐"。提到名字的房客只有罗德·默里和罗德·琼斯。七月中旬是假期,约翰也许甚至都不在那里住了,而是回到门迪普斯享受家里的种种舒适之处以及牛排馅饼去了。这是媒体第一次把探照灯打进他的生活中来,他却彻底与之失之交臂了。

1960年8月以前,约翰、保罗、乔治、斯图对于汉堡的了解可以轻轻松松地写在一张邮票的背面。他们隐约知道它是当时西德即德意志联邦共和国北部的一个港口城市,它的名字经常出现在停泊在默西河边的船只的船尾上。他们更模糊地知道它是欧洲大陆上唯一一个在性事的大胆方面甚至赶超巴黎的城市。几年来，利物浦的船员们带回来一个又一个骇人听闻的故事，故事发生的地点就是它的红灯区绳索街，据说那里女人裸露风行的程度达到英国未曾想像过的水平，而夜总会也据说上演几乎令人难以想像的节目，道具用到鞭子、泥巴、活蛇，甚至还有驴子。莱姆街的妓女相形之下简直就像是老处女了。

不像伦敦的苏活区或者纽约的第42街，绳索街过去没有在发展性爱的同时培育出音乐来。不过到了五十年代末，主要多亏驻扎在西德的美国军人（其中当然包括埃尔维斯·普雷斯利），摇滚文化甚至连这里也渗透进来。一家名叫布鲁诺·柯希迈德的俱乐部主人为了吸引更年轻的顾客，偶然灵光一现，想到在自己的场子里呈献现场表演的节奏音乐组合，而不仅仅和他的对手们一样靠一只点唱机支撑。因为无论是西德、比利时，还是法国的乐手都还表演不出现场必备的乐音，柯希迈德别无选择，只能从英国招募乐团。经过一番辗转的事件，过程需要独立支出一章加以说明，最后他把乐团招募的地点确定在利物浦，而艾伦·威廉姆斯则成了他的主要供应商。

威廉姆斯进口给柯希迈德先生和绳索街的第一个组合是非常专业并多才多艺的"德利和高年级生"乐队。他们在柯希迈德的"蓝色酒吧"俱乐部证明确实魅力四射，导致柯希迈德再次发出热情洋溢的邀请，要求引进更多同样的组合。威廉姆斯决定把这次演出机会让给披头士，压根不理会来自高年级生乐队的抗议，他们一致认为这样一个"劣质的组合"会把其他所有人的场子搞砸。

这个预约时间长达六周，8月16日正式开始；它不像约翰尼·金特尔的巡演，可以排进其他必须承担的事务间隙之中，而是要求他们所有人放弃各自不同却都体面的人生道路，作为全职的音乐人过岌岌可危的生活。他们将会跑到几百英里之外的一个陌生城市里，为一个素未谋面的雇主打工，那里的国民在屈指可数的若干年前，曾费尽心思地要把他们的国家炸成废墟。尽管如此，对于威廉姆斯的提议，大家都立刻给出了响亮的肯定答复。

对于欣赏斯图·萨克利夫艺术才能的人而言，这个决定简直就是抽风。他刚刚被授予了国家艺术设计学位，专业是油画，并即将开始研究生教师培训课程的学习。他自己完全清楚赌注是什么，所以一开始拒绝了去汉堡演出的提议，可是约翰接着宣布：他不去，披头士也不会去，他就不能让约翰失望了。

他的导师阿瑟·巴拉德震惊于这个简直无谓的牺牲，白白糟蹋了一个光明的前程，因而大生约翰和艾伦·威廉姆斯的气——后者犯了怂恿的罪过。不过，好在斯图当学生时表现得异常出类拔萃，学院表示愿意为他破例一次。他得到通知:只要他愿意,他可以在学年后期开始研究生阶段课程的学习。

保罗·麦卡特尼和乔治·哈里森同样拿他们大好的职业前景冒险,双方各自的家人和老师都这么告诫他们,却一点用也没有。保罗刚刚参加了A等级考试,他准备和斯图一样当一名教师,专业也许是英语。乔治在布莱克勒斯——位于利物浦市中心的一家百货公司——当电工学徒,这在当时实际上就保证了他一辈子的饭碗。

约翰是五个人当中唯一一个似乎没有什么可以失去的家伙。他无望从艺术学院获得任何有意义的资格证书,也不知道自己想要干什么样的工作。唯一要解决的障碍就只剩下他的咪咪姨妈。咪咪作为监护人——尽管法律上从来没有正式承认——有权反对整个行程。而且,毋庸置疑,她被初次告知这个消息时恐慌和困惑交杂的反应,与约翰预计的分毫不差。咪咪如今对摇滚的理解,仍然和四年前一样贫乏,当时她第一次把约翰赶到门迪普斯隔音良好的前门廊上练习;对她而言,它仍然只是一个爱好,不仅妨碍了他的学习,让他与任何可能最不入流的家伙和场所打交道,而且可想而知,永远不可能给他带来一个像样的生活。

现在,至少,约翰可以回答:它会给自己挣口饭吃的。披头士在汉堡每周的总报酬接近100英镑,虽然不可否认分摊到每人头上,每天只有2.5英镑,但与在利物浦少得可怜的报酬比起来,似乎还算是个天文数字。幸亏咪咪从来连绳索街听都没听说过,更别提那里进行的招牌活动了。她反对"汉巴"(她坚持这么叫它)的原因在于约翰会放弃学业,和从前轰炸利物浦的家伙们混在一起。最后她的决定是如果她不放他去,他会一跑了之,而且可能以后再也不会回来了,这也许是一个正确的判断。

和大多数二十世纪六十年代的英国青年一样,约翰从来没有出过国,甚至连护照都没有。为了申请一个,他不得不找出自己的出生证明,这份证明不知怎么搞的,从他出生后发生的那场激烈的夺爱战后就消失不见了。它在最后关头终于现身了——可是汉堡之行却不都是一帆风顺的。

披头士的新雇主柯希迈德先生显然希望他们有一个鼓手。在没人接替诺曼·查普曼的情况下,保罗同意固定担当这个角色,他把前几任留下来的零散部件临时拼凑成一套设备。问题是柯希迈德已经提出要求,希望来一个与"德利和高年级生"乐队一模一样的组合,即都是五人组合。要找第五个披头士,时间只剩下两周了。约翰一度甚至考虑叫罗伊斯顿·埃利斯加入,兼任诗人和主持人,好像他期待绳索街像某个认真专注的学生会似的。

8月6日,沃拉西的格罗夫纳舞厅附近的居民抱怨舞厅带来的噪音、酗酒以及暴力问题,终于使该舞厅关门歇业,因此使披头士失去了他们在默西塞德郡最后一个固定的演出机会。那天晚上他们没有其他事可干,结果都聚到了海曼格林的"城堡"咖啡俱乐部。

距离约翰、保罗以及乔治以"采石工"的身份在那里演出,因为15先令的报酬气呼呼地离开后,已经十个月过去了,在此期间这个不起眼的地下室俱乐部在莫娜·贝斯特活力充沛的管理下一天天壮大起来。更让人气短的是,曾经是"采石工"成员的肯·布朗(当初就因为他引发了那场针对15先令的激烈的争吵),后来又组建了一个名叫"金属警棍"的新组合,如今周末固定吸引来大批的顾客,受欢迎的程度甚至超过了"雷里风暴"组合。他们大获成功的主要因素在于贝斯特太太的那个散发忧郁气质的英俊儿子皮特,他在里面演奏一组簇新豪华的打鼓设备,那是疼爱他的妈妈买给他的,用真正的牛皮制成,表面涂上了一层淡蓝色的珍珠母清漆。

皮特·贝斯特和他的蓝色鼓具一举解决了披头士出发之前困扰他们的两大难题。"我们就逮住他,听他试演了一下。"约翰回忆说。"他可以让一个节拍持续足够长的时间,我们就录用他了。"

10. 做　秀

只要声音响亮,德国人就喜欢。

约翰出生时利物浦忍受的苦难,都连本带利地奉还给汉堡。1943年7月24日晚上,盟军组织的"千架轰炸机突袭计划",代号为"俄摩拉城行动",在希特勒所有的港口和工业重镇中这个最为举足轻重的城市上方,投下了重达2300吨的炸弹和燃烧弹,区区几小时之内释放出来的破坏力,远远超过1940年默西塞德郡长达数周遭受的灾难。四天之后,俄摩拉城的毁灭者们卷土重来,制造出一条以每小时150米的速度向前推进的火海,将这座城市内方圆8平方英里的面积烧成灰烬,吞噬了43000名平民的生命,这个数字超过了英国在整个大空袭中丧失的人命。

如今,战争结束仅仅十五年后,战争的疮疤还远远没有愈合,从英国那座遭受严重轰炸的城市里走出了几个年轻的幸存者,他们把音乐一路带给了德国另一座惨遭毁灭的城市里的年轻幸存者。此举虽小,却无意中促成和解,值得引起注意;它不仅将使利物浦和汉堡今后永远联系在一起,而且预示了这种与政治无关的年轻人的文化不久将会占领整个西方世界。尽管约翰从来没有这么想过,他却已经走上了他的首次和平宣传之旅。

艾伦·威廉姆斯主动提出亲自开车送他们去汉堡,一方面是为了尽可能地节约金钱,把布鲁诺·柯希迈德的新雇员运过去,另一方面也是因为他自己不管什么乐子,总想凑一凑。结果,1960年8月15日一大早,一行九个人挤进了停在"紫薇花"外面威廉姆斯的那辆破旧不堪、绿白两色的奥斯丁货车里。除了约翰、保罗、乔治、斯图,还有新鼓手皮特·贝斯特,这个威尔士人还带上了他的老婆贝里尔、舅子巴里·昌,外加他的生意合伙人,即西印度人伍德拜先生。他们中途在伦敦又捎上另一位乘客,他是一名德国服务生,名叫乔格·斯坦纳,同样受雇于柯希迈德。这辆货车不像现代的小型公共汽车,车内有成排的座位,而只是徒有一个金属外壳而已：后面的人没有位置坐，只能坐到堆起来的舞台设备和行李上。

旅程为时两天，中间充斥着各种问题，从某方面来讲，这些问题大概只有利物浦人才能够制造出来，同样也只有他们才具备足够的韧劲和幽默感忍受下来。他们到了哈里奇，要从那里穿过北海到达荷兰钩角，码头工人们一开始拒绝将这辆古里古怪的超载货车装载上船。根据威廉姆斯的描述，主要靠约翰出马才说服他们让步，他和他们轻易就打成一片，就好像他自己已经在码头边上混了一辈子似的。

在当时，打包出国旅游还正处于萌芽时期，大多数踏上欧洲大陆的英国人都会经历一场深重的文化冲击。如今，每个欧洲国家的人穿着相同的衣服，开着同样的车子，听着同样的音乐，吃着相同的快餐。可是，对十九岁的约翰而言，这一次出国处女行意味着进入一个完全陌生的环境，那里没有一个人或者一样东西看起来、听起来或者闻起来和家乡的一样，食物和厕所的设置完全出乎意料、面目可憎，饮用水也奇怪地采用瓶装，而不直接打开龙头即可。欧洲大陆的咖啡飘来的第一缕味道，消毒剂、下水道散发的第一股气味，以及烟草第一次传来的如甘草根一般刺鼻的气息，都让他们既感到新奇无比又心生胆怯。

威廉姆斯有忽略细节的老毛病，因此事先没有为他负责的几个孩子弄到工作许可证，他们要想在一家西德俱乐部待上六个星期，并想得到西德货币支付的工资，就需要这个证件才行。他吩咐他们，如果路上遇到检查，就假装自己是正在度假的学生。幸好，这个时期的边检并不严格，战时物品紧缺的状况还没有完全消失，情节最严重的违禁品不是毒品而是食物。保罗·麦卡特尼如今回忆说，他们不断遭受的检查就是看他们是否非法携带了咖啡。约翰拿出对付哈里奇的码头搬运工的一套，在检查站靠着自己的个人魅力外加厚脸皮，结果往往使这些检查人员都面露友好的微笑挥手送他们上路。

他也并不总是如一缕阳光一样温暖宜人。在荷兰，威廉姆斯出于一种爱国情怀坚持绕道去阿纳姆，那里是1944年盟军灾难性的"市场花园行动"执行空降的地点。在那里巴里·昌拍摄了一张将会出名的快照，里面有保罗、乔治、皮特、斯图、威廉姆斯、贝里尔以及伍德拜，他们围着匣子状的纪念碑站立，碑身上镌刻着的部分碑文带有预言的性质：他们的名字将永垂不朽。约翰却死也不肯离开货车。我们可以想像在荷兰朦胧不清的黎明晨光下发生的一幕：大边门向后滑开，一个蜷成一团、睡意正浓的家伙动都不想动，大家试图把他叫起来，却被他回敬以一连串臭骂。

他还抽出时间到商店行窃,发现荷兰这些毫无疑心的商店主人是继伍尔顿和利物浦8区的店家之后,容易得手的冤大头,容易的程度简直可以说是荒谬。他后来向皮特·贝斯特展示了赃物,里面有珠宝、手帕、吉他弦,还有一把口琴。若干年后,他早年生活的点点滴滴都被摊到上百万人眼皮底下加以审视,那把在一家荷兰乐器店被他不假思索收入囊中的口琴,将会使他的许多乐迷间接感受到内疚阵阵鞭笞的疼痛。最后,他们当中一组人决定把这件事情纠正过来。他们跑到阿纳姆地区,发现那家店还在营业,于是就郑重其事地为那把被偷走的乐器付了款,让店主完全摸不着头脑。

虽然性爱治疗这个说法还没有出现,汉堡的绳索街却是世界上最早从事性爱治疗的实例之一。这个思路——之后会像野火一样在整个欧洲熊熊燃烧起来,甚至还会进入英国——认为,对极端或者异常的性爱方式保持开放的态度,会是比讳莫如深更为健康的处理方式。它也是解决港口区域各种问题的途径,把那些一心想要寻欢作乐的水手聚拢到一个地方,用不受监管的色情表演尽量满足他们的感官享受,这样他们就不那么想溜到区域之外干强奸或者其他性侵犯的勾当了。绳索街隶属于圣保利区,地理位置优越,紧接在码头边上,又与汉堡迅速重建的市中心以及许多体面的郊区地带相距遥远。这个据称性欲开放的边缘地带实际上是市政厅辖属的一个地域,制定有保守得令人惊奇的规章制度加以管理,外有一组满腔热情的庞大的警察队伍加以监视。

8月16日当艾伦·威廉姆斯的货车终于驶进汉堡一路开进圣保利区时,暮色正逐渐降临,约翰、保罗、乔治、斯图、皮特初次领略了他们的新工作地点的风情。与利物浦晚上几乎伸手不见五指的漆黑截然不同的是,绳索街到处是一片夺人眼球的炫目景象。霓虹标志牌不断闪烁,发出金色、银色以及其他任何能让人心猿意马的彩虹色光芒;它们打出风骚的德文招牌——米勒、莫妮卡酒吧、曼波香吉、格莱特和阿尔丰斯、罗克西酒吧——更加衬托出即将上演的娱乐节目透出一股说不出的邪恶气息。时间还不晚,整个脱衣舞酒吧却已经人满为患——或者更准确地说,都是男人——而且呈献一种醉酒蹒跚、混乱无序的状态,肖似家乡的酒吧打烊时的情景。这些初来乍到的小伙儿们很快就会了解,在这里一天的时间根本算不了什么。

他们的新雇主布鲁诺·柯希迈德,很可能是直接从约翰更为异想天开的漫画人物里走出来的真人。他五十岁左右的年纪,个头很袖珍,却顶着一颗超大的脑袋,长着一张木偶似的脸孔,上面盖着一层精心打造的银色发型。多亏他在战争时期搞残了一条腿,走路时一瘸一拐的,因此立马获得资格,可以进入约翰数量众多的"瘸子"展览之列。

他们被领着参观了柯希迈德的"蓝色酒吧"俱乐部之后,才对他那奇怪的外貌大大改观。"蓝色酒吧"位于绳索街最为繁华耀眼的地带,它原是一个地方的仓库,里面人头攒动,与第一次世界大战的"德国皇帝威廉二世"没有什么明显的关联,内部装饰成海洋主题的风格,摆设有救生带、铜质的罗经柜、黏土捏制的管状细绳、造型肖似划艇的小间。直到此时这些新来者才得知,他们不会与"德利和高年级生"乐队在这里一起同台演出,之前他们受到误导一直以为会和他们一起。在附近的 Grosse Freiheit(伟大的自由地带),柯希迈德还经营着一家破旧不堪的脱衣舞俱乐部,名叫"因陀罗"。披头士的任务就是把"因陀罗"打造成一个格外吸引青少年的场所,就像德利他们一伙人成功改造"蓝色酒吧"一样。

更糟的情况等在后头,因为柯希迈德在合同里保证为他们提供住处,他便领他们到入住的地方。几条街外,他在保罗-罗森-施特拉斯拥有一家名为"斑比"的小电影院,放映的影片有色情片,夹杂着好莱坞老警匪片以及西部片。披头士的住处是一个肮脏不堪、没有窗户的房间,紧挨在电影银幕之后,用两只美其名曰的大柜子挡着,其实里面放着扫帚。唯一的卫浴设施就在隔壁,是电影院的厕所。"我们就被扔到这个猪圈里,"约翰回忆说,"我们就住在厕所里,就好像隔壁就是女厕所似的。我们很晚才睡,第二天被电影院影片的声音(和)隔壁德国老家伙撒尿的声音吵醒。"

柯希迈德为他们制定的工时最让他们大吃一惊。他们在利物浦登台的时间,绝对不会超过二十分钟。柯希迈德却希望他们在"因陀罗"每个工作日晚上做四小时三十分钟的表演,每一小时或者一个半小时为一个回合,中间只休息三次,每次三十分钟。轮到周六周日,表演时长延至六个小时。

这个五人组合第二天晚上,即 8 月 17 日晚,开始了他们的首场演出。他们统一穿着淡紫色的短上衣,服装是由保罗·麦卡特尼紧挨着的邻居为他们量身制作的。这次演出远没有达到人声沸腾的成功效果。少得不能再少的零星几个观众坐在上了深红油漆的桌边观看着,因为没有看到俱乐部平常的表演——一个名叫肯奇塔的脱衣舞女郎表演脱衣舞——大感惊讶。事实上,柯希迈德事先的宣传造成了观众对新节目的准确性质和目的产生了一些歧义,因为披头士这个词极容易与德语单词 peedle 发生混淆,后者亦指小男孩的小鸟儿。整个房间弥漫着一股坏掉的啤酒和葡萄酒的味道,此外,房间还蒙上了灰尘遍布的天鹅绒帷幕,使得扩音器本来就微弱的声音更加被捂住了,皮特·贝斯特觉得自己好像"藏在被单下面打鼓似的"。

五只"小鸟儿"还没从旅途的疲惫中恢复过来,又震慑于全新的环境,不禁怀疑自己是否能够与他们的新听众建立起联系。开始的几首歌,他们一动也不动地站着,面部表情僵硬,就好像几个抹上淡紫色的僵尸似的。他们沉闷的表现让柯希迈德大失所望,却苦于不能用英语营救,只得冲他们大喊,"秀起来!"——"秀起来!"——这通常是给动作拖延的脱衣舞女郎下达的命令。"当然了,每当压力出现,我都得把我们解救出来。"约翰回忆说。"那些家伙们都说,'这样吧,约翰,你是队长。'没事儿发生的时候,他们又会说,'啊-哦,什么队长,见鬼去吧,'可是等出现状况了,又会改口说:'你是队长,你得出来顶一下。'

　　"我们一开始全都慌了,毕竟身处这块强悍的俱乐部区的腹地。不过,我们都来自利物浦,感觉很牛逼,至少我们相信,关于利物浦的传闻让人感觉牛气哄哄。我于是把吉他放下,整晚都在模仿吉尼·文森特,在地板上又敲又躺,四处乱扔麦克风,假装自己的一条腿坏了……从那往后我们确实一直都在做秀。"

　　根据传闻,正是在汉堡,列侬和麦卡特尼合作写歌的才能首次得到了严格意义上的发展。事实上,披头士在西德的整个时期几乎都是作为"翻唱乐团"存在的,虽然这样说贬低了他们被迫运用的创造力。他们一开始从利物浦带来的主流摇滚热歌,就像他们最后的几根英国香烟一样,被很快用光了。为了撑过一个半小时的演出回合,他们不得不深入挖掘他们所有的音乐偶像——埃尔维斯、查克·贝里、小理查德、法兹·多米诺、巴迪·霍利,以及艾弗利兄弟——的带有新意的库存曲目,搜出鲜有人知的 B 面歌曲以及无人问津的唱片歌曲。他们还得找出美国歌手的其他摇滚歌曲,不管歌手是白人还是黑人、是单人还是组合,一律照单全收,这些歌曲从没有越过大西洋,更不可能出现在英国前二十名金曲的排行榜上;此外,他们还翻出掺入其他元素的后摇滚歌曲榜单,寻找他们可以演奏时不觉得恶心的情歌,例如鲍比·菲的《爱你在心口难开》。随着杜安·"弦声吉他"·埃迪持续受到大家欢迎,他们除了是一个歌唱组合,还必须同时也是一个乐器演奏的组合,能够不费事地用低音弦线奏出内含心理剧的曲目,诸如埃迪的《叛逆煽动者》或者《快变咒语》。当摇滚、流行、乡村甚至噪音爵士乐轮番上阵,都不能把时间填满时,他们就不得不把触角伸进常规曲目和剧目小调的领域了。保罗公开表示对这种音乐的喜欢——约翰则暗自欣赏——其中有手动电唱机播放的最受大家喜欢的老歌,如《日落红帆》《多吻我一点》《飞越彩虹》《你的脚太大了》。

　　他们每天晚上在地点偏僻、毫无吸引力的场所表演,好像有点儿成了过去露天游乐场上拉客的,先把主顾拉拢进来,然后使尽浑身解数把他们留下来。他们发现，最奏效的诱惑手段是由皮特·贝斯特的蓝色低音鼓敲打出的砰砰作响的重节奏，也许和最近响彻欧洲的军队行进的节奏相差不远。"我们真的只得使劲敲弹，"约翰回忆说，"我们必须尝试能够想到的所有点子。没有人可以供我们模仿。我们演奏我们最喜欢的东西，而德国人只要音乐足够响亮就会喜欢。"

绳索街最有名的故事一遍又一遍地在利物浦码头边的酒吧里重述，讲的是你可以看到一个女人被一只驴子压倒，驴鞭上套着垫圈，阻止它的插入。尽管这个关于驴子的新说法证明是个无稽之谈，圣保利却有其他让人震惊和惊叹的东西。它呈现出自身闻名于世的裸露程度，甚至暴露出更多——不是在家乡，要么转身要么交叉双臂，躲躲闪闪地遮掩起来——而是赤裸裸的前后全身露点，散发着年轻、温暖、诱惑的气息。对这五个年轻的披头士而言，没过多久，快得超过他们的想像，弹跳的乳房和蠕动按捻的丰满屁股就成了经常碰到的家具了。

在一些俱乐部，他们会看到男人女人们进行不加任何保护措施的全套性交，任何可能的或者不可能的姿势都尝试，一对一的性交，三人行，甚至四人行都有，通常都会是白人和黑人的禁忌组合。在其他俱乐部，他们可以看到浑身赤裸的女人在一个泥坑里玩摔跤的把戏，助阵的都是身形肥硕的生意人，他们绑着相同的围裙，挡住飞溅来的泥巴。在数不清的Schwulen Laden（同性恋铺子）里，例如莫妮卡酒吧或者罗克西酒吧，他们会看到男人们互相口交，或者会遇到嗜好变装的男性，他们外表美丽优雅，肖似巴黎的模特，只有到了亲密的最后阶段，才会揭开他们拥有软骨组织的秘密。

与此同时，德国当局、健康监控以及对年轻人道德健康的反常关心，也像霓虹灯管一样无处不在。为了打压有组织的犯罪，每位皮条客只允许经营两个妓女的生意，结果使这个行当大体上成了一个由男服务生和酒吧男招待员总揽的业余活动。在一些街道，俱乐部的主顾可以看到女性的阴毛，其他街道就不允许了。圣保利最不容错过的地区是赫伯特施特拉斯，在那里，妓女坐在店面的橱窗里进行展示，不过为了防止大家都看到，中间挡着一块高高的木栅栏。与披头士最息息相关的是，晚上十点开始实行的宵禁，要求所有十八岁以下的少年人离开这个区域。大家都会注意到，十七岁的乔治·哈里森过了那个点儿还在"因陀罗"演出，其实是违反了法律。

许多地方，像柯希迈德的"蓝色酒吧"一样，就是酒吧而已，却比利物浦的任何一家酒吧大得多，来自各国的水手以及英美北约基地的人员都汇集到这里，上千人喧嚣吵嚷在一处，他们或者已经去了或者稍后准备去提供裸体表演的场子。绳索街的男服务生以强悍无情著称，柯希迈德的手下尤为如此。当有打斗发生时（这种事件几乎不间断地出现），一伙男服务生就像训练有素的反恐特警组一样，向肇事者猛冲过来，一边从他们的白色上衣里抽出铅制的沉重短棒。柯希迈德自己巡视时，则武装着从一把德国老椅子上卸下的一条椅腿，椅腿用硬木制成，表面节瘤覆盖，被他一直藏在一条裤腿里。有时，"蓝色酒吧"的男服务生不会只把闹事者扫地出门了事，而会把他拖到他们老板的办公室延长受刑的时间。等受害者被压制住翻身无望时，柯希迈德就会抽出他的旧椅腿参与进来。"我从来没见过这么厉害的打手。"约翰回忆说。

即使以英国北部的标准，德国人喝啤酒的酒量也是相当惊人的，这些利物浦来的小子很快就和其中的佼佼者拼起了酒量。这种酒不是他们习惯喝的麦芽酒，麦芽酒酒性温和，透出一股木头的味道；而是一种贮藏的冷冻原味啤酒，倒在有凹槽的金边玻璃杯里，在家乡，这种杯子还只出现在高档的鸡尾酒酒吧里。在"因陀罗"的舞台上卖力做秀了九十分钟后，他们急于喝这种冷冻的金色的玉液琼浆解渴，这种渴望几乎怎么也满足不了。不管他们应哪位顾客的要求唱歌，这位顾客都会给他们每人送去一杯啤酒，表示对他们的赏识；几乎每天晚上演出快结束时，舞台的前方都会四处散扔着全空和半空的杯子。

以这种强度表演并痛饮，导致的后遗症就是疲劳，他们从来没有感到如此疲惫。在二十四小时运转的绳索街，这是大家普遍的抱怨，也自有一套对付它的百试不爽的方法。"因陀罗"热心的工作人员向他们推荐食欲抑制剂（苯甲吗啉），这是一种减肥药片，可以在任何一家药店的柜台上买到，它会使新陈代谢的速度提高到正常速度的两倍左右。另一个作用就是会让眼球胀大，像乒乓球一样鼓出来，并会使唾沫收干，因而双倍增加对冷啤酒的渴望。

到达汉堡的五个人当中，除了乔治，其余都不再是处男。可是，没过多久，一个事实就显而易见了：即使他们和利物浦的小妞们的最佳战绩，也没有教会他们什么。性爱是绳索街的主要娱乐，也是它的财源。这五个相对天真的利物浦男孩成了最鲜嫩的荤肉。随着他们在"因陀罗"逐渐发展起一批追随者，他们发现自己成了桃色邀约的围攻对象，邀约者中有女顾客、酒吧女招待、女服务员，或者是舞蹈演员和脱衣舞女郎，后两者会在完成一夜的工作后到俱乐部报到。整个过程会以一种随意散漫却直奔主题的方式完成，比世界其他地方所谓的性解放超前了整整十年。一个女人如果有点对哪个利物浦小子感兴趣，就会直接手指表明自己的选择，有时候，她还会在他们歌曲唱到一半时，跑到前台抚弄他的腿。许多人甚至连这些轻微的形式都懒得用，直接跑到披头士在斑比电影院的肮脏窝点，摸到银幕后面，然后爬上这张或者那张破烂的床，等待猎物的到来。正如皮特·贝斯特后来回忆的,这样的艳遇往往会在黑灯瞎火中上演,女孩不知道是哪个披头士,他也从来看不见她长什么样——因此就有了一个几乎非人性化的词汇"舔阴",它是利物浦人为他们造的一个词。

他们住得这么亲近,也就意味着做爱时也近在咫尺。当乔治终于丢失处男之身时,约翰、保罗以及皮特就和他在同一个房间里,正如乔治后来回忆的,他们"最后都拍手欢呼起来"。保罗记得"自己走到约翰身边,看到一只小屁股上下做活塞运动,下面躺着一个女孩儿。这种情况非常正常,你就说'哦,糟糕,打扰了……',然后退到门外去。"皮特·贝斯特自己是个性爱高手,但仍惊叹于约翰的性爱能力,尤其是后者竟然完事后还有足够的性欲,津津有味地欣赏绳索街制作精美的"色情杂志"。

约翰终于摆脱了伍尔顿和门迪普斯的长期制约以及咪咪姨妈桎梏他的枷锁,成了一匹脱缰的野马。其他四人都认为有必要谨慎一些,自我控制一点,他却一口喝干冰镇的黄色啤酒液,囫囵吞下小小的白色苯甲吗啉药片,从来都懒得数数几个。吃药喝酒产生了有害的反应,不仅使他的眼球鼓出,备受口渴的煎熬,还促使他在舞台上以做秀的名义做出更狂野的古怪表演。他在利物浦拳击运动馆里疯狂模仿吉尼·文森特,一瘸一拐、东摇西晃地满舞台打转,这种表演还只是开始。他之后会跳到保罗的肩上,斜着身子向乔治或者斯图猛撞过去,还会突然跳下舞台,落到舞蹈演员当中,落地时膝盖着地或者干脆劈叉。有时,他会令人措手不及,突然不再唱歌,辱骂观众是"该死的纳粹"和"希特勒分子",或者一边扮出惟妙惟肖的傻鬼脸,伸出爪子似的双手,一边骂他们是"德国抽经鬼"(羊癫风患者)。二十五年后的朋克摇滚将不会再发生这种场面。

1960年圣保利虽然还没有变成后来种族分裂、帮派横行的邪恶之地,但仍然要算是非常危险的地方。警察局也许对于核查证件、颁发医疗资格证书这样的事情格外小心谨慎,却对每天晚上肆虐在霓虹仙境的金属棍棒、刀子、指节铜套以及催泪手枪鲜少关注,它们对人的身体造成了极大的危害。不过,根据一条不成文的法则,利物浦的摇滚小子们只要遵守几条基本的规则,他们就可以免受所有的危害毫发无伤。好心的服务生建议他们该去哪儿、不该去哪儿、对谁要毕恭毕敬、对谁的女朋友永远也不要下手。可怕的打斗会在他们身边爆发,结果他们却安然无恙,就像是马克斯兄弟的某些电影里才有的场景。最为神奇的是,当他们穿过喝醉酒的骚乱人群时,他们当中从来没有人会出声,叫他们为自己的同胞不久前给这里带来的毁灭和死亡负责。约翰骂他们是"纳粹",他们或者没有听懂,或者当作玩笑话听听就算了。

在演出和睡觉间歇的几个小时里，他们大都出去到街上闲逛，随着为性爱而来的旅行者以及从色情书籍到钻石无所不卖的小贩的人潮，从酒吧晃到咖啡馆，挨家挨户地走过去。离绳索街不远有一家名叫"斯坦韦"的乐器店，里面陈列着一系列引人注意的美国进口吉他和扩音器，而且证明和利物浦的赫西乐器店一样，刚好也认可分期付款的支付方式。在这里约翰发现了他梦想中的吉他，那是一把双剖面的里肯巴克卡普里 325，琴颈比一般的吉他要短，因此看上去既像是小冲突中使用的武器，又像是一个音箱。他理论上还在为他的那把霍夫纳 Club 40 向赫西乐器店偿款呢，现在又再次为了一把里肯巴克吉他背上了债，这把表面呈"天然"象牙白光泽的吉他，将成为他忠实的伴侣，陪伴他度过未来所有的风风雨雨。

　　尽管有了无数的新床伴，他仍然时不时地想念起辛西娅，并给她定期寄去编辑好的介绍他在汉堡生活的见闻，信封上标记着 SWALK（随信附上一枚爱吻），或者写上几行字："邮递员啊，邮递员，请你快点啊/我爱上了辛西娅，所以快点啊，像一腔热情的年轻天鹅一般飞过去。"远在利物浦，辛西娅——和保罗的女朋友多特·罗恩——严格执行着她们的老爷主子给她们定下的准则，一律拒绝来自其他年轻男人的哪怕最友好的无任何附带条件的约会邀约；并定期互相拍照，以此证明她们一直保持着碧姬·巴铎的标准造型。如果多特不在身边给辛西娅拍照，她就会穿上最性感的服装，梳着新做好的发型，挤进伍尔沃斯的一个拍照亭拍照，刚刚向看不见的约翰摆出诱惑邀请的表情，就只见灯光迫不及待地一闪，拍了下来。约翰也寄来相似的护照大小的快照作为回应，照片上他摆出最扭曲的驼背姿势，脸上不怀好意地做出模仿"羊癫疯"的鬼脸。

　　继前面几位之后，皮特·贝斯特见识到约翰虽然酷爱模仿畸形，可等到遇见真人，就瞬间产生恐惧厌恶的反应。有一次，他们两人坐在一家饭馆里，这时一个战争中严重负伤的老兵在别人的帮助下坐到紧邻的桌子边。约翰虽然已经点了餐，却还是跳起来夺门而逃。

　　虽然这五个披头士个性迥异，音乐造诣的水平也参差不齐，他们在汉堡却算是很好地相处下来了。此时，队员里有约翰的两个最亲密朋友，他们之前一直把他往完全相反的方向拉扯，现在却几乎相安无事了。

　　保罗·麦卡特尼和斯图·萨克利夫永远也成不了密友，不过两人年纪轻轻都秉持彬彬有礼的风度，因此相处得还算可以。保罗主要关心的是斯图要对整个团队尽责：他应该全心全意地练习演奏贝斯，不要用艺术和美学的不切实际的问题让约翰分心。这两个要求一度似乎都得到了满足。

斯图把汉堡之行看做是跟自己在艺术学院的生活的彻底决裂,摆脱他在家乡城市绘画时可以预见的主题,以及他觉得自己在作品中逐渐倚赖的那些"技巧"。尽管他的周围充斥着绚烂的色彩,绘画主题也应有尽有,他却抗拒一切创作油画或者素描的诱惑,更不会鼓励约翰这么做了。他的幻想破灭,这在年轻时其实可以成为愉悦的积极感受,他把自己形容成是"一个变酸了的浪漫主义画家……我就是一颗被吸干的葡萄彻底萎缩了,我得挖个深坑,把自己种下去,再图生长"。

甚至连保罗都得承认,斯图是团队有力的视觉财富,他留着向上梳起的发型,一脸陷入沉思的忧郁表情,简直就是缩小版的詹姆斯·迪安,而其他人则在扮演着格鲁乔和哈波的角色。他们因为服用了苯甲吗啉而喉咙干渴,为了缓解压力,他也只好担当一部分的歌唱,遇上普雷斯利的节奏缓慢的情歌,例如《温柔地爱我》,他唱得还不算是一无是处。至少,他的雇主对他的表演没有任何抱怨之辞。披头士在"因陀罗"开唱几周后,柯希迈德就把斯图从他们的队伍中选拔出来,安插到一个临时的四人组合当中,这个组合与"德利和高年级生"乐队在"蓝色酒吧"轮流表演。这个七拼八凑的组合当中包括豪伊·凯西,他是高年级生乐队中备受尊重的萨克斯管吹奏手,也没有觉得斯图的音乐表演出了什么严重的篓子。斯图因而成了第一个披头士,进行他们所有人梦寐以求的演出。

利物浦其实不是初次输出这批英国的年轻人,用摇滚震惊绳索街。这份殊荣属于托尼·谢里登,他和他的伴奏乐队"喷气式飞机"早在上个六月就通过伦敦的苏活区的渠道过来了。谢里登全名安东尼·埃斯蒙德·谢里登·麦金尼蒂,和约翰一样不足二十岁,却已经有了耀眼的出身:他是第一位在英国电视上演奏电吉他的摇滚歌手(当时,他们仍被视作火警隐患),定期在节目《哦,男孩!》上亮相,同时也出现在拉里·帕里斯的巡回演出里,为诸如埃迪·科克伦和康韦·特威蒂这样的美国大明星伴奏。

谢里登既演唱又演奏主奏吉他——这在当时还是相当了不起的非凡才艺——他还发展出一套对约翰产生至深影响的技能,影响力也许自埃尔维斯之后无人能出其右。他在演出的时候,两条腿分得很开,身子向前倾,肩膀稍微隆起,头部往下垂,好像直接面对风暴一样。和绳索街的其他说唱歌手一样,他也找不到足够多的纯摇滚曲目,把漫长的夜间时段全部唱完,也只得充分利用表面看来规规矩矩的民谣和经典曲目。不过,当谢里登演唱老歌时,他总会采用一种往往令人大吃一惊的全新方式诠释它:加入几分嘲弄或者影射的口气,完全出乎原作者的意图之外,或者改动和弦,这是其他任何人都不敢尝试的。他无论在音乐还是在生活方面,都是颠覆常规者。

谢里登一开始在"蓝色酒吧"当驻唱歌手,目睹柯希迈德对顾客大打出手,只身睡在地下室里,身上盖着陈旧的英国国旗。等披头士终于与他见面时,他在一家名叫"X工作室"的脱衣舞俱乐部表演。"我们一个个都表现得很强悍,套上皮夹克的行头,摆出一副'别来惹我'的冷酷表情,哪怕我们内心像糖浆一样,软和得一塌糊涂。"他现在回忆说。"不过约翰当时显得蛮吓人的。这个戴眼镜的家伙会把眼镜摘下来,然后盯着你看,眼神空洞茫然,好像他正盼着麻烦发生似的。我过去有时常常想,'他在利物浦也是这副德行吗?如果是这样,他怎么还活着呢?'

"不过你一旦了解他,就会明白他的内心极度缺乏安全感。他认为自己不是一个好歌手——因为你要记得,他的嗓音不是当时其他任何歌手流行的音质。他也不把自己看作吉他手,因为他一直只用三根手指弹奏。他只把自己看成是团队的马达,或者传声筒,宣告'我们来自利物浦,你们这些混蛋,谁也拦不住我们'。"

谢里登从各个方面拓宽了约翰的音乐视野,他鼓励他渐渐摆脱朱莉娅教他的三指弹奏和弦的方法,摸索新里肯巴克吉他上短粗的音品板,冒险探索高音区的小调和七弦。他甚至说服这个对爵士乐的憎恨根深蒂固的小子,让他明白那种音乐类型里面不是所有的东西都可以贴上自命不凡和"柔弱无能"的标签全盘否定的。谢里登当时崇拜的偶像是雷·查尔斯,他是一位有爵士乐背景的歌手兼钢琴演奏家,音乐天才囊括摇滚、灵歌甚至乡村音乐,他演唱的一炮走红的经典歌曲《我该说什么》简直是上帝的福音,解决了任何组合需要材料消磨时间的燃眉之急。"我跟约翰谈的几乎都是音乐的话题。他想学会可能学习的任何东西。不过,即使他请求帮助,也是用一副列侬典型的讽刺俏皮的口吻,比如会说'别推脱了,谢里登。照理说,这些东西你是应该都懂的'。"

谢里登在这里多待了四个月,因此更加熟门熟路,由他带领大家参观绳索街诸如同性恋铺子这样奇特的娱乐场所,再合适不过了。斯图·萨克利夫后来在家书中惊奇地写道:那些变装癖者"都非常年轻无害",而且跟其中的某个人说话,完全有可能"不会浑身打颤"。约翰尽管和他的同伴一样,从小在对同性恋的憎恶氛围中长大,可他似乎一点也没有被充斥圣保利的无聊场面吓到;事实上,他常常显得热衷于搜寻它。"有一家特别的俱乐部,他过去很喜欢,"托尼·谢里登如今回忆说,"里面都是块头高大的家伙,手上长着浓密的汗毛,嗓音深沉——却多了乳房。不过他们往往很卖力地想说英语。这个地方有什么东西似乎让约翰觉得像到了家一样。"

谢里登还从圣保利区带来了一位至关重要的朋友和同盟。二十四岁的霍斯特·法舍尔身材矮小，却名声在外，一听就令人生畏：他曾在绳索街开的拳击学院受过训练，是前羽量级拳击运动赛的冠军，却因为在一次街斗中失手杀死一名水手，而背上了坐牢的记录。同时他又是一个无可救药的浪漫主义者，被摇滚迷得神魂颠倒，又痴迷于英国年轻人撒在他家乡地皮上的幽默和说话模式。他成了谢里登在"蓝色酒吧"时非正式的保护者，现在又称自己是他的经纪人，不过这个角色跟接受预约与索要报酬这样的事情沾不上边。"这个地方总有些醉汉认为自己比歌手唱得好，他们会跳上舞台想把麦克风抢过来。我就总得在那里，阻止这些家伙妨碍托尼。"

法舍尔第一次见到约翰是在哈拉尔德，这是一家小咖啡馆，披头士晚上结束在"因陀罗"的演出后，就会到这里喝鸡汤。"当时差不多是凌晨四五点，他却在喝啤酒。因为苯甲吗啉的副作用，他的两颗眼珠子往外鼓出来，活像茶碟似的。他逗我笑的次数比之前加起来的还要多。托尼和他们五个说'你们要是遇到麻烦了，就让霍斯特来解决'。"

从那往后，披头士也成了法舍尔的保护对象。"我可以看出，我要是不盯着他们点儿，约翰就会给他们或者自己惹来大麻烦。他在演恶人，却没有什么资本支撑，这在绳索街等于是在玩火。不过从我第一眼见到这个家伙起，我就喜欢上他了。他总是试图让我打他，我却从来没有动过手；他还叫我'该死的纳粹混蛋'。我们也就是嘴上这么说说而已，在心里我们都知道需要对方、尊重对方，可以互相依赖。"

与此同时，他们在"因陀罗"俱乐部卖力演出了将近七周后，约翰为了"做秀"做出的所有努力竟然带来了意想不到的好处。就在俱乐部的上面住着一位因为战争守寡的老女人，她受不了噪音的折磨投诉布鲁诺·柯希迈德，诉状毫不留情地涌来，导致圣保利的市政府介入进来，勒令柯希迈德终止在"因陀罗"的现场表演，把它还原成不那么扰民的脱衣舞俱乐部。披头士因此实现了他们盼望已久的梦想，他们被转移到"蓝色酒吧"，代替了与"德利和高年级生"乐队轮流表演的临时四人组合；斯图·萨克利夫回到了原先的队伍中，他们一开始订立的三个月的合同延期至 12 月 31 日。

既然得到了这个特别待遇，他们相应地就被要求延长晚上的演出时间，七点三十分开始，两点三十分结束，总共五个半小时，中间只有三次半小时的休息时间。为了填满时间，约翰后来回忆道，"每首歌都得拉长到二十分钟左右，独唱二十次。"雷·查尔斯的歌曲《我该说什么》中,有一唱一和的呐喊"嗨——嗨-嗨……啊——啊-啊",并伴随有吉他和钢琴合奏的激动人心的重复片段,因此几乎可以永远唱下去不歇。他们还学会不间断地演奏,声音盖过上千人啤酒喝多了吵嚷得震耳欲聋的杂音,不管外界有什么干扰,哪怕发生斗殴,都不停下来,即使打斗的场面颇像某些西部史诗片里的场景,人们把椅子朝对方头上砸过去,或者从桌子上像燕式跳水似的跳下来。正如约翰回忆的,麻烦的一个确切预兆是嗅到一缕熟悉的英国皇家海军香烟的味道,它意味着"英国人来了",要么是水手,要么是服役的军人。

在"蓝色酒吧"舞台附近黄金地段上的船形小间里,可以发现一群更为阔气、稍微有些吓人的主顾。据约翰介绍,这些人是"帮派流氓……当地的黑手党。他们会叫上一箱香槟(仿德国香槟)送到舞台上,我们就得喝下去……我常常喝得醉醺醺的,软倒在钢琴后面的地板上,其他几个人还照演奏不误。我就会在舞台上呼呼大睡。而且我们总是在舞台上吃饭,因为挤不出时间来解决肚皮……乔治有一次在舞台上朝我扔了一些食物……我说我会扇他一个大耳光作为回敬。我们争吵了一通,也就不了了之了。我从来没有真的实施报复。有一次我倒是把一盘食物朝乔治扔过去了"。

10月5日,"德利和高年级生"乐队和布鲁诺·柯希迈德签订的合约到期了。柯希迈德没有选择把披头士推上"蓝色酒吧"的首把交椅,而是要求艾伦·威廉姆斯送来另外一个默西塞德郡的组合,威廉姆斯便派出了"雷里风暴"乐队。他们一到达,就得知自己被安排住进他们前任的老窝,即"蓝色酒吧"地下室仅供睡觉的肮脏住处。他们拒绝了这个安排,更愿意在码头旁边的水手驻地里,寻一个房间五个人合住,享受相对奢侈的生活。

来自英国利物浦的"雷里风暴"和"披头士"组成了双重吸引力,他们分开轮班登台演出,每组每次表演一个半小时,整整演足令人不可置信地十二个小时。在每晚"做秀"受欢迎的程度上,约翰如今面临强有力的竞争对手,不仅来自外向奔放的罗里一个人,而且还有"风暴"的主奏吉他手、鼓手林戈·斯塔尔的压力:罗里头上戴着下垂的金色帽章,总是穿着一身青绿色的套装,酷爱在钢琴上跳舞和攀爬墙壁;吉他手被大家贴上了牛仔的标签,别名叫约翰尼吉他;林戈与毫无表情、冷漠打鼓的皮特·贝斯特一比,似乎成了一个名副其实的人肉轮转烟火。

"蓝色酒吧"的舞台尽管看上去非常坚固,下面实际上是一堆半腐烂的杂乱木材,只由几只不结实的橙色箱子支撑着。等这两个敌对的组合发现这个秘密后,他们"做秀"的唯一目标就成了看谁会第一个真的把这个被虫蛀得差不多的舞台踏穿。让约翰大为懊丧的是,罗里·斯多姆赢得了比赛,他在一个周六的晚上演唱杰里·李·刘易斯的歌曲《尽情摇摆吧》时,跳上了钢琴,力道用得过重,把下面的地板压成碎片,钢琴顺带着上面的罗里沉了下去,那样子活像是骑在弓背跳跃的马背上的一个牛仔。

披头士和林戈·斯塔尔在汉堡的这些晚上一起卖力演出,之前彼此却鲜少有什么交集。在家乡,林戈似乎总像是一个离他们格外遥远的人物,在当地的人气远远高过他们,而在这里,也许除了乔治,他比他们所有人的层次都要低。他虽然只比约翰大四个月,却显得老成得多,他开着福特微风牌汽车,喜欢珠宝,特别是戒指,他的每只手上都要戴上四五只指环。一个男人,尤其是一个工人的手指上这么累赘,这在当时是非常少见的;他的绰号因此第一个名叫林斯,后来稍微借助约翰·韦恩扮演的林戈·基德,最终演变成林戈。

他的外表并不吸引人,生着一个大鼻子,一双耷拉着的巴西特猎狗似的眼睛,配上男阿飞的刘海以及蓬乱的胡须,就显得格外戏剧化了。乔治·哈里森总认为"他看上去像个硬汉……头发有少许花白,眉毛也半成花白了,再加上一个大鼻子",甚至连约翰后来也疑惑地回忆自己竟然曾经有点儿怕他。

他们一起在"蓝色酒吧"表演,空闲时间一起在绳索街闲逛,很快便打消了这样的成见。林戈也许出身于利物浦最贫穷的丁格尔地区,小时候因为长期健康状态不佳,可能也几乎没有受过什么正式的教育,但他却天生口齿清晰,拥有敏锐的洞察力以及——只能称之为——温柔的性情,这使他很快就与个性迥异的披头士们打成一片。他总是故作严肃地说离奇可笑的话,这个本事常常与约翰不相上下,不过他们从来没有在言语或者其他方面较过劲。在列侬周围注定对他的毒舌免疫的寥寥无几的几个人当中,他确实要算是其中之一。

早在这时,皮特·贝斯特就开始表现出独来独往的致命倾向,结果导致林戈越来越和约翰、保罗以及乔治形成四人组合。10月15日,他们一起灌制了一张样本唱片,为林戈的一位"风暴"同伴卢·沃尔特当伴奏,沃尔特使自己深沉的布鲁斯嗓音摩擦发声,意在推出独唱唱片。在汉堡中央火车站后面的一家名叫"声学"的小工作室里,约翰、保罗、乔治、林戈给沃尔特伴奏了好几首主流民谣,其中包括乔治·格什温《波吉与贝丝》里的一首《夏天》。

诚如乔治所言:"我们和林戈四个人在一起的时候,才总有摇滚的感觉。"对此约翰也毫无异议。

十月的一天深夜时分,一名顾客走进了"蓝色酒吧",不同寻常的是,他是汉堡当地的居民,而不是水手、性旅游者,或是一心想要寻衅打架的醉鬼。他二十一岁的年纪,长得帅气逼人,一双大眼睛清澈明亮,颧骨宛若凿刻而成,长长的头发梳理过耳边扣到额头上,这种发型在欧洲大陆仅有少数几个年轻人敢于尝试,在讲英语的世界里却是碰都不碰的。他的名字叫克劳斯·沃尔曼。

克劳斯是一位平面造型设计师,刚刚在报纸、光鲜亮丽的杂志以及广告公司构成的行当里起步,汉堡以此作为第二著称于世的产业。他的衣着表明他是一个披头族,因此出身于体面的中产阶层,不过这个运动在这里的外在和精神与英国、美国或者法国的情况大不相同。汉堡的披头族称呼他们自己是存在者——存在主义者的简称——个个都是时尚的激进派;男孩女孩留着相同的发型(这个头发长得过分,那个又短得过分),他们都青睐一身极简派的黑色皮装,令人颇不自在地想到希特勒的纳粹党卫军。

一般来说,存在主义者们都集中在他们蜡烛照明的专属咖啡馆和酒吧里,绝对不可能出现在圣保利区这样粗俗冶艳的地方。克劳斯·沃尔曼到这里几乎是误打误撞,那天晚上早些时候他和女朋友吵架,结果一走了之。他原本闯进"蓝色酒吧",只想喝杯啤酒;谁知,却捡到了披头士这个宝贝。

"我就好像听到了所有最棒的歌手现场演唱问世的每一首伟大的摇滚歌曲,"克劳斯如今回忆说,"他们就像是变色龙。约翰这会还是吉尼·文森特,下一刻就摇身一变,成了查克·贝里。保罗会模仿埃尔维斯,再模仿法兹·多米诺,还会模仿卡尔·珀金斯。中间两个人还会争吵……'我想来"哔-爆噗-啊-噜啦"……不,我想来这个!'"

不管约翰对于自身多么缺乏安全感,站在他脚边的这个惊呆的德国男孩完全没有看出来。"他喜欢唱歌,喜欢歌曲,喜欢弹奏节奏吉他——他是一个非常棒的节奏吉他手。但我感受最深的是这个家伙的思想。他追求的是要超出凡俗,干不一样的事情,令人震惊的事情。"

克劳斯把早先的吵嘴忘得一干二净,匆忙赶到女朋友阿斯特丽德·基希赫尔身边,激动万分地告诉她自己的奇遇。如果说他长相英俊,阿斯特丽德则是美貌绝顶了,虽然小巧玲珑却不失性感妖娆,存在主义者暗淡的装扮越发衬托出她那奶白的肤色、画着黑色眼线的大眼睛以及那一头淡金色的假小子的短发发型。她年仅二十二,就成功获得了著名的摄影师莱因哈特·伍尔夫的助理位置,明确注定了要在汉堡的媒体界做出一番大事业。

阿斯特丽德听到克劳斯闯进圣保利这样的红灯区闲逛,不免大吃一惊,一开始一点儿也不乐意如他所愿,陪他再到绳索街一趟。最后,他们整个存在主义者圈子里的人都出动了,希望在人数上获得安全感。舞台上的披头士也意识到,现在有很大一部分观众都是"黑皮客"。

存在主义者虽然外表看来很酷,具有侵略性,可实际上个个都——如果这个词曾经用来形容他们的话——紧张不安。一场迁罪不到他们身上的战争让他们背负起负罪感,使他们踮着脚尖小心翼翼地过日子,与他们前辈大摇大摆傲慢骄横的样子形成鲜明的对比。"这些来自利物浦的家伙对我们来说就像是拥有魔力,"克劳斯·沃尔曼如今说道,"我们只能仰视着他们,视他们为了不起的人物,因为他们心胸开阔、热情友好、思维敏捷,幽默简直信手拈来。我们喜欢他们这样。我们知道自己是多么地僵硬,多么对往事难以释怀。他们没有问题,他们什么都谈论,而且总是拿自己开玩笑。我们得学会这一点,学会打趣自己的烦恼。"

克劳斯英语讲得最好,在这些有魔力的家伙们表演的短暂间歇,他便代表大家去跟他们作正式接触。他自己梦想成为一名吉他手,而且非常凑巧的是,他最近接到一项委托,为"探险乐队"的《走吧,不要跑》设计唱片专辑的封面。他希望借此进行更流畅的自我介绍,便把它带到"蓝色酒吧"拿给约翰看,他是五个人当中他最想见面的一位。"我得到的反应并不热烈,"他如今回忆说,"约翰只草草瞥了一眼,咕哝说:'你应该拿给斯图。他才是这里搞艺术的。'

"约翰喜欢吓唬人。我认识他的那段时间,他总是吓唬我。他无时无刻不试图成为一名风格强悍的摇滚歌手。尽管如此,我还是鼓起勇气走到他跟前跟他说话,这就是我特别引以为傲的原因所在。不过,哪怕他显得多么不好惹,我总感觉他还是为斯图亚特马首是瞻。"

阿斯特丽德和克劳斯一样,被音乐和约翰的个性魅力深深迷住了。"我不敢相信竟然有这么一个年轻的男孩儿,可以把他的整个心灵投入到歌唱当中。这正是令人惊叹不已的事情。他就化身成了音乐和歌词。他的态度非常强硬;我感觉要想亲近他或者得到一个友好的回答,会是困难的事情。"

不过,使她"像对毒品上瘾"一样,一次又一次地吸引她光顾"蓝色酒吧"的人却不是约翰;而是一个和她一样身材袖珍的英国男孩,他站在舞台的另一边与约翰相对,戴着墨镜,握着笨重的贝斯,身子半转开,似乎对自己的演奏感到难为情似的。让斯图大感吃惊的是,他开始受到披头士的新存在主义者歌迷们对他的大肆赞扬,方式完全是德国人的直白风格,其中尤以定期出现的三人组为甚,即阿斯特丽德、克劳斯,还有另外一位有强烈事业心的摄影师杰根·沃尔默。"就在最近,"斯图在给他母亲的信中写道,"我找到了最棒的朋友,他们三个人的长相是我见过的人当中最好看的……其中一个女孩认为我是组合当中长相最英俊的……我吧,觉得自己是组合当中最为无趣、只知道死干的家伙,谁知道却听人说自己长得是多么无人可敌——都可以和伟大的罗密欧约翰·列侬相提并论了……"

阿斯特丽德第一眼看到斯图,就对他一见钟情。不过,一开始,她没有表露自己的感情,而是以一个摄影师的身份对他们表示职业的兴趣。这么优秀的一个女孩对他们表示倾慕,五个披头士感到受宠若惊,不用什么劝说,就决定在他们白天短得可怜的空闲时间和她一起拍照。"我开车去接他们,"她现在回忆道,"他们都非常配合,洗过了头发,还穿上了最好的衣服。"

她把他们带到大教堂游乐园作为拍摄地点,正是在这里,布鲁诺·柯希迈德第一次产生了将现场的摇滚带到圣保利的念头。那时季节已入秋,空气寒冷,下着蒙蒙细雨,周围没有几个人,阿斯特丽德就可以自由地给她的几位有点儿犯迷糊的主角摆造型,或者让他们随意聚拢在老式的汽笛周围,或者站在沉默的牵引机车上面。她几乎不会说英语,所以只能主要通过手势传达她的要求,有时候还得亲自转扭他们的身体,移动他们的四肢,或者把他们的头转到要求的方向。她原本以为约翰会是五个人当中最难搞的破坏分子。"他私下里总是开玩笑、扮鬼脸、恶作剧,从来都没有严肃的时候。可等我开始照相的时候,他却变得非常专业,简直令人难以置信。"

阿斯特丽德后来印出的照片不能再让人惊讶的了。首先,它们不是当时德国人爱克发引领摄影界的光亮的彩照,而是表面有颗粒不光滑的黑白照片,看上去更像是十九世纪末才有的照片,而不应该出现在二十世纪中叶。照片的主角同样散发着几乎是维多利亚时代才有的气息,他们或站在老旧笨重的工业机器上面或散在它们周围,努力想要看起来冷酷强悍、玩世不恭,却越发只显出他们几近荒谬的年幼、天真和脆弱。所以这些照片不仅仅是揭示这个流行音乐组合的自画像,而且将成为所有流行音乐组合的模板印象。

保罗·麦卡特尼,皮特·贝斯特,甚至连笨拙的乔治·哈里森,都对各自的外貌抱有一定程度的自信。唯独约翰,却认为自己长相丑陋,所以每当有相机的镜头对准他的时候,他总会抢先做出反应,故意使自己看起来越发丑陋得古里古怪的。阿斯特丽德的镜头捕捉到了约翰,自从很早逝去的童年到现在为止,他的脸上第一次没有了局促戒备、显得蠢蠢的盯视或者不怀好意的眼神:我们可以看到他的颧骨线条优美,这一点继承自他的母亲;嘴巴抿着时显得格外秀气精致;一双眼睛生得很近,眼底仍然有几分忧郁的神采。"他和其他任何人一样长相英俊,"阿斯特丽德如今说,"他只不过以前从来没有看到这一点。他非常喜欢他的照片。我意识到他对完美主义怀有极大的敬意。那是我第一次感觉到他对我的尊敬。"

在这次到大教堂摄影的过程中,阿斯特丽德和斯图公开了对彼此的感觉,从那往后,他们的关系突飞猛进。没有颜料,斯图便用几乎同样发光发热的文字来表达他的狂喜和惊叹;他在给利物浦的一个朋友的信件中写道,阿斯特丽德"就像是一朵玫瑰花,它的深色的叶子攀爬越过墙壁,只为一睹太阳的风采……(她的)燃烧着火焰的眼睛,如今满含着晶莹的露珠……"。

阿斯特丽德不仅外表靓丽时尚,而且天生具有主妇的坚实潜能。她没有和约翰以及其他几个披头士竞争斯图的关注,而是把五个披头士一股脑儿纳入羽翼之下,邀请他们到她的位于阿尔托纳郊区的舒适的家里,让他们在那里洗迫切需要的热水澡,为他们做出丰盛的牛排或者鸡蛋大餐,配以英国风味的炸土豆条,甚至还为他们洗衣服。再也不会有哪位女朋友——更别提是来自异国文化的了——会被他们以如此毫无保留的方式纳入内部的圈子里。约翰写给辛西娅的信件中通篇总是用饱含欣赏的口气提到阿斯特丽德,让辛西娅开始感到阵阵嫉妒的痛苦来袭。

约翰三番五次地去阿斯特丽德家做客,渐渐展示出自己性格的方方面面,这些都是她之前从未疑心过的——比如,他拥有伍尔顿教养出的彬彬有礼的风范,私下里其实喜欢窝在家里,而且对于任何母亲般的关爱,哪怕只是隐约让人想到朱莉娅,都会使他立马缴械投降。"最令人惊奇的事情是他非常爱我的母亲。他们根本不能理解对方在说什么;妈咪不说英语,约翰也不讲德语。可是,他过去只要一进家门,就会问'妈咪在哪儿?',然后就会冲进厨房去看她,好像完全变了个人似的。那个浑身是刺的摇滚歌手,那个对周围不屑一顾的家伙,就这样凭空消失不见了。他和我母亲相处得非常融洽,他会拥抱她,和她腻在一起,探头看锅里,看她在煮什么好吃的。"

阿斯特丽德虽然能讲的英语极少,但她仍然很快意识到斯图和约翰之间的那种奇怪的跷跷板式的关系;约翰会在这一刻对斯图毕恭毕敬的,下一刻却会对他极尽嘲笑贬低之能事,几乎让人无法原谅;而斯图呢,这一刻似乎还是两个人当中占主导地位的那一位,却会在下一刻蜷缩起来,成了毫无防备的受害者。"约翰真的真的非常爱斯图。现在我认为,他过去那么恶劣地对待他,是因为他害怕任何人可能看出他是多么爱他。"

赢得了这么一个女孩子的芳心,不仅提升了斯图在约翰和其他几个披头士心目中的地位；而且唤醒了他正在休眠中的视觉艺术的创造力。他现在和阿斯特丽德的存在主义者圈子里的摄影师和艺术生厮混在一起，没过多久，便再次点燃了创作的欲望，先画素描，再画油画。素描本再次成为他身上不可分割的一部分，他的周遭充斥着绳索街特有的色彩和古怪之处，他的钢笔或者铅笔很少有搁置的时候。他在给利物浦的一位前女友的信中，写到他"再次成为艺术者"的欣喜之情。这封信是他在斑比电影院的那个黑暗的小房间写就的，依靠的微弱的光源来自他绑在自己前额的一只手电筒，活像是矿工用的旧式灯。

十一月中旬，距离他们初次见面几乎不到一个月之后，斯图和阿斯特丽德决定订婚。这个消息受到了来自约翰和其他披头士的欢迎（这就保障了在可以预见的未来，他们可以享受热水澡、热饭热菜以及有人为他们手洗衣服的优待，事实也证明确是如此），阿斯特丽德的母亲同样表示赞同，她像她的女儿那样崇拜斯图，而且似乎对他的健康状况产生了担忧，颇有几分先见之明。基希赫尔夫人听完阿斯特丽德对他在斑比电影院的生活条件的描述，深感惊骇，坚持要他即刻搬到她的家里来住，就住在房子顶部的一个空房间里，克劳斯·沃尔曼之前就住在里面。

克劳斯没有因为斯图取代了自己的位置而记仇；他和阿斯特丽德之间的感情其实已经在降温了，而且他和披头士尤其是约翰新结交的友谊，让他认为自己不仅得到补偿，而且赚大了。他练习吉他已经有段时间了，只不过是叮叮咚咚地乱弹一气；不过现在，在约翰的鼓励之下，他开始认为一个德国男孩，同样也可以追求演奏摇滚的梦想。"我观看约翰在舞台上的表演，从中学会了很多。"他如今回忆说。"他还教会我如何真正地弹奏节奏吉他。他演奏的方式非常特别，手掌只弹奏两根琴弦，压住其他几根。"

阿斯特丽德一直为克劳斯选衣服，一律是真正的存在主义者的风格，让它尽可能贴近自己的衣着口味。而斯图则不仅和她一样的身高和体型，而且腰围和腿部的尺码也完全一样；所以她就可以把他当作某个真人大小的玩偶，让他穿上自己中性的短上衣、高领衬衫以及裤子。斯图现在变得和阿斯特丽德一样注意时尚，甚至在存在主义者男扮女装的方面比她还要前卫。她的衣橱里有一件黑色的灯芯绒套装，衣领裁剪成圆形的"披肩"样式，一看就是女装。"斯图非常喜欢这件衣裳，有一天晚上决定穿上去'蓝色酒吧'，"她如今回忆说，"等他一走进去，约翰和其他几个都哄堂大笑起来，嚷嚷着说：'斯图，借你妈妈的衣服穿了，是吗？'"

不过，对于他们所有人而言，相比他们初次到汉堡时穿的那一身廉价的意大利套装，换上存在主义者的服饰算得上是一个巨大的改善了。为了换下淡紫色的上衣和硬纸板做的双色鞋——因为每晚在舞台上长时期表演不断地出汗，鞋子现在几乎快要散架了——他们买来了花里胡哨的雕花牛仔靴，穿在脚上可以一直套到小腿中截，另外还有黑色的无袖皮外套，配上相称的裤子，由当地的一个裁缝为他们量身定做而成。

闲下来的时光，没有了斯图对他们的行为的文明影响，部分导致了约翰的汉堡之行最不堪回首的往事。一天晚上，他们照例又缺钱花了，他便和其他剩下的三个披头士合谋，决定遵循圣保利区根深蒂固的传统，去打劫一个水手。他们选中的猎物是一名似乎喝得烂醉如泥的德国人，整个晚上他们舞台表演的过程中，他就源源不断地给他们供应酒水，演出结束后，又带他们出去吃了一顿饭，中间多次颇不明智地显露了自己装满现金的钱包。他们离开饭店，朝一处黑灯瞎火、人迹稀少的地方走去，那里非常适合打劫，组合里的每一位成员原本都要出一份力，把钱包从他身上抢过来。可是，到了关键时刻，保罗和乔治害怕了，临阵脱逃，把脏活留给约翰和皮特干。

这个水手证明不是预期中那么好对付的目标，他挥舞着拳头，打得异常凶猛，把他的袭击者一一干倒了，接着掏出一把看上去非常吓人的手枪吓唬他们。实际上，它里面装的不过是催泪弹，没什么致命的伤害；可是还没看清这个事实，两个打劫未遂的罪犯就撒腿逃命去了，躲到了斑比电影院黑暗的掩护之中。之后的许多晚上，约翰都要心神不宁地打量"蓝色酒吧"的闲杂人等，他断定那个受害人会回来报仇的，而且还会拉上一船的水手为他助阵。令人惊奇的是，他从来没有这样做。不过，他们很快将以不同的形式付出代价。

1960年11月末，"蓝色酒吧"突然之间失去了它在绳索街现场摇滚表演的垄断地位。几个门面之外出现了一家名叫"顶级十名俱乐部"的竞争对手，由一个古老的室内马戏团改建而成，马戏团里骑马不用马鞍的骑手过去也常常光裸着身体。"顶级十名俱乐部"的主人彼得·埃克霍恩，以前在汉萨轮船公司当乘务员，他年纪轻轻，冲劲十足，决心要在各个可能的方面超过布鲁诺。他打出的第一张王牌是托尼·谢里登，后者最初是在"蓝色酒吧"渐渐打响名气；他还聘请无往不利的霍斯特·法舍尔当俱乐部的经理兼安保负责人。接着，他借助法舍尔这个中间人，邀请披头士离开柯希迈德，加盟他的俱乐部。

埃克霍恩提供更高的报酬以及更好的住处，最重要的是，他不只是个剥削者这么简单，而且还是个摇滚迷。因为当场没有什么经纪人提出让人厌烦的道德问题，五个披头士干脆单方面解除了与"蓝色酒吧"的合约，而合约要到12月31

日才算到期。柯希迈德没有尽力提出比埃克霍恩更好的待遇,而是选择大发雷霆,含蓄地威胁他们。他一边轻轻抚摸着掩藏在裤子里布满节瘤的椅脚,一边暗示他们一旦他们投奔"顶级十名",天黑之后在街上溜达时最好小心一点。不过,他们身边既然有了霍斯特·法舍尔以及他的重拳保驾护航,布鲁诺的大头短棒便构不成什么威胁了。

得罪了圣保利区这样一位有权有势、后台很硬的人物,可别指望侥幸全身而退。巧合得极为诡异的是,就在他们和柯希迈德摊牌之后,绳索街的青少年监管单位,即少年保护小队,得到了一个密报,检举乔治·哈里森未满十八岁,过去三个月一直违反了每晚十点开始的宵禁。乔治立即被驱逐出境,乘火车回利物浦的家。

紧接着的一天,更成熟的报复机会又出现了,当时保罗和皮特·贝斯特结伴去斑比电影院,准备把他们的衣物搬到"顶级十名俱乐部"。他们最后一次离开这个肮脏不堪的宿舍时,为了表示抗议,孩子气地在走廊里点着了一只避孕套。避孕套薄薄的一层橡胶只燃烧了一阵,而走廊又是石头地面;柯希迈德却把他们都逮捕起来,指控他们蓄意纵火,把他们扔到绳索街警察局的牢房里。稍后斯图·萨克利夫在阿斯特丽德的陪同下现身,他也被抓起来接受审问。约翰因此成了唯一一个麻烦没有上身的人,这倒是个新鲜事。

柯希迈德尽管撤掉了纵火的指控,保罗和皮特还是因为没有工作许可证被立即遣送回国,两人第二天搭乘飞机回家了。约翰和斯图因为某种原因逃脱了遣送的命运,不过他们不得不郑重保证在西德不再从事任何类型的工作。斯图还有安身之所,他会在基希赫尔的家里度过临近的圣诞节。约翰却既没工作也没钱或者住处,他别无选择,只得乘火车跟随其他几个人回家。对于一个近视得连大多数英文标志都看不清的人来说,外文标识就更认不得了,他却还得拖着行李箱和吉他盒,背上拴着扩音器,从一个国家辗转到另一个国家,从一个站台颠簸到另一个站台,其中的艰辛简直就是一场噩梦。他最害怕的事情,就是自己还没付扩音器的钱,东西可能就被偷走了。

这个从汉堡归来的亡命之徒正往哪儿赶哪,活像一只离弦的箭似的?除了门迪普斯一尘不染的凸窗和安装着彩色玻璃的门廊,还能是什么地方呢?因为是深夜归来,他只得朝咪咪姨妈卧室的窗户扔小圆石,才能把她叫醒。要不是画面上多了个扩音器和牛仔靴,看起来还真像是《就是威廉》里描绘的某个场景。

11. 歌唱风暴

我长到了二十一岁,对此我并不是那么兴奋。
我当时在想……我已经错过了时机。

接下来的几周时间,约翰都安分地低调蛰伏在梅洛弗大道,平生第一次如此感激咪咪姨妈一尘不染的家居环境以及她一流的烹饪手艺,——联想到他归家时流浪儿似的惨状,脚上还套着崭新的靴子,却没有带回来大笔的德国马克,咪咪做的饭菜吃着就越发香甜了。他全身舒展着躺在熟悉的窄床上,胸口上安稳地摆上几本几乎烂熟于心的儿童经典读物,双腿再高高跷到墙壁上,他舒服自在得甚至都没有与其他披头士联系的欲望了,更别提决定该何时何地重新组团了。

"我当时也不知道他们在忙些什么,"他回忆说,"我就只是一个人在想,思考(音乐)是否值得继续玩下去。我身上有诗人或者画家的因子,我就想:'就是这样吗?在夜总会混,接触肮脏的画面,最终就成了夜总会里被遣送回国的怪人吗?'你看,我一部分是僧侣一部分是狂热的艺人。"

不过他再也不可能回到在利物浦八区的左岸生活了。他已经切断了在艺术学院的所有联系了,而且随着他的捣蛋帮凶杰夫·默罕默德于上一年夏天被学院开除,他对回到学院也一点不热衷了。甘比亚排屋里合住的公寓也不复存在了,《人民报》曝光它是披头族的窝点,其他的租户也日益抱怨噪音太大,导致罗德·默里、"杜茨基"达克斯伯里以及其他人被扫地出门。斯图还留在汉堡,约翰与学院的唯一联系便是他的女朋友辛西娅了——在他回来的第二天,她敲响了门迪普斯的前门,意外发现约翰现身,她高兴得不知所以,坚信约翰在他们分离的三个半月内对她就像她对他一样忠诚,这股痴心实在令人感动。现在没有人在每周的书法课上偷她的钢笔和画笔了,辛西娅还在上这个课程,想要获得国家证书,然后准备当儿童美术老师。

咪咪私心里曾希望,这次"汉巴"之行哪怕没有其他的好处,至少可以让约翰停止与某个人的交往,她觉得这个人不管表面如何,实际上是个表里不一的妖精,阴谋把约翰永远从她身边拐走。所以,他们的重逢只能在她已经燃烧的怀疑火焰上再浇上一桶油了。几天后,约翰带辛西娅去利物浦,花了17英镑——几乎是他带回家的全部财产——在C&A时装店给她买了一件棕色的绒面革外套。他们接着回到伍尔顿,还顺路带回一只煮好的鸡准备喝茶的时候吃。咪咪一看到那件外套,就火冒三丈大发雷霆,怒气连她自己都觉得不同寻常,她骂辛西娅是约翰的"流氓姘头",把鸡兜头朝约翰扔去,仍觉得不解气,紧跟着又扔了一把除尘的刷子。

保罗·麦卡特尼和乔治·哈里森也乖乖地老实待在各自不那么衣食无忧的家里,一方面等待着队长的消息,另一方面却根本不确定他是否会联系他们。乔治一开始不知道保罗和皮特也被一脚踢出西德了,有段时间一直以为披头士肯定还在"顶级十名俱乐部"表演,自己的位置由另外某个主奏吉他手取代了。保罗呢,当他回到福斯林路20号的时候,几乎憔悴得让人认不出来了,连平常性情温和的吉姆·麦卡特尼都忍不住真的生起气来,气他跟在"那个列侬"后面,白白牺牲掉自己受教育的机会。为了平息父亲的怒气,保罗同意找一份合适的工作,并且干起了可以找到的第一份工作:在码头边的一辆运货车上当副驾驶。

更让他们感到沮丧和扫兴的是,他们出国的这几个月里,英国摇滚音乐无论在声音和外观上都发生了翻天覆地的变化,这么一来,就显得他们远远地落伍了。八月,克里夫·理查德的伴奏组合影子乐队,独自凭借一首融入探戈风味的器乐曲《阿帕切》一炮走红。和理查德一样,"影子"似乎也加入了一个进程,让摇滚的节拍成年人听起来不那么揪心:他们穿上了相配的闪亮的衣服,动作一致地微笑鞠躬,在表演中还搭配一点统一的舞蹈,向前一步、向后一步、向左或者向右一步,舞步约束拘谨得像是十七世纪的加伏特舞。结果,全国范围内的各个组合都纷纷疯狂地抢购蝴蝶领结,降低主唱的地位,抬升主奏吉他手的分量,要求主奏吉他手震颤着手臂弹奏吉他。任何仍然身着黑色皮衣唱摇滚的组合,都冒着被观众笑场被迫离开舞台的风险。

一直到了十二月中旬,约翰才打起精神和保罗、乔治、皮特取得联系。一场庆祝他们归来的表演至少在所难免了。皮特的母亲,即女强人莫娜·贝斯特,仍然经营着她在西德比家里的地窖开张的"城堡"俱乐部。他们于12月17日在那里演出,海报打出了"'披头士'王者归来"的字眼。一个名叫查斯·纽比的化学专业生同意填补贝斯手的空缺,直到斯图圣诞过后回来为止;他曾经是皮特以前所在的组合"金属警棍"里的成员。

除了西德比,在外面更为广阔的世界,他们得到演出机会的希望主要落在艾伦·威廉姆斯的身上,他们仍然把他看作是自己的经纪人,虽然他在汉堡发生的危机事件中没有帮上什么忙。不过,威廉姆斯之前一直欣欣向荣的创业道路却遭受了一次重创。他受绳索街明显获得巨额利润的兼营音乐与酒水的俱乐部的启发,决定在利物浦开一家同样走浮华路线的俱乐部。他对自己平时能够点石成金的本领非常自信,便在苏活街盘下了门面,照搬了披头士原本将会领衔演出的汉堡那家俱乐部的名字,聘请来当地一位卓有成就的广播音乐节目主持人鲍勃·伍勒作为常驻的节目主持人。可是不知道是哪一个环节出了问题,他似乎得罪了太多人。利物浦的"顶级十名俱乐部"于12月1日开张;营业了六个晚上之后,就神秘地被烧为灰烬。

对"披头士"来说,这次瓦格纳风格的灾难倒让他们因祸得福。鲍勃·伍勒同时还固定效力于一位名叫布赖恩·凯利的舞蹈承办人,他的场子包括莱索姆大厅、安特里学院、利瑟兰市政厅。伍勒没有听过披头士在家乡表演过,但却对他们已经在国外演出的经历印象深刻,因此预定他们于12月27日在利瑟兰市政厅演出,报酬6英镑,同台的还有德尔雷纳斯、三角洲布鲁斯歌者、追寻者乐队。海报宣传他们"直接从汉堡远道而来"。

利瑟兰市政厅的观众都记不清有哪个组合叫做"披头士",只知道有一些无关紧要的艺人顶着各自不同的名号:"银色甲壳虫""比倒士""采石工";所以他们都一致推测"直接从汉堡远道而来"意味着他们都是德国人。当然了,从这些全身一水儿深色皮衣的超级暴风兵身上看不出任何英国的痕迹,他们没有跳"影子"风格的踏步舞,而是咚咚演奏起了在绳索街千锤百炼的有力节拍,不讲究对称的美感,只求疯狂地做秀一场。第一次的这场重磅演出震慑了所有的观众,男孩女孩都一扫平时在舞厅的追求,不再满足于跳跳舞、搭搭讪或者找找麻烦,而是一股脑儿蜂拥向舞台的前方——成了记录在案的披头士狂热的首次爆发。

从那往后,他们就再也不用到处讨工作了。布赖恩·凯利急匆匆地包下他们,让他们在利瑟兰以及他的其他两个场子演出,为了防止竞争对手接触他们,他甚至在他们的穿衣间门外安排了一个保镖监守。不过这证明是一件不可能的任务。一位名叫萨姆·利奇的赞助人在汉布尔顿大厅逮住了他们——他说,这次经历好比是詹姆斯·斯图尔特在好莱坞的传记片中发现了格伦·米勒这样的"新声音"——并且预定他们到位于市中心的两家俱乐部演出,名字分别叫做"卡萨诺瓦"和"铁门"。他们如此深受欢迎,就好像他们在去汉堡之前默默无闻的日子从来没有存在过似的。每场演出之后堵住他们的新歌迷如今也知道了他们也是利物浦人的事实,但是不知怎的仍然把他们当做外国人对待,视他们为嘉宾,免受利物浦人无情的批评和奚落的传统。一天晚上,在安特里学院,一个身材娇小、发色淡黄的女孩帕特里夏·因陀罗闯到后台找到他们,跟他们说,"你们总有一天会跟克里夫一样出人头地的。"不管约翰以后对理查德和"影子"的态度如何,他此时和其他所有人一样感觉"飘飘然"(高兴万分)。

莫娜·贝斯特同样也要分一杯羹,安排他们在"城堡"以及她如今同时在托布鲁克的圣约翰大厅经营的舞会上演出。"城堡"成了披头士的活动中心,几乎与"紫薇花"并重;他们的行程由贝斯特太太或者办事有条不紊的皮特安排,而俱乐部的保镖弗兰克·加纳,则兼任他们的司机。

皮特的一位朋友住宿在贝斯特家里,名叫尼尔·阿斯皮纳尔,是一位年轻的受训会计师,白天在位于戴尔街的普鲁登肖大楼工作。尼尔曾经是保罗和乔治在利物浦学院上学时的同学,他还是达夫·洛的朋友,达夫过去时不时地为"采石工"演奏钢琴。他有一辆花了8英镑买来的红白两色的货车,车子后面有两个粗糙的木头座位。为了能够挣一两个英镑的外快,他非常乐意接手保镖弗兰克晚上开车送披头士去演出的活儿。他先帮他们搬下设备,然后回到贝斯特家里,接下来的几个小时他用来学习他的会计函授课程,直到到点儿去接他们了。"我注意到一件奇怪的事情,他们竟然没有一个队长,"他回忆说,"他们也许不像'雷里风暴'乐队一样有一个领头人,可是等你一看到约翰,就会清楚地知道谁是队长了。"

另外一个同等重要——虽然绝对不会长久——的新伙伴是DJ鲍勃·伍勒,他几乎主宰着他们演出的每一个场子。他身材肥胖,颇具威严,看上去比他的实际年龄三十岁老得多,可是他的声音却饱含着惊人的热情,正好投合了他的青少年听众的心思。约翰嘲笑他红彤彤的脸庞以及参议院式的风范,同时却又敬他是一位艾伦·弗里德式的人物,是默西塞德郡本土的"月狗",他对流行音乐、固定曲目,甚至古典音乐都有渊博的了解,帮助披头士在竞争中保持了一定的优势。比如说,正是伍勒建议他们在舞台的幕布升起暴露他们之前,就先演奏威廉泰尔序曲的几小节雷鸣般的乐段,紧接着开始他们的第一首歌曲,达到使开场戏剧化的效果。甚至当他指出汉堡和利物浦的其他旁观者注意到的一个事实,即拥有最狂热的女歌迷的不是约翰,甚至也不是保罗,而是皮特·贝斯特时,他仍然得到他们同等的尊重和关注。他们听从伍勒的建议,一天晚上尝试把皮特的鼓具从后台搬到前台中央。不过,在发生了女孩儿们纷纷尖叫着几乎把皮特拽下舞台的意外之后,这个新安排就被弃之不用了。

一月中旬,斯图·萨克利夫为了入艺术学院学习推迟的教师进修课程,终于无奈地离开了他的德国未婚妻,从汉堡归来。约翰见到他时欣喜万分,他的妹妹波琳如今回忆道:"约翰过来和他聊了好几个小时。他们那天晚上一起出门,活像一对连体婴儿似的。"

披头士最近受到的狂热追捧,使得斯图越发显得成了组合当中格外突兀的那一个。他大概已经有六周的时间没有触摸贝斯了,以前学的几乎忘得一干二净,指尖也变得柔软了,因此向下按压音品上的重弦时,和初学时一样疼痛不已。默西塞德郡上上下下的披头士的新歌迷对这一崭新的阵容感到困惑不解,四个队员怡然自得地沐浴在镁光灯的照射之下,只有第五位队员,即体型小得多的那一位,却尴尬地背朝着大家。如今利物浦有这么多双探寻的目光集中到他们身上,保罗和乔治开始对增加这么一个路人的包袱表现出怨恨。只有约翰好像什么问题也没觉察到似的。

"野蛮的"绳索街曾让斯图惊慌失措,但不知怎的,他在那里过得还算开心。回到利物浦,斯图就没么幸运了,这里的男阿飞都认为一个晚上不流点血就算虚度了。他回归披头士仅仅几周后,他们到莱索姆大厅表演,它是他们巡回演出中最不太平的场子之一。演出结束后,趁其他人把设备装到尼尔·阿斯皮纳尔的货车上的空当,一伙小阿飞在后台堵住了斯图,开始对他大打出手。约翰和皮特赶来救他,约翰勃然大怒,不管三七二十一就上去跟袭击者拼命,把右手的小手指都打断了。之后几周他的手指上都戴着夹板,即使如此,日后还是留下了稍微变形的印迹。

斯图的母亲米利耶后来回忆起他回到家后,自己到他房里时见到的情景,卧室里到处都是血迹。他告诉她自己刚刚打了一场架,被人踢了头,同时又禁止她叫来医生检查——甚至还威胁她:如果她胆敢试试,他就离家出走。第二天早上,他让步了,让一位家庭医生检查了自己的伤势,这位医生叫米利耶放宽心,说他没有受什么严重的伤,卧床一天就会看到他又生龙活虎了。

披头士外出表演时,利物浦自身的音乐地图也发生了翻天覆地的变化。"洞穴"俱乐部终于觉醒了。

三年前约翰试图携手"采石工"在这里演奏摇滚,曾使他得到了听众严正的警告;如今那个传统爵士乐狂热乐迷的大本营消失不见了——或者至少正在逐渐消逝中。1960年初,面对不断衰减的顾客人数,"洞穴"的创始人艾伦·西特勒把生意交给自己家族里的一位会计打理,他名叫雷·麦克福尔,是一个处事井井有条、周密精确的人。麦克福尔自己当然不是什么摇滚迷,但他意识到年轻人痴迷的风向正朝什么方位吹。那年八月,正当披头士陪伴着约翰尼·金特尔去苏格兰巡回演出时,"洞穴"首次推出了"节奏音乐时段",邀请"雷里风暴"乐队以及"格里和带头人"乐队主打演出。

麦克福尔同时又不想失去他的爵士乐客人,于是突发奇想,兼容两种音乐形式,这样各自的顾客甚至都不需要彼此打量了。"洞穴"地处马修街,正好位于利物浦商业区的中心地带,步行几乎不到一分钟,就到了诸如北约翰街和白教堂这样熙熙攘攘的大道。办公室和商店的年轻女职员构成了节奏音乐的主要追随者,她们每天午饭时间都会蜂拥到这个区域,人数多达百人,要么毫无目的地端详着商店的橱窗,要么坐在维多利亚风格纪念碑的台阶上吃三明治。雷·麦克福尔灵机一动,在"洞穴"上演午饭节奏音乐时段,时间从下午一点延续到两点。

莫娜·贝斯特作为披头士实际上的经纪人,在他们从汉堡回来不久就把他们推荐给麦克福尔。1961年初,鲍勃·伍勒被聘请担当"洞穴"常驻节目主持人,他同样在新老板的耳边打边鼓,督促后者赶紧把他们预定下来。问题是"洞穴"只有在周三晚上才是节奏音乐之夜,而他们碰巧在未来几周的周三都被布赖恩·凯利预约走了。唯一腾出来的空缺就是工作日的午间时段了。

在这个时段演出对于大多数组合来说都有些为难,因为组合的成员们在工厂或者办公室都有朝九晚五的宝贵工作。不过对于约翰、乔治、皮特、斯图来说,这都不是什么问题,只有保罗难以做出抉择,流行音乐的历史极有可能因此就黯淡许多。保罗急于安抚父亲,如今在一家马西-科金斯电线圈厂里找到了一份工作;而且很快就被领导相中,认为他是一个有潜力的管理材料,便让他坐办公室,每周报酬7英镑——这在当时——是相当丰厚的。每天消失三个小时(一小时搭台,一小时演出,一小时拆台),极有可能葬送了这份有前途的工作。

约翰对待保罗两难的处境,可就不像他对斯图那样富有谅解心了。"我当时总跟他讲:'跟你老爸摊牌吧,叫他让步。他不可能打你的……不过是老头子一个。'"可是保罗心里仍然放不下马西-科金斯厂,纠结于在"洞穴"演出会毁掉他在那里的前程,直到约翰的耐心最后终于用光了。"我在电话里对他说'不来就退出',所以他只能在我和他的父亲之间做出选择,结果他选择了我。"

即使以现代最低的健康和安全标准衡量,"洞穴"压根就不应该存在。它是一间仓库的地下室,仓库里贮存着要运往码头或者从码头运来的水果和奶酪;它作为娱乐场所,设施也几乎等于没有。从马修街的一个狭窄的门道下去十七个石阶,便来到一个面积大约不超过50×30英尺的弹丸之地,内里紧凑堆砌着维多利亚式的红色砖墙,整个空间被划分成三个拱形区域。里面没有供热设备(至少,不是机械设备),没有空调,没有排气的风扇,也没有对允许进入的人员数目加以限制,连烟雾警报、自动喷水装置、紧急出口,都一概没有。

舞台位于中央区域靠里的部分,高度几乎不足两英尺,唯一的照明设备就在头顶的一块粗陋的木头板条上,上面安装有一组普通的60瓦的电灯泡。舞台后面是一个公共的穿衣单间,兼做准备室,从这里鲍勃·伍勒(又称作大节奏先生)通过俱乐部的内部广播网宣布上演的各类节目,并在节目间隙播放从庞大的私人收藏中挑选出来的唱片。他们还必须跟顾客合用洗手间,不过洗手间的状况太糟糕了,以致多数人——尤其是女性——觉得"来之前就先方便好"更可取。

"洞穴"几乎总是人满为患,这个四面砖墙、密不通风的热闹场子挥发出阵阵热气,令人头脑昏沉。过去的成员如今回忆起当时一个人走下台阶时的感受,形容从下面蒸腾上来的热气,就像是一条毒蛇逐渐环绕着人的双腿盘旋上来似的。里面混杂着多种气味——有从仓库渗出的奶酪硬皮酷似呕吐污物的酸味,有发蜡的味道,有人体的体味,有烟味,有霉味,还有消毒剂、牛尾汤、老鼠屎的味道。热气的作用,加上声音的震动,使得刷成白色的天花板上不断轻轻降下一阵阵碎片——大家都戏称为"'洞穴'的头皮屑"——的细雨,落到下面舞蹈演员的身上。女孩子们会经常晕倒,男孩子也不例外,让他们呼吸到新鲜空气的唯一途径,就是让他们保持着仰卧的姿势,从大家的头顶上把他们传送出去。

披头士于2月9日星期二首次在"洞穴"的午饭时段亮相,总共获得了5英镑报酬。结果,在这个规模小些的地下室,再次上演了观众在利瑟兰市政厅爆发的狂热表现。雷·麦克福尔当时当地就签下了他们,作为俱乐部午间时段常驻的组合,与"格里和带头人"乐队轮流演出。

不过,约翰如果幻想自己的一次成功壮举就攻占了爵士乐迷的神圣堡垒,他不久就要大失所望了。原来麦克福尔打的如意算盘是让"洞穴"的顾客逐渐摆脱对汉弗莱·利特尔顿和克里斯·巴伯的迷恋,并渐渐喜欢上杰里·李·刘易斯和查克·贝里。因此,披头士虽然在午饭时段造成了轰动的效应,却不能立即晚上也在那里演出。俱乐部仍然把周末的时光献给爵士乐;工作日除了周三晚上,只有周二晚上俱乐部也开张营业,麦克福尔便安排"蓝色基因"乐队在周二晚上演出,他们演奏的曲目综合了摇滚和爵士乐,还采用了老式的立式大贝斯。

直到六周之后,他才能第一次向他们提供晚间演出的场合,而且只是作为"蓝色基因"乐队每周的"嘉宾之夜"的开场表演。来自利瑟兰、莱索姆、安特里的大批女歌迷像中午时段一样源源不断地涌来；使得将爵士乐与摇滚巧妙融合的"蓝色基因"完全黯然失色。演出之后，该组合的两个成员狠狠地指责了麦克福尔一通，怪他用这种方式削弱了他们的名声。

披头士与"洞穴"的另外一个午间驻唱的组合"格里和带头人"乐队之间，就没有这么紧张的对峙了。他们的主唱格里·马斯登来自丁格尔区，是个随遇而安的十八岁小伙儿，他和约翰还是学校学生组织噪音爵士乐组合的成员的时候，就互相认识了（格里很长一段时间以来总是处于遥遥领先的位置）。"约翰是我的哥们儿，"他如今回忆说，"我们有相同的幽默感。过去我们经常长时间待在一起倒着读《圣经》，中间穿插进我们自己造的词，故意让声音听起来搞笑。"

当灾难降临到在汉堡的披头士头上的时候，彼得·埃克霍恩预约了"格里和带头人"乐队，代替他们做"顶级十名俱乐部"的开场表演。"带头人"乐队拥有截然不同的表演风格，他们身着时髦讲究的运动外衣，口袋上印有交织字母，设备里拥有一台电子键盘乐器；不过，他们演奏的音乐类型和披头士一样广泛，从摇滚到民谣无所不包，而且找乐子的劲头同样压制不住。"我们和约翰以及保罗做了一个约定，彼此绝不盗用对方的曲目。"格里如今说道。"我们在舞台上是斗得你死我活的仇敌，一下了舞台就又成了最亲密无间的朋友。"

铺着鹅卵石的马修街狭窄紧仄、平凡无奇，却因缘际会迎来了它白天出人意料的崭新生活。周一到周五的午间时分，一条四人并排的队伍开始在"洞穴"舱口似的入口前面形成，每过一分钟队伍都会壮大不少，一直往后延伸，越过各个仓库、送货的货车以及堆积成山的装水果的板条箱，蔓延八十多码的距离到与白教堂的汇合处为止。以现在的标准，人人都极其自律，整个场面异常平静。外面只有一个门卫在维持秩序，应付起来也显得游刃有余；里面，根本没有什么"安保"的身影。会员的入场费每人1先令，非会员则每人再加6便士。不论是午间还是晚间，都一概不售酒水，只供应咖啡和软饮料。

格里·马斯登能够记得几十首歌曲，因此得到了"人体点唱机"的昵称；可是即使是他，也必须在演唱曲目的多样性、企图心——通常还有纯粹的对比性上下功夫，以图赶上披头士在"洞穴"演唱的曲目。约翰和保罗拥有超强的模仿能力，乔治解读和弦的技能也不在话下，他们三人几乎可以瞬间演奏出美国最复杂的歌曲：拉里·威廉姆斯的《慢下来》、卡尔·珀金斯的《很高兴一切都结束了》；加里·US·邦兹的《新奥尔良》中有一段高亢的一呼一应，詹姆斯·雷的《若你要想出人洋相》中则有一段古怪的布鲁斯华尔兹乐段由口琴吹奏，它们都难不倒披头士。在那样大男子主义的文化氛围中，他们还大胆地演唱美国黑人女性组合的歌曲,如奇迹合唱团的《邮差先生请等等》雪莉艾拉组合的《你明天还会爱我吗?》——经常连歌词都懒得改。比如说,雪莉艾拉组合有一首歌曲名叫《男孩》,背景副歌部分是狂热的"泡噗 嘘喔噗,泡噗-泡噗 嘘喔噗",他们立刻被迷得忘乎所以;在"洞穴"的拱形区域传唱《男孩》的整个阶段,无论是他们自己还是听众似乎都从没注意到一点,即,他们歌唱的其实是对同性表达爱慕的赞歌。

他们唱唱硬歌,又唱唱软歌,变化的速度几近精神分裂症的症状。这一刻,约翰可能还在嘶吼巴雷特·斯特朗的《金钱》,竭力要从物质主义的好斗歌词"生命中最美好的东西都是免费的,你尽可以把它们送给鸟儿和蜜蜂……我想要金钱!……"把令人震惊的效果演绎得淋漓尽致。紧接着,砰砰作响的摇滚节拍弱下去,转成了鸡尾酒会里的桑巴舞曲,这时保罗将嘴凑近麦克风,用他那双棕色的大眼睛眼神忧郁地扫过酷似亚热带的昏暗景象,开始唱起了由佩姬·李录制的《直到有你》,该曲出自百老汇的热门剧目《音乐人》。两个人转换情绪的娴熟程度就像他们配合演奏吉他时一样;眨眼不到的工夫,保罗可能就在引吭高歌《堪萨斯城》,约翰则低声吟唱起泰迪熊组合的民谣《认识他就是去爱他》。

他们倾囊演绎各种音乐,类型包括摇滚、流行、节奏布鲁斯、乡村、布鲁斯、固定曲目以及流行曲调,然而却极少有人知道这一对自己也写歌。鲍勃·伍勒后来回忆道,披头士在"洞穴"俱乐部定期表演的一百首左右的曲目中,大概只有五首是列侬-麦卡特尼通力创作的作品。保罗·麦卡特尼如今做出如下解释,"我们一开始做自己不成熟的东西,(主要)是为了在我们走得更远之前,有一两首其他组合不会唱的歌曲。"这些歌曲大体倾向于民谣风格——比如说,保罗的《像梦一样》,——很长一段时间,他们得到的反应都不是怎么热衷,纯粹出于礼貌而已。"歌迷们不是十分感兴趣,毕竟他们来不是为了听这个的。"格里·马斯登如今回忆说。在约翰看来,与摇滚的经典曲目一对比,他和保罗的作品就显得"有点生涩了……不过我们逐步修改润色,决定尝试看看"。

保罗仍然保持着创作一部舞台音乐剧的梦想,这个梦想曾经驱使他在十六岁不到的小小年纪,就写下了《当我六十四岁》的处女作。据尼尔·阿斯皮纳尔讲述,他在一个很短的时期内曾试图引导约翰脱离摇滚走进罗杰斯和哈默斯坦的领域。"保罗告诉我他们一起去看一个好像名叫《俄克拉荷马》的剧——可是才看了大概十分钟,约翰就骂起了娘,甩手走了。剧中不是小伙子对着姑娘歌唱就是姑娘对着小伙子歌唱……这实在不是他喜欢的场面。"

利物浦的每一个主要组合都拥有忠实的,甚至是疯狂的女歌迷。但是自

1961年2月披头士开始每天固定在"洞穴"演出起,他们的追随者就显示出了完全形成气候的运动的特征。他们每场演出时,中央拱形下方前二十四排的低矮木椅上满满当当地坐满了女听众,她们涂上黑色的眼影,留着蜂窝似的发型,穿着蓬松的裙子,就像是冥府不安生的礼拜日学校课堂似的。这就是利物浦独一无二追星族,他们喜爱偶像,但绝不顶礼膜拜。每次演出之前,和其他所有的披头士一样,约翰会遭到一连串来电(咪咪姨妈的号码也在电话簿里,仍然存在乔治姨父的名下)的狂轰滥炸,都是打来要求他演奏点名的歌曲。每次演出结束后,五个人都可以挑选他们中意的各色女孩儿,他们乐衷于此的劲头甚至比在汉堡时还要高。"我有一次等他们都上车之后也钻进了货车,结果却不能启动,"尼尔·阿斯皮纳尔回忆说,"前轮儿已经直接从路面上翘了起来。我走过去打开后门,发现他们带了十八个女孩子。"

不过在"洞穴"表演的披头士不仅仅引起了女孩子的疯狂追捧,男孩子也未能幸免。他们过去对自己女朋友感兴趣的流行歌手深恶痛绝,无论是唱片上的还是电影银幕上的都一概讨厌,更别提现场演唱的歌手了;如今他们陷入同样的迷恋不可自拔,只不过表现得不是那么明显。在这个男性的时尚意识日渐觉醒的时代,男孩子们着迷于披头士一身的黑色皮衣以及脚上的牛仔靴,只要利物浦的男装店能力允许,他们就努力在穿着上向他们靠拢。女孩子们也许会为腼腆的皮特或者娃娃脸的保罗心醉神迷,男孩子们却会把他们更为冷静的崇拜情绪主要寄托在约翰身上,约翰总是竖立着衣领,弹着双头的里肯巴克吉他,而且脸上总是一副满不在乎的拽拽的神情,只不过基本上都是装出来的罢了。

这个时期的披头士除了是个节奏音乐组合,在节目中还倾向于喜剧表演。约翰演唱许多歌曲的时候,几乎都会故意即兴采用好笑的口音——德语口音、法语口音或者"飞飞鼠"的墨西哥口音。即使是最神圣的摇滚歌词,他也要模仿"残疾人"飞出斜眼、弯腰驼背、曲手成爪,将其破坏得一干二净。他们在表演的过程中,会抽着香烟吞云吐雾,会大口喝下瓶装的软饮料,会彼此私下里开玩笑,还会和听众当中的朋友一直聊天。俱乐部内不稳的电力供给经常会因为压力过大导致扩音器消声,约翰和保罗这时就会固定表演一段《莫康和阿歪》双簧喜剧秀,或者再现《傻瓜秀》的某处场景("哦哦,他掉进去了!……"),抑或是演唱电视上为太阳祝福吐司打出的广告歌曲。

约翰最忠实稳固的追随者中,帕特里夏·因陀罗要算一个。她身材娇小玲珑,发色金黄,曾经因为在安特里学院说披头士"有一天会比克里夫更加伟大",而使约翰整个晚上都飘飘欲仙。帕特里夏是码头装卸工的女儿,家住位于格兰尼街的邮局的上面,工作单位是布莱克勒百货公司的织物部,在这里成匹的布料仍然用维多利亚时代的大剪刀裁剪。"'披头士'去哪里,我过去常常就跟到哪里,"她如今回忆说,"不过不只是性爱而已;我们聚在一起就是好哥们姐们。等他们演出之后,我们就带上几根散卖的香烟(单个卖的香烟,每根半便士),一包炸土豆条,再加一瓶廉价酒,一起回到某个人的住处,然后就围坐在一起谈论音乐。我当时热爱摇滚,和他们待在一起,就好像挨着五个埃迪·科克伦似的。"

她和她的大多数朋友一样,一开始受保罗的吸引,她们称保罗为"衣服架子",不过,她逐渐觉察到约翰喜欢她,这一点让她颇感惊奇。"不过,他没有对我采取行动,因为当我第一次遇到他的时候只有十五岁,尤其是因为他知晓了我当时还是一个处女。他奉行乔治的原则,乔治过去常常宣称,'我不碰处女。'"

他的咪咪姨妈对他如何度日依然一无所知,还以为他从汉堡回来以后又重新进入了学院学习。最终咪咪的疑心还是被挑了起来,因为有成群的女孩子喜欢在门迪普斯的前门周围晃荡。"接着我听说有人看到约翰和'披头士'们正在这个洞穴似的地方演出。"

她对约翰这么长时间的欺骗行为大为光火,决定到"洞穴"当场抓住他,而且还鼓动妹妹南妮和哈里提供道义上的支持。"我被惊呆了。我从来没有见过这种地方,"她回忆说,"它就像是一个地窖。站在门边的男人对我说,'你不可以进去。'我回答他,'哦,我可以的。我是约翰的咪咪姨妈。'我必须提防自己会滑倒,因为台阶太陡峭了,光线又黯淡。一开始我看不见,后来我就看到他站在舞台上了。我从来没听过这么嘈杂的噪音。对我来说那不是音乐——而是噪音。我注视着他蹦来跳去的蠢样儿。我觉得一点儿也不好笑,气得简直要跳脚,只想要拎着他的耳朵把他从舞台上揪下来。"

约翰呢,他也完全惊呆了:他朝拥挤在闷热昏暗的"洞穴"中的人海一眼望过去,竟然看到不止一个而是三个姨妈坐在前排,夹在斗牛犬似的帮派和警察中间,浑身上下仍然是平常的装扮:一尘不染的外套、帽子、名牌皮质手提包和伞具。"他开始像那天在教堂义卖游乐会上一样唱歌。"咪咪回忆道。"'哦-哦,咪咪来了……'演出之后我对他发了一通脾气。我生气是因为他应该在艺术学院学习,而不是在这样的地方表演。我觉得他在让自己出洋相。"

冬季快要结束时,披头士不禁开始时不时地怀念起汉堡。他们与"顶级十名俱乐部"年轻的老板彼得·埃克霍恩仍然保持着友好的联系,而且还受到后者公开的邀请为他效力,前提是如果能够解决与移民局检查站以及青少年福利机构的问题。和顶替他们在"顶级十名"做开场表演的"格里和带头人"乐队谈过之后,使约翰尤其渴望回去置身脱衣舞娘、变装癖者以及五光十色的霓虹灯之中,畅饮冷冻贮藏啤酒,倒在以升为计量单位的圆筒大酒杯里,而不是喝墨黑的"温酒",一次只喝半品脱。此外,在汉堡也绝不可能在观众当中看到一群吹毛求疵的姨妈三人组。于是,在经得约翰同意后,皮特拨通了埃克霍恩的电话,发现那个提议仍然有效。

想想他们三个人去年十一月从圣保利区以类似罪犯的身份戏剧化回国的场景,他们的回归安排倒没有遇到过分的阻碍。乔治·哈里森在二月份进入十八岁了,因此现在晚上十点以后出现在绳索街是完全合法的事情。莫娜和皮特·贝斯特、保罗·麦卡特尼、艾伦·威廉姆斯纷纷给西德外交部写劝慰信,说服对方相信保罗和皮特当初没有把斑比电影院烧毁的企图,并促使对方撤销了对他们的驱逐令,不过事先要满足一定的前提条件,时限也仅为一年。当然了,约翰这次不同寻常地没有什么可道歉的,他什么时候想去就可以再次踏上这个国家的土地。他们与彼得·埃克霍恩签下一份为期一个月的合同,4月1日起生效。

斯图·萨克利夫理应抓住这个完美的时机脱离披头士,无论是自己还是约翰都不会丢脸。斯图将留在利物浦,开始艺术学院实际上已经许诺的教师进修课程。他预期会与自己的德国未婚妻阿斯特丽德·基希尔分开很长一段时间,就把她从汉堡接过来与自己的父母和两个姐妹见面,不过对于他们的婚礼还没有什么确切的计划。他一方面自然而然地感到遗憾,自己与约翰如今必须分道扬镳了;另一方面,他又迫不及待地想要回归适合自己的职业。

斯图原以为只是走形式的课程面试于2月23日举行。结果让他大吃一惊,自己竟然被拒绝了。他之前在学院的所有骄人纪录都不能说服任何一位高层人员同意他的申请。直到过了一段时间,他的母亲才了解到学院突然敌视他的原因。有人终于问起了扩音器的下落,当初学生会文艺部把它买来,供约翰和"采石工"在舞会上使用,结果却在1959年七月份左右从学院永远不翼而飞了。大家都认为斯图要对此偷盗事件负责,因为他既是学生会成员,有时又兼任"采石工"的队员。

当向学院高层递交的申请证明获批无望时,他觉得自己唯一的选择就是回到汉堡和阿斯特丽德的身边,这就暗含着他要继续跟着披头士在"顶级十名俱乐部"演出的意思。他于3月15日独自动身,搬回到阿斯特丽德母亲家里的阁楼房间里,忙于敲定组合获得赦免的最后细节,等待他们两周后乘火车到来。

在"顶级十名",披头士与另外一位离经叛道的艺术生托尼·谢里登平分秋色。严格来说他们是谢里登的伴奏组合,然而却又远非如此而已。谢里登的主要兴趣是弹主奏吉他,把大多数歌唱的部分心甘情愿地让给了约翰或者保罗,或者两人合唱。工作的时间安排和在"蓝色酒吧"时一样折磨人:周一至周五晚上七点开始,凌晨两点结束;周末则延长到凌晨三点,演出一个小时只有十五分钟的休息时间。埃克霍恩付给的报酬并不比布鲁诺·柯希迈德高出多少,每人每周21英镑,但是他提供的居住条件却好上不知多少倍。在俱乐部流线型的柱廊上方是汉塞尔和格莱特风格的外观,正面有宿舍的窗户,室内上方有纵横交错的横梁。约翰、保罗、乔治、皮特和谢里登合住在五层的一个房间里,里面装备有以梯子相连的双层床,隔壁就是卫生洗浴设施。经历了摸黑睡在电影银幕后面的惨事,这里简直就像是沃尔多夫-艾斯托娅酒店。

曾经陌生的夜景如今充斥着举手欢迎的支持者。阿斯特丽德、克劳斯·沃尔曼、杰根·沃尔默打头,领着一大帮身着黑色皮衣的存在主义者从"蓝色酒吧"撤出来到了"顶级十名","顶级十名"立刻多出了许多雌雄莫辨的苍白脸孔。俱乐部的经理兼安保负责人埃克霍恩聘来霍斯特·法舍尔,他是前拳击冠军,把保护约翰几乎看成是自己的使命。

绳索街尽管提供了丰盛的性爱大餐,约翰却仍然不打算与辛西娅分开,只能继续勤奋地给她写信,保罗也不例外,同样给自己固定的女朋友——娇小玲珑的多萝西·罗恩写信。这一次的条件改善了这么多,他们两人便决定趁辛西娅的复活节假期,把各自的女朋友接来玩玩。两个姑娘说服自己的母亲相信她们会很好地照应彼此,便结伴出发一路乘船坐火车,展开了多特的首次出国旅游。

德国朋友齐心协力,让她们在逗留的两周时间内尽可能过得舒服。保罗和多特借来罗莎的一艘游艇,罗莎是斑比电影院的洗手间服务员;而辛西娅则被安排住进位于阿尔托纳的阿斯特丽德的母亲家里。她害怕与阿斯特丽德待在一起,因为她发现后者漂亮时尚,对她构成了威胁——而且她还有些疑心后者有诱惑约翰的企图。不过,阿斯特丽德表现得再热情友好不过了,对她嘘寒问暖,务必让她处处舒心,还把自己的衣服鞋子借给她,给她有限的服装增添光彩,每天晚上还开车送她去市里的绳索街观看约翰演出。约翰的占有欲一如既往地强烈,他仔细吩咐霍斯特·法舍尔,要确保他在台上表演的时候没有其他男人试图和她搭讪。"我单为了照看辛西娅就干了好几架。"法舍尔如今说。

约翰向这个受到庇护的霍伊莱克女孩子展示了他的工作环境中污秽的边边角角,不忘指点出赫伯特施特拉斯店面橱窗中的妓女,从中几乎得到了窥淫癖者的乐趣。为了每晚和她们的情人一直到凌晨都保持清醒,辛西娅和多特都不得不服用了兴奋剂、苯甲吗啉以及一种叫做"紫心"的新型药物,这些都由一直热心肠的罗莎提供。"我们觉得棒极了,"多特如今回忆说,"它们不但能让你保持清醒,还能使你感觉良好。我们两个人通常几乎不敢说一句话,可是一服下这些药物,就成了话痨,止都止不住。"

与此同时,斯图似乎因为不但把利物浦而且把自己的国籍远远地抛之脑后,而找到了安慰,平衡自己遭受到的打击。因为和阿斯特丽德以及她的母亲生活在一起,他学德语的速度简直是突飞猛进,经常说德语比说英语还显得更加自如。多亏走在时尚前列的未婚妻,这个曾经穿着肥大运动衫的艺术生,如今的装扮也一跃成为最时尚的存在主义者的风格,穿上了衣领用饰针别紧的衬衫、无袖皮质马甲,脚踏一双用弹性织物做边的高筒靴,有时还会从阿斯特丽德的衣柜里翻来一件纽扣用布料包裹的短上衣,圆形的衣领仍然让约翰和其他披头士爆笑不已,因为它活像是从妈妈那里借来穿的。

许多奉行存在主义的男孩都把前额的头发修成楔形,这在欧洲是典型的法国发型(法国当时对男子气概的诠释与其他任何国家都大相径庭)。阿斯特丽德和克劳斯·沃尔曼还是男女朋友的时候,给他理成了这个发型,主要是为了遮掩他格外招风的耳朵。如今斯图要求她也为自己理同样的发型。于是,一天晚上,她拆除了他男阿飞的"帽章",把它理成了一顶浅平帽,刘海几乎遮住了他的视线。这个新发型将斯图五官中女性的精致一面全部展现出来——事实上,让这个天真无伪的利物浦男孩和那个精灵般的德国女孩看上去出奇地相似。

对于1961年英国的任何一位热血青年来说,像罗马的元老院议员或者中世纪的行吟诗人——或者法国人——一样将头发梳理到前面,是令人极为抵触的念头。在同时代英语国家的文化中,唯一一个留着刘海的男人是活宝三人组的莫·霍华德,他是首屈一指的喜剧演员,留了歪歪扭扭的黑色细长刘海,似乎专门为了向他的两个同伴更多地讨打。当然了,当斯图第一次顶着新发型去"顶级十名俱乐部"时,同样遭到了其他披头士的无情取笑,尤其是约翰。然而,即使约翰也意识到,斯图正走在时尚的前列,而他们留着埃尔维斯式的额发,却已经落伍了。几天之后,乔治·哈里森去找阿斯特丽德,叫她帮自己理一个和斯图一样的发型。一看到理出来的效果,他惊慌失措,连忙又把它梳成了原先的堆积发型。约翰和保罗一直毫不留情地嘲笑这种发型,私下里两个人却对它颇为着迷;约翰和乔治一度甚至借来剪刀,开始互相理发,试图重塑发型,结果却无疾而终。只有皮特·贝斯特一个人对自己杰夫·钱德勒式清爽垂直的发型仍然十分满意(因此就让自己与他们更加疏远了)。

事实上,不管是斯图的失意还是他作为时尚标杆展开的新生活,都不能长久熄灭他的创作冲动。他仍然打算在英国的某个地方攻读教师进修课程,同时还半正当地开始参加素描课程,地点在汉堡规模庞大、设施齐全的国立艺术学院。机缘巧合,学院的老师中有一位苏格兰裔的意大利人,名叫爱德华多·保罗齐,年纪三十六岁,长相肖似猩猩,但他激进的超现实主义雕塑却赢得了众多欣赏者,其中包括贾克梅蒂和布拉克。同是侨民的教授和学生一见如故,尤其是因为保罗齐同样也是逃到国外,躲避他眼中的英国令人窒息的地方主义。他对斯图的作品印象极为深刻,把他插进了自己亲手挑选的班级中,甚至还为他安排获得汉堡的市议会发放的一笔生活补助金。

　　这次意外的奇遇大大增强了他的自信心,重新点燃了他近乎疯狂的热情,这种热情过去常常让利物浦包括阿瑟·巴拉德在内的老师目眩神迷。在基希赫尔家里的阁楼房间里,斯图又开始以过去宏大的规模作画,使用的帆布幅面大得他都几乎不能够到顶部了。然而,这一次的作品不是受到启发的模仿,而是完全的原创——他如今熟悉的红灯区的五光十色、喧嚣嘈杂、丰富多样,甚至噪音,都似乎经过了提炼,形成了精心描绘的抽象图画。此外,他的激情一如既往地激发了约翰的冲动。"每当约翰来我们家看望斯图,都会坐下来开始作画,"阿斯特丽德如今回忆说,"但是画的却总是残疾人的漫画像……或者是挂在十字架上的耶稣像,耶稣的下方还有一双拖鞋。我当时还不知情,后来才知道了他的妈咪去世的经过。他非常气愤上帝从他的身边带走了妈咪。"

　　斯图投身于油画的热情越大,他留给披头士的关注和精力就不可避免地减少了。"大家开始生他的气,因为他不愿意练习。"阿斯特丽德如今说。"事实上,他白天总没有足够的时间完成他想做的所有事情。"据阿斯特丽德描述,约翰对于斯图的种种不足仍然毫不在意。"要是有人指责斯图尔特的演奏,他总会说同样一句话:'别担心——他长得俊。'"但是乔治和保罗,尤其是保罗,逐渐公开表现出对斯图态度的愤恨,同时也不满约翰似乎倾向于把友谊置于组合的整体利益之上。保罗一直觉得自己在跟斯图竞争约翰的关注,虽然他们各自与约翰的友谊完全处在不同的层次上。保罗拥有兼容并蓄的音乐才能,演奏贝斯的水平已经远远超过斯图梦想的水平了——而且在打鼓的技能上至少能和皮特·贝斯特平起平坐。有一次他们在"洞穴"的舞台上演出时,有人听到他冲斯图和皮特大嚷,"你也许看上去像是詹姆斯·迪安,你也许看上去像是杰夫·钱德勒,但你们俩其实都是垃圾!"

　　结果导致了披头士们唯一一次在舞台上大打出手,颇具讽刺意味的是,打斗双方是平时最不好争斗的两位队员。一天晚上在"顶级十名"演出,正和托尼·

谢里登合作一首歌曲,唱到中途时,保罗和斯图突然停止演奏,开始互相挥拳攻击。据谢里登讲述,保罗故意说了一句挖苦阿斯特丽德的话,心知肚明它会激怒哪怕最不暴力的斯图,让他忍无可忍。两个人都不是什么彪形大汉,保罗如今坦言那一次不算真正的打架,"更像是一种对峙……我们凶狠地抓住彼此,直到被别人推开"。当天晚上,辛西娅和多特还在城里,但不在俱乐部,她们拜访阿斯特丽德去了。斯图把这个事件看得相当严重,打电话命令保罗的女朋友滚出自己女朋友的家里。

皮特·贝斯特和披头士临时的歌手托尼·谢里登之间也发生了一次打斗,这次走下了舞台,情节也严重得多,约翰在其中扮演了他最爱的始作俑者。"约翰策划了这个事情,"谢里登如今回忆说,"他让皮特充当传声筒,说了一些针对我的牢骚话;我的爱尔兰人的血液顿时沸腾起来,皮特和我结果在俱乐部后面的走廊里狠狠干了一架,这一打肯定就是好几个小时。约翰甚至都没有等在旁边看看打斗的结果。我现在觉得他第二天有些内疚了,因为我和皮特打得浑身是伤,几乎都上不了台了。"

总体而言,披头士在"顶级十名俱乐部"工作的时光还是非常愉快的,他们的名声在家乡默西塞德郡深深根植了下来,而且有迹象显示他们在西德的星途也许会超出绳索街的范围,甚至可能还会走出汉堡。四月初发生了一件事——预示着不久将在利物浦上演的事件——这一天,"顶级十名"迎来了当地的一位著名企业家的光顾,他听说这里有一个来自英国、风格狂野的年轻组合驻唱,便决定亲自来和他们会会。这位三十七岁的伯特·肯普弗特当时是西德最著名的流行音乐人,他既是一支演奏轻音乐的管弦乐队的领队,同时还是好几首传唱各国的热门歌曲的曲作者,其中就包括埃尔维斯·普雷斯利的《木头心》。他还充当星探发掘人才,为"波利多"唱片公司制作唱片,该公司是久负盛名的德意志留声机公司旗下的流行音乐分部,不过这个品牌出了欧洲大陆就几乎鲜有人知了。

结果大家才知道,肯普弗特主要是对托尼·谢里登感兴趣,认为他是国内流行音乐市场上颇具潜力的独唱新星。经过了几场令人精疲力竭的现场试唱之后,肯普弗特给谢里登提供了为"波利多"录制唱片的机会,披头士担当他的伴奏组合,所有人都在他的监管之下。至少约翰觉得他们高过"波利多"旗下的其他任何一位艺人,并对这一点坚信不疑。"当这个机会到来时,我们觉得不会费什么力。"他回忆说,"德国人的唱片太糟糕了。我们的肯定要好得多。"

令人失望的是,这次录制没有在"波利多"的总部进行,而是设在当地的一家幼儿园的集会大厅里,肯普弗特在台上摆好他的设备,又拉上窗帘,粗略制造出隔音的效果。披头士为谢里登伴奏了五首歌曲,其中最著名的要算两首耳熟能详的老歌:《我心荡漾》以及《圣徒进行曲》,两首歌都配上了让绳索街热血沸腾的相同的摇滚节奏。另外三首则稍微更有原创的味道:汉克·斯诺的《没人要的孩子》、吉米·里德的《投保》,外加谢里登创作的一首《为什么(你不能再爱我一次)?》。这个场合标志着贝斯的演奏从斯图·萨克利夫的手里移交到保罗肩上,虽然前者仍然出席提供精神支持。肯普弗特尽管名声很大,却对如何制作摇滚音乐所知甚少,更别提如何凸显出披头士器乐和演唱上的特色了。"就只是托尼……演唱,我们在后面敲敲打打,"约翰后来这样抱怨谢里登的专辑,"太糟糕了。换个人都能做到。"

尽管如此,肯普弗特还是对披头士的表演印象深刻,也让他们单独录制了两首歌曲。约翰和保罗为了提供可能的选择,便上交了四五首他们仍在产出的原创曲目,虽然大多数都进了真空吸尘器。肯普弗特本身就是颇具才华的曲作者,他看出了他们作品的价值,但作为一名务实的制作人,他又清楚它们绝对不会吸引喜爱低沉乐声的西德市场。比较有商业前景的是约翰和乔治合作的一首器乐曲,在一段可以重复演奏的高音吉他乐段的基础上创作而成,与那些使"影子乐队"在英国几乎层出不穷地推出热门歌曲的旋律非常相似。这首曲目被录制下来,冠上了一个颇具讽刺意味的歌名《渴望影子》。

唯一一首完全由披头士录制的歌唱曲目是约翰演唱的《甜心佳人》,这是一首二十年代的爵士乐歌曲,是朱莉娅最喜爱的班卓琴弹奏的宴会曲目之一。几年来,他在舞台上一直坚持演唱这首歌曲,一开始仿照吉尼·文森特1956年的版本演唱,"非常柔和,音高定得很高,可是那些德国人直嚷嚷'用力点!用力点!……'他们希望它也有点进行曲的味道。"肯普弗特因此也录下了约翰"强硬的"唱法,从喉咙后面喷薄出厚重的啸音,他曾用这种啸音演唱查克·贝里的歌曲,给喝醉酒的水手或者"洞穴"痴迷的听众听。但是歌曲中他对这首最喜欢的老歌的感情怎么也藏不住,尤其表现在他重新演绎了一句副歌歌词的唱法("……噢,我非-非-常-常-常自信地问你-你……"),突然之间他更像是一个拟声唱法的歌手,而不是摇滚歌手。他把歌词"哦,天哪,哦,天哪!"也额外提高了一个声调,听起来就好像他的祖父,那个把脸涂成黑色的吟游歌手,瞬间复活了似的。

肯普弗特有足够的先见之明签下披头士,履行为期一年的唱片录制合同,但之后却没有更进一步开发他们。"波利多"没有发行《渴望影子》和《甜心佳人》,更青睐托尼·谢里登演绎的《我心荡漾》和《圣徒进行曲》,甚至在这份荣耀中也否定了披头士来分一小杯羹。为了避免任何与"小鸟儿"混淆的风险,唱片上他们的名字改成了"节奏兄弟"。与此同时,约翰录制的首张商业唱片被扔进了垃圾堆被人遗忘了。

约翰保持联系的少数几个艺术学院的朋友中,其中之一是比尔·哈里,他长着一头鬈发,学习平面造型设计,正是他初次引导约翰爱上了垮掉派诗歌、克尔凯廓尔以及索尔·斯坦伯格。虽然没有了约翰和斯图的陪伴,学院显得格外单调,比尔还是留了下来;他还怀抱着他们作为"异议者"时一起编织的宏大理想,即,利物浦应该成为英国垮掉的一代的圣地,正如旧金山在美国这一代人心目中的地位一样。1961年夏天,他的创业天赋将这一理想变成了现实。

比尔拥有捕捉细枝末节的灵敏嗅觉以及收集统计资料的能力,且写作数量庞大,已经为学院和赫西乐器店编辑了各种秘密违禁的出版物。然而,他立志要创办一份真正的报纸,以一种从未被风格严肃的老报纸《利物浦回声》采用的方式,详细报导这个城市年轻人的喧闹文化。他在春季筹集了50英镑的创业基金,准备发行版面小巧的周报,完全由自己和女朋友弗吉尼亚负责运营,报社位于伦肖街,在一家无牌贩卖酒水的店面上方的一个房间里。报纸的名字——综合了凯鲁亚克、音乐以及孕育它的那条泥泞的河流——取名为《默西节拍》。

报纸主要扮演信息交流站的角色,能够让歌迷得知他们最喜欢的组合于何时在何地演出。不过,比尔还搜寻对节奏音乐的现状有独特见解的文章和专栏。在四处寻找撰稿人的过程中,他想起了自己的"异议者"伙伴曾在学院写下一些不知所云的故事和诗歌,然后在"叶克拉克"半是羞涩地把它们给选择的几个死党传看。披头士四月出发去汉堡之前,他叫约翰为他们在"洞穴"俱乐部的歌迷着想,写一篇组合的历史简介。第一期《默西节拍》就在他们回来四天之后,即7月6日出版发行。约翰的文章占据了头版的半幅版面:

闲谈披头士的可疑起源

(摘自约翰·列侬的文字)

从前有三个小男孩,受洗礼时分别取名叫约翰、乔治和保罗。他们决定混在一起,因为他们都是喜欢混在一起的人。他们在一起后,就苦苦思索究竟为了什么,为了什么呢?他们灵机一动,想到了吉他,并弹出了不中听的噪音。可笑的是,没人感兴趣,尤其是这三个小男人。他们发现身边又多了一个更小的男人打转,便对这个名叫斯图尔特·萨克利夫的男人说类似

"小家伙,搞到一把贝斯,你能行的"话,他照做了——却行不通了,因为他不会弹。于是他们为了安慰他,陪他一起练习,直到他会弹了。音乐还是没有节拍,一个好心肠的老人开口了,原话是"你们没有鼓"。我们有鼓,但却不中用。于是一系列的鼓具流水似的来来去去。这个名叫"披头士"的组合陪同约翰尼·金特尔在苏格兰巡回演出时,突然发觉他们没有好听的声音是因为少了扩音器。于是他们又搞到了一些。

许多人问为什么叫披头士呢?为什么是披头士呢?啊,披头士,这个名字怎么来的?让我们来告诉你。名字来源于一个幻觉——一个男人踩在一块燃烧的馅饼上现身了,对他们说:"从今往后,你们就是顶级的'披头士'。"谢谢你,先生,他们一致感激地说。

约翰从来没有指望这段文字会被采用——可是哪怕可能被采用的可能性极其渺茫,他还是紧张过度,把乔治也拉进来一起撰稿。第一次见到自己的文字变成铅字,而且内容原封不动未作任何修改,让他兴奋到骨子里。和所有的作家一样,初次的署名唤醒了他渴望发表更多文章的强烈欲望。比尔·哈里至今都记得他后来不久来《默西节拍》的办公室时,手里抱着厚厚的一捆积攒起来的素描、故事以及诗歌作品,数量大约多达二百五十份。

《默西节拍》肯定披头士在利物浦所有组合中不容置疑的王者地位。约翰的朋友兼编辑不失时机地撰写报导他们的文章(不过比尔也不是没有充分的理由就瞎"贴金")。约翰发表的文章证明大受欢迎,他获得了定期撰稿的邀约,使用的笔名叫"节奏音乐梳理人"——影射 J. B. 莫顿在《每日快报》上开设的名为"海滩清理人"的古怪专栏。专栏是仿效《默西节拍》第三版娱乐向导的典型例子,后者遍布列侬对各个地方的重新诠释,包括码头顶、博尔德街在内的城市标志建筑;"城堡""紫薇花""古怪地点"之类的俱乐部;诸如"洛坎达"一类的饭店以及"格拉夫顿""洛迦诺"之流的舞厅。他完全迷上了将文字变成铅字的乐趣,甚至还会出钱在报纸的分类广告部分插入一些幽默的小广告。8月17日发行的报纸上登有五条这样的无聊文字,一个字就花了四枚旧便士,分散在正经的广告中制造一种累积渐进的效果:

热嘴唇,周五想念你,红鼻子……

红鼻子,周五想念你,热嘴唇……

阿克林顿欢迎热嘴唇和红鼻子……

吹口哨的乔克·列侬想要联系热鼻子……

红斯肯索普想要挑战热阿克林顿

披头士在"顶级十名俱乐部"演出期间,觉得既然他们自己可以安排表演,用不着艾伦·威廉姆斯,那就没有义务照常付给威廉姆斯百分之十的佣金了。约翰和保罗又避重就轻,这次也绝不是最后一次;斯图·萨克利夫代表大家给威廉姆斯写信,履行他作为披头士的最后职责。威廉姆斯在回信中好像受了极大的委屈,并暗含威胁:如果他们胆敢不付钱,他就让他们遭到全世界明星经纪人的封杀。不过,他除了从自己的主顾名单中将他们剔除出去之外,没有采取更进一步的行动,因此就注定他的命运成为"放开'披头士'的人"(或者,用约翰后来的话讲,"放不开'披头士'的人")。

威廉姆斯出局之后,他们的经纪人由一人变为好几个人共同担任,情况似乎也没有变得更糟。莫娜·贝斯特的"城堡"俱乐部以及顶上格局凌乱的屋子,仍旧是他们主要的碰头地点和活动中心,她还提供给他们不知疲倦的司机尼尔·阿斯皮纳尔。"洞穴"的老板雷·麦克福尔也与比尔·哈里和鲍勃·伍勒一样,不遗余力地保住他们在当地的至尊帝王。正是麦克福尔推动了他们首次与全国著名的音乐人同台演出,预约他们参加"洞穴"赞助的默西河巡游,或者唤作"河船之舞",于8月27日登上"皇家彩虹"号汽船,配合阿克·比尔克先生和他的"帕拉蒙爵士乐队"。

这年夏天,他们还与萨姆·利奇的来往逐渐密切起来,后者在坦普尔街开的"铁门"俱乐部同样主打节奏音乐,成了雷·麦克福尔的主要竞争对手。"铁门"也设在一间老仓库里面,不过面积要比"洞穴"大,而且是一个更为躁动不安、面向成人的场所,除了咖啡和软饮料,还供应酒水。萨姆·利奇虽然在许多方面和艾伦·威廉姆斯一样没脑子,但对披头士的潜力却坚信不疑,而且为了实现这种潜力,还采取了一种更为连贯一致的策略。他试图将他们推销给伦敦的流行歌手经纪人,诸如罗伊·坦普斯特以及提托·彭斯,但他们无一不摆出南方人典型的高傲派头,对他的提议完全不屑一顾。"在伦敦已经有了五千个节奏音乐组合。我们为什么需要从利物浦选上一个呢?"

随着约翰10月二十一岁的生日日益逼近,他开始对自己的歌唱事业能否有长足进步产生严重的质疑。"我长到了二十一岁,对此我并不是那么兴奋。"他回忆说。"我心里有个声音说:'看,你太老了。'甚至我们在录制唱片之前,我就在想……我已经错过了时机,你必须得是十七岁。美国的许多明星都是小孩……我至今记得有一个亲戚对我说,'从今往后就要走下坡路了',我当时真的大吃一惊。她还告诉我我的皮肤会怎样逐渐变老等等之类的话。"

有时他甚至会怀疑自己放弃学美术是不是做错了,他还能不能找到路子回去了,最好有相距不太遥远的斯图·萨克利夫像过去一样鼓励他的自信心。他不断地给汉堡的斯图写信——篇幅拉长,字迹潦草,平常爱用的双关语和错误的拼写一扫而空,几乎全是用平白的英语坦露他称为"一小部分隐秘的自我"是多么愤怒孤独、疑心重重。在约翰看来,斯图似乎已经寻找到完美的人生,从事油画艺术,师从爱德华多·保罗齐,身边有阿斯特丽德和她温柔的"妈咪"照顾他,入夜之后还有圣保利区开始的歌舞升平。

但是这种怡然自得的生活并不像艳羡的约翰想像的那般美好。斯图如今高强度的工作,似乎给他的身体和精神上带来一些扰乱性的变化。他的身体痛苦地消瘦下去,还时不时地遭受要命的头痛和恶心的袭击,一般的治疗方法几乎或者干脆无效。他的情绪也变化无常,这会儿还表现出初次让阿斯特丽德为之倾倒的温柔体贴,下一秒就大发雷霆,指控昨晚两人挨个逛绳索街的酒吧时,她跟其他男人调情。"我最难忍受的就是他的嫉妒心,"阿斯特丽德如今说,"因为压根就没有什么理由要去嫉妒。"

阿斯特丽德和她的妈妈最终说服他去看医生接受检查,七月份他给自己的母亲写信告诉她检查的结果。过去两年他加入退出披头士的经历,产生了一系列严重的病痛:胃炎(胃膜发炎)、肺部阴影、阑尾不适、腺体失衡,其中最后一项也许就是他突然情绪变化的原因。汉堡的医生叫他戒烟戒酒,开了处方并列出严格的饮食要求,最后提醒他千万不要推迟阑尾切除手术。八月末,他回到利物浦,准备在那里进行手术,并随身带着他在汉堡照的 X 光片。然而,利物浦的专家看了这些材料之后,却诊断病情都"在正常范围之内",宣称斯图的症状"根源于神经紧张"。他恼怒自己得到疑病症的指控,便没有做阑尾切除术,直接回到了汉堡。

约翰 10 月 9 日二十一岁生日这天收到的礼物中,有他的梅特姨妈和伯特姨父慷慨赠送的 100 英镑现金。他如今也是个经验丰富的旅行者了,便决定花这笔钱在欧洲大陆度个假,并邀请保罗·麦卡特尼结伴同游。两个人撒手不管披头士平常排得满满当当的演出,也不跟乔治或者皮特解释一下,就消失不见了。他们原本打算搭车去西班牙,结果却乘火车去了巴黎,并在那里逗留了两周,住在左岸的一家廉价旅馆里。这次旅游本来意在彻底隔绝音乐,他们却光顾了蒙马特尔的一家俱乐部,又有一天晚上像受虐狂似的去听音乐会,演奏者是逗人发笑的法国摇滚歌手约翰尼·哈里代。他们在跳蚤市场发现了一个奇特的新鲜事物——牛仔裤不是直筒,而是喇叭裤,肖似英国水手的制服裤。约翰和保罗两人各买了一条,不过当时害怕看起来"太娘娘调",还是把裤腿修改成正常的样式紧裹着脚踝。

他们去巴黎的主要原因,其实是他们汉堡的存在主义者朋友杰根·沃尔默最近搬到那里,当摄影师威廉·克莱因的助手。杰根留着和克劳斯·沃尔曼以及斯图一样的法国发型,都把头发梳理到前面;约翰和保罗几天以来一直浸染在法国风情之中,也最终下定决心准备跟着这股潮流了。理出来的发型只是即将成为披头士发型的柔和版本,但是仍然彻底改变了约翰的外观,他的脸显得更圆了,鼻子更坚挺了,嘴则古怪地透出女人味。前额的楔形刘海下面刚好只露出他的近视眼,却不知怎的反倒凸显出眼神叛逆嘲弄的锋芒。

两个外观彻底改变的逃兵花光了约翰的生日礼金才回去了,结果却发现他们的发型是所有人最不放在心上的。他们让承办人大失所望,后者如今一个个大发雷霆;乔治和皮特·贝斯特也因为反感双双准备退出。他们受到了鲍勃·伍勒、雷·麦克福尔以及其他不正式的几位经纪人的严厉教导。面对诸人要求他们尊重预约、表现专业的劝诫,即使是约翰也只能哑口无言。

幸运的是,就在这个关口,热情高涨的萨姆·利奇提出了一个方案,不仅将披头士重新组合成一个团队,而且再次确认了他们在当地所有的竞赛当中的领先地位。利奇厌倦了在小厅堂和地下室里举办演出,开始寻找一处能够容纳上千位节奏乐迷而不止是几十人的场所。他在新布莱顿找到了这样一个地方,新布莱顿是威勒尔半岛的海边度假胜地,曾经拥有一座仿照巴黎埃菲尔铁塔、高达544英尺的铁塔。这座铁塔在第一次世界大战后被拆除了,它的面积宽广的舞厅却继续发挥功能;舞厅白金两色的穹顶散发着巴洛克的风格,弹簧支撑的地板上可以容纳一千对舞者。

11月10日,利奇租下新布莱顿的铁塔舞厅,准备举办他命名的"大节奏音乐会",这场演出时间长达五个半小时,有四千人前来观看,披头士领衔表演,他们身后有"雷里风暴"乐队、"格里和带头人"乐队、雷莫四人组合以及"超级泰勒和多米诺"乐队。披头士当天晚上早些时候先演出了一段时间,然后匆忙过河回去到诺蒂阿什村的大厅演出,接着又回到新布莱顿准备十一点三十分开始的第二场演出。最后他们还与罗里·斯多姆进行了一场穿过默西隧道的疯狂赛车,这一夜才算真正落下帷幕,比赛中罗里的车差点就和对面的车迎头撞上。

在以后的岁月中,约翰会怀念地想起那几个月无忧无虑的生活,他们不用专门去什么地方,组合之间充满志同道合的情谊,他们演奏的音乐也是那么自由真诚。"我们重复许多许多次表演,但是每场演出都不一样。有时我们会有十五或者二十个音乐人一起表演,结果我们创造的效果是之前任何一个组合在台上都望尘莫及的。"他指的只可能是有天晚上在利瑟兰市政厅的演出,当时披头士与"格里和带头人"乐队强强联合成"节奏音乐缔造组合"。格里·马斯登担任演唱,并和乔治·哈里森轮流演奏主奏吉他,皮特·贝斯特和格里的兄弟弗雷迪合作打鼓,约翰和保罗只是伴奏,分别和带头人乐队的莱斯·马奎尔以及莱斯·查德威克合作弹奏钢琴和吉他。

当时当地,狂热的艺人退居二线,僧侣占了主导地位——心里有一半希望他们能让他一个人清净地在后面充当背景,默默无名地弹奏钢琴。"我现在说的是我们成名之前,在我们变成舞台上表演的机器人之前自然而然发生的事情。我们会用我们认为合适的任何方式表达自我。紧接着一个经纪人过来了,唠叨'做这个,做那个,做这个,做那个',我们就那样成名了,代价就是妥协。"

12. 阴影之地

> 好吧,伙计,好吧,我会穿套装的——只要
> 有人付给我钱,哪怕是该死的气球,我也会穿的。

里奇马尔·克朗普顿的威廉故事中不断重复表现了一个主题,即,十一岁威廉的创造力和对生活的热忱,可以对似乎最不可能的大人产生巨大的影响力。经常会有某一位位高权重的名人碰巧来到这个区域,参加某个面向成人的正式典礼,结果却信步走到了"老谷仓",威廉和"匪帮"正在那里上演他们的某场演出。这个重量级"逃兵"会付上几便士的入场费,然后衣着光鲜地坐在一个翻起来的装橘子的箱子上观看,比坐在他旁边的村子里的捣蛋鬼们都要看得津津有味。于是当布赖恩·爱泼斯坦机缘巧合闯进"洞穴"时,约翰的命运再次与威廉产生了共同之处。

布赖恩当时二十七岁,从外表看来,是最不可能出现在"老谷仓"或者"洞穴"里的人。他是利物浦一个富有的犹太家庭里的长子,似乎拥有了那个时代的年轻人想要的一切——外表英俊、魅力四射、精明老练,而且好像已经收获了人生让人颇有成就感的事业。他负责经营他父亲的电器大商场 NEMS,商场位于利物浦的购物中心白教堂区的中心地带。商场地下是唱片部,布赖恩发挥他非凡的才情将它发展壮大,使它可以当之无愧地自称拥有"北部最优秀的唱片选集"。

但是,在他那无懈可击的外表背后,隐藏着一个备受折磨的复杂人格,他认为自己 1961 年 11 月以前的人生几乎就是彻底的失败。他曾被学校开除,接着遭受排挤,提前结束了兵役,后来又放弃了在皇家戏剧艺术学院(RADA)学习表演课程。只是在无奈之下进入家族的零售业(产品包括家具、家用器具以及电器产品和唱片)之后,他才将自己可能具备的任何一项积极的才能发挥出来:巧妙的销售才能、一丝不苟而又高效运转的管理能力、呈现吸人眼球的外观和设计

的天赋。

然而最让他饱受煎熬的却是自己是同性恋的事实——这个事实给他的整个抑郁的青春期罩上了阴影,并使他后来的成功和自我证明削弱了分量。在1961年偏见横行的英国,尤其是在利物浦这样强调男子气概的剽悍城市里,没有什么负担比这一点更令年轻人难以承受了。1886年最初通过的立法永久确立了维多利亚时代对同性恋的看法,即,视同性恋为"性变态",是对任何一条宗教教义的亵渎,而且具有传染性,可以蔓延成一种社会疾病。男性之间的性交行为,哪怕得到双方的同意在私下进行,也是一种可以加以监禁惩罚的犯罪。对这种状况的害怕和厌恶蔓延渗透到社会的每个阶层,戏剧界和高级时装界受到庇护,排除在外。任何男人只要在行为上表现出一点点女人气的迹象,或者在穿着上显得古里古怪的——比如说,穿着绒面革的鞋子,或者一件钉有黄铜纽扣的西装背心——就会立即遭到公开的指责和烦扰,被唤作"断袖""同志""娘娘腔"或者"兔儿爷"。

布赖恩的犹太双亲正直虔诚,这一点更增加了保密的迫切要求,大大增加了他负罪和自我厌恶的情绪。然而,他的问题甚至不止于此。尽管社会普遍存在对同性恋的恐惧情绪,许多男同性恋仍然能够与其他同类形成愉快稳固的关系。但是布赖恩不巧偏偏喜欢的都是异性恋男人,他们的品性跟他那优雅的绅士性情相差十万八千里。为了获得满足,他只得在这座城市最不太平的地区沿着路缘开车寻找艳遇,或者在公共厕所发生男同性恋性行为,将自己不断置于危险之中,或被警察诱捕,或遭到对方的敲诈,或受到经常光顾这些场所、誓要"扫除同性恋"的群体的袭击。

布赖恩在正式发现披头士之前,其实已经在潜意识中认识他们好几个月了。位于白教堂的NEMS的店面与马修街之间只有一分钟的步行路程,商场里每天都挤满了"洞穴"午餐演出时段分流出来的人群,他们兴高采烈地谈论着他们即将看到或者已经观看到的表演。约翰、保罗、乔治、皮特他们自己也是定期的顾客,经常是为了搜寻不容易找到的进口唱片,以改进他们的表演曲目。《默西节拍》七月开始出版发行时,布赖恩订购了大量的报纸在NEMS出售。他甚至还开始给一个专栏撰稿,内容关于最新发行的唱片,排版的时候往往靠近报导披头士的最新消息或者约翰撰写的俏皮话。在自己的店里,布赖恩也不是高高在上发号施令的人物,而是以亲自服务顾客为荣,并喜欢了解他们的音乐口味。从几十位常来的顾客——其中包括那个身材娇小的金发女孩帕特里夏·因陀罗——的口中,他会听到太多关于"洞穴"以及它最受人欢迎的小子们的谈论。

但是在1961年,一个二十七岁的小伙子,尤其像布赖恩这样拥有较高的社会地位且老于世故的话,是不会喜欢上流行音乐或者青少年文化的。他纯粹是从认真做事的零售商的角度涉入,一旦NEMS挂上打烊的标牌,他也就到此为止了;私下里,他听的几乎全部都是古典音乐,而且还忠实热爱着歌剧、芭蕾舞剧以及戏剧。

根据他自己后来的叙述,他直到10月28日才最终知道了披头士的存在,当时一位顾客前来订购他们和托尼·谢里登为"波利多"录制的使用假名的唱片(广播音乐节目主持人鲍勃·伍勒一直尽职尽责地在全城为该唱片做宣传)。按他的说法,他当时不能通过NEMS平常的供货渠道找到该唱片,无意之中竟然惊奇地发现他们是利物浦的一个组合,而且就在一箭之遥的地方日夜演出——现在有时还通宵演出。他亲自去看他们午饭时段在"洞穴"的演出,结果完全被他们耀眼的才华震慑住了,享受了一次视听盛宴(威廉在"老谷仓"捣鼓的演出永远达不到这种效果),并意识到自己的使命就是成为他们的经纪人。

事实上,布赖恩从来没有见过一支流行音乐的组合现场表演,所以不可能知道这一支与其他会有或者可能有多少差别。不过他恰好正对零售业感到厌倦了,觉得自己的创造才能除了用来装饰他店面的橱窗,还有其他用武之地。最有吸引力的是,在这四个身穿黑色皮衣、大汗淋漓地"大肆胡闹"的音乐小子们身上,他看到自己隐秘的邪恶可以得到满足,却不会带来任何伤害,让人无可指摘:既满足了同性恋的私欲,又不留一点痕迹。

像他这种背景和阶层的人,即使只是考虑做流行歌手的经纪人,也是非常出格的事情。这个时代的经纪人的定义是劳工阶层中的赌徒,与挨家挨户行骗的骗子以及街角用三张牌蒙人的无赖衣钵相传。布赖恩却已经是富人了,穿的是量身定做的套装,开的是奢侈豪华的轿车,这些都是默西塞德郡每一个穷酸潦倒的骗徒梦寐以求的东西。由于受的是私立学校的教育,又曾经在英国皇家戏剧艺术学院受过训练,他说话时的语调调节得平稳流畅,丝毫没有利物浦人的口音。他虽然只比约翰大六岁,却显得老成得多;属于这一代中誓要抵制而非促进流行音乐的人之一。他的第一次探查性的主动示好使披头士们兴奋不已,连一向头脑冷静的保罗·麦卡特尼也压低声音,谈论起这个对他们感兴趣的"百万富翁"。

尽管布赖恩费尽心机想要隐瞒自己的性取向,结果还是被利物浦音乐界的多数人得知了。不久前,他的伪装差点就被戳破了,当时他在码头边挑中的一个姘头企图向他勒索,严重程度不同寻常,他别无选择,只能求助于警察。几小时

197

后,他们设下了一个陷阱——出于必要,地点就设在 NEMS 店里——结果勒索犯被带上法庭审判,布赖恩以 X 先生的假名掩护提供证据。城里知晓这件可怕事件的人士远远超过他想像到的数目。尽管他从外表和举止上都无懈可击地表现出正常的性向,许多不知情的人士还是很快猜中了他的秘密。正如好几个朋友偷偷跟约翰和保罗咬耳朵,用利物浦典型生动的黑话表达出来:"你得骑着一匹疯马直冲过去,假装眼前蒙着雾,不知道他是个同性恋。"

12 月 3 日,布赖恩邀请披头士到他位于 NEMS 店面上方的办公室见面,讨论他可能接手管理他们的条件。然而,他们却没有给予这次碰面理应的尊重,当天便姗姗来迟,还捎上了鲍勃·伍勒(约翰介绍他时,戏称他是"我老爸"),而且逃避对方一次次试图导入严肃交谈的努力,使主人越发显得紧张不安。不过,好在第二次见面时,情况就大不相同了,他们四个人于 12 月 10 日与布赖恩见面,刚好前一天,他们在南部的奥尔德肖特跟萨姆·利奇发生了严重的冲突,因为他们在那里演出时,只有十八位观众来听。保罗提出了最犀利的问题,即,他们是否一旦被布赖恩接手,就意味着要改变他们演奏的音乐类型。布赖恩向他们打了绝不会如此的包票,约翰就代表大家说话了,连投票都懒得投:"那好吧,布赖恩……当我们的经纪人吧。"

他们四个人中有三个未满二十一岁,如果没有得到他们的监护人的同意,就不能签署任何法律文件。布赖恩因此在做出下一步行动之前,必须轮流拜访麦卡特尼、哈里森、皮特家,阐明他的意图——减少大家对他作为犹太人的一些本能的偏见。只有约翰到了年纪,可以独立签约。然而,布赖恩还是去门迪普斯登门拜访了,向咪咪姨妈把事情交代清楚;事实上,他认为咪咪是他要施展魅力的最重要的对象,而且还颇不好对付。"有人来敲门,"她回忆说,"站在那里的是这个衣着整洁得体的年轻人……他穿着一件干净的白衬衫,打着一条领带,对我说,'你好,我叫布赖恩·爱泼斯坦',而我的第一印象就是'这人不错'。他说话非常直接……'我想当约翰和他的组合的经纪人'……我给他泡了一杯茶,他说他想让我放心,一切都会好起来的,他会照顾好约翰的。

"我当时惊得目瞪口呆,因为布赖恩告诉我他认为约翰真的有才华,'披头士'的预约不断……我以为约翰会落到的唯一一个地方就是职业介绍所。他受过良好的教育,彬彬有礼,注重小节,而且来自一个优秀的家庭,所以我知道他的用心是好的。他说不管发生什么事情,他都会照顾好约翰。我想我当时肯定说了表示同意什么的话……后来我才知道他们已经同意让他来当自己的经纪人了,我猜当时约翰要求征得我的同意……他总想要了解我的意见。"

布赖恩眼下的打算是为披头士签约唱片，他预见到要完成这个任务不会有多大的困难。作为一个领头的唱片零售商，他和伦敦所有的主要唱片公司一向关系交好；通过他们的销售部门，他可以直接接触到星探和制作人，而NEMS作为重要的主顾也会增加他的请求的分量。到圣诞节前，他已经和"波利多"取得联系——在保证NEMS的一笔大订单的诱惑下——说服他们一月份在英国发行托尼·谢里登的《我心荡漾》，唱片的伴奏组合现在也矫正为披头士，而不是原先的"节奏兄弟"。他还很快在NEMS最重要的供应商之一——声名显赫的"迪卡"唱片公司中，找到了愿意倾听的人士。当他说自己手里有一个组合的潜力"超过埃尔维斯"时，"迪卡"唱片公司非常重视他这个主顾，不仅听了他的请求，而且派了一个名叫麦克·史密斯的制作人，亲自去利物浦到"洞穴"看他们演出。史密斯出乎意料地非常喜欢听到的音乐，并向他的上级做了积极的汇报。

正式的试唱于1962年的元旦举行——当时元旦还不是公共假期——地点设在"迪卡"唱片公司位于北伦敦瑞士小屋区的录音室里。这一次试唱注定位列今后"音乐界重大失误"名单的榜首，不过平心而论，披头士当天看起来商业化的味道浓到极点了。演唱的曲目单——由布赖恩亲自酌定，彰显他们的多才多艺——其中融合了多种曲风，有节奏强劲的节奏布鲁斯歌曲，如《金钱》《田纳西州孟斐斯市》；有风格柔和的流行歌曲，如《好好照顾我的宝贝》《认识她就是去爱她》；有喝鸡尾酒时听的民谣，如《直到有你》《雨中的九月》；还有历久弥坚的固定曲目，如《多吻我一点》《阿拉伯酋长》。这些歌曲没有起到让"迪卡"为之一振的效果，反而把它搞糊涂了：他们到底是擅长哪种曲风呢？是节奏布鲁斯、流行、乡村、大众，还是传统音乐呢？列侬-麦卡特尼合作的三首歌曲散在这个大杂烩中唱过去了，却几乎没人问津，其中有保罗创作的《像梦一样》《爱与被爱》以及约翰的一首《你好，小女孩》。最后他们演唱了莱伯和斯托勒的《三只酷猫》，再一次偏离了中心。这首歌是《三只瞎猫》的搞笑版本，乔治负责演唱，约翰以"飞飞鼠"的身份即兴插入歌词（"嗨，伙计，给我留个小妞吧……"）。他们总共录制了十五首歌，每首歌一次录成，录在双音轨的单声道唱片上，未作剪辑也未作原带配音，整个过程几乎不到一个小时就结束了。

"迪卡"唱片公司尽管一开始有积极的表示，可是仅仅三周后，就正式表示拒绝。给出的原因是："四人吉他组合正逐渐过时。"——跟1927年好莱坞对有声电影没有未来的预言有得一拼。约翰怪布赖恩选错了曲目，他怪的也不是没道理，而且发誓这将是最后一次披头士被人支使演奏什么内容了。"我们很不错，"他后来坚持说，"至少，当时我们是很不错的。"

在等待伦敦提供更多的机会期间，布赖恩开始着手管理披头士，拿出了他一丝不苟地管理 NEMS 唱片部时的高效率。只要有关这些"小子们"（他很快习惯这样称呼他们），花费似乎都不是什么问题。他上任的第一把火就是付清了他们的乐器分期付款剩余的部分，包括约翰那把早就丢掉的霍夫纳 Club 40 吉他。宣传披头士演奏会的媒体广告也不再是啰里啰嗦的小型"伍尔顿公告"，变成了用优雅的黑色粗体打出的醒目广告，称他们是"波利多"录制唱片的歌手，鼓吹他们正式荣登利物浦第一组合的交椅，这一消息于 1 月 4 日发行的《默西节拍》里的一项读者意向调查中得到证实。

每次演出之前，他们的司机尼尔·阿斯皮纳尔都会从布赖恩手里拿到一份打印出来的长长的指示，内容说明他们将要在何地为何人表演多长时间，强调他们一定要准时到达表现专业，在舞台上要表现得毫不吝啬，这个价值取向他同样要求 NEMS 的柜台职员坚持。每周五，每一位披头士都会收到一份过去一周收入和支出的明细总结，好像涉及的款项多达几千英镑而非仅仅几十英镑似的。外表看来桀骜不驯的约翰假装觉得所有这些官僚的做法非常滑稽可笑，可是，他身上隐秘的有条理的一面却深受震动，他后来最终将会承认这一点。"布赖恩来之前，我们在做白日梦。我们不知道自己在做什么。看到我们的演出预约一个接一个地列在纸上，这才像回事了。"

说到与当地不好惹、经常粗暴无礼的承办人打交道，布赖恩就不那么自信了，可是披头士又依赖这些人才能有固定的演出机会。他意识到自己没有什么经验，便寻求一个名叫乔·弗兰纳里的年轻人的帮助，后者身材高挑，言辞温和，曾与他在数年前有过一段他鲜少拥有的愉快稳定的恋情。弗兰纳里现在是披头士的对手"李·柯蒂斯和全明星"组合（该组合由他的弟弟打头）的经纪人，但他仍然同意在幕后助披头士一臂之力。他做出这个决定，一方面是出于对布赖恩的爱，另一方面则是因为约翰在他们初次见面时给他留下的良好印象。"有天晚上，我弟弟的组合和'披头士'在'铁门'同台演出，我们的贝斯扩音器坏了，我只能借'披头士'的来用。我上楼到他们的更衣室，里面的地方很大，却空空如也，地上掉满了大块破碎的砖石。我向保罗借扩音器，但他告诉我必须去跟约翰说。'当然了，伙计，'约翰当时这样回答道，'演出必须继续下去。'"

约翰给他取了个昵称叫弗洛·詹内里，他成为了支持披头士的生力军中的一员，代表披头士协商他们的演出费用，还充当他们临时的调停人、顾问兼司机。"我经常要开车从约翰的姨妈家接他，她却最多只许我站到前门最低一层台阶的前面。有时他会出来到顶上的平台，示意我上楼到他的房间，同时又不让她知道。"

披头士演出结束后最喜欢的消遣方式之一,就是去位于托布鲁克的美式保龄球馆。如果碰巧没有球道空缺,他们就会到附近加德纳路的弗兰纳里的公寓里玩儿。约翰每次去他家,都会被弗兰纳里的母亲阿格尼丝的一张手工上色的相片吸引住,相片上的阿格尼丝是二十世纪二十年代的一位漂亮的年轻女人,一头金发理成了球状的齐耳短发。"他深深着迷于我母亲的那张照片,"弗兰纳里如今回忆说,"他一直喜欢法国女人,常常说她长得就像是莱丝莉·卡侬。"所以她的儿子坚信,正是留着金色刘海的阿格尼丝,促使真正的"披头士发型"的产生,而不是阿斯特丽德·基希赫尔和杰根·沃尔默创造的原型。"约翰有一次走进来,像以往一样直接朝我母亲的照片走去。他说'我已经想好了。我们就要理这样的发型'。"

回过头来想想,有一个简单的理由可以解释布赖恩的兴趣。他每次都会爱上错误的人,这次也不例外,他对约翰动心了。保罗也许长得更秀气,皮特·贝斯特更有好莱坞明星的英俊外表,乔治则更带有男孩子的纯真。但是,只有看来强悍的男阿飞约翰,总是身穿黑色皮质短上衣,脚穿尖头的靴子,无形中激发了一个中产阶级的同性恋男人对于粗犷的同道中人的全部想像。碰巧约翰对披头士的前程充满野心,与之相比,对"断袖"和"同志"的感想只能屈居第二。若干年后,他会承认自己当时已经准备好做任何事情,希望也许能帮助说服布赖恩签下这个组合——而且也做了充分的暗示。不过,布赖恩出于内心的正直以及阻碍他行动的害羞心理,拒绝利用他。

他们之间存在着某种心意相投的默契,与性爱毫无干系,只源于他们出生的阶级背景。两人尽管年龄、宗教信仰各不相同,但都来自大体相同的半木质结构的郊区,约翰来自伍尔顿,布赖恩则来自只高半个社会等级的查尔德沃。而且,两人虽然拒绝正统的教育,但各自拥有浓厚的文化兴趣,远远不止于只是在NEMS地下的唱片部转悠或者在"洞穴"演奏摇滚。不管怎样,约翰是布赖恩唯一有社交往来的披头士:约翰经常会受邀到位于王后大道的爱泼斯坦宽敞的家里,正如布赖恩即使在确定无疑地取得咪咪的支持后,仍然不断地去门迪普斯拜访一样。"约翰和布赖恩彼此互相吸引,"咪咪后来回忆道,"但绝没有任何龌龊的东西。现在听到那样的谣言,总让我感到恶心。你们不知道,而只有我清楚的一个事实是布赖恩和约翰两人都非常热爱艺术。他们会谈论艺术和绘画,一谈就是几个小时,他们还会一起去画廊。布赖恩是个知识分子,我想约翰只是找到了一个他可以在同等水平上交谈这些东西的人而已。"

布赖恩虽然年轻，却非常具有父爱，按理应该已经结婚组织家庭了。那些迄今为止都没有渠道得到满足的冲动——未雨绸缪、保护纵容的冲动——如今都倾注到管理披头士的身上，对待他们不是像顾客，而是像自己的孩子一样。这种方式在其中一个人身上产生了最为强烈的作用，他伪装起强悍独立的外壳，内里却一直渴盼着生命中出现这样的一个存在，代替六年前去世的乔治姨父的角色。

然而，布赖恩正在或者承诺即将要为披头士做的事情，虽然让约翰对他刮目相看甚至产生敬畏的情绪，但他却坚决拒绝向他表示出来，甚至对他作为一个人连过多的尊敬都不愿意显露。他们第一次见面之后，他开始叫他"爱皮"，其他披头士也跟着叫了，最终连 NEMS 的职员也这么称呼他。布赖恩对这个昵称深恶痛绝，因为它有损自己精心栽培出来的总裁的威信，不过，更因为它暗示了某个男性化的同性恋老处女可笑的阴柔一面。"'披头士'从来不和布赖恩谈论成为同性恋的事情，"乔·弗兰纳里如今说，"他们当然从来也不会当着他的面嘲笑他的这一点。不过，约翰总有办法让他知道他们已经知晓了他的秘密：他会做小手势、翻白眼，或者模仿布赖恩说话的样子。约翰最气不过的是他假装自己不是……的时候，比如，当他说起'我的一个女朋友'的时候，而事实上，他确实有女朋友。约翰接着就会口无遮拦地戳穿他。想想布赖恩对约翰的感情，世界上其他没有哪个人伤他如此之重了。"

这个时候的布赖恩对列侬和麦卡特尼合作写歌的未来，和这一对搭档一样不抱信心。他的目标是把披头士打造成一个在全国范围内成功的舞台表演组合，按照 1962 年的规则，这就意味着不仅仅要迎合少年人的胃口，还要缓和表演风格，趋向娱乐界的标准，进入成人的电视和广播世界。尽管他对年轻人的文化所知有限，却知道他们面前可能只有一个例子可供参考。"布赖恩领着他们所有人到帝国剧院看影子乐队演出，"比尔·哈里如今说，"他告诉他们，如果他们想要成功，只能走这一条道。"

换句话说，所有使他们在默西塞德郡成名的因素——所有最初吸引布赖恩的特质——现在都必须放弃。他们不能再像在"洞穴"那样胡闹了，在舞台上喝酒、抽烟、吃东西，和观众里的朋友或者敌人说笑，而必须表现得规规矩矩煞有介事，按照精心设计的舞蹈动作动作，就像"阿帕切"和"神奇大地"的平静的演奏者们一样，脸上挂着得体的微笑，运用最少的动作，每首歌结束时，统一弯腰鞠一个躬，以示谦卑感谢。他们还必须抛弃一身黑色皮衣，它象征了摇滚遭受排斥的最不堪的岁月——对许多人来说，它还让人回想起希特勒的盖世太保——改穿符合娱乐界品味的"影子乐队"风格的配套服装。

约翰一开始只要想到放弃自己这些年来像军功章一样戴在身上的叛逆的外壳,按照布赖恩的建议,乔装掩饰自己,被驯服成乖乖牌,就不寒而栗。即使是里奇马尔·克朗普顿笔下为了上跳舞课被迫穿上伊顿公学校服的威廉,也不可能比他更愤怒了。"他回到家时,心情像过去一样糟糕,走到哪儿都乒乒乓乓的。"咪咪回忆说。最终建议成了现实。布赖恩做出决定,他们应该穿上套装——对约翰来说更糟糕的消息是,他们还得打领带。"我想自从他进了艺术学校他就没戴过领带……我想:'哈哈,约翰·列侬,你再也不能不修边幅了。'……我觉得非常滑稽可笑。"

约翰短期内试图阻止抵抗,却发现没有支持者,结果原则向实用主义低了头。"(布赖恩对我们说)'看,你们要是穿上套装,就能挣到这么多的钱了'。每人都需要一套时尚的好套装……我们甚至需要一套好套装供台下穿。'好吧,伙计,好吧,我会穿套装的——只要有人付给我钱,哪怕是该死的气球,我也会穿的。'"

布赖恩因此订购了四套一模一样的意大利式套装,用灰色的拉绒粗花呢制成,因为是布赖恩经手,不是从像波顿斯或者赫普伍思这样的连锁男装店买来的,而是以每套40英镑的价格让伯肯黑德的一位裁缝定做的。在市郊试穿几次后,新外观于三月正式在"洞穴"亮相,披头士先是身着皮衣表演一段时间,之后又改穿套装回到舞台上。为了纪念这个转折的时刻,布赖恩请来一位婚礼摄影师为他们照相。对这位摄影师而言,一个"组合"往往由新娘、新郎以及各式亲戚组成。约翰穿着圆领衬衫,打着领带,外罩一件拉绒粗花呢短上衣,充分传达了一个警察阵容所有快乐的精神风貌。不过,据保罗讲述,自己没花一分钱,就穿上了时尚的套装,并没有预期的那么痛苦难忍。"看看这些照片。没有哪一张上面约翰阴沉着脸。"

后来讲起布赖恩努力为披头士签到一份唱片合同的故事,听起来颇像是现代版的赫拉克勒斯去完成异常艰难的任务:他一周接着一周地去伦敦挨家向唱片公司推销他们,结果却连一次试唱的机会都得不到;无所不知、自命不凡的都市总裁听到利物浦的一个组合变得"比埃尔维斯还要了不起"的想法,只能强忍笑意,并惺惺作态地建议他还是坚持开店的老本行;又有多少个夜晚,当他在莱姆街火车站下车时,迎接他的是四张满怀希望的脸孔,不久却再次变得一脸失落。

他们通常在火车站出口处的一家名叫"潘趣和朱迪"的咖啡馆聚集,闷闷不乐地交流此行的情况。约翰的表现出人意料,他没有斥责布赖恩的出师不利,反而深表同情,并保持乐观的态度,开玩笑说如果实在没辙了,他们还可以试试"大使馆",这家唱片公司专门发行榜单当红歌曲的劣质翻唱版,销售渠道也只有沃尔沃斯公司。其他三个人如果精神不振,他还会表演一段常规节目振奋他们的精神,灵感来自像《篷车队》这样粗俗过时的好莱坞音乐剧。"伙计们,你们去哪儿啊?"他会用一种飘洒的美国口音叫上一嗓子。"去顶上,约翰尼。"他们会顺应着齐声回答。"那在哪儿啊?""去流行音乐的最最顶上,约翰尼!"

布赖恩遭到了拒绝和贬低,心里当然也不好过。不过,在受到"迪卡"唱片公司正式拒绝后,几乎没到三周,他就交上了百万分之一的好运。2月13日,他通过门路找上了乔治·马丁,后者是EMI旗下的"帕洛风"唱片公司的主管。三十六岁的马丁完全脱出了一般的形象,他是一个绅士型的人物,口音更像是BBC而非前二十名金曲榜单的歌曲。两个文雅的口音一相逢,让彼此惊诧不已,事情最终有了进展。马丁听了在"迪卡"唱片公司试唱的录音材料,觉得尽管歌曲的选择有些古怪,但还是有"东西"的,表示愿意亲自听听"迪卡"唱片公司拒绝的对象的演奏。

马丁除了是位绅士,还异乎寻常地多才多艺,使他梦想为未来的史诗选定角色。首先,他是一个受过训练的古典音乐人;其次,他的履历上显示他是有声搞笑唱片的著名制作人,通常采用在观众面前现场表演的形式。这个时候,他和披头士第一次会面的日期还没有确定下来。但是——翻用他将来有一天非常熟悉的歌词来说——一个辉煌的时代注定向大家走来。

布赖恩突击学习的流行歌星的管理知识,教会他一条管理年轻男歌星和未来歌星的黄金法则。为了赢得少女们的芳心,他们必须显得逍遥自在无拘无束——因此他们的歌迷每个人理论上都可以得到他们。有老婆那是万万不会成功的,有未婚妻、固定的女朋友也几乎冒着极大的风险——至于男朋友,当然是彻底没戏了。四个披头士虽说在性爱上谈不上是极度亢奋,但也是相当积极的,结果却只有两个人有固定的女朋友,即约翰和辛西娅·鲍威尔一对、保罗和多特·罗恩一对。辛西娅和多特如今被告知她们再也不能去看披头士的演出了,而且应该尽可能减少出现在情郎公开亮相的场合。她们两人受到的教育就是要服从忠诚,因此没有任何争议地接受了这个规定。

辛西娅已经进入教师进修课程的最后一年了,因此选择现在将她冷落门外实在不是一个好时机。上一年夏天,她的孀居母亲莉莲移居到加拿大给小孩当保姆,开始了新生活。位于霍伊莱克的鲍威尔家的住宅也被租出去了,辛西娅成为寄宿生的一员入住门迪普斯的咪咪·史密斯家似乎是完美的解决方案,她假期可以在当地的一家沃尔沃斯公司打工挣住宿费。约翰从汉堡回来后,有一段时间两人生活在同一个屋檐下,虽然分开住在不同的卧室,任何性行为都被严格禁止。

辛西娅尽最大的努力想要帮上忙,不显得那么刺眼,她甚至还分担了一部分家务活。然而,家里有这么一个竞争对手分得约翰的关注,这个事实不久就开始折磨咪咪向来就不怎么坚韧的神经。不管他演出结束后回来多么迟,她已经习惯了等他,为他泡茶,准备吃食,听他讲晚上的新鲜事。如今,辛西娅自然而然也要等他——"穿着睡衣到处晃荡",咪咪这样对妹妹南妮描述道,一脸不赞同的表情。几周后,她们之间的关系变得几乎水火不容了,辛西娅便离开梅洛弗大道,到城里的另一头和她的特丝姨妈一起住。

"帕洛风"唱片公司迟迟没有通知试唱的确切日期,对于披头士而言,更有可为的市场似乎还是在西德而非英国南部。圣诞节的时候,为人友善、处事公平的彼得·埃克霍恩从汉堡过来,预约他们来年春天到他的"顶级十名俱乐部"作回归演出。几周后,埃克霍恩的安保负责人,即勇猛无敌的霍斯特·法舍尔也出现在利物浦,身边带着一位名叫罗伊·杨的歌手兼钢琴演奏手,后者有时被称为"英国的小理查德"。原来法舍尔已经和埃克霍恩分道扬镳,离开了"顶级十名",如今正在为圣保利区的一家新开的摇滚场子"明星俱乐部"物色表演的人员。

"我来到利物浦后得知'披头士'有了一个新经纪人,名叫布赖恩·爱泼斯坦,我必须找他谈。"他如今回忆说。"布赖恩跟我说:'很抱歉,小子们已经得到预约,要到"顶级十名"演出。'我回复他说:'要是披头士不来我的俱乐部,就没有那个该死的"顶级十名"俱乐部了……我们会把那个该死的地方砸烂。'"

对于身处汉堡的斯图·萨克利夫来说,约翰回归的希望给他的生活带来了亮点——他最好的朋友毫不知情的是——他的生活正日益笼罩在疼痛和焦虑的双重折磨中。过去一年让斯图大受其扰的头痛症如今越发变本加厉,有时候他头痛欲裂,几乎不能动作,甚至连话也说不出来;他的皮肤变得越发苍白憔悴,与之相反,他的画布上却充满了争奇斗艳的色彩;他的体重急剧下降,还时不时地遭受眩晕和恶心之苦。他的情绪变化无常,不定什么时候就会向阿斯特丽德爆发嫉妒的怒火,白白使一段曾经显得那么完美的关系变了质,将曾经显得如此急迫的婚礼向后拖延。他寄给家人的信件似乎也反映出他日益严重的精神错乱,以前整齐的斜体字如今变得狂野潦草缺乏连贯,就好像出自一个不开心的鬼魂之手。

然而病痛的袭击断断续续不可预测。有时一连几天,斯图不受疼痛的骚扰,似乎回归正常:在国立艺术学院师从爱德华多·保罗如饥似渴地吸收自己的研究生课程,在基希赫尔家他的阁楼工作室里以近乎醉酒的极度兴奋的状态作画。

1月22日,他用乐观的口吻给他的母亲米利耶写信,说他非常享受绘画的过程,他在德国学院的助学金刚刚又涨了,而且"我的小阿斯特丽德心满意足,非常幸福"。几天后,在明显受到一次头痛的来袭后,他在当地一家医院的门诊部要求得到治疗。基希赫尔一家人的医生让他去验血、做心电图、照X光,结果显示"颅骨压力增大",不容乐观。他开始进行头盖水疗法和按摩的一个疗程,立即便有了立竿见影的良好效果,以致他没等完成一个疗程就不做了。阿斯特丽德写信告诉他的母亲他"病得很严重",不过,只要辅以各种治疗,包括进行拖延已久的阑尾切除手术,他会"在七个月内"痊愈的。

二月初,他回到利物浦看望他的母亲,后者自己也病得很严重,刚刚接受了手术。即使连他自己也觉得自己面色苍白得像个幽灵,他以前的披头士伙伴们却一个也没有察觉到不对的地方,尤其是近视的约翰。他在"洞穴"观看他们演出,见到了布赖恩,两人甚至还谈到了他将来可以担任组合的设计师或者艺术指导。"我不知道利物浦竟然还有像你这么好的人。"布赖恩后来给他写信这样写道。

回到利物浦后,他又遭受了一次突发的抽搐,紧跟着头疼得更加厉害。基希赫尔的家庭医生建议他到一个神经科诊所接受专业治疗,其中包括催眠疗法,然而却没有空余的床位提供这样的治疗。斯图在给他的母亲的信中写道:他"病得很重,下不了床……走远点就得摔跤"。三天后,他又发作了一次,这次的情况非常严重,医生怀疑是癫痫。他无法入睡,深受各种思绪的折磨:既害怕自己成了疯子或者瞎子,抑或两者都是,又恨自己拖累基希赫尔一家人负担自己的医疗费,不时还涌起一股冲动,想从他的工作室的窗户跳下去一了百了。他有一种可怕的预感,甚至叫阿斯特丽德的母亲为他买一只白色的棺材埋葬他。"我的头被挤压得死紧,"他给他的妹妹乔伊斯写信说,"而且头疼得令人难以想像……"约翰却对此一无所知。

披头士预期于4月11日到达城里——这是他们第一次体面地乘飞机过来——为两天后的"明星俱乐部"作开场表演。4月10日,斯图在基希赫尔家里的工作室里病情发作,时间持续了整整半个多小时。阿斯特丽德当时出去工作了,只留下惊慌失措的基希赫尔夫人努力让他尽可能地感到舒服,然后跑去叫一直治疗他的医生。等医生过来的时候,发现他已陷入昏迷,便立即安排他去黑德堡医院的神经科。阿斯特丽德刚好赶回来陪他一起上了救护车。他在途中死了,死在了她的怀抱里。当时他年仅二十一岁。

接下来的几个小时令人伤痛欲绝,但却没人想到把这个噩耗告知他最好的朋友。当约翰第二天早上和保罗、皮特从曼彻斯特起飞时(乔治的麻疹快好了,将于一天后跟布赖恩过来),他还压根不知道斯图已经没了。他到了汉堡机场的抵达大厅里,才从阿斯特丽德和克劳斯·沃尔曼的口中得知这个噩耗。他的第一反应与他听到乔治姨父过世的消息时一样,控制不住地爆发出歇斯底里的狂笑。"太可怕了,"阿斯特丽德如今回忆说,"约翰在笑又有点像是在哭,嘴里嚷嚷着'不,不,不!',两手狂乱挥舞着。"

等布赖恩和乔治第二天到达时,斯图的母亲也乘了同一个航班过来,准备承受痛苦的煎熬:确认她儿子的遗体,整理他的遗物,并安排运送遗体回家。不过在汉堡接她的约翰已经没有了二十四小时前爆发的狂乱表现。他那明显冷漠的反应将一直令米利耶·萨克利夫困惑不解并伤心不已。

按照猝死病例的处理惯例,斯图的遗体必须要先解剖,然后才能举行葬礼。解剖结果显示他死于"由血液流入脑右室导致的脑出血"。致命的血管破裂为何未发生,唯一的解释就是位于颅骨前部的一个凹口,凹口显示颅骨曾经遭受过"创伤"——也就是说,受过某种猛烈的碰撞或者重击。在斯图平和的一生中,似乎只有一个时刻,他才可能受过这种伤:1961年初,披头士在莱索姆大厅演出结束后,一群小阿飞在后台包围住他,把他揍倒在地并踢他的头。

几乎要过四十年,斯图的妹妹波琳才出版了一本回忆录,其中记录了解释他颅骨损伤的另外一个版本。据波琳讲述,他不是在莱索姆大厅受的伤,而是在几周后,披头士在汉堡的"顶级十名俱乐部"驻唱的时候。有一天,他正和约翰一起在俱乐部附近步行,突然后者据说没有任何挑衅的表示,就毫无预警地袭击他,把他击倒在地,然后趁他躺在地上,朝他的头部连续踢了好几脚。书中说保罗·麦卡特尼当时也在场。约翰立刻逃离了现场,剩下的保罗只得把斯图扶起来——当时斯图的脸上和一只耳朵都在流血——并帮他回到披头士在"顶级十名"的住处。

波琳说斯图当初最后一次回到利物浦时,亲口跟她说了这个事儿。据她理解,约翰的心中发酵着多种怨恨的情绪——嫌弃斯图拙劣的演奏水平以及随之在组合中造成的矛盾,嫉妒他作为一个"真正的"艺术人开始崭新的生活,也许还掺杂着几分对阿斯特丽德求而不得的秘密感情。在汉堡照常喝酒嗑药失眠的多重作用下,他的精神失常,使他突然失去控制攻击别人。

据波琳讲述,她的家人当时知道这个袭击事件;但是他们都沉浸在斯图死后的悲伤情绪中,彼此之间甚至都不能谈论这件事情,更不用说公开它了。此事在今后的几十年间因为米利耶·萨克利夫被隐瞒了下来,她决定要让斯图凭借自己的能力被大家认为是个有创造力的人物,而不只是披头士的脚注而已。她对这一点坚定不移,甚至让她的两个女儿发誓在她死后十五年内(她死于1984年)不得公开斯图的信件和遗物——其中暗含这则特别的故事。因此这个指控没有在约翰生前提出。尽管如此,波琳坚信,他也一直因为自己的所作所为而良心不安,害怕它也是造成致命大出血的因素之一。

当时与他们亲近的其他人都不怎么相信这个说法,他们觉得无论约翰当时多么醉酒或者多么疯狂,都不会做出这么愚蠢恶毒的攻击。他们指出约翰一直以来对斯图是多么保护有加,在莱索姆大厅发生的打斗中,约翰是怎样为了打退斯图的攻击者们,把自己的一根手指头打断的。他们不承认斯图糟糕的演奏水平对约翰来说是多么严重的事情(事实上,对斯图进行所谓的指责时,他几乎不和披头士在一条阵线上);他们也不认为他曾经嫉妒过斯图的工作或者对阿斯特丽德有过任何非分之想。唯一提及的目击者保罗·麦卡特尼对此也毫无印象。"斯图和约翰可能在喝醉酒的时候打过架,"他如今说道,"但我记不得发生了任何出格的事情。"阿斯特丽德也一直坚信这样的插曲从没有发生过,"因为如果真的发生了,斯图尔特会告诉我的"。

斯图的离世不但给他的朋友们带来巨大的打击,而且大大震惊了他的现任以及前任的老师,他们都认为他是一个长相漂亮、拥有非凡天赋的孩子。4月19日周四他的遗体靠基督教濯足节发放的救济金入葬于海顿公墓。约翰没有中断他在汉堡的行程赶来参加葬礼,但他后来送来特色鲜明、言简意赅的墓志铭:"我仰望着斯图。我仰仗他告诉我真理。"

然而,随后从阿斯特丽德给米利耶·萨克利夫写的一封信中,我们可以一窥他的真正感情:"我们为什么不能代替其他人去天堂呢?约翰问我这个问题——他说他愿意代替斯图尔特去天堂,因为斯图尔特是那么棒的一个孩子,而他却什么也不是……有一天他领我和克劳斯参观他的小房间。他把斯图尔特给他的每张纸都贴在墙上,床头则贴着斯图的大照片。"

披头士的新雇主曼弗雷德·韦斯勒德,是绳索街最受敬畏的居民之一。他的数家俱乐部非常神奇,竟然不受诈骗者和收保护费的帮派的骚扰,因此促使谣言滋生,说他和(不往高处说)汉堡的黑社会关系良好。他要求他手下的许多雇员对他要像对待黑手党首领一样,行亲吻戒指的礼仪表示敬意。"如果你对曼弗雷德有任何不敬的表现,你就完蛋了。"大家都这么说。"不过你要是当着一个女人的面有这种表现,你就要庆幸自己还留着小命。"

韦斯勒德的"明星俱乐部"是圣保利区迄今为止最大最豪华的音乐场子,里面的空间可容纳两千人,座位和吧台设计成电影院的倾斜样式,好像要无边无际地延伸下去似的,顶上则吊着密密麻麻的时尚管状灯。节目单上列有五个节目,表演者分别是披头士、托尼·谢里登、罗伊·杨、特克斯·罗伯格和花花公子组合、"单身汉"组合;披头士因为是领衔演出,所以每人每周得到的报酬是500德国马克(44.5英镑),此外每人还能分得一部分法舍尔为了得到他们,暗中贿赂布赖恩·爱泼斯坦的现金。工作时间与他们已经习惯的作息相比,则显得几乎是清闲了:一晚四场演出,分别持续六十分钟,下一晚改成三场,每场之间的休息时间由惯常的十五分钟延长至一个小时。但是他们从晚上八点到凌晨四点仍然要随时待命,一周七个晚上夜夜如此,整整六周只有一天的休假时间。

至少对其中一个披头士而言,最棒的事情莫过于这次预约意味着布赖恩给他们重新造型的计划要暂时搁置了。他把他们安全送达目的地并观看了开场演出后,就回到利物浦从事更长期的战略工作,主要是要敲定还没和"帕洛风"唱片公司以及乔治·马丁商定下来的试唱日期。披头士因此每晚上台时,都只穿着衬衫和牛仔裤——多了一个罗伊·杨弹奏钢琴兼合作演唱——他们不需要试图学着影子组合"打空拳"。"明星俱乐部"的主顾们不想要鞠躬和微笑;他们只想要这些年轻的英国人奉上疯狂的演出秀,为此追随他们从"因陀罗"换到"蓝色酒吧"再到"顶级十名"。约翰使尽浑身解数满足了他们的要求。

他在汉堡一直是最难约束自己的那个人。然而,斯图·萨克利夫死后那几天的日日夜夜,约翰身边的人都觉得在他台上台下狂喝啤酒、猛吞药片、制造混乱的行为中,透出一股特别疯狂的劲头——几乎可以描述成是绝望的气息。"就好像'斯图死了,而我们还活着',"霍斯特·法舍尔如今说,"'让我们尽情捣乱吧,因为明天我们可能都完了。'"

约翰、保罗、皮特这个时候在汉堡都有了固定的女朋友,她们的存在是他们在利物浦的女朋友——就像是早些年代水手的妻子们——从没疑心过的。很长一段时间,约翰的女朋友是"明星俱乐部"的一位女招待贝蒂娜·德琳恩,她是披头士忠实热情的歌迷,她要是觉得某一首歌很不错,就会疯狂地摇晃吧台上面所有的长形灯。"等晚上时候不早了,俱乐部里面几乎没什么人了,贝蒂就会在吧台后面和约翰口交,"法舍尔如今说,"不止一次……是好多次。"

他定期给辛西娅写信,信中激情和伤感的情绪交杂,求她为"小段节奏布鲁斯"之类的歌曲填词,有时会好几天在同一封信上补充零散的内容,结果信件读起来更像是几百字拼凑起来的日记摘录。作为辛西娅教师进修课程的一部分,她如今正在一家幼儿园接受实际的课堂经验,该幼儿园位于加斯顿最不太平的区域之一。为了免掉白天从姨妈家乘公车长途奔波——也为了约翰回来后,自己能够更加亲近他——她在离彭尼巷不远的加莫伊尔路租下一间起居兼卧室两用的房间。她的隐姓埋名的同伴,即保罗的女朋友多特·罗恩,本来是要和她合住的,约翰却表示反对,说她会破坏他们在一起的浪漫时光("他们的浪漫时光可以阅读周日的报纸,分享巧克力,还可以做让人脸红心跳的事情"),多特于是租下了相邻的房间。

为绳索街知名的教父工作,理论上为披头士挡住了一般的危险和麻烦。韦斯勒德的每一位雇员都得到一枚"明星俱乐部"的金色徽章别在翻领上,表示他们是受保护的人群;骗子要是来骗钱,保镖要是来驱赶,反而要小心自己小命不保喔。但是即使有了这枚护身符,也不能保证约翰屡教不改地恶作剧后还能够平安无事。一天早晨,他们照例结束演出后到港口的鱼市闲晃,约翰怂恿其他的几个披头士和他一起买只生蹦活跳的小猪。他们想要控制住那头吓得尖叫不止的家伙,动作却不是那么温柔,这一幕让周围旁观的德国人气愤不已,他们叫来警察,结果他们发现自己被捕了,被指控的罪名是虐待动物。他们当中谁也没有带任何身份证件,所以就统统被关进一间牢房里,等着可以打电话叫法舍尔来保释他们。

韦斯勒德提供的住处是一间位于三层的小公寓,带着一个阳台,和俱乐部隔街相望,临近就是圣约瑟夫天主教堂。肮脏很快入侵了这里,侵占的范围甚至是甘比亚排屋望尘莫及的。有一次乔治在他的床边呕吐,秽物好几天一直留在地板上,里面还掺杂着火柴棍,大家提及时几乎都亲切地称它"东西"。约翰向见之欲吐的韦斯勒德解释说它是他们的宠物刺猬。

大多数周日的早晨,公寓会开始一场演出结束后的聚会,这时弗赖海特虔诚得多的居民正好赶去参加圣约瑟夫教堂举行的晨间弥撒。前来聚会的人很多,可用的却只有一个小卫生间,所以经常看到男人们在阳台上把尿撒到街上。有关约翰在汉堡撒野的所有传奇故事中,最经久不衰的一则是说有一个周日的早晨,正当一群修女从下面经过时,他故意撒尿浇到她们头顶上。调查显示这场意外"淋浴"的受害者当时事实上很有可能没有穿修女服,不过霍斯特·法舍尔仍然证实"她们仍然称得上是非常非常虔诚的信徒"。

克劳斯·沃尔曼见识了伍尔顿过去的这位唱诗班少年更为处心积虑的渎神行为。有一天克劳斯去披头士的公寓,约翰正坐在自己的床上,在一张超大的纸板上画画,嘴里还念念有词。"我看到他在画吊在十字架上的基督,头上戴着大大的荆棘冠冕。他一直像布道那样讲话,情绪也越来越激动。接着他走到阳台上,举起十字架,开始对着下面街上的人群布道。一些人开怀大笑,一些人扭头退缩,还有一些人生起气来,反过来朝他叫嚷起来。这不是个小玩笑……玩笑开大了。要是被警察看到,他可能就真有麻烦了,甚至有可能被驱逐出境。"

一位巨星的到来碰巧转移了大家的注意力,约翰搞的破坏就算不得什么了。3月18日,"明星俱乐部"的流动节目单上有了传奇人物吉尼·文森特的加盟,进行维持两周的表演。自约翰在圣彼得教堂的义卖游乐会上首次哆哆嗦嗦地唱完"哔-爆噗-啊-噜啦"之后,他是除了埃尔维斯和巴迪·霍利之外最激发约翰灵感的美国摇滚先驱。文森特尽管还不到三十岁,却已经历经生命加诸于他的种种遭遇:先是少年成名,紧接着就走下坡路,然后身体伤痛不断,这一切都使他过早地衰老了。不过他唱起歌来依然一样口齿不清(虽然现在要达到这种效果,必须每晚喝下三个半瓶的尊尼获加威士忌),照样穿着黑色皮衣,正是他第一个使黑色皮衣成为摇滚歌手的标志。"我们在后台见到吉尼。"约翰以后回忆道。"后台吗?是在厕所里。我们都要兴奋死了。"

"约翰,今天晚上千万别整出什么幺蛾子。"法舍尔会在每次演出前这么恳求约翰。他也确实好几个晚上都很消停,似乎满足于尖声演唱"明星俱乐部"的观众点的每一首查克·贝里的歌曲,抑或陶醉于低声吟唱《认识她就是去爱她》,那股子温柔劲儿就好像他心里唯一的那个"她"就是远在家乡加莫伊尔路正耐心等他归来的辛西娅。俱乐部不断有新的伴奏乐队加盟撑场子,其中最显眼的组合是"格里和带头人"乐队,这促使约翰保持斗志,挖掘新的歌曲加以翻唱。他们还要履行第二次为"波利多"录音的约定(歌曲多为吟游歌手风格的老歌,如《甜美的乔治娅·布朗》,甚至还有《斯旺尼河》),才能结束他们与伯特·肯普弗特签订的一年的合约。同时布赖恩·爱泼斯坦打来了一份电报,电报的内容让大家兴奋不已,压根儿不需要啤酒、药片、猩猩服来助兴。"帕洛风"唱片公司的乔治·马丁终于把披头士的试唱(或者按布赖恩的叫法,称为"录音时段")定在6月6日,就是他们回家的一周后。

"我们来这儿之后,我就没见过阿斯特丽德。"约翰给辛西娅写信时这样说道,也许是为了减少她对自己可能正在追求斯图女朋友的猜疑。事实上,阿斯特丽德如今坦陈，自己当时不可能有比他更表示同情和支持的朋友了。约翰不让她独自一人在家以泪洗面，坚持要她来参加披头士在"明星俱乐部"的开场演出，并要求她以后经常过来看看。每当她站在管形灯下，汹涌而来的悲伤威胁着要将她吞没时，他总会出现在那里，给她施以一剂量的实用主义，就能像嗅盐一样把她挽救出来。"他总会说'让我们吃颗豆子（苯甲吗啉），再说说话吧'。"她如今回忆说。"他让我相信放任自流是绝对不可以的，我必须克服自己的悲伤，继续活下去。他说得非常非常的严厉，几乎就好像在责备我一样：'你必须决定是想死还是想活下去，一定要做出一个决定。'他是真正拯救了我的人。"

随着"豆子"发挥药效了，约翰就会打开心门，坦陈自己对斯图的感情，对他既有英雄式的崇拜又有随心所欲的残忍，两种感情怪异动摇地交杂在一起。他一方面感到深深的悲伤，一方面似乎对斯图几乎感到怨恨，怨他没有什么预警就从自己的生活中渐渐消失了。谈话在这里往往会转到另一个相似的犯规者的身上——他的母亲朱莉娅，她造成的伤害相比之下就大得无法估量了。"约翰常常说斯图尔特是第二个离开他的人，"阿斯特丽德如今回忆说，"先是他的妈咪离开他，然后是斯图尔特。我想这才是他生气的根源……他最爱的人总是离他而去。

"有一次我问他，'你真的发自内心爱斯图尔特吗？'他回答，'是的。'我问，'那你为什么不表现出来呢？'他说，'哦，那不是靠做出来的。不是吗？'约翰其实是非常保守的人。"

当乔治·马丁终于在百代唱片（EMI）位于修道院路的录音室与披头士见面时，他心里其实另有打算，要是约翰有所疑心的话，很可能就让流行音乐界最伟大的合作之一被扼杀于摇篮了。马丁的"帕洛风"唱片公司尽管也推出一些流行歌手，但是一跟EMI的旗舰唱片公司哥伦比亚作对比，就可以忽略不计了，后者星光熠熠的歌手名单上赫然有克里夫·理查德和影子乐队打头阵。"帕洛风"唱片公司以搞笑歌曲的唱片为商标品牌，每一张唱片的构思和制作都需要付出艰辛的努力，而哥伦比亚唱片公司的老板诺里·帕拉默就可以往后一坐，优哉游哉地看着克里夫和影子乐队合作的以及各自单独演唱的热歌像自动生产线上的产品不断向前滚动。马丁也想要拥有属于自己的克里夫和影子乐队，他希望这些利物浦男孩们也许可以符合要求，或者经过改造后符合要求。

这次会面一开始，就搞得不能再吓人了。1962年唱片的制作仍然和1902年一样正规。工程师们像医生或者实验室的技术人员一样，穿着长长的白大褂，彰显自己从事的工作是多么令一般人不可捉摸,更别提参与其中了。制作人是万能的上帝,不仅可以选择歌手演唱的曲目,连应该如何演唱和演奏的方式都要亲自明确指示。大家都有一种通常不无好理由的臆想:流行歌星都是音乐文盲,需要依靠专业的歌曲作者、安排人员、伴奏乐手发挥他们的所有技能,才能丰富充实自己的微弱嗓音,然后还需要工程师们施展他神奇的"魔法",才能让声音达到可以发行的水准。

马丁一开始没打算亲自试听披头士的演唱,而把这个任务推给了助手罗恩·理查兹,后者负责和"帕洛风"唱片公司的其他几位流行歌手打交道。只有当理查兹提醒他注意可能不同寻常的地方时,他才从食堂出来视察他们。接着,尽管问题多多,他们却开始上了正轨。因为马丁并不像外表显示的那样,他压根不是什么上层人士。他出生于伦敦北部,是一个木匠的儿子,战时在海军航空兵服务,后来到吉尔德赫尔音乐学校深造,耳濡目染之下沾上了一股慵懒的贵族气质。而且,他作为搞笑歌曲的唱片制作人,曾与超级《傻瓜秀》的斯派克·米利根与彼得·塞勒斯共事,并与他们保持良好的私交。单凭这一点,约翰简直愿意亲吻他的鞋子。

关系的和谐不能阻止马丁坚持自己秘密的打算。披头士以为的一般试唱,实际上是对约翰和保罗的轮流测试,看他们当中哪一个可能成为单独站在前面的主唱。与此同时,马丁心里还想物色一个克里夫·理查德,外加彼得·塞勒斯最新的一个常规喜剧人物,即一位名叫克林特·赛的摇滚歌手。但是,在这件事情上,他发现要在约翰和保罗的嗓音中作出选择是不可能的,尤其是当他们两人的声音融合在一起的时候,更是难以抉择了。"保罗的嗓音更温柔,但是约翰使他们两人的和声有种尖锐的特质耐人寻味,就好比是纯正的橄榄油里加进了柠檬汁儿一样妙不可言。"

不同于前面所有的面试官,马丁不仅充分肯定约翰和保罗的原创歌曲,而且十分认可他们对其他歌曲的重新翻唱。6月6日录制的四首歌曲(作为未来一支单曲的样本唱片)中,三首是列侬-麦卡特尼的原创——《真的爱我》《附注:我爱你》以及《问我为什么》。第一首歌追溯到他们逃课到艾勒顿的麦卡特尼家里,在起居室消磨掉的那些午后时光;剩下的两首歌显示出两个逃学生从那以后取得的进步是多么惊人。两首歌都是情歌,几乎是一样的节奏,每首歌都留下了创作者显而易见的足迹,然而无论在歌词、音乐和表演方面,又确定无误地打上了搭档的烙印。《附注:我爱你》是保罗的一首情诗般的歌曲,是巴兹尔登邦德信纸上曾经谱写出的最甜美浪漫的文字,然而约翰的声音却会平板地响起,歌词

213

散漫随意，听起来就像是再附加一个警告——我盯着你呢。《问我为什么》显示出约翰想要在旋律的大胆创新上与保罗并驾齐驱的决心，歌曲采用了两段不同的桥段，副歌部分趋近和谐，假声演唱的歌词直接借鉴了美国黑人的灵歌。这位语言艺术家的创作冲动一发不可收拾，歌曲随处可见打凿的痕迹，从细心设计坚信和设想二词的押韵中可见一斑。

这次试唱的结果对皮特·贝斯特大为不利。之后，马丁把布赖恩带到一边，跟他说不管披头士的首支单曲是什么，皮特作为鼓手，能力都不足以参与演奏。他没有说应该开除皮特，只是表示自己比较倾向采用一位备用的鼓手，这个鼓手熟悉录音室操作的不同要求。不过因为他的话，其他三个人的心思不约而同地都转到已经成为不断烦人的内部问题上。皮特自身从来没有真正融入这个组合当中。他沉默寡言，喜欢与自己的同伴为伍，而且一直坚持不吃药片，尤其是他拥有一副电影明星似的英俊外表，理着清爽利落的短发，凡此种种都营造出一种高高在上、置身事外的气场；当他们还什么都不是时，这也不是什么大问题，然而如今他们开始有了名声，这就越来越变得显著突出令人讨厌了。

自从他们在汉堡的第一场演出，其他三个人就一直觊觎"雷里风暴"的鼓手林戈·斯塔尔，即那个一脸阴郁的丁格尔男孩，他的幽默感与他们融合得天衣无缝，正如他的鼓棒自然而然地找到他们的基调强节奏一样。无巧不成书，林戈近来对罗里不满，便短期脱离了"风暴"的行列，只有在没有找到其他更好的机会时，才重新归队了。过去二月的一天晚上，皮特身体不舒服，他便和约翰、保罗、乔治再次合作演出，结果再次证明他是一个多么完美的搭档。很长一段时间以来他都似乎显得遥不可及，如今突然之间他有了空缺，给了他们可乘之机。

然而，就算是以"帕洛风"唱片公司要求的名义解雇皮特·贝斯特，也会有各种各样的麻烦出现。皮特不仅在披头士的家乡拥有数量庞大的追随者，而且他的母亲莫娜一直是他们非正式的经纪人，不辞劳苦地为他们宣传造势。此外，皮特的密友尼尔·阿斯皮纳尔，是他们必不可少的司机——而且，可以和吉尔伯特和苏里文之间的纠葛有得一拼的是，莫娜·贝斯特还和这位尼尔发生了一段婚外情，结果以贝斯特太太的怀孕而告终。对约翰而言，最为难的是要在皮特的背后再捅上一刀子。"他一直到那个时候都和皮特处得很好，"比尔·哈里如今说，"他们在汉堡的时候，常常一起出去喝酒。他们想要抢劫那位水手的时候，皮特也是唯一力挺约翰的人，他同时也坚决反对抛弃黑色皮衣改穿套装。约翰敬皮特是自己一直想要成为的硬汉人物。"

约翰也正忙着使他自己的生活变得更加复杂。7月6日披头士再次在"洞穴"赞助的又一次"河船之舞"上演出,游轮仍然是"皇家彩虹"号,身份同样作为阿克·比尔克先生以及他的帕拉蒙爵士乐队的伴奏组合。自从上一年夏天他们的默西河之旅,比尔克就凭借着一支单簧管独奏曲赢得了巨大的欢迎度,该曲高居英国前二十名金曲榜单的榜首,长达六个多月居高不下,而且他还成为了多年来打入美国榜单首把交椅的第一位英国人。这一次他非常重视跟他同船的摇滚歌手,给了他们每人一顶他自己总是在台上戴着的黑色圆顶高帽。之后在码头顶,尼尔·阿斯皮纳尔清点货车里戴着圆顶高帽的披头士的人头,发现约翰消失不见了。他和帕特里夏·因陀罗已经逃之夭夭了。

帕特里夏长期是披头士的内部女性歌迷的成员之一,披头士们叫得出她们的名字,费尽心思地想要迎合讨好她们,甚至还会征求她们对演出的看法。打从他们入驻"洞穴"这日起,不管是白天还是晚上的演出,她都鲜少错过一场;她身材娇小玲珑,金发披至腰间,一双眼睛像丛猴似的又大又圆,挤坐在前排的一帮铁杆歌迷中间,显得格外突出。她一直清楚约翰虽然喜欢自己,但却觉得自己太年幼单纯,没有把她当做可以认真调情的对象;毕竟他们在安特里学院的后台第一次见面时,她才只有十五岁。"他常常叫我'我的小碧姬·巴铎'。他还为我写了《你好,小女孩》这首歌。'披头士'第一次在'洞穴'演唱这首歌时,他说,'这首歌要献给一个特别的人,她知道唱的是谁。'"

帕特里夏如今十九岁了,没有人可以指责约翰老牛啃嫩草了。"河船之舞"之后,他邀请她到彼此共同的一个朋友的公寓里参加聚会,等他们到了那里,里面却连一个人影也没有。"我问约翰哪些人来参加聚会。他回答说:'只有我们两个。'"她如今坦陈,第一天晚上,约翰只是亲了她而已,不过几天后,他们第二次约会时,她心甘情愿地献出了自己的处女之身。

他们开始经常在一起过夜,帕特里夏告诉父母自己和朋友苏待在一起,而约翰则骗辛西娅自己在保罗家里写歌。晚上在"洞穴"或者其他什么地方的演出结束后,他们就会到苏位于王子路的公寓幽会,这间公寓恰好有一间空余的大卧室。保罗喜欢苏——以及帕特里夏的其他几位朋友——所以他自己也经常在那里过夜。乔治·哈里森就比较难以接受这种状况了,帕特里夏不禁疑心他可能对自己也有意思。"等乔治发现了我和约翰交往的事情,他的反应非常激烈。事实上,他甩了我一个耳光。"

在苏的空房间里,一切都按部就班鲜有变化。"约翰总会在床边点上一根蜡烛。接着他会在他的枕头下面塞上一包未拆封的口香糖。我以为他会像台上那样表现得强悍无比满不在乎,谁知他竟然如此温柔、体贴、浪漫,简直让人难以置信。他是我认识的第一个亲吻我的眼睛的人。他有时会用双手捧住我的脸,像盲人似的用手指一寸寸地抚摸我的皮肤。有些家伙吻你的时候,他们会把你的舌头吸进去又吐出来,感觉太糟糕了,但约翰却是我见过的最棒的接吻高手。"

在帕特里夏以及其他少数人——尤其是女性——面前,他有时会展露出自己抓人眼球、妙语连珠的舞台外表背后隐藏的缺乏自信的内心。"他总会说:'你们看到我什么呢?我长得丑……还有个大鼻子……'我现在觉得他确实不相信凭着自己的长相,他会在流行音乐界混出名堂来,因为他过去从来没有说过自己要成为一位歌星。不过他一直说自己将来肯定会是一位百万富翁。"

他经常谈起自己的母亲,夸她长得是如何的美丽,性格是多么的风趣,他又是如何如何地仍在想念她。有时,他甚至还会谈起自己的父亲,这在他的家族圈子里是一个禁忌话题,连他最亲密的男性朋友他都鲜少谈起。帕特里夏自己父母双全,但她知道这并不自动意味着家庭就一定幸福美满。她的母亲是一个狂热的舞厅舞娘,基本上不着家;父亲是码头装卸工,大部分空闲时间都花在和自己的工友喝酒上。"我对约翰说我也从来没见过爸爸,因为他整天泡在酒吧里。约翰回了我一句,'可你至少知道他人在那里。'"

辛西娅从来没有起过任何疑心,即使在中间间隔很长时间的少数几个晚上,她可以走出她在加莫伊尔路的秘密巢穴,来城里到"洞穴"看约翰时,也没有感到有什么不对。她不止一次碰巧和帕特里夏两个人单独置身女厕所,厕所条件原始,曾有人看到一只老鼠在门顶上刷刷遛过去。"我们的视线会在镜子里碰到,"帕特里夏如今说,"可我总觉得她压根就被蒙在鼓里。"

约翰如今左拥正牌女友,右抱地下情人,对避孕一事却一如既往地不怎么上心。帕特里夏的例假晚来了两周,她就担心最糟糕的事情发生了,结果证明是虚惊一场。辛西娅就没有这么幸运了,在经历了同样的持续失望之后,她每月到访的"朋友"终是没有如期而至。一位态度冷淡、一脸不赞成的女医生给她做了检查,证实了她怀孕的事实。

对于身处这种困境的几乎每一对年轻情侣而言,出路只可能有一条,在北部尤其如此。女人质疑自己由来已久的重责(不管付出什么代价,都必须生育后代),要求对自己的身体拥有控制权,这样的时代还没有到来。手术流产的唯一条件是出现极端必要的医疗状况,而不会考虑这个孩子被大人期待和将来被宠爱的程度;仅有的选择是去偏僻小巷里潜藏的非法危险的世界,那里的医疗设备由生锈的手术刀、热水澡以及杜松子酒构成。孩子必须生下来,孩子的父亲也必须被说服或者被迫"给他一个名字",让孩子的母亲免受社会的歧视。

性格使然,辛西娅对此谁都不怨,只怪自己,并且非常害怕把这个消息告诉约翰——尤其是在那个特殊时期,成名似乎对他来说指日可待,他理应避开感情的种种牵绊,而不是让它们缠上身。她原本准备接受约翰的雷霆震怒或者冰冷的嘲弄打击;然而,他的反应非常镇定而且务实,不用催促就决定他们最好结婚,而且越快越好。

帕特里夏·因陀罗先是从保罗·麦卡特尼那里得知了消息的大概,之后又得到了约翰的证实。"他跟我说,'我爱辛西娅,可我也爱你。'他说这件事不必给他们之间带来什么影响,他还想继续和我见面。我说,'你开什么玩笑呢……辛西娅怀孕了……你马上就要跟她结婚。'约翰回答我说,'可我还想和你见面。'"

与此同时,踢开皮特·贝斯特,让林戈·斯塔尔取而代之的阴谋正紧锣密鼓地进行到最终结果的阶段。林戈当时身在斯凯格内斯,"雷里风暴"乐队正在那里的巴特林斯进行暑期驻唱。约翰和保罗悄悄跑到那里找他,打探他的意向;接着布赖恩·爱泼斯坦给他打电话,正式邀请他加盟,并很快得到了肯定的答复。几天后,仍被蒙在鼓里的皮特被叫进 NEMS 店里,从布赖恩口里被告知其他人想要他退出的意愿。他们当中没有人在这次会面中现身,也没有人之后私下里向皮特主动表示遗憾。据比尔·哈里讲述,约翰觉得这件事做得不是很"光彩"。然而他却没有吭声,这让许多一直敬重他品质诚实坦率的人大失所望。甚至连帕特里夏·因陀罗也指责他选择了"懦夫的解决方式"。

林戈的首次演出于 8 月 18 日举行,地点故意低调地选择在郊外,为港口阳光园艺协会的年度舞会表演。然而,这也仅仅推迟了来自披头士的追随者中拥护皮特的众多忠实歌迷的强烈反对而已。当他们首次偕同林戈在"洞穴"演出时,他们发现马修街上挤满了愤怒的抗议者,他们在台上演出时也遭到了起哄,下面的人群齐声大嚷着"皮特·贝斯特万岁——林戈见鬼去!"的口号;等他们下台时,乔治被人用头撞了脸,一只眼睛成了熊猫眼。布赖恩呢,一方面遭到气愤无比的莫娜·贝斯特的攻击,另一方面又要忍受自己店里顾客的泪水洗礼,干脆称自己是"利物浦最不受待见的人",身边要是没有保镖保驾护航,绝不踏足"洞穴"。令这些阴谋策划者更加不舒服的是,皮特作为当事人倒表现得极有尊严,显得宽宏大量;他本来可以轻易地给他的朋友尼尔·阿斯皮纳尔施加压力,让他出于同情的义气辞职不当他们的司机兼管理员了,但他却选择没有这么做。

8 月 22 日,格拉纳达电视台派出一组拍摄人员从曼彻斯特赶来为一个名叫

《了解北部》的杂志专栏拍摄"披头士"在"洞穴"表演的景况。对他们首次专业的拍摄片段——预示了即将到来的长达上百万英里的胶卷拍摄——录制了两首节奏布鲁斯的翻唱曲目:《堪萨斯城》以及《其他某个家伙》。他们衣着统一,穿着皮质的西装背心,系着"瘦子"领带,刘海因为蒸腾的热气紧贴在额头上,他们的外观已经够看了,远比容纳他们的砖头背景养眼。林戈跟上了节奏,好像他一直就在那里似的,除了他的眼睛里偶尔闪过被追捕的猎狗似的眼神。在观众鼓掌要求他们演唱《其他某个人》的热烈呼声中,格拉纳达的录制人员还是捕捉到了一声"我们要皮特!"的抗议呐喊。

第二天发行的《默西节拍》报导了披头士接到确定的邀约,为"帕洛风"唱片公司录制他们的首支单曲,并说明皮特·贝斯特已"心平气和地"离开组合。那天早上天气闷热潮湿,预兆着暴风雨即将降临,晚些时候约翰在欢喜山的结婚登记处与辛西娅登记结婚。

他心里非常清楚咪咪姨妈会是什么反应,因此尽可能地拖延到最后一刻,才把这个消息向她和盘托出。对咪咪而言,这是他对自己付出的所有关心和保护的最终否定——证明不管自己做什么,他都还是那个倒霉的浪子,重步他的父亲阿尔夫的后尘。让她的心更为痛苦的是,整个事件当中,相比阿尔夫,她在他的身上看到的更多是朱莉娅——那个令她又爱有恨的小妹——的影子:朱莉娅也是这么漫不经心地荒废掉自己的才华,将自己的未来抛诸脑后;朱莉娅也是这么的轻率冒失、不切实际、毫无远见;朱莉娅在1938年的那一天,走进了纽卡斯尔路9号的房子,一脸挑衅地将她的结婚证书甩到了桌子上。

咪咪一开始的反应如同火山爆发,甚至让门迪普斯的新艺术风格的窗户在窗框里哗啦啦地抖动不停,但她还是稍微镇定下来,逐渐意识到约翰最起码"在做对的事情",不会出现私生子像朱莉娅的孩子一样玷污门楣。他照例又是身无分文,她便给他10英镑去为辛西娅买一枚结婚戒指,不过对于自己不出席仪式的决定却坚持不改。结婚前夕,他又独自来看她,满腹心思地在房子周围晃荡,眼神惆怅地望着自己的老卧室、晨间室和起居室里自己最喜欢的读书和画画的角落,嘴里喃喃念叨着自己不想结婚当父亲的话。最后——咪咪后来跟家里人说——他坐在厨房里,真的哭了一场。

就在披头士最终好像要一飞冲天的当口,这场婚礼的到来对约翰在披头士中的前程构成了威胁,很可能带来毁灭性的打击。大多数经纪人面对这种削弱他们对青少年的吸引力的威胁,往往会立即想方设法地找来一个必须无拘无束的单身汉,取代他的位置。布赖恩·爱泼斯坦却拥有足够的智慧,意识到这样的选择并不存在,因此必须要最大限度地挽救现状。相比布赖恩对他的小子们的受市场欢迎度的担心,他内心涌动着一股更为强烈的欲望,即渴望在他们的眼中——尤其在约翰的眼中——树立起全能的问题终结者的形象,像清扫工一样扫除道路的一切障碍,像盾牌一样阻挡住生活更为严峻的诸多现实。他因此介入进来指挥婚礼的全程,虽说婚礼也不怎么样,但他仍然事必躬亲,考虑到所有的细节,这些单凭约翰是无论如何也应付不了的;幸亏他给婚礼增添了一丝格调,要不然婚礼就要办成一个令人沮丧的场合了。

双方缺席的父亲即使在场,也不可能比他做得更加支持和关心这对新人了。多亏布赖恩,在这么短的时间内设法搞到了婚礼需要的特别许可证;全靠布赖恩,张罗了一辆由司机驾驶的轿车去接辛西娅,把她载到结婚登记处,成就了她生平唯一仅有的一次明星体验;甚至也是布赖恩,而不是保罗或者杰夫·默罕默德之类的艺术学院的某个死党,给约翰当了伴郎。他的婚礼礼物碰巧也提供了便利,可以让约翰和披头士外出时,辛西娅得到周全的掩护。(就像1938年的阿尔夫和朱莉娅·列侬一样)历史再次重演,这对新人也对自己要住在哪里毫无概念,布赖恩便把自己的一栋位于福克纳街36号的公寓让给他们,可以无限期使用,而且免除租金。

让人伤心的是,咪咪坚持了自己不来参加婚礼的誓言。辛西娅的母亲得知了这个消息,从加拿大回国作了短暂逗留,因为没法改换船票,只得在婚礼的前一天回去。除了布赖恩,仅有的几位见证人就只剩下保罗、乔治、辛西娅的兄弟托尼以及她的嫂嫂玛格丽。新娘穿着一套陈旧的方格图案的短上衣和裙子,只有里面的那件阿斯特丽德·基希赫尔给她的衬衫,才显得有些出彩。仪式一开始,从窗外就传来了风钻刺耳的嘎嘎声,几乎淹没了登记员的声音和答复的声音。仪式结束后,他们一群人又冒着瓢泼大雨,冲到马路对面的里斯饭店吃饭,由布赖恩请客,平均每人15先令,吃了一顿鸡肉午餐。里斯饭店没有卖酒的许可证,所以大家只能以水代酒敬这对新人。

他们再次重演了阿尔夫和朱莉娅的历史,两人既没有拍结婚照——也没有安排蜜月。约翰的新婚之夜在于切斯特的滨河公园舞厅与披头士一起演出中度过,而辛西娅则忙着组合起属于他们的第一个家。这无论是对婚姻还是对为人父母,都不是什么好兆头。

13. 幸运之星

你可以听出我只是一个想要做到最好的疯子而已。

整个故事很可能就在几个月后画上了句号。1962年10月,美国发现苏联正在古巴安装核导弹,这些核导弹可以在二十分钟内打到华盛顿特区以及美国其他的几个主要军事中心。年纪轻轻未受历练的总统约翰·F.肯尼迪向苏联的尼基塔·赫鲁晓夫发出严正警告:如果这些导弹不被撤离,美国将入侵古巴,引发大家期盼已久的以核武器对决的第三次世界大战。经过十二天紧张的对峙,赫鲁晓夫终于败下阵来;在此期间,人类设想着一个未来,其中将没有六十年代、没有披头士、没有约翰·列侬:什么也没有。

与此相反,英国人没有严密监视地平线上是否冒出了蘑菇云,他们突然开始对自己平时不怎么关注的后院一角发生了浓厚的兴趣。电影《年少莫轻狂》《上流社会》《长跑者的寂寞》《一夕风流恨事多》,皆以畅销小说为蓝本,通过一位遭到疏远、桀骜不驯的愤怒青年(非正统派主角)的视角,聚焦北部工人阶级的生活状态。上百万英国人每周收看BBC的警匪连续剧《警察巡逻车》,风格属于新型逼真的自然主义,背景设在以柯克比为原型的默西塞德郡的郊区。数十亿人将最终收看格拉纳达电视台的《加冕街》,这是一部讲述普通人生活的肥皂剧,他们住在一处背挨着背的排屋里,位于大曼彻斯特郡的索尔福德,样子看上去就跟约翰父系的列侬祖辈们在托斯德长大的地方一模一样,至今那里还住着一些列侬家族的人。因此,当流行音乐界自封的"工人阶级的英雄"最终步入聚光灯下时,他会发现自己并非完全没有打好基础。

正当美国人以强硬固执的爱国热忱回应核威胁时,英国人却正兴高采烈地陶醉在逐渐破坏民族道德和价值的行为中。1961年,四位牛津毕业生——彼得·库克、达德利·穆尔、乔纳森·米勒偕同艾伦·班尼特——上演了一部时事讽刺剧《边缘之外》,在伦敦西区大获成功,该剧抨击了议会、军队以及英国国教的神圣后院(其现场版由乔治·马丁录制,并由"帕洛风"唱片公司独家发行)。到1962年,所谓的"讽刺的潮流"甚至已经席卷到BBC电视台,侵入到周六晚间的一档黄金时段的节目,名叫《这周就这样》,主持人叫大卫·弗罗斯特,他本是一位名不见经传的卡巴莱歌舞表演者。在出版界,半月刊杂志《侦探》以诽谤性的文字对政客、皇家、伦敦报业的新闻记者极尽冷嘲热讽之能事,攻击的强度自十八世纪的小册子撰写者之后绝无仅有。这些讽刺家说着一口私立学校的文雅语言,其实却出身下等中产阶层甚至是工人阶层;他们穿着贵族气质的条纹衬衫,外面却罩着新近流行歌星的闪闪发亮的套装,头上理着平头,脚上套着弹性靴带的高筒靴。如今是越来越难分清谁是谁了。

虽然乔治·马丁毫不怀疑《边缘之外》的创作组合的独创能力,但这并不能使他相信"帕洛风"唱片公司旗下的其他边缘表演者也拥有同样的创作出流行之作的才能。因此,对于披头士的首支单曲,他动用了自己作为制作人的特权,从当时外来创作者提供的一批作品中选出了一支歌曲。这支歌曲就是《你怎么看待它?》,作者是年仅二十岁的米奇·默里。该曲是一首活泼欢快的民谣,风格与约翰和保罗自己在这个领域的创作实践非常相似,但它却散发出一种跃居榜单之首的潜能味道,简直和蓝纹干酪一样气味浓烈。马丁把歌曲录成样本唱片,随后把它寄到利物浦,让披头士们在9月4日正式录制之前反复排练。

他们这次试唱一开始,任何可能出现的状况就接踵而至,与六月份试唱时和谐友好的氛围形成了鲜明的对比。初次预演一结束,林戈的鼓技就被宣判不合格,他的位置随即被一位叫来的职业后备伴奏鼓手取代,可怜的林戈竟然沦落到去敲手鼓。接着披头士们一致对《你怎么看待它?》持反对意见,反驳说歌曲的音调轻快过头了,会让他们成为利物浦的笑柄的,并且强烈要求改唱一首列侬-麦卡特尼合作的歌曲。马丁则干脆利落地将他们驳了回来,说他目前为止听到的列侬-麦卡特尼合作的歌曲中,还没有哪一首的水平接近这一首,这么明显会成为排名第一的唱片,他绝对不会错过的。他们采取了默西塞德郡典型的产业"怠工"的态度作为回应,录制了《你怎么看待它?》的一个特别的演唱版本,其中约翰主唱的每一个语调细微之处都将他们完全无动于衷的态度表露无遗。为了充分表明自己的立场,他唱间奏时加入了充满讽刺意味的"哦哦 啦-啦",听起来就像是两根手指的敬礼。

马丁不是那种屈服于这种压力的人——而且,不管怎么说,这首歌曲具有充分的魅力和独创性,非常值得发行。不过,他们六月份试唱时,约翰·列侬合作的一首歌曲《真的爱我》,恰好同时得到了充分的修改和润色,足以与它一争高下。其中增添了新鲜的元素:约翰在前奏部分单独吹奏了口琴,而且作为布鲁斯音乐贯穿整个演唱部分。口琴是他当童子军时玩耍的乐器,新近在各大榜单的地位上享受到了意想不到的提升,先是出现在弗兰克·艾菲尔德的《我记得你》中,接着——在布鲁斯·查奈尔演唱的《嗨,宝贝》中,他来自德克萨斯,却是最具有黑人嗓音音质的白人之一。之前六月份,查奈尔和披头士合作,在新布莱顿的铁塔舞厅表演一场演出,查奈尔的口琴吹奏者德尔伯特·麦克林顿花了十五分钟教约翰吹奏《嗨,宝贝》的即兴重复段。

9月4日他们在修道院路集中修改,一周后进一步排练完善,这位坐在监控室里的校长式的人物终于满意了。马丁同意搁置《你怎么看待它?》不用,录制《真的爱我》作为A面歌曲,《附注:我爱你》作为B面曲目。

按照EMI纷繁交错的办事规则,每一位唱片公司的老板都要把新发行的推荐唱片提交给一个高级执行委员会,接受审查获得正式通过。这些被迫给《真的爱我》亮绿灯的音乐主管几乎毫无例外地被这首歌弄糊涂了。大多数人都自以为是地猜测,一个演唱团体冠以披头士的名号,无疑是"帕洛风"唱片公司主打的另外一个品牌搞笑唱片。约翰在和声部分的演唱听起来不像是乞求更像是嘲讽;节拍不断地被一声铙钹的响亮重击打断;甚至连效仿《嗨,宝贝》的口琴吹奏段也似乎在暗自窃笑;只有保罗单独吟唱的忧郁段"喔-哦,真的爱我"才好像完全是发自内心的表白。与时下的当红歌曲相比,它没有采用复杂的乐器演奏和音响效果,整体给人一种朴实无华、几乎完全袒露的感觉,引用乐评人伊恩·麦克唐纳的话说,"就像是郊外起居室里的一堵光裸的砖墙"。在泛滥蔓延的真真假假的美国曲风中,它无疑是带有正宗英国风情的歌曲,更是当仁不让的北部歌曲;《警察巡逻车》《加冕街》引起的风潮第一次从电视荧幕上吹进了乙烯基唱片上。

这支单曲于10月5日发行,负责发行的这个实力强大的公司能有多不情愿就有多不情愿。在利物浦,尽管《默西节拍》把它吹上了天,大家还是有些失望披头士的首张唱片没有更好地表现出他们的舞台风格。唱片除了在布赖恩·爱泼斯坦的NEMS商场的大片橱窗里展出,其余的宣传仅限于在唱片媒体上登载几则微型的广告,以及在BBC的轻松节目里零散地穿插进去。当时那些上了年纪、高高在上的电台音乐节目主持人和EMI的高层如一丘之貉,都妄加判断披头士这样的名号是搞着耍的,所以都以开玩笑的口吻介绍《真的爱我》这首歌,连个画龙点睛的俏皮话也懒得说。对于四个当事人来说,最令人兴奋的时刻莫过于歌曲在卢森堡电台放送的时段,背景的静电干扰几乎和六年前一样大,那时

222

约翰躲在门迪普斯的被盖下面,偷偷地收听到埃尔维斯传来的第一声福音。

如果 EMI 不愿尽力,布赖恩只得另寻他路显示他的小子们已经达到了一个新水平。七月,吉尼·文森特再次现身利物浦,上一次他的到来还是在 1960 年,他在拳击运动馆搞了一场盛大沸腾的演出。当时,约翰还只是人群中的一张渴慕惆怅的脸孔;而今,作为在汉堡结交的老兄弟,文森特和披头士携手在"洞穴"演出,制造出"洞穴"最狂野放浪、令人窒息的夜晚之一。一张偷拍的照片捕捉到约翰和吉尼、保罗并排站在拱门之下,并为那唯一的一夜换上了黑色皮装,脸上露出了近乎惆怅的"不要惹我"的终极表情,此后他将被迫淹没在套装和领带中,脸上还要挤出微笑。

《真的爱我》的发行恰好与来自他过去的一颗更大的炸弹凑到了一起。一位来自南部的名叫唐·阿登的赞助人将小理查德带来了英国,与美国当红的一位主要黑人歌手萨姆·库克携手,领衔进行一次巡演。布赖恩联系到阿登,准备安排他引进的这位传奇人物于 10 月 12 日在新布莱顿铁塔舞厅作一夜的演出,披头士在节目单上位居第二,另有一系列当地的其他组合作支持演出。至少仅就默西塞德郡而言,再也没有更加清楚的证据,表明他们已经跻身不朽人物的行列了。

然而,这个小理查德已经不再是过去的那个尖声高唱"天哪,莫莉小姐"、唱得约翰热血沸腾的歌手了。狂野不羁的甘草根似的头发如今被剃成了平头,金色闪亮的佐特套装也被换成了传统的薄翻领鲨鱼皮套装,先前他那涂上眉毛膏、留着八字须的脸上总是流露出没心没肺的快乐眼神,如今却被一脸的沉思与虔诚的表情取代,令人看着心里别扭。自从理查德听到了上帝的神谕指示,就一而再再而三地拒绝演唱福音以外的任何歌曲,让全世界的听众大失所望。甭管神圣与否,是不是理着炭灰色的短发,能与这位他们荒唐的学生时代崇拜的超级偶像见面,是披头士迄今为止从布赖恩那里得到的最棒的礼物。"他常常在后台念《圣经》,"约翰回忆说,"我们就为了听他说话,围坐在他身边倾听……"一开始,他们害羞得都不敢邀请理查德跟他们合影;反而是保罗爱好摄影的弟弟迈克在舞台的侧面拍下了一张他在表演中的照片,照片上保罗和约翰站在另一边一脸崇拜地看着他。

小理查德的演出大获成功,布赖恩再次邀请他来与披头士携手领衔演出,时间定于 10 月 28 日,地点这次改在利物浦帝国剧院,节目单上除了他们,另外邀请了全国著名的表演者,如克雷格·道格拉斯、杰特·哈利斯、肯尼·林奇以及"声音合成"组合。正是在这一天,古巴导弹危机得到了解决,苏联让步解除了对美国的近海核威胁,第三次世界大战终究没有爆发。正当午夜的新闻快报不断重复播报人类得以拯救的消息,约翰踏上了神圣的舞台,想当初他站到这个舞台上的时候,还是和"采石工"们一起,盼望着能够成为卡罗尔·刘易斯相中的新星。

布赖恩对从 EMI 获得有力的支持不抱什么希望,决定启用自己的公关小组宣传《真的爱我》,将披头士介绍给对他们还不大熟悉的全国性的媒体。他的第一个有价值的收获是结识了托尼·巴罗。巴罗是一位年轻的利物浦人,在伦敦为"迪卡"唱片公司撰写广告文字,同时又以笔名"唱片人"为《利物浦回声》报的一个拥有广泛读者的唱片专栏撰稿。巴罗给布赖恩当了几个月的不正式的公关顾问后,于 1962 年 11 月受邀加盟进来。"我是在一家离 EMI 总部不远、名叫'德文希尔阿姆斯'的酒吧里被介绍认识'披头士'的。"他如今回忆说,"我永远也忘不了约翰开口说的第一句话:'你既不是同性恋,又不是犹太人,干吗还要为布赖恩效力呢?'这话当然不是当着布赖恩的面说的,但也足以让他听得到了。"

巴罗既然还是"迪卡"的正式雇员,他为《真的爱我》开展的一系列宣传活动就通过一位十九岁的公关人员着手进行,这位公关名叫托尼·考尔德,在位于苏活区波兰街上的一间与别人合用的办公室里工作。"我喜欢那张唱片。"考尔德如今说,"我告诉布赖恩,他要做的第一件事情就是要把'披头士'带到伦敦来,与一些记者见见面。当时的国家报纸还不报导有关流行音乐的信息;我指的是音乐类报纸,音乐界的媒体。

"于是这些小子们就过来了,我花了整整一天的时间领着他们拜访各家报社机构,每个地方都待上半个小时。保罗负责所有的说话部分;约翰几乎不发一言。我们最后的一个预约是在六点左右,与一位编辑见面,他穿着的确良的白衬衫,自以为是无所不能的上帝,其实就是混球儿一个。'披头士'走进他的办公室,他说的第一句话就是'吉他组合都玩完了'。

"约翰坐在那里,还是一言不发,最后这个编辑不情愿地说:'好吧,我会在报纸上写一点儿你们的内容,不过只有一丁点而已哟。'正当我们要起身离开的时候,约翰设法用大腿夹住了这个家伙的桌子边,然后把它直接往上一抬,使得桌面上的所有东西都稀里哗啦地滑下去了。那一切实在是一气呵成,大快人心,他掀了那个家伙的桌子,完了还走过去跟他握手,然后才转身对我说:'我们赶紧离开这个该死的地方吧。'"

距离在欢喜山的结婚登记处勉强举行的仓促婚礼已经两个月过去了,对于自己的身份发生了重大变化的生活现实,约翰却几乎还没有开始意识到。约翰忙着录制《真的爱我》,与小理查德体验合作,同时还要应付布赖恩施加的越来越重的工作负担,几乎没有什么时间供他去考虑当丈夫和准爸爸的新责任。"我以已婚的身份四处奔走,感觉确实尴尬,"他后来承认道,"就好像走路时脚上穿着蹩脚的袜子,或者裤子的前裆开天窗似的。"

辛西娅当上了约翰·列侬的太太,除了手指上戴着的那枚 10 英镑的戒指,她的生活也没有发生什么重大的改变。约翰几乎仍然成天成夜地与披头士外出演出,演出的地点有离家越来越远的趋势。辛西娅安分地待在布赖恩在福克纳街上的公寓里,独自应对自己的怀孕反应,接受了自己有些混乱不清的角色:当然不是所有著名的浪漫小说中的秘密情妇的角色,而是作为一个秘密的妻子而存在。

她保持着安分守己的低调生活,甚至瞒过了附近的艺术学院里的大多数朋友和过去教过她的老师,他们都不知道她就住在身边。从她家过去几户人家,在 58 号住着琼·弗朗,即那位人体模特,她现在仍然靠铁腕手段操控着学院的写生课。"有一天,我下班回家,有人告诉我一位名叫列侬的人过来邀请我参加一个聚会,"琼如今回忆说,"他还邀请了我好几次,都是参加聚会或者去'叶克拉克',可我一直忙着上我的课,所以从来没有真正见到布赖恩借给他住的地方。"有一天她在市中心无意中见到约翰,惊讶地发现他如今看起来显得非常富有。"他在白教堂区的卡多玛咖啡屋,穿着一件看起来十分昂贵的簇新的紫色毛衣。'约翰,这是一件女式毛衣。'我对他说。他把领口拉过来,给我看商标,证明它是利物浦最高档的男衣店沃森普里柯德出品的。"

这笔新来的财富似乎没有让辛西娅跟着沾到什么光。她的学院老朋友安·梅森如今记得有一天在蒙特街偶然碰到了她,发现她成了一个忧心忡忡、心神不宁的年轻妇人,与她们上书法课时的那个静若处子的女孩儿判若两人。"辛西娅告诉我她和约翰欠交了一些收入所得税,布赖恩正在帮忙解决。她还说她的钱包里当时只有一张可怜的 1 英镑的钞票,就这样还要担心约翰发现了,连它也得搜刮走。"

约翰回家的时候,辛西娅的时间大多数用来洗刷熨烫他的舞台服装,照顾他的饮食起居,希望能够赶上他的咪咪姨妈,尽管这是个不可企及的愿望,此外还要近乎荒谬地帮忙掩护约翰单身男孩的幌子。甚至当约翰第一次带林戈来见她时,也没有点明她是他的妻子的身份而且已经怀孕的事实。

她大体上一直独自待在布赖恩布置典雅的公寓里面，白天觉得孤单无聊，晚上却往往会被吓得魂不附体。这个房子的前门永远是大开着的，辛西娅要想从起居室到卧室，必须要穿过中间的公共走廊，然而这条走廊上总是有可疑的人物不停地晃悠。雪上加霜的是，她的妊娠反应也日益棘手；约翰一次外出的时候，她的下体开始突然出血，她的医生告诫她卧床休养，否则就会有流产的严重危险。她的身体极度虚弱，再加上神经紧张，实在受不了不停地穿过大厅去浴室的麻烦，便干脆在卧室里待了整整三天，"床边放一只水桶，外加一只水壶，便是我所有的配备了"。

显然必须要找到一个解决方案，让约翰在家里逗留的时间不会比现状多出哪怕一分钟。娇小玲珑的多特·罗恩让问题迎刃而解，她是保罗·麦卡特尼的前任固定女友，曾经陪同辛西娅去汉堡，还在加莫伊尔路租下了辛西娅隔壁的一个起居兼卧室的两用房间。多特当然不是无缘无故同情辛西娅的困境：她和保罗快要分手的时候，不幸也怀孕了；要不是多特在怀孕三个月时流产了，她和保罗也会同样被迫奉子成婚。

在布赖恩的公寓下面是地下室，有一间小公寓，目前没有人居住。热心肠的多特答应搬到那里，这样将来再出现什么紧急的医务情况，辛西娅就不会孤身一人了。多特如今回忆说，辛西娅尽管对自己的妊娠有种种担忧，但却仍然把对约翰应尽的妻子的职责放在首位。"有一次，她去她的兄弟托尼家过周末，问我是不是可以照顾一下约翰。他回来时已经很晚了，而且有点儿喝醉了，我们进行了一次长谈。他对我说要是他真正梦想的某个其他女人出现了，他会毫不犹豫地离开辛西娅。这个世界上没有什么东西可以阻止他做他想做的任何事情。他确实也试图跟我调情。不过，我一句就回绝了他，'约翰，我们两个当了太长时间的朋友了，再做这种事情就不合适了。'"

他随着披头士四处奔走，实际必须遵守隐藏结婚戒指的诺言，外加身边围绕着层出不穷的热情如火的女孩子，一夫一妻制对他也起不了多大的约束作用。可是，即使离家近些，哪怕就在家门口，情况也没有什么不同。婚姻没有终止他和帕特里夏·因陀罗的关系：他们仍然定期在一起过夜，这种时候辛西娅往往不知道他已经回到了利物浦，或者以为他和保罗为了创作某首新歌熬到午夜时分。"我对此不是很乐意，"帕特里夏如今说道，"我会质问他，'你家里有老婆，还有个孩子快要出生了，怎么可以做出这种事情来呢？'约翰总是回答，'一个男人的生命中不止需要一个女人。'"他确实践行了这个观点，因为与此同时，他还和一位住在王子公园附近的女孩艾达·霍利有染，两人公开出现在利物浦的夜总会，如艾伦·威廉姆斯的蓝天使俱乐部。

就在《真的爱我》发行之后,披头士不得不返回汉堡,从11月1日至14日在明星俱乐部作为期两周的表演,这个日程出现的时机简直不可能再糟糕了。尽管他们的处境自从一月以来有了巨大的改善,布赖恩却不愿意推掉这个日程,或者不履行他和霍斯特·法舍尔签订的预约合同剩下的部分。特别是约翰,视此为强加的麻烦,却不想想要是没有汉堡的收容,他很可能现在仍然在安特里学院为了几个便士卖命演出。"我们讨厌回去。"他后来回忆道。"布赖恩逼着我们……完成合同的要求。我们要是可以自己做主,早就不管什么合约不合约的了,因为我们不觉得欠了他们什么。"

据包括乔·弗兰纳里、彼得·布朗在内的亲近的朋友讲述,布赖恩订购了一万张《真的爱我》的唱片,大约是通过 NEMS 可能售出的唱片数量的十倍,目的就是为了确保歌曲进入前二十名金曲榜单。然而,约翰却始终坚持认为歌曲凭着自身的魅力取得成功,而它在榜单上的历史成绩好像也支持了他的观点。歌曲发行一周后,杂志《唱片零售商》显示它仅排在第四十九位。此后,它的排名呈现缓慢不规则的上升态势,穿过了三十几名、二十几名的行列,其间会前进几名,紧接着落后几名,然后再慢慢地爬升上来。相比布赖恩采取的大订单的策略,托尼·考尔德的坚持则显得关键得多,他要求将免费的宣传唱片分发到国内的两家主要的连锁舞厅,即"麦加"以及"顶级",这两家舞厅都播放最早期的迪斯科音乐。收音机和电视也许不播放《真的爱我》,但少年人却随着它的音乐起舞。

等披头士于11月15日回来的时候,这支单曲正以不容置疑的姿态一路高歌,获得了 EMI 更大的宣传力度、广播更多的播放次数、媒体更高的提及频率,人们越来越把它看作是一首流行歌曲而非喜剧单曲,它最终以飙升到第十七名的位置收尾(尽管只是信任度越来越遭到质疑的《唱片零售商》公布的榜单)。等待他们的是到国家 BBC 广播电台和卢森堡电台以及三个地区性电视节目演唱的邀请,这三个电视节目覆盖的观众达到了全国人口总数的五分之一。

大家都普遍错误地认为布赖恩低调处理了披头士的外形,使它变得中规中矩。然而,事实却是,1962年末,布赖恩呈现给英国电视观众的四人组合看上去在服装上简直有求死的欲望。他们的舞台套装一改深灰变成灰白色,配搭卡丹风格的圆形衣领,斯图·萨克利夫曾因为这种衣领在汉堡饱受嘲弄。约翰、保罗、乔治的一头散乱不规则的"法式"发型被统一理成了刘海长及眼睛的蓬蓬头,林戈·斯塔尔则是现成的这种发型。简而言之,他们这四个年轻男人无论从哪个视觉细节上来看，都像是相当成熟但却过时的女性。有一个争论不休的问题一直存在，即隐藏他们的前额或者领带，这两者到底哪一个才是更鲁莽的抉择。

同样古怪的还有围绕在他们身上的一股民主的氛围：没有克里夫·理查德发明的主唱，没有显然易见的明星，没有可以让人立马喜欢或者讨厌的对象。大家的注意力比较倾向于先集中在保罗·麦卡特尼身上，他站在最左手的位置，用左手弹奏着一把外形像小提琴的霍夫纳贝斯（这把吉他和他的发型、服装一样令人新奇），并已展露出利用自己小狗般湿漉漉的大眼睛抓住镜头的天赋。乔治在舞台上只剩下一颗圆头和一把薄薄的旋钮吉他而已；而林戈，则是充当了背景：露出一颗圆头，另外制造出乒呤乓啷的打击乐。大家的眼球就像是拍摄采石河岸高中师生照的全景摄像机一样，趋向于以拱形的弧线移动，最后定格在独自站在右手边的约翰身上。

他的外形尽管有了改变，站姿却仍然是"采石工"主唱的姿势：两脚分开站立，双肩有些隆起，脸孔向前并稍微朝上方抬起，照旧是挑衅和近视双重作用的结果。不过这个姿势得到了琴颈短粗的里肯巴克325的弥补，之前他又花了一大笔款子，给它新装上琴马，并把"天然"的象牙白表面再抛光成闪亮的黑色。作为《真的爱我》的演唱者兼口琴吹奏者，他不弹奏和弦，只适时地用一只手拂一下吉他而已，而从他那丘比特之箭般的嘴唇里，则冷淡地吐出一连串简单得不能再简单的歌词。只有当他交错着手吹奏口琴的段落时，他才似乎完全投入进去，脸孔也软和下来，谁知道他的脑海里回响起童年时代的什么尖细声音的共鸣呢。

11月26日，披头士回到EMI位于修道院路的录音室，这一次他们即使不是凯旋的英雄，起码也成了专业人士，理应得到那些穿着白大褂的人的尊重。为了最大程度地利用他们取得的微小的名声，乔治·马丁想要趁热打铁，于下一年年初发行他们的另一支单曲。

然而，这一次却绝不可能叫来"专业的"歌曲作者了。列侬-麦卡特尼合作的歌曲有些已经制作成样本唱片，其中有一首约翰的曲目，是他几周之前在他的咪咪姨妈的起居室里创作的，当时身边环绕着煤港瓷器以及若干只纯种猫。原作是一首具有戏剧张力的伤感情歌，虽然效仿了罗伊·奥比森的风格，却升华了其中乞求和痛苦的情感，达到了更高的层次。歌名追溯到宾·克罗斯比的运用双关的抒情歌曲，当约翰还是蹒跚学步的幼童与朱莉娅待在一起时，他就爱上了这首歌："请借你的一双小耳朵倾听我的请求吧……"因此歌名就叫做《请让我开心》。

11月26日练习时,这首歌从抽屉里抽了出来,并根据马丁的建议,给予了改头换面的修改。充斥歌曲的烦忧情绪一扫而光,摇身变成了一首活力四射的摇滚曲目,由约翰和保罗这一对"艾弗利兄弟"似的二人组合倾情演唱,中间插入尖锐的口琴吹奏以及低沉的吉他弹奏,演唱的口吻不再孤独失恋,而是充满了逗趣的味道,活像是任何一个利物浦人想把自己的"马子"拐到后巷里站着野合一番。确实,他们合唱"来吧……来吧……来吧!"声音越拔越高,到高潮时转成假音"哦耶!"那份快感十分肖似在呼呼冷风中达到性高潮时的兴奋感受。他们录制了一遍后,坐在控制室里的马丁扭开了录音室的监听器,告诉四人他们的第一支头牌曲目刚刚诞生了。

要知道这个预言是不是准确,他们还得等到一月后才能知晓;与此同时,披头士能够凭着一首半红的歌曲跃居其他上百个流行音乐人之上,全靠他们的经纪人孜孜不倦的付出和纯粹的敢做敢为。这一点从布赖恩把他们推销给阿瑟·豪斯这件事上得到了最好的体现,阿瑟当时是英国流行音乐包价演出的主要赞助人。他花了不少时间调查研究,费了不少口舌的说服功夫,才查出了豪斯的私人电话号码,并在一个周六晚上给他打电话,揣测那个时间最有可能他在家接到电话。这一个公事公办的电话说服了豪斯,同意安排他们加入12月3日在彼得伯勒的大使馆电影院举行的一次演出,只不过除了出交通费就没有其他报酬了。

对于一个长期习惯了凭借现场的活力演出征服观众的组合来说,在彼得伯勒的那次亮相简直是奇耻大辱。排在节目单首位的是弗兰克·艾菲尔德,他的排名第一的单曲《我记得你》曾启发了约翰,在《真的爱我》中加入了口琴吹奏的段落。所谓的"了不起的'披头士'"竟然垫了底,"莱娜姐妹",甚至连一个汤米·沃利斯和贝里尔的木琴二人组,都排在他们前面。他们的表演也受到了冷落,这些东中部地区的观众压根不买账,之后当地的一家报社《彼得伯勒标准报》也对他们的演出大肆批评,嫌弃他们"太吵了",在演唱一首名叫《摇摆尖叫》的歌曲时尤其如此。然而,阿瑟·豪斯却看出了他们身上的特质,并主动提供再次在全国巡演的机会,这一次由美国明星克里斯·蒙特兹以及汤米·罗打头阵,计划持续到三月底。

圣诞节快要到了,布赖恩精心为《默西节拍》草拟了一张"'披头士'年度成就"的详细清单,洋洋洒洒占满了一页纸:与EMI签订了合同,获得了一位"录音主管"、一位"媒体发言人",成立了一个歌迷俱乐部;列出了他们频频亮相的广播及电视节目以及远赴外地演出的场所并一起联袂演出的诸位大明星;通报

229

《真的爱我》目前在英国榜单上升到了第二十一名的位置；宣布了一则让媒体震惊的消息：据《新音乐快递》杂志举办的年度人气调查显示，他们已经在英国歌唱组合的行列中跻身到第五名的位置了。

从12月18日至31日这两周的时间内，他们再次回到汉堡，完成他们与明星俱乐部的合约的最后一部分，尽管得到了曼弗雷德·韦斯勒德空前的明星礼遇，他们仍然表现出明显的不耐。"我们可以感觉到他们认为我们已经是历史了。"霍斯特·法舍尔如今回忆说。"布赖恩一直不停地在他们耳边叮嘱，说自己在圣保利区工作过，可能对他们的形象不利，因此最好全身而退，不沾一点腥。保罗也一直嘱咐约翰'别干这个'，约翰竟然有时候还听进去了，我之前还没见识过呢。"

烦人的圣诞节两周时间磨去一半时，突然从天而降一个惊喜：帕特里夏·因陀罗偕同一个名叫吉恩的女伴来到汉堡，表面上是来看望"三巨头"组合里的朋友约翰尼·古斯塔夫森。"约翰一看到我整张脸倏地一亮，"帕特里夏如今回忆道，"他把我抱坐到他的肩膀上，绕着明星俱乐部整整转了一圈才罢。之后，等'披头士'演出结束后，他来到我坐的地方，将一件外套甩到我们头上罩起来，我们躲着好好亲热了一番，不过让我摸不着头脑的是，为什么那个酒吧女招待贝蒂娜一直朝我飞眼刀？"

1963年约翰的日程排满了计划，充满了无限可能性，但他仍然尽全力想要说服帕特里夏继续和他秘密见面，地点仍在她的朋友苏的公寓里，里面照旧要准备好蜡烛，并在枕头下面塞进崭新包装的口香糖。"'我们没必要断了关系。'他总是这样对我说。我要是年纪稍大点，再聪明点，就会和他好下去了。可我当时寻找的是爱情，我知道，他走上了那条路，就意味着我永远只能拥有他极小的一部分。做出那个决定让我伤心欲绝，但我还是告诉他我们必须分手。"

圣诞节那天，披头士们无所事事，"超级"泰勒便带他们去参加一个由码头海员团承办的节日特别午餐会。"宴席上是琳琅满目的配菜、火鸡以及圣诞布丁，不过先要祷告。""超级"泰勒如今回忆说。"祷告一结束，约翰就大叫一声：'感谢基督赐予我们这些食物……'"两天后一份迟来的圣诞礼物终于来到：《真的爱我》在英国榜单上冲上了第十七位的最高位置。头把交椅由埃尔维斯·普雷斯利退伍后的另外一首乏善可陈的伤感歌曲《退还寄件人》占据；亚军的位置落到了克里夫·理查德的怀中，曲目是《下一次》；季军是影子乐队演唱的《继续跳舞》。

元旦前夕，披头士喝得酩酊大醉，在明星俱乐部来了一场乱七八糟的演出，作为对过去生活的告别仪式。"超级"泰勒的磁带录音机录下了这一"盛况",供后人"鉴赏"。"我们大家先在'曼波香吉'吃了饭。我们离开的时候,我看到约翰从桌上拿起一副刀叉,塞进了自己的口袋里。等'披头士'上了舞台,约翰做的第一件事就是抽出刀子扔向了下面的某一位观众。当然了,那也只不过是用餐的刀子而已。"

披头士宣传《请让我开心》,最重要的一次曝光是在ABC电视台的一档流行音乐节目上,节目名叫《幸运之星》,每周六下午五点四十分播出。他们早在1月13日录制了节目,六天后播出,当时恰逢英国遭遇了几乎一个世纪以来最严重的一场暴雪。因此最大数目的青少年消费者被滞留在家中,围绕在壁炉旁边喝傍晚茶,就着鸡蛋、炸土豆条、烤豆,大嚼浸透着黏稠棕色调味汁的吐司。许多人几乎没有意识到:他们就是那个态度冷淡讥讽地录制了《真的爱我》的四人组合。而现在,他们留着同样疯狂的发型,穿着同样古怪的衣服,弹着同样的小提琴变体的贝斯,却发散出惊人的能量与活力,这种能量与活力是迄今为止任何本土的流行音乐组合无论在电视的幕前还是幕后,都没胆儿尝试的。从黑白电视的荧屏上迸发出火热的召唤,穿透进了近四百万个家庭的客厅,惊起米色瓷砖垒起的壁炉和石膏鸭子飞上了墙壁:"来吧!……来吧!……来吧!"而这一次召唤对英国的蓝领青年来说就足够了。

音乐界和商界的评论——影响批发和零售的至关重要的因素——同样反映了大家的振奋和惊奇。首屈一指的《新音乐快递》杂志以电台音乐节目主持人基思·福代斯的名义发表评论,说《请让我开心》是"一首值得享受的听觉大餐,充满了激情和活力",而《世博会》则预言披头士"有成为1963年最具魅力的超级巨星的无限可能",事实证明确实如此。这支单曲发行伊始,就迅速飞离架子被抢购一空,不再需要来自利物浦的NEMS的市场操作。然而,披头士们的家人和朋友们却都被动员起来,想尽一切可能的办法把销量拉上去。BBC的轻松节目中有一档节目叫做《家庭双向最爱歌曲》,它是最有影响力的广播节目之一,专门供那些驻扎海外的军事人员及家庭成员点播唱片。据约翰的堂弟迈克尔·卡德瓦拉德讲述,甚至连咪咪姨妈也被说动了心,假装自己是离家远行的军人,要求点播一首《请让我开心》。

与此同时,披头士正在中部和北部的莽莽雪原上巡游演出,他们是阿瑟·豪斯的包价演出中地位最低、报酬最少的歌手,头牌则是海伦·夏皮罗。1961年,他们远赴汉堡的期间,夏皮罗成了英国流行音乐炙手可热的新宠——她是一名伦敦女学生,年仅十四岁,却拥有一副音质低沉的烟嗓子,足以被人误解是男声。如今十六岁的她,身上糅合了歌剧女主角和简·奥斯丁笔下的女主人公的特质,坐在一辆由专门的司机驾驶的豪华轿车里,跟在巡演队伍的公车后面,身边还跟着一位中年女伴,保护她不受路上粗俗和堕落的生活的熏染。

披头士一开始的演出地位最低:分配给八至十分钟的表演时间,大概只够演唱四首歌曲,对于圣保利区的这些成夜不睡觉的狂欢者来说,这简直就是几乎不眨眼睛在舞台上走个过场而已。他们要是不穿鸽灰色的卡丹样式的服装,就会选择炭黑或者黑色的套装:短上衣扣得紧紧的,衬衫的衣领开口很深,领尖钉有纽扣,这种新式衣领和领托一样分量不轻。约翰继续反抗他们定做的舞台新外形,习惯留下衬衫最顶部的一颗纽扣不扣上,领带也打得歪歪扭扭的;经常在他们登台演出之前,会出现这样一幕:保罗会以一种近乎妻子——抑或是母亲——的姿态,让他站住不动,为他系上纽扣。根据布赖恩的设想,每当唱完最后一首歌,三个吉他手都要一手固定住琴颈,同时行一个低腰的鞠躬礼。"约翰的另一只手总会别在身后,做不应该做的事情,"尼尔·阿斯皮纳尔回忆说,"不是摇手指就是比 V 字。"

在公车上,他们的幽默逗得大家哈哈大笑,这成了演出之间开往烂泥浆的漫长旅程以及对抗刺骨严寒的为数不多的几个安慰之一。甚至连珍贵的海伦公主也喜欢离开自己的开了暖气的豪华轿车,躲开她的看护跑到约翰身边坐下,约翰呢,则在被蒸气蒙上的窗户上画卡通人物,或者抹出一小片清楚的区域,凑过去向毫无疑心的过路人做各种恶心的鬼脸。他和保罗非常确信自己很快就会火起来,两人都向海伦借来一叠免费照片,退到后座在她那发式蓬松的微笑脸孔上练习签名。

2月8日,当巡演的站点到达卡莱尔时,披头士也首次成为了全国报纸头条报导的对象。那天晚上在 ABC 电影院的演出结束后,他们陪同巡演的头牌人物一起去参加由镇上的青年保守者协会举办的一个舞会,却因为穿着不得体的黑色皮夹克被要求离开。从流行音乐明星举止失当的严重程度来衡量,这简直不值一提,尤其跟约翰在汉堡时更成熟的"壮举"相比,更是如此。不过,英国的报纸读者们将永远不会了解这几个男孩更坏的一面了。

2月22日,《新音乐快递》杂志的榜单显示,《请让我开心》与弗兰克·艾菲尔德的《随风漂流》共同占据榜首的位置;一周后,只剩前者独占鳌头。披头士提前几天得知了这个胜利的喜讯,因此当他们2月19日在"洞穴"演出时,鲍勃·伍勒可以宣布这个捷报,当时他们正当海伦·夏皮罗领衔的巡演的短暂休假中。伍勒原本期待下面爆发出雷鸣般的掌声和欢呼声；谁知前面三排的忠实女歌迷整个哭成一团。因为她们知道永远失去了只属于自己的偶像。

对于任何一个打响了一支热歌单曲的流行音乐人而言，下一步就是灌制一张每分钟33转、厚度12英寸的密纹唱片了，传统上对于花费的金钱而言，往往代表着拙劣得不能再拙劣的品质了。密纹唱片自五十年代初期以来就在市面上出现，然而相比售出上百万的单曲唱片，它只能售出上万张而已，因此如今仍然只占唱片市场的极小一部分。在民谣和爵士乐界，密纹唱片被冠以"专辑"的更时髦的美称，时间和金钱被不遗余力地倾注其中，意图从各个不同的角度展示一位西纳特拉、路易斯·阿姆斯特朗或者一位约翰尼·马西斯的风采。要是流行音乐人走了运，密纹唱片也只是回收利用他打榜的热门单曲及B面曲目，再随意挑选几首翻唱的曲目和保留曲目。唱片专辑的封面上必会印刷着一张质地粗糙的彩色照片；背面则呈黑白单色，上面列有歌曲名单、歌者的一些生平介绍，要是碰巧是EMI出品的作品，还会附加上推荐使用艾米迪克斯清洁溶液的广告，让唱片的刻槽免受灰尘和毛发的污染。

要着手制作披头士的首张密纹唱片——专辑的名称提前定为《请让我开心》，乔治·马丁面临两个问题。首先，即使披头士们凭借一支冲上榜首的单曲证明了自己，EMI还是不愿意在他们的专辑上多出多少钱；其次，他们巡演的日程安排使他们能够待在录音室的时间极其有限和宝贵。然而，另一方面，马丁善于创造亲和自如的氛围录制演出和轻松表演剧，他在这方面可谓是经验丰富。专辑已经敲定了两首单曲以及它们的B面曲目（《附注：我爱你》和《问我为什么》），这就意味着要在短期内定下其余十几首曲目。马丁设法把披头士们于11月11日召集在修道院路，决定尽可能地用现场演出的效果给他们录制唱片。他叫他们演唱平时在舞台上最拿手的曲目，就好像"洞穴"的观众在下面观看似的；一吩咐完，他便打开了设备。

录制的结果展示了他们惊人的耐力，和在汉堡演出时一样令人印象深刻。尽管他们刚刚结束漫长的南下雪原之旅，身心仍然疲惫不堪，此外还要遭受冬季受寒后咳嗽鼻塞的双重折磨，却成功地做到了在短短一天的时间内，完成密纹唱片录制的重任，而期间他们用到的提神剂也只不过是茶和祖比斯润喉糖而已。录制的曲目中有四首是约翰–保罗原创的：《我看到她站在那里》《悲伤》《你想知道一个秘密吗？》以及《有一个地方》。其他歌曲都是他们最喜欢的翻唱曲目，风格别具一格，全部翻唱自美国黑人流行音乐。

今天来听这个专辑，我们仍然能够捕捉住保罗·麦卡特尼开场唱第一句

"一-二-三-四!"时的兴奋劲头——这一句前奏昭示了前面将出现多少不可思议的事情啊！整整十四首曲目,几乎每一首现在听来都显得那么新鲜扑鼻令人惊叹,足可以分别当做单曲发行:从保罗主唱的类似爵士乐的歌曲《蜂蜜的滋味》,让人联想到所有那些描写普通人生活的潮流电影和戏剧;到矛盾糅合了少年人甘之如饴的忧愁情绪的《有一个地方》和《悲伤》;再到公然借鉴黑人女性组合的曲目,例如雪莉艾拉组合的《宝贝,是你》《男孩》以及"甜饼干"组合的《锁链》。这张密纹唱片的效果与平常的缺斤少两迥然不同,它展现了披头士实际上比他们目前为止在两支单曲上表现出来的技巧要娴熟得多、才艺要丰富得多、经验要充足得多、风格要古怪得多,而且微妙地揭示了他们所属的世界以及掌握的多种特别的音乐风格。每一首歌、每一个吉他音符、每一声用浑厚的利物浦口音演唱的和声"吓-啦-啦"和"泡噗-嘘喔噗",都在暗示他们做自己是多么快乐的事情。

保罗自然是无所不在,而且显得格外早慧,乔治也占一席之地,发散出比当时大家欣赏的那个乔治多得多的魅力。不过要说到主角人物,那就非约翰莫属了,无论是伴奏还是主唱都是焦点:是他,不断地重复吹奏口琴的乐段;是他的嗓音,让摇滚的蜂鸣声贯穿最伤感的失恋情歌始终;是他,偶尔吐出一两个讽刺的音调,不过更持久的是无比真诚的声调;是他,嗓音虽然粗哑,但却柔情四溢,时不时地直接唱给"女孩,你"听。约翰同样压轴演唱了最后一首歌曲,即艾斯利兄弟的《摇摆尖叫》,在经过了整整十一个小时的演出后,他以豁出去的姿态声嘶力吼,让马丁都担心他的声带受损。"我一直觉得非常羞愧,"约翰以后回忆说,"因为我可以唱得更好的……你可以听出我只是一个想要做到最好的疯子而已。"

约翰和保罗创作的歌曲如今也升值了,不再是一本卷角的学校练习册而已。布赖恩通过乔治·马丁认识了迪克·詹姆斯,他身材肥胖,外貌和善,刚刚结束了当舞会乐队歌手的小有成就的职业生涯,转行进入音乐出版界。詹姆斯获得了《请让我开心》以及 B 面歌曲《问我为什么》的出版权,代价是帮助披头士实现首次在"幸运之星"节目上的重要亮相。为了确保约翰-保罗的后继作品不落入他手,他想出了一个方案,这个方案对思想狭隘、一味攫取的流行歌曲出版界来说,无疑是一个绝对革命性的举动。他没有选择以迪克·詹姆斯的音乐的名义获得许可出版他们未来的作品,然后仅凭乐谱的销售和广播的播放抽取少得可怜的标准版税;而是另辟蹊径,成立了一家独立运行的公司,专门从事列侬-麦卡特尼的创作曲目的有关事务,并将收入一分为三,百分之五十归詹姆斯和他的生意伙伴，另有两份百分之二十各归两位创作者，最后还有百分之十归布赖恩所有。公司命名为"北部歌曲"，让人不禁联想到新式时髦的工厂烟囱以及雨中闪亮的鹅卵石。

约翰和保罗如今享受到自己的歌词和音乐在一首当红歌曲中双双得到展现的成功，本来极有可能转成各自为政的词曲作者，为同一个组合写歌。然而他们合作的习惯却坚持了下来，两人像打羽毛球似的你来我往，切磋歌词和曲调，就像是重放了他们过去在麦卡特尼家的客厅里的一幕似的。"我们一起写歌是因为我们享受这个过程。"保罗后来回忆说。"我们非常庆幸自己有写歌的能力，知道自己可以去做这件事。另外还有一点就是揣摩'他们'想要什么样的音乐。我的脑海里时时装着观众，蹦着'他们会随着这个音乐跳舞'之类的念头。所以大多数歌曲都是往舞曲的方向创作。"

另外一个雷打不动的习惯就是不管哪个人贡献得有多大，哪个人出的力有多小，他们会给每首歌曲联合署名。他们两个都觉得，署两个人的名有一种令人印象深刻的百老汇音乐剧的味道，就像是罗杰斯和哈默斯坦或者勒纳和洛伊一样。他们一开始努力的成果都列在保罗的练习册上，全部称作"列侬-麦卡特尼原创歌曲"。在《请让我开心》这张专辑上，歌曲的署名改成"麦卡特尼-列侬原创歌曲"；之后，称谓又倒成了原先的"列侬-麦卡特尼"，并最终成为了与百老汇顶尖的创作组合齐名的品牌。身为这样一个了不起的创作组合的一员，似乎对任何人而言可能都是天大的恩赐，理应知足了。然而若干年后，保罗作为其中硕果仅存的成员，会袒露自己因为屈尊第二一直心怀不忿。"我想署名成麦卡特尼-列侬，可是约翰的个性要强一些，而且我猜在我去之前他早就和布赖恩定下来了。这就是约翰行事的方式。他比我大一岁半，在那个年纪，大上这么一点就意味着更加世故一些。

"我记得去参加一个会议，有人告知我，'我们觉得你们应该把歌曲署名为列侬-麦卡特尼。'我说，'不行，不可以把列侬放在前面，麦卡特尼-列侬怎么样？'他们都异口同声说，'列侬-麦卡特尼听起来更好，语音上更顺溜。'……我只能说'好吧，就这样吧'——不过我们达成协议，我们要是想换，就可以改过来补偿我。"

大约是在同时做出的另外一个决定，将在未来的若干年里积攒起表面之下暗潮涌动的仇恨，活像是菲利普·拉金的"不断加深的沿海大陆架"一样。"那个决定要纳乔治到写歌的队伍中。"保罗后来承认道，"我记得一天早晨和约翰经过伍尔顿教堂，重新说到了这个问题。我们都不想太亏待乔治，到底是三个人

235

写歌呢,还是把事情简单化更好呢?最后我们决定还是保持我们两个人的现状。"

作为披头士的内部宣传代理人,托尼·巴罗一开始按照当时宣传流行音乐偶像的传统方法给他们打广告。在他给布赖恩提出的外形建议中,其中有一条主张将他们重新打造成"约翰·列侬和披头士组合"的名号,意在与"克里夫·理查德和影子乐队"这样的模式称谓保持一致。"把保罗的名字取出来打头,我同样没有意见;而且我认为保罗对这样的排列不会有任何不满。可是,布赖恩坚持解释说'披头士'不是这样的团体。他们是一个民主的组合。"

音乐报纸报导节奏组合,一个受到肯定的老方法是让每位成员填写"生命线"或者调查生平的问卷。大家比较公认的方式讲究区别对待:填写音乐喜好及其影响几栏时要认真对待,而涉及到个人问题的则一律轻松带过。托尼·巴罗散发的约翰的"生命线",却在这两个内容的填写上别具一格。

身高:5英尺11英寸。体重:115磅。发色:棕色。眼睛的颜色:棕色。兄弟姐妹:无。进入娱乐圈的年纪:二十岁。兴趣爱好:歌曲、诗歌以及戏剧写作;美人儿,绘画,电视,社交。最喜欢的歌手:雪莉艾拉组合、奇迹组合、查克·杰克逊、本·E·金。最喜欢的男演员:罗伯特·米彻姆、彼得·塞勒斯。最喜欢的女演员:朱丽叶·格雷科、索菲亚·洛伦。最喜欢的食物:咖喱和果冻。最喜欢的饮料:威士忌和茶。最喜欢的汽车:公车。最喜欢的服饰:暗色系。最喜欢的(大)乐队:昆西·琼斯。最喜欢的乐器演奏家:索尼·特里。最喜欢的作曲家:卢瑟·迪克森。酷爱:金发女郎、皮革。憎恶:蠢人。音乐品位:节奏布鲁斯、福音音乐。个人追求:写作音乐剧。职业追求:成名富有。

如果要进行类似采访的集体宣传抑或要求单独出镜,巴罗往往会先提点保罗·麦卡特尼一些必要事项,然后再由保罗集中其他人传达精神。"保罗是个天生的外交家,总是凭着本能就了解记者需要的信息。我一开始有点儿警惕约翰。在他的眼中,你就是敌人,除非你有朝一日证明自己足以当他的朋友。直到后来我才意识到这不过是他在虚张声势而已——根源于他缺乏自信。约翰是我费时最长接近的一位'披头士'。不过一旦跟他亲近了,他就成了这个组合中跟我关系最密切的朋友。"

尽管有了巴罗全天候致力于宣传事宜,布赖恩却不拒绝其他任何一个有能力的人,为他的小子们哪怕额外争得一个微不足道的专栏位置。他在"幸运之星"节目的后台遇到了安德鲁·卢格·奥尔德姆,这位年仅十九岁的宣传人员今后将成就几乎与自己比肩的辉煌的经纪生涯。奥尔德姆已经是布赖恩原先在伦敦的老公关代表托尼·考尔德的合伙人,1963年年初至年中,他从考尔德手里接管了为披头士投放大量媒体广告的事务。

当时全国的大众媒体大部分对年轻一代的文化采取漠视的态度,而"正统"的媒体似乎压根就没有意识到它的存在,所以通向目标观众的最佳途径只能是通过专门面向少女群体打造的杂志,诸如《杰基》《男友》。奥尔德姆因此马不停蹄地带他们到坐落在摄政街的《男友》杂志社,并让他们在杂志社的撰稿人员面前畅所欲言,这位执笔人是十九岁的莫林·奥格雷迪,她留着一头蓬松的金发,长相令人惊艳。"我们和他们在楼上的一间小工作室里拍了一张照片。"她如今回忆说。"那个时代的流行歌星往往有点自视清高……穿着丝绸套装,肩膀上还罩着一件驼毛外套。克雷格·道格拉斯过去常用烟嘴吸烟。'披头士'们却表现得非常友好亲和、脚踏实地。他们马上就叫我'莫',好像我跟他们是发小似的。"

"在我给他们写的第一批报导当中,有一篇文章在描写约翰时闹出了一个很愚蠢的错误。我那时年幼天真,自以为是地认为每个人都和我一样有父母双亲,所以我提到约翰有一个母亲,却没有去确认一下她是不是真的住在利物浦的某个地方。当我下次遇到'披头士'时,约翰对我说,'你写的关于我的报导里有一个错误,'然后他把我带到一边,解释说他的母亲已经过世了。我非常惶恐,赶忙向他道歉,他表现得非常镇静和善。只因为我承认了错误,说了对不起,他就原谅我了,再也没有提起这件事。"

《男友》杂志的好评至关重要,布赖恩便安排奥格雷迪和一位摄影师北上来到利物浦,见识披头士在城里最后几场舞厅的演出之一,并在演出结束后到蓝天使俱乐部与他们会合。"那是我第一次见识到约翰可以对布赖恩做到多么残忍。当时我正和他们一起在穿衣间,这时布赖恩走了进来,想要快速了解情况,比如会问:'那么,今晚的演唱次序是怎样安排的?'约翰没头没脑地地冲他一通……'音乐是我们的事,你只要做好预约,抽走份子就行……'爱泼斯坦什么也没说,只是摆弄着一张纸片,然后悄无声息地溜出去了。"

"披头士"首次受到全国范围的关注,无线电波比任何出版媒体都起到了更重要的作用;也正是无线电波,曾经将约翰引到了《傻瓜秀》《特工——迪克·巴顿》《与里昂一家生活》的世界当中。他们早在1962年2月就为BBC的轻松节目做过试演,尽管通过了,但仍有一些保留意见。("保罗·麦卡特尼——不行。

约翰·列侬——可以",当时的制作人匆匆写下了这样的意见。)1963年1月26日,他们首次在"周六俱乐部"节目上亮相,这是一个为时两个小时的现场表演的节目,早在"茶叶箱加搓衣板"的时代作为"周六噪音爵士乐俱乐部"开播以来,约翰和保罗两个人就利用周六清晨睡懒觉的时间兴致勃勃地收听。

周日早晨,更多非主流的现场流行音乐在"轻松节奏"中轮番上演,这档节目时长一个小时,插在早礼拜和"弓箭手"之间,几乎吸引了"周六俱乐部"的一千万名听众。这两档节目——和电视节目"幸运之星"——都是由三十五岁的布赖恩·马修主持,他以前当过演员,拥有一项不同寻常的本领:在BBC播音员标准的刻板语调中,糅合入自己对流行音乐和音乐人发自内心的兴趣。正是这位马修,给予了披头士迄今为止最高的赞美,称他们"是影子乐队以来出现的音乐和视觉成就最高的组合"。

不管是"周六俱乐部"还是"轻松节奏",程序都是一样的。披头士先在播音室进行现场表演,不加任何技术上的修饰;他们往往会翻出在汉堡演出的全部曲目,挑选不再在舞台上演唱也永远不会被录制的节奏布鲁斯或者流行音乐风格的翻唱曲目。表演的间隙,他们会和态度纵容的布赖恩·马修进行"傻瓜秀"似的机智应答,听众很快就会以喜爱音乐的热情爱上他们的对话。

    约翰(大叫道):好了吗,林?
    林戈(在远处):好了,约翰。你能听见我说话吗?
    约翰(对着马修):你能听到他说话吗?
    马修:不怎么听得见。我希望听不见。
    约翰(窃窃私语,好像林戈是老年医院的病人似的):我们给你带来了鲜花。
    林戈:哦,太好了。
    约翰:还有葡萄。
    林戈:哦,我喜欢葡萄。
    保罗:你知道的,他喜欢葡萄。
    约翰:听众们,布赖恩的鼻子在掉皮了。

布赖恩托付给托尼·巴罗的所有公关职责中,最重要的莫过于维护住约翰单身的假象。这个时代的伦敦报业不会关心一个刚出名的流行音乐的明星是不是结婚了,并且快要当爸爸了。然而对于像《男友》这样的杂志而言,这无疑就是个噱头了。"四处谣言传起,说约翰有一个老婆藏在了利物浦,"莫林·奥格雷迪如今回忆说,"可是当我问他的时候,他总是矢口否认。'披头士'巡回演出时,到伦敦时,他都表现得像是一个完全无拘无束的单身汉。"

布赖恩在福克纳街的那套公寓只能临时解决辛西娅的问题。辛西娅又因为深夜有古怪的人士从街上晃悠进来受了几次惊吓,约翰不在身边,只有娇小的多特·罗恩充当她的保护神,她神经紧张得再也不能继续在那里住下去了。这时斯坦利家族闻名的团结精神再次彰显出来,约翰的咪咪姨妈主动邀请他带辛西娅回到门迪普斯居住,她可以在那里享受平静安全的环境直到孩子出生。

这一次为了将摩擦减少到最低,咪咪将房子一分为二。约翰和辛西娅拥有整个底楼的区域,单独享用厨房、晨间室以及起居室,睡在以前的后餐厅里。咪咪则退居到楼上,睡在过去学生房客的房间里,厨房设在前面门廊上方约翰少年时期居住的卧室里,临时在一个小贝尔炉子上做饭。房子唯一的浴室还要临时充当她的餐具洗涤室。

约翰以成名的流行歌星的新身份回到门迪普斯,立即在合力抚养他长大的大家庭里激起了兴奋的热浪。他的堂弟迈克尔·卡德瓦拉德至今都记得他分发《请让我开心》专辑时的情景,他自豪的神态和过去传发自己的卡通连环画和手写杂志时一模一样。最早突出显示他新得的财富的一件事情,是他带辛西娅到巴黎度他们迟来的蜜月:他们下榻在豪华的乔治五世宾馆——这个地方注定要在披头士的历史上再次出现——出去购物;与阿斯特丽德·基希赫尔碰面,出去狂喝了一晚,结果三人全都倒在床上醉得不省人事。

约翰也很快偿还了咪咪在他身上花费的至少一部分费用。他付清了房子抵押的余额,为起居室添置了三件一套的富丽堂皇的家具,并购买了其他许多奢侈品和家用小器具,也不管用不用得着。托她过去宣称永远不能挣口饭吃的吉他的福,咪咪如今自成人以来首次体会到财政有保障的滋味。那枚钻石的订婚戒指再也不用典当到史密斯丹路的当铺老板手里了。

然而把约翰再次迎回家却牺牲了咪咪珍视的平静和隐私。当地的披头士的歌迷很快摸到了他的新地址,开始像工人纠察队似的,两三成群地在前面大门外面长久驻扎下来。在门迪普斯整个仿都铎王朝的静谧生活中,即使是在战争年代,后门也永远不用关上。而今,咪咪哪怕让后门微微敞开一分钟,就会发现厨房里如劫匪过境,盘子、陶器丢得一干二净,这些全是房子外面渴望得到纪念品的围攻者干的好事。

辛西娅不像现代初次做母亲的准妈妈们,她没有参加什么产前课程,也没有受到任何形式的培训,为分娩和之后的事情做准备。约翰几次回家逗留的时间

239

极为短暂,要么兴奋得冲昏头,要么疲惫得动都不想动,压根不会有闲心担忧她的身体状况,或者顾虑她的心态会是多么困惑焦虑。即使在她妊娠期间,他仍然希望她能够保持自己喜爱的形象,因为自己说不定什么时候可能就想瞧上几眼。有一次他外出的时候,辛西娅没有跟理发师沟通好,导致自己的巴铎发型被严重剪短了。等约翰回家一看,就连续两天赌气不跟她说话。

有了"披头士"作基础,布赖恩·爱泼斯坦如今开始召集一批利物浦的有才能的歌手,他们的成功率极高,相形之下,拉里·帕里斯的"良马们"都像是患上了哮喘症似的。三月,他签约的第二个组合"格里和带头人"乐队凭借一首《你怎么看待它?》飞上榜首——这首肯定会大红大紫的热歌却曾被毫不感恩的披头士一脚踢开。五月,NEMS的另一大收获比利·J. 克雷默和达科塔组合,翻唱《你想要知道一个秘密吗?》,获得榜单亚军的位置——这首伤感情歌在《请让我开心》专辑里展示了约翰和保罗最可爱的一面,乔治则硬顶着严重的冬季粘膜炎坚持演唱。

披头士并不反对他们的经纪人到处撒网,对默西塞德郡的同仁们的成功也不表示反感。事实上,正是约翰,敦促布赖恩签下城里最铁的摇滚组合"三巨头",他的朋友约翰·古斯塔夫森在其中弹奏贝斯。他还对普里西拉("西拉")·怀特非常友好,一直给她打气;她有时在"洞穴"当衣帽间的服务生,跟在城里的各个乐队后面演唱,她的音量几乎足以将玻璃震碎。西拉——约翰称呼她"西里拉"——第一次在伯肯黑德的大华舞厅为布赖恩试唱时,披头士主动为她伴奏,可惜结果却不理想。九个月后,布赖恩在听她唱爵士乐而非节奏布鲁斯后签下了她,给她取艺名叫做西拉·怀特,从而使娱乐界最受喜爱的人物之一应运而生。

从同一个遥远的而且迄今为止默默无闻的城市,层出不穷地涌现出如此多的已经唱响或者即将唱响走红歌曲的新星,终于使长期对流行音乐充耳不闻的舰队街,也不得不把它看作新闻素材正视起来。越来越多的报导争先恐后地刊登在报纸上,全都是关于被称为"默西之声"或者"利物流行音乐"的内容。曾经被无数的南下艺人经年累月想要从嗓音里去除的口音,如今反而成了北部新潮流最为时尚的标志,仿佛一夜之间,全国怎么也听不够利物浦口音似的。

咪咪以后会回忆起自己有一天晚上看到约翰出现在电视荧幕上,用厚重阴郁的"坏胚子"的口音说话,她当时整个人都惊住了,因为自己在他小时候就已经设法没让他沾染上这种口音。"听到他那样讲话我非常震惊。等他回到家,我就问他,'约翰,这是怎么一回事,你的声音怎么了?'"他的回答就是滑稽模仿最广泛的托斯德或者丁格尔方言——把"这"发成"则","他们"发成"大门","那里"发成"拉里"——一是为了戏弄咪咪,再来就是让她放心,她看到的一切都是事先故意设计好的。"'咪咪,则-大门-拉里,则-大门-拉里。'他说。他还会来一小段舞蹈,跳的是一种费金舞,一边搓着手,一边哈哈大笑,嘴里不住嚷嚷着'钱啊,钱啊,钱啊'。"

"你问问当时认识他的任何人……他绝不那样说话。我把他养得很好,不会像个流氓似的说话。不过约翰太了解音乐界的情况,才故意这么干的。只有傻子才相信他真的就是那样子。只有傻子!"

几乎再也没有比找到当红热歌的后继歌曲更让人为难的事情了,尤其是当这首热歌是像《请让我开心》这样具有轰动效应的原创曲目时。"披头士"知道不能够复制这首歌曲也许是件幸事;同时非常清楚接下来必定会发生的事情。"帕洛风"唱片公司会勉强再资助几次努力,然后就不了了之;他们会像身前的上百位艺人以及身后的上千位艺人一样,像流星一样痛苦地陨落入无名之中,只留下一段创造出一首热歌的传奇。

他们的后继曲目《从我到你》,因此沿用了前者的成功秘诀:列侬的口琴吹奏加上他压倒一切的假音演唱,不过这一次约翰领唱的和声越发从容自如——几乎是孩子气的"啦-啦-啦 嗒-嗒-嗒"的段落——间奏也更加微妙处理,采用了小和弦。尽管与前者比起来,它的力度明显削弱,而且冒险尝试了微妙处理,然而在4月11日发行后的两周时间内,它就直冲上了榜首的位置。披头士这时已经再次投身到了阿瑟·豪斯全国范围的包价巡演中,这一次他们与来自美国的万人迷明星汤米·罗以及克里斯·蒙特兹领衔演出。和一个月前海伦·夏皮罗担纲的巡演一样,这些领衔主演发现要想抓住观众的眼球越发像是一场攻坚战了。

只有在第二首歌曲一炮走红之后,大家才知道了披头士每位成员的名字。当时,他们的名字像他们身上的其他一切一样,充满相同的新奇的价值。大家习惯了流行歌星捏造的老掉牙的假名——比利啊,迪基啊,斯多姆啊,王尔德啊,菲利啊——"约翰·列侬"和"保罗·麦卡特尼"这两个名字坦率真诚,就像是吹来了一股清风。而"乔治·哈里森"的名字则几乎直白得让人联想到一位戴着布帽的战争老兵,在一家地板上铺着锯末的酒吧里玩多米诺骨牌的情形。只有"林戈·斯塔尔"这个名字才增添了一份传统的美国崇拜的色彩。

如今,人们也越来越意识到,约翰·列侬和保罗·麦卡特尼不仅大胆直接顶着自己的真名表演,而且还为自己的组合以及其他的榜单竞争对手写歌。《请让我开心》专辑除了供应了一首《你想要知道一个秘密吗?》让比利·J.克雷默翻唱走红,还启发了另外两位歌手的翻唱。来自拉里·帕里斯手下的达菲·鲍尔,发行了《我看到她站在那里》的布鲁斯版本,肯尼·林奇录制了原本为海伦·夏皮罗写作的《悲伤》。在约翰看来,伯特·威登的出现让林奇的深情演绎美中不足,威登是英国的首席后备伴奏吉他手——他写作的入门书籍《一天学会弹吉他》还曾一度被约翰奉为自己的"圣经"。"我看到'披头士'在迪克·詹姆斯的办公室,当时他正在给他们每人发一副袖扣,作为《请让我开心》的纪念。"林奇如今回忆说。"约翰对我说:'你干吗把伯特·威登拉进去了? 你要是叫我,我会来帮忙的。'"

4月8日,辛西娅·列侬在利物浦的塞夫顿总医院,产下了一个体重8磅的男婴。整个分娩过程极为棘手,因为医生发现有一部分脐带缠在婴儿的脖子上。约翰仍然和汤米·罗、克里斯·蒙特兹在路上演出,直到一周后才赶到了医院。这时,当地的披头士歌迷们已经获得了这个震撼的消息,纷纷拥挤到前面入口处,所以他只能乔装打扮从一扇安全门偷渡进去。不巧辛西娅分到的房间有一部分玻璃直对着主要的妇产区。因此约翰和精疲力竭、身体仍然疼痛的年轻妻子重逢,与自己的新生儿初次会面,都在一群咧嘴微笑的病人和护士组成的观众面前上演。

这个孩子叫约翰·查尔斯·朱利安,追随他的父亲、外公,并间接纪念约翰的母亲朱莉娅。事实上,后来人们都只记得他叫朱利安。布赖恩·爱泼斯坦立刻挺身而出,不管宗教上的复杂情况,自愿当孩子的教父,再次显示了自己远远超过一般经纪人的支持程度。

约翰那天像其他任何一位年轻爸爸一样兴奋不已,对抱在自己怀里的简直和自己一个模子刻出来的小东西着了迷。回到家里,他喜欢把刚刚洗完澡的朱利安抱到自己怀里,这时,孩子身上散发着一股奶味以及新毯子和滑石粉的味道。他还喜欢吹嘘朱利安不用像自己和堂兄弟迈克、大卫一样,被教养得彬彬有礼,他会拥有"一个自由的灵魂"。然而,一旦落实到为人父母的具体实践,他就兴趣不大了。辛西娅要换个尿布,他也得离开房间;否则,他警告说自己会呕吐的。

辛西娅原本指望朱利安的到来会在约翰不在的时候,弥合她和咪咪之间的感情。然而,咪咪照顾婴儿的日子实在是太久远了,让她很难跟这个侄孙亲近起来——特别是当他暴露出自己的肺活量大得几乎连架子上的皇家伍斯特瓷器都格格颤动时,就更是难上加难了。让情况更加紧张的是,辛西娅的母亲莉莲从加拿大回来永久定居，自然而然地想要尽可能地和女儿、外孙待在一起。咪咪和莉莲自从三年前在鲍威尔家吵翻之后，就再也没碰过面，现在彼此之间还是不冷不淡的——不过只要莉莲想要，咪咪就不能剥夺她到门迪普斯看望外孙的权利。家里的访客逐渐熟悉看到这样一幕：莉莲母女待在前客厅里，而咪咪则躲进二楼起居兼卧室的两用房间里，嘴里忿忿嘟囔着"两头懒散的肥猪正在楼下，成瓶成瓶地猛灌黑啤酒"。

塞夫顿总医院内外有无数见证人，然而朱利安的出生愣是一丝风声也没有走漏到哪怕一个全国或者当地的记者耳边。布赖恩和托尼·巴罗二十四小时全程监控，确保约翰不会抖搂一丝一毫的疑点。一旦和保罗、乔治、林戈上路演出，他在《男友》杂志的莫林·奥格雷迪眼里，似乎从来都是"自由人"一个。

4月21日，披头士作为特别表演嘉宾，出席《新音乐快递》杂志在文布利帝国游泳池举办的年度最受欢迎歌手音乐会，首次与约翰特别讨厌的组合克里夫·理查德和影子乐队同台演出。再过四个月他们就要开始第三次英国全国巡演，这中间还有时间短暂休整一下。保罗和乔治去汉堡，和他们的朋友克劳斯·沃尔曼一起到沃尔曼家在特纳利夫岛的度假别墅玩儿。约翰则做出了惊人的决定——直到如今猜测仍然不断——他独自和布赖恩·爱泼斯坦去了西班牙。

他们为期十天的旅行已经定格成了传说：就在这个期间，布赖恩终于袒露了对约翰所谓的"同志"感情——而约翰则可能短时间内从了他。不论你是否接受这个解说，整个事件都显得古怪至极。姑且不论布赖恩的私人感情，他平时为人腼腆，处事得体，贸然跨出这么一步，实在是说不通；尤其是当时约翰的首要职责明显是要照顾好辛西娅和他们刚出生的儿子——布赖恩的教子。倒是不用费什么口舌说服约翰度假，他根本不会把肯定会引起的轩然大波放在心上。"辛西娅（刚刚）生产了，可是假期也已经安排好了，我是不会为了孩子就让假期泡汤的，"他后来回忆说，"我心里骂自己真是个混蛋，不过还是走了。"

然而，有些人认为他怀着另一番打算——特别是《默西节拍》的创办人兼编辑比尔·哈里，他当时和约翰、布赖恩两人都混得很熟。据哈里讲述，布赖恩觉得要想把披头士对青少年的吸引力拉到最大，必须让保罗占据舞台上更为主导的位置。"他想把他们从约翰的组合变为保罗的组合。所以他带约翰去西班牙争取一些私密空间，好让他跟约翰把这个事情解释清楚。"保罗·麦卡特尼也逐渐相信这次假期的动机是政治意义上的而非性交方面的，不过应该是约翰而非布赖恩主导的。"约翰是个聪明人。布赖恩是同性恋，约翰看到自己的机会来了，给爱泼斯坦先生灌迷魂汤，认清谁才是组合的老大……他想让布赖恩了解应

243

该听谁的话。"

约翰自己一方面承认这十天来与布赖恩"关系非常紧张",另一方面却公开宣称自己只不过是个着迷的看客,观察自己的经纪人在西班牙格外宽容的阳光下,上演的一种截然不同的生活方式。"我看着布赖恩挑男孩,而我本身有点喜欢用挑女孩子的手法玩游戏。我们常常坐在拖雷莫里诺的一家咖啡店里看这些男孩,我会问'你喜欢这个吗?还是喜欢那一个?'。我非常享受这个过程,总是像一个作家一样思索,'我正在体验这个……'"有一天,他们意外碰到了几个前来比较正常过暑假的游客——克里夫·理查德和影子乐队,他们正在附近的锡切斯录制唱片。"我在一家饭店转身的时候,突然看到布赖恩和约翰两人单独坐在一张桌边,"克里夫爵士如今回忆道,"我们不知道他们在那里干什么。"

据说约翰后来告诉他的老同学皮特·肖顿:布赖恩向他告白了,而他当时出于好奇和同情的心理,做出了短暂的回应。事实上,他不是第一次发表这样的言论,不过曾经常年跟他同居甚至同床的年轻男人们——更不必说那些有相同经历的年轻女人们——都确信他浑身上下没有一个同性恋的分子。他这么做往往只是为了唬人,就像1962年4月吓唬霍斯特·法舍尔那次一样,当时布赖恩亲自护送披头士来到汉堡参加明星俱乐部的开张演出。"我听说隔壁酒吧里有一位喝得烂醉如泥的英国人,我一开始以为肯定是哪个歌手,"法舍尔如今回忆说,"可等我走进去,才发现布赖恩·爱泼斯坦坐在酒吧里,全身冰冷地醉晕过去了,一头栽倒在吧台上。我于是回到明星俱乐部,叫约翰来帮我把他搀出去。约翰一进来就操起放在吧台上的一杯只剩一半的啤酒,一手往后拉开他的衣领,就把啤酒顺着脖子灌下去。我问他这么对待'披头士'的新经纪人合适吗?'没事儿,'约翰对我说,'我早就给他的屁股上浇过一下子。'"

布赖恩自己似乎只对一个人描述过这个事件的经过。这个人就是他的密友彼得·布朗,在NEMS位于夏洛特街的唱片行当经理,后来也是披头士关键的随从人员。四十年后,布朗仍然倾向保持谨慎和沉默,对大众的结论"布赖恩比较喜欢口交"不置一词。然而,他如今争辩说约翰陪同布赖恩去西班牙,怀着政治动机,意在巩固自己在披头士当中的支配地位。"它跟升职完全无关。约翰知道布赖恩支持自己;他也清楚布赖恩喜欢自己,受到自己的吸引,还因为自己的才智受到促进。不管怎样,我不相信约翰那么精于操纵别人。而布赖恩也不是那种顺水推舟、试图占人便宜的小人。"

若干年后,约翰终于说明了到底发生了什么:诉说的对象不是当时身边的任何人,而是和他共度他人生最后十年的那个不会感到震惊的女人。他说,旅行当中有天晚上,布赖恩突然将害羞顾虑撇到一边,终于鼓起勇气向他表白,不过他的回答是,"你要是想要了,就出去找个小倌吧。"之后,他故意向皮特·肖顿透露了自己短暂投降的谎言,是为了让所有人都坚信自己对布赖恩拥有绝对的影响力。

5月11日,《请让我开心》专辑在《唱片零售商》杂志上荣登榜首,它注定将在这个位置上几乎稳坐上那一年剩下的光景。一周后,披头士再次出发进行另一次包价巡演,这一次将由一位进口的美国歌星作为理论上的主演。为了这个越来越吃力不讨好的角色,起初提出来讨论的名字包括杜安("弦声吉他先生")·埃迪、"四季组合"以及——约翰特别崇拜的偶像——本·E.金("漂流组合"的前任主唱)。最后选定为罗伊·奥比森,他是来自德克萨斯州的一位歌手兼歌曲创作人,他写的亚歌剧民谣曾启发约翰创作了《请让我开心》。即使是奥比森雄浑的嗓音,也不能震慑住渴望听到披头士的观众。几天后,他在节目单上的领衔地位被披头士取代,对于这个冒犯他表现得像是一个完美的绅士。"你不能衡量成功,"约翰后来回想道,"不过……当罗伊·奥比森询问是否可以录制我们的两首歌曲时,那一瞬间我知道(保罗和我)真的成功了。"

六月,《啪,"披头士"冲啊!》开播,这是BBC轻松节目每周的一档广播秀,每个周二下午五点现场直播,而这个时段之前一直专属于老口碑节目"儿童时光"。主题曲由披头士亲自演唱,滑稽模仿了《啪!鼬鼠跑走了!》。歌曲之间还会穿插着一些约翰和倒霉的主持人口头上的犀利交锋,这位主持人名叫李·皮特斯,背后大家都叫他"皮·李特斯"。

> 主持人:你们也许不了解一点,这些男孩儿负责安排自己的事务。约翰,告诉我,你是如何走到现在这一步的?
>
> 约翰(用搞笑的利物浦融合爱尔兰的重口音):哦,你就拿出吉他,像弹弹弹……你知道的,先生……摇摇摇滚滚滚那样子……弹它……
>
> 主持人:约翰,你的秘诀是什么?
>
> 约翰(像在舞台上咬耳朵):哈里,我们有盒子。
>
> 主持人(一头雾水):那么,哈里,我希望你有了盒子开开心心的。现在,以防我被"装进去了",这里有一个请求来自……

在6月6日的节目里,约翰领着大家共唱了一首《祝你生日快乐》,庆祝保罗·麦卡特尼十二天后的生日。为了能够容纳保罗的好朋友和他的大家族的成员,同时又能躲开在家门口等待伏击的歌迷,聚会没有在福斯林路20号举行,改在位于海顿的他的姨妈吉恩家,设宴在后花园的一个亭子里。来客有他当演员的新女友简·阿舍、同属"默西节拍"的歌星格里·马斯登和比利·J.克雷默、"洞穴"俱乐部的节目主持人鲍勃·伍勒,还有影子乐队的两名成员布鲁斯·韦尔奇和汉克·马文(他们正在参加布莱克浦的一场夏季表演)。

这个晚上,鲍勃·伍勒走到约翰跟前想要戏弄他一下,提到了他和布赖恩新近的西班牙"蜜月之行"。约翰顿时失去理智火冒三丈,不停地痛打伍勒的脸和身体,即使在汉堡他也鲜少如此发怒过。毫无疑问,酒精的作用让伍勒失言了。然而,无论是作为披头士最大的同盟之一,还是作为身体虚弱得多的长者而言,这仍然是一次异乎寻常的攻击。

约翰后来宣称自己"喝得不知东西南北了……鲍勃当时说,'拜托,约翰。跟我讲讲你和布赖恩——我们都知道……'你知道当你正处在二十一岁的年龄时,你想要成为一个男人。要是有人现在这么说,我理都不会理,可我当时却揍得他死去活来……我生平第一次有了这样的想法:'我可以杀了这个家伙。'它就像出现在屏幕上一样,被我看得清清楚楚:我要是再打一拳,就成为现实了"。

保罗的二十一岁生日算是毁了——"披头士"的未来也极有可能毁于一旦。舰队街把报导流行音乐的方向锁定了反社会行为。每一家全国报纸全都跳起来扑到了这个推出一系列热歌的歌手身上:他这一刻还在BBC"儿童时光"的时段演唱《冲啊,"披头士"!》,下一刻就醉酒疯狂地殴打电台DJ。再也没有人比约翰自己更清楚可能造成的灾难性后果了。"第二天我(感觉)糟糕透了。"他回忆道。"我们在伦敦有个BBC的通告……我不想去。布赖恩求我去,我就只会说,'我不……'我几乎把伍勒打死了,这让我吓破了胆。"

伍勒的肋骨瘀伤,一只眼睛也被打得乌青,本来想起诉约翰人身攻击,但在收到一笔200英镑的额外补偿金以及布赖恩以约翰的名义寄出的一份表示悔悟的电报后,才打消了这个念头,电报内容如下:鲍勃,真的很对不起。一想到自己干的好事,心里极为不安。我还能说什么呢?这次打击对这个内向脆弱的男人产生的心理影响要严重得多,毕竟约翰和其他人曾为他的生命带来了唯一真正意义上的亮点。直到生命最后一刻,他对此都没有释怀。

托尼·巴罗采取了灵活的损害控制对策,他没有试图压制这个事件,而是联系了舰队街的一位友人,即《周日镜报》的流行音乐专栏撰稿人唐·肖特,向他提供了整个事件比较柔和的解说版本。肖特拟出了标题《"披头士"打架了——抱歉让您受惊了》,好心写出了一篇包含痛苦和悔恨的稿子:"吉他手约翰·列侬……'披头士'流行音乐组合的队长昨夜坦言'我发什么神经去打我最好的朋友呢？我(喝)高了,根本没有意识到自己在做什么……鲍勃是这个世界上我最不想起争执的人。我只能希望他了解到,我当时已经醉得不知道自己在做什么了……'"其他没有哪家报纸费事儿去调查这个报导,也没有人对着BBC皱眉头,几天后,整个事件神奇地过去了。

"在我让他们在电话里照我说的跟唐·肖特讲话之前,我不得不同意约翰的话,"巴罗如今回忆道,"他当时嘟囔着自己一点也不感到抱歉,他其实没有喝得那么昏头,鲍勃完全是自作自受。"但他以后必须要逐渐习惯为了集体的利益,违心地弯腰去说抱歉。

第三部　底层冒出来的天才
PART Ⅲ　A GENIUS OF THE LOWER CRUST

梁冠男　译

14. 钢喉皮嗓

一步一步，日积月累，陷入狂热，无法自拔。

1963年仲夏，约翰不过是又一个成名的流行歌手。但不到一年之后，他已经成为全世界四张最著名脸蛋的其中之一。

从没有人如此之快地跃向名誉顶峰，似乎一帆风顺，令人头晕目眩。10月13日，披头士乐队领衔出演全国最知名的电视综艺节目"伦敦帕拉蒂姆周日之夜"，从此披头士狂热席卷了全英国。10月31日，披头士瑞典巡演归来，在伦敦希思罗国际机场引发了第一次群众狂热。11月4日，在威尔士王子剧院，他们在皇家综艺剧场引起轰动，迷住了英王太后和玛格丽特公主，抢尽了众多国际巨星的风头，其中包括玛琳·黛德丽和苏菲·塔克。两个月之后，美国沦陷了；到了年底，他们称霸了全世界。

对英国与欧洲来说，狂热源于他们的第四支单曲《她爱你》，8月23日发行，随即成为他们的第三支连续全英排行榜冠军单曲。有趣的是，尽管这首歌在现场演出中几乎听不清，它的歌词却颇有新意。不同于一般的男女表白，有一个第三方充当中间人，由女方向男方说明，他误解了她要分手。因此更加有趣的是，本是女方波动的情绪，却被男声唱给男方；本应悄声传达的信息，却被大声恣意呼喊；本是老套的肯定"耶"，却被大胆叫了三次，给予了全新的意味。更不合乎日常会话的是，副歌结束于小理查德式的假声"噢"，这在《从我到你》的间奏中已经尝试过了。

虽然整首歌充满了明显的列侬唱腔（比如，"向—她—道—歉"中间微妙的颤音），约翰却总是归功于保罗，为他写出了自己想不到的故事情节。"（保罗）会写别人的故事。而我更倾向于写自己的故事。"

1963年的任何新闻影片上，一定都有他们的身影——台上的四个年轻人，穿着笔直的西装靴子；台下一层又一层的少女，脸上洋溢着狂热、热爱或痛苦；尖叫声一波高过一波,台上的前三位唱起"噢!",摇晃着他们的头发,就像疯狂的羽毛掸子。当然,类似的狂热也曾出现过,例如1942年法兰克·辛纳屈在纽约派拉蒙个唱开场,或1955年猫王第一次抖起臀部翘起嘴唇。但是披头士引起的尖叫更大声更狂热,达到了几乎非人类的高分贝,更像是海军水手长的号角声放大了一百多倍。半是狂喜,半是痛苦,这种极致的尖叫声从未停止,从四个人出现在台上的那刻起,直到他们离开后很久很久:无论他们做什么说什么,他们发出的任何声音都被覆盖了,那种没有音调却很有节奏的"啊!啊!啊!"久久不息。

然而与欢迎辛纳屈和猫王的激情不同,披头士狂热却与性无关。这并不是夹杂着欲望与挫败的少女呼喊,而是小女孩对死去的小仓鼠的悲痛不已,或者对新的玩具熊的满心欢喜。法兰克和猫王的舞台上,充斥着杂乱的电话号码和女士衬裤;而约翰、保罗、乔治和林戈,歌迷们扔上台的却是娃娃胶糖。

在这样狂热的风暴中心,唯一听清的片刻只有约翰演唱的《扭动与呐喊》——现在已经从《请让我开心》专辑中独立出了同名单曲专辑(共四首歌的迷你专辑),在英国单曲排行榜上取得了亚军。刚开始听见的只有渐缓的"啦—叭—叭"低音重复,突然爆发为疯狂嘶吼,伴唱更加狂甩着头发喊叫"噢""唔""耶"。这是披头士表演过的最让人目瞪口呆的单曲,约翰在唱片上和在现场一样满怀激情撕破喉咙。"(他)一定长了钢喉皮嗓,"托尼·巴罗在专辑封面上写道,"才会唱出这样激情澎湃的歌曲。"他演唱时如痴如醉,跳着老式的舞步——"来吧,再扭近一点"——这时他的双眼总会放空,就像在大教堂肃静的耳堂里,双手合十永远安息的大理石骑士。

诸多因素奇妙的共同作用成就了披头士,从单纯的青少年偶像转向全民话题,继而成为国家珍宝。最为重要的一点是1963年,英国上层社会的古老统治终于开始松动了。整个夏天普罗富莫丑闻的逐渐曝光,证明上等人和下等人一样败坏与可耻:风流内阁、应召女郎、俄国间谍、地产投机商和下流整骨师,摇摇欲坠的首相哈罗德·麦克米伦老式政府,《上周纪实》与《私家侦探》的持续爆料与抨击。在这样的社会背景下,北方来的诚实坦率显得从未有过的耳目一新,尤其凸显年轻人的朝气与魅力。社会环境如此利好,披头士才得以登上皇家综艺剧场,约翰的著名打趣才得以在全国传为佳话:在对头戴王冠身着盛装的王室贵族介绍《扭动与呐喊》时,他说:"……平价座上的人们,请一起拍手……剩下的贵族们,可以摇响你们的珠宝。"

英国的媒体终于觉醒了,年轻文化对国家经济日益重要,年轻偶像对刺激发行量愈发有效。正在此时,上帝创造了一支流行乐队:他们不再是古来有之的守旧僵化,而是前所未有的新鲜有趣;他们妙语连珠见诸报端,而无需记者蓄意编造。他们是完美的社会调剂。当时的新闻接二连三的艰难灰暗:先是古巴导弹危机的余波不断,普罗富莫丑闻与麦克米伦下台,再是英国加入欧洲共同市场失败,格雷维尔·威恩间谍案与火车大劫案。

英国报界创造了"披头士狂热"一词,从 1963 年底开始持久不衰,报界从中获利颇多。不是现代小报,而是流行大报,例如《每日快报》和《每日邮报》:这些英国保守党号手在英格兰中产阶级中获得大量读者,而之前他们从未注意过二十一岁以下的年轻人,除了德比马赛少年骑师莱斯特·皮格特。想当初二月时,《快报》曾经对披头士与卡莱尔年轻保守党之间的小冲突大批特批,斥责他们的黑皮靴多么无礼,就像再生的纳粹突击队员。而现在却居功自守,以第一个用"披头士狂热"作标题为荣,好像本世纪独家新闻一样。

他们的第二张专辑《与披头士一起》,不仅在音乐上,社会上也是一座里程碑。首张《请让我开心》专辑封面上,是安格斯·麦克比斯拍摄的彩色相片,四个小伙子一看就是普通工匠的样子,在百代公司楼梯间的栏杆上向下露齿而笑。而在《与披头士在一起》专辑封面上,不再是粗野的外乡新人了。四张严肃而沉着的脸,身着高领套头衫,浮现在纯黑背景上,每一个都半遮阴影,就像比邻月亮的光影交叠。他们所有人,不止某一个,看起来都像艺术学院的学生,都可以直接上《时尚》或《城市》杂志封面了。

这张唱片不仅成为了时尚标志,它真正核心的摇滚精神(翻唱查克·贝里的《超越贝多芬》、巴雷特·斯特朗的《金钱》、奇迹乐队的《你迷住了我》)却与存在主义的冷酷气质形成鲜明对比。从此开始,猫王与阿飞自 1955 年起给予摇滚的庸俗与粗糙永远消失了。无论羊毛店柜台后的女仆,还是为第一次伦敦交际季准备的小姐;无论在工厂车床汗流浃背的男工,还是在古老公校或牛津剑桥书房里的少爷,现在都与披头士一起了。

专辑发行当天,11 月 22 日星期五,披头士在斯托克顿,准备在环球影院晚上演出。大约下午六点,一个同行来到化妆间,通知他们广播上刚刚播出的新闻:美国总统约翰·F.肯尼迪被狙击手刺杀了,在德克萨斯州的达拉斯,车队驶过欢呼的人群时。肯尼迪在英国和在美国一样颇具感召力,不只因为在古巴问题上压制住了俄国,更因为他的年轻魅力和十年来的理想主义与乐观主义气息。约翰仍然记得当时披头士四人全部震惊失语,尽管晚上的演出不得不照常进行。第一次——却不是最后一次——美国和英国失去了共同的英雄,大西洋两岸的数百万人一起悲痛与不敢相信,每一个人都会一直记得何时何地最先听到这个消息的。

然而,即使举国缅怀肯尼迪,也没给披头士狂热带来多少阴影,一星期之后,披头士的第五只单曲《我想握住你的手》,立刻成为排行榜冠军,提前预售了一百万张,取代了一直至高无上的《她爱你》。专辑排行榜上一样辉煌,《与披头士在一起》与《请让我开心》分居冠亚军。伴随着这些史无前例的记录,随之而来的是同样令人震惊的评论与赞扬。《时代》古典音乐评论家威廉·曼,把列侬和麦卡特尼称为"1963年度杰出的英国作曲家",称赞他们"为音乐注入了全新的鲜明气息,否则音乐就将不成为音乐了"。

曼的这篇八百字未署名文章,引发了二十世纪评论界最为强烈的轰动。在此之前从未有过古典音乐界赞扬流行音乐,总是自命不凡地认为它们不可理喻。更了不起的是,这篇评论登在了"上等报纸"上,作为正经传统的权威布告,报纸首页登满了家政和预科的分类广告。

其中最被广泛引用的片段莫过于曼的音乐学解析,无论出于天赋或偶然,约翰和保罗创造出了奇妙的声乐与器乐效果——"第七节和第九节的音节核心","转音时平滑的次中音","前所未有的尾音'风之节奏'",虽然现在已经证实和马勒的《地球之歌》和弦一样。但是曼还很有先见之明——预测到披头士会征服美国,尽管当时美国之行还很不可能。他高超的音乐悟性和对语言的专业驾驭,成就了这样生动而深刻的乐评,远非任何流行乐评可以与之相比。他第一个注意到了披头士唱片的 B 面,比预售百万的 A 面更加复杂和微妙,像格雷厄姆·格林一样把试验与娱乐完全区别开了。

他的分析无比透彻:"……媲美乐器的二重唱、拟声或假声,单一音节的不同转承("昨—天—见到她"),极为自然、细微却巧妙的乐器变换——少许钢琴或风琴,几节口琴助奏……吸收了非洲蓝调或美国西部风格,转化为坚硬而敏感的默西之声。"

当时的曼从未见过约翰和保罗,也没看过他们的现场演出,却体会到了他们之间微妙的平衡。"列侬和麦卡特尼如何分工协作,我尚不清楚,"他写道,"但很重要的一点是,保罗担当了乐队的低音吉他手。"

1963 年底令全英国痴迷与狂热的不止是一个流行乐队比以往任何乐队都更加卓越和成功。披头士为"流行乐队"创造了新的定义,相比于蓝色荣誉或影子乐队等前驱,更接近于马克斯兄弟——一队人大笑着躲开吹捧与狂热,几个兄弟曝光在焦点之下,却仍然保有自己的小秘密,最后还是不可进入的小圈子。

在这个神奇的圈子里面,四个人又是四种个性,被精心挑选分配不同角色,吸引各种喜好的观众:聪明智慧的;可爱漂亮的;内向严肃的;惹人怜爱的小不点。

当今时代的偶像崇拜和八卦小报,远不及当初英国媒体对披头士的痴迷。每一天都更新他们的排行榜新纪录,到处都充满了歌迷们的尖叫与包围,广大民众却依然不厌其烦:全国的理发店风靡了披头士发型;塑料玩具吉他和黑色高领套头衫火热大卖;多亏了他们,几乎消失的灯芯绒工厂重新复兴;甚至他们的利物浦口音——不说"好"说"妙",不说"坏"说"怪"("奇怪"的缩约)——也风行全国,从梅费尔市区到偏远的外赫布里底群岛人人都这么说。

无论任何场合,即使与流行无关,他们的魔法依然万无一失。议会会员要扩大宣传,教区牧师要写作简讯,学校校长要授奖演讲,只要提到披头士——或引用《她爱你》中的"耶耶耶!"——一定会成为报纸头条。没有人不中他们的魔咒,没有任何人例外。所有公众人物一致支持他们,从爱丁堡公爵到阿拉曼的蒙哥马利伯爵。心理学家发表专业文章,分析他们对少女的影响,称娃娃胶糖是"无意识的母性启蒙"。

当然也有个别反对者——退休的陆军上校深表悲痛,打胜世界大战的结果竟是这样;男子学校规定谁剪披头士发型就被开除;左翼知识分子每周评论"危险的披头士"。但是大众媒体达成了共识,都不发表反面评论。而且,即使有论战也不攻自破,折服于披头士本身的个人魅力:他们的纯真、乐观、热情、诚实与谦逊,他们总是急中生智,却又从来不会失礼。他们之间似乎心有灵犀,刚出道时的一则录像中,一个中年记者拿腔拿调,把话筒塞给林戈,问出同样的老问题:他们为什么叫做披头士?

> 林戈:约翰知道,他会告诉你……
> 约翰:哦,不过是个名字,不是吗?就像"鞋子"。
> 保罗:是啊,我们也可以叫做"鞋子"……

我们现在所谓的流行文化当时尚未成形。披头士出道的舞台是挂着红色长毛绒幕布的剧院和影院,除了放映电影之外,还为观众表演现场"综艺"。尽管他们是摇滚乐队,他们也是约翰祖父时代所说的游方艺人,只不过他们是白皮肤还用了电乐器。他们最早成名时是一场披头士圣诞演出,由布赖恩·爱泼斯坦组织,在芬斯伯里公园的阿斯托里亚剧院,在这里他们用摇滚一举成名,还表演了滑稽模仿的维多利亚喜剧小品。12月3日的电视节目上,他们还和莫克姆与怀斯同台,穿着条纹夹克,戴着平顶硬草帽,和这对喜剧搭档一起表演了《月光海湾上》。在成为世界上最著名的摇滚乐队之前,他们是英国最后的剧院小品表演家。

随着他的表演获得满堂彩,他的歌曲横扫排行榜,约翰的家庭生活却一直是两地分居。现在他每周大部分时间都在伦敦,他的妻子和儿子仍然住在默西塞德郡,在官方说法中是不存在的,和他的生活截然不同。

家里的情况越来越破裂,女人们天天钩心斗角,列侬不得不效仿父辈,几乎从来不管不问。在门迪普斯,辛西娅和母亲莉莲住在楼下,咪咪姨妈住在楼上,两家之间的矛盾终于爆发,谁都无法忍受了;于是辛西娅和莉莲带着小朱利安搬回了老家霍伊莱克,咪咪姨妈和她的猫咪与瓷器又回归了平静。

如果是半年前,这则消息不会引起任何兴趣,现在的英国报界则争抢头条新闻。辛西娅刚刚回到老家,就被记者们踏破了门槛,每个人都想知道,英国百万少女的梦中情人,是否真的赌上了自己的未来,竟然已经娶妻生子?最后《快报》终于堵住了辛西娅,当面问出了这个问题;尽管她什么也没说,却足以让报界爆出头版大标题《披头士列侬已婚》。

为了缓解这则新闻对披头士歌迷的毁灭性打击,约翰正式出来坦白并承认,在10月12日的《米拉贝尔》杂志上发表了一篇"人生故事"。尽管明显由人代写,这篇自白还是比街头杜撰更为可信,文章开头就是"可怕的悲剧""未满十四岁就失去了母亲"(实际上是十八岁),接着陈述咪咪姨妈的养育之恩,描绘出一幅温情画卷,"带饰边的窗帘和她的苹果树"。辛西娅的名字没有公布,被插叙在汉堡之行和林戈入队之间。

> 我看到保罗的眼神闪烁,我想他喜欢德国的女孩,但是我和他们不一样。我的女孩在家乡利物浦……不久之后我们就结婚了。我爱她。因为我总是不在家,她和咪咪姨妈一起住。我很想多跟你们说说她,但我的传统观念不允许,婚姻是每个人的隐私,太过宝贵不能公开。请你们谅解。

现在显然所有的披头士成员都要长期定居在伦敦了,尽量靠近布赖恩的北端音乐公司新址、乔治·马丁、修道院路和英国广播电台,这里是世界电影制作的圣地和未来海外企业的起点。如今辛西娅的老家已经暴露,约翰也就没有理由不搬家了;无论他自己情不情愿,他在都市必须成家立业了。

为了节省住旅馆的花销,布赖恩给披头士租了一套公寓,在梅费尔的格林街上,邻近他自己要定居的上层街区。但这里是集体宿舍,只适合披头士里两位最没要求的单身成员,乔治和林戈。一段时间之后,保罗就不满意了,找了另一个住处,既可以逃脱歌迷的围堵,又可以一举跃入上层社会。他的女朋友简·阿舍的父亲是位精神咨询师,他的办公室就在家里,在马里波恩的威姆波尔街上的一栋摄政王府。保罗住在这里不用交租金,和简的哥哥彼得一起住在顶楼。简的母亲是位技艺高超的音乐家,曾经教过乔治·马丁双簧管,把地下室改造成了列侬和麦卡特尼的音乐创作室。想来真是不可思议,披头士早期的著名作品竟然诞生于这里:这条街上罗伯特·布朗宁追求了伊莉莎白·巴雷特,到处挂着昂贵的牙医和泌尿医师的黄铜门牌。

相比之下,约翰却定居在了繁华喧嚣、充满了旅游者和学生的南肯辛顿。他之所以选择了这里,是因为摄影师罗伯特·费里曼(明显模仿阿斯特丽德·基希赫尔),正是他拍出了《与披头士一起》的半阴影头像封面。费里曼住在帝王门,位于海德公园和克伦威尔路中间,有一排维多利亚时代的老房子。1963年底约翰和辛西娅来伦敦找房子时,他提到他家楼上是空的。约翰夫妇去看了看,尽管有几处明显不足,还是立即租了下来。这栋房子有两层,门口是希腊式的柱廊,中间共用盘旋楼梯。从卧室可以看见伦敦西机场,后面是露天的地铁线,来往的地铁噪音不断。

但是从社交上来看,这个地方再好不过了。作为一个抢手的摄影师——这个职业很快获得了明星们的青睐——罗伯特·费里曼认识伦敦城里的每一个人物,从彼得·库克到马克·博克瑟,《泰晤士报》周日彩色专刊的主编。费里曼的妻子桑尼是个模特,长相顽皮四肢瘦长,完美诠释了新晋设计师玛丽·宽特的"玩乐"新时尚。1964年,她穿着男式蓝色牛仔裤衬衫由丈夫亲自拍照,成为惊世骇俗的皮雷利色情挂历的第一个封面女郎。桑尼生在柏林,但战后在英国长大,更愿意说自己是挪威人。因此费里曼的家里,大都镶了原木木板。

费里曼夫妇带着约翰夫妇第一次进入了新伦敦俱乐部,与波尔·迈克和圣詹姆斯的真皮客厅完全不同,这里入场的不是伯爵或大主教,而是年轻时尚的名人。四个人几乎每天晚上都一起出去,参加由演员、模特、画家和摄影师组成的小聚会,只有流行人士才能入场。

位于莱斯特广场的查尔斯王子影院楼上是即兴俱乐部,第一家专门接待有钱的年轻明星的俱乐部,有驻唱唱片师和说唱乐专场。一天晚上,进场者里有约翰的童年偶像艾弗利兄弟二重唱和他在多夫戴尔的小学同学吉米·塔布克,一起讨论全国对利物浦幽默的痴迷,都可以和专业喜剧演员相媲美了。小时候的阿飞习性作祟,塔布克让约翰"鞠躬答谢"艾弗利兄弟,承认他们是披头士和声的灵感。"对,"约翰立刻同意,"我爱艾弗利。"

桑尼·费里曼回忆约翰"十分张狂,却也十分敏感……"。有一件事让他耿耿于怀,罗伯特上过剑桥大学,约翰对此很是羡慕。"他喜欢谈论书籍、电影和艺术,我认为在表面的玩乐下,他其实很深沉。"经常在俱乐部玩了一晚上之后,他还是不觉得累,开心地坐到天亮,在费里曼镶满木板的家里,对着美丽的假称挪威人的邻居,"讨论生死之类的问题,年轻人总是会这样空想"。

实际上,桑尼根本没必要隐瞒她的德国出身。"二战"期间,她的父亲是布雷斯劳的市长,为反抗希特勒英勇献身。"有一天晚上我跟约翰讲了这个故事,我的父亲最后被纳粹枪杀了。就在这次谈话中,我记得约翰说过他觉得他不会活到很长——他有种预感,他也会被枪杀。"

他们也经常出去一起吃饭,不是和布赖恩,就是和乔治·马丁及他的秘书,后来成为他的妻子的朱迪·洛克哈特·史密斯,她的纯正上层口音让约翰享受不尽。城市出身的马丁企图打破约翰的北方饮食偏见,鼓动他至少尝点不一样的菜色,说不定他会喜欢。有天晚上他第一次充满怀疑地点了嫩豌豆。"我会尝尝的,"他对马丁说,"先放到那边……别靠近食物。"

名利双收,与每天现在的盛名相比,财富只是虚幻的感觉。和所有的披头士成员一样,约翰根本不清楚他以前、现在或将来赚了多少钱;披头士累计起来的总收入巨额无比:演出费、唱片版税和布赖恩开发的各种周边销售,从披头士系列夹克到披头士主题纸杯蛋糕;更不用说约翰和保罗分得的版税收入,他们是北方歌曲唱片公司独家创作人。他所有的大笔生活开支由布赖恩的办公室处理,他自己——有点类似小时候从咪咪姨妈那儿拿零花钱——每周领到五十英镑现金。就像马克·吐温所写的《百万英镑支票》里的主人公,他发现了生活中这一奇特的现实:一个人越有钱,越不用花钱。他去过的俱乐部都送他免费饮料,饭店全部自动免单,吉他制作名家都送他精选新品,只为能荣任他的赞助商。

他总是给自己买礼物,一眼看上后什么都不管,只是指示账单——如果有的话——送到包办一切的"办公室"。像王室贵族一样,他不需要带钱,因此对钱没有概念。"我从没见过多于一百英镑,"他对记者说过,"我根本用不着钱,因为我去哪都不用花钱。"

有时候他不想参加时尚聚会,更乐意见到传统名人,他在"伦敦帕拉蒂姆周日之夜"和皇家综艺剧场里见过他们,后来再想见到他们,只要和经纪人一起出去。尽管现在是英国年轻文化的主管,布赖恩把自己仍然看作传统的西区经理,像路易·格瑞特和伯纳德·戴方特一样。他的公司总部在阿盖尔街上,紧邻帕拉蒂姆,他的后备团队囊括伦敦首席综艺律师大卫·雅各布。雅各布精通法律,八面玲珑,他的客户都成了私交,于是约翰也进入了同样的社交圈,包括里波·拉齐、茱蒂·嘉兰、尔莎·基特和莎莎·嘉宝。

这些老艺人中间最主要的是阿尔玛·科根,摇滚之前的英国排行榜冠军歌手,被称为"歌声带笑的女孩"。(在艺术学院时,约翰特别喜欢滑稽模仿她1958年的单曲《糖果时间》,加上他最难看的乡下傻瓜鬼脸。)虽然歌曲已经老去,她却仍然活跃在社交圈中,和母亲一起住在肯辛顿高街上,似乎永远对娱乐同行开放,房间里堆满了庸俗的红色玻璃器皿和西班牙弗拉门戈娃娃。约翰昵称她"亮片萨拉"。披头士成员都喜欢这样的社交晚会:在这里他们可以结识莱昂内尔·巴特和布鲁斯·福塞斯之类的传统名人,享受她母亲端上的茶点和精致的三明治,最后还会玩打哑谜等老式聚会游戏。

尽管大多数求婚者她都坚定地保持距离,但阿尔玛的妹妹桑德拉现在承认,约翰和"亮片萨拉"有过一段热恋——大多发生在西区旅馆里,他们用"温斯顿夫妇"的假名登记——但辛西娅却从不知情。更为复杂的是,布赖恩也迷上了阿尔玛,甚至差点转为异性恋;他带她去利物浦见父母,公开表示要娶她为妻。如果此事成真,他和约翰的命运也许会从此不同;然而,一切只是空谈,阿尔玛于1966年死于癌症,享年三十四岁。

约翰在伦敦的新住址被严密保守,但为时不长。他到帝王门后只有几天,成群的女孩就固守在门外了,十三号古希腊柱廊里水泄不通。无论约翰和辛西娅什么时间出去或回来,迎接他们的永远是同样的尖叫声和成堆的签名本。楼下的费里曼夫妇是唯一的房客,不情愿地充当了看门人,每天应付不停的门铃或驱赶门厅里闯入的歌迷。巧合的是,桑尼和辛西娅一样是金黄色头发,也有一个和朱利安一样大的小儿子迪恩。她带迪恩去附近的海德公园时,经常发现自己被跟踪。迪恩的小推车也经常被围观,他被错当成了披头士的儿子。

在那个时代即使在伦敦,名人还没有被媒体记者和狗仔队日夜跟踪抓拍绯闻,更不用说在外面了。尽管和阿尔玛·科根的情事已经公开,约翰还是一样随意地风花雪月,因为确信辛西娅永远不会知道。巡回演出时,他的情人之一是莫林·肯尼迪,她是"性感歌舞组合"弗农斯姐妹的主唱,原来在利物浦的弗农斯赌球俱乐部。"约翰上台的时候,莫林总让我站在台侧握住她的手,她从始至终只看着他,"弗农斯姐妹中的弗朗西斯·李尔回忆道,"当他缓缓唱起《这个男孩》时,就像在接吻拥抱,她的指甲就会掐得我手心疼。"

有一次去海峡群岛巡演时,披头士狂热还未正式爆发,他碰见了一个老朋友,作家兼诗人罗伊斯顿·埃利斯。据埃利斯说,他、约翰和一个女人一起疯狂了一晚,穿着水手服戴着塑料袋,可以说由此诞生出了五年后的一首歌。更令人无语的是,这个人给了约翰一个药方,用来治他在剧院后台的肮脏厕所和廉价旅馆里染上的阴虱。

他的风流韵事可不限于外面。在家里他和桑尼·费里曼也有私情,住在同一屋檐下的辛西娅却从未怀疑——这一直是个秘密,后来桑尼的挪威情结和她镶木板的房子被写成了披头士的经典歌曲。

那些命运使之名利双收的人迟早会发现,故事书里的美满结局只是想当然,现实却通向难以想像的问题、压力和不满。至于约翰,一旦他获得了所有的社会认可,满足了所有对女性的欲望,享受了所有的昂贵饮食,演奏了所有的崭新吉他,穿过了所有的各式衬衫,理想的乐园更快地暴露出了种种缺陷。

上台时获得音乐史上从未有过的狂热欢迎,看起来也许是艺术的终极满足。一开始,像任何二十三岁的年轻人一样,约翰觉得披头士演唱会的骚乱令人兴奋,歌迷们的疯狂行为滑稽可爱。但是一段时间之后,这一切的完全盲目——人们傻傻地偏执地宣称爱他的音乐,排了几个小时的长队来听然后陷入尖叫——让他不再高兴,而是迷惑挫败,最后转向愤怒。于是他在伍尔顿游乐会登台后,第一次摘下隐形眼镜不看下面的观众。四月在罗伊奥比森演出时,奥比森乐队的成员鲍比·戈尔兹伯勒(后来成为成功的词曲作家)介绍他去现代的眼科医院配了隐形眼镜。

尽管一般他都保持大理石雕像般的空白表情,有时候他还是会和以前在采石河岸高中和艺术学院时一样,用老办法嘲笑歌迷们的低智商。令人惊奇的是,在场的数千人没有一个被冒犯,实际上根本没有人注意到他的小动作:在本来应该例行鞠躬的时候,他反而像个乡下傻瓜一样咧嘴坏笑,一条腿残了一样跺着舞台,十指"痉挛"一样拳成爪子鼓掌。

后台也一样,披头士只是简单的青少年偶像时,从未受过这般折磨。对约翰来说每一次演出最令人厌烦的,就是演出前后应付布赖恩领进化装间来的当地贵宾们。无论他们的举止多么专横、高傲或滑稽,他总是不得不表现出披头士的魅力和礼貌。"太可怕了——娱乐业太可怕了,"他回忆说,"一个人不得不完全辱没自己,才能成为披头士,让我深恶痛绝……我原来不知道,也无法预见;一步一步,日积月累,陷入狂热,无法自拔……你做着根本不想做的事情,周围全是你无法忍受的人,你从十岁起就讨厌这些人。"

皇家综艺剧场，看似披头士的最高荣誉，对约翰来说却是最反感的一次被迫屈服。他对全体皇室和大人物说的著名台词"摇响珠宝"，在他自己的记忆里却代表了懦弱和妥协。"我当时紧张极了，"他回想说，"但我想反抗一下，我只能那么说了。"实际上，他之前吓唬过布赖恩要说"摇响他妈的珠宝"。在录像带上可以看到，欢快的掌声此起彼伏时，他差点摆出了傻子笑脸，后来还是忍住了。不过值得注意的是，虽然后来十年中每一年披头士都被邀请了，他们却再没去过皇家综艺剧场。

原公关经理托尼·巴罗回忆说，绝大多数时间约翰都会咬紧牙关，配合任何必要的公共宣传，把乐队的集体利益放在自己的个人感情之前。他即使冲动也能自控，他的本性十分善良，有时也能为公关解围，满足骗人的噱头，例如《男朋友》杂志宣传读者的奖励是和披头士一起"约会"。这本该是一次秘密会面，在邦德街的老维也纳餐厅，但不可避免地消息传开了，餐厅里挤满了尖叫的歌迷。"约翰来得很晚，头发都湿透了，明显心情不好，"《男朋友》主编莫林·奥格雷迪回忆道，"但他一看到吓坏了的女孩们，她们以为'赢得'了他，他就变得非常和善。"

人无完人，约翰也会变得十分危险，只要他喝了太多外国美酒：法国葡萄酒、上等白兰地、苏格兰威士忌、俄国伏特加，他到哪都有人敬酒。通常喝了一两杯，友好、和善、理智的约翰就会变成易怒、好斗、冷酷的约翰，根本不知道自己多大声、又用毒舌伤害了谁、受害者有多无辜脆弱。"我们深夜回到家时，总有一个女孩在等着约翰，他已经有点失控了，"桑尼·费里曼回忆道，"他喝醉了就会叫人家滚开。我说：'约翰，别这样。你至少能给她个签名。'他说：'可我已经给了她二十五个了。'"

约翰有时也会任性调皮，澳大利亚的主持人罗尔夫·哈里斯第一次主持披头士圣诞表演时他就是这样。"他们上台前，我按照澳洲惯例，给观众解释澳洲说法，说明每个词的意思，"哈里斯回忆说，"那天晚上我在台上，约翰正站在台边，不知从哪儿弄了个话筒。我每说一句话，他的声音就会从广播中轰响：'是吗，罗尔夫？……你确定吗，罗尔夫？'这让我很是震惊。我一下台，披头士就上台了，我不得不等到表演结束，才和约翰当面对质，我仍然很生气，说话也很直接。我说：'听着，如果你想搞砸你们的演出，随你的便，但别搞砸我的节目。'约翰却很开心：'哦，看呐……罗尔夫生气了……'和他生气就像一拳打在棉花上。"

约翰身上的巨大压力持续不断，但没有一个新生巨星像他一样——至今也没有——有最好的支持团队。布赖恩是独一无二的经纪人,他忠诚正直、认真负责、敢想敢做、品格高尚;他一手组成整个团队,经营披头士这一音乐史上最大的摇钱树,但对他们来说绝不只是工作(他们的薪水都不高),更是一项人生使命。

最典型的是他们的唱片制作人乔治·马丁,在很长一段时间内都是流行音乐史上——除了布赖恩外——最无私和最纯正的绅士。一开始就是修道院路工作室的总监,马丁有无数机会可以利用披头士。其他的制作人就算没有为唱片投入这么多,也会居功自守分得列侬和麦卡特尼的创作版税,或者在称霸排行榜的 A 面背后偷偷加上自己写的 B 面,或者(布赖恩手下其他主要利物浦组合也在上台表演)因为创造了默西之声而自成一家。然而,马丁甘愿居于幕后,无私地奉献出自己的音乐技术,培养和发展约翰与保罗的原创天赋,把他们给他的草稿修剪成形,把他们的奇思妙想变成现实,把宝贵的矿石切成完美的钻石。

与现代的流行乐队带着一大群随行人员不同,披头士巡演时只带了两个技术人员——那时称作巡演经理。忠诚的尼尔·阿斯皮纳尔任劳任怨,现在加上了马尔·埃文斯,利物浦邮局的技师兼洞穴俱乐部的门卫。尼尔和温和高大的马尔两个人一起,包办了现在调用一支小部队才能完成的一切事宜,护送披头士穿过人群上下台去巡演;他们开客货车、搬运乐器、联系现场、监督安全、检查音效、调节灯光、搭建舞台、送饭送水,只要需要什么都干;最为关键的是,保卫后台和化妆间。是朋友但不平等,是侍从但不逢迎,尼尔和马尔一直和披头士一起,只要有任何巡演需要经理;他们是披头士走向顶峰时带在身边的一点利物浦根基,没有别人可以信任时一对可信的伙伴,被疯狂淹没时的一丝正常的理智。

但是披头士最为重要、抵御一切的还是他们自己的友谊。尽管盛名之下的摇滚乐队更容易解散,披头士却更加团结。也有不合甚至争执,但舞台上面没有政治;就像德·阿特格南和三个火枪手或威廉、金格、亨利和道格拉斯,台上"人人为我,我为人人"。据目击者回忆,他们也曾拒绝过于冒犯的记者或贵宾,却从没说过一个不礼貌的字,永远都是友好而迷人的披头士。只需要对一个巡演经理示意——通常是直截了当的尼尔——冒犯者就被送出门去,而四个披头士则看似不好意思地目送他出去。

多年来睡一个房间——甚至一张床——他们的亲密纯洁天真,就像一窝小狗爬到彼此身上。保罗·麦卡特尼记得有一天晚上,他们在冰雾里开车北上,马尔·埃文斯正开着车,一块石头打花了挡风玻璃。马尔只是一拳在玻璃上打了个洞,在雾里只看着路缘以每小时三英里的速度继续开。四个披头士抵抗寒风的唯一工具只有一瓶威士忌。后来实在太冷了,他们就爬到彼此身上压成一堆,用仅剩的体温来互相取暖。上面的那个人快要冻僵时,就和下面的人换一下位置。

如果四个人在台上或录音室表现得不好,从来不会互相指责,而是转向巡演经理,挑些莫须有的问题,灯光、音响或乐器。"这就是我所说的巡演经理综合征,"尼尔·阿斯皮纳尔说,"默默吸收掉一切不快,是我们工作的一部分。"马尔因为是新来的,犯了些严重的失误,包括在芬斯伯里公园的阿斯托利亚,弄丢了约翰心爱的吉布森珍宝原声吉他。"外人有时候可能觉得约翰不是很让人喜欢,"阿斯皮纳尔承认,"但是我会对他们说:'换了你在台上能像他一样吗?'他会乱发脾气,但他总会道歉;也许是两年以后,但他一定会的。"

随着披头士狂热扩散,另一种后台义务日益频繁。观众里总会有当地儿童医院和机构的孩子,很多人都是严重残疾,就被放在前排披头士眼皮底下。他们也经常要会见坐轮椅的少年或小孩,孩子们令人心碎地真实再现了约翰的"痉挛"动作。"没有人事先问过这样是否合适,"尼尔回忆说,"我们到达剧院,化妆间里挤满了轮椅。"与他们自己无尽的健康和财富相比,这也许并不是太大的麻烦——但据他们同公司的艺人西拉·布莱克回忆,不止一次他们的善心被自私地滥用。"圣诞节演出时,我看见有人推着坐轮椅的孩子,只是一个借口想亲眼见到他们。"

从四个人成为全国焦点的那刻起,约翰就被公认为是与众不同一针见血的人物。早在1963年6月,他就被单独邀请出演《点唱机陪审团》,一档英国广播公司的电视节目,一组名人投票给新出的单曲,预测会赢还是会输。为了把他从伦敦的英国广播公司电视中心送到当晚在威尔士的披头士演出现场,布赖恩花了100英镑包了一架专机,尽管节目只给了250英镑。让观众津津乐道的是,约翰给每一张专辑都投了输,还说猫王的《隐藏的魔鬼》"现在像宾·克罗斯比了"。

他还标新立异,与其他披头士不同,开始戴一顶黑皮帽檐的制服帽,让人想起1917年俄国十月革命时的男式帽子。虽然很多英国年轻人已经有了这样的帽子,成千上万的人现在又抢着去买了。约翰戴得与众不同,向后微仰透着点隐约的革命气息——列侬不想成为列宁。

媒体采访他时,总有人试图——通常未果——显示他脑子里不只是吉他和弦、狂热女孩和新衬衫。和礼貌得体、灵活圆通的保罗不同,他会回答被问到的任何问题,只要问题是坦诚的,他的回答就是直接的,常常会令对方措手不及:"……我没想过未来。我根本不在乎。虽然现在我们成功了,但被炸死的人太可怜了(他指氢弹)。我是自私的人,不关心整个人类——我与世隔绝。大家都急着担忧未来,我却只享受现在……我偶尔也看书。我看一点政治,但我不会投票给任何人。那些骗人的政治家,他们的话我都不信。"

1963年底到1964年初,和披头士关系密切的是美国年轻人迈克尔·布朗,他后来把他们的巡演生活写成了真正意义上的第一篇严肃的流行新闻纪实。布朗的记录中令人惊奇的是,约翰和保罗在台下大聊法国前卫电影。约翰不停地脱口而出儿时喜欢的广播和电影台词,就像一辆停不下来的摩托:"再来一根烟,我就要抢劫了;'抢劫'是美国词,我们跟加里·库伯学的,在高古恩街的大钟下挣扎徘徊时这么说……你可以抢劫罗马、抢劫衣服、抢劫教堂、抢劫电话,如果你愿意,抢劫感情……"

他对布朗坦白说,他对表哥斯坦利·帕克斯感到"不安"——他小时候的英雄,给了他宝贵的袖珍车收集——现在却把他供若"王室"。他甚至愿意谈起他的父亲,通常对最亲近的朋友都是禁区,更别说对媒体了。布朗说父亲很出名的话反而会不利,但约翰不同意:"我宁愿有一个出名的父亲,也不想要不光彩的阿尔夫,说真的。"专挖丑闻的《世界新闻报》已经发现了,多年前他的父亲离家出走了,并宣称追踪到了阿尔夫的一个朋友——暗指马上要挖出阿尔夫本人了。"我不想提他,"约翰说,"我和他没关系。他从来没管过我。我靠自己走到了今天,这(音乐)是我做过最久的事情,除了上学之外。"

那个圣诞节,披头士送了英国歌迷一份谢礼,在修道院路录了一张塑料唱片,上面有叮叮当当的雪橇铃声、杂七杂八的圣诞颂歌和每个人轮流的一段录音。保罗的录音是模范的感恩、天真的惊喜、乖巧的圆通;甚至在向演唱会观众们请求别扔娃娃胶糖时(脸上不停地遭到糖弹袭击很不舒服),他也一再重申感谢大家的热情,披头士仍然喜欢娃娃胶糖,以及其他糖果比如巧克力球和娃娃果冻。约翰照读写好的稿子,语气讽刺而单调:"我们今年最大的成就,我想是在伦敦帕拉蒂姆夺冠……"为了让自己听起来毫不谄媚,他大胆模仿了犹太或德国口音。他不惜一切代价,让自己远离娃娃果冻。

他最喜欢的记者是莫林·克利夫,在圈子里脱颖而出,是伦敦"晚间标准"的流行专栏作家;她在海伦·夏皮罗巡演之前,在利物浦第一次采访了他。克利夫是个小女人,她的时髦装扮和玛丽·奎恩特式的齐耳短发,和她严肃得像学校老师的气质形成鲜明对比。她并不是流行音乐的歌迷(甚至连唱片机也是"标准"给她买的),反而以客观的局外人自居,用从未有过的嘲弄的成人口吻写作。

莫林·克利夫第一个观察到约翰"上唇直薄冷情,令人印象深刻",发现他的嘴型和"从又长又尖的鹰钩鼻往下看"(主要是因为近视),神似著名的幽默而冷酷的国王亨利八世。尽管毫不了解他的童年经历,她立刻就联想到了理奇玛尔·克朗普拉笔下的威廉;除了他们不同的利物浦出身,他和披头士成员实质上就是威廉和绿林好汉,一头扎进不可预测不可理喻的成人世界,费尽全力去适应。对约翰来说,克利夫的尖刻酷似理奇玛尔·克朗普斯;他甚至说她"就像威廉的作者"。

她很快就发现,对他喜欢的采访者——特别是和他最爱的作者相联系的人——约翰无话不谈无话不说,没有任何问题"不得发表",尽管后来他也许希望没有发表。她甚至去了他在帝王门的公寓,通常媒体是严禁入内的。"他给我看了一张猫王的唱片,上面有斯图·萨克利夫的签名,他自己的签名在最上面,我记得他一直看着封面上猫王的相片,不停地说'他真漂亮'。他说他觉得对不起猫王,因为他开始喜欢小理查德,但是因为小理查德是黑人,所以没关系。"

半年前披头士还只是青少年偶像时,布赖恩认识了二十九岁的俄国流亡者、企业家兼电影制作人乔治欧·戈梅利斯基,他计划拍一部披头士的纪实影片。戈梅利斯基还开了一家蓝调俱乐部叫做"克劳爸爸",在萨里的里士满,那里的招牌是他日常经理的滚石乐队。虽然纪录片没有拍成,披头士却喜欢戈梅利斯基的"克劳爸爸"俱乐部,春天一个周日晚上在附近的特丁顿录完ABC电视台的《谢谢你的幸运星》后,同意顺路去看滚石乐队的演出。

此时的滚石乐队很像一年半之前的披头士乐队:一个小乐队,有一群热情的追随者,在一个小地方驻演——他们在火车站酒吧的里间——但没有足够远见或资源的经纪人,带他们有更高的发展。和披头士不同的是,(当时还有钢琴手伊恩·斯图尔特)他们是六个人;他们演奏芝加哥和三角洲风格蓝调,从未受到任何流行音乐的影响;他们的主唱迈克·贾格尔,还是伦敦经济学院的学生,大胆地直接面对观众,没有传统蓝调乐队的道具吉他。

披头士很喜欢萨里的演出,尽管相比之下他们已经是大明星了,立刻和贾格尔与另外两个滚石主要成员成了朋友:节奏吉他手基恩·理查兹与主音吉他手兼口琴布莱恩·琼斯。一周之后,披头士在皇家艾伯特大厅演出英国广播电台流行音乐逍遥音乐会时,滚石乐队收到了头排门票,在后台和他们闲聊,还帮马尔和尼尔搬运乐器。布莱恩·琼斯是乐队的创建者和命名者,当时是最有吸引力的人物,一头金发性感得像魔法精灵,精通的乐器令人叹为观止,从吉他、蓝调竖琴到萨克斯、长笛和木琴。在"克劳爸爸"俱乐部看到琼斯演奏蓝调口琴,不仅让约翰兴奋不已,更难免让他自惭形秽,觉得自己拿着乐器在台上表演赚钱,不仅外行甚至欺骗观众。"你真的会演奏口琴,是吧?"他几乎向往地对琼斯说道,"我只是吸气吹气。"

1963年底,滚石乐队找到了有眼力的经纪人,北端音乐公司的原公关人员,十九岁的安德鲁·卢格·奥尔德姆,签约到了迪卡唱片名下,正是同一个主管当初拒签披头士。他们的第一支单曲,查克·贝里的《来吧》,没有引起反响;他们后来登上了排行榜第十三名,却是靠列侬-麦卡特尼的歌曲《我想做你的男人》。这首歌是为《与披头士一起》专辑创作的,后来主动转送给了他们,既然他们急需一首后续打榜歌曲。然而却正因为此,滚石乐队只剩下纯粹的节奏蓝调与披头士在排行榜上抗衡,贾格尔和查理兹也被激发,自己合作歌曲创作,最终获得了巨大的成功。

奥尔德姆灵机一动,开场就把滚石乐队定位为英国第一支反传统乐队,虽然他们本来并不具攻击性;市场面向青少年人群,披头士正趋于浮华和成熟。对老一代的人来说,披头士的整齐刘海和圆领西装都难以忍受,滚石乐队凌乱的头发、失礼的眼色、混乱的服装几乎像反基督者一样恐怖。奥尔德姆塑造的这种反叛不羁、毫不在乎的形象,实际上正是披头士在汉堡和洞穴俱乐部真实的样子,后来布赖恩把他们打理干净,教他们学会鞠躬和微笑。随着滚石乐队的反面形象愈发成功,约翰愤怒的悔恨也日益加深,因为——他当时这么认为——太过容易地出卖给了主流演艺界。

任何一个外人都不可能知道,披头士1963年巨大成功后有多么不安。自从比尔·海利以来每一个轰动一时的流行明星,心里都知道迟早新鲜感终会淡去,善变的青少年们就会转向下一个新人。这是媒体最常问他们的问题:为什么叫披头士?为什么这样的发型?你们还能红多久?约翰的答案总是直接而自谦:"你可以骄傲地说'耶,我们会红十年',但是说过之后却在想'红三个月就不错了'。"

披头士自己知道,他们的经纪人、制作人和公关人员也知道,每一个买他们唱片和在他们演唱会尖叫的歌迷都知道,即使在英国红透全国,外面的世界还很大。美国才是世界上最挥金如土的流行音乐市场,依然引导流行时尚和全球潮流;对每个外来者都满不在乎,只有自己的产品无与伦比,外来的作品都是复制而已。

美国的主要音乐公司"国会",实际上属于英国百代公司,即使这样也于事无补。披头士的前三首英国排行榜冠军歌曲,每一首都由乔治·马丁提交给了"国会",但无一例外地都被傲慢拒绝,理由是"不适合"美国市场。不肯相信的马丁不得不转向两个小独立公司,"维基"和"天鹅",分别推广《请让我开心》和《她爱你》。两首歌都没能登上美国音乐榜,好像没给美国青少年留下什么印象。《我想握住你的手》(约翰和保罗在阿舍家的威姆波尔街地下室共同创作的)是打入美国市场的最后一次尝试,歌曲风格听起来很像"黑人",但感情上却尽可能地迎合"白人"。成品的效果让人忽略了本质的悖论:约翰·列侬会愿意握住别人的手?

即使在英国披头士狂热达到了最高峰,披头士自己也总是觉得惴惴不安,生怕别人把他们挤下排行榜,也许就再无翻身之日了。布赖恩还有其他两支利物浦乐队,格里经理的"领先者"和比利杰·克莱莫经理的"达科地",各有三支热门单曲,如此相像难免不会失败。另外还有其他利物浦来的乐队,由别人经理签到别的公司,比如"寻找者""摇摆牛仔"和"四强者"。利物浦和曼彻斯特是老商业对手,来自曼城的对手乐队层出不穷:长青乐队、弗雷迪经理的"梦想家"、韦恩·方塔纳经理的"狂欢者"。伦敦和南方也涌现出一波反击浪潮,包括布莱恩·普尔经理的"震音者",通过了披头士当初没能通过的"迪卡"唱片公司的试音,并用改编版的《扭动与呐喊》打进了排行榜前十名。

约翰和保罗作为卓越的创作人,成功背后也忐忑不安。为了在狂热消失之前赚取一切利润,乔治·马丁要求他们每三个月出一支新单曲,每六个月出一张新专辑。如果下一支单曲没得冠军呢?如果只是排行榜亚军呢?如果魔力抛弃了他们呢?毕竟一切来得如此神秘。两个人天天埋头研究,最新的单曲为什么会红,这样下一次才能套用公式。有一阵子,他们认为关键在于"我"或"你",于是接连写了《爱我吧》《请让我开心》《从我到你》《她爱你》,后来还有《附言:我爱你》《你想知道一个秘密吗?》《谢谢你女孩》《我会得到你》《我错了》《抱紧我》等。《她爱你》大红之后,"耶"又成了灵丹妙药。《不会太久》的和声、《与披头士一起》的开场,两句里面有六个"耶";《我想握住你的手》上来就是"哦""耶",后面才开始歌词。

尽管商业化和公式化的巨大压力连续不断,他们还是努力写出了与排行榜起落无关的好歌,一听上去好像老歌——立刻获得各界好评。比如最经典的还是约翰的《这个男孩》,《我想握住你的手》专辑B面的慢板情歌。一点没有功利直接的对立——这个男孩爱你;那个男孩伤你。一点没有约翰、保罗和乔治的和声——三个人亲密得像在冰冷的车厢里互相取暖。一点没有约翰的狂飙高音——这首歌满溢的热情和温柔深深打动了《时代》的威廉·曼,也让弗农斯姐妹的莫林的指甲掐疼朋友的手心。

实际上,1963年快结束的时候,约翰和保罗已经开始暗示,一旦披头士狂热退去,他们会转向创作自保。把《我想做你的男人》送给滚石乐队,不只是单纯的慷慨帮助,也是为将来做好准备,虽然约翰总是不屑地说那首歌"扔了"。

新年临近,所有明智的预言似乎比预想的更快成真了。在巴黎奥林匹亚剧场为期三周的演唱会反响平平,说明披头士狂热甚至没有跨过英吉利海峡。同时在英国本土,《我想握住你的手》也被推下冠军宝座,被一个伦敦乐队戴夫克拉克五人的所谓托特纳姆之声取代了。《每日邮报》刊登了一则漫画,一个小女孩被同伴们讥笑,"她真是过时了,"旁白说道,"她还记着披头士。"把他们捧起来后,英国报界正准备用由来已久的传统,把他们推下去。

然后,美国沦陷了。

15. 全球狂热

> 我们知道:只要我们落地,你们就会沦陷。

1964年2月7日下午,冬天的雪花飘飘洒洒,披头士乘坐的泛美航空公司喷气式飞机在纽约落地,拥挤的人群以从未有过的狂热欢迎这四个外国人踏上美国领土。机场的沸腾开启了一个新时代,正如查尔斯·林德伯格第一次独自飞越大西洋后降落在布尔歇,或内维尔·张伯伦"和平之行"后从慕尼黑归来。对数以百万的美国年轻人来说,从这一刻起六十年代才正式开始。但被人们遗忘的是,披头士自己看到人群时是多么目瞪口呆。

就在出发前几天,又有拿腔拿调的电视台记者问约翰,他认为他们成功的几率有多大,毕竟那么多英国流行明星在美国都失败了。他明显不安了,语气充满了讽刺。"哦,我也说不准,不是吗?我是说,由我说了算吗?不是!"然后,立刻转回披头士的温和:"我只是希望我们一切都好。"

很久之后他才承认,"我们并不认为我们有可能成功。克里夫(理查德)在美国都失败了。他在排行榜上和弗兰基·亚瓦伦并列第十四位。我们知道布赖恩有计划……但我们想着过来至少听听新音乐。事实上……我们只是过来买唱片。"

美国之行本来被布赖恩定在1963年底,不过是一次低调的宣传活动。国会唱片公司已经拒绝了披头士的前四支单曲,勉强同意在新年初发行《我想握住你的手》。四人预约出演哥伦比亚广播公司电视台的"埃德·沙利文秀"——这个节目因为推红猫王而出名——还要在纽约著名的卡内基音乐厅演出两场。尽管布赖恩的经理策略的确高超,这些计划却不能保证会打开美国市场。

然而,命运又一次充当了他们的宣传人。肯尼迪总统被刺之后全国一片灰暗,美国的新闻报纸四处寻找轻松的娱乐,于是发现了这四个发型奇特的利物浦人,显然他们已经让英国疯狂了。圣诞节时,《时代周刊》和《新闻周报》以及每一家有欧洲分部的美国报纸，全都大幅连载了英国的披头士狂热。甚至连地方的《纽约客》也采访了布赖恩，引用他的预言"披头士……会红透美国……"12月31日，《人生》杂志出了他们十七页的封面故事；四天之后，他们第一次在美国电视节目中露面，在"杰克·帕尔秀"中播了一段宣传影片。

面对这样突如其来的宣传攻势，国会唱片公司紧急加了五倍的发行量，《我想握住你的手》卖出了一百万张。经纪公司也印刷了海量宣传材料，制定策略要让1964年成为"披头士年"，甚至准备好了大量披头士假发待售。奇怪的是，披头士自己对即将到来的风暴却一无所知。1月25日晚上，他们回到巴黎的乔治五世酒店的套房，还在为奥林匹亚剧场的演出不满，担心被戴夫克拉克五人的托特纳姆之声打败。这时纽约来了电话找布赖恩，通知在美国的音乐销量报纸《银箱》百名统计中，《我想握住你的手》空降冠军宝座。

披头士2月7日从希思罗机场出发时，他们不是被当做去大赚美元的流行乐队，而是被当做国家大使，就像内阁政客或板球国家队。即使最不关注流行的英国人，也认同他们在为英国而战；国家的荣誉和个人的野心，要求他们必须凯旋。

这时的美国歌曲排行榜全线飘红近乎荒唐。《我想握住你的手》稳居冠军，在纽约单日销量过万；国会唱片公司之前拒绝的《请让我开心》和《她爱你》，现在也被各自代理的小公司重新推上市场，双双立刻打进前十位。波利多唱片公司翻出老底，找到了很久以前披头士在汉堡化名和托尼·谢里登录的音轨，发表了原始版本的《我的美人在大洋彼岸》，对此乔治忿忿不平地说"只是玩玩"。甚至这首歌也跃入百首金曲，排在《从我到你》和唱片版《我看见她站在那儿》之后。

四千多歌迷尖叫不舍为披头士送行，在场的媒体却有意外的收获。披头士一行人中间有一个羞怯的年轻女人，身着北方传统的旅行套装，穿着咖啡色厚外套，戴着一顶白色带檐帽，明显和列侬的列宁帽相配。那个人正是辛西娅·列侬，终于公开露面了。他为什么在这个时刻把她公诸于众，周围的每一个人都不理解，因为违反了摇滚人的规则"巡演不带女人"。托尼·巴罗认为他只是出于冲动，为了和布赖恩对着干。"别人都不允许带女伴，所以约翰说'去你的，我有辛西娅'。但是他最终后悔了这个决定——她也一样。"

被媒体竞相追赶的还有一个长相精明的年轻美国人，即使当时是寒冷的冬天，他进进出出都戴着墨镜，像是逃犯一样遮遮掩掩。二十三岁的菲尔·斯佩克特是超级男星的雏形，一种全新的流行类型。作为创作人，他的作品起始于约翰在洞穴俱乐部时的备用歌曲《爱就是了解》;作为制作人,他创造了嘈杂的《音障》,将上百辆汽车的轰鸣融为一体,并监制了排行榜顶尖女团水晶和罗内特。

斯佩克特陪同罗内特女团和滚石乐队一起英国巡演,现在正要返回美国。通过滚石乐队及他们自己未来的超级男星安德鲁·奥尔德姆,他直接接触了披头士,并在音乐上受到了约翰的巨大影响,无论是过去还是将来;并且在宣传人托尼·霍尔主办的聚会上,把罗内特介绍给了披头士。"我的姑娘们",他自豪地这样称呼她们,是一对姐妹罗尼与埃斯泰勒·贝内特和她们的表妹内德拉·塔利,三个人光彩照人苗条性感,长发盘起美目勾人。约翰和乔治马上被迷住了,立即请三个人一起坐飞机回纽约。但是斯佩克特坚持让她们先回美国,只有他和披头士同行。他本来是出了名的神经质,但他相信和幸运的披头士一起,飞机绝对不可能出事。

飞机上有出名的记者们如莫林·克利夫(她所在的《晚间标准》对她的美国之行十分不以为然),还有英国的商人们在空中的私人空间和布赖恩谈生意。披头士在飞机上不停地说笑,以此掩饰内心的不安,即使超级自信的保罗也回忆说,"他们那儿什么都有。我们去了能干什么?"约翰的理智由衷地赞同,但表演的冲动却莫名地乐观:"在飞机上……我在想'噢,不,我们不会成功',但这只是一念之间,"他后来对美国记者这样说道,"我们知道:只要我们落地,你们就会沦陷。"

很多宣传带头人后来都自诩创造了当时肯尼迪机场的壮观场面——层层叠叠挥舞横幅的无数少女,相比之下英国的披头士狂热简直是小巫见大巫;刺耳的尖叫声相当于斯佩克特的《音障》的无限放大。事实上,披头士到达纽约时,确实有十七个宣传人员共同促成这一顶级盛事。但是飞机落地舱门打开的一刹那,当时失控爆发的沸腾骚动,远远超出了任何公关的计划或操纵。约翰最快乐的留影莫过于此:他停顿在舷梯上,旅行包扛在肩上,黑皮帽向后微仰,大笑着说不出话。每一个人都一样。

在肯尼迪机场,披头士迎战了冷酷的纽约媒体,大多数公然想让他们一败涂地,结果他们大获全胜,首次亮相就妙语连珠,约翰的回答最为精彩。他们会表演什么?"我们先要钱后表演。"他们为什么能吸引这么多少女?"要是我们知道,我们就自己组个乐队当经纪人了。"他们是戴假发的秃子吗?"对,我们都是秃子——又聋又哑。"美国人比英国人对身体残疾更为敏感,最后的打趣很可能会冒犯某些记者或者读者观众,但是没有人有一点反应。

在场镜头林立的记者群中,有艾伯特和大卫·梅斯莱斯兄弟,两个性情温和的波士顿人，因合作出品风格电影和电视纪录片而闻名。披头士落地前几小时，格拉纳达电视台联系了梅斯莱斯兄弟，要求全程记录纽约的欢迎仪式，或者紧急现场转播给电视台直播。最后，他们全程跟拍了披头士的美国之行。只有他们两个人用最新的小型便携摄像机，他们比最详尽的英国编年史都更加隐秘地贴身记录了披头士的一切，成品的六十分钟黑白影片展示了最为快乐和纯真的明星生活，后来梅斯莱斯出品的《给我庇护》却展示了其最为丑陋的一面。

　　梅斯莱斯的纪录片开始就是披头士在广场酒店的套房里面，十二楼下拥挤的人群比机场更为狂热，身着制服的警察排成一条警戒线。我们可以看见约翰和其他人，下了飞机后又累又晕，正在感受纽约豪华酒店的特有气息：凡尔赛宫似的绫罗绸缎和枝形吊灯，洁白明亮应有尽有的私人卫生间，只轻响一声的白色电话，带金色饰条的钢笔、烟灰缸、记事本、杯垫和火柴，特大号玻璃杯的冰水，在电影里听过上千遍的对白终于亲身经历："客房服务""服务员""您好""好的""祝您愉快"。

　　我们看到他们睁大眼睛诧异于纽约媒体的琳琅满目，相比之下英国只有一家广播公司：电视上有六七个频道，广播里有十几个电台——几乎每个电台都在不停地播放他们的歌曲。他们像圣诞节早上的孩子一样激动，发现竟然可以在直播中打电话给电台节目，然后听见自己的声音从晶体管收音机中传来，套房里巧妙地把收音机安插在百事可乐自动售货机上。我们看见约翰打给远在伦敦的布莱恩·马修主持的"周六俱乐部"，明显在担心英国歌迷的热情会冷却，虽然他们只是出来一小段时间。"告诉他们别忘了……我们十天后就回去了……我们时刻想着他们。"

　　我们见证了第一次户外拍照，在马路对面的中央公园：只有约翰、保罗和林戈（乔治因为嗓子发炎卧床休息）在摆"你好，纽约"的姿势，一群穿着短大衣戴哥萨克帽的小报记者对着他们喊"你……往右边站站"或"嘿……看这儿！"。这平常的一幕回头看来却是可怕的讽刺。就在公园对面耸立着哥特式的达科他大厦，梅斯莱斯兄弟的哥哥艾伯特碰巧住在这里。手指冰冷在摄像机前尽义务地扮着鬼脸的约翰，此时完全不知道有一天他会住在这里，并死在这里。

　　与大街上的人群和电台主持人不同，广场酒店对十二楼的贵宾们避之唯恐不及，几乎立刻提出请他们结账离开，甚至向其他曼哈顿的酒店求援接他们过去。他们在套房里没完没了地拍照，一个记者要求约翰躺在床上，最好露出来美国人所谓的"精灵靴子"。紧跟的酒店管理人员马上抗议，这不符合酒店一贯的形象，而且床罩可能会被弄破。"没事，"约翰安慰他说，"我们会买下这张床。"

梅斯莱斯兄弟拍纪录片的前提和底线，就是辛西娅·列侬不许出现在镜头里面。尽管约翰的英国歌迷已经知道他结婚了，新的美国歌迷还是要尽可能长地保持对他的幻想。有时他在镜头里打电话给电台节目时，我们偶尔也会看到辛西娅，穿着白衬衫戴着墨镜，从来不说一句话，也没有人和她说话；对一切都默默忍受，假装好像毫不在乎，虽然从他们到达的那一刻起，无数"美丽性感的女人"（包括罗内特的罗尼）就包围了约翰和披头士其他三人。

酒店套房和电视台之外，约翰在这里见识了所有从小对城市的幻想。国会唱片公司特地安排了豪华轿车送他们去参观纽约的地标，在披头士的要求下甚至去了哈莱姆黑人区。纽约当红的唱片主持人莫里·考夫曼，特别在薄荷高级酒吧开了夜场，那里产生了摇摆舞、唱片师和各路明星，现场乐队已经自动调为模仿披头士。几小时之后他们回来时，被摄影记者一拥而上，情急之下约翰把大衣套在两个人头上，快步跑到转角后面。在那片刻之间，和以前一样在大衣下面一起大笑，辛西娅才是真正的开心。

2月9日，披头士出演"埃德·沙利文秀"，从此留名于美国历史，连在英国本土都没有如此轰动。事实上，这标志着缅怀肯尼迪总统的结束，11月22日当天如此伤痛，2月9日当天却如此快乐——多么振奋的举国转变，美国人就这么独一无二全心全意；多么狂热的全民盛事，每个人都记得那一刻自己在什么地方。

那个周日的晚上，已经成为民间传说：据说有七百三十万人，美国有史以来最为庞大的电视观众，在晚上八点整准时收看直播——虽然严格意义上来说，披头士甚至不是领衔演出。据说就在节目开始前，一封贺电从沙利文秀的上位巨星传来，祝他们获得堪比自己的收视率："……我们祝愿你们演出成功，并祝美国之行愉快……猫王与上校"。据说埃德·沙利文本人，平时是黄金时间综艺节目最不好亲近的主持人，对这四个"利物浦的年轻人"却大加赞赏，像融化的油酥一样没了脾气。据说纽约的犯罪团伙都被吸引到了电视机前，全部五个行政区内竟然没有一辆车报案失窃。据说在闪动的黑白电视画面直播期间，从东岸到西岸的年轻女孩们都忘记了本土明星叫弗兰基还是鲍比，各种业余乐队都停止演奏打击乐而开始练习和声，留平头的男孩们甚至可以感觉到头发开始长长了。

他们的出场分为两部分：节目一开始披头士登场，舞台上巨大的白色箭头全部朝里指向他们；节目最后结束时，舞台背景是无数矩形的有机玻璃，之前出场的还有特西·奥谢、弗兰克·高辛和百老汇剧场《奥利弗》的全体演员。这场著名的录像被观看了无数次,令人惊讶的是约翰的出场并不起眼。宣告"你好,美国,我们来了!"的开场曲是《我全部的爱》,由保罗主唱乔治和声,然后是保罗的佩吉·李式的民谣《直到有了你》;最后是《她爱你》,现场混音效果不佳,还是凸显了保罗和乔治。曲目中间的介绍也是保罗。甚至依次介绍披头士成员时,约翰也排在了最后(字幕说明:抱歉,女孩们,他结婚了)。

最后的出场唱了两首歌,还是保罗主唱《我看见她站在那儿》。直到最后一曲《我想握住你的手》,音效才稳定下来,约翰终于全面爆发了。当时的七百三十万观众至今清晰地记得,他张开双腿、略微弓背的站姿,他微微开合的嘴唇,他披头士发型下的表情;这一切立刻产生一种奇妙的共鸣,吸引了至今为止顺从而简单的美国每一个州的年轻人。成千上万的人对这一刻终生难忘,其中包括歌手兼创作人比利·乔尔,当时十四岁的他住在长岛的希克斯维。"我记得在沙利文秀上第一次看到约翰,"乔尔几乎三十年后依然津津乐道,"他站在那儿,环顾四周,好像在说'这一切真老掉牙了!'"

所谓美国巡演根本就不是巡回演出——而是一项文化使命,甚至变成了皇室代表。长达两周的时间里,披头士只搞了三场演唱会,两场预定在了卡内基音乐厅;另一场在华盛顿体育馆,演出条件之差是现代任何独立乐队所不能容忍的。这就是他们的第一次美国现场演出:舞台像一个拳击场,四面全是尖叫的歌迷,但安全警戒线却还不到五条。为了让每一位观众看到正面,话筒被不停地换到舞台的四面,林戈的鼓台只能用手费力地搬来搬去。保罗继续担当乐队的领头者,号召观众一起鼓掌;约翰却又是跺脚又是鬼脸,对台前台后的观众"痉挛"式鼓掌,但是仍然没有人被冒犯。

现代任何英国的摇滚乐队到了华盛顿,也不会像披头士一样被要求拜访英国大使馆,像是来旅游的贸易代表团似的——更别说像披头士一样,2月11日紧跟在体育场演唱会之后,还被迫充当英国最知名的海外代表。受邀出席慈善晚宴,分明就是在利用他们非官方的外交价值;四个人却都没有拒绝,即使这样意味着面对大量约翰最讨厌的人。从梅斯莱斯纪录片里可以看到,他跟着大卫·格尔奥姆斯比大使走下楼梯时,里面全是喧闹而愚蠢的上流社会年轻人,这时危险就已经开始了。他紧绷双唇,走进烟雾,四处张望,像加斯顿·特德一样,准备打一场群架。

后来他们才得知,未经允许他们就被安排去抽奖。约翰表示不愿意离开藏身的前厅,就被一群外交部官员围起来命令"去干你应干的"。幸好旁边有平静的林戈,才避免了约翰当场发怒。事实上,让约翰最终大怒的却还是因为林戈:一个女人走到林戈后面,拿着指甲剪傻笑着剪掉他一缕头发。"我立刻冲出去,大骂他们所有人,"约翰回忆说,"然后我就直接离场了……"如果今天发生了这样的事件,当然要责怪失控恶言的明星;但在当时,问题却被拔到最高官方层面,声讨披头士遭遇的无礼待遇。

在梅斯莱斯纪录片里,有很多关于头发的镜头。保罗的披头士发型永远平整光滑,就像咪咪姨妈养的纯种猫——实际上,他自己都忍不住抚摸——而约翰的头发却在额前缠成一团,在两边乱蓬蓬地垂下来。还有一幕意味深长(最后发行时被剪掉了),是在披头士冒雪从华盛顿回纽约的火车上,约翰接受记者阿尔·阿罗诺维茨的采访。这个又高又壮、黑色胡子的人物,出了名地结交放荡不羁的艺术家,比如"垮掉的诗人"艾伦·金斯堡。谈话转向了危险话题,约翰作为一名负责的披头士,意识到也许不受英国格拉纳达电视台的观众欢迎而剪掉了:

约翰:好吧,好吧,我们都是瘾君子。

阿罗诺维茨:我不知道你,但我是(大声吸毒的声音)。

约翰(对着镜头):对,我们都吸毒——戒不掉……怎么了?……就是戒不了。(有点紧张了)不说毒品了。我们谈谈音乐吧。

整个过程中唯一的停顿是在佛罗里达州的迈阿密,他们连续三集的"埃德·沙利文秀"的第二集预约在这里,2月16日在多维尔酒店里录制。(第三集在纽约先录好了,等他们回国后再播出。)这次约翰上来就是主角:《这个男孩》作为第二首曲目。在披头士的第二部分开始前,他们的埃德叔叔为他们读了一封贺信,来自美国流行音乐界的另一位巨人,作曲家理查德·罗杰斯。这位诸多歌曲(如《我有趣的情人节》)和节目(如《南太平洋》)的创作人称披头士狂热"有益无害",还说这是"很好的事情",让年轻人"充满热情地对待生活"。

上一次保罗单独的礼貌介绍,这一次也成了双簧,约翰在后面命令多达三千五百人的现场观众"闭嘴听我说话",语气严厉得像老音乐厅的喜剧演员罗布·威尔顿或诺曼·埃文斯。观看这次沙利文秀的七百万人还看到了一点"痉挛"表演,上次的七百三十万观众视而不见;但是又一次,这短暂发作的坏笑与爪子还是没有被在意,没有一个人不同意埃德叔叔后来的颂词:"我们节目有史以来最可爱的四个年轻人"。

佛罗里达宜人的冬天、温暖的大海和处处可见的棕榈树林,对于从小在默西

275

河畔新布赖顿单调的沙滩上长大的披头士来说，简直就是人间天堂。迈阿密之行与其说是工作，不如说是度假，布赖恩甚至将签证延期，多给了他们四天时间。乔治·马丁和未婚妻朱迪·洛克哈特·史密斯也赶了过来，从寒冷的英国飞到温暖的东海岸。布赖恩准许他们过来，特别是为了列侬和辛西娅，让他们开化和稳定下来。

多维尔酒店被歌迷包围了，和在纽约广场酒店一样吵闹，而且现在人数大增，因为天气更加温暖，附近还有冲浪海滩。虽然度假时间正式开始了，披头士还是大部分时间被困在套房里，对客房服务和电视电台日益厌烦，几乎向往地望着十二楼下的沙滩，上面还有歌迷画下的麦田怪圈似的留言。迈阿密警方出动了二十四人，组成了二十四小时值勤的"披头士警队"，由强悍的巴迪·布雷斯纳警佐率领，负责保护贵宾们的安全与酒店的良好声誉。布雷斯纳后来报告说他深夜为披头士查寝时，"房间里没有女人，没有毒品，没有杂物……他们是最干净的孩子"。

多维尔酒店的老板莫里斯·兰斯伯格把游艇借给他们，有一天时间远离歌迷追随和媒体跟踪，去自由游泳和深海钓鱼；当地富豪主动提供私人泳池、敞篷汽车和奥运会规格的摩托艇。他们的警佐巴迪·布雷斯纳带他们回家，让他们和他的家人一起分享烧烤晚餐（回来后约翰写了一封礼貌的感谢信，谨遵咪咪姨妈多年来的教诲）。这些少见的宁静片刻，在海上或泳池边，他和辛西娅留下了最为放松的合影，虽然大部分时间他在睡觉或出神地望着远方。

从商业角度来看，美国就像高级妓女，躺在沙发上呻吟着"来吧！"纽约的发起者锡德·伯恩斯坦，安排了披头士的卡内基音乐厅演出，本来可以为他们预定麦迪逊广场花园，并在几分钟之内卖出所有座位。从东海岸到西海岸，最高档的剧院经理纷纷提供大型场地和巨额演出费。尽管如此，布赖恩还是决定在此结束，与沙滩和棕榈树林告别。他的男孩们该回英国了，百代公司要有录音，三月初还要开拍第一部电影。对布赖恩来说，无论再有多好的诱惑，决定了就是决定了。

《一夜狂欢》拍摄的早期阶段，导演理查德·莱斯特并不认为约翰有演员潜质。"保罗才是明显在努力的人，"莱斯特回忆说，"约翰根本就不入戏。我注意到他每一场戏都置身事外，只是看着别人的不足，包括我。他永远是旁观者。"

这部电影是1963年底筹备的，并不要求质量或原创。投资方是美国联艺公司，主要想从欧洲的披头士狂热中牟利，赶在披头士正当红时拍出来。对于公司来说,真正赚钱的是电影声带中披头士的新歌,最后将做成一张专辑发行出售。至于电影本身不过是利用明星的工具,自从《日夜摇滚》开始的平庸传统,用可笑的情节和单薄的人物作为音乐的托辞。预算仅为最低价十八万英镑。

然而,在这种显然预算不足的情况下,披头士又一次走了大运。不是随便雇来的无名导演,他们的导演是莱斯特,在英国工作多年的美国年轻人,在约翰最喜欢的喜剧体裁上颇有名声:他负责把电台节目《愚人秀》翻拍成了电视剧,并导演了彼得·塞勒斯主演的怪诞喜剧短片《跑着、跳着、站着的电影》。同样幸运的还有他们的编剧是阿伦·欧文,同样也是利物浦人,他主创的电视剧中特别是《酸橙街上没有电车》,是新鲜活泼的北方时髦的先锋。于是,美国的愚人专家和英国的本土气息在此融为一体。

阿伦·欧文的剧本中披头士还是披头士,一直在路上逃离尖叫的歌迷,偶尔会与古板的英国政府代表发生冲突——但最终都获胜了。电影开场是在火车上,很像梅斯莱斯兄弟拍摄的纽约到华盛顿的纪录片。一场媒体接待会上挤满了喧闹而愚蠢的上流社会年轻人(问道:"怎么去美国?"约翰回答:"在格陵兰往左转。"),明显是在影射华盛顿的英国大使馆晚宴。和现实生活中一样,披头士身边跟着两个巡演经理,电影里化名那姆和谢克,在演出间歇看管着他们的一切。

欧文因为抓住了披头士每个人的机智妙语而大受赞扬。但对约翰来说,电影对白被艺术加工得近乎做作。他的第一句台词是"那个老人是谁?"——现实中他只会说"那个老家伙是谁?"。尽管喜爱《酸橙街上没有电车》,他对编剧却越发恼火,剧中人物因为公司不同,不是威尔士人就是苏格兰人。"我为什么要听你的?"他有一次对欧文吼道,"你不过是半个利物浦人。"欧文反问:"你认为全是利物浦人好吗,约翰?"

拍电影也许看起来光鲜亮丽,但实际上却艰苦无比:每天早上都要痛苦地早起,却有很长时间都在候场,还有严格遵守的种种规矩。长达七周的拍摄过程一开始,约翰像在高中和大学时一样,公然藐视一切规定。在摄像机前面,他坚持穿自己的衣服,包括标志性的列宁帽,严重影响了电影的一致性:有一幕他追出租车,还穿着衬衫打着领带;下一幕他从出租车后窗回头看的时候,却变成了高领套头毛衣。需要安静的时候他偏偏大笑,几分钟之后就忘了台词,这些足以让任何其他导演对他绝望。

但是,他棋逢对手,导演是优雅冷静、耐心礼貌的理查德·莱斯特。他的态度发生了一百八十度的大转变,因为他意识到莱斯特和乔治·马丁录音时一样,力图把披头士变幻莫测的新潮风格展现在大银幕上。"过了一段时间约翰才接受我,但从那以后就没有问题了,"莱斯特说,"让我意外的是有时候他也能很正常。"

电影制作要求列侬和麦卡特尼创作一批歌曲,有些开拍前录成了声带,有些后来收录进了同名专辑。之前在巴黎后来在迈阿密,约翰和保罗已经抽空写出了很多新歌,供莱斯特和同是美国人的电影制片人沃尔特·申森筛选。被选中的六首歌融入电影情节,独特的表演方式令四十年后的现代音乐录像带仍然奉为经典。《我本该知道》由约翰用口琴独唱,自己用口琴间奏,电影里他被关在火车车厢的一个铁笼子里,一群性感的穿校服的女生(当时没人质疑这个细节)从栏杆外热烈地注视着他。《如果我跌倒》——一首约翰的悲伤情歌,让老人都忍不住感动,后来才有了保罗的风格——在电视录像的休息时间当街表演,为了安慰电影中生气的林戈。《不能买到我的爱》模仿越狱场景,四个人逃离保安,像孩子一样在操场上奔跑,像古巴的基斯警察一样越来越快。

每一个披头士都公平地获得了自己的镜头——保罗是可爱的,乔治是简洁的,林戈是悲伤而委屈的小不点儿。约翰的镜头不是荒谬就是怪诞。有一场戏多半是即兴表演:约翰在洗泡泡浴,还是戴着列宁帽,拿着一艘玩具潜水艇,模仿德国军官用他最擅长的口音喊着"希特勒万岁"。这时巡演经理那姆喊他开工,他赶紧试图逃跑,沉到了泡泡下面。那姆把水放干,却发现只剩下了泡沫和列宁帽。后来有一场戏在剧院的走廊里,约翰被一个有点神经质的女人错认成了别人,那个女人穿着1964年标志性的克什米尔羊绒毛衣,戴着沉甸甸的珍珠项链。尽管没有人告诉他他被认成谁了,约翰却和现实生活中一样顺势演了下去:"哦,等会儿……别告诉我。对了!是你!你和他长得一模一样。""是吗?你是第一个这么说的人……"

从头到尾他给那姆没完没了地找麻烦,尽管他至多也不过就是模仿搞笑。巡演经理之间的一段对话,完全概括了现实中他和布赖恩的关系:

> 那姆:这是我和约翰的神经战。
> 谢克:约翰根本没有神经。
> 那姆:有时候我觉得他以折磨我为乐。

电影结束时,那姆催着披头士赶下一场演出,约翰抗议说他们被逼得太紧了。最后一句台词是那姆的反驳:"我只有一句话可以说你,列侬……你是头猪。"这句话里面带着点喜爱;即便如此也很难想像,现代的明星宣传会以这样一句话结束。

直到最后上映前,电影还被叫做《披头士狂热》。这时林戈提到前几天"一夜狂欢"时把蜡烛从两头点着(实际上这是约翰几个月前在喜剧作品《伤心的迈克尔》中自创的说法),于是明显迎合青少年的《披头士狂热》变成了微妙影射而略带搞笑的《一夜狂欢》。虽然约翰和保罗已经创作好了电影需要的所有音乐,但现在他们还要写一首同名歌曲作为片头曲。两个人闭门创作,不负众望当天成稿。

约翰去修道院路录音的路上,《晚间标准》的莫林·克利夫陪同采访。在出租车上他把歌词给她看,他顺手写在了一个歌迷送给他儿子朱利安的生日贺卡上。开头两句是:"……当我回家见到你,我的疲劳一扫而光……"克利夫作为里奇玛尔·克朗普顿的替身,建议说后半句太啰嗦了。约翰马上改成了:"我发现你……"后来在录音室里,她很吃惊地见证了这首歌的快速成形。"约翰和保罗只是弹着吉他一起哼唱,然后就成了。"

评论家暗示(甚至希望)披头士在美国的成功只是昙花一现,但很快就无话可说了。《不能买到我的爱》——由保罗主创,乔治·马丁编曲——第一周就在美国卖出两百万张,专辑发行之前就获得了金唱片奖,并成为第一支在大西洋两岸同时夺冠的英国单曲。这首歌不像打安全牌的《我想握住你的手》,而是一首坚决的否定歌曲,带着回归的捷舞节奏,和声时而激烈时而轻柔,咒符般的"耶"也被换成了反叛的"不,不,不……不!"。

在两岸市场的大量宣传,引发了广泛的争议,但并没有多大危害:所谓"买"是指妓女吗?实际上,这只是列侬的文字游戏,即使是文盲的歌迷也看出来了;歌名里面省略了"钱",才不显得老生常谈;而在利物浦的方言里"我的爱"是昵称,就像"亲爱的"或"宝贝儿"。为了在美国排行榜夺冠,《不能买到我的爱》不得不连超其他四首披头士的榜首单曲——《我想握住你的手》《请让我开心》《她爱你》和《扭动与呐喊》。四月初,他们创造了史无前例不可超越的奇迹,五首单曲分列排行榜第一位、第二位、第三位、第四位和第五位。

约翰独特的文字游戏一直是披头士不可缺少的魅力,虽然现在看来不过是简单的近音词误用。3月19日,四个人从电影中抽出身来,领取大英帝国综艺俱乐部颁发的"演艺界的年度人物"大奖(这时仍然没有独立的摇滚文化)。颁奖人是反对党的工党新主席哈罗德·威尔逊,恰巧也是默西塞德郡海顿选区的议员。综艺俱乐部的主席被称为拉客主席——"拉客"是游乐场帐篷外主持人的术语。把威尔逊先生和这位主席弄混了,又想起拉客用的多布森糖果(咪咪

279

姨妈一直喜爱的一种高级糖果），约翰竟然把未来的英国首相称作"多布森先生"。奖章本身是心形，"谢谢紫心，"他们又笑又闹上台领奖时约翰对着话筒这样说。观众们纵容地窃笑起来，不确定他指的是美国军队紫心勋章还是兴奋剂紫心片。

1963年底采访列侬时，美国作家迈克尔·布朗拿回去了几张他的涂鸦，他在创作、录音和演出的间隙总是忍不住写写画画。布朗的出版商是悠久而著名的乔纳森·凯普出版社，当时正被一个年轻的编辑总监汤姆·马施勒重组。布朗偶然向他展示约翰的作品时，马施勒立即看准了这会是未来的图书排行榜冠军。

不像传统的出版商在午间聚饮时拉拢可能成名的作家，他在披头士南区歌迷俱乐部的一次集会上找到了约翰。四个人站在铁栅栏后面，歌迷们排起长队，把签名本和礼物从下面的小孔里递给他们。约翰十分吃惊，除了《默西节拍》的老朋友外，竟然有人找他出书。同时，他也让马施勒自己觉得尴尬，因为"竟然拿他的涂鸦当真"，出版商这样回忆道。最后由布赖恩·爱波斯坦起草了一份合同，马施勒原以为会要求想像不到的巨额版税；出乎他的意料，总数只有一万英镑。

约翰手里积累的诗歌、小品和短剧，连做一本最薄的硬皮书都不够；于是他必须开始认真做新的逃不掉的作业，并且自从离开艺术院校后再次专心地画画。马施勒作为他的编辑，定期去帝王门的约翰家里。尽管在他的回忆里这里总是"满是吵闹的孩子"，约翰却认真对待每次谈话，总能找到一个安静的角落和他讨论。有一天，马施勒带了出版社准备出的漫画家梅尔·卡尔曼的新书，希望他能为封面提点意见。约翰只说了一句话："为什么不让他拿把吉他？"

他们最后选定了三十一篇文章并附有插图，上面是形形色色的奇人轶事，曾经在采石河岸高中的《每日号叫》轰动一时。在各种各样的愚人秀中，可以看出是文学作品的集锦：伊尼德·布莱顿的《五人帮》（"火车好像在说……我们要去度假了……"），罗伯特·路易斯·史蒂文森的《金银岛》（"长腿约翰·西尔弗"和"瞎子犹太人"），甚至还有圣彼得教堂全日学校里的《圣经》诵文（"我走过幽暗的深谷，却并不觉得孤单……"）。

到处都有他喜爱的敏感题材，在那个没有电脑的年代里，所幸没有被编辑删掉——戴夫"犯了痉挛一样跳下公车"；埃里克"教痉挛的人跳舞却丢了工作"；迈克尔"又聋又哑不会说话"；"黑人""边走边跳，吃着香蕉或人肉"；小鲍比"自己的拳头被抓起来，挨了一记勾拳过生日"。甚至还有一篇描述吸毒经历，仍然是客观的讽刺口吻:"突然间,我看见坐在一起的男孩女孩开始放大,吸烟喝酒越长越大。有个人足有四英尺高,但他睡觉时长了印度驼背……"

约翰想了好几个书名,其中有《晶体管黑人》《左手左手》(对奥斯伯特·西特韦尔的自传《左手右手》的文字游戏,流行明星中很可能只有他一个人看过这本书)、《停下买我》(小时候卖冰淇淋的广告是"停下买一个")。最后,马施勒选择了最直接的《约翰·列侬:自写集》。这本书被做成了精美的袖珍珍藏本,由罗伯特·费里曼设计封面,深蓝色的背景上,约翰戴着标志性的列宁帽。保罗·麦卡特尼写了前言,亲切地回忆了第一次遇见列侬的场景,在圣彼得教堂的夏季游乐会上"喝醉了"。

这本书立刻畅销并大获好评,3月23日出版当天就卖出了五万本,甚至连最正统的评论家们也加入了披头士狂热。作为作家,约翰被誉为可媲美路易斯·卡罗尔、爱德华·李尔和詹姆斯·乔伊斯;作为插图画家,被比为詹姆斯·瑟伯和保罗·克利。一贯古板的《泰晤士报·文学增刊》评论《自写集》"值得任何人品读,充分展示了英语语言的丰富生动和英国人想象力的天马行空"。在美国由另一家出版社西蒙与舒斯特授权出版,同样广受好评媲美古今。《图书世界》的评论家汤姆·沃尔夫称约翰为"天才野蛮人",像阿泰尔·沃德、马克·吐温和布伦丹·贝安一样是"下层社会的天才"。

就像后来在歌词里写的一样,约翰坚决否认他的故事和诗句中,有传统文学的影响或大脑里的潜意识,即使它们再明显不过。但是他掩饰不住对个人获得巨大成功非常的高兴,"这种感觉棒极了,除了唱歌之外能有别的成就,"他承认说,"之前(披头士)什么都一起做,但这次是我自己的作品。"

同时批评也来自四面八方,甚至在国会议事录中都有记录,并由此引发了一场论战。在众议员大会上,阿克斯布里奇的保守党议员查尔斯·柯伦,读了三行《我,聋子特德和达努塔》,借此抨击国家教育水平下降。柯伦承认这位作者"对文字和故事有感觉",但是"文化水平令人可怜",就像韦尔斯笔下的波利先生。保守党布莱克浦的议员诺曼·米斯坎贝尔(确有其人,绝非约翰故人)作为西北方人忠诚地予以反击:"你说披头士的列侬教育水平不足完全没有证据。虽然不清楚是谁,但他们中的三个都上过文法学校。作为一个整体他们非常聪明,非常健谈,非常有趣。"

可想而知,约翰出版新书成为新晋作家,让爱好文学的咪咪姨妈颇为自豪,比起披头士所有的音乐成就都让人骄傲;虽然新书里面还有插图和诗歌,她以前都会把这种书扔进垃圾桶。咪咪姨妈本人从未接受过披头士媒体的采访,也很少被拍照:这就是她的性格,她甚至极少对直系亲属以外的人提起约翰的鼎鼎大名。只有一个人一直例外,十三岁的简·沃格曼是约翰的歌迷,来自泰晤士河畔金斯敦的萨里郡,1964年4月找到了咪咪姨妈的地址,决定直接写信给她。"我知道约翰身边围绕着成千上万的女孩,他可能永远也不会注意到我,"长大的简这样说,"但是我当时想,如果我和他的姨妈成为朋友,也许有一天他就认识我了。"

她很聪明地在她的信里装了一个粘好邮票、写好回信地址的信封,于是尽管门口总是堆满了歌迷的来信,咪咪姨妈单独给她回信了。于是从此开始了接下来两年的互相通信,咪咪姨妈把她对约翰的自豪写给了不认识的萨里郡女孩,可当着他的面她绝对不会说出这些话。她的斜体字整洁漂亮,语言是真正的咪咪风格:内容简练而亲切幽默,偶尔对小读者摆出点姨妈口吻;信里充满了约翰给她的荣耀和奢侈,但还是忍不住抱怨他的发型和服装;明明在自己的生活中很想念他,一见面却又开始无休止的辩论。

1964年4月19日

亲爱的简:

　　谢谢你的来信。星期六晚上我看电视上的披头士了,现在我想你最喜欢约翰吧! 他们都很可爱,但约翰是我养大的孩子。他戴草帽真好看(其他人也是),不是吗?

　　不,我不认为你是个傻孩子或疯姑娘。

　　记住,如果你们女孩们不喜欢他们……他们又是谁呢? 他们很感激你们。

　　他在家里也很搞笑,最近他一直叫我——"老姨姨"。我见到他再算账。这是林戈的地址……

下一封回信里有一个惊喜礼物——约翰为第一把吉他"俱乐部四十号"买的霍夫纳吉他弦,还在原包装里没打开。

亲爱的简:

　　我在整理约翰的旧东西,他的房间里满是以前收集的小玩意儿;我发现了这根吉他弦,应该是好多年前的了。他现在用更贵更好的,可这根弦是他在艺术学院时买的,我想你可能会喜欢……

《自写集》出版之后,简给咪咪姨妈寄了一本,请求约翰亲笔签名。很快就回信了:

谢谢来信,简。

约翰现在在苏格兰。我会让他给你签名的,但你也知道,我很少能见到他。无论如何,我很高兴你喜欢他的新书。他告诉我今年可能再写一本。

顺便说一句,他答应送我一本样书,我也在耐心等他回来,虽然我已经读过了,并且从头笑到尾。

祝一切顺利

咪咪·史密斯

为了回应英国文化界的盛评,约翰作为特邀嘉宾出席了6月18日福伊尔举办的午宴。这种聚会由自称"世界上最伟大的书店"资助,在帕克里的多切斯特酒店举行,历史上承蒙温斯特·丘吉尔、查理·卓别林、诺埃尔·考沃德等名人光临,每个特邀嘉宾都在宴后发表了华丽而机智的演讲。为了一见约翰·列侬本人,六百人买票参加午宴,主桌上仔细安排的都是支持约翰的各路名人,包括小提琴演奏家耶胡迪·梅纽因、设计师玛丽·奎恩特、《每日快报》漫画家奥斯伯特·兰开斯特、作曲家莱昂内尔·巴特、喜剧演员阿瑟·阿斯基、愚人秀主演哈里·赛科姆,还有约翰与布赖恩的密友阿尔玛·科根。

约翰一开始表示愿意按照传统发表演讲,但是随着那天逼近他越来越不安,甚至承认他"这么重的利物浦口音连电台采访都不能做"。午宴前一天晚上,布赖恩打电话给福伊尔,抱歉说约翰终究不会演讲,但他十分乐意替约翰发表感言。不巧的是,没有人把布赖恩的留言传达给组织方,于是六百与会名人兴奋地期待着,约翰会像在皇家综艺剧场一样语出惊人。出乎所有人的意料,他站起来,含含糊糊地说,"谢谢,我很荣幸",然后就坐下了。然而又一次地,媒体还是没有真正批评他。有些报导还把他的话改成了披头士的作风:"谢谢……你们很荣幸。"

他并不是唯一一个突然出书的人。在他之前布赖恩就被纪念出版社邀写自传,虽然这家出版社的声望不如乔纳森·凯普。但是约翰并没有把他当作作家同行,反而恶言相向让他难堪,连旁观者乔治·马丁等都看不下去了。有一天布赖恩大声问他的自传书名应该叫什么,约翰马上接话道:"同性恋犹太人"。最后定名《地下音乐》,间接感谢洞穴俱乐部,约翰看到了却叫《地下男人》。

1964年上半年披头士引发全球狂热,下半年就定为全球巡演,依次去了丹麦、荷兰、香港、澳大利亚、新西兰,最后再回美国。这次要求绝对"不带妻子",约翰觉得应该提前弥补辛西娅,毕竟他马上要离家很长时间。两个人于是决定在复活节周末度假,预订了多莫兰城堡酒店——爱尔兰克莱尔郡的一家豪华酒店。一起同行的还有乔治·哈里森和他的新女友帕蒂·博伊德，一个漂亮的金发模特，是约翰喜欢的类型，在《一夜狂欢》里演过学校女生。尽管事前全面保密，四个人还是被记者跟踪了，于是仅仅过了一个晚上就决定提前回家。为了躲避摄像机，辛西娅和帕蒂扮成了酒店女工，装在一个大型洗衣篮里被运出酒店。

世界巡演被分为两个阶段：六月去欧洲和澳洲，八月去美国巡演，就在第一阶段开始前天降横祸，林戈因为严重的扁桃体炎住院了。现代恐怕没有任何一支乐队，在如此重要的世界巡演中，没有固定的鼓手；但披头士就这么做了，虽然乔治略有不满，他们还是雇了临时鼓手吉米·尼科尔，扮上披头士的服装和发型，有生之年有幸参与了半次巡演。

阿姆斯特丹是世界巡演第二站，尖叫的荷兰歌迷爬上路灯柱顶端，甚至跳入运河追逐披头士的敞篷汽艇。在欧洲仅次于汉堡的性开放城市，不再需要公关人员保护他们良好的公共形象。四个人到酒店后第一时间直奔红灯区，仅次于里坡巴的第二艳区。"我们刚到那儿，警察马上就来了，"尼尔·阿斯皮纳尔回忆说，"他们真的押着我们的肩膀训'淘气的披头士，快回去'，好像我们是不听话的学生。我们回答'好，好吧'，他们就把我们送回酒店了——然后约翰和我转身又逃出来，直接回到了红灯区。我们出来的时候天都亮了，人们都在上班的路上。"

从香港到澳洲的路程，他们随行又多了一个人：咪咪姨妈。托尼·巴罗回忆说，这完全是约翰的主意，和他突然决定带辛西娅去纽约一样一时冲动："他想让最亲近的人看看他有多重要"。咪咪之所以没有拒绝，是因为这次旅行可以让她见到新西兰的亲戚——自从约翰母亲过世后，她再也没见过他们，以后可能也没机会再见了。巡演带姨妈可能比带妻子更不受欢迎，"但我们都认识咪咪，知道她对约翰有多重要，"阿斯皮纳尔说，"所以没问题。"

于是咪咪开始准备离开门迪普斯，自从约翰出生后她很少出门，让她的两个侄子迈克尔和大卫搬进来，在她不在的时候照看花园和猫咪。在细心的打包过程中，她抽出时间给十三岁的简写了封信，归还她寄来的想让约翰签名的《自写集》。

我要去见约翰了，参加他们的澳洲巡演。（披头士）在香港有一场演出，但我不能参加。他怕我见到人群会紧张。他还真说对了！

你以后会拿到约翰的签名书的。

你也很好——咪咪·史密斯

这次巡演仍然像是皇家巡视,而不是摇滚乐队。在香港的启德机场,披头士过马路时都被戴高帽穿短裤的警察围了起来,后来看演出的观众也都是英国驻军部队及随军亲属。只要旁观的中国人靠近咪咪,立刻有人为她开道并大喊"约翰的妈妈!约翰的妈妈!"。在悉尼的马斯特机场降落时,天空正下着瓢泼大雨,他们却被安排站在平板车上绕机场游行,只有短斗篷和薄雨伞可以挡雨——令人惊叹的是,他们竟然同意了。大雨把斗篷上的颜料都冲掉了,透过下面的衣服染到身上,后来他们换衣服时,皮肤上都是斑驳的皇家宝蓝色。

林戈在墨尔本重新加入了巡演,咪咪却在这里和他们分开,去新西兰看她的斯坦利家族。"我完全不知所措,没完没了的摄影师、记者、闪光灯等等,"她后来给简·沃格曼写信说,"我知道记者们肯定觉得我是个傻瓜,我没告诉任何人我和他们在一起。谢天谢地我在澳大利亚和他们分开了,自己去了新西兰只想见到我的家人。"

《一夜狂欢》7月6日在伦敦展览馆影院首映,观众席里全是贵宾,包括约翰戏称的"奶油公主"和"瘦子阿姆斯壮",也就是玛格丽特公主和斯诺登公爵。他和公主互相问候时,脸板得像华盛顿大使一样。尽管如此,赶时髦的皇室成员们还是被他迷住了,首映结束后仍然不肯离开赶赴下一个预约。

电影在英国大受好评,后来在美国全国上映了。《乡村之音》的安德鲁·萨里斯称之为"流行音乐版的公民凯恩",大多数评论人却发现明显更像麦克·森尼特的无声电影《基斯警察》,当然像是马克斯兄弟了。几个月之后,理查德·莱斯特偶然遇见了格劳乔·马克斯,老电影里一直叼着雪茄的聪明家伙——被认为是新电影里约翰的原型——发现他对这种比较并不认同。"至少,"他抱怨说,"你们能把我们两个分清。"

7月10日,电影在利物浦举行特别慈善首映会,家乡的人们准备大迎自己的明星衣锦还乡。尽管已经让利物浦名扬全球,四个人还是近乡情怯——特别担心离开了这么久,歌迷还会不会欢迎他们。通过各种各样的传闻,他们听说在洞穴俱乐部他们"过时了",这让他们特别是约翰觉得,即使在卡内基音乐厅演出过也没那么荣耀了。但是利物浦人民冷静时会对立,狂热时更会热情。他们从斯皮克机场进城的路上,每一条路两边都有欢呼的民众夹道欢迎。在迎接的人群中甚至有鲍勃·伍勒,洞穴俱乐部的音乐主持人,在保罗的二十一岁生日聚会上,曾影射约翰和布赖恩有暧昧关系,被约翰痛打了一顿。"嗨,鲍勃,"约翰跟他打招呼,"最近有人给你乌眼青吗?"

到市政厅后,市长颁发给披头士每人一把钥匙,代表家乡的大门永远为他们而开；然后他们去阳台公开露面，向下面城堡街上聚集的群众挥手致意。被困在身着制服或裘皮大衣的眉开眼笑的高官要人中间，约翰忍不住做了几个纳粹式的敬礼。然而又一次地，这种可能冒犯别人的恶作剧，好像根本没有人注意到。何况对布赖恩来说，无论如何那天的麻烦都和约翰无关。他们发现人群里面有人散发传单，声称保罗已经身为人父；急着找到并阻止这个破坏者，布赖恩和公关人员根本没时间顾及列侬奇怪而鲁莽的希特勒敬礼。

在市政厅迎接的代表和后来在国宾影院的观众，大部分都是约翰从小到大的亲戚朋友：姨妈哈丽和南妮、叔叔诺曼、表哥斯坦利、表弟迈克尔和大卫、表妹朱莉娅和杰基。"令人尴尬的是，约翰还是和以前一样，迷迷糊糊自以为是，我们站在旁边都不知道说什么。"表弟迈克尔回忆道，"我记得他还从台上往下问'我的家人在哪？'"这就是他所有亲戚的印象，电影结束后披头士就直接回伦敦了。

但是咪咪却错过了这次会面。她还在新西兰和家人享受团聚，最终待了整个夏天。"她最后不得不回来，因为那里有人开始追求她，"迈克尔说，"她可受不了这种事。"

在门迪普斯等待她的还是歌迷给约翰的成堆来信，但只有一封贴着泰晤士河畔金斯敦的邮票，她立刻回了信：

1964 年 10 月 29 日

亲爱的简：

我很快就认出了你的字迹——几千封的信堆在这儿，天呐！

我两周前就回来了，但去爱丁堡的格拉斯哥见约翰了，自从去新西兰的惠灵顿之后，我再也没见过他。

我想（披头士）圣诞节时会有演出，我可能很快再去看他们了。不过，他 11 月 8 日就回家来了，到时候见面也不迟。

……你会喜欢寄宿学校的。我知道——你看……

和他们一起出去（巡演）真是热闹非凡，你猜怎么着！我们凌晨两点在达尔文机场降落时，我坐在了飞行员后面！我觉得飞行员真"酷"！

等着看他们的演出吧，你们小女孩会很激动的！

爱你的咪咪

对美国而言，摇滚乐队巡演并不新鲜，但是披头士八月回来继续二月中断的狂热时，激发了前所未有的观众需求，于是相对简单的计划被无限放大。结果产生了现代意义上第一次真正的摇滚巡演,后来的数千次巡演都照此进行,但这一次依然独一无二,行程过多却单纯快乐。长达五周的全美巡演结束后,连约翰都没有一句讽刺或抱怨。"这次巡演太完美了,"他对电台记者拉里·凯恩说,"我们以后的巡演可能再也不会这样了……永远不可能一样了。"

除非政治访问,从没有流动演出如此壮观,所过地区如此广泛。在长达三十四天时间里,披头士去了二十四个城市,从佛罗里达州的杰克逊维尔到温哥华的不列颠哥伦比亚省,总共经过了22441英里,平均每天超过600英里。在每一个城市他们都在最重要的场馆现场演出,包括著名的好莱坞露天剧场,观众人数从一万两千人到三万五千人不等。他们以前的短头银色大巴车也不见了,不再像游吟诗人一样带着大包小包全国奔波。他们四个人和随行人员乘坐私人的洛克希德·伊莱克特喷气式飞机,由布赖恩以37000美元的高价雇为私用。这种方法当然既体贴又实用,对他来说更是精心计划的象征:让男孩们永远告别巡回大巴,和总统与君王一样享受私人专机。

全美巡演最后一场告别演出时,他们由众多美国明星嘉宾支持:正义兄弟、比尔黑人组合、兴奋乐队和歌手兼创作人杰基·德依。他们自己的表演部分还是和在英国剧院时一样,榜上新歌加上专辑老歌,一共只有三十分钟。

在美国是特大型的披头士狂热,每一种表现都比欧洲极端百倍。这里的年轻女孩们,不满足于坐在台下尖叫,而是拼命冲上台去拥抱披头士,哪怕几秒钟之后就被保安架下去了;甚至还有人像旅鼠一样,从高高的看台上直接跳下来。这里她们不再可怜地徒步追赶披头士的包车,而是开着自己的车紧紧追赶,让每一场陆上车程都成了飞车竞赛。这里她们不只是歇斯底里地聚集在酒店外面,而是想方设法溜进去直达披头士的包间,神出鬼没堪比著名脱身魔术师霍迪尼。连向偶像示爱的糖果,这里都有新的攻击性:和英国柔软糖衣的娃娃胶糖不同,美国的硬壳糖豆像箭一样从观众席中射上来,打在身上像铅弹一样疼痛不已;还有些爱的炸弹必须躲开,比如打火机、香烟盒,甚至鞋子。

英国歌迷收集披头士的纪念品只是灯芯绒夹克或塑料吉他,美国歌迷却要求更私人的物品作纪念,美国的商人看准商机打开了市场。他们从一家酒店退房后,用过的所有床品全被两个当地商人以七百五十美元买走了;这些没洗过的床单和枕套被切成了三英寸的布片,每一片要价十美元,附有一张法律证词,证明某一位披头士确实亲身睡过。还有人出钱买下他们剩下的剃须膏和洗澡水;纽约的超市里甚至卖火了罐装的"披头士的呼吸"。

有时候给披头士的开价太高,他们反而不会特别认真。在旧金山开始巡演时,布赖恩被介绍给了一个堪萨斯城的商人查尔斯·芬利,他开出了闻所未闻的天价10万美元,只要披头士在现有的日程之外,在他的家乡加演一场。布赖恩固然动心,却也只能回答全部五周时间内没有空档。但是芬利不想给堪萨斯城丢脸:他一再回来不停加价,直到高达15万美元。布赖恩把问题交给了披头士,只要他们牺牲一次宝贵的休息时间。约翰代表所有人回答,他们愿意做任何布赖恩认为对的事情。于是这个他们在利物浦和汉堡当歌名唱过无数次的城市,终于插进了巡演日程里。

但是,芬利很快就发现,那么多的钱也不能买到他的爱。为了使堪萨斯城的成功更为圆满,他还想要求披头士在惯例的三十分钟外加长五分钟。这一次他过于相信金钱万能,穿着闪闪发亮的真丝西服,径直走进他们的酒店套房,放肆地称呼他们"男孩们"。尽管布赖恩当时也在场,但谈判只在芬利和列侬之间进行:芬利开价5000美元加演五分钟,约翰只是摇了摇头;芬利五千五千的一直往上加,最后到了50000美元,却还是被一样轻蔑地拒绝了;最后他发火了,说披头士"不知好歹",气冲冲地走了。后来演出前在市体育场后台,显然芬利为堪萨斯城的付出太多,台下观众都没有满座,约翰对他大笑说:"你不该为我们花这么多钱的,查克。"

虽然他们在这里被当做贵宾严密保护,披头士却一直都担惊受怕;美国比英国更加危险深不可测:这里的警察荷枪实弹,即使阻拦少女们时也带枪;这里的总统被枪杀了,就在欢呼的人群面前,不过十个月之前。他们演出前有两次收到炸弹威胁,第一次在拉斯维加斯,第二次在达拉斯,两次都被搅得神经兮兮。有记者问约翰这些连续的紧张事件是不是吓到过他,他回答说,只要在台上和其他人在一起,他就有一种奇异的强大感:"只要我插上电,我就觉得安全。我相信他们打不到我。"

披头士这次巡演的公关人员是德里克·泰勒,三十三岁的默西塞德同乡,雕刻般的五官英俊迷人,衣着永远整洁漂亮,像意大利电影明星。泰勒在霍伊莱克长大,曾经是《每日快报》的记者,帮布赖恩代写了自传《地下音乐》,然后加入了北端音乐公司;开始做布赖恩的私人助理,他们去阿姆斯特丹演出时,已经发展到为披头士处理媒体事宜,通常布赖恩会在后面严密监视,有时候一切让他全权处理,有时候训斥他太自以为是。

后来泰勒成为披头士的完美代表,并成为记者们理想的中间人,因为他之前和他们是同行。虽然披头士中间他和乔治的关系最好,约翰和他也一拍即合,因为他们都喜爱文学以及英国剧院中不为人熟知的喜剧演员。一般公关人员最不可能接触到明星的真性情,但是约翰在泰勒面前却最为真实:从来不是放荡不羁的摇滚明星,而是咪咪姨妈的良好教养——泰勒后来总结为"优雅"。

披头士的飞机上还有英国和美国的一小部分记者,每天跟踪报导他们的巡演实况,其中包括三十五岁的阿特·施赖伯,西厅广播系统的高级记者。通常负责政治与国际事务,娱乐却是完全不同的主题。施赖伯一开始不知从何下手,后来有一次和约翰聊天时,他偶然提到喜欢玩"大富翁",这时约翰轻慢般的冷酷立刻化成了孩子气的热情,马上说"我有棋盘!"。

于是后来的飞行过程中,其他披头士一般打牌来消磨时间,约翰和阿特·施赖伯就会玩"大富翁",有时乔治·哈里森也加入。"乔治整场游戏总会一言不发,"施赖伯回忆说,"但约翰却真的乐在其中兴奋不已。他总是站起来扔骰子,得到'公园'和'木桥',他就扬扬得意了;只要有这两个棋子,他根本不在乎输赢。有时候我们玩得太晚了,我会迷迷糊糊地睡过去,然后就觉得有人戳我,听到约翰的声音说:'起来,阿特……该你走棋了。'"

施赖伯曾经报导过肯尼迪总统的竞选与国葬,他来跟踪披头士狂热前,正在报导美国的民权运动及其领袖马丁·路德·金博士。尽管他的工作是访问约翰,反而更常被约翰询问,关于美国正在遭遇的国内外大事:对金博士的和平集会与游行的残酷攻击,和日益扩大的美国军事干预,在遥远而陌生的东南亚国家越南。"我真的大吃一惊,约翰对这个国家非常了解,"施赖伯回忆说,"他所不能理解的是暴力……肯尼迪总统被暗杀了,南方军队残酷镇压无辜的游行者,随时随地都有人带枪。当时我就看见了他内心活动家的精神。"

美国从英国学的披头士狂热不只是糖果攻击,还有坐轮椅的儿童和青少年,每一场演出头排都摆满了轮椅,演出完后还要带到披头士的化妆间,好像那里是什么治疗圣地似的。他们也一样会被无情地利用,被四肢健全的披头士歌迷当做通过保安的通行证。但是在美国不知为什么,肢体和精神残疾似乎更严重,被利用的情况也更荒唐。"那些可怜的孩子大都不行了,根本就不可能认识披头士是谁,"阿特·施赖伯说,"约翰讨厌这种情景,但并不是冷酷或冷漠。'我能对他们说什么?'他后来总是会这样问我——这时他真的绝望了。"

当然,有些事情是巡演特派记者们都不能报导的,只要他们还想继续留在飞机上。他们一个字都不能说,比如关于披头士的性事,实际上就像胡克①将军所赞成的那样,有时候从饥渴的歌迷人海中选择,有时候在每个中途停留的城市里

---

① 胡克(Jaseph Hooker,1814—1879),美国将军,喜欢流连风月场。

找高级应召女郎。他们更不能说自己接受的性交易,无数女孩不顾一切地请求引见给披头士。就像爱德华七世时代的皇宫侍从一样,他们在后面忙来忙去,一切都看在眼里听在耳里,却碍于职务不能告诉任何人,只能成为圈内的秘密。

在这些无处不在的媒体侍从面前,披头士从来不屑于维护公共形象,只管恣意地享受和挥霍。"这些事情都被自动省略了,关于我们怎么浑蛋,"约翰回忆说,"他妈的大浑蛋,披头士就是这样。只有浑蛋才这样,确实是这样,披头士是世界上最大的浑蛋。我们是恺撒。面对一百万英镑,谁又能说我们什么呢?传单?指控?警察?还是宣传?"

仍然有接二连三的外交义务,不只代表英国大使,还要代表国会唱片,对此披头士四人全都无条件服从。8月23日在好莱坞露天剧院演出结束后,他们不得不出席一个慈善晚宴,由国会唱片总裁艾伦·利文斯通主办,好莱坞大牌明星竞相花几百美元买票入场与他们会面。约翰在伍尔顿影院的银幕上见过的人物,现在全都活生生地站在眼前,尊敬地排起队来等着见他,其中有爱德华·罗宾逊、杰克·帕兰斯、休·奥布莱恩、雪莱·温特斯、迪恩·马丁和杰克·莱蒙。即便如此,很快他就厌倦了整个流程,后来评论说"让我们上台唱歌很自然……但坐在凳子上握手就不自然了",还说他原以为好莱坞会"更好玩"。

在整个巡演过程中,只有一次他差点被曝出丑闻。好莱坞的披头士狂里包括简·曼斯菲尔德,那个天生尤物的银发女郎,在电影《难以抗拒的女孩》里,甚至让奶瓶都有高潮了。披头士租住的贝莱尔豪宅的一个私人聚会上,曼斯菲尔德翩然而至,大半个晚上都在活色生香地诱惑约翰。第二天晚上两个人一起去了威士忌酒吧,坐上一个热心警官的巡逻警车——据一位行人目击证明——在后座上"迫不及待地做爱了"。在酒吧里,曼斯菲尔德当着诸多镜头,一只手放在约翰的大腿上,另一只手放到了乔治腿上。幸好乔治急中生智,把酒泼在了一个太过靠近的记者身上,这样才没有女孩摸上披头士的报导传到辛西娅耳中。

接下来的一周,约翰遇见了两件事情,对他的音乐和他的人生造成了深远的影响。8月28日,披头士回到了纽约,他同时遇见了鲍勃·迪伦和大麻。

二十三岁的迪伦是美国音乐界最迷人的新声音——与众不同的乡村歌手的传统音质,加上前所未有的力量、热情和音域。他的歌词清新优美得像赞美诗,却又充满了尖刻的诘问,已经成为民权运动和左翼活动家的战斗口号,像野火一样传遍了曾经平静的大学校园,使人们相信美国并不是宣传中的完美国家。尽管迪伦是乡村歌手,约翰是摇滚歌手,两个人本不会有交际,但他们却有很多不为人知的共同之处。两个人都避讳自己的身世(迪伦的父母是明尼苏达州的犹太人);两个人内心都深藏着愤怒与暴戾;两个人都热爱创作散文和诗歌;两个人都私底下戴圆框眼镜,公开场合戴列宁帽;两个人都吹口琴,约翰的装在口袋里,迪伦的用金属架支在嘴前。当迪伦的记者朋友阿尔·阿罗维茨二月采访约翰时,他第一眼就看出了"(鲍勃)镜子里的英国影子,来自大洋彼岸左边开车的国家"。

披头士全是迪伦的歌迷,开始于乔治买的他的第二张专辑《自由自在的鲍勃·迪伦》,主打歌有《答案在风中飘扬》《没关系,不要犹豫》以及描述核战的《大雨就要落下来》。对约翰来说,这让他对歌曲创作彻底反思。"对创作流行歌曲我有一种专业态度……"他回忆说,"(保罗和我)会为每支单曲创作一种流行风格……但这只是迎合市场的一部分约翰·列侬,我不认为这些歌曲有任何深度。为了表达真正的自己我会写作……《自写集》里的个人故事,才是我个人情感的表达。然后我开始在歌曲中表达自己了,不在客观地创作,而是主观地创作。"这时他已经开始这样做了,虽然歌词表面上仍然不外乎男女感情。《你不能那样做》,在《不能买到我的爱》的 B 面,感情中流露出威胁的口吻,以前只会对辛西娅才这么说话;《反而我会哭》原来是为《一夜狂欢》声带创作的,却无意中透露:"我无比委屈,却独自承受。"

早在巡演开始之前,约翰就让阿罗诺维茨安排他和迪伦会面,并且紧张地要求一定要在他的地盘。约定的地方是披头士在纽约的酒店德尔莫尼科,时间是在皇后区森林山的西区网球俱乐部体育场的第一场演出结束后。当天晚上恰巧布赖恩也在酒店举办了一场盛大的接待会,邀请了其他更加温和的美国乡村歌手,比如彼得、保罗和玛丽与金士顿三重唱。迪伦到了酒店外面,身边只有阿罗诺维茨和巡演经理维克多·迈由兹,从街对面的电话亭打电话给披头士的套房,然后尼尔·阿斯皮纳尔被派下来护送他上楼,绕过了他的乡村歌手同行们,为此他们后来视他为叛徒。

几分钟之后,约翰和他握手了,正面见到了这位头发蓬松、眼神冷酷的年轻人,只用一把原声吉他和一只固定口琴,就能发出那么有力的声音,披头士用三个沃克斯扬声器才能那样。两个人明显被对方吸引了,却都不愿主动承认,只是互相问好说客套话,被阿罗诺维茨对艾伦·金斯堡形容为"拘谨"。布赖恩·爱泼斯坦的好客之道也不起作用了:被邀请喝杯酒时,迪伦像平民一样,要求喝"便宜酒";布赖恩只好尴尬地回答,这里只有上等香槟。

气氛后来慢慢放松,迪伦——私底下密切关注流行音乐——坦白说他对披头士的歌曲很熟悉,但他们的英国口音让他有一个很大的困扰:在《我想握住你的手》中,有一句"我不躲了,我不躲了",他听成"我兴奋了,我兴奋了"——一种吸食大麻后的说法。约翰和保罗只好面带愧色地承认,他们不是吸毒后写的歌,他们还从来没有吸过真正的大麻。"我们在利物浦吸过一点。"尼尔·阿斯皮纳尔说,"但只是细枝……不是烟叶。"

这个疏忽被很快弥补了,一行人去了旁边的卧室,阿罗诺维茨拿出身上的存货,迪伦自己试着卷第一支大麻烟卷但没卷成;他的巡演经理维克多·迈由兹把烟叶接过来,为披头士每个人卷了一支时髦纸烟,以防这些正派的英国人不愿意和美国人一样,通常把一只烟卷轮流抽来抽去。约翰一开始拒绝尝试,直到林戈第一个开始"试味"。

几分钟之后,《我想握住你的手》中被误听的歌词成真了。布赖恩·爱泼斯坦没有了经纪人的体面和优雅,只是瘫坐在沙发上不停地说:"我好兴奋,我飞起来了……"保罗一瞬间眼前雪亮,顿悟了生命的全部意义,让马尔·埃文斯紧跟在他后面,仔细记下他说过的每一句话。约翰和林戈吸进股股刺鼻的浓烟之后,反而产生了很简单的效果:他们两个止不住地大笑。从此之后,约翰再想吸大麻时就会代称"我们来大笑一下"。

后来他和迪伦第二次见面时就放松多了,在巡演的最后一站里维拉汽车旅馆,就在肯尼迪机场旁边。后来由尼尔·阿斯皮纳尔陪同,他们还化装去了附近的饭店。"后来只要鲍勃和披头士见面,他总是会集中和约翰说话。"阿斯皮纳尔说,"他知道谁是乐队的领导者。"

16. 巅　峰

我在大叫救命。真的！

《一夜狂欢》中唯一捏造的人物是电影中保罗的祖父，一个声名狼藉的爱尔兰籍利物浦人（由威尔弗里德·布莱姆伯尔饰演，成名于广受喜爱的电视剧《斯特普托父子》）。这个人不知从哪突然冒了出来，给所有披头士带来了无尽的羞辱——他成天喝酒，到处惹麻烦，年纪一大把了还勾搭年轻女人。电影快结束时，给他们惹下无数麻烦后，他被约翰训了一通："你知道你是个麻烦。你真该往西去美国的，你转错了弯，结果呢？你现在是个从利物浦来的孤独老头。"

这些话中充满了讽刺，语气和善却冷漠至极。因为正是和这个虚构的老恶汉一起拍电影的过程中，约翰的父亲阿尔夫·列侬突然回到了他的生命中。

十七年前的那个夏天在布莱克浦，阿尔夫让朱莉娅要回了六岁的约翰，从此之后再也不想出海，消失在了英国内陆的下层阶级中。整整十七年中，他从未要求和约翰见面或联系，甚至1958年朱莉娅去世后也杳无踪迹。他的想法一半是宿命主义，一半是堂吉诃德式的骄傲，正是因此他总是一事无成。约翰被转交给咪咪姨妈抚养后，阿尔夫决定他再也不会出现在儿子的生命中，也没试图更正咪咪给约翰灌输的负面影响。据他后来说，这个决定让他无比痛苦，在接下来的数十年中，他总是在想着"小家伙"怎么样了。直到1963年底，全国的报纸、杂志和新闻头条告诉了他答案。

这时的阿尔夫年过五十却一生"漂泊"，在地位或收入上没有一点进步。他仍然在做厨房杂工——洗碗工的婉称——在中南部的酒吧和小旅馆中流转，总是选择提供食宿的临时工。自从1946年离家之后，他没有任何财产或存款，在任何地方都没扎下根，也没有再找任何女人来忘记朱莉娅。即便如此，他仍然是个开心的小人物：因为小时候得过佝偻病，他的身高只有五英尺四英寸，却像传统音乐大师一样留着一头长发。在他工作过的每一个厨房，他都是最活跃风趣的人物,充满热情地干着枯燥的工作,经常放声高歌自得其乐,永远只要片刻的满足,给一杯酒或一声笑就足矣。不知从什么时候开始,他不再称自己阿尔夫,而改用了他的第二教名,简称为弗雷德或更潇洒的弗雷迪。

弗雷迪·列侬当时正在一家叫蚱蜢的酒吧工作,在萨里郡附近的凯特勒姆。这时候约翰·列侬的名字开始在全国范围内广为传播,好几个人说起他们一样的姓氏和家乡,弗雷迪才开始怀疑他可能是这个著名的列侬的父亲。后来他澄清说,根本没有经过他的同意,酒吧的主厨就把他爆料给了《世界新闻报》——根据迈克尔·布朗记录,这件事在1963年底一直困扰着约翰。但是这次曝光并没有实现:弗雷迪被主厨的行为激怒了,立刻辞职离开了,报纸记者没能找到他。

据他自述,他本来真的没想到联系约翰,知道只要靠近就会被认为在白占便宜。于是他尽力避免关注,去博格诺里吉斯的一家旅馆里当杂工。这时候媒体开始广泛报导:约翰小时候被父亲遗弃了,从那之后再也没见过他。至少前一半纯属诽谤:弗雷迪所谓的"遗弃",实际上是出海了,后来去服兵役了。他先把约翰带回了布莱克浦,想两个人去新西兰开始新生活;后来再三权衡之后,真心只为了约翰好,才同意朱莉娅把他认领回去。

同姓列侬的两位叔叔,长大成名的约翰虽然并不认识,但也间接导致了弗雷迪的曝光。哥哥锡德尼——在约翰被带回布莱克浦之前,还曾经想过领养约翰——和咪咪姨妈一样认为弗雷迪没出息。现在披头士狂热开始了,锡德尼就写信给弗雷迪,严厉警告他别给约翰"丢脸",休想利用他的财富和名声。另一方面,忠诚的弟弟查理却催促他快公开实情,约翰为什么转交给了咪咪姨妈而不是锡德尼。在查理的陪伴下,愤怒的弗雷迪回到了利物浦,在锡德尼的单位与他当众对质,两兄弟从此之后反目成仇。

在奇异的巧合之下,当约翰正在拍摄《一夜狂欢》的后期关于威尔弗里德·布莱姆伯尔的镜头时,现实生活中"从利物浦来的孤独老头"却只有几码远;他也许本该像他作为游方艺人的父亲一样,"往西去美国的"肯塔基州,却显然"转错了大弯",结果来到了这里。弗雷迪来伦敦找工作,正在斯卡拉剧院附近喝茶,那里正在拍摄影片的高潮披头士的演唱会——其中有一幕无意中成为了预言:布莱姆伯尔突然从地下冒出来,夹在了演出的四个人中间。弗雷迪后来说,看着剧院周围尖叫的歌迷,他才决定把他的故事公诸于众。

他选择的平台是《每日见闻报》,当时发行的两种小报中比较温和的一家。可想而知,小报并不只想讲述陈年旧事,而是想要新鲜劲爆的独家新闻,让约翰和失踪的父亲久别重逢。弗雷迪被藏在一个旅馆里,内外都有人严格守卫,以防别家报纸找到他,并且故意给他很多酒喝。每一天都神秘兮兮的,他被带到斯卡拉剧院外面,关在车里不让出来,《每日见闻报》的人去和披头士反复谈判,要求单独和约翰会面。

弗雷迪后来回忆说,这次会面非常短暂:一开始冷冰冰的,约翰见到他没有任何表情,张口就问他到底想要什么;弗雷迪回答他不是为了披头士的名或利,他想要的是一个机会:这么多年被中伤被误解,先是朱莉娅的家人,现在又是媒体记者,他只是想为自己辩护一次。此言一出,约翰的态度似乎温和起来了。弗雷迪接下来讲了自己的故事:朱莉娅为了另一个男人离开了他,但他还是愿意和她复合;他并没有遗弃约翰,而是在情感上被胁迫,不得不放弃他。父亲和儿子回忆起灰色的战争年代,那些一起生活的片段——甚至还一起笑了起来。二十分钟左右后,弗雷迪离开了,感觉这次重逢还算不坏,虽然约翰后来回想说:"我见到他了,和他说话了,觉得我还是不想了解他。"

咪咪也事先收到了警告,弗雷迪又出现了。关于他的媒体报导一开始传播,他就给她写了一封愤愤不平的信,提醒她他所知道的全部真相,咪咪看都没看就马上"退还寄信人"。虽然弗雷迪不可能再把他带走,咪咪还是"感觉一个闪电从头打到脚"。约翰后来打电话告诉了她这次会面,以及后来《每日见闻报》上的报导,他对她再三保证——他自己十分确信——弗雷迪再也不会出现了。

即使没有麻烦的父亲找上门来,住在伦敦对约翰来说也有诸多困扰。帝王门租住的公寓外面,包围的歌迷越来越多越来越乱,新歌迷甚至来自美国、欧洲和澳洲;里面的电话从早到晚响个不停,无论列侬一家住的二层,还是费里曼一家住的一层。虽然列侬不想离开繁华的城市中心,但他知道辛西娅和朱利安有权享受宁静和隐私。另一个原因促成了搬家的决定:费里曼是披头士的御用摄影师,好像还不知道妻子和约翰的私情——辛西娅当然也不知情,但最好还是不要等到东窗事发。

约翰忙得一塌糊涂,没有时间自己去找房子,一如既往地把问题交给了布赖恩·爱泼斯坦。布赖恩转而交给了他的会计师,阿尔伯马街的布莱斯、汉默与艾舍伍德公司,这个公司专门管理披头士的收入和生活开支。这时公司主管查尔斯·艾舍伍德住在韦布里奇,萨里股票经济带的核心地区。艾舍伍德推荐了韦布里奇的圣乔治山,山上环绕的豪宅区已经住进了几位演艺名人,其中有查理·德雷克和斯伯克·米利根。约翰对此没有异议,于是几处备选名单被交给了他和辛西娅去看房。

295

他们对第三处选地一见钟情,一所共二十七个房间的豪宅,坐落在一个青翠的山坡上,周围有几英亩的大花园。房子的风格是仿都铎式的,名字叫做肯坞,得名于伦敦北部著名的罗伯特·亚当设计的豪华古宅。如果约翰想要寻找伍尔顿的南方化身和扩大版的门迪普斯,这里是他最好的选择,1964年夏初他用两万英镑把这里买在了他的名下。在等待房子和底层大规模装修的过程中,约翰、辛西娅和朱利安暂时住在顶楼的客房。

约翰很高兴买下了肯坞,终于获得了看得见的财富,但他所分得的披头士全世界的演出费和唱片版税收入远远不止于此。1965年2月,北方歌曲唱片公司作为独家代理列侬-麦卡特尼作品的发行公司,两年前似乎还摇摇欲坠,现在却在伦敦证券交易所上市了。在英国从来没有流行歌曲像米油一样成为商品,也从没有股票经纪人和市场分析师转向《创作人》排名前二十位,像对《金融时报》一样趋之若鹜。上市之后获得了巨大的成功,原来市值两先令的股票涨到了40英镑,迪克·詹姆斯原值100英镑的公司一下子涨到了300万英镑。

在上市之前,约翰和保罗卖出了他们各自股份的百分之八十五,这笔交易让他们每人净赚了94270英镑——相当于现在的200万到300万英镑。他们给北方歌曲唱片公司的创作,之前是由伦马克娱乐有限公司委派的,他们现在把全部股份都卖给了北方公司,每人又得14万英镑。从此开始,他们的创作将由一个新公司代理发行,麦卡侬音乐有限公司——保罗的名字在前面,虽然并没有人在意。投资者们从此不再认为流星只是一时狂热,他们保证了北方歌曲唱片公司的稳定增长:通过麦卡侬音乐有限公司代理,约翰和保罗签订了协议,将继续为北方提供作品到1973年。

所以,约翰的新家不惜重金大加改造,必须超过周围任何百万富翁的私人豪宅。特地请来布赖恩的室内设计师肯·帕特里奇,彻底去除肯坞原来的装修,把原本已经非常完美的底层重新装饰,包括新建一个好莱坞式的私人泳池。约翰交给他全权处理,帕特里奇大干起来,推倒了旧墙,添加新楼梯,铺了好几层黑地毯——把脚步声降到最小——还建了一个极其复杂的艺术型厨房,从伦敦派专人来教辛西娅如何使用。约翰对帕特里奇的设计方案看都没看,等一切建成之后却对大部分都强烈不满,于是不得不又斥巨资替换设计师的作品——比如把硬质的红色真皮沙发(送给了林戈·斯塔尔)换成了柔软的丝绒沙发。

尽管约翰平时很少在家,房子却极大地反映了他的个性和不停变化的爱好。一层的客厅布置成田园书房,既像二十世纪的郊区,又像晨用起居室——里面有他的藏书、两幅斯图尔特·萨克利夫的画以及一张巨大无比的书桌,他想像大作家一样坐在那里专心写作。一个房间里摆了三辆迷你跑车,组成了奢侈的陈列;另一个房间里有老虎机和乒乓球桌,还有一台自动点唱机,里面有所有的摇滚金曲。阁楼是音乐室,装满了他的各种吉他、钢琴和唱片。一架麦乐纯钢琴实在抬不上去,放在了下面转角的平台上。

约翰最近的痴迷是维多利亚式和爱德华式:黄铜床架、雕花夜壶、垂穗台灯、珐琅瓷杯、深褐相片,还有布尔战争与第一次世界大战的纪念品,这些都是约翰小时候常见的东西,这时却又成了古色古香的流行饰品。肯坞很快塞满了这类"好玩"的东西,每一个都代表了约翰短暂而昂贵的一时痴迷——一个巨大的教堂祭坛十字架苦像、一本维多利亚时代的家庭圣经、一副盔甲叫做"西德尼"和一套大猩猩戏服,他总说这是大衣柜里唯一真正适合他衣服。摆满书的前厅挂了巨幅的"一战"征兵海报,基奇纳勋爵用食指直指前方,下面是著名的口号"英国需要你!"。约翰把它挂在这里,任何人走到前门的窗外,一眼就看到八字胡的基奇纳勋爵严厉的注视。

在这些混乱的奢侈中间,却明显还有小时候仿都铎的小房子的影子,以及他从小受到的宗教影响。无视那些他冲动购物的东西,他的藏书连顺序都一丝不苟:斯威夫特、坦尼森、赫胥黎、奥威尔,最后才是最常翻阅的红布封面的理奇马尔·克朗普顿的威廉系列故事。六只猫——其中一只叫做咪咪——在各个房间里随意穿行,把崭新的黑地毯踩脏,用爪子撕扯昂贵的布料。家庭生活和往常一样,围绕着一个阳光间,直通向庞大的花园,很像门迪普斯的老的晨起居室。

门迪普斯的用人铃只是旧时代的遗物,肯坞却需要至少三个用人来维持运转,包括一个全职司机,接送约翰去演出和去伦敦的录音室。虽然还没有驾照,他却立刻给自己买了一辆"劳斯莱斯幻影五号",里面配备了鸡尾酒柜、电视和电话,窗户全加了黑膜,防止歌迷看到里面。后来又买了一辆雷德福的"迷你库珀",由原为彼得·塞勒斯设计的普通迷你车特别订制并改装而成。1965年2月约翰取得了驾照,立刻成为全国头条新闻。几小时之内,韦布里奇地区的每一家豪华车商都挤到了肯坞的安全门外,有"玛莎拉蒂""阿斯顿马丁"和"美洲虎"等等,希望能被他荣幸选中。约翰从家里走出来,巡视这场名车盛宴,最后选了一辆两千英镑的淡蓝色"法拉利"。

女仆多特·加莱特受雇于原房主,同意留下来继续为列侬家服务,充当了管家与保姆,和辛西娅做伴生活。但是其他用人一开始找得并不顺利,还惹出了麻烦。一对夫妇来应聘司机和厨师,很快就出了乱子:男人风流成性,女人和多特吵架,他们的女儿为躲避家庭矛盾,搬进了列侬家住的顶楼。

有一天布赖恩从伦敦来探望约翰,开车经过肯坞旁边的房子,那家的司机莱斯·安东尼,身高六英尺四的原威尔士自卫军,正在前车道上洗一辆老"劳斯莱斯"。看准安东尼利落强壮可当保镖,布赖恩停车问他是否愿意辞职去给约翰·列侬当司机。三十二岁的安东尼欣喜若狂,特别是想到他可以开的名车之多。"约翰的劳斯莱斯是全黑的——连车轮都是黑的,"他回忆说,"唯一的一点铬是水箱。他告诉我他也想把水箱弄成黑色,但是劳斯莱斯的人不给换。他的迷你库珀里有那么多小装置,我得把扶手拿出来才能坐上驾驶座。"

虽然不知是怎么混过考试的,约翰开车却无比糟糕:他近视太严重,根本看不见信号灯,直到过了才看到;他太心不在焉,记不住最简单的路线,无论走了多少次;他太不会动手,任何机械问题都处理不了,甚至看不出来。结果就是,每周只付36英镑(约翰并不是慷慨的雇主),莱斯·安东尼却发现自己随时待命,损失了他的私人生活,并最终影响了他的婚姻。无论白天或晚上的任何时间,他一直像士兵一样全副装备,包括戴黑色穗带的司机帽,规规矩矩地称呼约翰为"列侬先生"。

另外两位披头士现在也想买自己的房产,在布赖恩和会计师的建议下,跟着约翰住进了这片股票经纪带。1965年2月,林戈娶了怀孕的女友,一个利物浦的发型师,名叫莫林·考克斯,正是她设计了著名的披头士发型。在蒙塔古广场的公寓住了几个月后,林戈夫妇也搬到了圣乔治山上,在低处的一所仿都铎的豪宅住下,名叫萨尼海茨,离肯坞只有几百码远。乔治最近开始和未婚妻帕蒂·博伊德同居(1966年1月结婚),在附近伊舍的克莱尔蒙特区买了一座豪华的平房。布赖恩自己想买约翰邻居的城堡式豪宅,但是主人拒绝出售。也情有可原——他毕竟抢了人家的司机。只有保罗·麦卡特尼,四个人中最后的单身,继续留在了伦敦中心。

如果三位搬到郊区的披头士是为了躲开歌迷狂热的话,那他们很快就大失所望了。肯坞的装修还在进行时,就有第一批女孩们出现在花园里,收集树枝和草叶作纪念品。约翰的歌迷想向他传达一个复杂的信息:她们不是他所嘲笑和不屑的盲目狂热;她们也像他一样读书、学习艺术并拒绝规矩;她们理解他的婚姻,同情辛西娅和喜欢朱利安。她们不只是崇拜他;她们欣赏他。但这些在黑窗黑轮的"劳斯莱斯"驶过的几秒钟,全都化为乌有很难体现。

乔治和林戈搬到约翰附近,并不只是布赖恩集中管理的办法:虽然巡演时数周数月的总在一起,三个人在平时也是最好的伙伴。对约翰来说,林戈就在山下,乔治只有十分钟车程,就像是以前在伍尔顿一样,成人版的威廉与绿林好汉。

"约翰真的很爱林戈，"莫林·克利夫回忆说，"他也经常说他有多爱乔治，在那个年代一个男人这么说话还是有点不寻常的。"他和保罗平时很少来往；他们从头到尾一直是专业的合作关系。每当需要写新歌时，保罗就会从伦敦预约好时间，然后通常开着自己的"阿斯顿马丁"来山上。有一次他偶然用司机，安东尼一路上都在抱怨他最近不得不"一周八天"都在工作。保罗到肯坞后把这话说给约翰后，他立即来了一句"噢，我需要你的爱，宝贝"，于是一首新歌就这样产生了。

据保罗回忆，他们的创作方法一直没变，和当年旷课的下午在他家的大客厅里一样。"我到了之后约翰就起来，我和他一起吃过早餐，然后我们就到小阁楼去，把吉他拿出来开始弹唱。一切都非常顺利，两三个小时后我就走了。"他们很少记录未成形的作品，一直遵守一条老规矩：如果下一次两个人都记得，一切重新开始。

对朱利安来说，约翰一直是神秘而陌生的父亲，通常早上才回家，一直睡到下午，起来之后大部分时间都躺在阳光间的沙发上，看报纸或者一直开着的电视，用辛西娅的话来说"人在心不在"。"今天星期几？"他有一次在电话里这么问莫林·克利夫，语气非常认真。

他最喜欢肯坞的时刻，是披头士成员或圈里人拜访时，或者向家庭成员炫耀这一切时。他对小辈特别体贴亲切——爱丁堡的表弟斯坦利·帕克斯，表妹朱莉娅和杰基，南妮姨妈的儿子迈克尔和哈莉姨妈的儿子大卫。朱莉娅和杰基由辛西娅带着去伦敦购物，和约翰一起坐着他的"劳斯莱斯"，去芬斯伯里公园的阿斯托里亚，现场看披头士的演唱会。迈克尔和大卫一起来到，被带去看披头士的圣诞演出，去奥林匹克看了游船表演的彩排，还去卡纳比街的精品店里买新衣服。在肯坞闲逛时，他们发现约翰的一把吉他，开始用它弹唱披头士的老歌，约翰听到了还好脾气地加入了他们。

一开始的常客是皮特·肖顿，约翰在采石河岸高中的老同学。皮特在利物浦警局的工作没干下去，在彭尼巷附近与人合作开了一家小咖啡店"老荷兰"。这个生意没有特别成功，约翰想方设法地帮助他。有一次回利物浦的路上，他把未开封的披头士工资给了皮特，里面是崭新的5镑一张的50英镑。还有一次，他提出让这位前任警察和咖啡店老板做布赖恩·爱泼斯坦的私人助理。

1965年，约翰借给皮特20000英镑，让他买下了黑灵岛的海滨旅游胜地汉普郡的一个小超市，这个地方离韦布里奇只有两个小时车程，皮特可以经常顺路上门拜访，就像以前从韦尔路到仁爱街一样。对约翰来说这是披头士之外最好的休息了,和熟悉的老朋友一起玩乐,穿上独臂土匪装开跑车,就像小时候自称谢侬和劳顿一样。对辛西娅来说,皮特的逗留太长了,但是和以前一样,她什么也没说。

罗伯特和桑尼·费里曼有时也来玩一天,带着儿子迪恩来和朱利安一起玩或在泳池游泳。约翰和桑尼的私情当然还没有被另一半发现,不然这样的家庭聚会就不可能了。费里曼仍然是披头士的支持团队里的关键人物,为他们的专辑拍摄封面,并为即将开拍的第二部电影设计画面。发现妻子有外遇后,费里曼大怒不已,很快就离婚了,但桑尼坚决否认与约翰有关。至于辛西娅,即使在2005年出版的第二本比较控诉的自传中,也只是微弱却无法证实地怀疑说,他可能和桑尼有过私情。

但是她确实有过证据——只是除了她自己,别人才听得懂。1965年1月,她和约翰去瑞士滑雪度假,和乔治·马丁与朱迪·洛克哈特·史密斯一起。"布赖恩提出朱迪和我应该一起去,"马丁回忆说,"我想他认为我们是体面正派的人,他们可以信任我们。"这次旅行十分低调,意外地没有媒体跟踪:四个人住在圣英里茨的皇宫酒店,白天在山坡滑雪,晚上喝热巧克力玩"大富翁"。约翰带了一把吉他,一天晚上大家安静地休息时,开始边弹边唱正在写的一首新歌。"我记得听见那些歌词后,我简直不敢相信自己的耳朵,"马丁说,"他唱道:'我有过一个女人/或者应该说/她有过我……'他在坦白有过外遇,明显就在不久之前。辛西娅就坐在几步远,却什么也不懂。"

辛西娅的主要支持者是守寡的母亲莉莲,这个女人对约翰来说,是他最喜欢的北方喜剧演员讲过的每一个岳母笑话的化身。"他受不了她,"他的表弟迈克尔·卡德瓦拉德回忆说,"咪咪也受不了她。"尽管约翰如此成功,莉莲还是认为女儿嫁错了人,就像咪咪认为他娶错了人一样。生性健谈又爱争执,她很震惊女儿竟然无条件无怨言地做他的妻子。他们搬新家后,她就离开霍伊莱克跟来了肯坞,表面上说要帮辛西娅照顾朱利安,实际是来看管女婿。

虽然敌视约翰,莉莲却乐于享受他的成功果实。她喜欢收集古董,转遍了附近的古董店,花他的钱为新房寻找"发现",买回去之后只是被怀疑。每个月两次,莱斯·安东尼要开"劳斯莱斯"送她回霍伊莱克打理老房子,有时候有辛西娅和朱利安陪伴,有时候自己像女王一样威严。虽然约翰给她在伊舍买了一栋房子,并花钱雇人日常打理,每周还给她30英镑零用(咪咪也是一样),也并没有减少她在肯坞警惕的存在。有访客记得她"仰在沙发上,嘴里塞满了蜜饯",而约翰——一反常态地听之任之——"默默经过,一言不发"。

他最想分享财富的那个人,反而不好奢侈或豪华——实际上还会对他的尝试严加训斥,教导他要勤俭节约。"约翰这一辈子对钱都太天真了,"咪咪后来回忆说,"他对钱从来没有概念,也许是因为他不用像大家一样辛苦挣钱。他有求必应,有人随便给他编个可怜的故事,他听完之后就会把钱白给人家。

"他出名之后总想给我买新衣服,或给家里添新东西,但我总是对他说,'不,我不是为花钱而花钱的人。'约翰有一次在哈罗兹非要给我买一件毛皮大衣,我不想要就没让他买。后来我(和披头士)去新西兰巡演时,我自己买了一件新大衣,但我接下来穿了十五年。我很在意自己的衣服,但约翰就不理解这样。"

咪咪现在年近六十了,虽然一如既往的精力充沛独立自主,但是一个人住在门迪普斯,遭受披头士歌迷日夜不停的打扰,身体还是开始吃不消了。"约翰一直催着我搬家,"她回想说,"我想他是担心我一个人住。我有一天晕倒了,急着去接电话……电话一直响个不停……总是有女孩想和约翰说话,问他在不在家。如果我出门五分钟忘了关后门,回来的时候厨房里就什么也没有了,杯子勺子什么的全被歌迷拿走了。"

实际上,咪咪承认在伍尔顿没有办法正常生活了,这时也大概知道她想搬去哪儿。她一直都向往住在海边,特别是幽静的南方海岸,幸运的话还可以离韦布里奇很近。但是找了好几个月,没有一个地方更别说房产了,正好符合她的明确要求。1965年3月3日,她给十三岁的小读者简·沃格曼回信时提到了开始找房,简写信来为自己和姐姐莉兹要几张披头士的签名照片。

亲爱的简:

  很高兴收到你的来信。我没有马上回信,是因为我不想让你的父母觉得,你太沉迷于披头士,都顾不上最重要的学业了。

  不过,我前几天在披头士的新闻办公室,拿到了两张签名照,所以写信给你们寄回去,一张给莉兹。(我妹妹也叫莉兹。)你可能有了小的那张,我看他们很"可怕",但你们也许会喜欢……

  我刚从贝克斯山(苏塞克斯)回来,在那看了几处房子,其中一个"系泊"很漂亮,但我不想住在贝克斯山。

  所以三周之后我要再去看看霍夫、沃辛等等。

  约翰来住了几天,现在已经回去了。

  他也想让我住得离他近点,但是——他不能过来看我,除非他剪了"拖把头",我是说真的。

他说他会在电影开机后剪掉。我问他他是想看起来像只约克梗犬吗?简——你必须承认,他的"拖把头"实在太难看了。

太冷了,我写不下去了……

祝你和莉兹一切都好
咪咪

接下来的一个月,她又考虑了下贝克斯山,她给简的回信一开始还是对约翰的发型十分失望,后来透露了一点家庭插曲:

是的,我在《幸运星》上看到披头士了。约翰的表弟大卫也在这儿,要不是他提醒我,我就忘了看了。

他的头发,真是极致了,绝对的极致了。我成了尖叫的姨姨,用大卫的话来形容。我一分钟都忍不下去了,立刻打电话给他,又是一场大争论,两个人都不客气,最后气冲冲地挂了。那天就这样了。星期一他又给我打电话,说他也不想这样——太忙了——还是老借口,但是这周日的"伊蒙·安德鲁斯秀"上,我会看到他把头发剪了。好吧,我们等着看吧。搞笑倒也罢了,但这也太难看了,一开始我还真以为是假发呢,他肯定是在搞笑,一心希望等会儿摘下来。不过,我们和好了——暂时。

他说他又写了一首好歌,不是刚发行的这首,而是更好的一首,为(新)电影写的。现在只知道电影名字只有一个词。

刚收到对"系泊"的检查报告……原本还想再去看一次,却发现了好多蛀虫……所以我还是去看别处吧。可能会去看看伯恩茅斯。

不,约翰没上过寄宿学校,我的重大失误……现在(他)怪我把他留在家里,看看我得到什么了——一个长头发的叛逆者!我妹妹看了《幸运星》,从爱丁堡打电话来——又叫又喊——"你看到他了吗?"——大叫起来——"都怪你,他才这么糟糕。"可怜的老咪咪,能把一个高智商的聪明个性的叛逆者怎么着呢——答案——管不了。

我没有相片。我害怕照相的闪光灯。

祝你假期愉快!明天约翰的表妹朱莉娅就要来了。她学习刻苦成绩优异,才十八岁就自学俄语了,明显对披头士不感兴趣,这让约翰很不高兴,但他对她的俄语也不感兴趣——所以——无话可说。

再见,爱你
咪咪

咪咪后来去伯恩茅斯看了,由约翰、辛西娅和朱利安陪着,坐着全黑的"劳斯莱斯"去的,但还是没能找到她中意的房子。他们准备放弃回家时,一个房地产商带他们去了坎福德崖,崖上有昂贵的现代住宅,俯瞰着下面的普尔港。这里的光华路上有一幢豪华的平房叫做港边,刚刚准备出售,市价25000英镑。"有人住在里面,我不想进去,但约翰进去了,"咪咪回忆说,"我很吃惊,因为他穿着破洞的旧牛仔裤,还戴着一顶难看的帽子,他看起来一团糟;但他还是进去了,放肆大胆地说:'我能进去看看吗?'约翰一眼就看上了这个地方。他对我说:'咪咪,你不想要,我就要了。'然后他打电话给会计,就这样定了。"

港边真是一个理想的选择,与世隔绝宁静平和,但俯瞰下面普尔港的繁忙景象,又让人有所关注,不觉孤独。简·沃格曼知道咪咪的新地址时,离开老家默西塞德的痛苦已经开始淡化了:

……还在找东西,好像丢了,包括来信,当然怪我。

这里是半平房式,在某些方面不如我在伍尔顿的老房子。我怀念那些大树,特别是后花园的两棵大榆树;这里也有很多树,但都是高高的松树。

不过俯瞰海港的景色很美,远处还看得到珀贝克山。海港现在基本空了,只有几条小船,平时都是轮船和拖船来来去去。

搬到南方之后,随着她越来越老,对约翰也越来越依赖,他们之间的关系也有了新变化。有时候好像他们原来的角色对换了:现在他成了太过操心总是责怪的家长,咪咪反而成了太过倔强总是叛逆的孩子。在另一封回给简的信中她这样写道:

……我在准备去佛罗伦萨和威尼斯度假,约翰却说……我一直都想看看米开朗琪罗的大卫雕像和别的作品。我在打包我的衣服等等,我在五月三号早上十点离开伦敦,五月十七就回来了。约翰会派车来接我,我要先去韦布里奇。"你知道是谁"昨天上午给我打了一小时电话,唠叨了好多注意事项,我就说"是的,亲爱的""当然了,亲爱的",还是自己上路了,免得他又麻烦。但亲爱的孩子肯定以为,我打赌他一定这么想:我没有拐杖怎么走路啊!老了,老了。回见!

披头士第三支连续的英美冠军单曲,1964年11月发行,其中看不出约翰有一点不称心。他不仅是作曲和主唱,还和乔治一起联手弹了从头到尾的吉他重复段:两把吉他听起来更像键盘,好像设在了两个不同的音阶上;开头是电器的反馈噪音的渐弱回声,是约翰偶然把电吉他放到扩音器上的音效。尽管在音效上开创了新奇多变的实验,他的歌词却是纯粹简单的愉悦与兴奋。刚从极度成功的美国巡演归来,就搬进了韦布里奇的豪宅,他还能传达什么信息呢?只有《我很好》。

但是异样的信息来自专辑《披头士待售》,一个月前发行后立刻获得了金唱片奖。保罗的歌明快乐观、积极向上,比如《一周八天》和《追随时光》,相比之下约翰的歌却灰暗悲观、消极沮丧——《没有回音》《黑暗中的宝贝》《我不想破坏聚会》——虽然一如既往地,他的黑暗和保罗的阳光相辅相成。他的精神反而在列侬-麦卡特尼原创之外的翻唱歌曲中最为高昂:查克·贝里的《摇滚音乐》、快乐医生与实习生的《月光先生》,和忠于原唱的巴迪·霍利的《爱的语言》。专辑封面上四个人还是斯图·萨克利夫式的艺术学院的样子,统一裹着黑色的厚厚的编织围巾。约翰的脸色有些憔悴,表情有点受到冒犯,好像摄影机按快门时,有人说了什么侮辱的话似的。

他正遭遇着奇怪而全新的创作挫败:每一首新歌都被万众期待,歌迷听到后却不能感同身受;本是无意创作的旋律,却同样被热烈吹捧;他自己灰暗悲观的思想,却被披头士整体的快乐湮没和掩饰了。看他1965年初的表演,《披头士待售》满堂喝彩掌声不断,他在台上主唱时还要兼吹口琴,他现在像鲍勃·迪伦一样放在支架上了。这样的精力和快乐,却是在唱着《我是个失败者》!

《我很好》的后续单曲在1965年4月发行,这时的他一点也不称心如意了。《去远方的车票》表面上是传统的车站离别,实际上却是典型的列侬式文字游戏。保罗·麦卡特尼的两个表弟迈克和贝特·罗宾斯,他们原来困难时期的好朋友,现在在怀特岛的海滨小镇莱德开了一家酒吧,约翰和保罗一起去看望他们,必须买一张"去莱德的车票",乘渡轮横穿索伦特海峡。

但是这首歌却和那次愉快的旅行无关,也没有传统的送别爱人后的勇敢乐观。约翰歌中目送无名的"女孩"去远方,语气却是忧郁被动与自我否定:"她说和我一起生活让她沮丧/因为我她永远不自由……"之前披头士的打榜歌曲都是活跃而欢快,这首歌却缓慢而忧伤,反反复复催眠一般,胎音似的重摇滚;甚至算是重金属:当时还没有这个名词,有人说是毒品作用。

《去远方的车票》是为披头士主演的第二部电影创作的,二月份就开机了,制作人还是沃尔特·申森,导演还是理查德·莱斯特。《一夜狂欢》在全球大获成功后,这部续集获得了美国联艺公司的高额预算,并从黑白电影升级为彩色电影。这一次不再是本色出演,披头士滑稽模仿了自己;不再被保安关起来,他们去外面的世界冒险了,就像连环漫画上的人物一样。剧本——编剧是美国人马克·贝姆和英国人查尔斯·伍德——讲的是一群信徒要找回圣戒,最后却是林戈·斯塔尔手上戴的标志性的大金戒指。连配角都是大名鼎鼎的演员利奥·麦克恩和帕特里尼·卡吉尔,还有两位讽刺喜剧界的新星罗伊·金尼尔和埃莉诺·布隆。暂定的名片中披头士拿印度教最广为人知的神像开了玩笑,叫做《八臂拥抱》。

然而总体来说,无论是巨额预算还是彩色影片,都不如《一夜狂欢》一半好看。情节太过复杂,配角太过众多,披头士的戏份太少,只有各自固定的镜头。特别是利奥·麦克恩,饰演信徒的总祭司,从开始的追杀情节,到最后与英国教会牧师谈论神学,不客气地抢了每一个人的镜头。约翰后来忍不住抱怨"在自己的电影里却成了群众演员"。

更多的关注在于电影神秘的准确预言,贝姆和伍德编造的情节很快就变成了现实。印度教与西塔尔琴是最明显的预兆,但巧合绝对远远不止一处。有一场戏里,普通的警察保护不了四个人躲避女神凯利的追杀部队,在电影里披头士就进了白金汉宫。另一场戏里,他们在希思罗机场乘机,为了防止被人追踪,他们全体化了装,好让人认不出来他们是披头士,约翰的圆眼镜和长胡子恰恰是四年后真实的样子。

有一场戏要在巴哈马拍摄——不只剧情需要,而是因为这里是避税地,可以掩护披头士的巨额收入。这里仍然是英国直辖殖民地,像在华盛顿的要求一样,四个人又被迫参加拿骚总统府的官方晚宴,同行的还有布赖恩·爱泼斯坦、沃尔特·申森和理查德·莱斯特。"我们的拍摄地本应该是废弃的兵营,"莱斯特回忆说,"但是我们到了之后却看到,里面住满了可怜的老人和孩子,那种场面真的令人心痛,披头士全都非常震怒。"白天看到的凄惨景象和政府晚宴的铺张奢华形成鲜明对比,约翰被彻底激怒了,突然责骂起离他最近的官员,那个人正好是巴哈马的财政部长。"他真的狠狠抨击了那个人,"莱斯特说,"当着沃尔特、布赖恩和我的面……当着所有人的面。"那个部长微弱地解释说,他已经尽全力了,而且他的工作没有报酬。"那样的话,你还真是尽职尽责,"约翰立刻反击道。

在电影剧组成员中,他对埃莉诺·布隆特别照顾,这位女喜剧演员饰演女神凯利的侍女。三十一岁的布隆正当红,主演了讽刺喜剧《不只是节目……更是生活》。她非常漂亮、非常聪明,又非常内向,激发了约翰隐藏的对聪明女人的喜爱和对弱者的保护欲。有一天在巴哈马的一个远岛上,她和披头士被一群摄影记者围了起来,被要求脱下衣服和四个人拍"比基尼照"。"约翰坚决拒绝了,"莱斯特回忆说。

《去远方的车票》的新风格确实体现了他们生活中的新元素。自从去年夏天见过鲍勃·迪伦之后,他们再也离不开大麻了,只要有机会就躲到角落,一起吸手卷的细长纸烟,每一次都让他们马上大笑起来。尽管布赖恩很担心他们的公共形象,他们还是无论去哪都随身携带大量大麻。每次巡演之前,两个巡演经理尼尔和马尔都会把二百条香烟倒空,里面装上卷好的大麻纸烟,再把外包装的玻璃纸用熨斗封好,这样海关就不会怀疑已经打开过了。

虽然大麻在英国1920年起就被列为非法毒品,但是大多数警察都还基本没有缉毒经验。有一天莱斯·安东尼开车载着披头士四个人在肯辛顿的展览路上,有辆警车让他们停车罚他超速驾驶。"约翰把后车窗摇下来看情况时,大麻的烟全冒出来了,"安东尼回忆说,"但是警察好像根本不知道那是什么。我开车送约翰一天再回家后,衣服上都是大麻的臭味。"

电影拍摄七周之后改名为《救命!》,约翰开始为电影创作同名歌曲。他在肯坞独自创作完成这首歌,本来是想用直白通俗的套路,用一首披头士式的情歌隐含电影里漫画式的恐惧与迷惑。间奏还加了鲍勃·迪伦的《我的反面》的和声,自从一年前发行后约翰就爱不释手:"那时我那么年轻/现在却这么苍老。"

最后的歌词却不是男孩对女孩的情话,而是病人对精神治疗师的坦白,或者迷失的灵魂向撒玛利亚人的求救:"请救救我吧,我很沮丧……我很迷惑……我总是觉得不安全……请帮我找回原路好吗……拜托,拜托,救救我好吗?"原本生硬而愤慨的列侬竟会有这样的坦白,也许会让一般人觉得大吃一惊,但是有一位美国记者却并不意外:未来的女权斗士格罗丽亚·斯泰纳姆,当时正在为《都会》杂志采访约翰,记录了一次在纽约的河滨汽车旅馆旁的对话,"一个高个女孩对列侬俯下身来,说他的皮肤看上去很斑驳。'我知道,'他说,看上去很尴尬。'那是神经。'"

当时连约翰自己都不知道,《救命!》的歌词完全从心而发。"……后来我才知道,真的,我在大叫救命,"他后来回忆说,"披头士的一切太让人崩溃了。我像猪一样成天除了吃就是喝,胖得像一头猪,对自己极为不满,潜意识里我在大叫救命……在电影里你也可以看到:他——也就是我——很胖,很没有安全感,完全迷失了自己。歌词里我唱到以前我那么年轻,一切都那么顺利,但是现在一切都这么困难……总之,我又胖又沮丧,我在大叫救命。真的!"

保罗·麦卡特尼也参与了早期的作曲,也承认当时并不知道这首歌真正的意思。"约翰的歌总有些悲观,但《黑暗中的宝贝》是我们一起写的,我们都喜欢沉重黑暗的蓝调,因为很多(美国)歌曲都是来自于蓝调和节奏蓝调……约翰确实比我更偏爱那一类歌曲,对我来说——对我们来说——那只是一首我们喜欢的蓝调音乐,不过后来我才得知,约翰当时遭遇了情感危机。"

在录音室里,约翰孤独的呼喊被淹没在了披头士 A 面的欢快里,歌名反而显得他们不需要任何人的救助。两个人主唱和渐快的节奏更加冲淡了他的信息:约翰充满激情的高音让听众一下竖起了耳朵,保罗轻松的合唱却又轻轻拍了拍他们的头。"这首歌里真正的感情被弄丢了,因为只是一首单曲,"约翰后来说,"我们录得太快了,太商业化了……我记得,当时我很有感情,唱着那些歌词。无论我在唱什么,我都是真心的。我从来不乱写。"B 面是保罗的创作,模仿了同样的求救主题,欢快的和声相互呼应:"我沮丧……我很沮丧……沮丧至极……"销量百万的双面唱片可能这样充满了沮丧吗?

《救命!》的音带专辑八月发行,与其说约翰被鲍勃·迪伦影响了,不如说被他附体了。典型的列侬作品是《你要藏起你的爱》,一首关于拒绝和疏远的悲伤情歌,歌词明显比以前更加"文学"("……双手抱头,面壁沉思……"),录音也是乡村歌曲式的原声,没有任何叠录加工。他的声音也更像迪伦:发音更加有力,鼻音更加深沉,断句更加新奇,语气尖刻讽刺,却又黯然自怜。

《救命!》专辑中最广为传唱的却不是主打歌,在当时的英国排行榜上也并没有夺冠。这首歌是保罗一天早上醒来后就在脑中回响的旋律,忧伤的曲调完美无瑕宛若天成,他还以为一定是自己回想起来的某段名曲。后来经过好几位权威人士鉴定,包括乔治·马丁和阿尔玛·科根,他才相信这真的是他自己的创作,后来又填了歌词,把歌名从简单的《炒蛋》变成了深远的《昨天》。这首歌完全不是披头士的风格,听起来更像是英国国教圣歌,马丁决定制作成保罗独唱,不用约翰、乔治和林戈伴奏,而改用弦乐四重奏。无论如何还是收进了披头士专辑,并按照惯例署名列侬-麦卡特尼。虽然约翰后来批评保罗别的创作太过主流,他对这首歌却没有反对,甚至还赞扬大提琴片段有"蓝调的感觉"。

在接下来的三十年里,《昨天》打破了欧文·柏林的《白色圣诞节》的记录,成为有史以来最多人翻唱的歌曲。这就是 1965 年约翰和保罗丰硕的音乐成果,而当年"帕洛风"甚至并没有发行为独立单曲。

1964 年 10 月大选英国工党获胜,哈罗德·威尔逊新任首相,结束了长达十三年的保守党统治。威尔逊上台之后大刀阔斧地改革起来,四十九岁的他是自罗斯伯里以来最年轻的英国首相,但他看起来却比实际年龄大了十岁:银白色的头发、严厉的圆脸和平淡古板的约克郡口音。与前任首相的粗花呢贵族装扮截然不同,他穿普通的橡胶雨衣,度假不会远于锡利群岛,吃面包时涂抹大众酱汁。他力图营造出冷酷而实际的高效氛围,决心扫除保守党统治下自满的惰性,努力创造"有动力""有目标"的现代国家,正如他一再宣传的"在科技革命的蒸汽中大步前进"。

但是威尔逊的约翰·布兰特式的外表只是掩饰。虽然公共场合他喝苦啤酒吸家常烟,私底下却喜欢白兰地和雪茄。在看似高尚的苦行主义下面,却对综艺明星很是着迷,对个人曝光无限渴望,自从温斯顿·丘吉尔之后,唐宁街十号的首相府从未如此公开。

威尔逊时代真正的基调定于1965年6月11日,这一天公开了英国女王寿辰授勋名单。虽然标榜是女王本人的选择,实际上却是首相府提名受勋者,按照传统自动获得御准,披头士每个人都被授予了大英帝国勋章。每个受勋者都会收到一封御信,询问他们是否愿意接受。披头士收到了棕色的官方信件,看上去就是普通公函,像是个人税单或征兵通告。约翰收到御信后,还以为他要"入伍"(服兵役)了,就随手扔进了歌迷来信里。

如此之高的国家荣誉,有史以来第一次授予二十五岁以下的人,何况还是众说纷纭的流行歌星。尽管媒体宣传非常热烈(《她爱他们,耶耶耶!》成了所有头版标题,好像这都是女王本人的选择似的),很多老一辈的人却哀叹荣誉系统趋于廉价和庸俗,痛斥世风日下光辉不再。几位在世的大英帝国勋章获得者甚至要退回勋章,用他们的话说以此抗议竟与"一群毛头小子"相提并论。四位受勋者自己一开始也不确定,要不要这么早就被卷入政府体系。"我们所有人碰了面,一致认为这样不太好,"约翰后来回忆说,"互相问'你打算怎么办?',我们都说'还是不要了吧',但是后来我们还是同意玩这场游戏,反正又没什么损失,只是个署名的封号而已。"

《自写集》大获成功之后,约翰与汤姆·马施勒签了新合约,决定今年在乔纳森·凯普书店再出一本书。上一本书已经用完了学生时代和《默西节拍》的所有素材,这本新书不得不从零开始。为了准备材料,他开始阅读乔叟和爱德华·李尔等他认为有风格的作家,甚至还试读了詹姆斯·乔伊斯的《芬尼根守灵》。"这本书很好,我读的时候感觉(乔伊斯)像老朋友,"他这样说,"但是我读不太懂这本书。"

凯普书店准时收到了一批散文、诗歌和黑白插图,大多数是在肯坞庞大的书房里写出来的。虽然创作过程十分辛苦,这次的素材却更丰富有趣,明显少了很多学校男生对残疾或种族的热衷。《安妮·杜菲尔德小姐的奇异经历》的主人公是大侦探"沙罗克·沃尔摩斯",逼真地模仿了柯南道尔笔下的夏洛克·福尔摩斯,并把"放心,我亲爱的华生"改成了"当心,我亲爱的华波",还把"四轮马车"改成了"迷你库珀"。《卡桑德尔》细致入微地模仿了《每日镜报》的专栏作家康纳,笔名卡桑德拉,甚至连专栏标题排版都一模一样。诗歌《神犬》明显来自于刘易斯·卡罗尔的《灵犬》,写了足足七页纸。

书里也有对时政的评论《大赛》,其中"哈罗特·威尔德"打败了"艾利斯·道特拉斯·胡姆"(实指亚历克·道格拉斯·霍姆)和"手电党"(电池男孩手电是一个儿童节目的角色),"以微弱优势获胜"。约翰对新任首相明显不够信任,虽然他很大方地给了他们大英帝国勋章:"我们都被氢弹炸死的时候,一定不会忘记现在这一刻的,哈罗德……"书名叫做《工厂里的一个西班牙人》,与其中一篇散文同名,主角是"巴塞洛沃"出生的汽车技工耶稣·基弗(不言而喻内容更为亵圣)。封面上的约翰穿着披风,戴着宽檐的西班牙帽子,很像桑德曼港口的形象;怕标题的意思不够明显,他的右手还拿着一把大钳子。

这本书 6 月 24 日在英国发行,恰巧披头士的欧洲巡演刚刚结束,其中有两场演出就在西班牙的斗牛场。为了推广新书,约翰参加了一系列传统的文化节目,既有电台也有电视,经常要阅读选段并回答提问。他承认《工厂里的一个西班牙人》创作得十分辛苦,和巡演、写歌与录音完全不同。"我得喝一瓶威士忌才能放松下来写作……我们(披头士)是有纪律的,但是我们不受限制。只要不限制我,我不介意纪律。"打算过写长篇吗,比如小说?"我想写成福尔摩斯那样的小说,但最后只写出了六页……我写不出来,很快就烦了。我写了太多角色,都不记得谁是谁了。"

《救命!》7 月 29 日在伦敦展览馆的皇家慈善晚会上首映,出席的仍然是玛格丽特公主和斯诺登公爵。约翰的咪咪姨妈也在场,后来把当天的见闻写给了简·沃格曼,看得出来她和侄子一样说得出"摇响你们的珠宝":

> 那你喜欢《救命!》了。我不喜欢,虽然彩色很好。我参加了首映会,简直就像个疯人院。我就坐在玛格丽特公主后面,披头士出场的时候现场一片混乱,我差点都被吓着了。高处看台上的女孩们尖叫着俯冲下来,就为了看他们一眼,有一个人差点掉了下来。电影里的每一个人,其中也有很多大明星,都只是卖点,奇装异服,发型古怪——都是去看人,而不是电影。不过慈善首映,也算做了件好事。首映后在多切斯特有晚宴,也有很多好玩的事情,约翰很兴奋,我们很热闹。对了,简·阿舍真是个可爱的女孩。有一件

事我印象深刻：我看到了一个八十多岁的老女人，戴黄色假发，穿着低胸装，化着大浓妆，满脸的皱纹，跳着伦巴舞，每一场都跳，跳的还挺好。我开始以为她是个"喜剧演员"，一直跟着她看，现在真是哪都看得到有意思的人——约翰说我看起来也很有意思，下次再说吧。

单曲和专辑在英国排行榜上双双夺冠，一个月后电影在美国上映后同样是双料冠军。约翰没有完成他在伦敦的文学宣传——幸好这一次没有福歇尔午宴——就赶赴了披头士的第二次美国巡演，这一次他们登峰造极到达巅峰。

布赖恩自从二月起就一直在策划行程，最终确定为两周时间十场演出，全在国家或地区著名场地或体育馆，具备最高水准的舒适环境和安保人员，要求最为完善的音响系统。8月15日星期天的开场表演最值得纪念：皇后区法拉盛草场新建成的威廉·谢伊体育场，是纽约大都会棒球队的家乡。

原来的计划是披头士乘坐直升机空降在棒球场前的特制舞台上，但出于安全原因考虑，他们改为降落在旁边的世博大厦的楼顶上，再乘坐富国银行的装甲运钞车开到体育场。不过那一瞬间还是令人终生难忘：他们低空飞到谢伊体育场崭新的蓝白橙相间的露天场地上面，场内五万五千六百名观众顿时欢呼声如雷动，朝天拍摄的闪光灯集体闪耀，堪比战争时期的高射炮。布赖恩的同行公关助理锡德·伯恩斯坦，记得当时约翰跟他说了一句话，在如此喧闹的城市暮色中，反而有一种近乎超脱的意味："这是山之巅，锡德……山之巅。"

那一天四个人以全新形象登上舞台：浅褐外套上戴有肩章，黄铜纽扣一直系到颈下，就像是布尔战争时期的英国军队制服。每一个人还配了一枚富国银行的官方警徽，作为乘坐银行护送车的赠礼。正如这次演出的录像可见，他们在台上表现出了自从汉堡演出以来最好的状态。"这是他们鼎盛之年的最高点，"北端音乐公司的公关总监托尼·巴罗说，"他们开始拥有豪宅巨资，他们的音乐突飞猛进，他们全情投入忘乎所以。他们从利物浦的洞穴俱乐部起步，那里观众尽在眼前，探出手去可以夹到前排女孩的半根香烟。在谢伊体育场，尽管前排看起来几英里远，他们还是创造出了同样的亲近感。"

在这场演出中约翰的表现尤其夸张，布尔战争制服领口迸开了，头发湿透了粘在额头上，说话也更加前言不搭后语："现在我们要唱一首慢歌……也是出自《披头士六辑》（一张美国发行的专辑）或者别的专辑……我不知道是哪张专辑上的……我忘了……"十一首歌演出快结束时，他把吉他换成了键盘，演奏《救命！》专辑B面假装低沉的《我很沮丧》。没有吉他觉得"赤裸"，他开始狂野地模仿杰里·李·刘易斯，用一个手指胡乱地划上划下，还用上了手肘甚至脚。"约翰在那场演出中简直疯了,"林戈回忆说,"就是发疯了。不是真正的疯……就是疯狂了。"

山顶之巅等待他们的另有其人。谢伊体育场演出十二天后,约翰见到了猫王——十年前崇拜的偶像,如今终于见到了真人。

十年前的1956年,十四岁的约翰正处在叛逆期,强迫他可怜的姨妈每天不听猫王就"不吃早饭、晚饭和下午茶"。现在的猫王已经三十岁了,不再唱摇滚也不再演出,而是转向了越来越多的平淡乏味的好莱坞电影,尽管如此却依然在格雷斯兰大厦占有一席之地,身边总是围绕着一帮逢迎者和老伙计,自称孟菲斯黑手党。虽然偶尔出一首新歌,也只是大众流行音乐,完全没有了以前的吸引力。在美国,他像短袜和呼啦圈一样,成了过时的流行标志;在英国,即使最忠实的歌迷也放弃了他重回舞台的希望。

这位原来的流行国王,并不是真的想见这些英国侵略者,何况他们还取代了他的王冠。第二场"埃德·沙利文秀"那封好运电报,当时让披头士激动不已,实际上却只是公关往来,出自圆滑的经纪人汤姆·帕克上校。猫王本人不欣赏他们的音乐,也不喜欢他们的发型和服装,批评他们看起来就像"一堆拖把"。

1964年披头士美国巡演时,曾经传言过高峰会面,但是双方的行程都太满了,最后只有保罗和猫王说了几句话,在亚特兰大城通了电话。这次1966年美国巡演,披头士来到了洛杉矶,猫王也正好在家,刚从夏威夷拍电影回来。更加巧合的是,布赖恩给披头士安排了休息时间,演出排在了圣地亚哥的巴尔博亚体育场和好莱坞露天剧场。和帕克上校紧密协商后,在《新音乐快递》主编克里斯·哈钦斯安排下,会面被确定在8月27日晚上。

尽管披头士风头正劲,但长幼有序毋庸置疑:他们是去拜见猫王,从木笃峡谷的租住豪宅开车去比华利山上的佩鲁贾路,陪同人员有布赖恩、托尼·巴罗与尼尔及马尔。本应该是绝对保密的行程,帕克却提前透信给了当地电台,于是一路上都有媒体跟踪报导,猫王门外也聚集了尖叫的歌迷。会面之前披头士紧张不堪,利用半小时的车程"大笑一下",下车时又笑又闹,很像《救命!》里的电影镜头。

整个会面过程中,猫王一直坐在沙发上,看着声音调低的电视——和约翰在家一模一样——轻轻地拨着一把低音吉他,连着一台开着的扩音器。因此披头士对这次会面的印象只是一些奇怪的细节:在这座现代的凡尔赛宫里,猫王穿着鲜红的衬衫,点唱机里放着查理·利士的《莫海尔·山姆》,不用站起来或往前靠去调电视,坐在座位上一动不动,只用一个遥控器就能控制一切。

约翰后来回想这次会面十分诡异,对方的脸就像自己的脸一样熟悉,但确确实实是陌生人,连握手时都感觉千里之外。"一开始我们听不懂他的话。我问他是否在准备下一部电影,他慢吞吞地说,'是啊。演一个弹吉他的乡村男孩,在路上遇见了几个女孩,一起唱了几首歌。'我们面面相觑。然后猫王和上校大笑起来,解释说只有这部电影——《乡村野事》例外亏钱了。他就是猫王,你知道吗?他对我们很和善,我们问他拍电影和演出的事……总之他很伟大:正如我所期望的。"

后来的气氛越来越融洽,约翰和保罗拿出了吉他,再现了猫王的经典曲目,他们在洞穴俱乐部时常这样作即兴摇滚表演,而现在真真正正的活生生的猫王本人就在眼前,纵容地微笑着弹他的低音吉他,双方的保卫人员友好地走来走去。后来又玩了台球和轮盘赌,还看了一眼普丽西拉·博优丽欧,这个漂亮得像娃娃的女孩,即将成为猫王的妻子。他们离开的时候,主人起身送行,约翰回头大叫道:"猫王万岁!"

礼尚往来,猫王要回访披头士,去他们在木笃峡谷的住所。虽然最终未能成行,但是孟菲斯黑手党提前来检查了房子,他们在巡视的时候,约翰对其中的杰里·席林说,请转告他的谢意:"告诉(猫王)如果不是因为他,不会有现在的我。"

经历谢伊体育场和会见猫王的双重顶峰之后,剩下的巡演日程——每一次都是爆发的披头士狂热——难免开始变得失望。虽然披头士能够很快恢复(没有极佳的体能,没有任何年轻人能受得了这样的生活),四个人还是不同程度地受不了了。特别是约翰,本应该是自尊膨胀的最高峰,他却感到难以言明的低落与孤独,正如之前在《救命!》中一样。离肯坞五千英里之外,在加州温暖的阳光下,他突然开始反省自己的不足,作为一个丈夫和一个父亲:在过去三年忙乱的生活中,他错过了朱利安从婴儿长成小男孩的每一步。这些感情宣泄成了一封忏悔信,辛西娅收到时非常吃惊,里面说他有多想念朱利安,后悔"那么多可恶的时候,他和我都在房间里,我却在看垃圾报纸……我真的想让他了解我并爱我,像我现在在想念你们一样想念我……"。

会见猫王回来,他们觐见女王:10月29日,披头士去白金汉宫接受大英帝国勋章,由女王本人亲自颁发,王宫外面聚集了无数人,比当年女王加冕时都热闹。按照惯例,授勋仪式结束后,受勋者要去王宫广场上,与家人一起炫耀勋章。好像为了突出披头士的业余身份——不过是流行歌星——他们不能携带家人入场。即使辛西娅和朱利安,也不能公开分享约翰的荣誉,只能自豪地在韦布里奇的家里看电视直播。

尽管去之前本来心存怀疑,约翰却被白金汉宫的华丽辉煌征服了,沉醉于授勋仪式的排场与仪式。终于面见女王的片刻,和会见猫王一样有一种不真实感。"(女王)说了什么'哦啊啊',我们激动得都没听懂。她比照片上和善多了……我肯定看起来很累,她对我说:'你最近工作很累吗?'我想不起来最近做了什么了,就说:'不是,我们休假了。'这些都被录下来了,但是我不记得我说了什么。"仪式结束后,披头士与同时受勋者签了名,然后为媒体亮出勋章:装在礼盒里的四个庄重的勋章。约翰后来把他的勋章送给了咪咪姨妈,模仿授勋仪式一样别在她身上,因为他说她比他更值得受勋。

多年之后他才承认,为了平复仪式前的紧张,也为了反抗一下宫廷规矩,披头士躲进王宫卫生间几分钟,偷偷吸了几口大麻。但是据保罗·麦卡特尼回忆说,他们只是进去笑了几声。"我记得外面不许吸烟,我们就躲进厕所里,我们故意这么做的,吸了一支香烟,大笑了几声,为自己竟敢在白金汉宫吸烟。我记得不是大麻。"

17. 迷幻生活

我不想知道死亡的感觉。

从现在开始,新专辑成了披头士的业余生活。他们去修道院路录音,都要乔治·马丁紧锣密鼓,插在巡演、电影、电视和广播的间隙里,而且一切都是被别人安排好的。"该出新单曲或专辑时,我不得不和布赖恩联系,"马丁回忆说,"他会看着日历说:'我可以给你5月19日一天和20日晚上。'我到时候必须紧抓住他们。"

他们的制作人拥有全权,既是唱片公司的高层权威,也是专业训练的音乐人。所有的原稿都交给他,马丁从中选出值得发行的歌曲,调整节奏、改换歌词、配加和声,并规定好人声与器乐的比例。总而言之,他担任了全能编辑,在语法、拼写和结构上细致地修改,让杰出的原稿更加完美地公之于众。

一开始列侬-麦卡特尼的创作是合作交稿,总是一起在酒店或化妆间的空当时写的,再由两个人用原声吉他弹唱出来;马丁会坐在低音吉他的位置上,不动声色地安静聆听。到了1965年,约翰和保罗已经分开创作了,经常各自完成了大部分歌词或者旋律,再交给对方批评指正。马丁回忆说,他们各自的创作方法完全不同。

"保罗会先写好旋律,然后想'我能填什么歌词?',约翰则是顺其自然地找旋律。通常他会先用吉他弹出和弦结构,直到排好编曲顺序;然后最重要的就是歌词创作,经常是一篇个人独白,再按照韵律分句成歌词。他从来不写好旋律再填词,他总是先想好结构、和声和歌词,然后旋律自然而然地就出来了。

"然而无论这首歌有多好,约翰好像从来都不够自信。自从我们一起合作开始,我从没听他夸过自己的作品。他把新歌弹给我听之后,第一句话总是'你认为怎么样?',第二句就是'我们应该怎么改?'。过了一段时间,我发现他其实是对自己的声音不满意。只要我们录音,他一定坚持戴上耳机,还让我加很多的回音,这样他就听不到自己的原声了。我们有时候会加外声回音,就像猫王的《伤心旅馆》那样。他非常喜欢这样的处理。他的声音夹在外声中间,不用直接录到唱片上。这就像是他的药膏,抹去了他的声音中他不喜欢的一切成分。

"但是即使这样,约翰还是不满意。不只是他的声音,他的理想永远比现实高得多。他总是这样认为,所以总是对我们做出来的成品有些失望。一开始我是主导,不允许自我批评。后来他更强势了,也更清楚制作技巧,对一切都更批评了。他总是追求那些不能达到的东西。他(脑子里)的梦幻岛从来都不现实。"

即便如此,马丁回忆说,在很多方面约翰反而更加随和,保罗却是完美主义者加工作狂。"如果我们在录保罗的歌,他会抓着吉他教乔治他想让他中间弹什么,他会打鼓给林戈看他想要什么,有时候很明显他们会因此很生气。如果录约翰的歌,他则会放手让大家各做各的:保罗弹出低音线,可能随处加点节奏,乔治弹好他的吉他独奏,林戈负责打好鼓点。约翰完全集中在自己的部分,其他部分都交给其他人,只要最后的结果合格,他觉得就可以了。

"保罗当然是他的军师,乔治也付出了很多,对此我深表遗憾,当时我并没有充分意识到;但是林戈的意见对约翰特别重要,因为他知道他永远不会胡说。他经常转向林戈问他的想法。如果林戈说'那是垃圾,约翰',他立刻就会重做。"

他作为节奏吉他手极其认真,孜孜不倦地学习新的和弦,有时候甚至自豪地宣布,"我要在第七节用 G 小调,保罗!"但是其他的音乐问题他却一律不屑。"乔治像土耳其织毯工一样,会解决一切问题,大到修车小到作曲,"马丁说,"约翰甚至连自己的吉他也不会调。他是一个完全不会动手的人。反正有人为他做,何必自己做呢?这就是他的态度。

"毕竟我要关注所有披头士,而不只是约翰,虽然他的情绪不可避免地会决定整体状态。他很容易生气,保罗经常惹他生气……乔治也气过他。但是在录音室里,我们一般都热火朝天,因为他和保罗写出的东西太神奇了。无论他们现场演出有多么大的压力,他们总能想出全新的创意;他们从不满足于沿用老套,给我的东西总有一些与众不同。每一首歌都是一颗宝石,我很感谢有他们的那些日子。"

保罗·麦卡特尼回忆起那些日子,即使和搭档最激烈的争吵也会很快和解。"我记得约翰最好的地方就在于,每当我们有所争执,我强烈反对,我们互相辱骂;然后我们会停止片刻,他总是摘下他的眼镜说'是我的问题……',再戴回眼镜重新开始。对我来说,那就是约翰。在这些时候我才能看到卸下盔甲的真正的他:虽然和别人一样我喜欢他的伪装,那是很漂亮的一套盔甲;但是他卸下盔甲更好,你会看见真正的约翰·列侬,他不愿让世界看到的本性。"

外面的生活充斥着侵犯和干扰,里面的录音室成为了披头士宝贵的私地。作为百代公司最庞大的赚钱乐队,他们在修道院路享有特权;即使过去最有名气的艺人,例如卡鲁索或辛纳屈,也从未有过这般待遇。第一和第二录音室,每一个都足够容纳下一个交响乐团,特别供马丁和披头士无限制专用,无数次探索和排练之后才会正式录音,习惯性地会一直工作到深夜。没有了技师的白色制服,也没有中控室的禁入限制;不再按传统每次只录一盒带子,随时都有灵感迸发,录音机一直都会开着。

妻子和女友不用说都禁止入内,甚至连布赖恩本人偶尔来探班时,也要注意尽量简短公事公办。有一次他就闹了一场不愉快,一天晚上他突然出现在了中控室,披头士正在下面满是电线的地板上辛苦工作。和平常的布赖恩很不一样,他那天有点喝醉了;更加反常的是,他身边带了一个同性男友。

他隐藏的私生活无谓地公开了,这已经够失态的了;但在酒精和虚荣的作用下,他想向同伴显示他的威严,这就一发不可收了。在一首歌录完之后,他打开了通话机,含混地说有些地方听起来"不对"。底下立刻出现了可怕的停顿,然后约翰的声音刀一样响起,从来让听者死无葬身之地:"你做好你的本分,布赖恩。我们会做好音乐。"

1965年10月和11月,披头士回到了修道院路,录制年度第二张英国专辑,像往常一样赶上圣诞市场。但是,繁忙的夏天巡演、会见猫王、接受大英帝国勋章等等,让约翰和保罗没有时间补充《救命!》挑剩下的曲库,也不可能改编成摇滚版本来充数一张专辑。于是他们必须创作整张新专辑,并且加快赶在12月发行出来。

外面的竞争从未像现在这般激烈。在英国,六七支乐队原本是模仿披头士,留齐刘海穿圆领西装,现在也证明了自己的独特风格,给其他原本不知名的城市和地区带来了荣耀——曼彻斯特的长青乐队、纽卡斯尔的动物乐队、西伦敦谢波德兹的无名乐队、北伦敦马斯韦尔的奇想乐队等。而且宣传也不再简单和有保障,原来需要在"老朋友"英国广播公司出现即可。1964年中期,一个年轻企业家大胆敢为,打破了政府对广播系统的垄断:只要把船停在英国领海之外,就可以转播外国的电台节目。从此开始,私人广播电台大量涌现,不停地转播流行音乐节目,到处是美国的商业广告、地方电台和广告歌曲。除了英国广播电台的

"老朋友"布莱恩·马修之外,披头士的新歌还必须打动海上的音乐主持人们,他们漂泊在泰晤士河口与克莱德湾之间。

在英国本土,最大的威胁还是那支纯节奏蓝调乐队,虽然他们的首支成名单曲具有讽刺性地出自约翰与保罗之手。他们的经纪人安德鲁·卢格·奥尔德姆,原来是布赖恩·爱泼斯坦手下的公关人员,在他的悉心指导下,滚石乐队名声大噪,精心塑造的形象狂野不羁又捉摸不定,相对之下披头士显得平淡乏味又太易亲近。受列侬与麦卡特尼组合的激励,"滚石"的米克·贾格尔与基思·理查兹开始一起创作了,用他们更为黑暗阴郁的方式,几乎一样成了黄金搭档。1965年7月,他们的《满足》横扫单曲排行榜,虽然歌名充满了性欲暗示,内容实际上却是反讽流行明星的不利,对称赞与奢侈难以言说的厌倦;这些正是约翰全心认同的,但是令他恼怒的是,他不是第一个这么公开的人。

披头士在美国成功之后,带来的却是更大的压力和危机。正是由于他们,这个原本强烈排斥英国流行音乐的国家,现在除了英国乐队之外什么也不想要;于是接连出现了一支又一支四人或五人乐队,留着刘海穿着西装,有着古怪的英国口音。英国音乐狂热如此之盛,甚至连新生的美国乐队都要小心模仿,让自己看起来听起来越像英国人越好;本是美国土生土长的音乐却渗入了英国感觉,像利物浦人、伦敦人、曼彻斯特人或泰晤士人。这些被英国音乐影响了的美国音乐,有些甚至反弹回了英国,加上先进的技术和创新,让大西洋彼岸的听众听起来耳目一新。有两支乐队约翰认为最有才能——因此也最为担心——偏偏和披头士有相似之处。第一支是飞鸟乐队,他们嘶吼叹息的声音,弹奏十二弦的电吉他,既起源于传统的美国乡村音乐,也学习了彼岸的英国默西之声。第二支是海滩男孩,原来的音乐只是简单的冲浪音效,后来学习了披头士的和声加工,变成了回音的多轨混合;和约翰、保罗、乔治的室内和声不同,他们的音效像是沙滩上的大教堂。

但是最大的挑战约翰却没有料到,后来才慢慢占领他们的舞台。1965年5月,鲍勃·迪伦来到伦敦,在皇家阿尔伯特音乐厅演出。他仍然用原声吉他和支架口琴演唱反战歌曲,但是他时尚的摩登服装和越来越大的发卷,却暗示着他作为传统的破衣烂衫的乡村歌手时日不多了。

披头士仍然对他引进大麻心存感谢,于是赶往萨伏伊酒店的套房拜访迪伦,还特地带上了女伴一起团聚。但是这一次重逢的气氛,远不如去年夏天在纽约的德尔莫尼科那么亲切。约翰觉得在英国的地盘上,迪伦应该来拜访他们才合乎礼貌,他反而看起来很冷淡或者说是拘谨,虽然他对所有访客都是这样。自从上一次见面后，他从大麻进级到了海洛因，在伦敦演出期间，三天时间都在医院，对外宣称"感冒了"。

为了缓解气氛，迪伦叫来了他的诗人朋友艾伦·金斯伯格，他现在碰巧也住在萨伏伊酒店。约翰读过金斯伯格的长诗《嚎叫》，很好奇与采石河岸高中的《每日号叫》同名的作者，但是真正看到三十八岁的本人——大秃头、黑胡子、同性恋、像小丑——却让他很难堪。金斯伯格坐在他旁边的沙发扶手上，约翰讽刺地问道为什么不再近点，听到这句话金斯伯格立刻坐在他的腿上，抬头盯着他看并问他是否知道威廉·布莱克。"没听说过，"约翰回答；这么明显的谎言，连他一向沉默的妻子都听不下去了。"约翰，别说谎了，"辛西娅责备道，"你当然读过。"

迪伦演唱会结束之后，金斯伯格继续留在了伦敦，两周之后邀请约翰和乔治，带上辛西娅和帕蒂，参加他三十九岁的生日聚会，在弗茨罗维亚的一个朋友家里。他们到了之后看到他全身赤裸，秃头上套着一条内裤，下身吊着一块旅馆中"请勿打扰"的牌子。怕被拍到这样不雅的场面，两个披头士赶紧借口离开了，连在汉堡无所不为的约翰都震惊了。他后来回想道，"那人真是个怪人。"

同时迪伦已经回到了美国，引爆了他准备已久的爆炸新闻。那个七月的纽波特乡村音乐节上，台下的观众愤慨地大叫"叛徒！"，因为他上台的时候带了保罗·巴特菲尔德电音乐队。整个夏天他发行了两首流行单曲——《地下乡愁蓝调》和《像一块滚石》——每一首都打破了原有风格，词曲精湛节奏强烈。他后来把这种转变归功于另一只英国乐队，动物乐队翻唱的老蓝调挽歌《太阳升起的地方》。但是约翰一直不以为然。"迪伦总说披头士向他学了多少，"尼尔·阿斯皮纳尔回忆说，"约翰却总是会小声反驳，'他也从我们身上学了不少。'"

尽管时间非常有限，约翰和保罗却下定了决心，一定要把披头士的第六张专辑做好，给迪伦和其他觊觎他们的对手致命一击。他们向乔治·马丁提议（当时没有采用，四年之后才实现），把音轨之间的空白段取消，这样上一首歌直接融入下一首歌，中间仅有几秒的停顿，就像古典交响乐的乐章。他们还有意在身后放了一个乐器库，里面有各种吉他和鼓，后来无论是录音还是现场他们都带着它们。在修道院路第一录音室，通往中控室的又长又宽的楼梯下面，有一个柜子装满了各国各地的乐器，都是几十年以来在这里工作过的音乐人留下的。四个人一直都很喜欢乱翻这些杂货，里面有铃鼓、铃铛和手鼓等等；现在这些东西成为了他们的盟友，和马丁的古典音乐背景与录音室的一切资源一起，证明他们确实是无人可及的顶尖乐队。古往今来，绝对没有别人敢把这些东西搬上舞台。

约翰后来把最后的成品叫做"大麻专辑",暗示整个过程都是在大麻的烟雾里完成的。他当然想这样了,晚上从韦布里奇去修道院路时,他坐在"劳斯莱斯"里,总是点着一支大麻烟卷,等林戈和乔治上车后一起轮流吸几口。然而,从"劳斯莱斯"闷热的车厢里冒出来的股股烟雾,似乎起到了"大笑一下"的反效果:经常等他们到伦敦时,三个人都会觉得很恶心。出于对马丁的尊重,他们从不在录音室吸烟,而是躲去厕所或没人的楼梯间,像学校男生躲到自行车棚后面偷吸烟一样。据林戈回忆说,他们吸大麻后录的东西总是不能用:"披头士做音乐的时候,不能太过发狂了。"

最后成功了十四首歌,只需一半已经足以证明他们,把披头士和国内外一切竞争者截然分开;再次证实列侬与麦卡特尼的黄金组合,创作了最流行、最上等、最顶端的音乐。《你不愿见我》《我看穿了你》和《等待》是三首 A 面由保罗主创的单曲,延续了《一夜狂欢》与《救命!》的风格。《开我的车》有意创新,最后和声"哞—哞,耶!"戛然而止、妙趣横生。约翰的《逃命》(开头是"我宁愿看见你死了,女孩,也不愿看到你和别人在一起")在那个年代里未受争议,无关女权或家庭暴力。乔治写了两首歌(《为自己想想》和《我需要一个人》),林戈独唱了一首歌(《发生了什么?》)。这样再次证明了四个人最大的魅力,仍然在于一起团结协作。

但是剩下的一半又大不相同,七首歌曲首首上乘,很难相信是由同样的人在同一录音室同时创作出来的。它们与当时的流行音乐毫不相关,也不属于任何已知的音乐类别。其中约翰和保罗各自的独特风格第一次形成了鲜明对比:保罗是无与伦比的艺术家,完全集中于创作流行歌曲;约翰则身兼多职变化不定,既会写诗、新闻和自传,又会讽刺、口号、怀旧和忧郁。

对约翰来说,在压力下创作,像追新闻的记者一样,一开始也很不顺利。他后来回想有一天在肯坞,他花了五个小时苦思冥想,直到最后"快烦死了",他就去躺了会儿。在他仿都铎的豪宅里,四肢大张地摊在大床上,周围是应有尽有的财物,他突然想到了"一个漂泊者……漂泊在世界上"。由这一句开始,这首歌几分钟就完成了。

《在我的生命中》是另一首卓越之作,同样也是绞尽脑汁之后一气呵成。自从《自写集》和《工厂里的一个西班牙人》出版之后,很多记者——特别是尖刻的肯·奥尔索普——问过约翰,为什么他的歌词不像他的文章一样有个人特色。他自己解释说:"一个脑子用来写书,另一个脑子用来写歌词,无非就是'我爱你你爱我'。"而这一次,他用诗句勾勒出了一首歌,像华兹华斯或丁尼生一样优美,追忆了他童年记忆中的利物浦,如今感慨短短的生命刚刚展开,那些古老的木船和码头已经一去不复返了。

这个选材并非偶然。他的咪咪姨妈很快就要离开门迪普斯去普尔港边了,终于将他长长的童年记忆画上了句号。他一开始的歌词写的是伤感的故乡重游,重现他坐了无数次的公车路线,从仁爱大街到利物浦中心,一路经过了彭尼巷和教堂路:"荷兰人酒吧,圣哥伦布教堂,和下拉的码头大伞(高架铁道)"。

但是为了纪念彭尼巷的部分写得不太流畅,所以约翰去掉了歌里的"公交路线",改成了个人追思:"朋友们,爱人们……过去的人和事。"虽然也有"我爱你"的表白,这首歌却开创了先河。在繁华前进的六十年代,怀旧仍然非常少见;这位二十五岁的流行大明星,更是最不可能回首生命,感慨人生苦短的人。

约翰录音时的自然状态,确保了这首歌的音乐品质。按照习惯先录好声乐,再留出空白加器乐间奏。披头士出去吃晚饭的时候,乔治·马丁弹了一段巴赫风格的钢琴独奏,然后加快了录音速度,这样回放出来就有了拨弦键琴般的纤长颤音。这样美丽而庄重的间奏,他不知道约翰会作何反应。约翰非常喜欢。

这张专辑中还收录了约翰的那首自白片段,在圣莫里茨的皇宫酒店,马丁隐约听出了弦外之音,辛西娅坐在旁边却茫然无知。现在取名为《挪威的森林》(《鸟儿飞走了》),这首歌把披头士狂热带入了新的层次:全英国的人都把原来各式各样的厨房和客厅,镶上了斯堪的纳维亚的条纹松木木板。另外,这首歌没有用吉他,现实中延续了《救命!》中的情节,乔治·哈里森真的弹起了叮当作响的印度西塔尔琴。

但是每一个了解约翰的人——除了他的妻子之外——都听得出来这首歌的出处,猜得到其中的真相。歌里他坐在美丽可爱的鸟儿镶满木板的房里,数小时不停地聊天喝酒,一心想要引诱她,却在最后关头没了勇气,在她的空浴缸里留宿一夜,就像在甘比尔台容纳不下的客人。至于歌里无名的女人,有些人认为是莫林·克利夫,《晚间标准》的记者,她对约翰的吸引力,绝不仅仅是理查玛尔·克朗普顿风格的文笔;但是克利夫本人坚决否认,说她和约翰的所有会面没有一次"出格"。而桑尼·费里曼,当时仍是披头士御用摄影师的妻子,一直把这首歌当做对她的间接怀念;种种巧合也令人信服:她喜欢对外宣称是挪威人而非德国人,她镶满木板的公寓就在帝王门约翰家楼下,他们两个经常旁若无人地深夜幽会。

传统的流行歌曲都是文字、音乐和制作的合成,一般来说歌词越直白越容易流行。约翰写的《挪威的森林》却是极少数的精品,甚至可以当做诗歌或者戏剧。二十六行短句押韵巧妙完美,一个场景中两个人物对话,达到了一个荒唐的高潮,最后是略带邪恶的结尾。最后一句模棱两可"所以我放了一把火……"(是为了安抚受伤的自尊心,因为醒来后发现"鸟儿飞走了"?还是为了复仇而点燃了挪威的森林?),几乎都可以媲美贝克特或品特。

无论列侬和麦卡特尼各自的创作如何不同,他们两个却天生合拍,为彼此的作品画龙点睛。约翰弹唱未成稿的《漂泊者》,唱到"计划去远方……"时,保罗即兴加了转音妙笔"不为任何人"。约翰为保罗的《米歇尔》加了出彩的副歌"我爱你我爱你我—爱—你",仿效妮娜·西蒙著名的灵歌《我对你施了魔咒》。他们最紧密的合作是《说爱》,这首歌预示了下一个时代,宣扬"爱"是灵丹妙药,约翰许诺"让每个人看见光明"。

《漂泊者》通常被视为约翰的自画像,表达了他远居豪宅的沮丧与厌烦;但是,他自己却否认是漂泊者("……你我不都有点像他吗?"),这个人物可以是流行黑白电视剧上的任何一个角色。其实他的真情流露——那种活生生的剧痛,即使过了数十年,还是会泛起一阵钝痛——是貌似纯真的《女孩》。约翰自己总是说这首歌没有生活原型,作为主人公的女孩"只是一个梦想";只有上帝知道是什么样的梦想,竟会引发这样深刻的痛苦,让这样一个男人被深深征服与羞辱。与法式浪漫的《米歇尔》相比,《女孩》就像黑色电影,缓慢的奇特琴声里,阵阵尖锐的吸气嘶声,既是疼痛也是悔恨。约翰这首歌唱到了极致,心碎的感觉如此真实。

"我们写了些好玩的歌——里面有笑话。"专辑快完成时,保罗故意这样对记者说。"我们认为抗议歌曲之后应该出喜剧歌曲。"专辑名称既是对灵魂音乐的双关语,也是对他们的主要对手(私下却是最好的朋友)滚石乐队的变相嘲讽。一个美国黑人歌手最近评论说,滚石这样的英国乐队,虽然闯入美国流行一时,音乐却只是"塑料灵魂"。披头士决定取名《橡胶灵魂》,表示他们的音乐多种多样,至少是穿着北方坚固的威灵顿胶靴走出来的。

专辑封面本来是由罗伯特·费里曼拍摄的正面集体照,展示他们最新的绒面皮衣造型。为了让他们选择最满意的相片,费里曼把所有彩色相片放进投影机,依次投射到与专辑封面一样大的纸板上。一张头部特写投影时,纸板一角掉下来歪了,他们的头像都扭曲了,约翰主导了整个画面,像个冷漠残酷、身穿皮衣的鞑靼王子。四个人很喜欢这种"鱼眼镜头"效果,一致同意选它作为专辑封面。

约翰还没来得及怀念歌词中"过去的人和事",生活中却遭遇了最不想看到

321

的旧人。一年多的沉默之后,他的父亲弗雷迪,重新出现在了他的生命中,这一次更加公开更加难堪。

1965年初,布赖恩·爱泼斯坦收到了一封报社来信,宣称"阿尔弗雷德·列侬先生,约翰的亲生父亲"要公开他的人生故事。信中说他"收到亲戚朋友的指责信非常愤怒,他们说他从小遗弃了儿子,儿子长大成名后又回来利用"。在公开上报之前,他希望布赖恩安排他和约翰见面,"解释当初家庭破裂时完整的来龙去脉"。布赖恩不在意地回了两行字,说他不能插手这样的家庭私事。于是这篇人生故事——其实是一篇长访——以200英镑卖给了低档的《趣闻》杂志。

这样事态就一发不可收了。《趣闻》上的专访公开后,弗雷迪认识了托尼·卡特赖特,一个来自利物浦的宣传人员,当时在为汤姆·琼斯的经纪人高登·米尔斯工作。卡特赖特兴奋地发现了新闻,其实全英国的旅馆早就知道了:约翰·列侬出走的父亲,一生的志愿也是想当歌手。他主动提出做弗雷迪的经纪人,借着列侬的大名,轻易签到了派伊·皮卡迪利唱片公司。两个人开始为公司创作新歌,这个公司曾经推出过流行一时的同类歌曲,比如罗尔夫·哈里斯的《林戈总统》与多拉·布莱恩的《圣诞节我想要披头士》。

结果是《这就是我的人生(我的爱和我的家)》,和约翰的《在我的生命中》不谋而合,令人尴尬。这是一首配乐自白,浪漫地回忆了海上岁月,也承认了作为父亲的失败。生硬的利物浦口音(派伊·皮卡迪利的唱片技术远远赶不上约翰的公司)缓慢而深厚,背景是小提琴和海浪声:"我出生在利物浦……从小没有父亲,但我长大了……我的爱情走错了方向……可惜我的爱人……我自己也有错……但是生活就是这样……残酷的大海把我带往远方……这就是我的人生,但我的人生还在继续。"

这张唱片在1965年12月发行,与《橡胶灵魂》的发行时间不幸重合。弗雷迪被卷入了一阵子的宣传活动,包括在荷兰电视台上表演独唱。但是在英国很快被埋没了,不仅没有赚到钱,还让他欠债20英镑。为了准备在聚光灯下露面,他私下特地做了牙科手术,没有结账就离开了。

尽管这张唱片明显没有市场,一些记者和主持人也确实有意抵制了,为了表示对约翰的忠诚。弗雷迪后来抱怨说,从音乐圈内人士听说,布赖恩·爱泼斯坦施压了,禁止这张唱片报导和播放。现在他又成了厨房杂工,正巧在汉普顿的一家酒吧工作,离韦布里奇只有大约1英里。有一天他冲动之下决定去找约翰,当面对质蓄意破坏是不是真的。不巧的是,那天只有辛西娅和朱利安在家。辛西娅从来没见过弗雷迪,甚至不知道有这个公公,但还是一如既往的和善好客,把他介绍给小孙子,给他端茶倒水,还给他修剪头发,就在肯坞无比复杂的大厨房里。

他几天之后又回来了,这一次约翰在家,他却连门也没进去。他还是认为他的唱片被动了手脚,不明智地带了他以前的经纪人托尼·卡特赖特,一起找上门来讨个说法。三个人在肯坞的门台上说了几句,基齐纳勋爵在征兵海报上威严地看着;然后约翰甩门而入,把他们关在了外面。

几个月之前,约翰带着辛西娅、乔治·哈里森与帕蒂·博伊德,去伦敦参加一个低调的晚间活动。先去约翰和乔治的牙医约翰·莱利家,在贝斯沃特的斯特拉森广场,当时在场的外人只有莱利二十二岁的加拿大女友辛迪·伯里,她在公园巷最近开张的花花公子俱乐部工作。客人们在点着蜡烛的客厅就座后,辛西娅注意到一个装饰细节有点古怪:壁炉上整齐地用心摆放着六块方糖。

莱利是伦敦数一数二的名人牙医,和约翰与乔治是很好的朋友,他们拍《救命!》时他也跟着飞去了巴哈马。那天晚上的计划是先在他家吃饭,然后他和辛迪陪他们四个去匹克威克俱乐部。布赖恩最近为北端音乐公司签下了三重唱组合,派迪、克劳斯与吉布森,要在那里首次登台;其中的克劳斯就是约翰和乔治在汉堡认识的老朋友克劳斯·沃尔曼,他的首演他们没有理由推脱或迟到。莱利坚持走之前先喝杯咖啡,从壁炉上拿下精心准备的方糖,放进了每个人的杯子里。片刻之后,约翰转向乔治,说了一句"迷幻药"。

三十四岁的莱利并不是职业贩毒者,也不是以刺激名人为乐的不正派的人。因为之前乔治和约翰都表示过对迷幻药很好奇,莱利就通过医药关系从威尔士拿到了一些样品。他的女朋友辛迪知道他打算在他们不知情的情况下给他们试用,但是不知道他选择了这个晚上让她——和他自己——和他们一起第一次试验。"我们六个是朋友,又都是年轻人,在那个年代年轻人就是会这样。我们会尝试一切新东西。"对马塞尔·普鲁斯特,一块茶泡面包引出了追忆似水年华;对约翰——包括他在内的很多人——咖啡里的一块方糖,改变了人生的走向。

辛西娅·列侬从来没听说过迷幻药,在此之前一直非常快乐和放松,第一个感觉到了药效发作。"突然之间我们好像进了恐怖电影,"她回忆说,"房子变得越来越大,那个人(莱利)刚才还亲切迷人,突然变成了一个魔鬼。我们都吓坏了。我们知道那是毒品——我们得离开那个地方。"辛西娅说他们很正常地离开了,想按计划去匹克威克俱乐部。

那天晚上他们碰巧没有坐专人开车的"劳斯莱斯",而是由乔治开着"迷你库珀"从萨里进城。他们去西端用了一刻钟（莱利和辛迪坐出租车跟在后面），一路上他们的第一次迷幻之旅愈演愈烈。正常开灯的剧院和影院招牌，放射出了奇异的强光；马路上的人群汹涌喧嚣，像多个皇家电影首映现场。四个人的状态都介于神志不清与歇斯底里之间；帕蒂本来是最为理智的年轻人，现在却想砸窗抢劫商店。"我们嘎嘎大笑，"约翰回忆说，"我们都疯了。我们胡言乱语。"

没有一个人记得到了匹克威克俱乐部，有没有看派迪、克劳斯与吉布森的首演，但克劳斯·沃尔曼那天晚上一直没看见过约翰。莱利和辛迪坐的出租车半路上跟丢了，约翰和乔治后来也没再看见他们。下一个确定的共同记忆是去了即兴俱乐部，就在莱斯特广场旁边，他们和林戈约好在那里见面。去即兴俱乐部要坐电梯，电梯往上走的途中突然好像着火了。

他们坐在俱乐部里跟林戈说电梯着火时，面前的桌子突然开始变形了，拉长拉宽成了飞机场跑道那么大。其他人的反应不是惊恐就是大笑，约翰的感觉却是似曾相识和幻觉记忆。毕竟他是看《爱丽丝梦游仙境》长大的，书里面的爱丽丝只要喝点药剂，日常物品就会变得这样庞大。这些人里面也只有他读过托马斯·德昆西1822年的《一个英国鸦片吸食者的自白》，里面记载了吸毒后的幻觉："剧院突然打开了，我的脑海中出现了人间没有的壮丽景象"，"地上的一切建筑等都开始无限放大，肉眼根本承受不了……"。平常沉默冷酷的乔治突然有一种冲动，想要告诉每一个人他爱他们；约翰则感受到了德昆西的感觉，虽然吸食的不是鸦片，但状态相似："远离尘嚣，超然世外"，"讨厌人群，甚至音乐"。那天晚上有个音乐同行问他，能不能坐在他旁边，"只要你不说话。"他这样回答。

后来乔治还是努力开车回到了伊舍，以每小时18英里的速度小心慢行；改装后的"迷你库珀"里，帕蒂在副驾驶位上不停地说疯狂的冒险，约翰在后座兴奋地讲笑话。实在不能把他们送回几英里之外的韦布里奇了，列侬夫妇决定在乔治家留宿一晚，以为无论什么药效睡几个小时就会过去——万万没有想到迷幻药不像酒精，不会让人昏昏欲睡，反而十二小时持续生效。

辛西娅一整夜都极度痛苦，完全睡不着也吐不出来药。但是约翰眼前不停地展开了幻象——虽然有时候非常可怕，他会痛苦地用头撞墙——就像是在看一场最刺激而华丽的彩色电影，同时自己又是主演。他后来回忆说，其中印象最深刻的片段是，乔治的房子变成了巨大的潜水艇，他单手掌舵驾驶着，穿过德昆西描绘的景象："不见天日的深渊……深处只有更深……海里漂浮着无数张人脸，向上望着遥远的天堂。"辛西娅在浴室里干呕时，他开始在客厅飞速地画画。

其中一张画上披头士四个人的脸严肃地看着他说——在现实中基本从来不会这样——"我们都同意你"。

迷幻药是那位大方的牙医介绍给约翰的,其实在他小时候就已经存在了,只是形式多样没有公开。1943年,一位瑞士的药剂师艾伯特·霍夫曼,在为偏头疼寻找药方时,偶然发现了精神良药麦角碱,一种黑麦上的真菌。霍夫曼在麦角碱中提炼出了麦角酰二乙胺,也就是俗称的迷幻药:这种药不仅让人像吸食鸦片以后一样产生幻觉,更像俄罗斯轮盘赌一样有生命危险。这种药的威力在于直接深入服用者的潜意识,触发心灵最深处的黑暗恐惧与不安全感,有时候极度兴奋,有时候却焦虑害怕;极度强化光线和色彩,扭曲客观世界的维度,有时候让人陶醉,有时候却让人厌恶;使人产生各种幻觉,有时候像天堂,有时候却像地狱。这种药无色无味却药力强劲,只要微量便可产生最大效果,通常是液体状态,滴在面包或方糖上。

六十年代之前迷幻药只供药用,医生用来治疗酒精上瘾的病人,精神病学家用来让精神病罪犯坦白真相。后来哈佛大学的一位心理学教授蒂莫西·利里,宣称它对全人类都有益处:只要方法得当,就是"灵魂良药",没有任何副作用。利里的理论得到奥尔德斯·赫胥黎的支持,作为英国知名的宗教小说家,他的书一直摆在咪咪姨妈书架的前排。他的《感知之门》描述了墨斯卡林,一种从仙人球毒碱中提取的致幻剂,服用之后他看到了"创世之初亚当第一天早上见到的一切神迹,每分每秒都是最真实的存在"。他相信通过信徒对利里的皈依,迷幻药可以让无数人经历神秘之旅,带来"宗教的复兴与世界的革命"。

迷幻药当时还不是非法药品,只是实验药品。它被俗称为"酸";服用时成为"滴酸",因为习惯把微量药液滴在面包或方糖上;也被称为"发动",意味着立刻进入刺激与活跃的精神状态。在药力作用下变幻不定的经历被称为"旅途",就像骑摩托艇出游一样平常,虽然必须承认旅途有好有坏。它对思想和幻觉的双重作用,有个专业术语"迷幻",这个词是1956年由精神病学家汉弗莱·奥斯蒙德创造的,来自于希腊语"迷思"与"幻觉"的组合。

约翰无意之中的第一次旅途感觉很好(简直就是"迷幻生活"),他迫不及待地想要尝试第二次,开始寻找牙医之外的货源。让他惊讶的是,他渴望的东西在伦敦随处可得,就像阿司匹林一样常见。大批货源定期从大西洋彼岸运来,由利里的美国信徒负责携带;特别是他的"大教士"艾伦·霍林斯黑德,带了五千剂来完成攻克英国的传教使命。霍林斯黑德后来在切尔西的庞德街建立起了世界迷幻中心,在那里滴了迷幻药的面包免费发送,就像今天超市里免费品尝奶酪样品或沙拉调料一样。

乔治·哈里森的第一次旅途,虽然内容不同却和约翰一样感觉良好,于是两个人开始一起探索新的旅途。和其他毒品不同,迷幻药要求彼此无私的照顾:最好只和朋友一起,在舒适熟悉的环境里,万一副作用发作,有义务互相帮助。对乔治来说,他后来承认,这种一对一的帮助和照顾,终于打破了他和约翰之间的障碍;自从他一加入采石者乐队,他们之间一直有所隔膜。"服药后(我们)有了不一样的关系。我是乐队里最小的成员,约翰终于不再嫌弃了……(他)和我从那以后经常在一起,我觉得比其他人和他更亲近……只要看他的眼神,我们就心意相通了。"

1965年美国巡演时披头士到达加利福尼亚,约翰和乔治都带了包在箔纸里的迷幻方糖,想让保罗和林戈第一时间也尝试一下,结果保罗拒绝了而林戈参与了,尼尔·阿斯皮纳尔忠心耿耿地自愿陪同。时间选在了一个下午的聚会,在租住的木笃峡谷别墅里,在场的很多人中包括飞鸟乐队的大卫·克罗斯比和吉姆·麦奎恩;还有《每日镜报》的记者唐·肖特,坐在私人泳池边享受美食好酒,肖特对眼皮底下的迷幻旅途毫不知情。

那天下午在场服药的人里还有一个高瘦的年轻人彼得·方达,他是好莱坞影星亨利的儿子和简的哥哥,后来拍摄了最值得纪念的影片,记录了六十年代的毒品文化。有一会儿,他拉着约翰闲扯起来,说有一次他玩一把手枪时,不小心击中了自己。"我知道死亡是什么感觉。"他喃喃自语,讲述他独有的奇特旅途。"别告诉我,"约翰抗议道,"我不想知道死亡的感觉。"

一开始,约翰并不知道迷幻药不可思议的作用——直到它开始明显影响披头士的音乐,单曲《一日游》由列侬与麦卡特尼共同创作,1965年12月与《橡胶灵魂》专辑同时发行。迷幻的歌名只是为了显示他们很时髦,《一日游》其实写的是性挫败,和滚石乐队的《满足》很相似(甚至连吉他重复段都一样),但是语言更加直白大胆——"到了一半","一夜情","大难题"被故意唱得像"性难题"。乔治·马丁本来要把这首歌发成A面单曲,后来保罗写出了乡村民谣风格的《我们和好吧》,约翰不肯把《一日游》降到B面,于是做了折中方案:"双A面"单曲专辑。《我们和好吧》的间奏本是中八拍的华尔兹——保罗请约翰帮他填词——歌词名副其实:"人生苦短,没有时间,吵吵闹闹,我的朋友……"

《一日游》同样也表达了约翰眼中自己和伦敦的关系:自从他搬去了带大花园的萨里郊区,虽然坐着"劳斯莱斯"很容易进城,但是他感觉自己和首都的生活节奏隔绝了,跟不上时尚和流行的脚步——早在当时的六十年代中期,城市已经开始日新月异。

远离"雾都"的约翰,怀念的不只是俱乐部、酒店和商店。自从他出生以来,从未见过如此繁荣的视觉艺术:绘画、雕塑、版画、版面等艺术学院欣欣向荣,彼此之间的各种全新组合引人注目。一批杰出的年轻流行艺术家,学习了美国的安迪·沃霍尔艺术美化的坎贝尔易拉罐设计,发展出了独特的英国风格。他们中的大多数人和约翰同辈,在沉闷的五十年代长大,住在维多利亚遗风的郊外。现在他们把六十年代的日常器具重新设计,标记上了童年时代珍贵的记忆符号,从火柴盒和老虎机到漫画主角米奇猫和拼命人。比沃霍尔的设计更为平民,他们的作品走下画廊,登上海报、杂志和书皮。从此奠定了六十年代的核心美学——童年怀旧重新席卷了全世界。

美国盛行的嬉皮士运动——年轻人反叛本国由来已久的消费社会,转向吸毒并"拒绝"正统教育和传统生活方式——也传进了伦敦和毒品一起传播开来。赶时髦的年轻人——上层社会的年轻人不知为何最为热衷——放弃了卡纳比街的喇叭裤和迷你裙,转向嬉皮风的长袍、凉鞋、头带和神秘的护身符。切尔西和诺丁山的时尚圈里,充满了印度的拉加曲和袅袅的麝香味,抗议声也慢慢地越来越大。

说实话刚开始,英国未来的嬉皮士们并没有什么可抗议的。英国没有卷入国外战争,在所剩无几的殖民地里没有暴政统治,也不像美国一样有军事行动。学生毕业后考上了大学,当地政府提供全额资助,甚至完全没有义务偿还。不仅没有任何压迫,英国的年轻一代还被广泛赞扬,报纸上登满了各种颂文:年轻画家、年轻演员、年轻摄影师、年轻作家、年轻记者、年轻设计师、年轻企业家等等;自从披头士开创先河后,年轻人才层出不穷。自认为反叛者的年轻人,从没有像现在这样,找不到理由抗议。

既然在英国本土没有合适的理由,他们只好转向了另一个半球上一无所知的国家。美国军事支持南越南,对抗北越的共产主义,从肯尼迪总统在任时开始,到1965年已经发展成为独立的军事行动,甚至轰炸了北越的首都河内。美国军方当时还不知道新闻管理,让全球媒体无限制地报导其军事行动,其中难免包括用高科技直升机攻击茅草村镇,投放的凝固汽油炸弹烧死了妇女和儿童。

一夜之间,英国原来崇拜并受惠于美国文化的年轻人,全都变成了激烈的抗议者。尽管哈罗德·威尔逊的工党政府没有派遣英国部队,参与南越丛林和水田里的艰苦残忍——却最终战败——的战争,但是却拒绝谴责美国的军事行动。结果伦敦爆发了反战示威游行,响应美国大学校园正在发生也更为相关的反战活动。一个新名词"地下派"囊括了所有不同形式的反战人士——对英国人来说，这个词既是"二战"时反纳粹活动的反响，也是伦敦特有的地下交通系统的别称。每当有活动或事件时，抗议中总有迷幻音乐和还未被禁的迷幻药。但是一直以来，约翰不是被封闭在披头士的巡演中，就是被远困在韦布里奇的草坪洒水器和花园精灵像中间。

相比之下，保罗·麦卡特尼作为唯一留在伦敦的披头士，却对当时如火如荼的社会活动了如指掌。他还住在威姆波尔街的简·阿舍家，离西端的所有娱乐与活动只有几步之遥。简的医生父亲和音乐家母亲都是很有教养的人，培养他们出名的年轻租客在古典音乐、戏剧、芭蕾和艺术的造诣，并把他带进了上层社会的交际圈子。他还和简的哥哥彼得成了很好的朋友，彼得和威斯敏斯特的大学同学戈登·沃勒搭档一起弹吉他合唱演出。1964年百代公司签下了这对搭档，取名"彼得与戈登"，保罗把一首没用过的列侬-麦卡特尼作品送给了他们，这首单曲《没有爱的世界》让他们在大西洋两岸都取得了排行榜冠军。

通过彼得·阿舍，保罗——约翰又通过保罗——认识了流行音乐的地下派的前沿人物。其中最重要的人是约翰·邓巴，二十二岁的英俊男人，在剑桥大学的丘吉尔学院学习艺术，和滚石乐队的经纪人安德鲁·卢格·奥尔德姆是多年老友，后来娶了奥尔德姆签下的新人玛丽安娜·费思福尔，因此登上全国报纸头条新闻。对约翰来说同样重要的还有巴里·迈尔斯，一个慢声细语但思想锐利的年轻书商，碰巧也和滚石乐队的吉他手布莱恩·琼斯一起长大，来自格洛斯特郡的切尔滕纳姆。

1965年，彼得·阿舍资助了两千英镑启动资金，邓巴和迈尔斯合伙开了一家画廊兼书店，取名"因迪卡"，在圣詹姆斯的梅森园。保罗对这个项目热心支持，正式开张之前还去帮忙粉刷。因迪卡开始营业后，他体贴地请迈尔斯和郊区的其他披头士保持联系，一有新艺术或文学作品就及时通知他们。约翰后来成了书店的常客，虽然迈尔斯回忆说，他一直都戒备似的容易动怒，好像很在意自己不是城里人。"有一天，尼采的书来了，约翰读成了'尼基'。我纠正了他，他非常生气。"

有一次约翰来逛书店，迈尔斯给他介绍了一本新书，几个月前刚在美国发行的《迷幻经历》，由蒂莫西·利里、拉尔夫·迈茨纳和理查德·阿尔珀特（后来改名拉姆·达斯）合著。用咪咪姨妈的话说，他也顾不上唐突，拿了这本薄薄的书，直接窝到书店中央的沙发里，开始一页一页地细细品读。

这本书把他的新游戏变成了新信仰，像基督教和伊斯兰教一样历史悠久。

为了支持他们的论点,迷幻药是"通往更高意识的旅途',作者们援引了《西藏亡灵书》,一本佛教的传统经书,大声诵读给临死的人,在今生死亡与下世轮回之间,为他们做好心灵上的准备。书中说,为了达到迷幻的更高意识,必须先和佛教数千年的教导一样,放下尘世间的一切名利甚至自我。用佛教风格的语言,用催眠一般的语气,跟着指示一步一步就可以达到"万物皆空的忘我状态":"顺其自然……放下旧我,无论对错,过去皆空,无需执着……相信神性,相信自己,相信旅伴……如有疑惑,停止思想,放松身体,顺流而下……"

这样说也许令人惊奇,但披头士的主要目标,从来都不是赚钱。他们一直认为自己是艺术家,不停地向上追求试验与创新。全力做出《橡胶灵魂》这样的精彩专辑后,不得不再去巡演开始让他们恼怒:回到台上穿着同样的套装和造型,表演三十分钟同样的老套曲目,台下同样是盲目的狂热与尖叫。1965年底,四个人开了个会,一致同意上台规范作废,因为根本没有人在听。正如约翰所说:"我们把四个蜡像假人放在台上,台下的观众就满足了。披头士的演唱会根本与音乐无关。只是原始野蛮的崇拜仪式。"

现代的摇滚明星去巡演,都是与外界隔开的,周围全是助手、技师、保安和公关人员。但是披头士不同,虽然表演场地无限放大了,他们去巡演只带同样的随行人员,和以前在北方舞厅走穴时一样:经纪人布赖恩、巡演经理尼尔与马尔以及公关经理托尼·巴罗。他们去巡演时遇到——遭遇——的种种情况,现代媒体根本无法想像。对约翰来说,去巡演就像小时候必须去上学,只是现在再也不能逃学了。"他忍受到了极点,他甚至讨厌观众了,"他在汉堡的老友与密友克劳斯·沃尔曼说,"他受不了了,说这群人只会尖叫。他对人们的反应很生气,他觉得那很可怕。他心里一直有个情结:他原来假装是粗野的摇滚人,现在假装是文明的披头士。他拥有了很多,但是他不快乐,因为他一直没有适应真正的自己。他是一个披头士,但他知道那个披头士根本不存在。"

1965年12月,披头士最后一次英国巡演,全国当时却无人知情。布赖恩原来的计划是传统的全国巡演,最后是第二次皇家综艺剧场和圣诞首都汇演。但是四个人坚决拒绝皇家或圣诞表演,对行程安排诸多反对,整个计划几乎取消。最后,他们作了妥协,确定为九天的巡演,只去主要的城市,包括家乡利物浦,12月10日结束于卡地夫。

虽然这次巡演十分短暂,约翰却公开表示了叛逆,从披头士的劳斯莱斯车里下来,走进纽卡斯尔和曼彻斯特的夜雾里,不穿外衣只穿一件白色短袖——前面印着图画或标语的流行新款——对聚集在后台的记者们冷嘲热讽（虽然在一对一的个人专访中，即使对当地的无名记者，他仍然一如既往地坦诚相待）。在台上，和其他三位披头士一样，他终于放弃了努力，让自己的声音淹没在台下的尖叫里。可是有时候出于愤怒和挫败，他还是会用双肘敲击键盘。

无论他的个人感觉如何反叛，只要还是披头士，生活就停不下来。1966年夏天来临时，他们全球巡演，最后一站是美国，当时的唯一担心，还只是过于崇拜。同时必须再出一张新专辑，既要推陈出新打败所有对手，又要保持排行榜冠军位置。只有不到两个月的时间来出新专辑，他们于4月6日回修道院路与马丁会合。

约翰把这张专辑称为"迷幻专辑"，和"大麻专辑"《橡胶灵魂》如出一辙。事实上，迷幻只是其中一种元素；对很多人来说，这张专辑是披头士最优秀的唱片。在流行音乐传统的简单与确定中，加入了摇滚创新的复杂与模糊，并充分发挥了专用录音室的先进与自由；既体现了巡演中的精力，也有沉重压力下的自律。约翰从此独自走向了全新的方向，真正找到了自己全新的声音；但是仍然满足于在团队里面，全力协助别人的作品，负责节奏吉他，配唱背景和声，简单地快乐着。

他交给了马丁五首新歌，有四首意识清醒，仍然极有竞争力。《罗伯特医生》客观地讽刺了吸毒风气，嘲讽纽约一个出名的贩毒医生，为曼哈顿的上层社会提供加了兴奋剂的维生素。《你的鸟儿也会唱歌》看似神秘，其实是借用了保罗的歌名技巧（《我也爱她》），结尾传达的信息是毫不复杂的"保持微笑"。《她说她说》用了彼得·方达说过的"我知道死亡的感觉"，六个月前在加利福尼亚听到时又是厌烦又是不安，但是现在方达的哀歌听起来却乐观向上，充满了有竞争力的出人意料的和弦变化。即使连昏昏欲睡的《我只是睡着了》，也表现了一个熟悉的约翰·列侬，他在"数英里之外""半睡半醒中"，却从来不放松警惕，"关注着窗外的世界"。

不知道是不是因为他们共同的迷幻经历，约翰和乔治在这张专辑中找到了前所未有的共鸣，虽然第一次表现一点也不在迷幻王国里。对披头士四人来说，获得巨额财富之后还来不及兴奋，就被征收了高额的个人所得税，在哈罗德·威尔逊的工党政府统治下，税额高达百分之九十七点五。布赖恩·爱泼斯坦试图把他们的部分收入转到巴哈马的海外账户，最近被查出了麻烦，每个人被迫补交了大笔税款及利息。这样就产生了乔治的《收税人》，在约翰的影响和参与下的一首反讽歌曲，痛斥新加的种种征税：大街、皮鞋，甚至死人——北方传统中尸体摆放在前厅里,死者眼皮上要放上老硬币。约翰甚至点名道姓了,那个面目和善吸着烟斗为综艺颁奖的首相,低声哼唱了他的大名"威尔逊先生",还加上了他的保守党对手"希思先生",通常这些地方只会唱"啊—啊—啊"或"噢—噢—噢"。

保罗的贡献表现出了极大的飞跃,在他自己完全不同的风格上:极度愉快的《早安阳光》,异常脆弱的《不为任何人》和深情动人的《这一生只要你》。虽然仍然加入了更多的外国乐器,(《不为任何人》中用了法国圆号,《这一生只要你》中用了铜管乐队),他录制的另一首单曲却极为特别:披头士不需要任何修饰,他们自己足以创造经典。《这里那里,无论哪里》是写给简·阿舍的情书,录音时几乎无乐器伴奏,四个人的声音紧密结合,就像当初一起共享体温一样亲密。在披头士所有的合唱中,这一首最为亲密动听。保罗第一次把这首歌放给约翰听的时候,还在他们合作的歌曲草稿录音带上,当时他们在拍《救命!》,同住一个旅馆房间。"你知道吗?"约翰对他说,"所有歌里面,我最喜欢这首。"

保罗提出披头士的作品第一次公开由集体制作,不再只是传统上林戈·斯塔尔作背景。这首经典佳作《黄色潜水艇》,是一天晚上他在床上昏昏欲睡时想到的,第二天早上起床时歌词和旋律已经完成了。黄色潜水艇来自典型的连环漫画上的流行艺术形象,虽然——很快就被注意到了——这个词也是戊巴比妥或苯巴比妥等镇静药的俗称。录音时简称成了小型的《愚人秀》,有帕蒂·哈里森、滚石乐队的布莱恩·琼斯、玛丽安娜·费思福尔、乔治·马丁、尼尔·阿斯皮纳尔、马尔·埃文斯,以及修道院路的其他职员,共同制造了潜水音效并集体大合唱副歌。约翰在一桶水里吹出水泡声,并从想像的船塔上大喊命令("喂,喂,船长,满舱向前!"),还尖声应和了林戈的唱段。录音大功告成后,马尔把一个大鼓系在胸前用手敲打,所有人排起队来跟在他后面,在录音室里跳起了康茄舞。

还是保罗,写了一首特别的叙事慢歌,由此开始的三部曲让他的音乐天分达到了顶峰。主人公是一个孤独的女人,伤感地在"刚举行过婚礼的教堂里"捡喜米,在流行音乐中史无前例;如果一定要寻根究底,倒更像悲伤的爱尔兰文学,詹姆斯·乔伊斯的《都柏林人》。这首给"所有孤独的人"的挽歌里,善良的主人公反而为所有受她洗礼的人悲伤。保罗决定用"埃莉诺"作名字,他当时以为取自女演员埃莉诺·布隆;后来有一次去布里斯托尔看简的一次演出时,他碰巧在一家店面上看到了姓氏"里格比"。

事实上,埃莉诺·里格比这个名字早就刻在了他的潜意识里——在约翰的脑海里记忆更为深刻——缘自伍尔顿圣彼得教堂墓地里的一块墓碑。还是小孩的时候，约翰在来回教堂或唱诗班的路上，无数次见过那段风吹日晒的铭文："埃莉诺·里格比，托马斯·伍兹之爱妻，卒于1939年10月10日，享年四十四岁"。出于儿童对坟墓的天生恐惧，他总是自我安慰地想，她并不是真的死了，在地下慢慢腐朽，而是像碑文上写的一样"安息"了。

约翰说录这首让她永垂不朽的同名歌时，只有保罗悲伤的独唱和古典弦乐八重奏，他和其他披头士只是坐在旁边"喝茶"。其实，他和乔治都唱了和声，四个人合作写了歌词（林戈创造了神父麦肯齐尼的形象，本来叫做麦卡特尼，"晚上没人的时候补他的袜子"）。值得注意的是，虽然后来对原创权有诸多争议，约翰从来没有把《埃莉诺·里格比》列为代表作，也不为自己的次要参与感到骄傲。"那是保罗的孩子，"他这样说，"我只是帮助教育了孩子。"

这张专辑的最后一首歌——恰当地说它承前启后，因为几乎不属于这张专辑，已经跃入了未来的风格——是约翰的独创，一开始只有代号"一号"。他按照惯例用原声吉他先弹给乔治·马丁听，马丁却越听越迷惑不解。开头的C大调和弦并没有像以前一样，转向新的悦耳上口的曲调，反而一直继续继续继续。在这样单调的弹奏中，约翰慢慢唱出的词句，也是制作人从来没有听到过的："停止思想，放松身体，顺流而下……放下想法，万物皆空……专注梦境，回归本色……"这些实际上几乎一字不差地引用了《迷幻经历》，他在因迪卡书店里一口气把整本书读完了。这十五行的歌词概括了迷幻药信徒们的信仰：人生只是一场毫无意义的游戏，唯一的解救办法就是"迷幻，入定，超脱"。

约翰给马丁和录音室技师提出的唯一要求，发号施令一般简单明了：他的声音要听起来像是喜马拉雅山上的喇嘛在唱圣歌。他们的办法是把他不喜欢的原唱无线反复回环：他的原声先录在修道院路新安装的全自动双轨录音系统里，然后用哈蒙德风琴的莱斯利扬声器放出来，其中的多旋机制产生了"哇哇"音响效果，结果就是平坦却尖利的非人类的声音，很像圣山上神秘的圣歌声。他当然喜欢了——立刻提出用莱斯利扬声器技术做新的试验，他倒立着慢慢转下来，用一只固定的话筒收录他不规则的声音。

虽然录音上从头到尾只有约翰的声音，这首歌却很大程度上归功于保罗·麦卡特尼，他作为台上最前卫的披头士，最专注于文化上的自我提高。他对古典音乐的学习与了解，始于在阿舍家租住时，现在已经远远多过了贝多芬与勃拉姆斯。他还知道约翰·凯奇和卡尔海因茨·史托克豪森，他们提出了革命性的音乐理念：音乐不是音符的固定组合，而是不可预测的音响"效果"。他还读过皮埃尔·沙弗的《具象音乐》,里面的音乐全是电子音效的操作处理,完全不需要表演者的先天天赋或后天训练。

保罗现在已经搬出了阿舍家,仍然不愿意住到郊外,就搬去了圣约翰伍德的卡文帝什街上的一座独房,离修道院路录音室很近。在家里,在巴里·迈尔斯和其他地下艺术家朋友的激励下,他用模拟的录音带试验了影响深远的《具象音乐》,那时候用的还是卷到卷的录音机器。把一卷录音带的两端接在一起,除去机器的消音机制,就造出来了一个循环音带,反复地重录同一段音乐,把最平常的声音变成了奇异的杂音。

《一号》中约翰追求的喜马拉雅山顶的空旷回音,夹杂迷幻药效的欣喜若狂与精神觉醒,是由五卷循环音带同时播放创造出来的效果。保罗带头示范,约翰、乔治、林戈和迈尔斯全都在家自己做了循环音带,重录了各种各样的古典音乐片段、录音室里没用上的吉他弹奏甚至只有自己的大笑声。五个人把自己的循环音带机带到修道院路录音室,一声令下同时播放各种奇怪的音效,由乔治·马丁在中控台上合成制作。这种特权强占和随意滥用百代的资源,虽然严格违反了公司的明文规定,但也不过是像在采石河岸高中似的淘气而已。

制作出来的效果正是约翰想像的画面——几百个和尚穿着黄色潜水艇颜色的礼袍,敲打弹奏着各种奇怪的器具,高唱着他心中的香格里拉的圣歌。但是一如既往地,他还是很失望,说但愿他们用了真正的和尚。同样一如既往地,选择歌名的时候,他跳过了所有利里的迷幻名词,而是定为《谁知道明天呢》,林戈的一句口头禅;他觉得这样才正合适,"让那些哲学歌词不那么沉重"。

专辑封面明显需要非常特别的设计,能够代表里面新奇大胆的音乐,进入流行与迷幻的全新领域。那个能够完美诠释的人,不幸在二十一岁的时候,猝死在了一个德国女孩的怀里,和他的名字一起埋在了利物浦。虽然斯图尔特·萨克利夫已经不在了,他的时代和天赋的巨大影响还在。

克劳斯·沃尔曼被布赖恩·爱泼斯坦发掘后并没有成名。他在派迪、克劳斯与吉布森三重唱里唱低音,被布赖恩一时冲动之下签进了北端音乐公司,但是发行专辑后没有成功就很快解散了。克劳斯没有回汉堡,继续留在了伦敦,不再经常与披头士见面,怕被认为是在占便宜。后来他加入曼弗雷德曼组合非常成功,但是此时还没有音乐前景,他开始严肃地思考回归本行,做一个艺术家和设计师。有一天,约翰突然打电话给他,请他为新专辑设计封面,准备在八月份公开发行。

这一瞬间真是机缘重现:六年前,在汉堡的蓝色酒吧俱乐部,克劳斯第一次鼓起勇气和约翰说话时,给他看的就是一张他设计的专辑封面。现在,他们做了这么多年的朋友——也许还有迷幻药的自我软化作用——他发现那个易怒的英国摇滚少年仍然在约翰心中。"约翰问我能不能设计专辑封面时,我犹豫了一下才说'好的,我来设计吧',突然他就非常非常生气了:'怎么回事?你不想做还是怎么了?'他还是从前的那个令人胆怯的约翰。"

克劳斯设计的风格简朴的黑白封面,似乎应该贴在前卫画廊的墙上,而不是插在被人随便翻找的唱片店里。披头士四人的头像用钢笔和墨水素描出来,从他们海草一样纠缠在一起的头发里,冒出来拼贴的一群摄影人像。约翰的脸在右上方,标致的杏眼直鼻,像莫迪里阿尼。专辑取名《左轮手枪》,又是列侬式双关语,既指把唱片放到唱盘上播放,也指他想像世界中的武器。

18. 宗教卫士

你们不妨在我身上画个靶子。

1966年6月开始世界巡演，布赖恩原计划借此减轻他们的压力。他们在欧洲只在西德有三场演出，香港、澳大利亚、新西兰都被避开了，而选择了去日本和菲律宾的首都。东京和马尼拉的演出任务并不艰巨，之后他们会有一个多月的休息时间，再回到永远热衷的美国巡演。

走之前他们留下了一首新单曲，就像大餐前的开胃小菜，请大家期待《左轮手枪》专辑。公认更为商业的A面是保罗的《平装书作家》，讽刺粗制滥造的小说和英国报界，终于用上了诗人罗伊斯顿·埃利斯在1960年教给他和约翰的这个名词。B面是约翰的《雨》，是对迷幻药的最大美化功能的赞扬，一片湿树叶看起来比金子还闪亮，窗上滑下的一滴雨揭示了造物的一切神秘。"你能听见我吗？"新信徒的声音不停重复着。"我带你看……"多轨和声与变速节奏营造出了密集而流动的音效，就像声音上的一场热带雨。结尾声音减弱时，乔治·马丁突发奇想把约翰的歌声倒着放了，约翰很喜欢这种效果，从那之后什么都想倒着放。

这样的创作快感之后，重回三十分钟的老歌轮唱，几乎变得让人无法忍受。另外，《左轮手枪》还需要最后的加工润色——反正台下肯定没有一个人在认真听——披头士出去巡演之前都没怎么排练。开场演唱会在慕尼黑的克朗巴乌广场，约翰、乔治和保罗同时忘了《我很沮丧》的开头，不得不停下来互相提醒。在这之后，通常一丝不苟的保罗又唱错了两处歌词；乔治在介绍《昨天》时错说成了是《披头士待售》专辑上的歌曲。早在采石者乐队时期，他们也很少犯错，现在却如此公然地不专业了。

第三场西德演唱会把他们带回了汉堡，自从1963年1月离开之后他们第一次回来，用再清晰不过的方式体现了这些年的巨变。原来的非法劳工、纵火嫌疑犯和警局拘留者，现在再回到这个城市的中心火车站时，坐的是带天鹅绒帷帘和大理石浴缸的超豪华火车，一年前英国女王来国事访问时的御用火车。原来在蓝色酒吧和明星俱乐部通宵表演的乐队，现在只在五千六百人的恩斯特默克大厅有两场三十分钟的演出，虽然似乎为了维持里坡巴的传统，警察以暴力嫌疑逮捕了四十四名观众。

无数老朋友立刻被给予特权来化妆间叙旧，其中包括阿斯特丽德·基希赫尔、披头士的第一个制作人伯特·肯普弗特（他的歌曲《深夜的陌生人》阻止了《平装书作家》登上英国排行榜冠军），和明星俱乐部的女侍贝蒂娜·德琳恩，当年约翰一有不快时她总能帮他排解。演出结束后，披头士四个人半夜出去，在圣保利街上闲逛怀旧，约翰显得特别开心——没有那么兴高采烈的乔治后来回想道——在热闹依旧的莫妮卡酒吧，认出了其他熟悉的面孔，甚至包括脱衣舞女、门卫、阿飞和异装癖者。对他而言这里有他迄今为止最美好的回忆，在疯狂的霓虹灯下开始弹奏简单的摇滚，这里虽然危险肮脏，却也温暖宽容，让他有一种难以言说的归属感。

第一次破例，披头士的随行人员增多了，反映了这次巡演的规模和范围。除了尼尔、马尔和托尼·巴罗，布赖恩还带上了彼得·布朗，他以前在利物浦开唱片店，现在成了布赖恩在北端音乐公司最信任的助理和私底下最亲近的朋友。随行的还有维克·刘易斯，一个传统的伦敦剧院经理，他的公司最近被北端音乐公司收购了正准备上市。这些另外的管理人员，本来应该排忧解难，但是相反麻烦不断。

从他们离开西德的那一刻，用巴罗的话说，"一切就开始出问题了"。一场飓风让他们飞往日本的飞机不得不迫降，在阿拉斯加的安克雷奇停留了十九个小时。等他们终于到了东京，却发现自己成了第一个流行乐队，也许是全球的第一个演出者，竟然事前收到了死亡威胁。他们不得不在日本武道馆竞技场开五场演唱会，那里通常用来举办相扑比赛和武术表演——在日本的传统里被视为宗教圣地和体育看台。一群极端的右翼学生威胁说要报复，因为他们用堕落的西方音乐亵渎了这块圣地。对这样的文化纯粹主义者，这只可能意味着长刀剖腹的恶果。

后来经过统计，大概三万五千名警察和安保人员被调用了，负责昼夜保护披头士在东京的四天行程。矛盾的是，日本的披头士狂热是他们见过的最平静的观众。在武道馆的连续五场演唱会，台下几乎鸦雀无声，稍有一点热情洋溢，就被过道里挤满的警察立刻拍照存证。在演出间歇，披头士完全被囚禁在了东京希尔顿酒店的顶楼套房里。尽管每天二十四小时有无数人监管,约翰和尼尔·阿斯皮纳尔还是用老花招逃了出去,拦了一辆普通的出租车去化名观光。"我们发现了一个当地的集市,下车出去看了看,"尼尔回忆说,"但是不过几分钟,警察就来把我们带回酒店了。"

安全问题如此令人恐惧,连去东京中心购物都被禁止了;不过,知名的商店都把精选的产品送到了披头士的套房里。在各种照相机、电子产品和时尚衣服中间,有一些书画作品和上等的日本宣纸。无事可做的四个人,开始合伙画一张大画。巴罗记得约翰一拿起画笔,他平常的攻击性和不耐烦好像都没了。"在那之前和之后我都没见过(他)这么集中精力,为了决心完成一件不重要的事情而这么满足。"如今回想因缘果然巧妙,让约翰意外短暂摆脱了披头士束缚的是日本文化。

下一站是菲律宾,最后一个远东站,那里并不是流行乐队通常巡演的目的地,布赖恩的出发点是为了开拓东方市场。这个国家看似在不可动摇的独裁统治下,总统是费迪南德·马科斯,总统夫人伊梅尔达追求时尚。这个东南亚最崇尚美国的国家中,菲律宾人以他们的热情友好著称,并对西方流行音乐极为热衷。在政府控制下的媒体,激发出对披头士来访的狂热期待,并标榜为马科斯统治下的又一成就。

在他们离开东京之前,布赖恩已经礼貌地拒绝了官方邀请,披头士不会去拜访总统与夫人,因为他们在马尼拉停留的时间很短,演出之外几乎没有休息时间,而且现在规定巡演时不能充当国家特使。披头士一行人完全没有料到,拒绝是亚洲的独裁者不能接受的。他们刚到的第二天早上,他们甚至都还没睡醒,就来了一群政府官员,在酒店外面列起豪华车队和摩托车队,要求他们一小时之内去马拉坎南宫,总统与夫人的宫殿兼城堡。在重压之下还是坚持了原则,布赖恩拒绝让他们打扰披头士。

几小时过去四个人起床之后,却发现电视上正在直播典礼实况,皇宫还在等待他们全体出席:并不是在东京时听说的私人午宴,而是总统夫人主持的花园聚会,在场的还有四百个政府官员和高级将领的孩子。慢慢拉近的特写镜头上,总统夫人迷惑不满,孩子们无比失望,漫长的等待后终于绝望。

然后披头士发现自己的处境变得极为奇怪,好像从贵宾一下子变成了贱民。那天晚上,在马尼拉的黎刹纪念体育场,披头士表演了两场共八万人观看的演出后,发现所有的警察和保安人员全都莫名其妙地撤走了。第二天早上,他们醒来后看到愤怒的报纸标题,痛斥他们公然"怠慢皇室",随后各种报复活动正式开始了。菲律宾的赞助者不肯付给他们演唱会的进账；财政部威胁布赖恩必须上缴高额收入所得税，否则他们所有人都不得离境。他们在酒店里也受到了攻击，客房服务送来的都是不能吃的食物。布赖恩大度地为这场灾祸承担责任，亲自去马尼拉电视台公开解释，这一切真的只是一场误会，对总统夫人绝无半点不敬之意。他一在电视上露面，一阵技术干扰就模糊了画面，杂音遮盖了他精心准备的台词。神秘的是，他的部分一结束，干扰就自动停止了。

第二天7月4日，他们终于启程回国，却遭遇了处处密谋的噩梦。在马尼拉国际机场，没有一个搬运工帮他们运送行李；所有电梯同时停止工作，他们不得不在亚热带的高温里，自己费劲地把一切东西搬上飞机。经过离境区域时，他们被机场人员和旁观者们讥讽、推挤甚至踢打。走向开放的飞机跑道时，每个人都真的在心里害怕，重兵把守的航空站里会不会突然有狙击手开枪。马上就要起飞了，巴罗、布赖恩和马尔·埃文斯又被从飞机上叫了下去，解释一些吹毛求疵的签证材料。但是，令人惊奇的是，菲律宾的海关官员竟然没有检查他们的行李，里面仍然装满了他们携带入境的大部分大麻。

回到英国之后，他们对这段经历还是耿耿于怀，尤其约翰总是模仿机场人员大叫"你们只是普通的乘客！""我当时非常小心，一有人碰我就马上躲开，"他在希思罗机场对记者说，"我可能不知道就被谁踢到了……"私底下，他发誓"再也不去疯人院了"。在巡演日记上的马尼拉旁边，约翰龙飞凤舞地写道："差点被该死的政府杀死……这就是披头士的生活……乔治说'他们应该在马尼拉扔颗氢弹'，我们都默默地同意了。"

早在1966年初，美国就出现了一次公共形象危机，这一次和约翰没有直接关系，而且所幸被及时防止了。六月，国会唱片公司发行了一张新专辑《昨天……今天》，拼合了《橡胶灵魂》与《救命！》专辑以及《左轮手枪》中的三首歌。专辑封面在伦敦拍摄，由澳大利亚人罗伯特·惠特克设计，其品位之低连十年后的朋克摇滚都不如。四个微笑——不，大笑——的披头士穿着长长的白色屠夫袍子，画面上全是血淋淋的动物骨肉，还有赤裸裸的被肢解的人体。没有选用的镜头更加恶心：有一张乔治看上去正在往约翰头上钉钉子；另外一张上面，四个人被一串香肠连到一个女人身上，好像一条脐带一样。

虽然这些图片的罪魁祸首是惠特克，但他们也是全体自愿接受的。约翰后来回忆说，当时不得不去"演一个披头士"，心里"又是厌烦又是排斥"，于是就想颠覆他们的乖巧形象："我们一直都是那样，被当成天使一样完美。我想让人们看看,我们也是活生生的人。"这张封面后来被解读为对国会唱片的故意侮辱,尤其约翰最为反感他们的恶意拼凑,未经他们允许或同意就发行杂烩专辑。即便真有这样的意图,在英国也完全失效了,因为这张图片被当做了《平装书作家》的宣传广告,并登上了《创作人》杂志封面。

国会唱片本身也没有注意到任何不妥,把这张专辑封面当做"流行艺术试验"投入生产,把第一批七十五万份送到了全美国的唱片店,这时候警钟才迟迟敲响。大部分专辑立刻被紧急召回了,零售商们还没来得及上架出售;又让披头士补拍了一张新相片,四个人表情严肃地围着一台旧式蒸汽机车。国会唱片没有重新制作专辑封面,而是直接把这张新图片粘在了"屠夫"图片上面,又把这些专辑发给了原来的收货方。从此之后,收藏者们总是会小心地揭开披头士的《昨天……今天》专辑封面,希望在下面找到被覆盖的血腥图片。

美国的披头士歌迷当时还没有看到这张图片(偶像们兴高采烈地对着残缺不全的人体),于是巡演安排很顺利地提前确定为十七天全美巡演,8月12日从芝加哥开始。当时没有一个人意识到,这是披头士的最后一次巡演。从马尼拉的攻击中恢复过来后,四个人放松下来享受一夏天的假期,这个夏天从此进入了披头士的神话,就像"一战"中的爱德华野餐一样,成为历史上的转折点。那个春天,美国的大众媒体终于意识到了伦敦爆发的流行音乐、时尚、艺术和设计,虽然真正核心的时尚内行早在两年之前就已经开始了。四月,《时代》杂志特别发表了封面故事,介绍了这个新兴的"欧洲时尚之都",说明了突然"流行"的种种表现。结果上百万的年轻人来到了大西洋彼岸,体验伦敦的时装店、俱乐部和露天时尚游行以及古老的纪念碑、红色的大巴士、黑色的出租车,传统的骑兵卫队莫名其妙的变成了时尚卫士。英国的国旗也突然变成了时尚:不再是旧日帝国辉煌的象征,而成了当今世界时尚的宣言,印在了时髦年轻人的短袖衫、咖啡杯或购物袋上。

国家荣耀至此已经接近顶峰,但是最高点还没有到。7月30日,足球世界杯总决赛在温布利体育场举行,英国队创纪录地打败了西德队,证明"二战"的胜利绝不只是侥幸。在这样全国昂扬的大氛围中,最后的点睛之笔应该是披头士的美国巡演,一周之后就要去大赚美金了。然而,毫无征兆的,意外来临了。

一切起源于三月,伦敦的《晚间标准》发表了又一系列披头士专访,由他们最信任的记者莫林·克利夫主笔。克利夫的主旨在于,他们已经超越了一切竞争,从易变的青少年偶像,转向了"稳定的顶层生活",享受着女王般的待遇。因为她和布赖恩的关系也非同一般,她被给予特权依次直接接触了每一个披头士,那时候还没有现代采访的时间限制或公关监管。保罗来到她在伦敦的住处,为她单独演唱了《埃莉诺·里格比》;乔治和林戈也来到她家里,友好而坦诚地回答一切问题。她去韦布里奇见到了约翰,参观了他的家庭生活。

文章标题是《披头士怎么生活？约翰·列侬的家庭生活》,发表在3月4日的《晚间标准》上。克利夫笔下的约翰外表仍然酷似亨利八世的肖像,"像鹰一样傲慢……多变、散漫、杂乱、天真、茫然、迷人、机智"。他带着她在塞满玩物的豪宅里转了一圈,三岁的朱利安跟在他们后面,一路上不时地说几句话,并没有显示出披头士"稳定的顶层生活",更没有顾及到他的妻子和儿子。"我只是停一会儿,(这里)就像公交车站……我会去我真正的家,只要我知道我想要什么……你知道吗,我要做些不一样的事情——但我不知道是什么。我知道的是,现在不是我想要的生活。"

他看似毫无自我怀疑的只有一段话,这一段话却成为他命运的转折点:"基督教会消失,慢慢萎缩最终消失。我不需要任何解释;我知道我是对的,以后会证明我是对的。披头士比基督更流行。我不知道谁会先消失——摇滚乐还是基督教。基督本人还好,但他的门徒们太愚蠢太庸俗,他们扭曲了基督教,我才认为它会消失。"

这种论点并不是空穴来风,文章里面也作了解释。接下来,克利夫描述了约翰极为广泛的文学品味,比如英国陆军元帅罗伯茨勋爵的《印度四十一年纪实》和弗朗西斯·巴克兰德的《自然历史趣闻》(倒没有列举《迷幻经历》)。她还说他的书里"很多关于宗教",但没有说明具体的内容。其实,他最近沉迷于休·谢恩菲尔德的《逾越节阴谋》,一本正在热销的纪实文学书。谢恩菲尔德是研究《圣经》的前沿学者,提出了颇有争议的新理论,认为基督只不过是个凡人,所有神迹都是他一手策划的,按照《旧约》的预言步步为营,最后伪装了他的十字架苦刑;从始至终他的门徒们都是不知情的帮凶,所以约翰才会说他们"愚蠢"。同时,蒂莫西·利里和佛教开始成为他全新的信仰,所谓的圣餐就是分发的方糖,也一定影响了他对基督教的态度。

另外,应该指出的是,虽然本人对莫林·克利夫并无不敬之意,但是那些声名狼藉的话也许并不是约翰的原话,甚至他本人也许并不是这个意思。即使是文笔最清楚的记者,也会引申或误笔出莫须有的话;记者们也经常把原话意译或者合成,只要不损害最根本的意思。克利夫当然不是要耸人听闻,当时想的无非就是"这就是约翰"。事实上,他和她的谈话中多的是更加爆料的内容,根本不可能发表在《晚间标准》或任何报纸上,当时和现代都一样无法接受。比如有一次,他说起他的母亲朱莉娅,他一直都在怀念她,她曾经那么美丽。他看起来一本正经,说他小时候在她去世之前,一直希望有机会和她做爱。

"基督教"对绝大多数英国人而言是指英国国教会,在1966年日新月异的新时代意识里,越来越少的人对这个机构严肃对待了。英国国教会的大教堂和各地教堂被当成国家遗产,但是圣公会信仰和神职人员成为了现代讽刺的把子,从艾伦·班尼特到彼得·塞勒斯都乐此不疲(后者不久前还拍摄了《救命!》专辑的封面,扮成了坎特伯雷大主教迈克尔·拉姆齐博士)。因此,单从票房层面上讲,披头士"比基督更流行"很明显:每周日的圣公会礼拜都少有人去;教堂想尽一切办法吸引人群,甚至布道时用吉他演奏流行旋律;卫道士们翻来覆去说的都一样,无论是《每日邮报》还是《教会时报》。

约翰的观点在英国人眼里不足为奇,《晚间标准》的责编都没有列为标题,在版面上也没有特别突出这句话。而且,虽然全国媒体都在迫不及待地评论披头士的任何发言,却没有一家报纸单独把这句话挑出来,没有一个大众评论家发表专评,没有一个流行专栏特别注意到这句话。唯一一点反对的声音——虽然批评也十分温和——来自约翰·格里戈,原艾纯查姆主教,在《卫报》主笔。克利夫的文章后来被转载到很多国外报纸上(包括《纽约时报》),但是仍然没有产生任何不良反应。

直到四个月之后,强烈反对才集体爆发。一本美国的青少年杂志《记事簿》,重新刊登了克利夫的专访,选用的主角只有约翰,标题是《让人生恨的十个大人》。约翰对披头士和基督的吸引力的对比被单独抽出,封面上只有一句话:"我不知道谁会先消失——摇滚乐还是基督教。"这篇文章登在《记事簿》八月刊上,七月中旬在书报亭开售,三周之后就是披头士的美国巡演。

在怀疑论与不可知论盛行的英国,在只有伦敦市区发行的报纸上,这些话没有引起任何异议。但是在敬畏上帝的美国,在全国统一发行的杂志封面上,引起的效果就截然不同了。《记事簿》开售仅几个小时之后,美联社就发表了特别报导,阿拉巴马州的伯明翰中心电台,作为南方圣经带的中心,宣布立即禁止播放披头士的一切专辑。随后虔诚教区的所有电台:肯塔基州、阿拉巴马州、俄亥俄州、乔治亚州、密西西比州、南加利福尼亚州、马萨诸塞州、康涅狄格州、犹他州和纽约州,立即服从了中心电台的禁令——只有纽约市的音乐主持人没有参与禁播,而肯塔基州的福特诺克斯地方电台,之前从未播放过披头士,现在反而开始公放了,"为了表示对他们伪善化身的蔑视"。更加出风头和抢新闻的禁令帮派,在播放的实体唱片直接销毁;在公共场所设立垃圾箱,上面标着"披头士垃圾";甚至提供木柴点起篝火,让听众亲手把堕落的天使们的单曲和专辑扔进炼狱。全国的大教堂、小教堂、圣堂和会堂,全都一致加入禁令,呼吁地狱之火降到披头士头上,任何买披头士唱片或去看披头士表演的教众立刻被开除教籍。

从美国开始,愤怒反弹到全球的基督教国家。被种族隔离的南非享受了短暂的优越感,因为黑人的全国广播系统反而禁播了白人的披头士歌曲。荷兰和西班牙也加入了禁播,分别代表新教和天主教;甚至梵蒂冈的天主教皇也发表了公开谴责,在《罗马观察报》上评论说"即使是垮掉的一代,也不能如此亵渎上帝"。这些外国的强烈反应反弹回了英国,原来被忽视了的这些言论,引起了报界和电视的热烈争议,约翰收到了众口一词的严重批评:即使不是宗教意义上的亵渎上帝,也是个人意义上的自命不凡以及幼稚而令人震惊的不会把握时机。从来没有一个流行明星——无论五十年代中期猫王埃尔维斯的扭胯舞蹈,还是杰里·李·刘易斯与十三岁的表妹结婚,或者查克·贝里进了监狱——遭遇这样公开而残酷的巨大压力。

布赖恩·爱泼斯坦为这次危机发挥了所有外交技巧,虽然以前在马尼拉没有施展成功。令人意外的是,没有任何人责怪莫林·克利夫,说她误引了约翰的原话,或采用了不应发表的言论。但是,布赖恩还是私下联系了克利夫,让她从此对这个话题噤声;出于对他和约翰的尊重——事态发展成这样她也同样震惊而迷惑——她立刻同意了。很难想像现代记者引起了这样的世界轰动,会像她这样欣然同意退出话题中心。

布赖恩的第一个想法,是让约翰录一段本人声明,在美国的电台和电视上播放,向引起的公愤亲自道歉。但是结果布赖恩本人发表了声明,在纽约的美洲酒店召开新闻发布会,用了投射心理和时机把握等一切技巧,很久以前他在皇家戏剧艺术学院学过的专业。这次声明比任何一个政治峰会的新闻公报都更加谨慎和庄严,这位年轻的犹太经纪人用尽全力来平息基督教的强烈抗议。布赖恩说,约翰"对宗教极有兴趣",但是他对宗教的观点"被误传了,因为完全没有当时的语境……他说这些话的意思其实是,他很震惊在过去的五十年里,英国国教也就是基督教,竟然受到了公众的轻慢。他不是自吹自擂披头士的名声。他的意思是,披头士对他自己而言,在部分年轻人中,目前的影响更大。"

尽管现在披头士的美国巡演明显疑问重重,他们还是在8月11日离开了英国,按计划从芝加哥开始全国巡演。就在六天之前,《左轮手枪》专辑在英国发行,同时发行《埃莉诺·里格比》/《黄色潜水艇》单曲唱片。然而目前而言,绝妙的音乐退居二位,当务之急是解决争议。

出发之前,约翰发表了简短的电视讲话,保罗·麦卡特尼站在他旁边,显然负责做他的声援。他担心大西洋彼岸等待他的会是什么吗?"我担心,"他回答,反常地苦苦思索着最稳妥的字句,"但是我希望一切最终顺利,大家都是这样说的。"保罗赶紧接上了话,用他最甜美的微笑缓和气氛,坚持说道:"一切会顺利的。"后来,约翰在美国对记者说他被"吓住了",教会一致说他要遭受天谴,一开始他都想退出巡演了。"我想他们也许会杀了我,因为这里把事情都搞得很严重。我是说,他们开枪打死了你,然后才发现这事没那么重要。所以我不想去巡演了,但是布赖恩、保罗和其他披头士说服了我。"

四个人到达芝加哥后,发现显然布赖恩的声明远不足以平息民愤,约翰本人必须公开有所表示。他们的行程中要经过好几个教区,那里正在号召上帝的惩罚降到他们头上,他们的音乐已经被施与了火葬。白人至上主义者组成的三K党,通常致力于谋杀和恐吓黑人,现在宣称要为南方愤怒的基督教徒报仇。约翰本人或整个乐队,都真的可能受到攻击。如果形势仍然没有改善,布赖恩对同事们这样说,他会立即取消整个巡演。

约翰、布赖恩和披头士的公关经理托尼·巴罗开了个会,在阿斯特大厦酒店的布赖恩的套房里。记得四年前约翰打了鲍勃·伍勒后拒绝和解,巴罗猜想他难免会拒不道歉,不肯收回说过的每一个字。然而,他此时却心急如焚,因为他可能毁了整个巡演,绝望地愿意作任何补偿。"他真的把头埋在手里哭了。他一直在说:'我愿意做任何事情……无论你们说什么都行。要是因为我说过的一句话,整个巡演就被取消了,我要怎么面对其他人?'"

后来,在披头士成员的支持下,约翰终于面对了媒体,在两层楼下巴罗的套房里,现场就像现代的宗教法庭。在严峻的形势和压力下,他的脸看起来更瘦了,鼻子的线条更尖了,他的披头士发型变得奇怪,就像借来的一顶帽子。其他明星面对这样的场合,都会读一份简短的声明,回答几个简单的问题,然后在保护下尽快离开。但是,约翰却始终一直在场,面对每一个提问的人,勇敢地接受每一次攻击。他的回答逐渐变成了拉长的独白,很快就超过了被教导的说辞,不过总体来说,这一次纠正了上一次的所有错误:"我不是反对上帝、反对基督或者反对宗教。我根本不是这个意思。我不是说我们更强或更好……不是把我们和基督比较,不是把基督当做人或神或什么……我只是在和一个朋友聊天,我把'披头士'当做了一个名词——就像别人说我们时一样。我说他们对年轻人影响比别人都大,包括基督,我是这么说的,但是这么说是错的……"

时不时的,这个闭门会议里的人会禁不住笑起来,因为约翰固有的自由放任的风格会露出来。"如果我当时说'电视比基督更流行',也许现在我就没事了。"他一语中的,这句话既机智又真实。"……我的观点来自我读过和看过的基督教的书,它的历史、现状和未来。我只是说看起来,它似乎萎缩了,没有吸引力了……人们认为我是反宗教者,但是我不是。我是宗教卫士……"媒体想要的是礼节上的悔罪,他的真诚无可置疑:"很抱歉,我说错话了。"

这样获得美国媒体有所保留的原谅后,布赖恩决定巡演毕竟还是要进行。但是在美国中部,十字架和电视天线一样密集,约翰的反教言论并没有轻易被宽恕。在巡演的每一站,欢迎披头士的尖叫声里,现在夹杂着愤怒的责备声;挥舞的重重标语上,现在写着不同的信息:"披头士回老家"或"基督也为你而死,约翰·列侬"(偶尔也有叛教者写"列侬救世");之前痴迷于《我想握住你的手》和《她爱你》的歌迷,现在公然毁坏或踩踏专辑唱片;从前《约翰·列侬:自写集》的忠实读者,现在把他的书撕成了碎片。披头士对这些大众反对逐渐冷漠了,但有一个画面却让他们难以忘记:一个小男孩,一直跟着他们的车跑,直到双腿再也跑不动了,他的喊叫再也听不见了,他的表情却定格为背叛。

在有些演出场地,像在马尼拉一样,警察突然撤走了,没有任何解释。虽然披头士表演之间的航班被高度保护——到达时远离航空站,那里可能潜伏着神枪手;出发时只要可能,总在夜色掩护下——但是后来在飞机机身上,还是发现了几个弹孔。在有些地方,甚至有人卖"权"参加大规模的披头士唱片损毁或焚烧,通常由超市获准在停车场举办来吸引顾客。

8月19日,他们到达孟菲斯,以前也许会让约翰兴奋,因为这里是猫王的故乡,但是现在充满了想像不到的危险,因为这里是圣经带的核心。"他们想要的是约翰——先让他下去。"飞机上有人开玩笑这样说,下面的宗教狂热人群挥舞着种种条幅。约翰阴郁地附和说:"你们最好在我身上画个靶子。"

他们在中南体育馆的两场演出开始之前,当地电视台上有一个年轻健壮的三K党成员,没有戴标志性的高帽子,公开痛斥披头士的罪行,竟然宣称他们"比耶稣·基督还好",让观众记住三K党是个"恐怖组织",并恶意地许诺当天要在台上给他们"惊喜"。去往体育馆的路上有那么多街道,上面有那么多来复枪口的藏身之处,披头士的豪华轿车只好空车打头当诱饵,他们自己坐着灰色的公车赶往场地,一路上都弯腰蹲在车底上。下午的演出之前,收到了炸弹恐吓;据传抗议者们由三K党运进了场,在油桶里礼仪似的烧毁了披头士的唱片。

第二场演出时,四个人刚开始表演几分钟,突然旁边炸开了鞭炮,几声"砰-砰-砰",就像真实的枪声。托尼·巴罗回忆了当时的恐怖一幕。"我们每个人

(巡演随行人员)和其他三位披头士,都转过头去看着约翰,生怕他会慢慢倒下去。"

8月26日,纽约的谢伊体育场演唱会,完全不如一年前的成功巅峰;一万一千个座位没有卖出去,报导传说"披头士的风头已过"。在曼哈顿的媒体见面会上,四个人都看起来"苍白疲惫",和1964年初来纽约时判若两人,当年他们用俏皮机智的迷人形象轰动全城。为了寻找新闻标题,一些记者故意引导他们评论越南战争,但是他们全都拒绝直接回答,只是一致低声重复"我们不喜欢战争。战争是错误的"。保罗说他们最好回到英国之后再表达他们的观点,因为"在英国,人们多少还听一些。在美国,人们什么都反对你。""明天你就得为这句话道歉了。"约翰半开玩笑地对他说。

他自己被问到为什么他的话会产生这样的全国公愤。"美国的人更多,也就有更多的偏执者,"他回答,然后又小心补充说,"当然,不是美国的每一个人都是偏执者。"尽管他努力谨言慎行,他的亨利八世式的薄唇还是不能完全闭上。在一次较为轻松的采访中,有人问保罗《埃莉诺·里格比》的灵感源泉是什么,他还没来得及回答,约翰就插嘴道"两个怪人"。

巡演的最后一站是再合适不过的中转站,既结束了他们的过去,也预示了他们的未来。8月29日,他们到达旧金山,在烛台公园棒球体育场最后演出。林戈·斯塔尔回忆说,演出之前他们"讨论了很久","必须结束吗",约翰斩钉截铁地宣言他"受够了"。他们的决定没有正式公布(后来也没有),即使是烛台公园里最精明的披头士的美国公关人员,也完全没有意识到这次演出的历史意义。尽管已经厌烦和疲倦至极,他们秘密地告别演出时,还是难免会心生怀念。他们每个人都拿了一个照相机,事先偷偷地放在一个扩音器上。等到演出快结束时,林戈走下鼓台,四个人转过身去背对观众,把最后的舞台和布景拍了下来,就像毕业生纪念曾经痛恨的教室一样。

英国的媒体同样没有意识到他们的里程碑已经过去了——反而还在集中关注约翰的美国苦刑。即使面对本国人,约翰骨子里的讽刺也变得温和了。回到伦敦之后再回答问题,他还是无奈而顺从的态度:既然他的几句话就引起了世界范围的宗教争议,谁知道间接批评美国对越南的战争,就不会惹下更大的麻烦呢?"很难对世界上发生的一切事情保持沉默,"约翰回答说,"除非你是和尚……抱歉,和尚,"他赶紧补充,好像看到喜马拉雅山上的黄袍和尚都站起来抗议他了,"我没有别的意思……"

虽然他对巡演无比痛恨,再也没有巡演的生活,一开始却让他感到恐慌。"不在舞台上了,我不知道该做什么,"他后来回忆说,"有生以来第一次,我开始想道:'我的天呐,没有不停的巡演了,你还能干什么? 还能做什么?'"

巡演也许损害了他的精神,阻滞了他的创造力,但是也有特别的优势。这些年来在"披头士狂"的包围中,他几乎避免了从男孩长成男人的所有义务,更别说作为丈夫和父亲的家庭责任了。从相反的另一方面来说,却培养了他自己的职责与责任感:只要穿上演出服,他就像士兵一样,和战友们"上了前线"。巡演中的挫败感之外,他发现还有很多东西值得怀念:那些快乐的笑声,那些善意的玩笑,那些家人的感觉,即使去了全世界,他们都是一家人。披头士之外,他再也不可能找到这样的友情了。

另外三个披头士面对全新的自由和轻闲,已经全都顺利地找到了新方向。保罗为英国的一部新电影《家庭之路》作曲配乐(这部电影后来获得了诺弗洛奖),继续孜孜不倦地自学古典音乐和剧院配乐。他仍然和因迪卡画廊的前卫派密切交往,在1966年底投资发起了伦敦的第一家地下报纸《国际时报》,因迪卡的巴里·迈尔斯是共创者。乔治沉浸于东方音乐和宗教,访问了印度并和印度教的导师们探讨教义,同时在西塔尔大师拉维·山卡门下继续学习西塔尔琴。林戈用更多的时间和妻子莫林在一起,她很快怀上了他们的第二个孩子。只有约翰,披头士中公认最有个人发展潜力的成员——全国知名的"下层社会的天才"——反而一时没了前途,待在韦布里奇的家里,陪伴辛西娅和朱利安。

喜剧是一块明显的发展领域,多亏了他和彼得·库克的牢固友谊。彼得·库克、达德利·穆尔、艾伦·班尼特和乔纳森·米勒四人组,以他们的舞台表演(和"帕洛风"唱片)《边缘之外》,彻底改写了英国的喜剧,就像披头士改写了英国的音乐一样。从那开始,库克以他笨拙而慵懒的形象成了喜剧界的明星,开办了伦敦第一家讽刺性的夜总会"学会",获得了《私家侦探》杂志的控制股权,创造了极端乏味的公园长凳上的哲学家韦斯帝,在喜剧史上和汉考克或青蝇一样不朽的角色(虽然一直以来,他的秘密理想是成为第二个猫王)。

1965年,库克和达德利·穆尔开始在英国广播公司电视二台,出演一个新的喜剧系列《不仅……而且》。第一集中约翰就出现了,穿着灯芯绒的黑色高领毛衣,朗诵了《自写集》上的选段。同时出演的还有诺曼·罗辛顿,他在《一夜狂欢》中扮演了巡演经理那姆。最后出片尾字幕时,约翰即兴跳了一段舞蹈,库克和穆尔在每一集结束时都会播放。他非常喜欢这次经历,后来每当再拍新一集时,他不请自来又自愿参加了。

他和辛西娅是库克家晚宴的常客,在汉普斯特德的乔治王朝时期的大房子里,一起赴宴的常客还有演员彼得·奥图尔和汤姆·考特尼、设计师玛丽·奎恩特、诗人和《私家侦探》专栏作家克里斯托弗·洛格,与记者伯纳德·列文。库克当时的妻子温蒂是个盛情的主妇,即使给客人们上烤全猪也不觉得不合适。在这样的高层文化人群中,约翰的口才大为施展,晚宴经常变成他和库克两个人的论战,看谁的自由联想更为疯狂荒唐。"他们两个都有即兴发挥的天赋,"温蒂回忆说,"我希望我能记得一些精彩桥段,但是最后想起来的都是大笑声——还有约翰尖利的鼻子线条、不时拨动眼前的头发、总是紧绷肩膀的样子。"

最后是理查德·莱斯特,《一夜狂欢》和《救命!》的导演,为他填满了巡演之后的空虚。莱斯特最近被邀请拍摄好莱坞版的《第二十二条军规》,约瑟夫·海勒著名的"二战"喜剧;但是,他转而选拍了同一题材的英国电影,更小型更怪异的《我如何赢得战争》,改编自帕特里克·瑞恩的同名小说,电影编剧是查尔斯·伍德,《救命!》的合作编剧。凭借在两部披头士电影中约翰的表现,莱斯特这次给了他一个配角,英国部队的列兵格里普韦德。这个角色是真正的戏剧角色,在银幕上没有唱歌也没有制作音乐音轨。外景拍摄在十月底开始,先去汉堡再去西班牙南部的阿尔米利亚。全新的挑战让他动心,又能够长时间拖延"回家",他马上接受了。

《我如何赢得战争》与《救命!》和《一夜狂欢》同时代,被很多人珍藏为六十年代的经典。故事背景是北非战争,一队英国火枪手被派遣执行一个怪诞的任务,在敌方战线后方建一个板球球场。和《汤姆·琼斯》和《阿尔菲》等现代英国电影模式一样,电影里的角色不仅互相交谈,还直接面对镜头说话。如果一个火枪手被打死了,他的位置就被一个"一战"中战死的士兵取代,这个人物不能说话,就像一个活着的雕塑,从头到脚是橙色、绿色或红色的。摄影方法在彩色和黑白中切换,并且结合了真正的"二战"纪实片段,比如历史上著名的登陆日。最后的效果介于《多可爱的战争!》和《愚人秀》之间。

后来有人说约翰是被这部电影的反战主旨吸引了,其实当时这个因素几乎微乎其微。当时和现在一样,公认"二战"是必须和正义的战争。自从苏伊士运河危机以来,英国的和平军队再没见过大型的海外军事行动,北爱尔兰的独立冲突还在三年之后。查尔斯·伍德笔下夸张的军人形象——愚蠢的中尉、尖叫的军士、玩牌的将军——并没有被联想到美国的越南战争。这部电影只是流行艺术的滑稽模仿,表现战争电影而非战争本身,仍然是对战争年代的回忆,纳粹军官踢着皮鞋玩着游戏,甚至都没提到死亡集中营。

为了准备列兵格里普韦德的角色,约翰改变了披头士的形象,后来证明是永远改变了。他的标志性的齐刘海消失了,六年来第一次露出了额头。和部队规范的军人短发不同,他的头发像拜伦一样松散地披了下来,入伍的士兵是不可能被允许这样的。打破了童年时的禁忌,他还不得不戴上了眼镜:讽刺的是,眼镜正是全民健康活动的圆形金属边框,八岁的时候他曾经那么强烈地反抗,多年后的现在却终于还是戴上了。

去国外实景拍摄,没有其他披头士,一开始让他胆怯。他担心剧组里的人会看不起他,因为他不是一个真正的演员。所以忠实的尼尔·阿斯皮纳尔自愿和他一起去,在西班牙拍摄的六周时间一直在他身边。

后来证明这次经历对他们两个人都非常愉快。莱斯特手下是英国真正的性格演员,比如迈克尔·霍登和罗伯特·哈代,都没有自恃高傲地看不起约翰,反而很尊重他认真对待角色、自觉主动地学习和完全没有明星架子。他和罗伊·金尼尔、李·蒙塔古培养了特别的友谊,前者出演过《救命!》,后者年近四十,长相好斗却性情温和,饰演火枪手队的军士长。在电影拍摄的间隙,约翰、金尼尔和蒙塔古会一起出去,站在附近小溪上的小桥上,玩维尼棒的游戏,米尔恩的《小熊维尼》系列故事里的出名游戏。"每个人把一根木棒丢到水里,溪流会把木棒带过小桥,"蒙塔古回忆说,"谁的木棒在对面先出来,谁就是胜者。约翰很爱玩维尼棒。后来他送了我一本他的书,上面写着'给我最喜欢的叔叔'。"

剧组里的电影明星是迈克尔·克劳福德,饰演愚蠢的司令官古德博迪中尉,约翰饰演的格里普韦德是他的勤务兵。克劳福德把他的妻子盖比一起带了过来,晚上经常去约翰和尼尔合租的公寓喝酒或玩"大富翁"。克劳福德夫妇非常喜欢这个公寓,约翰主动提出和他们交换住处,他们租住的大别墅里有——对他而言——无法抗拒的乒乓球桌。交换住处之后不久,北端音乐公司从伦敦派人过来,给他带了一大盒巧克力,里面小心地塞满了大麻。"我们打开盒子的时候,盒底突然掉了,"尼尔回忆说,"大麻都掉进了长绒地毯里,我们几乎什么都没剩下。"

拍摄开始几天之后,约翰的专用司机莱斯·安东尼,开着全黑的"劳斯莱斯幻影五号"来了,最近又安装了更加奢华的装备,包括一张折叠床和一组功放喇叭。为了最大化地令人惊奇,约翰还补充了车里的唱片收集,包括"上校博迪·马赤",彼得·塞勒斯模仿的一篇政治演讲,夹杂着各种各样的农场音效。还配了一只话筒,他可以自己广播,声音巨大无比。一天晚上在伦敦时,滚石乐队的布莱恩·琼斯正坐在一辆停下的轿车里,突然听到警方的喇叭大叫自己的名字。

他当时吸毒之后正在兴奋,一瞬间差点吓得心脏停搏。结果却是约翰在开他的玩笑。

黑色"幻影"带着雷鸣般的音响,成为阿尔米利亚一道熟悉的风景,当地居民戏称为"灵车"。尼尔·阿斯皮纳尔记得无数次疯狂的旅途,来回于不同的户外场地之间,在颠簸的土路上起起落落,约翰和同剧组的演员挤在后座上,鲍勃·迪伦的歌声在功放喇叭中盘旋,乡下的西班牙人迷惑地看着他们。

电影拍摄快结束时,辛西娅出来找他度假,一直支持她的林戈和莫林夫妇也一起来了。约翰和尼尔住的潮湿而杂乱的单身汉房子不再适合,辛西娅租了一个更宽敞更豪华的别墅,带有私人游泳池。这里的原址是一所古老的女修道院,传说以前的亡灵仍然常常出没,虽然像《音乐之声》一样毫不吓人。有一天早上莫林醒来发现,她睡袍上的带子都被恶作剧似的打成了结。晚上一行人点着蜡烛在前厅即兴唱歌时,好像总是会有神秘的声音加入进来。不只辛西娅自己相信这个地方"充满了美丽的灵魂"。

据传《我如何赢得战争》表现出约翰是一个天生的电影演员。随着日益成功的理查德·莱斯特做他的导师——传言是这样——他可以轻易地从音乐跨界到电影生涯,像之前的法兰克·辛纳屈和猫王一样。他之所以没有这样做,是因为到电影最后,他发现不够有挑战性;更为合理的解释是,他意识到电影明星的生活,比披头士更加没有自由。

莱斯特当然相信他有潜力,但是这个电影中表现得并不明显。列兵格里普韦德只是个小角色,几乎没有什么台词(虽然查尔斯·伍德笔下从始至终荒诞的对话,很像《约翰·列侬:自写集》的风格)。他的旁白是不自然的伪列侬主义,比如他承认加入了英国的法西斯党:"我是(奥斯瓦德)莫斯利的重要助手。他不能来开会时,都是我传达的。"

然而,有一幕却是可怕的预言。在一幕黑白画面上,格里普韦德穿过战场时,被敌方的炮火击中了腹部。他向下看了看自己,然后不可置信地看着我们。"我知道这一切会发生,"他说,"你也知道这一切会发生,不是吗?"然后他的脸变成了彩色,镜头特写他嘴角的一缕鲜血。"我真的不是贼,"他最后喘息着说,"我从没发现任何东西值得我偷。"辛西娅看到这一幕时,忍不住流下泪来。她感觉约翰死时就是这个样子。

一个半世纪之前,托马斯·德昆西就曾记录,习惯性吸毒者"童年时最细微的事情,长大后熟悉的场景经常会重新浮现"。对约翰来说就是这样,在与音乐无关的电影拍摄过程中,创作冲动重新回到了心中。秋天的西班牙阳光,让他想起了很久以前在伍尔顿,在七月的每个礼拜六,听着远处传来铜管乐队的音乐,他忍不住拉着咪咪姨妈的胳膊,拼命地讨要椰子糖和棉花糖。看着眼前雪白的外墙和土红的房顶,他总会想起孤儿院的砂岩房子,每一年的夏宴是他童年时代最美好的回忆;他依稀看见前面的铁门里,肃穆的哥特式铰链门窗,外面的官方告示牌上,一反常态地写着那个入口即化的名字:草莓地。

他开始写歌词了(坐在地中海的细沙海滩上,尼尔就在几英尺之外),"草莓地"是他小时候庞大的领地,长大后的他已经不觉得大了,但他写出来的却不是怀旧的明信片,而是一幅声音的抽象画:神秘而模糊,完全透露出了作者的思绪,比任何自传都更加动情。

开头几句听众非常熟悉,很容易忽略其中包含的重重深意或情绪。"让我带你去,我要去……"直接邀请听者陪他去散步,就像小时候和咪咪姨妈或乔治叔叔一起去散步一样。一番描述过后,却是利里式的断言"一切都是虚幻",然后本来应该是"没有什么值得担忧"。(对娇生惯养的六十年代的年轻人来说,"担忧"——有点低落或困惑——是最难受的感觉。)歌词有点沉重,"担忧"又和"逗留"谐音,于是就用了一点冷幽默,改成了现在的"逗留"。最后我们又回到了童年,听到了一声遥远的呼唤,好像是萨利军的孤儿们,赢了汤匙盛蛋赛跑后的欢呼:"永远的草莓地!"

约翰自己总是说歌词是"伴随音乐的心理分析",宣称这首歌和《救命!》是"我写过的唯一真实的歌曲"。对他来说歌词里面意味着,自从草莓地成为他小时候的玩乐王国后,这么多年他自己一点也没有改变。"第二行(第二段中)说'我觉得没有人和我在一棵树上',其实我想说的是:'没有人和我一样叛逆,所以我不是疯子就是天才。我从五岁起就在思考这个问题。'"实际上,自我中心是歌词里最不明显的感觉。叛逆精神和坚忍主义很快让步为自白,精神混乱而迷惘茫然,最后是完全的语无伦次("我知道我的想法,是的,但是这都是错的……")。然而,韵律却全都是正确的,每一行的韵脚也都十分工整。其他迷幻创作人写出的是破碎不堪的胡言乱语,约翰写出的却是精心制作的胡言乱语。

在阿尔米利亚的那些日子,他一直在思考自己应该做什么,再没有巡演来调节他的生活。"我一直在想,'一切都结束了,真的,'"他后来回想说,"'再也没有巡演了。也就是说未来一片空白……'我真正开始思考没有披头士的生活——未来会是什么?我整整六周都在思考这个问题。'我要做什么?去拉斯维加斯?去歌舞表演吗?'我没有想过组建自己的乐队,因为这根本进入不了我的思想。只有乐队结束后,我应该做什么?

"那时候我就下定了决心,一定要自己走出来(披头士),而不是被其他人赶出来。但是我当时走不出来,因为外面太可怕了。"

辛西娅·列侬出过两部自传,第一部尤为宽容,其中说到他们的婚姻破裂时,她定义为约翰开始大量服用迷幻药开始——"吃点好东西",他自己这么说——结果,他变成了另外一个人,她对他不再了解,也无法交流。"有一种说法爵士音乐人常用,当他们与某个音乐人一起合作,但是那个人与别人都不协调时,他们会说'他一定在听不同的鼓点',"辛西娅这样写道,"这种说法足以概括我的感受……约翰还在不停寻找,但是我觉得我已经找到了我想要的生活。"

这种想法当然是一种自我安慰,因为后来发生的事情让她难以承受。但是除了她之外,约翰周围的每一个人都知道,"不同的鼓点"一直都在敲响,早在他开始服用迷幻药之前;而且即使迷幻药的危害数不胜数,辛西娅的孤独和不幸却不是它的后果。

人们总是惊奇于他们的婚姻,约翰和她竟然维持了四年之久;约翰身边不停有投怀送抱的女人,却没有一个人把她认为是他的妻子。她一直毫无怨言地温和忍受,赢得了其他披头士与妻子乃至整个团队的同情;不过也有一些人认为,约翰也应该得到某种意义上的理解。没有人比乔治·马丁更喜欢辛西娅,但是马丁也理解约翰的处境,他自己二十二岁时就已经结婚了。"那样的婚姻难免会失败,"他说,"我一直在担心约翰和辛西娅。"

矛盾的是,他去巡演长期不在家,事态反而比较平静。只要家庭生活开始变得压抑,他总能逃到另一个世界里,像一个单身汉一样生活。同时,无论巡演路上他有过多少女人,只要作为一个披头士,就会一直在媒体的关注下,他不会有更为持久的私情。"他和其他人一起巡演时,对辛西娅不会有严重的不忠,"乔治·马丁说,"巡演终于彻底结束了,这一切才会发生。"

他们之间的身体吸引,曾经那么强烈,现在完全消失了;用辛西娅的话说,他们生活在一起,"像兄妹一样"。约翰热恋时的嫉妒与霸道早就平息了,他们的关系最终确定下来之后,就成了平淡乏味的生活习惯。"我们从来不吵架,"辛西娅回忆说,"我们相处融洽,没有任何火花。"这种平静一直继续,直到约翰开始服用迷幻药,情绪从低迷到狂暴、变化不定。她之前向他说过,她也觉得创造力被抑制了,想重新开始绘画或者别的专业,她在艺术学院时也曾出类拔萃。约翰看起来也有所同感,所以一天晚上他不在家的时候,辛西娅花了好几个小时在肯坞的阳光间里,在白色的电视机上画了花卉图案。第二天早上,她发现他深夜回来了,不知是喝醉了还是服药了,把她的手工作品粘满了贴纸,全是"多喝牛奶"的宣传标语。

辛西娅第一次偶然接触迷幻药,是在牙医约翰·莱利家被下了药,让她难受得痛苦至极。但是约翰一再恳求她,不要由一次坏的经历就下断言,并且保证说如果她再试一次,在自己家里安全舒适的环境中,有他和其他新信徒在旁边照顾她,她一定能够感受到药效的奇妙。如此恳求的约翰,她从未见过也无法拒绝。以为这样至少能让他们在一起多待些时间,她同意了再试验一次。

一整个周末被特别安排为"辛西娅试验"——自从汉堡回来之后,约翰从没和她一起度过这么长时间。三岁的朱利安被交待给管家多特·加莱特,一个特别的支持团队搬进了肯坞,其中有乔治和帕蒂夫妇、布赖恩的同事特里·多伦和帕蒂的一个朋友女演员玛丽·莉莎。为了举行这次神圣仪式,客厅被格外布置了一番:堆积起来的软垫、点燃的蜡烛与熏香,迷幻气氛的音乐。辛西娅还在疑惑迷幻药会怎么给她,像上次一样滴在方糖上还是用药片,突然感觉到她已经在药效控制下了。药已经偷偷放进她喝过的饮料里了,以防她在最后一刻又退缩不前。

但是这一次和上一次一样痛苦。几分钟后她跌跌撞撞地跑到最近的洗手间里干呕,看见洗脸池上方的镜子里一个骷髅头在冲她狞笑。约翰跟进来把她带到外面的安全团队怀抱里,但是即使是这儿仍然出现了可怕的幻象。特里·多伦对她说话时,突然变成了一只鳄鱼,后来又变成了一条蛇。家里的一只猫碰巧在场,变成了多种颜色多种样子,皮毛随着音乐节奏颤动。甚至连沙发上的软垫都活了一般,随着音乐一起不停起伏抽动。

这次试验最后结束于集体的拥抱,大家一起祝贺辛西娅时,约翰显得最为骄傲和慈爱。尽管她很享受这难得一见的温柔,她还是对他说迷幻药"恐怖而危险",她再也不想做任何实验了。据她后来说,约翰接受了这个决定,再没有给她施加压力;而她也任由他在毒品里越陷越深,离她自己和朱利安越来越远。

约翰无论做什么,都需要一个密友,既是导师又是同伴。迷幻药一开始时几个月,这个角色是约翰·邓巴,因迪卡画廊的共建者和经理。邓巴是一个完美的伙伴,在前卫艺术界颇有地位,在流行音乐界也一样自如,因为他和玛丽安娜·费思福尔的婚姻,也因为他和滚石乐队的友谊。他已经是一个迷幻老手,大学期间在美国搭车周游时就发现迷幻药了。

两个人经常在邓巴的公寓里一起服药,在梅费尔的本廷克街上,那里客厅的一整面墙上,都画满了他们的各种幻象。但是约翰从来没有对辛西娅隐瞒过他的活动。"我们在韦布里奇也玩过很多次,"邓巴回忆说,"辛西娅通常都在家,但是在别的房间里。让人感觉他们生活在一起,却已经没有了任何意义……约翰只是还没有准备好往前走。朱利安也经常在旁边,但是没受到过父亲的注意。我还记得约翰对他说,'不,我不会给你修该死的自行车。'"

特里·多伦是另外一个主要的同伴,陪他度过了无数个迷幻之夜。随和而迷人的多伦,是一头鬈发的利物浦人,他进入了披头士的生活圈子,开始是作为布赖恩的生意伙伴,在豪恩斯洛的布赖多有限公司,他负责出售豪华汽车。虽然后来他成为了乔治的私人助理,但是在这个阶段他还是属于列侬阵营,充当了约翰的司机和保安,并成为了辛西娅的朋友和支持者——偶尔也是护送者。他在肯坞的多重身份,赢得了朱利安的信任,即使约翰正巧在场,他也总是让多伦哄他去睡觉。

并不是每个人都像他的妻子一样,认为迷幻药对约翰有害无利。"我觉得大麻和迷幻药让他变成了更好的人,"约翰·邓巴说,"首先,它们让他不再喝酒,这就意味着以前的易怒和攻击性慢慢消失了。它们还让他开始关心别人,他再也不是自私而自我中心的流行明星了。我记得有一次,在一次旅途中间,他一定是注意到我看起来害怕或担心了。'没事的,朋友,别担心,'他对我说,'我们都一样,我们都害怕……'我不认为在开始服药之前,他能够对别人这么体贴。"

现在的披头士四人,没有一个是以前巡演时微笑鞠躬的样子了。最近一次回到利物浦,保罗骑车闲逛小时候去过的地方,不小心从车上摔了下来,上嘴唇被严重划伤了。为了掩盖伤疤,他留起了大胡子,时下正流行这个样子,迄今墨西哥革命者还是这样。他们还是团结一致,其他三个人也立刻留起了胡子,林戈的是萨帕塔式,乔治的是万德克式。而约翰,却让胡子自由生长,一直蔓延到他的下颌。扮演格里普韦德后,他就留起了头发,还保留了圆框眼镜。这样他看起来就不像流行明星或嬉皮士了,而像是非常古板的维多利亚时代的记账文书。

表象之下,他看起来仍然是那个无法改正的玩笑家,随时准备用愚蠢的双关语削弱最流行的嬉皮语言,甚至把神圣的迷幻概念"自我消亡"都说成了闹剧。但是,克劳斯·沃尔曼再去肯坞时,在设计《左轮手枪》封面后不久,他惊讶地看到了一点表象之下……

第四部 禅宗 轻歌舞剧
PART Ⅳ ZEN VAUDEVILLE

张晓意 译

19. 呼　吸

我们四目相交,彼此有了感觉,就是这样。

命中注定要改变约翰下半生的这个女人1933年2月18日出生于东京。日语中,姓在名前,因此在她十八九岁之前,她都被叫做小野洋子(Ono Yoko)。"ko"的汉字是"子","Yoko"可以写成"洋子"或"阳子"。这个婴孩将来确实总是积极自信,很少有自我怀疑,她穿越多个大洋,一路饱经敌意与误解的惊涛骇浪。

洋子的童年和约翰的一样被阶级所笼罩;同样的,长大以后的洋子表现出一个跟她原来的出生大相径庭的形象。洋子的母亲矶子来自日本最富有的四大财阀之一:安田家族。洋子的曾祖父安田善次郎出生于贫穷的武士之家,在十九世纪末以经营钱币兑换致富,并最终创立了日本第三国立银行。安田善次郎是一位受全日本敬重的人物、很有天赋的音乐家兼诗人,并超前地将身材矮小的妻子视为平等的伙伴。这对模范夫妇十分受人爱戴,刻有他们肖像的木版画在全国的办公室和商店随处可见。1921年善次郎的死将对他那位素未谋面的曾孙女产生巨大的影响。一天,善次郎抽出几分钟的时间在花园里与一位前来为工人宿舍募捐的青年人交谈。在遭到拒绝之后,这名青年就暗杀了善次郎。

洋子的父亲小野英辅来自一个盛产画家、音乐家和学者的家庭——他的母亲鹤子还是日本女性主义的先锋之一。高大英俊的小野英辅自己则是一名很有天赋的钢琴演奏家,但他没有选择这条能让他通往国际音乐会舞台的道路,而是选择在银行业里就职。与安田家联姻后,他的社会地位要求他每天早晨由司机开着豪华轿车送他上班。他不喜欢这样张扬,总是在离办公室还有一两条街的时候把车停下,自己走剩余的路。

洋子的母亲矶子是个大美人、颇受好评的画家,以及上流社会著名的女主人,她的照片经常出现在日本的社会杂志上。矶子家和英辅家都经常旅行,会多种语言，高度西化，男人们穿着灯笼裤和菱形花格短袜打高尔夫，女人们穿戴最新潮的巴黎服装、帽子和毛皮大衣，打扮时髦。那时，日美两国似乎好得谁都分不开，成千上万的日本人横渡太平洋移民到美国，两国间的经济、贸易联系日益紧密。就在洋子出生前不久，小野英辅被调到其银行的旧金山分部，把矶子留在东京。洋子到两岁才见到父亲，以后的许多年里，都是久久才见到父亲一次。那时横渡太平洋主要是靠轮船。在第一次去看父亲的船上，洋子参加一个化妆表演，扮演著名童星秀兰·邓波儿，获得第一名。

作为安田家族的一分子，洋子过着享有各种特权、豪华舒适的生活。从她还保存着的众多家庭自制影片，我们看到在时髦的母亲身边一个留着短发、穿着干净整洁的水手服或百褶裙、戴着相配的苏格兰宽顶无檐圆帽的可爱小女孩。由于安田家与历代天皇的密切关系，洋子能够进入学习院，一所面向皇室成员和贵族院元老的贵族学校。洋子家里有三十个仆人，包括一名女家庭教师，教她各种复杂的社会礼仪和女孩子应有的礼数。仆人得跪着到她面前来、跪着退下。若到外面去，则在仆人用杀毒剂浸过的药棉把公共座位擦拭干净之前，她不可以坐下。

虽然如此这般娇养，洋子的童年却是孤独、没有安全感的。多亏了家族的财富和名望，没有几个同龄的孩子能配得上跟她一起玩。每年夏天，母亲都会把她打发到乡下的大宅子去交给女家庭教师，而小她三岁的弟弟启辅则跟他们的母亲一起待在东京。洋子像个中世纪的公主，独自一人吃饭，她的家庭老师坐在一旁嘀咕着各种言行举止的规矩。渴望有人陪伴的洋子有时会悄悄溜到仆人们的住处，偷听他们讲话。一次，她偷听到一个年轻的女仆向其他仆人描述生孩子的过程，讲到最后发出可怕的叫声。这种夸张的尖叫和呻吟深深地印在洋子的脑海里，日后成了她招牌式的演唱方法。

想像成了洋子在这所孤零零的大宅子里唯一的庇护。为了驱赶黑暗的恐惧，她会拿象棋子当小人儿演戏，或者把东西摆在床单上，每次都摆相同的、没有意义但是让她觉得安心的形状。大多数孤独的小孩子都会把他们的胡思乱想藏在心里，洋子却总是想把她的说出来。"我一个人在那个夏天住的地方时，唯一的玩伴是管家的女儿，大概比我大两岁。"洋子回忆道。"我们跑到果园去，我把一粒苹果的种子和一粒梨子的种子种在一起，看看会不会长出一半苹果一半梨子的东西来。然后，我会叫她把这件事写下来。我总是想'我得把我的发现告诉世界'。"

1941年，日本对美国宣战，然后对英国宣战，这给像小野家这种有教养的、向西方学习的日本人带来重创。虽然洋子的父亲当时不在家,远在法国占领的印度支那,但洋子的生活一开始并未受到多大影响。她记得母亲举办的舞会,打扮得漂漂亮亮的男男女女跟远在大洋彼岸的伦敦、柏林和利物浦的人们一样,秉着今朝有酒今朝醉的精神,快活地随着留声机翩翩起舞。

1945年,日本的各条海外战线全面溃败,在广岛和长崎结果日本之前,美军先轰炸了东京。一夜之间,成群的B-29"超级空中堡垒"重型轰炸机烧毁十六平方英里,杀死十万人。小野英辅当时身在河内的拘留营内。矶子不愿独自一人离开东京,她把孩子们交给一个躲过被政府拉去部队里干活的残疾仆人,送到乡下去避难。乡下人毫不留情地剥削城里来的难民,强迫他们用贵重的衣服和物品换取一点点的大米和蔬菜,很多时候甚至是拿了东西却不给他们吃的。洋子他们的仆人本身是乡下人,所以受到比较好的待遇,而且她越是远离要她照顾的孩子,乡下人就对她越好。于是十二岁的洋子就成了弟弟和还在蹒跚学步的妹妹节子的保护人。他们的母亲努力满足他们的基本需求,如用味噌酱做汤,但他们还是常常挨饿。洋子就想像出丰盛的大餐来转移弟弟妹妹们的注意力。

虽然遭受了两颗原子弹的打击,战后的日本在美国的占领下,以令欧洲——特别是还吃不饱、穿不暖的英国——瞠目的速度复苏,欧洲因此对日本充满怨恨与不信任。日本的财阀虽然失去了对工业与金融的全面垄断,但仍把持着大部分旧有的权利。当洋子进入学习院大学时,安田家的特权加上小野家的知性传统似乎确保了洋子能选择很好的职业。她是这所大学第一位哲学系女学生,她在绘画、语言和文学方面都表现出天赋,而且和她父亲一样是个很有才华的钢琴家。为了完成父亲没机会从事的事业,她还学习音乐,专攻德国歌曲和意大利歌剧。

不幸的是,这位天才学生同时拥有叛逆的性格,这种性格在当时她那个阶级的年轻日本女性中还极其少见。洋子虽然表面上非常自信,内心却一直被童年时期的不安全感所困扰,特别是为自己享有的特殊社会地位感到内疚。"我父亲希望我成为一名钢琴演奏家,但是我弹得不够好。作为一名传统风格的画家,我觉得我不如我母亲。我知道我不可能成为像我叔伯们那样的语言学家;我不喜欢他们说什么都夹杂着些外国词。所以所有的门统统对我关上了。我得找到属于我自己的路。"

洋子十八岁那年,全家跟在被任命为东京银行纽约分行行长的父亲之后迁往美国,定居康涅狄格州的斯卡斯代尔。洋子进入位于布朗克斯维尔附近的莎拉·劳伦斯学院,继续她哲学、作曲和文学的学习。莎拉·劳伦斯学院当时是一所只招收女生的学校,以培养个人主义和激进精神著称,应该会为这位校友将来走入社会成为"惹是生非的人"感到高兴。然而,洋子逐渐形成的自己对于音乐、写作和视觉艺术的理论很快就让这所最自由的青年女子学府大伤脑筋。毕业前一年,洋子退学了,一位好心的教授建议她说她也许能在纽约市中心的艺术圈子里找到更多同情和欣赏。

洋子的父母希望洋子不过把音乐和美术当作高雅的消遣,时候到了,她就找个合适的人嫁了,作一个传统、贤惠的日裔美国妻子。也确有一个日本最富有的家族给洋子的父亲写了一封正式的书信,用传统方式为自己的儿子提亲。可洋子坚决不答应,二十三岁那年,她与日籍作曲家兼钢琴家的一柳慧私奔,后者曾就读于朱丽亚音乐学院。就这样,洋子头也不回地将原来宫殿般的家换成格林威治村里连热水都没有的艺术家公寓,把小时候各式各样的衣服都换成不羁的黑色。

正如洋子的大学老师预料的那样,洋子很快就在格林威治村找到了共鸣。到六十年代初,洋子已经与激浪派有了联系。激浪派是一个由一群来自世界各地的艺术家组成的松散组织,他们的创作不限于某种单一的艺术形式,而是融合了绘画、雕塑、摄影、音乐、诗歌、电影以及戏剧等各领域,在当时蔚为罕见。他们把马塞尔·杜尚视为神明,唾弃所谓的高雅艺术,选择日常生活中最常见、甚至是平淡无奇的东西作为创作题材。激浪派的创始人、生于卢森堡的乔治·马丘纳斯宣称激浪派的使命是:"肃清世界上的市侩风气,肃清知识分子的、专业的、商业化的文化……肃清世界上的死板艺术、机械模仿、做作艺术、数学艺术……推动艺术的改革浪潮。提倡生活艺术,反艺术,推崇'非艺术现实'"。

在这一信条下,艺术家的个性与政治议题就成了作品的重要组成部分,甚至比作品本身更重要,观众的反应也是实现作品的重要一环。激浪派的表演是震惊与冷幽默的结合:观众会发现他们买票是去看一个闹钟在一个空荡荡的舞台上滴滴答答地走,或是看一群艺术家一起做一个沙拉。其中,标志性的演出就是约翰·凯奇的《四分三十三秒》:钢琴家在键盘前端坐四分三十三秒后,连琴键都没有碰一下就宣布演出结束。他演出的所谓"音乐"是观众在徒劳地等待什么事发生时迷惑的坐立不安和窃窃私语。

洋子成了激浪派多形式反艺术的典范。她的作品主要是雕塑,或者说是三维拼贴艺术,由普通事物构成,而且往往邀请参观者参与其中。有时则是舞台表演,艺术家扮演作品的角色,由观众的反应来诠释某种艺术的本质或人类通常的境遇。乔治·马丘纳斯把洋子的这种手法称为"新俳句戏剧";艺术史学家肯·

弗里德曼则将其定义为"禅宗综艺"。

洋子的大胆渐渐与凯奇齐名,还多了些性的刺激。她有一个表演叫"剪成碎片"——1964年在日本首演,后来在包括纽约卡内基音乐厅的重要场所上演过——洋子一个人一动不动静静地坐在舞台上,面前摆着一把剪刀。她邀请观众上来每人剪掉她的一块衣服,直到她身上只剩下内衣为止。每个人对待这个沉默的牺牲品的不同方式清楚表明人性是侵略还是尊重,是粗鲁野蛮还是小心谨慎,喜欢窥探或给人难堪。同样在1964年,洋子出版了一本名为《葡萄柚》的诗集,收录俳句长短的"有指导意义的诗歌",旨在赋予文字音符般的韵律:"拿桶偷水里的月亮,直到水里看不见月亮。""画张地图,然后迷路。""把全世界的钟都调快两秒,不让任何人知道。"

洋子与一柳慧的婚姻没有维持多久,不过两人日后一直保持互相欣赏与支持。一柳慧回到日本,最终成为日本最有名的作曲家之一。在他的鼓励下,洋子也回到自己的祖国,举行一系列的展出和表演。在美国,媒体对她的报导一般都挺友好,但日本的批评家们可不买她的账,有一个甚至写了一篇评论对她进行恶毒的人身攻击。那时候的洋子还不习惯——用她自己的话说——"被人砍",于是她的精神崩溃了,住进一家诊所进行彻底休息。可是,不断有记者和评论家来骚扰她,想看看她的那些高贵的亲戚朋友痛苦的样子。这个时候的洋子还不是那个能让全世界盯着她躺在床上而无动于衷的洋子。

来看望她的人中有一个美国年轻电影制片人托尼·考克斯。他崇拜洋子的作品,抱着见她一面的一线希望专程从纽约过来。起初洋子不想见他,考克斯天天拿一小盆花给她的护士,洋子心软了。考克斯长得十分英俊,有点像电影明星安东尼·珀金斯,而且很有气质与口才。他很快就说服洋子生命是值得活下去的,鼓励她减少诊所开的大量镇定剂的用量,并最终出院。1962年,洋子与一柳慧离婚,并在同年嫁给考克斯。由于法律上的技术细节,洋子的第一次婚姻到1963年3月才终止;她与考克斯在第二年6月重新结婚,两个月后,她生了一个女儿,恭子。

考克斯把自己大部分的艺术追求搁置在一旁,全心全意打理洋子的事业:为她寻找资助人,与画廊谈判,同时照顾恭子,让洋子全心投入在创作中。然而,考克斯是个易怒的人,洋子全身心都扑在工作上,不到三年,他们的婚姻就亮红灯了。1966年9月,洋子的朋友、《艺术与艺术家》杂志的编辑马里奥·阿马亚邀请她来伦敦参加一个名为"艺术的毁灭"的研讨会。主要是为了逃避日益紧张的婚姻,洋子接受了邀请。"我想:'这里(纽约)是艺术的圣地,可现在再待下去我不会有任何进展。'"她回忆道。洋子本打算与考克斯一刀两断,可考克斯坚持要陪她一起来,于是也得把恭子带上。

  研讨会结束以后,洋子决定留在伦敦,并决定把婚姻和母亲的职责维持下去。他们在汉诺弗·盖特的公寓租了一间房子。这是一栋爱德华时期的大楼,就在洛兹板球场的南边,离修道院路的录音室也不远。他们的邻居之中有艺术评论家罗伯特·休斯和指挥家亨利·伍德爵士的遗孀。房子很大,可是背靠一个铁路档场,租金只要每星期14英镑。

  对于大多数生活在1966年的伦敦人来说,遇到一个日本人是十分稀奇的。距离"二战"结束只有二十一年,大多数人对日本的态度还停留在"日本鬼子"在东南亚虐待英国和英联邦的战俘上。然而,这个矮小的身影起先在汉诺弗的盖特公寓引起的是好奇,而非敌意。洋子一头没有型的长发紧紧遮住了脸颊,眼睛和嘴巴好像都跟头发连在一起了。与当时流行的鲜艳、短小的女装相反,洋子的衣服总是宽宽大大,看不出身材,一身丧服般的黑。一对住同一栋楼的十几岁姐妹偶尔来帮她照顾三岁的恭子。她们回家以后惊讶地告诉父母,整间屋子粉刷得白晃晃的,除了地板上的几块锦缎垫子以外,没有其他地毯或家具。

  那时,洋子的名字还不为大多数英国人所知,但在他们自己的那个小圈子里,她已经是个明星。所以,约翰·邓巴一听说她在伦敦,就马上邀请她到因迪卡画廊办展览,即后来的"未完成的绘画与物品"展,又称"洋子在因迪卡"展。就在这里,就在洋子到达伦敦两个月、约翰与披头士停止巡演三个月后,约翰·列侬走进了她的生活。

  那天,洋子正在为第二天开幕的展览做最后的润色,因此看到邓巴带了一个人提前来参观不是很高兴。"我那时候想:'他在干什么啊?我不是告诉他开幕之前不要让人进来吗?'我有点生气,但是我那时很忙,没时间去跟他抱怨或争论。而且,不管后来人们怎么说,我那时并不知道约翰是谁。他挺有魅力的……当时我脑子里想到的就只是这样。因为那时我觉得英国人都挺瘦弱的。他是我见到的第一个性感的。"

  约翰本人总是说那天晚上他胡子拉碴、睡眼惺忪,吸了毒有点亢奋,样子邋遢。洋子的印象却不是这样的。"他刮了胡子的——还穿了西装。他刚从西班牙回来,所以皮肤晒黑了。我当时觉得他是那种讲究打扮的人。在莎拉·劳伦斯学院,我们把这种人叫做'体面人'。后来我把那天晚上我对他的印象讲给他听,他不喜欢这个词。他说:'体面!我从来就不体面!'但他是要去伦敦的画廊参观,就得打扮一下。只要愿意,约翰就能把自己打扮得漂漂亮亮的。"

展览既有洋子以前在纽约和日本展出过的作品,也有她特意为这次展览创作的作品。有《永恒的时钟》,一只只有秒针的时钟密封在一个有机玻璃做的泡泡里,边上连着一个听诊器。有《梯子》,一只白色折梯通向悬挂在天花板上的一张卡片,卡片上只有一手写的单词"是的",字写得很小,要用放大镜才能看清楚。有一只大黑色口袋,口袋上有一个标签写着"里面装着一个普通市民";还有一个普通的青苹果,标价"200英镑"。这是约翰第一次接触反艺术,一开始——没有邓巴在一旁指点他——他觉得自己上当受骗了。"我看见一个塑料盒里有几颗钉子。我又看了看周围,发现一个台子上放着一个苹果,上面有个标签写着'苹果'……我开始理解其中的幽默之处。我问:'那苹果多少钱?''两百英镑。''真的?哦。那那些弯弯的钉子多少钱?'"

"这时邓巴把(洋子)带过来,因为百万富翁在这里,不是吗?而且我还等着袋子的表演。袋子里的人呢?他把我介绍给她,我问:'好了,有什么表演?'她给我一张小卡片,上面就写着'呼吸'。我说:'你是指(呼气)?'她说:'没错。你理解了。'……我理解了其中的幽默之处。我那时想:'妈的,我做到了。我可以把一个苹果放在一个台子上。我还要更多。'"

这里,洋子记得的又与约翰稍有出入。"他说:'我听说有即兴表演什么的……跟袋子有关。'我说:'不,今天的是这个。'我递给他写着'呼吸'的牌子。他呼气的时候很用力,而且离我很近,有点像在调情。然后他朝苹果走过去,拿起来咬了一口。我心想:'他竟敢?'我觉得他真是很讨厌,不懂礼貌。想必他注意到我很生气,把苹果放回了台子上。"

下一个吸引约翰眼球的展品就确实需要观众参与了。"……我走到一个写着'钉钉子'的东西面前。我问:'我能钉个钉子吗?'她说:'不能。'因为展览其实要在第二天才开幕。邓巴说:'让他钉一个吧。'就是说:'他很有钱,也许会把你的东西买下来。'而洋子更关心开幕的时候她的作品看上去好不好,漂不漂亮,白不白净。……他俩开了个小会,最后洋子说:'好吧,你给我五先令(二十五便士)就能钉个钉子。'自以为是的人就说:'我假装给你五先令,假装钉了个钉子。'我们就这样认识了。我们四目相交,彼此有了感觉,就是这样。"

"我又看见一把梯子通向天花板,上面挂着一副小型望远镜。是这玩意儿让我留下来。我爬上梯子,拿到望远镜,那上面有很小的字。你一定得爬到梯子的顶端——感觉像个傻瓜,随时有可能掉下去——你拿起望远镜,发现上面就写着一个'是的'……就是这个'是的'让我留在这个又是苹果、又是钉子的画廊里,没有走出去,说:'我才不会买这些垃圾。'"

然而,洋子可不会知道约翰这时的顿悟。"他从楼梯上下来,说了声'嗯'还是什么的,就离开了。我到楼下去,那里有几个艺术学生在给我们帮忙。其中一个说:'那个是约翰·列侬……披头士的成员之一。'我说:'哦,真的?我都不知道。'"

大约两周后,洋子碰巧去参加竞争对手兼朋友——美国流行艺术雕塑家克拉斯·奥尔登堡的展览的开幕式。她记得,当她穿行在拥挤的巨大的石膏奶昔和泡沫橡胶汉堡之间时,"有人哼了一声。角落里站着一个家伙,胡子拉碴、脸色苍白,一个嗑药嗑昏了头的家伙。他和约翰·邓巴还是谁在一起嗑药。看上去很生气……和我在因迪卡画廊见到的判若两人。那是约翰。我想他把那天晚上和他到因迪卡看我的展览的那天混起来了。"

洋子穿过人群去跟克拉斯·奥尔登堡说话,但不一会儿发现自己又回到了约翰的角落附近。"这时保罗(麦卡特尼)上前来跟我攀谈,说:'我的朋友去看了你的展览……'我们正说话,约翰走过来,说:'我们得走了。'就把保罗拉走了。他好像很生气……一个生气的工人阶级。"

披头士可以暂停巡演,但可不能暂停出唱片——而且唱片要超越来自大西洋两岸的竞争对手,这种压力丝毫没有减退。这里的竞争对手主要指的是滚石乐队。如今,他们演唱会的号召力已经堪比鼎盛时期的披头士,而且"滚石"原本是作为与披头士截然相反的乐队而闻名,现在他们开始涉足披头士的地盘了。1966年,"滚石"推出专辑《余波荡漾》,其中的歌曲不再是大家熟悉的下流节奏布鲁斯,而是一组制作精良的歌曲。专辑公开模仿《橡胶灵魂》,但是他们的主吉他手布赖恩·琼斯表现出了音乐天才的不凡才能,他演奏的锡塔琴让乔治·哈里森相形见绌。主要是为了证明披头士没有被《余波》打败,约翰和保罗才会突飞猛进,创作出《左轮手枪》专辑。

1966年,沙滩男孩推出一张极其出色的专辑《宠物之声》,是他们时好时坏的主唱布赖恩·威尔逊对《橡胶灵魂》的回应。披头士回之以《左轮手枪》不久,布赖恩·威尔逊马上奉上单曲《爱的感应》。这支单曲历时两个月才制作完成,花费了破纪录的4万美元,使用的电子和声技术比一整张专辑还要多。就连风格类似披头士的飞鸟乐队也开辟出了一片属于自己的地盘,横跨迷幻音乐和旧式民谣。1966年他们推出专辑《五度空间》,收录了那首极其怪异的经典之作《八英里高》,用声音真实再现还没有人敢写到唱片里去的嗑药的过程。

在纽约的格林威治村则有"满匙爱"乐队——这个名字是拿传统的多耳爱杯开个玩笑——主唱兼创作约翰·塞巴斯蒂安像是带着阳光般笑容的约翰加保

罗。在西海岸,乐队的名字越取越长,堪比货运列车。其中一支乐队名为"发明之母",领唱弗兰克·扎帕以前是广告员,长着苦行僧似的脑袋,下巴蓄着胡子。他们的专辑《崩溃》展现了扎帕的辩才,诸如《日烦夜烦》《头脑警察》等歌曲像古典交响乐或清唱剧那样对一个普通主题进行连续的诠释。这种关于"概念"专辑的全新定义也是修道院路的歌匠们不得不考虑的。

然而,在众多竞争对手中,有一个时常徘徊在约翰的脑子里;特别是在1966年的这波创作狂潮中。五月,鲍勃·迪伦发行专辑《无数金发美女》。专辑采用出人意料的全新格式,包含两张三十三转唱片。迪伦在一群天才录音乐手(其中包括将来"乐队"合唱团的成员)的帮助下,将民谣和摇滚与前卫的诗歌和喧闹的杂耍结合在一起,创作出一系列即刻产生巨大反响的经典之作:《我想要你》《像个女人》《约翰娜的幻觉》《眼神悲伤的苏格兰女人》,当然还有那首让人听了想跟着一起唱和摇摆的《12和35号雨中女人》和它那句咒语般的副歌"谁都应该爽他一把!"。

1966年夏天,迪伦回到伦敦进行巡演。虽然两人都说不清楚是谁启发了谁、谁模仿谁,两人的友谊总是不能轻松自在,但他又和约翰泡在一起。迪伦前一年的巡演由美国的纪录片制作人唐·艾伦·彭尼贝克拍成黑白纪录片《别回头》,这次的英国巡演则被拍成彩色纪录片,作为续集。在彭尼贝克的续集里面有一幕是约翰和迪伦一起坐车从韦布里奇到伦敦。两人显然都听从了"雨中女人"的召唤(俚语,意指抽大麻香烟),但反应很不一样。迪伦变得喋喋不休,约翰则保持清醒、幽默,甚至似乎有点为自己伙伴的胡言乱语感到难堪。坐在封闭的轿车里一路从韦布里奇过来,毒劲越来越强,结果只有一个:迪伦说他想吐,镜头到这里戛然而止。

因此,当十一月底,披头士回到修道院路的录音室里时,有一系列令人胆战心惊的战斗和新可能在等着他们。约翰按照惯例私下弹了一首新歌给乔治·马丁试听,这第一首新歌是他在阿尔梅里亚拍电影时写的一首歌曲。"第一次听到《永远的草莓地》时我惊呆了,"乔治·马丁回忆道,"那时约翰只是用他的原声吉他独自唱给我听,可是我就已经觉得这首歌太棒了。我问:'你打算怎么做这首歌?'他说:'你说呢?'"

这首歌在被拿到录音室加工之前是一首简单、轻快、意思一目了然的歌。原来歌词的第一句是"闭着眼睛生活容易……",马丁建议约翰直接从副歌部分开始"让我带你走",让大家误以为是在直接邀请你与约翰一起回到童年。保罗对营造歌曲气氛还添了关键一笔,他用电子琴演奏了一段前奏,感觉像二十世纪五十年代教堂大堂里落满灰尘、嘎吱作响的簧风琴。没添这段之前录的几遍则主要体现了披头士朴素无华的表演,约翰的声音被降低了半音,听上去温暖、怀旧,甚至是随意。

马丁(他早就不矜持了)说这个版本让他"欣喜若狂",约翰也很满意的样子。可是几天以后,马丁觉得这首歌应该弄得重一点。他写了一个由大提琴和铜管乐器演奏的正式管弦乐谱,为了让大提琴最低音弦C的效果发挥出来,他没有告诉约翰就把音调改了。乔治加入了一种他从拉维·山卡那里学来的新乐器,印度竖琴。马丁还对约翰的声音再次进行处理,原来那种温暖、满足的感觉不见了,原来的三维现在剩下一维。

对于马丁和其他三名披头士来说,新的版本把这首歌提升到了一个令人激动的新层次。约翰虽然也觉得后来添加的复杂、迷幻效果挺好,但他到底还是喜欢之前那种更简单的编排。马丁的解决方法是把这两种版本剪在一起,先是落满灰尘的教堂大堂,然后过了大概一分钟以后,跌入躁动不安的大提琴低音和颤抖的印度竖琴构成的灌木林。两种截然不同的乐器风格与约翰矛盾的歌词刚好一致:既有神谕般的智慧又有迷惑与不安,既神秘又普通,既制作精心又杂乱无章。如今听这首歌让人感觉到的与其说是作者长大以后从迷幻药得到的灵感,还不如说是他从小长期以来的近视:刚开始,铁门、风吹日晒的砂岩、杂草丛生的花园清晰可见,但后来逐渐变得模糊,就像一个从来不爱戴眼镜的小男孩看到的那样。马丁把这种效果完美地总结为"梦幻但不疯癫,古怪但不做作——怀旧中透着神秘"。

与此同时,保罗也独自创作了一首追忆利物浦童年的歌曲。对他来说,通向记忆的大门是"便士巷",利物浦十八区的一条普通街道,街道两旁店铺和商户林立,以前,保罗曾在这里无数次地换乘巴士和电车。便士巷也是其他披头士成员和布赖恩·爱泼斯坦成长的地方。但还是要数与约翰的关系最深——这点从《在我的生命中》删掉的歌词就可见一斑。

整个地区与约翰的家族史紧密地交织在一起,不管是他熟悉的那个家,还是抛弃了他的那一个。约翰的父亲阿尔夫(现名弗雷迪)曾在附近教堂街的蓝衣医院读书。母亲朱莉娅认识塔菲·威廉姆斯(在战时阿尔夫出海期间使朱莉娅怀孕的年轻水手)时正在便士巷的一家咖啡馆里工作。约翰还没学会走路前甚至就住在这附近,他的父母当时住在纽卡斯尔路斯坦利家。后来,咪咪姨妈照顾他时,他每天早上到多夫戴尔小学上学都要坐车到便士巷的交叉口。在麦卡特尼加入采石者之前,他们在圣巴纳巴斯教堂的礼堂首次登台演出。在披头士狂热早期的时候,他们把辛西娅藏在紧邻的加莫伊尔路的一间起居室兼卧室里。这里还见证了约翰家的一场悲剧。历史总是讨厌地重复:1966年初,他母亲的前男友鲍比·迪金斯,约翰两个同母异父的妹妹朱莉娅和杰基的父亲,在这里开车撞上了电线杆。和八年前另一场交通事故后的朱莉娅一样,可怜的好心人"紧张先生"被紧急送往塞夫顿总医院,但不久即身亡。

与《永远的草莓地》约翰模模糊糊的印象主义相反,保罗用清晰的画面和细节再现了便士巷,讲述另一个微型故事。虽然整个故事是麦卡特尼式的,但几乎每个场景和人物都像是约翰童年的快照。"在店里摆满照片的理发师"叫比奥莱蒂,一位上了年纪的意大利人,给约翰剪过头发——也给他父亲剪过——把褪色的顾客照片摆放在理发店的橱窗里,照片里的顾客自豪地展示着他们托尼·柯蒂斯或杰夫·钱德勒的发型。在"环岛中央的候车亭",约翰和他的那群坏小子常常躲在这里,先是为偷来的"丁基"玩具汽车得意,长大一点就偷摸女孩子。"拿着托盘卖罂粟花的漂亮护士"虽然主要是回忆保罗的母亲,但也是向约翰最好的死党皮特·肖顿点头致敬,其女友、后来的妻子贝思·戴维森常常在每年十一月的荣军纪念日前义务卖罂粟花①。

录音的时候,保罗对乔治·马丁说,他要一个"干净的声音",不要《永远的草莓地》那一大堆音效。于是,我们感觉到清新的微风吹过"湛蓝的市郊的天空",听到从F大调第二号布兰登堡协奏曲里借来的小喇叭独奏,仿佛巴赫就漫步在周六下午购物的人群之中,思量着是要买朵罂粟花还是理个发。虽然约翰没有参与歌曲最后的录制,但他同样做了重要的贡献,帮忙写了第三段"拿着一只沙漏的消防员"的歌词(严格说来,消防站在离便士巷有一小段距离的阿勒顿路)。另外,在第二段副歌"四便士的炸鱼和手指派",我们既看到了约翰典型的超现实主义,也看到了他典型的黄色笑话。"四便士的炸鱼"指约翰小时候在利物浦的炸鱼薯条店四旧制便士就能买到一大盘裹面糊的炸鳕鱼。"手指派"则是当地的一句下流话,指在刮着风、黑暗暗的公车候车亭偷摸女孩子的胯裆。在这之前还没有哪首流行歌曲敢这样把这么脏的下流话偷放进成千上万张的唱片里——但是这在当时并没有引起注意,更没有人提出异议。

既然已经录好了两首虽然风格迥异、但都绝好的自传性歌曲,约翰和保罗决定这张大家期待的披头士概念专辑就以利物浦和童年的回忆为主题。但即便到

---

① 英国在每年最接近11月11日的那个星期天纪念在两次世界大战中阵亡的将士,有佩戴纸质的罂粟花以表哀悼的传统。

了现在,也不是事事都在他们的掌控之中。大伙儿在修道院路紧张地工作了近三个月也没能赶在传统的圣诞购物潮前拿出1966年的第二张专辑。乔治·马丁别无选择,无奈地从以前的专辑里面推出一张精选集,把《她爱你》这样的老歌也翻了出来,专辑名称似乎也暗含歉意,叫"披头士老歌……但是金曲选!"圣诞节以后仍见不到新专辑的影子,马丁决定把《永远的草莓地》和《便士巷》作为双A面单曲于2月17日发行。他把这个决定称为"我职业生涯中最大的错误"。

消费者由此得到了一张空前绝后、史上最超值的双面唱片。但世事难料,这张双单曲却成了披头士自《爱我吧》以来第一支没有登上英榜第一名的单曲。它一直升到了第二位,但就是没能把英格柏·汉柏汀克的乡村歌曲《放开我》拉下来。不过对于约翰来说,在取得了这么多不费吹灰之力的第一名以后,真是如释重负:约翰表现出新嬉皮博爱的样子,既不仇视汉柏汀克,也不仇视通常会让他大为光火的歌。约翰现在好像把前十名视为一个大家庭,而非你争我夺之地,宽宏大量地说:"什么歌曲都有可能上榜。"

约翰和洋子的故事常被说成是这个样子:一个处心积虑、不择手段的女人在初次见面之后——甚至在见面之前——就把这个鼎鼎大名的披头士成员设定为她的猎物,不把他弄到手决不罢休。事实上,历史上没有哪对名人情侣比他们经历了更多的拐弯抹角、彼此的重重顾虑,才走到一起。

洋子承认初见约翰时被他吸引了,这很大程度上得益于她为了反抗父母和家庭背景而偏爱"工人阶级"。初到伦敦、还没有名气的洋子急于为自己的作品找个有钱的赞助人。以前拉赞助这种事是她丈夫托尼·考克斯在做的。但如今他们的婚姻触礁了,洋子只能自己来了。

在克拉斯·奥尔登堡展览上碰过面之后,洋子确实送给约翰一本《葡萄柚》,就是她那本收录"有指导意义的诗歌"的诗集。但她这样做并非有什么企图心,她坚称:"我从纽约带了几本过来,因为还没在英国上市。交谈中我跟约翰提到这本书,就跟其他作者一样,我送了一本有签名的给他。"

《葡萄柚》向约翰证实,这个来自另外一个世界的陌生女人与自己情趣相投,这些情趣他原本以为只有他自己有。他把这本不起眼的白色小书放在床边,暂停看其他书,而是时不时地读读这些巧妙地游移在神秘与俏皮之间的无韵单节诗——有的甚至只有一行:"点燃一根火柴,看着它燃尽。""造一把钥匙。找到适合它的锁。找到以后,就把连着的那所房子烧了。""听地球转动的声音。"深知流行音乐圈赤裸裸的投机主义和离谱的价值膨胀的约翰还特别喜欢"小野价目表",上面出售空白录音带,说是各种"黎明时下的雪",售价"25美分一英寸"。

日后辛西娅·列侬声称洋子对约翰展开"坚决的追求",不停地给约翰写信、寄卡片,还"来家里找过他几次"。根据雷·科尔曼1980年的《约翰传》,有一天,洋子突然出现在肯坞,刚好约翰和辛西娅都不在家,她请求管家多特·加莱特让她进去打一个她说很急的电话。后来,她又给约翰打电话说她把"一只贵重的戒指"落在电话旁,她要过来取。对于辛西娅的描述,洋子矢口否认。"我从没站在大门前过。那不是我的作风。再说我又不知道他们家在哪儿。"

那段时期,洋子只去过肯坞一次,而且是应约翰的邀请去的。她以为请她去一个流行明星的聚会,后来才发现只是一顿晚餐,辛西娅准备的,除了她,还邀请了"傻瓜"设计团队的两名成员——这支团队在披头士日后的事业中逐渐重要起来。那天的约翰既不是在因迪卡时那个自大的约翰,也不是在克拉斯·奥尔登堡展览上那个暴躁的约翰,而是一个友好的主人,快活地说着《葡萄柚》里他喜欢的诗句。约翰对洋子的一个想法印象特别深刻:"由棱镜做成的灯塔,每天随着时间的变化而变化"——那时的洋子还不知道已经有一种叫做"全息图"的技术就是在研究这种效果。

"约翰说:'我想你可以在我的花园里建一个这样的灯塔。'"洋子回忆道。"我说:'那只是想像,不是真的要建。'他有点失望,说:'哦,好吧——我以为美国人发现了什么英国人还没发现的东西……'我笑了,觉得太可爱了。但我知道这只是一个借口,他是希望怎么样能让我走进他的生活,所以很可能就想到了这个。"

1967年的头几个月,约翰整日忙于写歌和录音。《永远的草莓地》和《便士巷》的提前发行使得以利物浦为主题的概念专辑付诸东流,乔治·马丁唯有后悔若有这么张唱片将会是多伟大的一张唱片。因此,披头士们仍然需要出一张让鲍勃·迪伦、布赖恩·威尔逊和飞鸟乐队统统大吃一惊的专辑。

就在最近,保罗单独去了趟美国,惊讶地发现西海岸的摇滚乐团喜欢给乐队取很长但是无厘头的队名:"老大哥和控股公司""草莓闹钟""太平洋煤气和电力"乐队,诸如此类。同时他还想到伦敦最近兴起的一股收集维多利亚时期军用物品的热潮,人们要么到波特贝罗路跳蚤市场上去淘原汁原味的,要么到"我曾是基奇纳勋爵的男仆"这样的连锁店去买大规模生产的。于是,麦卡特尼把这两股潮流结合起来,为还没有头绪的新专辑创作了一首新歌。歌曲使用了怀旧的英格兰北部铜管乐队,带有些许《埃莉诺·里格比》的伤感;歌曲的名字叫做《佩珀军士孤独的心俱乐部乐队》。

就在披头士到修道院路录制这首歌时,他们的巡演助理尼尔·阿斯皮纳尔终于想到这个难产的专辑"概念":干吗不把整张专辑化名为佩珀军士乐队,而不是披头士,让专辑充满现场演出的气氛和即兴的感觉?最近他们刚刚在报纸上看到:"猫王"让他挂着金色牌照的"凯迪拉克"巡游美国,自信人们会争相来看这个象征他的东西,就好像看见他本人一样。大家都被这条新闻逗乐了。既然人们不停问披头士何时会再巡演,那么就在唱片里假想一场演出来做他们的"凯迪拉克"吧:他们自己不上路巡演,派他们的专辑去。

虽然大伙儿都喜欢这个主意,但很快就碰了壁。在以"佩珀军士"乐队的身份录制了保罗为专辑写的这第一首歌后(歌曲里营造了一个坐满兴奋观众的马戏团大帐篷的气氛),他们就毫不讲理地将这个化身抛到一边,又做回了现实中的披头士、回到大家熟悉的轨道上。临近专辑的尾声,乐队重复了一下首曲,算是对主题的延续。但又有什么要紧呢?就像林戈·斯塔尔后来回忆的那样:"那么多歌,你放两首'佩珀军士'进去就是一个概念。……它成了,因为我们说成就成。"

毫无疑问,专辑中约翰最好的作品与模仿维多利亚时期的玩笑和滑稽表演没有关系,而是又一"低谷"期的产物。大概每年约翰都有一段时间感到特别绝望、特别讨厌自己,他就用这个词来形容这个特殊时期,他周围的人对此一无所知。好不容易从披头士的一轮痛苦生活中解脱出来,约翰发现自己又一头栽进另一轮,虽没有之前那样疯狂忙乱,但一样是灵感枯竭、毫无成果,唯有用嗑药来逃避。因为没有什么艺术作品能把最凄凉的负极变成耀眼的正极,一面安慰你生命还是值得过活的,一面说的又是反的。于是乎,约翰就从懒散、被动、看着时间虚无地流逝——这些最没有希望的因素之中,创作出了自己的杰作。

约翰躺在肯坞屋后日光浴室狭小的长椅上,一只眼浏览着报纸杂志,另一只看着几乎没有声音的电视,两则毫不相干的普通新闻同时引起了他的注意。第一则讲述的是伦敦最上流的小圈子(如今这个圈子里既有来自最上层阶级的,也民主地吸纳了来自最底层阶级的)的一宗死亡事件。1966年的圣诞节前夕,啤酒酿造业的女继承人乌娜·吉尼斯的儿子、滚石乐队和保罗·麦卡特尼的朋友、二十一岁的塔拉·布朗在南肯辛顿,莫名其妙地开着他的莲花跑车闯过红灯,撞上一辆小货车而身亡。第二则是《每日邮报》里约翰向来很喜欢的一个"不可思议"栏目上的一则简讯,说兰开夏郡布莱克本的市测量局决定计算出其路面上坑洞的数量,测量结果共计四千个整。

很少有哪首歌的名字像这首这样直道出创造者的内心世界:它不叫"在我的生命中",也不叫"我生命中的一天",而是"生命中的一天",似乎在暗示一个连作者自己都羞于承认的生活状态。歌词也很容易解读,这是一个只能通过报纸、媒体与现实生活相连的人的哀怨:他在报纸上读到那个"开车爆了脑袋的……幸运儿";他从自己的电影毛片中得知"英国军队刚刚赢得了战争";也许是吸毒后太兴奋,也许是太无聊,他傻傻地想多少"兰开夏郡布莱克本的四千个洞"才等于皇家爱尔伯特音乐厅的体积。仿佛那天他的灵魂离开他的身体,飘到了事故现场上空,看着底下塔拉·布朗撞烂了的莲花跑车和吃惊的路人。

在录音室录制《生命中的一天》时,只有保罗的钢琴、乔治的响葫芦和林戈的手鼓,约翰念着"糖梅仙子"(毒贩的俗称)打拍子。歌词第一句"我今天在报纸上看到啊",冷冰冰的声音让乔治·马丁的脊骨直发凉,以后还要让多少脊骨发凉。约翰叫马丁给他加上像猫王的《伤心旅馆》里那样的回音效果;结果,他的声音就像从一个寒冷、荒凉、孤独、任何人类的援助和安慰都到不了的地方传来的。约翰写出了属于他自己的《伤心旅馆》,或者说是他自己的《深渊书简》。

约翰在专辑里第二好的作品则完全脱离日常事物,宽下心,回到那个早在他开始嗑药之前他躲避现实的精神家园。全世界约翰最喜欢的两本书仍旧是刘易斯·卡罗尔的《爱丽斯漫游奇境记》和《镜中世界奇遇记》;事实上,嗑药只能使他更喜欢这个十九世纪的牧师在淡淡的中国茶叶或者黄瓜三明治的刺激下创造出来的超现实世界。

关于这首《天空中佩戴着钻石的露西》,约翰日后坚称是受到《镜中世界奇遇记》中的一幕的启发。爱丽斯走进一家店,遇见一只戴着一顶包头软帽、会说话的山羊,坐在柜台后面打毛线;突然间,他们俩就坐在一条用毛线针当桨的小舟上顺河而下。另外,书的最后有一首小诗也启发了约翰:"晴空下有一叶小舟/像在梦中慢慢朝前漂游。……她仍在缠绕着我,那幻影,/爱丽斯在天空下移动/那睁着的眼睛,永远看不见。……"约翰的声音从乔治·马丁的电滤器传出来,变得像童声一样,就好像这个第一次跟着爱丽斯进到兔子洞里去的七岁孩子在通过约翰跟大家说话。

时间一如既往地紧迫,专辑的其他歌只能就地取材、即兴发挥。《为了凯特先生的利益》就来自约翰在一间叫诺尔的宏伟房子里拍摄《永远的草莓地》的宣传片时,中途休息在一家肯特古董店里信手买的一张维多利亚时期的马戏团海报。约翰的歌词只不过是重复海报上的广告:跳蹦床的亨德森一家,在"帕布洛·范克斯游园会的尾声",有"钻圈和吊钢丝还有……着火的大木桶",只个别地方略有改动,如增加了"跳华尔兹的马儿亨利"。以农家宅院为主题的"早安,早安"则借用了家乐氏玉米片包装上的广告词,再配上一只卡通公鸡的啼叫。虽然只是约翰"随便说出的"歌词,却也从侧面反映肯坞不愉快的早餐桌("……喝茶和见老婆的时间到")和他自己觉得灵感枯竭("我无话可说,但是没关系")。当他说(显然约翰自己很想)"进城去……现在你的车已挂上挡……去看表演,希望她也去"时,他心里又在想着谁呢?

这几个星期,约翰和保罗的合作前所未有的密切。录音室外,两人各自创作歌曲、激烈竞争;录音室内,两人则仍旧是一对无与伦比的拍档,毫无保留地帮助对方把最新的灵感谱写成最美的样子。保罗为《天空中佩戴着钻石的露西》写了一段电子管风琴的引子,使人仿佛置身于令人昏睡的夏日午后的河岸。他还在约翰的《橘子树》和《柑橘酱的天空》的基础上添了《玻璃纸花》和《报纸的出租车》。麦卡特尼拿出一首写了一半、压在抽屉底的歌曲来作《生命中的一天》的桥段("我醒来,从床上摔下来……"),现实世界的匆忙与灵魂出窍的慵懒相得益彰。两人还共同完成歌词最后的润色:那声把音节拖得很长的"我要让你兴奋起来"的叹息。保罗记得两人在麦克风前交换了一下眼神,好像在说:"我们真的要加上这句吗?""最好的"披头士无疑也是"叛逆的"披头士。

然而,保罗并没有帮助约翰实现一个模糊的愿望:用"一个世界末日般的声音"来连接歌曲相反的两个乐章,最后还要有一个高潮结尾。这个愿望最终由一支四十一人的管弦乐队来完成,乐队没有指挥,只是各件乐器从最低音一直弹到最高音——这个构思足以与凯奇或斯托克豪森相媲美。3月10日录制这首歌的时候,录音棚里那叫一个热闹。演奏小提琴和木管乐器的乐手们盛装打扮:狂欢节的帽子、大红的小丑鼻子,还有猩猩爪子的手套。平时紧锁着的二号录音室的大门也敞开了迎接众多的好友与同僚,有:布赖恩·爱泼斯坦、滚石乐队的米克·贾格尔和基思·理查兹、玛丽安娜·费思福尔,以及多诺万。

除了各自创作的歌曲以外,列侬和麦卡特尼仍像以前在旅馆的房间里一样一同创作,如林戈演唱的《朋友们的一臂之力》(大部分时候,林戈都把大把大把的录音时间花在学下棋上)。两人各自性格中的光和影还是能在无形中达到完美的统一。一天,约翰走进录音室时保罗刚好在麦克风前唱道"事情渐渐变好……","因为不能再糟了。"约翰脱口而出,这句词就这么留了下来。

不论日后约翰对保罗"软绵绵的"音乐有什么看法,现在的他还是鼎力相助,忠实地为歌曲和声,不偏离歌曲原来的创作意图,但在蜂蜜里加了点醋。《她离家而去》里,约翰扮演令人同情的父母,在某天早晨醒来时,惊恐地发现他们的女儿与"来自汽车业的人"私奔了:"我们……付出了自己大部分的生命……我们给了她钱能买到的一切……"《当我六十四岁时》里,约翰跟作者一样喜欢他写的乔治·丰比式的"怀特岛上的小屋"和叫薇拉、查克和戴夫的孙子孙女。《可爱的丽塔》如果没有约翰在后面哼着近乎没有调子的"可爱的交通督导员丽塔!……",就会大不一样。同样半是取笑、半是瞌睡的和声远远地回荡在《生命中的一天》的末尾,犹如那其他部分都消失了以后还飘浮在半空中的柴郡猫的咧嘴大笑。

讽刺的是,披头士在制作这一张处处被认为与迷幻药有关的专辑时几乎没有碰过迷幻药。每天他们都尝试新的东西,并且都取得漂亮的胜利,这种快感是药品无法给予的。约翰记忆中唯一的一次误食也是纯属意外:一天晚上,他为了振作精神,把一片迷幻药误当做安非他明吃了下去。后来,在录制《变好》时,他突然觉得很痛苦。乔治·马丁注意到他的表情"有点奇怪",就建议他出去呼吸一下新鲜空气。由于沿街的大门外都被歌迷包围了,马丁只好把约翰带到屋顶上去。这位制作人还对这种致幻物质一无所知,因此不能理解约翰为什么会对普通不过的伦敦夜空如此欣喜若狂。当约翰回到大家身边时,变得异常温顺、寡言。他叫大家别管他继续录歌,他坐在一旁看。这是马丁唯一一次看到约翰在录音室里无法工作。

约翰这个样子显然是没办法回韦布里奇去了,保罗就把他带回附近的卡文迪什大街的家里过夜。那时保罗也已经开始吸食迷幻药(碰巧是"幸运儿"塔拉·布朗教他的),但还没跟约翰一起吸过,于是两人就一起吸了起来。约翰坚称尼尔·阿斯皮纳尔也在场,但没有跟他们一起吸,"以防万一"。据保罗回忆,他们几乎彻夜未眠,"幻觉联翩……约翰神秘地闲坐在一旁,我感觉他是个国王,永生的君主……主宰着一切"。后来,保罗决定去睡觉,约翰以他长期的经验警告他说他睡不着的。果然,幻觉跟着他上了床。巡演助理马尔·埃文斯像个夜班护士时不时进屋看看保罗是否安好。

三年来,英国政府对嬉闹的青年文化不知如何是好,听之任之。但是到了1967年初,形势开始发生转变。数目惊人的青年开始吸食毒品,而且越来越公然地受到他们听的音乐和他们崇拜的偶像的鼓励。因此,英国上上下下的警察开始把目标对准这群人,进行系统打击,他们原本就十分妒忌这些人的生活方式,现在更有了很大的搜查权和侵入权。二月,一个十八人的特别行动小组突袭了滚石成员基思·理查兹在自家举行的周末派对。就在警方行动前几个小时,披头士乔治·哈里森和妻子刚刚离开这里。理查兹与米克·贾格尔,还有他们的朋友艺术商人罗伯特·弗雷泽,均以持有违禁药品的罪名被起诉。

此外,政府还对伦敦地下出版物进行了彻底搜查。伦敦地下出版物存在的理由,正是鼓吹吸毒、反对越战、宣扬乱性。1966年12月,《国际时报》创始人之一的约翰·"霍皮"·霍普金斯被警方以持有大麻的罪名起诉,并被判入狱九个月。次年三月,约翰和保罗在《国际时报》的朋友刊登了一篇对黑人激进主义者斯托克利·卡迈克尔的采访,文中出现了"操他妈"一词。警方随即突然检查《国际时报》的办公室,没收其文件和参考书(甚至连电话簿也收走了),并以违反《淫秽出版物法》起诉报纸编辑。

为了为这些人募捐诉讼费,4月29日,在北伦敦的亚历山德拉宫举行了一场名为"十四小时五彩的梦"的盛大演出。这场有"千变万化的颜色和漂亮的人儿"的多媒体通宵马拉松演出汇集了诸如平克·弗洛伊德、软机器、移动、阿瑟·布朗的"疯狂世界"等乐队,克里斯托弗·洛格、迈克尔·霍罗威茨等诗人,还有电影、镭射音乐光影秀以及小野洋子带来的表演艺术。成千上万的嬉皮士聚集在山顶的这栋表演场内,每个人交1英镑的入场费,BBC进行了彻夜的现场直播。约翰原本和约翰·邓巴一起在韦布里奇观看直播,突然决定驱车前往"亚历宫",参加集会。

洋子准备表演"剪成碎片",即她一动不动地坐在或跪在舞台上,观众上来剪她的衣服。然而,看见底下疯狂的人群从超大号的"香蕉大麻烟"到STP(二甲氧基甲苯异丙胺,一种比LSD更强的迷幻药)无所不吃,洋子突然紧张得不敢上台。于是,一名女替身替她完成表演——观众使用的剪刀还被连到了扩音器上——洋子在场外观看。约翰不知道洋子在那里,洋子也没有看见约翰。约翰在人群中待了几分钟以后就和邓巴退到外面的花园静静的一起抽一根大麻烟,然后叫司机把他们载回韦布里奇。"没人告诉我他在那里,"洋子回忆道,"我相信,人们太兴奋了,根本不会注意是不是有个披头士来过。"

在1967年的这个多事之春,约翰还找了一些其他事情来排解他的无聊与不安。就在"十四小时五彩的梦"前夕,约翰在报上看到爱尔兰西海岸外有一个叫多里尼什的无人居住的小岛,以1700英镑的价格待售。第二天,约翰就和约翰·邓巴飞到都柏林,然后租了一辆车到梅奥郡的克卢湾,再乘小船到了这座海浪冲刷着的低价出售的岩石小岛。约翰想像着接近大自然的嬉皮式生活,激动不已,就用邓巴的素描本画了一个类似灯塔的结构图,他打算建造这么一个东西,然后一个人住。就这样,多里尼什岛成了约翰的,可他再也没有踏上过这里。

另外,约翰的"劳斯莱斯"也为他提供了短暂的热情。在阿尔梅里亚拍《我如何赢得战争》时,车的黑色油漆被粗糙的沙粒磨坏了。约翰在林戈的启发下,想到仿照他最近刚在肯坞的花园里安装的那辆标准旅行拖车,把车重新油漆成迷幻的样子。劳斯莱斯公司自己是绝不会做这种渎圣的事的,于是邻近的切特斯的一家叫 J. P. 法伦的私人汽车车身制造厂——约翰的司机莱斯·安东尼刚好住那里——接下了这件差事。车子被重新油漆成浅黄色,散热器盖涂上了红绿相间的新艺术卷须。车身侧面装饰有玫瑰花簇,让人联想到咪咪姨妈最好的瓷器。约翰的星座标志,天秤座,则涂在车顶上。最后是他那当时仍属罕见的个性车牌"韦布里奇 46676"。当安东尼去取改装好的车子时,大批人群排列在街道两旁围观——那场面不亚于猫王巡游的"凯迪拉克"。

约翰打发无聊不仅要常有新鲜事物,还要常有新鲜面孔。这一年来,他最喜欢的助手是约翰·邓巴,他在艺术学院时就认识的最严肃的"艺术人"。那时,邓巴的妻子玛丽安娜·费思福尔已经离开他和米克·贾格尔同居了,而且在二月"滚石"遭遇毒品突然搜查时也在场。(当时全国盛传一则谣言说当警方到达时,贾格尔正在舔放在玛丽安娜阴门上的巧克力棒。)

与邓巴同住在本廷克街的是一个叫扬尼(或亚历克西斯)·马达斯的二十一岁希腊人。邓巴是通过希腊雕塑家尼古拉斯·塔基斯的妻子认识他的。虽然马达斯现在是一名电视工程师,但他真正的职业是发明电子设备,有公司用的,也有私人用的。邓巴十分赏识他,两人合开了一家企业,将各自的艺术才能和技术才能结合起来。虽然贾格尔偷了自己的妻子,邓巴和滚石乐队仍旧关系密切,二人成功取得滚石乐队一次欧洲巡演的灯光设计师一职。

住在邓巴家的马达斯很快就见到约翰,找到向他介绍自己设想的发明的机会。他的设想有些预示了不久的将来电信的发展方向,如通过声音识别自动拨号、显示来电号码的电话。有些则更像是科幻小说里的东西:X 光照相机,在房子周围保护房子、能喷出彩色烟雾的力场,悬浮在半空中的房子等。对于对实用知识一无所知、连灯泡都不会换的约翰而言,这些设想毫无差别地都是能改变生活的奇思妙想。后来,邓巴突然就出局了,"神奇的亚历克斯"(约翰起的绰号)进来了。他成了第一个闯入披头士中心的重要人物。一次在保罗家开会,约翰把他一起带去;向别人介绍他时,约翰自豪地说这是"我新的精神导师"。

耗时四个月、花费 25000 英镑天价的《佩珀军士孤独的心俱乐部乐队》专辑终于要和大众见面了,只剩下最后一道工序:拍摄专辑封面。由彼得·布莱克设计的这一封面注定将写进流行音乐以及流行艺术史。披头士身穿迷幻的佩珀军士装站在中间,被一幅由众多文化偶像组成的巨大拼贴画包围,从鲍勃·迪伦、马龙·白兰度到卡尔·马克思、卡尔·荣格、W.C.菲尔兹、埃德加·阿伦·爱伦坡、奥斯卡·王尔德、迪伦·托马斯、玛丽莲·梦露、弗雷德·阿斯泰尔、劳雷尔与哈迪、汤米·汉德利和黛安娜·多丝等。约翰提出的耶稣基督和阿道夫·希特勒因"太过了"而被否决，但神秘学者、人称"野兽之王"的阿莱斯特·克劳利则被保留下来。斯图尔特·萨克利夫也出现在画面中，在比尔兹利·奥布里和马克斯·米勒旁边。他们还把杜莎夫人蜡像馆里四人四年前的模样的蜡像搬了来，放在约翰的左边。约翰穿着一件黄色底红色扣结的轻骑兵服，胳膊下夹着一只圆号。相较之下，四年前那套严肃的灰色演出西装穿在他身上显得特别别扭。

5月27日，布赖恩邀请一些音乐记者参加了一个专辑发布前的派对，四位披头士成员悉数到场。据隔周的《旋律制造者》周报报导："约翰身穿有绿花图案的衬衣、红色灯芯绒裤子、黄色袜子、看似灯芯绒的鞋子，还系着个毛皮袋，最为抢眼。加上浓密的鬓角和国民医疗保健配的老土眼镜，使约翰看上去像个动画片里的维多利亚时期钟表匠……"传媒界的密友们发现约翰没刮胡子，面容憔悴。

说到新专辑，约翰一如既往地冷漠和挑剔："有些地方我真的不喜欢……出来的效果不对。《天空中的露西》有些地方我不喜欢。《凯特先生》有些音不对。我喜欢《生命中的一天》，但还是没有做的时候预期的好。我觉得还可以再花些力气，但我懒得弄了。《佩珀军士》不错，乔治的《有你，没有你》也很美。音乐方面，就是整张专辑的歌一首连着一首，几乎没有什么间隙，除了这个还有什么吗？"

周末，布赖恩在其新购买的位于苏塞克斯郡克罗伯勒附近的乡村住宅里为《佩珀军士》举行了一个更为盛大的庆祝派对。除了三位披头士成员及其配偶以外（保罗未能到场），参加派对的客人还有米克·贾格尔、玛丽安娜·费思福尔、歌曲创作者莱昂内尔·巴特、伦敦爱乐乐团指挥约翰·普里查德爵士——以及最让约翰激动的——披头士前新闻官德里克·泰勒。1964年美国巡演途中，泰勒与布赖恩发生口角后辞职，现在是好莱坞成功的公关顾问。布赖恩对损失这一人才后悔不已，在派对的邀请函里附上两张头等舱的来回机票。

当派对那天上午，泰勒和他有七个月身孕的妻子琼飞抵希思罗机场时，受到了约翰、林戈和特里·多兰的欢迎。三人全副的嬉皮扮扮，播撒鲜花，摇起铃铛。琼·泰勒以前总是被约翰反复无常的脾气和鞭子似的舌头弄得很紧张，今天发现自己得到约翰热情的拥抱。"现在流行这样，"约翰解释道，"见到朋友时要拥抱，表示你很高兴见到他们。而不是站在那里握握手，好像大家有什么病似的。"

要与人亲近。"

周末,泰勒夫妇住在肯坞约翰和辛西娅家,大伙儿一起坐上很炫的新"劳斯莱斯"到布赖恩那儿去。在派对上约翰给了琼一片迷幻药,说乔治给了德里克一片,德里克吃了。虽然已是大腹便便,琼还是接过了约翰给她的药片。"那晚后来约翰和乔治小心照顾德里克和我,"她回忆道。"那天他们真是好得不能再好了。"

1967年6月1日《佩珀军士》专辑发行。专辑绚丽的包装和新颖的小赠品——纸胡子和军士的V型臂章,购买者可以剪下来佩戴——使得专辑本身就好似一封派对邀请函,与后来被称为"爱之夏"的黄金季节时机十分吻合。专辑雄踞英国专辑排行榜首位二十七周,第一个月里卖出了五十万张;在美国则雄踞榜首十九周,到八月共计卖出二百五十万张。还沉浸在美好的时代回忆里的这一代人,会铭记他们在何时何地第一次播放这张专辑,铭记当唱针插进凹槽里时他们听到的惊喜。

专辑还有另一大创新:把每首歌的歌词完整地印在专辑背面。这样列侬和麦卡特尼的歌词将被无数人一遍又一遍地阅读,其次数是任何现代作家,当然包括诗人,几辈子都望尘莫及的。但另一方面,这也意味着他们的歌词将被卫道士们细细研究,挑出"骚包""手指派"等这些原本没有人会去注意的东西。

《天空中佩戴着钻石的露西》就马上遭到了BBC的禁播,原因是歌名的缩写与近来越来越频繁地占据报纸头条的毒品名称一致①。约翰反驳说这首歌与迷幻药毫无关系,只不过是他的儿子朱利安在学校画的一幅画的名字——保罗后来证实了这一说法。如果你认为约翰从未吸食或鼓励人们吸食迷幻药,认为约翰是个字盲,认为约翰对朱利安的功课一直很有兴趣,而且积极回应,那这是个很说得过去的解释。

但是不管怎样,《露西》还是传遍了英伦三岛,最终成了整张专辑中最有影响力的歌曲,开创了英国的迷幻摇滚把特意诗化的语言与童年早期的景象相结合的创作模式。平克·弗洛伊德的概念专辑《黎明前的笛声》就借用了肯尼思·格雷厄姆的《柳林风声》里一个章节的标题;基思·韦斯特凭借一首伊妮德·布莱顿式的、讲述儿童哀悼一位乡村食杂店老板的歌曲登上前十名;交通乐队的《我鞋子上的洞》借用一个说话咬舌的爱丽丝的画外音,把人们带到"一个一年四季幸福常在、音乐震耳欲聋的地方"。一时间,英榜上满是龙、魔咒、摇动

---

① 歌曲的英文原名 *Lucy in the Sky with Diamonds* 的缩写 LSD 即为迷幻药。

木马、笑脸风筝和小锡兵。

《生命中的一天》也遭到BBC和很多美国电台的禁播，那句挑逗性的"我要让你兴奋起来"只是遭禁的原因之一。那个"开车爆了脑袋"的人们认为他是嗑了药，"兰开夏郡布莱克本的四千个洞"则象征针孔印；中间部分（保罗写的）"抽根烟""进入梦乡"被理解为是在讲大麻；连"世界末日般的声音"的伴奏也被指责在暗示毒品引发的神志不清。总之，专辑的每一首歌都被拿到X光机里过一遍，响起连连的警报声，不是宣扬毒品就是有性挑逗。《朋友们的一臂之力》则两条都占了，不仅提到"飘飘欲仙"，还有那没有明说（但显然是肮脏的）"关上灯你看见什么？"。保罗只是在说修理房子的"补洞"则被解读为又是象征注射。《她离家而去》里的"来自汽车业的人"——影射布赖恩的汽车销售合伙人特里·多兰——则被认为是支持堕胎的代名词。

如今，大洋两岸的媒体一致呼吁哪位披头士成员出来承认吸毒。但第一个捅破这层纸的人却是大家最想不到的。在6月19日出版的《生活》杂志对披头士的采访中，保罗公开承认"大概四次"吸食迷幻药，并大谈迷幻药对释放潜藏在大脑中的创作潜力的神奇功能。此话一出，这位往日从不犯错的乐队公关激起了一波"比耶稣还伟大"的批评和责骂：《每日邮报》说他是个"不负责任的白痴"，居然向年轻人宣扬这样的信息；美国的福音传教士比利·格雷厄姆为他代祷。但是，披头士仍被视为重要的国宝，英国警方没有采取什么行动。而面对公愤，保罗机敏以对，说他只是诚实坦率回答了一个问题，如果传媒担心向年轻人宣传毒品，那他们可以不把他的话印出来或播出去。

与此同时，披头士表现出一向的团结，约翰和乔治也承认尝试过迷幻药，但是是在药品还是合法的时候试过"六七次"。然而私底下，他俩很生气：保罗在道貌岸然地拒绝毒品十八个月后也开始嗑药，跟他们比起来，他还是个十足的新手，可现在他倒成了披头士嗑药的头儿。几年后，在他们之间的仇恨平静下来之后，约翰不得不赞扬保罗独占聚光灯的本领，不论好事坏事："他每次宣布什么重大事情的时机都选得恰到好处，不是吗？"

事实上，约翰自己有一项更为重要的事情要宣布。BBC虽然对《生命中的一天》和《天空中佩戴着钻石的露西》撩起裙子避之不及，但它仍是无人可比的，以团结世界、传播文明为己任的公共广播公司。1967年6月BBC利用新的绕地飞行通信卫星，开启了人类第一个真正意义上的国际电视节目。节目名为《我们的世界》，涉及十八个不同的海外广播系统，通过三颗卫星同时向五大洲传送节目讯号（但不包括苏联，它在最后一刻退出了）。对于BBC而言，不论近来他们在地面上惹起多少丑闻,现在只有一个主题。

6月25日星期天晚上,修道院路的一号录音室挤满前所未有多的人。感谢遥远的太空中那些哔哔作响的卫星,来自欧洲、非洲、亚洲、大洋洲、美国和拉丁美洲的三亿五千万人观看了披头士录制他们全新单曲的过程(其实只是跟着伴奏哼唱)。一同见证这一时刻的还有一群现场观众——一群身着盛装的嬉皮,包括:米克·贾格尔、玛丽安娜·费思福尔、基思·理查兹、埃里克·克拉普顿以及"谁人"乐队的基思·穆恩。这首新歌由约翰操刀,是披头士奉行的教条的提炼,是这群漂亮人儿对困扰着全世界观众的所有问题的解决之道。这首歌叫做:《你需要的是爱》。歌曲的形式简单,仿佛另类的《三只小盲鼠》,歌词不像句子更像口号("没有什么你要做的不能做……没有什么你要唱的不能唱")。这是约翰第一次向世界展示他创作跨越语言、文化和宗教的经典歌曲的能力。尽管歌曲显得做作、太过简单,但作为第一条通过卫星直播传递的信息还是很不错的。

这次卫星传播的著名黑白镜头向世界展示了一个前所未见的约翰:他坐在一张凳子上,用手将半边耳机贴在一只耳朵上,一边嚼口香糖一面无表情地唱着。他一向的漫不经心削弱了这首歌的道德力量。歌曲一开始是一段类似《马赛曲》的小号,《马赛曲》是法国大革命的主题曲,没有人会把它跟宣传爱联系起来。结束时是一组古典铜管乐器和四十年代的摇摆乐的恢宏演奏,人们感觉到这时的约翰像甩掉一只磨脚的凉鞋一样甩掉了那股认真劲儿:"大家……一起来",他假装喝醉的样子招呼大家,就好像那三亿五千万的观众是在夜总会里跟他们一起唱着。最后,约翰还加了句很讽刺的"她爱你,是的,没错"——对四年前那段令他们痛恨的回忆的彻底告别。

约翰一边嚼着口香糖一边唱道爱"很简单"。但对他来说,他一定已经料到了,爱决不简单。

20. 魔法、冥想和痛苦

> 我很害怕,心想:"妈的,我们玩完了。"

1967年8月25日,一个银行休假日的周末,披头士聚集于北威尔士的班戈,加入他们新的精神导师玛哈里希·玛赫西·优济的超觉静坐。两天后,他们得知布赖恩·爱泼斯坦被发现因过度服用酒精和安眠药死在伦敦的家中,年仅三十二岁。媒体蜂拥而至询问他们的反应,历史定格住了劈里啪啦的闪光灯中约翰惊呆了的脸。"我不知道该说什么⋯⋯他是个好人,太可怕了。"

虽然身兼数职,布赖恩一直独揽披头士和西拉·布莱克的经纪大权,西拉是布赖恩《默西节拍》最早的艺人里唯一获得跟披头士一样的悉心栽培的。虽然披头士没有进行巡演,但不管是作为乐队,还是作为个人,他们仍旧十分依赖他们的经纪人。一月份的时候,布赖恩刚与他们英国的唱片公司百代签署了一份新合同,把1962年披头士作为新人时极低的版税提高到惊人的零售价的百分之十。他一面投入到《佩珀军士》的制作,一面还邀请编剧乔·奥顿为披头士撰写下一部电影的剧本,虽然后来计划流产。九月他自己与披头士的五年经纪合同也即将到期,虽然他的佣金有可能会比现在的百分之二十五少,但续约基本上是铁定的。

布赖恩和披头士最后这几个月的关系就像一只母鸟既担心又好笑地看着刚刚学会飞的雏鸟,一旦雏鸟发出微微的求助声,母鸟马上飞过去救助。保罗在《生活》杂志上承认吸毒以后,布赖恩与约翰和乔治一起声援保罗,说他也吸食迷幻药,而且发现药效是有益的。之后,他与其他英国音乐和文化名人并肩呼吁吸食温和毒品是无害的,抗议警方对毒品的严厉打击。米克·贾格尔和基思·理查兹在与披头士一起在"我们的世界"节目合唱了《你需要的是爱》几天后,都因六个月以前吸食了一点点的毒品而被判处了异常严厉的刑期。后来,政府迫于媒体压力释放了二人。为了庆祝重获自由,两位"滚石"队员写了一首歌《我们爱你们》,讽刺英国的司法系统,约翰和保罗匿名为歌曲伴唱。

7月14日,伦敦海德公园举行一个集会呼吁大麻合法化,吸引了五千名支持者。八天后,《泰晤士报》上刊登了一个标题为"禁止大麻既不合情理也不切实际"的整版广告,底下有布赖恩(他出钱登的广告)、披头士和其他六十位名人的签名,像格雷厄姆·格林、大卫·霍克尼、乔纳森·米勒、大卫·贝利和肯尼思·泰南。

私生活方面,在最后这几个月里,布赖恩还是和以前一样过得一团糟、不得安稳。就在当月,英国议会提交了一份新的《性侵犯法案》,规定年满二十一岁的男子自愿的同性恋行为不再是犯罪。虽然离男同性恋者感觉能够走出来的日子还相去甚远,新法案还是为数千人消除了恐惧、歧视和迫害。可对于布赖恩来说,他的性趣味仍不为法律所接受。就在他去世的前一天晚上,他把一群朋友留在苏塞克斯的家中,独自无聊、失落地回到伦敦,因为没有男妓供他娱乐。虽然媒体并不知道他是同性恋,但掌权者们知道;这应该就是为什么他对英国经济、文化和国际名声做出了那么大的贡献,却没有得到女皇或其他任何官方认可的原因。

一直到最后,布赖恩都对约翰痴心不减,也不曾放弃希望将来有一天,他的感情会得到回报。布赖恩只对少数几个人透露——或半透露——出这一秘密,乔纳森·金就是其中之一。金是初露头角的年轻创作歌手兼制作人,已有一首冠军单曲《大家都去了月球》,当时还在剑桥读书。由于长期受到压迫,男同志们学会了通过心灵感应来交流。所以据金回忆,和布赖恩在一起时,有时只是在约翰背后的一个暧昧的眼神,有时是提到约翰的名字,"就让人感觉到'总有一天他会和我们一伙的'"。

不过,自从1963年那次不明智的西班牙之旅后,约翰就再也没有给过布赖恩一丁点儿的希望。约翰知道布赖恩对自己没有死心,但又离不开他。约翰常常在大家面前对布赖恩刻薄,不是取笑他的性取向,就是取笑他的种族,在他们的朋友圈子里是出了名的。一次,布赖恩到美国去了,约翰说他是去签下"一个节奏和犹太乐队"。《你需要的是爱》的B面是列侬的《宝贝,你是个有钱人》,歌曲表面上是挖苦嬉皮士的,实际上是指桑骂槐、双重讽刺布赖恩。排练时(有的甚至说在录好的版本里也是),约翰把副歌的"宝贝,你还是个有钱人"唱成"你是个有钱的犹太同志"。

约翰并不比其他几个披头士更了解布赖恩乱糟糟的另一面的生活:酗酒、吸毒、沉迷赌博,以及悲惨的性关系,为此布赖恩差点儿错过了披头士在旧金山的最后一次登台表演。这成了约翰终生抱憾的事情。"我没有注意到他越来越糟。"约翰后来承认道。"他去世前两年我们很少见到他。……我非常内疚因为早先我和他走得很近,可后来那两年我自己的心理出了问题……我不知道他的生活什么样的……为了让他说话、发现他的内心,我介绍他吃安非他明——所以我觉得自己对他的死有一定的责任。……(他会)突然大发雷霆,关门大吉,好几天不见人影……所有的事情都停摆,就因为他一连吃了好几天的安眠药,怎么也叫不醒……或者在旧肯特路被某个码头工人暴打了一顿。"

第一个危险信号来自那年初夏,绝望的——后来证明也是白费力气的——布赖恩住进帕特尼的小修道院医院接受戒毒治疗。约翰得知消息后十分震惊,把敏锐的德里克·泰勒平日里观察到的他所有的"关心体贴"都表现了出来。约翰送去了一大束鲜花,还附了张手写的卡片,说:"你知道我爱你……是真的,约翰。"布赖恩看了以后热泪盈眶。

但是到八月下旬,约翰认识了印度神秘主义者玛哈里希("大预言家")·玛赫西·优济以后,布赖恩的问题就被搁置在了一旁。乔治·哈里森的妻子帕蒂近来参加了玛哈里希全球的"精神复兴运动",告诉乔治这个最有名的印度教圣人将在出人意料的公园路的希尔顿饭店给伦敦教徒发表演讲。乔治又把这个事儿告诉了队友。"大家都去看玛哈里希,就好像《佩珀军士》时大家都留起了小胡子,"尼尔·阿斯皮纳尔回忆道。"很多都是跟风,不论带头的是谁。"

玛哈里希身材矮小,稀疏齐肩的头发,斑驳分叉的胡须,爱咯咯傻笑的假声,活像从约翰小时候的卡通书里蹦出来的人物。那天玛哈里希在希尔顿向穿着宽长袍、挂着念珠的披头士宣扬的那一套佛教智慧跟他们自从《明日从未可知》一歌以来知道、灌输的没什么两样。但是玛哈里希把神秘主义讲得通俗易懂,立刻吸引了这群年轻的世上的神。对于他们来说,要他们克己苦行是想都没想过的,要他们把精神集中在除了音乐以外的东西上也几乎是不可能的。玛哈里希的通向精神复兴之路不需要特殊训练,不需要记忆复杂的祷告和咒语,也不会给个人生活带来什么不便。要达到他所描述的内心愉悦、平静——即摆脱世俗的压力和焦虑,达到"纯粹的感悟"的境界——你只需要每天冥想半个小时。

约翰虽然已经嗑药嗑了不知多少次,但迷幻药并没有像他期望的那样帮他减轻每天超级巨星的光环带来的煎熬。但是他始终坚信:有这么一个"奥秘"或"答案"既能解释宇宙,同时又能消除他内心的痛苦。突然在一个普通的下午,在公园路上,一个滑稽的小不点儿瑜伽师傅似乎能给他他一直在寻找的这个东西。约翰往日采石河岸中学的同学很难想像这个穿着花衬衫的学生毕恭毕敬地坐在老师身边,全神贯注地听着老师讲的每一个字。

其他三个披头士也在一定程度上跟约翰有一样的问题,因此也被玛哈里希不用花大力气就能得到幸福的承诺迷住了。听了玛哈里希简短的演讲后四人跟风似的都报名参加"精神复兴运动"。报名参加的人要捐献一个星期的工资,要教导、劝说更多的人加入超觉静坐。披头士还同意到玛哈里希位于喜马拉雅山的静修处,或曰隐居处学习。作为入门,他们将参加一个为期十天的精神引导课程,课程开在班戈的一间教师培训学校,而且本周末就开始。于是第二天,披头士和他们的女伴:帕蒂、简·阿舍、莫林·斯塔基,还有米克·贾格尔和玛丽安娜·费思福尔,就追随这位印度圣人去了北威尔士。对披头士来说,把他们平日坐的黑色车窗的豪华轿车换成破破烂烂的从帕丁顿发车的普通火车,就是一种佛教苦行了。用约翰的话说,"就好像出门没穿裤子"。辛西娅·列侬也和大伙儿一起,但现场有大批媒体和歌迷,她在混乱中被落在了站台上独自哭泣。布赖恩不但不把新导师视为威胁,还祝福他们,并且答应将来有机会也会加入他们。

至少对披头士的其中一个来说,这种突然失去至亲之人的巨大悲痛是那么熟悉。约翰已经体验过三次这种感觉了——乔治叔叔在门迪普斯的楼梯上突然大出血;母亲在门洛夫大街撞上超速的汽车;斯图尔特·萨克利夫在汉堡爆了脑袋。和之前几次失去无比重要之人时一样,听到布赖恩的死讯,约翰的第一反应不是哭,而是笑,约翰承认说:"我歇斯底里地嘿嘿嘿笑,想还好不是我。……"还是和之前一样,在悲伤和不敢相信之后,约翰愤愤地想这次自己又被抛弃了。"很多人就这么抛下我走了。"他在一次采访中这样说,像是在责备死神失职了一样。

不过这次有个玛哈里希就在近旁,能用令人宽慰的东方思想来安抚他们巨大的悲痛:尘世微不足道,死亡是一种解脱。约翰热切地接受了这一心理辅导,面对媒体时丝毫不掩饰自己的改弦更张。"……虽然我们进行冥想的时间还不长,但它可以给你足够的信心来面对这样的事情。"他对记者说。"当一个人从孩子变成少年、从少年变成大人、从大人变成老人,你并不会感到悲伤。布赖恩只是进入了下一个阶段。他的精神还在这里,而且永远在这里。"

从班戈回来以后,披头士一起到布赖恩位于伦敦贝尔格莱维亚区查普尔街的家中慰问最近不仅丧子、还刚刚痛失相处三十四年的丈夫的布赖恩母亲。"和我们一起去印度冥想吧。"约翰信口说道。很乐意找个什么事情来排解悲伤的奎尼·爱泼斯坦问起冥想是做什么的?

"呃,就是想东西,"约翰答道,"像是胡萝卜啊……"爱泼斯坦夫人忍不住笑了,说:"说到胡萝卜,我就想到明天的午餐。"

四人害怕引来大批媒体,没有出席布赖恩的葬礼。葬礼后,他们和尼尔·阿斯皮纳尔、马尔·埃文斯,还有布赖恩最亲近的助理彼得·布朗,开会讨论何去何从。布朗仍记得,失去最好的朋友兼上司的他根本无法坐下来冷静讨论生意上的事。"过了一会儿,约翰走过来双手抱住我,用最温柔的声音问我还好吧。他知道对布赖恩的死最伤心的两个人就是他和我,只有他理解布赖恩死了我是多么悲伤,因为他也一样。"布朗说约翰和布赖恩特殊的关系来源于俩人"都有经常不开心、感到沮丧的复杂性格,而且惺惺相惜。也许没有其他人比他们更理解对方"。

眼前没人能取代布赖恩的位置,至少在披头士看来是这样,而全世界媒体都在关注着。罗伯特·施蒂格伍德是布赖恩新近招来的 NEMS 公司的合伙人,首先被认为是他的合法接班人,但被四人全票否定,不久就愤然离去,还带走了好些公司里的人才,像比吉斯兄弟合唱团。NEMS 的掌舵人就换成了布赖恩的弟弟克莱夫。克莱夫为人正直、善良,但没有布赖恩的想象力和才干。布朗、阿斯皮纳尔、阿利斯泰尔·泰勒等布赖恩最早的那支利物浦团队里的其他重要人物都很忠心,也很能干,但没有一个觉得自己能担此大任。自从1961年那天中午布赖恩走进洞穴俱乐部以来,披头士第一次需要独立自主。

"现在得靠我们自己了,决定我们和布赖恩想要的未来。"约翰信誓旦旦地说。"过去,他给了我们去做那些事的力量,这股动力还在。我们不晓得我们会不会有新的经纪人。但我们一直掌控着我们做的事情,现在我们该做什么就做什么。……"

多年后约翰承认:"那时我知道我们麻烦了。我知道我们除了玩音乐以外其他什么事都不会。我很害怕,心想:'妈的,我们玩完了。'"

失去一个近似父亲的人让约翰重新想起自己的亲生父亲。布赖恩死后第六天,也许是突然觉得生命短暂、不应记仇,约翰写信给弗雷迪·列侬,表示希望与他见面,并答应"一个月内"会再与他联系。约翰不知道信头怎么称呼他合适,就把他能想到的每个词,甚至他那些受过良好教育的姨妈们很小的时候教他的拉丁词缀,都用上了:"亲爱的阿尔夫·弗雷德爸爸吾父等等……"信的最后他请求弗雷迪不要把此事告诉记者。("我不希望咪咪受刺激!")信封的背面,他半是开玩笑、半是不好意思地签上"猜猜我是谁"。

距离弗雷迪初探名人圈、最后一次与约翰不欢而散已经过去十八个月了。他没有从他短暂的流行歌手生涯中赚到半个子儿,也没有从把自己的故事卖给报纸中捞到多少。在舰队街对他失去兴趣以后,他就回到了到处给旅馆打工的老生活,不再与他深深伤害了的儿子联系,余生都和脏罐子、废渣水打交道。

但是五十四岁那年,一二十年生活中没有出现重要女人的弗雷迪遇上了一件不可思议的事。1966年的圣诞节,弗雷迪受雇于萨里郡托尔沃思的一家叫托比·贾格的旅馆干着他的老本行。在这里他遇见了一个叫波琳·琼斯的十八岁女孩,波琳是埃克塞特大学的学生,利用假期在旅馆的厨房打工。近来的失意并没有改变弗雷迪幽默的天性和一边工作一边高歌的习惯。而且得益于他最近短暂的流行文化体验,如今他在厨房里打杂时穿的是红色裤子、黄色T恤和皮背心,十分抢眼。

老牛吃嫩草不是什么新鲜事。可弗雷迪虽然劣迹斑斑,但他并非好色之徒,因此一开始,他十分不解也不敢相信自己怎么就被一个小他三十四岁,聪明、漂亮的年轻女子给看上了。直到经历了长时间的困惑和疑虑之后,他才接受波琳的观点:他们之间大峡谷般的年龄差距不是问题。两人开始在托比·贾格的厨房里、在饭点和饭点中间促膝长谈,偶尔轻轻地、纯洁地一吻。为了强调他们的纯洁,弗雷迪用自己母亲的名字给波琳取了个绰号叫"波丽"——就是约翰那个可怕的奶奶,约翰极少踏入过她那所位于托斯住区科波菲尔街的一尘不染的房子。

可是两人要进一步发展似乎是不可能了。可以想像,波琳守寡的母亲得知女儿的所作所为后会是多么震怒。她禁止波琳再和弗雷迪见面。波琳回到埃克塞特继续上学,但是学期结束后又冲回托比·贾格。在托比·贾格的厨房里,弗雷迪单膝下跪向她求婚。然而两人谁都不敢真的说结婚。波琳回埃克塞特以后,弗雷迪跟着她,希望能在校园的厨房里找到工作。他没找着工作,最后露宿外头,先是睡在一个学院的礼拜堂里,后来睡在铁路侧轨的一辆空火车里。

最后一次试图讨好母亲,也是最后一次试图遵循社会习俗,波琳接受了一份在巴黎辅导孩子的工作;而弗雷迪则回到萨里,回到汉普顿的灰狗酒吧工作,酒吧离韦布里奇只有一二英里。波琳的家教不太顺利,孤独、彷徨的她走进巴黎的一间教堂祈祷神明的指引。跪在那里的她似乎听见一个声音在她耳边轻声诉说那句古老的谚语:爱能战胜一切。身无分文的她向英国领事馆求救,领事馆给她钱回英国,回到弗雷迪那里。

在弗雷迪四处飘泊的这些日子里,他的弟弟查理·列侬一直坚定不移地支持他,为他辩护。查理亲眼目睹朱莉娅的种种不端行为——他帮忙找出了那个把朱莉娅的肚子搞大的威尔士炮兵——因此,看到报纸上说弗雷迪在约翰六岁时抛妻弃子,他非常生气。终于,当他在报上看到1966年弗雷迪做客肯坞、最后以约翰当他的面砰地把门关上收场时,他再也看不下去了。他写了一封长信给这个二十多年未见的侄子,这个侄子如今再见面恐怕是认不出他的。查理在信中解释道:弗雷迪所谓的"抛弃"只不过是一个商船水手在战时出海不能归(却被误解和接二连三地意外给扭曲、放大了),真正抛弃这个家的是朱莉娅,先是跟威尔士炮兵塔菲·威廉斯,后来又跟鲍比·迪金斯。

神奇的是,查理的信居然到了约翰手上,信中言辞确凿,让约翰开始怀疑咪咪姨妈从小给他灌输的那套说法。不久之后,布赖恩·爱泼斯坦去世。偏巧这个时候,弗雷迪自己也给约翰寄了一封短短的、诚挚的慰问信。结果就是约翰那封半是不好意思、半是希望的、称呼"亲爱的阿尔夫·弗雷德爸爸吾父等等……"的信。

大约一个月以后,弗雷迪收到布赖恩·爱泼斯坦办公室寄来的书面指示,要求他在某一天的某个时候在泰晤士河上的金斯顿的邮局外等候。约翰的司机莱斯·安东尼在那里等他,交给他一个装满钱的信封,让他坐进迷幻"劳斯莱斯"的后座,载他回肯坞。

那天晚上约翰很晚才从录音室回到家里,但一回来就明显看出他对待弗雷迪的态度完全变了。他很自然地拥抱他,叫他"爸爸",而不是叫他阿尔夫、弗雷德、吾父,或"等等",而且说他们俩都应该捐弃前嫌,既往不咎。他还突然决定这个刚刚被他叫做爸爸的人应该马上加入这个家庭圈子。约翰让目瞪口呆的弗雷迪当晚睡在肯坞的客房,第二天"劳斯莱斯"去灰狗把他的东西取来,他就此入住肯坞。

就这样,弗雷迪在肯坞住了下来,住在楼上原来佣人们住的、后来房子长时间装修时约翰夫妇暂住的房间里。如果他以为跟约翰住在一起就能有多些时间跟约翰相处,那他很快就发现他想错了。大多数时候只有辛西娅和他的孙子朱利安跟他说话——他惊讶地发现朱利安很喜欢他那首失败的单曲《这就是我的生活》。父子二人倒是确实进行了一次真心的交谈。弗雷迪重申1946年的那天,他并没有想要抛弃他。弗雷迪终于让约翰相信了他的话。他甚至敢责备约翰接受了大英帝国勋章,因为对于像他这样的老利物浦左翼来说,这等于向当权者磕头,不可原谅。

新生活虽然轻松惬意,但不久弗雷迪就开始怀念以前的忙碌、多姿多彩,特别是酒吧和厨房的朋友。后来朱利安上学去了,辛西娅也开始寻求自己独立的社交生活,弗雷迪就经常很久都是一个人待着——对于他这样一个喜欢交朋友、好表现的人来说,这种生活是一种优雅的折磨。而且,司机莱斯和管家多特都明摆着瞧不起他。他不会开车,也不愿意叫莱斯或多特开着一辆世界上最贵的车载他出去。有一次他试着走到最近的一英里外的一家酒吧去,却在这些私人住宅的马路和车道中迷了路,招来约翰的邻居们怀疑的目光。后来回忆起这件事,他突然觉得约翰把他当做"阁楼里的疯亲戚"那样关起来。

最后出来帮弗雷迪说话的居然是辛西娅的母亲莉莲·鲍威尔。尽管约翰在别处为她预备了住处,她仍经常到肯坞来做客。一天,鲍威尔太太发现弗雷迪在屋子里闷闷不乐地走来走去,她快人快语地对弗雷迪说他"像只关在鸡笼里的鸡",说他应该让约翰给他一个自己的住处,让他有一定的自由。约翰照做了,给了弗雷迪在附近的克佑区的一间公寓,外加一台电视、一些被褥和毯子,每个星期披头士的会计还会给他10英镑,相当于他在厨房帮工的钱。弗雷迪在搬进新家以后才从别人那里得知约翰对他要离开的决定很是伤心。

每个得知弗雷迪有个十九岁,而且打算结婚的女朋友的人都深感震惊,大力反对。约翰却不但不生气,反而很高兴父亲迟来的第二春。他这样的反应就连弗雷迪自己也很意外。波琳·琼斯从巴黎回来以后就回到母亲身边,母亲严禁她再见弗雷迪,可她还是一有机会就偷偷地去找弗雷迪。约翰很想见见这个竟然会爱上一个一贫如洗的五十四岁洗碗工的女孩,一个周末就邀请她到肯坞来,让她住在弗雷迪刚搬出去的楼上的那间房间。

对于那个年代十九岁的人而言,住在约翰·列侬家里是连《蜜拉贝儿》或《男朋友》杂志做梦都想不到的大奖。可是波琳一点儿也不觉得受宠若惊。她印象最深的是约翰吃饭的样子很不好,但话说回来,约翰似乎认可了她对他父亲的感情,而且认为如果确实是两厢情愿,没有理由阻止他们结婚。波琳成熟的气质还给辛西娅留下了很好的印象,那个周末就当即决定让她来照顾五岁的朱利安。起先约翰心存疑虑,但当辛西娅又说他们也需要一个人来应付没完没了的电话和家里堆积如山的歌迷来信时,他就欣然同意了。于是,在弗雷迪搬到克佑的新家以后,波琳住进了肯坞佣人们住的房间。

布赖恩临死前做的最后几件事中有一件是同意出版一本披头士授权的传记。有关披头士的书在以青少年歌迷为主的市场中已经是屡见不鲜,但布赖恩要弄一个高级得多的:一本"真正的"书,由《星期日时报》记者亨特·戴维斯执笔,著名出版公司威廉·海涅曼公司出版精装本。戴维斯从四位披头士及其家属那里获得了大量的一手资料,作为回报,他们将得到他的版税的三分之一,而且他还答应书写成后、发表前要拿来给四个人审查。

现在约翰这边的"家人"就不单是咪咪姨妈,还得加上这个刚刚解放翻身的爸爸。亨特·戴维斯与弗雷迪进行了长谈,弗雷迪向他精彩讲述了他在利物浦蓝衣医院读书的情况、他怎么追求朱莉娅、他在海上的经历,以及他为什么突然从约翰的生活中消失等。据波琳说,约翰很希望弗雷迪的这些话能原原本本地呈现在读者面前。"毫无疑问,约翰希望亨特如实描写他的双亲——毕竟他刚从查理那里得知事情的真相——而弗雷迪的话又进一步证实、解释了查理的说法,我相信他希望还给父亲一个公道。"

1967 年的披头士确确实实完全不知道他们已经开创并且还将产生的事业有多大。所有的事都是布赖恩在料理,他定期会拿合同或协议来给他们,他们都是问都不问,甚至看都不看就签了。因此他死后,大家首先费了老大劲把披头士和布赖恩其他各种各样的生意分开,然后把他们迄今为止的财政状况完完整整地列出来。整理出来以后发现,布赖恩确实如大家还有外界所猜测的那样是个不折不扣的少富。但大家同时发现他既精明又天真,既有远见又鼠目寸光;他给男孩们的众多协议中既有令人咋舌的,也有近乎可笑的。

比如说那两部风靡全球的电影,跟制作方和发行方相比,披头士只从中分到了一点点,而且电影的所有权莫名其妙地到了制片人沃尔特·申森的手上。比这个更糟的是披头士商品。披头士征服美国后,披头士假发、玩具吉他、泡泡糖等等与披头士有关的商品热销。可是当初布赖恩对这个巨大的市场商机估计不足,把申请美国商品执照的责任交给了一群年轻的英国投机分子,九一分成,对方分大头。后来他意识到了自己的错误,就起诉对方,搞得生产商一头雾水,取消了几百万美元的订单。结果,这个自沃尔特·迪士尼创作出米老鼠以来最大的商机就只有一些零头,眼前和将来的损失更是无法计数。

早在布赖恩去世前,披头士就开始讨论如何将他们在音乐产品方面的主导权延伸到其他附属领域,如电影、出版物和时装。这些产品打着他们的名号就能大把大把吸金。约翰造了一个词"西装革履的人"来形容那些控制着这些领域的死气沉沉、衣着暗淡的老家伙们(需要说明的是,约翰这个词主要用在乔治·马丁、迪克·詹姆斯这样的老人身上,而不是布赖恩,后者给了他极大的艺术自由,也从不曾敲他竹杠)。

在发行《佩珀军士孤独的心俱乐部乐队》专辑前,在布赖恩的全力支持下,披头士们迈出了争取更大自主权的第一步。他们在伦敦中心的贝克街购买了一处维多利亚时期的房产,成立了一家小型音乐出版公司,由"来自汽车业的人"特里·多兰经营。碰巧那会儿艺术商罗伯特·弗雷泽给了保罗·麦卡特尼一幅勒内·马格里特画的名为《猜谜》的青苹果。这只苹果的形象恰好能表现披头士新鲜、简单的公司理念(碰巧还让人联想到约翰与洋子的第一次见面),于是公司就命名为"苹果出版公司"。

布赖恩犯的又一大错是在投资和税收方面,想到他的手下有那么多优秀会计,这样的失误实在令人不解。披头士的钱越赚越多,可布赖恩却没有采取任何相应的措施来逃避工党政府征收的高额所得税,诸如把钱分流到境外账户或投资到英国本土的企业或房地产。他们也有一次真的试着把钱转移到境外去(这就是为什么《救命!》有一部分要到巴哈马群岛去拍摄的原因),搞到最后反而缴了更多的税。布赖恩的想法似乎是这样的:披头士作为国宝不应该偷偷把钱转移到国外去,要不他们就应该想办法避开百分之九十的税级。

但是尽管布赖恩在财务管理方面有种种疏忽,他还是留给披头士自入行以来最多的钱。1967年4月,他们用新成立的合伙公司"披头士公司"取代原来的"披头士有限公司",这样他们把自己卖给自己,每人各赚了两万左右的英镑。另外,百代公司拖欠他们两百万的版税,在一月签订了新的唱片合同后已悉数付清。布赖恩去世前几个月,他们就计划在希腊买一座岛,建一个避税的嬉皮士社区。还计划投资国内的房地产,拥有属于他们自己的私人村庄,在一片绿地中间搭建自己的茅草屋。

眼下没有新的经纪人人选,怎么投资他们的钱就得由他们四个自己决定了。"我们的会计过来说:'我们的钱总共是这些。你们是准备交给政府还是干点别的?'"约翰回忆道。"于是我们决定当回生意人……我们才不想做他妈的生意,但是'如果我们不得不做,那就做点我们喜欢的'。"

克莱夫·爱泼斯坦回想起他哥哥当初是怎么起家的,就提议开一家连锁唱片店。这个想法好是好,但是太老土、乏味,而且那样的话他们就得卖竞争对手的唱片,这是不可能的。时下成千上万的英国人,有男的也有女的,都在模仿披头士的打扮,因此销售服装和其他流行物品似乎是最可行的选择。约翰隐约想开一家马莎那样的服装店,想到塞满他五十年代末"垮掉的一代"衣橱的那些便宜的黑色或灰色V领毛衣都是在马莎买的。保罗的想法则和以往一样品位比较高,想开一家类似特伦斯·康兰爵士的爱必居那样的店,不同的是店里的商品一律是白色的。

最后,大家决定开一家精品店,主要经营女装和配饰,效仿巴巴拉·赫兰妮可在肯辛顿大获成功的碧芭。碰巧他们身边就有一支叫做"傻瓜"的英荷设计团队,这支队伍曾为披头士、他们的女眷和密友设计、制作了夸张的嬉皮服装,负责装饰约翰的立式钢琴和花园里的大篷车。没有多费周折,"傻瓜"拿到10万英镑(相当于现在的100多万)负责在贝克街的出版公司楼下开办一家精品店——店名同样叫做"苹果"。约翰的电子老师、神奇的亚历克西斯·马达斯(后来又带他们去希腊购买境外不动产)负责设计、安装店内的照明。约翰以前在学校的死党、之前在汉普郡的郊外开一间小超市的皮特·肖顿则担任精品店的经理。

披头士迈向独立自主的另一项计划是拍电影:不再是那种披头士在里面"像跑龙套的"联美公司华而不实的玩意儿,而是一部披头士能像主导自己的音乐一样主导——并使之成为杰作——的电影。而且他们已经有了一个题材。它是从《佩珀军士》里被剪掉的一首保罗写的歌,跟《当我六十四岁时》一样亲切、怀旧。歌曲再现约翰和保罗五十年代的童年,带领大家坐上长途大巴进行一次"神秘的旅途"。大巴从利物浦出发,没有标明目的地,虽说最后无非是到达普雷斯塔廷、布莱克浦这些大家熟悉的地方,但是整个过程充满神秘和期待。魔幻之旅也是《佩珀军士》的卖点之一。约翰操着一口利物浦口音的埃迪特·比阿夫的"r"招呼客人们上车:"快来儿啊(Rroll up)!快来儿参加魔幻之旅!……"可是歌曲录制完毕以后,大家觉得它和现有的专辑前奏太接近,就被放到一边去了。

后来,保罗无意间读到《快活的恶作剧者》的故事。一群美国艺人和爱出风头的人,在小说家肯·凯西——其1964年出版的《飞越疯人院》就为嬉皮士们带来了一次全新的神秘旅途——的带领下,坐上一辆被涂上荧光染料的校车横跨美国。他们吸食大量的当时还是合法的迷幻药,还把药溶解到汽水里给不知情的人喝。他们的冒险在地下已经成为传奇,很快就将经由汤姆·沃尔夫的《令人振奋的兴奋剂实验》进入主流社会。作为披头士第一部独立制作的电影,保罗提议采用魔幻之旅的概念拍摄《快活的恶作剧者》的故事的英国版。新电影全部由披头士出资,而且他们不单出演,还自己编剧、制作、选角和导演。

这世界上只有一个人能叫得动约翰,如今还是很难相信这个人已经不在了。"我有时仍隐约觉得布赖恩会进来说:'该录音了'或是'该做什么了'。现在换成是保罗……'我们该拍电影了。我们该出专辑了。'他以为他不叫我们,就没人想出专辑。保罗会说:他觉得该出专辑了——我就得突然一下子生出二十首歌来。"

不管约翰心里怎么想,他没有反对拍摄《魔幻之旅》,而是接受了这一提议,有点儿位高则任重的感觉,觉得披头士"有义务为大众做这些事情"。虽说后来证明这完全是保罗个人的一厢情愿——主要过错在他——但约翰似乎也应承担相同的责任。

拍摄计划似乎简单明了——就是租一辆豪华客车,把它重新油漆上迷幻色彩,请一支电影摄影组,招募一群恶作剧的同车旅客,然后就可以在一个爱之夏的金色的晚霞中出发了。他们聘请了专业演员来扮演随车导游及其身材曼妙的助手。剩下的三十五名乘客就像《佩珀军士》拼贴画的现实版,融合了旧时歌舞剧场的煽情和海滨明信片的粗犷。其中包括:来自格拉斯哥的古怪词人兼诗人艾弗·卡特勒、手脚似橡胶的戏剧演员纳特·杰克利,他是约翰小时候的最爱之一,另外还有同样是列侬风格的"胖夫人"和小矮人。现代一点儿的搞笑和搞怪则由邦佐乐队代表。保罗非常喜欢邦佐乐队的滑稽模仿音乐,就邀请了乐队的三名主要队员加入电影:维夫·斯坦斯霍尔,尼尔·英尼斯和拉里·史密斯"腿"。(令人意想不到的是约翰反对他们加入,因此一路上斯坦斯霍尔大部分时间都穿着一件印着"忍了吧,约翰"的T恤。)客车9月11日从伦敦出发,途经德文郡、萨默塞特郡和康沃尔郡等这些由古坟、刻在丘陵地上的白垩图案和亚瑟王的卡默洛特传说构成的,通常被认为是英国最"神秘"的地区。

拍摄任何一部电影都需要大量的事先筹划和精确行动;一般说来,电影越是即兴,就越需要做好幕后的安排和组织。可是《魔幻之旅》两者皆无。没有事先察看车的线路,没有事先申请当地政府的许可和批准,没有跟工作人员解释清楚,没有剧本。四天的长途旅行过程中,披头士的大巴一直被媒体组成的车队跟着,有时尾随的车队长达1英里。不得不出动大批警力来维持围观群众的秩序和处理无休止的交通混乱。有一个被剪掉的镜头非常具有代表性:大巴车被困在一座狭窄的桥上,前后都被车辆堵住了,动弹不得,怒不可遏的约翰从车上跳下来,把"魔幻之旅"的广告牌从车身上一把撕了下来。

披头士们虽然身兼两职,又是拍电影又是开店,但是说到超觉静坐、说到传播"尘世微不足道"的福音,他们一点儿也不含糊。特别是约翰,冥想就和他小时候在报纸上看到的胆汁豆或阿华田的广告一样具有神奇功效:"你感觉精神多了,不管是工作还是干什么。体验完以后你觉得:'哇啊,让我们大干一场吧!'"

约翰现在把在没有摄影机、照相机待命的地方传播玛哈里希的教诲、劝说他人加入视为己任,把超觉静坐看作是代替毒品、消除毒瘾的良方妙药。"我们会向我们知道的有钱人要钱,"约翰承诺道,"那些对这项所谓事业感兴趣的人——那些担心孩子变坏、吸毒等等的人。"但是媒体最感兴趣的是他们要捐献一个星期的工资,意味着将给玛哈里希的资金贡献好几千英镑。对此约翰回答说他们只是做了每个信徒都应该做的事,只收取加入费,这种不分贫富的做法"是我听过的最公平的事情"。

9月29日"魔幻之旅"归来,约翰和乔治参加ITV大卫·弗罗斯特的访谈节目,浅谈他们的新信仰。尽管话题严肃,约翰不改一贯调侃、说笑的作风——一个乔治永远没有的本领。比方说,乔治跟弗罗斯特解释说有些精神领袖,如佛陀和克利须那,天生就是圣人,有些则是后来才慢慢显示出神性。"玛哈里希就是这样,"约翰插嘴道,"他出生的时候很普通,但是他很努力。"

但是在大多数媒体看来,玛哈里希就是缩小版的妖僧拉斯普钦,在给四个轻信的现代沙皇皇后洗脑。对这四个曾经单纯的拖把头的关心甚至到达最高层。弗罗斯特的访谈后不久,女皇在白金汉宫举行下级勋位爵士勋章招待会,到会的人中包括百代总裁约瑟夫·洛克伍德爵士。在跟洛克伍德握手时,女皇陛下说道:"披头士最近变得很奇怪,不是吗?"

十月,约翰第一次尝试做一名真正的电影演员的《我如何赢得战争》终于上映了。电影主要打着他的名号宣传,一下子就吸引了一大批他的歌迷,但是热度也很快就减退了,因为大家发现他在电影里既不唱歌也不弹吉他。电影在伦敦首映后,西拉·布莱克在波特兰大街的家中为约翰和其他演员,还有一些大家共同的音乐界的朋友举行了一场热烈的派对。因为辛西娅参加了首映式,所以约翰不得不把她也带到这里来。派对上,当红流行歌手乔吉·费姆找到西拉,不好意思地对她说:"你知不知道辛西娅·列侬正躲在你的衣橱里?"

西拉回忆道:"我上楼去,发现辛西娅确实在我的衣橱里面。我问她她在干吗,她说:'我在等约翰什么时候会想起我,过来找我。'"西拉虽然不知道他们的婚姻已经裂痕越来越大,但凭她对约翰的了解,她马上明白出了什么问题。"我对辛说:'你最好面对现实,孩子——他永远不会来的。'"

另一方面,小野洋子时不时地带着她堪称摇摆的六十年代荒诞典范的艺术作品出现在英国媒体上。比如说一部她和丈夫托尼·考克斯共同导演的黑白短片。短片的官方名字叫《四号》,但更为人所知的是叫《屁股》。电影特写一排男男女女的光屁股,随着主人在跑步机上行走而有节奏地上下起伏,还通过画外音讲述(这对于当时的英国观众来讲还很新鲜)当众光屁股的经历。另外,洋子还搞了一个叫"包裹物品"的表演艺术。这个想法她在1966年末就开始尝试,但直到差不多一年后她才满意。她拿特拉法尔加广场纳尔逊纪念柱下方形底座上的石狮子当道具,把这些神圣的维多利亚纪念碑用巨大的白色帆布包裹起来——它们成了第一个被装进袋子里的英国国宝。

如今,洋子和考克斯的婚姻已经无法补救,但两人仍在事业上相互依赖,也因为五岁的恭子而没有离婚。虽说不得不接受父母奇怪的生活方式和糟糕的关系,但恭子是个很可爱的孩子,而且感觉她比两个大人更成熟。据她回忆,她经常被寄放在朋友和邻居家里,只能从他们那里瞥见正常的家庭生活是什么样儿的。"我这个年纪的女孩子们熟知的那些流行文化我一点儿也不知道。"一天,恭子经常和他们待在一起的、考克斯在布赖顿的朋友带她去电影院看《音乐之声》。她被电影里描绘的童年深深地吸引住了,让他们又带她去看了六遍。

拍摄《屁股》时,洋子接受了披头士授权传记的作者亨特·戴维斯的采访。一个奇怪的日本女人想把英国最具特色的低俗幽默变成高雅艺术——这无疑是戴维斯的闲话专栏《阿提库斯》的一个好题材。戴维斯把文章命名为《哦不,小野》(《Oh No, Ono》),还附了张洋子一身丧服般的黑衣服、没有笑容的照片,与她俗世性欲的创作题材形成强烈反差。

洋子当然知道披头士,但是专心于自己的艺术创作的她对披头士的音乐和约翰的创作才能丝毫不感兴趣。一开始,对她而言,约翰只是一个"挺有魅力的"家伙,他的名气与她根本是两个世界,他的种族、文化、性情,最主要的是审美观,都和她截然相反。而后有一天,洋子在伦敦的一家书店里找她的诗集《葡萄柚》,在 O 排隔壁的 L 排,发现约翰·列侬的《自写集》和《工厂里的一个西班牙人》。她拿起书随便翻了翻,突然注意到一句话"我独自坐着",然后又读到一个丑女人赤裸的身上满是苍蝇的那一幕。这与她当时在构思的一部电影不谋而合。"这本书让我看到约翰的灵魂,"洋子后来写道,"一个机智幽默、爱好荒诞的浪漫灵魂。"

而约翰发现这些事则要早一点。刚进入青春期,他幻想中的性感小猫咪碧姬·芭铎是"一个美丽、聪明、黑色头发、高高颧骨的女艺术家"。他的幻想对象先是嗓音低沉、弹着吉他、著名画家埃尔·格雷科的后裔朱丽叶·格雷科,到印度巡演以后,就变成"一个黑色眼睛的东方丽人"。

然而,最吸引约翰的还在于洋子是个"真正的"艺术家,斯图尔特·萨克利夫死后约翰第一个与之认真打交道的艺术家。在洋子瘦小的身躯里,有斯图尔特曾经拥有的那种对批评和嘲笑无所畏惧的超人胆量——这正是约翰自己渴望拥有的。后来约翰是这样形容洋子的:"她是我遇到的唯一一个各方面都和我同等的女人。不,是比我好。之前我也有过很多有趣的外遇,但没有哪个值得我为之结束这场无聊的婚姻。终于解脱了!终于有人可以让我为了她离开家。终于有了归宿。我等了太久了。我非常害羞(特别是在漂亮女人面前),所以要实现我的白日梦,那个人得够勇敢、够主动才能拯救我,'带我远离这一切'。"

在没有手机、电邮、短信和传真的时代,约翰和洋子想要秘密联系就只能通过写信。一次,洋子组织一场完全"在脑子里"进行的十三天的舞会。她给约翰和其他参加的客人都发去神秘的指示。"寄了好多卡片来,什么'呼吸'啊、'跳舞'啊、'看着灯一直到黎明'啊,"约翰回忆道,"有的让我生气,有的让我开心,看我当时的感觉。"

一天早晨,洋子在汉诺弗·盖特的公寓里醒过来,发现考克斯前晚没有回家。看着只有一个人睡过的双人床的伤心情景,洋子突然产生了一个创作灵感——房间里的每件东西都是一半的,半张床、半张桌子、半张椅子、半个茶杯、半个碟子等等,这种艺术形式后来被称为装置艺术。展出于10月11日在北伦敦的利森画廊举行,名为《半阵风展》。约翰为展出提供赞助。奇怪的是,起初洋子不太想找他要钱。"我发觉他是个敏感的艺术家。我不愿意为了钱去找他。所以我就说:'你也放点什么进去吧?'"约翰提议加些瓶子,并假装不见的那一半瓶子用塞子塞住了。"我觉得这个想法太棒了。"洋子说。"从此我知道我们是那么情趣相投。"

原本约翰的名字也会出现在海报上、洋子的名字旁边,但是到了最后一分钟,约翰还是害怕招来流言蜚语和媒体的猜测,不敢写自己的名字,而是配合展出"消失的另一半"的主题,把展出命名为"洋子和我"。而且为了不让任何闲话传到他法定的另一半那里,约翰甚至没有到场观看展出。

不久之后,约翰终于鼓起勇气想把两人的关系提升到一个新的水平。但是他笨拙的方式差点儿断送了这段关系。据洋子回忆,一次披头士录音时,她被请到修道院路的录音室去——这时候的洋子只不过是贵宾席里一个漠不关心的看客。录完音后,约翰走过来对她说她看上去很累,问她想不想"躺一下"。于是,一名披头士的工作人员载着二人到了附近的一间公寓,一进门就把一张沙发展开变成了一张床。显然这是约翰对情人的既定程序,却深深地冒犯了高傲的洋子。"也许他觉得我们都是大人,没有必要假装。但是太粗鲁了;我拒绝了他。你可以说我自命不凡——我从小就是这样。谁不合我的意,我就跟谁说拜拜。"

几天后,洋子收到比利时克诺克—赫斯特艺术节放映她的电影《屁股》的邀请。她以为她和约翰已经吹了,没有跟他打一声招呼就离开了。艺术节结束后,洋子去巴黎寻求发展。"我以为我再也不会回伦敦了。"

另一方面,约翰也在忙着其他事。那年秋天,还不知道洋子已经离开英国的约翰开始和演员维克托·斯皮内蒂一起把《约翰·列侬：自写集》改编成舞台剧。斯皮内蒂是个十分快活的威尔士-意大利混血儿，在《一夜狂欢》里客串疑神疑鬼的电视制片人，给观众留下深刻印象。而且因为他总是充满活力、性格开朗，所以深受披头士们的喜欢。看见别人要请斯皮内蒂吸大麻烟，约翰会说："别把烟浪费在维克身上，他永远跟吸了毒似的那么兴奋。"

对斯皮内蒂，约翰不会像对可怜的布赖恩那样，拿他的同性恋开玩笑。相反，他似乎觉得斯皮内蒂的娘娘腔亲切、温暖。当斯皮内蒂介绍他的男朋友格雷厄姆给约翰认识时，约翰风度翩翩。"约翰懂得什么是温文尔雅。"斯皮内蒂的回忆跟德里克·泰勒的如出一辙。"他见到格雷厄姆时戴着黑色墨镜。格雷厄姆说：'我打赌你有一双最漂亮的眼睛，可是在这个他妈的镜片底下怎么看得到。'约翰小心翼翼地摘下眼镜，向前亲了一下他的额头。"

约翰邀请斯皮内蒂在魔幻之旅的巴士上扮演一个快递员，在电话里直截了当地告诉他"没有什么剧本"。然而车子准备上路时，斯皮内蒂有其他工作在先。但他还是答应拍摄一个单独的剧情简介，扮演一个废话连篇的陆军军士长。这个角色他原本是为琼·利特尔伍德的《多可爱的战争》准备的。挂电话前约翰说了句："对了，有安非他明吗？"

不久之后，斯皮内蒂接到了一通更意外的、与列侬有关的电话。打电话来的是肯尼思·泰南，前《观察家报》的王牌戏剧评论员、在英国电视上使用"他妈的"一词的第一人、现任刚成立的国家剧院的剧作家或称文艺经理。国家剧院准备把《约翰·列侬：自写集》搬上舞台，在当时国家剧院的所在地滑铁卢路的老维克剧院上演。问斯皮内蒂是否有意执导？

剧本原来是由著名的美国黑人剧作家阿德里安娜·肯尼迪为格拉斯哥市的市民剧院写的。后来那边出了问题，泰南趁机把剧本买了下来，放到他和国家剧院的老大劳伦斯·奥利弗共同策划的剧目里去。他们的剧目大胆创新，常引发争议。奥利维尔是英国二十世纪最伟大的男演员，对这个剧本非常感兴趣，而且提议由斯皮内蒂来导演。然而，肯尼迪只是把《自写集》和《工厂里的一个西班牙人》里约翰的讽刺散文和诗变成对话，这差不多在彼得·库克和达德利·穆尔的电视秀里做过了。

斯皮内蒂决定把剧本改得更富自传性——"一个个人成长的故事"——还把约翰拉来一起写。大部分时间他们在斯皮内蒂位于曼彻斯特街的公寓里写剧本，公寓距离后来贝克街的苹果精品店只有一步之遥。"跟约翰一起工作非常愉快，"斯皮内蒂说，"他很专心，一点儿没有大明星的架子和脾气。而且，我的天,他的速度太快了。他不用一会儿就想出些什么,而且都很棒。"为了暂时离开寒冷的秋天的伦敦去"一个温暖的地方",约翰带上他——和出乎意料的辛西娅——闪电去了趟摩洛哥。

新剧本以一个叫"我"的角色为中心——就像洋子的《半阵风展》海报上的那个有点腼腆的人。"我"在一间类似约翰小时候在门迪普斯的卧室里被发现,然后开始与约翰小时候一样的生活轨迹,从"以为马道夫·希特伦普领导的纳罪还在轰炸我们,觉得甚是无聊",到上学、看电影和沉闷的教堂布道(引自《圣阿尔夫》第八章第五节)。期间大侦探香洛克·沃尔摩斯、"在生日时得到一个勾手"的博比、聋子特德、达努塔和"我"等角色轮番登场。约翰的书出版三年了,仍没有人对聋子特德、"瘸子""啊,瓦布巴先生……我能叫你外国佬吗?"这样的字眼提出异议。

事实上,当时正是英国戏剧的关键转型期。再过几个月,实行了很久的由一个叫宫内大臣的奇怪的皇室官员负责、禁止舞台上出现任何明显的性内容的官方审查制度即将终止。为了迎接这个大日子,一向标新立异的泰南打算编排一个名为《加尔各答风情画》的表演剧(这个名字 Oh! Calcutta! 化用了法语的 Oh, quel cul tu as,意为"哦,你的屁股真漂亮"),将以前禁止的性内容通通搬上舞台。在泰南一次星光熠熠的派对上,约翰无意间提到小时候男孩子的集体手淫,大家会大喊碧姬·芭铎这样的名字来相互刺激,而他会故意喊"弗兰克·西纳特拉!"来破坏气氛。泰南立马建议约翰为《加尔各答风情画》写一出滑稽短剧,名字暂定为"利物浦手淫"。他还给了个大体内容:"四个手淫的家伙——互相大喊幻想的对象——当然是即兴发挥——他们要是真的手淫就太棒了。"

列侬和斯皮内蒂合写的剧本《第三场,第一幕》被国家剧院采纳了,马上开始彩排,由十五岁的演员罗纳德·皮卡普扮演"我"。乔治·马丁还在修道院路专门为其录制了声带。剧本署名里有阿德里安娜·肯尼迪,毕竟是她最先提出这个想法的。但是后来乔纳森·凯普出版精装本的书时,大标题为《列侬的戏剧》。十二月初的一个周日晚上,这出戏在老维克剧院上演,好评如潮,泰南和奥利维尔决定第二年初加演。

与此同时,一小时的电影《魔幻之旅》被 BBC 抢先购得,将在节礼日那天晚上的黄金时段全球首映,这个时段的收视率只有女皇讲话是它的对手。披头士觉得这是他们《佩珀军士孤独的心俱乐部乐队》专辑以后的又一胜利,要好好庆祝一下,于是首映前在新落成的皇家兰开斯特酒店举行了一场化装舞会。约翰照搬他第一次参加化装舞会的打扮,一副阿飞的样子:天鹅绒领的宽胸长外套、紧身裤、厚底橡胶鞋,蓬松的披头士头也被抹了油,向后梳成他十几岁时留的鸭尾头。辛西娅是穿着裙撑的维多利亚早期淑女,乔治·马丁是穿着海军上将制服的爱丁堡公爵,帕蒂·哈里森则是穿得很少的东方肚皮舞女。

在这次化装舞会上,约翰还第一次和父亲——以及他未来十九岁的继母一起公开亮相。弗雷迪扮成一个清洁工,上演约翰版的朗尼·多尼根的那首《我的父亲是个清洁工》。波琳则是一副女学生的打扮,穿着一件她一两年前还在穿的无袖制服。她把制服放在肯坞,所以舞会前一天晚上她从弗雷迪克佑区的公寓过来取衣服。约翰碰巧在家,而且出乎波琳的意料,约翰比平时她在他家里当雇员和食客时还要亲切。二人在厨房里聊了一会儿天,波琳重申她是真的爱弗雷迪,铁了心要嫁给他。约翰本人并不反对,但警告她她和弗雷迪将面对别人在背后说三道四、指指点点。约翰的这番话后来很不幸地用在了他自己身上。

对辛西娅而言,这场化装舞会的夜晚是一个极其丢脸、痛苦的晚上。约翰以前也喜欢和帕蒂·哈里森打情骂俏,但是那天晚上帕蒂半透明的东方美女服把原来朋友之间的玩笑变得不那么单纯。约翰一再找帕蒂跳舞,把穿着花街糖果包装上的裙子的辛西娅冷落在一旁黯然神伤。终于她的好朋友露露看不下去了。那天晚上的露露扮成童星秀兰·邓波儿的模样,还咬着支超大号的棒棒糖。于是大家就看到巨星阿飞被三十年代的鬈发娃娃狠狠地数落了一顿,说他对待自己的妻子太差劲。

舞会后,约翰、辛西娅、弗雷迪和波琳以及露露和她当时交往的比吉斯兄弟合唱团的莫里斯·吉布又去了一个夜总会,然后前面四人坐上迷幻"劳斯莱斯"回家。约翰在车上睡着了,头滑到了弗雷迪的膝盖上,弗雷迪就轻轻地抚摸他的头发。一时间好像这些年来的责骂与内疚统统不见了,斯图尔特·阿尔夫和他的"小朋友"又像以前一起跑到布莱克浦,打算从那里去新西兰时一样亲密。后来车在克佑停下让弗雷迪和波琳下去,美妙的时刻结束了,再也找不回来。

21. 一位好好的小古鲁

说实话,我希望他能悄悄把"答案"告诉我。

没有哪部电影像《魔幻之旅》这样一上映就招来如此多的恶评。它成了披头士的分水岭:这部电影之前,创作上披头士一直是顺风顺水;这部电影之后,几乎没有哪次是顺利的。电影从头到尾都可以作为教人们不可以怎么拍电影的反面教材。但是对于在流行录像带和《巨蟒剧团之飞翔的马戏团》这样结构松散的喜剧片中长大的现代观众而言,它也并非1967年一位盛怒之下的评论员口中的"触目的垃圾"。

讽刺的是,新电影原本是想改变披头士在《救命!》和《一夜狂欢》里"像跑龙套的"的局面,结果在《魔幻之旅》里他们跟跑龙套的也差不多。大巴旅途中唯一一个有台词的角色是林戈扮演的"胖夫人"杰西·罗宾斯的侄子。观众偶尔能在乘客中瞥见约翰,戴着一顶黑色高筒帽子,插着两根长羽毛,活像印第安巫医。披头士四个人都参与的对话仅限于他们在录像棚里拍摄的一个小片段:四人化妆成穿着长袍、戴着圆锥帽的巫师,在一间实验室里低头看着在路上行驶的大巴,像一群雷·哈里豪森的低成本电影里的奥林匹斯山上的神祇。巫师打扮的约翰端着咖啡杯进来,给电影增添了几分亲切感,而且他说话的语气异常温柔。他还为电影录制了断断续续的旁白评论,让故事多少有点连贯性;同时也向大家表明,只要他活着,他说话的声音就跟他唱歌的声音一样受欢迎。

要说电影里最别扭的要数邦佐乐队的三名队员:维夫·斯坦斯霍尔、尼尔·英尼斯和拉里·史密斯"腿"了。他们太过活跃,抢了披头士的风头。唯一一场真正属于列侬的戏出现在伯斯特和杰西这对不相配的恋人到餐厅用餐的时候。约翰扮演他们的侍者,头发往后梳得油光发亮,长着一撇小胡子,想必弗雷迪·列侬在战前的客轮头等交谊厅里也是这副打扮,一铲子一铲子地把一大坨意大利面倒进他们的盘子里。这出戏发生在约翰的梦里——可能是一个噩梦——他梦见自己在将无味的食物盛给一群冷淡的食客(都不介意变成他父亲的样子)。

但是电影说到底是为披头士的音乐服务的,而他们的音乐当然是达到了《佩珀军士》的水准,有几首甚至更上了一个台阶。如果大家把电影看作连续的流行录像带,一次由三位天才独唱歌手带领的旅行,那么它有着"魔幻"的大巴之旅不具备的魔力。首先是棕色大眼睛、翻领大衣的保罗在一座普罗旺斯的山坡上吟唱着《山上的傻瓜》,一首堪比《昨日》的经典之作。再来是乔治盘腿坐在熏烟缭绕的暮色中吟唱着《布鲁·杰伊路》,仿佛是玛哈里希在诵经,而不是在一条好莱坞的大街上。最后是披头士们穿着一模一样的白色燕尾服,慢慢走下一段旋转楼梯,一开始还努力保持步调一致,但很快就不了,唱着麦卡特尼的又一首热闹歌曲《你妈妈应该知道》。最能够为整个《魔幻之旅》计划平反的还是约翰的《我是海象》。

和《生命中的一天》一样,这首约翰的第二杰作的标题来源于两个毫不相干、联系不起来的事情。一天在肯坞,远处传来警车的笛声,唤起了约翰对最近米克、基思和《国际时报》的好朋友们遭到迫害的愤怒。又有一天,皮特·肖顿无意间说到,在他们的母校采石河岸中学,老师要求高年级的英语学生剖析《永远的草莓地》和《明日从未可知》的歌词,就像当年他们剖析华兹华斯和雪莱的诗歌那样。

于是约翰罗列了一堆随意的意象,控诉压抑人民的法律和权威,并借机对把他的话奉为真理的人讽刺了一番。最终完成的歌词里触犯的禁忌之多,堪称迷你版的《加尔各答风情画》。但约翰还是改不掉喜欢扮演个什么角色的习惯。作为自己第一首反对当权者的愤怒歌曲,约翰从自己最喜欢的刘易斯·卡罗尔的两部《爱丽斯》里找了个替身:卡罗尔著名的无厘头诗《海象和木匠》。"后来……我才知道故事里面海象是坏人,木匠才是好人,"约翰回忆道,"我想'哦呸,我选错了人'。但是改成'我是木匠'就不一样了,不是吗?"

歌词第一句("你就是我/我就是他/他就是你……")就很刘易斯·卡罗尔,让人不禁会拿起引文字典来查一查这句是不是和"你可不可以走快一点……""特威丹和特威帝……""你老了,威廉老爹……"等一样出自卡罗尔之笔。把"警察"和"猪猡""飞行"放在一起也很卡罗尔(海象有一个很哲理的思考就是:"猪猡有无翼")。歌里借用了《三只小盲鼠》的歌词,变化重复"看他们怎么跑"……"看他们怎么飞";还回忆了二十世纪五十年代学校里难吃的食物和哼唱着所有讨人厌的东西的古老童谣("从一只死狗的眼睛里/滴出了黄色的奶油蛋羹"),又是一个卡罗尔式的童年。另外,歌词里也写到了约翰现在的生活,同样是一番冷嘲热讽,从"坐在英格兰的花园里"到"吟诵着克利须那的颂歌",甚至把"天空中的露西"也请来了;但是这次她不再是河边女神,成了煽动城市骚乱的人。

"愚蠢而血腥的星期二""摆出风骚模样的女祭司"和(上帝原谅)"把自己的裤子脱掉"等都挑战着审查机构的权威。约翰为喜欢挖掘文字深层含义的"文字专家"准备了"坐在玉米片上""印有公司名称的T恤""海边神秘的渔妇""初级企鹅""布丁甜点和沙丁鱼在攀登埃菲尔铁塔",还有不经意间唱出来的儿语"咕咕咕渚",生怕这些人不相信"自己正受到嘲弄"。这首充满愤怒和嘲讽的咏叹调的另一句副歌是"我哭了",算是意料之外、情理之中。

乔治·马丁为歌曲写了一段大提琴伴奏,低沉的大提琴发出锯切、碾磨的声音,增强了歌曲粗鲁、嘲讽、肮脏的感觉。请了迈克·萨姆斯合唱团,最好相处的中间派声乐团,来演唱歌曲尾声的和声"呜嗲,呜嗲,撩起你的毛衣!"和"人人都有一个!"。当旋律渐渐远去时,我们甚至听到BBC第三频道传来的由约翰·吉尔古德爵士主演的著名莎翁悲剧《李尔王》的片断(奥斯华德受了致命一击,大喊:"啊,想不到我死于非命!")。

这样一首歌显然是超出一个四人摇滚乐队的局限的。因此在《魔幻之旅》中,披头士先是脱掉圆领马海毛西装,穿着花花绿绿的衬衫,戴着珠子,按照大家熟悉的披头士乐队造型演唱这首歌;然后换上海象的衣服大肆搞怪起来。后来约翰还在头上绑上白色亚麻布,活像十八世纪疯人院里的病人,而他的病友们排成一排,被一条貌似巨大的外科绷带套在一起,在他身后跳着康茄舞。这是有史以来最疯狂、最怪诞的流行录像带。

披头士1967年推出的圣诞单曲A面是保罗欢快、但没有几句歌词的《你好,再见》,B面就是《我是海象》了。BBC马上从众多选择中挑选了"裤子"一词为由禁播《我是海象》,但仍按原定计划在黄金时段播出了电影。电影是彩色的,但是当时大多数家庭的电视机仍是黑白的。所以观众看到的是一部想法爆棚但技术蹩脚的家庭自制影片。它的缺陷在电视里比在宽银幕上更明显,因为原本很好看的画面变成了模糊不清的一片。比方说迷幻"云彩"那幕——电影里少有的几幕将现实与魔法完美结合的镜头——举国上下的电视屏幕突然变成一片空白。

圣诞假期前后历来不会有什么负面新闻;因此,过了圣诞,各大报纸像饿狼一样扑向《魔幻之旅》,各种关于披头士第一部一败涂地的电影的报导铺天盖地而来,充满这个吃惊不已、受了深深冒犯的世界。电影的音乐专辑则表现不俗,在美国销售了一百万张,在英国销售了五十万张。

1968年就在一片骂声中到来了。可是到了新一年,继续占据焦点的不是约翰,而是他老爹弗雷迪·列侬的家庭情况。圣诞节过后,波琳·琼斯似乎又觉得成为弗雷迪的妻子、一名披头士成员的继母希望渺茫,就又回到母亲身边,努力过一个十九岁少女应该过的生活。但是最后她还是抑制不住对弗雷迪的感觉。一月底,她搬进克佑公寓,不久后就怀孕了。为了尽可能不让媒体知道这件事情,约翰答应给弗雷迪一个舰队街的狗仔们都不知道的新住所。于是弗雷迪和波琳搬到了布赖顿的一栋只有一间卧室的公寓。

与此同时,洋子基本上决定在巴黎发展她的事业。但是她发现自己的思绪一直飘回约翰、他笨拙的求爱方式和自己不屑的反应。"我一直在想,不是'我他妈的把事情搞砸了',因为我不知道'他妈的'这个词,是'我把事情搞砸了'。因为他一直生活在大家的视线里,他不可能有其他做法,我们不可能像普通人那样约会。所以我意识到我一定是爱上他了。"

洋子的作品在巴黎的欣赏者之一是奥内特·科尔曼,美国伟大的萨克斯手和受古典影响的"自由爵士"的倡导者。恰好那时科尔曼要到伦敦的皇家爱尔伯特音乐厅演出,他邀请洋子与他同台表演。于是洋子回到伦敦,心想约翰要是再次向她求爱的话,她一定不再拒绝,前提是有这么个再次。当洋子推开汉诺弗·盖特公寓的前门时,门打不开,原来是被门口垫子上堆满的信给挡住了。这些信全是不知道她已经离开这个国家的约翰寄来的。而洋子寄给他的唯一一张明信片显然没有通过他的防护网。"后来我问他:'你给我写那些信就不怕我拿去给报纸什么的?你可是个有妇之夫。'他说:'以前我也像这样给斯图尔特·萨克利夫写很长的信。'我就想:'哦,原来我是斯图尔特·萨克利夫的替身。可他是男的,我是女的。……'我觉得有点怪怪的。"

二月,披头士终于兑现他们半年前许下的诺言:到印度玛哈里希·玛赫西·优济的静修处跟他学习超觉静坐。虽然这期间约翰有了新的崇拜对象,但这丝毫没有减弱他对玛哈里希的热情和让披头士成为超觉静坐的旗手的决心。"我们现在打算运用我们的力量了——你们老说我们是年轻人的领袖,我们相信这是一次起模范带头作用的好机会。"约翰说。"全世界会明白我们的意思的。所有担心年轻人、担心毒品等等的人——所有留盖式头[①]的人——都可以一起来学习一下。"

---

① 两边短、中间长的古板发型。

约翰说到做到,把他能叫到的人都拉来见玛哈里希,其中就有他的演员朋友、剧本合作者维克托·斯皮内蒂。斯皮内蒂惊讶地发现,这位被舰队街挖苦的"咯咯笑的古鲁"很有见地,甚至是风趣。"听众中有一个女的站起来问:'请问阁下,您怎么教孩子超觉静坐?'玛哈里希回答说:'亲爱的女士,是他们创造了超觉静坐。'"

自去年八月以来,许多流行歌手和演艺圈的人跟随披头士加入玛哈里希的行列。因此,将有浩浩荡荡的一批名人跟着披头士一起去印度,包括民谣歌手多诺万、沙滩男孩乐队的迈克·洛夫和年轻的美国女电影演员米娅·法罗(她刚和罗曼·波兰斯基在一栋名为"达科他"的奇怪的曼哈顿旧公寓拍摄完惊悚的《魔鬼圣婴》)。大家都带着妻子或女友,所以约翰也只好带上辛西娅。辛西娅和帕蒂·哈里森一样全心拥护玛哈里希的教义,希望它们能让约翰戒毒,给他们的婚姻重新带来和平与稳定。但她不知道约翰也邀请洋子假扮成一个名人一起参加这次旅行。洋子欣然同意,甚至出席了在伦敦的准备会议。但是后来约翰把这个想法告诉其他人时,遭到强烈反对,最后他不敢这样做,告诉洋子他没法说服大家。

2月15日,约翰、乔治及两位妻子先行飞往德里,四天后,林戈、莫林、保罗和简·阿舍也到了。披头士不在的日子里,他们为没有冥想的歌迷准备了一首新歌《圣母玛利亚》——很奇怪他们怎么会在这个时候推出一首有关天主教的歌曲——保罗借用《我是海象》里的"看他们怎么跑的"一句写成的歌。但是约翰的歌词是要引起盲鼠的那种害怕,而保罗的歌词仅仅是描述一个懒惰的世俗母亲破了的连裤袜。

里希盖什位于德里以北两百英里,恒河边上,面对着白雪皑皑的喜马拉雅山。披头士预计居住三个月的静修处在城镇外面。据约翰回忆:"像一个偏僻的假日野营地。……你感觉像住在山上,但其实你在山脚下,恒河边上。狒狒会来偷你的食物,周围的人都穿着袍子走来走去。……那儿很美。美而且安全,人人都面带微笑。"这里的生活条件简单,但也并非艰苦:学员们住在宽敞的石头平房里,有热水和现代管道系统,全印度最好的素食量大、可口。他们的古鲁也没有强迫他们要过绝对纯粹的生活。他们不仅有印度方面为每位外宾提供的一群仆人,还可以拥有自己的随从。巡演助理马尔·埃文斯就和他们一起住在静修处里,主要负责为林戈买蛋、煮蛋,林戈娇弱的肠胃受不了辛辣的食物。他们还与日渐扩大和多元化的苹果公司保持密切的电话和电报联系。尼尔·阿斯皮纳尔飞来和他们待了一个星期,而另一位助理托尼·布拉姆韦尔则驻扎在德里,处理伦敦来的信件、每周音乐界的新闻(有关"圣母玛利亚"的新闻),以及竞争对手们发行的重要的新专辑。不久他们发现,即便身居"监牢内",几张两卢比的钞票就能买到额外的家的舒适,从巧克力棒、相机胶卷到酒、肉丁马铃薯。

对于披头士的每一个人来说,这都是一次强迫他们放慢自七年前他们离开利物浦去了汉堡之后就没有停下来过的疯狂的步伐的机会。一天又一天,他们基本上没什么可做,就是坐着思考。但奇怪得很,一开始这样的生活让约翰怎么也平静不下来。不管他多努力想清空自己的大脑,歌词和旋律不停地冒出来。"我睡不着,满脑子都是疯狂的幻觉——连做梦都能闻到气味。"约翰回忆道。"奇怪的是,那里很美,我每天差不多冥想八个小时,可我却写出世上最悲伤的歌。在《忧郁》里我说:'我孤独得想死',不是开玩笑,是真的……在那里,我想接近神,想自杀。"

歌曲还是源源不断地从约翰的脑子里冒出来——后来约翰认为有些是他最好的作品——但是它们的悲伤指数与安详、平静的日常生活形成强烈反差。另外,北印度冬天宜人的天气也开始起作用。这位以前吹毛求疵的乐队领袖现在心甘情愿做大众中的一员,走在斑驳的小路上,往返于吃饭和讲习之间;或是跟保罗、乔治坐在洒满阳光的阳台上随意弹着吉他。他甚至有精力为其他同学着想,帮助他们解决从外部世界转向内心世界时遇到的问题。比如米娅·法罗的妹妹普鲁登斯就变得十分沉迷于冥想,一连几天都不从她的平房里出来。最后,约翰为她写了一首歌《亲爱的普鲁登斯》,一曲无比优美的请求,他和保罗在她的窗前吟唱,才把她哄出来。

虽然口念曼特罗、身挂花环、手摇铃铛,但骨子里约翰还是约翰。如果这时有一个远程镜头对着他,他一样会亲切地摇摇手、扮个鬼脸或跳个舞。在他的教唆下,披头士们每天都比赛谁静坐最久。就是对他备加尊敬的精神导师,约翰有时也开开玩笑。一天,与玛哈里希道别时,约翰像在拍一只宠物的脑袋那样拍拍玛哈里希的头,说:"真是一个好好的小古鲁。"

一个叫保罗·萨尔兹曼的加拿大背包青年,连他自己都没想到,走进了披头士的圈子,还允许他为他们拍摄彩色照片,这是门外的记者们梦寐以求的。在照片上,我们看到一个穿着白衣服、几天没刮胡子、总是快乐轻松的约翰。很多照片里他还牵着辛西娅的手,穿着印度服装、换了简单发型的辛西娅焕发出一种新的美丽和平静。开始时他们俩共住一间带四柱床的平房,但是几天后约翰坚持要搬出去一个人住,以便他能更集中注意力冥想。尽管如此,辛西娅还是相信他们的婚姻焕然一新,双方学会了互相忍耐。

但其实约翰一直收到洋子的明信片,并命令收信的人不得有半点差错。明信片先寄到德里给托尼·布拉姆韦尔,然后由他转寄到里希盖什。明信片装在普通棕色信封里,辛西娅不会察觉到异常。明信片上通常是洋子用细小的艺术字体写下的一个想法:"看守我——我是天上的一片云。"约翰在里希盖什创作的比较轻松的歌曲中有一首罕见的西印度群岛民歌叫《印度,印度》,其中就说到了"我留下的女孩"。在一次与保罗·萨尔兹曼谈心时,这个加拿大青年说他最近被交往已久的女朋友给甩了。我们从约翰的反应看出他是多么专心地看守着他的那片云。他说:"有时爱情是艰苦的。但是旧的不去,新的不来,不是吗?"

向来总是三分钟热度的约翰之所以能在里希盖什待那么久,不是因为冥想,不是因为优美、宁静的风景,也不是因为宜人的气候。约翰希望最终能从玛哈里希那里得到迷幻药无法给他的"秘密"或"答案",得到理解宇宙和他在宇宙中的位置的神奇钥匙。他发现玛哈里希的其他学生好像已经得到了启示,却不愿意分享,这让他很恼火。譬如说帕蒂·哈里森早先从一次超觉静坐的聚会上回来后,汇报说:"他们给你一个词,可我不能告诉你。这是秘密。"是约翰第一个在歌词里写道:"说出这个词,你就自由。"可现在每个人好像都串通起来不让他知道。"这算什么事,对你的朋友保密?"恼羞成怒的约翰这样质问帕蒂。

但是时间一天天过去,玛哈里希仍旧只讲些笼统、好听的大道理。最后约翰决定如果认真倾听他说的每一个字无法获得精神头彩的话,那就得耍点小手段了。一天,一架直升机降落在静修处,这是超觉静坐在印度的一位有钱的支持者借来载玛哈里希去德里参加聚会的。玛哈里希请披头士跟他一起去玩一趟,但因为空间有限,只能带一个。那就是约翰了,好像这是理所当然的。"后来我问他:'你干吗那么想跟玛哈里希一起去?'"保罗回忆道,"约翰回答说:'说实话,我希望他能悄悄把"答案"告诉我。'"

两周后,林戈实在受不了印度的食物,和莫林一起回国。其他披头士都为他所做的尝试表示感谢。又过了两周,保罗、简和尼尔·阿斯皮纳尔也离开了,但是保罗表示课程后期他也许会回来。取代他的是神奇的亚历克西斯·马达斯,据说他打算发明一套通讯系统,像"你需要的是爱"那样,把玛哈里希的思想传遍全世界。

到了第五周,约翰和乔治仍兴致不减。约翰寄了一张明信片给林戈,让他给肯坞的管家多特捎个话,叫他把录像机准备好,但并未表示他会提前回去。他给林戈写道:"我们现在有大概两张唱片的歌。所以把你的鼓拿出来……"

虽然大家的精神状态都得到了提升,但跟任何一个独立的小团体一样,也容易滋生流言蜚语。而且有一条不成文但屡试不爽的规律,披头士对玛哈里希的热情快冷掉了。有谣言说本应终身禁欲的他企图对一位加州来的、以前是一个护士、在名人圈子里非常有名的年轻女士进行性骚扰。虽说后来大家发现那些著名的印度圣人都是好色之徒——有些甚至妻妾成群——但这是对玛哈里希在这方面唯一的指控,而且并没有什么实质性的证据。

但是现在约翰的心情已经完全变了:他仍旧没有得到"答案",反而越来越想念那"天上的一片云"。玛哈里希整天热衷于抛头露面也让约翰觉得他的"好好的小古鲁"有点太追求名利了。性骚扰的传言刚好可以作为他们提前离开的借口,特别是当乔治也打算离开玛哈里希,去南印度旅游。

以前总有人替他们干这些他们不愿意做的事,但现在在他们身边没有别人,只能自己上了。二人来到玛哈里希住的平房,约翰直接告诉他们要走了。约翰回忆道:"我说'我们要走了。'(玛哈里希)说:'为什么?'。(我说):'如果你那么神通广大,你就应该知道为什么。'因为他身边的助手都说他会行神迹。……他说:'我不知道,你快告诉我。'我就一直说:'你应该知道。'他看了我一眼,那表情好像在说:'我要杀了你,你这个狗杂种。'"

一行人要离开时,玛哈里希独自一人坐在外面的一座凉亭里,前不久,他的巨星学生们还在这里围坐在他身边全神贯注地听他说话。玛哈里希再次请求约翰过来坐下、好好谈谈,约翰不理他。辛西娅看到玛哈里希伤心、迷惑的表情很是替他难过,但是约翰和乔治都怕他会暗算他们。在前往德里的五个小时的路途中,约翰动手写一首满嘴脏话的、挖苦玛哈里希的歌。乔治说服约翰把歌名改为《性感的萨蒂》,并且为了安全起见删去了脏话。

然而玛哈里希没有诅咒他们,也没有一直坐在他的凉亭里苦恼。不久后,他飞到纽约,住进广场饭店,和沙滩男孩一起旅行。

"我们搞错了,"回到英国后,约翰这样对媒体说,"我们以为(玛哈里希)是我们要找的那个人,但结果他不是,只是我们把自己想的安到了他身上。我们在等待一个古鲁,他出现了。他提出的问题也正是我们想知道的……他给出了他的治疗药方。"奇怪的是,披头士的媒体大军里没有哪个追问他们为什么这么快就幻灭了,甚至没有人叫约翰解释得清楚点。看到披头士们恢复了理智,大家高兴还来不及,无需再多问。

后来乔治后悔了,与玛哈里希重归于好,并成了超觉静坐最忠诚的信徒之一。但约翰则不会再回去了,虽说他有时也承认去里希盖什对他的好处。"我不后悔学习冥想。我现在还相信冥想,有时还进行冥想呢。我去印度是好的。……我去印度前刚认识洋子,去印度后我就有时间好好把事情想一想。三个月(原文如此)的冥想和思考后,我回来爱上洋子,事情就是这样。"

事实并非这么简单。回到肯坞的家里并不单单像约翰想的那样——和辛西娅一起为见到分别多时的朱利安高兴不已,看着小朱利安为爸爸妈妈给他带回来的礼物开心得不得了,其中就有一套从玛哈里希那儿拿来的精致的木雕小人儿。在从德里回伦敦的长途飞机上,约翰不知受了什么刺激,突然向辛西娅坦白自己这些年来所有的出轨行为——所有的指所有他记得的。虽然约翰的出轨行为之多把辛西娅吓了一跳,但她感到十分宽慰:至少他们终于又开始交流了。一两个星期后,约翰独自一人到德里克·泰勒家去住了几天。德里克已经从加州回来担任新成立的苹果公司的新闻官,现在全家暂住在位于萨里郡纽迪吉特彼得·阿舍的一所叫劳戴特的房子里。看到泰勒的一大群孩子,约翰心生异样。回家以后,他对辛西娅说他们应该多生几个孩子给朱利安做伴。辛西娅听了以后眼泪夺眶而出,说那他最好去找小野洋子之类的。约翰回答说不可能。

不久,约翰和保罗将飞抵纽约,向美国媒体宣布建立"苹果公司"的事情——现在的"苹果公司"不仅拥有电影、出版、零售和电子等业务,还有了自己的唱片品牌。还记得他们1964年在广场饭店的愉快时光的辛西娅要和约翰一起去,却被拒绝了。约翰让她跟一群以前静修处的同学一起去希腊度两周的假,包括神奇的亚历克西斯、多诺万和他的经纪人,还有一个大家只知道他叫吉普赛戴夫的放荡不羁的人。父母刚刚回到身边的朱利安又被交给了管家多特。"我离开时约翰躺在床上,"辛西娅回忆道,"几乎陷入昏睡,我经常看见他这样,根本没有转过头来说再见。"

在纽约,约翰自两年前"比耶稣大"引发的公愤后第一次面对美国媒体。他和保罗还是像以前一样默契地一唱一和,说明苹果公司将是第一家由青年人开办、为青年人服务、遵循披头士"爱、和平与分享"的理念的公司,按保罗的话说是"一种西方共产主义"。"我们很幸运不再真的需要那么多钱了,所以第一次老板开公司不是为了赚钱。我们已经买到了我们所有的梦想,现在我们想把这种机会与其他人一起分享。"

约翰和保罗说的一样:"我们希望建立这样一个公司,让想拍电影的人,不管你想拍什么,不用在谁的办公室里跪地磕头。我们的目的……不是在银行里放一堆金牙。我们已经够有钱了。我们想看看能不能在公司体制下获得艺术自由,我们想看看能不能创作出好东西并以不超过成本三倍的价钱卖出去。"约翰在另一个场合还把苹果公司和它颠覆传统的理念比作旧时的陀螺:"你把陀螺转起来,然后希望它转得越久越好。"这话同样可以用在约翰即将开始的一项个人风险投资上。

5月16日约翰从纽约回到伦敦时辛西娅仍在希腊。于是约翰就请皮特·肖顿来肯坞陪他住几天,好像他需要以前学校里的伙伴"肖侬-列顿"作掩护,来干这件他一直想做却不敢做的事。

第三天晚上,皮特上床睡觉后,约翰鼓起勇气给在伦敦的洋子打电话,叫她马上过来。那时已经很晚了,而且从伦敦到肯坞不近,但洋子下决心不再拒绝第二次。"约翰说他没有车,叫我打车过去,还说他会在门口等着,替我付车钱。"洋子回忆道。"通常约翰都不管钱的事,所以听到他考虑、安排得这么周到,我很感动。"

洋子在午夜时分到达肯坞。当这一刻终于到来时,二人却变得害羞。约翰回忆道:"我不知道要做什么,于是我们到了楼上我的录音室里,我把我录的带子都放给她看,都是些奇奇怪怪的东西,喜剧片啦、电子音乐啦。我很少把它们放给别人看。如我期望的那样,她看了以后觉得很棒,还说:'啊,我们来做一卷我们自己的带子吧。'于是我们做了《两个处子》。我们半夜开始……弄到凌晨结束,我们在凌晨的时候做爱。太美了。"

一旦陀螺转起来,约翰的疑虑就消除了,洋子则还心存不安。她记得约翰安慰她说:"没问题的。你是个很有创作才能的艺术家……而我很有钱。"

辛西娅怎么也想不到她从希腊回来后等着她的是什么。她和神奇的亚历克西斯·马达斯还有珍妮·博伊德一起回到肯坞,发现家里异常安静,没看见朱利安和管家多特。她来到屋后的日光浴室,这个以前一家人开开心心的小天地,看见约翰和洋子一起坐在地板上——按辛西娅的话说穿着相同的浴袍,但洋子说是"工作服"。约翰脸上既无愧色也无惊讶,只是抬起头来,漫不经心地说了句:"哦……嘿。"楼上,一双木屐整齐地摆放在客房门口,但里面没有住过人的痕迹。辛西娅一转头,跑走了。

几天后,当她鼓起勇气回到肯坞时,洋子已经走了,朱利安和多特回来了,约翰若无其事地迎接她。据辛西娅回忆,当她向约翰质问日光浴室里的事时,约翰坚称那不是什么大不了的事。甚至那天晚上约翰还在这么多年不曾有亲密接触后跟她做爱。

可是接下来的几天,约翰又变得冷漠、疏远了。他有很多工作要做,筹建苹果公司啦、准备披头士的新专辑啦。辛西娅虽然非常担心她的婚姻,但是作为一个披头士的妻子不应该给丈夫添麻烦、分散他的精力的念头还是占了上风。于是,辛西娅说她要再去度假,这次和朱利安、她的母亲和一对叔叔婶婶一起去意大利南部的佩扎罗。约翰立马同意,换成一个更世俗的人马上能从中嗅出危险的味道。

辛西娅离开后几小时,洋子就离开丈夫和女儿,住进了肯坞。"我们都知道:这次就是了。"洋子回忆道。"我们很兴奋发现了对方,没时间停下来去想别人的感受。我们一股脑儿地往前;觉得此刻我们拥有的比其他东西都重要。"

在二人的性结合前他们先进行了高效的、多种媒体的艺术结合。他们利用一起在肯坞的不多的时间创作了两部电影,来庆祝刚刚找到的真爱。一部的正式名称是《五号》,但大家更喜欢把它叫做《微笑》,因为影片就是特写约翰的笑脸、鬼脸和动来动去的眉毛。影片是用一台每秒两万张的超高速摄影机拍摄的,因此这组动画快照可以无限延长;洋子本打算制作一部四小时的电影,但最终把它剪到五十二分钟。另一部肯坞另类家庭电影叫《两个处子》,与他们在约翰的录音室里制作的音乐同名。与音乐让人联想到的画面相比,影片是一组单纯、热情的脸,一会儿分开、一会儿重叠,以及两个拥抱在一起的模糊侧影。

约翰不仅拍摄了不再是"跑龙套"的电影,还首次尝试雕塑创作。他上一次做雕塑还要追溯到在汉堡附近的一个海滩上帮斯图尔特·萨克利夫做一个浮木的拼贴画。洋子刚刚受邀为伦敦最新的实验画廊——位于德鲁里巷的艺术实验室——创作作品。在约翰的建议和协作下,洋子做了一个叫《建造》的作品:一个铺满玻璃和塑料碎片的木台,观众还可以往上加入自己的东西。一天,约翰和保罗还有林戈一起开车经过伦敦,约翰建议顺路去看展出,但两人都已有了重要安排。

舰队街过了一些时日才发现这条自"比耶稣大"以来最轰动的披头士新闻。5月22日苹果公司宣布成立又一家新的分公司:位于切尔西国王路的裁缝店(裁缝店"既服务于军人政要也服务于平民百姓",不禁让人联想到佩珀军士)。洋子与约翰一同出席了在裁缝店附近的黛拉·阿瑞托莎俱乐部举行的、有大批媒体前来的开业派对,而且自始至终不离左右。

其实二人精心挑选了公开他们关系的时间、地点。再过三个星期,著名的国家雕塑展将在考文垂大教堂附近举行(它和利物浦都是战争期间英国遭受轰炸最严重的地方)。洋子通过自己在艺术界的关系,使她和约翰能带着自己的作品参加雕塑展。约翰提议他们要象征性地种下两颗橡实,一颗面向西方,一颗面向东方,象征他们的相遇和这两种文明的融合。展会组织者对于约翰·列侬能来参加展出自然是欣喜若狂,但是不太愿意把这个叫做"橡实事件"的东西写到展品目录里去,于是约翰和洋子就自己制作目录。约翰是这样描述他们的展品的:"当两片云相遇时,这就发生了"。洋子感动得不得了,把它照搬到了自己的展品介绍里。约翰还定做了一张白色锻铁制的公园长椅,用来标识橡实的位置,还做了一块银色牌匾,写道:"小野洋子的约翰,约翰·列侬的洋子,1968 年 5 月某时"。

两人打算在 6 月 15 日雕塑展预展的那天种下他们的橡实。那天一大早,约翰和洋子就坐着莱斯·安东尼驾驶的迷幻"劳斯莱斯",后面挂着一辆载着长椅的拖车,向考文垂出发。到了大教堂,他们第一次尝到遭到拒绝和敌意的滋味(以后还有很多这样的事等着他们)。一个趾高气扬的神职人员对他们说:这里是圣地,你们不能把橡实种在这里。他还偏离基督教的兼爱精神,说:说到底橡实不是"雕塑"。怒不可遏的洋子说出了几个英国重要雕塑家的名字,坚称只要联系他们当中的任何一个,都能为她在艺术界的地位作证。他们真打了个电话给亨利·穆尔爵士,可惜他不在家。

最后双方达成妥协:约翰和洋子可以把他们的两盆橡实种在附近的一块非圣地上,旁边放上长椅和牌匾。不出两天,橡实就被收集披头士纪念品的疯狂歌迷给挖出来拿走了。约翰叫人代种了两盆新的,还安排保安二十四小时看守。

也许是这种行为太深奥,橡实事件没有得到多少报导。但是,当三天后,约翰的舞台剧本再次被搬上国家剧院时(剧名由原来的《第三场,第一幕》改为《约翰·列侬:自写集》),狼群倾巢而出。

严格说来,当晚只有三分之一属于约翰。由阿德里安娜·肯尼迪、维克托·斯皮内蒂和他一起改编的剧本不足一小时,不到1968 年独立的商业演出节目的标准(放到今天就没有问题)。因此,剧院经理奥利弗勋爵下令,加上两出十八、十九世纪的短剧,为了对斯皮内蒂表示敬意,短剧也由演员来执导。一出是亨利·菲尔丁的《科芬园惨剧》,剧中唯一的亮点就是那句老生常谈的"知足常乐"。另一出是十九世纪约翰·麦迪逊·莫顿的幕间幽默短剧《不速之客》——剧名就在预告真正的重头戏即将开始。

这也是约翰的言辞第一次遭到删改。戏剧审查制度在奄奄一息之际,命令约翰将其专门为这出戏写的模仿女皇讲话的滑稽片段删去。(同一年审查制度废除后又恢复。)斯皮内蒂担心这会影响约翰对他们合作的看法,但是他的担心是多余的。首演的早上,两人一起工作了多个夜晚的公寓内收到一份礼物:是一只巨大的橡胶大象,上面挂着一个牌子,写道:"我永远不会忘记维克托·斯皮内蒂——约翰·列侬"。

对于国家剧院抛出的这个三个剧目的节目单,没人会认为是亨利·菲尔丁或约翰·麦迪逊·莫顿吸引了众多的观众和摄像机,在1968年6月18日的这个雨夜来到老维克剧院。约翰和洋子穿着一样的白色衣服坐在特等包厢的第一排,旁边坐着其他几个披头士和他们通常的女伴。演出赢得阵阵笑声与掌声的同时也夹杂着激烈的质问:"你妻子呢?""辛西娅呢?"为了尽量回避类似的尴尬局面,演出结束后的庆祝十分低调。斯皮内蒂回忆:"没有派对。我们拐了个弯,到附近的酒吧去。"

第二天早上,英国各大报纸头版都被这条已经一个月的旧闻占据:约翰·列侬离开妻子,开始与小野洋子私通。公众的反应是一致不理解。虽然最近发生了一些不愉快的事,但约翰的生活还是为数百万人所羡慕。天底下的东西他想要什么有什么:衣服、车子、房子,还有漂亮女人。他怎么会看上一个极端艺术家、一个一点儿魅力也没有的日本女人呢?

此时辛西娅还在佩扎罗度假,对事情的进展一无所知。就在这次度假中,在对约翰忠心耿耿的十年后,她第一次喜欢上另一个男人的陪伴。这个男人是一个叫罗伯托·巴萨尼尼的意大利人,比辛西娅小两岁,辛西娅所住的旅店是他父母开的。根据辛西娅的说法,并没有什么假日罗曼史——她当时和朱利安、母亲莉莲还有两个亲戚在一起度假。巴萨尼尼只是给了她久违了的亲切和关心。一天晚上,全家人和巴萨尼尼外出游玩回来,辛西娅发现神奇的亚历克西斯·马达斯在旅馆里等她。辛西娅回忆道:"(亚历克西斯)说:'我来替约翰传话给你。他要和你离婚,把朱利安带走,把你送回霍伊莱克。'"

马达斯不能,也不会解释这个直白得令人发指的决定。辛西娅立即收拾东西准备回家,却突然感染上喉炎,发起高烧——无疑部分是因为受了过度刺激——医生说她不能旅行。辛西娅终于在佩扎罗的病床上看到英语报纸上关于约翰的"新欢"的报导。

一朝被蛇咬,十年怕井绳。辛西娅没有带朱利安回肯坞,而是到她母亲家——林戈·斯塔尔位于伦敦中心的一间公寓——寻求庇护。回来后她立刻通过披头士的办公室要与约翰取得联系,却跟任何一个前来哀求的普通女人一样吃了闭门羹。后来她收到通知,约翰打算以她跟罗伯托·巴萨尼尼有染为由提出离婚起诉。辛西娅再次请求彼得·布朗,最像布赖恩·爱泼斯坦的披头士助理,劝说约翰跟她面谈。善良、和气的布朗尽其所能,但一样无济于事。终于有一天,辛西娅听说约翰和洋子离开了肯坞,有人提议如果她愿意的话,可以利用肯坞等待离婚谈判。无处可去、银行里只有1000英镑的辛西娅接受了提议,带着母亲回到肯坞。房子还跟她最后一次看到时一样,约翰数不清的东西,就连书,都在老地方。

一个星期左右以后,约翰终于同意与辛西娅在肯坞见面。就是这样一个痛苦的私人会面,他也带着洋子一起来,两人都穿着一身黑,俨然成了他们的标志。辛西娅这边则有她最忠实的同盟——也是约翰的老对手——她的母亲支持她。辛西娅徒劳地辩护说她从未与罗伯托·巴萨尼尼有染;约翰改变策略,说她看上一个在里希盖什一起学习冥想的年轻的美国演员,而辛西娅跟这个人几乎没有说过话。辛西娅到了这个时候仍没有对约翰大喊大叫,她的母亲开口了,替女儿发泄长久以来的愤怒和所受的轻视。在外面的"劳斯莱斯"里等着的莱斯·安东尼回忆说:"突然传来一片争吵声"。

夏天辛西娅继续住在肯坞,忍受着只有同样被抛弃的亨利八世的妻子才知道的悲伤和对未来的不忐不安。管家多特还在;莱斯·安东尼也既载约翰又载她。但除此之外,她感觉自己就像"一节坏死的四肢"一样被从约翰的生活中锯掉了。有一张照片是她与约翰的最后一面后不久拍的,她坐在露台上,朱利安把头枕在她的大腿上。小男孩和所有的孩子面对摄像机时一样对着镜头微笑。但是,也和所有父母离异的孩子一样——就像二十年前的约翰——他的童年被剥夺了。

出于对约翰的忠诚(辛西娅更愿意相信是出于害怕),乔治和林戈,就连二人的妻子,都对辛西娅敬而远之;辛西娅很受伤,她一直把帕蒂和莫林当好朋友。但是有一天保罗·麦卡特尼突然造访,独自一人,手里拿着一支红玫瑰。洋子证实,保罗是约翰正式告知他俩现在在一起的人之一。"我们把车停在他家门口,约翰进去,我在外面等着。我想这里面有几分利物浦大男人主义,告诉保罗别来追求我。"

那时保罗的生活同样发生了许多变故。前年圣诞,在相处了看似完美的五年后,他和简·阿舍宣布订婚。仅仅七个月后,简当场发现他与一个叫弗朗西·施瓦茨的美国女孩在一起,就解除了婚约。还未从中缓过劲来的他与辛西娅同病相怜——而且他也不觉得自己应该讨好约翰。那天下午来到肯坞的保罗亲切地安慰辛西娅,把手里的那支玫瑰花送给她,开玩笑说也许现在他们两个应该结婚。从伦敦出发的路上,保罗开始在脑子里写一首用来安慰朱利安的歌,歌名暂定为《嘿,朱尔斯》。

事后保罗没有隐瞒拜访之事,约翰也没有表现出任何不满。说明两人那时的友谊仍非常牢固,但也就剩这最后一年了。

22. 回归处子

我们在这里,这就是艺术。

约翰暂时还没想好要和洋子住哪儿,但肯定不是韦布里奇。在放弃肯坞后,二人有几个星期过着居无定所的生活,先是暂住在保罗家,后来藏身于披头士的各亲信处,像德里克·泰勒、尼尔·阿斯皮纳尔和彼得·布朗。七月初二人搬进林戈位于伦敦蒙塔古广场三十四号的公寓——就在几周前,辛西娅和她母亲也曾在此寻求庇护。

后来,约翰坚称:可以毫不夸张地说,洋子救了他的命。"王通常不是被敌人,而是被自己的侍臣杀死的。他酒足饭饱、沉迷毒品、纵情享受,总之就是种种让他远离王位的事情。王位之上的人大多醉生梦死。他们要么精神已死,要么肉体已死,要么两者都死了。洋子把我从这种危险处境中救了出来……她让我看到成为猫王披头士是怎么一回事,看到自己被一群只想维持现状的马屁精和奴隶所包围。……她爱的不是一个披头士,不是我的名声。她爱的是我,她的爱把我最好的一面给激发了出来。(我突然发现),'我的天,这次与以前完全不同。它比一张畅销唱片、比金子、比任何东西都更激动人心'。"

约翰的比喻让人联想到一对从暴风骤雨中逃跑的孤儿,靠着爱生活,现实当然不是如此。不管约翰"逃出宫殿"有怎样的胜利,他的身边仍旧围着一群侍臣,时刻准备着去满足他哪怕是最微小的突发奇想;他的银行账户里仍旧有似乎用之不尽的钱;他仍旧坐着司机开的"劳斯莱斯"。有这些后备保障在,偶尔回味一下自艺术学院以来就不曾有过的勉强对付、凑合度日的生活也是很不错的。

真正的改变在于心态,这种心态来源于约翰在英格兰北部的成长过程,又在多年来被人们当做世界上的半神崇拜中得到强化。用约翰自己的话说:"我习惯于被女人服侍,不管是咪咪姨妈——上帝保佑你——还是其他女人,妻子啊、女朋友啊。洋子不吃这套。她才不管什么披头士不披头士的。'披头士是他妈的什么东西？我是小野洋子,你得好好对"我"。'从我遇见她的第一天起,她就要求彼此要有平等的时间、平等的空间、平等的权利。我搞不懂她的意思,就问说:'你到底要什么,一份合同？你想要什么就有什么,但是别想从我身上得到什么,别想我会作任何改变。'她说:'啊,那我的回答就是我走。因为你这里没有我的空间。一切都围着你转,在这里我连呼吸都不能呼吸。'"

洋子也要作出调整,来适应新生活。她以前遇到的男人,包括她的前两任丈夫,都没有人能分散她对事业的巨大热情,能减轻她从小孤独、不合群的感觉。如今她遇到了一个想要——要求——与她共度每分每秒、参与她生活的方方面面、也让她参与自己生活的方方面面的人。远在日本的亲戚早已为她不愿做传统的贤妻良母而悲伤不已,如今得知她竟毫无怨言地扮演起这个角色,必会大吃一惊。一天晚上,二人来到德里克·泰勒的家中,泰勒夫妇热情地请他们住下。"第二天早上,我要做早餐,问他们要吃什么,"琼·泰勒回忆道,"洋子回答说约翰的早餐都是她做的。"

但是约翰觉得这样还不够。十年前他第一次追求辛西娅时的那股青春期的妒忌心和占有欲跟现在一比,就是小巫见大巫了。两人在一起后不久,约翰叫洋子把他们认识之前跟她上过床的男人统统写出来。洋子以为这只是一个游戏,没有多想就草草把名单写了出来——后来发现约翰是极其认真的。

约翰把他们遇到的每个男人都看作是潜在的危险情敌,想方设法断绝洋子与现在的前卫艺术界、音乐界的所有男性朋友——老的也好、同志也罢——的往来。任何把洋子的注意力从他身上转移过去的事情都是威胁,哪怕只有一小会儿。洋子平时都说英语,但遇到日本同胞时——有时是面对面,有时是电话里——就讲日语,偶尔也看看日语书、报纸或杂志。约翰讨厌这个,因为这是两人无法分享的事情。"他会说:'你在想什么？你为什么不看着我？'这时我就得照他说的看着他,直视他的眼中央,不然他就会生气。"

虽然洋子已经离开自己的丈夫投入他的怀抱,但约翰仍把托尼·考克斯当做是永远存在的敌人,随时可能走进来把洋子领回去。然而,约翰也知道洋子应该和考克斯重新取得联系,以便见到恭子,并且讨论离婚事宜。出人意料的是,当两人终于见面时,约翰一眼就喜欢上了这个他一直当做死敌的人。而恭子也吸引、俘获了约翰的心,这在他自己五岁的儿子身上不曾发生。"我父母的婚姻早就名存实亡,所以我很习惯看见他们和别人在一起。"恭子回忆道。"即便如此,我还是能感觉到约翰确实与众不同。他总是很亲切,从来不对我发脾气,我知道他脾气不好。后来,他和我爸妈在我面前大吵过。他们都觉得还是放手吧。"

洋子也开始认识到约翰表面上是个狂妄自大的摇滚明星,在人后也有不安全感,甚至是胆小害怕。那年夏天,约翰开始动手写跟肯尼思·泰南约定的《加尔各答风情画》里的滑稽短剧《利物浦手淫》。这要是搁在以前的《咆哮日报》或《默西节拍》可以说是手到擒来、几秒钟就能搞定的事情,如今却令他陷入犹豫不决、自我怀疑的痛苦境地。洋子叫约翰把故事讲给她听,也觉得男孩子们大喊着碧姬·芭铎的名字集体手淫是个很好的题材,就好像约翰也大力支持她虚构的《科斯岛的雪》。有洋子的支持,如同往日保罗·麦卡特尼的支持,约翰的短剧终于顺利打出来交稿。

同样在洋子艺术家的自负背后也不是没有烦恼。"我不是一个没有安全感的艺术家,但身为女人,我对自己有种种怀疑。当我见到约翰时,我很介意我的外表。我觉得自己太矮,腿太难看,我还用头发来挡脸。我的手都是筋,还有手指什么的。我总是把手藏起来。约翰对我说:'不,你很美。你不用把你的手藏起来,你的腿很好,把你的头发也绑起来让大家看到你的脸。'"

认识约翰前洋子从不说"妈的"这个词。"有一次他跟我说:'你太亚洲、太日本了,你应该说"妈的"。而且一个漂亮女人说"妈的"很迷人。'我说:'我不够漂亮,说了不迷人。'但我还是对着镜子练习说'妈的、妈的、妈的'。"

洋子虽然在格林威治村的艺术圈里待了好几年,但她在来到欧洲前从未吸食过任何毒品,包括尼古丁。当洋子带着她的电影《屁股》参加克诺克艺术节时,她尝试了人生的第一片迷幻药。不久后在巴黎跟奥内特·科尔曼的爵士朋友在一起时,她尝试了海洛因。约翰虽然滥吃各种毒品,却不碰海洛因,因为海洛因让他联想到恐怖的注射针,还因为弗兰克·辛纳特拉的电影《金臂人》里把吸食海洛因后身体的恶化刻画得十分可怕。洋子只是吸食,而非注射,所以没有那么可怕的后遗症。"约翰常说:'肯定很有意思——那是什么感觉?'他老拿这件事来烦我。"洋子回忆道。

在肯坞一起住了短短的几天就让洋子见识到约翰拥有的轻级毒品数量之多、种类之广。"那时他什么都尝过。他的床头有一大玻璃瓶的安非他明、迷幻药、镇定片,还有一种蓝色的我不知道叫什么。……早上醒来的时候,他就随便抓一把起来。"当时他迷上了镇定片(又叫白板安眠酮或安眠酮),介绍洋子吃吃看。但洋子拒绝了,他也没有强迫她。

约翰抽法国的"吉普赛女郎"烟抽得很多,对此洋子不仅无能为力——不抽烟的人绝对是社会上的稀有动物——还很快跟他一起抽了起来,作为两人在一起的又一个象征。但是她在改变约翰的饮食上颇有成效。尽管布赖恩和乔治·马丁都劝约翰要注意饮食,但他吃的还主要都是些垃圾食物。洋子自己已经改吃素的、不含乳制品、不含防腐剂的养生食物,一些比较严肃的嬉皮士把这样的养生饮食当做抛弃物质世界的表现。洋子少数的几个约翰认为没有威胁的男性朋友中有一个叫克雷格·萨姆斯的年轻美国移民。他几乎是单枪匹马在伦敦倡导养生饮食。二人成了萨姆斯在韦斯特本格罗夫区附近开的地下小饭馆"种子"的常客,那儿的菜是按先令卖,而不是按英镑卖。和所有刚接触养生食物的人一样,由糙米、蔬菜和不含糖、不含防腐剂的食物组成的健康饮食让约翰突然间感觉很有活力、很健康。约翰怎么也想不明白为什么"糙米和一杯茶(成了)我吃过的最带劲儿的东西"。

居家方面,与创作上相反,这对蒙塔古广场三十四号地下和地上一层毗连式公寓的新住户就没有那么阴阳平衡了。洋子住的地方一直跟她的现代雕塑一样简单得不能再简单。而约翰是个音乐家,说到这个职业就让人联想到又黑又臭的房间、脏衣服、空瓶子和漂在冷茶水上的烟头。因此,当洋子发现约翰喜欢家里干净整洁、注重个人卫生、留意每一个影响到观瞻的细节,颇为惊喜。约翰教给洋子一个小技巧,在他离开多年后仍跟着洋子。当约翰穿一件宽松的衬衫时,他会把衬衫塞到腰带里去,然后双手同时举起,这样衬衫的褶子就会对称地鼓起来。

洋子学着如何与约翰相处,而约翰对洋子完全开诚布公,对于自己最心底的性幻想也毫不隐瞒——比如他幻想与八十几岁,甚至更老,青筋暴突、布满皱纹的手上戴满钻石的女人做爱。日子久了,洋子也习惯了约翰特有的反话恭维。"知道我为什么喜欢你吗?"一次约翰问道。"因为你像男扮女装。你像个男人。"洋子笑着回答说那他一定是个"不愿公开的男同志"。

后来约翰用一首他母亲最喜欢的歌《婚礼的钟声让我告别昔日的伙伴》来总结当时的情况。"我遇到洋子时(就好像)你初恋时,你离开一起在酒吧里玩的伙伴,不再去踢球、不再玩撞球或台球。一旦我找到了这个女人,伙伴就变得无关紧要了,就只是老朋友了。……就是这样。我见到她的那刻起,昔日的伙伴就不存在了,友谊就结束了。只不过碰巧这些伙伴都是些名人,而不是酒吧里的当地小子。"

然而事实是,婚礼的钟声还早着呢,"昔日的伙伴"也没有要散伙的意思。在保罗、乔治和林戈看来,洋子不过是约翰的又一个短暂的情人,早晚——宜早不宜晚——会像其他情人那样说拜拜。而且不论约翰心里怎么想,他仍旧是一个忠实的披头士,必须参加永无休止的制作周期,这个周期在五月底把他们叫回到了修道院路的录音室里。大家带来了比平时多得多的歌曲储备,主要都是在里希盖什被迫安静下来的几个星期里写的。约翰写的最多,有十五首可能的新歌,保罗十二首,乔治六首。5月30日录音第一天,约翰最初的打算浮出水面:不是解散昔日的伙伴,而是扩大它。

"他希望我成为乐队的一员,"洋子说。"乐队是他建的,所以他认为其他人得服从。我不是特别想加入他们。不过那个时候,他已经把我前卫派的朋友统统赶出我的生活了,我没有其他人可以一起玩音乐。我觉得自己没法融入他们,但是约翰说肯定没问题。他总说:'他们都非常敏感。……你以为他们只是一群利物浦白痴,不是的,他们非常敏感。……保罗很喜欢斯托克豪森①……他们能接受你那一套。……'他试图说服我:其他几个披头士会欢迎我加入的。"

因此,当约翰抱着吉他在神圣的二号录音室里的凳子上坐定时,旁边摆着一把相同的凳子,凳子上坐着穿着相同的一身黑衣服的洋子。这一刻很值得上世纪二十年代以善于描绘重大社会丑态和旁观者的错愕而闻名的漫画家H.M.贝特曼提笔画上一幅,跟他的"在祝寿忠酒时抽雪茄的人""在圣莫里茨扔雪球的男孩""在阅兵式上掉了来复枪的卫兵"放在一起,名字就叫"带着少妇参加录音的披头士"。诚然披头士身边的工作人员都像贝特曼漫画里的人那样目瞪口呆,其他三个披头士对于这位"不速之客"则——刚开始时——没有那么大惊小怪。"我想约翰跟他们说我心情很不好、很痛苦,所以他想带我到那里散散心、高兴起来之类的话。"洋子说道。"于是乔治走过来说:'你好啊'。他们都把我当成需要他们关心的不开心的女人。"

1968年的夏天与十二个月前以《佩珀军士孤独的心俱乐部乐队》专辑为代表的快乐、醉醺醺的"爱之夏"大相径庭。有一个词,自1917年布尔什维克起义之后,几十年来在欧洲政治家们的头脑中挥之不去;自"二战"以来,人们深信在拉美以外难觅其踪影;如今这个词取代"爱和和平"挂在了全世界年轻人的嘴边。这个词就是"革命"。1966年末,中国的毛泽东发动了所谓的"文化大革命",鼓动群众反对可能削弱其极权政权的自由主义倾向和知识分子。相反,几个月后,在捷克斯洛伐克,知识分子亚历山大·杜布切克发动群众进行了一场名为"布拉格之春"、旨在推翻苏共霸权统治的政治民主化运动。运动最终以当年

---

① 卡尔海因兹·斯托克豪森(1928—2007),二十世纪德国杰出的前卫作曲家、钢琴家、指挥家、音乐学家。

八月苏联坦克入侵捷克告终。

在没有独裁统治的国家,推翻政府的呼声不比他们弱,政客们的煽动一样狂热,街头运动一样惨烈,流血冲突一样随处可见。1968年春,巴黎大学生群起示威,反对越战,反对法国战时的民族英雄夏尔·戴高乐以压倒性多数再次当选,是自巴黎解放以来最严重的平民动乱。在伦敦,位于格罗夫纳广场的美国大使馆前发生激烈的反战抗议暴动,造成九十名警察伤亡,三百人被捕。美国自己不仅其军队遭到东南亚游击队的羞辱,其大名遭到所谓自由世界国家的唾骂,其原本恬静的校园骚动不安,其原本温顺的黑人公开反抗,而且还不得不面对这样一个事实:1963年11月22日发生在达拉斯的惨剧并非个案,而是一系列事件的开始。4月,伟大的民权领袖马丁·路德·金在田纳西州孟菲斯市一间宾馆的阳台上被一名狙击手击毙。两个月后,刚刚发表了其总统竞选演说、发誓结束越南大屠杀的约翰·F.肯尼迪的弟弟博比在洛杉矶一间宾馆的厨房里遭到伏击,同样被击毙。

但是新的革命不再是以前那样的抛头颅、洒热血,而是冷的。而且有史以来第一次"不分阶级"。中产阶级的英国学生是最热切皈依马克思主义、列宁主义、托洛茨基主义,抑或毛泽东主义的群体之一,而且常常游走于各种主义之间,今天这个主义,明天那个主义,后天又回到先前的主义。他们不觉得新信仰与他们安逸的资产阶级生活之间有任何冲突,而他们表示痛恨的这个社会制度又能容许他们这样。伦敦经济学院、弘赛艺术学院等多个机构效仿捷克,宣布独立,但有一点很大的不同:没有坦克来入侵他们。在这场遍及欧洲的院校暴动中崭露头角的领袖,像法国的丹尼·柯恩-邦迪、英国的塔立克·阿里,都得到了摇滚明星般的崇拜。要是哪间公寓里列宁或毛泽东的海报比不上某个披头士成员的迷幻大头照,那它就落伍了。伦敦一家新开的俱乐部,比以前的俱乐部更豪华,比以前的俱乐部更坚决地排斥下等社会,它的名字不叫别的,就叫——"革命"俱乐部。

披头士新专辑录制的第一首歌就是约翰写的、以这个流行词语命名的歌。"我想谈谈我对革命的看法。"约翰解释道,"我觉得是该谈谈革命了,就好像我觉得该谈谈越战了,不该再回避越战的问题了。我在印度的山上时就在想这个问题。所以我写了这首歌。我想说说我的看法。"

其实,约翰的《革命》并非鼓吹年轻人走上街头,而更像是一幅对这些丰衣足食的年轻革命者们的讽刺画:他们头脑发热想要"改变世界",把"毛主席的照片"挂在浴室的门后。约翰的《革命》明确拒绝给予那些"仇恨的头脑"精神上和金钱上的支持,警告那些仅仅热衷于摧毁一切的人"别把我算在内"。但是到了准备录歌的时候,约翰似乎又觉得自己的立场太软弱:"摧毁"可以指摧毁建筑,也可以指摧毁顽固的观念。于是乎,关键的宣言就变成了模棱两可的"把我算在外……内"。

这是《革命》的第一个版本(后来称之为《革命一》),歌曲节奏缓慢、曲调忧伤,约翰的主音吉他若有似无,一直在低音徘徊,"嘘比-嘟比"的背景和声让人仿佛回到"洞穴"俱乐部。歌曲总共用了四十个小时才录制完成,包括有一次约翰为了改变一下自己的音色,趴在了地板上,对着一只安在吊杆上的麦克风唱。整首歌最革命的部分还是洋子:她不单单是看客,还参与其中。整首歌有十分多钟长,最后的六分钟里不仅有约翰时而大叫"一切都好"、时而乱喊乱叫,还有洋子的时而呻吟、时而哼唱、时而唧唧叫、时而吟咏"你成了赤身露体"之类的胡言乱语。

乔治·马丁是所有人中对约翰决定把洋子带到录音室里来最迷惑不解的,有洋子在录音室里让他觉得"很不自在"。但他知道跟约翰抗议"只会破坏两人的关系"。对于约翰的其他几首新歌,同样不能直说。在马丁看来,这几首新歌根本无法媲美《永远的草莓地》《生命中的一天》或《我是海象》。几乎所有新歌的调调都是挖苦讽刺,长而复杂的歌名就自动让它们难以进入单曲市场,歌曲中的潜台词对于不清楚他最近数月的经历的歌迷来说更是一头雾水。约翰的声音还跟以前一样有感染力,技艺还跟以前一样一丝不苟("革命"与"进化""真正的解决之道""捐献""宪法""制度"等词整齐押韵①),和弦还跟以前一样动听;问题出在情绪上。如果马丁以前未曾明了,那么现在他明白了:约翰完全认真时才是最棒的。

约翰在里希盖什的创作除了含沙射影谩骂玛哈里希的《性感的萨蒂》和为哄骗米娅·法罗的妹妹编出来的情歌《亲爱的普鲁登斯》外还有其他速写。《邦加洛·比尔的故事续集》讲述另一位玛哈里希的学生,他在不学习冥想的时候跑去射老虎,更不可思议的是还带着他的母亲。"除了我和我的猴子,人人都想藏一点东西"则说到了来偷他的早餐的那只狒狒,暗指洋子——也暗暗抱怨那得不到透露的"答案"。"我太累了"是节奏凌乱的"我只是在睡觉",约翰回忆了在印度失眠、独自在住所内一支接一支地抽烟的日子,埋怨沃尔特·罗利爵士"发现了"烟草("他真是个大笨蛋!")。同样在这段情绪低谷期写成的《忧郁》,

---

① 原文分别为 revolution、evolution、real solution、contribution、constitution 和 institution。

把布鲁斯这种音乐风格从南方迁移到了北方,然而歌曲中那种世界末日般的痛苦和衰败("老鹰啄我的眼/虫子舔我的骨……")与其说像马迪·沃特斯或盲人蓝调歌手莱蒙·杰斐逊,倒不如说更像一个嗑药的李尔王。

《幸福是一支温暖的枪》这个名字来自一本美国狩猎杂志的封面,不幸与当时美国发生的一系列肆意枪杀备受爱戴的公众人物的事件十分吻合。歌曲一开始是一首凄美的情歌,渐渐过渡到一个虚幻的世界,一个在举行运动会的女修道院("女修道院院长未听发令枪就起跑"),最后变成一首充满讽刺和鼓动的灵乐,"哪!哪!开枪!开枪!"的背景和声如今听来很是刺耳。《玻璃洋葱》把那些喜欢将歌词刨根问底、找出隐含信息和含义的狂热歌迷调侃了一番。歌中提到"草莓地""圣母玛利亚"和"山上的傻瓜",给了一个瞎编的启示:"海象乃保罗是也"。约翰想将过去一笔勾销的用意十分明显,正如他后来承认的那样。"我想:'好吧,我来跟保罗说几句好话:没关系,你做得很好,这些年来一直努力把大家维系在一起。'他一直在努力打理乐队。……所以我想对他说:'好吧,乐队给你吧。我有洋子了。'"

如果说其他几个披头士对洋子还能克制的话,英国群众对她拐走了他们最喜爱的四个孩子中的一个的仇恨则是与日俱增。当时种族主义在英国各个阶层仍旧十分强烈——英国式的种族主义独特而狡猾,常以隐晦的笑话和滑稽的典型化的形式出现,但其杀伤力不亚于正面攻击。对洋子,"日本鬼子""桂河"等挖苦中还掺杂着一些自古认为亚洲女人善于勾引男人的讥讽。仍受约翰的老朋友彼得·库克左右的《侦探》杂志在漫画里把约翰刻画成他们虚构的一个乐队"特德斯乐队"的主唱斯皮吉·托普斯;还有的利用印度性爱圣经里表示阴道的词"Yoni",把洋子的名字"Ono Yoko"写成"Okay Yoni"("好的,外阴像")。

比这些冷嘲热讽的印刷品更可怕的是约翰的女歌迷们面对面的仇恨,她们不仅日复一日地等候在修道院路的录音室外,还能出现在约翰偶然去到的地方。当洋子与约翰一同出现时,总是被淹没在"中国佬!"或"黄皮肤的!"的高声叫骂中。一天,洋子的手被一束黄玫瑰的茎刺伤了。以前约翰都是别人保护他;如今他得保护洋子躲开疯狂的歌迷、不堪入耳的谩骂、恶意的推搡,还有偷窥狂色迷迷的目光。

被完全陌生的人攻击、辱骂对洋子来说不是什么新鲜事。早在战争期间,她和两个弟妹被母亲从东京送到乡下去时,她就领教过了。因为他们的社会地位高,乡下人要么躲着他们,要么欺负他们。后来,他们家刚刚定居美国时,当地的孩子也会朝她扔石头。"我一直觉得自己是个局外人,这种感觉很熟悉——即

'当地人又来找麻烦了'。"洋子回忆道。"我有自恋的一面,我爱我的作品,不去理会那些根本不了解我的人和他们的说三道四。我还有非常浪漫的一面,我想:'这是考验。命运在考验我看我会不会最终放弃这段感情。'我觉得几乎就像希腊悲剧,因为我会失去我的女儿,我会失去我的艺术声誉,就因为我爱上了这个男人。我意识到我的日子会非常不好过——我还意识到要是我卷进去了,就一定有什么可怕的悲剧在等着我。"

那时还没有哪个记者会想要去采访洋子,大家都在远远地对她口诛笔伐。只有安妮·奈廷格尔例外。奈廷格尔是英国的一名音乐作家,BBC新的一号广播频道流行广播的第一位女电台音乐主持。奈廷格尔发现洋子冷峻的外表下是一个友善的女人,十分坦率地聊着自己的事情,和约翰一样。而且她的那些稀奇古怪的想法后来通过一些奇怪的方式变为了现实。比如说,洋子讲到在牛津大街上安装一个电影摄像机,记录每天来来往往的人群——这就类似后来的闭路电视监视。洋子还向奈廷格尔道出一个未卜先知的恐惧,她害怕会"剩下她一个人在一间纽约的公寓里不停颤抖"。

除了保罗、乔治和林戈,约翰就还只在乎另外一个人的意见。在他和洋子的事为众人所熟知前,他带洋子去了俯瞰普尔港的平房,房子里的纯种猫在吸尘器打扫得干干净净的地毯上轻轻地走来走去,他的大英帝国勋章骄傲地立在电视机上。"(他)打电话来说他要带一个人来。"咪咪姨妈日后回忆道。"他兴高采烈地走进来——他总是这样——她跟在后面。"

咪咪的反应是全蒙了,只是出于好客之道,她没有完全表露出来。"我看了(洋子)一眼,心想:'我的天,那是什么啊?'我从一开始就不喜欢她的样子。她的头发又黑又长又乱,而且她很矮——在我看来就像个小矮人。她出去看海湾时我跟约翰说了我的看法。我问他:'那个中毒的小矮人是谁,约翰?'"

洋子对咪咪的第一印象则截然相反。"我觉得她很漂亮,又高又苗条,皮肤好,骨架好。约翰去洗澡时屋子里就剩我们两个,咪咪跟我说她是怎么把约翰调教得彬彬有礼的,女士进屋时他总会站起来。"

当着洋子的面,咪咪只能警告约翰:他们的关系会影响他的名声。她举了她年轻时的一个著名轶事为例:一个属于国家权利中心的年轻人为了一个不合适的女人放弃一切。"她说起温莎公爵的故事,说他曾经是多么受欢迎,但娶辛普森夫人毁了他的名声。"洋子回忆道。"咪咪说:'他以为自己那么受欢迎,可以没事。但他还是毁了自己的名声。所以约翰,你得知道。'她当着我的面说这个,意思就是:我是辛普森夫人。"

"约翰只是笑笑。"咪咪回忆道。"他一笑了之,但是他知道我不喜欢她,知道我看人看得准。我看不出他看上她什么,我觉得这件事不对,不会有什么好结果。"

先前的橡实小插曲一点儿也不影响约翰对于苹果公司的热情,公司代表着披头士的集体意志。而且"苹果公司"这个名字定会让人联想到列侬的文字游戏("公司 Corps"与"尸体 corps"同音,因此发成"果核 core"的音)。当时公司已经搬到威格莫尔街七十五号,一间开放式的大办公室。这里离蒙塔古广场开车只要几分钟的时间。约翰几乎天天到公司,决心要像保罗一样处处都像个董事,也很乐于参与各项大小行政事务,只要洋子在他身边。

苹果公司最重要的旗舰部门当然是苹果唱片,从今往后,披头士就将与他们亲自挑选的一批艺人一起出现在苹果唱片品牌下。公司从"自由唱片"挖来一位重量级的经理罗恩·卡斯,与简·阿舍的哥哥彼得共同执掌苹果唱片。第一批进入苹果唱片的艺人无疑印证了苹果不拘一格培养人才的承诺。保罗签下了在一项电视才艺比赛中获胜的十八岁威尔士民谣歌手玛丽·霍普金和黑磨坊铜管乐队——一个从西约克郡的磨坊工人中选拔出来的拥有百年历史的铜管乐队。乔治则引进了利物浦同乡杰基·洛马克斯,乔治对他的歌唱才能和创作才能都十分赏识。对于培养这些新人、在媒体上宣传他们(主要由公关主管德里克·泰勒负责),公司都不遗余力。此外,还花费数千元在唱片公司的商标上,A面是一只可能经过马格里特精心挑选的青苹果,B面是切成一半的苹果。伦敦最著名的图形设计师艾伦·奥尔德里奇被请来用美轮美奂的斜体字书写那行版权说明。

披头士又在报纸上刊登了一整版的广告,重申披头士的大门——和钱包——向所有人开放。广告由保罗执笔,他力劝那些认为自己拥有音乐才能、想要一辆宾利豪华轿车的人赶紧把他们的带子寄到苹果公司。广告一出,信件如洪水般涌来:不仅那些满怀抱负的歌手和乐队寄来了带子,凡是搞创作的行业都寄信来请求披头士的关心和资助,从威尔士偏僻地区的贫穷诗人到海滨城市的木偶演员。很多人干脆亲自上门来推销自己;那些十足的疯子得到同情的试音,很多则得到了一大笔披头士的钱,可是这些人以后都再也没有任何消息。

苹果公司不仅是一个公司,慢慢地发展成变相的福利机构。公司宣称计划成立一个艺术基金会,向应得的申请者定期发放津贴。甚至还有"苹果学校"供披头士及其随从的子女一同就读。约翰对办学校的计划特别感兴趣,决心要办一所跟他和保罗上的纪律森严的学校完全不一样的学府,邀请了他们共同的儿时朋友、如今是著名教育家的伊凡·"艾维"·沃恩来负责办学。约翰的另一个主要提携对象——这点见仁见智——神奇的亚历克斯如今已在"苹果电子公司"旗下创立起了一家设备精良的工作室,据说是从事创造各种改变生活的发明。

苹果电影公司也招募了自己的经理和大批员工,继续发表各类宏伟的电影计划——不过,在恶评如潮的《魔幻之旅》后,公司在筛选新方案时谨慎了些。幸好披头士欠着联美电影公司的第三部动画片不在其中。1967年,布赖恩同意了一部动画电影,将披头士的儿歌《黄色潜水艇》改编成一部迷幻动画,由声音酷似他们的演员为四人的角色配音。故事情节将《黄色潜水艇》的歌词与《佩珀军士》结合,讲述动画版的披头士乘坐一艘浅黄色的潜水艇来到一个叫做"花椒国"的地方,打败一群叫做"蓝色坏蛋"的痛恨音乐的巨人。

有四个人为电影撰写剧本,其中包括未来的畅销小说作家埃里克·西格尔;即便如此,很多添加的细节还是从约翰那里来的。"(制片人)布罗达克斯的《黄色潜水艇》有一半是从我嘴里弄到的。"约翰回忆道。"(编剧)常来录音室闲聊,说:'咳,约翰老伙计,对电影有什么想法?'我就胡诌了一通,他们回去以后就做了。"

披头士唯一直接参与制作的是电影的配乐,而且任务相当轻松。除了经典主题歌外,电影再次使用《你需要的是爱》,启用了三首《佩珀军士》时没有发表的歌曲:保罗的《大家一起来》、乔治的《真的太多了》和《只是一支北方小调》。另外就是乔治·马丁谱写、指挥的几首管弦乐曲。制片人觉得这样看起来过于单薄,请求约翰写首新歌,约翰就交了一首《嘿,沙皮狗》,按约翰的话说"只是一首好听、没有什么特别意思的歌"。机智、幽默的电影通过动画版的披头士替真正的披头士变魔法,成了那年夏天三十岁以下的人必看的电影。然而,内容平平的电影配乐专辑并没有趁机同步发行,怕与还在修道院路艰苦奋斗的新专辑相冲突。

六月,威格莫尔街的办公室已经满足不了"苹果"的需要,公司再次搬迁,这次迁入萨维尔街三号——梅费尔裁缝区中心地带的一幢价值五十万英镑的乔治时期的住宅。房子内部被涂成白色,铺上厚厚的苹果绿的地毯,陈设以昂贵的家具、图画和纺织品,还配有一间高级厨房。公司聘请了一位门卫,穿着灰色长礼服在门口维持大批女歌迷的秩序——这些乔治戏称为"苹果渣子"的女孩儿们很快就来到公司新址,日夜守候在大楼门口。地下室将被改造成一间录音室,供披头士和苹果公司的其他艺人不受打扰、舒舒服服地工作。神奇的亚历克斯一面嘲笑着乔治·马丁还在修道院路用的相对简陋的技术,一面开始动手设计一张将拥有七十二音轨的录音桌。

梅费尔还成了约翰生平首个个人艺术展的举办地。展出于7月1日在芒特街的罗伯特·弗雷泽画廊开锣。自从介绍保罗·麦卡特尼对马格里特产生兴趣后,这位伊顿公学老校友、同性恋的弗雷泽在摇滚名流圈中日益显赫。1967年,他与米克·贾格尔和基思·理查兹一同因持有毒品被投入监狱,但与另外两人不同,由于他持有的是海洛因,他服满了全部的刑期。

约翰把弗雷泽画廊的展出献给"亲爱的洋子",展出既渗透着洋子的影响,也如同约翰创作的所有歌曲那样充分反映他的童年。展出的名字《你在这里》就是在约翰童年的利物浦公园里的地图上经常可以见到的一行字,如今更多了一分约翰感觉终于找到自己之位置的意味。首先映入参观者眼帘的是一排捐款箱,其中站着一个一只脚上带着金属支架的塑料小孤女,这种塑像在二十世纪五十年代大街的商店门口十分常见。它既是概念艺术,同时也是一种自我治疗,约翰终于消除了一直以来对"瘸子"的害怕、厌恶之心。

展出本身则包括一块圆形白色帆布,上面印着约翰题写的"你在这里",和一顶向上翻的帽子,上面有一张手写着"献给此位艺术家。谢谢。"的卡片。开幕式上,三百六十只白色氢气球飞过梅费尔的屋顶,每只气球上都有一张标签,同样写着"你在这里",并且邀请拾到者写信给弗雷泽画廊,画廊将把信函转交给约翰。(画廊确实收到大量回信,很多都是表达对约翰最近所作所为的失望,或者对洋子进行种族攻击。)为了讽刺展出,一群弘赛艺术学院的学生将一辆生锈自行车放在展览外,约翰见了却觉得很有意思,立马把自行车放入展览。

这期间似乎没有什么事情能把约翰的注意力从洋子身上移开,但是在苹果公司搬到萨维尔街前的一个下午就发生了这么一件事。那天下午洋子刚好有其他事,约翰正在威格莫尔街七十五号与德里克·泰勒商量着怎么打发接下来的几小时,突然接到从梅费尔饭店打来的电话。他得知碧姬·芭铎来了,想见见披头士乐队或者他们中哪个有空的人。约翰和泰勒都吃了一点迷幻药,服用的剂量刚好让世界变得欢喜闪耀,然后二人坐上约翰的"劳斯莱斯"到了梅费尔饭店。

然而,就像约翰已经从猫王身上发现的那样,见偶像与梦想的往往不是一回事儿——这次是春梦。1968年的芭铎已经不是十年前迷人的"性感小猫"了。昔日的马尾如今变成一头蓬乱的金发,水嫩的脸庞已经干枯,昔日销魂的眼睛如今涂着厚厚的黑眼线。更令人失望的是,她身边有两个男伴,轮流给她当翻译。

见面很快就变得没意思。约翰像个古鲁似的坐在地板上,无聊地一根接一根地抽着"吉普赛女郎",德里克·泰勒和芭铎的两个保镖努力维持愉快的气氛。芭铎提议出去用餐,但约翰不想动,于是他和泰勒就被单独留在了套房里。当数小时后芭铎一行人回到饭店时,发现他们的客人还在那里,用通常的化学方法打发着时间,已经意识不清。泰勒依稀记得约翰为芭铎唱了一首歌,然后就昏睡在了芭铎的床上。昔日喊着芭铎名字的集体手淫又历历在目。

苹果公司迁入萨维尔街后,"苹果"的商业伊甸园内出现了第一起伤亡。在盛大的开张和七个月狂轰滥炸的宣传之后,苹果精品店最终没能如人们所愿的那样成为又一个"碧芭""公车站"①或"我曾是基奇纳勋爵的男仆"。到七月份,精品店的损失已经大到无法维持下去(除非是从主流零售业聘请来约翰痛恨的"西装革履的人"来遏制严重的商店偷窃),只能关门大吉。出于"苹果"的"西方共产主义"精神,公司决定送掉所有的存货。德里克·泰勒不赞成这样一种丢脸的收场,但说了也是白说。"那会儿是我在管理办公室,"约翰回忆道,"因为一天保罗打电话给我说:'我走了。交给你了。'真是傻透了。"

7月30日,精品店关门的前一天晚上,披头士及其合伙人、好友来到店里,挑选店里的好东西。"太棒了……就像抢劫。"约翰说,只不过他抢的是他自己。店内剩余的东西在第二天被民众哄抢一空,有嬉皮士争抢一本宣扬友爱的佛教小册子,有的士司机把车停在路边进来搜刮刺绣垫子或一把把长袍从货架上扯下来。报纸电视自然不会放过这则猛料,都进行了大肆报导。最后还是高明的公关保罗出来表示:披头士在关键时刻退出这项并不适合他们身份的活动损失并不严重;他说他们"已经厌倦开店了。"

到8月11日,精品店的哄抢已经被人们遗忘,苹果唱片迎来了第一批丰收的果实。除了披头士的新单曲,还有保罗制作、玛丽·霍普金演唱的《往日时光》,保罗(为一出电视剧)创作、黑磨坊铜管乐队演唱的《某某物》,以及乔治创作兼制作、杰基·洛马斯演唱的《酸奶海洋》。四张碟一起装在一个亮闪闪的黑色礼盒内,意在强调披头士与其门生们是一家人,而且从一开始就明确对目标听众一视同仁。新碟发行当天,他们送了盒子给白金汉宫的女皇、克拉伦斯宫的王太后、肯辛顿宫的玛格丽特公主以及唐宁街十号的首相哈罗德·威尔逊。

获得大英帝国最优秀勋章的四位音乐家会送给他们的女王,还有女王的母亲、姐妹和首相一首叫做《革命》的歌,当时的人一点儿也不觉得奇怪。但是新

---

① 由英国女服装设计师李·本德于1968年开办的一家服装精品店,在二十世纪七十年代盛极一时。

碟里的《革命》并非六月份约翰花了四十个小时录制的那个版本。乔治·马丁和其他的披头士都不喜欢洋子参与演唱的那个又长又乱的版本,觉得它节奏太慢,约翰的主音吉他的声音过于失真。于是七月,约翰录了一个新版本,比之前的短,也显然更商业化。新版本的前奏里约翰的电吉他随意弹了两个音符,类似他小时候喜爱的一首电台歌曲哈恰图良的《马刀舞曲》。他和洋子一起乱喊乱叫的那六分钟不见了,原本模棱两可的最终讯息也确定为是"把我算在内"。但即便如此,《革命》仍只能放在半个苹果的 B 面,整个苹果的 A 面留给了保罗的《嘿,裘德》。

这次约翰不仅失掉了可能是披头士自"爱我吧"以来发行的最重要的一张单曲的首发位置,而且还是败在一首关于他的私生活、一首(尽管是拐弯抹角)批评他的行为的歌之下。《嘿,裘德》最开始是叫"嘿,朱尔斯",是保罗用来安慰肯坞被头也不回地抛弃了的五岁的朱利安的。后来歌名改成了哈代式的、比较看不出性别的"裘德",歌词也变成传统情歌,但是保罗最初的善意仍能从每行歌词中流露出来:安慰、鼓励朱利安,从哪怕是微不足道的小事开始让生活"美好起来"。

在约翰看来,《嘿,裘德》就是写他和洋子的,以及保罗作为他艺术上的另一半的位置被取代了以后保罗的心情。"'啊,这说的是我。'我第一次听到保罗弹这首歌时就这么说。"约翰回忆道。"只要仔细想想,洋子的形象就浮现出来了。……那句'去把她找'……的潜台词就是'去吧,别管我'。可是潜意识里他不想我走。他心里的天使说'祝福你'。心里的恶魔却很不高兴,不想失去他的伙伴。"不管歌中的潜台词是什么,约翰知道这首歌会成为大热歌曲,虽说歌曲长度超过七分钟(也许是要和长达十分钟的《革命》一较高下)可能会让当时的很多电台音乐主持敬而远之。第一次试唱时,还有一句歌词没写完,保罗暂时填了句:"下一步该怎么做全看你自己"。约翰觉得很好,劝保罗把它留下,这句就被留在了定版里。

约翰在两周内上了两次大卫·弗罗斯特的电视节目,对比这两次节目,人们就能看出约翰如今的生活重心。8 月 24 日,弗罗斯特获得首次同时采访约翰和洋子的许可,前提是采访只谈他最新的艺术观点,不谈他的私生活。当弗罗斯特宣布嘉宾出场时,二人手拉手大步跑进场,一身相同的黑衣,酷似现代版的采石河岸逃学生。洋子在节目里表演了她的"钉钉子"展,观众中的志愿者、后来弗罗斯特自己,上来各自把一颗钉子钉到木板里去,然后谈谈自己的感觉——各个都很平淡。节目中还播放了一段《微笑》,就是特写约翰几乎不动的脸的电影。

"因为其实并没有所谓的雕塑或艺术,"约翰这么解释道,"我们都是艺术,艺术只是一种标签。……你愿意叫什么东西雕塑那就是雕塑。我们坐在这里就是雕塑,这是一种偶发艺术,我们在这里,这就是艺术。"

《新音乐快递》杂志封底的"野猫"专栏形容约翰的表演为"无聊"——这是这个词第一次被用在他身上。连披头士官方歌迷杂志也说它的读者们感到失望和不满。"我希望约翰能专心于做他擅长做的事。"这是大家的普遍反应。"我不单单指音乐,我觉得他的书也写得很好。……他跟小野洋子做的事毫无意义。拍一个人的笑容的电影不是艺术。我们也不懂得欣赏把钉子钉到一块木板里去。啊,约翰若真觉得我们应该称赞他的所作所为,那他就大错特错了!"

这之后9月8日,《嘿,裘德》在弗罗斯特的节目上首发,从此创下了三百万张的销量。事实上,这是披头士自1966年8月以来第一次的现场表演,台下有多达三百名的观众,台上有弗罗斯特为了让节目看上去跟平时一样的开场白。主持人宣布"有请全世界最伟大的茶馆管弦乐队",乐队就座开始表演,保罗坐在立式钢琴前,约翰和乔治在他的左边。在开场与弗罗斯特的打趣中,约翰几乎没有说话,也很少见他唱歌或弹琴。从开始的舒缓的和弦到最后的全体大合唱,摄像机对准最多的是保罗:他富有光泽的头发、红色的天鹅绒西服和充满同情的棕色眼睛。

如果说《嘿,裘德》是披头士回归温情路线,那么《革命》则唤起了年轻人对披头士最最高兴的期待。他们仇视流行音乐以外的社会制度,他们至今仍把约翰、保罗、乔治和林戈比作列宁和毛泽东。大洋两岸的革命青年都满心期待约翰与他们同仇敌忾;没想到得到的却是"别把我算在内"。歌曲上市时恰逢芝加哥发生有史以来最为惨烈的暴乱。警方在腐败市长理查德·戴利的唆使下进行了强烈镇压,警察在电视摄像机面前殴打示威游行的人群,甚至把气撒向了参加民主党大会的无辜代表。临阵脱逃的约翰被这些反文化青年视为"叛徒",暗示他是他们的死对头的工具。激进的灵歌歌手尼娜·西蒙娜录制了一首歌曲回击《革命》,叫约翰要"清理清理"脑子。

九月同时迎来亨特·戴维斯的授权传记《披头士》的出版。成书期间,布赖恩·爱泼斯坦去世、披头士结识玛哈里希又与其分道扬镳、苹果公司成立、约翰开始和洋子在一起等等:这些整个非小说类文学领域最炙手可热的话题,全都悉数写进戴维斯的书里。

当时看来,这本书十分坦诚、公开,特别是说到披头士的童年和他们早期在汉堡的部分情况。书中对每位成员进行的超长采访也是前所未有的坦白,尤其是约翰。他公开承认自己在中学和艺术学院里并不成功,他"欺骗"了那些把他视为神人的歌迷。但是书的内容是经过披头士自己、他们的主要助手及各自家属的仔细审查的。书中没有提到布赖恩是同性恋,只是巧妙地说他是个"快乐的单身汉"——那时"gay"这个词仍更多的是指"快乐的"而非"同性恋的"——也没有暗示他爱慕约翰而约翰常常对他很不好。书的截止日期意味着洋子不在这本书里,书的最后约翰还在肯坞,跟辛西娅互开善意的玩笑。

同样没来得及写进书里的是弗雷迪·列侬和他怀孕的年轻未婚妻的故事。二人在布赖顿的小公寓里希望能平静、不受人打扰地过自己的生活,可是他们的关系跟约翰和洋子的关系一样不为大多数人接受。波琳寡居的母亲依旧强烈反对他们,想尽一切办法,不达目的决不罢休。在母爱、谴责、威胁对波琳均告无效后,琼斯太太诉诸法律手段,请求法院监护波琳,二人若执意结婚,则弗雷迪将遭到起诉。

波琳受不了这样的压力流产了,到法院听证会那天都还非常虚弱,无法参加。但是令双方都没想到的是,法官驳回了琼斯太太的请求,只是判决波琳要到二十一岁才能和弗雷迪结婚。

从始至终,约翰一直是少数支持弗雷迪和波琳的人之一。波琳流产以后——那时他名义上还跟辛西娅和朱利安在一起——他从肯坞寄去一张手写的慰问便条,留了他新的私人电话,但是没有提到他自己的家庭情况。不久,波琳就又怀孕了。由于法院禁止他们结婚的判决仍旧有效,二人决定追寻无数不幸的英格兰恋人的足迹,私奔到不受英格兰法院管辖的苏格兰去。约翰不仅事先知道此事,还给了他们路费,送去祝福他们的便条。二人安全地坐火车到达爱丁堡,在波琳二十岁生日那天举行了世俗婚礼。约翰依旧大方地在布赖顿给他们买了一栋房子代替原来租的小公寓,把房子转到弗雷迪名下。

弗雷迪·列侬对于这本授权传记的期待比任何一个披头士歌迷都强烈。在接受了亨特·戴维斯一年前的采访之后,他满心期待大家终于能全面了解约翰早期的童年生活。他并没有希望自己被描写成一个理想丈夫或是理想父亲,他希望大家至少知道:尽管约翰的母亲朱莉娅两度出轨,他仍尽力维护二人之间的关系。更重要的是,要让读者记住这样一个约翰:他的父亲没有存心抛弃他,把他交给朱莉娅是当时对他最好的选择。看看现在被约翰无情抛弃的儿子,弗雷迪相信这本书的出版将增进父子间的相互理解。

传记一开始按照主次顺序介绍每个披头士的童年,因此书的开篇即讲"弗雷德"·列侬。戴维斯详细介绍了弗雷迪在利物浦的蓝衣医院读书的情况,他怎么追求朱莉娅,他在船上当服务生的经历,以及战争期间"迷失的周末"怎么让他离开家人在美国和北非漂泊了十八个月。可是书中未提到朱莉娅在弗雷迪出海期间怀上了另一个男人的孩子,后来又跟鲍比·迪金斯好上了,生了两个孩子。

约翰后来称戴维斯的书"隐瞒了真相",说咪咪姨妈坚持必须把"有关我母亲的真实情况"删掉,而他"辜负了"弗雷迪,同意删掉。咪咪确实在收到一套校样后暴跳如雷,迫使约翰不得不写信给戴维斯,让他去安抚咪咪(信的最后是这么写的:"这是你的责任,伙计")。然而后来书再版的时候,戴维斯在后记里写道:咪咪气的是书里提到的上学时的叛逆和粗话。为了平息咪咪的怒气,他添了几句并非完全失实的话,说咪咪把约翰从朱莉娅那里接来以后,约翰"高兴得不得了"。

直到2006年戴维斯出版回忆录《披头士、足球与我》,才在无意中透露了一些真相。戴维斯在讲到那本传记时,说出了一个没有公开过的成书时的细节:约翰否决了一段"有关他妈妈的威尔士情人"的描写。这个人无疑就是那个把朱莉娅的肚子搞大的士兵塔菲·威廉斯,而且后来尽管弗雷迪主动提出要收养他们的孩子,他们还是把女婴寄养在了别人家。约翰十分珍惜对于朱莉娅的回忆,这种回忆是近乎神圣的,因此他很可能不愿意把这件事情公之于众。抑或是他真的服从咪咪的命令,或者料到咪咪会有这样的命令。总之,他父亲的名誉没有得到平反。

历经纷纷扰扰的五个月,披头士的新专辑接近完工。从新专辑的筹备过程来看,它更像是几个天才各自单干的合集,而非一张乐队专辑,大家只不过名义上还在一起,实际上对其他人在做什么常常是反对的——甚至是漠不关心。在整个精疲力竭的录音过程中,录音室里总是要么这个不在、要么那个不在,甚至出国去了——这在《佩珀军士》或《左轮手枪》的时候是完全不可想像的。以前,乔治·马丁可以看着天才们在一个控制室内互相迸发出火花;可如今他得常常游走于约翰、保罗和乔治之间,在三个不同的录音室做不同的歌曲。

大家很快就发现约翰把洋子带到修道院路不是一时兴起,约翰不仅在其他地方,在音乐上也把洋子当成他的缪斯。约翰回忆道:"队员之间变得很紧张。因为他们不喜欢洋子,不喜欢我沉寂了几年(原文如此)又突然变得跟以前一样灵感爆棚、主导大局,坏了他们的算盘。……每个人好像都疑神疑鬼的,除了我们俩,我们彼此相爱。"

革命的最终结果是:每一次录音的每一分钟,每一次相关的会议、谈话、试唱和回放,每一次停下来吃饭、喝茶、喝咖啡、打电话、抽烟,洋子都不离约翰左右,时常还有恭子在一旁玩耍。就连上厕所洋子都跟着去——不明就里的外人会以为这正是洋子紧抓约翰不放的证据。洋子则说这是约翰妒忌心强和没有安全感的又一表现。"人们说我跟着他去男厕所,可那是他叫我去的。他觉得要是让我一个人跟其他的披头士待着,哪怕只有一分钟,我都有可能跟其中一个跑了。"

最难以置信的是,无论何事现在约翰会首先问洋子的意见,而不是保罗或乔治·马丁。而洋子本人也直言不讳。"约翰总对我说:'你听到什么就小声告诉我。'我确实听到很多,因为在我所受的古典音乐训练里,你会学听各种乐器。所以我会说'贝斯不对'之类的,但都是小声说。约翰则可以说是把它炫出来。他会说:'那好,洋子,这个用什么节奏?'然后对其他三个说:'有她在真方便,不是吗?'"

可以说很大程度上其他三个披头士是出于对约翰的爱和他们向来忠诚、容忍的品格,才没有放下各自的乐器抬脚走人。保罗的性格使他试着提醒暗示,却被后来的约翰认为是在背后搞小动作。约翰指责他"轻轻地走向洋子,说:'你能不能少出点声?'背着我干的……"。林戈·斯塔尔其实非常不解,但是他的一贯作风是跟约翰当面直说,反而得到约翰的理解。林戈回忆说:"有一次我问(他):'这是怎么回事?'他跟我实话实说:'是这样,你回到家看见莫林,告诉她你今天过得怎么样时,只有两句台词:"哦,我们在录音室里过得很愉快。"可我们都知道究竟是怎么一回事……。'从那以后我感觉好多了,在洋子旁边自在多了。"

相反,一向浸泡在软言细语的佛陀语言里的乔治却是最不客气的。"(他)在苹果办公室里当面侮辱(她),"约翰回忆道,"很直接地,什么'恕我直言,可是我听迪伦和其他一些人说你在纽约名声不好,你给大家不好的感觉'。字字属实,而我们俩都静静地听他说完。我居然没有揍他,我不知道为什么。"

为了把所有的歌曲都收录进去,新专辑只得采用在当时还比较新颖、不太流行的双碟格式。乔治·马丁不同意这一做法,认为专辑中有好些品质绝对一流的新歌可以拿出来另做一张碟,可能比《佩珀军士》差一点,但足以媲美《左轮手枪》,当然他的反对纯属徒劳。披头士至少在一件事情上是意见一致的,即:所有东西都要放进去。专辑里有一首歌在马丁看来最能体现披头士这时不曾有过的没有纪律、自由散漫的精神状态。约翰把原来《革命》后面的部分拿出来,在洋子的帮助下,合成一段八分钟的声音大杂烩:磁带循环播放产生的音效、尖叫、呻吟和各种乱七八糟的声音,包括洋子的命令(或曰警告)"你成了赤身露体"。整体效果就像把收音机调到一台台听不懂的外语频道。为了庆祝即将到来的十月的生日和他一生的幸运数字,约翰把这首歌命名为《革命九》。

录音工作断断续续地持续到夏天,洋子发现自己怀孕了。她怀孕得不是时候:约翰以辛西娅与罗伯托·巴萨尼尼有婚外情为由要求离婚的诉讼还在进行中,洋子与托尼·考克斯的离婚案,尤其是有关恭子的监护权的问题也还未得到解决。然而约翰得知洋子怀孕却很高兴和兴奋,这对辛西娅无疑又是一个打击,想当年1963年时约翰是不情愿、无可奈何地接受朱利安的出生的。

林戈一直是披头士的黏合剂——如今他再次扮演了这一角色——不过这次是以退为进。一天,他找到约翰,出人意料地说他要退出。据他回忆:"我说:'我要退出乐队,我觉得我鼓打得不好,大家不喜欢我、排斥我,你们仨亲密无间。'约翰说:'我以为你们仨才是。'我又去找保罗……说了同样的话……保罗说:'我以为你们仨才是。'"林戈以为自己的披头士生涯就此结束,带着家人到撒丁岛度假。其他三个披头士着实感到羞愧,放下相互间的不和,联名发了一封电报给他:"你是世界上最好的摇滚鼓手。快回家吧。我们爱你。"五天后林戈回到修道院路,发现他的整套架子鼓被鲜花围绕,比《佩珀军士》封面上的还多。这一小插曲把大家原本分散的精力都集中了起来,这件事以后,四人开始认真做专辑,直到专辑完成。

10月13日,约翰录制了专辑的最后一首:第三十二首歌,也是专辑里最个人、最独立的歌曲——事实上,这是约翰的第一首独唱曲目。这是一首民谣,名为《朱莉娅》——就是自十年前去世后约翰不曾停止思念的母亲,而最近出版的亨特·戴维斯的传记里皮特·肖顿和奈杰尔·沃利等老朋友的回忆又勾起了约翰对她的想念。与其说它是一首歌,倒不如它是约翰在和去世的母亲说话:约翰独自一人坐在录音室里,只有他的原声吉他陪着他,他的声音是那么真实,没有任何技术处理,在对着那个红褐色头发、心思总是漂浮不定的灵魂说,而不是唱。悲伤、渴望、害羞和自知都融入言语之中,这样的言语会令任何现代"严肃"诗人都引以为傲:"当我无法唱出我的心声时/我只能说出我的思想……"其实自从约翰写了《忧郁》后,他的痛苦和愤怒已大大减轻为飘渺的梦幻,《李尔王》式的狂风骤雨变成温柔的贝壳的叹息。只因为如今朱莉娅有了个替身——海洋之子,洋子。

五天后,约翰和洋子借住的蒙塔古广场三十四号遭到一支由七人组成的警力部队的突然搜查。这七人分别为:两名便衣侦缉警长、两名侦缉警员、一名女警和两名嗅探犬训练员。带队的是诺曼·皮尔彻警官,在缉拿吸毒流行明星方面已有若干著名战利品的一位警官。

事情发生在快中午的时候,约翰和洋子都只穿着单薄的背心躺在床上。一开始洋子拒绝打开前门,警方就准备从后窗进入,约翰赶紧锁上窗户阻止其进入。警方警告他再不让他们进去就将破门而入,约翰才同意让他们从前门进来。当时嗅探犬训练员并没有带着嗅探犬——因为目前整个缉毒小分队只有两只嗅探犬可供使唤——等待了半个小时警犬才被带来。舰队街已事先通过内部消息得知警方的行动,因此不出几分钟一大批记者就已经围在外面了。警方允许约翰打一个电话,他打了个电话给苹果公司的尼尔·阿斯皮纳尔,说:"想像一下你能想到的最糟的事。啊,就在这里。"

这次突袭把约翰和洋子吓得够呛,但并非出乎他们的意料。几周前约翰在舰队街的老朋友唐·肖特就已悄悄告诉他警方将对他采取行动。讽刺的是,当警察突然光临时,约翰和洋子觉得自己"非常干净,没有吸毒"。在他们入住之前,公寓曾被租给另一个音乐人吉米·亨德里克斯,吉米不仅毒瘾巨大,而且从来不费心去把粉藏起来。等到亨德里克斯留下来的东西被清理干净、连一丁点儿的残渣都被彻底清除后,约翰才同意入住。

约翰相信所住公寓非常干净,因此当警方告诉他,两只警犬约吉和布布在多个藏匿处,如双筒望远镜的盒子、底片盒、卷烟器等,发现共计二百一十九格令(约半盎司)的大麻时,他惊呆了。但再一想:还好警方没有搜出什么更厉害的东西,约翰大大地松了一口气。当他和洋子被带到马里尔伯恩警局接受正式指控时,他又变回平时那个能说会道的约翰。在接听"百代"总裁约瑟夫·洛克伍德爵士的电话时,约翰自称"列侬警官①"。约翰后来回忆道:"事情发生了是好的。问题(已经)积累很多年了。披头士玩完了。不应该再因为我们受欢迎而袒护我们——所以起诉我们吧。"

但是让"亲爱的乔"——约翰对庄重的洛克伍德的称呼——更加错愕的事还在后头。除了披头士即将发行的双专辑,约翰自己也将发行一张新专辑,专辑由苹果公司发行,"百代"负责推广。专辑收录他和洋子在肯坞第一晚时共同录制的带子:和《革命九》一样的电子和声音效果的大杂烩。专辑名称综合洋子的艺术风格与列侬的讽刺,唤作《未完成的音乐一号——两个处子》。二人是专辑唯一的演唱者、制作人兼录音师,还自己登上专辑封面:实践洋子的"你成了赤

---

① Sergeant 既可指警官,也可指军士。

身露体"。约翰利用自拍快门,拍下两人赤身露体站在蒙塔古广场公寓里,胳膊互搭在对方的肩膀上。背面也是一丝不挂,只不过这次换成两人面对面看着对方的肩。

后来约翰解释说,他们之所以这样做的目的是"证明我们不是两个疯子,我们没有任何畸形,我们的脑子很正常。……我们特意不选一张漂亮的,不打光让我们看上去性感、漂亮。还有几张……我们拍得不错,不怎么好看的小地方都看不见。……但是我们选了这张最真实、最不好看的,来告诉大家我们是人。……我们感觉自己像两个处子,因为我们相爱,相识不久,想做些什么。……人们总是看着我这样的人,猜想我们有什么秘密。'他们在干什么?他们上卫生间吗?他们吃饭吗?'于是我们就说:'给。'"

到1968年,英国人关于"隐私部位"的传统概念已迅速地消失殆尽。戏剧审查制度终止后出现了一部叫做《毛发》的美国摇滚音乐剧,既包括长在头颅上的,也包括长在阴部的,因此出演该剧的年轻嬉皮演员正面全裸。然而,一位职业歌手和他的女朋友将自己的裸照放在专辑封面上则完全是另外一码事。"百代"同意压制《两个处子》,但拒绝参与专辑销售,美国的"国会"唱片公司也是一样。在英国,专辑的销售就交由"谁人"乐队的唱片公司"音轨",在美国则交给一个叫"神名"的公司。不雅照片得藏在一个棕色纸袋里——讽刺的是,当年布赖恩·爱泼斯坦就曾建议《佩珀军士》专辑这样做。即便如此,专辑仍旧受到保守派的处处为难。在新泽西的一个仓库里三万张待运专辑就被当地警方当做"淫秽物品"收缴。

披头士的双专辑在发行之前也遇到了一些问题,但不及前者那么有戏剧性。专辑原本选用易卜生的《玩偶之家》作为名称,但被对手,另外一支英国乐队"家庭"捷足先登,他们发行了一张叫做《玩偶之家里的音乐》的专辑。与原来的专辑名称相对应的是苹果公司的头号设计师艾伦·奥尔德里奇设计的犹如降临节日历一般的封面,打开封面上的每一扇窗子就能看到一幅不同歌曲的图画。然而,这一设计过于复杂和花钱,不适合批量生产,设计封面的任务就转交给了波普艺术家理查德·汉密尔顿。他将两张碟用普通的白色包包装起来,歪歪斜斜地印上披头士几个字和一个让人联想到限量版的序列号。虽然官方从未这么叫过,但是这张专辑都被后世称为《白色专辑》。

专辑的内容则是乐队解散的蓝图。一首首歌都显示列侬和麦卡特尼分道扬镳:约翰的《忧郁》《幸福是一支温暖的枪》和《革命》(慢的、《把我算在内》的那一版);保罗的《我亲爱的玛莎》歌唱他的那只老英格兰牧羊犬、众人合唱的《生命继续》、叹息的《我愿意》以及近乎伊丽莎白一世时代的《黑鸟》。然而,两人仍可以互换性格,从而让乐队听起来还如以往一样团结、无忧无虑。保罗的《螺旋滑梯》和《我们为什么不在马路上干?》是约翰喜爱的质朴摇滚,《回到苏联》融合了查克·贝里、苏联和沙滩男孩三者的风格,幽默荒诞。相反,约翰的《晚安》听上去酷似保罗的作品,是一首类似乔尔森的《小宝贝》、加入华丽管弦乐编曲的摇篮曲,写给自己的儿子朱利安,不知是一时间心中充满父爱还是悔恨(但在此处由林戈演唱)。

乔治·哈里森比以往抢眼的表现是又一个变化的标志。从《左轮手枪》开始,乔治受到他有幸共事的两位超级天才的鼓舞,作曲能力蒸蒸日上。《白色专辑》里就有四首歌是他的,其中最好的三首从三个不同方向指向同一个导师。《小猪》有约翰的凶狠(《我是海象》里就唱到"逃离枪口的猪猡");《软心巧克力》列出一盒"佳音"牌巧克力的各种味道,和约翰一样喜欢不起眼的奇异事物;《当我的吉他轻声哭泣》——乔治请来自己的外援埃里克·克拉普顿担任歌曲的主吉他手——有约翰的忧伤和喜爱的押韵。

专辑的发行日期定于11月22日。就在约翰准备开始专辑宣传时,怀孕的洋子出现并发症,被送入哈默史密斯的夏洛特皇后医院。约翰片刻都不愿意离开洋子,穿上睡衣,爬进旁边的空病床,隔着床紧紧地握住洋子的手。当真正的病人需要这张病床时,约翰就在洋子的病床旁打地铺。为了让二人不用吃医院糟糕的食物,克雷格·萨姆斯从"种子"餐厅带来养生食物,而约翰的演员朋友维克托·斯皮内蒂偷偷带进来黑猫牌香烟。洋子的情况越发让人担忧,于是医生要求输血。为了确保血液尽可能卫生健康,洋子只要吃养生食物的人的。萨姆斯开着约翰的"劳斯莱斯"跑遍伦敦,找来半打的"种子"最好的顾客,其中一个跟洋子血型一致。但是所有的努力都是白搭。11月21日,怀孕六个月的洋子流产。也许约翰的思绪一直为他的母亲所占据,但是他的人生却总是惊人地与他的父亲相似。

次日《白色专辑》发行,披头士的歌迷们一点儿也感觉不到即将来临的分崩离析。专辑大卖,而且得到的评价(若有的话)比《佩珀军士》更热烈。英国评论员兼电视制片人托尼·帕尔默写道:能与列侬和麦卡特尼的作曲能力相媲美的只有舒伯特,但他忘了舒伯特的歌都不是朗朗上口的。不论在什么地方接受提问,约翰对新专辑的称赞比以往的专辑都多。"(它)和《佩珀军士》完全相反。……这样的音乐更适合我——因为我在做我自己。我爱怎么做就怎么做。"

433

11月28日,约翰和洋子现身马里尔伯恩地方法院,被指控非法持有二百一十九格令的大麻。虽然并没有证据暗示是有人栽赃,但是这次突袭行动的可疑之处还是引起了官方的注意。内政大臣詹姆斯·卡拉汉就质问抓捕行动的主要负责人诺曼·皮尔彻警官,如此少的赃物为何要出动如此多的警力?皮尔彻回答说:明星住所常常会有一大群人举行"奇怪的派对",换言之,他原本以为会闯入一个狂欢派对,而非两个待在床上的人。此外,大家还很疑惑是谁向媒体走漏了消息,让他们能够在同一时间出现。对于这一问题,啊,亲爱的警官没有回答。

法院撤销了对洋子的指控,选择让约翰一人来承认指控、承担所有责任——这件事情若干年后给约翰带来巨大影响。据约翰回忆:"(检察官)说:'只要你认罪,我不会为难你。'我心想:'哦,不就一百美元之类的事,又不是割掉我的鼻子。'他还说:'我会放过你太太。'"洋子是外国公民,若被判有罪,则有被驱逐出境的危险。法官处以二人150英镑的罚款并缴纳20几尼(合21英镑)的诉讼费。仍然因流产而身心憔悴的洋子在法院外遭到围堵,一名女围观者趁乱狠揪了一下她的头发。

次日,《未完成的音乐一号——两个处子》专辑在英国上市发行,约翰又多了一条来自民间的猥亵露体的指控。棕色纸袋在色情图书行业里一直有很大的诱惑力,很多人冲去购买专辑,不是要听这两个处子在他们的初夜里创作出了什么不可思议的新声音,而是要看看她的乳头和他的阴茎。在被各种性爱画面狂轰滥炸过的现代人看来,很难相信照片所引发的愤慨和嘲讽。其实照片给人的感觉不是淫秽色情,而是异样的无辜脆弱。当时就有一个仁慈的英国国教牧师看了以后受到感动,援引《旧约·创世记》:"当时夫妻二人,赤身露体,并不羞耻。"

洋子怀孕使得约翰以辛西娅与罗伯托·巴萨尼尼有婚外情为由要求离婚的诉讼告终。辛西娅反以相同理由反告他,洋子为共同被告,法院很快就判决二人离婚,朱利安由辛西娅抚养。离婚费方面,约翰开价75000英镑,传说中的利特尔伍德和弗农足彩的"头奖"。虽然旁人向辛西娅提议可以要求约翰半数的资产,但是辛西娅无法面对冗长、丑陋的法律战,最终同意10英镑的离婚费:25000英镑用于购买新的住房,其余的用于养活她和朱利安,一直到朱利安二十一岁为止。另外还有10万英镑存入一个朱利安的信托基金,然而若约翰将来有其他子女,朱利安将与他们共同享有这笔基金。

与此同时,洋子的离婚案也在远处的美属维尔京群岛小心谨慎地进行着。约翰对托尼·考克斯的顾虑一直没有减轻,不管洋子怎么说,约翰始终隐隐觉得她随时可能回到考克斯的身边去。考克斯愿意和平离婚、不打官司,但要求得到一笔赔偿金,赔偿离婚给他带来的收入损失。最终他接受6000英镑的赔偿金,外加他的诉讼费和"种子"餐厅提供的养生食物。恭子由父母双方共同监护,不过由于一直都是考克斯在照顾她,所以她还跟父亲住在一起。"我们共同监护恭子因为嬉皮士就应该分享。"洋子说。"托尼以为约翰把钱看得很开,其实约翰对钱的事情有时也很小气。监护问题一解决,约翰就不再付托尼的诉讼费了。"

若说约翰的歌迷对约翰的新同伴感到惊讶和不解,其他音乐家则似乎不存在这个问题。12月11日,约翰和洋子参加滚石乐队的《摇滚马戏团》的录制,这是公认为受披头士的《魔幻之旅》启发的电视特别节目。节目在一个马戏团的大帐篷里录制,有现场观众,滚石乐队领衔其他艺人:"谁人"乐队、杰思罗·塔尔、玛丽安娜·费思福尔和布鲁斯歌手马哈尔·塔杰,与古老的高空秋千艺人、杂技演员和身穿马戏团指挥燕尾服的米克·贾格尔的滑稽对白轮番登场。约翰扮演一个叫"温斯顿·勒格赛"的角色,一边用筷子吃着一碗玉米糊,一边与贾格尔闲谈,用纯熟的美国口音追忆:"想当年……我想抓住你的下面……"然后他用滑稽的手语宣布滚石乐队出场——这个手势预示了日后的一位大家经常在政治会议和公开讲话上看到的熟悉人物。

但是这次演出还有一个更为相关的预示。自1962年起,约翰就未曾离开另外三位队友独自登台演出。这次,约翰跟一个临时组成的乐队表演了《忧郁》,这个乐队叫做"肮脏的雨衣"(性变态者的传统着装),成员包括滚石乐队的基思·理查兹、奶油乐队的埃里克·克拉普顿和吉米·亨德里克斯经验乐队的鼓手米奇·米切尔,还有躲在旁边的一个黑色大袋子里的洋子。演出第二首歌曲《全部的洋子》的时候,她才从袋子里出来,对着麦克风尖叫、哀号,以色列小提琴大师伊夫里·吉特利斯在她旁边、约翰和其他两位吉他高手在她身后激情演奏。

这是一次敢于直面辱骂和嘲笑的了不起的、团结的表演。可惜滚石乐队不喜欢《摇滚马戏团》做出来的样子,未将其发行,直至将近三十年后才得以与世人见面。

23. 一片混乱

我觉得没什么东西好拍的。

披头士的一大失误,如今他们知道了,就是在1966年烛台公园的演出后没有正式宣布巡演结束。因此,尽管从那以后他们一张接一张地出唱片,披头士何时会回到舞台上现场表演还是成了媒体津津乐道的话题和猜想。而且,就好像布赖恩的鬼魂在耳边轻声教导他们如何与媒体公关,他们不大愿意捅破这个巨大的期待的气泡。尽管约翰在其他事情上要么诚实以待要么捉摸不定,面对"披头士何时会再度上路巡演?"这一问题,他只能回避和搪塞。

可是尽管他和乔治,甚至还有林戈,都各自寻求各自的事业发展去了,保罗·麦卡特尼对乐队的忠诚,一心一意推动乐队向前进、向上升的心还是远远超过了任何的个人发展计划。保罗是一个有强烈表演欲的人,他依然怀念现场表演时的那种热烈气氛。而这对于其他三个人来说,特别是约翰,就跟牙医的电钻一样恐怖。尽管这些年他们在录音室里取得了骄人的成绩,保罗觉得由于切断了他们和观众那种旧有的、亲密的联系,他们最关键的创作灵感没有了。如今既然他肩负着乐队的领导大任,那么重建这种联系——通过重建这种联系,重建披头士作为乐队和朋友的团结——就成了他的使命。

1968年7月,乐队分别录制了两个简短的现场版本的《嘿,裘德》和《革命》作为电视宣传片,这件事助了保罗一臂之力。他们的听众不再是没头没脑地大声尖叫、扔软糖,而是专心、陶醉地听他们唱歌。面对变成熟了的观众让队员们很开心,他们甚至多加了几首歌。约翰似乎和大家一样享受整个过程。保罗借用这件事,说服大家接受了一个看似野心勃勃,但挺合理、可行的1969年初工作计划。披头士将举办一场登台表演,拍成电影,由他们自己的苹果公司制作、推广,以满足广大如饥似渴的歌迷。作为演唱会的前奏或宣传预告,他们将先拍摄一部他们排练情况的短纪录片。

起初,保罗建议洋子来导演这部片子。以他清楚、务实的头脑,他认为这样做既给了洋子约翰要求的尊重,又能让她不在乐队工作时碍手碍脚,两全其美。谁知洋子这个先锋导演对拍摄正儿八经的纪录片没兴趣——甚至认为这个建议其实是对她和她的专业水平的侮辱。最后,导演的工作落到了迈克尔·林赛-霍格身上。林赛-霍格是一位年轻有才的电视导演,他与披头士的合作可以追溯到1966年《平装书作家》和《雨》的宣传片。他还导演了现场版的《嘿,裘德》和《革命》,以及滚石乐队的《摇滚马戏团》,约翰在其中首次以非披头士成员的身份亮相。

此次复出音乐会的地点不能是普通的音乐厅或体育场,而得是一个与众不同的、从来没有做过摇滚乐舞台的室外场地。大家提出了各种各样夸张的设想,如埃及金字塔、撒哈拉沙漠,还有在大洋中间邮轮的甲板上。林赛-霍格的建议则比较实际:到突尼斯拥有两千年历史的古罗马圆形剧场去。"披头士迎着冉冉升起的太阳开始演出,一整天人群朝他们聚集过来。真是太棒了。"

苹果电影公司派了一些人到突尼斯去考察场地。与此同时,林赛-霍格开始拍摄前期的"披头士录音过程"场景。场景设在特威克南电影制片厂的摄影棚里拍摄,这里在队员们关系还没那么复杂的时候拍摄过《一夜狂欢》和《救命!》的内景。拍摄开始于1969年1月2日,离录制完让大家精疲力尽、不欢而散的《白色专辑》专辑整整十一个星期。披头士被要求在非修道院路的工作时间来拍电影,即他们要在上午十点左右开工,而不是傍晚。而且,即便是乐队成员完全步调一致、无比融洽,仲冬里岩洞般的摄影棚也不是创作音乐的好地方。"这里虽然不像明斯克,但早晨人们还是把衣服裹得紧紧的。到了下午阳光和人体的气温会让地方暖和起来。"林赛-霍格说。

前一年十一月,因毒品被捕导致约翰和洋子的住处曝光在不论是祝福他们还是诅咒他们的人面前,因此二人不得不又从蒙塔古广场搬出来。在买到自己的房子前,他们得再次感谢好心的林戈又一次为他们提供暂住的地方。林戈刚买下彼得·赛勒斯位于萨里郡埃尔斯蒂德的河边宅子,但也没有把原来韦布里奇的阳光山庄给卖了。他把这里借给流离逃亡的人,他们需要住多久就住多久。约翰兜了一个大圈子又回到了圣乔治山,就在肯坞南边一点点。

从在特威克南排练一开始,怨恨和不情愿就像幽灵一样飘浮在寒冷的空气中。"显然保罗是这项计划背后最主要的推动力,其他三个并不是真的想参与。"迈克尔·林赛-霍格回忆道。"每天早上保罗总是准时到片场报到,他也是我唯一能与之讨论片子的人。其他三个一两个小时以后才会陆续到。有几天约翰连来都没来。"

然而，不佳的工作时间、摄像机的打扰，甚至是被逼着做事的感觉都不能抑制约翰与生俱来的专业精神。"他是一个音乐家，"林赛-霍格说，"只要让他坐在椅子上，给他一把吉他和一杯茶，他就能弹出点什么来。即便不是在最佳状态，他也能很快……很快地说笑、很快开始工作。"导演发现最大的变化在于列侬和麦卡特尼原来共同创作的关系不见了。"拍《平装书作家》的时候我看见他们俩是如何在一起创作的，那画面真迷人。如今，他们中谁写了一首歌，拿进来，教其他人怎么弹，好像他们是伴奏乐队似的。"

怒火终于在八天之后浮现出来。乔治走了出去，厌倦了糟糕的工作条件和在他看来老被保罗指挥和欺负。参加这次录音前，他正在美国跟鲍勃·迪伦和"乐队"合唱团闲晃，大家把他看作平等的、应该尊敬的一分子。如今回到这里，他又成了替补披头士，成了那个这些年跟在他们屁股后面跑的"臭小子"。他和保罗在开着的摄影机面前大吵了一架。可是在关着的摄影机面前，他和约翰发生了一次更严重的争执。"他们甚至动起手来了。"乔治·马丁说。"大家会以为是跟保罗，但其实是跟约翰。事情被掩盖下来了。"

镜头外，一场更大的不和正在开始酝酿。自上一年秋天起，披头士的会计们给出了一份接一份令人不安的备忘账簿，警告苹果公司正在吞噬着大量的金钱。在他们草率的邀请下，位于萨维尔街的苹果公司总部像一块磁铁般吸引着那些想踏入演艺圈的人，为自己的创意计划寻求资助的人，或者是打着"西方共产主义"的旗号，但其实是想从披头士取之不尽的保险箱里捞点好处的人。

到1968年圣诞，就连苹果公司里最有乌托邦精神的那个董事也越发对萨维尔街三号赤裸裸的乞讨、白吃白喝、饮酒作乐、虚度光阴感到震惊。"每周大概有一万八到两万英镑流出去……可没有人过问此事。"约翰回忆道。"那些为我们工作了大半个世纪的人整天吃啊喝啊，活得像他妈的（古）罗马一样。"为庆祝圣诞节，公司为员工子女举行了一场茶会，约翰像个家长似的北方磨坊主，扮成圣诞老公公，洋子也扮成圣诞老奶奶。一场温馨的儿童聚会却被一群乔治从旧金山请到伦敦来的飞车党"地狱天使"给搅了。在场的人不会忘记当天看到的场景：圣诞老公公如何保护圣诞老奶奶躲开挥舞的拳头和倒下的身体，而飞溅的茶水正从他自己的眼镜上滴下来。

特威克南的排练开始没几天，约翰接受了《唱片和音乐回声》杂志雷·科尔曼的采访。科尔曼从披头士狂热时代起就和约翰相识。科尔曼例行公事地询问苹果公司运营得怎么样，等着得到一个不痛不痒的官方回答。想不到约翰给了他一大爆料:"我们没有人们想的那么有钱,一半都没有。我们是不缺钱花,可也不能让苹果公司照这样下去。刚开始我们有很多的想法,想做这个做那个——无所不包。可跟披头士做的一些其他事一样,行不通,因为我们太不实际了,没有早意识到要做这些事我们得有商业头脑才行。……从一开始这事儿就像天上掉馅饼。我们大错特错——我和保罗跑到纽约去说'我们要这样,支持这个、支持那个'。现在我们明白了这事儿首先是一个商业行为。……我们得请一个新的人来,很多人得走人了。……不一定要赚大钱,但照这样下去,再过六个月我们大家就都破产了。"

事实上,约翰这番世纪末日般的言论也不是完全属实。尽管苹果公司的初衷是把钱用掉,尽管苹果公司确实像蜜罐招引黄蜂一样招来了一堆寄生虫、假艺术家和食客,但它也远不只是一个(用乔治的话说)"遁世者的避风港"。苹果公司在唱片方面取得的巨大成功还是大于其在零售业和不加区别的慷慨解囊方面的失败。披头士自己的那些总是能登上排行榜前几位的唱片自不用说,玛丽·霍普金的单曲《往日时光》就在国际上一举成名。由罗恩·卡斯和彼得·阿舍打造的人才名单横跨众多音乐类型,从杰出的现代爵士四重奏乐队到美国创作歌手詹姆斯·泰勒,前途无量。

约翰提到的"请一个新的人"来管理苹果公司和披头士一事早已开始着手进行。四人一致认为没有哪个流行歌手经纪人能取代布赖恩·爱泼斯坦的位置,他们应该找一个商界人士来单纯负责生意和管理方面的工作。人选之一是比钦男爵,他曾在三年前通过关闭大量的铁路线路以使铁路网络"合理化";另一人选是普尔男爵,女王的财政顾问。约翰还曾向尼尔·阿斯皮纳尔(披头士最老、最忠诚的伙伴)提议,要他来接手这项工作,约翰说:"来吧尼尔……你也能拿到百分之二十的提成。"尼尔虽然只是苹果公司有名无实的总经理,但他并不想担任这样一个被夸大其辞的职位。然而,当1月18日《唱片和音乐回声》杂志登出了约翰的这番大声请求时,他们似乎已经找到了一个解决办法。

令保罗·麦卡特尼最想不到的事就是他跟约翰一样疯狂地爱上一个女人。"我庆幸自己没有像那般坠入爱河。"约翰和洋子刚在一起时,保罗还曾发出如此心声。但突然间——就好像往日坏孩子们的"学头儿的样儿"的精神还在影响着他——他也掉进去了。1968年年中,他开始跟一个叫琳达·伊斯门的身材修长的纽约女孩好上了。琳达当时是一名自由的杂志摄影师。两人瞬间擦出了爱的火花;不久琳达就和保罗一起移居伦敦,引来保罗歌迷的强烈不满,比约翰和洋子有过之而无不及。

439

琳达的父亲李·伊斯门是曼哈顿受人景仰的律师，其主顾中既有美国的一流画家，也有诸多演艺界的名人。她哥哥约翰·伊斯门也是律师。1968年年底，保罗陪同琳达前往纽约看望她的父兄，回来时确信这两个人就是苹果公司找寻的救星。这似乎是一个既省事又对路的好办法：披头士有了有经验的生意人来掌舵，而他们就能继续创作。约翰最讨厌既成事实的东西，尤其这事是保罗定下来的，但是在竞争对手出现之前，伊斯门家前面的路畅通无阻。

苹果公司再怎么被滥用，它还是在特威克南乱糟糟的排练后，成了大家的避难所。1月10日乔治罢工后，披头士决定放弃令人不愉快的摄影棚，小作休息后，回到"神奇的亚历克斯·马达斯"在萨维尔街三号地下室为他们搭设的录音室继续工作。乔治同意回来，条件是不再提什么在古罗马圆形剧场和邮轮的甲板上开演唱会的事，而是专心准备他们的下一张专辑。这样一来，与演唱会配套的纪录片也就没有什么意义了，但迈克尔·林赛-霍格的两台摄影机仍旧继续拍摄。

前一年七月，乔治的美国朋友"乐队"合唱团暂停为鲍勃·迪伦伴奏，推出自己的专辑《来自粉红大屋的音乐》。这张专辑简单朴素的民谣风格是有意与《佩珀军士》和无数模仿《佩珀军士》、采用复杂录音技术的专辑逆向而行。看到音乐潮流又倒了回去，披头士决定新专辑也采用类似的直接、亲切的曲风，尽可能接近他们在利物浦和汉堡时的风格。乔治·马丁被招回来担任制片人的老岗位。约翰告诉乔治·马丁，新专辑得要跟他们在修道院路一起做的那些杰作完全不一样。"（他）走过来跟我说：'乔治，这张专辑，我们不要你那些乱七八糟的制作手法。我们要一张诚实的专辑，明白吗？我不要什么叠录，或者是你对声音作什么编辑。我要我们录了什么，专辑里就听到什么。'"本着这种藐视科技、返璞归真的精神，专辑名称预定为《回归》。

马丁原以为自己将在一个设备十分先进、让修道院路相形见绌的录音室里工作，后来才发现自己被骗了。只有控制室还能用，要在披头士要求的1月22日开始录音的话，大部分录音设备得火速从"百代"运过来。还有空调发出影响录音的噪音、录音室的地板上没有电缆馈送孔等等问题等着已经气得说不出话的马丁。经历了特威克南的恶劣条件后，披头士要求他们的工作环境要像家里一样舒适，要有舒适的沙发和熊熊燃烧的壁炉。"刚开始的录音里背景有奇怪的噼里啪啦的杂音，"尼尔·阿斯皮纳尔回忆道，"后来我们发现是该死的炉火。"

工作环境大大改善了，目标更明确了，可是不久，紧张又悄悄地回来了。把一张专辑一次录好,不编辑、不叠录,自从1963年马丁在一天之内把他们的第一张专辑榨出来后,披头士就再也没有干过这事儿。"自然啦,录音变得无比枯燥冗长,因为他们总是不能给我我想要的东西——一次完美的演出。"马丁回忆道。"我说:'好,第十七遍……约翰唱得很好,可是保罗的贝斯有点小问题。'……第六十一遍的时候,约翰说:'这一遍怎么样,乔治?'我说:'我真不知道,约翰。'他说:'你他妈的不中用了,是吧?'基本上都是这样。"

从《白色专辑》起,洋子站在了约翰旁边,埃里克·克拉普顿为乔治友情担当主吉他手,人们再不认为披头士是一个牢不可破、自给自足的四人组。录制《回归》专辑时,他们首次与黑人乐手合作,请来比利·普雷斯顿担任键盘手。披头士第一次见到普雷斯顿是在汉堡的明星俱乐部,他和小理查德一起。普雷斯顿毫不费力地融入到披头士的音乐里,而且他无忧无虑的天性也很好地缓解了录音室里的不和情绪。不在录专辑的歌的时候,他们就用尽好几个小时的带子和胶片,聊天啊,弹各种乱七八糟的东西——五十年代的摇滚经典、披头士的老歌、现在排行榜上其他人的热门歌曲、音乐剧的配乐、滑稽歌曲,甚至是儿歌,总共有一百来首。"他们不在乎我拍了什么,因为他们自己就是制片人,不喜欢的东西就统统剪掉。"林赛-霍格回忆道。"后来越来越像萨特的那出《间隔》……剧中人物被困在一个房间里,不知道自己为什么在这里,不知道怎么出去。好像没有办法能停止这种局面。"

唯一能停止这种局面的办法是披头士放弃原先计划的现场表演,即使是不去突尼斯、不去埃及,找个近一点的地方。林戈提议回他们的利物浦老家"洞穴"俱乐部,可另外三个对这样伤感的旅行都不感兴趣。约翰对整件事厌倦不已,有人甚至听到他小声说:"我建议去疯人院开。"最可行的选择是去位于乔克农场路的圆屋,它由一个蒸汽引擎的修理棚改建而来,后来成了伦敦反传统文化最喜欢的表演场所。最后还是林赛-霍格想到了一个视觉效果最好又最方便的地方。"一天我们大家在苹果公司的会议室里吃烤羊肉,我说他们干吗不在这里开,在自家楼顶?因为那会儿正是大冬天,演出得一大早就开始,在太阳光退去之前。我说他们应该把声音搞得很大很大,让在圣约翰伍德的乔治·马丁也能听到。"

萨维尔街三号的屋顶有一块面积不小的平台,从之字梯就能上去(这点已经被偶尔光顾这里的小偷所证明,已经有不止一个人从这里顺利地偷走一些值钱的防水铅条)。林赛-霍格快速察看了一下,确定这里可以方便地搭建临时木舞台、架设所需摄像机和录音设备。除了从烟囱这个高度拍摄,他还打算雇一架

441

直升机进行航拍，像1965年在希叶露天体育场那样。"我去征求保罗的意见，他回答说，他大拇指向下就是'好'，大拇指向上就是'不好'。我又看了看约翰，他只是点了点头。我就当他同意了。"

演出定于1月30日周四下午举行。天气还是那么的阴沉、寒冷，寒风刺骨，而且由于有轻雾，直升机航拍被迫取消。屋顶上，舞台已经搭好了，摄影机准备就位，大约有三十名观众，有些是朋友、有些是公司员工，已把周围高高低低的围墙边上最有利的观赏位置给占了；五层楼底下的街上挤满毫不知情的路人。"演出开始前大概十分钟，队员们都坐在楼梯顶上的一间小房间里，可大家还在犹豫不决。"林赛-霍格回忆道。"乔治不想演，林戈说些他觉得没有意义什么的。最后，约翰说：'好了，妈的——干吧。'"

《唱片和音乐回声》杂志登出对列侬的采访已经有十二天了，采访被世界各地的媒体炒作、转载。《综艺》杂志秉承其自1929年著名的标题"华尔街下了一个大蛋！"以来一贯辛辣讽刺的作风，文章题为《披头士咬了一口苹果，发现蛀虫》。此篇采访一出，约翰随即被其他各路记者包围。对于他跟雷·科尔曼说的，他认为苹果公司经营混乱、濒临破产，约翰不但没有缓和口气的意思，还每一次都说得更多、更详细。说得最尖刻的一次是在接受《滚石》杂志（新近在旧金山创刊的一份"严肃的"音乐杂志）采访时，约翰说，苹果公司快耗尽他的个人财产了，他"只剩下最后的5万英镑"。虽然在1969年5万英镑是一笔大数目，而且约翰的估算明显与实际不符（那些不断追加的歌曲创作版税呢？），披头士财政困难的想法还是引起了轩然大波。

不知疲倦的乐队公关保罗则试图把这件事大事化小，害怕会影响苹果公司作为公司的信誉，更不用说会影响公司里许许多多正派的、有良心的员工的士气。有一次，保罗在公司里遇见雷·科尔曼，保罗对这位搞到独家新闻的记者大发雷霆，说难道他不知道这"只是约翰（和以前一样不顾后果）的信口开河"？相反，约翰不是信口开河。事情抖出来刚好在保罗挑选的"新的人"李·伊斯门和约翰·伊斯门准备昂首阔步进驻苹果公司的时候。约翰的话可以视为是公开邀请竞争对手前来，而对于真来了的那位，说不定真传达了什么秘密信息。

1月28日，约翰和洋子在多切斯特酒店秘密约见了滚石乐队的经理艾伦·克莱因。三十七岁的克莱因是来自新泽西州的会计师，最擅长让英国流行歌手在美国圈钱，其下还有戴夫·克拉克五人组、动物乐队、赫尔曼的隐士们乐队、多诺万等多个乐队和歌手。在大西洋两岸的音乐圈子里，克莱因以其在为自己的艺人与唱片公司商议合同时的强悍作风而闻名，他会为艺人争取最有利的版税

（这是披头士未曾得到过的），把自己的商业对手送上法庭。英国的报纸称他为"演艺圈里最会耍花招的人"。对这样的名声他并不生气。在他的办公桌上有一块匾牌，写着一句改编自《圣经·诗篇》第二十三章的话："是的，我虽然行过死荫的幽谷，也不怕遭害；因为我是幽谷里最大的混蛋。"

克莱因身材矮胖，头发用发蜡整齐地梳到后面，有点像四十年代的喜剧演员卢·科斯特洛。这样的人似乎是最不可能与约翰建立融洽的关系的。"可是艾伦非常聪明，"洋子说，"他记得约翰写的所有歌词。他不停地引用歌词。他把歌词都背下来了。这一点吸引了约翰。"

克莱因用新泽西人直率、生动的语气讲述了自己的提议。他的提议非常简单：他进入苹果公司后要止住公司的大出血；他会以他一贯的作风为披头士签到一份新合同，让他们四个都变得意想不到地有钱——有钱到，用他的话说，可以对钱说："去你的，钱。"与伊斯门家人那种纽约林荫大道的矫揉造作相比，在约翰看来，克莱因就像市中心的犹太人餐厅那样散发出真诚、朴实的气味。而且他也不是约翰所痛恨的那种"西装革履的人"：他喜欢穿高领套头毛衣（虽说脖子的地方要穿进去很有难度）和有皮革镶边的开襟羊毛衫。当他说到他很小的时候父母就离异了、他和约翰一样也是由姨妈养大时，约翰对他的感觉更好了。两个小时的会谈后，约翰就决定了下来，并立马给"百代"的总裁约瑟夫·洛克伍德爵士匆匆去了封短信，说："亲爱的乔爵士——从今天起，我的事全都交给艾伦·克莱因负责。"

其他几位苹果公司的董事则是在屋顶演唱会后隔天的董事会上才得知这一决定的。保罗希望这次演唱会能重新燃起其他人对于一起演出的热情，提议在地面上找些好的小场地再办几场。约翰毫不客气地叫他打消这个念头，然后推翻了其他人都以为已经定下来了的"新的人"的人选。"我他妈的才不管其他人要怎么样，"约翰说，"我要艾伦·克莱因当我的经纪人。"

约翰不会让步，保罗也不会让步。他不仅在法律事务上与伊斯门家密不可分，而且在个人生活上也跟他们家分不开了，因为他和李·伊斯门的女儿琳达订婚了。讽刺的是，一两年前，保罗会强烈支持请艾伦·克莱因来替披头士向"百代"公司发难，可现在，在听了三个伊斯门对克莱因的一番冷嘲热讽后，他宁可把自己交给开膛手杰克也不交给他。一边是约翰不再忍让和退步，一边是保罗怒叱披头士以往民主协商的精神不复存在——保罗很少这样激动、直截了当——两人之间第一次真正的争吵导致了致命的结果。

尽管约翰嘴上强硬、不容商量，但他心里知道：他自己一个经纪人、其他人另外一个经纪人是不可能的。关键得看乔治和林戈对艾伦·克莱因感觉怎么样。结果,两个人都被克莱因务实的作风和"去你的,钱"的承诺给征服了,转而支持约翰。

最后,双方好不容易各让一步,达成一个临时方案。约翰·伊斯门和艾伦·克莱因一同进驻萨维尔街三号,表面上各自负责公司的不同业务,但实际上互相竞争、势不两立。双方的战士各自忙开了的同时,约翰和保罗表面上保持和气,实际上新的矛盾正在形成。约翰显然不是很喜欢琳达,觉得琳达就像是敌方派来的间谍。想到自己对洋子的友善,保罗觉得这样非常不公平。琳达和洋子没有什么共同点,虽然两个人都住在纽约、都离了婚、都有一个年纪差不多的小女儿。与约翰和洋子的低调不同,保罗喜欢和琳达成双出入,还常把琳达的小女儿希瑟背在肩上。听见保罗一行人的到来引起的骚动传到楼上,约翰就会小声说道:"皇室家族来了。"

克莱因行事聪明,他总是注意给予洋子跟约翰一样的尊敬和重视,把他们的工作摆在与披头士的工作同等重要的位置。他虽然是一个久经董事会残酷沙场的老手,但绝不让约翰·伊斯门激怒自己。他与李·伊斯门,还有那三个基本上稳稳地站在他这边的披头士,在克拉里奇酒店第一次会面。当老伊斯门开始向克莱因大吼大叫时,会面被迫中断。其实老伊斯门会发火是克莱因精心设计挑起的,他让老伊斯门看起来像个暴君,自己像个可怜兮兮的弱者。而乔治、林戈,特别是约翰都站在弱者一边。

克莱因还很快就找到了一个能运用他著名的谈判手段、把伊斯门父子气得鼻子歪掉的舞台。披头士虽然自己建立了苹果公司,但是他们的收入照旧要付给 NEMS——布赖恩·爱泼斯坦围绕披头士建立的管理公司,布赖恩给了披头士百分之十的公司股份。1968 年年底,由于要对布赖恩的财产征收重税,其弟克莱夫和母亲奎尼只好卖掉 NEMS。约翰·伊斯门制定了一个方案,让披头士向"百代"贷款 100 万英镑购得 NEMS。爱泼斯坦家出于道义上的考虑,不再接受其他出价,事情似乎就这样定下来了。

然而,随着克莱因和他的名声加入进来,克莱夫和奎尼·爱泼斯坦害怕了。2 月 17 日他们把公司卖给了一家伦敦商人银行家的合伙公司。随后就开始了旷日持久的在高等法院的斗争:披头士未来的收入是应该继续交给 NEMS 的新主人,还是直接付给苹果公司?最终,克莱因成功地将约翰·伊斯门踢出局,并且达成了一个协议:NEMS 的新主人将收购披头士百分之十的公司股份,停止获得他们的收入,停止收取佣金,而是从将来"百代"的版税中得到一笔一次性钱款。这个协议虽然没有帮披头士赢得 NEMS,但至少让他们摆脱了 NEMS。

官司期间,英国媒体纷纷谴责克莱因,但这些谴责反而加强了约翰对他的支持与信任。音乐界的朋友来请求约翰重新考虑,统统无功而返。就连最自私的流行歌星米克·贾格尔,有一天也给约翰打电话,说要跟他谈谈滚石乐队怎么对他们的经理越来越失望。可当贾格尔到达苹果的办公室要见约翰时,发现克莱因就坐在办公桌后。天性不爱与人争吵的米克什么都没说就离开了。

自从《佩珀军士》专辑和去了印度以后,约翰尝试了各种造型的胡须。现在的他留了一把又长又密的胡子,酷似他在《救命!》里开玩笑的伪装。胡子把一张原本从来严肃正经不起来的脸变成了一张特别严肃正经的脸。加上齐肩的长发框住了脸庞,约翰的表情好像总是悲伤、忧愤,仿佛他小时候看到的宗教画上的耶稣——但他一张开满是胡须的口,以前的那个约翰马上又回来了。

约翰从洋子身上发现了一种新的现场表演形式,其引发的观众反应与令他十分厌恶的、披头士狂热的那种兴奋、疯狂的尖叫很不同。两人在"炼金术婚礼"——12月18日在皇家爱尔伯特音乐厅为伦敦先锋艺术界举行的一个圣诞派对——上首次同台亮相。台上,两人一同藏在一个白色大口袋里,不说话,只是用力地扭动身体。这就是洋子的"袋子主义"。她的这一理念来源于安东尼·德·圣-埃克苏佩里风靡一时的小说《小王子》里的一句名言:"本质的东西用肉眼是看不见的,要用心去感觉。"

3月2日在剑桥的一个学院举行的实验音乐节上,他们就从袋子里出来了。洋子站在台前尖叫、哀号,说是以前她听到家里仆人谈论生孩子的痛苦时就是这个样子。约翰站在她身后的阴影里即兴弹奏吉他,不时响起喇叭刺耳的电流声。这群剑桥艺术家发现他们当中有个流行歌星很是吃惊,而且感觉受到了冒犯,就好像披头士的歌迷对洋子一样。

3月12日,保罗在伦敦马里尔伯恩登记所,在女歌迷的悲痛欲绝中,与琳达登记结婚。其他几位披头士均未到场。约翰得知这一消息时正在与洋子一同去普尔咪咪姨妈家的路上。洋子的离婚判决已在几个星期前宣布,约翰按捺不住披头士爱互相学样的心情,说他们也要马上结婚。

起初,洋子并不同意。"前两次都不是我真的想结婚,"她回忆说,"只是我碰巧结了婚。生孩子也不是我想要的,都是托尼想要的。我不想再次把自己跟另一个男人绑在一起。而且我潜意识里还是有那个奇怪的念头,觉得自己跟约翰在一起一定会发生什么可怕的悲剧。"

直到约翰答应,他们的婚礼会跟保罗的不一样,是最快、最简单、最秘密的,洋子才同意结婚。约翰最初的计划得益于他生长在海港,知道有船长可以主持婚礼这个传统。"在去咪咪家的路上,约翰推开隔窗,跟我说他们要在海上结婚,由船长主婚。"约翰的司机莱斯·安东尼回忆道。"他问我:'你能帮我们找艘船吗,莱斯?去哪儿的船都不要紧。还有,不要告诉咪咪。'"到了咪咪家,安东尼开车到了附近的南安普敦,发现当晚有一艘铁行轮船公司的游轮要开往巴哈马群岛。"给我们订张票。"约翰命令道。可惜那时铁行轮船的订票处已经关门了。

后来约翰突然想到什么船的船长都可以主持婚礼,即使是每天无聊地来回于英吉利海峡和欧洲大陆之间的渡轮的船长。于是,他和洋子火速开车去了南安普敦,想订一张索伦森去法国的渡轮的票,他们找到船长,要他在轮船一离开码头时就给他们举行婚礼。可是由于洋子的护照有个地方不合规范,他们的请求被拒绝了。更可气的是,两年前,保罗去法国为《魔幻之旅》拍摄"山上的傻瓜"时,他忘了带护照,可依然被放行了。

既然不能像普通人那样当天往返法国,约翰说了句"妈的",就雇了一架私人飞机,带着洋子去巴黎,希望能在欧洲大陆找个地方马上结婚。刚好披头士的总办事员彼得·布朗那个周末在阿姆斯特丹,约翰就叫他在那里安排一个闪电婚礼。结果发现荷兰法律规定新人在婚礼前至少要在荷兰居住两个星期。布朗又作了一番调查,向约翰报告说全欧洲只有位于西班牙海岸以南的直布罗陀没有这项规定。那里不但可以马上拿到结婚证,而且它曾经是英国的殖民地和军事基地,约翰甚至不用护照就能入境。

整个苹果公司只有尼尔·阿斯皮纳尔知道这件事。与布朗住在一起的汤米有一个兄弟叫大卫·纳特,是个摄影师,在不知所以然的情况下被秘密用飞机派往直布罗陀。1969年3月20日,约翰和洋子身着相同的白色衣服,从巴黎坐私人飞机飞了三个小时到达直布罗陀,然后直奔英国领事馆。年迈的户籍管理员塞西尔·惠勒为他们主婚,布朗当伴郎。大卫·纳特给他们在领事馆的楼梯上,在一群摸不着头脑的工作人员围绕下,很快地拍了几张照片。还在外面给他们单独拍了几张,洋子用手扶着她的宽边帽子,以免被地中海的风吹走。不到一个小时以后,他们就起程回巴黎向世界宣布他们的闪电行动。约翰解释说他们之所以会选择直布罗陀是因为那里"安静、有英国情调、友好。……我们知道结婚是件很傻的事,但我们既现实、老土又浪漫、时髦。"洋子从他们住的宾馆窗户往下看,看见争相报导这一消息的法语报纸广告牌,想到恭子也会看见类似的英语报导,眼泪夺眶而出。

婚礼是很安静,婚礼的庆祝则是另一回事。莱斯·安东尼开着约翰的"劳斯莱斯"在巴黎待命,第二天,穿越荷兰北上开了两百英里,把他们送到原本打算在那里结婚的阿姆斯特丹。到了那里,两人打发安东尼把车开回英国,住进希尔顿酒店九楼的总统套房,宣布他们将举行为期一周的"床上和平运动"。后来约翰解释道:"洋子和我决定:既然我们做什么都会上报,我们决定利用我们反正都会占据的版面为和平做一个广告。我们发了一张卡片'请来参加约翰和洋子的蜜月……'。媒体大概会想我们是要公开做爱,因为之前我们的一张专辑上有我们的裸照——所以他们大概觉得我们什么都做得出来。"

蜂拥跑进九〇二套房的各国记者和摄影师着实大吃一惊。他们看到的不是预想的两个裸体处子狂欢作乐,而是两个新人肩并肩靠坐在双人床上,穿着整齐的睡衣,旁边放满鲜花和手写标语牌,上面写着"床上和平""头发和平""我爱洋子",还有"我爱约翰"。穿着正常的德里克·泰勒担任侍寝官。约翰坐在床上解释他的理念,他那把浓密的胡须与干净整洁的睡衣很不相称。他说与其像激进的反传统文化那样游行、斗争,不如"采取甘地的做法";但他将利用自己的知名度引发大家的关注,其影响力是这位圣人想不到的。

"游行示威在三十年代是很好的。可如今你得换个方式了——那就是贩卖、贩卖、贩卖。你若想要贩卖和平,就要像贩卖肥皂一样,(媒体)上整天都是战争,不但在新闻上,就连老约翰·韦恩的或者随便你看的什么电影,都是战争、战争、战争,杀戮、杀戮、杀戮。可我们说'我们要换换口味,我们要看到和平、和平、和平的头条'……出于只有他们自己知道的原因,我的话都会被印到报纸上。我说'和平'。"除了甘地,约翰还举出了另一位更让人吃惊的精神同盟。"我们要耶稣赢。我们试着把耶稣的讯息与现代接轨。耶稣如果有广告、唱片、电影、电视和报纸,他会怎么做呢?耶稣通过神迹来传达他的讯息。今天的神迹就是通讯技术,所以让我们利用通讯技术吧。"

一连七天,两口子像在十八世纪的沙龙里对着众人高谈阔论。约翰几乎是讲个不停,不是对着一波接一波的记者,就是对着电视或广播的转播。洋子时常在旁边提醒他,或者发出自己的感叹。他们在床上吃饭,只有在需要洗漱,或者麻利的荷兰女佣要换床单时,才离开众目睽睽下的枕头窝。

若干年后,明星们利用自己的知名度宣扬人道主义,例如鲍勃·吉尔多夫、波诺,都受到人们的敬佩和赞赏。约翰和洋子的阿姆斯特丹"床上运动"是这样做的第一人,而他们同样付出了第一人的代价。全世界的评论员一致认为他们的行为愚蠢、自以为是——总之,就是非常无聊。这位睡衣圣人强烈反驳道:

"在巴黎,越南的和平谈判已经进展到决定他们要用什么形状的桌子谈判了。谈判已经进行好几个月了。我们在床上待一个星期取得的成绩比他们更多。……有一位住在威根还是赫尔的老太太写信给《每日镜报》问能不能多把我和洋子放在头版。她说她已经很久没有这么开怀大笑了。这很好!这就是我们想要的。我是说,两个人蜜月时准备上床睡觉居然可以在全世界的头版待一个星期,真是一个滑稽的世界。我不介意我死的时候大家说我是世界的小丑。我不需要墓志铭。"

之后,两人又到了其他欧洲首都。五个月前,在洋子流产后,两人共同制作、导演了两人迄今为止最为雄心勃勃的一部电影《强暴》。电影时长七十五分钟,由二十一岁的匈牙利女演员埃娃·毛伊拉塔主演。强暴者是摄像机。它无休止地跟着毛伊拉塔所饰演的角色,就像以前这种机器无休止地跟踪披头士——现在无休止地跟踪新婚的列侬夫妇——摄像机的跟踪害得女主角差点被一辆卡车撞死,最后把她逼到了一间公寓里,无路可走。她抽泣着哀求摄像机放过她,摄像机无动于衷。电影委托奥地利电视台制作,在阿姆斯特丹的"床上运动"结束后的 3 月 31 日立刻上映。

当天晚上,约翰和洋子在维也纳著名的萨赫酒店的红屋举行了一个新闻发布会。到场媒体发现他们两个又躲到袋子里去了。大家一致请求他们两个出来,约翰拒不出来,解释说:"我们这是袋子表演——这样更好交流。"有记者问:一个刚刚邀请了全世界的媒体到他的卧室里去的人,现在变得如此沉默寡言,是不是有点奇怪?约翰回答说:"我们在向大家展示:在现代社会里我们大家是怎么暴露在外、没有保护,怎么承受着巨大压力。不单单是披头士。发生在剧中女孩身上的事情同样发生在越南、发生在比夫拉、发生在世界各地。""袋子运动"比"床上运动"引发了更为积极的回应。《强暴》随后在赫赫有名的蒙特勒电影节上放映,得到了伦敦《标准晚报》德裔评论家威利·弗里施奥尔的热情赞扬。他说:"这部影片之于电视时代,就如同弗兰茨·卡夫卡的《审判》之于极权主义时代。"

现在的约翰似乎总是在自由活动,但他也并没有脱离披头士每年循环反复的工作周期,一切工作都在苹果公司和百代公司里进行着。春天意味着发行新的单曲,然后发行新专辑,为无数人的夏天定下基调。可是《回归》计划的进展哪个要求都达不到。在苹果公司地下录音室里的录音工作逐渐停顿,没有哪个队员——就算是保罗——愿意和乔治·马丁一起,从三十多个小时的带子中慢慢筛选出十二首可以用的歌曲。于是,整堆带子就交给了他们特威克南录音室的工程师格林·约翰斯，看看他能弄出什么最好的东西来。

披头士的新单曲于4月11日发行，收录了两首他们在苹果公司的屋顶上举行的那场爱开不开的露天音乐会上演唱的歌曲。没有哪一首看出乐队有回归更简单、更"诚实"的曲风的趋势。A面是专辑同名歌曲《回来》，麦卡特尼的一首朗朗上口但没什么内涵的歌曲，讲述两个生活在美国西部的人物——阿乔和甜心洛雷塔·马丁。B面是约翰的《别让我失望》，是他对洋子的又一全心全意的婚姻誓约："这是我第一次坠入爱河……这是恒久不变的爱/这是过去不曾有的爱"。

4月22日，苹果公司的屋顶再次被派上用场，约翰在这里举行了一个仪式，重申他对洋子的爱。在梅费尔的烟囱和咕咕的鸽群中，在监督员面前，他将自己出生时的中间名温斯顿更改为小野，变成"约翰·小野·列侬"。而后，他高兴地指出，现在他俩的名字中一共有九个O（两人的英文全名分别为John Ono Lennon 和 Yoko Ono Lennon）——而"9"是他一辈子的幸运数字。"如何说明洋子之于我、我之于洋子的关系？简单地说就是：在我们相遇之前，我们都只是半个人。有时候人只有半个自己在这里，而另外一半在空中、在天上、在宇宙的另一端、在镜子里……以前我们是两个一半，现在我们完全了。"

列侬正在筹备的另一首歌跟他回归以前的列侬就更没有关系了。列侬的歌词总是有新闻的感觉，既有来源于心灵的，也有来源于一时的报纸标题的。这次他决定就过去一个月发生的占据了所有报纸的事情，记录下他自己的版本。于是他写出了《约翰和洋子的歌谣》，一篇充满讽刺和双关的新闻报导，结构类似短篇小说，还有类似戏剧里的对话。歌曲追述了夫妇二人漫长的欧洲之行：从"站在南安普敦的码头上"到巴黎，到彼得·布朗发现他们可以"在西班牙附近的直布罗陀结婚"；从在阿姆斯特丹的希尔顿酒店"在床上讲了一个星期的话"到维也纳的"在袋子里"吃巧克力蛋糕（萨赫酒店著名的、绝非养生的沙河蛋糕）。还有一群紧跟着他们不放的媒体跑龙套：入境处的官员、"床上运动"中不友善的提问记者、报纸评论员小声挖苦"她把他弄得晕头转向""他们像一个男扮女装、一个女扮男装的两个古鲁"。

歌曲的桥段引用了洋子一句形而上的话，洋子在这里被亲切地叫做"妻子"。而副歌部分"神啊！你知道事情不容易！"以及"他们要把我钉到十字架上"的预言，更是不怕再次挑起三年前的宗教狂热。

整首歌跟其他几个披头士一点儿关系也没有，可是约翰并没有找披头士以外的人来录音室帮他完成这首旅行记录加公关加抗议的歌。然而，那会儿正是4月中旬，乔治出国去了；林戈正在拍摄电影《奇妙的基督》；只有保罗在伦敦。

尽管两人在生意上意见分歧，约翰还是请保罗帮忙完成并录制《约翰和洋子的歌谣》。尽管保罗跟这首歌的主题一点儿关系也没有，他无法拒绝约翰的请求。约翰来到保罗位于圣约翰伍德的家；两人在花园一边散步一边讨论歌曲，然后拐到修道院路的录音室里录歌。他们选用了一种十分自由、近似拉丁风格的节拍，分配那两个不在的披头士的活谁来做——约翰主唱兼主音吉他，保罗贝斯、钢琴、沙球兼鼓手。歌曲一遍就录好了，而且两个人开心地拿他们代替的角色互相开玩笑。有一回约翰喊道："加快些，林戈"，保罗回答说："好的，乔治"。

就这样，这首本来标志着约翰第一次单飞的作品最后变成了列侬和麦卡特尼的共同创作，5月30日在英国作为披头士额外的春季单曲发行，当然《回来》还是主打。就这样，由于是和乔治·哈里森平庸的《旧的棕色鞋子》一起发行，这个逃学生有了他两年以来第一首乐队的A面歌曲，并且在大西洋两岸都名噪一时。就这样，看来在他进行床和袋子的大冒险时，其他三个队友还跟以前一样坚定地站在他身后。

可惜，列侬和麦卡特尼两人因《约翰和洋子的歌谣》的休战在单曲发行之前就早早告吹。五月初，约翰在乔治和林戈的支持下去找保罗，要他在艾伦·克莱因起草的管理合同上签字，他们仨已经签字了。保罗承认失败，可不愿意让克莱因这么容易就把他们钓上钩，说要把克莱因要求的百分之二十的佣金减少。前来的谈判团说没有时间再争来争去了，克莱因当天就要飞回纽约，向他的"董事会"递交完整的、正式签署的合同。保罗抓住这点向他们施压：ABKCO唱片公司实际上就是克莱因一个人的公司，而且已经周末了，等到下周一再做也不迟。双方进行了激烈的争吵，最后以保罗的"滚"、其他三人的离开收场。

第二周，讨论重启时，双方都冷静了许多。保罗接受大家雇佣克莱因的决定，但前提条件是他那百分之二十的佣金不包括披头士从美国的国会唱片公司获得的收入。当后来，也在同一年，克莱因与国会唱片谈判新的版税率时，他得到的百分之二十仅限于比原来多出来的部分。但即便到了现在，保罗也并没有真的在管理协议上签字。他也不承认克莱因能左右他，不管是作为个人还是——这点特别重要——作为音乐家。当他需要法律方面的建议和指导时，他仍旧去找他的新岳父李·伊斯门和内兄约翰·伊斯门，后来，更多的是去找他的妻子琳达。

最直接的影响就是现在保罗对这个他原本非常希望成立、并在多条战线上努力维护的公司失去了兴趣。他的自尊心受到的伤害深藏在他的笑脸之下。他和琳达还有希瑟退出公众生活，住在伦敦的家中，或者金泰尔角附近自家的苏格兰农场里。

把所有的对手都赶走了以后,克莱因像一只罗纳威犬闯入一窝刚出生的小狗,在苹果公司里大刀阔斧地干了起来:大幅缩减开支;砍掉那些不切实际、没用的计划,像苹果学校、苹果艺术基金会、苹果电影、苹果电子;解雇所有他觉得多余的员工,制造了一个人人自危的恐怖气氛,这种事情在美国职场很正常,可在当时的英国还几乎闻所未闻。很多人自以为自己是约翰或乔治的私交,或者身居要职、有头有脸,也一样被列入解雇名单。苹果唱片的头号人物罗恩·卡斯很快就被开除了,尽管他的部门代表着公司无可置疑的一项商业成功。出于对罗恩·卡斯的忠诚,苹果唱片的主管彼得·阿舍也辞职了,带走了不久就会成为吸金高手的詹姆斯·泰勒。如此种种看来,克莱因似乎是不分良莠,把婴儿和洗澡水统统扔了出去。尼尔·阿斯皮纳尔向约翰抗议,可就连他也受到冷落。后来他收到一封电报,写着"不要以怨报德",似是把他这么多年来的忠诚和无私都抛到脑后了。

但是,克莱因的权力不是没有界限的。苹果公司的新闻官德里克·泰勒很受约翰的喜欢——更不用说媒体也喜欢他——克莱因动不了他,他办公室里每天上演的嘉年华只能就此打住。不多久,阿斯皮纳尔就发现他这些年来的忠诚并没有像他原以为的那样被低估。"有一天在会议室里,克莱因想让我签一个合同,约翰和洋子就坐在旁边。"他回忆道。"我和披头士从来没签过什么书面合同,我也不想就此破例。我站起来绕着桌子跑,克莱因挥舞着那张合同在后面追。追到约翰和洋子坐的地方时,约翰伸出一只手、拦住他说:'看看我现在遇到的麻烦,签合同惹的。纳尔不傻,别管他了!'"

罗恩·卡斯离开以后,一楼就空出了一间高挑、雅致、面向萨维尔街的办公室。这里成了约翰和洋子的独立总部,两人将在这里构思他们自己的电影、音乐计划,以及把他们最近这次欧洲之旅的劲头保持下去。他们成立了一个叫做"袋子制作"的公司,请来评论家兼展览组织者安东尼·福西特担任他们自己的艺术顾问,并且宣布欢迎大家来参观。

"床上和平运动"后,全世界的和平组织都来找约翰,请他建议怎么宣传他们的理念才能达到类似的效果。在请求他帮助的团体中有一个是"核裁军运动"组织,他们在核基地举行的大型公共集会和游行在五十年代末曾是头号新闻,可现在越来越不受到关注。约翰给他们提出了一个必定会引起更多关注的宣传建议:"把妇女拉到你们的运动里来。用性换和平。"他还收到无数要他去会议、研讨会演讲的邀请,统统被他拒绝,因为正儿八经的演讲从不是他的专长,另外"我表面疯狂,实际上非常害羞"也是他由衷的理由。

苹果公司的员工也要给"袋子制作"公司干活,披头士那些一时心血来潮的想法跟这些活一比,就显得太正常了。约翰和洋子想起他们在考文垂大教堂展览的主题,决定寄两颗橡实给每个主要国家的领导人种植,象征和平。由于正值春季,橡树要到秋季才会结果,他们就在全国范围内征集二手橡实。他们还联系许多重要的哲学家、思想家,寻求他们的支持,其中包括已经九十多岁高龄的伯特兰·罗素。"把它当成一首流行歌曲吧。"约翰说。"若你们需要一句广告口号,这句口号就是'橡实换和平'。"

约翰知道公司里大家开洋子的玩笑、起难听的绰号;有时候他甚至觉得整栋房子的人都串通一气,破坏他们的计划。5月9日,他们发行第二张声音试验专辑《未完成的音乐三号——与狮子一起生活》。专辑名称是从约翰小时候最喜欢的一个电台节目《与莱昂①家一起生活》化用过来的,这是这张专辑唯一一个轻松的点缀。专辑收录了约翰和洋子二月份在剑桥的表演录音,以及四个月前他们失去的那个宝宝的一小段心跳。专辑的正面是洋子在夏洛特皇后医院的病床上,约翰坐在旁边地板上他晚上睡觉的地方。背面是一张约翰的大麻判决出来后,他们在马里尔伯恩地方法院门口被团团围住的新闻照片。

《与狮子一起生活》不是由苹果公司,而是由扎普尔唱片公司发行。"扎普尔"是苹果旗下专营诗歌和散文读物的子公司,由因迪卡画廊的巴里·迈尔斯经营,奇迹般地还未被克莱因染指。这张专辑除了在 BBC 约翰·皮尔的深奥节目"夜骑"中会被播放以外,在其他电台不太可能播放。可是约翰还是觉得苹果的宣传部门推广不够,非常生气。

就算约翰把自己的名字和洋子的结合在一起,把名字中的字母 O 像红色血细胞似的混合起来,可在公众眼里,他的名字仍旧与他先前音乐创作上的另一半紧密地结合在一起。列侬/麦卡特尼的歌曲是最大、最受欢迎的音乐宝库。控制着这一宝库的上市公司北方歌曲唱片公司在伦敦股票交易所与壳牌石油、福特汽车等牢牢占据着股票市场的前几位。在这个简单、如雨点打在鹅卵石上般清脆的名字后面,是一百二十九首列侬/麦卡特尼歌曲的版权,很多都已和科尔·波特或者欧文·伯林一样经典了。

"北方歌曲"仍由迪克·詹姆斯在经营,这个无足轻重的发行商在 1962 年听了《请让我开心》一遍后,就围绕着约翰和保罗建立了这一公司。只要列侬在

---

① 英语中的狮子 lion 与人名莱昂 Lyon 同音。

表面上还能和麦卡特尼一样听话,"北方歌曲"的前景就一片光明。可一旦约翰的个人主义抬头,威胁到畅销歌曲这棵摇钱树,公司的股价就开始剧烈震荡。1969年3月,迪克·詹姆斯的神经再也受不了了。他事先没有打任何招呼就把他的百分之二十三的股份以100万英镑卖给了电视业大亨卢·格雷德。格雷德的ATV电视公司已经拥有百分之十二的股份,现在格雷德和ATV总共就有百分之三十五了。于是他们宣布要以950万美镑的价格收购公司的其余部分。

得知这一消息时,约翰正在阿姆斯特丹的床上,保罗在美国过着比较传统的蜜月。尽管两人在其他问题上存在分歧,两人对于詹姆斯连个招呼都不打就把他们出卖了同仇敌忾。当时,约翰·伊斯门和艾伦·克莱因的管理权之争仍如火如荼地进行着,可还是克莱因采取主动,首先提出帮助苹果把"北方歌曲"从卢·格雷德张开的血盆大口中夺过来的方案。目前,约翰和保罗各拥有"北方歌曲"百分之十五的股份,另外还有百分之一点六由乔治和林戈共有。克莱因计划再出资200万英镑购买百分之二十的股份,这样他们就有了稍稍过半的股份。钱从一家商人银行家的合伙公司借来,以包括约翰在"北方歌曲"全部的六十五万股股份在内的东西作抵押。计划进行的过程中,保罗在伊斯门的建议下,悄悄地多买进了一些股份将自己的股份增至七十五万股,不作为抵押。约翰对保罗这种背后搞小动作的行为和自私自利非常生气。

到了五月中旬,苹果公司胜利在望。他们拉拢了足够多的同盟来获得那重要的百分之二十,其中最关键的是当时持有百分之十四股份的伦敦金融城联合会。一份谨慎的协议准备妥当,其中规定:克莱因不参与新"北方歌曲"的管理;约翰和保罗的音乐创作在现在规定的1973年到期后还将延长。然而,就在一次与联合会代表的重要会议上,约翰终于控制不住自己的脾气,说他"受够了跟金融城的这群大屁股、西装革履的家伙浪费时间"。受了侮辱的西装革履马上转而支持ATV,卢·格雷德控制了"北方歌曲",日后的几十年,列侬/麦卡特尼的歌曲就作为打包的礼物传下来,每一次打开价值都翻了好几番。

5月26日至6月2日,约翰和洋子进行了第二次"床上和平运动"。他们本打算在美国搞,还计划拜访新当选的共和党总统理查德·尼克松,送他两颗橡实种植,象征和平。其他辛苦收集来的橡实也已经装进小盒子里,贴上各国领导人的名字,比如中国的毛泽东、苏联的勃列日涅夫,请求他们,挑选一小块土壤,打开他们的橡实,拿起铲子挖个洞,把橡实种下去。约翰打算把这些盒子带到位于纽约的联合国大楼,那里可以找到"成撮"的除中国外的各国特使。没办法在联合国当面送交的就用邮寄。

原先他们俩计划乘坐冠达邮轮公司全新的"伊丽莎白女王二号"横渡大西洋。同行的有林戈和莫林·斯塔尔、德里克和琼·泰勒、彼得·塞勒斯和作家特里·萨瑟恩。在准备从南安普敦登上"伊丽莎白女王二号"时,约翰接到电话,被告知因为他的毒品罪名,他的美国签证受阻。琼·泰勒回忆道,约翰淡然地耸耸肩,叫她和德里克自己先走,完全没料到这事以后会没完没了。

那时约翰就已经怀疑他签证受阻的原因不是他——非常轻微——的毒品罪名,而是他广为传播的批评越战的言论,以及另外一个更直接的原因,他的那首叫《革命》的歌。当时,其他有毒品罪名的英国流行歌星都没有碰到什么麻烦或只碰到很小的麻烦就拿到了美国签证,最近的一个例子是民谣歌手多诺万。"美国害怕我们去那里煽动年轻人。可我们根本没打算这样做。"约翰坚持说。"我们是打算要他们冷静下来。我们想美国需要我们,而我们可以帮忙。"

去不了美国本土,这两位和平传教士决定"到古巴去",把他们的理念从邻近的巴哈马群岛传递过来——巴哈马是英属领土,没有签证的困难。他们去了大巴哈马岛的自由港,可是受不了那里的炎热和糟糕的旅馆,决定转战加拿大。加拿大不仅是美国的近邻,而且约翰他们希望加拿大从英国那里继承过来的东西会使它成为更加容忍、随和的主人。结果,加拿大以同样的理由拒绝约翰的签证申请,但允许他入境,并有几天的时间可以进行他的和平呼吁。他和洋子由恭子和德里克·泰勒陪同飞往多伦多,然后前往他们选定的地点,蒙特利尔的伊丽莎白女王饭店。

不久约翰就有了一个机会来证明他不是来北美"煽动年轻人"的。加州大学伯克利分校发生学生公开叛乱,政府派出大批警力到校园里去恢复秩序。几名抗议的带头人与这个开出"算我一份"空头支票的明星进行了广播连线。没想到,他激动地呼吁他们不要使用暴力,不管警察怎么挑衅都要保持自制。"唱唱克利须那颂歌什么的吧,不要生事去招惹猪猡①。不要被那些警察激怒,正中他们下怀。"

几天前,一位记者请约翰简要概括一下他和洋子的目的。约翰回答:"我们想要说的就是给和平一个机会。"这句话就像"心怀邪念者蒙羞"②或"那么我们就把这一仗称为阿金科特战役吧"③一样富有内在韵律,几个小时以后,约翰就

---

① 六十年代"垮掉的一代"蔑称警察为猪猡。
② 环绕在英国皇室盾形徽章周围圈饰上的一句古法语。
③ 出自莎士比亚《亨利五世》第四幕第七场。

在洋子的鼓励下把它写成一首歌——与其说是歌,倒不如说更像他在印度学的经文。歌词也很无厘头,只是罗列一些押韵的词("蓬乱主义、拖拉主义、疯狂主义……"等跟"袋子主义"押韵,"进化、咀嚼、鞭打、规则、完整……"等跟"革命"押韵①),列出一些参与了或约翰希望他参与"床上和平运动"的人(利里夫妇、汤米·斯马瑟斯、鲍比·迪伦、汤米·库珀、德里克·泰勒、诺曼·梅勒、艾伦·金斯伯格……)。"我是骗了大家。"后来约翰承认。"我本来要写'手淫'的,但是当我写到纸上时——因为我的歌太多被禁了……我把它改成'咀嚼'②。把歌播出去比为一个词留着麻烦重要。"

这八天虽然一片混乱,但也有安静、温馨的时刻。洋子记得:"做完所有采访、谈话、大家都离开以后,是我们最美好的时候。一天晚上,天上挂着一轮漂亮的满月,而且没有云,约翰说:'啊,我们要一直一起写歌,我们的歌要在全世界播。这就是我们的生活。我们会这样过下去。'那时只有月亮和我们,真是太美了。"但即便在这时,约翰心里仍隐隐担心托尼·考克斯会来把洋子带回去。一天恭子跟他们在一起,考克斯打了个长途电话来找她。"托尼只不过打了一两分钟的电话,约翰却很紧张。"洋子说道。

最后一天,他们就地录制了他们的《给和平一个机会》。他们借来了一台八轨录音机,请歌词中点到名的一些人来献声:利里夫妇、汤米·斯马瑟斯、艾伦·金斯伯格、德里克·泰勒,还有英国歌手佩图拉·克拉克、黑人喜剧演员兼社会活动家迪克·格雷戈里,以及碰巧在场的每个记者、电视台人员和看热闹的人。歌曲中,洋子用传统的西乐方式演唱,她的声音并不难听,只是跟约翰柠檬酸的声音相比,显得孩子气。这时,约翰对于加拿大政府拒绝给他签证的上诉失败了:第二天,夫妇二人被驱逐出境,被迫坐上第一班离开蒙特利尔的飞机,飞机碰巧飞往法兰克福。

约翰从参加《给和平一个机会》录音的这群友好的床边合唱者得到启发,想到一个令他十分兴奋的录音、表演的全新概念。回到伦敦,他和洋子决定把这一想法付诸实践,他们要成立这样一个表演团队,它不像披头士那样永远是神圣不变的四个人;不像披头士那样内向、程式化、排斥外人,而是向所有人开放,不论音乐能力,不分外表,年龄和性别,人多人少视情况而定。再者,乐队的核心也不像披头士那样是自大、爱争吵的人类,而是概念艺术品,作品也许直接来源于洋

---

① 原文为"revolution, evolution, mastication, flagellation, regulations, integrations"等。
② "手淫"和"咀嚼"的英文分别为 masturbation 和 mastication。

子的展览。

为了塑造与披头士完全相反的、不唱不演、没有争吵的形象,二人设计出了四个丙烯塔,两个高长方体,一个高圆柱体,还有一个矮立方体。机器人四人组的透明身体里装有各类最新的视听科技产品:一台录音机、一台唱片机、一台闭路电视摄像机和监视器,以及一台灯光表演投影仪,就好像是他们的内脏。约翰马上用现在他和洋子共有的那个名字为这个流行团体发展史上革命性的新组合命名——塑料小野乐队。这个队名不单用于这些机器人,以后不管他们与什么人组合进行表演也可以用这个名字。

随后,他们在报纸上刊登广告,宣布他们的这一开放理念,广告上是一只丙烯机器人的电子内脏的剪影,旁边是伦敦电话簿随意翻开的一页,下面还有一行标题:"你就是塑料小野乐队"。约翰强调说这个新乐队并非要代替披头士,只是避免他舞台表演生疏了的一个消遣。即便到了这个时候,约翰也没有完全排除披头士再次上路巡演的可能。"塑料小野乐队会是一个非常灵活得乐队——因为它是塑料的。披头士的现场表演就是另外一回事了——要求更高,我们要办最棒的表演——但如果只是我跟洋子的表演,就可以随便一点了。"虽然他们宣传《给和平一个机会》是塑料小野乐队的首个成果,但它还是依照披头士长久以来的惯例被归为列侬-麦卡特尼的作品。后来约翰十分后悔:"把我第一首单飞的单曲的合作者说成是麦卡特尼,而不是洋子,真是愧对她,她确实和我一起写了歌的。"

约翰心里觉得披头士就算在录音室里也已经没有前途了。他们的录音工程师格林·约翰斯花费数月时间,从一月份在苹果地下室录的那一大堆乱七八糟、很不愉快的带子里,加上后来在三叉戟录音室录的一些,剪出一张专辑的东西,交给四个人审核。没有一个喜欢,约翰更是大为震惊,把它喻为"录得最烂、最恶心的一堆垃圾"。可是披头士的新专辑早该出了,时间已经进行到该包装和推销《回归》专辑了。专辑封面已经拍好了:披头士站在1963年处子专辑的那个栏杆上往下看,当年的他们没有胡子、意气风发,如今的他们络腮胡子、神情紧绷。这样的封面是不是在怀念以前简单的日子?

约翰虽然对格林·约翰斯整出来的这堆东西厌恶至极,但却极力主张就把它发行出去。"我觉得应该把它发行出去……这样就能打破披头士,"他回忆道,"打破披头士的神话……(好像在说)'看,这就是没穿裤子,没上油漆,没有希望的披头士。这就是我们没穿裤子的样子,所以游戏是不是可以到此为止了?'"

乔治·马丁没有参与挽救《回归》专辑,大家在苹果地下室把气氛搞得那么僵,他觉得他和披头士这么多年的友谊算是惨淡收场了。因此,当六月中旬保罗给他打电话,说乐队希望他回来,一起回到修道院路从头录一张新专辑,"像以前那样"时,他吃惊不小。马丁回答说他不想重温一月份的经历,不想约翰指着他说"不要你那些乱七八糟的制作手法"。"'不会的,'保罗跟我说,'约翰已经回心转意了,认识到我们多么需要你。'所以最后我还是勉为其难地答应了。"

自前一年和辛西娅正式离婚以后,约翰忙于各种事情,都不记得自己还有个六岁的儿子,更不用说内心会荡漾父爱和自责。可是在蒙特利尔"床上和平运动"结束后的间歇,约翰突然很想见朱利安。这时的辛西娅已经跟意大利的罗伯托·巴萨尼尼在一起了,住在伦敦西边的肯辛顿,朱利安在那儿的一所普通公立学校里上学。辛西娅请约翰来参加乔迁庆宴,想不到他真的来了,和洋子一起来的,而且与巴萨尼尼相谈甚欢。不久以后,约翰通知辛西娅他终于想行使法院赋予他的儿子的探视权。于是,莱斯·安东尼准时开着"劳斯莱斯"来接朱利安一个人到林戈的阳光山庄去,以后每个周末都是如此。

虽然以前他不是个好父亲,约翰似乎很喜欢扮演父亲的角色。六月底——就在披头士计划好和乔治·马丁回修道院路开工前几天——约翰突然决定带洋子和恭子去看看他小时候度过多个愉快假期的苏格兰高地。热情高涨的他还宣布这次他不要司机开着"劳斯莱斯"载他们去,而是要自己开那辆花了大钱定做的增压迷你"库珀"载他们去。约翰做出这一决定时,朱利安碰巧也在,于是约翰没有和辛西娅商量就把他也带上了。

约翰在1965年拿到驾照以后其实很少开车,偶尔开几次短途,近视的他完全不注意其他车辆,反应迟钝,几乎没有方向感,把乘客吓得半死。但是,他还是平安地开到了利物浦。到了利物浦,他发现用迷你"库珀"载两个大人两个小孩长途旅行太小了,就打电话叫莱斯·安东尼把那辆大点儿的"奥斯汀·马克西"开来。安东尼再把"库珀"开回韦布里奇。

约翰此行的第二个目的是把洋子介绍给他另外三个姨妈,住在默西塞德郡的南妮和哈里,以及住在苏格兰的梅特。他带着一行人在利物浦玩了几天,先是住在罗克费里的南妮姨妈和查尔斯姨父家,然后去了伍尔顿的哈里姨妈和诺曼姨父那儿。南妮和哈里跟她们的姐姐咪咪一样对最近发生的一系列事情深感震惊、不能理解,但虽然她们也是抚养约翰长大的重要长辈,她们却不能像咪咪那样可以直接跟约翰说。据南妮的儿子迈克·卡德瓦拉德回忆,当洋子霸占他们的厨房为约翰准备健康养生食物时,约翰的姨妈们只在一旁担心地看着,偷偷地互相咂嘴感叹约翰的样子变了那么多。"我常听见她们说'他怎么可以只吃豆子……他得吃顿像样的才行……他越来越虚弱了……他瘦得皮包骨头'之类的话。说这些话不一定就是讨厌洋子、喜欢辛西娅，而是讨厌任何把'她们的'孩子从她们手里抢走的人。"当迈克的女朋友琳达拿出一袋软心豆粒糖——曾令他们憎恨的披头士狂热时代的标志，约翰的饮食原则动摇了。"他一把抓过来，不等被骂已经吃下了一大把。"他的表兄弟回忆道。

按照约翰的计划，此行的最终目的是梅特姨妈家、遥远的萨瑟兰郡德内斯附近的那片高地小农场，十五岁那年——即改变他一生命运的1956年"伤心旅馆"夏天——他曾在这里帮伯特姨父翻过地。他们在这里受到的欢迎就冷淡多了。威严、庄重的梅特姨妈和咪咪姨妈一样说话坦率，而且她是约翰的姨妈里面唯一一个真的喜欢辛西娅的。就在梅特姨妈家附近，约翰开车的好运终于用光了。7月1日，即披头士新专辑正式开工的日子，约翰载着一行人到了一个叫做戈尔斯皮的小镇附近，在一条幸好没有车的路上，约翰的车子失了控，开进路旁的地沟里。他、洋子和恭子的脸上都划到了，洋子的背上还受了伤。四人被紧急送往戈尔斯皮的劳森纪念医院。约翰的脸上缝了十七针（留下永久疤痕），洋子缝了十四针，恭子缝了四针。朱利安没有受伤，但是受了惊吓，哭个不停。

辛西娅在接到电话说朱利安在苏格兰北部出了车祸才得知朱利安不在韦布里奇。在老好人彼得·布朗的帮助下，她坐上第一班飞机赶往苏格兰。他、洋子和恭子都还在医院里，但梅特姨妈已经把朱利安接回德内斯照顾。辛想找到约翰讨个说法，却被告知约翰不想跟她说话。

当约翰和洋子终于回到修道院路跟其他披头士会合时，两人脸上都还带着伤疤。洋子的背伤时常令她疼痛不已，为了让她免于久坐在凳子上的痛苦，约翰让人从哈罗斯百货公司搬来一张床放在录音室里。于是大家录音时，洋子就像在阿姆斯特丹和蒙特利尔时那样，靠着枕头坐在床上，面前还装了一个麦克风，这样她就可以随时发表自己的意见。

尽管开局不顺，接下来发生的事情却将是很了不起的，甚至可以说是奇迹。在大家放弃努力以后——不过已经太迟了——披头士终于回归到以前的样子。回归到没有争吵、没有埋怨、一起工作的样子。回归到离不开乔治·马丁对他们的影响。回归到对自己的歌、对其他人的歌都一样用心的样子。回归到又有了乐趣。回归到听上去世界上没有任何力量能拆散他们的样子。

大家在七、八俩月做出来的这张专辑可以名列（也许有人不同意）披头士所有专辑里最好的前三甲。该说的都说了、该做的都做了，现在，在这条北伦敦小塔楼公寓的阔叶大道上,在这些《披头士待售》《橡胶灵魂》和卡鲁索、西纳特拉还有伦敦爱乐乐团交相回响在一起的熟悉的百代走廊里,气氛好得不能再好。修道院路原谅了这群逃学的孩子的背叛,重新给予他们不可战胜的力量。之前在特威克南和"苹果"地下室里录的那堆大家认为是不可救药的垃圾被丢在一旁。大家在短时间内就写出并修改完成了一批新歌。这就是修道院路的力量。虽然约翰已经把主要精力转移到其他地方去了,并且一心想赶快结束,离开这里,但这次他在披头士里的表现是自《佩珀军士》以来最好的一次。"大家都知道这是最后一次了,"乔治·马丁说道,"所以虽然没有明说,但大家心里都想着:'让我们把它做到最好吧'。我相信这就是为什么约翰这么合作。"

约翰交的三首主要作品一方面反映他对洋子的爱恋、对感化世界的热忱,但另一方面也看出他依旧是那个喜欢无厘头、喜欢琐屑小事、天生能创作出朗朗上口歌曲的约翰。《一起来》原本是为蒂莫西·利里1968年竞选加州州长失败创作的主题曲。歌曲节奏低缓、松弛;它既是一幅利里的讽刺漫画,也是一篇"解放思想"的短文,既是一堆私人玩笑("洋子餐具柜""袋子制作""护符眼珠""海象橡胶靴""脚趾果酱足球"等①),也是一则直接从卧室发来的报导。《我想要你(她太重了!)》描述了一种超越语言的激情,从伤心欲绝的布鲁斯到极度兴奋的硬摇滚再回到布鲁斯。前几次录音,约翰坚持要一次性录出"诚实"的版本,结果一录再录,搞到最后他自己和大家都恶心得要死。现在由修道院路来做人工呼吸,而抢救的方法正是曾被约翰嘲讽的"乱七八糟的制作手法"。马丁从三十五条录音中挑出最好的三条剪在一起,然后再对其进行进一步的叠录和混音。

但是,约翰在专辑里让人印象最深刻的作品并非他的个人独唱,而是与保罗、乔治合唱的一首歌曲,这是一个卧室蒙特利尔的朋友或丙烯机器人不可能做的事。事情因洋子而起。一天,这位受过古典钢琴训练的演奏家弹起贝多芬《月光奏鸣曲》的引子,约翰听了要求道:"把那几个和音再弹一遍"。结果约翰写出了《因为》这首歌。这是一首赞美纯粹的性欲喜悦的歌,乔治·马丁参与演奏大键琴,三个披头士录了三次音,然后将三次的录音进行两次重叠,形成九人合唱的效果。这是他们继《这里,那里,处处》之后更紧密、纯净、愉快的大合唱。

事实上,披头士以前的那种平衡已经一去不复返了。似乎是为了印证自己的地位不如从前,保罗这次只写了两首完整的歌,一首是平淡的《哦,亲爱的!》,

---

① "护符眼珠"和"脚趾果酱足球"的原文分别为 juju eyeball 和 toe jam football,列侬的私人玩笑,意思向来不明。

一首是黑暗、邪恶、不似他平常风格的《马克斯韦尔的银锤子》。与此同时,乔治也写了两首歌,《某些事》和《太阳出来了》,却是第一次能与列侬-麦卡特尼的歌曲相提并论。林戈的作曲水平也有了长足进步,贡献了一首乡村风格的儿歌《章鱼花园》,其制作水准几乎能与《黄色潜水艇》媲美。

自从《佩珀军士》以来,乔治·马丁就试着劝约翰和保罗尝试交响乐和协奏曲那样的长曲创作,而不单单是三四分钟的流行音乐。"保罗还好,"马丁回忆道,"可约翰总是说:'我是搞摇滚的。我不会做那种聪明的玩意儿。'"这张专辑马丁用比较温和的语气重提这一想法。他知道约翰和保罗的抽屉里都压着许多没写完的歌,因此他建议把这些未完成的歌曲片段放在 B 面做成一个一首连一首的串烧,让人感觉好像是特意创作的一个组曲。"我们一开始做约翰就很积极。他时不时过来说:'嘿,我这里又有一首。还有地方吗?'"

虽然严格说来,这并非披头士最后一次在一起录音,但却是他们与歌迷的正式告别。因此在这张专辑中收录约翰和保罗二人共同探讨彼此写一半的作品,就像少年时在吉姆·麦卡特尼家客厅的壁炉前那样,再合适不过了。我们只有在开篇第一首保罗的《你从没给我你的钱》中提到的"谈判""可笑的文件""破裂"看出些许最近二人不和的痕迹。其余三十分钟的串烧,先是约翰,然后渐变到保罗,不仅是二人合作全盛的体现,更将二人的这种合作推上了一个既相互竞争又惺惺相惜的全新水平。

约翰的三首歌曲片段把人们从"权力归花儿"的嬉皮时代带回到他成长的那个朴实无华的城市与文化。首先登场的《太阳国王》一开始重复着嬉皮歌词,副歌却来了个一百八十度的大转弯,罗列了一堆意思不明的伪西班牙语,诸如"chickaferdy"①"又想留着蛋糕又想吃"。其次是《吝啬的芥末先生》,受六十年代中期人们收集维多利亚时期的搪瓷标牌启发而做的歌曲②。最后的《聚乙烯帕姆》灵感来源于约翰很久以前与他的诗人朋友罗伊斯顿·埃利斯玩的一个三人性游戏。为了故意刺激咪咪姨妈,约翰不仅用很重的利物浦方言演唱,还大喊"耶耶耶",仿佛青春期的坏习惯又回来了。

紧接着是保罗的《她从浴室窗口走进来》,与约翰的最后一个主题紧密相

---

① 列侬在 1969 年的采访中说这个词并没有什么意义,是利物浦方言里小孩子互相嘲笑时说的"哪哪哪"。但有人觉得也有可能与西班牙语中的 chica verde(黄毛丫头)一语双关。

② 维多利亚时期商户们将自己的商品名称写在搪瓷标牌悬挂在门口作为广告宣传,是现代广告的雏形。其中"科尔曼的芥末"很有名,以辛辣著称。歌曲名称"*Mean Mr. Mustard*"中的 mean 既表示吝啬的,也表示辛辣的。

联,犹如《生命中的一天》的桥段;然后是《金色睡眠》,改编自十七世纪托马斯·德克尔的摇篮曲;再来是《负重》,一个对两人来说已经成真的预言。这些串烧不仅网罗了二人的过去,还让我们瞥见一个永远不可能实现的二人的未来——二人仍可以共同开拓一片新的领域:交响乐曲和歌剧歌曲。可惜两人现在都已不再存有任何幻想。结束曲名为《尽头》,歌曲不仅有约翰、保罗和乔治的吉他合奏,还有意想不到的林戈独鼓。最后奉上一个零头保罗的《女王陛下》作为意外奖品,仿佛1963年皇家综艺剧场的表演和约翰的那句"摇摇你的珠宝"的附言,那时的披头士无所顾忌、快乐地表演着。

为了感谢修道院路的紧急抢救——也为了感谢它从1962年以来始终带给大家的良好感觉——专辑名称就叫做《修道院路》。专辑封面是四个人排成一列,在刚好没有车辆经过的一瞬间,横渡录音室大门南面几码开外的一条斑马线,他们身后的公寓楼和七叶树正在仲夏的阳光下熟睡。与《佩珀军士》的华丽相比,这张封面真是普通到了极点(但它注定要永远为后人所模仿)。穿着白色西装的约翰和往日一样走在最前面,耸着肩,两手插在裤袋里,毛发覆盖的侧脸透出万般厌倦与烦躁。

24. 脱瘾症状

> 我组的乐队。我解散它——就这么简单。

之前五月份的时候,约翰和洋子终于找到一个满足他们所有——或者说几乎所有——严苛的共同要求的房子。这必须是一个让他们能够享受一些清静、在两次抛头露面之间能够重新充电的藏身之处,而这仅是他们的若干要求之一。二人还计划拥有一个工作中心,要有:一间录音室、艺术工作室、冲洗胶卷的暗房以及处理和剪辑影片的设备,这样他们就能摆脱对苹果公司的依赖,发展自己的事业。另外,约翰还要求花园里必须有一个湖。

二人看遍了英格兰南部的所有地产,包括位于萨里郡的丘尔特,原属于"一战"时期的政治家大卫·劳埃德·乔治的一幢房子,和位于赫特福德郡的一间废弃教堂。最后中标的是提腾赫斯特庄园,位于伯克郡的阿斯科特附近的一幢乔治时期的白色宅第,原属于实业家彼得·卡德伯里,售价145000英镑。宅第连着一片72英亩的庄园,庄园里有美丽的花园,一排以前用人住的小屋和一间仿都铎式的别墅,与约翰小时候住的那间别墅一般大。无论约翰走到哪里,门迪普斯都如影随形。

房子的上层被改造成约翰和洋子的私人禁地,不仅有独立厨房,还有一间超大的主卧,二人各自的大得人可以走进去的衣橱和一个圆形浴室。一楼的大部分空间则被打通成一个长长的白色房间,一排落地窗面对着花园。

二人还花重金对众多的附属建筑进行了修缮,供雇员和临时需要安身之处的朋友居住。第一个住进来的雇员是一个年轻美国人丹·里克特,他是一名哑剧艺术家和舞蹈设计,与英格兰妻子吉尔曾是洋子和托尼·考克斯在汉诺弗·盖特公寓的邻居,后来成了约翰事实上的私人助理。两间以前用人住的小屋被合并成一间公寓,供里克特夫妇及他们的小儿子萨沙居住。原来看门人住的小屋则给了约翰的司机莱斯·安东尼及其女友,这个女友还带着六个与前夫生的小孩子。阿姆斯特丹"床上和平运动"后,约翰叫这位前警卫队士兵摘掉他那顶正儿八经的司机帽,头发留长一些,扔掉严肃拘谨的"列侬先生",直接叫他的两位乘客的名字。

尽管那里的沙质土壤不适合造一个湖,当地规划部门亦拒绝批准他们建造比池塘更大规模的东西,约翰还是在房子下方的斜草坪上修建了一个对他来说意义重大的湖泊。约翰回想起童年读的罗伯特·刘易斯·史蒂文森,还要求湖中央要有个小岛。湖的旁边立着一个花园的新装饰品:一辆前面遭受重创的奥斯汀·马克西旅行车立在一个水泥基座上。这就是六月约翰带着家人前往苏格兰高地、结果出了车祸的那辆租来的车。事后,约翰从租车公司将其买下,运到提腾赫斯特,安在了底座上,车还是出事时的那个样子,连约翰和洋子的血迹都还留在座位上。

在众多的欧洲超现实主义大师中,约翰一直偏爱让·科克托。科克托的才华横跨艺术、写作、电影制作和剧院设计等多个领域,其中他的绘画是约翰所向往的。当他和洋子借住在伦敦蒙塔古广场时,他迷上了科克托的书《鸦片:一个治愈的故事》。"他对科克托吸食鸦片,后来又戒掉鸦片的经历十分着迷。"洋子回忆道。"科克托的故事全都发生在二十年代的巴黎,讲的是毕加索、佳吉列夫、埃里克·萨蒂等等这样的人。约翰看得爱不释手。"科克托带插图的回忆录,激起了约翰对于洋子两年前同样在巴黎与鸦片最强劲的提取物的一次亲密接触的兴趣。"他又开始问我吸海洛因感觉怎么样,说肯定很有意思。"

当时的英国流行明星虽然喜欢吸食大麻和迷幻药,但大多数人对于海洛因——俗称白面儿、白粉或白的——还是敬而远之的。一方面是出于害怕,另一方面是出于势利:吃迷幻药的时髦一族看不起吃海洛因的丑陋凹陷的眼睛、皮包骨的架子和满是针眼的皮肤。后来有一些一流音乐人沦为海洛因的牺牲品,其中最著名的就是基思·理查兹和埃里克·克拉普顿。可是,约翰比他们都先走了一步。

原先约翰害怕毒品注射,但是他的恐惧很快得到了消除。海洛因可以像大麻那样轻松吸食:用鼻子吸,或者吞食药片。既然约翰决定开始吸食海洛因,洋子自然也要一起。对于二人,海洛因的吸引力是立竿见影的。与大麻的晕眩和迷幻药不可预测的魔毯之旅不同,海洛因产生的迷幻感觉舒服至极,既不晕眩也非幻觉——相反,海洛因似乎能集中你的精神,增强你的感觉,提升到一个前所未有的新高度。丹·里克特就是一个海洛因吸食者,这是他在提腾赫斯特庄园受欢迎的又一个原因。

约翰本希望海洛因能够悄悄帮助他应对媒体的冷嘲热讽、应对苹果公司的内讧。然而，和以往一样，现实总是不能如他所愿。"不怎么好玩。"约翰后来承认道。"我们觉得很痛苦的时候就吸一点儿。大家让我们的日子很不好过，对我和洋子说三道四，特别是对洋子。……我们因为披头士和其他人对我们的所作所为而吸白粉。"

海洛因能以惊人的速度将它的骷髅印打在其受害者的身上。一月，约翰在提腾赫斯特录音室中途休息时接受加拿大电视台的采访，电视台采访到的就是一个已经显示出海洛因吸食者称之为"变成白鬼"的种种迹象的约翰——死人一般苍白的脸、含糊不清的话语、混乱的思维。采访刚进行了几分钟，约翰突然从帆布扶手折椅上跳起来，在镜头外吐了起来。那年夏天，约翰的表姐、已经取得医生执照的利拉·哈维到苹果公司来看望他时，被他变形的外表吓呆了。"他看上去像个九十岁的人，眼睛直瞪瞪的。他病了。"哈维回忆道。但是骨子里，约翰还是儿时那个能不停地把她"逗乐"的小淘气威廉。"我们聊起了我的职业，我告诉他我专攻麻醉学。他说：'我宁愿动手术。'"

据洋子说，二人在未出现严重后果之前戒掉了海洛因。他们仍然想要一个孩子，旁人警告他们说海洛因会增加洋子再次流产的可能性，还会把毒瘾传染给肚子里的孩子。"约翰说：'好，到此为止。我们不再吃海洛因了。'"洋子回忆道。"可是我们不能去戒毒诊所，不然会被媒体发现。我们只能自己戒。"

戒掉海洛因的过程有个绰号叫"冷火鸡"，真是十分形象巧妙。脱瘾时的生理反应——发烧、心悸、失眠、恶心、腹泻、间歇性出汗、起鸡皮疙瘩——都如同圣诞大餐过后的残羹冷炙。约翰和洋子的冷火鸡是在1969年夏末的提腾赫斯特庄园的乔迁之喜中度过的。他们的脱瘾过程相比他人会容易一点点，因为约翰找的那个不良毒贩常常在给他们的海洛因里掺进滑石粉充数。但是"戒毒对他来说还是比对洋子痛苦得多。"丹·里克特回忆道。"可是他依然在我戒毒的时候给我帮助和鼓励。我欠他和洋子很多。"

科克托用日记来记录自己的戒毒经历，约翰则是写歌，歌名就是他正在经历的这个痛苦过程，歌词则详细记录下了过程中的种种症状和他的反应，内容之详细犹如一张挂在他床脚的图表："体温上升……发着高烧……三十六小时痛苦的翻滚……身体刺痛……骨头疙瘩……哦，我会做个乖孩子。请让我好起来。……""约翰靠自己捱过冷火鸡需要非常大的勇气。"里克特说道。"但是承认出来、把事情统统告诉大家、告诉大家他想变回小孩子、他想死……更是需要真正的胆量。"

约翰趁着大家在《修道院路》专辑表现出来的团结一致的余温还在,将《冷火鸡》拿给其他三个披头士听。他回忆道:"……我说:'嘿,大伙儿,我想我写了一首新歌。'可他们的回答全是:'嗯……呃……这个'。我就想:'去你们的,我自己来出。'"于是,这首歌就成了塑料小野乐队的第二支单曲,这次的乐队成员包括:约翰、洋子、克劳斯·沃尔曼和林戈·斯塔尔,约翰担任演唱、制作人和颤栗、狂热的主音吉他手。歌曲的B面是洋子的一首关于她女儿的歌,叫《别担心恭子(妈妈只是在雪里找她的手)》。

似乎是为了响应约翰的和平运动,各地年轻人举行人数众多的大型集会,和平地崇拜他们的英雄,没有互相伤害,继续彰显着他们的力量。始于1967年蒙特里的大型户外摇滚音乐节风潮受到追捧,从这个加州阳光小城席卷开来。6月7日,埃里克·克拉普顿的新"超级乐队""盲目信任乐队"在伦敦的海德公园为十五万名观众免费表演;一个月后,滚石乐队在同一地点为大约五十万名观众免费表演。8月15至18日,又有五十万和平的观众在纽约伍德斯托克附近的一个泥泞农场里宿营,观看来自英美两地的乐队和歌手的表演,有:吉米·亨德里克斯、谁人乐队、感恩而死乐队、杰斐逊飞船乐队和克里登斯清水复兴合唱团,并且高声抗议美国政府在越南无休止地征兵。主办方事先写信给约翰,表示只要披头士参加,价钱随便他们开;约翰还价说只有他和塑料小野乐队,被对方拒绝了。尽管如此,约翰发现伍德斯托克音乐节非常激动人心——这是对他和洋子在床上发起的改革运动的巨大响应。"(音乐节大家)聚集在一起,形成一个新的教会……说:'我们相信上帝,我们相信希望和真理,因此我们聚集在这里,两万人,二十万人,和平地聚集在一起。'"

然后,最为不可思议的音乐节到访留给了一个至今还未触及六十年代流行文化的、寂静的近海小岛。伍德斯托克音乐节一周后,二十五万名嬉皮士艰苦跋涉到了怀特岛,参加一个为期三天的音乐节,音乐节上的主角是大家意想不到的鲍勃·迪伦和"乐队"合唱团。和披头士一样,迪伦自1966年后就退出了现场表演,但和披头士不同,他是因为遭遇了一场严重的摩托车车祸。怀特岛之所以能力压所有其他诱惑吸引迪伦前来,是因其与迪伦最喜爱的一个诗人阿尔弗雷德·丁尼生爵士的联系。约翰和洋子出席了音乐节,后来乔治·哈里森把迪伦带到了提腾赫斯特庄园,碰巧约翰正准备录制《冷火鸡》。约翰突然想到让迪伦加入塑料小野乐队弹奏钢琴,但事情没成。"我记得我们俩都戴着墨镜,都嗑了药,晕晕乎乎的。"约翰回忆道。"我们旁边围着一群歌迷,金斯伯格啊,其他人啊。我紧张得不得了。"

9月10日起,伦敦当代艺术馆举办了两个晚上的约翰和洋子的电影专场。第一天晚上放映:《两个处子》《强暴》《微笑》《蜜月》和一部新作《自画像》,用二十分钟的慢动作显示约翰的阴茎怎么半勃起。电影银幕旁有两个人站在一个白色大袋子里,大家以为是电影制作人,但其实只是替身。第二天晚上只放映一部影片,叫做《羽化登仙》,借助直升飞机和热气球拍摄的一部详细研究云朵的彩色电影。尽管放映场所如此高档次,还是没有哪个主流影评人愿意前来观看。而相关报导自然是集中在《自画像》上——多数影评认为,这部电影就像一副一个身穿肮脏雨衣的变态狂在克拉彭公地被捕的自画像。对此,约翰用洋子与激浪派所秉持的观点来予以反驳:用任何一种强烈的情感来刺激观众都是有益无害的。"人是冻僵的果冻。需要有人来把冰箱关掉。"

然而,在当代艺术馆里解冻几个果冻远比不上迪伦、贾格尔,还有其他人从摇滚音乐节上发来的呼唤。此外,一系列其他因素也引诱着约翰从"纯"艺术逃学。在伍德斯托克音乐节上最受欢迎的一个乐队是一个叫"沙纳纳"的美国合唱团,他们深情翻唱了五十年代的经典摇滚和嘟·喔普歌曲。那个年代的巨星,像查克·贝里、小理查德和杰里·李·刘易斯,都重出江湖,并且证明还没有人能够超越他们的激情和狂野。已经三十四岁的猫王也脱掉了好莱坞的寿衣,重回世界上最性感的男人的宝座。以前那些让约翰和他的同学们被视为异类的限制级歌曲又复活了,成了家家户户喜爱的无害歌曲,还为即将过去的六十年代增添了一层五十年代的怀旧色彩。虽然十年过去了,虽然距离利瑟兰市政厅和"蓝色酒馆"俱乐部十万八千里,它们仍是约翰的挚爱。

碰巧就在这个时候,第一个摇滚复兴音乐节在加拿大的多伦多筹备着,受邀嘉宾包括:小理查德、查克·贝里、"胖子"多米诺和博·迪德利。就在音乐节9月13日开幕的两天前,约翰收到组委会给他和洋子的邀请。"他们请我们去主持局面,像个国王和皇后,不表演,"约翰回忆道,"可我没听到。我说:'给我时间组个乐队',我们第二天早上就出发了。"

这是展现塑料小野乐队是个能迅速应对各种挑战的乐队的绝好机会,犹如"二战"飞行员冲向他们的喷火式战斗机。约翰找来了汉堡的老朋友克劳斯·沃尔曼担任贝斯手、埃里克·克拉普顿担任吉他手、(后来加入"是的"乐队的)艾伦·怀特担任鼓手,与他和洋子还有四个丙烯机器人一起前往多伦多。约翰还叫了乔治·哈里森,但是乔治是最不喜欢仓促参加一个什么都不知道的表演的。

约翰一行人根本没有时间彩排,除了在飞机上、在多伦多大学体育场的后台表演前的几分钟。匆忙赶到的约翰想到一下子与这么多他儿时的偶像同台竞技，突然害怕起来，在后台狂吐。"我们要演一些我们熟悉的曲目，因为我们从没在一起表演过。"约翰对观众说。"但我们要开始了——祝我们好运。"他唱了三首以前在"洞穴"俱乐部里很受欢迎的老歌——《蓝色绒面革皮鞋》《糊涂的利齐小姐》和《钱》——接着演唱了《忧郁》《给和平一个机会》和首次现场预演的《冷火鸡》。然后，洋子从一个白色大袋子里出来，演唱了两首新歌《别担心恭子（妈妈只是在雪里找她的手）》和长达十三分钟的《约翰，约翰（让我们期待和平）》。这些歌谈不上跟摇滚复兴有什么关系，但是没有任何事情可以阻止观众再次见到约翰现场表演的喜悦，就算是和临时拼凑的一个奇怪组合一起表演。"现场气氛太棒了。我从没感觉这么好过。"约翰回忆道。

离开伦敦前，约翰就已下定决心离开披头士，不过因为急着去多伦多，没时间告诉其他三个披头士。"我跟埃里克·克拉普顿和克劳斯·沃尔曼说了我要离队，还说我可能找他们加入新乐队。"约翰回忆道。"我还没想好要怎么办……是组个固定的新乐队还是怎样。后来我想：'妈的，我再也不把自己跟一群人绑在一起了，不管是一群什么人。'于是在去多伦多的路上，我向自己和身边人宣布了这一决定。艾伦也在，我告诉他玩完了。"

这是克莱因最不想听到的。他刚与披头士在美国的唱片公司"国会"唱片完成谈判，为披头士赢得了更多得多的版税。他强迫"国会"的总裁鲍勃·戈尔蒂科夫接受前所未有的零售价百分之二十五的版税。就连他的死对头伊斯门父子在代表保罗审阅过协议后，也承认说相当不错。可如今他却面临没有客户收取这笔新的巨额版税，没有客户付给他百分之二十的佣金的可怕境地。当然，一个成功的乐队的主心骨在一段时间后感到厌倦，想寻求新的挑战，或组建新乐队或单飞，也并非什么新鲜事。一支顶级乐队有成员离开，可以找其他人来代替，如滚石乐队用米克·泰勒代替了布赖恩·琼斯。然而，无人能想像一个没有约翰的披头士。

9月20日，克莱因召集大家在苹果公司的董事会会议室开会，正式签署与"国会"唱片的合同。数月未来过公司的保罗首次现身，这意味着约翰的听众都到齐了。可是，约翰临阵退缩，没有一开始就宣布退队的事，只是泛泛地抱怨保罗自《魔幻之旅》专辑以来一直主宰着乐队。"那里面我只写了《海象》……而你已经写了五六首，我就想：'妈的，我没你那速度。'"约翰的口气更多的是受伤害而非指责。"所以我就懒得弄了，我心想我不是真在乎自己有没有进专辑，我说服自己这不重要，所以有一段时间，如果你们没有自己来邀请我做专辑，如果你们仨没有说:'再写些歌吧,我们喜欢你的歌',我也不打算抗争了。"

约翰的这番宣泄流露出的缺乏安全感和宿命主义够出人意料的。但还不止这些,约翰为自己的主题预热,指责保罗不仅在歌的数量上盖过他,还占用大部分的录音室时间——口气仍旧是受伤多于愤怒。与其说是争吵,更像是在婚姻顾问前吐露双方的痛苦。吃惊、同样觉得伤心的保罗承认自己在最近的几张专辑里可能"表现抢眼了些",但同时指出当他们走进录音室时,约翰常常只有一两首歌可录。约翰承认自己的懒惰是原因之一:"那些东西不值得录——我没干劲写也没干劲录。"

既然已经把牌摊到桌面上了,约翰干脆把他称之为"奶奶音乐"的,保罗那些可爱、悦耳、家家喜欢的歌曲也抨击了一番。公道地说,这些歌曲自从在"洞穴"俱乐部以来就一直是披头士曲库的一部分。再进一步说,约翰若能停下来想一想,他挑来批判的两首歌,《生命继续》和《马克斯韦尔的银锤子》,一首有列侬热烈、尽心的钢琴独奏,一首有强烈的列侬式病态,活着的奶奶们根本不会喜欢。

此外,约翰还做了一个迟到的检讨:他和保罗都没有好好对待乔治。预先听过《修道院路》专辑的人都认为乔治的两首歌《太阳出来了》和《某些事》一点儿也不逊色于专辑里的其他歌曲,包括列侬-麦卡特尼的作品。特别是《某些事》远远超过了乔治的一般水平:热情、老练、没有了他以往印度说教的感觉。这首歌使得乔治终于能够登上披头士单曲的 A 面,后世的翻唱版本比披头士自《昨日》以来任何一首热门歌曲的翻唱还要多。约翰多次说到这首歌是专辑里最好的歌曲。

然而,除了克莱因以外,谁都想不到约翰究竟想说什么。保罗表示愿意捐弃前嫌重新开始,他相信只要他们从这些个资产负债表、办公室斗争中脱身,回到一个并非总是如此不堪的地方——他几乎是恳求约翰和乔治好好回想一下——一切都会好起来。"就算是在最坏的时候,当我们在录音室里时,我还是会弹着贝斯,林戈敲着鼓,我们还在那里,你知道……"

该是约翰挑明的时候了。"他事先都没有跟我说。"洋子回忆道。"保罗在说着'我们为什么不这样那样……',约翰说:'你好像还没明白? 这个乐队玩完了。我要退队。'"

"我组的乐队。我解散它——就这么简单。"约翰自己回忆道。"当我终于有勇气向他们仨说出口时……他们知道这回是真的——跟林戈和乔治以前威胁说要离开不一样。我知道我宣布得这么突然很对不起他们。毕竟我有洋子;而他们只有彼此。"据保罗回忆,约翰还说他本来是打算签完"国会"的合同才说。"好约翰,他实在忍不住了。我记得他说:'跟你们说我要离开感觉真奇怪,但是从某个方面来说又很刺激。'就好像他跟辛西娅说要离婚。"

然而"国会"的新税率并不会马上有危险。以1969年音乐业的普遍观点来看,即便是披头士也不可能在散伙后继续保持高额的唱片销量。因此,在《修道院路》专辑取得最高的预期市场销量之前,约翰离队的消息绝不能泄露半点。"保罗和克莱因说服约翰先别声张。"洋子回忆道。"我们坐上车时,约翰转过来对我说:'披头士结束了。从现在起,只有你——好吗?'我心想:'我的天,这么多年来是他们仨让他开心。如今得靠我一个人了。'"

其实,不消说外界心里也明白:六十年代的终结同样意味着披头士的终结。全球的媒体上充斥着各种关于披头士何时正式宣布解散、披头士最终会因为什么解散的猜测,是小野洋子、琳达·麦卡特尼、艾伦·克莱因,还是与苹果公司的矛盾?保罗不知什么原因很久未公开露面更是惹得谣言四起,出现越来越多貌似有理的"证据"说他已经死了。

披头士的完结带来的不仅仅是悲伤和怀疑,更有一种近乎恐惧的感觉。尤其是对"两战"期间出生的那一代英国人来说,这十年留给他们的遗产是巨大的,披头士和头顶上的太阳一样是美好生活的必需品。从1963年起,披头士带领着他们经历人生一个又一个改变:从运动夹克和肥大的裙子到宽松长袍和念珠,从一种发型到另一种发型,从柠檬啤酒到百加得朗姆酒和可口可乐,从炸鱼和薯条到俄式牛肉丝和法式红酒炖鸡,从鱼肝油到广藿香油,从BBC国内服务的儿童最喜爱节目到拉维·尚卡尔和斯托克豪森,从布赖顿、马盖特到伊维萨岛、托雷莫利诺斯和加德满都,从"伍德拜因"牌香烟到阿卡普尔科金叶大麻,从《我想握住你的手》到《一起来》,从《我很好》到《革命》。无人能想像未来再也没有这群如同神一般高大、却比最亲近的家人还要亲近的人儿的陪伴。

9月26日《修道院路》专辑发行,带给歌迷一丝希望:也许事情并没有报纸上说的那么糟——即便是最想散伙的那一个最后也可能态度软化。一行将解散的乐队怎么可能演绎出约翰的《因为》里那亲密、温暖的和声?一个据说充满仇恨和争吵、到了不可挽回的乐队怎么可能写出《太阳出来了》这样阳光的歌曲?——这首歌由乔治创作及演唱,但是小到反复出现的小小叹息"而我说……"都充满了约翰的影响。然而,乐队一个月前在提腾赫斯特庄园拍的宣传照把所有这些幻想都打破了。照片上的四个人完全是在走过场,没有丝毫热情和信心,挤不出一个笑容。

提腾赫斯特庄园的翻修工作尚未完成,约翰和洋子只能继续使用萨维尔街三号一楼办公室作为"袋子制作"公司和他们的和平运动的总部,一只塑料小野乐队的丙烯机器人看护着他们。约翰每天都要接受众多媒体采访,但他信守承诺,没有透露他要离开披头士的半点风声。他只说苹果公司的问题已经由艾伦·克莱因圆满解决,经过一番合理化改革的苹果公司重新出发,他和以前一样对公司充满信心。"马戏团走了,但地方还是我们的。"约翰对《旋律制造者》周报如是说。

10月20日,《冷火鸡》作为单曲发行,背面是《别担心恭子(妈妈只是在雪里找她的手)》,署名塑料小野乐队出品,四天后在美国上市。很多电台认为歌曲是讲吸毒的,不是讲戒毒的,因此拒绝播放,但它仍旧排到了排行榜的第三十位(在英国是第十四位),是约翰四个月里第二支非披头士的热门歌曲。一周后,他和洋子推出第三张合作的慢转唱片《婚礼专辑》。唱片一面是以他们的心跳声为背景,两人用不同的声调喊对方的名字;一面是阿姆斯特丹床上运动时的采访、对话和其他乱七八糟的声音。唱片装在一个精美的白色盒子里,饰以旧式的婚礼装饰品——还有一张他们的结婚证书的摹本和一张一块结婚蛋糕的照片。专辑未出现在英国专辑排行榜上,在美国则在一百七十八位上短暂停留。

那时还没有"服务热线"这个词,但是1969年的约翰和洋子基本上成了一部热线服务电话,前来求助的不仅有与他们志同道合的反战反压迫团体,那些受了欺压、冤枉和歧视的人也都来找他们。每周他们都接到数百个求助的请求,这些请求或投诉无门或已用尽其他一切方法。二人无法不同情这些可怜人,他们可能是英国的吉普赛人,也可能是在加州的葡萄园出卖廉价劳动力的西班牙移民。越困难、无望的请求越能激发约翰的同情心。一群无家可归的嬉皮士居然可以免租金、无限期地使用多里尼什岛,那个位于爱尔兰西海岸,约翰原本打算在上面建一座塔、做一个艺术隐士的岩石小岛。

这年冬天,约翰的维权议程上的重要一项是詹姆斯·汉拉蒂案。二十六岁的汉拉蒂在1962年因臭名昭著的"A6公路谋杀案"被处以绞刑,成为英国最后几个被处以死刑的人之一。但是此案一直为人们所质疑,一方面是因为汉拉蒂有充分的不在场证明,一方面是因为后来有一个更为残忍的罪犯暗示他才是真正的凶手。汉拉蒂正直的父亲一直坚信自己的孩子是无辜的,为洗清他的罪名做着不懈的努力,在那个年代还没有人敢想像英国司法会作出这种误判。在法院和警察怎么都行不通以后,汉拉蒂的父亲向约翰和洋子请求最后的帮助。二人立马伸出援手,答应拍一部有关这个案子的电影,并且以他们指责美国屠杀越南的激愤指责"英国谋杀了汉拉蒂"。

约翰和洋子每接手一个新的事情就会招来新一轮的嘲笑和批评,说他们插手自己不懂的事情。在约翰看来,被当做小丑是他们所选择的这个竞技场里的正资产。"约翰和洋子就是劳雷尔和哈迪。"约翰如是说。"在这一伪装下我们成功的可能性更高,因为所有那些严肃的人物,像马丁·路德·金、肯尼迪、甘地,都被枪杀了。"

虽然英国政府没有派兵到越南支援美国,但在约翰看来,它也没有反对或者公开谴责战争,因此一样应该受到批评。1968 年,英国再次成为大屠杀的帮凶,这次是在它的英联邦里。尼日利亚东部的比夫拉地区宣布脱离国家,哈罗德·威尔逊政府支持尼日利亚当局残酷的镇压政策,导致数千人死亡,更有数百万人陷入饥荒。约翰决心与三年前从同一个首相那里接受了一个公众荣誉的、循规蹈矩的自己彻底决裂,以示抗议。他把大英帝国勋章从咪咪姨妈家的电视机上拿下来,寄了两封一样的短信到白金汉宫和唐宁街十号,说他归还勋章以抗议越战、抗议比夫拉事件、抗议《冷火鸡》在排行榜上下滑。

这次距离上次有人归还皇家勋章的时间不长;就在 1965 年,数位气得满脸通红的上校和文职人员退还勋章,以抗议披头士的授衔仪式。如今约翰放弃了勋章,一些人又想把勋章要回来。一位年长的退休警察写信给白金汉宫要拿回他的奖章,却被告知奖章丢了。约翰听说了以后,送去话说那人可以用他刚刚归还的那个勋章。

圣诞节临近,只有依然坚守在萨维尔街三号门口瑟瑟发抖的、最最乐观的歌迷还自欺欺人地相信披头士还有可能在一起。若说保罗对今后的打算仍不明朗,乔治和林戈则步着约翰开拓的道路,为披头士以外的生活做准备。12 月初,乔治参加埃里克·克拉普顿与一个美国乡村摇滚二重唱"德莱尼和邦尼"组成的一个乐队的巡演,初次尝试重回舞台。林戈则到两部投资巨大的故事片《糖果》和《奇妙的基督》里客串,后者是与彼得·塞勒斯一起,林戈还在考虑接受更多的电影邀请。讽刺的是,这么多年来一直几乎默默无闻的林戈发行了一张翻唱经典流行歌曲的个人专辑《伤感的旅程》,获得的评价超过了约翰和保罗。

12 月 11 日,《奇妙的基督》在肯辛顿的欧点电影院首映,披头士的忠实支持者玛格丽特公主和斯诺登勋爵赏光出席。约翰和洋子也坐着一辆豪华轿车前来,轿车上挂着一块写着"英国谋杀了汉拉蒂"的巨大标语牌。他们特意把车停在皇室专车的后面,好让标语能被更多的镜头看到。可是次日早晨的报纸上没有一家提及此事。三天后,汉拉蒂的父亲出现在海德公园的演说角,呼吁对他儿

471

子的判决重新进行公开调查。在他身旁有一个不断扭动的白色大口袋,写着"为詹姆斯·汉拉蒂的默默抗议"。这回口袋里确是约翰和洋子本人,二人后来从袋子里出来,陪同老汉拉蒂和其他支持者向唐宁街十号递交了一封请愿书。

由于没有什么新作,约翰就把塑料小野乐队在多伦多摇滚音乐节上的处子秀作为专辑在12月12日发行。为了宣传这张专辑,乐队再次粉墨登场,这次是在伦敦音乐厅的舞厅里,而且演出阵容十分强大,除了约翰、洋子和机器人,还有埃里克·克拉普顿、"德莱尼和邦尼"二重唱、比利·普雷斯顿、"谁人"乐队的基思·穆恩和摇铃鼓的电台音乐节目主持人杰夫·德克斯特,连乔治·哈里森都来了,这是他1966年以来第一次与约翰同台表演。演出由《国际时报》的约翰·霍普金斯拍摄下来,原本打算在一台机器人身体里的录像屏幕上同步显示——这一做法为日后的摇滚歌手广泛使用——不巧设备出了故障。德克斯特回忆道:"声音糟透了,可是好像没有人在意。"洋子先是待在一个白色袋子里,中途才出来演唱《别担心恭子》,中间停下来大声尖叫"英国谋杀了汉拉蒂!"。这是约翰在英国的最后一次现场表演。

早在这年夏天,约翰和洋子就已经开始在想怎么把他们的和平运动与互送美好祝福的圣诞节联系起来。他们想过在报纸上刊登和"宣战"一样醒目的大标题"宣和";想过像当年的《你需要的是爱》一样把他们的理念通过通讯卫星传播出去。最后,他们决定采取洋子经常为她的艺术展采取的方法:张贴广告牌,不过这次在约翰的大力资助下广告牌的档次提升了许多。12月16日,一幅巨大的白色广告牌出现在纽约时代广场璀璨的霓虹灯之中,同样的广告牌同时出现在伦敦、巴黎、洛杉矶、罗马、雅典、柏林、蒙特利尔、多伦多、东京和特立尼达岛的西班牙港等地的繁华闹市区。广告牌上用简简单单的黑色字体写着:"战争结束了,如果你希望它结束,圣诞快乐,约翰和洋子"。

年末,各个新闻机构都在准备盘点、评论过去的一年和过去的这个十年,其中有一个声音是这些人最想听的,听听他怎么看待这两者。BBC制作了一个名为《约翰与洋子的世界》的纪录片,准备于12月30日播出,用五天时间分别讲述他们在苹果公司、在录音室、在床上的种种话题。《滚石》杂志评选约翰为"年度人物",认为"约翰·列侬与尼克松总统交谈五个小时比美俄的任何一次日内瓦峰会都更有意义"。当然,最有分量的还要属英国ATV电视公司(就是廉价购得北方唱片公司的那个ATV)邀请了三位重量级的知识分子,制作一个短片,评选他们各自心目中的"十年人物"。资深广播员阿利斯泰尔·库克选择约翰·肯尼迪;美国左翼作家玛丽·麦卡锡选择北越领导人胡志明;人类学和社会学家德斯蒙德·莫里斯选择了约翰。

与莫里斯、洋子和一个摄制组一起漫步于提腾赫斯特庄园的庭院,此时的约翰对世界、对自己都显得无比乐观。"人人都说(青年文化)在走向堕落什么的。……没几个注意到过去十年出现的好的东西……伍德斯托克……那么多人聚集在一起不是为了战争,是人最多的一次。没有哪次那么一大群人在一起没有杀人,或者什么暴力场面,像罗马人那样,就连披头士的演唱会也比这个更暴力更疯狂……

"我十分乐观,从我在世界各地接触到的人……我知道有与我志同道合的人。我没有疯,我也不是一个人。这是从个人角度来说,当然,伍德斯托克、怀特岛,我觉得这些年轻人的大型集会非常好。……这还只是开始。六十年代才刚开了个头,才刚起床,都还没到中午吃饭时间呢,而我等不及了。对,我等不及了。我很高兴能生在这个时代,这将是一个伟大的时代,会有越来越多的人加入我们,(约翰幽默地对准镜头)伯明翰的大妈大婶,不管你们在那里怎么想的,你知道你们不可能成功的。"

可惜摇滚音乐节再也无法标榜他们惊人的无暴力记录。12月6日,滚石乐队在加州的阿尔塔芒举行了一场免费的演唱会,被请来担任"安保"工作的飞车党"地狱天使"用台球杆袭击观众,还在距离舞台仅几英尺的地方当场刺死一位黑人男青年。尽管如此,多伦多摇滚音乐节的组织者还是计划次年七月在蒙特利尔的莫斯波特公园举行为期两天的第二场演出,"比伍德斯托克更大"。为了抹去"阿尔塔芒事件"的阴影,主办方恳请约翰参加。约翰同意将音乐会办成"约翰·列侬和平音乐节",并且不顾圣诞节临近,与洋子在六个月内第三度飞往加拿大讨论安排事宜。

二人首先到达多伦多,住在了摇滚前辈罗尼·霍金斯的大牧场里。霍金斯及其妻子万达不仅把自己的房间让给他们住,还请来了厨师为他们准备养生食物。"尽管二人在控制饮食,我有一两次在半夜发现他们在冰箱旁吃香肠片。"霍金斯回忆道。牧场里有厚厚的积雪,没有和音乐节组织者开会的时候,约翰就一连几个小时开着六轮的水陆两用车在牧场里驰骋。两位客人不仅留给霍金斯夫妇一个空空如也的冰箱,还因为浴室淹水而把客厅天花板弄塌了。

面对成天跟在他屁股后面的记者们,约翰重申了他那句嘲讽的老话:诸如尼克松总统之类的世界大领导人都害怕他和洋子想给他们的、象征和平的橡实。约翰不可避免地又被问到他在披头士未来的打算,他与保罗、乔治和林戈的关系等等。约翰仍旧履行诺言,说他仅仅是离开乐队"度个假",他和其他三人之间没有不和,尤其是在和平运动的问题上。"乔治和我一样讨厌战争。保罗也是,只不过他更理性——而林戈就是一个活生生的橡实。"

约翰从来不认为自己是精神领袖,反战活动的也好,反叛青年的也罢。"我不是什么领袖;我只是约翰·列侬,我只是刚好有那些想法。"虽然尼克松总统的大门依旧紧闭,却有其他重量级的"严肃人物"排在德斯蒙德·莫里斯的后面等着认可约翰带来的巨大而且无疑是积极的影响。离开多伦多之前,约翰和洋子与新通讯科学的权威马歇尔·麦克卢汉会面,后者提出的著名论断"媒体即信息"很有可能是专门为他们创造的。麦克卢汉问:为什么选择加拿大而非伦敦作为他们的舞台?约翰答道:"我们要干点什么,都是在伦敦以外干的,因为在英国他们不会当回事儿。他们把我们当做小孩子……'那个脑袋有问题的疯子'之类。'他应该在帕拉狄昂剧场跳踢踏舞,而不是在那里讲什么战争与和平。'"

麦克卢汉说道:在美国政府眼中——特别是在以尼克松为代表的新共和党政府眼中——任何一个像约翰这样挑起如此大规模反对声音的人都很有可能被视为"留长发的共产主义者"。"在欧洲,这是笑话一个。"约翰答道,根本想不到边界那头正在密切监听着他的每一句话,想不到这些话日后会回来纠缠住他。"我意思是,我们笑美国怎么这么害怕共产主义者。换句话,美国不会被共产主义者推翻。他们会从内部瓦解。"

12月23日,约翰和洋子四日的加拿大之行达到最高潮:二人乘火车到达渥太华,与加拿大总理皮埃尔·特鲁多——当时全世界最年轻、最嬉皮的领导人——进行了五十分钟的会面。会面前约翰紧张得不得了,好像是咪咪姨妈在一旁提醒他,他穿了一件深色西装,系了领带。特鲁多不仅是披头士的歌迷,还是约翰的书迷,还承诺全力支持蒙特利尔和平音乐节。事后,约翰面无表情地幽默道:他和英国首相哈罗德·威尔逊唯一一次接触就是在1964年一次颁奖礼上的拍照握手。

1970年的新年,约翰和洋子来到丹麦北部的奥尔伯格,洋子的前夫托尼·考克斯与女儿恭子和德克萨斯新女友梅林达居住在此。四人其乐融融地在一起住了将近一个月。他们给恭子买了一只小猫,取名米索,怕骨头卡着小猫的喉咙,约翰还特意为其烹制没有骨头的鱼食。在此期间,约翰和洋子把他们的头发理成平头,标志着他们所谓的"和平元年"。约翰还把那把"旧约"似的胡子给剃了,露出干干净净的下巴、清爽活泼的脸庞,只不过再也看不到从前嘲讽的微笑。此番改变的意义十分明显:他已经把六十年代抛在身后了,毫无留念,就像留在理发店里的那些头发。

约翰原以为多年来一直要他把头发剪了的咪咪姨妈这下会很高兴。没想到咪咪对他"可怕的光头造型"大为吃惊,说约翰剪得"太短了"。

"若要说披头士或者六十年代留给我们什么讯息,"约翰在日后如是说,"那就是学会游泳。没错。而且学会了以后就游走吧。当披头士的梦或者六十年代的梦结束了,你还抓住这些梦不放,那就完全搞错了。一辈子揣着这些就像一辈子揣着'二战'、揣着格伦·米勒。不是说你不能享受格伦·米勒的或者披头士的音乐,而是一直活在那个梦里你就永远不能看清世界。"

新的一个十年之初,约翰就全速游向了一个以往他觉得水深没顶的地方。去年,约翰的艺术顾问安东尼·福西特建议他尝试创作石版画,石版画既可展出,也可少量出售。为了帮约翰省去艰辛的蚀刻过程,福西特让约翰先创作在特殊画纸上,然后请来更有耐心的人手将他的画移植到处理过的锌片上。约翰用这一方法创作了十四幅石版画,有的是关于他最近的重大事件,像他的婚礼、阿姆斯特丹床上和平运动,有的是侧卧着的裸体洋子。总共有三百套,每套定价550英镑,全都有约翰的签名和一个凸起的红色印章(这是从日本的艺术家那里学来的)。整套版画被装在一个印有"一号袋子"的白色大旅行袋里。

1月15日,约翰和洋子还在丹麦,石版画就在伦敦艺术画廊开始展出了。在伦敦展完以后还将到巴黎的丹尼斯勒内画廊和纽约的李·诺德内斯画廊展出。此前,萨尔瓦多·达利牵着一只宠物豹猫观看了纽约的预展。然而,这些画在伦敦展出了不到二十四小时就冲进来一群身着制服的警察,以所谓的接到群众投诉为由,将八幅洋子的裸体版画没收(用约翰的话说"逮捕了那些纸张")。随后,警方以违反《淫秽出版物法》起诉了画廊。此举荒谬可笑;这些版画一点儿也不淫秽,而是技术娴熟、品位高雅,甚至感人,虽说装饰有违禁的阴毛。结果,"一号袋子"因此受到极大的关注,约翰也被提升到了诸如高更和奥布里·比尔兹利等受到迫害的鬼才情色艺术家的高度。

既然约翰已经下定决心七十年代的一切都要和以前不同,制作唱片的方式当然也不能例外。1月27日,约翰打电话给乔治·哈里森(尽管发生了种种事情,二人一直保持着良好的关系),叫他参加塑料小野乐队的新任务。约翰想变原来披头士石版画般漫长、痛苦的录音过程和后期制作过程为快速、即兴的素描。"(约翰)……说:'我写了一首曲子,我打算今晚录好,明天就压制出版。就是这样——《现世报》。'"乔治回忆道。

当晚与乔治一起被叫到修道院路三号录音室的还有鼓手艾伦·怀特、弹奏电子琴的比利·普雷斯顿和克劳斯·沃尔曼。"我一到录音室就看到一个美国小个子在控制室里忙碌着,一边摆弄着各种旋钮一边叫艾伦'把你的铙钹弄大声点'。"沃尔曼回忆道。"没人告诉我今天的制作人是谁,我也不认识这个正在忙活的小个子,只见他的衬衫上印着字母 PS。"

这个小个子不是别人,正是菲尔·斯佩克特,流行史上首位比他制作的艺人还要出名——或者说得准确点是臭名——的制作人。六十年代中期以来,他那曾经风靡一时的音墙效果被接踵而来的迷幻摇滚和民谣摇滚大潮所淹没。其杰作艾克和蒂娜·特纳演唱的《山高水深》在美国惨遭失败后,斯佩克特关闭了自己的菲利斯唱片公司,娶了自己的女子组合"罗奈特合唱团"的主唱,演出一些小电影角色,如《逍遥骑士》里的毒贩。即便如此,他还是约翰表明与乔治·马丁和所有披头士之前的东西断绝关系的首选之人。二人自 1964 年共同搭乘披头士首次飞往美国的飞机以来就未曾再见。可是艾伦·克莱因与他熟识,不费吹灰之力就把他带到了伦敦,开始一项对他、对约翰都是全新的事业。

《现世报》秉承约翰在塑料小野乐队的极简抽象、众人合唱的风格,节奏类似《冷火鸡》,曲风却轻松、幽默得多。事实上,斯佩克特的制作带来的一个影响就是使约翰的声音紧绷、富有表现力,这一点自《挪威的森林》以来就听不见了。歌曲的思想内容则完全是列侬式的——古老的佛教因果律摇身一变成了类似速溶咖啡的现代人造产品,成了梯子底下的妖怪,一不留神就会把你抓住。歌中约翰用当时的嬉皮流行语向人们发出警告:"你最好趁早做好准备/人很快终有一死……",显然是不能按字面去理解的。副歌回归到争取和平、非暴力、乐观团结的主题上来。从此,反政府的青年团体在受到警棍和高压水枪的威胁时,就能从"人人都在发热发光/就像宇宙星辰,月亮太阳"的哼唱之中汲取力量和团结。

歌曲录了十次就制作完成,背景和声中有洋子、马尔·埃文斯和几个约翰心血来潮在西区一个叫"哈切特"的俱乐部里找来的根本不认识的陌生人。六天后单曲就由苹果公司发行了,封面上印着"大声播放"几个字。(B 面洋子的《谁见过风?》则印着"小声播放"。)歌曲在英国排名第五,在美国排名第三,是第一支在美国销售超过百万张的由一个披头士演唱的单曲。约翰在"流行音乐排行榜"上表演这首歌曲时,洋子坐在旁边,蒙着一块白色眼罩在织东西。

新的一个十年我们还看到约翰以一己之力为受压迫的弱势群体争取权益的斗争重心逐渐转移到因为肤色而受到歧视的群体上。这对于一个从小被灌输黑人为低等人,曾经嘲笑他们为"黑鬼""瓦布巴先生"的人来说是一个巨大的思想转变。约翰的转变一方面是因为造成大众痛恨洋子的种族歧视。更重要的是因为美国激进的黑人权利运动的崛起和诸如斯托克利·卡迈克尔、埃尔德里奇·克利弗这样受过良好教育能说会道的政客的出现。再说近一点的英国,英联邦成员之一的南非,其还实行着种族隔离的政府不顾日益高涨的谴责和孤立,仍旧派遣全部由白人组成的国家运动队出国比赛。去年十二月,一场苏格兰队和南非跳羚队的橄榄球比赛被一群反对种族隔离的示威者打断,今年二月,政府对示威者处以了高额罚款。罚款全部由约翰买单。

这样的举动无疑会让约翰进入英国新兴黑人权利运动及其主要发言人迈克尔·阿卜杜勒·马利克(或称迈克尔·X)的视线。马利克出生于特立尼达岛,原名迈克尔·德·弗雷塔斯,六十年代中期起开始统领英国的黑人政治。他效仿美国同道改信伊斯兰教,还模仿在1965年被暗杀的著名年轻领袖马尔科姆·X,自称"迈克尔·X"。想当作家和诗人、一心往上爬的迈克尔·X十分善于利用白人富人的罪恶感心理,向他们募捐。当他用这招向约翰和洋子索要"黑人之家"——他在伦敦北部的霍洛韦开办的一个不良少年福利中心——的赞助时,募得一笔不小的数目。他宣称披头士的音乐"盗用了黑人的节奏",如今是他们还债的时候了。良心有愧的约翰给了他写一本叫做《黑人经历》的书的预付款,并答应资助"黑人之家"建造一个施食处。

约翰和洋子在丹麦理了个超短头以后把剪下来的头发带回家。如今,二人把这些头发送给迈克尔·X,分成小份装在盒子里卖掉,以资助"黑人之家"。迈克尔·X则回赠给他们一条沾着血的拳击短裤,据说是另一位名人、伊斯兰黑人权利的著名皈依者穆罕默德·阿里的。约翰和迈克尔·X一同亮相ITV的"西蒙·迪伊秀",人们经常在"黑人之家"看见约翰,约翰开始管它叫"黑苹果"。

1970年上半年约翰的主要工作还是筹备七月份为期两天的蒙特利尔和平音乐节。在他的鼎力支持下,音乐节承诺将超出伍德斯托克数倍。预计有一百至二百万的观众,将看到由约翰领衔的众多艺人的表演,披头士就算不能全体到场,也会有几个前来,还有鲍勃·迪伦,甚至是卷土重来的猫王。他们还考虑把舞台弄成一张大床的模样,纪念约翰和洋子的床上和平运动;考虑搞一个"和平投票",让每个到音乐节来的人都投票反对越战。

然而到了春天,这项浩大的工程遇到了麻烦。原本同意主办方收取合理入场费——之前有几个音乐节就这样做了,也无损它们的神秘色彩——约翰突然改变主意,坚持一定要免费。那时还没有人想到商业赞助摇滚活动,销售音乐节的相关产品的做法也才刚刚起步,最后只能是出现巨大的财务亏损。再者,蒙特利尔市议会不同意在莫斯波特公园举办音乐节,而他们又找不到别的地方。最后,他们只能寄希望于托尼·考克斯的两个古怪朋友,二人宣称为了丰富音乐节目,将有真正的飞碟降临。约翰不干了,音乐节也就此停摆。

约翰和洋子都还在努力戒除海洛因中。当他们忙于床上运动、忙于与总理的高峰会面时,戒毒相对容易些,因为每时每刻都有新的"快感"。可如今他们闲了下来,戒毒就变难了。三月,一个叫雷·康诺利的记者到伦敦拜访他们,恰好洋子正在哈利街的一家诊所里短期住院。当一个护士拿着一些药进来时,约翰对她说:"你知道她在戒毒",把护士吓了一跳。康诺利推测二人都在使用海洛因的替代品美沙酮之类的,至少对约翰来说,他新近参与的黑人权利运动减轻了一些"冷火鸡"的痛苦。当记者看到越来越多不可曝光的东西时,迈克尔·X和一个朋友来了,提着一个藏有一大塑料袋大麻的手提箱。然而,康诺利并没有逮着这则可以登上头条的列侬新闻,舰队街也没有。3月29日,约翰送去一通电话留言,声援在伦敦东部八千人参加的裁核集会。在留言中,他透露洋子再次怀孕了。

分享彼此的过去是两个新恋人的必修课,特别是对于两个文化差异巨大的恋人来说。可是在约翰和洋子这里,这种分享几乎是单方面的。在一起数个月了,约翰对于洋子在日本的童年、被下跪的仆人包围的特权然而孤独的生活、战时等于是靠她一个人养活自己和两个年幼的弟妹的艰辛等仍知之甚少。相反,洋子对约翰在被炸弹轰炸的灰暗利物浦的童年生活了如指掌:他父亲如何在他六岁那年消失得无影无踪,他母亲朱莉娅如何把他交给咪咪姨妈,然后跑去跟"紧张先生"约翰·迪金斯有了两个私生子。

这当中,约翰谈起最多的是朱莉娅:讲她是个多么美丽、迷人、风趣的人;她陪伴他度过童年,却从未真正是"他的";十八岁那年,一辆小汽车在咪咪家门前几码处将她撞倒,给他的生活撕开了一道可怕的口子。约翰还给处惊不变的洋子讲了一个他之前只不小心向他的"里奇玛尔·克朗普顿式的女人"莫林·克利夫透露过的告解。"他告诉我说,他十几岁的时候,有时朱莉娅在房间里午休,他也在。他就总是遗憾自己不能和她做爱。……那时我还不知道约翰原来那么需要治疗。我知道他有时很疯狂,可我就像佩吉·古根海姆——她觉得杰克逊·波洛克疯狂,所以伟大,波洛克会干出在画展开幕时在自己所有的画上撒尿之类的事情。我不认为约翰应该被关起来,接受治疗。我觉得名声减轻了一些他的压力。可是利物浦童年对他来说还是十分可怕。"

三月下旬的一天早上,邮差送来一个美国 G. P. 帕特南之子出版公司寄来的大包裹。里面是一本加州一个叫亚瑟·扬诺夫的治疗专家的新书,帕特南公司将其赠阅给各行各业的名人,希望获得一些出版前的支持。书名唤作《初声尖叫:初声疗法,神经症之治疗》。约翰看到前四个字就马上联想到洋子的演唱方式。"他把书递给我说:'看……这是你。'"洋子回忆道。

扬诺夫认为:几乎所有的神经质行为都源于童年时的创伤。小时候得不到爱、安全感和关注等这些儿童最基本、最强烈的需求的人长大后往往会将记忆封闭起来,在成人世界的甜蜜中寻求表面上的慰藉——名声啊、财富啊或者是性。可是倘若这些久远的需求一直得不到满足、一直被压抑着,这些人的行为在本质上就永远没法真实,从而表现出这样那样的神经病症。初声尖叫治疗就旨在打破"多年来禁锢着被压抑的情感和得不到满足的需求的力量",把病人带回到童年去正视自己的痛苦,把痛苦用婴儿离开温暖舒适的子宫降临到这个冰冷的世界时的第一声啼哭般的"尖叫"表达出来,最终得到净化。

约翰一口气就把书看完了,然后按着他一向的作风,决定一定得马上见见这个亚瑟·扬诺夫,接受他的初声尖叫治疗。几个晚上后,扬诺夫在加州的家里接到洋子打来的电话,请他到英国去给他们治疗。扬诺夫答曰:他的日程很满,不可能为了一个病人而把其他病人丢在一旁,不管这人多有名。"后来我把这事告诉了我的两个孩子,他们说:'你不是在开玩笑吧?那可是约翰·列侬啊!'"扬诺夫回忆道。约翰提供了慷慨的旅费,于是扬诺夫决定搞成一次家庭旅行。他把两个孩子从学校接了出来,再带上当时的妻子兼助手维维安。约翰总是希望自己做什么,洋子也一起做,于是洋子也一同接受初声尖叫治疗,由维维安·扬诺夫负责她的治疗。

约翰的心理状态令扬诺夫十分震惊。"他的痛苦太深了……我从没见过像他这般的。他的心理功能几乎完全丧失。他不能离开房子,很少离开自己的房间。他毫无防备,心理失衡(垮了),他整个儿就是一团痛苦。他受到全世界的敬仰,没有用。剥开所有的名声、财富和谄媚,他本质上只是一个孤独的小孩子。"

为了和病人保持一定距离,扬诺夫选择住在伦敦的帕克酒店,每天与妻子由司机开着豪华轿车载他们去提腾赫斯特庄园。洋子在主室里接受维维安的治疗,约翰则选择在还未完工的录音室里进行,希望隔音墙能减弱他发出的声音。从扬诺夫的书名来看,约翰想像自己会在地板上打滚、歇斯底里地尖叫,就像以前披头士的少女歌迷们干的那样。"他跟我说他不知道怎么尖叫,"扬诺夫回忆道,"他先叫洋子教他。"

其实,所谓治疗就是跟一个粗犷英俊、长着鬈发的人进行长谈,他用轻柔的声音和低调的问题,在几乎不知不觉间将你的过去一层层剥开。据约翰回忆:"(扬诺夫)就是让你去感觉从小开始积累在你内心里的痛苦。他的治疗让你实实在在地去感觉你生命中的每一次痛苦——很痛苦。……无法形容……你只有哭。不再压抑你的情感和痛苦,去感觉它,不再等着哪个下雨天才来发泄。就好像是电话,我们把它关了,不再去感觉。……这个治疗把开关重新打开,并调回到作为一个人去感觉,不是男人或女人,也不是名人或普通人,它把你调回到婴儿的状态,让你像一个孩子那样去感觉……"

二人谈了1946年布莱克浦的那个晴朗的日子,约翰被迫在爸爸妈妈中二选一,最后父亲弃他而去。谈了朱莉娅,她美丽迷人,却从未完全属于约翰,同样在约翰最需要她的时候离他而去。谈了约翰年轻时的另外两大悲剧,乔治叔叔和斯图尔特·萨克利夫的死——当年约翰都只能报之以歇斯底里的大笑,如今他流下了自然、治愈的眼泪。谈了约翰对母亲的性幻想,在扬诺夫看来,这正是为什么他会选择洋子做妻子。"我有其他病人有姿色迷人的母亲,最后都娶了非高加索裔的妻子,以此远离乱伦的可能。"谈了咪咪(据扬诺夫说,谈了"很多"):她给了约翰无微不至的照顾和保护,可她缺少约翰最看中的品质。"他有一个更像是女朋友的迷人母亲,一个他当做是无业游民的父亲,一个给了他家的感觉却总是显得那么严厉、冷酷的姨妈。约翰的生活严重缺乏温柔。"

二人还谈了布赖恩·爱泼斯坦,第四个也是最后一个约翰认为(但生前一直被忽略)"抛下我走了"的重要人物。"他知道布赖恩爱慕他,自己既处处依赖布赖恩又欺负虐待他,约翰深感内疚。"扬诺夫回忆道。二人谈到了1963年约翰与布赖恩在西班牙的那次臭名昭著的度假以及由此发生的(在约翰看来)微不足道的身体接触。扬诺夫听了越多关于布赖恩的事,越想为他治疗。"天啊,太悲惨了。他比比约翰更需要治疗。"

由于工人还在录音室周围施工,时不时会有噪音打断治疗、分散他们的注意力,所以几天之后,约翰建议回到房子里去,在厨房里用木头粗制而成的长桌上继续治疗。二人的谈话渐渐从约翰个人的过去扩大到泛泛而谈,扬诺夫惊讶地发现约翰"有时很单纯,有时又很复杂。……他能像有些精神分裂症患者那样看透别人"。"他是典型的右脑思维(凭直觉和本能而不是分析)。有一次他问:'那宗教呢?'我回答的大意是:'痛苦的人常常寻求宗教的慰藉。'他说:'哦——上帝是我们衡量自身痛苦的概念。'"

约翰认为扬诺夫对自己最大的作用就在于打破了他信仰了一辈子的"宗教神话",从伍尔顿的圣彼得教堂主日学校到玛哈里希的印度静修处。"你被迫意识到你的痛苦,把你从睡梦中吓醒、心怦怦直跳的痛苦,实实在在是你的,而不是来自天上的某个人的。这是你的父母和环境造成的结果。当我意识到这点,一切就都豁然开朗了。这个治疗强迫我与上帝什么的那套垃圾一刀两断。……大多数人通过上帝、手淫或者幻想手淫来排解痛苦……(而我开始)面对现实,不再一味寻找有什么天堂。"

扬诺夫夫妇严格不与病人交朋友,但二人均记得约翰为了让他们在英国过得愉快所做的种种事情。"维维安和我在为约翰和洋子治疗时,孩子们就拿着票去看他们最喜欢的摇滚表演。"亚瑟·扬诺夫说道。"一天,日程安排出了点小差错,我只得把我的儿子里克一起带到提腾赫斯特庄园。约翰对他极好,带他到花园里玩飞碟。"三周后,虽然治疗还远未结束,但扬诺夫感觉不能再不管美国的病人了。他劝约翰和洋子夏天的时候到他位于洛杉矶的初声中心完成治疗,二人同意了。

4月1日,马尔伯勒大街地方法院判决:依据《淫秽出版物法》,约翰的洋子色情石版画并不"淫秽、下流"。被告方向法官展示了一幅毕加索的石版画和一份毕加索的画作目录作为辩护。整个起诉愚蠢之极,判决结果早早可以料到,约翰不仅不用出庭作证,根本连去都不用去。(三十年后,一套石版画在纽约现代艺术博物馆永久展出。)如今,再也没有哪个歌迷或记者会把约翰看作是披头士的一员,尽管苹果公司仍在努力维护假象。"春天到了!"在一次相当危机的新闻发布会上德里克·泰勒这样开场,"明天利兹将迎战切尔西,而林戈、约翰、乔治和保罗还活着,都很好,充满希望。地球还在转动,我们也是,你们也是。哪天不转了,才来担心。在此之前无需担心。"

披头士虽然再也不会在一起共事,但他们仍有一件未发行的大产品,即1969年录制的名为《回归》的专辑。自从格林·约翰斯没办法把这一大堆磁带理出个条理后,这件事情就一直没有着落——相应的迈克尔·林赛-霍格的电影《披头士录音过程》也跟着停摆了。艾伦·克莱因不能容忍这样的浪费,特别是在与"国会"唱片的新合同给他百分之二十的佣金之后。可惜,不管他怎么说,就是他在乐队里最大的盟友约翰也觉得《回归》是一堆无可救药的"垃圾"。

于是,克莱因请来菲尔·斯佩克特——他不仅是约翰崇敬的制作人,也受到保罗、乔治和林戈的尊敬——再次尝试给专辑混音。斯佩克特在修道院路对带子大刀阔斧地干了数周,加进了另外的声音和乐器效果,有些地方甚至原本只不过是一些练习。保罗听到第一张压制品时,惊讶地发现他的主要演唱被夸张地修饰以弦乐、铜管乐和唱诗班的大合唱。他愤怒地提出抗议,结果再次遭到其他三人的否决。更令他不能接受的是，专辑重新命名为《顺其自然》，取自被"斯佩克特化"了的麦卡特尼歌曲中的一首伤感抒情歌曲。"顺其自然"这个词伴随着披头士们的成长：在利物浦，当小孩子吵架或者怀有愤恨时，父母亲就告诉他们（咪咪就经常对约翰说）"顺其自然"。如今这个词突然显得格外贴切。林赛-霍格的纪录片也将采用同样的名字，专辑和电影终于计划在四月份发行。

被排挤、被边缘化，如今又被大家认为已经不在人世的保罗的自尊心一落千丈，落差之大超出他以前的同僚的想像。保罗的疗伤法——他所需的唯一一次疗伤——是与自己刚出生的宝宝在一起，同时开始制作自己的个人专辑。为了补偿他在《回归/顺其自然》计划里丧失的控制权，这张专辑由保罗自己一手包办。专辑在保罗的私人录音室里录制，每一种乐器都由他自己演奏，背景和声除了他的妻子琳达以外别无他人（琳达因此获得了如同约翰给予洋子的共同著作权）。专辑名称就叫《麦卡特尼》，封面是琳达拍摄的头像。保罗把专辑交给了苹果唱片公司，既没有告诉其他几个披头士，也没有告诉克莱因，专辑定于4月10日发行。

但问题来了，有另外三张与披头士有关的唱片计划于差不多同一时间发行：《顺其自然》、林戈的《伤感的旅程》以及一张名为《嘿，裘德》的面向美国市场的合集。尤其是《顺其自然》与《麦卡特尼》势必展开激烈的相互厮杀，因此其中一个得延后发行。由于保罗拒绝与克莱因说话，而苹果唱片中又已经没有谁握有真正的管理权，解决问题的任务就落到了约翰身上。3月5日，约翰手写了一封短信给保罗，乔治共同署名，说他们已经叫百代公司把《麦卡特尼》的发行日期推迟到7月4日。"我们想你知道披头士的专辑将于4月24日发行以后会改变主意。"信中这样写道。"事情变成这样我们很抱歉——无意冒犯。爱你的约翰和乔治（克利须那）。"

信由林戈·斯塔尔带去给住在卡文迪什大街的保罗。林戈向来是披头士纷争的平息者，可是这次他的调停也不起作用。保罗无法容忍自己宝贝的首张个人专辑被挤到一边去，而且还是被一张他认为把他的作品毁了的披头士专辑挤开，这也是可以理解的。一向以好好先生自律的保罗如今顾不了那么多了，大发雷霆，命令可怜的、无辜的林戈滚出去。而林戈不改好好先生的本色，回来说服约翰和乔治让步。《麦卡特尼》按照原定计划4月10日发行，而《顺其自然》的专辑和电影推迟到五月。

这位以往不知疲倦的乐队公关如今意志消沉到不敢开只代表自己的媒体见面会，而是发给媒体附有一张记者问答的《麦卡特尼》专辑。问答是与德里克·

泰勒商量过后整理出来的,发泄了保罗最近数月的所有愤恨与挫折,并最终证实大家一直在怀疑的事情。

问:保罗和琳达会成为另一个约翰和洋子吗?

答:不会,他们会成为另一个保罗和琳达……

问:你怎么看约翰的和平运动？塑料小野乐队？归还大英帝国勋章？洋子的影响？洋子？

答:我爱约翰,我敬佩他所做的一切——但是我不再因此感到快乐。

问:你在计划与披头士出一张新专辑或新单曲吗?

答:没有……

正如保罗后来解释的那样:"我不能让约翰操控局面,像甩掉女朋友一样甩掉我们。"

《麦卡特尼》发行前夕,保罗打电话给约翰,说:"我也干你和洋子干的事:出专辑。而且我也要离队。"约翰的第一反应是松了一口气:这个仍固执地想挽救乐队的人终于放弃了。若要说他生谁的气,只能是生自己的气:他怎么会这么听从团队精神,把离开的事苦苦保密了这么久？如今风头又被保罗抢去了,大张旗鼓地离开一个他——还有乔治和林戈——六个月前早就安静地离开了的舞台。"(保罗)大肆炒作了一番。我也想那么干,我早该那么干。我心想:'妈的,我真傻。'……我真傻没有那么干,没有干保罗干的事,借机大卖唱片。"

历经千辛万苦,《顺其自然》的电影获得一座奥斯卡、一座格莱美的最佳原创电影配乐,《顺其自然》的专辑则在英国和美国都冲上了冠军的宝座,最终在排行榜上停留了超过一年的时间。在约翰看来,菲尔·斯佩克特无疑是这张专辑的大救星。"要是有人去听听盗版的版本……就是斯佩克特改造前的那个版本,再来听听斯佩克特改造后的版本,他们就该闭嘴了——若你真想知道两者的差别。母带烂到一塌糊涂——没人想去靠近它,被放在那边六个月。没人敢去给它混音,太可怕了。可是斯佩克特干得太出色了。"

在接受采访时,约翰重申:乐队解散在所难免,不应归咎于某个人或某件事,全世界的哀悼者应该认清形势、分清主次。"布赖恩·爱泼斯坦死后披头士就渐渐瓦解了,是一点点瓦解、慢慢死掉的。从《顺其自然》就看得出来,大家都说是琳达和洋子害的,但起因不是她们。在印度时,林戈走了,而我和乔治留下了,就看得出来。《白色专辑》就看得出来。很自然,不是什么大灾大难。人们说起这件事好像世界末日了似的。只是一个摇滚乐队散伙了而已,没什么大不了的……"

"四个人在一起生活那么多年是很不简单的,我们做到了。我们互相随便乱叫……我们在一起共患难超过了十年。我们多少次一起接受治疗……可是人总会长大。我们不想像'疯狂帮'或马克斯兄弟那样,当我们五十岁了、一身哮喘和风湿还被拽上台去唱'她爱你'。"

第五部 比萨饼与童话
PART V PIZZA AND FAIRY TALES

张晓意 译

25. 披头士的黄昏

我们现在的工作是为人民写歌。

1970年5月,约翰终于来到美国。经过与美国驻伦敦大使馆的漫长谈判,美国移民归化局解除了对约翰自十八个月前英国的毒品判决以来的签证禁令。约翰(化名钱伯斯)在乔治和帕蒂·哈里森的陪同下,飞到洛杉矶,再飞到纽约与国会唱片和艾伦·克莱因举行商务会谈。7月,约翰再次得到飞往洛杉矶的许可,这次是与怀孕六个月的洋子继续他们与亚瑟·扬诺夫的初声尖叫治疗。

扬诺夫曾经警告过他们,为了达到预期的治疗效果,治疗必须不间断地持续四至六个月——以约翰的情况可能要更久。对此约翰和洋子已经做好了充分准备,他们把两人9月前的安排全部清空,在贝莱尔租了一幢房子。他们几乎天天到初声中心继续各自与亚瑟和维维安·扬诺夫一对一的治疗,还参加与其他病人一起的集体讨论和自我解剖。

约翰深知有多少双眼睛瞪大了在盯着他,因此始终保持低调,不接受任何媒体采访,避开任何会把他卷入负面新闻的人。只有一个人除外:二十四岁的旧金山《滚石》杂志主编兼出版人扬·温纳。温纳是约翰最勇敢坚决的媒体捍卫者:《滚石》杂志不怕触怒美国保守人士,翻印了《两个处子》专辑的封面,对约翰和洋子的每张专辑都给予支持的评价,还全力支持二人的和平运动。现在他想对约翰进行一次详尽的采访,这次采访成了《滚石》杂志后来最著名的采访之一。之前温纳就曾为了此事千里迢迢来到英国,但是当时的约翰还未遇见扬诺夫,心烦意乱的他根本不想接受采访。当温纳到达提腾赫斯特庄园时,洋子告诉他他的采访对象"紧张"到不能下楼来见他。

听说二人在初声中心接受治疗,温纳邀请他们北上旧金山住一周,带他们第一次真正游览了这个首先将"和平"变成全球时髦词的城市。一行人还与温纳的妻子简一起在一个空荡荡的电影院里观看了下午场的《顺其自然》。"电影结束时——我们多少都被感动了,无论是身为亲身参与的一分子,还是忠实的歌迷——我们不知怎么地哭了。"温纳回忆道。

经亚瑟·扬诺夫五六周的治疗使约翰确信:初声尖叫治疗就是那个上帝、摇滚和玛哈里希都不能给他的答案。和平时一样,他觉得自己应该与世人分享被拯救的感觉。据扬诺夫回忆:"他来找我说他想在《旧金山纪事报》上刊登一整版的广告说:'就是这个'。我尽可能礼貌地回答他:'约翰,这是科学。它不因是否得到一个摇滚音乐家的认可而存在或消亡。'"

可是到了七月初,约翰突然告知扬诺夫移民局通知他居留期限已过,他得马上离开美国。他问扬诺夫可不可以派给他一个私人治疗师到墨西哥继续治疗。"当时我有五千号人申请治疗。我抽不出人手来跟他去。"扬诺夫说。"约翰的治疗不得不在一个关键时候停了下来。我们把他打开了,却来不及把他重新关上。要挖到他的愤怒的根源还有很多工作要做。我估计至少还要一年。"

解决这个问题的办法是另请一个治疗师:他自己。早在第一个疗程时,约翰就写了一批新歌。在初声中心时,约翰进行了润色,还有新作,因此当他提早回到英国时,已经有了可以出一张专辑的十一首歌。从《救命!》到《生命中的一天》,约翰常常写关于自己的歌词,但总是把其中的信息隐藏在诗化的意象或文字游戏底下。如今这些都像是初声尖叫治疗要打破的压抑。"我必须审视自己的灵魂,"约翰回忆道,"我不再是从神秘的角度来看……从迷幻的角度,或者是一个大名鼎鼎的披头士的角度,在做一张披头士的专辑的角度。……这次,就是镜子里的我。"

就这样,约翰推出了首张个人冠名专辑《约翰·列侬/塑料小野乐队》。专辑于1970年9月至10月在修道院路的录音室里录制。这次的塑料小野乐队成员少到不能再少,似乎是只有最信任的朋友、同事才能够倾听这原始的自白:克劳斯·沃尔曼担任贝斯手,林戈·斯塔尔担任鼓手,偶尔还有键盘手比利·普雷斯顿。制作人则由菲尔·斯佩克特、约翰和洋子共同担任,洋子还担任"风"的制作。与此同时,洋子与同一群音乐人做了一张自己的专辑,将与约翰的专辑一同发行。

这是约翰头一次自己一个人唱歌,没有披头士惯用的背景和声、声音的润色或扭曲。"以前在乔治和保罗面前总有些不好意思,"约翰回忆道,"因为彼此太熟了:'哦,他在学猫王;哦,他又来这套了'之类。……所以彼此也压抑了不少东西。可如今我有洋子,有菲尔·斯佩克特,有时是一个,有时两个都在,他们都很爱我,所以我(能)发挥得更好。而且我很放松。在《冷火鸡》里我吸取洋子的

488

唱歌经验,尝试放开来的唱法——洋子从来不压抑自己的喉咙。"

专辑第一首歌就直击约翰最难以消除的痛苦的核心:歌名就叫《母亲》。歌曲前奏是缓缓、洪亮的教堂钟声,在召唤人们哀悼而不是庆祝。钟声是从哈默公司的恐怖片里拷贝过来的,却没有比这个更能唤起扬诺夫的治疗强迫约翰重温的那些回忆的声音了。这缓慢、单调的钟声仿佛来自伍尔顿的圣彼得教堂,回响在约翰童年里冬天寂静的周日夜空。

歌词则是对深深辜负了他的双亲的强烈控诉:一个给了他生命之后将他抛弃,一个在他还在蹒跚学步时就离他而去。"母亲,你拥有我/可我从未拥有你……父亲,你离开我/可我从未离开你。"这首歌的目的就是"关闭"——与那个爱他却从不知足的迷人的红发女人和那个似乎总是更爱大海的水手作最后的告别,还给自己自由。结尾处不断重复的痛苦喊叫,像是从当年六岁的约翰在天气晴朗的布莱克浦被迫在朱莉娅和当时还叫阿尔夫的父亲中二选一时发出来的:"妈妈,别走……爸爸,回家!"

整张专辑和约翰以往的专辑一样既有决堤似的愤怒又有挥之不去的脆弱。与《母亲》中莫名的恐惧相反,《坚持》是对洋子、对全人类,但最主要的还是对他自己的安慰和鼓励:"会好起来的……我们会赢得胜利的"。《我发现》将他以往尝试过的种种灵丹妙药痛骂了一顿,从"大麻和可卡因"往回追溯到"克利须那"、嬉皮士的"兄弟、兄弟、兄弟",甚至是行手淫。《遗世孤立》说出了他和洋子常常感觉到的恐惧:"一个想改变大千世界的小男孩和小女孩"。《记得》则反映出无论事情有多糟,至少他不再是一个小孩子了。《看着我》是约翰重申对洋子的要求:她那关心、爱慕的目光一刻都不许离开他。《爱》跟俳句一样短("爱是触摸/触摸是爱"),约翰的声音惆怅、脆弱,这种声音他以前只在《白色专辑》的《朱莉娅》中用过——约翰放下了所有的防卫。

《母亲》之后最著名的歌曲是《工人阶级英雄》,所谓著名是在它尖刻的自我批评和精心的历史筛选。这首歌是写给咪咪姨妈、门迪普斯以及竭力要出人头地的中产阶级世界的。这些曾是他童年的坚实基础,如今在他看来,却也彻底地毁了他的自信和生活的乐趣。

为了否定这段历史,约翰采用了一种过去他不屑写的歌曲类型:民谣。他用一把原声吉他伴奏,说出而不是唱出押韵非常工整的三行联句,唤起二十年前匮乏、痛苦的回忆(全然忘了他拥有的安全感、可口的食物和鼓鼓的零花钱):"你一出生,他们就让你感觉渺小……他们在家里揍你,在学校打你……"约翰把大财团和军队也抨击了一番,甚至包括六十年代的人和他们"聪明、无阶级、自由"

的幻想。但他还是把最冰冷的蔑视留给了自己,认为自己是工人阶级"英雄主义"的骗人典范,是所有向往它的人的坏榜样:"想当英雄的话就跟我来"。约翰还在流行唱片里做了肯尼思·泰南四年前在电视上做的事,而且一次就用了俩"三字经"。但是其他的词各个都狠毒无比,这个词倒不十分突出了。

约翰随口对亚瑟·扬诺夫说的"上帝是我们衡量自身痛苦的概念"启发他写了一首摒弃信仰的歌《上帝》。约翰故意用缓缓的福音歌曲形式,像逆过来的英国国教信经①,罗列出一个个他曾经无比敬畏、但现在不再相信的权威:魔法、易经、圣经、塔罗牌、希特勒、耶稣、肯尼迪、佛陀、曼特罗、薄伽梵歌、瑜伽、国王、猫王、齐默尔曼(鲍勃·迪伦),最后在一声依稀可辨的呕吐声中,约翰说出披头士。接着约翰由愤怒转为温柔,沉思还剩下什么:"我只相信自己/洋子和我/这才是现实"。结尾处他向全世界的披头士狂热分子道声迟到的告别,很抱歉,甚至有些哀伤,但不可改变:"以前我是海象,可现在我是约翰/所以,亲爱的朋友们,继续往前吧。/梦做完了。"

约翰似乎已经把刀子捅进了自己的心窝最深处,然而他还可以刺得更深。专辑的最后一首歌是一个片段,名叫《我的妈妈死了》,约翰将1958年的心碎变成一首儿歌,拨弄着一把细声细语的吉他(很可能正是朱莉娅攒钱给他买的那把加洛通冠军吉他),用一个吓呆了的孩子的声音唱道。断断续续的歌词"我无法解释……如此痛苦"像是一则超自然的信息;其实,约翰歌词原稿中歪歪扭扭、杂乱无章的字迹看着就像从坟墓来的口讯。

和以前的冥想一样,从扬诺夫那里学来的技巧成了约翰生活的一部分,可以归结为一个动词:叫出声来。对洋子来说,好处之一就是抑制住了约翰对她的嫉妒心理和占有欲。"我们上床准备睡觉时,约翰就会开始怪我这个、怪我那个:'你干吗看着那个人?你干吗朝他笑?'然后他就会说:'给我一个枕头',开始打。……叫喊成了他每天必做的事。然后他就会一下子意识到他不是在生我的气,是在生一件早在认识我之前发生的什么事情的气。"

洋子的预产期在十月,在约翰的三十岁生日前后。夫妻二人已戒除海洛因数月,生活比以前干净、正常,有充分的理由相信第二次怀孕会成功。然而,八月的一个深夜,一辆救护车赶到提腾赫斯特庄园,将洋子紧急送往位于达利奇区登马克山的国王学院医院。约翰与她同去,走了一英里左右的时候,他觉得这车实

---

① 信经的经文常以"我信……"开头,而约翰的《上帝》里唱了一串"我不信……"开头的歌词。

在太颠簸,让司机停下,打电话叫莱斯·安东尼把"劳斯莱斯"开来。和上次一样,医生要求输血,安东尼找来了所有洋子信任的献血者,比如电台音乐主持人约翰·皮尔。可是两天后,洋子再度流产。医生告诉约翰:他的精子数可能是原因之一。

扬诺夫一直为约翰在将他重新苏醒的儿时的愤怒完全平息之前就终止治疗感到担心。他的担心在九月底显露出来,约翰突然接到已经一年多没有联系的父亲的消息。弗雷迪·列侬不再是一个漂泊不定的问题人物,如今的他与年轻的妻子波琳住在布赖顿约翰给他们的免费房子里,过着安定、快乐的生活,真是无意中往约翰的旧伤口上又撒了把盐。流产了一次的波琳第二次就生了一个儿子大卫,让弗雷迪在五十七岁上意外地第二次当上父亲。由于他养家糊口的能力有限,因此波琳出去工作,而他在家里照顾婴儿、做饭、操持家务——与他儿子日后的生活不谋而合。约翰对多了一个同父异母的兄弟并不怎么感兴趣,他一向断断续续的来信不久之后就停止了。

此时的弗雷迪有写一本自传的想法,想取得约翰的同意开始动笔。他知道约翰正在接受一个治疗,却不知道自己的生平与这个治疗息息相关,也与他和塑料小野乐队又是尖叫又是呜咽的专辑录音息息相关。相反,他收到一个好消息:约翰邀请父亲带上波琳和十八个月大的大卫,在他三十岁生日那天,即10月9日,到提腾赫斯特庄园做客。这是弗雷迪第一次到庄园,不知道约翰自上次见面后又留起了胡子的他带了一瓶须后水做礼物。

弗雷迪满心期待着一次愉快的生日聚会,但他的希望很快就破灭了。到达提腾赫斯特庄园的弗雷迪和波琳被拦在了车道上,好像他们是擅闯私地。说明身份后,用人让他们在厨房里等着。约翰终于出现,可这时的他完全不是波琳在肯坞时认识的那个通常很友善、富有同情心的约翰。据波琳回忆,约翰脸色苍白、憔悴,老奶奶式眼镜后面的瞳孔收缩,陌生的胡子让他看上去像个"野蛮的原始武士",而他压根儿没有注意到在地上玩耍的新的同父异母弟弟。接下来发生的事情后来被弗雷迪详尽地记录在一份四页纸的手写陈述中,交由他的律师保管。虽然文中语气十分夸张,但波琳证实每个细节均是真实的:

……(约翰)说起他最近的美国之行,讲着讲着,他自己给自己施加的痛苦开始显现在脸上,声音也越来越高,当他把自己比作"吉米·亨德里克斯"和其他刚刚离开舞台的流行明星时成了尖叫,最后他歇斯底里地承认自己"疯了,脑子不正常",必会早死。他好像去了美国,花了很多钱进行一种药物治疗,能让你回到过去,重温小时候发生的事情,对他来说,这些事情还是忘记为好。如今我听他讲着治疗的结果:他用极恶毒的词辱骂他死去的母亲和抚养他长大的姨妈,还有他一两个好朋友。我坐着听他说完,整个人都惊呆了,不敢相信这是善良体贴的披头士约翰·列侬在用如此邪恶的语气跟他的父亲说话。然而更糟的还在后面,我有理由阻止我的妻子为我辩护,我觉得她只会火上浇油,我看得出如果我们试图阻挠他的邪恶打算,他会伤害我们的。我再次暗示他我从未请求他给予经济帮助,也随时准备不再接受他的帮助。这时,他又是一阵破口大骂,说我利用"媒体"强迫他帮助我,说如果我再这么做,特别是如果我利用这次谈话,他就要"杀了"我。我丝毫不怀疑他字字属实,他的表情很可怕,把要怎么把我弄到海里去淹死说得一清二楚。"二十——五十——还是你更喜欢一百英寻那么深。"他讲这席讨人厌的话时带着邪恶的兴奋,好像他真的在干这件可怕的事。这次梦魇般的父子会面的第二周又有证据进一步证明约翰是认真的。他不满足于只停止给我每周的生活费,还开始向法院起诉,强迫我搬出现在居住的房子。我本以为这幢房子已经在我的名下,还准备将其买下。这些我都可以挺过去,但是他的威胁让我别无选择,只能将这份完整的描述留予我的律师,以备将来如果我失踪或非正常死亡时打开。

签名:
弗雷迪·列侬

当时的弗雷迪已经收到苹果公司的一封来信,要求他签署一份契约书,把布赖顿的房子交还给约翰。信封中还寄来了弗雷迪的国民保险卡,他以为苹果公司一直定期为他缴纳保险金,可是上面一个缴费的印章都没有,害他必须缴纳300英镑的滞纳金。把陈述存放在律师那儿(他已将此事通知约翰)并非演戏夸张之举。据波琳回忆,看到约翰最近与诸如迈克尔·X这样的危险人物越走越近,弗雷迪着实感到有生命危险——她自己也是。要让他葬身水底的威胁尤为让弗雷迪感到害怕,因为现在的他不得不承认:自己虽然在海上多年,却从未学会游泳。

好在波琳有一份当自由翻译的工作,加上他们最近中的2500英镑的足球彩票,夫妻二人并未一无所有。不久后,约翰的态度有所软化,给他们500英镑帮助他们装修布赖顿的新公寓、配家具,但前提条件是弗雷迪签字归还原先的房子、不再接受媒体采访,并将他关于提腾赫斯特庄园会面的陈述交由苹果公司销毁(弗雷迪照做了,但是保留了一份副本)。从此以后,父子二人从未再见。

11月27日,《约翰·列侬/塑料小野乐队》专辑发行的两周前,乔治·哈里森也推出了个人专辑。他积压了好多没法放进披头士专辑里去的歌曲,结果首张个人专辑就出了满满三张碟,装在一个精美的"苹果"盒子里。专辑名为《一切都将过去》,将乔治以往枯燥乏味的印度神秘主义变成优美、振奋的慢摇滚。专辑制作人为菲尔·斯佩克特,乐手阵容强大,包括:林戈、埃里克·克拉普顿和比利·普雷斯顿。主打歌《我亲爱的王》是一首跨越所有宗教界限的颂歌,从"克利须那"到"哈利路亚"。歌曲在美国获得了冠军,并在公告牌排行榜上停留了三十八周之久。

约翰不禁觉得被这个以前成天跟着他们的"臭小子"给抢了风头。尽管自己的专辑基调十分忧郁,约翰仍希望它能大卖,产生一首热门单曲。"我想卖尽可能多的唱片。"约翰承认道。"因为我是一个艺术家,我希望大家都喜欢我,大家都买我的东西。"《工人阶级英雄》里的两个"他妈的"无疑让它无法跻身单曲市场,《母亲》在约翰看来则太露骨、太私人,容易加深"人们的怀疑,以为约翰·列侬和他的娘儿们之间又出了什么问题"。他考虑过发行那首短小的《爱》,但最后还是选择了《母亲》。单曲于1971年1月在美国发行,勉强挤入前五十名。专辑的表现则要好得多,在美国排到了第六名,在英国是第十一位(百代公司要求歌词上的两个"他妈的"均以星号代替)。在洛杉矶亚瑟·扬诺夫的诊所里,他把专辑完完整整地放给一群激动不已的病人听,后来专辑成了他的词汇的一部分,他管这张专辑叫《初声专辑》。

为了促进专辑在美国市场的宣传,约翰来到纽约,与洋子一同坐在ABKCO唱片公司的会议室里,接受了《滚石》杂志的扬·温纳期待已久的采访。约翰谈了很多重要内容,足足刊载了两期的杂志,1月21日和2月4日的。与此同时,伦敦传来消息说保罗·麦卡特尼开始了解除披头士合作关系的法律诉讼程序,披头士解散成为定局。《时代》杂志引用瓦格纳的史诗歌剧《诸神的黄昏》,给这则双料新闻起了个标题叫《披头士的黄昏》。

接受《滚石》杂志采访犹如又进行了一次初声尖叫治疗,进一步挖掘尖叫治疗已经打开的自己的部分人生故事。约翰首次谈到身为四个最受世人崇拜和嫉妒的年轻人之一的真实生活——逐渐扼杀了他们开现场演唱会热情的幼稚骚乱、被迫屈服于官僚权贵、禁止谈论任何成年人的话题、私底下的花天酒地(用约翰的话说"就像费里尼的《爱情神话》"),表面上还装得无比清纯,感觉像被困在永无休止的疯狂之中。约翰首次公开承认布赖恩·爱泼斯坦是同性恋,承认亨特·戴维斯的授权传记里将一些他童年和他母亲的不愉快"真相"删去。温纳直截了当地问他和布赖恩在1963年那次臭名昭著的西班牙度假中到底有没有发生性关系。约翰答曰:"没有。……我看他勾搭男孩子。我有时喜欢装娘娘腔,如此而已。"

约翰还在采访中首度开口谈论昔日的两位老队友,如今的竞争对手。《约翰·列侬/塑料小野乐队》专辑在专辑榜上艰难爬升,因此约翰对乔治的《一切都将过去》及其派生出的单曲的巨大成功感到气愤是可以理解的。"每次我打开收音机听到的都是'哦我的王'……我都开始相信有神了。"这首被其他人誉为杰作的歌曲在约翰看来不过是"还可以……我在家里不会放这种歌。乔治还未写出最好的作品。这些年他的才华慢慢提高,他跟两个他妈的优秀词曲作者一起工作,他从我们身上学到的东西可不算少。我不介意是乔治这个隐形人,不介意他学到的东西。想必有时候他的日子不好过,保罗和我都是超级自大狂,但就是这样。换成是乔治——给他个机会,他也会这样。在我看来他最好的作品仍是《有你,没有你》。"

然而,对于保罗,约翰出奇的沉默寡言,虽说他不屑把"保罗和琳达"的《麦卡特尼》专辑斥为"垃圾"。"保罗是个公关人才。可能是全世界最好的公关。他确实干得不赖。……我很惊讶(《麦卡特尼》专辑)怎么会这么烂。我对它挺期待的,因为如果我和保罗闹矛盾,而我感觉虚弱,我就觉得他一定感觉强壮。……不是说我们会发生肢体冲突。……所以我很惊讶。但同时也很高兴。"二人相互鼓励、刺激的力量仍明显地在约翰身上发挥着作用,虽说此时的约翰认为自己是主要推动者。他希望《约翰·列侬/塑料小野乐队》专辑能"刺激(保罗)做出好作品,然后他也会刺激我做出好作品,我再刺激他,这样你来我往。我相信他能做出了不起的东西。我相信他行。但我希望他不会。我希望没有人会,不管是迪伦或者谁。我是说在我内心深处,我希望世界上只有我能……"。

约翰把最难听的话留给了其他三个披头士对洋子所谓的不友好(忘了起码在开始的时候,他们表现出相当大的容忍)。他提到差点儿打了乔治,却把真的打了他隐去不说。温纳问他《麦卡特尼》专辑封面保罗抱着刚刚降生的女儿是不是有意针对洋子的第一次流产。约翰答曰:"我想不是。我觉得他只是在模仿我们,出一张家庭专辑,(他和琳达)经常这样。你看着吧,一两年以后他们会做我现在做的事。……他们是跟屁虫。"

刚刚享受到与洋子和菲尔·斯佩克特拥有录音室里至高无上的权利的约翰评价乔治·马丁只是一个"转译者",其专业技能主要适用于保罗。"如果保罗想要用小提琴什么的,(马丁)就会帮他转译。比如说在《在我的生命中》有一段伊丽莎白式的钢琴独奏。……他还帮我们与乐手交流。因为我自己很害羞,还有很多很多原因,我不太喜欢乐手。……我不是说乔治·马丁他人不好;只是他不……他更偏向保罗的音乐风格,而不是我的。"约翰如此贬低的这个人做过的"转译"工作包括:将《永远的草莓地》的轻重两个版本完美地结合在一起;创造出《为了凯特先生的利益》中露天游乐场的幻境;根据约翰随口提出的要求,安排《一个世界末日般的声音》作为《生命中的一天》的高潮。

经过将近一年的反思,约翰对于六十年代的看法是:他们伟大的文化和商业青年大骚动并未带来什么真正重要的改变。"在位掌权的人、阶级制度、整个狗屎中产阶级都还和以前一样儿,除了现在多了一大堆他妈的长头发的中产阶级小屁孩,穿着时髦衣服在伦敦乱晃。肯尼思·泰南用'他妈的'这个词发了财。除此之外,什么都没发生,(除了)我们都打扮起来了。掌权的还是那些浑蛋,还是那帮人在掌管一切。没什么两样。……我们大家都长大了一点,是有一些改变,比如我们比以前自由了些什么的,但社会还是老样子……把武器卖给南非、当街杀死黑人、人民还是他妈的穷得叮当响。……梦做完了,一切照旧,只不过我已经三十岁了,而很多人都留了长头发,如此而已。"

约翰认为自己将来的创作主要是在抗议歌曲上,虽说比起像《草莓地》这样的层次丰富的经典之作,简单、普遍的抗议歌曲较难取得成功。"如果我他妈可以做一个渔夫,我就去做了。"采访中约翰突然说道。"如果我有能力变成另外一种人,而不是现在这个我,我愿意变。当艺术家一点儿都不好玩。就好比写作,不好玩,是一种折磨。……我读过梵高、贝多芬那些人的传记。有一天我读到一篇文章说:'如果当年他们看了精神病医生,我们将不会看到高更的伟大画作。'那些他妈的浑蛋(大众)只想榨干我们。我们能做的不外乎像他妈的马戏团动物一样表演。……我宁可自己是观众,可我无能为力。……我知道这听起来很蠢,而且我喜欢有钱,不喜欢受穷什么的。可是其中的痛苦,我宁可不要……我希望我是……无知是福。老兄,如果你什么都不知道,也就不会有痛苦。"

"我对自己做的事、对自己的作品,总是抱有很大的期望。但同时又觉得这些全都是没有意义的狗屁东西,所以沮丧得很——你怎么可能超越贝多芬或莎士比亚他们呢?可是在我内心深处,我想写出一首超越《我们必胜》的歌曲。我不知道为什么,大家总是唱那首歌。我心想:'为什么没人为人民写首歌?'这就是我的工作。我们现在的工作是为人民写歌。这样大家在巴士上唱的就并非只有情歌而已……对我来说,我终于找对路了。我以后差不多就是这样了。"

温纳在另一时间引用披头士的经典歌曲,问约翰是否想过《当我六十四岁时》是什么样儿的。"我希望(我和洋子)是一对恩爱的老夫妻,住在爱尔兰的小岛之类的地方,看着我们这辈子胡闹的剪贴簿。"约翰这样回答。

这是约翰头一次与洋子一起来纽约,也是洋子1966年后头一次回到这里来。洋子带约翰去市中心以前她常去的那些地方,约翰甚为着迷,与以前被困在广场酒店或沃里克酒店非常不同,但他并未想到他会定居于此。"这是我第一次看清楚纽约,"约翰这样对温纳说,"因为以前我要么总是很紧张要么很有名……可是纽约让人有点喘不过气来……我感到很害怕。它太庞大,它的人气势太汹。我吃不消。我需要回家。我需要看看青草地。我常在歌里写到英国花园什么的。我需要那些东西,树啊、草啊。"

尽管二人在纽约停留的时间很短,他们还是再次合导了两部电影。《永远举起你的腿》是又一部"为和平"拍摄的影片,片中一个接一个地展示了三百六十五双裸露的腿。这些腿的主人有艾伦·克莱因、简·温纳、电影制片人唐·彭纳贝克、演员乔治·西格尔、记者阿尔·阿罗诺维茨和汤姆·沃尔夫,以及艺术家拉里·里弗斯。另一部《苍蝇》则是一段二十五分钟的彩色片头,拍摄一只普通家蝇在一个年轻女人俯卧的赤裸身体上爬行。刚开始拍摄时他们遭遇了麻烦,即便他们在女演员的身上涂上厚厚的一层蜂蜜,也没有一只苍蝇能完成要求的动作。他们到附近的餐馆厨房去抓一批新的苍蝇,用二氧化碳让苍蝇奄奄一息。经过将近一天的拍摄,其中一只终于跌跌跄跄地爬上它的成名之路。

洋子的父亲小野英辅已经从美国银行的高位上退休,与洋子的母亲矶子回到东京。一天,洋子终于带约翰到东京拜见新的岳父母大人。约翰虽然之前来过日本一次,但那时的他是一个没有行动自由的披头士,并没有真正感知这个国家及其文化,以为所有日本人都跟洋子一样矮。"他说:'我打赌你爸很矮,因为所有日本男人都是矮子。'"洋子回忆道,"我说:'你等着瞧好了',因为他自己的父亲是个矮个子。到东京后,他惊讶地发现我父亲比他还高。"

事实上,在过去的十八个月,洋子的家族,尤其是他们引以为豪、社会地位显赫的安田一边,经历了与约翰家相似的失望与难堪。《两个处子》的封面裸照刊出后,安田家甚至发表了一份新闻稿,声明他们并不为她"感到骄傲",相反,他们为她的堂姐妹,一位古典小提琴家,在瑞典获奖感到骄傲。在家族的年度聚会上,没人敢直接提起她的名字。最让她痛心的还是她母亲的话——这是她与一柳慧私奔后她母亲首度开腔——说她的所作所为影响了她父亲的健康。

洋子很好奇约翰要如何与漂亮又有教养的矶子相处,但无需担心。"他说:

'只管交给我'——我母亲非常喜欢他。有两人的合照,我母亲挽着他的手臂,喜爱地看着他。"约翰同样赢得了英辅的好感,虽没有矶子那般疼爱。"对我父母而言,外表就是一切。我父亲穿了一件天鹅绒的吸烟服,而约翰就是一件有军队标志的卡其布紧身短上衣。我的前夫托尼十分英俊。见过约翰后,我父亲把我拉到一旁说:'另外一个比较好看。'"

苹果公司虽然还发行着所有披头士的个人专辑,但规模已经大大缩水:以前的美酒只剩一点儿残渣。萨维尔街三号的大部分员工都被炒了,乔治时代的房子挂牌出售,公司迁往圣詹姆斯街的一间默默无闻的小办公室。艾伦·克莱因到来之前的两位主管也终于辞职了:彼得·布朗到纽约管理罗伯特·施蒂格伍德的公司,德里克·泰勒成为华纳/艾丽卡/大西洋(WEA)唱片公司的公关。披头士原来的支持团队中就只剩下不可取代的最早的乐队巡演助理尼尔·阿斯皮纳尔和马尔·埃文斯。尼尔倾向于帮助乔治做电影项目,只有马尔还留在他半是保镖半是保姆的特殊岗位上,主要是为约翰服务。在《塑料小野乐队》专辑的制作名单中写明他提供"安慰和同情"。

没有了策划、筛选媒体采访的新闻办公室,约翰自己挑选想合作的出版物和作者。只要政治立场一致,名声和发行量一概不重要。1971年1月,约翰答应接受极左小刊物《红鼹鼠》杂志的采访。其主编塔里克·阿里出生于印度,受教于牛津,领导了三年前那场著名的美国大使馆前的反战示威。和他一同采访约翰的还有罗宾·布莱克本,未来的社会学教授和《新左翼评论》主编。两人都不敢相信他们得到了大新闻,约翰却担心他的出现会降低这一份严肃刊物的格调。

在堪比《滚石》采访的篇幅中,约翰全然忘记自己生长的舒适、没有压迫的资产阶级环境,声称自己是如假包换的工人阶级英雄。"我向来很有政治意识,不满于现状。"在一段亦真亦假的文字中约翰如是说。"像我这样,从小就讨厌、害怕警察,把他们视为天敌,鄙视军队,他们把每个人都带走,然后任凭他们死去,这是很基本的。我是指这是工人阶级基本的意识,虽说随着年龄增长、成了家、被社会制度所吞噬,会逐渐消失。……但我一直很有政治意识。我写的两本书,虽然是采用乔伊斯式的晦涩写法,但里面有很多对宗教的批评,有关于一个工人和一个资本家的故事。我从小就开始讽刺这个社会制度了。"

此次采访还透露了约翰思想中的一个重要的新观点。前一年的十月,杰曼·格里尔的《女太监》一书问世,号召不知怎么被大解放的六十年代遗漏的妇女们从长久以来的男权统治中解放出来。洋子自然是妇女解放运动的先锋,她在日本受着男权统治的教育，后来在艺术事业的道路上同样饱受男权主义之苦。在她看来，妇女的卑躬屈膝与一个世纪前黑人的被奴役是类似的。1967年，她就曾对《新星》杂志用了一个体现她一贯风格的极端隐喻："女人是世界的黑奴"。

以前的约翰会是格里尔嗤之以鼻的"大男子主义蠢猪"的典型，可是爱改变了他。"没有妇女参与、没有解放妇女的革命不是革命。"他对《红鼹鼠》杂志如是说。"很微妙，你在不知不觉中被灌输男性优越感。我花了很长时间才意识到因为我是男的而挤掉了洋子的一些空间。她是一个积极的妇女解放主义者，我哪里做错了她会毫不犹豫地给我指出来，而有时我觉得自己做的是很自然的。所以我对那些自称激进分子的人如何对待女人很感兴趣。若你并未意识到'人民'包括两性，怎能成天说权力归于人民？"

第二天，约翰打电话给塔里克·阿里，说他将昨天谈话中一直提到的一个词写成了一首歌，即《权力归于人民》。约翰对刚写的这首歌十分满意，当即在电话里给阿里弹唱了朗朗上口的副歌部分。歌中观点早在披头士的《白色专辑》里就已经犹豫不决、遮遮掩掩地出现过："你说你想要一场革命……"。然而，接下来不再是"别把我算在内"，而是"让我们马上行动吧"。约翰在歌曲中号召"给予工人们他们真正拥有的"，质问他新的无产阶级兄弟们"你在家里如何对待你的女人？……她必须做回她自己／才能解放自己……"。此曲作为塑料小野乐队的单曲发行，在英国排行第七，在美国排行第十一。这是共产主义和女权主义首次一起出现在排行榜上，也是最后一次。

保罗原本只打算起诉艾伦·克莱因，但是他的律师们建议他：约翰、乔治和林戈当初不顾他的意愿雇用克莱因，违背了1967年4月披头士公司订立的合作协议；保罗想在将来永远摆脱克莱因的纠缠，最好方法就是解雇他。既然其他三个不同意这样做，保罗就把他们连同苹果公司一起告上了法庭，后者加起来总共占有公司百分之八十的股份。

1970年12月31日，高等法院大法官法庭开庭审理此案，而当时约翰人还在纽约。保罗的律师要求解散披头士公司，要求对公司的业务往来账目进行公正的统计，要求指派一位接管人或独立的财务仲裁员，来监管公司今后的财务状况。他向负责此案的斯坦普法官指出：公司的记账情况"令人叹惋"；尽管公司每年有约四百至五百万的收入，但扣除巨额所得税和附加税后所剩无几；克莱因私自抽取规定以外的佣金。苹果公司的法律团队许诺支付给四人一笔数目不小的临时钱款，并将保罗的那份立马给了他，听证会暂时休会。

1971年2月19日,法院再次开庭,约翰、乔治和林戈的联合律师,王室法律顾问莫里斯·芬纳反驳说:雇用克莱因是挽救"几近完全破产"的披头士的必要之举。克莱因扭转了披头士的财政状况,在其任职的头九个月中就将披头士的收入翻了一番,1969年5月至1970年12月又为他们赚得九百万的收入,其中八百万为唱片版税。

保罗是四人中唯一出庭作证的一个。芬纳先生宣读了约翰的书面证词,证词中说:克莱因到来之前,苹果公司里"尽是一群骗子和吃白食的",公司的两辆车不翼而飞、"没人记得我们所在的房子买了没有"。令人吃惊的是,一直想单飞的他在说到四人的合作关系时,居然表示:虽然他们之间总会有一些不和,但还是十分值得维持的。"早在利物浦的时候,我和乔治就跟保罗有不一样的音乐品味。保罗喜欢流行的,而我们偏好现在被称为'地下'的东西。这也许会导致争吵,特别是保罗跟乔治,但我深信,品味上的不同带来的利大于弊,成就了我们的成功。若保罗因为早在克莱因与伊斯门的权利争斗前发生的事而提出解散,他的逻辑令我不解。"

在证人席上,保罗被问到约翰的书面证词中的另一处颇令人吃惊的陈述——约翰说:即使在做各自的个人专辑时,"我们心里总是想着自己是披头士,不论是独自一人在录音,还是三三两两在录音"。对此,保罗引用约翰在塑料小野乐队的专辑里的最高潮的声明"我不相信披头士……"予以回答。另外,保罗还指出:克莱因并非只是被动地听命于其他三人,他常制造事端,有时甚至假装站在他这边反对约翰。保罗举例说一次在电话里,克莱因向他"告密"说:"你知不知道约翰为什么生你的气?因为你的《顺其自然》赢过他。"再比如说一次交谈中讲到约翰时,克莱因说:"真正的麻烦在于洋子。她是野心勃勃的那个。"

经过十一天的听证,斯坦普法官建议指派一名仲裁员作经理人兼接管人,再由他指派下一级经理人——包括克莱因——将披头士和保罗的财政事务分开管理。双方都不同意这样做,于是乎3月12日,法官指派金融城的会计师事务所的合伙人道格拉斯·斯普纳担任"乐队经济事务的接管人兼经理人,等待主要诉讼的审理"。虽然法院最终认为披头士的财政状况"混乱,不清楚,无法得出结论",但是法官并未找到克莱因"曾经或将要挪用公款"的证据。约翰、乔治和林戈提起上诉,但是几周后就撤回上诉,因为"他们认为探寻麦卡特尼先生协议解脱合伙关系的方法符合大家的共同利益"。

接管人在英国人看来总是与企业失败和破产联系在一起,因此大家普遍认为披头士终于如约翰预言的那样散伙了。然而,我们这位接管人不仅处理客户的债务,还要处理他们源源不断地继续产生的巨大收入,主要为唱片版税。所有的披头士均时不时地从接管人那里得到巨额钱款,还有不受法院判决影响的合伙关系以外的丰厚的额外收入。苹果公司拥有麦列公司(约翰和保罗的音乐出版公司)百分之二十的股份,约翰还可以从翻唱和全世界的电台播放中获取百分之四十的收益,这也从在新东家 ATV 电视公司下的北方歌曲唱片公司源源不断地流入约翰的口袋。尽管后来法院也为麦列公司指派了一位接管人,但是列侬-麦卡特尼的版税仍旧如喜马拉雅山般不断增加。从法律上说,克莱因的位置被斯普纳先生取代了,但他仍是约翰的实际经理人,仍时刻准备着为他增加所需的额外资金。简而言之,尽管约翰与塔里克·阿里和《红鼹鼠》杂志的同仁们侃侃而谈密谋推翻资本主义制度,他仍可以继续像末日来临那般挥霍无度。

幸好这样,因为提腾赫斯特庄园和它那群用人以及来来往往的客人都要吃掉约翰大笔大笔的钱。约翰和洋子为他们的音乐、艺术朋友敞开大门,为那些他们认为受到政府迫害和镇压的人提供保护。比如说 1970 年年底,迈克尔·X 被指控犯有抢劫和勒索罪。他没有接受审判,而是逃回家乡特立尼达岛。尽管证据确凿,约翰还是坚定地支持他,让其妻子德里西无限期地免费住在庄园的都铎小屋中,以便处理迈克尔·X 留下的法律和财务方面的烂摊子。

约翰的儿子朱利安如今是个七岁的圆脸小男孩了,经常到提腾赫斯特庄园来过周末,司机会开着"劳斯莱斯"去他母亲位于西伦敦的一点儿也不富丽堂皇的家里接他。提腾赫斯特庄园对于一个七岁的孩子来说就像天堂(在长大以后的朱利安的口里,这是一幢"充满乐趣的房子")。而且父子或驾驶着水陆两用车在斜斜的草坪上飞驰,或在湖里划船,第一次有亲密无间的感觉。朱利安虽然是一个极可爱的孩子,却没有约翰在这个年纪时早慧的创作力和魅力。他与继母的关系很不自在——以后也一直是这样。洋子说她尽量对他好,但承认自己对小男孩知之甚少,不知道该怎么与他们相处。朱利安的到来不免让洋子想到她和约翰想要自己的孩子却一直要不上。再想到约翰的儿子能在他们家里自由自在地跑来跑去、自己的女儿却不能,洋子又是一阵心酸。

到目前为止,恭子跟托尼·考克斯住,而双方拥有共同监护权的这样一个安排似乎还是能让人人满意的。考克斯还不知怎么成了约翰和洋子的创作跟班中的一分子——约翰甚至提议他和洋子与考克斯和他的德克萨斯女友梅林达再组一个乐队。1970 年初,考克斯为一部迈克尔·X 的《黑人之家》的纪录片找约翰和洋子拍摄,后来还在提腾赫斯特庄园拍了一些家庭生活的镜头,其中就有约翰疼爱地搂着恭子抚摸她的画面。然而随着时间的推移,约翰开始怀疑考克斯利用对恭子的日常控制向洋子施压,进而悄然地向自己施压。当考克斯邀请二人参加恭子七岁的生日派对时,约翰认为这是在向他要钱,拒绝参加,同时不准孩子的妈妈去参加。"你想像得到我当时的感受吗?"洋子说道,"我听说恭子一下午都望着门口,等着我去。"

公平地说,考克斯是个慈爱的父亲,绝大多数时候都是他在照顾恭子,他对恭子卷入约翰和洋子那种不稳定、难以预测的生活方式深感不安。经常暴露在媒体的泛光灯下使恭子没法过正常的生活——比如说她没法学她一直想学的芭蕾。此外,当考克斯想就恭子的事联系洋子或约翰时,时常遭到他们的这个、那个助手的阻挠。据考克斯以前的邻居丹·里克特说,恭子和朱利安在苏格兰高地的那次车祸把考克斯"吓得半死"。从那以后,他规定,恭子和约翰、洋子在一起时,他也必须在场。

六十年代的各种神秘主义狂热对考克斯产生深刻影响。约翰和洋子在丹麦的时候,考克斯介绍他们认识了一个叫唐·哈姆里克的美国人,一个叫"先驱者"的教派的头面人物。他给约翰和洋子催眠,说是可以帮他们戒掉严重的烟瘾,二来还可以重温他们的前世。他甚至宣称与其他星球有联系,他和另外一个教徒曾打算将真的 UFO 带到多伦多和平音乐节上。考克斯虽然与哈姆里克一直是朋友,但是他的精神世界已经转向其他地方,转向谁都想不到的玛哈里希·玛赫西·优济的超觉静坐。与此同时,他对约翰的看法也发生了一百八十度的大转变:从一个"伟大的人"和可能的赞助者变成一个瘾君子、一个对他女儿的道德有威胁的人。考克斯渐渐不让洋子探视恭子,最后,四月中旬,他一声不响地带着梅林达和恭子离开了伦敦的居所。

起初,约翰和洋子对考克斯的去向和意图一筹莫展。后来,考克斯的"先驱者"教派朋友唐·哈姆里克泄露他在西班牙的一个度假小岛马略卡参加玛哈里希的超觉静坐(玛哈里希在此拥有一幢房子)。二人立马带上丹·里克特和一个叫塞萨尔·洛萨诺的西班牙律师乘坐私人飞机到达马略卡,将恭子从考克斯送她就读的卡拉·腊雅达的幼儿园领出来。但是没等他们逃离,就被考克斯发现,报了警。约翰和洋子在帕尔马的梅丽亚·马洛卡酒店套房里被逮捕,带回警局,再次与恭子分开。

恭子至今仍清晰地记得那天在小岛的阳光和鲜花中自己的心情如何一波三折:从最初被从教室里拉走的惊吓到再见洋子和约翰的喜悦,再到担心不知父亲会说什么,到最后害怕大人们又一次大吵大闹。帕尔马法院举行了简短的听证会,从半夜一直开到将近凌晨。法官下令将恭子带到约翰和洋子被拘留的房间,然后又被带到她盛怒的父亲和梅林达在等待的房间。与约翰大约也在这个年纪时的痛苦经历相似,恭子被迫在父亲和母亲之间二选一。习惯父亲照顾的她选择了考克斯。考克斯把她背在背上跑出了法院,迅速驾车离开。几天后,双方举行了一个新闻发布会,称整件事情是一个遗憾的误会,考克斯甚至允许恭子跟妈妈回提腾赫斯特庄园去。

约翰和洋子虽然被释放,但必须在当月稍后时间回到马略卡来就"绑架"一事接受进一步的审问。然而,听证会的日期不巧与戛纳电影节相冲突,二人的电影《羽化登仙》和《苍蝇》将在电影节上首映(前者得到一片嘘声,后者得到起立鼓掌)。之后,两人还得兑现他们数月前许下的承诺:去看望流亡在特立尼达岛的迈克尔·X。于是乎,由里克特前去帕尔马处理审问的事,二人忠实地陪伴那位落难的政客及其家人在西班牙港附近的院落里过了一个星期,迈克尔·X打算在此建造一所"另类大学"——当然是由约翰资助。

5月24日,保罗·麦卡特尼的第二张个人专辑《公羊》在英国发行。专辑署名"保罗和琳达·麦卡特尼",显然是模仿约翰和洋子。专辑封面是一身苏格兰剪羊毛工人打扮的保罗双手抓住一头毛茸茸的公羊的弯弯的角。专辑遭到评论家的严厉批评,却在美榜上拿到第一,在英榜上拿到第二,还派生出了一首热门单曲《艾伯特叔叔/海军上将哈尔西》。专辑里有一首歌叫《太多人》,明显是在影射约翰为了洋子抛弃披头士。副歌中这样唱道:"这是你的第一个错误/你交了好运却将它摔成两半"。

保罗的批评不温不火、拐弯抹角,却像砍在了约翰的心上。从《麦卡特尼》专辑里的问答到把三人告上法庭,再到这首歌,仿佛一对离婚夫妇将原来的爱变成了满腔巨大的仇恨。而约翰受伤的愤怒也更像是在生一个前伴侣、而不是一个前同事的气;洋子心里早就怀疑约翰对保罗的感情比世人猜想的要强烈得多,这进一步证实了她的怀疑。从约翰无意中说的一些话,洋子甚至认为:身为反传统的艺术家应该无所不试的约翰想过与保罗性交,只不过因为保罗是一个坚定不移的异性恋者而作罢。洋子显然不是唯一一个注意到这一点的人。在苹果公司里,洋子有时就听到人们把保罗叫做约翰的公主。有一次她还听到一盘练习带,约翰用一种奇怪的卑躬屈膝、恳求的语气叫道:"保罗……保罗……""我早知道这里头有点不对劲儿,"洋子回忆道,"我是说约翰,不是说保罗。他那么生保罗的气,我禁不住怀疑到底是为什么。"

可如今他们顾不上找保罗算账,因为托尼·考克斯和恭子那边又有新情况。

马略卡事件的短暂休战后,考克斯再次带着女儿和梅林达人间蒸发。六月,约翰的律师得到消息说仨人在美国。约翰和洋子回到纽约,希望在那里发现他的行踪,结果一无所获。讽刺的是,那周,恭子忧心如焚的妈妈和约翰反倒出现在了"发明之母"乐队的舞台上,后者正在纽约的东菲尔莫尔音乐厅里录制一张现场专辑。

回到家,约翰和洋子的宣传求助热线接到一通紧急电话。1970 年 5 月,地下杂志《奥兹》发行了一期由孩子们整理而成的"儿童专刊",其中最耸人听闻的是一幅将人物脑袋换成鲁珀特熊头的色情连环画。结果,《奥兹》的三位编辑——理查德·内维尔、吉姆·安德森和费利克斯·丹尼斯——被指控"阴谋败坏公共道德",开创了英国法律史上最长、最搞笑的淫秽审判记录。约翰发表声明力挺《奥兹》,还与洋子参加游行,抗议政府荒谬的严厉起诉。

七月,"奥兹三人组"仍站在老贝利街的中央刑事法庭的被告席里,而此时的约翰在忙着出下一张专辑。逼着约翰急于出专辑的是:现在长驱直入的不单单有乔治的《一切都将过去》和保罗的《公羊》。四月的时候,林戈也推出了一支大热单曲《来之不易》。乔治是歌曲的合作者、制作人兼主吉他手,贝斯手是克劳斯·沃尔曼,钢琴是斯蒂芬·斯蒂尔斯。看见林戈也开始有自己的个人热门歌曲,约翰比谁都高兴,但他还是抑制不住好强的心理。他已经完成治疗;如今该是尝试商业化的时候了。

提腾赫斯特庄园的录音室终于竣工了,约翰终于可以按着自己梦寐以求的方式工作了,没有了修道院路和苹果公司的那些讨厌的官僚主义,有的是伸手可得的家的舒适和围绕在身边的可爱花园。专辑照例署塑料小野乐队和他的名,由洋子、菲尔·斯佩克特和他共同制作。乐手则由原来只有克劳斯·沃尔曼加一个鼓手这样少得可怜的两个人变成星光璀璨,有:乔治·哈里森,钢琴家尼基·霍普金斯以及曾为巴迪·霍利演奏的传奇萨克斯手金·柯蒂斯。为了营造约翰要的"巧克力外衣",他们甚至请来了一个名叫"变换小提琴手"的弦乐组。

几个月来约翰和洋子养成了拍摄电影日记的习惯,这次的录音过程自然也被拍了下来。这些在录音室里、在房子和草地周围拍摄的彩色镜头向人们展示了一对与六个月前毛发遮脸、看着几乎一样的两人完全不同的列侬夫妇。约翰以最快的速度拥抱七十年代的潮流,剃掉胡子(只留下长长的鬓角遮掩车祸留下的伤疤),留起麦捆头,将带着战斗后的疲倦的粗布牛仔衣换成了短小的多色花纹毛衣、宽大的喇叭裤和坡跟鞋。洋子也把头发扎了起来,穿上了紧身的上衣、性感的裤子,头戴时髦的法国贝雷帽,脚穿时髦的长统女靴。两个人都像年

503

轻了十岁,唯一没有变的是萦绕着他们的香烟烟雾。

提腾赫斯特庄园既是录音乐手和技术人员临时的家,又再次为遭受政治迫害的人提供避难所。《奥兹》杂志的三位被告如今都被判有罪,面临严苛的牢狱之灾。等待上诉时(后来他们上诉成功),其中两名被告理查德·内维尔和吉姆·安德森逃往国外,留下没有他们有钱的同事费利克斯·丹尼斯独自面对这个烂摊子。约翰和洋子听说了他的困境后,让他与莱斯·安东尼及家人一起住在门房的小屋。

随着新歌逐渐成形,克劳斯·沃尔曼看见的不再是一年前那个将童年的痛苦与愤怒咆哮出来的"不正常"的约翰,而是一个看上去快乐、轻松,像每个完成治疗的人那样急于让大家知道以前的他是多么浑蛋的约翰。"妒夫"追悔自己早在追求辛西娅时就有的嫉妒顽疾,归根结底是缺乏自信心:"我没有安全感……你也许不再爱我……我的内心在颤抖……我咽下自己的痛苦……"歌曲中段约翰哼起口哨,几乎要与背景声音融为一体,却无词胜有词,哀婉动人。《哦,我的爱》是又一首用约翰的朱莉娅嗓音娓娓道来的献给洋子的赞歌,因为"有生以来第一次……我的心灵有了感觉"。《哦,洋子》是一首很有感染力的欢快的西部乡村歌曲,约翰承认他需要时常确定洋子在他身边("当我洗澡洗一半的时候",甚至"当我刮胡子刮一半的时候"),歌曲当中有一段快活的口琴独奏。"洋子对整张专辑有超乎想像的积极影响。"丹·里克特回忆道。"她不是坐在后面,偶尔叫几声。她会看,甚至会写音符。若哪里出了问题,比如说口琴的地方,洋子很可能就能想出解决办法。"

这张专辑的听众总是能在这里或那里从巧克力的外层咬到腐臭的中心。例如,有一首叫《内心残废》的活泼的乡土歌曲。敲起丧钟控诉的《我不想当兵》则是一首摇滚歌曲,里头的低音吉他很有林克·雷的范儿,回响的"啊呀"则酷似吉尼·文森特演绎的《哗-爆噗-啊-噜啦》。《给我一点真相》选用类似百老汇配乐的风格,将"神经过敏、精神失常的猪头政客们"奚落了一番,歌中甚至提到"诡计多端的迪基",这是理查德·尼克松被人们久久传诵的诨名,来隐射这位美国总统。

然而,有一首歌无需如此加以粉饰。这就是回应保罗·麦卡特尼的专辑《公羊》的抨击的《你睡得好吗》。从歌名就让人感觉到:约翰的反应过激了,因为纵使在约翰看来保罗自私、不忠,但他实在也没做什么让他睡不好的事。保罗的批评不温不火、拐弯抹角,约翰则是狂轰滥炸、极度愤怒,就像用核导弹去打蚊子。他指责保罗身边尽是一群逢迎拍马的"假正经",被琳达牵着鼻子走("你妈叫你干吗你就干吗")。他说保罗"光有一张漂亮脸蛋",不可能持久,说他的歌曲"在他听来就是背景音乐"。歌中引用了《佩珀军士》、"保罗已死"谣言("那些疯子说你已经死了是对的"),并相当不公平地调侃说:"你做得唯一的东西只有《昨日》"。

约翰创作这首歌词时在场的费利克斯·丹尼斯记得当时其他乐手,包括林戈,都跟约翰说他写得太过了,但他根本听不进去。原来的版本中《昨日》那句之后是"说不定那婊子也是你偷来的"。直到专辑送到纽约灌制时,艾伦·克莱因才以保罗可能会起诉为由说服约翰把那句删了,并建议改成"如今你走了,你只是那'又一天'",化用了保罗最近的一首单曲。就连歌曲的编排也有淡淡的侮辱之意,夸张的灵乐加乡土爵士曲风仿佛一个滑稽的魔王随时会从活板门后冒出来。乔治·哈里森的吉他滑音支持着约翰唱的每一个字。

最后,约翰还不忘调侃一下保罗与琳达新的乡村生活。他模仿《公羊》高地剪羊毛工的封面,拍了一张自己以相同的姿势抓着一只猪的照片。照片被制成明信片,悄悄放进每张专辑里面。"我那时并没有真的想得那么坏。"约翰后来声明。"并非什么深仇大恨……我利用我的不满、利用离开保罗和披头士以及和保罗的关系写了一首歌。那些想法并没有一直在我的脑海中……我其实是在批评我自己。我很遗憾大家产生那样的联想——不过,有什么可遗憾的呢?他活得好好的。"

约翰永远是一个自相矛盾的人:上一秒钟还沉溺在这些幼稚、可笑的玩意儿中,下一秒钟却创作出了被后人公认为是他的单飞杰作的作品。多亏有专辑的电影日记,让我们能够了解歌曲形成的全过程:从大家坐在桌子旁侃侃而谈的雏形("想像没有财产……嗒嗒嘀嗒……")到给乐队的第一个小样,到最后约翰坐在提腾赫斯特庄园长长的白色客厅里演绎这首歌曲——不费吹灰之力从荒谬升华到庄严,因为一切并非刻意为之。

从诸多方面来说,《想像》是约翰最没创意的歌曲之一。就像他后来承认的那样,歌曲灵感来源于洋子自六十年代初起开始创作的一系列"有指导意义的诗歌"——这些诗歌通常是只有一个词的命令或催促,比方说在因迪卡画廊的展览上将约翰的目光锁定在她身上的"呼吸"。另外,乔治的《我亲爱的王》和保罗的《顺其自然》也激发约翰想写一首公开的"精神方面"的歌。

歌曲的意念也可以说是老生常谈、缺乏吸引力。约翰叫大家想像一个没有古老的天堂、地狱概念的世界,没有有组织的宗教、没有战争与饥荒的世界,没有国家界限的"大同世界"——一个平淡乏味得连约翰自己待上五分钟就会觉得无聊透顶的世界。歌词部分也达不到他以前的标准，比方说"挪威的森林"。很难想像若保罗还在，约翰会用"不难做到"跟"亦没有宗教"押韵，或是在副歌里重复同一个字（"不是唯一一个……世界将合而为一"）。约翰用轻轻的假声"你——"作为过渡到副歌的桥段，对于这样一个崇高的主题似乎太流行——太披头士了。

然而，这些都不要紧。约翰在世时，《想像》感动了数百万人，约翰去世后，《想像》感动了数亿人。它惆怅中带着激情与乐观，完全不做作、不虚伪、不说教。它的音乐录像带也是一样：约翰坐在他的白色大钢琴前演奏着——潺潺的和弦、缀满星星的七十年代外套、略带黄色的眼镜、薄薄的嘴唇小心翼翼地唱着"想像所有的人"；一旁的洋子将落地窗帘一幅幅打开，阳光慢慢流泻进房间。歌曲结束，她在约翰身边坐下，两人相视而笑，最后，腼腆地轻轻一吻。再没有哪支摇滚录像带比这支更感人、更质朴、更令人哀伤。

即便是面对这样的主题，约翰仍拒绝别人将自己视为领袖或先知。《想像》的电影日记中还有一段他与一位美国歌迷的谈话。人们发现一个人蓬头垢面地睡在庄园的草地上，就把他押到了约翰面前，像一个偷猎者被押到地主面前。但其实这位悄悄跟踪约翰的人并无恶意——他只是一个六十年代剩下的嬉皮士，坚定不移地把约翰奉为他的弥撒亚，他身上有种不寻常的基督的感觉，不禁让人对他备感怜悯。"我只是一个人，伙计，一个写歌的人，"约翰反驳道，"就是想出一些词，把它们组合在一起，看看有没有什么意思……我说：'我今天过得他妈的好，这就是我今天早上想到的，还有我爱洋子。'"最后，恼怒变为同情，我们仿佛听见严厉但好客的咪咪姨妈在说："你饿不饿？嗯？"一脸络腮胡的男孩可怜地点了点头。"好了，给他弄点吃的吧。"

《想像》中所开列的愿望单在当时更像是一些可望而不可即的美好愿望，特别是"再无贪婪与饥饿"一句。当时，巴基斯坦东部的一个省脱离巴基斯坦，成立了一个叫孟加拉的国家，叛军与前来报复的西巴基斯坦军队发生了激烈的交战。交火中，难民涌向印度边境，又遭遇特大洪水，情况雪上加霜，数百万人没有东西吃。然而，欧洲政府以"内政"为由拒绝干涉。这样的事约翰和洋子肯定会拍案而起，不过这次，有人抢在了他们前面。乔治·哈里森从亦师亦友的拉维·尚卡尔那里听说了这场灾难后，立马召集来鲍勃·迪伦、埃里克·克拉普顿、林戈·斯塔尔和利昂·拉塞尔等巨星级的朋友，8月1日在纽约的麦迪逊广场花园举行了一场孟加拉慈善音乐会，之后还推出了现场专辑。活动十分成功，单单门票收入就为孟加拉难民募捐到了25万美元，第一次为摇滚事业带来庄严，为日后诸如八十和九十年代的"拯救生命"这样的大型慈善演出铺平了道路。事后乔治承认:若没有之前约翰的那些和平和人道主义活动、没有他利用自己的巨星地位来进行道德宣扬,他是不会想到搞这样一个演出的。

约翰自然是乔治的伴奏巨星的首选,而且当时约翰人就在纽约,十分便利。当乔治打电话来时,约翰和洋子在下榻的宾馆套房里刚刚一起写完后来的《圣诞快乐(战争结束了)》一歌,正在吃早餐。洋子对音乐会充满热情,没有意识到乔治只邀请约翰一个人。洋子回忆道:"我不停地说:'这是慈善活动,我们一定要去',约翰很生气,说:'哦,一说到唱歌你就要',说完就站起来走了。我不知道他是怕伤害我的感情所以生气。后来他告诉我说他希望我会追出去说:'哦,求你别走',可我不是那种人。"

几分钟后,丹·里克特应门发现生气的约翰站在门口。"他不明白为什么洋子不能和他一起去。"里克特说。"再者,他怕被其他几个披头士逮着。他怕当他和乔治、林戈在台上表演时,保罗·麦卡特尼会突然出现,然后全世界的头条都会说'披头士重组啦'。"想到恐怖的这点,加上和洋子拌嘴,约翰让里克特送他到肯尼迪机场,随便坐上了一架去巴黎的飞机。

依然待在纽约的宾馆里的洋子根本不知道约翰去了哪儿。"第二天,艾伦·克莱因跟我说:'你马上回阿斯科特。约翰在那里等你'。突然间,我的脑子一下子清醒了,原来在这段关系里面我一直在让自己变得越来越渺小。我说:'听着,我要在这里休息一下。是他离开我的……而且,这里是我的城市。'他以为我自己一个人一定会不知所措,可这里是我成长为一个艺术家的地方。艾伦说约翰一晚上给他打了好几通电话,害他没法睡觉;一直叫他'拜托你叫洋子回家,拜托你叫洋子回家……'。艾伦说他第一次意识到不是我抓着这段关系不放。最后我说:'好吧,我回去。'"

听了这一席话的洋子以为约翰会到伦敦机场接她,结果只有他们的司机莱斯·安东尼和"劳斯莱斯"出现在希斯罗机场。"我回到阿斯科特时,心想约翰会在门口等我——可还是没有他的影子。我回到楼上卧室,打开门,发现我'袋子表演'用的袋子在地板上,约翰就在里面。'对不起,洋子'是他说的唯一一句话。他在巴黎给我买了一条心型的钻石项链。那颗心很小,我觉得太温馨、太感动了,因为他知道我不喜欢太大、太夸张的东西。我们一起甜蜜地躺在床上,就这样。"

然而,美国的召唤日益强烈。虽然洋子不是美国公民,但是因为托尼·考克斯是美国人,所以他们的女儿自然也是美国人。马略卡夺女失败后,约翰的律师团建议洋子到她和考克斯办离婚的美属维金群岛去申请恭子的全权监护权。为了陪洋子参加在圣托马斯举行的法院听证会,约翰申请了一个二十四小时的美国签证。他在附近的英属维金群岛等啊等——想不到居然得到了一个为期三个月的签证。维金群岛法院毫不迟疑地同意了洋子的监护请求,但规定孩子必须在美国长大。如此一来,洋子自然是暂住在美国为好,以便当考克斯随时随地重新出现时,她能够行使她的合法权利。

至于约翰,则对英国日益厌倦。对洋子的种族侮辱虽没有先前凶猛,但也并未完全消失。在所谓的社会变革方面,这个国家还是和以前一样憋闷、压抑。由爱德华·希思领导的新的保守政权成日里忙着与工会较劲。爱尔兰北部的阿尔斯特省的宗派冲突日趋严重,恐怖分子嫌疑人如今可以不经审判直接关起来,让有着爱尔兰血统的约翰十分震惊。另外,耽搁多年的欧洲式十进制货币制终于姗姗来迟,取消了大家熟悉的沉甸甸的半克朗、弗罗林、十先令的纸币、三便士的小硬币等俗称"LSD"①的货币(不是那个致幻毒品,这个可要早得多)。

约翰开始了与美国移民归化局的冗长谈判(后者似乎对约翰在去了维金群岛后没有继续使用他的三个月签证相当恼火,真是自相矛盾)。8月13日,约翰和洋子取得了新签证,是B2,即旅游探亲签证,有效期到次年2月。月底,二人回到纽约,开始了没有明确离开时间的无限期居住。

约翰唯一舍不得撇下的是那位已经年近七十,但依旧精力充沛、自给自足,还与她的书、皇家瓦塞思瓷器和纯种猫住在普尔港的老妇人。咪咪姨妈怎么也想不到约翰是永远到美国去了——更想不到她以后再没有见过他。她觉得约翰迟早有一天会再出现,用她常挂在嘴边的话说就是"阴魂不散",说不定还像当年一天晚上,他从汉堡回来,朝咪咪卧室的窗户上扔鹅卵石。即使过了这么多年,对于约翰真正把哪儿称之为家,咪咪心里仍深信不疑。"他曾对我说这里(这间平房)是他的安乐窝,"咪咪回忆道,"他随时可以回来,还住在他以前的小房间里,得到无微不至的照顾。有一年夏天,他回来住了一个礼拜,他晒着太阳,而我为他沏茶煮饭、忙前忙后……就像以前那样。"

日后,咪咪常常凝望约翰最喜欢的后院的一块地方,几级石阶直通向大海,观光游艇与帆船就从几码开外的地方驶过。"他喜欢坐在那里,两脚垂在水里,看着过往的船只。有约翰在的日子总好像是阳光明媚。"

---

① 拉丁文 librae, solidi, denarii (= pounds, shillings, pence, 即:镑、先令、便士)之略。

26. 摇摆异皮士

我在某个街角爱上了纽约。

约翰在一个两代人之间的代沟比深渊还要巨大的国家卸下了他的行李。到1971年，越战问题在美国国内引发了自一个世纪前重创美国的内战以来最为严重的意见分歧。老一辈人大都仍相信美国部队无可指责，而年轻一代则拥护爱与和平的嬉皮精神，虽然有时他们采取的方法不再友爱与和平。尽管政府声称要使战争"逐步降级"，1970年4月，美军先是轰炸、然后入侵了柬埔寨，说是要切断北越的补给线，冲突上升到了一个新的危机阶段。美国国内爆发了大规模的青年示威，示威抗议的激烈程度堪比共产主义的东欧。5月4日，在俄亥俄州的肯特州立大学，四名反战示威的学生，其中两名女学生，被国家警卫队士兵开枪打死，另有九人受伤。

对理查德·M.尼克松总统来说，在白宫里往外望见挥舞标语、齐声高喊"给和平一个机会"的黑压压一片望不到头的示威人群，是司空见惯的事了。从很多方面讲，尼克松是一位很有远见的领导人，他突破性地出访莫斯科和中国，标志冷战的最终结束。然而，长年对大位的期盼让他变得多疑、喜欢搞阴谋，最终成了他的祸根。1971年中旬，一位叫丹尼尔·埃尔斯伯格的前五角大楼官员向媒体公开了一份关于越战的官方高级机密档案，档案中透露政府早就觉得越战赢不了。在联邦法院拒绝禁止出版这些五角大楼文件后，政府开始密谋扳倒埃尔斯伯格：政府派人秘密搜查他的精神医生的办公室，甚至想暗杀他。喜欢读报的约翰密切关注事态发展的每一步，怎么也想不到类似的待遇正等着他。

约翰和洋子在纽约的豪华区开始他们的新生活：二人住进圣瑞吉酒店，离神圣的披头士地标广场饭店只有四个街区。他们在十七楼开了两间相邻的套房来安放他们所有的行李，还做临时办公室、录音室和员工住处，以便二人能够继续他们数不清的影音计划。刚刚发行的《想像》专辑在美榜上最终上升至第三位

（在英国则是第一位）。在圣瑞吉酒店，二人继续拍摄同名纪录片，邀请同酒店的贵宾客人到影片里客串。其中，好莱坞著名歌舞演员弗雷德·阿斯泰尔不顾赶不上飞机，同意出演，与洋子一同走进一个房间。总是力求完美的阿斯泰尔还要求拍两遍。

约翰对来采访的媒体大加赞叹纽约胜过伦敦的种种优越之处——干酪汉堡、麦乳精饮料，一天当中无论白天夜晚，他什么时候想去电影院或餐馆、买报纸，甚至逛书店都可以。"如果我生活在古代，我应该会住在罗马。……今天的美国就像古罗马帝国，纽约就像罗马。"曼哈顿喧闹、急躁的生活节奏还唤起了约翰对于利物浦的回忆。"两座城市有一样的生气和活力。纽约和我一样快节奏……我喜欢纽约人，因为他们没有时间细细品味生活。这点和我一样。纽约人天生有股冲劲儿，不相信浪费时间。"

夫妇二人在美国的首次公开亮相是出现在位于纽约州锡拉丘兹市的伊弗森美术馆为洋子举行的主要作品回顾展上。展出名为"不在这里"（此乃裱在提腾赫斯特庄园正门上的箴言），10月9日，即约翰三十一岁生日那天开幕。约翰是展出的"客座艺术家"兼目录设计，展出中还有安迪·沃霍尔、威廉·德·库宁等名流以及鲍勃·迪伦、乔治·哈里森和林戈·斯塔尔等好友的作品。约翰和洋子包了一架飞机将一大群人从纽约市载到这里来，包括林戈夫妇、克劳斯·沃尔曼、菲尔·斯佩克特和尼尔·阿斯皮纳尔。展出方花费重金打造了一个"水"的展览，甚至连发出的邀请函都被装在一个装满水的容器里；当花销超出美术馆的预算时，苹果公司填补了差额，即其他的前披头士成员在补贴展出，大家的心情想必是很复杂的。开幕式后，大家在约翰下榻的酒店里为他举行了一个生日派对，即兴演唱起经典摇滚歌曲和披头士的经典老歌，其中包括《昨日》。

十月底，夫妇二人离开圣瑞吉酒店，搬到曼哈顿西村市中心的银行街一○五号，向满匙爱乐队的乔·巴特勒租下了一间两房的小公寓，隔壁就是大名鼎鼎的反传统音乐家约翰·凯奇。此外，二人还在布隆街购买了一处建筑，作为他们电影事业的总部。"是洋子让我爱上纽约的。"约翰回忆道。"她以前在这里的时候很穷，所以她知道纽约的每一寸地方。她带我上街、去公园、去广场，探寻每一个角落。事实上，你可以说我在某个街角爱上了纽约。"二人甚至买了自行车——约翰的是一辆尽量接近他的那辆老罗利·兰登的英式自行车，洋子的是一辆日本的高科技自行车。

若说纽约人的坚韧和粗俗的幽默让约翰想起利物浦人，还未被改造成"苏荷"的休士顿街以南地区则仿佛把他带回到了家乡他最喜爱的那些年头。当他与洋子漫步或骑车于此时,他常常会停下来,凝望着一条坐落着十九世纪仓库的鹅卵石街,似乎期待在下一个拐角会发现"洞穴"或者"铁门"俱乐部。

在洋子的指引下,约翰很快习惯并且爱上了市中心的生活——唐人街熙熙攘攘的市场、小意大利区的廉价小饭馆和散发着香气的杂货铺、稀奇古怪的画廊、酒吧和精品店,还有纽约人对古怪行为的极大包容和对私人空间的尊重,让二人能不受打扰、自由自在地溜达、骑车,这在伦敦是不可能的。约翰用了一个让记者们摸不着头脑的比喻,除非你和他一样看过迪伦·托马斯的《牛奶树下》:"这里就像一个威尔士的小村子,有卖鱼的琼斯、卖牛奶的琼斯,大家好像彼此都认识。"

约翰的第一个真正在市中心结交的朋友是创作歌手兼街头艺人大卫·皮尔,一天约翰在圣马克街的一家叫"凌波店"的时装店认识了他。皮尔组织着一个叫"下东城"的松散乐队,将反对政府、支持大麻的观点与对纽约生活("住在垃圾箱里的……蟑螂")的挖苦调侃结合在一起。约翰成了"下东城"的街头即兴演出的大力支持者,这些演出让他回想起五十年代末伍尔顿的噪音爵士乐表演。约翰和洋子用大多是从菲尔·斯佩克特那里学来的技术为皮尔制作了他的第三张专辑《吸食大麻的教皇》,专辑基本上在所有地方都被禁。

银行街的这间小公寓很快成了一个沙龙,两位主人的待客方式如今大家见怪不怪。"地方很小,离马路仅两步之遥,"丹·里克特回忆道,"后面的房间天花板上有天窗,中间是一张床,约翰和洋子就坐在那里接待客人。有大卫·皮尔、音乐人、记者媒体和许许多多只是路过进来打声招呼的人。约翰通常拿着吉他,嗑着大麻,电视一整天都开着。"

在这些每天到床边来的人之中,有两个成了一直带给约翰和洋子忠诚和帮助的朋友。一个是鲍勃·格伦,一个鬈发的年轻摄影师,他的相机记录下了约翰今后八年中的重要时刻。另一个是乔恩·亨德里克斯,美学和政治活动家,早在洋子在激浪派时就认识她。他先是为约翰和洋子做没有报酬的义工,后来成了二人变换不定的私人助理的一员。

作为已经取代《我们必胜》的抗议歌曲的作者,约翰开始与一些人交往,这些交往日后将给他带来大麻烦。阿比·霍夫曼和杰里·鲁宾共同创立、领导一个叫国际青年党,或称异皮士的组织,该组织是许多当时震惊美国、登上报纸头条的游行集会的幕后推手。二人都在臭名昭著的1968年民主党大会事件后接受了所谓的"芝加哥七君子"审判,从那以后积累了大批追随者,堪比1917年之前的俄国的列宁和托洛茨基。异皮士既要求政府从越南和柬埔寨撤兵,也进行民权斗争,因此他们与黑人激进组织结为同盟,其中最著名的是通过黑豹党的创立人之一鲍比·西尔与这个极好斗的政党结盟。该联盟的目标是使用任何一切手段推翻现在的统治阶层;鲁宾认为他们的活动是"军事"活动,霍夫曼则常常说:"我们在打仗"。

起初,与这种不顾一切的极端分子见面约翰感到很紧张。但他发现鲁宾和霍夫曼都是极有魅力、与他趣味相投、把他们的革命运动与戏剧和荒诞幽默相结合的年轻人。异皮士最著名的反资本主义举动——堪称洋子式的行为艺术——是在纽约证券交易所里把美钞撒在地板上,然后拍摄下人们蜂拥争抢的画面。鲁宾写了一本极煽动但是极有趣的书,叫《干吧!革命的种种可能》,而他的黑豹党盟友鲍比·西尔会用类似诗歌的语言向观众慷慨陈词,有点像说唱歌手的雏形。"见到他们(霍夫曼和鲁宾)我说:'伙计,你们像艺术家。'他俩回答说:'你们两个艺术家像革命者。'"约翰回忆道。

约翰很快就宣布自己与这些可以互换身份的激进分子和风头人物结为同盟。12月2日,格林威治村的周报《村声》发表了一封抗议作家A.J.韦伯曼最近同样发表在这里的攻击鲍勃·迪伦的信。信后署名:杰里·鲁宾、大卫·皮尔以及约翰和洋子,四人自称为"摇滚解放阵线"。

异皮士-黑豹联盟近期的主要事项有两样:一个是关于一个黑人妇女,一个是关于一个白人男子,两件事情都很能代表尼克松政权对于青年政治反文化的打压。一年前在加州,一位名叫安杰拉·戴维斯的年轻大学教师(其男友是黑豹党的重要成员),被以谋杀、绑架和策划阴谋等明显莫须有的罪名投入监狱。在密歇根州,一个叫白豹党的激进分支的创始人约翰·辛克莱因给了一名便衣女警两根大麻香烟而被判十年监禁,已服刑两年。

在鲁宾和鲍比·西尔的带领下,12月10日,辛克莱的支持者在安娜堡为他和戴维斯举行了一场慈善集会暨音乐会,到场的有斯蒂维·旺德、鲍勃·西格和艾伦·金斯伯格等。约翰和洋子接受鲁宾的建议,同意出席。约翰写了一首关于辛克莱的歌,一首欧扎克山脉风格的乡村歌曲("不公平呀/约翰·辛克莱/无缘无故被关起来……"),由冬不拉伴奏。演唱会吸引了一万五千名观众,还与狱中的辛克莱进行了电话连线。三天后,辛克莱被交保释放。

美国这个更大的舞台首次见证了约翰的名字所拥有的神奇力量,这种力量连最新的尖锐的种族、性别和政治忠诚的界限都能超越,这种力量能够——这点在美国尤为重要——为他支持的任一事业吸引到最多的媒体关注。安娜堡音乐会一周后,纽约迎来了抗议九月份骇人听闻的阿提卡州监狱暴动事件的一天,保安在暴动中杀死了二十八名囚犯和九名人质。当晚,哈莱姆著名的阿波罗剧院为遇难者家属举行了一场慈善音乐会,许多著名的灵乐歌手出席了音乐会——然而当晚的高潮是约翰和洋子的突然客串出现。

为纪念这一事件,也为了宣传大卫·皮尔和"下东城"乐队,一干人等参加了自六十年代末起大卫·弗罗斯特在美国主持的一档电视开放论坛节目。皮尔表演一首叫《我以身为纽约嬉皮士为荣》的歌的时候——对很受欢迎的默尔·哈格德的乡巴佬歌曲《我以身为来自穆斯科基的流动雇农为荣》的反驳——约翰站在后面,弹着一把只有一根弦的噪音爵士的贝斯。然后他回到台前,在舞台的边缘坐下,演唱新写的抗议歌曲《阿提卡州》。观众中一对中年夫妇指责约翰歌颂罪犯(其实阿波罗的义演同样为了监狱的警察和人质的家属),被旁边的人生气地叫他们闭嘴。

和在英国时的迈克尔·X 一样,约翰把将鲁宾和西尔这样的人物介绍给主流观众,让大家知道他们其实是多么聪明、讨人喜欢的人视为己任。1 月 14 至 18 日,他和洋子担任超受欢迎的日间电视节目《迈克·道格拉斯秀》的嘉宾主持,介绍一群由他们挑选的客人,其中有:鲁宾、西尔和一个五个人组成的乐队"大象的记忆"乐队(鲁宾把这支乐队介绍给约翰作为塑料小野乐队的新核心)。当鲁宾渐渐惹怒保守的迈克·道格拉斯时,约翰好性子的插话为双方保住了颜面。约翰还为道格拉斯的观众们请来了其他重量级嘉宾,比如摇滚巨星查克·贝里,在展示养生食物的烹调方法时,他与约翰共用一件围裙。

然而,所有这些新的事业和结盟都不是约翰来美国的真正目的——他来美国的真正目的是帮助洋子找到托尼·考克斯,依据维金群岛的监护判决夺回恭子。然而两个月的密集打听,仍然没有考克斯的踪迹。十二月中旬,考克斯突然在德克萨斯州的休斯顿(他的新任妻子梅林达的家乡)出现了,请求法院重新给予他和先前一样的平等监护权。阿提卡监狱义演的第二天,约翰和洋子就在乔恩·亨德里克斯的陪同下飞往休斯顿出席法庭听证会。

和之前的马略卡法庭斗争不同,这次法官没有叫恭子在爸爸妈妈之间做选择。考克斯把她和梅林达的家人藏在一起,无视法官多次要他把恭子交出来的要求,直到最后——圣诞前夜——法官以藐视法庭的罪名判处他监禁五天,后来交保释放。与此同时,胜券在握的洋子还得到一名教师的证词支持,说考克斯照顾下的恭子的受教育水平比普通的八岁孩子落后三年。法官命令考克斯在法院的最后判决之前把恭子交给洋子。考克斯的回答是将去年夏天的故技重施:他、恭子和梅林达再次人间蒸发。

《圣诞快乐(战争结束了)》就在这样不愉快的背景下发行,这是约翰和洋子为前一年的广告牌活动推出的后续单曲。与二人的轮流主唱对位的是哈莱姆社区合唱团的孩子们童声齐唱"战争结束了/如果你希望它结束",其中很多是与恭子差不多大的孩子。对约翰来说,这不过是塑料小野乐队的又一个即兴的、过把瘾就死的活动:他不会知道这首歌将和火鸡、槲寄生一样成为圣诞庆祝的一部分。同样讽刺的是约翰的新年愿望希望新的一年是"没有恐惧的……美好的一年",不久他就会发现事与愿违。

约翰无意中选择了最坏的时间来开始在美国的公众生活中兴风作浪。1972年是总统大选之年,理查德·尼克松铁定会得到共和党连任的提名。此外,此次大选首次将选举权扩大到年满十八周岁的公民,因而新增了一千两百万的选民。在对俄罗斯和中国的外交政策上取得的种种成就并未减轻尼克松的猜疑症,他害怕这波年轻选民会让他失去胜利。他和他的小集团开始准备重施对付丹尼尔·埃尔斯伯格的那些肮脏伎俩——甚至是变本加厉——来对付任何可能威胁他取胜的人。

有个人非常适合为尼克松干这些事,此人即联邦调查局局长 J. 埃德加·胡佛。胡佛自二十年代起开始执掌联邦调查局(FBI),积累了无数公务人员的丑闻档案,因此不管他自己如何滥用职权,没人敢叫他下台或退休。私底下是个有喜欢多褶连衣裙裙癖的同性恋的胡佛像仿佛还在打击阿尔·卡彭和约翰·迪林杰那样统治着调查局,培养人们对于"共党分子""左翼分子"以及他们的现代代言人摇滚明星的强烈仇恨。

多亏了一位叫做乔恩·韦纳的加州大学教师,约翰在接下来的三年半里在美国政府手中所受的磨难才得以大白于天下。韦纳以最干净、最令人羡慕的美国法律《情报自由法》为武器,致力于还原这段历史。即便有这一武器,韦纳还是花了六十年的时间、历经了其他四位总统的政权才解密所有相关的官方文件,最后一批文件一直到 2006 年才公布。这是一个最坏的、但最终是最好的美国的故事。

韦纳的调查显示 FBI 对约翰的兴趣,仅从文件上看,可以追溯到他和洋子的《两个处子》专辑在美国的发行。1969 年 3 月,一位名叫安克尔·纳尔逊的国会议员给 J. 胡佛送去了一封他的一个选民写的关于专辑封面裸照的极其愤怒的信,问有没有办法予以禁止。胡佛就此事咨询司法部,却被告知专辑封面"从法律角度看并不符合淫秽的标准"。在 1970 年 4 月约翰与乔治和帕蒂·哈里森造访洛杉矶之前,调查局的西海岸探员们就被告知要注意收集这三人参与暴力反战示威或者使用毒品的证据。甚至有一份档案是关于"克利须那意识协会"的，他们听说约翰和乔治支持这一协会，担心它不过是挂协会之名，行吸毒或革命之实。

约翰移居纽约，公开支持阿比·霍夫曼、安杰拉·戴维斯和约翰·辛克莱这样的人后，FBI 终于抓住了一些实质性的东西。大量 FBI 情报人员潜入要求释放辛克莱的安娜堡集会，对鲁宾、西尔、艾伦·金斯伯格等人的讲话做了详细记录。一位在后台与约翰进行了交谈的 FBI 卧底声称他听见约翰用"反执法的语气"说话，宣称自己"强烈相信（异皮士）运动，相信现在的这个美国社会一定会被推翻"。

然而，真正率先对约翰发难的不是胡佛，而是六十九岁的共和党南加州资深参议员斯特罗姆·瑟蒙德。瑟蒙德是一个热切的种族隔离分子、战争狂热分子，是尼克松党内极右派中最有影响力的支持者之一。1972 年 2 月初，瑟蒙德给"支持总统竞选连任委员会"的首席检察官兼主席约翰·米切尔写了一封信。瑟蒙德转寄了参议院国内安全小组委员会的一份员工备忘录，警告说有一群反对尼克松的示威者密谋扰乱八月的共和党大会，约翰是其主要支持者之一。瑟蒙德在信中暗示：有如此有影响力的鼓动者的帮助，尼克松的再提名典礼将陷入同 1968 年的芝加哥民主党大会惨剧一样的混乱。为避免这一情况发生，信中提出了一个"战略性对策"：立即将约翰驱逐出境。

这一警告显然是基于约翰想与洋子在今年晚些时候"上路巡演"的模糊计划。"我们所有的演出都是无偿的，"约翰对到访的伦敦周末电视台工作人员如是说，"所有的钱都将给囚犯和穷人，我们不会从表演中赚取一分钱。我们希望从美国开始巡演，然后走向世界……说不定连中国都去。"约翰还和艾伦·金斯伯格等人说过利用摇滚音乐会召集年轻选民支持民主党。但约翰与瑟蒙德信中提到的一个名字听上去并不危险的组织"选举战略信息中心"毫无联系，也没有打算去共和党大会附近的什么地方。

瑟蒙德的信被转给了 J. 埃德加·胡佛，后者又转给了中央情报局局长理查德·赫尔姆斯，认为这是一件可能影响国家安全的事情。1972 年 2 月 12 日，赫尔姆斯给胡佛去了一封密电，提供了更多有关所谓约翰密谋扰乱总统大选的详情。根据中情局调查员的情报，约翰参与了一项"将使用录像带、电影和特殊物品"、有"一车艺人"参加的计划。得到这一严重警告后，政府的"战略性对策"随即启动。

前一年八月签发给约翰和洋子的 B2，即旅游探亲签证将在 2 月 29 日同时过期。通常访客在签证过期后有十五天的时间可以申请延长签证。签证刚过期五天，约翰夫妇家就响起重重的敲门声，犹如警察突袭的前奏，一张纸条从门缝下塞了进来。纸条是移民归化局送来的，通知二人他们的签证均已被"收回"，二人必须在3月15日之前离开美国。

他们需要律师，幸运的是，他们一下子就找对了人。利昂·怀尔兹在移民归化问题领域拥有十五年的经验，而且刚刚卸任美国移民律师协会会长一职。怀尔兹是一位歌剧和古典音乐爱好者，约翰的唱片一张也没有，在洋子找他帮忙打这场官司前没有听说过约翰·列侬。怀尔兹到银行街一〇五号拜访二人，考虑到问题的严重性，二人没有在床上接待他。"先是洋子在前面的屋子和我交谈，后来约翰进来，请我喝茶。"

一开始怀尔兹认为自己帮不了他们。虽然约翰显然可能是因为他的政治观点和择友而遭受惩罚，但是根本无从证明。人们可能认为尼克松"诡计多端"，但是在1972年初，即便是对他最刻薄的主流评论家也不会相信他是如此多疑。同样不能指望移民归化局的负责处理驱逐出境申诉的审查委员会和法庭系统——他们驳回百分之九十五的上诉。怀尔兹能看见的唯一希望是将案子打到联邦法庭上去，联邦法庭的法官比移民归化局内部的水平更高，也比较不会唯政府的命令是从。

怀尔兹怀揣着这样的思路重新审阅1968年的那宗让约翰两年不能进入美国、签证申请屡屡受挫的持有毒品案。约翰解释说他之所以认罪是为了避免洋子被驱逐出英国，在他们之前蒙塔古广场的公寓里住的是吉米·亨德里克斯，他在入住前为了清理亨德里克斯的毒品把房子仔细打扫过。怀尔兹立即发现了一丝希望。虽然大麻在美国是非法的，但是蒙塔古广场里发现的物质大麻麻醉剂，或曰纯净的大麻树脂，在联邦法律中还未明确禁止。

此外，在约翰的案子后英国修订了有关持有毒品的法律，这也给他们带来了希望。与1968年不同，如今的检控方必须证明被告是"故意"持有违禁药品，而非不知情地居住在藏有这些药品的房屋里。相反，依照美国的法律，在约翰有机会说明他是否知道那里有大麻之前，他是不能被定罪的。之前约翰怀疑是警方栽赃他，如今他的怀疑也看似更有可能了。负责逮捕行动的诺曼·皮尔彻警官已经以突击搜查流行明星登上报纸头条而闻名遐迩，亨德里克斯和米克·贾格尔后来也都成了他的战利品。今年过完之前，皮尔彻还将因密谋妨碍司法公正被判入狱。有如此之多的漏洞，怀尔兹要辩护的这个案子不应成为约翰被驱逐出美国的依据。

1972年春至初夏,约翰和洋子多次出席移民归化局的听证会,每次听证会后驱逐令都得到暂缓,因为利昂·怀尔兹提请了新的考虑建议,最后判决再次延缓。约翰把这比作在采石河岸中学被叫到校长的书房里去,只不过这里没有鞭打。面对法院外永远成群的记者和电视镜头,约翰掩饰住了自己对整个儿拖拉、肮脏、耻辱、没个结果的过程的厌恶,只是重复说他爱纽约,他想留在这里,他希望能推翻他在英国的毒品判决(这点不在怀尔兹的战略之列),他得留在美国帮洋子寻回恭子,他们没有什么政治计划,他们只想宣传和平:"我们是革命艺术家——不是武装分子"。

3月3日,休斯顿法院维持维金群岛的原判,同意洋子的单独监护权及恭子必须在美国成长的规定。艾伦·克莱因把这一消息告诉洋子时,好像这是他个人取得的一个交易胜利似的。然而由于仍旧没有托尼·考克斯、恭子和梅林达的踪影,胜诉的意义不大。

考克斯的战略看似低级,但是当约翰的移民官司不可避免地败诉、他被驱逐出这个国家时,就不了。由于洋子没有毒品判决在身,她没有被驱逐出境的危险,她的案子怀尔兹相对简单就能解决。这样一来,洋子就面临两难选择:是与约翰一同离开还是留在美国继续寻找恭子。约翰向移民归化局提交了一份请愿,请求对方发发慈悲,不应该这样把他们二人分开:"我不知道是否能恳请法院的同情,同情我们和我们的孩子。"约翰真不应该浪费口舌。政府机密文件中出现的最荒唐的指控说他和洋子与托尼·考克斯串通一气,绑架恭子不过是他们为约翰的反驱逐案件制造舆论影响设的局。休斯顿的FBI办公室接到命令,找出考克斯与二人说好的藏匿处。找到后,他们将以伪证罪起诉约翰。

在遇到利昂·怀尔兹之前,约翰并未想过要获得美国的永久居住权。他以为他的毒品判决记录自动让他无法申请允许外国人在美国自由生活和工作的绿卡。怀尔兹表示异议,建议他和洋子申请作为有特殊艺术价值、会对美国的文化生活有贡献之人的认定。"第三优先类"这样一个身份不仅能够解决眼前的签证问题,还能将他们的名字列入可以申请绿卡的名单之中。他们按规定提交了申请,并且多次去信、去电,移民归化局却一直没有做出裁决。

为了准备这个案子,怀尔兹在英美两地进行了数月的详尽调查研究。与此同时,约翰也必须改变以往有争议的公众人物的形象。"我跟他说你不能说推翻尼克松之类的话,只能说一些一般原则性的话。"律师回忆道。约翰对游说反战的热情不减。4月22日,他和洋子参加了在纽约达菲广场举行的"全国和平集会",领导大家齐唱必唱曲目《给和平一个机会》。一个月后,二人报名支持华盛顿特区的烛光静坐,同样支持这一活动的还有演员伊莱·沃勒克、漫画家朱尔斯·菲弗、剧作家阿瑟·米勒和小说家威廉·斯蒂伦。但是约翰再没有参加像要求释放约翰·辛克莱那样明显的政治活动。同样在怀尔兹的建议下,洋子为那次集会制作的电影《两根香烟换来十年监禁》被无限期地搁置。

在移民归化局努力用合法手段赶走约翰的同时,FBI 则奉行的是 J. 埃德加·胡佛的个人信条,大搞小动作。他们监视银行街的公寓,派人跟梢约翰和洋子的日常行动;审查约翰写的每一句歌词,看是否有反政府的观点,观看、分析约翰上的每一个电视节目,然后记录在标题为"革命活动"的备忘录中。他们还安排国税局调查二人在持旅游签证在美期间是否有不法所得,并且安排二人进行精神检查。他们甚至制定了应对约翰所谓的扰乱共和党大会(大会原定在加州的圣地亚哥举行,后来改到佛罗里达的迈阿密)的紧急方案,包括:劫持杰里·鲁宾和阿比·霍夫曼,便衣人员在会场外抢劫示威者,限制约翰和洋子在美国的行动自由。

他们和他们的律师的电话都被监听。"有人告诉我们一个特殊的号码,"利昂·怀尔兹回忆道,"拨打这个号码,如果是忙音,那你的线就是好的,如果有刺耳声,那就是有人在监听你。我们都有刺耳声。"怀尔兹唯一能保护自己隐私的做法是在可能的时候用意第绪语讲电话。连约翰的私人摄影师鲍勃·格伦也被跟踪——"两个戴浅顶卷檐软呢帽的家伙,像电视里的联邦特工"。约翰想对这样的处境一笑置之,可是他身边的人,尤其是他的美国雇员,没人觉得这事好笑。丹·里克特说:"我觉得他随时可能被装进袋子里,带到机场——甚至被暗杀。太可怕了。"

FBI 还请求四十年后还被称为"国外情报局",但其实就是英国军情五处的帮助。早在约翰移居纽约之前,军情五处就已把他列入北爱尔兰共和军恐怖主义支持者的名单;据说有人看见约翰高举反对"英帝国主义"的标语,说他为一个打着民权组织幌子的凶残的临时爱尔兰共和军捐款。后来,约翰和洋子参加了共和军的支持者在英国海外航空公司的纽约总部外举行的示威,他们的档案里又多了一条。伦敦发往华盛顿的秘密电报中唠叨了一堆约翰在英国进行的颠覆活动,比如捐钱给苏格兰造船厂的罢工者,接受类似《红鼹鼠》这样的小众激进杂志的采访等。

在英国,约翰从未写过关于日益恶化的北爱尔兰问题的东西。但是移居纽约后,他对冲突的看法以及对自己的爱尔兰血统的认识越发强烈。美国在北爱问题上所持的态度大体上是反对英国的,就连亲英派也有点幸灾乐祸:多年来英国一直拒绝完全支持越战,如今她自己家门口发生了类似的赢不了的冲突。在纽约,有公开为临时爱尔兰共和军提供资金、购买武器的组织,他们不顾种种的反面证据,把临时军视为英勇的年轻自由斗士。

1972年1月30日,后来被称为"血腥星期天"的一天,英国士兵在伦敦德里郡的民权游行中开枪打死十三人。约翰得知消息后,立马写了一首叫做《血腥星期天》的歌,用带有十七世纪特色的爱尔兰口音唱道:"把爱尔兰还给爱尔兰人/把英格兰丢回海里去……"之后,又写了一首情绪更为极端的姐妹篇《爱尔兰人的幸运》,表达了和"工人阶级英雄"一样的刻薄挖苦。英国被说成是"践踏"了一片"美丽富饶之地"的"土匪强盗","在(新教的)神的支持下"进行大屠杀。对于每天有无辜的新教徒在自己家中、在孩子面前被炸死或打死,歌曲中没有提到:"这些混蛋(他的同胞)进行种族大屠杀,却把责任推给爱尔兰共和军的孩子们"。

可想而知,"爱尔兰共和军的孩子们"对约翰这样看待他们感到高兴,希望约翰能为他们的事业多做一点贡献。2006年,作家约翰尼·罗根发现一位名叫格里·奥黑尔的临时爱尔兰共和军活动家曾到银行街拜访约翰,严肃地讨论在都柏林为"北方援助委员会"(一个被认为是爱尔兰共和军幌子的组织)举行一场演唱会,为失去亲人的天主教家庭募捐。此时的约翰对于冲突的看法似乎变平衡了,明确表示他也想为贝尔法斯特的遇害新教徒举办一场类似的演出。这个想法无果而终,主要因为这时的约翰害怕一旦他离开美国便无法再入境。

乔恩·韦纳的调查最终发现:这场反列侬行动得到最高方面的批准和密切监视。4月23日,约翰最后一次现身移民归化局后数天,FBI的一份备忘录里援引一"秘密消息来源",称约翰为一个密谋扰乱共和党大会的"新左翼团体"捐款75000美元。备忘录中转载了约翰在移民归化局的听证会说的他是"因为对美国的东南亚政策直言不讳"而要被驱逐,还列举了约翰为拖延判决而采取的两个诡计。据其他秘密消息来源,约翰接受了纽约大学夏天的一个教职,还准备加入"全国大麻和药物滥用委员会"。备忘录的脚注中写道:"此情报同样汇报给白宫总统助理H. R. 霍尔德曼阁下。"

从这份备忘录就多少能看出整个行动是多么不专业。说约翰准备加入全国大麻和药物滥用委员会——国会奉尼克松之命新近成立的一个机构——的荒唐想法显然来源约翰对移民归化局的审理委员会说的他和洋子正在打算开展一场媒体的反毒品运动。别处,胡佛的特工们犯的错误和误解常常令人啼笑皆非。

一份报告中将约翰在纽约的最初两处住址混淆,将市郊和市区混为一体,说他住在"银行街的圣瑞吉酒店"。为预防约翰效仿托尼·考克斯躲藏于美国,FBI绘制了通缉海报——却误把大卫·皮尔的照片当做约翰的。在约翰和杰里·鲁宾一同召开的一个电视新闻发布会的概要中,情报人员煞有介事地写道:"鲁宾的头发比之前的照片中所见到的短了许多"。下面,这位不知姓名的记录员用孩子般难看的印刷体写道:"所有的极端分子都应被视为危险人物"。

其实,有一个简单的解决之道一直摆在调查局面前,却被视而不见。移民归化局早期的一份备忘录就承认以目前的证据驱逐约翰"理由不足",要让驱逐理由无懈可击的最好方法是对他进行突然的毒品搜查,然后在他的记录中加进第二条罪证,这样他就会被永远驱逐出这个国家。FBI得到的情报中经常提到约翰"过量"使用比不信基督教的鲁宾喜欢的还要更为强劲的药物,纽约警察局也接到命令:只要有一点点怀疑约翰有上述或其他违法行为就马上进行搜查。

然而,尽管约翰在与洋子以及他们音乐、艺术、政治方面的随员的日常活动中从来不屑哪怕是稍微小心一点,警方却从未对他进行过搜查。与"大象的记忆"乐队在一起的排练、录音总是伴随着挥霍大量的酒精和毒品。鲍勃·格伦回忆说:"我们叫它龙舌兰酒时间。我们八个人大概会喝十瓶的龙舌兰——而且是每天晚上都喝。录音室的工作结束以后,我们就出去喝;先又再喝点龙舌兰,然后吃一顿牛排大餐,然后喝一整个晚上的干邑白兰地——还有啤酒。当然少不了有一大堆的大麻和其他药品来让你保持精力。警察随时可以来突然搜查约翰。我们并没有要跟警察玩躲猫猫。我们就是喝啊、开车啊、吸啊。"

最后,政府犯的最大错误是低估了约翰能够赢得的广大群众的支持。乔恩·亨德里克斯发起了请求停止对约翰的骚扰的请愿活动,很快就征集到一万个签名;《纽约时报》发表了一篇支持约翰的社论;全国汽车工人联合会的会长送来支持的口信。4月27日,纽约市市长约翰·林赛向华盛顿的移民归化局委员请求撤销驱逐令,称其并非因为约翰犯有毒品罪行,而是因为"(约翰和洋子)对主要时事发表了强烈的、批判的看法",是"严重的不公正"。在华盛顿的英国前任大使哈莱克勋爵也提出了类似请求,算是为1964年披头士在他的大使馆遭受的不公正待遇做了迟到的补偿。

电视脱口秀主持人也通过采访约翰来表示支持约翰。"他只要说'好'就可以继续在黄金时段对一百万人说话。"丹·里克特说。"我们不觉得自己是地下党或者局外人。我们代表事实——那些政治家、军队和想把约翰驱逐出境的人才是生活在幻想世界里的。"

约翰在这一领域的主要盟友是迪克·卡维特,他在ABC的深夜节目融智慧与文化性于一体,而且公开同情反文化。在卡维特5月11日的节目中,约翰透露与其说FBI是秘密行动,不如说是公开恐吓。"我感觉走到哪里都被政府特工跟踪。每次我拿起电话都有一大堆杂音……我打开门都会发现街对面站着人。我坐进车里他们就跟着我,毫不掩饰。……他们要我知道我在被跟踪。反正我在广播、电视上说出来以后,第二天人就不见了。"

约翰还利用卡维特的节目请求托尼·考克斯把恭子交出来。他说,孩子与双亲都熟识肯定是比较好的,考克斯如果能重新开始文明的对话,他可以得到平等的监护权。约翰还说,恭子的失踪严重打击了洋子的精神;如今她受不了看见同龄的孩子,连电视里的都不行,还常常做噩梦,而且总是在同一时间,凌晨五点。

6月12日,《在纽约市的一段时光》专辑在美国发行——专辑完成时间碰巧赶上三月份两人的结婚三周年纪念日——专辑由菲尔·斯佩克特担任共同制作人,吸收了大象的记忆乐队的塑料小野乐队为演奏乐队。为突出洋子全方位的创作参与,专辑的先发单曲是围绕着洋子首创的女权主义口号创作的歌曲《女人是世界的黑奴》,由约翰演唱。即便是用作象征现代的奴役,"黑奴"一词还是在全美电台遭到禁播(英国尚无此问题)。约翰和洋子与两份主要黑人杂志《黑玉》和《黑檀》的代表一同上电视,杂志代表说把这个词用在这样一个讽喻之处是合理的。迪克·卡维特无视电视台老板的禁令,自己掏钱请他们到节目里来表演这首歌,在演出前向他的观众们详细说明了他为什么要这样做。

与披头士那些似乎将永世长存的专辑相反,约翰希望这张专辑像报纸一样快速拼装——然后快速丢弃。专辑封面像《纽约时报》的头版,各个曲目名称则像新闻标题,还配有逼真的黑白新闻图片。专辑内容可以作为FBI对约翰过去十个月所支持的所有事业与个人的检查清单:"约翰·辛克莱""阿提卡州""安杰拉"(有关安杰拉·戴维斯一案)、"血腥星期天"和"爱尔兰人的幸运"。专辑中也有比较轻松的歌曲,《纽约市》一歌为"约翰和洋子的歌谣"加入了新的一章,重温二人自到达美国以来的种种冒险,歌里提到了大卫·皮尔、大象的记忆乐队、马克斯的堪萨斯城餐厅、他们的自行车——和那个想把他们赶走的"人"。专辑还附送二人在伦敦莱森剧院联合国儿童基金会音乐会的现场表演片段和与弗兰克·扎帕在菲尔莫尔东的嘉宾时间。

总的来说《在纽约市的一段时光》是失败的,在美榜只排到第四十八位,英榜是第十一位(专辑在英国九月份才发行)。连最忠实的《滚石》杂志也说它有

"自毁艺术前程的预兆",说它的歌词像"马马虎虎的儿歌"。约翰回应说:"我们又不是要做勃兰登堡协奏曲……我们就想着把专辑做完、推出,然后很快又有一张。我们可以不用做的。我们可以把《想像》拖个一年半,可是……我们的脑子里不断冒出想法,我们想和愿意听的人分享我们的想法。我们写的唱的都是我们还有大多数人谈论的话题。"约翰在无意间让人想起八十年前无独有偶同样从利物浦横渡大西洋的同名祖父:"就像古代的吟游歌手——唱歌的记者——歌唱他们的时代、歌唱时代里发生的事情。"

如今这张专辑不仅仅被视为是一堆慷慨陈词。大多数歌曲的情绪都是愤怒的,可是一系列巧妙的商业流行效果,比如添加了大量的摇滚萨克斯,弱化了慷慨激昂的感觉。最令1972年的乐评人无法忍受的是:洋子作为词曲作者和表演者居然都得到了与约翰平等的时间,约翰不仅演唱自己的歌词也演唱洋子的歌词,在《安杰拉》和《生于监狱》这两首歌里约翰为洋子和声就像当年保罗·麦卡特尼为自己和声那样。其实,这两首二重唱带来了意想不到的甜蜜、优美的效果——冷冰冰的报纸突然间变为有柳树图案的瓷器。洋子不押韵的歌词似乎发挥出了约翰的声音里他自己最激昂的歌词都不曾挖掘出来的东西。《女人是世界的黑奴》的精湛表演只有"扭动与呐喊"能与之媲美。

然而,约翰这样公开表明自己找到了麦卡特尼的继任者之后不久就给自己惹来了麻烦。打从约翰开始与洋子一起写歌以来,他的英国发行商北方唱片公司就一直不肯将保罗的名字换做实际参与创作的洋子。北方唱片公司新的ATV管理层对于将《圣诞快乐(战争结束了)》作为二人合作的单曲进行宣传感觉很不自在,单曲一直到在美国发行后的第二年圣诞节才在英国发行。《在纽约市的一段时光》专辑里,洋子的出版发行公司"小野音乐"公司索要她与约翰合写的四首歌曲的一半版权:《安杰拉》《血腥星期天》《爱尔兰人的幸运》和《女人是世界的黑奴》。北方唱片公司及其联营的麦列公司立即向纽约起诉约翰索,赔100万美元,声称他违背了1965年赋予他们他的作品,无论是独自创作的还是合作的、独家版权的协议。约翰反以他们涉嫌拖欠海外版税为由起诉索要900万美元。

当约翰和洋子的律师利昂·怀尔兹正在努力说服移民法庭承认二人对美国的国家安全没有威胁时,推出这样一张专辑显然不是什么明智之举。怀尔兹无法左右约翰出什么样的唱片,但是可以劝他通过参加类似乔治·哈里森的孟加拉音乐会那样的公益活动缓和形象。一位名叫杰拉尔多·里韦拉的友善的电视记者就给他们提供了一个这样的机会。里韦拉在帮忙为斯塔滕岛的一所儿童精神医院"柳溪州立学校"举行募捐活动。8月30日约翰和洋子与斯蒂维·旺德、罗伯塔·弗拉克、沙纳纳合唱团等一起在麦迪逊广场花园进行了义演。即便是这样无可指责的正派场合,FBI依然派出了大批盯梢,煞有介事地拍下观众的照片,其中包括:市长约翰·林赛、李·拉齐维尔公主以及民主党总统候选人乔治·麦戈文之妻。

约翰和洋子在大象的记忆乐队伴奏下演绎了一组杂乱的歌曲串烧,从《一起来》《猎狗》到《母亲》,约翰在介绍《母亲》时说这是"选自我离开滚石后创作的一张专辑"。如今人们可以从一段著名的影像中看到约翰独自坐在钢琴前,戴着墨镜,穿着橄榄绿的衬衫,对着花园广场的无数观众大喊:"母亲,你拥有我……可我从未拥有你……"这样的话多数人即便是对着自己的枕头悄悄说都要犹豫一下。无论时隔多少年后再看,此情此景总令人唏嘘不已。

目光回到英国,如今让少女们为之疯狂的华丽摇滚。为了区别于过去六十年代暗淡的嬉皮服装,追求更高的意义,七十年代初的乐队穿着亮晶晶的衣服、摇摇欲坠的厚底高跟鞋,首饰、染发、化妆,怎么招摇浅薄、怎么自我调侃就怎么来。最新被誉为"新披头士"的是一支名叫霸王龙的乐队,乐队主唱马克·博兰又是眼影又是彩妆;如今媒体津津乐道的不是"披头士狂热",而是"霸王龙狂热"。博兰一连串自创的热门歌曲如《骑着白天鹅》《电报山姆》《吉普车》《性交》等让《旋律制造者》周报称他"与列侬或迪伦同等重要"。

这一说法很快得到那位大家觉得已经将这一切抛在身后、移居大洋彼岸之人的回应。"我没听过《吉普车》,不过我听过而且喜欢《性交》和(博兰的)第一首热门单曲,"约翰致函《旋律制造者》如是说,试着——不是很成功——采用慈祥的政界元老的口吻。"不过我们都知道那些'新的吉他小过门'打哪儿来的——对不对,马克?"后来,《旋律制造者》刊登了乔治·马丁的专访,马丁说披头士的第一支真正的英国热门单曲《请让我开心》是约翰和保罗一起写的,然后经过了他自己的一点点重新调整。此言一出,约翰的更正声明立马从纽约飞过来。"《请让我开心》是我一个人写的,也是原原本本按着我写的顺序录的。'记得吗?'爱你的约翰和洋子。"这封信和上一封一样都要发表,还被《旋律制造者》评为本周的"密纹唱片获得者"——这是《旋律制造者》的传统,每周评选出一封最佳来信,赠予一张免费唱片。

同样在这一阵地,约翰继续着与他的前另一半之间的恩怨。1971年末,保罗在《旋律制造者》的采访中说:其实,只要他们四个人,没有艾伦·克莱因,没有洋子和琳达,坐下来签一份协议,披头士的财政问题很快就能解决——"可是约翰不愿意。……大家都觉得我是始作俑者,可我不是。我只想脱身。"当时,《想像》专辑以及里头谩骂保罗和琳达的《你睡得好吗》刚刚发行,保罗对此一笑置之,称其"傻透了",不过对于《昨日》的讥讽显然刺伤了他。"我跟异性恋者住怎么了?我喜欢异性恋者。我跟异性恋者生了孩子。"

约翰给《旋律制造者》写了一封很长的回信(开头是"致亲爱的琳达、保罗和所有的小麦卡特尼……"),要求在刊登来信的版面有"同样的篇幅"。报社怕引来法律后果,删去了其中的九行。然而其余的内容同样有足够登上头条的猛料,约翰建议其他前披头士成员买下保罗在苹果公司的股份,对峰会的想法嗤之以鼻。

对于一个号称全身心致力于个人发展的人来说,过去的这两年,保罗的发展远不如约翰。虽然在公众面前永远带着微笑,保罗在披头士解散以后马上陷入了黑暗时期。他开始酗酒,怀疑没有了披头士自己是否真的能继续前进。他决定与妻子组成一支名叫"双翼"的乐队,却遭遇了洋子在塑料小野乐队里都不曾有过的嘲笑。无法击败英国媒体偏见的保罗只得像1962年以前的披头士那样带领双翼乐队开着一辆小面包车巡演,在乡村学校里举办突然的演出。他的后列侬-麦卡特尼时代作品越来越多地被批评为平淡、做作。然而如果他写一些与性格不符的作品——例如他发表自己对于北爱尔兰问题的观点的《把爱尔兰还给爱尔兰人》——大家又都害怕地望而却步。塑料小野乐队的热门歌曲一首接一首,双翼乐队却迟迟不能起飞。

丹·里克特是一直劝约翰与保罗重新开始说话的人之一。"我说:'你们婚都已经离了,你们以前在一起做了那么多好东西……你们应该重新开始说话。'"可是约翰仍旧觉得保罗对待洋子的态度制造了无法弥合的鸿沟。再说,列侬和麦卡特尼都已经被各自伴侣改造得再也找不到共通点了。"约翰曾说:'保罗永远会是个表演者。我是个摇滚明星。我当过了。我要继续向前进。'"里克特回忆道。

1972年初,两人终于见面了。保罗拜访了银行街一〇五号,二人进行了简短、谨慎的闲聊,同意不再互相诋毁,不论是在歌曲里还是在媒体上。然而,两人关系的轻微缓和并未有进一步发展。保罗在纽约的时候常给约翰打电话。有时他得到约翰友好但是疏远的问候,有时则得到约翰用越来越重的美国口音问"你到底想要什么,伙计?"。保罗回忆,约翰常常拿他正在长大成人的小朋友们来挖苦他,说他多喜欢给他们讲睡前故事、带他们出去吃比萨。约翰嘲笑他说"只知道比萨和童话",这一说法后来差点儿被保罗用作专辑名称。一次,约翰的"刻薄"态度终于让出了名的好脾气的保罗按捺不住,大喊"去你的,科杰克①",一把扔掉了听筒。

秋季是总统大选季。约翰对民主党候选人乔治·麦戈文寄予厚望。麦戈文是南达科他州参议员——真真是一个预兆——明确发誓要结束越战。竞选期间,美国公共事务中一再出现的主题再次上演。麦戈文的党内竞争对手阿拉巴马州州长、种族主义者乔治·华莱士被一名叫做阿瑟·布雷默的患有孤僻症的二十一岁青年用一把手枪击中五枪。华莱士幸免于难,却终生坐在轮椅上。尽管麦戈文的政治纲领受到选民欢迎,现任这一位在俄罗斯取得的外交成就则起了决定性作用。传说中受约翰鼓动的十八至二十一岁的选民潮也并未出现。投票人数创1948年以来的新低,11月7日,尼克松以压倒性多数获胜。

如今约翰和洋子已经结婚四年,几乎每一天的每一分钟都在一起。虽说二人在创作上仍经常能给对方带来惊喜和兴奋,身体上的关系却不可避免地失去了些许最初的激情。约翰的性欲依然强烈,而洋子发现自己越来越吃不消了。"做爱方面我不主动。约翰曾说:'你就像个维多利亚淑女——只管躺在那边,心里想着英格兰。'"

二人常常探讨约翰没完没了的性冲动,约翰对此直言不讳,而在披头士巡演的那些日子里这种欲望很容易得到满足。"即便我们刚刚在一起热恋的时候,约翰也曾说:'我不明白,我现在在热恋中,可为什么我还是喜欢看街上的女孩?'"洋子回忆道。"他总说女人的不同之处在于她们无法区分性和爱。来到纽约以后,我开始想:约翰身体里有某一面感到被压抑。"

尼克松获得连任的当晚,夫妇二人受邀参加在杰里·鲁宾的公寓里举行的派对。"约翰无法接受乔治·麦戈文败选的事实,又是嗑药又是喝酒,脑袋完全不清醒。那天早些时候我们在录音室里给什么东西混音时,他就开始这样了。"洋子回忆道。"我们走进杰里家时,那里有个女孩儿。她是那种你永远不会想到会吸引约翰的女孩子,我不想描述她的样子,总之她站在那里。她根本没有勾搭约翰,约翰一把把她拽进隔壁房间。两人开始摸来摸去什么的,我们都不吱声。"

"后来一个好心的客人放了一张唱片,鲍勃·迪伦还是谁的,这样我们就听不见他们的声音。但我们还是听得见。大家的外套都在约翰和那个女孩子做爱的那个房间,所以没人能回去。后来一个勇敢的女孩子进去拿她的衣服,其他人

---

① 七十年代美国热门电视剧《侦探科杰克》里的纽约光头侦探。

也跟着进去。最后只剩下我和我们的助理彼得·本德赖在那里,还有约翰和那个女孩儿。我对彼得说:'请你把这花拿去给他们,对约翰说我爱他,不用担心。'我不喜欢这种局面。可是我替约翰感到难过。彼得说:'不,我不想去打扰他们。'"

"那天的局面把我彻底唤醒了。我心想:'好吧,以前我们那么相爱,所以能够牺牲一切,我的女儿什么的。如果我们真心相爱,这一切都是值得的。可如果他想找别的女孩儿什么的,我怎么办?'身体上,我也开始感觉我不是真的想和他做爱。"

可眼下诸多的其他事情占据了两人的精力,这件事被暂时搁在了一旁。1973年初,二人到市郊前披头士的主管彼得·布朗家吃午饭。布朗如今管理着罗伯特·施蒂格伍德纽约的生意,住在中央公园西侧的一幢名为兰厄姆的优雅公寓里。约翰一下子就喜欢上了布朗家宽敞的房间、面向公园的开阔景色,当即决定放弃西村的起居室兼卧室的两用房间,搬到这儿来。当他发现兰厄姆已经没有空房间,他就转向隔壁那幢楼。

这幢楼名叫达科他,但它给人的感觉却是像利物浦,这种感觉甚至比苏荷区的那些石子巷更强烈。在北约翰街、蒂瑟邦街或沃特街,可能有一家银行或保险公司在这样一幢类似的仿哥特砂岩大房子里:富有、自信的默西造船主也许也同样想到装饰有阳台和棕红色线饰的七层楼高的正面,德国式的山墙和由红棕色褪成浅绿色的斜屋顶,临街的黑色铁制路灯,花瓮和装饰的海妖像。公寓楼的名字也透着一丝利物浦式的讽刺。十九世纪八十年代这幢楼建成的时候,上西区的这一块地方还没什么人居住,它在潮流人士眼中就跟南北达科他州一样遥远。

虽然曾经是最奢华之地,如今的达科他早已退出曼哈顿的顶级房产之列,成了中流演员、电影导演和其他相似的新潮人物的聚居地。这里有些许的恐怖气息,罗曼·波兰斯基在这里拍摄了邪恶恐怖片《魔鬼圣婴》以后更是如此。公寓收取的是长期但相对便宜的租金,而且空房间不多。但是当约翰和洋子的助理乔恩·亨德里克斯前去咨询时,碰巧新近丧妻的演员罗伯特·瑞安要搬出位于七层的七十二号房。

只需一瞥就足以让约翰决心买下瑞安的公寓。整间公寓有半个街区那么长,四间卧室,不仅将中央公园的树顶尽收眼底——让约翰下定决心的是——还能远远地望见湖泊。约翰喜欢整幢楼维多利亚时代利物浦的感觉:沉重的黄铜电灯开关、坐式电梯以及桃花心木、橡木和樱树的嵌板。在这个充满犯罪和暴力的大都会,这整幢楼似乎例外地得到很好的保护:通向西七十二街的拱门出入口有一扇巨大的黑色铁门,还有岗亭保安日夜值班。

尽管达科他是一个放荡不羁的地方,要住进去可不是一件容易的事。管理大厦的业主大会规定外交官(外交官通常都不讲信用)和摇滚明星不得入住。于是乎,亨德里克斯发起了一场类似"救救约翰和洋子"移民案请愿的活动,向达科他的业主委员会保证他们不会用疯狂的派对或者震耳欲聋的音乐打搅此处的居民。他们请了一些品德见证人写证明信,其中包括美国圣公会领导人保罗·穆尔主教,夫妇二人像出席移民法庭那样穿戴整洁、小心谨慎地出现在业委会面前。最后,委员会同意他们入住。事后,房产经纪人对亨德里克斯说他原以为他们一点儿希望也没有。

约翰很快对七十二号公寓进行改造,让它更像家。遮挡了中央公园大部分光线的阴暗的木建部分被换成明亮的白色油漆,还有一些提腾赫斯特庄园带过来的白色地毯;狭小的厨房被扩得跟提腾赫斯特庄园的差不多大。主客厅变成了画室,和咪咪姨妈在门迪普斯的那间老画室一样干净、整齐,画室里有巨大的白沙发、软垫椅和一幅幅银框的亲人照片——咪咪的、他母亲的、他的姨妈和表兄弟姐妹们的,还有他永远不会忘记的、心爱的乔治姨父。约翰在门上挂了一些搞笑的铜牌,比如厨房叫"蜂蜜世界",旁边的洗手间叫"爱尔伯特"。最后,还要再养上几只猫才是真正的家。洋子不是喜欢猫的人,但是她一如既往地遵从了约翰的意愿。

约翰与大西洋对岸的缩小版七十二号公寓一直保持着固定联络,他每周至少给咪咪打一次电话,一个月左右给她写一封信。咪咪回忆道:"我从电话铃的响声就能判断是不是约翰打来的。他打电话来的时候总是说:'是他本人'。他信里的签名也是这样。"这些电话不仅仅是义务的问候。"他总爱聊以前干的那些事,以前的日子。他想念英国,当然啦。"既然他现在有了一个十分合咪咪的意的家,他劝咪咪也搬过来,但是没有成功。"他总是叫我去纽约,可是我直截了当地跟他说:'我不会去一个有枪的地方,约翰。'"咪咪回忆道。

安全重返白宫再做上四年总统(他当时是这么认为的)的理查德·尼克松不用再担心约翰之流了。政府猜疑症的火伕头子J.埃德加·胡佛于1972年去世,他爱穿裙子的嗜好还未为世人所知。尼克松的当务之急是减小越战的规模,1973年3月29日,最后一批美军从越南撤出,结束了这一场牺牲了58178名美国人——更不用说大约三百八十万的越南人、八十万的柬埔寨人和五万的老挝人——的战争。国内抗议运动的原动力基本上都清除了,FBI对约翰等所谓反动分子的监视也就停止了。

然而移民归化局仍旧敦促约翰离开美国,对其律师提交的有利证据充耳不闻。利昂·怀尔兹认为此案的核心是:大麻树脂不同于大麻,在美国并非违禁药品,约翰1968年的定罪在美国是无效的。即便专家做了医学证明、媒体对案件进行了同步报导,移民局的法官就是不愿接受案件中所涉及的物质并非大麻的事实。3月23日,移民局再次要求约翰离境,但是允许他留在美国等待上诉。

自约翰和洋子向移民归化局申请作为会对美国的文化生活有贡献的创作艺术家的"第三优先类"身份认定以来,已经过去数月了,判定结果迟迟不出来。最后,怀尔兹向美国联邦地区法院申请了强制令,要求移民归化局纽约区负责人履行职责、处理此事。后来人们才发现,华盛顿的移民专员雷蒙德·法雷尔给区负责人送去一张秘密便条,命令他不准审理约翰和洋子的申请,"直到我们赶走他们"。

虽然知道不太可能用幽默玩笑熔化这些官员的心,约翰他们还是试了试。4月1日,媒体聚集在纽约律师协会办公室的记者招待会,热切期待着知道约翰要怎么庆祝愚人节。在洋子和放纵他们开玩笑的利昂·怀尔兹的陪同下,约翰宣布成立一个"精神上的"国家"新乌托邦",这里"没有土地,没有国界,没有护照,只有人民"。"新乌托邦"的国旗是一张舒洁面巾纸,听说过这个国家的人自动成为它的公民兼大使。作为首席大使,约翰和洋子宣称他们享有免去一般移民手续和法律程序的外交豁免权以及留在美国的特权,"新乌托邦"的国家利益需要他们待多久就待多久。他们还在达科他公寓厨房的勤务门上挂了一块写着"新乌托邦大使馆"的牌子。

一般情况下,在这整个痛苦的磨难中,约翰的经纪人应该站在他的身边,为他排忧解难。可是艾伦·克莱因不再扮演救星的角色。克莱因梦想拥有披头士乐队,到头来是打理三个前披头士成员的事业,两者不论从金钱还是神秘性方面来说都不可相提并论。而且,如果布赖恩·爱泼斯坦还活着,定会警告他:再精明的人也无法一直取悦哪怕是这群男孩中的三个。克莱因失宠的转折点在他和乔治·哈里森一同制作孟加拉慈善音乐会。约翰怀疑他在背后唆使乔治不让洋子登台表演,从那以后对他的感觉就大不一样了。乔治也渐渐冷落克莱因,尤其是现在到底有多少演唱会和专辑的收入到达孟加拉饥民手中、多少用于开支、法律费用和缴税等问题开始浮出水面。

1973年3月,约翰、乔治和林戈1969年与克莱因签订的经纪协议到期。在英国的披头士前巡演助理尼尔·阿斯皮纳尔听说约翰与克莱因续签,但只签一天——由此可见两人的关系。4月2日,克莱因的ABKCO公司发表声明,宣布即刻起与三个前披头士成员和苹果公司断绝一切关系。次日,约翰向媒体宣布就移民归化局 3 月 23 日的离境要求提起上诉。在被问到克莱因时,约翰只是轻描淡写地回答:"我们与他脱离关系了"。

一周后,约翰在洛杉矶接受伦敦周末电视台的采访时,语气就变轻松了。他说:"我们最终解雇(克莱因)的原因很多。……比如说保罗的怀疑可能是对的啦,时机正好啦……"既然如今与保罗不和的原因不在了,披头士是不是很快可以复合了?约翰答曰:"这种可能性几乎是零。"因为咪咪姨妈很可能收看或收听此节目,约翰在采访的最后跟她打了个招呼:"你好啊咪咪,身体好吗?我们吃的很好,我还没放弃我的英国公民身份呢。我只是想住在这里而已……"6 月 28 日,作为日后旷日持久的法律长跑的热身,ABKCO 公司起诉约翰索要所谓的克莱因任职期间贷款给他的五十万八千美元。

在卧室以外,约翰和洋子的关系似乎和以前一样硕果累累。全国妇女组织邀请洋子在波士顿举行的国际大会上表演,约翰主动提出作为她的"乐队"与她一同前往。会后,二人参观了马萨诸塞州十七世纪审判女巫的塞勒姆——在英国的种种经历之后,洋子对这里产生了特殊的共鸣。除了为新专辑写歌,得到一台电动打字机的约翰开始写些短文和随想,这些文字后来(在他死后)收录在《口述的空中文字》一书中。洋子也创造了一张新专辑,而且碰巧比约翰先进录音室。"每天(他)都等我带一些混音的粗样回去。……他说:'你准备好录音的时候要叫我,就像叫一个录音吉他手,我就会去为你弹琴。'"

夏天的时候——正好二人这段时间都没有吸毒,连大麻都没碰——性的问题就再次浮上台面。"我们在这里(达科他)做爱,感觉好极了,约翰什么的都好极了……这跟做爱的质量没有关系。"洋子回忆道。"我说:'你瞧,约翰,我们好像对彼此没有热情了。难道我们要像那些传统夫妻那样仅仅因为我们是夫妻而在一起吗?'"

于是二人取得共识:约翰寻找其他的性伙伴不会损害二人的关系。滥交在摇滚圈子里当然不是什么新鲜事,可是让约翰真的迈出这一步的是一本叫《婚姻的描述》的书。书中描写了身为外交官的作者哈罗德·尼科尔森如何与诗人维塔·萨克维尔-韦斯特既能做恩爱的一体夫妻又各自寻欢(同性)。除了在杰里·鲁宾家中的那次酒后乱性,约翰没有任何对洋子不忠的事,也不知道这事怎么来,即便是洋子同意的。他酸溜溜地说到另一个英国摇滚明星每天晚上就在广场饭店的吧台坐着,等年轻女子来勾搭,然后两人转移到套房里去。"约翰老说:'就这么简单。'我说:'那好,你要我打电话给广场饭店吗?'他说:'开玩笑?你是列侬太太,你怎么可以这样想?'我说:'那你到底想怎样?'"洋子回忆道。

二人甚至还开玩笑地讨论约翰应不应该专注于自己的性别。"约翰说:'我跟女生上床会深深地伤害你。跟男生的话就不会了吧,因为那不是你的竞争对手。可我不会跟男的上床,我太喜欢女人了,我得先爱上那男的才行,可是我不喜欢男的。'"

约翰正在做的新专辑似乎也同样凸显了他想摆脱束缚的愿望。这是第一张只有约翰·列侬一个人的名字的专辑,没有洋子,没有菲尔·斯佩克特,也没有塑料小野乐队:约翰自己担任制作人和编曲,还请来了新的录音乐手,有在《想像》专辑中参与了两首歌的鼓手吉姆·凯尔特纳、青年天才吉他手大卫·斯皮诺扎和一个刚好叫"与众不同"的女子伴唱乐队。专辑的文字说明中洋子唯一的贡献是提供"空间"。专辑封面也是约翰设计的:他站在一片辽阔的草原上,手里提着箱子,洋子面朝上的侧脸像一座山脉横在他身后的远方。

专辑名称《心理游戏》暗示这张专辑撤出二人在一起捍卫的所有那些事业和受害者,回归治疗师的诊查台,不过这次要治疗的不是亲子关系和童年,而是婚姻。诚然《在纽约市的一段时光》的抨击火焰似乎已经燃尽,只剩一些老生常谈的万应药:"要做爱不要作战""现在就让人民自由"(此处多了句临时想到的发自肺腑的"把法官关起来")之类。约翰很喜欢媒体把这张专辑说作是"围墙内的《想像》",但其实两者同样悦耳、乐观,即便是讲述心理问题的专辑同名歌曲——必将成为列侬的一级经典——也像一个香香的热水澡浇在听众身上。专辑中处处可见约翰对洋子的爱:"我为与你在一起而生"(《从天而降》);"我是鱼你是海"(《顺其自然》);"今天我爱你胜过昨天"(《只有人民》);以及"不论你在何处,你在这里"(《你在这里》)。"Aisumasen"——日语的"对不起"——像是约翰在为那晚杰里·鲁宾家中的或即将发生的事道歉。《新乌托邦国际歌》(默哀三秒钟)则说的是他们仍旧面临着的外交难题。

然而,在录音室外给约翰"空间"的问题还未得到解决。约翰虽然很想接受洋子给他的性自由,却不敢在纽约、在她的眼皮底下做。"于是我建议他去洛杉矶,他顿时高兴了。"洋子回忆道。剩下的问题就是,打从披头士早期的时候开始,约翰就不曾独自旅行或者正儿八经地独自生活,得找个人跟他一起去。

为了一石二鸟,洋子在他们的圈子中物色各种年轻女性。最后,她选择了二十二岁的华裔美国人庞梅。庞梅在二人搬来美国之前就已经是他们的助理,不仅很能干,而且很漂亮。"我对约翰说:'庞梅怎么样?'。他说:'哦,不要庞梅!'——就像'说话过火了一些'①。于是我去找庞梅,对她说:'我想你得陪约翰去趟洛杉矶。我在这里有事,而且你知道我不是一个好妻子。'我没有说'上床'之类的。就是一个助理陪老板出去。但是我知道会发生什么事,因为约翰从来不会身边没有人。"

约翰这边,他对洋子的那股强烈的占有欲已经——或者说似乎已经——消失殆尽了。约翰坚持二人分开的这段时间,洋子也得去找别的男人,这样两人就没有谁对不起谁——而且他在哪里读到说不经常有性生活的女人罹患癌症的几率更高。约翰还说洋子要是找个他的兄弟音乐人,他会感觉更加心安理得。二人甚至在一起讨论有一个人可能可以,《心理游戏》的吉他手大卫·斯皮诺扎,同时参与了洋子的《感觉空间》专辑。据洋子回忆,斯皮诺扎极其好看的外表反而让他不那么有威胁。"约翰说:'大卫长得太漂亮了,我不介意跟他做爱。'"

9月18日,约翰与庞梅一同飞往洛杉矶,开始了庞梅以为只是待上两周的旅行。"我从二十岁左右开始就没有单身过了,我当时想:'爽啊!'但其实事情糟透了。"约翰回忆道。

---

① 引自《哈姆莱特》第三幕第二场。

27. 痛苦地快乐着

我莫名其妙地成了迷惘的白痴。

约翰借用有史以来关于酗酒和城市孤独感的著名电影的名称,把接下来的这十四个月称作他的"失去的周末"。比利·怀尔德1945年的黑色经典电影讲述由雷·米兰扮演的年轻作家如何在纽约与诱惑和自暴自弃的恶魔作斗争、挣扎着度过一个孤独的周五至周一的故事。约翰的西海岸版本中自然也少不了诱惑、自暴自弃和酒精,但是故事剧本远不止这些。"绝对不是什么失去的周末,只是一个很长的周末。"约翰的朋友埃利奥特·明茨如是说。

明茨是在洛杉矶担任KLOS电台的音乐节目主持人的时候认识约翰的。他先接触的洋子,他在节目里对洋子进行了电话采访,两人一拍即合,随后明茨便通过同样方式与洋子建立起了友谊。但是双方一直到1972年夏天才见面。当时,约翰和洋子终于决定借助旧金山的一名中国针灸医生的帮助戒除久缠不去的美沙酮。二人觉得应该好好看一看这个他们即将被驱逐出境的国家,于是坐汽车去的旧金山,开车的是他们的助理彼得·本德赖。二人没有乘坐平时坐的豪华轿车,而是选择了一辆普通旅行车,车内没有约翰向来认为必不可少的立体声音响系统。于是,约翰带上了一台便携式电唱机,每当车子撞上路面的坑洞,唱针就发出刺耳的摩擦声。

那时,为黑豹党和爱尔兰共和军摇旗呐喊的《在纽约市的一段时光》专辑即将发行。当埃利奥特·明茨终于见到约翰和洋子本人时,约翰提前给了他一张唱片,告诉他他有幸在洛杉矶地区播放这张唱片。明茨在KLOS电台完整地播放了这张唱片,中间没有广告、没有停顿,这一壮举让他丢了电台的工作。明茨从电台转而投身电视台,担任ABC电视台《新闻目击者》的娱乐记者。讽刺的是,他与约翰和洋子的私密关系使得他目击的许多非同寻常的场景无法公诸于众。

当约翰乘飞机从纽约到达洛杉矶时,明茨在机场迎接他。约翰带着庞梅和从国会唱片公司借来的一万美元旅行支票,用于眼前的花销。据明茨回忆,约翰并没有暗示说他和洋子是协议分开或者他们并非永久分开之类的。"他说她把他赶出来了,不知道他们何时,甚至是还有没有可能再在一起。"

对媒体,在接下来的十二个月里,约翰也始终是这么说的:他和洋子之间并没有发生什么事,只是彼此分开一下。"既然现在她已经知道怎么做唱片什么的了,我想我最好离开她。我们凡事都随机应变,包括事业。我们有时候一起洗澡,有时候分开洗,看心情。"

说来也巧,约翰刚好有正当的工作上的理由来洛杉矶。《心理游戏》专辑将于十一月发行,国会唱片公司安排了西海岸的营销、宣传部门的一系列会议。再者,随着乔妮·米切尔和詹姆斯·泰勒引领的新生代创作歌手,以及尼尔·扬和杰克逊·布朗的流行乡村摇滚的崛起,洛杉矶早已取代旧金山成为美国白人流行音乐的聚集地。如果约翰想做出更多的畅销专辑,就得多留心听听这里的声音。

约翰在洛杉矶绝不像《失去的周末》的主人公那样没有朋友、形单影只。曾担任披头士巡演助理,并且既是约翰的保姆又是保镖的马尔·埃文斯把妻儿留在英国过着拮据的生活,自己住在洛杉矶。林戈·斯塔尔也常进城来,和约翰一样,林戈也跟妻子分居了。虽然披头士法律上的问题尚未解决,对林戈的喜爱却让其他三人搁置前嫌、携手合作:在林戈的新同名专辑里,约翰写了一首叫做《我最大》的歌,还参与了和声的演唱,乔治是这首歌的主吉他手;另一首歌《六点钟》则有保罗和琳达·麦卡特尼的友情帮助。另外,向来怀揣着利物浦人乐于助人精神的林戈刚买下了提腾赫斯特庄园。想到那连绵起伏的草地和湖泊不再属于自己,约翰很不开心,但是林戈答应永远在庄园里给他留着房间,约翰的心情得到了安慰。

哈罗德·塞德,代表约翰跟艾伦·克莱因打官司的律师,在西好莱坞为约翰租了一间毗连式公寓。然而到达洛杉矶后不久,约翰碰到了披头士狂热时期的老朋友、滚石乐队的前经纪人安德鲁·卢格·奥尔德姆(他自己就有许多跟克莱因打官司的故事)。奥尔德姆住在唱片制作人洛·阿德勒位于贝莱尔的家中,后者要外出很长一段时间。奥尔德姆马上要回英国去了,于是建议约翰和梅借住于此。

据埃利奥特·明茨回忆,约翰一到洛杉矶就想着回洋子身边。"约翰天天给她打电话,问:'我什么时候可以回家?'洋子也天天给我打电话,看看约翰过

533

得好吗、有没有伤害自己或者让自己出丑,当然她那时并没有在想办法把约翰弄回去。约翰大多数时候都不承认,但是当他喝醉了或者吸了毒以后,他不停地念叨洋子、念叨他多么需要她。大意始终是:'我怎么样才能离开这里,回到她身边?'"

分开以后洋子的日子也不好过,但是她决心不动摇。"头两个星期,我整个身子不由自主地发抖。我还从来没有离开过他,可如今我一个人在这里(达科他)。但是我不想把这个告诉约翰,告诉他他就会回来。我想:'我必须挺过去,因为我不能让自己变成要依赖另一个人才能生存。'"在电话里,约翰的情绪是一会儿为新的自由而欣喜若狂,一会儿为想家而责备洋子。"在洛杉矶,事情顺利的时候,他就说:'哦,你真是一个伟大的妻子,难以置信。'事情不顺的时候,他就说:'你怎么可以让我到这里来?'"洋子回忆道。在给德里克·泰勒的一封电报中,约翰用他招牌式的列侬的文字游戏表达了他的痛苦绝望:"我莫名其妙地成了迷惘的白痴①……我和洋子现在的关系很糟,但是我会改变这种状况的……"

庞梅在这出戏里扮演怎样一个角色,人们永远无法搞清楚,就是她自己也没搞清楚。庞梅后来出了一本书叫《爱约翰》,书里描写的是一位拥有强烈的天主教道德观的年轻女士在听说要她当约翰的情妇时一开始是震怒的(然而,据她自己描述,她和约翰在纽约的时候就有地下情)。庞梅无疑是约翰"失去的周末"期间唯一公开的女伴,跟着约翰从一个临时住处搬到另一个临时住处,先是在洛杉矶,然后在纽约。每个看见他们在一起的人无一例外地都说梅在约翰最需要的时候给了他积极的影响:温柔、体贴,甚至是近乎超自然的无私。

然而据埃利奥特·明茨回忆,庞梅从未取得摇滚明星"女友"的地位;可能今天约翰当众对她动手动脚,但第二天她看上去还是约翰的私人助理。再者,梅在自己的书里也承认,她无时无刻不觉得洋子在纽约看着他们,甚至是导演剧情的发展。"约翰不是为情妇而离开妻子,后来又回到妻子身边,"摄影师鲍勃·格伦说,"约翰离开妻子是为了在他秘书监督下的放荡生活。梅说那段时期是她和约翰在一起的时候,有一大把的其他女人可以推翻这个说法。这些年来居然没有一个女人出来利用她们的故事赚钱倒是让我觉得诧异。我想她们十分珍惜与约翰·列侬在一起的那一个小时、十分钟或者是一个晚上,她们拥有回忆,而这些回忆是属于她们自己的。"

---

① 原文 Lost Arseholes 与 Los Angeles(洛杉矶)发音相近。

1973年，英国华丽摇滚歌手埃尔顿·约翰在美国流行乐坛引发轰动，埃尔顿在美国举办了座无虚席的巡回演唱会（堪比披头士的鼎盛时期），其专辑《再见黄砖路》登上了排行榜冠军。无独有偶，发现这位来自米德尔塞克斯郡平纳地区原名雷吉·德怀特的无名小子的正是披头士的前音乐出版商迪克·詹姆斯，这种别人一辈子只能碰上一次的大运他撞上了两次。二十六岁的埃尔顿代表了人们觉得三十一岁的约翰可能会讨厌的一切：超大号的眼镜、艳丽的演出服装以及看似要把"绝妙四人组"踢进历史的博物馆的使命。然而，埃尔顿却成了不仅让"失去的周末"不再迷失，并且最终结束了"失去的周末"的主因。

1973年10月，在约翰到达洛杉矶两周后，二人见面。介绍两人认识的是托尼·金，此人曾在迪克·詹姆斯的公司DJM里担任歌曲宣传，后来到苹果公司做事。这位华丽摇滚偶像表面上似传奇钢琴家Liberace那般恃才傲物，但其实为人幽默、诚实、谦逊，而且是列侬的死忠歌迷，约翰马上喜欢上了他。若说约翰觉得埃尔顿的音乐有些庸俗、模仿，他却羡慕埃尔顿的创作才能、非凡的钢琴技巧，以及最让他嫉妒的：他的耐力。披头士的现场表演一般都是二十分钟，埃尔顿却在台上一连表演了两个半小时。"你他妈的怎么做到的？"约翰如是问，显然忘了披头士在汉堡的那些通宵表演。

约翰跟埃尔顿的密友们也玩得来，这群男人互称"她"或者随便给起个外号，莎伦、埃达之类的。在《心理游戏》专辑的一个宣传片中，托尼·金穿着晚礼服、戴着冕状头饰，活像伊莉莎白二世，在跟约翰跳旧时的华尔兹。埃尔顿在一旁观看、拍照，称他们是"弗雷德·阿斯泰尔与金格·比尔"（埃尔顿用伦敦东区人的说话方式，故意把"比尔"说成表示同性恋的"奎尔"）。有人听见约翰嘀咕："在拿到绿卡前我要把这些照片扣下来。"

这个希望似乎遥遥无期。将他驱逐出境的威胁依然笼罩在约翰的心头，约翰得定期回纽约与利昂·怀尔兹商讨事情或者又到移民归化局出庭。约翰不知道尼克松连任以后FBI停止跟梢他，以为自己仍然在被监视和跟踪。"我开车载约翰出去时，他常常会看着后视镜，说有一辆车跟着我们走了七个街区了，我得突然来个左转或右转把它甩掉。"埃利奥特·明茨回忆道。"我没有告诉他跟梢的时候一般有两辆车，你以为甩掉一辆，另一辆会跟上来。约翰几乎是患上了多疑症。他后来一直都很小心、谨慎。"

约翰变得十分依赖明茨，后者不仅作为ABC的娱乐记者可以进出各个地方，还跟约翰一样喜欢文字游戏，有一样的摇滚以外的嗜好。一天晚上，明茨带约翰到罗克西剧院的后台见约翰青少年时期仅次于猫王的摇滚偶像杰里·李·

刘易斯。约翰没有跟偶像握手,而是匍匐在地,亲吻刘易斯的牛仔靴。受宠若惊的偶像抗议道:"好了,好了,孩子,不需要这样。"两人在周末去了一趟拉斯维加斯,约翰发明了一种在轮盘赌"把把都能赢"的方法:轮盘上的几乎每个数字都压十个筹码。没几分钟,约翰就引来了一大群围观的人,连下注最多的人都没能吸引这么多人。约翰还拉明茨跟他一起去看《深喉》,在主流影院上映的最露骨的色情电影。可是在汉堡绳索街对这类影片百看不厌的约翰二十分钟以后就无聊地出来了。

艾伦·克莱因并非约翰留在东部的唯一一个告他的人。十一年来一直被视为超多产作曲家的约翰近来头一次被指控抄袭。收录于披头士《修道院路》专辑、有多重影射的歌曲《一起来》开篇第一句"一个老平头男走过来……",在查克·贝里1957年的歌曲《你抓不住我》中确实有类似的歌词。《修道院路》专辑发行四年后,拥有贝里这首歌版权的纽约出版商莫里斯·利维突然注意到约翰向偶像致敬的这句短短的歌词,提出控告。人称"八爪鱼"的利维向来以诬陷轻信的年轻创作歌手在他们的作品里署上他的名字而臭名昭著。约翰的罪行很轻,但无可争辩,不得不庭外和解。作为和解的内容之一,约翰答应录制并且支付版税给利维拥有的三首歌曲,其中包括《你抓不住我》。

没有写过一句歌词、谱过一首曲的利维却染指了萌芽时期的披头士在利物浦和汉堡演出过的几乎所有的摇滚经典,从查克·贝里的《甜蜜的十六岁》到拉里·威廉斯的《邦妮·莫罗尼》。摇滚仍是约翰的最爱,因此与其分别录制这三首歌曲,约翰决定做一整张翻唱专辑,曲目大多选自利维多年来积累的战利品。在一系列又是宣扬人性、又是讲政治、又是探究心理痛苦的专辑之后,录制"一些没什么意义、换换口味的《噢哦,宝贝》的歌曲"真像是一次静养。

碰巧菲尔·斯佩克特那时就住在洛杉矶,而且有空,事情就这么定下来了。在与塑料小野乐队出了两张前卫专辑后,斯佩克特也想缅怀一下过去,况且这次约翰第一次让他全权控制,说他只想当一名"乐队里的歌手"。于是斯佩克特预定了 A&M 录音室,请来了一流的录音乐手,包括利昂·拉塞尔、吉他手史蒂夫·克罗珀和杰西·埃德·戴维斯,以及约翰在披头士后最喜欢的鼓手吉姆·凯尔特纳。十月中旬开始录音,专辑名称暂定为《老歌集锦》。

卸下了领导大任的约翰"开始像十九、二十岁的人那样酗酒……"。和以往一样,两杯美国的超大号酒杯的酒下肚,约翰就立马从一个无比幽默、讨人喜欢的人变成粗暴、讲话刻薄、惹是生非,而且常常是酩酊大醉的酒鬼。"如果有时候我们一起出去,约翰是这一副德性,这时候有歌迷认出他过来要签名,那真是太糟了。"埃利奥特·明茨回忆道。"这是那个让大家思考的披头士,那个用他的歌词把大家带到一个更高的思想境界的约翰·列侬,那个总是说话中肯、妙趣横生的约翰·列侬。可眼前的这位把酒洒在了裤子上,连一句连贯的话都说不出来。人们脸上失望的表情太难看了。"

约翰甚至在录音室里也喝,这在整个披头士时期是从未有过的。"他戴着耳机坐在凳子上,旁边的地板上会放着一瓶超大瓶的斯米诺伏特加。"鼓手吉姆·凯尔特纳回忆道。

菲尔·斯佩克特也不再是制作塑料小野乐队专辑时的那个令人敬仰的幕后功臣。回到自己地盘的斯佩克特又过起了他六十年代的传奇生活,在保镖的护送下来开工,炫耀地亮一下肩套里的手枪。有时他是化着装来的:手术室里的外科医生、空手道冠军、牧师或者是戴着墨镜、拄着白色拐杖的盲人。约翰有超大瓶的伏特加,他的手边则总是有一瓶拿破仑白兰地。很快就传言在 A&M 录音室里每晚都有派对,乔妮·米切尔、沃伦·贝蒂、杰克·尼科尔森等名人时常造访。与此同时,吉姆·凯尔特纳和其他录音乐手对录的东西越来越不满意。"那堆东西里面是有些精彩的地方——菲尔和约翰在一起共事必定会撞出一些火花。但是大部分的音乐都是有始无终。"

一天晚上,伏特加鸡尾酒和纯正的摇滚撕开了约翰压抑多时的对洋子的愤怒,约翰大发酒疯,凯尔特纳和吉他手杰西·埃德·戴维斯赶来制止他。"约翰不停地踢窗户,我们不得不把他按在车后座里,可是只有我们两个人很难办。"凯尔特纳回忆道。"他狠揍杰西,揪我的头发,大喊洋子的名字。"回到他向洛·阿德勒借的房子里,两个乐手试着用领带绑住约翰让他不动,梅则先到隔壁的贝莱尔酒店去避一避。又轻又薄的领带怎能绑住约翰,约翰挣脱束缚,开始在房子里横冲直撞:他打坏家具,砸烂阿德勒收藏的、极其珍贵的白金唱片(有诸如爸爸妈妈合唱团、卡洛尔·金等热门歌手的唱片),还把露台上的棕榈树连根拔起。

连身材比较壮实、小心谨慎的埃利奥特·明茨遇上约翰突然发酒疯也不安全。"约翰有两次对我动手。其中一次他狠狠地掐住我的脖子,我以为他真的要掐死我。另外有几次他对我破口大骂,而他情绪暴躁、说话刻薄的日子就多了。即便如此,我还是能举出两三百个约翰慷慨无私、善良友爱的例子。"

录音室里,菲尔·斯佩克特的全权艺术控制也在逐渐失控。一天晚上,为了强调自己不容争辩,斯佩克特拔出手枪,朝天开了一枪。出去买汽水回来的吉姆·凯尔特纳看见马尔·埃文斯正站在一个金属柜子上,试着把子弹从天花板上撬下来。"听着,菲尔,你如果想杀我,就杀了我吧,但是别碰我的耳朵,我需要它们。"约翰抗议道。即便是在七十年代初的洛杉矶,斯佩克特的行为也是过火了;A&M马上对他们下了驱逐令,录音工作转移到新开的"录音工场西"录音室里继续进行。

向来没有安全感的约翰一直在怀疑:在年轻人都喜欢娘娘腔、亮晶晶的华丽摇滚的时候,该不该录这样一张阳刚的摇滚专辑?就连滚石乐队——披头士解散了,滚石却坚持了下来——如今在台上也有一个化大浓妆、像苏荷的脱衣舞娘那般跳舞的主唱。就在圣诞节前,米克·贾格尔匆匆来了趟洛杉矶。米克结了婚,住在法国,跟萨默塞特·毛姆一样为了避税离开英国。他顺路来到录音工场,录了一首由约翰监制的歌曲《太多厨子》。永远想学习的约翰买了一张滚石东海岸演唱会的票,准备去观摩,不料演出的时候他已经去了洛杉矶,最后他只能在电视上看。"一流的表演,一流的米克。"约翰接受采访时说。这与他1970年批评滚石乐队的"米克和那些变态男同舞蹈"有了很大的转变。

"约翰觉得他没有像滚石那样走亦男亦女的中性路线,人们认为他不够时髦。"洋子说。"他为此感到沮丧,因为他希望男同志们也喜欢他。但是他在洛杉矶跟埃尔顿和其他人混了一段时间后,改变了一些。他回来的时候,他们给他起了个女名,叫凯瑟琳。"

约翰的儿子朱利安现在十一岁了。他已经两年多没有见过父亲了,只在电话里交谈过几次。他母亲认为保护妈妈的职责使他过早地离开童年,有时她会在他的小圆脸上看见黯然神伤的表情,仿佛中世纪坟墓上的图案——约翰以前在用胡思乱想逃避可怕的披头士狂热的时候也是这种表情,但是辛西娅永远不知道他在想什么。

离开约翰以后辛西娅的日子也不好过。她与罗伯托·巴萨尼尼离了婚,回到家乡,在柴郡威勒尔地区的美尔兹买了一幢小房子,尝试着做一名室内设计师。在报纸上看到约翰和洋子分开的消息后,辛西娅想这会不会让约翰和朱利安——甚至是她自己的关系得到改善?1974年2月,辛西娅受邀与一群朋友乘坐法兰西号邮轮到纽约。她战战兢兢地联系约翰,问他可不可以带朱利安去看他。出乎辛西娅的意料,约翰不仅欣然同意,还出钱买头等舱的票。同在船上的还有埃尔顿·约翰,他努力讨好辛西娅,还邀请朱利安到他的客舱去参观他收集的巨大眼镜。

约翰在庞梅的陪伴下在纽约的码头迎接他们,他和辛西娅都感觉很不自在,是朱利安打破僵局,扑过去双手搂住约翰,仿佛两年的空白并不存在。梅也帮着活跃气氛,她在提腾赫斯特庄园时就偶尔会陪朱利安玩,而且显然发现约翰的第一任妻子比第二任好打交道得多。团聚十分愉快,约翰决定带朱利安回洛杉矶度假,辛西娅则和老朋友珍妮·博伊德待在纽约。但是后来计划生变,约翰就邀请辛西娅一起回洛杉矶。在飞机上,辛西娅坐在机舱的最后面,离约翰、梅和朱利安的座位远远的。时间并未让辛西娅变得铁石心肠,她独自坐在这遥远的座位上,眼泪夺眶而出。

度假期间,梅继续起到润滑的作用。比如说,约翰原本打算让辛西娅住在鼓手吉姆·凯尔特纳那里,梅坚持约翰应该在比弗利山酒店给她订一间套房。为了重建父子关系,约翰决定带朱利安去迪士尼乐园玩一天——这对于当时大多数的英国孩子来说还是做梦都想不到的好事。可是朱利安非要母亲也一起去不可,哭个不停,约翰只好默许。于是乎,辛西娅很不自在地与梅和马尔·埃文斯一起跟在约翰父子后面走了好几个小时,约翰时常担心他们会落在别人后面,还要没话找话说。

不过,总是和蔼可亲的"大马尔"帮了忙,他与约翰大聊利物浦的往事,让约翰再次变成辛可以交谈和理解的人。吉姆·凯尔特纳也为二人的关系恢复正常起到了一定的作用,他性情温和、处乱不惊,而且碰巧有一个也叫辛西娅的妻子和一个跟朱利安差不多大的儿子。晚上在凯尔特纳家的时候,约翰轻松、迷人,还称赞辛西娅·凯尔特纳的餐具摆放,堪称礼仪手册里的模范客人,一点儿也没有"失去的周末"的影子。

但是约翰并非总是这般彬彬有礼。朱利安还在洛杉矶的一天晚上,约翰与梅和凯尔特纳夫妇来到圣塔莫尼卡大道著名的"吟游诗人"俱乐部,埃尔顿·约翰和许多其他音乐人都是从这里走红的。当晚的主要表演者是安·皮布尔斯,一位相当冷峻的女灵歌歌手,她的单曲《不爱下雨天》新近登上了英美的排行榜。前往俱乐部前,约翰一行人在一家摇滚明星云集的餐馆"不明白的拉腊比"吃晚餐。临走时,约翰悄悄溜进女厕所,偷翻一个放卫生巾的柜子。到了"吟游诗人"俱乐部,他从口袋里掏出一片卫生巾戴在前额,像个巨大的印度人额上的种姓标记。(这可能是想念洋子的一个标志。1966年两人初见后不久,洋子寄给约翰一个叫做"修补"、由一些卫生巾和一个破杯子组成的艺术作品,约翰当着当时的妻子和丈母娘的面打开包裹。)

据吉姆·凯尔特纳回忆,安·皮布尔斯稍稍迟了一点才现身,俱乐部的贵宾席里大家说说笑笑。传说,约翰生气地质问一位动作慢慢吞吞的女服务生:"你知道我是谁吗?"对方立马答曰:"知道,头上戴着高洁丝的傻瓜。"但是梅和凯尔特纳夫妇都不记得有这样的对话。

此事不宜见报,因此既没有传到媒体,也没有传到辛和朱利安的耳朵里。假期圆满结束:约翰又带朱利安去了两次迪士尼乐园,还(在梅的坚持下)答应以后每周给他打两次电话。"差不多在那个时候,一个电台在采访约翰时问他如果有可能生命重来一次,有没有什么事情他想改变,"埃利奥特·明茨回忆道,"约翰回答说没有——然后他停顿了一下,想了想,说如果重新来过他会对朱利安好一点。他已经意识到应该多陪陪朱利安,但就像他有一次跟我说的:'人有时候就是身不由己'。我想他意识到这一点的同时,也多少能够原谅没有怎么陪伴自己的父亲。"

约翰每天除了有喝醉酒失去理智的时候,也有用明茨的话说"清醒得不得了"的时候。约翰会对所寄居的这座城市发表尖刻、有趣的看法,了解这个太阳晒得脑袋发晕的城市以外的世界的最新情况。在还没有个人电脑、互联网、手机、有线电视新闻网和有线电视的时代,了解时事的渠道有限。约翰每天都一页页地仔细阅读《纽约时报》,焦急地等待沃尔特·克朗凯特(正是 1964 年对披头士的美国处子秀骂骂咧咧的那个主持人)主持的哥伦比亚广播公司的《晚间新闻》。在平静的日子里,明茨注意到约翰言语中带有的老式的礼貌和喜欢干净整洁的习惯。"约翰准备茶水的时候极其细心,不喜欢面包屑掉在餐桌上,不喜欢报纸乱糟糟地放在沙发上。他要是读什么稿子的话,所有的纸张都排列得整整齐齐。一次我问他:'英国人都是这样子吗?'他看着我说:'什么样子?'"

约翰不仅想念洋子,也很想念英国;一次接受完《旋律制造者》周报洛杉矶记者克里斯·查尔斯沃思的采访,约翰反过来盘问查尔斯沃思皇家的近况、新的十进制货币怎么样、现在一瓶牛奶多少钱等等。如果没有英国同胞在洛杉矶,沙伦·劳伦斯就成了约翰的最佳人选。沙伦是一位在英国生活过的亲英人士,她原来是记者,后来改作公关,结交了很多顶尖音乐家,其中最著名的是吉米·亨德里克斯。她现在在管理埃尔顿·约翰的火箭唱片公司的西海岸分部——该公司在各个方面都认真吸取苹果公司的教训。她的办公室里有一张印花棉布的双人小沙发,约翰喜欢蜷坐在上面,畅聊不为其他美国人所理解的英国次文化:杂耍剧场里的综艺表演、二十世纪五十年代的广播肥皂剧、总是摆在咪咪姨妈一尘不染的家里桌上的皇家瓦塞思瓷器。

一次,两人聊到了林戈·斯塔尔,约翰对这位前队友在后披头士时代的严峻世界里的境遇表现出近似父母般的关心。"他跟我说:'我随时愿意照顾林戈,让他有生之年什么都不缺。'"沙伦回忆道。"我从来不觉得约翰是个自负的人,但是有时候看见他对自己那么没有信心,我还是很吃惊。我们坐着聊天时,他不止一次问我:'你觉得我有可能再做出一张热门唱片吗?'"

埃利奥特·明茨相信约翰从未把洛杉矶当做家,更不用说考虑在此定居。"约翰在这里缺失了很多东西。他身边的人成天只想着音乐、喝酒和吸毒,不会读任何比《滚石》杂志更费脑的东西。约翰留在纽约的那段感情是很多方面的——创作上的激励、真爱、共同的艺术性等。如果西海岸出现另一个洋子,事情的结果可能会大不一样。可是约翰没有遇见一个比得上洋子的女人。"

洋子则似乎轻松地适应了单身生活。她以一贯的精力继续她的艺术创作,还时常登台进行音乐表演:她在曼哈顿一家名叫"肯尼的漂流者"的高级夜总会表演了一周,在《迈克·道格拉斯秀》为大象的记忆乐队站台,与大卫·斯皮诺扎在圣约翰大教堂举办了一场圣诞音乐会,还带领塑料小野乐队去日本进行了一次短期巡演。她和约翰一直保持电话联系;有一次,庞梅一天里数了二十三通电话,有些还一讲就是几个小时。约翰一直通过埃利奥特·明茨的(用他自己的冷幽默来说)"羯磨传话服务"表达他是多么渴望回去,但是洋子的回答永远是"他还不能回来"。

约翰回纽约办事的时候也经常会回达科他看看,但是,据洋子回忆,"不肯放下自尊"问他是否可以留下。(咪咪姨妈定会想起十五年前的类似情景,约翰厌倦了学生公寓,想念她做的牛肉腰子馅饼和他在门迪普斯的旧卧室。)约翰似乎把之前他要洋子和他一样经常有性生活,这样既没有谁对不起谁也有利于身体健康的愿望完全抛在脑后,占有欲比以前更强烈。一次,洋子去了费城,约翰回到达科他,发现她的卧室里有一只新花瓶,约翰把它当做别的男人送她的礼物,一把摔个粉碎,然后再次消失。洋子回家以后的第一反应是把所有的锁都换了。

与此同时,约翰原本以为很轻松的摇滚翻唱专辑《老歌集锦》遇到了大麻烦。一会儿是空手道冠军,一会儿是外科医生,一会儿又是动不动就开枪的牛仔,总是换着花样出现在录音室里的菲尔·斯佩克特突然没了踪影,既没有解释为什么离开,也没有表示何时或者到底会不会回来。他办公室的、他日落大道附近的倒钩网围着的公寓的电话都被打爆了——其中多个是约翰亲自打的——但是都没有回电。音乐圈里传言,斯佩克特已经离开了这座城市,甚至有可能已经离开了这个国家,也有的说他遭遇了可怕的事故,正躺在某个地方的重症监护病房里,甚至有可能已经死了。经过两三个星期徒劳无果的寻找之后,约翰想到《心理游戏》专辑的成功尝试,决定自己制作这张专辑。约翰去索要已经录制的带子,从去年十月以来录音就进行得乱七八糟,结果约翰发现斯佩克特有每晚把带子带回家的习惯,而且带子现在还在他那里。要么斯佩克特回来继续完成,要么想办法让他交出带子,不然约翰只能从头做起。

一个危险的伙伴刚走,另一个又走进了约翰的生活。约翰和梅如今住在比弗利威尔希酒店里林戈所有的一间毗联式套房内。三个音乐人共住在这里:克劳斯·沃尔曼、基思·穆恩和哈里·尼尔森。

尼尔森——圈子里都只知道他的姓——是七十年代初流行界里行为举止比较怪异的人之一。他出生在纽约,是一名创作歌手,他不仅有杰出的作曲才华,唱功也很了得,他歌剧式的高音只有阿特·加芬克尔能够与之相媲美。然而,讽刺的是,他的两首最成功的单曲《每个人对我说》(电影《午夜牛郎》的主题曲)和《没有你》都是别人写的。后浪推前浪,新涌现的创作歌手把他推到了沙滩上,但他没有死在沙滩上,反而发福了。曾经苗条优雅的他如今大肚便便、络腮胡子,成了(用埃利奥特·明茨的话说)"摇滚界的奥森·韦尔斯"。

尼尔森是林戈的好友,而且与其他三位前披头士一样参与了大获成功的林戈个人专辑《林戈》的创作。在比弗利威尔希酒店男生宿舍似的套房里,他和约翰成了形影不离的伙伴。尼尔森不仅幽默得不得了,还十分擅长模仿,他模仿约翰模仿得惟妙惟肖,让约翰觉得十分新颖好玩。而且他还能帮你失去周末——若非失去一辈子。明茨回忆道:"两人的区别在于哈里喜欢喝酒而且很会喝。他能一晚干掉三瓶拿破仑白兰地而什么事都没有。约翰也喜欢酒可是不会喝。两人在一起的晚上,刚开始两人的交谈十分精彩,堪比多萝西·帕克的圆桌。然后突然急转直下,开始发酒疯。"

3月12日晚,二人前往"吟游诗人"俱乐部观看斯马瑟斯兄弟的"复出"表演。现场星光熠熠,好莱坞巨星保罗·纽曼、乔安娜·伍德沃德、彼得·劳福德等均在场。当晚约翰发现亚历山大白兰地——一种在干邑白兰地里加入牛奶、冰块、可可酒和肉豆蔻粉调制而成的饮料像奶昔一样提神又无害。在午夜过后等待开幕时,约翰唱起了《不爱下雨天》,即他前不久的卫生巾时尚穿戴事件的主题曲,尼尔森也跟着大声唱起来。碰巧斯马瑟斯两兄弟里,约翰喜欢汤米却无法忍受迪基——总之他不喜欢他们的什么复出不复出。兄弟俩出现时,约翰不停地搅迪基·斯马瑟斯的场。兄弟俩的经纪人过来愤怒地向约翰抗议,还叫来了保安,约翰掀翻一张桌子,于是三人——他、尼尔森和无辜的梅被逐出会场。

打斗延续到了不幸有照相机在的会场外。约翰与停车场的一名服务员扭打起来,将对方摔倒在地,被他打倒的受害者用崇拜英雄的眼光看着约翰,约翰的怒火逐渐平息。两名旁观者声称遭到约翰的殴打，一个是俱乐部的女服务生，一个是一名叫布伦达·帕金斯的摄影师。当帕金斯提出指控时，约翰担心危及他的移民案，就庭外和解，但坚称自己没有碰她——再说她也不是真正的媒体代表，只是一个带着傻瓜相机的纠缠不休的歌迷。

"好吧，我是喝醉了。"约翰后来承认。"换做是埃罗尔·弗林，所有的娱乐记者们就会说：'想当年我们有爱挥舞拳头的西纳特拉和埃罗尔·弗林。'我是打人了，我是流氓……在利物浦的时候我喝醉了砸过电话亭，但是不会上报纸……"次日，约翰和尼尔森给斯马瑟斯兄弟送去了鲜花和道歉信，后者也发表了一则讨巧的声明，称"我们也负有一定的责任"。当晚，一个清醒、悔过的约翰带着梅出现在美国电影学会为詹姆斯·卡格尼举行的致敬晚宴上，引发媒体首次报导"约翰生命中的新女孩"。

借住在林戈的比弗利威尔希尔酒店里的这群人越来越不受欢迎。基思·穆恩是七十年代摇滚明星里在酒店搞破坏的高手，约翰很快就学起了"穆恩男爵"的样（这是敬佩的约翰给他起的外号。在披头士巡演的日子里，约翰连个托盘都很少打碎）。无独有偶，隔壁套房里住的是"摇摆伦敦"的老朋友乔纳森·金。一天，金坐电梯到顶层去，看见电梯的木嵌板上涂写着"他妈的"，笔迹无疑是列侬的。

与酒店管理层争执过数次后，一伙人搬到圣塔莫尼卡大道的一幢非常安静的海滨大别墅里。林戈、他的新经纪人希拉里·杰拉德和克劳斯·沃尔曼的女友辛西娅·韦布也住了进来。这幢房子曾是鲍比·肯尼迪用来与玛里琳·门罗幽会的地方，约翰和梅正好住在传说两人所住的那间卧室里。在"穆恩男爵"的主要带动下，一家子人上演几位百万富翁的现代版BBC广播喜剧《傻瓜秀》。比如，每天早上，穆恩会光着身子，只穿一件到脚踝的皮衣（臀部还开了个洞，露出他的光屁股）、一条拖地白围巾和一双短靴出现，真是名副其实①。

菲尔·斯佩克特和《老歌集锦》的带子仍然不见踪影，因此约翰决定与其坐着干等，不如为哈里·尼尔森制作专辑。这张名为《小猫咪》的专辑收录了各种类型的歌曲，从比尔·黑利的《全天摇滚》到鲍勃·迪伦的《地下乡愁蓝调》。3月28日，录音工作在伯班克录音室开始；约翰找来自己专辑的录音乐手，如吉姆·凯尔特纳，还给尼尔森写了一首歌叫《马乔·芒戈》。"约翰下决心要让哈里取得绝无仅有的突破。讲到尼尔森的时候，约翰就像个经纪人似的。"埃利奥

---

① 穆恩 Moon 即英语中的"月亮"。

特·明茨说。

录音开始的第一周,保罗和琳达·麦卡特尼碰巧在洛杉矶,路过录音室进来打个简短的招呼。此时保罗的个人事业终于达到与约翰同等的高度;他与妻子组成的双翼乐队通过《逃亡乐队》专辑获得了大家的认可,他还为詹姆斯·邦德的电影《生死关头》谱写主题曲,获得奥斯卡和格莱美的双重提名。尽管两人在地域和精神上都相隔十万八千里,旧有的列侬-麦卡特尼的共生关系时有发生。保罗也因为一首关于北爱尔兰问题的歌曲《把爱尔兰还给爱尔兰人》惹上麻烦,(两次)被指控持有大麻,如今也在美国签证上遇到问题。

导致双方不和的业务纠纷如今已经差不多都处理完毕了。披头士的合作关系可能将于十二月在伦敦高等法院宣布终结。双方在1973年都与ATV/北方唱片公司终止了合约,获得了通过自己的出版发行公司营销自己的作品的自由。最重要的是,约翰承认如果1969年的时候他听从保罗的建议,现在他、乔治和林戈就不用跟艾伦·克莱因为了1900万美元在美国的民事法院打官司了。结果,当保罗到约翰的《小猫咪》的录音室探班时,两个老搭档和好如初。没几分钟,两人就拿起吉他——一个左手,一个右手——即兴弹起《特别的午夜》,采石者乐队早期大家特别喜欢的一首布鲁斯老歌。

随后的周日,即3月31日,约翰邀请保罗和琳达到圣塔莫尼卡大道的海滨别墅参加一个全天派对。到场的还有许多著名音乐人,像斯蒂维·旺德。二人很快再次上演即兴表演的好戏,约翰弹吉他,保罗取代不在场的林戈打鼓,演奏了一首首往日喜爱的作品,从小理查德的《露西尔》到本·E.金的《站在我身边》。表演结束时,这对无以伦比的欢喜冤家向大家鞠了最后一躬。约翰回忆道:"派对上大约有五十个人,大家都看着我和保罗。"

埃利奥特·明茨相信自己见证了"失去的周末"的结束,或者至少可以说是开始结束。一天早上,他和约翰在录音室里工作了一整晚后出来吃早餐,一个戴着一排昂贵手镯的漂亮女人来到他们的桌子旁,给了约翰一张写着电话号码的纸巾,小声说道:"我不想打扰你,我只是想把这个给你。你有需要的时候就用它。"第二天当明茨来接约翰的时候——约翰经常没有与梅在一处——远远地瞥见了这个女人,她还戴着那些醒目的镯子,但是只穿着睡袍。约翰把明茨拉到一旁,叫他赶紧小心地把那个女人打发掉。

"有些人开单身派对,约翰则经历了'失去的周末'。"明茨说。"对他来说,这是告别幼稚无知,走向成熟认真。我想那天早上,他恍然大悟……他可以一辈子收集写在纸条上的电话号码。在三十四岁,他明白了自己的一生将怎样过。

早晨会有上千个穿棉毛睡袍的漂亮女人在附近等他,他得派一个人去打发她们。"

对约翰自己而言,转折点是为尼尔森制作《小猫咪》专辑,专辑的录制已经变得跟《老歌集锦》一样混乱,有三名不同鼓手(林戈、基思·穆恩和吉姆·凯尔特纳)、一个庞大的铜管乐组,还有一个儿童合唱团。录音开始后不久,尼尔森出色、哀婉的嗓音就开始逐渐衰退。凯尔特纳回忆道:"哈里跟我说他跟约翰出去一个晚上,早上醒来常发现自己躺在某个沙滩上。前一天晚上两人会大喊大叫,约翰很会大叫,可是哈里第二天会发现自己的嗓子筋疲力尽。"担心专辑会被拿掉,尼尔森不敢把事情告诉约翰,希望药物能够治好他的嗓子。约翰回忆道:"我(不)知道是出了心理问题还是其他什么事,尼尔森去看医生、打针。他没有告诉我是什么事,直到后来他的喉咙流血了。我要是知道的话,就会停止录音。……我说:'你那些呜呜嘀嘀嘟嘟嗒嗒是怎么回事?'他的嗓子变'沙哑'了……这时我意识到……我突然间变成这群疯子里面唯一的正常人。我突然间不再跟他们一伙了。"

尼尔森声带受损正好给了约翰苦苦寻找的借口。四月中旬,他带尼尔森回纽约,住进第五大街的皮埃尔酒店,假装离开洛杉矶的好友们专心完成《小猫咪》专辑。而且刚好尼尔森的唱片公司 RCA 对苦等一首像《没有你》那样的热门歌曲等得不耐烦了,警告说要炒了他。约翰去见 RCA 的老板,说《小猫咪》专辑有多么多么棒,还暗示若他们与尼尔森续约,他可能与他们签约——还会拉上林戈。想到有可能拥有两位前披头士成员(这当然从未成真),RCA 的老板们忙不迭地答应了。

还有一个更迫切的原因让约翰回到东部。过去数月,每天,有成百个约翰根本不认识的陌生人不请自来地像老朋友一样跟约翰打招呼,这些人必会问两个问题中的一个。其一——连奉命调查贝莱尔的另一起殴打事件的洛杉矶年轻警察都忍不住脱口而出——是"披头士会重组吗?",其二——出租车司机特别爱问这个问题——是"移民案怎么样了?"。约翰在披头士曾经向往的土地上基本上被定罪一事已经引发全世界的愤怒和疑惑。在英国,人们为约翰叫冤的怒火成为继北爱尔兰事件后英美关系的最大威胁。卢森堡广播电台(其之于英国人就如温热的啤酒和多雨的夏天)要求皇室为引发约翰签证问题的毒品判决道歉,并递交了一份有六万名听众签名的请愿书给哈罗德·威尔逊首相。

约翰的律师利昂·怀尔兹对于约翰在西海岸的不良公众形象(殊不知还有多少没有曝光)自然是很关切。为收复道德失地,怀尔兹建议约翰再参加一些类似为柳溪州立学校募捐的"一对一音乐会"那样的慈善活动。于是乎，4月28日，约翰与尼尔森在中央公园举行的"残疾儿童基金会"义演中露了一下脸；五月中旬，约翰在"援助之手"马拉松活动期间为费城的WFIL电台担任了两天的音乐节目主持人。然而，一切似乎都是徒劳。7月17日，约翰从司法部的移民上诉委员会得知他对去年十月的离境要求提出的上诉被驳回，他必须在六十天内离开美国。

不过，怀尔兹证明自己是这个向来总是"铁面无私"、不可战胜的公权力的难缠对手。他取得的第一个重大突破是把移民归化局告到纽约地方法院，说他们故意拒绝办理约翰与洋子的"第三优先类"身份的申请。在仔细梳理了洋子的个人资料后怀尔兹发现：洋子实际上在嫁给托尼·考克斯时就已经取得了绿卡，拥有美国的永久居留权。虽然洋子的绿卡几年前失效了，怀尔兹很快帮她确定为有特殊艺术价值的个人，他从艺术界的头面人物那里获得了证明信——而且强调洋子身上没有毒品判决。然后，怀尔兹利用洋子的案子来增强约翰的案子，恳请说洋子需要约翰的帮助以便继续在美国寻找恭子，若将约翰驱逐出境，洋子就面临女儿与丈夫之间的两难选择。

事实证明移民归化局并非牢不可破之后，怀尔兹又向纽约地方法院提起了两件诉讼。其一是援引《情报自由法》，挖掘出一些文件，发现一些比约翰有严重得多的毒品记录的外国人都被允许居住在美国，政府实际上对它喜欢和不喜欢的人之间"暗中"存在歧视待遇。其二是以"滥用诉讼权"和侵犯约翰的宪法权利的罪名控告这场反列侬活动中行政管理系统里的每一个人，并要求这些人出庭解释。怀尔兹首先传唤纽约移民局局长及其上司华盛顿特区的移民专员出庭，之后还打算往上传唤首席检察官约翰·米切尔。他甚至说要请理查德·尼克松总统亲自出庭，虽然他知道不太可能当真发生。

然而，在这出好戏被提出来前，总统自己剖腹自杀，把事情简化了。1972年6月17日晚，总统竞选开始之际——也是对约翰的跟踪和窃听最疯狂的时候——五名共和党工作人员在华盛顿水门综合大厦民主党全国委员会办公室检修之前安装的窃听器时，当场被捕。这些暗中潜入的人员后来证明是直接为首席检察官米切尔领导的"支持总统竞选连任委员会"工作的。尼克松本可以表示对此事全权负责、道歉而逃脱严重后果，可是相反地，他和他的高级幕僚们一直坚称与此事毫无关联，却有越来越多的证据显示事实并非如此。两年后，"水门事件"成了世纪政治丑闻，总统受到越来越多的指责，国会成立了特别委员会对此事进行公开日常调查。

约翰和洋子分开之前最后一次一起外出是参加水门听证会,同行的还有乔恩·亨德里克斯。碰巧那天接受讯问的是前白宫律师约翰·迪安,他披露总统办公室中有一套秘密录音系统,从而戳穿了尼克松说他对下属的肮脏行为一无所知的谎言。亨德里克斯说:"约翰和洋子看得明白:控告他们的人现在成了被告。"

尼克松的高级助手们一个接一个地被拉下水,颜面扫地,包括利昂·怀尔兹未来得及传唤的约翰·米切尔和直接监管 FBI 对约翰调查的 H. R. 霍尔德曼。最终在 1974 年 8 月 9 日,尼克松在即将被弹劾前主动辞职。同样在 8 月,约翰的移民案从移民归化局移交至最后的希望美国联邦上诉法院。约翰在作证时说他之所以被驱逐出境是因为尼克松政府认为他是一个政治威胁,而不是因为他在英国的那点微不足道的毒品罪名。他说他和洋子可以说是"水门事件"揭发出来的白宫肮脏伎俩的试验品。怀尔兹在三年的艰苦斗争中首次感觉到法官在同情地倾听他们。

此时的约翰已经离开皮埃尔酒店,与梅住在东五十二号大街俯瞰东河的一间小顶层公寓。邻居之一是葛丽泰·嘉宝,战前时期最红的银幕美人,如今全世界除霍华德·休斯外最有名的隐居者。约翰的公寓有一块露台,夏天的一个深夜,约翰发誓说他看见一个不明飞行物朝河水的方向飞行,左转至布鲁克林。约翰后来向来此采访他的法国记者详细描述了一番,还有其"女友"的佐证。"我没有喝醉酒——千真万确。我只在周末或者是跟哈里·尼尔森在一起时才喝。"

东五十二号大街是约翰整个"失去的周末"期间最接近临时的家的地方。保罗和琳达·麦卡特尼,还有现在与妻子居住在长岛蒙托克的安迪·沃霍尔家中的米克·贾格尔都经常来看望约翰。七月,朱利安来这里玩了一阵,如今他母亲很放心让他跟他父亲在一起。父子关系越来越融洽,而且朱利安渐渐显露出音乐才华,最近开始上起了吉他课。约翰教他和弦(让人想起朱莉娅!),给了他一台电子鼓,还在梅的鼓励下尽量让朱利安住得开心。但是对一个不了解孩子的男人来说,跟一个十一岁的小孩子住在一间小公寓里有时还是会有摩擦。一天早上,朱利安不小心太早叫醒前一夜很疲劳的约翰,遭了约翰的一顿痛骂,委屈地跑走。

理查德·尼克松下台的两个月前,另一场令人心烦的马拉松战斗也宣告结束。菲尔·斯佩克特通过与"水门事件"一样偷偷摸摸的交易,终于以 9 万美元的价格把《老歌集锦》的带子交给国会唱片公司的一名高层主管。可是约翰根本没有心情回到一件会让他想起洛杉矶最迷茫的那几个月的事情上去。这些在酒精、枪声和名人的打扰中录制的带子也确实没有达到可以出版的水准。此外，约翰在皮埃尔酒店的时候，开始为新专辑写歌，专辑的名称叫《墙与桥》，暗示约翰回归河流围绕的曼哈顿安全堡垒。

新专辑七月在录音工场录音室里进行录制，参与的乐手大多是洛杉矶的那群人，但是这回有了严格的要求：不许喝酒、狂欢。专辑中的大部分曲目都给人积极向上、喧闹的感觉，与反复出现的约翰对洋子的强烈思念很不一样："总是要等到失去以后才知道曾经拥有……哦宝贝，再给我一次机会"……"祝福你，无论你在何处"……"我惊恐万分……我伤痕累累"。每一段和弦似乎都让人想起两人以前的共同创作；专辑第三首歌《旧泥路》的开头，乍听之下，失真的吉他制造出诡异的类似洋子唱歌的声音。而在《九号梦幻》里则是整个儿充斥着洋子的精神。这是一首歌颂约翰生命中的神秘数字的歌曲，歌中洋溢着人有时候在睡梦中能够感觉到的幸福安详。假声演唱的副歌"啊，波哇卡哇，泼瑟泼瑟"其实来自约翰的梦境，第一小节中的"酷热中低语的树木"则来自清醒时候的诗意。歌曲中呼喊"约翰"的声音听起来很像洋子，但其实是梅，再次扮演忠诚的替身。

《钢铁玻璃》让人联想到"你睡得好吗"，人们认为这首歌是抨击艾伦·克莱因的（"你像野猫一样到处留下臭味……"）。新专辑中唯一有《老歌集锦》的影子的是——约翰必须录制一定量的莫里斯·利维拥有的歌曲——翻唱李·多尔西的《丫丫》，除了朱利安的鼓外没有其他伴奏。《当你穷困潦倒时没有人爱你》是对他自己最近在西海岸饮酒作乐的苦涩反思，歌词中又出现一句不幸言中的可怕预言："当你被埋于地下六尺时人人爱你"。

《怎样消磨这夜晚》是一首萨克斯风伴奏的欢快的派对歌曲，埃尔顿·约翰前来友情伴唱，证明自己能跟哈里·尼尔森一样惟妙惟肖地模仿约翰。音乐渐弱，约翰喊了句："你能听到吗，母亲？"没有一个美国人、一万个英国人中也只有一个能听出这是综艺表演前辈桑迪·鲍威尔的名言。后来，这首歌被挑选作为单曲发行，埃尔顿对约翰说：如果这首歌得到第一名，约翰就在两年都没有现场演出后开戒，跟他一起上台表演。约翰握手言定，因为他认为这样一首打破传统、两个大男人合唱的十分简单的摇滚歌曲"再过一百万年"也不会成为热门歌曲。

为了进一步表示敬意，埃尔顿决定翻唱《天空中佩戴着钻石的露西》——至今人们仍然认为这首歌除了原作者，别人都不能唱——作为单曲在英国发行，让家乡人民记得约翰。约翰和梅去了录音现场,科罗拉多州落基山脉九千英尺上的驯鹿录音室。约翰很喜欢埃尔顿演绎的牙买加雷盖音乐感觉的"露西",亲自上阵参与演奏,专辑上署名"温斯顿·奥布吉博士的雷盖吉他"。为纪念两人的此次合作,埃尔顿送给约翰一条缟玛瑙坠子,上面用黄金镶出一道墙,用白金镶出一座桥,用钻石拼出"温斯顿·奥布吉"。沙伦·劳伦斯说:"我想一个大男人送给自己一件珠宝让约翰觉得有点尴尬。而且他不知道埃尔顿是多奢华的一个人。我记得约翰把坠子拿给我看,说:'这是人造钻石吧?'"

尽管约翰被梅驯服了很多,但他还是一直找别的女人,全都是不知道姓名的一夜情。鲍勃·格伦回忆道:"1974年的秋天,有这么一个女孩子,是一家杂志的美术编辑。一天晚上,我跟约翰在一起,他走进一个电话亭打电话给这个女孩子,问她可不可以过去,对方说他喝多了,她说对了。我很紧张,因为约翰弄出了很大的声音,我不想招惹警察。约翰不想跟梅在一起,不想跟她住一起,可是梅照顾他的生活、安排他所有的事情。就像约翰跟我说的:'我不知道怎么甩掉她,她是我的电话簿。'"

约翰一直与洋子保持联系,打电话或者通过他们的共同助理乔恩·亨德里克斯传递密信,约翰定期也会溜回达科他公寓看她,虽然洋子仍旧说他还"不能"永久回来。洋子回忆道:"那时候太美妙了。约翰会说他前一天晚上遇到的女孩子的种种有趣的故事,说事情后来怎么搞砸了,我就跟他说我的事,因为我们两个在约会方面都不顺利,然后我们就疯狂大笑。我心想:'太棒了。我们就只是好朋友。'"

如今两人又在大陆的同一边,约翰的妒忌心和占有欲减退了;他不仅不反对洋子跟大卫·斯皮诺扎见面,甚至鼓励她多找几个性伙伴以预防癌症。洋子回忆道:"一天他到这里来,又开始:'做爱,做爱……'我说我不知道要怎么来。他说:'就问你想不想上床。'他知道我不可能干这种事,可是我突然间明白他是在说他不希望我爱上另一个男人。他老是说女人不懂得纯粹的性和爱情之间的区别,所以没有真正获得解放。他说我甚至可以去意大利还是哪里找个年轻的男妓,很多女的都这么做。

"所以最后我打了一通电话——给一个音乐人,因为约翰说:'对方应该是你喜欢的类型。'可是那人听上去像吸毒了,很亢奋,我就把电话挂了。约翰建议的其他人我都不喜欢,都是些肉食动物。约翰说:'哦,洋子——你要是这么挑剔,永远别想找到人。'"

"失去的周末"的最后数月,约翰比成为披头士以来的任何时候都更加努力地工作。可想而知,莫里斯·利维对《墙与桥》专辑里只有短短的、敷衍了事的一首歌很不满意,要求约翰支付给他法定协议中规定的全部版税。约翰没办法,只好把吉姆·凯尔特纳、克劳斯·沃尔曼、杰西·埃德·戴维斯和其他人又叫过来,重新做《老歌集锦》专辑。为了帮助乐队保持清醒、一直走在正轨上,大家在利维位于纽约北部的农场里进行排练。每天中午,约翰和众乐手们围坐在一张大餐桌旁吃午饭,"八爪鱼"利维给大家讲这几十年来他剥削、恐吓其他乐队的故事。凯尔特纳说:"他讲的太有意思了,大家笑个不停。"

约翰在制作《墙与桥》专辑的同时还抽空为林戈的下一张专辑《晚安,维也纳》写了同名主打歌并录制了小样。十月,约翰回到录音工场录音室,带着全新的敬意和专注,开始录制摇滚经典,如《撕成碎片》《站在我身边》《准备好的泰迪》《悄悄溜走》和《佩吉·休》。约翰为林戈进行广播宣传,还通过为洛杉矶的调幅 KHJ 电台和纽约的调频 WNEW 电台担任音乐主持人进一步洗清自己的公众形象(其中约翰念了一则夜总会的广告,夜总会的名字 the Joint in the Woods 耐人寻味,既可以是"树林里的廉价酒馆",也可以是"树林里的大麻")。11 月 18 日,约翰与埃尔顿·约翰的单曲《怎样消磨这夜晚》出乎他的意料在美国取得了第一名,《墙与桥》在专辑榜上紧随其后。

约翰答应过埃尔顿,如果这首歌得到第一名就跟他一起上台表演,埃尔顿兴高采烈地提醒约翰别想耍赖。两年前,当有洋子和塑料小野乐队在他身边的时候,约翰可以跟随便什么人一起走上随便什么舞台表演。可是时隔这么多月,约翰从来就不充沛的信心更是消失殆尽,想到要面对一群新的华丽摇滚的年轻观众,更不用说要与一位风头如此强劲、性格如此外向的人同台竞技,约翰心惊胆战。

约翰勉强同意,或曰部分同意,在埃尔顿正在进行的美国巡演的最后一场兑现他的诺言,即 1974 年 11 月 28 日感恩节之夜的麦迪逊花园广场。为了让自己做好心理准备,约翰提前几天来到波士顿观看埃尔顿的表演,差点儿就此打消登台的念头。约翰看着他的合唱伙伴化装成各种样子:童话剧里的滑稽女人、拉斯维加斯的歌舞队女演员,还有疯帽匠,心里只有一个想法:"还好那个不是我"。观众的反应则带给约翰异样的似曾相识的感觉。他回忆道:"就像当年的披头士狂热。我心想:'这是什么啊?'自从披头士以来我就再没有听见过这种疯狂的观众。我看了看周围,发现是别人在弹吉他。"

感恩节前一天,约翰在纽约与埃尔顿进行了彩排,整个彩排不超过一个半小时的时间。埃尔顿希望约翰演唱《想像》,可是约翰不想"像迪安·马丁那样唱那些经典热门歌曲。我想来点好玩的,唱些摇滚。我表演不超过三首,因为那毕竟是埃尔顿的演唱会"。最后,两人选定《怎样消磨这夜晚》和《露西》,另外,作为列侬-麦卡特尼曲库的第二选择,埃尔顿挑选了一首披头士的第一张专辑里的《我看见她站在那儿》。约翰立马接受这一提议,一来因为这是一首非常老的歌,二来因为这首歌的主唱一直是保罗。

官方并未向外宣布约翰将现身埃尔顿的演唱会,但是谣言四起,门票销售一空,众多名人来向埃尔顿的左膀右臂托尼·金索要贵宾席前排座位的门票。最早打电话来要票的人是洋子:她要了两张票给自己和大卫·斯皮诺扎,要求座位要靠近舞台但是不能在约翰直接的视线范围内。而且谁都不许告诉约翰她要去那儿。

最后关头约翰几乎想退缩,但是往日披头士随机应变的精神还是占了上风,约翰如期出现在花园广场的后台,穿着一件纯黑色的西装,感觉像是要上断头台。演出开始倒计时的时候,一个送件员送来两个盒子,一个给他,一个给埃尔顿,各装着一束洋子送来的白色栀子花。洋子小心地挑选了两束一模一样的鲜花,鲜花的卡片上的字也是一模一样的:"献上我的祝愿和全部的爱",看不出偏爱。洋子交待的事情大家办到了;约翰不知道洋子在观众席上。那晚约翰还说了句:"谢天谢地洋子不在这里,否则我一定上不了台。"

约翰预定在演出进行了三分之二的时候出场,因此他得等上一个半小时左右的时间,听埃尔顿的观众的情绪逐渐高涨起来。怯场再次袭来,约翰赶忙冲到男厕所去呕吐。紧张得不得了的他甚至忘了怎么给吉他调音,不得不叫埃尔顿乐队的戴维·约翰斯通帮他弄。

观众们一直坐立不安等待着约翰到底会不会出现,直到演出进行了快两个小时,埃尔顿突然在钢琴前坐下来,漫不经心地说:"今天是感恩节,我们想今天晚上我们应该请个人一起来表演,让大家开心开心。"约翰与埃尔顿的作词人伯尼·陶平在舞台的侧翼等待着,差一点又要气馁。陶平回忆道:"他说:'你跟我一起上去,不然我不走。'于是我跟他走了一段,然后他拥抱了一下我,我说:'我该走了。'"

约翰走上舞台,场内灯光亮起,一万八千人起立欢呼雀跃,声音大得足以震垮这座对掌声早已习以为常的建筑。洋子回忆道:"观众热情地欢迎他。可是看到他一遍又一遍地鞠躬,起来又马上弯下去,我突然间想:'他站在那里看上去那么孤独。'"

面对观众,约翰似乎变了一个人,如鱼得水。他首先领唱了那首出乎他意料的热门派对歌曲,只不过歌曲的结尾不那么令人开心("……不用手枪就能打爆你的脑袋……"),然后拿起雷盖节奏吉他帮助埃尔顿把《佩戴着钻石的露西》送到天空中。接着,约翰用类似当年在皇家综艺剧场的顽皮语气宣布将演唱"一首已经离我远去的未婚妻保罗写的歌"——还没有人知道这夫妻俩早已和好。当双约翰组合唱完《我看见她站在那儿》的时候,整个麦迪逊花园广场疯了。有一大帮歌迷特意从英国飞过来观看演出,其中的一位马戈·史蒂文斯回忆道:"我身边的每个人都哭了。约翰拥抱埃尔顿的时候埃尔顿好像也哭了。"尽管演唱会还有四十分钟,埃尔顿十分大方地没有打断大家激动的情绪,让大家尽情释放,然后才艰难地重新开始自己的表演。这次以后约翰再没有登台演出,但是在这最后一次,约翰感受到了大家前所未有的爱。

演出结束后,洋子来到后台,两人久久对坐、握手、聊天,而两人各自的伴侣梅和大卫不自在地在后台走来走去。一个经过的摄影师恰好拍到两人在一起,像两个初次约会的处子那般不知所措。

28. 漂亮男孩

这里是温斯顿·奥布吉博士在"录音工场西"向您道晚安。

然而事情并非如此简单。据洋子回忆:"在埃尔顿演唱会的后台,约翰像是要吃了我。我说:'哦,求求你别又这样。'我真的不是很想回到一起,我觉得一切又会重演……身边的工作人员……会嫉妒,在他耳边嘀咕……全世界都痛恨我。我还失去了我的艺术声誉。不管我做什么都遭到人们的批评。我的事业被断送了,我做人的尊严丧失殆尽。"

"我要因为喜欢这个人而又回到这样的生活吗?约翰也同样失去了他的名声,因为人们觉得他是个疯子。我觉得这是一场会杀了我们俩、注定没有好结果的爱情。我觉得我们可以做朋友,虽然在我的另外两个前夫身上都没能这样。我心想:'我们是艺术家,我们可以只是一起工作。'我太天真了。"

数月来,约翰利用各种煽情手段乞求回到达科他公寓。一次,约翰从五十二号大街回到达科他,为洋子演唱《墙与桥》专辑里最明显是写给她的歌曲《祝福你》。洋子差点儿投降。但还是差了一点点。"那首歌太美了。我哭了,约翰也哭了,我们拥抱在一起。我不得不强忍住。我说:'走吧',他说:'好吧',没有反抗。"

约翰还找了另外一个借口去看洋子:洋子成功戒烟,约翰希望洋子把她的方法介绍给他。同样地,洋子尽量让事情看上去像是朋友之间就事论事。她让约翰一根接一根地抽"吉普赛女郎",直到烟灰缸里的刺鼻烟头都满出来,让约翰直觉得恶心。"那时我们在卧室里,约翰说:'我没有后路,是吧?你不会让我回来。'他说得那么可怜,我的心软了,说:'好吧,你可以回来。'我心想:'我在说什么啊?'可是我忍不住。"

两人和好后的首次公开露面是一同参加1975年在纽约举行的格莱美颁奖典礼。约翰是颁奖嘉宾,头戴一顶松软的黑色贝雷帽,身穿一件天鹅绒的长外套、上面绣着"埃尔维斯",围着一条晚装围巾,胸前挂着一个印着"温斯顿·奥布吉博士"的圆形徽章,纽孔里还插着一朵白色栀子花。面对音乐界同行(包括大卫·鲍伊、保罗·西蒙、阿特·加芬克尔、安迪·威廉斯和罗伯塔·弗拉克)的掌声,约翰幽默地说:"谢谢,妈妈,谢谢……",好像综艺喜剧表演前辈桑迪·鲍威尔附身。约翰自己没有获奖,倒是保罗·麦卡特尼和双翼乐队获得了两项大奖(最佳流行男歌手和非古典类最佳制作专辑奖),此外,披头士获得名人堂的特别表彰。在鲍勃·格伦的一张照片中,在颁奖礼后的宴会上,约翰和洋子开心得不得了,无需什么正式公报宣布两人复合。

"失去的周末"期间,约翰坚持记日记,忠实记录每一次乱七八糟的录音、饮酒作乐、当众出丑和无端的乱打乱砸。他把日记拿给洋子看,然后当着她的面烧掉,象征他翻开生活新一页的决心。此外,两人还在达科他的白色房屋里点上蜡烛,郑重地重温结婚誓词。两人像在直布罗陀的闪电婚礼上那样都穿了一身白色衣服,周围簇拥着蜡烛和无数的白色康乃馨。

两人都像获得了重生。回家来的约翰似乎把身体里的恶魔都驱除出去了——酗酒、性饥饿、妒忌和占有欲——所有的一切,除了缺乏安全感和自我怀疑,这是任何事情、任何人都无法改变的。洋子也变了:不再一个劲儿地发展自己的事业,而是和约翰一样更能享受眼前的生活。两人看似只是从原来结束的地方重新开始,但其实两人之间的爱慕——喜欢之情——升级了。鲍勃·格伦说:"很多人分开的时候会翻脸。约翰和洋子没有,所以当他们和好的时候,他们似乎变成了比以前更好的朋友。"

洋子之前的几次流产差点儿要了她的命,因此夫妇二人放弃了要孩子的希望。不过三年前,二人到旧金山的一位香港针灸师那儿就医时,这位针灸师意外地给了他们一条建议,"他告诉我们:'你们一直在一起。你们要是分开一段时间再在一起的话就能怀孕。'洋子回忆道。"我们说:'你竟敢出这种主意?我们永远不会分开。你简直是在胡说八道!'后来我们分开了;约翰回来以后我们好好地做了一番,我马上就怀孕了。"

一开始,洋子不知道自己——或约翰——是否愿意要这个孩子,准备做流产。"我不想把他套牢。我希望他是想在这里才在这里。我说:'你决定看怎么办吧?'他说:'要这个孩子,要这个孩子……'我想补偿他我给他带来的分开期间所受的痛苦。他想要这个孩子我就下决心把孩子生出来。"

四十二岁的洋子是危险的高龄产妇。加上她的流产史,医生建议她想要绝对安全,她就必须整个孕期躺在床上。从得知她怀孕开始,约翰对洋子的温柔体贴会让他的第一任妻子辛西娅大跌眼镜:约翰无微不至地照顾洋子,不让她拿或者举任何东西,陪她去做每一次检查和上产前学习班——这在当时的准爸爸里面还不普及——还再次勇敢戒烟。夫妇二人决定采用自然分娩,即不用药物和手术,让已经完全有知觉的胎儿待在母亲的肚子里等待自然生产的那一刻。约翰确信洋子肚子里的是男孩,分娩前好几个月就早早开始搜寻曼哈顿的婴儿用品店。有趣的是,他们无意间发现了一家时尚的大商店,名叫"圣母玛利亚",让人联想到麦卡特尼1968年创作的披头士A面歌曲。可是以前的伤心经历让二人不敢买太多东西,害怕再次从医院空手而归。

"失去的周末"的音乐遗产,约翰历经艰难的摇滚翻唱专辑,在1975年2月问世了。约翰一面想方设法回到洋子身边的同时,一面专心完成这最终重新编排、录制的版本,想赶紧一次性完成他对莫里斯·利维的法律义务。为了让利维知道他和他的乐队没有回到洛杉矶的老样子,约翰打破铁律,寄给利维几首歌曲的初步混音版。没想到等不及要他的版税分成的"八爪鱼"将这些未完成的歌曲用他自己的唱片公司"亚当八世"发行,专辑名称为《根:约翰·列侬演唱的摇滚金曲》,专辑封面是《顺其自然》专辑时期的花哨大头照,专辑作为电视台的廉价特价品出售。结果双方为此又打起了官司,利维告约翰未履行上一场官司的义务,约翰反告利维未经他授权使用他的名字发行劣质产品。

鲍勃·格伦参加了约翰的诉讼听证会,将一个小相机藏在口袋里。当约翰站在证人席上时,格伦悄悄地拍了几张照片。(虽然这种行为是绝对违法的,但是主审法官事后向格伦要了一张,骄傲地挂在自己的办公室里。)"约翰需要向法官解释为什么初步混音的带子不能上市销售,还解释了初步混音版和完成混音版之间的区别,描述了它们是怎么做出来的。"格伦说。"约翰解释得异常清楚,记得当时我心想,换作我是一个音乐人,也只能解释到这份上。"最终利维获得区区6 795美元的赔偿,而约翰获得了144 700多美元的赔偿,还命令"亚当八世"唱片公司停止销售。

为了赶在还没有太多的电视观众向莫里斯·利维付钱之前,约翰的最终混音版匆匆发行,专辑名称就叫《摇滚》。购买者们原以为专辑只是用现代方式演绎怀旧老歌,却得到了惊喜。诸如巴迪·霍利的《佩吉·休》和吉尼·文森特的《Be Bop-a-Lula》等歌曲确实是按着采石者乐队和最早的披头士在利物浦、汉堡时的风格演绎的。而其他的,像博比·弗里曼的《你想跳舞吗?》和拉里·威廉斯的《邦尼·莫罗尼》则变慢到认不出来;查克·贝里的《甜蜜的十六岁》与航海者乐队的《埃及舞娘》撞车,《你抓不住我》则与披头士的《一起来》雷同——巧妙地报复利维说约翰的歌词抄袭贝里。必定会作为单曲发行的本·E.金的《站在我身边》有些许雷盖的感觉，看出埃尔顿·约翰对约翰的影响，还有激情——甚至是绝望的情绪，这在其他无关痛痒的老歌里头是没有的。

专辑最后一首歌劳埃德·普赖斯的《就因为》结尾处有一段甜美的仿美国口音独白："啊，这首歌出来的时候我应该是十三岁……还是十四岁、二十二岁？也有可能是十二岁……这里是温斯顿·奥布吉博士在'录音工场西'向您道晚安。祝您过得无比愉快。我们在此问候各位。再见。"专辑封面是披头士在汉堡期间他们的朋友于尔根·沃尔默帮约翰拍的一张黑白照片。约翰穿着一件皮衣，阿飞式的刘海，靠在一个门口，头顶闪烁着不甚分明的红色霓虹灯，过路行人的身影模糊不清。

做《摇滚》专辑的一个主要目的是要与英国的歌迷重新建立联系。1971年以来，很多英国歌迷对约翰失望透顶，都不愿意再去埋解他。宣传活动中有一项是接受BBC2台的《老调重弹》节目的超长采访（约翰上节目的酬劳有部分是用在纽约买不到的奥利弗巧克力支付的）。采访约翰的"低语的"鲍勃·哈利斯问他移民问题解决以后是否打算回英国。约翰答曰："哦，当然了！我有亲人在英格兰。我儿子得跑到这里来见我。你好啊，朱利安！我还有咪咪姨妈。你好啊，咪咪！"为了引起家乡人民的注意，约翰还录制了一段电视表演献给卢·格雷德勋爵，就是典型的约翰痛恨的"西装革履的人"，他的ATV电视公司在1969年吞并了北方唱片公司。

尽管五年来排行榜上已经换了一批新的巨星，"低语的"鲍勃以及每个英国采访者最想问的问题仍是：披头士有没有可能重组。以前约翰一听到这个问题就厌恶至极，如今只剩下冷漠。"如果我们大家回到录音室，觉得又能互相激发，那就值得重组。……如果大家做了什么值得发行的东西，那就拿去发行。不过这是不大可能的。反正好坏我都无所谓。如果有人想重组乐队，我愿意继续。但是我是肯定不会重组的。"

此时的约翰并没有想要退隐，反而比在披头士的时候从音乐事业中得到了更多的快乐和满足。在洛杉矶的时候，约翰和大卫·鲍伊成了好朋友。鲍伊开始能和埃尔顿·约翰争夺华丽摇滚第一人的宝座了，不过埃尔顿走的是低俗、模仿路线，而鲍伊则通过"Z字星尘"这一虚构出来的替身带给观众布莱希特戏剧、古典哑剧，甚至是反流行讽刺剧等各种元素。表面上看，鲍伊苍白脸、双性人的舞台形象与十年前活泼、自然的超级偶像毫无关联。然而他的一切——除了他的性别问题——都可以追溯到披头士，尤其是约翰身上。

1975年初,鲍伊来到纽约录制一张名为《年轻的美国人》的专辑,其中有一首是翻唱披头士的《飞越宇宙》。约翰来到"电子女士"录音室参与录音,休息时,约翰拿起吉他,围绕着"名声"这个词随意弹了一个三个音符的重复乐段。这个词和这个乐段带给鲍伊他的第一首美国冠军单曲,还帮助开创了傲慢、自恋的迪斯科曲风,这一曲风在未来数年里占据唱片排行榜,涌进各大舞厅。刚发行了一张摇滚怀旧专辑的约翰发现自己突然间被推到了流行最前沿。

洋子早已获得"第三优先类"有特殊艺术价值的外国人的签证身份——离获得绿卡仅一步之遥。然而,移民归化局虽然被迫审理约翰的申请,却还是支支吾吾的,说约翰的单飞生涯不如他在披头士的时候。通过利昂·怀尔兹的努力,约翰在美国的停留时间得到短暂延长。即便是乘坐国内航班,约翰都担心飞机会改道飞出美国国境,让他永远无法再回来。约翰和怀尔兹一次次地出庭,似乎永远没完没了,有一次意外地发现移民归化局的律师跟他们在同一个房间里等候。怀尔兹回忆道:"我认识那个律师,就把他介绍给约翰。约翰掏出一条手帕,跪下来,擦他的鞋,说:'我还能为你做些什么吗,先生?'"

正如怀尔兹一直希望的那样——特别是在尼克松时代后,美国逐渐恢复理智,怀尔兹的这种愿望越来越强烈——联邦法院拯救了他们。十月初联邦上诉法院最终作出裁定:约翰1968年在英国的大麻判决依照美国的标准是不公平的。三位法官组成的法官团以二比一作出对约翰有利的判决,法官欧文·考夫曼把案件发回移民局的法院重审。字面上,联邦法院建议移民归化局行使其"决定权";实际上,联邦法院要求移民归化局停止一切以一个如今证实是非法的理由对约翰提起的诉讼。

考夫曼二十四页的判决书中说到法院"对列侬声称自己是因为政治原因而被要求出境高度重视",以前的"颠覆分子"现在变成了国家英雄。"如果说美国独立两百年以来,我们在一定程度上实现了我们的理想,很大一部分是因为我们总是能够给予那些相信自由、追求自由的人一席之地。列侬为了留在这个国家进行了四年的斗争,是他坚信美国梦的证明。"怀尔兹在正式宣判前一天就知道判决结果,但是现在的约翰没有心情品尝胜利。洋子要生了,约翰跟她一起在纽约医院。

夫妇二人做了自然生产的种种准备,可是10月9日,约翰三十五岁生日那天,孩子剖腹产出生。分娩过程实属不易,洋子接受了输血,而约翰在另一个房间等待着,一边饱受之前流产的回忆的折磨,一边有不近人情的医院工作人员想要和他握手或者是要签名。"突然我听见了哭声。我整个人呆掉了,心想:'可能是隔壁的。'不过是我们的。我跳起来大叫,兴奋地踢墙,大喊:'他妈的太好了!'"

是男孩,重八磅十盎司。"我一整夜坐着看着他,对自己说:'哇!不可思议'。"约翰回忆道。"(洋子)醒过来的时候,我对她说:'他很好',我们哭了。"因为约翰的第一个儿子受洗时取名约翰·朱利安,所以这个孩子不能再用他父亲的教名。于是二人选择了爱尔兰语中的约翰:肖恩,意为"神的礼物",以及日语里表示长子的太郎作为孩子的名字。

艰苦的生产让洋子十分虚弱,孩子出生三天了才见到孩子。约翰却是几乎二十四小时都跟孩子在一起。鲍勃·格伦有一个姑表兄弟在产科病房里工作,后来回忆说他从未见过照顾得这么周到的新爸爸。出于对母子情况的考虑,二人在医院里待了很长一段时间。"当我们终于要出院的时候,约翰抱着肖恩走过医院长长的走廊,坐进车里。他一动不动地坐着,看着怀里的襁褓,说:'好了,肖恩,我们要回家了。'就是这样。"洋子回忆道。

约翰把这个好消息告诉英国的亲戚们,并且保证会尽快把婴儿带去给他们看。所有人都高兴得不得了——除了那个约翰最在乎的人。咪咪姨妈永远不会接受洋子的国籍,孩子的日本中间名让她很不高兴,而她天性不会隐藏自己的感情。"哦,约翰,别给他加这么个恶名!"咪咪恳请道,再次伤了侄儿的心。

约翰请约翰·埃尔顿当肖恩的教父,以感谢他的支持和慷慨帮助自己跟洋子和好。据洋子回忆,这其中还带有一丝利物浦人的精明。"约翰说埃尔顿是同性恋,不会有自己的孩子来继承他的钱。"

1975年列侬发行的另一张专辑是老歌精选专辑《柴鱼片》,收录了《冷火鸡》《现世报》《权力归于人民》《圣诞快乐(战争结束了)》《给和平一个机会》和《想像》等歌曲。1976年2月,约翰与百代和国会唱片公司的合同到期,他既没有续约也没有寻找新东家。

"我们决定——啊,主要是约翰决定——从现在起,他来照顾肖恩,我来打理生意。"洋子说。"他在哪里看到说保罗赚了2500万美元。他说:'我们永远不可能有那么多钱;我们没有保罗那样的伊斯门老爹。'我说:'好吧,我来试试看赚2500万美元,不过要给我至少两年的时间。'于是我们达成协议:两人同时停止任何形式的创作。谁都不写作、不录歌,我也不搞艺术创作。"

洋子说她并不想把抚养孩子的事全都交给约翰。当年她就是把恭子交给前夫托尼·考克斯去抚养。洋子觉得她要是多花些时间在恭子身上,现在就不会落得恭子离她而去这样一个残忍的结局。然而,她更担心她要是跟新降生的婴儿感情太亲,约翰的妒忌心和占有欲就又回来了。她希望约翰爱肖恩,觉得肖恩是"家里新添的开心果,而不是夫妻关系的障碍。这是我同意打理生意,让约翰好好跟肖恩在一起的一个原因。"

《摇滚》专辑最后开玩笑的告别不料成真了,给约翰的职业生涯画上圆满的句号,因为1957年夏天的那个星期六,当保罗·麦卡特尼走进约翰的生活、披头士出发之时,约翰在伍尔顿的游园会上演唱的正是《Be-Bop-a-Lula》。

肖恩的出生抑制,但永远不可能熄灭约翰的创作欲望,这种欲望一直让他不得安宁:下一首歌词、下一段和弦、下一支单曲、下一张专辑、下一次高飞的希望和猛跌的失望,没完没了地循环着。约翰甚至不再订阅《公告牌》杂志,不再关心谁上榜谁落榜,谁偷了他的什么,他又可以从谁那里借些什么。鲍勃·格伦说:"约翰对音乐界的事情毫不关心。有时打开收音机,也是听听WPAT这种轻松的频道。他没有与任何人签约,不再想着要追赶谁或者是超越自己。他完全退出了。"

与吸毒和喧哗的生活一同消失的还有青少年时的自私、不能长时间集中注意力和身为摇滚明星就可以永远痛恨实际问题。虽然给肖恩请了保姆,约翰却总是在一旁,随时准备帮忙,觉得只有他才知道怎么做是对的。连朱利安小时候最恐怖的换尿布如今也不成问题了。约翰很自然地走过来,闭上鼻孔,本能地用嘴巴呼吸,把他觉得恶心、厌恶的东西换成舒适和喜悦。像许多前人那样,约翰明白了:填补童年的空白不是被照顾,而是照顾别人;给孩子安全感会让自己感觉更安全。

"唯一一件我们俩都觉得很困难的事情是半夜起来喂奶,"洋子回忆道,"我们俩都做不到,不习惯半夜起来。约翰就说:'我们喝点干邑白兰地,放松一下吧。'我们就拿了干邑来喝。"约翰开始开玩笑地叫洋子"妈妈",仿佛他是一个穿着钉平头钉的靴子的北部工人,而洋子是一个戴着发网的母夜叉,在炉灶上煮茶。

哄肖恩睡觉是约翰的特殊职责。约翰坐在婴儿床和悬挂的小玩具旁,轻轻地弹着原声吉他,温柔地哼唱《利物浦·卢》这样的古老的默西民谣。一天晚上,鲍勃·格伦打电话来,约翰小声地对着话筒说他刚哄肖恩睡着。"我说:'我是要告诉你有一场摇滚表演,不过看来你现在过得很好啊。'"格伦回忆道。"人们都说约翰这段时间放弃做音乐,才没有。他给孩子唱摇篮曲。"轮到约翰喂牛奶的时候,他会放一张摇滚唱片,抱着婴儿翩翩起舞,他看见产科病房里的黑人护士就是这么做的。

约翰不仅不再和"失去的周末"的那群狐朋狗友出去喝酒；为了不再受诱惑重回老路，约翰干脆见都不见他们。"一次基思·穆恩到城里来——与哈里·尼尔森和约翰并称三个火枪手——我得告诉约翰他来了，"格伦说，"我告诉约翰说基思知道他生孩子了，想过去规规矩矩地喝杯茶。约翰说：'我不想和基思·穆恩喝茶。我看到他就想喝酒开派对！'"

在未来两年里，约翰时常感到庆幸自己及时从一个能够带来，而且确实有越来越多的"猝死"的世界抽身。比如说，他的黑人权利运动的老朋友迈克尔·X在特立尼达岛迎来惨淡结局：1972年，他被指控犯有谋杀罪，处以死刑。特立尼达岛以前是英国殖民地，如今仍受英国法律管辖，承认英国女王为其君主。约翰和洋子通过乔恩·亨德里克斯组织了一场请求宽恕迈克尔的运动，内容包括有诸如迈克尔的伦纳德·科恩和安杰拉·戴维斯等人签名的请愿书、两次向女王的法律顾问机构枢密院申诉，以及由女权主义者凯特·米利特领衔的牛津大学高调辩论。然而，一切都没有用：伊莉莎白二世亲自签署死刑执行令，1975年迈克尔·X在西班牙港的皇家监狱被处死。

前披头士助理、约翰的保镖兼保姆、与约翰在西海岸共度了多少狂野夜晚的马尔·埃文斯的"失去的周末"永远没有结束。马尔继续在洛杉矶漂泊，越来越低落和迷茫，1976年1月4日，他在女友的公寓里被警方击毙，警方事后声称马尔当时朝他们挥舞气步枪。后来，公寓房东给马尔的英国亲人寄去一张清洗地毯上的血迹的账单。

4月1日，约翰的父亲弗雷迪·列侬在布莱顿综合医院去世。弗雷迪与年轻妻子波琳在苏塞克斯海岸的晚年生活幸福美满。1973年，二人的儿子大卫有了一个弟弟罗宾。仍旧是波琳赚钱养家，弗雷迪照顾两个孩子。他出人意料的无私奉献和无微不至与约翰对肖恩如出一辙。父子俩1970年在提腾赫斯特庄园不欢而散的最后一面后，约翰再没有跟弗雷迪和波琳联系，所以并不知道自己又多了一个同父异母的弟弟。1974年，一位英国律师告知弗雷迪说约翰想和他重建联络。害怕会再次无心激怒约翰的弗雷迪没有回应。

父子间的鸿沟似乎不可逾越，然而弗雷迪从未放弃让约翰相信：1946年的那天他并没有抛弃他，从而给他造成写进音乐里、不可抚平的伤害。这一愿望最终超越了害怕引来儿子生气的担心，1975年弗雷迪坐下来，完成五年前约翰命令他中止的自传。弗雷迪用粗鄙但是清晰、略带蓝衣男校痕迹的语气描述了他怎么在贫穷、卑微但是正直的列侬家族长大（约翰对自己的家族知之甚少），他为什么离家出海以及后来发生的种种阴差阳错。对于约翰的母亲，弗雷迪没有说一句坏话——反而还怀着丝毫未减的爱和尊重——但他清楚地指出一系列不争的事实:出轨的是朱莉娅,当时他愿意把朱莉娅接回来并收养她在战时生下的私生子,后来他也原谅了朱莉娅与鲍比·迪金斯的私情。总而言之,爸爸一直很想回家。弗雷迪在每章的最后都附上直接对儿子讲的一席话,说他们的情况,至少在早期,是多么不可思议地相像。

第二章

附言:亲爱的约翰……和你一样,我也没有父亲,不过当然了情况没有你痛苦。这让你一直记恨在心,但我想说,也变相给了你超越自己、获得今天的地位的动力。

第三章

附言:亲爱的约翰……第一次听到你录的《便士巷》我就马上想到蓝衣医院和纽卡斯尔路。我在想是不是有某种过去的联系在指导你的笔,特别是提到比奥莱蒂先生的理发店的那段,因为他以前给蓝衣学校的男孩子们剪过头发。

第八章

附言:亲爱的约翰……也许读到我对我和你母亲结婚的情景轻松愉快的描写会让你联想到亨特·戴维斯的传记里你自己的第一场婚姻的描写。想想二十年后你在同一个登记所闪电结婚,然后和我一样穿过马路,到对面的"大房子"去吃鸡饭。但是我们俩最后都找到了合适的伴侣。

第二十章

附言:亲爱的约翰……你会发现我宁可不过"追逐名利的生活",我相信若非你通过自己的才华取得今天的成就,你一样也会反抗当权者、拒绝传统的朝九晚五的工作。

即便在披头士狂热的六十年代,弗雷迪的生平故事的商业价值都值得怀疑;如今流行华丽摇滚的七十年代中期,弗雷迪的书更是连出版代理人都找不到。在收到几封严厉的拒绝信后,弗雷迪放弃了,把书稿收进抽屉,做回普普通通的家庭主男。然而,他让波琳答应他:如果他死的时候书还未出版,她一定要寄一份给约翰。

三个月后,弗雷迪被确诊为晚期胃癌。当波琳费尽艰辛把消息告诉约翰时,他父亲已经被送进布莱顿综合医院。约翰得到消息后马上给弗雷迪和他的主治医师打电话。弗雷迪已经虚弱得拿不稳听筒,但是两人简短的交谈让他感觉很久以前跟他一起逃到布莱克浦去的"小朋友"奇迹般地回来了。约翰给了弗雷迪达科他公寓的电话号码,说他有了个新孙子,答应等他病好了马上家人团聚。弗雷迪提到他的自传(他也对自己的主治医师说了书的事),让约翰答应要读;父子俩聊了一会儿音乐,最后漫不经心地用利物浦方言道再见。那天晚些时候,弗雷迪的床边送来一束巨大的花束,上面的卡片写着:"给爸爸——祝早日康复。来自约翰、洋子和肖恩的无限爱意"。

弗雷迪陷入昏迷,几天后去世。波琳按照约定,寄了一份自传去纽约,连同弗雷迪数月前就写好的一封附函:

亲爱的约翰

你收到这封信的时候我已经不在了,但我希望还来得及让你了解给你的一生带来痛苦的老爸爸。

……自从你三十岁生日那天我们最后一次见面以来,你朝你爸爸大喊大叫的样子深深地印在了我的脑海里。我衷心希望读完这本书以后你不再怨恨我。也许我的生平故事会让你更加了解:命运和环境如何主导了我们的生命,因此当我们判断一个人的时候必须将这些考虑进去。

直到某时某地我们再次见面

你的父亲

弗雷迪·列侬

但波琳没有得到达科他的回音,她不知道约翰收没收到稿子,还是跟"大马尔"的骨灰一起寄丢了。

1976年7月27日,约翰在联邦法院获胜后近一年,终于正式获得移民归化局再没有理由不给他的绿卡。利昂·怀尔兹把这场艾拉·菲尔德斯蒂尔法官主持的形式上的移民法庭听证会变成展示一系列重量级品德见证人的大新闻。怀尔兹向法院宣读了圣公会领导人保罗·穆尔主教的一封信,信中称约翰为"一位正直的先生";美国最有名的作家诺曼·梅勒称约翰是"一位伟大的艺术家"。怀尔兹还复述了无声电影女神格洛丽亚·斯旺森、电视节目主持人杰拉尔多·里韦拉、音乐家约翰·凯奇以及以前的听证会上其他人的赞美之词。其中最精辟的可能当属大都会博物馆馆长托马斯·霍温的,曾任纽约市园林局委员的他当年负责监督1965年披头士希叶露天体育场演唱会。他说:"约翰要是一幅画,我会把他挂在大都会博物馆里。"听证会后,约翰西装领带(他已经习惯这种装束)出现在媒体面前,举起这张弥足珍贵的许可证。绿卡其实是蓝色的。约翰说:"现在我要回家泡一袋茶,开始看旅游指南。"

六个月后,苹果公司宣布前披头士乐队与艾伦·克莱因错综复杂的法律纠纷终于结案了。披头士一次性支付给克莱因500万美元换回他所有经纪权,并没有争议地扣留他之前所有的佣金和费用。在长达两年的法庭和董事会马拉松中,洋子起到了关键作用,连克莱因在最后都不得不称赞她有"不知疲倦的精力和基辛格般的谈判才能"。约翰在广场饭店就协议中他的部分签了字,在这里为披头士历史写下最后一章倒是非常合适。然后,为了表示双方之间并无嫌隙,约翰和洋子请克莱因吃午饭。

披头士的前助理虽然走了一个,另一个却还在,且其身份一直不仅仅是一个雇员。安全渡过克莱因政权以后,尼尔·阿斯皮纳尔如今主要在为乔治·哈里森工作,但是他对其他三人的忠诚以及其他三人对他的信任都依旧坚如磐石。与克莱因出现裂痕后,约翰就把尼尔叫到达科他公寓,代表自己、乔治和林戈,请他代为管理苹果公司。当时公司的前景很不乐观:保罗还在起诉另外三个人,两个不同的接管人在监管公司的财务状况,与克莱因的法律之战也愈演愈烈。前一天宿醉的尼尔谈话谈一半,跑到"爱尔伯特",即客人用的洗手间,吐了起来。约翰说:"换做叫我接管苹果,我也会呕吐。"尼尔同意接管苹果公司,但前提条件是保罗也愿意他来接管;这一条件马上得到确认,1974年的愚人节那天,尼尔走马上任,对他来说真是一个合适的日子。

尼尔还收到约翰的道歉,尽管事情过去很久了,约翰一直耿耿于怀。1969年,当苹果公司的重要高管连同那些白吃白喝的人一起被克莱因扫地出门时,尼尔曾请求约翰干预,得到的回答却是一封写着"不要忘恩负义"的电报。尼尔回忆道:"我接管苹果后,一天约翰突然对我说:'电报的事我很抱歉。'一开始我都没明白他在说什么。"

苹果公司也许再也不在伦敦梅费尔区的乔治时代房子里办公。但是随着时间的推移,披头士的魔力不减,公司的发展将超出大家的想像。披头士留下了无数经典作品,披头士对流行精神的影响难以磨灭,可以说乐队从未解散——只是从一个乐队变成一个品牌。

1977年,获得了出入美国的新自由的约翰选择与洋子和肖恩到日本去,一家人在日本待了差不多一整个夏天。出发前,约翰在曼哈顿的伯利兹语言学校学了六周日语,他每天在学校刻苦学习八小时,晚上还和洋子练习学到的词汇。

在东京,洋子带约翰去参观母亲安田家族位于九段的老宅,小时候,她曾穿着西式褶子裙、戴着苏格兰圆扁帽在这里玩耍。约翰坚持要为她的小野这边的亲戚举行一个聚会,五十多人参加了聚会——除了一个年长的舅舅,他觉得应该是约翰和洋子来见他,而不是他去见他们。大家在一起合了一张影,约翰在中间,酷似他在采石河岸中学时拍的照片。不过以前的他爱打闹、搞恶作剧,这回不了。洋子说:"约翰煞费苦心打扮得整整齐齐。他穿了一件深色西装,打了领带,戴了一朵粉色康乃馨。他希望让我的亲戚们知道我嫁给了一个体面的人。"

肖恩现在是个可爱的两岁孩子,长着一双杏仁形的大眼睛,留着披头士的齐短发。虽然他有时也上托儿所,也总有保姆照顾,但约翰还是花很多时间陪他在公园和东京的上野动物园里蹒跚学步,应对刚学走路的肖恩阴晴不定的情绪和各种突发情况。旁人对夫妇二人的态度并非是友好的,很多日本人仍然觉得洋子背叛了她的阶级和性别。一个出租车司机叫洋子"淫妇",把他们赶下自己的车。

两人离开美国两个月后,他们在洛杉矶的朋友埃利奥特·明茨收到邮递员送来的头等舱机票和邀请——或者说是传唤——他到日本和他们一起。明茨出发的前一天,猫王埃尔维斯·普雷斯利被发现因心脏衰竭死于孟菲斯的豪宅"雅园"的浴室里,年仅四十二岁。因暴饮暴食和吃药而发福的猫王、在拉斯维加斯把自己汗淋淋的围巾扔给染蓝色头发的主妇们的猫王,早已不是二十年前那个改变约翰人生的年轻迷人阿飞。明茨打电话告诉约翰这个消息时,约翰的反应是"埃尔维斯死在入伍的那天"。约翰让明茨送两朵白色栀子花到"雅园",卡片上写上"来自约翰和洋子的爱"。但是孟菲斯所有的花店都已经销售一空。

明茨在轻井泽与列侬一家会合。轻井泽是位于东京西北方向75英里的一个度假小镇,洋子和她的弟弟妹妹曾来此过暑假,他们的母亲矶子至今仍在此有一间房子。明茨到达约翰他们住的万平酒店时,在房间里收到一张纸条,说约翰已经为猫王默哀。"第二天我们见面的时候,约翰花了十五分钟解释他为什么决定要默哀。然后他开始问我有关猫王的死的问题,幸好事情到这里就结束了。"

轻井泽是一个几乎看不见外国人的度假地,洋子偶尔还会被认出来,约翰尽管有时候穿着印有"工人阶级英雄"字样的T恤衫上街也根本没人认识他。大家在这里待了数周,练瑜伽、按摩、静坐、泡温泉,过得非常健康,吃的主要是新鲜的鱼和自家种的蔬菜,清除体内所有的杂质,除了约翰离不开的不加糖的浓咖啡。他们出门也不坐车,而是骑自行车,总是洋子骑在前面,长长的黑发向后飘动。九月,一行人来到日本的古都京都,参观两千座寺庙和神社中最有名的几座以及幸运地躲过战火的宫殿和花园。约翰对一座日本尼姑庵印象特别深刻,洋子告诉他这是全世界最早收容遭受虐待的妇女的地方之一。明茨回忆道:"约翰很自然地喜欢上了日本文化,似乎从中获得了很多的平静和慰藉。"

准备回家的途中,一行人回到东京,住进了大仓豪华大酒店的顶层总统套房。套房有自己的专用电梯,连着一间十分宽敞的公共休息室,约翰和肖恩可以在这里踢足球。一天晚上,只有明茨和约翰在房里,电梯门开了,走出来一对日本老夫妇,以为这里是屋顶酒吧间。老夫妇没有认出,甚至好像根本没有注意到约翰,径自在椅子上坐下,等待服务员上饮料和食物,还是在等待歌舞表演开始。约翰朝明茨眨了眨眼,拿起吉他,对着老夫妇轻声唱起《炉夫》。可是二人显然没听过这首歌,也听不懂英语歌词,觉得这娱乐太差劲;几分钟后,二人没有谢谢唱歌的人,生气地离开了。

与约翰分开的那段时间,洋子研究起了中国的占星术和数字占卜(她承认一开始是为了找个新的性伙伴)。占卜研究其对象的星相和行星运程,而且非常重视重要时刻占卜对象面对或移动的方向。这种观念在日本非常普遍,就连旅行社都雇用"出行占卜师"帮客人制定最吉利的出行路线。占卜发现,洋子从东京直接飞回纽约的星相是吉利的,而约翰和明茨的则不好,得绕着走。明茨回忆道:"我们在大仓酒店里等我们的出行占卜师算出我们回美国的路线,约翰越来越不耐烦。有一回,我们甚至好像得从南美回去。"

最后,两人的路线终于定下来:东京-香港-迪拜-法兰克福-纽约。二十六小时的飞行令人疲惫不堪,即使是坐头等舱,而且两人的座位中间还留了四个位子。据明茨回忆,约翰一路上"没有喝醉酒,但是情绪低落",滔滔不绝地讲他的童年、他青少年时的性幻想——当然还讲到他母亲——而明茨跟听忏悔的牧师一样可靠,绝不会把听到的内容说出去。中途两人只在法兰克福有停留,在旅馆里,约翰得到一间扫帚柜子似的房间,明茨却被安排到一间舒适的套房——明茨开玩笑说前台把他当成保罗·麦卡特尼了。约翰一点儿也不觉得好笑,要求换地方。然而,当约翰到达肯尼迪机场,出示他的绿卡,移民局官员说"欢迎回家,列侬先生"时,所有旅途的不愉快都消失了。

肖恩的出生、约翰跟肖恩在一起的美好情景给洋子带来了无限快乐,然而在她心中总有一个痛,这次一家人在日本团聚又勾起了她心中的痛。自从四年前前夫托尼·考克斯在德克萨斯州休斯顿的最后一场监护权大战中落败、带着恭子消失以后,洋子就再也没有见到女儿了。以前可爱的小娃娃——脸型跟新的同母异父弟弟有点像——现在是个十四岁的少女了。她的母亲暨法律监护人错过了她童年的重要部分,约翰的财富和鼎力相助也无能为力。他们通过媒体呼吁考克斯现身,警方和调查人员努力寻找考克斯离开休斯顿后的踪迹,但所有的努力都没有结果。

考克斯这些年的动向依旧跟各种教派和古鲁紧密联系在一起。就在1973年的监护权听证会前,他和妻子梅琳达刚刚加入了达拉斯的一个神恩教会。恭子也跟他们一起去教会——按照她现在的话说,主要是因为教会为孩子们提供了很多设施,而且"我可以偶尔像个孩子,不用老为父母亲担心。我喜欢去主日学校"。考克斯带着她和梅琳达逃离后,寻求别处的神恩教会的成员给他们藏身之处,但是没有人愿意。最后,三人终于在一个名叫"活道的教会"的邪教找到栖身之地。该教派的领导人约翰·罗伯特·史蒂文斯自称是"耶稣再世"。"活道的教会"在爱荷华和洛杉矶的教会社区里为他们提供食宿,为考克斯和梅琳达提供工作,为恭子提供教育。作为回报,史蒂义斯要求信徒发誓绝对服从他,禁止信徒与外界的家人朋友联系。

七十年代中期,三人在琼斯镇集体自杀惨剧等事件揭露出邪教的丑恶及其领导人的权力欲之前离开了"活道的教会"。1977年末,居住在俄勒冈州的考克斯生活越来越窘迫,决定向约翰和洋子求助。十四岁的恭子说不清楚自己是不是喜欢这个主意。她当然很想念妈妈——还有约翰——但是现在的她,主要是因为继母梅琳达,有了一定的安全感,她害怕会再次面临"苏菲的选择",在爸爸妈妈中选一个。恭子回忆道:"爸爸的事情最后都搞砸了。我再也受不了事情被搞砸。"

11月10日,考克斯终于从俄勒冈州的隐藏处给达科他公寓打电话,作为是否有可能见面的前奏。通话过程中,他一直开着一台录音机,讲电话的主要是他和约翰,恭子偶尔在后面插几句。尽管考克斯跟他们打了多年的游击战,尽管约翰一直对考克斯对洋子的影响放心不下,两人像拜把兄弟一样问候对方。双方都觉得再次联系是多么"愉快"和"美好",都惊奇于两人的关系会那样破裂掉。两人聊东聊西,不知不觉聊到了父亲。考克斯说到最近他父亲死于肺癌,引发约翰也说起十九个月前弗雷迪在布莱顿去世的事。从交谈中我们得知约翰收到了弗雷迪的手写自传,而且读了,最终相信弗雷迪的解释为什么爸爸从来没有回家。"它填补了我生命中的一个大洞。我说:'哦,原来他是因为这样才不能回来。'我现在有些理解了。"

尽管两人交谈甚欢,却没能见面,考克斯也再没有联系,应验了恭子的预感:事情搞砸了。恭子在约翰的有生之年没有再见到她的母亲。

此次日本之行中发生的一件事几年后将在洋子的脑海中挥之不去。一天，约翰随意翻阅一本杂志，偶然看见洋子的外曾祖父安田善次郎的一张老照片。由于两人向来只谈论约翰的家庭，约翰对这位善次郎一无所知，不知道他是日本帝国大名鼎鼎的银行家，在根本还没有人想到会有什么流行明星的半个世纪前就在全国享有流行明星般的名气。洋子自己也不曾想到善次郎的人生与约翰的有几分相似——同样来自本国的北部，同样是音乐家兼诗人，同样创造了财富奇迹，同样自己的画像被挂在家里和工作场所里激励别人，同样坚持将身材矮小但是精力充沛的妻子视为完全的伴侣。洋子后来还发现：善次郎甚至和约翰同一天生日。唯一不同的，证明约翰来自不同文化、生在一个更危险的时代的，似乎是：结束约翰生命的是一个自称是他的崇拜者的年轻人。

　　约翰对善次郎的照片十分着迷——特别是在他改穿日本衣服、学习日本礼仪以后——觉得与自己十分相像。"这就是前世的我。"他对洋子如是说。

　　"别这么说。他被暗杀了。"洋子答道。

29. 居家男人

我更喜欢单声道。

传说,接下来的三年里,约翰在哥特式的达科他公寓里过着几乎与世隔绝的生活,越来越没有自信心,越来越不能独立自主,只能依靠妻子精心喂给他的胡思乱想和幻觉。和大多数传说一样,这里面有真实、或曰半真实的成分。但是总的来说,说约翰是摇滚版本的霍华德·休斯,遭到他真正的朋友、而非那些别有用心的前雇员的断然否认。

"与世隔绝?也对也不对。"鲍勃·格伦说。"他想与世隔绝的话可以去百慕大或者长岛。有些人待在家里就成天与杂志为伴。可是约翰住的地方很大。他在家里就可以走上半个街区。从他家厨房到卧室比到街角的报刊亭还远。他确实有时好几天都不出门,但是不能这样就说他过着隐士般的生活。每次我打电话给他,他都叫我要顺路去他家。"

约翰"失去的周末"期间的密友兼保镖埃利奥特·明茨与他们夫妇二人一直保持紧密联系,常常在达科他待上好几个小时。明茨说:"那几年里约翰确实有些时候不喜欢社交。他会有情绪变化,一直都是这样,但是大部分时候他心情很好,根本不抑郁。总体上,他对自己选择的比较安静、温和的生活感到满意。"

约翰把大部分时间都花在照顾孩子上,下决心要多多陪伴肖恩,不能像他自己的父亲那样——也不能像他对待第一个孩子那样。照顾过孩子的人都知道孩子会完全改变一个人的生活,改变一个人关于什么是重要的、什么是不重要的看法。以前的约翰要求每时每刻都要有新鲜事、新娱乐,如今的他每天吃饭、洗澡、睡觉,时间固定不变——就像咪咪姨妈当年照顾他的时候——日子既忙碌累人又充满快乐和成就感,但是很少,或者几乎没有什么变化。

在其他方面,约翰的做法则与咪咪相反。他至今仍对咪咪当年翻他的卧室,把他画的画、写的东西扔掉耿耿于怀,因此他把肖恩的每一次创作都当成伦勃朗的画一样珍视。"就是他在餐巾纸上随便画一笔,我也留着。这是肖恩。这是他的一部分。"他对格伦和明茨等客人如是说。小男孩开始学说话,约翰教他各种滑稽的声音和名字,跟他说在一个叫做英国的国家的各种往事,说有一天他们会去那里,不过有一个时代约翰从未提起。一天,肖恩在一个朋友家碰巧在电视上看到《黄色潜水艇》。回到家,他兴冲冲地跑进屋,大声喊:"爸爸……你以前是披头士吗?"

那时约翰和洋子最担心的是肖恩会被绑架。达科他的安保虽然严密,却也并非固若金汤;时不时会有外面的人成功避开前门有保安站岗的岗亭,溜过有多名员工在的前台,进入右侧镶着木板的电梯,上到七十二号房外的走廊。不过七十年代末的时候,狗仔队还没有像后来那么疯狂地跟踪名人和名人的子女。肖恩已经学会走路的时候照片才出现在媒体上。

轮到保姆照顾肖恩的时候,约翰就退回到他和洋子俯瞰中央公园的卧室里去,换上浴袍或和服,而"妈妈"穿裤子。与其他房间相比,主卧的装修简单到近乎简陋。一张铺着巨大床垫的大床摆在一对旧的教堂用长条木椅中间。床头的木椅上方的墙上挂着一把最新式的电吉他、一个巨大的数字九和一把内战时期的菜刀改造成的匕首——按约翰的话说是用来"象征性地斩断坏感觉……斩断过去"。外人不许靠近约翰的床边,这里是他的圣地,放着他画的画、写的东西、他的吉普赛女郎香烟和烟灰缸。

床脚处则摆放着一台巨大屏幕的电视机,这是约翰在日本看到、进口来的,当时在纽约还买不到。和以前一样,电视机永远小小声地开着,分不清是在报新闻,还是在播天气预报、体育比赛、电影或肥皂剧。电视机旁还有一台录像机和一堆录像带,大多是英国经典电影和喜剧的带子,比如《巨蟒剧团之飞翔的马戏团》和《弗尔蒂旅馆》。(约翰常说他宁可加入巨蟒剧团,而非披头士。)卧室里装有一台有五个按钮的电话交换机,从来没响过,只无声地闪着红灯把电话转到其他房间。约翰就这样半看半听、读书、写作、涂鸦,完全忘了时间,只有屋外不断变化的树顶在提醒他时间的流逝:从冬天的枯枝到春天粉白的新芽,从夏天的翠绿到秋天的火红和赤褐。

尽管与洋子有言在先,还要照顾肖恩,但正如约翰日后所说,他并没有完全中断音乐创作。达科他公寓里有许多昂贵的音响设备,很多都不能正常使用,有些甚至没有从箱子里拿出来。埃利奥特·明茨回忆道:"约翰老喜欢买最新的高科技玩意儿,但他又没有耐性慢慢看安装手册,所以总是叫录音室工程师来帮他组装。骨子里约翰并不是真的喜欢听立体声或者四声道放出来的东西,那些不是伴随他成长的东西。约翰曾经和菲尔·斯佩克特一样戴过一个徽章,上面写着'我更喜欢单声道'。"

约翰床边的桌子上放着一台廉价的卡式录音机,约翰用它来记录新歌灵感、重温老歌,常伴有吉他或钢琴伴奏、即兴的幽默段子,或者就是用他小时候最喜欢的综艺演员阿尔·里德浓重的北方腔自言自语。带子里录有许多列侬的创作和表演,一些只有片段,一些则是完整的,呈现出堪与他过去的鼎盛时期相媲美的能力和魅力。有一段录音讲述有一阵子他非常低落,真的想从七楼的窗户跳下去,后来如何"被电视上的一位传道人所拯救"。有一段取名为"自由如鸟",其灵感可能来自中央公园里肮脏的麻雀,也可能来自利物浦的利物鸟的回忆。还有一段是翻唱萨姆·库克的小情歌"你令我神魂颠倒"。

退出公众视线的约翰并不反对人们把他与霍华德·休斯相比较,尤其是世界上最富有、最神秘的隐士这一称号近来空缺出来了。1976 年休斯去世,他与世隔绝的原因仍不得而知,他的巨额财富最终还是没能帮他摆脱可怕的孤独、邋遢和落寞。埃利奥特·明茨对休斯的一生有广泛的研究,他借给约翰几本关于休斯的书,两人经常探讨休斯各种各样的恐惧和迷恋——他害怕病菌,就把纸巾盒穿在脚上;他不剪指甲,不理发,除了抿几口汤和冰激凌以外不吃任何营养品;他疯狂地迷恋《大北极》这部电影,在黑暗的、消过毒的酒店套房里循环播放,不停地看。

然而,这种类比是站不住脚的。休斯害怕与人接触,约翰却天天与人见面、往来。休斯的思维想法不为人知,约翰却与咪咪姨妈和英国亲人保持频繁通信,给雇员写便条和备忘录。他还重新开始记日记,用皮革封面的"纽约客"工作日志簿,记录他新的宁静的家庭生活,跟记录之前在西海岸的单身狂欢一样仔细。休斯过着不见天日的生活,约翰却经常在城里和全世界进进出出。虽然他本来答应表姐利拉 1976 年要回英国,后来失约,但还是常用到绿卡。1978 年 7 月,他与洋子和肖恩乘坐私人飞机到大开曼的加勒比岛度假。同年八月,三人第二次去日本,次年八月第三次——也是最后一次——回去。

肖恩让约翰自披头士出名以来首次如此贴近普通人和事。约翰每周都要带肖恩到位于西六十六街的基督教青年会去游几次泳——游泳池的喧闹嬉笑让约翰放弃唾手可得的豪华酒店的温泉浴场。而且约翰没有请教练,自己教肖恩游泳,肖恩四岁就已经能在水里自由自在地游来游去。洋子说:"约翰曾对我说:'他会永远记住这件事。'他的爸爸教他怎么像鱼一样游泳。"

人们还经常看见约翰推着肖恩的婴儿车,或者与洋子手挽手,走在家门口的大花园的草地上和小山谷里。以前这一带几乎无人光顾,如今中央公园成了人们慢跑、骑车、溜冰等的最佳去处,约翰也对其充分利用。他的三十八、三十九岁生日,肖恩的三岁和四岁生日都是在公园旁边一家叫"绿地酒馆"的餐厅里庆祝的,场面盛大,餐厅老板沃纳·勒鲁瓦就住在约翰楼下。

约翰常带肖恩到邻近的哥伦比亚大街上一家叫"命运女神"的咖啡店吃比萨或早餐,渐渐成了那一带的常客。约翰喜欢在下午走到哥伦布圆环广场,沿着中央公园南路来到广场饭店(1964年尖叫的人群在此包围住初到美国的披头士),在著名的"棕榈厅"喝下午茶。每次约翰来的时候,弦乐四重奏就奏起《昨日》,殊不知这首列侬-麦卡特尼曲库里的歌曲与约翰一点儿关系也没有。偶尔会有人叫住他问:"你不是约翰·列侬吗?"约翰回答:"很多人都这么说",或者"我希望我像他那么有钱"。

即便在约翰宅在家里最久的那段时期,达科他公寓也与霍华德·休斯的住处完全不同。明茨说:"家里总是有人——助理、算命师、塔罗牌读牌师、按摩师、女佣、针灸师、做零工的等等。我相信有一个人,他的工作就是保持那些铜的门把手闪闪发亮。约翰从卧室走到厨房常常像走过一个地铁站似的。"

厨房是另一个让约翰觉得开心的地方,这里十分宽敞明亮,而且完全听不到街上的噪音。厨房里同样处处体现出约翰一时的兴趣爱好,从长长的乡村式餐桌——类似提腾赫斯特庄园的餐桌——到不用开门就可以看见里面东西的玻璃门冰箱。一面墙上挂着一幅画:约翰、洋子和肖恩穿着超人衣服,手拉手向上飞。除了偶尔吸口"烟"或"神奇蘑菇",约翰已经不碰毒品了,但他对重口味的法国烟仍然爱不释手。厨房里还有三只猫:萨沙、米沙和查罗,分别是白色、黑色和褐底条纹的。它们全都蹦蹦跳跳地跑过来迎接约翰,在他脚上蹭来蹭去,争着要蜷在他的膝上。它们吃的是从郊外的高级肉店买来的8美元一磅的小牛肝,小牛肝在炉子上煮的时候散发出来的味道让约翰回想起咪咪姨妈和门迪普斯。

一次,约翰和洋子得了严重的胃肠型流感,四十天里只能吃流质食物,从那以后,约翰有了一个令人意想不到的新消遣。鲍勃·格伦回忆道:"约翰靠看食谱、想像它的做法挨过禁口的日子。他把对食物的渴求转移到想像这些他从没听说过的佳肴上,他学着做这些菜,还懂得了什么东西对人有益、什么对人有害。以前他就只会煮玉米片,另外身为一个英国人,他还会泡茶。洋子会做饭,可是突然间,看完那些书后,约翰也喜欢上做饭了。一天晚上,我和我儿子克里斯在达科他公寓,约翰做了一盘蒸饭蔬菜烤鱼,味道好极了。"

受够了禁口时热面包的气味的约翰甚至尝试起了烤面包。当第一条面包从烤箱里拿出来,形状完美、色泽金黄,约翰用"宝丽来"拍了下来,觉得自己的面包应当得到跟自己的唱片一样多的掌声("我心想:'天啊……怎么没人给我金表、爵位什么的?'")。有一阵子,约翰天天负责做午饭,不单单是给肖恩和洋子做,而是给所有人做,十到十二人围坐在长长的餐桌旁。"这股新鲜劲儿很快就过去了。约翰觉得自己在变成苦工。"明茨回忆道。

发现自己可以做第二个儿子的好父亲的约翰自然而然想对第一个儿子好一些。父子二人自"失去的周末"的最后几个月后就暂停了联系,但是1977年,朱利安从英国到达科他来过圣诞节,二人又恢复了往来。十四岁的朱利安个子变高了,戴起一副大眼镜,但是在坚强和自信心方面却没有什么增加,怀着忐忑不安的心情来到达科他公寓。朱利安和洋子之间仍旧没有什么自然的热情,朱利安不仅是肖恩的潜在竞争者,还会让她想到失去的女儿。然而约翰下决心要与朱利安建立起牢不可破的关系,而且接近成功。圣诞节期间的中央公园覆盖了一层厚厚的积雪。父子二人坐着平底雪橇冲下山坡,朱利安似乎也终于有了完美老爹。

约翰跟朱利安的母亲就没有类似的回暖了。1978年6月,辛西娅·列侬出版自传《扭曲的列侬》(辛西娅的第三任丈夫姓特威斯特,意为"扭曲")。辛西娅用洋子送给朱利安的打字机写了这本书,书中没有责备之意,书末引用了《易经》的一句话"无咎"。可是,当约翰读到《世界新闻》上面提前发布的节选时,他以"泄露婚姻隐私"为由,请求法院禁止该书出版。此案送达伦敦上诉法庭,被英国最资深的律师丹宁勋爵打了回去。他说:"显而易见,这些人之间的关系已经不再是私事了。"

约翰虽然戒掉了《公告牌》杂志,却依旧了解流行音乐界的动态。他十分佩服比吉斯兄弟合唱团的专业,这支在六十年代想成为披头士的乐队如今依靠电影《周末夜生活》的原声音乐引领迪斯科风潮。新一点的英国乐队里,约翰喜欢电光乐队,虽说他们的交响乐加电子风格感觉像"'我是海象'之子"。约翰不计前嫌看着鲍伊和埃尔顿·约翰继续在大洋两岸取得成功;对滚石乐队还在继续滚动觉得开心;听说鲍勃·迪伦成了重生的基督徒,又吃惊又不屑;很奇怪一个显然是异性恋的乐队怎么有勇气自称皇后乐队。约翰主要的消息来源是鲍勃·格伦。每次城里有重大的摇滚表演,格伦几乎都会去拍照,还常常叫约翰出来看看金发女郎乐队、纽约娃娃乐队等新的热门乐队。但是让肖恩上床睡觉永远是第一位的。格伦回忆道:"有一次我问:'我跟你说这些会不会招你烦?'约翰说:'不会,我想知道都在发生什么。而且说不定哪天晚上我会改变主意。'"

对那些有可能引诱他回老路的老朋友约翰更是不想跟他们打交道。不单单是基思·穆恩和哈里·尼尔森这些明显会给约翰带来坏影响的人永远找不到他。1977年,米克·贾格尔搬进位于上西区的一幢公寓内,在达科他就能看见贾格尔住的公寓。可是贾格尔所有的主动示好约翰统统视而不见,让这位最铁石心肠的滚石主唱也觉得很受伤。贾格尔抱怨道:"他给我打过电话吗?他出来过吗?没有。十分钟就换一个号码。我放弃了……败给他的可怕老婆了。"

其实,约翰有时也想跟贾格尔一起去西五十四街新开的迪斯科俱乐部,那里是所有纽约上流艺术家聚会的地方。据埃利奥特·明茨回忆:"约翰曾对我说,他在报纸上看到米克和比安卡在五十四号录音室的报导,心想:'我不应该也去吗?'看《纽约时报书评》上的畅销书单时也是这样,没有看到自己的名字约翰很失望。我说:'你又没写书。'他说:'这不是重点。'"

这个时期约翰读的书里面,对他影响最大的是大卫·尼文的自传《把空马牵来》。鲍勃·格伦说:"尼文跟好莱坞所有疯狂的明星打成一片,参加所有疯狂的派对,可是他一直保持清醒。约翰读了那本书以后开始给每个到达科他来的人拍照。一次他对我说:'我要成为大卫·尼文。别人都继续沉迷在酒精里,而我待在家里写书。'他计划在疯狂的日子后写回忆录。他要做幸存下来的那个人。"

与其他几个披头士——洋子"一本正经"地称他们为"姻亲"——所有的问题早都已尘埃落定。约翰还和以前一样喜欢林戈,这位性格单纯、乐天的伙伴,以前常常是他让自己走回正轨,如今落后其他人一大截,约翰时常为他担心。1976年的《凹版印刷》专辑之后(约翰为这张专辑重出江湖,参与演奏),林戈再没有热门专辑,大部分时间都住在蒙特卡洛的海滨公寓,只在电视脱口秀上表演,经常语无伦次,总是避谈披头士的话题,可除了这个没什么其他话题可聊。

乔治也没能继续先前单飞生涯的成功,《一切都将过去》专辑后的一系列专辑都缺少灵感(缺少来自列侬和麦卡特尼的灵感),他缺乏幽默感、爱布道让他远离了演唱会的观众。终于他逐渐向电影界发展,赞助巨蟒剧团的《布赖恩的一生》,与别人合伙成立了一家"手工电影"制作公司。有几年,乔治一直对约翰没有支持他1974年的美国巡演、对谣言约翰迟迟不签披头士的解散协议耿耿于怀。即便现在大家已经和好,约翰还是觉得乔治把他看成"离家而去的爸爸"。

至于他跟保罗,如同约翰曾对埃利奥特·明茨说的那样,所有的"分歧"都消除了。人们也许会想如今约翰也过起了他曾经鄙视的保罗的那种居家生活——同样"只知道比萨和童话",两人应该有了新的共鸣。然而,约翰把保罗和琳达跟贾格尔和穆恩一样划入不欢迎之列,若二人在他要哄肖恩上床睡觉时造访达科他，他会很不高兴。列侬和麦卡特尼再度共事的可能性微乎其微，可是有一回差点儿成真。1976年，《周六夜现场》电视秀的制作人洛恩·迈克尔斯开玩笑说：如果披头士重组，表演三首歌曲，他愿意出3000美元。正巧约翰和保罗在达科他看这个节目，两人想要不要拦辆的士到《周六夜现场》的摄影棚去来个惊喜客串。但最后都作罢。

一年圣诞节，当保罗和琳达来拜访约翰和洋子的时候，埃利奥特·明茨也在。五人到伍迪·艾伦最喜欢的餐厅，位于第二大街的伊莱恩餐厅就餐。大家对菜单上的东西都不感兴趣，就问能不能叫比萨。以强硬出名的伊莱恩居然同意了，证明餐厅果然名不虚传。回到公寓，明茨说："（约翰和保罗之间的）交谈越来越断断续续，话越来越少……我觉得两人显然已经无话可说了。"

当约翰一心一意照顾孩子时，洋子负责打理财务，开始一项野心勃勃的投资致富计划，因为担心单单靠音乐是不够的。这位曾经坚决的反商业艺术家变身成为精明的女商人，其实知道洋子家世的人对此并不感到特别奇怪。一直被压抑的安田银行、贸易巨头的基因终于显现出来。

洋子的第一步是在这幢不容易住进来的大楼里添置房产。截至1979年，在达科他公寓列侬名下共多了五个单元：紧邻他们家的七十一号公寓纯粹用来储存东西，八楼的同一间，二楼的录音室，地下两间大储藏室和最重要的一处：一号录音室。这是位于一楼的两间挑高房间，毗邻门厅，原属于剧院设计师乔·梅尔齐纳。两间房中一间用做列侬小野音乐公司的办公室，另一间是洋子的私人领地，意在强调她与七楼的育儿世界分离。在这里，洋子在一张镶嵌着黄金的巨大书桌上、在画着蓝天白云错视画的天花板下朝九晚五地工作。

一号录音室的业务不总是严格按照传统方式进行。洋子十分仰赖她的日本算术占卜师吉川，不管公事私事，几乎所有事情都要先咨询他才做决定。洋子一直认为在占星术上的重要时刻朝某个方面运动是十分必要的。与约翰分开期间，她就在吉川的建议下"环游世界"，以逢凶化吉，这是一个永无止境的循环。约翰回家以后也想"环游世界"，不过他的方向坐标与洋子不同，他得一个人去旅行。一天，尼尔·阿斯皮纳尔在伦敦收到一张香港寄来的明信片，上面的字是那种熟悉的潦草笔迹。他对妻子苏齐说："他在那里干什么？"然后翻过去看约翰的留言。上面写道："他在那里干什么？"

洋子还读塔罗牌预知未来，有些预言惊人地准确。因此，除了吉川的占星术、算术占卜和方向方面的建议，洋子还定期向算命师咨询，作为补充。她说："我一共有五个算命师，但是每次都不超过三个。我们也听取律师和会计师的建议,所以我不是只听一个人的——而且最后总是我自己做决定。"其中一位名叫约翰·格林的算命师是洋子的固定雇员。他和列侬夫妇同住在布隆街,薪水和律师、会计师一般高。在达科他不可以有两个约翰,所以约翰·格林改名查理·斯旺。他为约翰和洋子工作了多年,他的工作从预测两人最新扩张计划的结果到安排两人重温结婚誓词,无所不包。

洋子通过约翰·格林认识了一个对她的商业计划起到关键作用的人。这个人碰巧也姓格林,叫萨姆·格林,是曼哈顿的艺术商人,他的朋友中包括罗思柴尔德家族、安迪·沃霍尔和葛丽泰·嘉宝,令人钦佩。萨姆·格林六十年代初就认识洋子,在约翰头一次与洋子拜访纽约时,二人通过格林参加了沃霍尔在著名的"工厂"工作室举行的聚会。然而格林真正赢得美誉是在1977年。那年,民主党通过一位名为吉米·卡特的以前是种花生的农民重新入主白宫。格林在三天时间里就为洋子、约翰和自己弄到了卡特华盛顿就职典礼的票。他由此超越算命师,成了约翰夫妇的"搞到东西的神人"。

萨姆·格林搞到的第一件重要东西是法国印象派大师奥古斯特·雷诺阿的画《海边的少女》。画作的原主法国歌剧歌唱家莉莉·庞斯最近在德克萨斯州的达拉斯去世了。可问题是约翰大部分的钱还在伦敦的苹果公司里——而且以他的生活方式——他的美元储备相对较少。格林的解决办法是:把雷诺阿的画运到伦敦去,在那里用英镑买下,然后带回美国。格林的想法是过一段时间,约翰和洋子就可以把画以美元卖掉,赚上不错的一笔。可是二人很喜欢这幅画,舍不得卖掉。

另一项投资机会让约翰有了定居纽约市中心后最强烈的一次重回利物浦往日时光的感觉。他和最喜爱的乔治姨父一样成了奶农。当时,美国的牛奶生产商获得丰厚的减税优惠,而且调查显示一头最优质的荷斯坦奶牛的升值空间跟一幅法国印象派的画一样巨大。一行人到纽约北部的特拉华县现场考察待售的农场和牛群。洋子和肖恩待在轿车里,而约翰在萨姆·格林的陪伴下在田野上溜达,沉浸在回忆里:清晨的伍尔顿,乔治姨父戴着送奶工的大檐帽、穿着棕色工作服,赶着马儿"雏菊"在送奶。格林回忆道:"约翰兴致勃勃,滔滔不绝地讲他要建什么样的房子。我感觉到约翰渴望住在乡下。"最终洋子买下了四座农场——约翰立马取名为"老麦卡列侬农场"——一百二十二头荷斯坦奶牛和十头公牛。

萨姆·格林最主要的是建议约翰和洋子做古埃及工艺品。当时古埃及工艺品的市场几乎还未成形,而国际拍卖行上或埃及本土却屡屡出现两三千年前的珍宝。有一阵子,美国国家税务局要向约翰征收高额赋税,格林在古埃及工艺品上看到了一个解决之道。他听说有一件12英尺高的狮头女神赛克麦特的石像待售,就以30万美元的价格买下,而当时估价是100万美元。而后石像捐给了费城的一座公园,如此一来账面价值可以免税。

对于洋子,这些手工艺品都是艺术品,而且她相信它们带有超自然的魔力,冷冰冰的投资变成个人爱好。1978年,格林得知一件金石棺在一家瑞士银行的保险库里躺了七十年。石棺里有一具不知名的年轻女性的木乃伊,石棺上有希腊语、埃及语和赫梯语的铭文,因此可以断定石棺是希腊化时代的埃及的。三种语言中关于死者身份的线索只有一句:她是"一位从东方来嫁给一个权贵的公主"——与洋子相似的履历。石棺被买了下来,运到纽约,成了达科他公寓里专门的"埃及室"的核心藏品。

然而,即使精明如洋子也难免偶尔被骗。1979年初,有人告诉洋子将有一批惊人发现从埃及新近的考古挖掘地流入市场。此事是子虚乌有;洋子的线人打算卖给她一些在市场上流通已久、沾满沙土铜锈的次品。可是令此人沮丧的是,洋子和约翰立刻去开罗要看看这所谓的挖掘现场,还传唤萨姆·格林从伦敦到开罗去跟他们会合。他们住进了尼罗河希尔顿酒店,不巧美国新国务卿赛勒斯·万斯即将来访,约翰头一次把套房让给比自己重要的人。

此外,纽约大都会博物馆前馆长托马斯·霍温碰巧也住在这里。霍温是约翰移民案的关键品德见证人之一,如今又见证了大家如何拼命阻止约翰和洋子到沙漠里头去看什么根本不存在的挖掘。霍温回忆道:"移民案后洋子十分友好,给我和我的太太送来了一大束鲜花。可是现在她好像很冷淡。后来我才知道在纽约有人跟她说我带有厄运,她得马上回家。"

"酒店的电话突然全都坏了,"萨姆·格林回忆道,"过了四天洋子才和算术占卜师联系上,算出我们回美国的路线。约翰利用这段时间参观了我能带他去的每一个真的考古现场和博物馆。约翰感觉自己前世来过这里,想尽可能地了解这里的一切。"

以前洋子对衣着不怎么在乎;如今她对高级时装的喜爱连埃尔顿·约翰这样挥金如土的人都吓到了。一次去了达科他公寓后,埃尔顿汇报说:"(她)有一个冷藏室专门放她的毛皮大衣。有好几间屋子里全是衣架,就像在玛莎百货。在她面前我是小巫见大巫。我买东西是两件、三件地买,她一下子就买五十件。"埃尔顿是约翰的特殊朋友,所以可以公开拿约翰最著名的歌词来开涮,不怕得罪他:

> 想像六间公寓
> 这不能做到。
> 一间装满毛皮大衣
> 另一间装满鞋子。

一天,约翰向尼尔·阿斯皮纳尔抱怨自己快速发展的帝国的开支时,尼尔也引用了同一首反物质主义的经典歌曲:"想像没有财产,约翰。"约翰反驳道:"那只是一首歌。"

达科他公寓全被占满以后,洋子开始在纽约以外物色约翰和肖恩能躲避纽约的严寒和酷暑的基地。一开始,最理想的地方似乎是佛罗里达州的棕榈滩,那里一年四季都有阳光,沙滩迷人,而且只有富豪才能去那里。1979年3月,一家人到一座名为"埃尔·索拉诺"、面积巨大但是格局凌乱的海滨公馆度假。这座公馆原属于范德比尔特家族,后来被洋子买下。"那是一座漂亮的装饰派艺术风格的老房子,"洋子说,"有一间房间的天花板很高,像舞厅。约翰喜欢坐在窗户旁看海。"

度假的一家人包括约翰的儿子朱利安和洋子的三个年轻侄女。从朱利安在这里拍的照片可以看出:男孩被从他母亲位于北威尔士的里辛的小房子带到范德比尔特家族的豪华公馆显得茫然不知所措。洋子为了逗他开心教他折纸的时候,他心不在焉的。为了庆祝朱利安的十六岁生日,约翰租了一艘大游艇准备搞一个惊喜派对。可惜活动细节走漏出去,一群年轻女子乘坐一艘快艇在游艇周围打转,高喊"约翰,我们爱你!",迫使欢庆活动提早结束。这次度假是朱利安最后一次见到父亲。

由于约翰从未正式宣布退隐,因此一月月,然后是一年年,约翰都没有出新单曲或者新专辑,没有新的疯狂想法让大家调侃,没有新的争议言论让大家添油加醋,没有新的俏皮话让大家称赞,全球媒体都很迷惑。向一号录音室发出采访请求的媒体源源不断,但是全都收到用印有达科他公寓线条画的信纸写的礼貌拒信。看来有必要发表一个声明,最后,约翰通过《纽约时报》《洛杉矶时报》以及其他主要报纸刊载了一篇名为《来自列侬和洋子的情书:致那些问我们怎么样、什么时候和为什么的人们》的文章。文章感谢大家的好意和"尊重我们的清静生活",说他们的沉默是"爱的沉默,不是漠不关心"。

1979年秋,约翰除了记日记以外还在录音机前坐下宣布"约翰·温斯顿·小野·列侬现在的生活录音带一",时间是9月5日,当时约翰正等着陪洋子去寻找比棕榈滩离纽约更近的第二个家。约翰似乎原本是打算回忆童年,为他跟鲍勃·格伦说过的、他想写的大卫·尼文式自传做准备。磁带一开始是描述纽卡斯尔路九号——便士巷旁的一间排屋,幼年的约翰与父母和祖父母生活于此。屋子是红砖外墙的,有一间布置井然的前厅,墙上挂着一幅马拉车的画,这幅画后来挂在了南妮姨妈位于岩石渡口的家中。约翰琢磨着自己记得的第一件事,想来想去觉得应该是"一场噩梦",然后突然抱怨说:"太无聊了。我懒得录了。"

约翰的思绪转向六十年代除了保罗·麦卡特尼以外,激励他奋发创作的音乐人。鲍勃·迪伦刚出了一张新专辑《慢车开来》,专辑充斥着他新的基督教思想。约翰觉得迪伦的声音"差劲",歌词"令人难堪",特别讽刺了其中一首名为《为某人服务》的歌,说这歌让人想到自助餐厅,而非教堂。不过约翰最主要的心情是放心了:这些老对手再没有逼迫他、搅得他心神不宁的能耐了。

各种想法胡乱地从约翰的脑子里冒出来,从音乐又跳到了文学:他谈到杜鲁门·卡波特最近在安迪·沃霍尔的《采访》杂志上发表的一篇文章;谈到乔治·萧伯纳,说了一句值得收录到《工厂里的一个西班牙人》里的话:"他的脑子冲昏了他的脑袋"。一段风笛让约翰回想起小时候在爱丁堡的日子("我最喜欢的梦之一"),回想起每年在城墙底下举行的阅兵,回想起当阅兵仪式的最后一位风笛手独奏时他的激动心情。约翰说在苏格兰他总是感觉自由自在——最近在日本也是——主要是因为在那里没有人认识他。他承认近来他和洋子在找房子是为了在"离纽约一小时的地方"重建苏格兰,但目前还未找到这样的地方。约翰打算只要占星术和算术占卜术允许就马上去苏格兰。他对自己许诺:"1981年我要带肖恩去那里,因为那一年去最好。"

接下来是跟了约翰二十五年的脑海最深处的回忆,这段回忆他对洋子重复了不知多少遍:"在布洛姆菲尔德路一号我把手放在妈妈的乳房上"。约翰回忆十四岁那年,朱莉娅穿着黑色安哥拉(或者是开士米)上衣、"深绿色和黄色花纹的半身裙"午休时,他躺在她身边。约翰依然记得两人不小心碰到时触电般的感觉,依然在想他应不应该试着更进一步,而朱莉娅会不会允许。

约翰的思绪又回到杜鲁门·卡波特在《采访》杂志的文章上。该文后来收录到卡波特的散文集《变色龙的乐章》,主要内容是同人作者在与自己夜谈,谈论自己如何沉迷于毒品、酒精和性,毁了自己。文中谈到 E. M. 福斯特,二十世纪英国最伟大的小说家之一,即便在九十多岁的时候福斯特的同性恋依然让他不得安宁。他一直希望年老时性欲会消失——可是他告诉卡波特性欲不但没有消失,反而越来越成为一种负担。约翰评论道:"我心想'该死的!'。我一直在等它们减轻,但是看来会永远持续下去。"

录完这盘带子后不久,约翰果真在"离纽约一小时的地方"拥有了第二个家,不过不是他梦想中的苏格兰家园。长岛北岸有一处时髦的避暑胜地叫冷泉港,那儿有一幢大房子叫"加农山"。这幢格局凌乱的木头房子建于十八世纪捕鲸时期,得名于它边上的游泳池里埋着一门旧时加农炮。房子带有私人海滩和码头,摩托艇、帆船和小艇尽收眼底,很像咪咪姨妈从她的平房看到的远处普尔的情景。

洋子常常忙于工作无法离开纽约,因此最常陪约翰和肖恩去冷泉港的是约翰的新助手弗雷德·西曼。西曼是纽约城市学院新闻专业毕业生,做事小心谨慎,他的姓氏在列侬的小圈子里颇受尊敬:他的父亲尤金是一位古典钢琴家,他的叔叔诺曼是一位古典音乐承办人,承办过洋子早年的一些演出,他的阿姨海伦是肖恩的保姆。据说他被约翰雇佣是因为约翰的父亲也叫弗雷德,而且是一个水手(西曼 Seaman 是水手的意思)——说是水手其实是一名厨子,而且当时名叫阿尔夫。

在冷泉港不驾船出海是不合群的。因此约翰虽然没有开过比默西渡轮更小的船,还是觉得驾船出海对肖恩是好的。他请附近的亨廷顿一个名叫"科尼斯水兵"的船坞帮忙。船坞主的年轻儿子泰勒·科尼斯推荐给约翰一条十四英尺长的贾夫林学习班用的帆船,名为"伊西斯",还教约翰怎么驾船。过了一定年纪才学驾船是很不容易的,特别是对于约翰这样一个四体不勤的人来说。可是泰勒·科尼斯记得:约翰下定决心要掌握这门技术,在做他一辈子都在躲着的吃力活时也十分愉快。一天,肖恩和保姆海伦跟着大家一起出海,弗雷德·西曼说让他来开,结果船一下子就翻了,真是辜负了他的姓。所幸所有人都穿了救生衣,而且感谢基督教青年会的那些游泳课,肖恩的水性很好。不过,约翰还是让所有人发誓不告诉洋子。

不久,约翰就能不要泰勒·科尼斯保护,独自驾驶"伊西斯"了。多周来的咸空气和运动让约翰变瘦变黑,看上去十分健康,除了嘴里依旧叼着"吉普赛女郎"。在这个约翰发现在 F.司各特·菲茨杰拉德的《了不起的盖茨比》里称为"长岛海峡那个巨大的潮湿的场院"的地方,没人会去注意一艘平淡无奇的小帆船在海浪中颠簸,没人会注意一个穿着油布衣服的无名小卒和他身边的小男孩。这里住着许多其他名人,像彩色玻璃艺术家路易斯·康福特·蒂法尼和歌手比利·乔尔,他的热门抒情歌曲《你就是你》是约翰最喜欢的歌之一。一天,约翰认出乔尔的全玻璃房子,手窝住嘴巴大喊:"比利——我有你所有的唱片!"

10 月 9 日,约翰的人生进入第四十个年头。他开始明白:他不再有大把大把的时间,他度过的日子将比余下的日子越来越多,一周周慢慢地像一天天那样流逝,一月月像一周周,一年年像一月月。约翰开始烦恼肖恩的童年过得太快,不知不觉间,肖恩不再需要他看着洗澡、不再需要他唱摇篮曲、不再需要他帮他穿救生衣。"约翰曾说:'当我们八十岁的时候,我们坐在摇椅上等肖恩的明信片。'"洋子回忆道。约翰甚至在思考肖恩去上大学后,他们拿什么填补空白的时间。约翰常说的一件事是回英国,搬到圣艾芙著名的艺术家社区里去。

就洋子所知道的或者说愿意知道的,约翰对她一直绝对忠诚。"有一次约翰和另一个人出海去。约翰后来给我看他们俩的照片。我说:'等等——得有人给你们拍照不是。'他笑了,说:'什么都瞒不过你。'于是他告诉我说那儿有一个年轻女孩,长头发,热衷艺术,让他想起我们初次见面的时候。后来我相信有一封信寄到了办公室,但是我从来没有过问此事。"

步入中年的约翰日益想念家乡,想念他以前不屑的英国制度和价值。在冷泉港度过一个精疲力竭的户外周末后,周日晚约翰回到达科他公寓,收看纽约公共电视网第十三频道的《经典剧场》。剧场播出的都是BBC经典连续剧,主持人是资深播音员阿利斯泰尔·库克,坐在一把红皮纽扣沙发上。在洋子和三只小猫的陪伴下,在《纽约时报》厚厚一叠的星期天版的碎屑中,约翰坐下来观赏罗伯特·格雷夫斯的《我,克劳迪斯》或者达夫妮·杜穆里埃的《蝴蝶梦》。

另外一件雷打不动的事情就是定期给咪咪写信、打电话。咪咪回忆道:"约翰给我写厚厚的信,倾诉他的想法,还有些小画儿和傻念头。最后的签名总是'他本人'。"电话里,约翰还是喜欢用傻傻的利物浦口音逗咪咪玩。利物浦人把th念成d,在与牧师应答祈祷时,"This, then, there"就成了"Dis, dem, dere",仿佛拉丁语的词形变化。尽管咪咪在经济上需要依靠约翰,姨甥之间有时也会大吵。比如两人在争论重新粉刷咪咪的平房的事时,咪咪最后大喊"去你的,列侬!",扔下听筒。她还在生闷气的时候,电话响了。约翰战战兢兢地问:"你不生我的气了吧,咪咪?"

一次电话里头,约翰突然想要带给咪咪无限自豪和欢乐的门迪普斯的那些瓷器:皇家瓦塞思和科尔波特茶壶、茶杯、餐盘,整整齐齐地摆放在仿都铎风格的前厅里,上面永远一尘不染。"我给他寄去了一箱又一箱的东西,"咪咪回忆道,"约翰好像要把它们统统搬过去似的。"约翰还想要那个挂在晨室墙上的漂亮的维多利亚时钟,钟面上刻着"乔治·图古德,伍尔顿酒馆",乔治姨父(他的祖先正是图古德氏)就是用这支钟教约翰看时间。咪咪甚至把约翰从前最痛恨的采石河岸中学的制服、黑金相间的条纹领带翻出来,打包寄去。每当不得不穿西装的时候,约翰常常系上学校领带,而且只系一半,系得歪歪斜斜,像是故意要激怒早已不在的校长们。

不管如何假装,约翰有时确实会为保罗·麦卡特尼的双翼乐队成了最受全世界的体育场欢迎的乐队、保罗的《金泰尔角》在英国的销量超过披头士的《她爱你》、保罗的《昨天》取代宾·克罗斯比的《白色圣诞节》成了被翻唱次数最多的歌曲等感到烦恼。这种不安全感通常在半夜来袭。约翰会叫醒还在睡梦中的洋子,两人一同来到巨大的白色厨房。"约翰坐下,我泡茶,猫咪们都到他这里来。他坐在那里抚摸小猫的样子特别像咪咪。"

两人坐在厨房里,猫咪们开心地叫唤着,远处传来隐隐约约的曼哈顿午夜车声,墙上挂着超人全家向上飞的画。约翰不住地问自己:他的老伙伴身上究竟有什么他没有的神奇才能。洋子回道:"约翰说:'大家老翻唱保罗的歌——从来不翻唱我的。'我说:'你是一个优秀的歌曲创作者。你写的不是六月和调羹这种烂押韵。……大多数音乐人对翻唱你的歌都会觉得紧张。'"唯一让约翰感到欣慰的是:没有他,这些令人恼火的翻唱都将不存在。洋子回忆道:"约翰总说他有两个伟大的伙伴。一个是保罗·麦卡特尼,一个是小野洋子。'是我发现了这两个人。还不赖吧?'"

据洋子回忆,有时候她半夜醒来发现约翰在哭,因为害怕她会比自己先死——洋子比约翰大,会这么想是自然的。一次,洋子听见约翰在黑暗中咕哝道:"我死了那些混蛋会把你和肖恩扔到街上去,我不知道该怎么办……"

七十年代,纽约的暴力事件渐渐在减少,但仍然不是一个安全的住所。约翰三十九岁生日过后的一周,夫妇二人捐款1000美元为纽约警察配备防弹背心。十一月,约翰立下遗嘱,指明万一洋子比他先走,就让萨姆·格林作肖恩的监护人。年底,前披头士的制作人乔治·马丁碰巧到纽约来,约翰请他到达科他吃晚饭。两人自从1969年不堪回首的《顺其自然》专辑录音后就没有再见,自一年后约翰在《滚石》杂志上贬低他后就断绝了联系。"洋子整晚都识趣地离开了,我们回忆起了过去的美好时光。"马丁回忆道。"我和他谈了《滚石》采访的事。我说:'那是什么狗屁,约翰?为什么?'他说:'我那时昏了头了。'在我看来这就是道歉。"

"他还说:'知道吗,乔治,如果可以,我要把披头士的所有东西重新录一遍。'我听了脸色都白了:'我的天,约翰,你干,我可不干。所有东西?'他说:'所有东西。'我在脑子里搜寻我们做过的那些美妙的音乐,说:'《草莓地》怎么样?'他透过眼镜看着我说:'特别是《草莓地》。'"

30. 重新开始

我快四十了，常言道人生始于四十。

1980年的新年约翰在家里安静地庆祝。他把七十二号隔壁公寓的一个空房间装饰成他所谓的"旧时绅士俱乐部"。他从市中心的跳蚤市场买来了一张古代样式的皮沙发和一些二十世纪三十年代的庸俗艺术品，房间中央摆放着他三十八岁生日时洋子送给他的透明圆罩顶的沃利策牌自动点唱机，里面装着所有约翰最喜欢的抒情歌手的七十八转老唱片：宾·克罗斯比啦、弗兰基·莱恩和盖伊·米切尔啦。

这个所谓的达科他俱乐部创始成员只有两位，另外一位是埃利奥特·明茨。新年前夜，约翰写了一封正式的邀请函给洋子，邀请她加入俱乐部，邀请函放在银盘子里，还附有一朵白色栀子花。洋子穿上了一件黑色晚礼服，约翰身着一件二手无尾礼服，搭配白色T恤衫和他的采石河岸中学领带。午夜，二人随着点唱机里的《友谊地久天长》翩翩起舞，明茨在一旁给他们拍照，然后三人一起观看中央公园上空隆隆的焰火。

1980年的音乐界与五年前约翰离开时是完全变了模样。欧洲的音乐界被朋克摇滚所改造，朋克一词起源于七十年代初的纽约，但是随着时间的推移，被英国青年日益增长的愤怒和虚无主义重新定义。朋克摇滚是对自满、浮夸的"超级乐队"（如齐柏林飞船乐队、是的乐队和爱默生、雷克与帕玛乐队）的反叛——说出了生活在地方城市衰落、通货膨胀和高失业率之中的青年的真实感受。朋克乐队否定了《佩珀军士孤独的心俱乐部乐队》专辑以来建立的所有技巧和音乐理想，玩的是一种早期摇滚，以超高分贝和凶狠好斗为唯一吸引。

看看这些朋克乐队的队名，再回想当年人们为披头士一词引发的争议就会觉得十分可笑——性手枪乐队、扼杀者乐队、振动器乐队、妈的乐队等。这些乐队和他们的追随者，不论男女，头发用油梳成不对称的尖顶或者把两边头发剃光、中间的染成红色或橙色的鸡冠头；穿的要么是绷带似的破布条，要么像街角的废料桶；佩戴吓人的链子、扣子；大量暴露在外的皮肤画满文身，上面穿着耳环、耳钉或者安全别针。自从1963年披头士横空出世以来英榜上再没有出现如此巨大的一股力量，老一代人也不曾有如此强烈的愤怒与反感。据说性手枪乐队的主唱约翰尼·罗顿在舞台上破口大骂，甚至朝观众吐口水，名声坏到极点。虽说汉堡的"蓝色酒馆"俱乐部的观众也许会有类似的回忆，早在1960年另一位约翰尼就干过类似的事情。

女性主义的胜利意味着领导乐队不再是男人的专利，女人也可以领导乐队，也可以搞大胆的暴力、颠覆和色情露骨。朋克女歌手发型凌乱、妆化得跟"科学怪人的新娘"似的、尖叫声可以震碎玻璃，六十年代末被人所耻笑的洋子的舞台表演如今与她们一比，显得是那么节制保守。当年有一位比较温和的评论家曾说洋子的"嚎叫像女妖"；如今最成功的女子主唱乐队就名为"苏克西与女妖"。

后来，朋克让位给了华丽的"新浪漫"音乐、机器人声音合成器高手、白人斯卡音乐和雷盖音乐以及先锋说唱歌手，大多数昔日伟大的摇滚名字像法国贵族在恐怖时期那样躲在自己的城堡里不敢出来。不过，有一个依然过着跟生前一样备受宠爱的生活。1979年12月，BBC宣布全国的电视将度过一个"披头士圣诞节"：BBC播放了六部披头士的电影，包括1965年纽约希叶露天体育场演唱会和曾经在圣诞节遭遇惨败的《魔幻之旅》。

报纸上尽管充斥着性手枪乐队、传奇乐队、伪装者乐队、警察乐队等的各种新的小道消息，却依然为披头士重组的谣言留出了头条的位置。曾让披头士登上卡内基音乐厅和希叶体育场的音乐承办商锡德·伯恩斯坦经常在《纽约时报》上刊登整版广告，为披头士的演出出越来越高的价钱，这么多年过去了，披头士的演出门票仍是世界上最炙手可热的。媒体报导说保罗、乔治和林戈不是不为所动，绊脚石永远是约翰。然而，七十年代中期有一个出价连约翰都无法拒绝。据尼尔·阿斯皮纳尔回忆："有一个家伙出5000万美元让披头士演一场，就一场。保罗虽然当时在为双翼乐队忙碌，但准备接下这活。我把这件事情告诉约翰时，他说：'为了那些钱我可以在角落里倒立。'可是那个人还要专辑和电影的所有权，事情就吹了。"

再多的钱似乎也诱惑不了披头士重新回到一起，众人转向唤起他们的公共良知。1979年9月，大批难民乘坐破船逃离越共领导的越南，国际社会对这些难民伸出援手。锡德·伯恩斯坦提议在纽约、开罗和耶路撒冷举办三场披头士演唱会，可以为越南难民募捐到大约5亿美元，还可以为动荡不安的中东做出和平的表示。约翰虽然跟伯恩斯坦关系不错——他经常在哥伦比亚大街遇见伯恩斯坦——但是不喜欢被强迫,指责这位音乐承办商"像阿尔·乔尔森那样"做作地单膝下跪来求他。约翰还指出,他和洋子在披头士解散后做的每一场音乐会都是为这样那样的公益事业,这点一点儿也不假。

12月,联合国宣布为柬埔寨遭受波尔布特政权大屠杀的受害者提供救助。保罗·麦卡特尼在伦敦的哈默史密斯的音乐厅为高棉人民举办了四场音乐会,还发行了一张现场专辑,不仅有"双翼""谁人"和"皇后"这样的乐队,还有伪装者乐队、埃尔维斯·科斯特洛和冲撞乐队这样的朋克暴发户,超越了乔治·哈里森的孟加拉慈善音乐会。媒体再次热烈呼吁其他的前披头士成员与保罗一同登台。然而即便联合国秘书长库尔特·瓦尔德海姆亲自邀请,约翰仍不愿答应。他说:这支乐队在十年时间里已经将他们所有的东西给了世界,就算他们时隔多年重新一起表演,"也不过是四个生锈的老男人"。谣言约翰将在舞台侧翼悄悄观看演出,使得门票价格飙升,只可惜钱进了票贩子的口袋而非高棉人民的。双翼乐队表演时一个玩具机器人从舞台上摇摇晃晃地走过去,保罗小小地报复了一下埃尔顿·约翰的感恩节演唱会,说:"那不是约翰·列侬"。

不过,麦卡特尼头上的光环很快就离他而去。1980年1月16日,保罗带领双翼乐队到达日本准备进行巡演时,东京成田机场的海关官员在他的行李里面发现二百一十九克(相当于半磅)的大麻。保罗被逮捕,戴上手铐,拘留了九天后,才通过大量外交努力获得释放。约翰虽然也背过毒品罪名,但从来没有碰过手铐,也没有在监狱里待过一晚。他很惊奇向来谨慎的保罗这次怎么这么不小心——而且为这事居然发生在他视为家乡的地方有点不高兴。保罗和琳达原本也打算入住大仓酒店,约翰觉得那里是他和洋子的地方,保罗和琳达会破坏他们对那个地方的感觉。

此外,另外一个前披头士队友也侵犯了约翰认为是属于他的地盘。约翰一直想成为大卫·尼文那样的回忆录作者,不料乔治抢先一步,在1979年8月出版了名为《自我之歌》的自传。该书仅仅出版了两千本豪华限量版,有精美的真皮封面、硬书套、作者签名和手写歌词摹本的插图(上面满是咖啡渍和香烟痕),定价148美元,贵得惊人。约翰认为书中对1957年以来他对乔治的影响、他为乔治所做的事情只字未提,觉得受伤和愤怒。"我对(乔治的)生活的影响是无、是零,这个疏忽是显而易见的。……据说他的书里面,他清楚地记得他写的每一首歌,记得他在后来几年里遇到的每个微不足道的萨克斯手或者吉他手……却把我漏了,好像我根本不存在。"其实,书里十一处提到约翰,比保罗、披头士、埃里克·克拉普顿,甚至是乔治的第二任妻子奥利维亚都多。

1980年2月,约翰一家回到已经纳入他们房产投资的棕榈滩的埃尔·索拉诺公馆庆祝洋子的四十七岁生日。据洋子回忆:"生日那天早上我醒来时,发现床边有一朵栀子花。门的旁边也有一朵,房间外面又有一朵,楼梯上一排下去,整个走廊上,都是栀子花。约翰把当地花店都买断货,得从国外调货过来。他这么做是因为他知道栀子花是我最喜欢的花。我觉得十分惭愧,因为他不知道我又开始吸海洛因了。"

后来回想起来,洋子认为:她既要做一名传统的妻子兼母亲,又要把约翰的财富增加到说好的、与保罗·麦卡特尼齐平的2500万美元,最重要的是,还要遵守两人相互起的誓、暂停一切创作,三重压力令她苦不堪言。"就算我提起勇气坐到我办公室的钢琴前,约翰会进来,说:'啊啊,你食言了!'好像故意要抓到我。让我把持续不断的艺术创作统统停下来是不可能的。我做生意可能还不赖,但那根本不是我。我不喜欢做生意。"

二人雇用了许多代理人,其中一个有天碰巧对洋子说,如果她需要,他随时可以弄到海洛因。"当时我很生气,心想'你跟我说这个干什么?',几个月以后,我去找他,说:'好吧,看看你是不是真能弄到。'"

洋子从未告诉约翰她又染上了那个将近十年前二人一起费了老大劲戒掉的恶习。"我得很小心,可是约翰是聪明人,看得出所有的迹象。"两人共同的朋友中唯一知道洋子秘密的是"搞到东西的神人"萨姆·格林。据格林说,当时吸食海洛因已经"威胁到了洋子的生命"。但是洋子不肯去看医生,害怕约翰、然后是媒体会发现此事,引发新一波的对她的攻击。

当洋子最终下决心要再次经历冷火鸡时,她打发约翰和肖恩到冷泉港去,自己待在纽约或者到萨姆·格林位于火岛的家寻求庇护。"我跟约翰说我得了很严重的感冒,他和肖恩不能回来,不然会传染。当我去看望他们的时候,约翰还是什么也没发现……他对我好极了。他就在那个时候写了《亲爱的洋子》。"

在洋子的生活陷入混乱的这段时间,大部分时候约翰与她不在同一个屋檐、同一个城市,后来甚至不在同一个国家。当春天把中央公园的树木装点上粉白的新芽,权威的算术占卜师吉川——他的这个预言来得太早了啊——发现有一股"凶兆"慢慢在约翰头上形成,并算出约翰应该往哪个方向移动以避开"凶兆"。五月底,约翰独自踏上吉川设定的路线,最终达到南非的开普敦。

然而,独自飞往开普敦只是一个序幕。四十岁生日将近,约翰有一股想经历一次前所未有的冒险的冲动,很多男人在这个年纪都有类似的想法。近来驾着

"伊西斯"号畅游在长岛海峡勾起了约翰出海远航的欲望,他开始与年轻的帆船老师泰勒·科尼斯商量有没有可能驾驶大帆船到更远的海上去。约翰也不知道想去哪儿,只要那个地方在他的算术占卜师指定的、避开"凶兆"的方向上——即东南方就行。离美国本土最近的东南方向的帆船目的地是属于英国的百慕大岛。科尼斯负责在六月初组织出海,招募船员并且一同航行。约翰到达百慕大后肖恩将坐飞机到那里与他团聚,二人在百慕大待上几周。如此长时间的分离对当时的洋子来说没有什么不方便,她爽快地批准了这一计划。

起初要由洋子的算命师负责选船,但是最后泰勒·科尼斯的专业知识占了上风。中选的是一艘43英尺长的单桅帆船"梅根·杰伊"号,停泊在罗德岛的纽波特,船长是一位络腮胡子、经验丰富的老水手汉克·霍尔斯特德。但是在挑选约翰的同行队友时就不能不考虑占星术和算术占卜者。最终只有四个人通过这一不同寻常的出海测验:泰勒、他的两个堂兄弟凯文和埃伦·科尼斯,以及"汉克船长"。这条700英里的航线上货轮、油轮穿梭往来,同时还有变幻莫测的气象区域,包括经常让船舶和飞机消失得无影无踪的著名的百慕大三角。然而"梅根·杰伊"号是一艘装备精良的现代船只,船员虽然比正常情况下少了点,但是似乎掌控能力更强。

6月4日,约翰与肖恩挥泪告别,与新团队一同从纽波特出发了。"梅根·杰伊"号上装备有一台气象传真机,能够定时吐出从安装有卫星预报系统的大船上传来的天气简报,每次都信心满满地说这次航行会风平浪静。刚开始的几天预报似乎是完全正确的。天气好极了:一直是阳光明媚,风平浪静,成群的海豚在船头嬉戏。约翰看见一大团白云被甩在船尾,特别兴奋。

在公共船舱里,约翰与其他人亲密地生活在一起,比在披头士的面包车里还要亲密。他跟泰勒·科尼斯一起值班,当起了船上的厨师,为大家准备主要由蔬菜和糙米组成的健康食物。虽然他喜欢科尼斯三兄弟,与他们相处得很好,但是跟他关系最好的还要数汉克船长。汉克船长在所有船员中与约翰的年龄最相近,在当上租船船长前经历了迷幻摇滚时代,承办过像"大哥和控股公司"乐队的摇滚演出,甚至开过戒毒所。他对待约翰毫不客气,同时对约翰的音乐才华充满敬意,奇怪约翰怎么这么久没有新歌。"你影响了五千万人,老弟。"一次闲聊中他这样说道。"你接下来有什么进一步的打算?"碰巧广播里一直在放双翼乐队的歌,像是《傻情歌》《呼之欲出》等。泰勒·科尼斯回忆道,保罗的声音似乎让"(约翰)想'天啊,我坐在这里干什么?我应该起来做点什么,这不难'。"

不久,百慕大三角最著名的变幻莫测的天气出现了。最开始是碧绿的海水变灰,然后变成蓝黑。一小队军舰出现,在"梅根·杰伊"号周围徘徊,仿佛咂着嘴、摇晃着脑袋,发出警告。接着暴风雨来了,每小时65英里的风速、20英尺高的大浪——这不是"梅根·杰伊"号上经验丰富的船员们遇见过的最糟糕的情况,但是足以给一艘在大海里航行的小帆船带来致命的危险:不能调头、不能靠岸。最老练的水手有时也会晕船,眼下科尼斯三兄弟就全都晕了。"梅根·杰伊"号在惊涛骇浪中颠簸、艰难前行时,泰勒、凯文和埃伦却无法参与驾驭,只能趴在床上。汉克船长安然无事——神奇的是,约翰竟然也没事。出海的头几天约翰强迫自己禁食排毒无疑帮助了他。约翰说经历过海洛因和冷火鸡之后,这样的暴风雨根本不算什么,他"学会了控制呕吐"。

汉克船长坚持掌舵四十八小时后累得发晕,用一贯粗鲁的语气朝约翰喊道:"老弟,过来帮我一把。"约翰虽然经常开着"伊西斯"号出冷泉港,但是这无异于让采石者乐队的人为杰里·李·刘易斯伴奏。约翰抗议道:"嘿,汉克……我只有能弹吉他的小肌肉。"然而这位船长不容别人逃避事情:"我要的不是力气……只管过来驾驶这玩意儿,我来告诉你做什么。"

约翰战战兢兢地掌起了舵,汉克船长先大声跟他说了几条基本指示("不要转帆……不要让风从船后吹过去"),然后告诉他往哪个方向开。汉克回忆道:"约翰很快就学会了。他对这种事情的直觉非常棒。"

汉克船长指导了约翰一会儿后,觉得可以放心地补觉,他太需要睡上一觉了。就剩约翰独自一人操控着这艘43英尺长的单桅帆船,四个人的安全全在他一个人手里。起初,约翰吓得不知所措,但是渐渐地他熟悉了船的脾气,慢慢懂得她的反应,就好像他在驾驭的不是船,而是一把银色身躯的大吉他。恐惧感消失了,约翰逐渐变得很享受,对着狂风巨浪大声唱起他在利物浦的码头上听见过的每一首下流号子。他后来甚至说他大声呼唤"弗雷迪!"的名字,突然间感觉与父亲十分亲近,父亲把一切献给了大海——而且曾乘坐一艘叫"百慕大君王"的船从海上的"失去的周末"归来。汉克船长回忆道:"我回到甲板上……发现这个家伙高兴得着了魔似的。这种刺激太适合他这种依赖刺激的人了。"

风暴改变了约翰在船上的地位:从原来的明星乘客、后台老板变成如假包换的船员,其他船员干的活他都能干。他甚至帮汉克船长修理主帆,没有帆的"梅根·杰伊"号漂流了一整天。(约翰在利物浦的表兄弟迈克和大卫听说此事定会跌破眼镜,想当年约翰可是连灯泡都不会换。)此时的约翰与那个在纽波特登船时的旱鸭子判若两人——不过,在汉克船长看来,任何新的惊人能力都没什么好大惊小怪的。"要我说,他发现了一直埋藏在他身体里的大力士。"

不仅船身、船上设备受到损坏,帆船还被吹离了航线有相当一段距离,因此一行人6月11日才到达百慕大的首都汉密尔顿。上岸前,约翰在航海日志本上深情地写道:"亲爱的梅根:'哪儿都不如回家好(TC 1980年)+感谢汉克,爱你的约翰·列侬。'"接着,约翰在底下画了一艘帆船、一个闪闪发光的太阳,还有他自己的胡须笑脸。

约翰跟科尼斯兄弟挤在一间小屋里住了几天(用洋子的首席算命师约翰·格林的名字租的)。等到他的船员们离开、保姆和弗雷德·西曼带着肖恩到来,约翰便在汉密尔顿的郊外租了一幢叫"副崖"的水泥墙别墅,在这里度过了将近两个月的悠然的海滨假期。约翰天天带肖恩去游泳;两人划船,在沙滩上盖城堡,漫步于汉密尔顿的集市和植物园,让在沙滩上偶遇的一位年轻女艺术家给他们俩画了一张像,送给"妈妈"。这个热带小岛上充满唤起约翰对英格兰的回忆的东西——而且还不仅如此。一天,隔壁房间传来吹苏格兰风笛的声音,令约翰陶醉。约翰发现吹风笛的是一个叫约翰·辛克莱的人,与多年前白豹党的英雄同名同姓。约翰送去一封感谢信和一瓶芝华士麦芽威士忌。

"梅根·杰伊"号的冒险成了治愈约翰的创作危机的最佳药方。在百慕大,约翰突然有了制作新专辑的欲望。"从海上回来以后我的心态变得非常平和,觉得自己大彻大悟,"他回忆道,"这些歌儿就自己冒了出来……五年来什么都写不出来。我是没有尝试写歌,但反正什么都写不出来,没有灵感,没有想法,什么都没有,突然间轰隆隆……"约翰像一台休眠了很久的收音机被重新打开,他的感官又开始把他的所见所闻统统转变成歌词和旋律。比方说电台里播放的鲍勃·马利的《哈利路亚的时间》,其中的一句"我们捡了一条命回来,继续活着……"诱发约翰写出了自己的有先见之明的歌词。约翰到汉密尔顿买了一些廉价录音机和扬声器,开始录制歌曲小样。他通常在肖恩上床睡觉以后在露台上工作,蝉和树蛙的叫声此起彼伏。

约翰有时也低调地跟弗雷德·西曼和几个友好的当地记者到汉密尔顿的酒吧和迪斯科舞厅去,不过如今的约翰通常只喝一杯——就是一杯也能让他醉倒。一次喝酒的时候,约翰无意间听到B-52s乐队演唱的《摇滚龙虾》。这支美国新潮乐队和金发女郎乐队、脸部特写合唱团一样热切拥抱英国的朋克摇滚。两位女主唱的风格既小女生,又有点做作,很像十年前根本没人想听的洋子。"我就打电话给她,说:'有人在模仿你的表演。现在大家准备好接受你了。'"约翰回忆道。

在"副崖"写的歌,有些是对在达科他被搁置在一旁的初步构想进行重新改编,有些则完全是刚从约翰的脑子里蹦出来的。每首歌都与他最近五年的生活有关,证实总的说来这五年的生活是幸福、美满的。《亲亲宝贝》,后来改名《漂亮男孩》,是写给肖恩的欢乐颂歌,听众可以从中瞥见约翰温暖、安全的育儿世界("怪兽不见了,逃跑了,爸爸在这里……")和一面迫切希望肖恩赶快长大成人、一面又提醒自己珍惜眼前的每分每秒的心情("你成天忙着做其他计划,但是生活在继续")。《看着轮子》是一幅自画像,约翰庆幸自己没有重蹈猫王的覆辙,对音乐界这台机器没有他照样转得好好的感到高兴,名叫保罗和米克的花马继续着他们没完没了的马戏表演,而他则把时间花在更重要的事情上,比如说《看墙上的影子》。《女人》乍看是写给洋子的一封深情的感谢信,感谢她"让我明了成功的意义",为自己给她造成的"伤害和痛苦"道歉——但实际上是献给所有养育他的女人的:朱莉娅、咪咪和他的姨妈们,"我终究永远亏欠你"。

约翰以往的缺乏安全感、恐惧并没有完全消失。一首前卫摇滚《我将失去你》说明约翰察觉到洋子有什么事,害怕事情会产生可怕的后果。当洋子准备飞到百慕大来看望他们时,约翰提前好几天告诉肖恩"妈妈要来了",就像爸爸们暂停工作回家团聚时妈妈们常做的那样。可是,洋子到达"副崖"后大部分时间都花在打电话上,卖掉了一头荷斯坦奶牛——售价高达破纪录的 25 万美元。洋子回去以后,约翰常给她打电话,但老打不通。"把我逼疯了,于是写了一首歌。"约翰回忆道。约翰害怕会被自己不小心说中,就把歌名改成《(担心我将)失去你》。一天在植物园里,约翰看见一棵雪松树下长着一簇巨大的"双重幻想"品种的黄色小苍兰。再没有哪个词比这个更适合用来描述他与洋子的生活或用作他迫切想与洋子一同制作的专辑的名字。

当 7 月 29 日约翰回到纽约,洋子已经安排好了制作人。两人都希望找一个当代的年轻人,不要老古董,杰克·道格拉斯似乎是最佳人选。他是《想像》专辑纽约方面的录音室工程师,后来又制作了好些获得巨大成功的乐队,像空中铁匠乐队和廉价把戏乐队。听了约翰在百慕大录制的、有蝉和树蛙合唱的小样,道格拉斯怀疑是否真的需要他:"那些带子本身听着就很有意思。"

8 月 4 日,录制工作在西四十八街的金曲工厂录音室开始。约翰戴了一顶黑色宽边帽,挎着一只公文包,他有无数的公文包。到录音室,约翰的第一个动作是在调音台上方贴了一张巨大的肖恩的照片。

约翰向杰克·道格拉斯强调:《双重幻想》专辑既是他的专辑,也是洋子的专辑,洋子在纽约与约翰同一时间创作的歌曲要跟他的交替放在专辑里,而不是单独放一面,单独放一面很可能被完全忽视。约翰称之为"一个男人和一个女人的对话",专辑做出来就是这个效果,虽然两人没有合唱一首歌曲,甚至是在不同时间录制各自的歌曲。在担忧的、有不祥预感的《我将失去你》之后是洋子的《我继续前进》,仿佛所有最坏的担心都成了真的。对于约翰写给肖恩的挽歌《漂亮男孩》,洋子写了一首《漂亮男孩们》作为回应,歌颂了他们二人。《亲爱的洋子》的尾声温柔地责备洋子在百慕大时一心二用,希望一家人能再一起到那里去度假:"下次不准卖牛……花些时间……"

参与录制专辑的乐手没有一个约翰的老朋友,因为他们可能会让约翰回到老路上去。事实上,录音室里的气氛更像是一个休闲健身中心,而不是在做一张摇滚专辑。洋子把录音室改造成一间"宁静的屋子",有柔和的灯光、棕榈树和一架白色钢琴。他们为乐队准备了茶和寿司(约翰称之为"死鱼"),而非可卡因和白兰地;每支麦克风旁边都有一碟葵花子和葡萄干,还有随叫随到的日式按摩。肖恩的照片高高地贴在调音台上方,时刻提醒约翰必须准时结束录音工作,回家跟他道晚安。一天晚上,约翰无法准时离开录音室,只好打电话给肖恩:"我爱你,做个好梦,明天见"。洋子在电话另一头说:"他说:'我也爱你。'"约翰说:"但愿如此,因为他只有我这么一个爸爸。"

道格拉斯希望赋予专辑现代感,请来廉价把戏乐队的鼓手邦·E. 卡洛斯和吉他手里克·尼尔森(巧得很,当时乐队正在乔治·马丁位于蒙塞拉特岛的"联合独立录音"录音室工作)来录制《我将失去你》。可是,虽然他们的演奏很时尚,却不适合这首歌。《双重幻想》专辑的感觉是马蒂斯,不是毕加索;是安慰、让人宽心的,不是像约翰和洋子以前的那些专辑寻求挑战、浮躁不安。《漂亮男孩》的结尾是海浪和孩子们的声音,声音既可能来自百慕大,也很可能来自英格兰的伯恩茅斯。从前约翰愤怒大呼:"我不相信披头士",如今回想起"披"(约翰语),他心情轻松,而且当他在告诉乐手他想要的东西时,喜欢用披头士来表达他的意思。比如,约翰说《女人》这首歌像"早期1964年前后汽车城/披头士的情歌"——其实,甜蜜蜜的副歌"唔……啊"更像保罗,甚至是双翼乐队的情歌。鼓手安迪·纽马克回忆说,有一次约翰没好气地对他说:"安迪,这个我要三次就录好,像林戈那样打鼓。"

专辑当中最重要的一首歌是《(就像)重新开始》,约翰表明:无论这个夏天他的婚姻经历了怎样的百慕大三角,如今已恢复平静,并且再次信心满满地扬帆起航。这是一首轻松快活的情歌,约翰指示要有"猫王或奥比逊的感觉"。歌曲一开始发出三声清脆的西藏"许愿钟"的钟声——故意与《母亲》一开始的丧钟般的钟声形成对比。约翰的演唱轻松愉快,甚至唱着唱着笑了出来(这在约翰以前的任何一首歌里都不曾出现过）。但是他想传递的信息是很认真的：约翰请求有更多时间与洋子单独相处，包括在床上，以弥合两人最近出现的问题；约翰坚称"谁都没有错"；说"我们在一起的日子无比珍贵"，"我们的爱依旧特别"。乌云似乎都过去了。

约翰·列侬重新开始录音的消息在大洋两岸的音乐界引发小地震。由于苹果公司早已名存实亡，各大唱片公司势必为获得《双重幻想》专辑及其后续产品展开激烈的竞标战。当时，大牌艺人在签订录音合约时都会获得大笔的版税预付款，比约翰不论是在披头士还是后来单飞所得的都多。约翰自己的心理价位是2250万美元，因为当时保罗·麦卡特尼刚刚以这个数目与哥伦比亚公司签约。但是有个没得商量的前提条件：必须把他和洋子一起签下来。凡是对此表示犹豫——甚至是惊讶——的唱片公司老板都自动被排除出局。连大西洋唱片公司的合伙创始人艾哈迈德·厄特根也不例外，大西洋唱片公司在整个七十年代垄断了黑人音乐，本应是约翰的首选。无奈之下，厄特根亲自来到金曲工厂录音室恳求约翰，但是没人理他，只叫他走人。

最后中标的是一个年轻的新公司：格芬唱片公司。公司所有者大卫·格芬在七十年代初创立的"避难所"唱片公司取得巨大成功，但是和约翰一样，七十年代中期起退隐江湖，因为被误诊为罹患癌症。格芬从一开始就表明：他将签下两位同样优秀的艺人；虽然在金钱上无法与大唱片公司相比，但是他答应将全心全意亲自为二人服务。他的王牌（除了星相解读的结果好以外）是还没有听到专辑的一个音就把合同递到他们面前。

10月9日，洋子雇用了五架飞机在曼哈顿的上空写下对约翰的四十岁生日和肖恩的五岁生日的祝福："生日快乐约翰和肖恩爱你们的洋子"，写九遍。一些歌迷手持生日贺卡和礼物聚集在达科他公寓外，希望约翰出来接受他们的祝福，却被告知约翰已经睡了。后来，约翰和洋子拍摄了一张正式的生日照，其助理弗雷德·西曼宣布两人计划于"明年春天"在美国、日本和欧洲巡演。

中央公园的溜冰场是经常举行著名摇滚音乐会的场所，那年夏天这一传统暂告一段落。十年来，"胖子"多米诺、吉米·亨德里克斯、奥蒂斯·雷丁、谁人乐队和布鲁斯·斯普林斯廷等大牌轮番在距离达科他公寓只有数百码远的地方，在绿树和摩天大楼的映衬下演出。每逢演出，鲍勃·格伦大都会到现场去拍照，最后一场也不例外，压轴的是伪装者乐队。演出结束后，乐队主唱克丽茜·海因德请格伦代为问候还在金曲工厂录音室工作的约翰。"当我告诉约翰再没有音乐会了，他说：'太好了……谢天谢地终于停了……他们搞得肖恩睡不着。'

听到这话从摇滚先生约翰·列侬的嘴里说出来,太令人吃惊了。这说明他成熟了。"格伦回忆道。

10月24日,《(就像)重新开始》作为单曲在英国发行,三天后在美国发行。这首歌使得约翰的生活再次向媒体敞开。有传言说约翰退隐期间体型发生巨变,使得他无法回到公众面前。有些报导说他的头发全秃了;有些说他的鼻隔膜被可卡因给毁了。

然而,约翰还是那个约翰,虽然比以前瘦了点、脸上皱纹多了些,但是他的头发还是跟披头士的时候一样多,话里虽然多了很多美国英语,但口音没有变。约翰还是和以前一样能说会道、诚实、机智幽默,虽说比以前冷静、温和,仿佛他内心深处的暴风雨终于平息了。此外——尽管过去十年侮辱、诽谤、咒骂有增无减——洋子依然每时每刻都在他身边。

当时还没有"新好男人"这一概念,约翰在家照顾小孩、烤面包的事迹引发了跟封面裸照、类比耶稣一样多的议论。之前约翰从未想过当先锋,现在大家都觉得他是先锋,他并没有不高兴。多亏他的模范带头作用,"家庭主男"一词在大洋两岸被广泛使用。约翰说:"这是未来的潮流。我很高兴自己走在了前面。"

但是如果你认为现在约翰和洋子变成了一对呆板的中年夫妇,喝着"阿华田",看着《经典剧场》,你很快就会发现你错了。11月23日,二人来到苏荷区的斯佩罗内画廊为一首待定歌曲拍摄录像带。摄像机打开后,二人脱掉衣服,爬上一张床,接吻,然后假装做爱。这是多年前两人卧床时大家以为他们会干的事,至今无论是最疯狂的朋克还是后朋克都还没有人敢这样干。

《双重幻想》专辑预定于11月17日发行。发行前最主要的宣传活动是接受《花花公子》杂志的采访,长达两万字的内容占据了杂志的前几页,只有艺术界、文学界和政治界的少数人才能享有这般特殊待遇。和以往一样,洋子必须一起接受采访。《花花公子》的记者大卫·谢夫,他的星相是好的,比十年前《滚石》杂志的扬·温纳采访的时间更长。采访在达科他公寓、洋子的办公室、录音工场、约翰最喜欢的咖啡店"命运女神"等地进行。约翰的脖子上戴着1971年两人为孟加拉慈善音乐会争吵以后他送给洋子的那条心形钻石项链。洋子把项链还给了约翰——象征永远和好。

约翰对《花花公子》的记者说:自己有点像摇滚界的瑞普·凡·温克。凡·温克长长的一觉醒来以后感觉比以前更精神、更有活力。"当全职家长再次给了我活力。我当时并没有感觉。但是过后,回过头看,我心想'发生了什么事?

瞧瞧我们。我快四十岁了,肖恩快五岁了。太棒了,不是吗?我们挺过来了。'……我快四十了,常言道人生始于四十。哦,我也信这个,因为我感觉很好,就像二十一岁……刚刚二十一岁。感觉好像,哇,接下来会发生什么呢?"

一次在公寓里采访时,下面的街道传来一声尖叫。约翰随口开玩笑道:"达科他路上的又一起谋杀。"

事实上,《花花公子》并非第一家就退隐和复出采访约翰的杂志,《新闻周刊》杂志在他们前面。为了补偿《花花公子》没有得到独家新闻的损失,约翰坐下来与大卫·谢夫一同回顾列侬-麦卡特尼的所有歌曲,指出哪些是他写的,哪些是保罗写的,哪些地方是两人的合作、合作了多少。约翰对谢夫说:"这个将成为权威的参考书。"

《(就像)重新开始》的电台播放率很高,大家喜欢这首歌,但是谈不上爱这首歌,歌曲不久就跌到了单曲排行榜的中流。对于《双重幻想》专辑大家的态度更是模棱两可,特别是在英国。人们不确定该怎么看待变成居家男人的列侬,很多人仍旧不愿买洋子的账。乐评方面,如今是朋克人写朋克,有些评论是恶语相向。《旋律制造者》说这张专辑"自恋,缺乏内容",结论是"无聊都要命"。和打头阵的单曲一样,专辑要拿第一还为时尚早。

约翰仍旧租着"副崖",打算第一波宣传结束后再到百慕大去一次——这次是坐飞机。可是金曲工厂录音室专心致志的工作录制的二十二首歌曲中,只有十四首能用在《双重幻想》专辑里。依旧干劲十足的约翰决定还不是度假的时候,他带着同一个制作人和同一帮乐手回到录音室,开始制作下一张专辑,名叫《牛奶与蜂蜜》。同时,他想为洋子做一张个人专辑,名字就直接取材于《苏荷每周新闻》最近关于洋子的一个标题——《只有洋子》。

约翰还开始认真考虑要回英国,早在 1975 年他就答应过英国的亲人要回去。近来,约翰的思乡发展到看到利物浦的名字就会哽咽的程度。约翰一直不见老朋友,却破例了一次——那年秋天,依旧保持利物浦本色的林戈·斯塔尔造访纽约。两人在广场饭店见面,原本打算聊一个小时,结果聊了五个小时。道别时,约翰答应在次年一月参与林戈的新专辑《不能抵御闪电》的演奏。

咪咪姨妈坚信自己很快就将再见到约翰,两人已经九年未见。咪咪回忆道:"约翰曾对我说,他每晚都要坐上一会儿,看着窗外,面对利物浦的方向。他曾说他看见船驶离纽约港,看见船上闪烁的灯光,心想这些船是不是要回利物浦。……约翰一直想坐'伊丽莎白女王二号'回家……他想把船开进默西河。他后来非常想家。"

咪咪至今对约翰的名声和财富仍旧不以为然，对约翰的挥霍仍旧反对，就算——尤其是——挥霍在她身上。为了纪念《双重幻想》专辑发行，约翰送给咪咪一条珍珠项链和一枚相配的胸针。咪咪在下一次电话中骂约翰："你这个傻瓜。"约翰笑着说："好了，咪咪，对自己好一点……换换口味。"

乘坐"伊丽莎白女王二号"衣锦还乡并非空想。一天晚上，约翰在金曲工厂录音室接到一通超过十五年未见的利物浦老朋友打来的意外的越洋电话。打电话来的是乔·弗兰纳里，布赖恩·爱泼斯坦的旧情人，当披头士一晚只赚几英镑时，他总让他们留宿。接到"弗洛·詹纳里"的电话约翰很开心，盘问他他现在与布赖恩的弟弟克莱夫合开的娱乐公司的情况。弗兰纳里同样听说了约翰想租"伊丽莎白女王二号"的计划，答应去调查如今这么大的船能否开进默西河。约翰还对其他人说过，"梅根·杰伊"号的壮举之后，他在考虑驾船横渡大西洋。

采访络绎不绝，奇怪的是，最坚决捍卫约翰的媒体被安排在了最后。12月3日，《滚石》杂志的作者乔纳森·科特以及摄影师安妮·莱博维茨才造访达科他公寓。莱博维茨是一位非常优秀的摄影师，而且很会说服人，她让约翰和洋子答应戏仿大众对他俩关系的普遍想法：洋子和衣躺在地板上，约翰抱着她，赤身露体、毫无防备，像一只小猿猴抱着母猿猴。第二次到达科他来拍摄安排在12月8日。

约翰对乔纳森·科特说：本质上，他与十年前那个对《滚石》大吐苦水，占了两期杂志的，愤怒、自我鞭挞、逃离披头士的约翰没有两样。"我收到从巴西、波兰或者奥地利这些我从未在意的地方寄来的信，这些信真的让我感动——知道在那些地方有人在听。一个住在约克郡的孩子写了一封发自内心的信，说他一半是东方人一半是英国人，他在约翰和洋子身上找到认同。班级里的异类。有很多孩子认同我们。他们不一定要了解摇滚的历史。他们认为我们是两个种族的夫妇，我们代表爱、和平、女性主义和世界上所有积极的东西，所以认同我们。"

"你知道……给和平一个机会，而不是用杀人换来和平。我们需要的是爱。我相信这一点。非常困难，但是我坚信不疑。我们不是说'想像没有国家'或者'给和平一个机会'的第一人，但是我们在传递火炬，就像奥林匹克火炬，从这只手传到那只手，传给每个人，传给每个国家，传给每一代。这是我们的工作……我从未声称自己是神。我从未声称我的灵魂纯白无瑕。我从未声称我找到了生命的答案。我只能写歌，尽可能诚实地在音乐中回答大家的问题，尽可能诚实，不多也不少。"

"以前我认为是世界的错,世界欠我什么,保守派、社会主义者、法西斯分子、共产主义者、基督徒、犹太人,总有一个的错。我十几岁的时候就是这么想的。现在我四十岁了,我不再这么想了。因为我发现怪罪别人根本没有用。时间过去了,你所做的不过是行行手淫,对老妈、老爸或者社会所做之事骂几声……我的亲身经验发现……我自己和他们一样负有责任。我是他们当中的一分子。"

12月6日,约翰接受BBC第一电台的音乐节目主持人安迪·皮布尔斯的采访。采访很长,约翰给了BBC和《滚石》《花花公子》一样的分量。皮布尔斯问约翰住在这样一个与伦敦相比仍旧是危险的城市是否有"安全感"。约翰回答说这里最棒的事情就是没人会来烦你。"我花了两年时间才放松神经。我可以现在就走出这个门去一家餐厅。你想知道这有多棒?或者影院。是会有人过来要签名,说'你好',但是他们不会烦你。只是打打招呼……'哦,嘿,你好吗?'"采访结束后皮布尔斯说他希望很快能在英国再次看到列侬的表演。约翰问他真的认为还有人感兴趣?

约翰和洋子十分重视占卜,人们不禁纳闷:为何那些时刻在注意约翰是否有危险的算术占卜师此时没有打发他到远处去旅行?为何洋子雇用的那些算命师没有一个算到即将发生的事情?事后,洋子才意识到:数周前她得到两个不同人发出的含混、模糊的警告。"一个女算命师跟我说:'我看见一个女人在痛哭。我想是你妹妹,因为她和你长得很像,头发很长,她将遇到一件可怕的事情,她有一个小儿子,她抱着他,她为了什么悲痛欲绝。可能是你妹妹,你最好好好对她,安慰安慰她。'我说:'我是有一个妹妹,但她不是长头发,也没有儿子。'没想到她说的是我。"

另一个是男算命师。约翰想把弗雷德·西曼炒了,但洋子想找个理由让约翰别,于是去咨询他,算命师却突然偏离话题。"他说:'将有不可思议的事情发生,改变你的生活,所以现在什么也别做,先放着,等等看。'这话就够让我劝约翰别让弗雷德走。我打发他到百慕大的房子去放松一下。"

12月6日至7日,鲍勃·格伦路过录音工场,诧异地发现约翰的心情特别好。"我们在地板上坐了一两个小时,瞎吹闲聊……他说他打算组一个新乐队,重新开始巡演……他要我跟他一起去,说我们在伦敦会见到哪些人,说巴黎他最喜欢的餐厅和东京他最喜欢的商店。约翰似乎十分乐观,对未来充满希望。他过去的尖叫、寻找、彷徨和治疗都结束了,他要回来了。他发现自己可以一面清醒地与家人在一起,一面向世人传递信息。他似乎终于明白活着是怎么回事,当领袖是怎么回事,即他能够思考并表达出大家的感受。"

不论白天还是晚上,总有一些人等候在达科他公寓楼通向西七十二街的出入口外,在哥特式拱门和保安的岗亭旁。约翰称之为"达科他粉丝",如今他的男粉丝比女粉丝多。这些粉丝中有些人和约翰一样经历过六十年代,但更多的是出生在披头士的黄金时期以后的年轻人,他们在自己这一代的流行文化中没有找到什么如披头士般遥远而神秘的东西。约翰对这些粉丝通常都是友好、耐心的,总会停下来签名、聊天,但偶尔也有个别纠缠不休、要求过分的人。这个周末,"达科他粉丝"群里就多了这么一个人,胖胖的、二十五岁的马克·大卫·查普曼。约翰从未知道此人的名字——事实上,没有人知道他的名字,直到后来人们把他的名字与李·哈维·奥斯瓦尔德(被认为是刺杀肯尼迪的主凶)和约翰·威尔克斯·布思(刺杀林肯的凶手)归在一起。

查普曼出生于德克萨斯州的沃思堡,是一名空军中士之子,在德克萨斯州、印第安纳州和弗吉尼亚州度过漂泊不定的童年。查普曼是一个典型的书呆子,胖胖的,没有什么特别之处,每到一所学校都会被同学嘲笑和欺负。他就在自己幻想的世界里寻求庇护,他想像有一个"小人国",那里的小人儿给他他所缺少的爱和力量感。十几岁时他开始吸毒,尝试迷幻药,后来成了虔诚的基督教徒。但是他不快乐的生活的最大慰藉是披头士的音乐。

早先,查普曼似乎有着约翰也会拍手叫好的冲动劲儿;他参加了基督教青年会安置坐船逃离越南的难民的行动,七十年代中期黎巴嫩内战时他在贝鲁特。他的工作得到表扬,曾与杰拉尔德·福特总统握手。后来,查普曼移居夏威夷的火奴鲁鲁,开始出现精神问题,有一次试图自杀。1979年,病态地迷恋约翰的他娶了一个比他年长几岁的美籍日本人为妻。

媒体对约翰重回歌坛、拥有庞大新财富的报导将查普曼从前狂热的崇拜变成强烈的仇恨。他认为,约翰又是买豪宅又是买好牛,背叛了披头士的理想——也就是背叛了他。和后来众多的校园杀人狂一样,查普曼的脑子里有一个"声音"在向他发号施令说:这些委屈只能用血来偿还。除了披头士音乐,查普曼还一样迷恋 J. D. 塞林格的《麦田里的守望者》的叙述者苦闷彷徨的霍尔顿·考尔德。查普曼渐渐相信如果他结果了约翰,他就能走进书里,变成霍尔顿。

12月5日星期五,查普曼从火奴鲁鲁飞到纽约,背包里放了十四个小时的披头士音乐卡带。他住进六十三号街的基督教青年会(后来换到喜来登酒店),买了一张《双重幻想》专辑和一本有采访约翰文章的《花花公子》杂志。周末的大部分时间他都在达科他外徘徊,但直到周日才看到约翰。"达科他粉丝"向来很有礼貌,不会走近骚扰,查普曼可不是。他贴近约翰开始照相。"约翰生气了,追他想把相机抢过来,我叫他别去追。"洋子回忆道。"他没有抢到相机,回来以后他说:'哪天我被人袭击了,那一定是歌迷干的。'"

12月8日星期一,约翰在哥伦比亚大街的"命运女神"咖啡店吃早餐,然后去把头发理成五十年代阿飞的样子,以备《滚石》杂志的安妮·莱博维茨来进行第二次拍摄。回到达科他,约翰和洋子又接受了一个长时间的采访,这次来采访的是RKO电台。约翰在采访中说:"你知道吗?我们两个在一起的时间比披头士还长了。大家都觉得约翰和洋子在一起披头士就解散了。我们两个在一起的时间比披头士还长!"约翰说《双重幻想》专辑是写给"与我一同成长的人的。我说:'我来了,你们好吗?你们的爱情怎么样了?是不是都挺过来了?七十年代无聊透顶不是吗?让我们一同努力创造美好的八十年代吧,因为美好的生活还是要靠自己来创造。'"

接受完采访,约翰开始为莱博维茨摆姿势。他顶着阿飞头,上身穿黑色皮夹克衫,下身穿蓝色牛仔裤,脚上是牛仔靴。若非约翰身后的摩天大楼和绿树,人们还以为他是在汉堡的"蓝色酒馆"准备要上台。

下午四点左右,约翰和洋子出门前往录音工场,他们自己的轿车没有来,二人就搭RKO电台的人的顺风车。约翰上车时,查普曼出现了,拿出他买的《双重幻想》专辑。约翰给他签了名,据说还问他:"这样就可以了吗?"这一幕被来自新泽西的业余摄影师保罗·戈雷什拍下。戈雷什长期在达科他蹲点,有一次冒充修理录像机的人混入公寓楼。查普曼后来说他本来想那时就实施他的报复,但是约翰的友善暂时平息了他的怒气。

接下来的六个小时,约翰在录音工场做一首本来要放到《双重幻想》专辑里去的洋子的歌《如履薄冰》。天黑不久,大卫·格芬来到录音室,说虽然大家对专辑褒贬不一,但专辑销量已经接近黄金唱片了。约翰还抽空给咪咪打了个电话,进一步讨论他即将回国的事。约翰对当晚的工作十分满意,把歌曲录进带子带回家。收工的时候是十点半左右,洋子提议到附近的斯特奇熟食店吃饭,但是约翰想先回达科他。洋子回忆道:"他心里想的最后一件事是在肖恩睡觉前回家看他。"走出录音工场前,约翰停下来给接线员拉比耶·文森特签名。

似乎没有比家更安全的去处了。

这是一个比平时暖和的十二月的夜晚,西七十二街的拐角处照例可以看见一些模模糊糊的人影。约翰的轿车没有开进拱门,开到安全的楼内庭院,而是停在了路边。约翰从车里出来,查普曼走过来,手里还拿着签过名的《双重幻想》

专辑。他轻轻地叫了一声"列侬先生",然后掏出一把零点三八口径的手枪,摆出无数警匪片中常见的双手握枪的姿势,开了五枪。约翰没有马上倒下,他走上门房的台阶,仆倒在地板上,带在身上的磁带散落一地。几秒钟后洋子冲进门房,尖叫道:"约翰中枪了!"当班的年轻门房杰伊·黑斯廷斯按响连接警局的警铃,然后来到约翰身边试图帮他止血。然而,这显然是没有用的。黑斯廷斯轻轻摘掉约翰的眼镜,盖上他的门房制服。

两辆巡逻警车几分钟内就赶到了现场。和以后的同类不同,查普曼没有自杀,而是靠在达科他的砖墙上,平静地阅读《麦田里的守望者》,书的扉页上有他写的:"这是我的陈述"。他的枪和《双重幻想》专辑躺在一旁。约翰被其中一辆警车送到西五十九街的罗斯福医院,洋子坐另外一辆跟在后面。约翰被马上送进急救室,但是,当地时间晚上十一点零七分,宣布不治。

之后数天,七十二号公寓里,每当厨房的门打开,三只小猫都会蹦蹦跳跳地跑过来迎接他。

跋:肖恩回忆

很美好的回忆,跟爸爸在海里漂来漂去,还有一艘翻了的船。

我与肖恩·列侬在一间杂乱的小公寓里见面,公寓位于伦敦切尔西人们称为"世界尽头"的一片宁静的地区。肖恩和父亲一样成了创作歌手——同样优秀,但是风格迥异——肖恩的表演一点儿也不浮夸。几周前,我看了他在不富裕的谢泼德布什区一家改装过的酒吧里的表演,在这里表演完后他将前往俄罗斯和东欧巡演。肖恩和经纪人住在郊区的一间没有名气的旅游饭店,而他的三人伴奏乐队则挤在停在饭店外面的旅行拖车里。

现年三十二岁的肖恩很像1969年左右的约翰——一样的圆形眼镜;一样不耐烦的棕色眼睛;一样的鼻子;一样卷曲的黑胡子;甚至吹出来的烟圈都是一样的。只有看侧脸才能看出洋子的、日本的影子。肖恩继承了约翰风趣幽默的口才和不能不说俏皮话的性格("我的父母是透明的 transparent…… 跨国父母 trans-parent……")。他悦耳的美国口音有时听上去很英国,有时很利物浦,仿佛约翰身上某些根深蒂固的东西依然留在他的骨子里。像当年约翰接受《滚石》或者《红鼹鼠》杂志的采访时那样,肖恩舒服地坐好,翘起穿着袜子的脚,和盘托出。

肖恩跟他父亲在一起的时间只有五年,而且是在一个孩子还不大记事的时候失去他的。肖恩承认,我来之前,他在努力回忆,从一个与大人的世界毫不相干、以自我为中心的孩子的眼光回忆。"我记得爸爸教我折纸飞机,我到现在还记得他教我的折法——然后一起放纸飞机。我记得我们一起看《布偶剧场》和《化身博士》,但是除此之外他不允许我看其他电视。就算我们在一起看这些节目,我记得是一星期一集,两个连在一起,广告的时候他就把电视关掉,我觉得很懊恼,因为等他把电视再打开的时候常常会错过一些内容。"

然而,即便在这么小的年纪,肖恩还是瞥见了用约翰最后的自我分析来说

"一个男人内心的孩子气":"我记得我们的黑猫爱丽斯跳出窗户去追一只鸽子,结果死了。我想那是我唯一一次看见爸爸哭。"

肖恩能记起很多跟水有关的事情:百慕大蔚蓝的大海;长岛海峡冰冷、灰色的海浪;还有基督教青年会消过毒的浅水区。"我记得在百慕大游了很多泳,特别是在海里。就是大家都知道的爸爸驾船出海,后来写了一堆歌,做成《双重幻想》专辑什么的。我记得他在一个奇怪的房子里写歌。我记得经常去冷泉港的游泳池游泳,爸爸真的很喜欢看我游泳。他为我游泳游的好感到自豪。"

"我记得在冷泉港我们有一艘绿色的帆船,我记得我自己在心里管它叫'花儿'号……我记得有一次弗雷德·西曼不小心把船弄翻了,大家都掉进水里,爸爸朝我游过来。我记得我看着我在日本买的人字拖漂走了,心里很难过,因为我很喜欢那双人字拖。可是爸爸说:'别担心,我们再给你买一双……'我问:'水里有鱼吗?'他说有,把我吓坏了。于是爸爸就在海里保护我。其实是很美好的回忆,跟爸爸在海里漂来漂去,还有一艘翻了的船。"

孩子记忆中的童年通常是不开心的童年。肖恩与约翰过着平静而快乐的生活,但是如今两人在一起的那些时光留给肖恩最主要的印象是:很多时候两人待在达科他白白的大房间里无事可做,屋外中央公园的树梢看上去像一个斑驳的色拉篮子。"我记得他在家里总是穿一件蓝白色印花图案的浴衣,一种日常穿的和服,扎着马尾辫。他很喜欢熏香,我还记得他的眼镜。我记得他弹吉他的时候我会去拨琴弦,我们一起唱歌。我记得他唱:'大力水手,住在马恩岛……'"

"我记得他总是光着脚,他很少穿鞋,有也是穿人字拖。不知为什么他很喜欢教我怎么用脚趾头夹起钢笔什么的。他每次都能夹起来,因为他的指关节可以前后弯曲,他的身体非常灵活。我记得有一次他在我们家的梅赛德斯旅行车的副驾驶上把脚放到脑袋上。我记得我经常在床上蹦蹦跳跳。哦……我记得有一次他在关达科他那些重重的木门时不小心夹到我的手指头。他难过极了。大概过了两周我的手指甲还是掉了下来。"

听着肖恩回忆,有时你感觉约翰就在近旁,仿佛自己闯入了他的生活。"那时候他非常瘦,我记得他的脚踝和腿的样子,那轮廓清晰地印在我的脑子里——他的膝盖,他的脚踝,他的腿。我不记得他的手,但是我记得他的脸,他的脖子,他的头发,他的小腿肚,还有脚踝右边隆起的那块。我记得非常清楚他下巴的胡茬的感觉,还有胡茬下面的伤疤让我好奇。我记得他说那伤疤是一次他和我姐姐恭子出了车祸弄的。我想那时他并没有跟我说绑架的事,只是说她和她爸爸托尼在一起。我是在爸爸去世后才知道事情原委的。我记得他说从那以后他再没有开车。"

约翰还教导肖恩严格的餐桌礼仪,虽然从前他自己在这方面表现不怎么样。"我记得他教我怎么切牛排、吃牛排。那时候我四岁,觉得这是一件很复杂的事情:把刀子插进去,把肉切开,这样才能把东西吃到嘴里。我想有一天晚上我对牛排做了很调皮的事情惹他生气了。他冲我很大很大声地嚷嚷,把我的耳朵都震坏了,不得不去看医生。我记得我受伤躺在地板上,他把我抱起来说:'我很抱歉……'不过他脾气是不好,这不是什么秘密。"

不出所料,肖恩最宝贵的回忆是约翰的声音。"每天晚上我睡觉前,他都会到我房间来说:'晚安,肖恩',灯关的时机总是配合他说话的节奏,他的话音一落灯就关掉。这个动作总是让我感觉非常安心。我睡的是双层床,虽然家里就我一个孩子,头顶上挂着银色飞机。我记得非常清楚楼底下从中央公园西侧开过去的汽车在墙壁上投下的影子。我看着影子动来动去,左右摇摆,想到了《看着轮子》那首歌里面的那句'看着墙上的影子'。我记得当他写那首歌、录那首歌的时候,我心里奇怪他和我看见了一样的影子。"

对于1980年12月8日晚约翰从录音工场赶回家来要跟他道晚安、之后发生的事情肖恩一无所知。一开始肖恩对第二天早晨醒来所见的种种完全不理解——神情凝重的陌生人在原本安全的白色房间里进进出出;爸爸莫名其妙地不见了,下面的西七十二街上乱成一片;警察设了围栏;电视台的人来了;鲜花来了;还有回荡在全世界的伤心欲绝的呜咽声。

"我记得我在房间里,有人跟我说妈妈要跟我说话。我感觉屋子里的气氛很奇怪,屋外都是人。妈妈坐在床上,盖着毯子。我肯定我记得看见一张报纸,我差不多能看懂标题的意思。我记得我站在那里,她对我说:'你爸爸被人开枪打死了',我记得当时我的第一反应是我不能让她看见我哭。我记得我对她说:'别担心,妈妈,你还年轻。你还可以再找一个。'我那时候五岁,觉得那样说特别像大人,特别懂事。"

楼下的街道上、中央公园里,大批人群聚集在一起,含泪高唱约翰的和平歌曲,这只能增加肖恩的恐惧与困惑。"回想起来,能和大家一起悼念是一件非常温馨的事情,但是当时我很害怕。我记得我慢慢走出房间,强忍着不哭,一走到妈妈看不见的地方就沿着走廊飞奔,号啕大哭,关上房门,扑在地板上不停哭。我想我哭了好几天。"

在接下来的可怕的日子里,五岁的肖恩有时觉得自己十分孤独。"在我看来,妈妈看上去非常累。她在床上躺了很久。我记得大家都来安慰我。可是我爸妈很少跟亲戚来往,用妈妈的话说,他们'跟很多亲人闹翻了'。所以我们身边没有什么类似父母的人。爸爸走了:就是这样。其他人都只是雇员。所以我记得谁都无法安慰我。"

多年后,肖恩才慢慢拼凑起来:那个扎着马尾、穿着人字拖、教他餐桌礼仪、唱摇篮曲的人到底是谁?"很多关于爸爸的印象我是通过媒体得到的,和世人一样。我想小时候我有些嫉妒世人知道那么多爸爸的事,与他在一起的时间比我多。但是在某种程度上,你听一个人的作品认识的这个人跟你坐在一个人的大腿上认识的这个人是无法相提并论的。这不是歌曲、言语什么的能解释清楚的。灯光照在一个人头发上的样子、他说话的声音、他在走廊里的脚步声——这些都是实实在在的。"

随着年纪的增长,肖恩发现接近约翰最好的方法是通过音乐。"我记得他弹钢琴,我也开始弹钢琴。弹琴的时候我觉得自己在跟他交流,在向他祈祷。我感觉和他在一起。每次我在音乐方面取得进步,都感觉是与他的距离又进了一步。十几岁时,我的吉他弹得越好就越懂得音乐。现在我越懂得写歌就感觉越懂得爸爸,因为归根结底他是一个作曲家。"

面对音乐界的阿谀奉承,肖恩拒绝像同父异母的哥哥朱利安在八十年代中期有一段很短的时间那样做约翰·列侬的翻版。肖恩的主要才华在于担任主音吉他手,而约翰偏重掌控节奏;在肖恩的歌里,思想与和弦一样常常往人们预料不到的方向跳跃,这更像早期的大卫·鲍伊。肖恩的音乐与他父亲的音乐的唯一相似之处在于歌曲的人道精神;例如他的最新专辑《友军炮火》,就引用了美军在阿富汗和伊拉克很不厚道的一句官话。"人们有时认为我在音乐上努力要摆脱约翰·列侬的影响,根本没有。我之所以做音乐就因为我爸爸是一个音乐家,是一个歌曲创造者。可以说我子承父业,就好像五金店主的儿子长大以后也成了五金店主。"

肖恩对父亲的才华有独到的见解,会在多方面让约翰感到欣慰。"我认为爸爸对所有事情都有不安全感:语法和写作啦,怎么写乐谱、看乐谱啦,所有传统的、既定的一套一套。可是他将这种劣势转化为优势。他是第一个把不安全感写进歌里的人——比如'我是一个失败者,我并不像我表面的那样''救命!'等。"

"爸爸说鲍勃·迪伦教他用第一人称写自己的真实生活,可是迪伦没有一首歌是像那样表露自己的情绪的。迪伦总是在观察别人的情绪;好像他是一个记者——他不说事情是好是坏——只是把弥漫在空气中的情绪唱出来,记录下来。爸爸的一些作品也是这样的,但在我看来那不是他最好的东西。《给和平一个机会》很伟大,但不是我想回家放来听的歌;它不如《你要藏起你的爱》《女孩》或者《在我的生命中》。在我看来,这些歌是另外一个层面的。像爸爸这样在歌曲中表达不安全感、怀疑自己是后现代现象。莫扎特、毕加索之类的艺术家从未如此;这是二战以来才有的。这是爸爸才有的,后来多少歌曲创作者在努力模仿他的不安全感。这是爸爸发明的。"

肖恩认为不管约翰与披头士后来变得有多不愉快,披头士是约翰必经的跳板,"我认为没有保罗,没有经纪人,没有乔治·马丁,爸爸不可能在商业上取得成功。我是指受到大众的欢迎。我觉得那不是他的长处。爸爸很前卫,很有趣,但是'前卫有趣'不一定就合老百姓的口味。我认为披头士外表的糖衣加上爸爸内在的强烈使他们成了最出色的组合。"

"爸爸抛弃披头士,跟我妈妈组成塑料小野乐队,在我看来就好像马蒂斯抛弃绘画,决定从现在起他要通过艺术表达的东西只要通过一些简单的纸张剪出来的形状就能表达。就好像七十年代猫王离开拉斯维加斯,开始与朋克乐队一起玩。对我来说,《塑料小野乐队》专辑是有史以来最伟大的摇滚专辑。这就是为什么他对我来说不仅仅是一个六十年代的摇滚歌手,比如贾格尔、克拉普顿。"

你最喜欢约翰·列侬的哪些歌?"在我成为音乐人的不同阶段(我喜欢的歌)不一样。小时候我最最最喜欢的是《看着轮子》和《女人》。哦……《女人》!这首歌闪烁着光芒,像梦一样。它的主要和弦变化里有种甜蜜、闪闪发光的东西。我记得我知道这首歌是写给妈妈的,我能感觉到爱,爸爸对妈妈的爱,犹如一道金光。"

"爸爸去世后这首歌让我心碎;差不多十年的时间,我听到这首歌心里都很难受,因为爸爸录这首歌的时候我也在,我记得这歌怎么做成的。爸爸去世以后,电台一天到晚播《双重幻想》,躲都躲不掉。每次我听到他的声音就好像刀子捅进心里,难过极了。要等十来年之后我听到他的声音才没有那么痛苦。"

但是肖恩承认,时至今日,听到父亲的声音仍然让他不好受。"如果聚会上有人不经意放了《佩珀军士》,我还是会觉得不好受。我无法若无其事地喝着酒,抽着烟,欣赏这些歌。我不是说对妈妈来说没有我痛苦。可是妈妈拥有他,两人有深厚的关系,而我没有,我想这是我觉得很伤心的地方。听到他的声音、他的歌,我心里真的很难过。我得强忍住情绪。"

"这声音太美了——这是爸爸的声音;这是我记忆当中的童年的回音,我听到的第一个声音。我听到的第一个说英语的声音。我跟着学说英语的声音。"

许多人认为靠着列侬的百万家产,肖恩的生活不费吹灰之力,令人艳羡——住大房子,有无数的用人;上纽约和瑞士的私立学校;他是母亲的一切,母亲自然对他溺爱;还有全世界人民的爱屋及乌。可是种种迹象表明,肖恩主要继承了父亲那颗极其容易受伤的心。他与米克·贾格尔之女伊莉莎白·贾格尔的恋情——这也许会成为流行史上最强大的家族结合——不了了之,因为伊莉莎白说她还没准备好"认真"谈恋爱。与演员兼模特儿的碧悠·菲利普斯的恋情就更曲折了,肖恩发现她跟自己的童年好友、达科他的邻居马克斯·勒鲁瓦好上了。不等两个朋友重归于好,马克斯就在一场摩托车事故中丧生了。交谈中肖恩说:漂亮女孩子注定会有特殊的不幸。这也许是他安慰她们给自己带来的不幸的方法。我耳边不禁响起《橡胶灵魂》专辑里约翰最受伤的歌:"啊——女孩子!"

如今,数以万计的人视约翰·列侬为世俗的圣人,说到"约翰·列侬"的名字就好像在说"艾伯特·史怀哲"或者"纳尔逊·曼德拉"一样,为他建立各种各样的纪念碑,从利物浦机场到冰岛的"和平光塔",再到布拉格的涂鸦墙。肖恩承认自己与这些人无关。"妈妈不理解我为什么不想见那些崇拜约翰·列侬的人,为什么不想参加纪念约翰·列侬的演出,不去参观约翰·列侬博物馆。我承受不了。我在一次纪念演出中唱了《这个男孩》因为我喜欢这首歌,因为我是一个专业音乐人,你要我唱什么我都可以唱,但是我不喜欢。"

"不是我不想纪念他,我觉得我的一生就是对他最好的纪念。你让我去博物馆、去看描述他的一生的电影,我受不了。让我在百老汇看关于他的电影就好像赤裸裸地穿过地狱的火焰。童年的回忆对我来说很重要。看到这些回忆被放到博物馆或者百老汇的电影里去展览,我感觉像受到侵犯。"

但是肖恩还是把帮助洋子管理和保护列侬的遗产视为自己的义务。"为了妈妈,我愿意去做,因为我非常爱她。但是从精神层面上说,接受采访、参加纪念活动、参观博物馆、向媒体讲述我与父亲在一起的经历等等并不会充实我的生活。我不读关于他的书,我不需要看关于他的电影或节目。我不需要向世界证明他确实做过这些事。"

"我想我继承了爸爸的叛逆个性他并不会生气。我有音乐,我有宝贵的回忆。爸爸在我心里。"

Schlenxx.